CB032339

As confissões d'um italiano

Questo libro è stato tradotto grazie a un contributo
del Ministero degli Affari Esteri e delle Cooperazione
Internazionale Italiano

Esta obra foi traduzida graças a uma contribuição do
Ministério das Relações Exteriores e da Cooperação
Internacional da Itália.

Realizado com o apoio da Fondazione Ippolito e Stanislao
Nievo – Roma, Itália

IPPOLITO NIEVO

As confissões d'um italiano

Tradução, apresentação e notas
Francisco Degani

Editora Nova Alexandria
Rua Engenheiro Sampaio Coelho, 111
04261-080 - São Paulo - SP
Fone: (11) 2215-6252
Site: www.editoranovaalexandria.com.br
E-mail: vendas@novaalexandria.com.br

Tradução: Francisco Degani
Editoração: Bruna Kogima
Capa: Bruna Kogima

Dados Internacionais de Catalogação na Publicação (CIP)
Tuxped Serviços Editoriais (São Paulo, SP)
Ficha catalográfica elaborada pelo bibliotecário Pedro Anizio Gomes – CRB-8 8846

N682 **Nievo**, Ippolito.

As confissões d'um italiano / Ippolito Nievo;
Tradução de Francisco Degani. – 1. ed. – São Paulo,
SP : Editora Nova Alexandria, 2024.
784 p.; 16 x 23 cm.

Título original: Le confessioni d'un italiano.
ISBN 978-85-7492-508-0.

1. Ficção em Italiano. 2. Romance de Formação. 3.
Romance Histórico. 4. Unificação da Itália. I. Título.
II. Assunto. III. Autor.

CDD 853
CDU 82-31(450)

ÍNDICES PARA CATÁLOGO SISTEMÁTICO

1. Literatura italiana: romance.
2. Literatura: romance (Itália).

Índice

APRESENTAÇÃO

FICÇÃO, MEMÓRIA E HISTÓRIA

O escritor, poeta, jornalista, dramaturgo e soldado Ippolito Nievo nasceu em Pádua, em 1831, em uma família da baixa nobreza, e passou a infância em Udine, alternando as temporadas na cidade com as férias no castelo de Colloredo di Montalbano, pertencente ao avô materno, o qual provavelmente serviu de modelo para o castelo de Fratta de seu maior romance *As confissões d'um italiano*. É também baseado nas memórias do avô, que havia assistido pessoalmente a decadência da República de Veneza e participado, na qualidade de patrício com direito a voto, da última sessão do Conselho Maior, 12 de maio de 1797, que Nievo reconstitui, no mesmo livro, a história veneziana e a aspiração por uma Itália unida, livre e independente. Lê-se na primeira página do romance:

> Eu nasci veneziano, em 18 de outubro de 1775, dia do evangelista são Lucas; morrerei pela graça de Deus italiano, quando quiser aquela Providência que governa misteriosamente o mundo[1]

Na verdade, a vida do autor é muito mais marcada pelo ativismo político do Ressurgimento e pela prosa narrativa engajada, na qual o empenho em construir uma Itália unida reflete-se de maneira excepcional. Para Nievo, as chamadas Revoluções de 1848 ou Primavera dos Povos, que eclodiram na Europa em função de regimes governamentais autocráticos, de crises econômicas, da falta de representação política das classes médias e de um incipiente nacionalismo, constituíram o início de uma direta participação no processo do Ressurgimento que marcará profundamente o destino humano e literário do escritor, culminando tanto em sua adesão à Expedição dos Mil, de Giuseppe Garibaldi, quanto na escrita do romance amplamente envolvido

1 Ver p. 20.

no debate sobre a construção do estado unitário como as *Confissões d'um italiano.* Escrito entre o final de 1857 e a primeira metade de 1858, o romance não conseguiu ser publicado pelo autor antes de sua morte (4/5 de março de 1861). O livro só foi publicado póstumo, em 1867, pelo editor florentino Le Monnier que além de mudar o título para *As confissões de um octogenário,* efetuou numerosas correções ortográficas, lexicais e sintáticas no manuscrito original, pois a curadora da edição e amiga de Nievo, Erminia Fuà Fusinato, achou necessário adequar o texto ao modelo linguístico proposto na edição de 1840 de *Os noivos,* de Alessandro Manzoni. O título original *As Confissões d'um italiano* só seria retomado na segunda edição de 1899, ao passo que o texto original só seria reconstituído integralmente nas edições organizadas por Sergio Romagnoli, em 1952 e 1990, e por Simone Casini, em 1999.

O protagonista Carlino Altoviti, um homem de oitenta anos, aproximando-se da morte resolve contar sua vida com o declarado objetivo de oferecer às novas gerações o testemunho de "dois séculos que serão um tempo muito memorável sobretudo na História italiana"[2]. O romance se passa entre o ano de nascimento de Carlino, 1775, e o ano em que este é escrito, 1858, misturando as experiências pessoais do protagonista e autor com a história italiana desde o final do *ancien régime* até chegar às portas da Unificação. Contando com apenas 27 anos quando do início da escrita, Nievo vai buscar na visão do avô materno, Carlo Marin, o argumento e as considerações sobre os acontecimentos históricos não vividos por ele, tornando o romance em uma obra histórica supostamente autobiográfica baseada na memória de dois indivíduos, com o relativo grau de incerteza e de opinião da lembrança reconstruída.

Walter Benjamin, em "A imagem de Proust", escreve que

> Um acontecimento vivido é finito, ou pelo menos está encerrado na esfera do vivido, ao passo que o acontecimento lembrado é sem limites, porque é apenas uma chave para tudo o que veio antes e depois. Num outro sentido, é a reminiscência que prescreve, com rigor, o modo da textura. Ou seja, a unidade do texto está apenas no *actus purus* da própria recordação e não na pessoa do autor, e muito menos na ação.[3]

---

2 Ver p. 21.

3 BENJAMIN, Walter. "A imagem de Proust", In: *Obras escolhidas.* Trad.: Sergio Paulo Rouanet. São Paulo: Editora Brasiliense, 1994, p. 37.

O crítico Pier Vincenzo Mengaldo[4] considerou o romance articulado em três grandes blocos que fazem correspondência entre as fases da vida de Carlino (infância, juventude e maturidade) com momentos da história italiana (o antigo regime, a era das revoluções, a Restauração e as primeiras rebeliões ressurgimentais).

O primeiro bloco (cap. I-VII) é ambientado no Friuli ainda arcaico e feudal dos anos que antecedem e acompanham a revolução francesa. Carlino, órfão de mãe e abandonado pelo pai, é acolhido pelo tio, conde no castelo de Fratta, onde passa a maior parte do tempo em companhia de servos, podendo observar sem ser visto a vida do velho mundo feudal. A narração em ritmo lento concentra-se quase que exclusivamente nos fatos da infância de Carlino e na enorme devoção que ele dedica à Pisana, a mimada filha dos condes de Fratta, e sua prima, que estará a seu lado por toda a vida. Interessante notar a representação do Eros infantil e da psicologia das crianças, o que chegou causar censura ao romance. Também interessante é a utilização do espaço da cozinha do castelo como microcosmo da sociedade feudal e, portanto, dos valores decadentes do *ancien régime*.

A segunda parte do romance (caps. VIII-XVIII) inicia-se com a partida de Carlino para a Universidade de Pádua e a notícia da decapitação de Luís XVI. A narração passa a ser mais veloz, recheada de eventos públicos e privados e caracterizado por mudanças geográficas contínuas. O protagonista acompanha os acontecimentos gerados pela chegada de Napoleão à Itália: a queda da República de Veneza e sua cessão à Áustria com o tratado de Campoformio; a constituição das repúblicas Cisalpina e Romana; a revolução napolitana de 1799; a resistência republicana de Gênova assediada pelos austríacos; até a proclamação, em 1805, do Reino da Itália. Nesse período, a vida pessoal de Carlino é marcada principalmente pela sua relação com a Pisana. Depois de ter se casado por conveniência econômica com um nobre ancião, a Pisana não hesita em seguir Carlino em suas andanças pelas repúblicas italianas, alternando separações e reconciliações.

O terceiro bloco do romance (cap. XVIII-XXIII) cobre um tempo muito maior do que os anteriores (1800-1858). Estamos na maturidade do autor/protagonista que volta para Fratta acompanhado da Pisana, depois da proclamação do Reino da Itália, e é convencido por ela a se casar com Aquilina,

4 MENGALDO, Pier Vincenzo. "Appunti sulle Confessioni di Nievo", In: Rivista di letteratura italiana, II, 3, 1984, pp. 465-518.

com quem terá quatro filhos. A relação amorosa de Carlino com a Pisana, no entanto, não termina aí. Em 1820, Carlino participa das insurreições meridionais ao lado do general Guglielmo Pepe: é capturado e aprisionado na ilha de Ponza onde perde a vista, depois é mandado em exílio para Londres. Pisana vai com ele a esta cidade para ajudá-lo a se curar e chega até a pedir esmolas pelas ruas. Carlino recupera a visão, mas perde para sempre a mulher amada que morre consumida pelo cansaço e pela miséria.

Os três capítulos finais, que poderiam formar um quarto bloco, contam a história da reconstrução da Itália em que Carlino, já velho, participa da insurreição veneziana de 1848 e assiste do observatório de Fratta a preparação da Unificação italiana, esperando a morte, "mais contente do que resignado"[5], mas também o destino dos filhos que teve com Aquilina, Luciano e Donato, que participaram dos eventos relativos à independência da Grécia, e Giulio que se aventurara na América do Sul.

É difícil classificar *As Confissões* em apenas um gênero narrativo. Em primeiro lugar, trata-se de um romance histórico, já que reconstrói um século da vida italiana, mas com relação aos modelos então existentes – sobretudo os de Walter Scott e Alessandro Manzoni – existe pelo menos uma diferença fundamental: o romance não se localiza em um passado distante que permite um distanciamento histórico dos fatos a serem narrados. Diferentemente do famoso romance de Manzoni, Nievo inicia seu romance explorando uma parte da história recente e ainda incompleta, que terá sua conclusão após o final do livro. Por outro lado, esta história é contada por um jovem, que se coloca na pele de um protagonista octogenário, que viveu parte desta história e a julga através da ótica do presente e de suas esperanças quanto ao destino da Itália. Talvez por isso, Nievo tenha se referido às *Confissões* como o seu "romance contemporâneo", o que já demonstra como ele o considerava inovador e original dentro do gênero histórico. Além disso, é a primeira vez dentro do romance histórico que o narrador também é protagonista, o que faz com que este tipo de narrativa ganhe um cunho memorialista e autobiográfico. Enquanto Manzoni e outros autores da época garantiam a autenticidade da história narrada através de fontes e documentos históricos (manuscritos descobertos, narradores anônimos, etc.), Nievo utiliza o testemunho de Carlino, que assistiu pessoalmente aos eventos, e a memória do leitor da época que conhece esses eventos por sua atualidade. Essa mistura de gêneros dá vida

5 Ver p. 779.

nova ao romance histórico oitocentista e resgata os memorialistas do século anterior. Utilizando a voz de Carlino e não mais um narrador onisciente, Nievo coloca o narrador no mesmo plano do leitor e, para isso, precisa falar diretamente a este usando formas coloquiais, próximas ao discurso oral.

Dessa forma, o autor "passeia" entre ficção, memória e história na confecção de um romance que pode ser muito esclarecedor em relação aos acontecimentos que levaram à Unificação italiana, pois não se detém simplesmente na historiografia consagrada pelos manuais, uma vez que insere o ponto de vista de quem viveu esta história, parte por meio das memórias do avô, Carlo Marin, para o argumento e as considerações sobre os acontecimentos históricos não vividos por ele, e parte por sua participação ativa nos eventos relatados, tornando o romance em uma obra histórica supostamente autobiográfica baseada na memória de dois indivíduos, com o relativo grau de incerteza e de opinião da lembrança reconstruída.

Ao mesmo tempo em que Nievo tece esse fascinante jogo memorialista entre "passado do futuro" e "futuro do passado", que de alguma forma representa o "tempo presente", ele alinhava uma trama fictícia que conduz o romance, na qual a história dos encontros e desencontros entre Carlino e a Pisana desenvolve, também historicamente, as relações sociais e os usos e costumes da época. Porém, a relação de Carlino e Pisana não se resume a um fio condutor romântico, é também a história da formação dos personagens, não apenas uma formação pessoal, mas uma formação como cidadãos úteis à sociedade em transformação da época. O romance histórico, memorialista, autobiográfico ganha então uma nova faceta, a do romance de formação, que vai além da premissa social de Goethe e do *Bildungsroman*, uma vez que percorre todo o arco da vida dos personagens, sempre inseridos na perspectiva histórica.

Francisco Degani

PREFÁCIO

> Não nos esqueçamos de que o impulso do *Risorgimento*[6] italiano teve na literatura um único eco realmente poético: e são os dias aventurosos do Carlino de Nievo.
>
> Italo Calvino[7]

O Carlino, de Ippolito Nievo, é o protagonista de seu romance maior, as *Confissões d'um italiano*, escrito entre o final de 1857 e agosto de 1858. É o próprio autor, em 17 de agosto, a dar a notícia do final da escrita para Caterina Curti Melzi, para o primo Carlo Gòbio e sua esposa Bice, aos quais escreve: "Ontem, finalmente, terminei o meu Romance; estou muito feliz em descansar. Foi uma confissão muito longa"[8].

O escritor não conseguiu ver sua obra impressa, que será publicada, em 1867, em Florença – seis anos depois de seu desaparecimento, editada por Erminia Fuà Fusinato – pela editora Felice Le Monnier, que decidiu modificar o título para *Confessioni d'un Ottuagenario* [Confissões d'um Octogenário], menos perigoso politicamente.

No ano seguinte, na resenha publicada na revista "Il Pungolo", lia-se: "É história? É romance?"

Poderíamos, portanto, definir a obra como um romance histórico? Talvez não completamente, não somente. Mas qual era o pensamento de Nievo sobre a utilidade desse gênero literário? Vem em nossa ajuda uma resenha de Nievo ao romance *La giornata di Tagliacozzo* [A jornada de Tagliacozzo] de Cleto Arrighi, publicada em 1859 na revista "L'età presente", em que fica

6 Risorgimento é o movimento na história italiana que buscou entre 1815 e 1870 unificar o país, que era uma coleção de pequenos Estados submetidos a potências estrangeiras.

7 CALVINO, Italo. "Natureza e História no romance". In *Assunto encerrado*. Trad. Roberta Barni. São Paulo: Companhia das Letras, 2009, p. 35.

8 NIEVO, Ippolito. *Tutte le Opere di Ippolito Nievo, Lettere*, VI [Todas as Obras de Ippolito Nievo, Cartas, VI]. Marcella Gorra (org.). Milano: Mondadori, 1981, p. 515.

evidente que, para ele, o romance histórico faz sentido, é útil, se serve para: "reavivar do passado as paixões e ideias que possam beneficiar o presente, já que não é desconhecido que a nação de hoje é superposta à nação de ontem e que os efeitos futuros são desenvolvimentos, incrementos, transformações de causas distantes"[9].

E Nievo, ao escrever as *Confissões*, com grande ímpeto em apenas nove meses – mas por muito mais tempo planejadas – aderiu a esse propósito quando arquitetou o entrelaçamento de história pública e história privada dos personagens, por meio da criação de um narrador credenciado, o octogenário Carlo Altoviti, que ao contar a própria vida, do nascimento em 1775 até 1858, percorre um tempo – que compreende dois séculos – muito importante da história italiana.

O autor, na escrita da obra, segue pontualmente as regras do romance histórico italiano: descrição ambiental inicial em que se movimentam seus personagens de ficção juntamente com figuras históricas reais: a História nas *Confissões* é reescrita em sua dimensão cotidiana. Um exemplo, como prova disso, é representado pela figura de Napoleão, que aparece já no segundo capítulo, mas também paira nos capítulos seguintes até o décimo, quando Carlino encontra o futuro imperador e general no início de sua vertiginosa carreira militar e política, não em um momento glorioso, mas em uma situação doméstica, enquanto ele faz a *toilette* diária. O episódio parece querer devolver uma dimensão mais humana ao grande líder, semelhante à de tantos outros homens que fazem, todos os dias, os mesmos gestos. Enfim, "Nievo trata o elemento histórico com o ímpeto de um conto épico do cotidiano", como destacou Angelo Favaro no relato ao Congresso da Sociedade Espanhola de Italianistas de 2018, em Salamanca.

O protagonista e narrador das *Confissões*, Carlo Altoviti, no perfil que traça de si mesmo no início do livro – um dos muitos que fará –, detém-se em sua índole de indivíduo comum "de medíocre cultura e quase ignorância literária"[10] e não dotado de particulares virtudes heroicas. Ao descrever assim o seu personagem, Nievo pode, portanto, narrar a vida de um indivíduo "médio", não um herói, "quase um exemplar dos inumeráveis destinos individuais que [...] compuseram o grande destino nacional

9 NIEVO, Ippolito. "La giornata di Tagliacozzo. Storia italiana per Cletto Arrighi 1858" [A jornada de Tagliacozzo. História italiana por Cletto Arrighi 1858]. In "L'Età presente", 18 de março de 1859, n. 11, agora in *Opere*, II [Obras, II], Ugo Maria Olivieri (org.). Milano: Ricciardi, 2015, pp. 230-231.

10 Ver p. 21.

italiano"[11], justamente por causa do caráter excepcional do período histórico em que Carlo Altoviti viveu. Pelo que afirmou nesse primeiro perfil de si mesmo, o protagonista é levado a escolher, para contar suas aventuras aos leitores, ao menos inicialmente, uma escrita próxima da tradição oral.

Mas não é a única forma linguística usada, Nievo, de fato:

> Com uma singular modernidade compositiva, constrói a palavra do personagem em uma dimensão politonal [...]. Sempre mais verossímil parece a hipótese de que a mistura de vocábulos dialetais vênetos e friulanos e aulicismos literários da composição do romance pode ser atribuída à *máscara* do personagem, ou seja, à vontade de Nievo de representar linguisticamente a condição de um veneziano de província, que progressivamente descobre uma dimensão nacional do próprio percurso existencial[12].

A língua das *Confissões* não pretende ser um modelo para a nação que surgia, entretanto, para o autor, também é um modo de exprimir sua opinião sobre problemas essenciais da unificação italiana, como o problema da língua. Nievo coloca-se em uma posição diferente da de Manzoni: o italiano da nova nação terá que extrair linfa de todas as regiões que a compõem, deverá ser, enfim, uma língua que todos possam compreender, uma língua que une e não um instrumento de desigualdade entre os homens, como fica claro no trecho que segue: uma confissão e também uma declaração de intensões que o protagonista Carlo Altoviti faz ao leitor, ao qual se une o próprio autor, com o apelo aos futuros escritores. Ao mesmo tempo, é também o manifesto da nova literatura, a única que, aos olhos de Nievo, pode realmente contribuir para o processo do *Risorgimento*, entendido como renovação do povo italiano em vias de formação.

> Mais adivinhei os nossos grandes autores do que os compreendi, são mais amados do que estudados; e para dizer a verdade, a maior parte me embotava os dentes. É certo que o defeito era meu, mas também me iludo que no futuro quem escreve irá se lembrar de ter falado, e que o objetivo de falar é justamente ser entendido. Ser entendido por muitos, talvez não seja melhor do que ser entendido por poucos? Na França, imprime-se, vende-se e lê-se muitos livros

---

11 Ver p. 21.

12 OLIVIERI, Ugo Maria. "Posfazione" [Posfácio]. In NIEVO, Ippolito. *Confessioni di un Italiano.* Milano: Feltrinelli, 2017, pp. 775-776.

> só pela universalidade da língua e a clareza do discurso. Aqui temos dois ou três dicionários, e os doutos costumam se apegar ao mais desusado [...]. Portanto, ânimo. Não falo mal de ninguém, mas escrevendo, pensem que muitos os irão ler. E então veremos nossa literatura oferecer maior ajuda do que até agora fez a renovação nacional[13].

O outro aspecto da própria personalidade sobre a qual Carlo Altoviti insiste desde o início é o da sabedoria conquistada com a velhice. O tom com que se dirige aos leitores é o da voz "ulterior", a voz de um indivíduo que tendo atingido o ápice de sua vida, pode revê-la fazendo um balanço.

> Agora, seria conveniente delinear como Nievo chegou a escrever sua obra-prima, que narra, como escreveu Sergio Romagnoli, no século passado, "a árdua e arriscada afirmação de italianidade de um homem nascido em uma extremidade italiana quando ainda não havia a Itália". A essa pressuposição, podemos acrescentar que as *Confissões* são um romance *moderno* que conta o tempo vivido pelo autor, e ainda, como escreve Cesare De Michelis "uma apaixonada e luminosa profecia na qual passado e futuro são os elementos de uma reação alquímica que transforma um no outro, e, [...] o que conta é exatamente o que não acontece, o que ainda não está presente por ser fervorosamente esperado"[14].

Na narração desse extraordinário romance, o escritor insere muito de si e de sua experiência, conta o que conhece e experimentou, o que lhe foi narrado, e reúne uma documentação privada que entra nas páginas também por meio de militares e comandantes historicamente documentados, sem, todavia, nunca ceder à autobiografia. "Ele tem plena consciência da função do literato e do intelectual do *Risorgimento*"[15].

A propósito da documentação privada, nos arquivos da família Nievo há um caderno de notas autógrafo com 189 páginas, pertencente a Alessandro, o irmão mais novo de Ippolito, que contém apontamentos, desenhos, mapas e esquemas táticos de batalhas que cobrem vários eventos da história italiana: das guerras napoleônicas à revolução de 1848, passando pela Expedição dos Mil, para terminar com a Terceira Guerra de Independência, de 1866.

---

13 Ver p. 341.

14 DE MICHELIS, Cesare. *"Io nacqui Veneziano... e morrò per la grazia di Dio Italiano"*. Ritratto di Ippolito Nievo [*"Eu nasci Veneziano... e morrerei pela graça de Deus Italiano"*. Retrato de Ippolito Nievo]. Torino: Aragno, 2012, p. 63.

15 FAVARO, Angelo. "*Le Confessioni d'un Italiano* di Ippolito Nievo tra epopea storica e neoumanesimo" [*As Confissões d'um italiano* de Ippolito Nievo entre a epopeia histórica e o neo-humanismo]. In Anais do XVII Congresso Internacional da Sociedad Española de Italianistas, 2018, pp. 127-128.

Ugo M. Olivieri, na introdução à primeira edição da transcrição – promovida pela Fondazione Nievo – escreve:

> Certamente é difícil datar este caderno de notas, como é difícil esclarecer suas funções [...] coincidência estranha mas significativa, muita atenção é dedicada justamente à campanha napoleônica de 1796, prenúncio do tratado de Campoformio, tão central para a narração da queda de Veneza nas *Confissões*[16].

Pode-se lançar a hipótese de que, além da paixão em comum pela história, tenha havido o envolvimento do irmão menor nas pesquisas. Além disso, de uma carta de Ippolito, escrita de Milão, em 1859, para a mãe, surge o pedido de envio do volume, *La storia dell'arte della guerra* [A história da arte da guerra], de Gerolamo Ulloa. Na carta, o escritor acrescenta: "Desculpe-me tantos incômodos, mas fazem parte de um estudo ao qual me dedico de corpo e alma".

O escritor estaria buscando dados mais recentes? E mais ainda, de uma pesquisa realizada, anos antes, na biblioteca da casa de Mântua de seu avô paterno Alessandro, onde Ippolito morava com sua família, surgiram alguns livros de História – lidos, certamente, por Ippolito para as referências a episódios menores das campanhas napoleônicas –, entre os quais a *Storia d'Italia dal 1789 al 1814* [História da Itália de 1789 a 1814], de Carlo Botta, volume considerado pelos estudiosos um guia precioso para a escrita das partes históricas das *Confissões*, de cujo texto provém as principais informações do período e as posições políticas do protagonista.

Há, ainda, os dois romances anteriores: A*ngelo di bontà – Storia del secolo passato* [Anjo de bondade – História do século passado], publicado em 1856, e *Il Conte pecorajo – Storia del nostro secolo* [O Conde pastor – História do nosso século], de 1857, e mais a novela camponesa *Il Varmo* [O Varmo] que já contêm alguns elementos que o escritor desenvolverá completamente nas *Confissões*, como os personagens de Carlino e Pisana, que na novela são apenas esboçados em Sgricciolo e Favitta.

Enfim, se as *Confissões* foram escritas em menos de um ano, o percurso de estudos, pesquisas e redação durou bem mais, como os principais críticos concordam.

---

16 OLIVIERI, Ugo Maria (org.). *I Nievo e la Storia - una passione di famiglia* [Os Nievo e a História - uma paixão de família]. Udine: Gaspari, 2013, p. 14.

> "Eu nasci veneziano, em 18 de outubro de 1775, dia do evangelista são Lucas; morrerei pela graça de Deus italiano, quando quiser aquela Providência que governa misteriosamente o mundo."[17]

A célebre abertura do romance, ao dar conta da situação contingente e antecipar o projeto cultural e civil a ser empreendido, representa o compêndio antecipado de todo o livro.

Uma narrativa longa e complexa, com muitos personagens, que o autor resume, nos pontos principais de cada capítulo, na rubrica que o precede. Assim, na primeira rubrica, depois de ter mencionado o Castelo de Fratta com seus habitantes – castelo já destruído na época de Nievo, que ganha vida nas feições do Castelo materno, de Colloredo di Montalbano, onde o autor passou longos períodos e escreveu as *Confissões* –, introduz o discurso "sobre o significado que se dava na Itália à palavra *pátria*, no final do século passado"[18].

Eis então que surge, já de início, a celebrada cozinha do Castelo, que para Carlino é o coração da moradia, e o lugar em que vive desde criança, relegado pela tia, condessa de Fratta, que considera o sobrinho, que a irmã *inconsequente* lhe deixara antes de morrer, menos do que um criado. É Martino, um velho empregado, que cuida do recém-nascido e também o fará mais tarde, dando-lhe assim a oportunidade de crescer, nutrindo-o também com seu carinho e seus ensinamentos.

> Vivi meus primeiros anos no castelo de Fratta [...]. Mas é suficiente dizer que para mim, que não vi nem o Colosso de Rodes, nem as pirâmides do Egito, a cozinha de Fratta e sua lareira são os monumentos mais solenes que já marcaram a superfície da terra.[19]

Há, também, as duas primas, filhas da condessa: Clara e Pisana, de quem Carlino se enamora desde criança, e será o amor, atormentado, de toda a sua vida. É ela, a Pisana, que desde pequena, com coqueteria ingênua e com todo um repertório de gestos que às vezes atraem e às vezes afastam ou repelem, sempre manterá Carlino preso a ela.

Com a Pisana, Nievo delineia uma mulher extraordinariamente moderna, complexa, próxima dos nossos sentimentos,

---

17 Ver p. 21.

18 Ver p. 20.

19 Ver p. 23.

> Pisana é irremediavelmente boa ou má, enamorada e infiel. Se sob certos aspectos parece preanunciar as heroínas do romance naturalista, que seguramente não brilham por suas virtudes, depois resgata essas componentes de seu caráter com gestos de grande heroísmo, mesmo sem que esqueçamos aqueles menos nobres [...][20]

No percurso de emancipação feminina que dura há séculos, mas que no século XIX acelerou-se muito e já se fazia sentir no novo espírito moderno que animava a Itália e a Europa, um autor que compreende bem essa mudança é Ippolito Nievo, que, consciente de sua importância, faz dela motivo de luta civil. O escritor está profundamente convencido de que a emancipação está ligada à educação, entendida como cultura, absolutamente necessária para fazer com que as mulheres saiam de uma condição minoritária. Nievo, provavelmente, também deve ter retirado suas convicções dos exemplos de emancipação feminina familiar: da mãe, Adele Marin, que frequentara a Universidade de Pádua e administrava as atividades e o patrimônio da família; da tia materna, Eleonora Colloredo Riva, amiga de Guglielmo Pepe[21] e próxima aos carbonários; da prima enamorada, Matilde Ferrari, que juntamente com a irmã Caterina, praticava esgrima e conhecia línguas.

A Pisana, assim como Aglaura e Aquilina, respectivamente irmã e esposa de Carlo Altoviti, e também a mãe dele, com sua história dolorosa, fruto de uma decisão tomada livremente, mas sem ter sido educada para usar a liberdade – para citar apenas algumas das mais significativas figuras femininas das *Confissões*, mas também as diversas protagonistas das obras anteriores –, são os modelos, ou melhor dizendo, parte de um modelo que o autor vai aos poucos compondo com os traços da mulher que ele vê/imagina como essencial coadjuvante de vida e de luta no país que está em vias de se tornar nação.

Retornando às *Confissões*, obra-prima que com seus prenúncios podemos definir como um grande afresco do *Risorgimento* italiano, podemos dizer que é certamente uma obra que apresenta não poucas dificuldades de tradução, pela sua complexidade e extensão, mas também pela língua de partida, um italiano do século XIX misturado com termos dialetais, a ser transposta para uma língua moderna, o português, em nosso caso.

---

20 CAPPELLO, Giovanni. *Invito alla lettura di Ippolito Nievo* [Convite à leitura de Ippolito Nievo]. Milano: Mursia, 1988, p. 100.

21 Ver nota 1, cap. XX.

> Quando se reflete sobre a tradução literária, a mente imediatamente corre para a dificuldade de realização, de compensação na passagem da língua de partida, do texto de partida, para a língua de chegada no texto de chegada, e invariavelmente evoca-se o espectro da intraduzibilidade: este é o maior desafio e a prova mais segura a ser superada[22].

Para uma tarefa desse tipo, o conhecimento profundo da obra juntamente com a paixão, a paciência e o profissionalismo do tradutor são qualidades determinantes para encontrar a solução certa para oferecer ao leitor de outra língua a essência de um romance como as *Confissões d'um italiano*, cujos problemas linguísticos, literários, civilizacionais e, sobretudo, o insondável e irrepetível componente estético seriam objeto de infinitas possibilidades de negociação. Enfim, o que faz o tradutor é "tentar compreender como, mesmo sabendo que nunca se diz a mesma coisa, se pode dizer *quase* a mesma coisa"[23].

Por tudo isto, a Fondazione Nievo deseja agradecer calorosamente ao tradutor Francisco Degani pela dedicação ao traduzir a obra.

São os tradutores que servem de ponte entre o escritor e os leitores, e consentem o diálogo e a difusão do pensamento humano. Sem eles, os livros não poderiam ser compartilhados no mundo.

Mariarosa Santiloni
Secretária Geral
Fondazione Ippolito e Stanislao Nievo

22 FAVARO, Angelo. "Confessions o Memoires? Glosse alla traduzione francese effettuata da Henriette Valot (1968) e Michel Orcel (2006) delle *Confessioni* di Ippolito Nievo" [Confissões ou Memórias ? Notas à tradução francesa de Henriette Valot (1968) e Michel Orcel (2006) das *Confissões* de Ippolito Nievo]. In *Oltre l'italiano. La traduzione delle opere di Ippolito Nievo* [Além do italiano. A tradução das obras de Ippolito Nievo]. Anais das Jornadas de estudo 29 e 30 de novembro de 2018 – Universidade de Roma "Tor Vergata", Mariarosa Santiloni (org.). Firenze: Cesati, 2019, p. 15.

23 ECO, Umberto. *Quase a mesma coisa*. Trad. Eliana Aguiar. Rio de Janeiro: Record, 2007, p. 10.

CAPÍTULO PRIMEIRO

Ou breve introdução sobre os motivos destas minhas "Confissões", sobre o famoso castelo de Fratta onde passei minha infância, sobre a cozinha do citado castelo, e também sobre os patrões, os criados, os hóspedes e os gatos que o habitavam por volta de 1780. Primeira invasão de personagens, interrompida aqui e ali por muitas e sábias considerações sobre a República Vêneta, sobre as organizações civis e militares de então e sobre o significado que se dava na Itália à palavra pátria, no final do século passado[1].

Eu nasci veneziano, em 18 de outubro de 1775, dia do evangelista são Lucas; morrerei pela graça de Deus italiano, quando quiser aquela Providência que governa misteriosamente o mundo.

Esta é a moral da minha vida. E como esta moral não fui eu, mas os tempos que a fizeram, veio-me em mente que descrever ingenuamente a ação dos tempos sobre a vida de um homem pudesse ter alguma utilidade para aqueles que de outros tempos estão destinados a sentir as consequências menos imperfeitas dos primeiros influxos.

Já sou velho, mais que octogenário no ano que corre da era cristã de 1858[2], apesar de jovem de coração, talvez melhor do que nunca fui na sofrida juventude e na cansadíssima maturidade. Muito vivi e sofri, mas nunca me faltaram aqueles confortos que, desconhecidos no mais das vezes em meio às atribulações que sempre parecem demasiadas ao exagero e à apatia humana, mesmo assim elevam o espírito à serenidade da paz e da esperança quando depois voltam à memória como realmente são, talismãs invencíveis contra qualquer destino adverso. Refiro-me aos afetos e às opiniões, que mais do que fazer norma das vicissitudes exteriores comandam-nas vitoriosamente e delas fazem arena de árduas batalhas. A minha índole, o engenho, a primeira educação, as ações e as sortes progressivas foram, como todas as coisas humanas, mistas de bem e de mal: e se não fosse ostentação indiscreta

1 Ou seja, o século XVIII, uma vez que o livro foi escrito no século XIX.

2 Neste ano, em uma carta de 17 de agosto, o escritor então com vinte e sete anos anunciava ter terminado o livro: "Até ontem trabalhei como um verdadeiro asno literato... Ontem finalmente terminei meu Romance... Foi uma confissão muito longa".

de modéstia também poderia acrescentar que quanto ao mérito, abundou muito mais o mal do que o bem. Mas em tudo isso não haveria nada de estranho, ou digno de ser contado, se minha vida não tivesse se passado entre esses dois séculos que serão um tempo muito memorável, sobretudo na história italiana. De fato, foi nesse período que deram o primeiro fruto de fecundidade real as especulações políticas que de mil e trezentos a mil e setecentos transpiraram nas obras de Dante, de Maquiavel, de Filicaia[3], de Vico[4] e de tantos outros que não ocorrem agora à minha medíocre cultura e quase ignorância literária. A circunstância, outros diriam a desventura, de ter vivido nesses anos me induziram ao propósito de escrever o que vi, senti, fiz e passei desde a primeira infância ao início da velhice, quando os achaques da idade, a condescendência aos mais jovens, a temperança das opiniões senis e, digamos também, a experiência de muitas e muitas desgraças nos últimos anos me reduziram àquela morada campestre onde eu assistira ao último e ridículo ato do grande drama feudal. Minha simples narrativa com relação à história não tem menos importância do que teria uma nota colocada por mão desconhecida contemporânea às revelações de um antiquíssimo códex. A atividade privada de um homem que não foi nem tão avara a ponto de se entrincheirar em si mesma contra as misérias comuns, nem tão estóica a ponto de se opor deliberadamente a estas, nem tão sábia ou soberba a ponto de as transcurar desprezando-as, parece-me de algum modo refletir a atividade comum e nacional que a absorve, como o cair de uma gota indica a direção da chuva. Assim, a exposição dos meus casos será quase um exemplar dos inumeráveis destinos individuais que ao se esfacelarem os antigos ordenamentos políticos e se alinhavarem os presentes compuseram o grande destino nacional italiano. Talvez eu esteja errado, mas meditando sobre eles, alguns jovens poderão se libertar de perigosas ilusões, outros também se entusiasmar lentamente com a obra, duramente iniciada, e muitos não fixar em mutáveis crenças as vagas aspirações que os fazem tentar cem caminhos antes de encontrar aquele que os conduza à verdadeira prática do sacerdócio civil. Assim pelo menos me pareceu em todos os nove anos em que aos saltos e como sugeriam a inspiração e a memória escrevi estas notas[5]. As

3 Trata-se de Vincenzo da Filacaia (1642-1707), poeta muito considerado pelos românticos pelo contexto patriótico de alguns de seus poemas.

4 Trata-se de Giambattista Vico (1668-1744), filósofo político, retórico, historiador e jurista italiano, reconhecido como um dos grandes pensadores do período iluminista.

5 Na verdade, Nievo levou menos de 9 meses para escrever as Confissões (de dezembro de 1857 a agosto de 1858).

quais, iniciadas com fé pertinaz na noite de uma grande derrota[6] e levadas a termo em meio a uma longa expiação nestes anos de renascida operosidade, contribuíram um pouco para me persuadir do maior vigor e das mais legítimas esperanças no presente, com o espetáculo das fraquezas e das maldades passadas.

E agora, antes de começar a transcrevê-las, quis com estas poucas linhas de preâmbulo definir e sancionar melhor aquele pensamento que a mim já velho e não letrado talvez tenha tentado em vão ensinar a desastrada arte de escrever. Mas a clareza das ideias, a simplicidade dos sentimentos e a verdade da história serão minhas desculpas, e mais ainda suplemento à falta de retórica: a simpatia dos bons leitores me fará as vezes da glória.

No limiar da tumba, já sozinho no mundo, abandonado mais pelos amigos do que pelos inimigos, sem temores e sem esperanças que não sejam eternas, libertado pela idade daquelas paixões que amiúde infelizmente desviaram do caminho certo os meus juízos, e das decíduas ilusões de minha não temerária ambição, um só fruto colhi em minha vida, a paz de espírito. Com ela vivo contente, a ela me entrego; recomendo-a a meus irmãos mais jovens como o mais invejável tesouro; o único escudo para se defender da sedução dos falsos amigos, das fraudes dos vis e da arrogância dos poderosos. Devo fazer outra observação, que a voz de um octogenário talvez possa dar alguma autoridade. Esta é que a vida que tive foi um bem e que a humildade nos consinta considerarmo-nos como artífices infinitesimais da vida mundial e da retidão de espírito, e nos habitue a reputar o bem dos outros muito superior ao bem de nós mesmos. Minha existência temporal, como homem, já está chegando ao fim; contente com o bem que fiz e seguro de ter reparado no que me foi possível o mal cometido, não tenho outra esperança e outra fé a não ser que esta desague e se confunda no vasto mar do ser[7]. A paz que gozo agora é como o golfo misterioso no fundo do qual o audaz navegador encontra uma passagem para o oceano infinitamente calmo da eternidade. Mas o pensamento, antes de mergulhar naquele tempo em que não haverá mais diferença de tempos, desdobra-se mais uma vez no futuro dos homens e a estes lega confiante suas culpas a expiar, suas esperanças a colher, seus votos a cumprir.

---

6 Derrota dos piemonteses para os austríacos em Novara, em 23 de março de 1849, na Batalha de Novara ou Batalha de Bicocca, seguida da abdicação de Carlo Alberto e sua partida para o exílio.

7 Citação de Dante Alghieri, *Divina Comédia*, Paraíso, I, 112-113: "onde si muovono a diversi porti/per lo gran mar de l'essere" [onde vão para para divesros portos/no vasto mar do ser]

Vivi meus primeiros anos no castelo de Fratta, que agora não é mais do que um monte de ruínas aonde os camponeses vão buscar a seu bel prazer pedras e escombros para arrimo das amoreiras, mas que naquele tempo era um grande edifício com torres e torrinhas, uma grande ponte levadiça deteriorada pela velhice e os mais belos janelões góticos que se pudessem ver entre o Lemene e o Tagliamento[8]. Em todas as minhas viagens nunca me aconteceu de ver um prédio que desenhasse no terreno uma figura mais bizarra, nem que tivesse arestas, ângulos, reentrâncias e saliências para melhor contemplar todos os pontos cardeais e intermediários da rosa dos ventos. Os ângulos então eram combinados com tão ousada fantasia, que não havia um que superasse seu companheiro, pois ao arquitetá-los, ou não se usara o esquadro ou estavam quebrados todos os esquadros que entulham o escritório de um engenheiro. O castelo estava admiravelmente seguro entre profundíssimos fossos onde pastavam as ovelhas, quando não cantavam as rãs, mas a hera tenaz atacara-o por seus caminhos cobertos, e surge daqui, trepa de lá, acabou por fazer sobre ele tantos arabescos e festões que não se discernia mais a cor avermelhada das muralhas de tijolos. Ninguém nem sonhava em colocar a mão naquele manto venerável da antiga morada senhoril, e somente as venezianas batidas pela tramontana se arriscavam de vez em quando a desarrumar alguma franja cadente. Outra anomalia daquele edifício era a quantidade de chaminés, que de longe lhe davam o aspecto de um tabuleiro de xadrez em meio a uma partida, se os antigos senhores tivessem um só escudeiro por lareira certamente ele seria o castelo melhor guarnecido da cristandade. De resto, os pátios com grandes arcadas cheios de lama e de galinheiros respondiam com sua desordem interna à promessa das fachadas; até o campanário da capela tinha o oitão achatado pelas repetidas saudações dos raios. Mas a perseverança é sempre gratificada de alguma maneira, e como nunca uivava um temporal sem que a sineta do castelo, enfeitada de galinha com pintinhos, não lhe desse as boas-vindas, era seu dever fazer-lhe cortesia com alguns relâmpagos. Alguns atribuíam essas brincadeiras meteorológicas aos choupos seculares que sombreavam o campo ao redor do castelo: os camponeses diziam que, como ali morava o diabo, de tanto em tanto ele recebia a visita de seus bons companheiros; os donos do lugar habituados a ver atingido somente o campanário, acostumaram-se a acreditar que ele era uma espécie de para-raios, e de bom grado abandonavam-no à ira celeste, para que fossem salvos os tetos dos celeiros e a grande chaminé da lareira da cozinha.

8 Rios que cortam a região do Friuli.

Eis que chegamos a um ponto que requereria por si só uma muito longa descrição. Mas é suficiente dizer que para mim que não vi nem o Colosso de Rodes, nem as pirâmides do Egito, a cozinha de Fratta e sua lareira são os monumentos mais solenes que já marcaram a superfície da terra. A Catedral de Milão e o templo de São Pedro são importantes, mas não têm, nem de longe, igual magnitude de grandeza e solidez: algo semelhante não me lembro de ter visto senão na Mole Adriana[9], se bem que transformada em Castel Sant'Angelo agora pareça muito menor. A cozinha de Fratta era um vasto local, com um número indefinido de lados muito diversos em tamanho, que se erguia em direção ao céu como uma cúpula, e se afundava no chão como um penhasco: escuro, aliás, negro de uma fuligem secular, sobre a qual resplandeciam como muitos olhos diabólicos os fundos das caçarolas, das pingadeiras e dos jarros dependurados em seus pregos; entulhado em todos os sentidos por enormes guarda-louças, por armários colossais, por mesas sem fim; atravessado em todas as horas do dia e da noite por uma quantidade incógnita de gatos pardos e negros, que lhe davam a feição de um laboratório de bruxas. – Tudo isso para a cozinha. – Mas no canto mais escuro e profundo abria suas mandíbulas um antro aquerôntico, uma caverna ainda mais tétrica e assustadora, onde as trevas eram rompidas pelo crepitante vermelhar dos tições e pelas duas janelinhas esverdeadas aprisionadas por um gradeado duplo. Lá, uma fumaça densa e frenética; lá, um eterno gorgolejo de feijões em monstruosos caldeirões; lá, sentando por turnos em bancos rangentes e enfumaçados um sinédrio de figuras carrancudas e sonolentas. Este era o lar e a cúria doméstica dos castelões de Fratta. Assim que soava a Ave Maria da tarde, e cessava o resmungar do *Angelus Domini*, a cena mudava repentinamente, e começavam para aquele pequeno mundo tenebroso as horas de luz. A velha cozinheira acendia quatro candeeiros de um só pavio; pendurava dois sob a coifa da lareira e dois aos lados de uma Virgem de Loreto. Remexia muito bem com um enorme atiçador os tições que tinham adormecido nas cinzas, e jogava em cima deles uma braçada de galhos de amoreira e zimbro. Os candeeiros mandavam um ao outro o seu clarão tranquilo e amarelo; o fogo crepitava fumegante e se erguia em espirais frenéticas até o travessão transversal de dois gigantescos espetos guarnecidos de latão, e os habitantes noturnos da cozinha revelavam à luz suas diversas figuras.

---

9 A Mole Adriana ou Mausoléu de Adriano, sobre cujas ruínas foi construído o Castel Sant'Angelo, localiza-se na margem direita do rio Tibre, em Roma, próximo ao Vaticano.

O senhor Conde de Fratta era um homem de mais de sessenta anos, que parecia ter despido naquele momento a armadura de tão rígido e empertigado em sua cadeira. Mas a peruca comprida, a longa sobreveste cinzenta galonada de escarlate e a tabaqueira de buxo que tinha sempre entre as mãos, discordavam um pouco daquela atitude guerreira. É verdade que tinha entrelaçado entre as pernas o fio de um espadim, mas a bainha estava tão enferrujada que se podia pensar tratar-se de um espeto; além disso, eu não poderia assegurar que dentro daquela bainha tivesse realmente uma lâmina de aço, e ele mesmo talvez nunca tivera se dado o trabalho de verificar. O senhor Conde estava sempre barbeado com tanto escrúpulo, que parecia ter saído das mãos do barbeiro naquele momento; da manhã à noite trazia debaixo do braço um lenço azul e apesar de sair pouco a pé ou a cavalo, usava botas e esporas capazes de sobrepujar um mensageiro de Federico II. Era uma declaração tácita de simpatia ao partido prussiano, e apesar das guerras da Alemanha[10] terem se acalmado há muito tempo, ele não deixara de ameaçar os imperiais com a malquerença de suas botas. Quando o senhor Conde falava até as moscas calavam; quando terminava de falar todos diziam que sim, conforme seus gostos, com a voz ou com a cabeça; quando ele ria, todos se apressavam a rir; quando espirrava, mesmo por causa do tabaco, oito ou nove vozes gritavam em disputa: – viva; saúde; felicidade; Deus conserve o senhor Conde! –; quando se levantava, todos se levantavam, e quando saía da cozinha, todos, até os gatos, respiravam com os dois pulmões, como se lhes tivessem sido tirados do peito uma pedra de moinho. Mais barulhentamente do que qualquer outro, respirava o Chanceler, se o senhor Conde não lhe fizesse sinal para segui-lo e transigisse em deixá-lo aos tépidos ócios da cozinha. Convém, no entanto, acrescentar que esse milagre raramente acontecia. Em geral, o Chanceler era a sombra encarnada do senhor Conde. Levantava-se com ele, sentava-se com ele, e as pernas deles se alternavam tão compassadamente que pareciam responder a um toque de tambor. Ao se iniciarem esses costumes, as frequentes deserções de sua sombra levaram o senhor Conde a se voltar a cada três passos para ver se era seguido como desejava. De modo que o Chanceler se resignara ao seu destino, e ocupava a segunda metade do dia recolhendo os lenços do patrão, desejando-lhe saúde a cada espirro, aprovando suas observações

10 A guerra de sucessão austríaca (1740-48) e a guerra dos Sete Anos (1756-63), cujos protagonistas foram, de um lado, o rei da Prússia, Federico II, e de outro, os "imperiais", ou seja, os austríacos de Carlos VI e de Maria Teresa. O conde de Fratta, como bom súdito veneziano, não via com bons olhos o poder dos Habsburgos.

e dizendo o que julgava lhe fosse agradável sobre as questões jurídicas. Por exemplo, se um camponês, acusado de se apropriar das primeiras frutas do pomar patronal, respondia às acusações do Chanceler fazendo-lhe cerimônias, ou seja, colocando-lhe na mão um meio ducado para escapar da corda[11], o senhor Chanceler relatava ao conde que aquele tal, assustado pela severa justiça de Sua Excelência havia pedido perdão, que estava arrependido do malfeito e disposto a remediar com qualquer ressarcimento que se julgasse oportuno. O senhor Conde, então, aspirava tanto ar que seria o bastante para manter vivo Golias por uma semana, e respondia que a Clemência de Tito[12] deve se combinar com a justiça dos tribunais, e que ele também perdoaria a quem realmente se arrependesse. O Chanceler, talvez por modéstia, era tão humilde e simples no seu trajar quanto o patrão era esplêndido e luxuoso, mas a natureza lhe aconselhava essa modéstia para que um pobre coitado mais desafortunado e desmazelado do que ele, não se encontrasse tão facilmente. Dizem que se mostrava míope por comodidade, mas o fato é que poucos míopes tinham como ele o direito de serem considerados como tal. Seu nariz aquilino achatado, adunco e esborrachado, era um nó górdio de vários narizes abortados junto; a boca se escancarava debaixo dele tão ameaçadora, que aquele pobre nariz se encolhia como que por medo de cair dentro dela. As pernas com botas de couro russo abriam-se para os dois lados para dar a máxima solidez possível a uma pessoa que parecia que ia desmoronar a cada sopro de vento. Sem brincadeira, acho que retiradas as botas, a peruca, as roupas, a espada e a estrutura dos ossos, o peso do Chanceler de Fratta não ultrapassasse vinte libras[13], contando as quatro libras que sobravam no papo e que ele tentava esconder debaixo de um enorme colarinho branco engomado. Mesmo assim, ele tinha a feliz ilusão de acreditar não ser desagradável; de nenhuma coisa ele falava mais prazerosamente do que de belas mulheres e de galanterias.

Sinceramente, eu não saberia dizer como a senhora Justiça estivesse contente nas mãos dele. Por outro lado, me lembro de ter visto mais caras fechadas do que alegres descerem pela escadinha descoberta da chancelaria. Também se dizia, no átrio, nos dias de audiência, que quem tinha bons punhos, voz alta e dinheiro no bolso, facilmente obtinha razão diante do seu tribunal.

11 Castigo em que o condenado era pendurado numa corda.

12 Fato histórico em que o imperador romano Tito perdoa três conspiradores dizendo que o arrependimento verdadeiro vale mais do que a fidelidade constante.

13 Em torno de 6 quilos. A libra italiana era equivalente a 300 gramas.

O que posso afirmar é que só duas vezes me aconteceu de ver darem puxões de corda no pátio do castelo; todas as duas vezes esta cerimônia coube a dois coitados que certamente não tinham necessidade disso. Bom para eles que o cavalcante[14] encarregado da alta e baixa justiça executiva era um homem de critério, e sabia levantar a corda com tanto garbo que as feridas se curavam em no máximo sete dias. Por isso, Marchetto, apelidado de Sovaossos, era tão amado pela gente miúda quanto era odiado pelo Chanceler. Já o senhor Conde, escondido, como o destino dos antigos, nas nuvens superiores do Olimpo, escapava tanto do ódio quanto do amor dos vassalos. Tiravam-lhe o chapéu como a uma imagem de um santo estrangeiro, com o qual tinham pouca intimidade; lançavam-se com a carroça até o fundo do fosso quando o palafreneiro, do alto de seu assento, gritava-lhes para ficarem longe meia milha.

O Conde tinha um irmão que não se parecia nada com ele e era cônego honorário da catedral de Portogruaro, o cônego mais redondo, despojado e doce que existia na diocese; um verdadeiro homem de paz, que dividia sabiamente seu tempo entre o breviário e a mesa, sem deixar entrever sua maior predileção por esta ou aquele. Monsenhor Orlando não havia sido gerado pelo senhor seu pai com a intenção de dedicá-lo à Madre Igreja, daí o seu nome de batismo[15]. A árvore genealógica dos Condes de Fratta ostentava uma glória militar a cada geração, de modo que o haviam destinado a perpetuar a tradição de família. O homem propõe e Deus dispõe, dessa vez pelo menos o grande provérbio não errou. O futuro general começou a vida demonstrando um afeto extraordinário pela ama, por isso não foi possível desmamá-lo antes dos dois anos. Com esta idade ainda era incerto se a única palavra que ele balbuciava fosse papa ou papai. Quando se conseguiu fazê-lo andar, começaram a lhe colocar na mão espadas de madeira e elmos de papelão, mas assim que o faziam, ele fugia para a capela para varrer com o sacristão. Quanto a fazê-lo ter familiaridade com as armas verdadeiras, tinha uma aversão instintiva pelas facas de mesa e queria a todo custo cortar a carne com a colher. Seu pai tentava vencer essa maldita repugnância fazendo-o sentar no colo de algum de seus *buli*[16], mas o pequeno Orlando se assustava tanto que era melhor passá-lo ao colo da cozinheira para que não morresse de medo. A cozinheira, depois da ama, foi seu segundo amor,

14 Na República Vêneta, o cavalcante (condutor de cavalos) também exercitava a função de executor de justiça.

15 Referência ao herói do romance de cavalaria, em versos, *Orlando furioso*, de Ludovico Ariosto (1474-1533).

16 *Bulo*, *buli* no plural, eram armeiros ou mercenários a serviço dos feudatários (termo vêneto).

mas não se entrevia de forma alguma a sua vocação. O Chanceler de então afirmava que os capitães comiam tanto, que o patrãozinho bem podia se tornar com o tempo um famoso capitão. Mas o velho Conde não se acalmava com essas esperanças e suspirava, movendo os olhos do rosto gorducho e assustado de seu segundogênito aos bigodões espetados e arrogantes dos velhos retratos de família. Ele havia dedicado os últimos esforços de sua capacidade geradora à ambiciosa lisonja de inscrever nos suntuosos futuros da família um grão-mestre de Malta[17] ou um almirante da Sereníssima; não engolia tê-los desperdiçado para ter em sua mesa a assustadora boca de um capitão dos Cernides[18]. Para tanto, redobrava o zelo para despertar e atiçar o espírito belicoso de Orlando, mas o efeito não acompanhava a ideia. Orlando fazia pequenos altares para cada canto do castelo, cantava missa, alta, baixa e solene, com as filhas do sacristão; quando via uma espingarda corria para se enfiar debaixo dos guarda-louças da cozinha. Então tentaram modos mais persuasivos: começou-se por lhe proibir frequentar a sacristia e cantar vésperas com o nariz, como ouvia fazerem os coristas da paróquia. Mas sua mãe se escandalizou com tais violências e começou a tomar secretamente a defesa do filho. Orlando sentiu-se bem fazendo a figura do pequeno mártir: e como os mimos da mãe o recompensavam das broncas paternas, a profissão de padre pareceu-lhe mais do que nunca preferível à de soldado. A cozinheira e as criadas sentiam nele um certo odor de santidade; então ele começou a engordar de contentamento e até a curvar a cabeça para manter a devoção das mulheres. E finalmente o senhor Pai, com sua ambição marcial, teve a opinião contrária de toda a família. Até mesmo os *buli*, apoiando a cozinheira, quando o feudatário não os ouvia, gritavam contra o sacrilégio de se obstinar a desviar um são Luís da boa estrada. Mas o feudatário era teimoso, e somente depois de doze anos de inútil assédio se resignou a deixar o campo e a colocar na gaveta dos sonhos dissipados os futuros louros de Orlando. Uma bela manhã, ele foi chamado com imponente solenidade diante de seu pai, que por mais que ostentasse a respeitável carranca de senhor absoluto, no fundo tinha o ar vacilante e contrito de um general que capitula.

– Meu filho – começou a dizer –, a profissão das armas é uma nobre profissão.

---

17 Grão-mestre da ordem de cavalaria que desde 1530 fora criada por Carlos V, da Espanha, para a defesa da ilha de Malta contra os turcos.

18 Os Cernides (termo vêneto) eram milícias de soldados mal preparados e indisciplinados. Soldado de pouco valor. O termo refere-se tanto à milícia, como ao indivíduo que a compõe.

– Acredito – respondeu o jovem com uma cara de santo um pouco agitada pelo olhar malicioso que lhe dirigiu a mãe sorrateiramente.

– Você carrega um nome soberbo – retomou o velho Conde, suspirando. – Orlando, como você deve ter aprendido com o poema de Ariosto que lhe recomendei tanto para estudar...

– Estou lendo o Ofício de Nossa Senhora – disse humildemente o garoto.

– Está muito bem – acrescentou o velho puxando a peruca sobre a testa –, mas Ariosto também é digno de ser lido. Orlando foi um grande paladino que libertou dos Mouros o belo reino da França. E mais, se você tivesse lido a *Jerusalém libertada*[19] saberia que não com o Ofício de Nossa Senhora, mas com grandes golpes de espada e estocadas de lança o bom Goffredo tirou das mãos dos Sarracenos o sepulcro de Cristo.

– Deus seja louvado! – exclamou o jovem. – Agora não há mais nada a fazer.

– Como não há mais nada? – atalhou o velho. – Saiba, ó desgraçado, que os infiéis reconquistaram a Terra Santa e que enquanto falamos um paxá do Sultão governa Jerusalém, vergonha de toda a Cristandade.

– Rezarei ao Senhor para que cesse tanta vergonha – acrescentou Orlando.

– Como rezar! Fazer, é preciso fazer! – gritou o velho Conde.

– Desculpe – intrometeu-se a Condessa. – O senhor não pretende que nosso menino aqui faça uma cruzada sozinho.

– Ora, vamos! Não é mais um menino! – respondeu o Conde. – Exatamente hoje faz doze anos!

– Mesmo que fizesse cem – acrescentou a senhora –, certamente não poderia colocar na cabeça conquistar a Palestina.

– Não a conquistaremos nunca enquanto educarmos nossa prole a se afeminar com o rosário! – exclamou o velho, vermelho de raiva.

– Sim! Só faltava esta blasfêmia! – retomou pacientemente a Condessa. – Já que o Senhor nos deu um filho que pretende fazer o bem, mostremo-nos gratos por desconhecer suas dádivas!

– Bela dádivas, belas dádivas! – murmurava o Conde. – Um carola glutão!... Meio raposa e meio coelho!

– Ele, afinal, não disse esta grande bobagem – acrescentou a senhora –, disse de rezar a Deus para que Ele consinta que os lugares de Sua paixão e de Sua morte voltem às mãos dos cristãos. É a melhor decisão agora que os

---

19 Poema épico de Torquato Tasso (1544-1595), que narra a Primeira Cruzada, liderada por Goffredo di Buglione.

cristãos estão ocupados degolando-se entre si, e que a profissão de soldado se tornou uma escola de fratricídios e carnificinas.

– Corpo da Sereníssima! – gritou o Conde. – Se Esparta tivesse tido mães como a senhora, Xerxes passava as Termópilas com trezentos jarros de vinho!

– Se a coisa tivesse sido assim, eu não teria tanto desgosto – retomou a Condessa.

– Como? – gritou o velho senhor. – A senhora nega até o heroísmo de Leônidas e a virtude das mães espartanas?

– Ora vamos! Estamos divagando! – disse calmamente a mulher. – Eu conheço muito pouco Leônidas e as mães espartanas apesar do senhor os vir citando com muita frequência, e, no entanto, quero crer de olhos fechados que fossem uma brava gente. Mas lembre-se que chamamos à nossa presença nosso filho Orlando para nos esclarecer sobre sua verdadeira vocação, e não para brigar diante dele sobre essas coisas antigas.

– Mulheres, mulheres!... Nasceram para educar frangos – resmungava o Conde.

– Meu marido! Sou uma Badoer![20] – disse a Condessa, empertigando-se. – O senhor há de convir, espero, que os frangos na nossa família não são mais numerosos que na sua os capões.

Orlando, que há um bom tempo se segurava, explodiu em uma risada ao belo elogio da senhora sua mãe, mas se recompôs como um pintinho pelo olhar severo que ela lhe deu.

– Vê? – continuou falando ao marido. – Acabaremos perdendo a cabra e as couves. Deixe um pouco de lado os seus caprichos, já que Deus lhe mostrou que não servem para nada, e interrogue, como convém a um bom pai de família, o espírito deste menino.

O velho obstinado mordeu os lábios e se voltou para o filho com uma cara tão feia que ele se assustou e correu a se refugiar com a cabeça debaixo do avental da mãe.

– Então – começou a dizer o Conde sem olhá-lo, pois olhando-o sentia inchar o fígado. – Então, meu filho, você não quer causar boa impressão sobre um belo cavalo arreado de ouro e de veludo vermelho, com uma longa espada flamejante na mão, e diante de seis regimentos de mercenários eslavos

---

20 Antiga família patrícia veneziana.

com quatro braças de altura cada um, que para correr e se deixarem matar pelas cimitarras dos Turcos não esperarão mais do que um sinal da sua boca?

– Eu quero cantar missa! – choramingava o menino debaixo do avental da Condessa.

O Conde, ouvindo aquela voz chorosa sufocada pelas pregas das vestes de onde saía, voltou-se para ver o que era; vendo o filho com a cabeça coberta como um faisão, não se conteve de raiva, ficou vermelho, mais de vergonha do que de cólera.

– Então vá para o seminário, bastardo! – gritou ele saindo da sala.

O coitadinho começou a soluçar arrancando os cabelos e a dar com a cabeça nas pernas da mãe, certo de não se machucar. Mas ela o pegou no colo e o consolava gentilmente dizendo:

– Sim, minhas entranhas; não tema; vamos fazê-lo padre; você vai cantar missa. Oh, você não foi feito, não, para derramar o sangue de seus irmãos como Caim!...

– Ih! Ih! Ih! Quero cantar no coro! Quero ser santo! – gritava Orlando.

– Sim... você vai cantar no coro, será cônego, terá o manto e as belas meias vermelhas, não chore meu tesouro. São tribulações que devem ser oferecidas ao Senhor para ser sempre mais digno Dele – dizia a mãe.

O menino se consolou com essas promessas, e é por isso que o Conde Orlando, contrariamente ao nome de batismo e a despeito da contrariedade paterna, tornou-se o monsenhor Orlando. Mas por mais que a Cúria estivesse disposta a favorecer a devota ambição da Condessa, já que Orlando não era uma águia, foram necessários mais de doze anos de seminário e outros trinta de postulação para fazê-lo alcançar a meta de seus desejos; o Conde teve a glória de morrer muitos anos antes que as borlas vermelhas lhe pendessem do chapéu. Entretanto, não se pode dizer que o abade tivesse perdido completamente todo aquele tempo de espera. Primeiro, aprendera uma razoável prática do missal e depois a papada se multiplicara a ponto de poder se comparar com o mais balofo e próspero de seus novos colegas.

Em um castelo que guardava em seus muros duas dignidades forenses e clericais como o Chanceler e monsenhor Orlando, não devia faltar sua celebridade militar. O capitão Sandracca queria ser um mercenário eslavo a qualquer custo, apesar de dizerem que nascera em Ponte di Piave[21]. Certamente era o homem mais alto da jurisdição e as deusas da graça e da beleza não haviam

---

21 Localidade na margem esquerda do rio Piave, na província de Treviso.

presenciado seu nascimento. Todavia, ele perdia uma boa hora todos os dias para se fazer mais feio do que o fizera a natureza; estudava sempre ao espelho algum modo de olhar e alguma nova forma de eriçar os bigodes que tornasse sua carranca mais formidável. Segundo ele, depois de esvaziar o quarto copo, não houvera guerra desde o cerco de Troia até o assédio de Belgrado[22] onde não tivesse combatido como um leão. Mas depois de passarem os vapores do vinho, reduzia suas pretensões a proporções mais honestas. Contentava-se em contar como tinha sido ferido doze vezes na guerra de Cândia[23]; todas as vezes oferecendo-se para baixar as calças para que contassem. E Deus sabe como eram essas feridas, já que agora, pensando bem, não me parece verossímil que com os cinquenta anos que dizia ter recém feito, ele tivesse assistido a uma guerra combatida sessenta anos antes. Talvez a memória o traísse, e lhe fizesse crer sua as batalhas de algum fanfarrão, ouvidas contar pelos novidadeiros da Piazza San Marco. O bom Capitão confundia muito facilmente as datas, mas nunca esquecia, a cada primeiro dia do mês, de se fazer pagar pelo feitor vinte ducados de salário como comandante dos cernides. Aquele era seu dia de festa. Expedia ao amanhecer dois tamboreiros que até o meio-dia estrondeavam pelos quatro cantos da jurisdição. Depois do almoço, quando a milícia estava reunida no pátio do castelo, saía de sua sala tão feio que quase somente com sua presença dispersava o próprio exército. Empunhava um espadão tão longo que bastava para regular o passo de uma coluna inteira. E como ao menor erro ele usava batê-lo impiedosamente em todas as barrigas da primeira fila, quando apenas acenasse baixá-lo, a primeira fila recuava sobre a segunda, a segunda sobre a terceira e se instalava tal confusão que muito menos aconteceria com a aproximação dos Turcos. O Capitão sorria de contentamento, e acalmava a tropa levantando a espada. Então aqueles vinte ou trinta camponeses maltrapilhos com suas espingardas atravessadas às costas como uma pá, retomavam a marcha a som de tambor para o largo da paróquia. Mas como o Capitão caminhava à frente com as pernas mais longas da companhia, por mais que a milícia se apressasse ele sempre chegava sozinho no largo. Então se dirigia furioso com seu espadão contra aquela ralé indolente, mas ninguém era tão simplório assim para esperá-lo. Alguns saíam correndo, uns saltavam nas valas, outros desviavam para dentro das portas e se escondiam nos palheiros. Os tamboreiros se defendiam

22 O assédio de Belgrado iniciou-se em 16 de junho de 1717, por uma liga entre a República de Veneza e o imperador austríaco, a capitulação aconteceu em 19 de agosto do mesmo ano.

23 De 1645 a 1669, os venezianos combateram os turcos pela posse da ilha de Cândia, que ao final tiveram que abandonar.

com seus instrumentos. E assim quase sempre terminava na jurisdição de Fratta a mostra mensal dos cernides. O Capitão redigia um longo relatório, o Chanceler o passava para a ata, e não se falava mais disso até o mês seguinte.

Ler nos dias de hoje esses documentos políticos e militares que parecem brincadeiras, talvez cause um grande espanto. Mas as coisas andavam exatamente como estou contando. A circunscrição de Portogruaro, à qual pertence a comuna de Teglio com o distrito de Fratta, forma agora a ponta oriental da província de Veneza, que ocupa toda a planície adjacente à laguna, do baixo Adige em Polesine às margens do rio Tagliamento. Nos tempos que estou falando, as coisas ainda estavam como as havia feito a natureza e Átila[24] as havia deixado. O Friuli obedecia a sessenta ou setenta famílias, originárias de além-alpes, estabelecidas na região por uma secular permanência, às quais era dada nos diversos domínios a jurisdição com limitado e plenos poderes, e seus votos unidos aos das Comunidades livres e dos Campesinatos formavam o Parlamento da Pátria[25], que uma vez ao ano se reunia com voto consultivo com o Lugar-tenente[26], representante de Veneza mandado a Udine. Eu tenho poucos pecados de omissão na consciência, entre eles um dos mais graves e que mais me atormenta é este: não ter assistido a um daqueles Parlamentos. Devia ser, na verdade, um espetáculo delicioso. Poucos dos senhores Jurisdiscentes[27] conheciam as leis e os deputados do condado não deviam saber mais do que eles. Não acredito que todos entendessem o toscano[28] e que nenhum deles o falasse é suficientemente provado por seus decretos ou pelas decisões tomadas, nos quais depois de um breve cabeçalho em latim cai-se numa mistura de italiano, friulano e veneziano que não é sem belezas para quem quiser rir. Tudo, portanto, concorda para estabelecer que quando o Magnífico Parlamento Geral da Pátria suplicava de Sua Sereníssima, o Doge,

24 Trata-se do rei dos Hunos, que governou o maior império europeu de seu tempo desde o ano 434 até sua morte em 453. Suas possessões se estendiam da Europa Central até o mar Negro, e do Danúbio até o Báltico.

25 Criado sob o domínio dos Patriarcas da Aquileia (1077-1420), inicialmente formado por barões eclesiásticos e laicos, depois sempre em maior número por representantes das comunas, o Parlamento friulano foi perdendo importância depois da conquista da região por Veneza (1420), no final do século XVIII já era uma sombra de si mesmo. Reuniu-se pela última vez em 10 de agosto de 1805.

26 Aquele que temporariamente ocupa as funções de um superior, neste caso o representante da república de Veneza.

27 A República Vêneta delegava no Friuli a administração da justiça a um nobre feudatário que era responsável diante do Chefe de Província. Cada jurisdiscente era ajudado por um chanceler inscrito no cadastro dos Notários e que se ocupava da guarda e conservação das Ações Civis e Criminais.

28 Na época, o toscano era a língua oficial dos casos jurídicos.

a licença de julgar sobre uma dada matéria, o teor da lei estivesse minuciosamente acertado entre Sua Excelência, o Lugar-tenente e o Excelentíssimo Conselho dos Dez[29]. Naquelas conferências preliminares tinham voz também os jurisconsultos do Foro de Udine, não nego; sobretudo porque estes jurisconsultos tinham faro para concordar com os projetos da Signoria[30]. É claro que de tal costume estava excluída qualquer matéria de direitos privados e feudais, os quais nem os castelões talvez consentissem que se pusesse em disputa, nem a Signoria ousaria privá-los por seus imperscrutáveis motivos que em geral se restringiam ao medo. O fato é que obtida a permissão para discutir sobre um dado assunto, o Magnífico Parlamento Geral propunha, discutia e aprovava tudo em um só dia, que era justamente onze de agosto. O porquê da pressa e de ter escolhido aquele dia e não outro, era que neste dia caía a feira de são Lourenço e com isso oferecia a oportunidade a todos os votantes do Parlamento de se reunirem em Udine. Mas como durante a feira poucos tinham vontade de preterir seus negócios pelos negócios públicos, para desembaraçá-los considerou-se que eram mais do que suficientes vinte e quatro horas. O Magnífico Parlamento Geral solicitava então, da Sereníssima dominante, a confirmação do que havia discutido, proposto e aprovado e, chegada a confirmação, o arauto em dia festivo gritava a universal notícia e por inviolável execução a decisão do Magnífico Parlamento Geral. Não por isso todas as leis promulgadas desta maneira eram injustas ou ridículas, já que, como diz o autor dos Estatutos Friulanos, *estas leis são uma síntese de justiça, de maturidade e de experiência, e têm sempre em vista objetos louváveis e edificantes*, mas disso deriva uma formidável dúvida sobre o mérito que pudessem se orgulhar os Magníficos deputados da Pátria. Em 1672, parece que o Excelentíssimo Carlo Contarini tenha relatado ao Sereníssimo Doge a necessidade de algumas reformas das antigas constituições. Portanto, *Dominicus Contareno Dei gratia Dux Venetiarum etc.* [Domenico Contarini pela graça de Deus Doge de Veneza etc.] depois de ter desejado ao *nobili et sapienti viro Carolo Contareno salutem et dilectionis affectum*

29 Os três órgãos fundamentais de Veneza eram: O Conselho Maior, assembléia geral dos patrícios, com funções legislativas e poderes soberanos; o Conselho dos Rogados, por antonomásia chamado de Senado, com funções administrativas; o Conselho dos Dez, composto por dez membros ordinários do Conselho dos Rogados, com competência político-judiciária.

30 Órgão executivo supremo da República de Veneza, composto pelo Doge, por seus seis conselheiros (Conselho Menor), um para cada distrito da cidade, por três chefes dos Supremo Tribunais Criminais (Quarantia Criminale) e por dezesseis membros do Colégio dos Sábios.

[nobre e sábio senhor Carlo Contarini saúde e serenidade] continua relatando-lhe os limites da licença concedida. *Tendo refletido menos nas reivindicações desta Pátria e Parlamento do que relatais em vossas juradas informações a propósito de etc.* deliberamos *para satisfação dos espíritos destes amados e fidelíssimos súditos* permitir *que possam ser reformados aqueles capítulos que* sabemos *necessários para seus serviços.* E no ano seguinte, depois de lidas e meditadas pelo Sereníssimo Doge as tais reformas, dignou-se a permitir a publicação com suas anotações ao *nobili et sapientissimo viro Hyeronimo Ascanio Justiniano* [ao nobre e sapientíssimo senhor Geronimo Ascanio Giustiniano]. *Tendo sido feitas algumas alterações em alguns dos subsequentes capítulos que desejamos reduzir à sua verdadeira essência sem outro acréscimo etc. etc. dever-se-á omitir etc. bastando os públicos Decretos em tal propósito. No capítulo cento e quarenta e sete com o qual se pretende extirpar os preconceitos que são infligidos pelas vilas e comunas aos jurisdiscentes, foi acrescentada uma pena de cinquenta liras ao jurisdiscente: esta não estava clara e deverá, portanto, ser retirada e deixada de imprimir. Com esses métodos se permitirá a execução conforme petição, ordenando, porém, a conservação dos antigos estatutos e outras constituições para todas aquelas superveniências e recursos que possam ser feitos à nossa Signoria. Datum in nostro ducali palatio, die 20 maii Indictione XI 1673* [Acordado em nosso palácio ducal, dia 20 de maio de 1673. Intimação XI]. Depois destas formalidades saíram finalmente os Estatutos Friulanos, os quais continuaram a ter força de lei até o início do presente século; a razão da renovação é assim expressa pelos compiladores em um solene proêmio. *Determinou-se renovar as constituições da Pátria do Friuli por muitas terem se tornado há muito tempo impraticáveis, outras duvidosas, haver muitos casos que não estavam previstos. Etc. etc. E porque nelas se trata de efeitos de justiça devem ser bem conhecidas não somente pelos próprios juízes, mas por todos, etc. etc. resolveu-se escrever o presente livro de Constituições em língua vulgar na mais ampla e fácil forma possível, etc. etc. Para dar um princípio que seja bem fundamentado a esta proveitosa e louvável obra, começaremos com a Primeira Constituição.* Esqueceram-se de esclarecer o motivo pelo qual a primeira constituição e não a segunda devia ter bom fundamento àquela proveitosa e louvável obra. Mas talvez tenha sido porque na primeira se estatuía sobre a observância da religião cristã, e também das práticas relativas aos judeus e às blasfêmias. Se estas últimas também devem ser incluídas entre os objetos louváveis e edificantes que, segundo o autor, estão em vista da lei, eu não poderia acreditar, mesmo com a mais cega fé, na hermenêutica do citado autor. Os Estatutos continuam estabelecendo os *Feriados introduzidos em louvor a Deus, e aqueles introduzidos pelas indispensáveis necessidades dos homens, para que comodamente e sem qualquer distração se possa recolher o que a terra produz irrigada pela mão divina.* Seguem-se as disposições sobre os notários, solicitadores, patrocinadores e advogados, a propósito dos quais o legislador observou *que as armas ornamentam e as letras armam os Estados*, e acrescenta que, *sendo seu ofício tão nobre, também se deve aplicar a eles os oportunos remédios.* Parece que o atributo de nobre seja aqui usado no insólito significado de enfermo ou perigoso. Depois, sucedem-se muitos capítulos de regras processuais, nos quais, no capítulo do *testemunho falso* se nota a sábia disposição de que *quem for persuadido a tal em causa civil deve cair na pena de 200 liras, ou ser mutilado da língua em caso de insolvência.* E se a matéria fosse criminal se *aplique a mesma pena que mereceria aquele contra quem é indiciado.* Os contratos, os dotes, os testamentos, os despejos, os impostos, os sequestros são assunto dos parágrafos seguintes. O capítulo cento e quarenta e um trata particularmente dos assassinos, *cada um dos quais, se cair nas mãos da justiça* (acidente então raríssimo, o que mitigava a excessiva generalidade da lei) *é condenado a ser enforcado pelo pescoço, de modo que morra.* Do parágrafo concernente aos assassinos, passa-se às confiscações, aos regulamentos de pasto e de caça, e a um estatuto de boa economia no qual é *proibido às comunas condenar os réus mais que em oito soldos para cada excesso.* Há um capítulo intitulado Castelos, no qual se remete às leis sobre os Feudos. E finalmente há o último da *locação das casas*, no qual, com paterna providência pela segura habitação dos súditos, está estabelecido que *quem tem locação de menos de cinquenta anos deve ter a intimação de despejo pelo menos um mês antes de expirar a mesma.* Para que neste espaço de tempo ele possa providenciá-la por mais cinquenta anos; que o Senhor lhe conceda a vida de Matusalém, para que possa repetir muitas destas locações.

Pareceria realmente milagroso esse Código de uma centena de páginas que ordena tantas matérias tão díspares, mas os jurisconsultos do Magnifico Parlamento encontraram tantas facilidades que ficaram à vontade para introduzir aqui e ali leis e conselhos sobre tutelas, curadorias, encantos, percussores e inquietadores dos oficiais públicos, e de estatuir contra eles a multa de quarenta e oito soldos se homens, e vinte e quatro soldos se mulheres. Estabeleceu-se ainda uma tarifa para os peritos patenteados e uma boa repreensão para os camponeses que ousassem transportar em dias festivos. Muito sábio é o costume seguido nesses Estatutos de dar sempre razão por razão preconcebida; como quando depois de estabelecido que as intimações em lugares diferentes que caíam no mesmo dia devam ter efeito uma depois da outra em razão de antiguidade, o legislador acrescenta como motivo desta sua disposição: *porque uma pessoa não pode estar ao mesmo tempo em vários lugares.* Os Códigos modernos não são tão razoáveis, querem porque querem, mas isso não impede que não deva ser louvada a agradável ingenuidade daqueles de antes.

A incumbência do advogado ou do juiz pareceria ter sido muito fácil com a comodidade de estatutos tão sumários. Mas havia um pequeno obstáculo. Onde não dispunham as leis provinciais entendia-se ter vigor o Direito Vêneto, e só quem conhece o volume e a confusão deste, pode entender facilmente como eram complicadas as transações forenses. Ainda por cima, havia os costumes, e por último vinha para criar confusão o Direito Feudal, que misturado com as outras leis e disposições, em uma região atulhada de jurisdições e de castelos, acabava por encontrar sempre aquele lugar que tem o óleo misturado com o vinho.

Os infinitos desequilíbrios provocados na administração da justiça pelo arbitrário cruzamento de tantas leis e de tantos códigos, apiedaram os ânimos da Sereníssima Signoria, que se dispôs a repará-los com a missão em terrafirme de um magistrado ambulante composto por três procuradores inquisidores, os quais tocando com a mão as feridas *dos amadíssimos súditos e dos pobres campesinatos* aplicassem válido e pronto remédio. De fato, os três procuradores com minuciosa consciência começaram a passear de lá para cá pela Pátria do Friuli; o primeiro fruto de sua peregrinação foi um caloroso proclama sobre taxas públicas, ao final do qual *é incentivado o zelo dos Nobres Lugar-tenentes para intensificar as cobranças e não omitir de tempos em tempos qualquer execução de móveis, aluguéis, entradas e imóveis de razão dos públicos renitentes devedores, confiscando e vendendo os efetivos e bens dos mesmos em vantagem do erário público; sejam obrigados a pontualmente executar com pena da perda do cargo e outras, a arbítrio da justiça.* De qual justiça, eu perguntaria de bom grado. Entretanto, depois de ter assestado convenientemente essa matéria com uma meia dúzia de proclamas semelhantes, os Ilustríssimos e Excelentíssimos Senhores Procuradores voltaram as mentes para um objeto de mais cara e direta vantagem dos amadíssimos súditos, e publicaram outro decreto que começa: *Nós* (parágrafo). *Em propósito dos vinhos de Ístria e Isola* (novo parágrafo). *As dificuldades que se interpõem ao comércio dos vinhos desta fidelíssima Pátria chamam a atenção dos Magistrados etc. etc., e nos levam com o presente a comunicar publicamente* (parágrafo). *Conforme as leis etc. fica absolutamente proibido introduzir em qualquer lugar desta Pátria e Província do Friuli qualquer tipo de vinhos provenientes de Sottovento*[31] *e Isola, se antes não tiverem pago a Taxa ao Agente Alfandegário de Muscoli*[32] *e emitido o recibo.* Seguem-se as penas por um bom par de páginas. – Aos senhores procuradores pareceu com esse decreto ter trabalhado suficientemente para a imediata utilidade da fidelíssima Pátria, e voltaram a parir proclamas: a propósito da Taxa da Moedura e Ducado por bebidas, a propósito das Padarias, a propósito dos Óleos, Sais e Tabacos, a propósito dos contrabandos; e não cessaram com esses propósitos senão para emanar um outro verdadeiramente paterno e providencial a *propósito dos lutos*, segundo o qual *para impedir que não se excedam por ocasião dos lutos por morte os parentes com agravo inútil e supérfluo que ocasiona a ruína da família e chega a impedir o modo de cumprir os próprios deveres* (entenda-se pagar os impostos etc.) estatui-se entre outros, *que não se possam usar tabardos longos também chamados de roupa de luto, com pena aos transgressores de 600 ducados a serem aplicados um terço ao Nobre Camerlengo, um terço ao erário da Magnífica cidade, e um terço ao denunciante.* Suponho que depois desta disposição todos aqueles que tinham perdido um parente na última década mandasse encurtar o tabardo usual de alguns centímetros, para não correr o risco de pagar tão caro o privilégio.

Mas se foi sensata e ativa a missão da primeira Procuradoria, muito mais profícuas foram as subsequentes. Entre as quais merece especial louvor a de 1770, que se ocupou da reorganização das Cernides ou milícias do condado, retiradas das Comunidades e dos Feudatários para tutela da ordem em cada jurisdição. Permitem os Senhores Procuradores Inquisidores aos Cernides, *Caporais e Chefes de Cento* (o capitão Sandracca era um Chefe de Cento, ou até de cinquenta ou de vinte segundo a boa disposição dos subalternos, que se arrogava o título de capitão em vista de suas glórias passadas) permitem eles, digo, *de portar livremente a espingarda descarregada pelas cidades e terras muradas para trânsito, nunca nas igrejas, festas, mercados, nem acompanhando cidadãos. – Poderão também*, conforme os Ilustríssimos Procuradores, *nos casos de Desfiles, Exibições, Paradas e Patrulhas estarem armados também de*

31 Por Sottovento entende-se os territórios a sudeste do Friuli, isto é, Ístria, que hoje compreende, além da Itália, a Croácia e a Eslovênia. A Ilha de Ístria era famosa por seus vinhos.

32 Muscoli era a cidade de fronteira, próxima a Cervignano del Friuli.

fuzil e baioneta; ficando vetado o punhal, já anteriormente proibido, e convertido agora no uso impudente de facas, arma abominável a qualquer gênero de milícia e condenada por todas as leis. – Este parágrafo atingia mais do que as Cernides os prepotentes castelões que, recrutando os famosos *buli*, armavam até os dentes os mais perigosos e os mantinham por perto para as costumeiras arbitrariedades. Convém, porém, acrescentar em honra aos condes de Fratta, que seus *buli* eram famosos no território por um costume exemplar, e que, se existiam, era mais por hábito do que por arrogância. O capitão Sandracca, antigo herói de Cândia, via com horror essa corja, chamava-a de incursão irregular; e tanto havia se empenhado junto ao Conde que o relegaram a uma salinha ao lado do estábulo, e o próprio cavalcante Marchetto, que na época era o chefe dos *buli*, não podia entrar na cozinha sem antes depor no corredor as pistolas e o facão. O Capitão dizia que o motivo deste seu horror era o mesmo dos senhores procuradores, isto é, que essas armas são abomináveis para qualquer gênero de milícia. Dizia ter mais medo de uma faca do que de um canhão, e isso podia ser verdade em Fratta, onde nunca se viram canhões.

Acomodada um pouco por alto a difícil matéria das armas, dedicaram-se os senhores procuradores a regular a matéria não menos importante das moedas, mas a primeira lhes era mais importante e estava conturbada por muita desordem, para que não tivessem que voltar logo ela. De fato, no mesmo ano voltaram a bater na tecla da proibição *de portar armas a quem não estivesse munido da devida licença, estendendo-a também às festas sacras ou solenidades públicas*, com a advertência, *que em caso de tais faltas se receberão denúncias anônimas com promessa de sigilo e prêmio de 20 ducados ao denunciante.* – Como se vê, este assunto interessava muitíssimo ao Conselho Maior, por cuja autoridade os senhores procuradores despejavam proclamas sobre proclamas. Mas a exuberância era justamente indício de efeito medíocre. De fato, não era fácil o controle das armas em uma província dividida e subdividida por cem jurisdições sobrepostas e intersectadas umas às outras, limítrofes com regiões estrangeiras como o Tirol e o Condado de Gorizia, sulcada a cada passo por torrentes e caudais nos quais faltavam, além de pontes, os barcos, e feita dez vezes mais vasta do que agora, por estradas disformes, profundas, infamíssimas, mais adequadas a atrapalhar do que ajudar os viandantes. De Colloredo a Collalto, que é um trecho de quatro milhas, lembro-me que até vinte anos atrás, dois ágeis e robustos cavalos suavam três horas para puxar um coche muito sólido e bem estruturado para resistir aos solavancos dos buracos e das pedras que se encontravam. E mais, havia uma boa milha pela qual a estrada corria em um fosso ou torrente, e para superar aquele trecho tornava-se indispensável o socorro de um par de bois. As vias carroçáveis não eram diferentes daquela no resto da província e todos podem imaginar qual devia ser a força executiva das autoridades sobre pessoas defendidas de todos os lados por tantos obstáculos naturais. Entre eles, por hora, vou deixar de levar em conta a preguiça e a venal cumplicidade dos guardas, dos cavalcantes e até mesmo dos chanceleres, quase obrigados a tais compromissos para remediar a demasiada modicidade das tarifas e a proverbial avareza dos governantes. Entre estes, por exemplo, havia um tal que, ao invés de retribuir com alguma recompensa o próprio chanceler ou notário, pretendia partilhar com ele as taxas recebidas, e aconteceu de um notário obrigado a condenar as pessoas em dobro do que deveria, para satisfazer a cobiça do juiz e também ter com o que viver. Outro castelão, quando estava no vermelho, costumava denunciar a si mesmo à chancelaria por um suposto delito para arrecadar sua quota sobre o pagamento devido ao oficial pelo processo, pela parte condenada. Certamente o juiz e o chanceler de Fratta não tinham estes sentimentos, mas por outro lado, não me lembro de ter ouvido nunca louvarem a justiça deles. Ao contrário, o Chanceler, quando estava livre da sua função de sombra, e não se perdia tagarelando de mulheres e de tramóias, fazia sempre longuíssimas lamentações sobre a exiguidade das tarifas, as quais, segundo ele, proibiam absolutamente a entrada no paraíso a todo oficial de justiça que não provasse categoricamente a são Pedro estar morto de fome. Com que direito ele se queixava, não quero julgar, no entanto, sei que a inquisição de um ou mais réus tinha como tarifa a paga de uma lira, equivalente a 50 centavos de franco. Creio que não se pudesse assegurar aos súditos uma justiça mais barata, mas na justiça, como em outras coisas, quem mais gasta menos gasta, e os provérbios raramente erram. Isso acontecia com as cartas, que para mandar uma aos limites do Friuli se pagava três soldos, e era uma loteria com aquela confusão de estradas. Mas o que importa se se devia escrever dez para fazer chegar uma, e esta também não chegava a não ser por acaso, e muitas vezes inútil pela demora? No fim das contas, sob certo aspecto acho que não erram os que louvam são Marcos, mas sob mil aspectos diferentes daquele que eu louvo todos os outros santos do paraíso e deixo quieto o quarto evangelista com seu leão[33]. Sou velho, mas não enamorado da velhice, e da antiguidade venero a duração, mas não a cor da barba.

Certamente, para quem tinha herdado muitos direitos e poucos deveres e pretendia continuar o costume, são Marcos era um comodíssimo patrono.

---

33 O leão alado, símbolo do evangelista são Marcos e da República de Veneza.

Nenhum conservador mais conservador do que ele: nem mesmo Metternich[34] ou Chateaubriand[35]. Assim como o Friuli lhes tinha sido legado pelos patriarcas de Aquileia, assim o haviam conservado com suas jurisdições, com seus estatutos, com seus parlamentos. Fantasmas da vida pública que talvez incubasse desde o início um germe de vitalidade, mas que sob as asas do Leão finalmente acabou tendo que esconder uma profunda indiferença, aliás, uma cansada resignação à organização envelhecida da República. As efêmeras incursões dos Turcos, no final do século XV, haviam enchido aquela extrema província da Itália com um medo excepcional, quase supersticioso, de modo que a submissão à Veneza pareceu uma sorte, como antiga vencedora que era da potência otomana. Mas a astuta negociadora entendeu que para se manter sem exércitos no novo domínio precisava do braço dos castelões, elevados a nova prepotência pela necessidade que o condado tivera deles nas últimas invasões turcas. Daí a tolerância das antigas disposições feudais, que se perpetuou como tudo se perpetuava naquele corpo já enfermo e pesado da República. Os nobres continuaram a viver nos castelos três séculos depois que seus colegas conterrâneos já haviam se tornado cidadãos e as virtudes de outros tempos parcialmente se tornaram vícios, quando a mudança das condições gerais lhes tirou o ar com que viviam. O valor transformou-se em crueldade, o orgulho em prepotência e a hospitalidade aos poucos tornou-se soberba e proteção ilegal para os piores bandidos. São Marcos[36] cochilava, ou se acordava e punia, a justiça se fazia no escuro, atroz pelo mistério e inútil pelo nenhum exemplo. No entanto, o patriciado friulano começava a se dividir em duas facções: uma local, mais rústica, mais selvagem e menos propícia à dominação dos juízes venezianos, a outra veneziana, urbana, abrandada pelo diuturno consórcio com os nobres da dominante. As antigas memórias familiares e a proximidade das terras do Império austríaco atraíam a primeira ao partido imperial, a segunda, por semelhança de costumes, adaptava-se melhor a uma servil obediência aos governantes; a primeira rebelde por instinto; a segunda servil por nulidade, ambas mais que inúteis, nocivas ao bem da região. De modo que vimos muitas famílias nobres

34 Klemens Wenzel Nepomuk Lothar (1773-1859), Príncipe de Metternich-Winneburg--Beilstein foi um estadista do Império Austríaco e um dos mais importantes diplomatas do seu tempo, a serviço do Ministro do Exterior imperial desde 1809 e Chanceler a partir de 1821 até à revolução liberal de 1848, que forçou a sua demissão

35 François-René de Chateaubriand (1768-1848), também conhecido como visconde de Chateaubriand, foi um escritor, ensaísta, diplomata e político francês que se imortalizou pela sua magnífica obra literária de caráter pré-romântico.

36 A República de Veneza, é aqui muitas vezes citada apenas como São Marcos.

perdurarem por muitas gerações a serviço da Corte de Viena, e muitas outras, ao contrário, aparentadas com os nobres do Grande Canal[37] serem presenteadas na República com cargos elevados. Mas os dois partidos não haviam dividido entre si os costumes e os favores de modo que não houvesse algumas partes promíscuas. Aliás, alguns dos mais petulantes castelões foram vistos algumas vezes em Veneza para reparar os abusos cometidos, ou comprar o esquecimento dos senadores com grandes bolsas de dinheiro. E também havia os fidalgotes, venezianos na cidade por três meses no inverno, que voltavam aos seus palácios mais violentos do que nunca, apesar de tais bravatas parecerem no mais das vezes embustes e não violências, e muitas vezes antes de cometê-las assegurassem sua impunidade. Quanto à justiça, creio que a coisa estivesse entre gatos e cães, ou seja, que ninguém a levasse a sério, excetuando-se os poucos tementes a Deus que ainda estavam sujeitos a grandes erros por ignorância. Mas, em geral, era o reino dos astutos, e somente com a astúcia o povo miúdo conseguia achar o fio da meada para se recuperar das prepotências sofridas. No direito forense friulano, a astucia dos administrados fazia as vezes do *equitas* no direito romano. A voracidade e a altivez dos oficiais e dos respectivos patrões assinalavam os limites do *strictum jus*[38]. Como quer que seja, se acima do Tagliamento predominava entre os castelões o partido veneziano, ao qual se vangloriavam de pertencer há tempos imemoriais os condes de Fratta, do outro lado, a facção imperial dominava descaradamente, a qual, se perdia em popularidade e em riqueza, era-lhe muito superior em operosidade e em audácia. Entretanto, também havia quem a levasse a sério e quem não, e quem estivesse no meio; estes como sempre eram os incapazes e os piores. A justiça sumária exercitada muitas vezes pelo Conselho dos Dez sobre alguns imprudentes, acusados de conjurar a favor dos imperiais e em detrimento da República, não era feita para encorajar as intrigas dos sediciosos. Apesar desses objetivos serem muito raros para que os sustos durassem muito tempo e as tramas continuassem tão mais frívolas e inócuas quanto mais os tempos eram contrários e o povo indiferente a artificiais e não desejadas inovações.

Nos tempos de Maria Teresa[39], três castelões do Pedemonte, um Franzi, um Tarcentini e um Partistagno, foram acusados de fomentar a inquietação da região e de trabalhar para dirigir o ânimo das Comunidades em favor da Imperatriz.

37 Ou seja, de Veneza.

38 Equitas se refere à justiça indulgente, que interpreta a lei conforme o espírito. Strictus jus é a justiça que se mantém fiel à letra da lei.

39 Maria Teresa da Áustria foi imperatriz de 1740 a 1780.

O Conselho dos Dez lhes fez pagar diligentemente, uma vez que as acusações não eram falsas. Mais do que todos Partistagno, que com seu castelo quase na fronteira da Ilíria, era abertamente partidário dos imperiais, zombava de São Marcos, e bebia em honra daquele dia em que o senhor Lugar-tenente, repito as palavras de seu brinde, e os outros *caga na água* seriam expulsos com um pé no traseiro para lá do Tagliamento. Todos riam desses votos, e a intrepidez do feudatário era admirada e imitada da melhor forma possível pelos vassalos e pelos castelões vizinhos. Em Veneza, reuniu-se o Conselho Secreto, e foi decidido que os três turbulentos fossem chamados para se justificar; todos sabiam que as justificavas eram as escadas mais infalíveis para subir aos chumbos[40].

O temido Messer Grande[41], então, foi ao Friuli com três cartas seladas para serem abertas e lidas cada uma em presença do respectivo imputado; estas cartas continham a injunção de se apresentarem *ipso facto*[42] em Veneza para responder a inquérito do Excelentíssimo Conselho dos Dez. Era comum obedecer-se cegamente a essas injunções; a força do Leão ainda parecia tão formidável aos distantes e aos ignorantes, que se considerava inútil tentar fugir dela. O Messer Grande, então, cumpriu sua solene missão junto ao Franzi e ao Tarcentini. Ambos, um por vez, baixaram a cabeça e foram espontaneamente se apresentar nas masmorras dos Inquisidores[43]. Depois, passou com a terceira carta no castelo de Partistagno, que já soubera da humildade dos companheiros e o esperava respeitosamente na grande sala do térreo. O Messer Grande entrou com sua grande toga vermelha que varria o pó, e com ato solene, tirando a carta do peito e abrindo-a, leu seu conteúdo. Ele lia com voz nasal que *o Nobre e Excelso Senhor Gherardo di Partistagno estava convidado a comparecer dentro de sete dias diante do Excelentíssimo Conselho dos Dez etc. etc.* – O nobre e excelso senhor Gherardo di Partistagno estava diante dele com a fronte curvada sobre o peito e o corpo tremendo, como se escutasse uma sentença de morte. A voz do Messer Grande fazia-se cada vez mais ameaçadora ao ver aquela atitude de pavor e, por fim, quando leu as assinaturas parecia que todo o terror que circundava o Conselho Inquisitorial saísse de suas narinas. Partistagno respondeu com voz insegura que obedeceria imediatamente e estendeu a um criado

40 Assim eram chamados os cárceres do Conselho dos Dez, pois situavam-se sob a placas de chumbo do telhado do Palácio Ducal.

41 Oficial de justiça do Conselho dos Dez.

42 Como consequência obrigatória do fato.

43 Inquisidores do Estado: tribunal composto por três membros do Conselho dos Dez, dois designados pelo próprio Conselho, membros de "toga preta", um designado pelo Doge, membro de "toga vermelha".

a mão que apoiara sobre uma mesa, como se comandasse o cavalo ou a liteira. O Messer Grande orgulhoso por ter fulminado segundo o costume aquele altivo feudatário virou-se para sair de cabeça erguida da sala. Mas não havia dado um passo quando sete ou oito *buli*, mandados vir no dia anterior de um castelo que Partistagno possuía na Ilíria, caíram em cima dele: bate daqui e pisa de lá, deram-lhe tantas, que o pobre Messer Grande não teve nem voz para gritar. Partistagno atiçava aqueles bandidos dizendo de tempos em tempos:

– Sim, claro, estou pronto para obedecer! Dá-lhe, Natale! Mais, mais nesse focinho de pergaminho! Vir aqui ao meu castelo para me trazer esses recados!... Que esperteza!... Uh, como está sovado!... Bravo, meus filhos! Agora chega, para que ele tenha fôlego para voltar a Veneza e dar notícias minhas àqueles bons senhores!

– Ai de mim! Traição! Piedade! Estou morto! – gemia o Messer Grande debatendo-se no chão e tentando se levantar.

– Não, não está morto, moleque – dizia Partistagno. – Está vendo?... Você consegue ficar em pé, e com alguns remendos o seu belo roupão vermelho não vai ter sinal deste feio acidente. Agora vá – e assim dizendo conduzia-o para fora da porta. – Vá e diga aos seus patrões que o chefe dos Partistagno não recebe ordens de ninguém, e que se eles me convidaram, eu os convido a virem me encontrar em meu castelo de Caporetto, em Gorizia, onde receberão dose tripla do remédio que você recebeu.

Com essas palavras ele o levara aos trambolhões até a porta do castelo, onde lhe deu um empurrão que o fez rolar dez passos no terreno sob uma grande risada dos espectadores. E enquanto o Messer Grande apalpando os ossos e o nariz descia em direção a Udine em uma liteira requisitada pela estrada, ele com seus *buli* correu para Caporetto, de onde não se fez mais ver nas terras da Sereníssima. Os antigos contavam que não se ouviu mais falar de seus dois companheiros encarcerados.

Essas ninharias aconteciam no Friuli faz uns cem anos e parecem as novelas desencavadas por Sacchetti[44]. Assim é a índole das cidades das montanhas que em seus picos de granito conservam longamente as marcas dos tempos antigos, mas como o Friuli é um pequeno compêndio do universo, montanhoso, plano e lagunar em sessenta milhas de norte a sul, também havia ali o reverso da medalha. De fato, no castelo de Fratta, durante a minha

44 Trata-se de Franco Sacchetti (1332-1400), famoso escritor, sobretudo por suas Trecentonovelle (Trezentas novelas).

adolescência, eu sempre ouvia falar com horror dos castelões *da Alta*[45] de tanto que o venezianismo havia entrado no sangue daqueles bons condes. E tenho certeza de que eles se escandalizaram mais do que os próprios Inquisidores com o refresco servido ao Messer Grande por Partistagno.

Mas a justiça alta, baixa, pública, privada, legislativa e executiva da Pátria do Friuli me fez lembrar da grandiosa lareira, ao redor da qual, à luz dos dois candeeiros e ao flamejante estalar do zimbro, eu estava rememorando as figuras que ali costumavam sentar nas longas tardes de inverno da minha infância. O Conde com sua sombra, o monsenhor Orlando, o capitão Sandracca, Marchetto cavalcante e o senhor Andreini, o primeiro Homem da Comuna de Teglio. Este é um novo personagem de quem ainda não falei, mas seria preciso discorrer muito sobre ele para dar uma ideia do que era essa classe intermediária camponesa entre a senhoria e o campesinato. O que era realmente seria uma trapalhada querer entender, mas o que desejava parecer posso dizer em duas palavras. Desejava parecer humilíssimo servidor nos castelos e confidente do castelão e por isso segundo patrão da região. Quem tinha boa índole usava para o bem esta singular ambição, e quem era avarento, parasita ou mau, era levado à mais baixa e dúbia malvadeza. Mas o senhor Andreini era o primeiro entre os primeiros, pois se era astuto e falastrão, tinha no fundo o melhor caráter do mundo, e não arrancaria a asa de uma vespa depois de ter sido picado por ela. Os criados, os cavalariços, os arautos, a ajudante de cozinha e a cozinheira eram pão e queijo com ele, e quando o Conde não estava por perto, gracejava com eles e ajudava o filho do feitor a depenar as perdizes. Mas assim que chegava o Conde se recompunha para atender somente a ele, como se fosse sacrilégio ocupar-se de outra coisa quando se gozava da felicíssima presença de um jurisdiscente. E conforme os prováveis desejos dele, era o primeiro a rir, a dizer sim, a dizer não, e até mesmo a se desdizer se errara com a primeira tentativa.

Havia também um certo Martino, antigo camareiro do pai de Sua Excelência, que frequentava sempre a cozinha como um velho cão de caça posto entre os inválidos, e queria enfiar o nariz nos guarda-louças e nas caçarolas, para grande desespero da cozinheira, sempre resmungando contra os gatos que se enredavam em suas pernas. Mas sendo ele surdo e não gostando muito de falar, não entrava nunca na conversa. Seu único serviço era o de ralar o queijo. É verdade que com a fleuma natural ainda mais acentuada pela idade,

45 Referência ao vale superior do rio Tagliamento.

e com o extraordinário consumo de sopa que se fazia naquela cozinha, tal serviço ocupava-o por muitas horas do dia. Parece-me ainda ouvir o barulho monótono das crostas esfregadas para cima e para baixo pelo ralador, com pouquíssimo respeito pelas unhas; como prêmio desta parcimônia o velho Martino sempre arruinara e lambuzara as pontas dos dedos. Mas eu não me sentiria bem zombando dele. Ele foi, pode-se dizer, meu primeiro amigo, e se eu gastei muito fôlego querendo sacudir seu tímpano com minhas palavras, também tive por todos os anos que viveu comigo uma terna recompensa de afeto. Era ele quem vinha me procurar quando alguma impertinência cometida me bania da família; ele me desculpava com o Monsenhor, quando em vez de ajudá-lo na missa eu fugia para o pomar subindo nos plátanos em busca de ninhos; ele confirmava minhas doenças, quando o Pároco me procurava para a lição de catecismo; e se eu estava de cama também era capaz de buscar óleo ou purgante para mim. Enfim, Martino e eu éramos como a luva e a mão, e se quando eu entrava na cozinha não conseguia vê-lo pela escuridão que reinava ali o dia todo, um sentimento interno me advertia se ele estava ali e me dirigia diretamente para lhe puxar a peruca ou cavalgar em seus joelhos. Se Martino não estava, todos zombavam de mim porque eu ficava tão murcho como um pintinho longe da galinha; eu acabava saindo despeitado, a menos que um pigarro do senhor Conde não me fizesse criar raízes no chão. Então eu ficava tão duro, que nem uma bruxa faria eu me mexer, e só depois que ele saísse eu retomava a liberdade de pensamento e de movimentos. Nunca soube a razão de tão estranho efeito produzido em mim por aquele velho alto e empertigado, mas creio que suas guarnições escarlates me encantassem como aos perus.

Outra minha grande amizade era o cavalcante, que às vezes me pegava na garupa e levava em seus passeios para afixar decretos e outras coisas. Eu, então, não tinha pelas facas e pelas pistolas um ódio como o do Capitão Sandracca; durante a viagem sempre remexia nos bolsos de Marchetto para roubar o punhal e fazer com ele mil provocações aos aldeões que encontrava. Numa das vezes, quando íamos a Ramuscello para entregar uma citação ao castelão de lá, e o cavalcante levava as pistolas, remexendo em seus bolsos pela vergonha dos tapas que ele me dera um pouco antes, fiz disparar o gatilho e arruinei um dedo, que ainda carrego um pouco curvo e mutilado na última falange em memória das minhas excursões pretórias. Aquele castigo, entretanto, nunca me curou da minha paixão pelas armas, e Marchetto garantia que eu seria um bom soldado, dizia ser um pecado que eu não vivesse em algum lugar da *Alta* onde se habituava a juventude a lutar com as mãos, não a perseguir aldeões e jogar *tressette*[46] com os padres e com as velhas. No entanto, Martino não gostava daquelas minhas cavalgadas. O povo da região, apesar de briguento e agressivo como o de Pedemonte, tinha franqueza suficiente para muitas vezes não se importar com as sentenças de chancelaria, e para zombar do cavalcante que o intimava. Então com o sangue quente de Marchetto não se sabia o que podia acontecer. Ele dizia que a minha companhia lhe impunha cuidados e o impedia de sair dos eixos, eu, por minha vez, me gabava que em uma eventualidade lhe daria uma boa mão recarregando as pistolas, ou dando golpes como um desesperado com a minha foice, e pequeno como era, me fazia mal que outros rissem dessas gabolices. Martino balançava a cabeça e entendendo bem pouco esse raciocínio continuava a resmungar que não era prudente expor um menino às represálias que podia encontrar um cavalcante ao levantar penhor ou afixar decretos de impostos e de confiscos. O fato é que aqueles mesmos aldeões que faziam tão má figura nas Cernides e tremiam na chancelaria a uma olhada do oficial, sabiam manusear muito bem o fuzil e o cutelo em casa ou nos campos; se de início me espantava essa discordância, agora me parece ter encontrado a verdadeira razão. Nós italianos tivemos sempre uma antipatia natural pelas farsas, e ríamos prazerosamente delas, mas mais prazerosamente ríamos daqueles que querem dar a entender que são milagres e coisa para se tirar o chapéu. Ora, aquele bando de homens, apinhados como ovelhas, colocados em fila ao som da baqueta e animados pelo pífaro, em que o valor é regulado por uma palavra tronca do comandante, sentiam-se como figurantes de uma farsa e essas figurações sempre foram contra nós e raríssimas vezes a nosso favor. Mas infelizmente as coisas sendo assim, a ideia de entrar naquelas farsas e fazer a figura de boneco nos humilha, de modo que qualquer vontade de fazer bem feito e todo sentimento de dignidade nos escapa do corpo. Estou falando, claro, de tempos idos, agora a consciência de uma grande finalidade pode ter nos reparado a índole neste particular. Mas mesmo agora, filosoficamente, talvez não seja errado pensar como se pensava antes, e o erro está em que sempre se errou obstinando-nos em sermos sábios e viver segundo as regras da sabedoria, quando todos os outros são loucos e vivem conforme a sua loucura. De fato, já foi dito e redito cem vezes, provado bem provado, que peito contra peito um dos nossos se garante e faz fugir qualquer forte

46 Jogo de cartas.

de qualquer outra nação. Mas infelizmente não há nação na qual com mais dificuldade do que na nossa se possa levantar um exército e torná-lo sólido e disciplinado como é exigido pela arte militar moderna. Napoleão ensinou a todos, de uma vez por todas, que não é isso que tira o valor nacional, mas a vontade e a constância dos governantes. E de resto, dessa nossa relutância em abdicar do livre arbítrio, além da índole independente e raciocinante temos como desculpa a completa falta de tradição militar. Mas isso é relativo aos súditos de Fratta e quanto ao seu temor à autoridade não é nem preciso acrescentar que não era tanto efeito de covardia, quanto da secular reverência e do temor que demonstra sempre a gente iletrada para quem sabe mais do que ela. Um chanceler que com três rabiscos podia por capricho expulsar de casa para a miséria e a fome duas, três ou vinte famílias, devia parecer àqueles coitados algo parecido com um bruxo. Agora que as coisas em geral caminham sobre normas mais seguras, os ignorantes também olham a justiça com olhos melhores, e não se assustam mais com a irmã forca ou a penhora.

Juntamente com as pessoas da casa que nomeei até aqui, o pároco de Teglio, meu mestre de doutrina e de caligrafia, costumava passar algumas horas com o senhor Conde diante da grande lareira, fazendo-lhe grandes reverências toda vez que ele lhe dirigia a palavra. Ele era um padre de montanha exemplar, pouco amigo dos padrecos de então e furado pela varíola, de modo que suas faces sempre me fizeram pensar em queijo fresco, quando é bem gordo e cheio de olhos, como dizem os diletantes. Caminhava muito devagar, falava mais devagar ainda, nunca deixando de dividir cada frase em três partes, e este hábito havia se enfiado tanto em seus ossos que comendo, tossindo ou suspirando parecia sempre comer, tossir ou suspirar em três partes. Todos seus movimentos eram tão ponderados que se lhe aconteceu de cometer algum pecado, apesar de sua vida geralmente tranquila e evangélica, duvido que o Senhor fosse capaz de perdoá-lo. Até seus olhos não se moviam sem um bom motivo, e parecia que perfurassem com dificuldade as duas barreiras de sobrancelhas que protegiam seus esconderijos. Era o ideal da premeditação, descido para encarnar no seio de uma colina de Clausedo[47], tonsurado pelo bispo de Portogruaro, e vestido com o mais longo casacão de pelúcia que jamais tenha combatido com as panturrilhas de um padre. Ele tremia um pouquinho nas mãos, defeito que atrapalhava um pouco sua qualidade de calígrafo, mas que não o impedia de se apoiar em sua bengala de cana da Índia

47 Clausedo, hoje Clauzetto, é um vilarejo de montanha na província de Portogruaro.

com pomo de verdadeiro corno de boi. Sobre suas faculdades morais, por ter nascido no século XIX, podia se aproveitar de um modelo de independência eclesiástica, já que as profundíssimas reverências que fazia ao Conde não o impediam de tratar à sua maneira o cuidado das almas, e talvez mesmo, isso equivalesse a este modo de dizer: "Ilustríssimo senhor Conde, eu o venero e o respeito, mas de resto em minha casa o patrão sou eu".

O Capelão de Fratta, ao contrário, era um magrelo pálido e pusilânime que daria a bênção com uma colher de cozinha, se o Conde assim o quisesse. Não por pouca religião, não, mas o pobre homem se perturbava tanto em presença da senhoria, que não sabia o que fazer. Quando era preciso estar no castelo parecia sempre ansioso, e creio que se agora que está morto se quisesse lhe dar um verdadeiro purgatório, a melhor ideia seria fazê-lo reviver no corpo de um mordomo. Ninguém mais do que ele era capaz de ficar sentado horas e horas sem levantar os olhos ou falar quando outros o observavam, mas possuía a arte milagrosa de desaparecer sem ser visto, mesmo em uma companhia dez pessoas. Somente quando ele vinha com o pároco de Teglio algum brilho de dignidade sinodal iluminava sua fisionomia, mas percebia-se que era um esforço por estar com o superior, e naquelas ocasiões estava tão ocupado em fazer o seu papel que não via nem escutava nada, era capaz de pôr na boca brasas por nozes, como o feitor fizera a experiência, em uma aposta. O senhor Ambrogio Traversini, feitor e perito do castelo, era o martírio do pobre Capelão. E entre os dois ocorriam sempre aquelas burlas, aquelas falsetas, que estavam tão em moda naqueles tempos e que nas rodas de camponeses ocupavam o lugar da leitura dos jornais. O Capelão, como era seu dever, pagava sempre as despesas de tais brincadeiras, e era premiado com convites para almoço, recompensa mais cruel do que a própria doença. Porém, no mais das vezes a preocupação com aqueles convites lhe causava febre e ele não precisava mentir para se desculpar. Quando ele conseguia colocar os pés fora da ponte levadiça, nenhum homem, creio, se sentia mais feliz do que ele, e era essa a compensação de seus martírios. Saltava, corria, esfregava as mãos, o nariz, os joelhos, cheirava rapé, sussurrava jaculatórias, passava a bengalinha de uma mão à outra, falava, ria, gesticulava com todos, e acariciava cada pessoa que lhe passasse por perto, fosse um menino, uma velha, um cão ou uma novilha. Eu fui o primeiro a ter a glória e a maldade de descobrir o estranho júbilo do Capelão a cada sua escapada do castelo, e depois que descobri, todos, quando ele partia, se amontoavam nas janelas da copa para se deleitar com o espetáculo. O feitor garantiu que um dia ou outro, pela excessiva alegria, ele cairia no pesqueiro, mas convém dizer, em louvor ao pobre padre, que esse acidente nunca lhe aconteceu. O maior sinal de contentamento que deu foi uma vez se meter com os moleques fazendo festa diante da igreja. Mas naquele dia havia escapado de boa. Estava no castelo um prelado de Portogruaro, chamado de Cônego de Sant'Andrea, grande teólogo e muito pouco tolerante com a ignorância dos outros, que já havia agradecido e continuava a agradecer à Condessa pelo seu patrocínio espiritual. Este, com monsenhor Orlando e o Pároco, instalara-se perto da lareira ensinando sobre moral. O capelãozinho, que vinha perguntar sobre a digestão do senhor Conde, como mandava a pragmática de depois do almoço, estava para cair na armadilha, mas no meio da cozinha ouvira a voz do teólogo e protegido pelas sombras fugira agradecendo a todos os santos do calendário. Imaginem se não tinha razão de festejar de alegria!

Além destes dois padres e outros cônegos e abades da cidade que vinham sempre visitar o monsenhor de Fratta, o castelo era frequentado por todos os fidalgotes e castelões menores da vizinhança. Uma brigada mista de beberrões, desocupados, espertalhões e cabeças ocas, que entretinham suas vidas com caças, disputas, aventuras amorosas e jantares intermináveis, adulavam com seu cortejo o aristocrático sossego do senhor Conde. Quando eles apareciam era dia de algazarra. Abria-se o melhor barril, muitas garrafas de Picolit e de Refosco[48] perdiam o gargalo, e as jovens ajudantes da cozinheira se refugiavam na lavanderia. Para a cozinheira não havia amigos nem inimigos, corria aqui e ali, dava cotoveladas na barriga de Martino, pisava os pés do Monsenhor, degolava patos, destripava capões, e seu azáfama só era superado pelo do assador, que rangia e suava gordura por todas as roldanas devendo girar quatro ou cinco espetos de lebres e caça. Punha-se mesas no salão e em dois ou três aposentos contíguos, acendia-se a grande lareira da galeria, que era tão grande que para enchê-la era preciso ao menos meia pilha de lenha. Note-se que depois da primeira labareda a comitiva devia se refugiar atrás das paredes mais distantes e nos cantos para não se tostar. O alvoroço mais endiabrado era feito por esses senhores, mas os motes de espírito, nesses casos, era confiado a algum doutorzinho, a algum padreco, a algum poeta de Portogruaro que nunca deixava de acudir ao odor da festa. Depois de comer costumava-se improvisar

48 Vinhos da região do Friuli.

algum soneto, que talvez o poeta tivesse em casa o manuscrito com as correções. Mas se a memória lhe falhava nunca faltava a habitual conclusão com agradecimentos e desculpas pela liberdade que a comitiva *se permitira*, de vir em bando para beber o vinho e louvar os méritos infinitos *do Conde e da Condessa*. Quem mais amiúde caía nessa necessidade era um advogado alinhado e empoado que na juventude fizera a corte a muitas damas venezianas, e agora vivia de memórias e sofismas em companhia da governanta. Outro rapazote chamado Giulio Del Ponte, que sempre vinha com ele e se gabava de fazer versos muito refinados, divertia-se em fazê-lo perder o rumo enchendo com muita frequência o seu copo. A comédia acabava na cozinha com muitas risadas pelas costas do doutor, e o rapazote que estivera na universidade de Pádua sabia bem que ali estava melhor do que antes. Ele e um jovem pálido e taciturno de Fossalta, o senhor Lucilio Vianello, são os únicos que ainda permanecem em minha memória daquela turma semiplebeia. Entre os cavalheiros, um Partistagno, talvez parente daquele do Messer Grande, ainda está na diante de mim com sua grande figura ousada e robusta, e uma certa altiva reserva de modos que muito contrastava com a embriagada licença dos outros. E desde então me lembro de ter notado entre este e o Vianello certos olhares de esguelha que mostravam haver entre eles algum desentendimento. Entretanto, eram os dois que melhor deviam se entender, já que todo o resto era a mesma escória de desmiolados e espertalhões.

Quando eu comecei a me entender por gente e a incomodar as galinhas no pátio de Fratta, o único filho homem do Conde já estava há um ano em Veneza junto aos Clérigos de Somasca, onde seu pai havia sido educado, por isso não me lembro dele nessa época, a não ser por alguns cascudos que ele me dera antes de partir, para me fazer experimentar o seu domínio, e eu ainda era uma criança que mal roía o pão. O velho Martino sempre veio em minha defesa, e agora me vem à memória um puxão de orelhas que ele deu sorrateiramente no patrãozinho, pelo qual ele quase derrubou a casa aos gritos e Martino levou uma bela bronca do Conde. Sorte que era surdo!

Quanto à Condessa, ela nunca vinha à cozinha a não ser duas vezes ao dia em sua condição de suprema diretora das tarefas domésticas; a primeira de manhã para distribuir a farinha, a manteiga, a carne e os outros ingredientes necessários para a alimentação do dia; a segunda depois do último serviço de almoço para dividir a comida que sobrara da mesa dos patrões para a criadagem e colocar o resto em pratos menores para a ceia. Ela era uma Navagero[49] de Veneza, uma nobre dama carrancuda e de poucas palavras, que cheirava rapé uma narina por vez e nunca se movia sem o guizo de suas chaves penduradas na cintura. Trazia sempre na cabeça uma touquinha de renda branca enfeitada com rosas nas têmporas como a de uma noivinha, acho que não a usava por vaidade, mas unicamente por hábito. Uma corrente de ouro pendia-lhe do pescoço sobre um lenço de seda preta, e sustentava uma cruzinha de brilhantes, que de acordo com a cozinheira havia sido dada como dote a todas as moças do território. No peito, preso com um alfinete de ouro, tinha o retrato de um belo homem de cabelos compridos, que certamente não era o senhor seu marido, já que este tinha um narigão enorme e aquele um narizinho mínimo, um verdadeiro enfeitezinho para cheirar água de rosas e essências de Nápoles. Falando francamente, como soube depois, a nobre dama aceitara a contragosto aquele casamento com um castelão de terrafirme[50], pois lhe parecia cair em mãos de bárbaros, acostumada como estava com os refinamentos e aos divertimentos das jovens venezianas. Mas obrigada a fazer da necessidade virtude, tentara remediar aquela desgraça levando de tempos em tempos seu marido a Veneza, e lá se vingava do retiro provincial com os luxos, as galanterias, deixando-se cortejar pelos mais atraentes almofadinhas. O retrato que trazia no peito devia ser do mais bem-aventurado deles, mas diziam que este tal morrera por um golpe de ar recebido de noite andando de gôndola com ela, que depois disso ela não quisera mais saber e se retirara para sempre em Fratta, para grande satisfação do senhor Conde. Quando esse caso atroz aconteceu, a nobre dama tinha uns quarenta anos. De resto, a Condessa passava longas horas no genuflexório, e quando me encontrava na porta da cozinha ou nas escadas, me puxava um pouco os cabelos na nuca, única gentileza que me lembro de ter recebido dela. Um quarto de hora por dia ela empregava para designar o trabalho das camareiras, e o restante de seu tempo passava em uma saleta com a sogra e as filhas, tricotando e lendo a vida do santo do dia.

A velha mãe do Conde, a antiga dama Badoer, ainda vivia naqueles tempos, mas eu só a vi quatro ou cinco vezes, porque estava confinada a uma cadeira de rodas pela velhice e eu estava proibido entrar em outro quarto que não

49 Antiga família veneziana.

50 Com o termo *terraferma*, daqui por diante traduzido como terrafirme, designava-se os territórios dominados pela República de Veneza na região padano-vêneta do continente europeu, em oposição aos territórios insulares.

fosse o meu, onde dormia com a segunda camareira ou, como a chamavam, com a mulher das crianças. Era uma velha de quase noventa anos bastante gorda e com uma fisionomia em que se notava o bom senso e a bondade. Sua voz, suave e tranquila apesar da idade, tinha para mim tal encanto que muitas vezes me arriscava a levar um bofetão por ficar escutando-a com o ouvido na fechadura de sua porta. Uma vez, a camareira abriu a porta quando eu estava naquela posição, ela percebeu e fez sinal para eu me aproximar. Meu coração parecia que ia saltar do peito de alegria quando ela colocou a mão na minha cabeça perguntando com severidade, mas sem nenhuma amargura, o que eu estava fazendo atrás da porta. Eu respondi ingenuamente, mas tremendo de comoção, que estava lá, contente de ouvi-la falar, que sua voz me agradava muito e me parecia semelhante à que eu desejaria para minha mãe.

– Bem, Carlino – ela me respondeu –, eu sempre falarei com você com bondade enquanto você merecer ser bem tratado pelo seu bom comportamento, mas não fica bem a ninguém e menos ainda às crianças ouvir atrás das portas; quando você quiser falar comigo, deve entrar no quarto e sentar perto de mim, eu lhe ensinarei, como puder, rezar a Deus e se tornar um bom menino.

Ao ouvir isto, eu, coitadinho, vieram-me lágrimas que desciam pelas faces. Era a primeira vez que me falavam com o coração; era a primeira vez que me faziam o presente de um olhar afetuoso e de uma carícia! E este presente vinha de uma velha que vira Luís XIV! Digo que vira, vira mesmo, porque o marido da nobre dama Badoer, o velho Conde tão ávido por grão-mestres e por almirantes, poucos meses depois de seu casamento fora à França como embaixador da Sereníssima e levara a esposa, que por dois anos fora a pérola daquela Corte! Aquela mesma mulher, voltando para Fratta, havia conservado a mesma graça de modos e de falar, a mesma retidão de consciência, a mesma elevação e pureza de sentimentos, o mesmo espírito de moderação e de caridade, de modo que mesmo tendo perdido a flor da beleza continuara a encantar o coração dos vassalos e dos habitantes do castelo, como já encantara os cortesãos de Versalhes. Tanto é, que a verdadeira grandeza é admirável e admirada em todos os lugares, e nunca se torna ou se sente pequena por mudar de cadeira. Eu chorava desesperado apertando e beijando as mãos daquela mulher venerável, e prometendo em meu coração usar com frequência a generosidade de me fazer entrar para me entreter com ela, quando entrou a verdadeira Condessa, aquela das chaves, e teve um surto de indignação ao me ver na saleta contra suas ordens estritas. Daquela vez o puxão na nuca foi mais longo do que o normal, acompanhado por uma bronca solene e por uma proibição eterna de nunca mais entrar naqueles cômodos sem ser chamado. Descendo as escadas, coçando a cabeça e chorando, agora mais de raiva do que de dor, ainda ouvi a voz da velhota que parecia mais suave do que nunca interceder em meu favor, mas um grito da Condessa e uma violentíssima batida da porta se fechando atrás de mim não me deixou saber o fim da cena. E assim desci para a cozinha, uma perna depois da outra, para me consolar com Martino.

Essa minha familiaridade com Martino também desagradava à Condessa e ao feitor que era seu braço direito, porque segundo eles meu professor devia ser um certo Fulgenzio, meio sacristão e meio escrivão do Chanceler, que estava no castelo como espião. Mas eu não suportava esse Fulgenzio e lhe aprontava algumas que também deviam me tornar pouco suportável. Uma vez, por exemplo, mas isso aconteceu mais tarde, estando eu na missa de quinta-feira santa no coro atrás dele, aproveitei sua concentração para desprender da vareta com que se acende as velas o pavio ainda aceso, e o enrolei no rabicho da peruca. Quando o pavio estava quase consumido pegou fogo no rabicho e dele passou para a peruca, Fulgenzio começou a pular pelo coro, e os rapazes que seguravam as matracas corriam ao seu redor gritando água, água. Naquela confusão as matracas giravam e surgiu tal alvoroço que foi preciso retardar em meia hora a continuação das funções. Ninguém nunca soube direito a razão daquele escândalo, e eu que fui suspeito da autoria tive a esperteza de me fazer de desentendido, mas com tudo isso me tocou a pena de um dia de reclusão a pão e água, o que certamente não contribuiu para me fazer cair de graças por Fulgenzio, assim como o incêndio da peruca não contribuíra para torná-lo mais favorável a mim.

Eu disse que a Condessa ocupava a maior parte de seu tempo tricotando na saleta em companhia de suas filhas. Mas a última delas, nos primeiros anos de que me lembro, era bem menina, mais nova do que eu alguns anos, e dormia no mesmo quarto que eu com a *mulher das crianças* que se chamava Faustina. A Pisana era uma menina esperta, irrequieta, manhosinha, de belos olhões castanhos e longuíssimos cabelos, que aos três anos já conhecia algumas artimanhas de mulher para seduzir, e teria dado razão aos que sustentam que as mulheres nunca são crianças, mas nascem mulheres feitas, com o germe no corpo de todos os vícios e de todas as malícias possíveis. Não havia noite em que antes de me deitar eu não me curvasse sobre o berço da garotinha para contemplá-la longamente; ela estava lá com seus olhões fechados, com um bracinho saindo das cobertas e o outro dobrado debaixo da cabeça como um anjinho adormecido. Mas enquanto eu me deliciava vendo-a bela daquele modo, eis que ela abria os olhos e sentava na cama dando-me palmadinhas e deleitando-se por ter me enganado fingindo que dormia. Essas coisas aconteciam quando Faustina não estava olhando, ou se esquecia das regras, já que a Condessa a tinha instruído para me manter à devida distância de sua filhinha e não me deixar ter com ela excessiva confiança. Para mim havia os filhos de Fulgenzio, que me eram mais abomináveis do que o pai, e eu não perdia ocasião para lhes fazer algum desaforo, principalmente porque eles se davam ao trabalho de contar ao feitor que tinham me visto dar um beijo na condessinha Pisana, ou tê-la levado no colo desde o cocho das ovelhas até a beira do pesqueiro. Entretanto, a garotinha não se importava com as observações dos outros e continuava a me querer bem, tentava fazer com que eu a servisse em suas pequenas necessidades mais do que por Faustina ou por Rosa, que era a outra camareira, ou a *mulher da chave*, que hoje seria chamada de roupeira. Eu era feliz e orgulhoso por ter encontrado finalmente uma criatura que me considera útil, e me sentia importante quando dizia para Martino: – Dê-me um bom pedaço de barbante pois preciso levá-lo para a Pisana! – Assim eu a chamava com ele, porque com todos os outros só ousava chamá-la a Condessinha. Essas alegrias, no entanto, não eram sem tormento, já que, infelizmente, tanto na infância como nas outras idades se verifica o provérbio que não floresce rosa sem espinhos. Quando vinham ao castelo os senhores da vizinhança com seus filhos bem vestidos e enfeitados, com colarinhos franzidos e bonezinhos com pluma, a Pisana me deixava em um canto para fazer dengos com eles; eu ficava emburrado ao vê-la fazer charme e virar o pescoço como uma garça, encantando-os com sua conversa doce e desenvolta. Então corria ao espelho da Faustina para também me fazer belo, mas, ai de mim, infelizmente percebia que não era possível. Eu tinha a pele escura e defumada como a dos arenques, os ombros mal compostos, o nariz cheio de arranhões e manchas, os cabelos desgrenhados e duros ao redor das têmporas como um porco espinho e a parte de trás arrepiada como a de um melro arrancado do visgo. Em vão me martirizava o crânio com o pente botando a língua para fora pelo esforço e o enorme trabalho que dava; aqueles cabelos petulantes logo se espetavam mais ásperos do que nunca. Uma vez me deu na veneta de untá-los como via Faustina fazer, mas a fatalidade quis que eu errasse o vidro e em vez de óleo derramei na cabeça um frasco de amoníaco que ela guardava para desmaios, que por toda a semana me deixou um perfume de chiqueiro de revoltar o estômago.

Enfim, nas minhas primeiras vaidades fui bem infeliz e em vez de me tornar agradável à menina e dissuadi-la de flertar com os novos hóspedes, oferecia a ela e a eles matéria de riso, e para mim um novo argumento para me irritar e praticamente me humilhar. É verdade que depois de irem embora os forasteiros a Pisana voltava a se divertir fazendo-se de minha patroinha, mas o mau-humor dessa infidelidade demorava a se dissipar, e sem conseguir me livrar dele, achava demasiados vários de seus caprichos, e também um pouco dura a sua tirania. Ela não se importava, a malvada. Talvez ela tenha visto o estofo de que eu era feito, redobrava os abusos e eu a submissão e o afeto, uma vez que em algumas pessoas a devoção a quem as atormenta é ainda maior do que a gratidão por quem as torna felizes. Não sei se essas pessoas são boas ou más, sábias ou tolas, sei que eu sou um exemplo delas, e que esta é a sorte que tive que carregar por todos esses longos anos de vida. Minha consciência não está descontente nem com o modo, nem com os efeitos, e contente ela, contentes todos, pelo menos na minha casa. – Porém, em honra da verdade, devo confessar que por mais volúvel, namoradeira e cruel que se mostrasse a Pisana desde os mais tenros anos, ela nunca deixou de ter uma certa generosidade, como a de uma rainha que depois de ter esbofeteado e humilhado um galanteador muito ousado, intercedesse em seu favor junto ao rei seu marido. Às vezes me beijocava como seu cachorrinho, e entrava comigo nas maiores confidências, pouco depois me fazia de cavalo batendo-me com um bastão, sem cuidado, na nuca e nas faces, mas quando chegava Rosa ou o feitor para interromper as nossas brincadeiras que eram, como disse, contra a vontade da Condessa, ela berrava, batia os pés, gritava que me queira mais bem do que a todos os outros, que queria ficar comigo e assim por diante, até que debatendo-se e reclamando nos braços de quem a carregava, sua gritaria cessava diante da mãe. Aquelas manias, confesso, eram o único prêmio da minha abnegação, se bem que depois muitas vezes pensei que era mais orgulho e obstinação do que amor por mim. Mas não vamos misturar as opiniões temerárias da idade madura com as puríssimas ilusões da infância. O fato é que eu não sentia os golpes que me tocavam com frequência por aquela minha arrogância de querer brincar com a Condessinha, e que depois, contente e feliz, me refugiava na minha cozinha vendo Martino ralar o queijo.

A outra filha da Condessa, que se chamava Clara, já era moça quando eu abri os olhos para ver as coisas do mundo. Era a primogênita, uma moça loira, pálida e triste, como a heroína de uma balada ou a Ofélia de Shakespeare, mesmo que ela não tenha lido nenhuma balada e certamente não conhecesse *Hamlet* nem de nome. Parecia que o longo convívio com a avó enferma tivesse refletido em seu rosto o calmo esplendor daquela velhice serena e venerável. Certamente nenhuma filha velou a mãe com mais cuidado do que ela ao adivinhar até os desejos da avó: e os adivinhava sempre pela contínua familiaridade entre elas, que as acostumara a se entender com um simples olhar. A condessa Clara era bela como poderia ser um serafim que passasse entre os homens sem nem tocar a sujeira da terra e sem compreender sua impureza e imundície. Mas aos olhos dos outros podia parecer fria, e essa frieza ser confundida com uma altivez aristocrática. Entretanto, não havia alma mais cândida, mais modesta do que a dela, tanto que as camareiras a citavam como modelo de doçura e de bondade, e todos sabem que nos elogios das patroas o voto de duas camareiras equivale por si só a todos os testemunhos jurados. Quando a avó precisava de um café ou de um chocolate, e não havia ninguém no quarto, ela não se contentava em soar a sineta, mas descia pessoalmente à cozinha para dar as ordens à cozinheira, e enquanto esta aprontava o pedido ficava pacientemente esperando com os joelhos um pouco apoiados no degrau da lareira, ou até a ajudava a retirar o bule do fogo. Vendo-a daquele modo, a cozinha então me parecia iluminada por uma luz angelical, e não me parecia mais aquele lugar triste e escuro de todos os dias. E aqui alguns me perguntarão por que em minhas descrições eu volto sempre à cozinha e por que nela e não na copa ou na sala eu tenha apresentado meus personagens. Coisa naturalíssima e resposta fácil de dar! A cozinha, sendo a morada habitual do meu amigo Martino e o único lugar no qual eu pudesse estar sem ser repreendido, (talvez por causa do escuro que me escondia da atenção de todos) foi o mais comum refúgio da minha infância: assim como alguém da cidade relembra com prazer as ruas onde fez suas primeiras brincadeiras, eu tenho minhas primeiras memórias circundadas pela fumaça e pela escuridão da cozinha de Fratta. Lá eu vi e conheci os primeiros homens; lá recebi e conheci os primeiros afetos, as primeiras dores, as primeiras opiniões. Onde aconteceu que se minha vida correu como a dos outros homens em vários lugares, em várias sedes, em diversas casas, os meus sonhos me levaram quase sempre a percorrer as cozinhas. É um ambiente pouco poético, eu sei, mas escrevo para dizer a verdade, e não para agradar as gentes com fantasias genuinamente poéticas. A Pisana tinha tanto horror daquele lugar escuro, profundo, mal calçado, e dos gatos que ali moravam, que raras vezes colocava os pés ali, a não ser para me perseguir a pauladas. Mas a condessinha Clara não demonstrava qualquer desgosto, e ia lá quando precisava sem torcer a boca ou levantar a saia como faziam até aquelas enjoadas das camareiras. Lá onde eu exultava ao vê-la e se ela pedia um copo d'água ficava feliz em entregá-lo e ouvi-la dizer graciosamente: – Obrigada Carlino! – E depois me enfiava em um cantinho pensando: "Ah, como são belas estas duas palavras: Obrigada Carlino!". Pena que a Pisana nunca as tenha me dito com uma vozinha tão boa e carinhosa!

CAPÍTULO SEGUNDO

Onde finalmente se sabe quem eu sou e se começa a traçar o meu temperamento, a índole da condessinha Pisana, e os hábitos dos senhores castelões de Fratta. Se demonstra também como as paixões dos homens maduros delineiam-se antes nas crianças, como eu aprendi a ler com o pároco de Teglio e a condessinha Clara a sorrir com o senhor Lucilio.

O maior efeito produzido nos leitores pelo primeiro capítulo deve ter sido a curiosidade de finalmente saber quem era esse Carlino. De fato, fiz um grande milagre ou uma fraude solene levando-os a esmo por todo um capítulo da minha vida, sempre falando de mim, sem antes dizer quem eu sou. Mas necessitando dizê-lo de uma vez por todas, saibam que eu nasci filho de uma irmã da condessa de Fratta e por isso primo irmão das condessinhas Clara e Pisana. Minha mãe havia feito, eu diria, um casamento inoportuno com o ilustríssimo senhor Todero Altoviti, um cavalheiro de Torcello[1], isto é, fugira com ele em uma galera que ia para o Levante e se casaram em Corfu[2]. Mas parece que logo perdeu o gosto pelas viagens, porque dali a quatro meses voltou sem marido, bronzeada pelo sol de Esmirna, e ainda por cima grávida. Dito e feito, assim que deu à luz, mandou-me sem cerimônia para Fratta em um cesto, e assim me tornei hóspede da tia no oitavo dia depois do meu nascimento. Quão bem recebido, cada um pode imaginar como quiser. Minha mãe, no entanto, coitadinha, tinha sido expulsa de Veneza a pedido da família, tinha se instalado em Parma com um capitão suíço, e de lá voltado para Veneza para implorar a piedade de sua tia, mas morrera no hospital, sem que um cão fosse perguntar por ela. Martino me contava estas coisas e contando-as me fazia chorar, mas nunca me contou como as soubera. Quanto a meu pai, diziam que morrera em Esmirna depois que a esposa fugira, alguns diziam de desgosto por esse abandono, outros de desespero por dívidas, outros ainda de uma inflamação de tanto beber vinho de Chipre. Mas a verdadeira história não se sabia, e corria também um leve boato entre os levantinos que antes de morrer tinha se convertido turco. Turco

1 Pequena ilha da laguna de Veneza.

2 Ilha grega.

ou não turco, em Fratta me batizaram, na dúvida de que não o tivessem feito em Veneza, e como coube ao Pároco me dar um nome, ele me impôs o nome do santo daquele dia, que era justamente são Carlos. Aquele bom padre não tinha nenhuma predileção por qualquer santo do paraíso, e nem vontade de quebrar a cabeça para escolher um nome de cunho singular, e eu lhe sou grato por isso, porque depois a experiência me demonstrou que são Carlos não vale mais nem menos do que os outros.

A senhora Condessa havia abandonado apenas há alguns meses sua brilhante vida de Veneza quando recebeu o cesto, imaginem se não viu com alguma irritação o conteúdo! Com todos aqueles aborrecimentos e incomodações que tinha, juntou-se também este de ter uma criança para cuidar – e ainda por cima o filho de uma irmã que desonrara ela e a família, com aquele seu embaraçoso casamento com um cafajeste de Torcello, que ainda não se podia entender direito! A senhora Condessa desde o primeiro olhar sentiu por mim o ódio mais sincero, e eu não tardei a sentir as consequências. Antes de tudo julgou inútil, para uma coisinha saída não se sabia de onde, contratar uma ama. Por isso fui entregue aos cuidados da Providência, e me faziam andar de uma casa a outra, onde tivesse seios para sugar, como o porquinho de santo Antônio[3] ou o filho da cidade. Eu sou irmão de leite de todos os homens, de todos os bezerros e de todos os cabritos que nasceram na jurisdição do castelo de Fratta, tive como amas todas as mães, as cabras e as novilhas, e também todas as velhas e velhos do distrito. Martino me contava que às vezes me vendo desesperado de fome, precisara fazer uma mistura de água, manteiga, açúcar e farinha, com a qual me embuchava até que a comida chegando à garganta me impedisse de chorar. E o mesmo acontecia em muitas casas em que os seios que deveriam me alimentar naquele dia já tinham sido esvaziados por algum faminto garotão de dezoito meses.

Assim vivi meus primeiros anos como um verdadeiro milagre. O porteiro do castelo, que também era o responsável pelo relógio da torre e o armeiro do território, participara com Martino da glória de me fazer dar os primeiros passos. Era um certo mestre Germano, um velho *bulo* da geração passada, que talvez tivesse na alma muitos homicídios, mas que certamente havia encontrado um modo de se reconciliar com Deus, porque cantava e gracejava da manhã à noite recolhendo sujeira pelas ruas em uma carriola para adubar um campinho

3 A expressão "porquinho de santo Antônio" (Sant'Antonio Abate) provém do costume religioso de criar um porquinho para ser vendido e pagar as despesas da festa do santo em 17 de janeiro. No dia anterior, o representante do santo andava pelas casas acompanhado de um grupo festivo de devotos oferecendo o animal.

que alugava do patrão. Bebia na estalagem suas canecas de Ribola[4] com uma serenidade realmente patriarcal. Parecia ter a consciência mais tranquila da paróquia. A lembrança daquele homem levou-me a concluir que cada um de nós regula a própria consciência como quer. Mestre Germano havia matado muitos em sua juventude a serviço do castelão de Venchieredo, mas ele pensava que esta ninharia caberia ao patrão acertar com Deus, e para ele, depois da confissão pascal, sentia-se inocente como água de fonte. Não eram sutilezas para sossegar os remorsos, mas um preceito geral que lhe havia armado a alma com uma tripla couraça contra a melancolia. Depois de contratado pelos castelões de Fratta como chefe da guarda, adquirira o costume de dizer rosários, que era o principal diferencial de seus novos comandados, e assim acabara por purgar os antigos pecados. Então, aos setenta anos, quando lhe arranjaram a aposentadoria com a guarda do portão e a superintendência das horas, acreditava firmemente que o caminho que seguira era justamente o que conduzia ao papado. Martino e ele nem sempre tinham a mesma opinião. O primeiro nascido para ser o Capa Negra[5] de um patrício de Rialto; o segundo educado em todas as malandragens e abusos dos capangas da época; aquele camareiro diplomata de um jurisdiscente empoado; este guarda-costas do mais prepotente castelão da *Baixa*[6]. E quando entre eles surgia alguma disputa resolviam-na comigo, cada um queria me tirar do adversário alegando maiores direitos sobre a minha pessoa. Mas em geral estavam de acordo com tácita tolerância, então se deleitavam juntos com os progressos que viam fazer as minhas perninhas; e agachados um de um lado e outro do outro na ponte do castelo me faziam trotar dos braços de um aos braços do outro.

Quando a Condessa, ao sair com o pároco de Teglio e algumas visitas de Portogruaro para o passeio de depois do almoço, os surpreendia nesses exercícios de pedagogia, dirigia a cada um deles olhares de excomunhão, e se eu fosse parar na sua frente nunca deixava de me conceder, já naquele tempo, aquele tal puxãozinho de cabelos. Eu então, chorando e tremendo de susto, me refugiava nos braços de Martino e a Condessa seguia adiante resmungando da criancice daqueles dois *velhos birutas*, como eram conhecidos meus dois mentores pela gente da cozinha. – Como quer que seja, por obra dos dois velhos birutas eu fiquei com as pernas fortes, e também capaz de correr bem longe,

4 Vinho friulano.

5 Servidor de confiança dos patrícios venezianos.

6 Referência ao vale inferior do rio Tagliamento.

até debaixo da tília da paróquia, quando via surgir no corredor a touquinha branca da senhora tia. Atrevo-me a chamá-la de tia agora que a pobrezinha está morta a um bom meio século, pois na época eu só era capaz de pronunciar a palavra que me ensinaram, a mando dela, para chamá-la, senhora Condessa, e assim continuei sempre, permanecendo esquecido por tácito acordo o nosso parentesco. Foi naquele tempo que, eu já estando grandinho e não agradando à Condessa me ver sempre na ponte, pensaram em me entregar àquele tal Fulgenzio sacristão, o qual eu sempre considerei como vocês sabem. A castelã acreditava desabituar-me assim da sua Pisana misturando-me com as crianças do sacristão, mas o instinto de contradição que também há nas crianças contra aqueles que comandam contra a razão, me fazia ficar ainda mais apegado à minha caprichosa daminha. É verdade que mais tarde, não sendo nós dois suficientemente numerosos para nossas brincadeiras, começamos a reunir toda a criançada dos arredores, com grande escândalo das camareiras, que por medo da patroa levavam embora a Pisana assim que percebiam. Ela, porém, não se deixava intimidar, e quando tanto Faustina quanto Rosa saíam para seus afazeres, ela ficava à vontade para voltar a escapar para se misturar conosco. Conforme o bando crescia, também foi crescendo nela a ambição de tomar as rédeas, e como ela era uma menina, como eu disse, muito esperta e gostava de se fazer de mocinha, começaram os namoricos, os ciúmes, os casamentos, os divórcios, as reconciliações; tudo coisa de criança, é claro, mas que já denotavam a qualidade de sua índole. Não vou dizer que não houvesse toda essa inocência que se esperava, e me espantava como a Condessinha se deixasse rolar no feno e se agarrar com este e aquele, casando-se de brincadeira e fingindo dormir com o marido, expulsando naquelas delicadas circunstâncias todas as testemunhas importunas. Quem lhe havia ensinado aquilo? Eu não saberia dizer ao certo, ou seja, acredito que ela tenha nascido com o conhecimento de tais matérias. O que também era de espantar era que ela nunca ficava dois dias com o mesmo amante ou com o mesmo marido, mas os trocava conforme a lua. E os meninos da vila, que por vergonha e mais por respeito e submissão prestavam-se a essas comédias, não se importavam. Mas eu, que tinha minha ideia fixa, sentia um rancor e um desgosto indizível quando me via descartado e me tocava deixá-la sozinha com o filho do mordomo ou com o filho do boticário de Fossalta. Notem que ela não era nada sutil na escolha. Bastava-lhe trocar. Também é verdade que dos mais sujos ou malcriados ela se cansava mais depressa. Agora que penso nisso friamente (são coisas de oitenta anos atrás ou pouco menos), eu devia me orgulhar, porque só eu, algumas vezes, podia me gabar de gozar por três dias seguidos de suas graças, e se o turno das outras crianças era uma vez por mês, o meu se repetia quase todas as semanas. Assim como era volúvel e arrogante nas despedidas, ela se fazia aduladora e imperiosa nos convites. Era preciso obedecê-la a qualquer custo e amá-la como ela impunha, e ainda por cima rir, pois se acontecia de ver cara feia no marido, também era má em espancá-lo. Acredito que nunca a corte de Cupido tenha sido governada por uma única mulher com tanta tirania. – Se me detenho muito nesses incidentes pueris é porque tenho minhas razões, principalmente porque não me parecem tão pueris como à maioria dos moralistas. Deixando de lado que, como eu dizia acima, as crianças também têm sua malícia, não me parece de nenhuma forma recomendável e proveitosa aquela liberdade infantil pela qual muitas vezes os sentidos são atiçados antes dos sentimentos, com grande perigo da arritmia moral por toda a vida. Quantos homens e mulheres de grande juízo herdaram a vergonhosa necessidade de libertinagem dos hábitos da infância? – Vamos falar sério. – A metáfora de associar o homem a uma planta, que desde jovem se torce e se enraíza ao gosto do cultivador, foi bastante usada para que eu também possa usá-la como uma boa maneira de comparação. Mas mais do que essa metáfora, serve para explicar a minha ideia o apólogo da ulceração que uma vez aberta não se pode mais fechar: os humores dirigem-se para lá e convém deixá-los sair sob pena de infectar todo o organismo. Despertando os sentidos nos anos da ignorância, a razão irá se envergonhar ou se lamentar de seu obsceno domínio, mas como conseguir a força para debelá-los e recolocá-los em seu devido lugar de súditos? – O desenvolvimento segue o encaminhamento que lhe foi dado de início, para vergonha das elegias da razão e pelo rubor que se sente. E assim se formam aqueles seres pela metade, aliás, duplos, nos quais a depravação dos costumes está unida à altura do intelecto, e até certo ponto à altura dos sentimentos. Safo e Aspásia[7] pertencem à história não à mitologia grega; são dois tipos daquelas almas capazes de grandes paixões e não de grandes afetos, como se formam tantas em nosso tempo pela sensual licença que não deixa as crianças serem inocentes ainda antes de poderem se tornar culpadas. Dizem que a educação cristã destrói os perniciosos efeitos desses primeiros hábitos. – Mas esquecendo que é tempo perdido aquele em que se destrói e, no entanto, se poderia edificar, eu creio que essa educação religiosa sirva melhor para esconder do que para extirpar o mal. Todos sabem as

7 Safo (séc. VII-VI a. C.), poetisa grega nativa da ilha de Lesbos; Aspásia, cortesã grega amada por Péricles.

dificuldades que tiveram santo Agostinho e santo Antônio para domar os estímulos da carne e vencer as tentações; agora poucos pretenderão ser santos como eles, mesmo assim quantos praticam as mesmas abstinências para obter os mesmos efeitos? – É sinal de que todos se resignam em deixar as coisas como estão, contentes de salvar a decência com a esperteza da gata que cobre de terra as próprias sujeiras, como diz e aconselha Ariosto[8]. Sim, sim, digo e confirmo, jovens e velhos, grandes e pequenos, crentes ou descrentes, são poucos agora os que se dedicam e queiram combater suas paixões, e confinar os sentidos na cloaca da alma, onde a natureza civil designou seu lugar. Nascido o mal, não é este o século dos cilícios e das mortificações para remediá-lo. Mas a educação poderia fazer muito cultivando a razão, a vontade e a força antes que os sentidos predominem. Eu não sou beato e não prego pelo puro bem das almas. Prego pelo bem de todos para proveito da sociedade, para a qual a saúde dos costumes é proveitosa e necessária como a saúde dos humores para desenvolver um corpo. A robustez física, a constância dos sentimentos, a clareza das ideias e a força dos sacrifícios são seus corolários, e esses dotes maravilhosos, solidificados nos indivíduos pelo longo uso, e com eles levados a operar na esfera social, todos sabem como poderiam germinar, proteger e apressar os melhores destinos de toda uma nação. Mas os costumes sensuais, lascivos, dissolutos fazem com que a alma nunca possa confiar em não se distrair de alguma altíssima intenção por outras baixas e indignas necessidades: seu entusiasmo fictício se arrefece de repente ou pelo menos se torna um vai e vem de esforços e quedas, dificuldades e vergonhas, trabalho e tédio. O gangrenar desses costumes sob o falso brilho de nossa civilização é a única causa pela qual a vontade se tornou aspiração, os fatos palavras, as palavras boatos; a ciência fez-se utilitária, a concórdia impossível, a consciência venal, a vida vegetativa, nojenta, abominável. De que modo vocês querem fazer perdurar um, dois, dez, vinte anos em um esforço virtuoso, altíssimo, nacional, milhões de homens dos quais nem mesmo um é capaz de sustentar este esforço por três meses seguidos? Não é a concórdia que falta, é a possibilidade de concórdia, que deriva da força e da perseverança. A concórdia dos ineptos seria boa para fazer um petisco, como fez de Veneza o tenentinho de Arcole[9]. Agora, quando é preciso que as forças

8 Sátira V, vv. 179-180. "L'altra, più saggia, si conduce all'opra/secretamente, e studia, come il gatto/che la immondizia sua la terra copra" [A outra, mais sábia, conduz à obra/ secretamente, e estuda, como o gato/que a imundície sua com terra cobre].

9 Referência à Napoleão Bonaparte e à batalha da ponte de Arcole, ou simplesmente batalha de Arcole, combatida entre 15 e 17 de novembro de 1796.

se quadrupliquem, vocês verão que a maior parte está enfraquecida, corrompida, subvertida, e ao invés de dar um passo adiante retrocederá dois. – Pode lhes parecer que aqui estou bem longe do discurso das pequenas e ridículas luxúrias infantis, mas olhem bem e verão que se aproximam e se ampliam, como as manchas do sol pela lente de uma luneta.

Eu, que por natureza sempre tive um temperamento menos que morno, nessa circunstância talvez devesse me eximir da desordem que deriva, no nosso estado moral, da precocidade dos sentidos. Pelo que me lembro, as batalhas da alma despertaram em mim antes das batalhas da carne e, por sorte, aprendi primeiro a amar do que a desejar. Mas o mérito não foi meu, como não foi culpa da Pisana se a obstinação, a arrogância e a ignara malícia infantil fomentaram sua índole impetuosa, vária, irrequieta e os instintos sensuais, veementes, infiéis. Pela vida que levou, sendo menina e moça, surgiram as heroínas, não as mulheres precavidas e comedidas, não as boas mães, não as esposas castas, nem as amigas fiéis e pacientes: surgiram criaturas que hoje sacrificariam a vida por uma causa pela qual amanhã não dariam nada. É mais ou menos a escola onde se temperam as momentâneas e grandes virtudes e os grandes e duradouros vícios das bailarinas, das cantoras, das atrizes e das aventureiras.

A Pisana mostrava desde menina uma rara inteligência, mas esta vinha desde então se deteriorando em frivolidades e vaidades às quais se entregava. A esposa do capitão Sandracca, a senhora Veronica, que era sua professora, precisava de muita paciência para fixar por um quarto de hora sua cabecinha na linha que ela devia estudar. Certa de aprender tudo com extrema facilidade, a menina estudava a primeira parte da lição e deixava o resto, mas assim, ao invés de fortalecer sua facilidade de aprender, gerava-se nela a facilidade de esquecer. Os elogios às vezes a estimulavam a se mostrar digna, mas pouco depois algum capricho a fazia colocar de lado essa breve ambiçãozinha. Acostumada a se comportar unicamente pela regra de seu talento, queria mudar de divertimentos e ocupações a cada momento, sem saber que esse é o melhor meio para se aborrecer com tudo, para não encontrar paz nem contentamento na vida, e para acabar nunca se sentindo feliz justamente por querer sê-lo mais e de cem modos diversos. A ciência da felicidade é a arte da moderação, mas a menina não conseguia ver tão longe, e se soltava assim, já que lhe davam ampla liberdade. Orgulhosa de comandar e ser a primeira em tudo, de ver as coisas arranjadas a seu modo, não é estranho que ela buscasse ajeitá-las com a mentira, quando não tinha argumentos para induzir nos outros a altíssima opinião que desejava que tivessem dela. Como todos a adulavam e fingiam acreditar nela, ela levava a sério essa ingenuidade e nem se preocupava em tornar verosímeis as suas fanfarrices. Frequentemente acontecia que para dar razão a uma coisa ela precisasse inventar duas, e depois quatro para levar adiante estas duas, e assim por diante até o infinito. Mas ela era de uma fecundidade e de uma presteza prodigiosa, sem nunca se perturbar ou mostrar medo de que os outros não acreditassem ou se preocupar com os apuros que pudessem derivar de seu fingimento. Creio que ela se acostumara tanto a representar que já não sabia nem discernir o verdadeiro do imaginado. Eu, frequentemente obrigado a ser seu cúmplice, fazia-o tão desajeitadamente que logo se descobria o malfeito, mas ela nunca demonstrou desgosto ou aborrecimento por isso, parecia que ela já estivesse disposta a não esperar nada melhor de mim, ou que se acreditasse tão superior a ponto de suas afirmações não poderem ser postas em dúvida pelo testemunho contrário de um terceiro. É verdade que os castigos tocavam todos a mim, e que ao menos por este lado sua imperturbabilidade não tinha nada de meritório. Infelizmente eles eram frequentes e salgados, porque meus passeios diários com ela eram uma contínua infração aos preceitos da Condessa, e sem investigar de quem fosse a falta, a culpa punida antes era a minha por ser a mais patente e recidiva. Além do que ninguém ousaria castigar a Condessinha a não ser a mãe, e esta em geral não se preocupava com ela mais do que com uma filha dos outros. Para a Pisana havia *a mulher das crianças*, e até que ela não tivesse dez anos a vigilância materna devia se limitar a pagar dois ducados ao mês para Faustina. Dos dez anos em diante, o convento, e dos vinte em diante, a Providência. Esta, segundo a Condessa, era a educação que devia bastar para desobrigá-la de qualquer dever com a prole feminina. Clara saíra ainda menina do convento para ser a enfermeira da avó, mas o quarto da avó fazia as vezes de monastério e a diferença só estava nos nomes. A querida Condessa, abandonada pela juventude e pelas paixões que lhe haviam dado um vislumbre de algo que não era exatamente ela, concentrara-se de tal forma em si mesma e no cuidado de sua saúde temporal e eterna, que fora do rosário e de uma boa digestão não encontrava outras ocupações que lhe conviessem. Se tricotava era por hábito, ou porque ninguém tinha a mão tão leve para fazer malhas suficientemente macias para sua pele delicada. Quanto aos cuidados da casa ela era rígida, pois adivinhava de olhos fechados o que faria a família ficar alegre demais, e a alegria nos outros não a agradava, uma vez que ela tinha tão pouca. A inveja é o pecado ou o castigo das almas mesquinhas, e eu temo que o meu pescoço devesse seus martírios cotidianos à raiva da Condessa de se sentir velha e me ver ainda menino. Por isso, ela também odiava o monsenhor Orlando tanto quanto a mim. Aquele rosto de coração contente e aquelas mãos cruzadas na barriga como que para conter um excesso de felicidade, irritavam-na: ela não conseguia entender como se podia ficar velho tão alegremente. Cáspite! A razão existia. Monsenhor Orlando colocara toda sua satisfação nos contentamentos da gula, que é uma paixão que pode confortar, talvez melhor ainda em idade avançada. E ela ao contrário... o que querem? Não vou dizer mais nada, agora que seu esqueleto deve estar purificado por cinquenta anos de sepultura.

No entanto, começávamos a crescer e os temperamentos se delineavam melhor, os caprichos já tomavam forma de paixões e a mente despertava para pensar nelas. O horizonte dos meus desejos se alargara, pois a cozinha, o pátio, o celeiro, a ponte e a praça não me serviam mais de universo. Eu queria ver o que tinha mais adiante, e abandonado a mim mesmo, cada passo que eu arriscava fora do costumeiro círculo me provocava as mesmas alegrias que teve Colombo na descoberta da América. De manhã, levantava-me muito cedo e enquanto Faustina estava ocupada com os afazeres da casa ou nos aposentos da patroa, escapulia com a Pisana para o pomar ou para a beira do pesqueiro. Estas eram as nossas horas mais felizes, nas quais a malandrinha se aborrecia menos e recompensava mais amigavelmente a minha servidão. Muitas vezes depois, notei que a manhã é mais propícia para a serenidade do espírito, é quando as naturezas mais artificiosas encontram algum anseio de simplicidade e retidão. Com o passar do dia, os hábitos e o respeito humano nos dominam cada vez mais. No fim da tarde e à noite, veem-se os esgares mais grotescos, os discursos mais mentirosos e os assaltos mais irresistíveis das paixões. Talvez seja por isso que nas horas do dia se vive mais comumente a céu aberto, onde os homens se sentem menos escravos de si mesmos e mais obedientes às leis universais da natureza que nunca são péssimas. Não digo que a Pisana mudasse, mesmo estando sozinha comigo, suas maneiras de se mover e de falar. Eu percebia muito bem que ela apreciava muito mais a minha admiração do que a amizade ou a familiaridade, e que por mais próximo e habitual, eu não deixava de ser para suas pantomimas uma espécie de público. Todavia, eu deveria escrever que percebi isso depois, não que percebia na época. Na época, eu me deleitava com aqueles suaves intervalos, pensando, aliás, que aquela Pisana tão dedicada em me agradar fosse a verdadeira, e fossem efeito da má companhia as mudanças de suas maneiras durante o dia. Na hora da missa (era o monsenhor Orlando que a celebrava na capela do castelo), toda a família, patrões, criados, feitores, empregados e hóspedes, reuniam-se nos bancos destinados conforme a autoridade das pessoas. O senhor Conde ocupava sozinho no coro um genuflexório em frente à cátedra do celebrante, e lá recebia muito gravemente os cumprimentos do Monsenhor quando saía ou entrava, com pelo menos três fumaradas de incenso se a missa era cantada. Nas bênçãos solenes ou nos *Oremus*, o celebrante nunca se esquecia de abençoar e nomear com uma profunda reverência o Excelentíssimo e Poderosíssimo Senhor Juspatrono e Jurisdiscente, e ele então dirigia a toda a igreja um olhar à meia altura que parecia mensurar a excelsa alteza que o dividia do rebanho e dos vassalos. O Chanceler, o feitor, o Capitão, o porteiro e até as camareiras e a cozinheira absorviam a parte que lhes cabia daquele olhar e baixavam outros olhares semelhantes sobre a gente que ocupava na capela um lugar inferior ao deles. O Capitão, naquelas circunstâncias, até enrolava os bigodes e colocava rumorosamente a mão sobre a alça da espada. Terminadas as funções, todos ficavam de cabeça baixa, em grande recolhimento, mas voltados para o altar do Rosário se a função tinha sido no altar-mor, ou vice-versa, até que o senhor Conde se levantava, aspirava uma boa porção de ar e fazia um grande sinal da cruz, e colocando no bolso o livro de orações, o lenço e o rosário, ia grave e ereto até a pia de água benta. Lá, um novo sinal da cruz, e então saía da igreja depois de saudar o altar-mor com um leve aceno de cabeça. Atrás dele iam a Condessa com as filhas, os parentes e os hóspedes que faziam uma pequena reverência, depois os criados e os oficiais que dobravam um joelho, e então os camponeses e a gente da aldeia que dobravam os dois. Agora que o Senhor nos parece muito, mas muito distante, também pode parecer igualmente distante de todas as classes sociais, como o sol que certamente não aquece mais o topo de um campanário do que a sua base. Mas quando Ele costumava morar mais perto, as maiores ou menores distâncias eram facilmente observáveis, e um feudatário considerava-se mais próximo Dele do que todos os outros, a ponto de se permitir um maior grau de intimidade para com Ele. Em geral, meia hora antes da missa diária, o Monsenhor me procurava para que eu o ajudasse, com isso ele pretendia me dar um sinal de sua especial deferência, em detrimento dos filhos de Fulgenzio. Mas eu, que não achava grande coisa receber essa distinção, sabia tomar medidas de modo que quem me procurasse, na maioria das vezes, voltasse com as mãos vazias à sacristia. Comumente eu me refugiava com mestre Germano e só saía de sua toca depois de soar a última sineta. Nesse meio tempo já tinham colocado a batina em Noni ou em Menichetto, que com seus tamancos de madeira sempre corriam o perigo de quebrar o nariz nos degraus ao trocar de lugar o missal, e eu entrava na igreja certo de ter escapado. Como essas minhas artimanhas foram logo descobertas, tocaram-me muitos sermões do Monsenhor diante da lareira da cozinha, mas eu me desculpava da minha aversão dizendo que não sabia o *Confiteor*[10]. E de fato, para justificar esta minha desculpa, nas poucas vezes em que era pego, sempre havia o recurso de recomeçar ao chegar ao *mea culpa*, e por duas, três e quatro vezes eu repetia essa manobra, até que o Monsenhor, impaciente, terminava por mim. Aqueles dias nefastos tinham a consequência de eu ficar fechado em um quartinho debaixo do pombal, com o missal, um copo d'água e um pão preto até uma hora antes das vésperas. Eu me divertia enfiando o missal na água e picando o pão para os pombos, depois, quando Gregorio, o camareiro do Monsenhor, vinha me soltar, corria para Martino, pois com ele era certo encontrar meu almoço. Por outro lado, durante aquelas horas havia o desgosto de ouvir a voz da Pisana que se entretinha com os outros meninos sem se preocupar como meu encarceramento, então me irritava tanto com o *Confiteor*, que o fazia em bolinhas e o jogava no pátio sobre aqueles malandros junto com todas as pedras e caliças que podia catar nos cantos e raspar das paredes com a unhas. Às vezes também sacudia a porta com toda força que podia e batia nela com os pés, os cotovelos e a cabeça. Depois de uma meia hora dessa barulheira, o feitor nunca deixava de vir para me recompensar com quatro chicotadas. E esta dose se repetia à noite, quando descobriam que eu havia molhado e estragado o meu missal.

Nos dias normais, depois da missa cada um ia tratar de seus afazeres até a hora de comer, e eu precisava dar um jeito de me defender do empregado do Pároco que vinha me buscar para as aulas. Corre daqui, corre de lá, eu na frente e ele atrás, acabava sendo pego meio morto de irritação e cansaço, então devia fazer com ele, a trote, a milha que vai de Fratta a Teglio, para ganhar o tempo perdido. Chegando ao presbitério, todos os dias ficava passando em revista certas vistas de Udine que adornavam a parede do vestíbulo e depois com grande dificuldade me confinavam em uma saleta, onde, depois da experiência dos primeiros dias, tudo costumava ser rigorosamente debaixo de chave por causa das minhas petulâncias. Entretanto, eu me divertia desenhando nas paredes a cara do Pároco com dois bosques como sobrancelha e um chapelão na cabeça que não deixavam qualquer dúvida das intenções satíricas do pintor.

---

10 Oração penitencial de reconhecimento do pecados e pedido de perdão a Deus. "Deo omnipotenti, beatae Mariae semper Virgini, beato Michaeli Archangelo, beato Ioanni Baptistae, sanctis Apostolis Petro et Paulo, et omnibus Sanctis, quia peccavi nimis cogitatione, verbo et opere: mea culpa, mea culpa, mea maxima culpa. Ideo precor beatam Mariam semper Virginem, beatum Michaelem Archangelum, beatum Ioannem Baptistam, sanctos Apostolos Petrum et Paulum, et omnes Sanctos, orare pro me ad Dominum Deum nostrum. Amen".

Muitas vezes, durante esses meus exercícios artísticos, ouvia pelo corredor o passo prudente de Maria, a doméstica do Pároco, que vinha ver o que eu estava fazendo, pelo buraco da fechadura. Então eu pulava para a escrivaninha, e com os cotovelos bem separados e a cabeça sobre o papel, eu desenhava alguns *A* e *O* que enchiam meia folha, e que, juntamente com outras quatro ou cinco grandes letras maiores ainda, completavam com exuberância a minha tarefa diária. Ou então começava a gritar *be a bá, be e bé, bo o bó,* com uma voz tão endemoninhada que a pobre mulher fugia quase surda para a cozinha. Às dez e meia entrava o Pároco, que me dava algumas broncas pelos rabiscos que via na parede, acrescentava outras por conta da escrita infame, e depois me administrava mais uma terceira dose pela pouquíssima atenção prestada ao seu indicador ao ler o Abecedário. Acontecia com frequência de eu olhar para alguns livrões vermelhos que estavam atrás dos vidros de uma estante, então em vez de ler a linha seguinte sempre pulava para a linha do *V*: *ve a vá, ve e vé, ve o vo...* Neste ponto eu era interrompido pela terceira correção de que falei, e nunca consegui saber a razão da preferência que demonstrava minha memória pela letra *V*, a não ser por aquela ser uma das últimas letras. Os bocejos, os puxões de cabelo ou de nariz e as caretas que eu fazia durante aquelas aulas sempre me ficaram na cabeça como um sinal da minha má-criação e da exemplar paciência do Pároco. Se eu tivesse que ensinar um porquinho, como então eu era, a ler, tenho certeza de que nas duas primeiras aulas lhe arrancaria as duas orelhas. No entanto, eu não tive outro incômodo a não ser levá-las para casa um pouco alongadas. Mas esse incômodo que continuou e cresceu por quatro anos, dos seis aos dez, me trouxe a vantagem de poder ler todos os caracteres impressos e também escrever bastante correntemente, desde que não tivessem maiúsculas. A economia que fiz durante toda a vida de pontos e vírgulas devo à instrução contínua e liberal do ótimo Pároco. Mesmo agora, escrevendo esta minha história, precisei consultar, pela pontuação, um meu amigo, escriturário do juizado, pois de outra forma seria do começo ao fim um só período, e não haveria voz de orador capaz de destrinchá-lo.

Quando voltava a Fratta e não me perdia no caminho caçando libélulas ou salamandras, chegava justamente na hora em que a família estava à mesa. A copa era dividida da cozinha por um corredor longo e escuro que subia alguns metros, tanto que o local era bastante alto para se perceber, pelas janelas, que era dia nas horas de sol. Era uma enorme sala quadrada, quase a metade ocupada por uma mesa coberta por uma toalha verde e grande como de bilhar. Entre duas canhoneiras, dando para o fosso do castelo, havia uma grande lareira; em frente, entre duas janelas que davam para o pátio, um guarda-louças embutido de nogueira; nos quatro cantos havia quatro mesinhas e, em cima delas, as velas preparadas para o jogo da noite. As cadeiras de espaldar deviam pesar cinquenta libras cada uma e eram todas iguais: assento largo, pés e encosto reto, cobertas de marroquim preto forrado de tachas, ao menos assim se julgaria pela maciez. Em geral, a mesa era posta para doze pessoas: quatro para cada um dos lados maiores, três no lado próximo ao corredor, para o feitor, o perito e o Capelão, e um lado livre para o senhor Conde. Sua senhora consorte e a Condessa Clara ficavam à direita dele, o Monsenhor com o Chanceler à esquerda; os lugares entre eles e o outro lado da mesa eram ocupados pelo Capitão com a esposa e pelos hóspedes. Se não havia hóspedes, seus lugares ficavam desocupados, e se aumentavam em dois, o Capitão e a esposa buscavam refúgio nos intervalos entre o perito, o feitor e o Capelão. Este, como eu disse, quase sempre escapava à honra da mesa patronal, e quase sempre era servido na cozinha. Agostino, o despenseiro, levava os pratos até o senhor Conde e ele, de seu cadeirão (só ele tinha uma espécie de trono que lhe deixava os joelhos quase à altura da mesa) fazia sinal para que cortasse. Quando terminava, o senhor Conde pegava o melhor pedaço e depois com outro sinal passava o prato para a esposa, mas enquanto acenava com a direita, já tinha começado a comer com a esquerda.

O cocheiro e Gregorio ajudavam a servir, mas Gregorio ajudava bem pouco, porque estava muito ocupado servindo o copo do Monsenhor, ou desamarrando o guardanapo e dando-lhe grandes tapas nas costas quando uma garfada ameaçasse engasgá-lo. A Pisana, claro, não almoçava à mesa, pois essa honra era reservada às moças depois dos anos do monastério. Ela comia em uma despensa entre a copa a cozinha, com as camareiras. Quanto a mim, roía os ossos na cozinha com os cães, os gatos e com Martino. Ninguém nunca sonhara me dizer qual era o meu lugar e quais eram os meus talheres, de modo que meu lugar era qualquer um e como talheres usava os dedos. Minto. Para tomar sopa a cozinheira me dava uma espécie de colher de pau que teve a honra de alargar minha boca uns dois dedos. Mas dizem que o sorriso melhora a expressão, e como sempre tive dentes brancos e sadios, não posso me lamentar. Como eu e Martino não entrávamos na conta da gente que comia na copa, nem dos serviçais que a Condessa vinha dar a parte depois da mesa, tínhamos o privilégio de raspar as caçarolas, as panelas e os caldeirões, e disso era feito o nosso almoço. Na cozinha, pendurado em um gancho, havia sempre um cesto cheio de polenta, e quando as raspagens não me saciavam, bastava indicar a polenta. Martino me entendia: tostava uma fatia e adeus desgraça! O cavalcante e o sacristão, que tinham mulher e filhos, geralmente não comiam com os patrões, bem como o mestre Germano, que cozinhava para si, e temperava umas iguarias todas suas que eu nunca entendi como o palato humano pudesse suportar. Não era raro também o caso de que ele pegasse um dos muitos gatos que povoavam a cozinha dos condes e fizesse ensopado e assado para uma semana. Por isso, apesar de me convidar muitas vezes para o almoço, eu não aceitava. Ele dizia que o gato tem uma carne excelente e muito saborosa e que é um ótimo remédio contra muitas doenças, mas nunca dizia isso na presença de Martino, talvez ele quisesse me enganar.

Depois do almoço e antes que a Condessa fosse à cozinha, eu corria para fora ao encontro da meninada que se reunia àquela hora na esplanada do castelo, e muitos deles me seguiam até o pátio, onde a Pisana chegava pouco depois para fazer aquelas proezas de assanhamento que eu contei há pouco. Vocês me perguntarão porque eu mesmo ia chamar os meus rivais que depois me aborreciam tanto. Mas a Condessinha era tão descarada que ela mesma iria chamá-los se eu não o fizesse, e isso me levava a fingir que fazia de bom grado aquilo que, com dupla humilhação, seria obrigado a suportar. A tranquila digestão da Condessa e os afazeres que ocupavam as mulheres toda a tarde, nos deixavam livres por longo tempo para nossas brincadeiras; se a velha avó buscava naquelas horas a netinha, esta se comportava tão mal, que a Condessa acabava por dispensá-la como uma perigosa perturbação para sua digestão. Portanto, estávamos em plena liberdade para correr, gritar, engalfinhar-nos no pomar, nos pátios e nos pórticos. Somente um terraço, para onde davam as janelas do Conde e do Monsenhor, nos era vetado pela incorruptível custódia de Gregorio. Uma vez que alguns dos mais temerários zombaram da proibição, o camareiro saltou pela portinha de uma escada secundária com o cabo da vassoura na mão e bateu tanto naqueles malandros que todos entenderam que não deviam brincar daqueles lados. O Conde dizia ocupar-se naquelas horas dos negócios de chancelaria, mas se era isso mesmo, ele devia ter uma vista extraordinária, já que suas janelas sempre ficavam fechadas até às seis. Quanto ao Monsenhor, ele dormia e dizia dormir, mas nem podia negar, porque roncava tão alto que todos os infinitos cantos do castelo não teriam acreditado. Das seis às seis e meia, quando o tempo permitia, a Condessa saía a passeio, e o Conde e o Monsenhor em geral iam encontrá-la meia hora depois. Não temiam não a encontrar, porque ela ia invariavelmente, todas as tardes, com o mesmo passo, até as primeiras casas de Fossalta e depois com o mesmo passo voltava, empregando nesse passeio sessenta e cinco minutos, a menos de encontros imprevistos. Não preciso dizer que junto com o Conde saía também o Chanceler, que caminhava um passo atrás dos patrões, divertindo-se com o pé em jogar no fosso as pedrinhas do caminho, quando não era honrado com alguma pergunta. Mas com mais frequência o Conde lhe pedia notícias dos afazeres da manhã, e ele o informava das diligências que havia feito e de seus resultados sobre os quais havia feito um relatório para Sua Excelência. Esses relatórios eram as muitas sentenças que Sua Excelência se dignava assinar, usando para isso um duplo par de óculos e todos os suores de sua sabedoria caligráfica. Enquanto os dois magistrados seculares entretinham-se com os afazeres mundanos, monsenhor Orlando ia à frente lambendo os dentes com a língua e acariciando a barriga. Os dois grupos se encontravam em um passadouro que havia entre as duas vilas na estrada velha, o Chanceler parava com o chapéu abaixado até o chão, o Monsenhor parava a seu lado com a mão levantada em sinal de cumprimento e o Conde ia até a metade do passadouro para dar a mão à Condessa. Depois dela passava a condessinha Clara, quando estava, pois muitas vezes ficava com a avó, e depois o Pároco, ou o Capelão, ou o senhor Andreini, ou a Rosa, ou qualquer outro que estivesse no grupo. Voltavam juntos ao castelo, caminhavam dois a dois ou com mais frequência um a um, pelas péssimas condições do caminho. Quando chegavam, Agostino corria para acender na copa um grande candeeiro de prata, no qual, no lugar da alça, estava o brasão da família: um javali entre dois ramos com a coroa de Conde em cima. O javali era maior do que os ramos e a coroa maior do que tudo. Apesar do Conde atribuir grande importância a esse trabalho, via-se logo que Benvenuto Cellini[11] não estava envolvido. Nesse meio tempo a cozinheira colocava no fogo um grande bule para fazer café, e o grupo o esperava na copa continuando a conversa do passeio. Mas a tarde era distribuída desse modo só durante os belos meses, e quando o tempo era mais seco. De resto, tanto o senhor Conde quanto o Monsenhor só saíam de seus aposentos para sentar ao fogo da cozinha: e lá se reunia a família para acompanhá-los até a hora do jogo. Nessas circunstâncias, eles tomavam café junto à lareira, depois iam juntos até a copa onde as mesinhas já estavam preparadas, e os seguia, caminhando na ponta dos pés, todo o grupo. Só a Condessa estava lá esperando-os, porque a condessinha Clara só descia uma hora mais tarde, depois de ter deitado a avó. Algumas vezes, porém, a esposa do Capitão tinha a sorte de tomar café com a

11 Famoso escultor e ourives florentino (1500-1571).

Condessa, e isso era sinal de que as coisas do dia não podiam ir melhor. A senhora Veronica se mostrava muito honrada, e olhava de alto a baixo seu marido se ele vinha até ela, como costumava, para enrolar os bigodes antes de sentar. Quando a conversa era só de família, duas mesinhas de *tressette* bastavam, mas se havia visitas ou hóspedes, o que sempre acontecia todas as noites de outono e, no resto do ano, no domingo, então se invadia a grande mesa com *mercante na feira*, com *sete e meio*[12], ou com a *tômbola*. Os puritanos como o Monsenhor e o Chanceler, que não gostavam dos jogos de azar, retiravam-se para um canto com o *tressette na mesa*[13]; o Capitão, que dizia nunca ter sorte, ia para a cozinha jogar o *jogo do ganso*[14] com o cavalcante ou com Fulgenzio. No fundo, no fundo, acho que a aposta de dois soldos, costumeira na copa, era muito arriscada para ele, e se sentia melhor com o *bezzo*[15], *bezzo* e meio da cozinha. Eu, no entanto, depois de ter brincado com a Pisana até o cair do sol, quando Faustina a pegava para colocar na cama, me enfiava junto à lareira para que Martino ou Marchetto me contassem histórias. E assim ia até que minha cabeça caía sobre o peito, então Martino me pegava pelo braço, e passando pelo pátio para não atravessar a copa, me levava pelas escadas até a porta de Faustina. Eu entrava ali tateando e esfregando os olhos, depois de desabotoar as calças, com uma sacudidela estava despido e pronto para deitar, pois nem sapatos, nem colete, nem meias, nem cuecas, nem lenço de pescoço me embrulharam até os dez anos; uma jaqueta e um par de calças daquele pano que teciam em casa para a criadagem, compunham, com uma corda para a cintura, todo o meu guarda-roupa. Havia também alguns camisolões, que de tão grandes escondiam qualquer defeito, já que era o Monsenhor que me passava os seus quando estavam puídos, e ninguém se dava ao trabalho de ajustá-los em mim, fora um pouco na gola e nas mangas. Quanto à cabeça, em um inverno em que gelava muito, acho que eu tinha sete anos, mestre Germano a guarnecera com um gorro de pelo que ele usava desde quando era *bulo* em Ramuscello[16]. Esse gorro me teria caído até o queixo, se o Pároco já não tivesse preparado minhas orelhas para impedi-las de ceder à força da gravidade. Atrás, entretanto, onde não havia orelhas, me caía

12 Mercante na feira e sete e meio são jogos de cartas.

13 Jogo de cartas semelhante ao *tressette*, mas sem apostas.

14 Uma espécie de jogo de tabuleiro.

15 Antiga moeda veneziana de pouco valor.

16 Antes, neste capítulo, Nievo diz que mestre Germano estivera a serviço do castelão de Venchieredo. No manuscrito, ele havia indicado Ramuscello e depois corrigido para Venchieredo. Evidentemente esqueceu a correção aqui.

até o pescoço, e Martino dizia que com aquela coisa na cabeça eu parecia uma gata arrepiada. Mas ele talvez dissesse isso para provocar Germano, e sou grato a ele e ao seu gorro, graças ao qual me salvei de muitos resfriados. Por quantos anos o usei, eu não saberia dizer com precisão. Certamente já era rapaz e ainda o usava, aliás, o guardava para os dias de festa, porque aumentando minha cabeça me parecia que compusesse admiravelmente minha fisionomia e que me desse um ar de guerreiro de meter medo. Um dia, na festa de Ravignano, depois do Tagliamento, em que se dançava em um tablado na praça, eu resolvi zombar de alguns cernides dos Savorgnani que vinham cuidar da boa ordem da feira com a espingarda numa das mãos e na outra um guardanapo cheio de ovos, manteiga e salame, para fazer, como se diz, a *frittata rognosa*[17]. Os cernides com suas sandálias de madeira, com túnicas de pano puído e com umas caras que cheiravam a parvoíce a uma milha de distância, me faziam rachar de rir. Eu e alguns outros valentões de Teglio e dos arredores começamos a provocá-los, e a perguntar se eram bons para virar fritadas, se pretendiam cozinhá-las com os sapatos. Então um deles respondeu que era melhor que fôssemos dançar, e eu me adiantando disse que dançaria primeiro com ele. Como de fato fiz, pegando-o pelos braços, assim como estava com a espingarda às costas, fazendo-o rodar na mais curiosa furlana[18] que já se tinha visto. Mas como ele havia colocado no chão suas provisões, aconteceu que ao girar caímos em cima dos ovos, e fizemos uma fritada antes do tempo. Então, aqueles valorosos soldados, que não haviam se mexido ao ver um colega ser zombado, logo se comoveram com a ruína dos ovos e demonstraram querer vir para cima de mim com a baioneta. Mas eu, tirando do bolso as pistolas e virando para eles o meu bailarino, comecei a gritar que o primeiro que se movesse estaria morto. E num instante todos os meus colegas estavam ao meu redor para me defender, um com o punhal desembainhado e outro com pistolas iguais às minhas. Houve um momento de indecisão, depois começou uma confusão que, não sei como, nos vimos todos uns sobre os outros, mas sem fazer fogo nem usar as armas, só as mãos, pois na verdade não valia a pena. E bate daqui e pisa de lá, os pobres cernides estavam muito avariados e seus ovos também, quando chegou o Chefe dos Cem com o resto do bando e nos separou obrigando-nos com ameaças a terminar aquela pancadaria, senão, dizia, mandaria abrir fogo

17 Prato típico piemontês, mas amplamente difundido nas regiões limítrofes, composto pelos ingredientes citados no texto.

18 Antiga dança popular do Friuli que se dança em roda, aos saltos e com as mãos cruzadas na cabeça, em grupos de duas ou quatro pessoas.

sem tomar cuidado com amigos ou inimigos. Então, foram chamadas testemunhas para saber de quem era a culpa, as quais, como se usava sempre, deram razão a nós contra os cernides, e assim nos deixaram ir sem nos perturbar. Mas enquanto eu me retirava me vangloriando com meus companheiros daquele triunfo, aquele tal que havia dançado a furlana gritou atrás de mim para que eu tomasse cuidando ao dançar para não perder a minha crista de pelo, pois faria dela um troféu para colocar na cabeça de seu asno no segundo dia da feira. Eu lhe respondi com um gesto que a pegasse, que ele e o asno eram dois, mas nunca tocariam na minha crista. O Chefe dos Cem nos fez calar a boca e nós fomos dançar com as mais bonitas da festa, enquanto os cernides acendiam os fogos para fazer as fritadas com os ovos que sobraram. Naquela noite eu fiquei na festa mais do que pensara ao ir, para ver para que servia aquele pilantra que havia me desafiado, e alguns de meus companheiros também. À uma hora da manhã, com um escuro do inferno, fomos para o barco de Mendrisio, onde na margem oposta me esperava a carreta do mordomo. A estrada era longa e tortuosa entre campos cheios de árvores, em alguns lugares tão estreita que só com dificuldade podiam caminhar lado a lado quatro pessoas, e como cada um de nós, pelos abundantes canecos de *Ribola*, queria lugar para quatro, estávamos sempre a ponto de deixar cair alguém no fosso. Ríamos e cantávamos o melhor que podíamos com o vinho que quase gargarejava em nossa garganta, quando em uma curva da estrada vejo uma figura negra que salta do fosso num impulso e cai em cima de mim como uma bomba. Eu estava recuando um passo, quando aquela figura me disse – Ah! É você! –, me deu um bom empurrão nas costas e me mandou rolando para o pântano como um saco de carne suína. Levantei-me apoiando os cotovelos no chão e vi aquela figura que saltou de novo e desapareceu no escuro do campo. Só então percebi que havia perdido o gorro e me curvei sobre e estrada para procurá-lo; é preciso dizer que, ou do campo via-se bem claro a estrada ou que eram meus olhos que faziam o escuro, porque a figura do salto viu que eu me curvava para procurar e de longe gritou que acalmasse meu coração, porque ele tinha levado a minha crista para enfeitar o asno para o dia seguinte. Ao ouvir estas palavras lembrei-me do cernide, e aos meus companheiros voltou a alma ao corpo, porque aos olhos deles aquela aparição pareceu coisa do diabo. Sabendo o que era, queriam a todo o custo se vingar, mas o fosso era largo e ninguém confiava tanto nas pernas para tentar o salto, sinal de que ainda tínhamos uma migalha de juízo. Por isso fomos adiante prometendo nos desforrar no dia seguinte. Assim, ficamos todos em Mendrisio aquela noite, e no dia seguinte voltamos à feira examinando todos os cernides e todos os asnos que encontrávamos. Quando topamos com aquele que tinha entre as orelhas, colado na testa com alcatrão, o meu gorro de pelo, batemos tanto e tanto em seu dono, que foi preciso levá-lo carregado pelo asno para casa; como não era mais possível usar o meu gorro, enfiamos bem enfiado na cara dele, dizendo que o deixávamos de lembrança. Foi assim que perdi o presente de mestre Germano que me havia feito um bom serviço por tantos anos; desta aventura nasceu depois uma querela criminal que me deu muito trabalho, como contarei quando oportuno. No entanto, lhes peço para não perder sua estima, caso me vejam em um trecho da minha vida fazendo farra junto com camponeses e bêbados. Prometo que me verão como homem de importância, enquanto isso, volto ao menino para contar as coisas com ordem.

Disse-lhes que eu costumava ir para cama enquanto ainda se jogava na copa, mas o jogo não ia até tarde, porque às oito e meia em ponto terminava para se rezar o rosário, às nove começava o jantar e às dez o senhor Conde dava o sinal da retirada ordenando a Agostino para lhe acender a vela. A comitiva, então, saía pela porta que dava para o escadão, oposta à que conduzia à cozinha. Digo escadão por modo de dizer, pois era uma escada como todas as outras. No primeiro patamar o senhor Conde costumava parar e apalpar a parede para fazer o prognóstico do dia seguinte. Se a parede estava muito úmida, o senhor Conde dizia: – Amanhã mau tempo –; e o Chanceler repetia atrás dele: – Mau tempo –; e todos acrescentavam com o rosto contrito: – Mau tempo! – Mas se estivesse seco, o Conde exclamava: – Teremos um belo dia amanhã –; e o Chanceler: – Um belíssimo dia! –; e todos até lá embaixo, no último degrau: – Um belíssimo dia. – Durante esta cerimônia a procissão parava ao longo da escada com grande aflição para a Condessa que temia pegar uma ciática por todas aquelas correntes de ar. O Monsenhor, no entanto, tinha tempo para pegar no primeiro sono, e tocava a Gregorio sustentá-lo e sacudi-lo, senão todas as noites ele rolaria sobre a senhora Veronica que vinha atrás dele. Depois de chegarem à sala, havia a função do boa noite, depois da qual todos se espalhavam em busca dos respectivos quartos; os quartos eram tão distantes que havia comodamente tempo de recitar três *Pater*, três *Ave* e três *Gloria* antes de chegar. Ao menos era o que dizia Martino, que depois da aposentadoria recebera como alojamento um quartinho no segundo andar, contíguo à torre e vizinho ao quarto destinado aos frades mendicantes, quando havia algum. O senhor Conde ocupava com a esposa o quarto que a tempos imemoriais haviam ocupado todos os chefes da nobre família castelã de Fratta. Um quarto grande e altíssimo, com um terraço que no inverno dava arrepios só de vê-lo, com o teto de traves à vista pintadas com arabescos amarelos e azuis. Terraço, paredes e teto eram todos cobertos de javalis, árvores e coroas, de modo que não se podia olhar ao redor sem encontrar uma orelha de porco, uma folha de árvore ou uma ponta de coroa. O senhor Conde e a senhora Condessa, em seu tálamo imenso eram literalmente atacados por uma fantasmagoria de brasões e troféus familiares, e aquele glorioso espetáculo, imprimindo-se na fantasia antes de apagar a luz, não podia deixar de imprimir um caráter aristocrático até nas funções mais secretas e tenebrosas de seu matrimônio. Certamente, se as ovelhas de Jacó engravidavam de cordeiros malhados de várias cores que viam na fonte[19], a senhora Condessa só poderia conceber filhos altamente convencidos e contentes com a ilustre excelência de sua linhagem. Mas se os acontecimentos posteriores não deram sempre razão a esta hipótese, poderia ter sido mais por defeito do senhor Conde do que da senhora Condessa.

A condessinha Clara dormia ao lado da avó no apartamento que ficava na frente do quarto de seus genitores. Tinha um quartinho que parecia a cela de uma monja, o único javali entalhado ali ficava em cima da lareira e ela, talvez sem pensar, cobrira-o com uma pilha de livros. Eram restos de uma biblioteca que se deteriorara em um salão do térreo pela incúria dos castelões, a inimizade combinada das traças, dos ratos e da umidade. A Condessinha, que nos três anos vividos no convento se refugiara na leitura contra o tédio e os mexericos das monjas, assim que colocou os pés em casa lembrou-se daquele salão entulhado de volumes espalhados e de pergaminhos; passou a pescar aqueles bons que restavam. Alguns volumes de memórias traduzidos do francês, algumas daquelas histórias antigas italianas que narram coisas simples, genuínas e sem enfeites, Tasso, Ariosto e o *Pastor Fido* de Guarini, quase todas as comédias de Goldoni impressas poucos anos antes, foi tudo o que conseguiu. Acrescentem a tudo isso um Ofício da Virgem Maria e alguns manuais de devoção e terão o catálogo da livraria atrás da qual se escondia no quarto de Clara o javali da família. Depois de se aproximar do leito da avó pé ante pé para se assegurar de que nada perturbava a placidez de seu sono, com a mão na frente do candeeiro para diminuir a reverberação contra as paredes, entrava em sua cela para folhear algum daqueles livros. Frequentemente todos os habitantes do castelo já estavam dormindo e a luz da lâmpada ainda filtrava das frestas de seu balcão, quando ela pegava a *Jerusalém Libertada* ou o *Orlando Furioso* (os mesmos

19 Referência ao livro do Gênesis, 30, 37-39.

volumes que não conseguiram decidir a vocação militar de seu tio monsenhor) o óleo faltava ao pavio antes que aos olhos da jovem faltasse a vontade de ler. Perdia-se com Erminia sob as plantas sombreadas e a seguia nos plácidos albergues dos pastores; adentrava com Angelica[20] e com Medoro a escrever versos de amor nas musgosas paredes das grutas, e até delirava com o louco Orlando e chorava de compaixão por ele. Mas principalmente lhe enchia a alma de piedade o fim de Brandimarte, quando a hora fatal lhe interrompe nos lábios o nome da amante e quase parece que sua alma passe a terminá-lo e repeti-lo continuamente na feliz eternidade do amor. Adormecendo depois dessa leitura, às vezes lhe parecia em sonho ser ela mesma a viúva Fiordiligi. Um véu negro lhe caía da fronte sobre os olhos e até o chão, como para esconder aos olhares vulgares a santidade de seu pranto inconsolável; uma dor suave, melancólica, eterna se difundia em seu coração como um eco longínquo de flébil harmonia: e da substância mais pura dessa dor emanava um espírito de esperança, que leve e etéreo demais para vagar sobre a terra movia-se altíssimo no céu. – Eram fantasias ou pressentimentos? – Ela não sabia, só sabia mesmo que os afetos daquela sonhada Fiordiligi correspondiam exatamente aos sentimentos de Clara.

Alma fechada às impressões do mundo, conservara-se como Deus a havia feito em meio às frivolidades, às vulgaridades, às vaidades que a rodeavam. As devotas crenças e os dóceis costumes de sua avó, apurados pelas meditações serenas da velhice, renovavam-se nela com toda a espontaneidade e o perfume da idade virginal. Na primeira infância, ela sempre permanecera em Fratta, fiel companheira da antiga enferma. Parecia desde então o jovem rebento da castanheira que surge do velho tronco pujante de vida. Aquela moradia solitária a havia preservado do vicioso consórcio das camareiras e dos ensinamentos que podiam vir dos exemplos de sua mãe. Vivia no castelo simples, tranquila e inocente, como o passarinho que esconde seu ninho sob as traves do celeiro. Sua beleza aumentava com a idade, como se o ar e o sol em que mergulhava da manhã à noite com o robusto descuido de uma camponesa, entrassem nela para engrandecê-la e iluminá-la. Mas era uma grandeza boa, uma luz modesta e agradável como a da lua, não o esplendor estranho e coleante do relâmpago. Reinava e resplandecia como uma Virgem entre as velas do altar. De fato, seu semblante emanava uma paz religiosa e quase celeste; apenas vendo-a notava-se debaixo daquelas vestes gentis e

20 Personagem do *Orlando furioso*, assim como Medoro, Orlando, Brandimarte e Fiordiligi, citados a seguir. Para os episódios aos quais Nievo se refere, ver os cantos XX, 35-36; XXIII 100-136; XLII, 155-164 e 182185.

harmoniosas o fervor da devoção misturado com a poesia de uma imaginação pura, oculta, operosa, com as mais ingênuas delicadezas do sentimento. Era o fogo do sul reverberado pelas geleiras cândidas e diamantinas do norte.

As simples camponesas dos arredores a chamavam a Santa; lembravam com veneração o dia de sua primeira comunhão, quando assim que recebera o místico pão ela desmaiara de alegria, medo e humildade, mas elas diziam que Deus a havia chamado em êxtase como digna que era de um mais estreito casamento com ele. Clara também se lembrava, com uma alegria mista de tremor, daquele dia completamente celeste, saboreando sempre com a memória os sublimes arrebatamentos da alma convidada a participar pela primeira vez do mais alto e suave mistério de sua religião. Lembrem-se bem de que eu falo de um tempo em que a fé ainda era moda, e produzia nos espíritos eleitos os milagres de caridade, de sacrifício e de distanciamento das coisas mundanas que serão sempre maravilhosos até ao olho descrente do filósofo. Eu não catequizo, nem planto ou defendo sistemas; sei muito bem que a devoção, transformada em fanatismos pelas almas falsas e corruptas, pode viciar a consciência pior do que qualquer outra perversidade. Mais uma vez lhes repito que não sou devoto, e isso me faz mal talvez porque deu-me muito trabalho encontrar outra via para chegar à verdadeira e discreta admiração da vida. Muitas vezes precisei percorrer, com o desengano ao lado e o desespero diante dos olhos, toda a profundidade do abismo metafísico; precisei me esforçar para alargar a contemplação de um espírito, desconfiado e míope sobre a infinita vastidão e resistência das coisas humanas; precisei fechar os olhos para os mais comuns e dilacerantes problemas da felicidade, da ciência e da virtude contraditórios entre si; precisei ser sociável e sujeito às leis sociais, encerrar-me no baluarte da consciência para sentir a santidade e a vitalidade eterna e talvez a futura efetivação daquelas leis morais que agora são escarnecidas, pisadas e violadas de todos os modos; precisei, enfim, homem orgulhoso da minha razão e de um ostentado império sobre o universo, afundar-me, anular-me, átomo invisível, na vida imensa e imensamente harmônica do próprio universo, para encontrar uma desculpa para essa labuta que se chama existência, e uma razão para o fantasma que se chama esperança. E essa desculpa trêmula diante da razão envelhecida, como uma chama de vela batida pelo vento, também me fez perceber tardiamente que a fé é melhor do que a ciência para a felicidade. Mas não posso me arrepender de meu estado moral, porque a necessidade não admite arrependimentos; não posso e não devo me envergonhar, porque uma doutrina que na prática social reúne a firmeza dos estóicos à caridade evangélica, nunca poderá se envergonhar de si mesma quaisquer que sejam seus fundamentos filosóficos. Mas quantos suores, quantas dores, quantos anos, quanta constância para chegar a isso! Tive a paciência da formiga, que, virada pelo vento, cem vezes perde a sua carga e cem vezes a retoma para fazer com passos invisíveis o seu longo caminho. Poucos teriam me imitado e poucos de fato me imitam. A maioria joga no meio da estrada uma bússola não confiável pela qual foram muitas vezes enganados, e se abandonam dia a dia ao vento que sopra. Chega então a hora de recolher as velas no porto, e sua chegada é necessariamente um naufrágio. Ou se entregam a orientações ilusórias, aliadas de suas paixões, e bebem com contrição lágrimas espremidas dos olhos de outros, ou apagam a vida do espírito, sem saber que o espírito se reacende cedo ou tarde para sofrer todas de uma vez as dores que devem preparar seu caminho para a morte. Melhor a fé mesmo que ignorante do que o nada vazio e silencioso. Agora existem donzelas graciosas e rapazes elegantes cujos objetivos são todos voltados para os prazeres materiais: as comodidades, as festas, as pompas são seus únicos desejos; só se preocupam com o dinheiro que provê um lauto e perene alimento a esses desejos; até seu espírito não busca outro alimento do que se fazer belo aos olhos dos outros, e não sentir o incômodo de precisar se envergonhar. De resto, a mente deles não conhece deleites que sejam realmente seus. Quando se pergunta a eles se gostariam de ter sido Cipiões, Dante, ou Galileu, responderão que os Cipiões, Dante e Galileu estão mortos. Para eles a vida é tudo. Mas, e quando precisarem abandoná-la? Não querem pensar nisso! Não querem, eles dizem, mas eu acrescento que não podem, não ousam. E se ousassem teriam que escolher entre a pistola, suicídio do corpo, e o tédio da vida, suicídio da alma. Este é o destino dos mais fortes ou dos mais desventurados.

A fé, naqueles tempos, pelo menos era um idealismo, uma força, um conforto, e quem não tinha coragem de sofrer buscando e esperando, tinha a sorte de suportar acreditando. Agora a fé está indo embora e a ciência viva e completa ainda não chegou. Porque então glorificar tanto esses tempos que os mais otimistas chamam de transição? Honrem o passado e apressem o futuro, mas vivam no presente com a humildade e com a atividade de quem sente a própria impotência e também a necessidade de encontrar uma virtude. Educado sem as crenças do passado e sem a fé no futuro, eu busquei em vão no mundo um lugar de repouso para os meus pensamentos. Depois de muitos anos, arranquei de meu coração um pedaço sangrento no qual estava escrito justiça, e entendi que a vida humana é um ministério de justiça, o homem o seu sacerdote, e a história uma espiã que registra seus sacrifícios para vantagem da humanidade que sempre muda e sempre vive. Antigo de anos, deito minha cabeça no travesseiro da tumba, e indico esta palavra de fé como norma daqueles que não acreditam mais e ainda assim desejam pensar neste século de transição. Não se manda na fé, nem para nós mesmos. Para quem se compadece da minha cegueira, e deplora na minha vida um esforço virtuoso, mas inútil, que não terá recompensa nos séculos eternos, eu respondo: Sou dono diante dos outros homens do meu ser temporal e eterno. Nas contas entre mim e Deus não cabe a vocês se intrometer. Invejo a fé de vocês, mas não posso impô-la a mim. Portanto acreditem, sejam felizes e me deixem em paz.

A condessinha Clara, além de acreditar, era devota e fervorosa, porque para sua alma não bastava a fé e desejava também o amor. Entretanto, sua fama de santidade não era apenas pelo seu fervor e pela frequência das práticas religiosas, mas ainda mais pelas ações contínuas e ativas das mais santas virtudes. A sua conduta não mostrava a humildade da ajudante de cozinha ou da governanta, mas da condessa que retira de Deus as desproporções sociais e se sente diante Dele igual ao ser mais abjeto da humana família. Tinha o que chamamos dom da segunda visão para adivinhar as aflições dos outros e o dom da simplicidade, para ser de comum acordo sua conselheira e consoladora. Dava à riqueza o valor que vinha da necessidade dos pobres: o verdadeiro valor, como deveria estabelecer a boa economia, para se tornar benemérita da humanidade. As pessoas diziam que ela tinha as mãos furadas, e era verdade, mas ela não percebia, como se fosse um dever necessariamente cumprido, como não percebemos o sangue que circula e o pulmão que respira. Era realmente incapaz de ódio, mesmo contra os maus, porque não esperava reconhecimento. Todos os seres da criação eram seus amigos e a natureza nunca teve filha mais amorosa e reconhecida. Ela ia tão além, que não gostava de ver pela casa ratoeiras; caminhando no campo desviava para não pisar uma flor ou um pouco de grama brotando. Entretanto, sem exageros poéticos, tinha um passo tão leve que a flor apenas inclinava-se um instante sob seu pé e a grama nem percebia que estava sendo pisada. Se ela mantinha passarinhos em gaiola, era para libertá-los ao chegar a primavera; às vezes se acostumava tanto com aqueles graciosos gorjeadores que lhe doía o coração separar-se deles. Mas o que era para Clara o próprio desgosto quando se tratava do bem de outro? Abria a portinha da gaiola com um sorriso tornado mais belo por duas lágrimas; às vezes os passarinhos vinham bicar seus dedos antes de irem embora; e até mesmo ficavam alguns dias nas vizinhanças do castelo visitando com segurança a janela onde haviam vivido a má estação prisioneiros e felizes. Clara os reconhecia e sabia de sua gratidão pela afetuosa recordação que tinham dela. Então pensava que as coisas deste mundo são boas e que os homens não deviam ser maus, se tão gratos e amorosos se demonstravam os pintassilgos ou os chapins. A avó sorria de sua poltrona vendo as ternas e comoventes criancices da neta. Evitava zombar dela, pois a boa velha sabia por experiência que o hábito daqueles delicados sentimentos infantis prepara para as outras idades uma infindável fonte de alegrias modestas, mas puríssimas e não passageiras nem invejadas. Nos três anos em que morou no convento das Salesianas de São Vito, a menina foi muito zombada por essas suas denguices, mas teve a coragem de não se envergonhar delas, e a constância de não as renegar. Quando conseguiu retomar junto ao leito da avó o seu ofício de enfermeira, ainda era a mesma Clara simples, modesta, prestativa, de riso fácil e de lágrimas por qualquer alegria e por qualquer mágoa que não fosse sua. A Condessa, transferindo-se de Veneza para Fratta, achou-a um pouco selvagem, pretendera refiná-la com os habituais dez anos de monastério, mas depois de um triênio começou a dizer que Clara, sendo de índole desperta, já devia ter tido o suficiente. A verdade é que os cuidados com a sogra lhe pesavam demais e para não sacrificar a isso o ano inteiro de uma criada, pareceu-lhe uma dupla economia chamar a filha de volta. Por outro lado, seus luxos de Veneza haviam desequilibrado bastante a família, e estando preocupada em prover a educação do filho homem, procurou fechar um pouco a mão na despesa com as mulheres. Já eram duas, porque a Condessa trazia no ventre a Pisana quando resolveu tirar Clara das freiras, e não tinha dúvidas de parir uma menina, para a qual já escolhera o nome, em honra de sua mãe que fora uma Pisani.

Assim iam as coisas enquanto eu mamava e devorava papa em todas as casas de Fratta, mas quando fiz nove anos, a Pisana tinha sete e o condezinho Rinaldo terminava os estudos com os reverendos padres Somascos, a condessinha Clara já estava crescida com a perfeita desenvoltura de jovem. Creio que já tivesse dezenove anos, se bem que não o demonstrasse por aquela sua delicadeza de cores que sempre lhe deu aparência de juventude. Sua mente se enriquecera com bons conhecimentos pelos livros que lia, e de ótimos pensamentos pelo tranquilo desenvolver de uma índole piedosa e meditativa; exercitava a sensibilidade mais utilmente nas ajudas que dava às mulheres pobres, sem ter perdido nada de sua graça infantil. Ainda amava os passarinhos e as flores, mas pensava menos neles, agora que dedicava tempo a cuidados mais relevantes; de resto, sua serenidade ainda continuava a mesma, ainda mais encantadora pela consciência que irradiava de uma segurança celeste. Depois de ajudar a avó a se despir, quando entrava na copa e sentava próximo à mesa onde sua mãe jogava, com seu bordado branco em uma das mãos e a agulha na outra, sua presença atraía todos os olhares e bastava para acalmar por um quarto de hora as vozes e conversas dos jogadores. A Condessa, que tinha sabedoria suficiente, notava esse efeito obtido pela filha e até ficava discretamente enciumada; com sua touca de renda e toda a soberba da casa Navagero esculpida no rosto, ela nunca conseguira algo igual. Por isso, se antes se esforçava para moderar a loquacidade muitas vezes mexeriqueira e rude do grupo, naquele momento de trégua incomodava-se por não a ouvir continuar, e era a primeira a atiçar o Capitão ou Andreini para que falassem. O senhor Conde exultava, vendo a esposa tomar gosto pela conversação do castelo, o Monsenhor espiava a cunhada de través não compreendendo de onde viessem aqueles seus acessos realmente insólitos e também um tanto irritantes de afabilidade. Naquele tempo eu era pequeno, mas pelo buraco da fechadura de vez em quando espiava o jogo, compreendia muito bem a irritação ou o bom humor da Condessa; Clara também o compreendia, porque ainda me lembro que se o Capitão ou Andreini respondiam de maus modos aos convites da ilustríssima patroa, um leve rubor coloria-lhe as faces. Parece-me ainda ver aquele anjo de donzela redobrar sua atenção no bordado, e pela pressa enredar os dedos na linha. Tenho certeza de que aquele rubor provinha principalmente do temor de que fosse de pura soberba o pensamento que naqueles momentos atravessava-lhe a mente. Mas como o Monsenhor poderia supor ou suspeitar disso tudo? Repito. Eu tinha nove anos e ele já sessenta; ele cônego de batina e meias vermelhas, eu quase enjeitado malvestido e sem sapatos; com tudo isso, apesar dele se chamar Orlando e eu Carlino, eu de mundo e de moral entendia mais do que ele. Ele era o teólogo mais simplório do clero católico, coloco minha mão no fogo.

Por aqueles tempos, as visitas ao castelo de Fratta, principalmente dos jovens de Portogruaro e da região, faziam-se mais frequentes. Não era mais um privilégio dos domingos ou das noites de vindima, mas de todo o ano, até no inverno mais cru e nevoso, vinha a pé ou a cavalo, com o arcabuz no ombro e a lanterna pendurada na ponta, algum corajoso visitante. Não sei se a Condessa se atribuísse a honra de atrair essas visitas, mas certamente se preocupava em se demonstrar vivaz e graciosa. Mas apesar dos atrativos de sua idade respeitável e mais que madura, os olhos daqueles rapazes eram muito desatentos para que não acontecesse de se concentrarem no rostinho agradável de Clara. Vianello de Fossalta, por ser o mais próximo, era também o mais assíduo, mas também

Partistagno não o era menos apesar de seu castelo de Lugugnana ser na marina na divisa do pinheiral, umas boas sete milhas distante de Fratta. Talvez essa distância lhe desse o direito de antecipar suas visitas, e muitas vezes acontecia dele chegar exatamente no momento em que Clara saía para encontrar a mãe em seu passeio. Então aproveitava a oportunidade para acompanhá-la, e Clara condescendia cortesmente, se bem que os modos rudes e resolutos do jovem cavalheiro não se ajustassem muito a seus gostos. Quando terminava o jogo, a Condessa nunca deixava de convidar Partistagno para passar a noite em Fratta, lamentando sempre o perigo da escuridão e a extensão da estrada, mas ele se esquivava com um obrigado, lançava um olhar para Clara que raras vezes e só por acaso correspondia, e ia até a escuderia para mandar selar o seu forte garanhão friulano. Agasalhava-se bem no ferreiro, pendurava no ombro a correia do mosquete com a indispensável lanterna na ponta, e montando saía em grande disparada pela ponte levadiça assegurando-se com a mão se as pistolas ainda estavam nas bolsas laterais. Assim passava como um fantasma por aquelas estradinhas tenebrosas e esburacadas, mas no mais das vezes parava para dormir em San Mauro, distante duas milhas, onde em uma chácara sua ajeitara, para maior comodidade, quatro cômodos de uma casa de colono. As pessoas da região tinham um profundo respeito por Partistagno, por seu mosquete e por suas pistolas; e também por seus punhos, quando não carregava armas, mas estes punhos pesavam tanto, que depois de levar uns socos no estômago não se tinha necessidade nem de bala nem de balinhas para ir ao Criador.

Vianello, ao contrário, ia e vinha a pé, com sua lanterna pendurada no bastão e estendida à frente como a bolsa do ofertório durante o intervalo da missa. Parecia não ter armas, apesar de que procurando bem em seus bolsos talvez se encontrasse uma ótima pistola de dois canos, arma naqueles tempos não muito comum. De resto, sendo ele filho do médico de Fossalta, participava um pouco da inviolabilidade paterna e ninguém ousaria molestá-lo. Os médicos de então estavam, segundo a opinião vulgar, no rol dos bruxos, e ninguém se sentia tão ousado para provocar sua vingança. Não fazem tantas agora (as vinganças), mas no século passado as faziam três vezes mais; imaginem se fossem feitas com premeditação! – Quase se acreditavam capazes de contaminar uma província, e conheço uma família patriarcal daquela região em que antes mesmo de chamar o médico se recita muitas orações para a Virgem para pedir que o acompanhe na visita com boa sorte. O doutor Sperandio (belo nome para um doutor e que sozinho dá um bom conselho aos doentes) nada tinha em seu aspecto que se opusesse à fama de bruxo, com a qual ele e os seus colegas eram honrados.

Usava uma grande peruca de lã ou de crina de cavalo, negra como tinta, que bem lhe defendia contra o vento a fronte, as orelhas e a nuca; por cima um chapelão de três pontas, também negro e vasto como um temporal. Vendo-o vir de longe em seu cavalinho magro e cansado, cor de cinzas como um asno, parecia mais um coveiro do que um médico. Mas quando desmontava, e diante do leito do doente enfiava os óculos para observar sua língua, então parecia um tabelião que se preparava para formular um testamento. Em geral, ele falava meio latim, meio friulano, mas depois do almoço o latim passava a três quartos e para a noite, depois de ter bebido a caneca da Ave Maria, encarnava o completo Cícero. Assim, se de manhã receitava um paliativo, de tarde só usava algo radical; as sanguessugas da tarde se transformavam de noite em sangrias. A coragem lhe crescia com as horas, e depois do jantar arrancaria a cabeça de um louco com a esperança de que a operação o curasse. Nenhum médico, cirurgião ou flebótomo já teve lancetas mais longas e enferrujadas que as dele. Creio realmente que fossem autênticas lanças dos Hunos ou dos Visigodos desenterradas nas escavações de Concordia, mas ele as usava com uma perícia singular, tanto que em sua longa carreira só mutilou o braço de um paralítico e o único desarranjo que lhe acontecia com frequência era a dificuldade de estancar o sangue, de tão grandes que eram as feridas. Se o sangue não parava com o pó de dragão[21] ele recorria ao expediente de deixá-lo escorrer, citando em latim um certo axioma todo seu: *nenhum camponês morre sangrando.* Sêneca[22], de fato, não era camponês, mas filósofo. O doutor Sperandio tinha em grande conta a arte de Hipócrates e de Galeno. Era digno de reconhecimento, porque, além de ter vivido dessa profissão, conseguira comprar uma casa e uma chácara contigua em Fossalta. Havia feito os estudos em Pádua, mas falava com maior veneração da Escola de Salerno e da Universidade de Montpellier; suas receitas eram de coisas muito simples, principalmente para aqueles que viviam nos paludes e ao longo das sebes, método pouco cristão que o colocava em frequentes atritos com o boticário da região. Mas o doutor era homem de consciência e como sabia que o boticário extraía da flora local até os medicamentos estrangeiros, prevenia a fraude com a abominável simplicidade de seus remédios. Quanto a teorias sociais ele era um pouquinho egípcio. Me explico. Ele era partidário da estabilidade das profissões nas famílias, e queria a todo o custo que seu filho herdasse seus clientes e suas lancetas. O senhor Lucilio não tinha a mesma

21 Uma espécie de resina retirada de uma palmeira, usada na época como hemostático.

22 O filósofo Sêneca (4 a.C.-65 d.C.) foi obrigado a se matar cortando as veias.

opinião, respondendo que o dilúvio tinha sido para nada se não havia submerso nem essas rançosas doutrinas de tirania hereditária. Porém havia obedecido, e estudara os seus cinco anos na antiquíssima e sapientíssima Universidade de Pádua. Era um estudante muito conhecido por sua negligência, o que nunca costumava desmentir em seus raros comparecimentos, que sempre discutia com os nobres e os soldados e que a cada nevada era sempre o primeiro a correr ao parlatório das freiras de Santa Croce para anunciar a novidade. É mais ou menos sabido que quem conseguia essa prioridade, tinha das reverendas o presente de uma bela cesta de doces. Lucilio Vianello esvaziara muitas dessas cestas antes de obter o diploma. Mas agora estamos diante da eterna questão entre ele e o senhor seu pai. Não havia jeito dele poder convencê-lo a conseguir o bendito diploma. Colocava nos bolsos dele o dinheiro para a viagem de ida e volta, mais o necessário para o alojamento de um mês, mais a taxa do primeiro exame; embarcava-o em Portogruaro na barca postal de Veneza, mas Lucilio ia, ficava e voltava sem dinheiro e sem ter feito o exame. Sete vezes em dois anos ele esteve ausente deste modo, ora um mês e ora dois; os professores da faculdade de medicina ainda não tinham recebido a sua primeira taxa. O que ele fazia durante essas ausências? Era o que o doutor Sperandio teimava em descobrir, sem chegar a nada. Na sétima vez finalmente descobriu que o senhor seu filho nem se preocupava de chegar a Pádua, e que chegando em Veneza sentia-se tão bem ali a ponto de não considerar oportuno ir adiante para gastar o dinheiro do papai. Isso ele soube por um senador seu protetor, um certo fidalgo Frumier, cunhado do Conde de Fratta, que passava as férias de primavera em Portogruaro, e que também o advertira da conduta um tanto suspeita de Lucilio em Veneza, por causa da qual os senhores Inquisidores o vigiavam paternalmente. – Idiota! Era só o que faltava! – O doutor Sperandio queimou a carta, espalhou as cinzas com a paleta, olhou raivoso para Lucilio que enxugava diante dele as botas de couro de búfalo, mas por muito tempo não lhe falou mais do diploma. Entretanto, levava-o consigo para experimentar o grau de sua erudição na ciência de Esculápio, e como se contentara com a prova, começara a mandá-lo aqui e ali para rever as línguas e as urinas de alguns camponeses visitados por ele de manhã. Lucilio abria em um bloco registros para Giacomo, Toni e Matteo com a tríplice rubrica de pulso, língua e urina, depois, à medida que fazias as visitas preenchia a tabela com as indicações solicitadas e as levava bem ordenadas ao senhor seu pai que às vezes se espantava com algumas mudanças e saltos repentinos não comuns de acontecer nas doenças daquele tipo de gente.

– Como! Língua limpa e úmida de Matteo, que está de cama desde ontem com uma febre misturada com mal pútrido[23]! *Putridum autem septimo aut quatuordecimo tantumque die in sudorem aut fluxum ventris per purgationes resolvitur*[24]. A língua limpa e úmida! Mas se esta manhã ela estava seca como palha e com dois dedos de sarro em cima... – Ah! pulso convulso em Gaetana! Mas se hoje contei cinquenta e duas batidas por minuto e até receitei *vinum tantummodo pepatum et infusione canellae oblungatum*![25] O que significa isso?... Amanhã veremos! *Nemo humanae natura pars qua nervis praestet in faenomenali mutatione ac subitaneitate*[26].

Então ia na manhã seguinte e encontrava Matteo com a língua suja e Gaetana com o pulso fraco por causa da pimenta, da canela e do vinho. A razão desses milagres era que daquela vez Lucilio, não tendo vontade de fazer as visitas, arquitetara e preenchera aleatoriamente a sua tabela à sombra de uma amoreira. Depois a entregara ao senhor seu pai para atormentar suas teorias *de qualitate et sintomatica morborum*[27].

Havia, no entanto, algumas ocasiões em que o jovem gostava de ser licenciado em medicina pela Universidade de Pádua, quando, por exemplo, assim que chegava, Rosa lhe pedia para ir até a velha condessa que não estava bem dos nervos e receitar alguma poção de láudano e de água de ervas bidestilada para acalmá-los. Lucilio parecia nutrir pela quase centenária senhora uma reverência mista de amor e de veneração, de modo que não havia cuidados e precauções que bastassem para conservar uma vida tão digna e preciosa. Amiúde ouvia-a com aquela atenção que parece espanto e dá indícios de um gratíssimo prazer, quase de um melodioso prurido produzido na alma pelas palavras de outros. Apesar dele ter um temperamento fechado e reservado, ao conversar com ela se acalorava por ingenuidade não voluntária e não se esquivava de falar de si e das próprias coisas, como a uma mãe. Ninguém, segundo ele, sofria tanto por ser órfão, já que a esposa do doutor Sperandio morrera no puerpério daquele único filho, de modo que parecia buscar conforto para a dor dessa falta no afeto quase materno que lhe inspirava a avó de Clara. Aos poucos a velha se habituou à cordial familiaridade do jovem;

---

23 Gastroenterite.

24 O mal pútrido é eliminado depois de uma ou duas semanas sob forma de suor ou de evacuação do ventre mediante purgantes.

25 Vinho apimentado e diluído em uma infusão de canela!

26 Não há nenhuma parte da natureza humana que mais se sujeite a rápidas mudanças do que os nervos.

27 Sobre a qualidade e a sintomatologia das doenças.

mandava chamá-lo mesmo se não precisasse de um médico; ouvia com prazer as novidades do dia e se alegrava por considerá-lo muito diferente dos jovens que frequentavam o castelo. Realmente, Lucilio merecia essa distinção, lera muito, adquirira um grande amor pela história, e como sabia que cada dia é uma página nos anais dos povos, seguia com atenção os primeiros sinais de agitações que surgiam no horizonte europeu. Os ingleses ainda não eram muito bem vistos pelo patriciado veneziano, talvez pela mesma razão que o falido não pode ver com bons olhos os novos donos de seus haveres. Por isso, ele exaltava sempre as empresas dos americanos e a grandeza civil de Washington que libertara da submissão dos Lordes todo um novo mundo[28]. A enferma ouvia prazerosamente ele narrar casos e batalhas em que sempre os ingleses levavam o pior e se unia a ele em um acalorado entusiasmo pelo pacto federal que lhes retirara para sempre a posse das colônias americanas [29]. Quando ele falava a contragosto dos acontecimentos na França e da dança dos ministérios[30], do rei que não sabia mais qual partido tomar e das tramóias da rainha germanizante[31], ela começava a contar as coisas de seus tempos e dos esplendores da corte, as intrigas e o servilismo dos cortesãos, a soberba e quase lúgubre solidão do grande rei[32], que sobrevivera a toda a glória com que o haviam cercado os seus contemporâneos, para assistir à frivolidade e vulgaridade dos netos. Ela discorria com horror sobre os costumes descaradamente obscenos que desde então se prognosticavam na nova geração, e agradecia aos céus que protegia a República de São Marcos contra a invasão daquela peste. Passando da corte da França ao castelo de Fratta, ela recordava Veneza como tinha sido nos primórdios do século XVIII, ainda não indigna de voto no grande conselho dos estados europeus; ela não sabia o quanto naquele meio tempo, e com qual lisonjeiro falso brilho de elegância, as indecências de Versailles e do Trianon eram copiadas prazerosamente em Rialto e nos palacetes do Canal Grande. Quando a neta lia para ela alguma

28 Referência à guerra da independência americana (1775-1783).

29 O Congresso de Filadélfia, em 4 de julho de 1776, proclamou a independência (pacto federal) dos Estados Unidos da América da Inglaterra, que a reconheceu somente em setembro de 1783.

30 Referência aos ministros das finanças Turgot (afastado por Luís XVI em 1776), Necker (demitido em 1781 e a seus sucessores.)

31 Alusão à feroz oposição de Maria Antonieta (a rainha germanizante), filha de Maria Teresa da Áustria, ao ministro das finanças, Calonne, que em 1786 propusera um plano de saneamento das finanças baseado na retirada de uma quota do capital fundiário. Ele foi exonerado em abril de 1787.

32 Luís XIV, o rei sol.

das comédias de Goldoni, ela se escandalizava e a fazia pular algumas páginas; também achara por bem tirar da neta alguns livros e fechá-los a chave; nunca poderia ter imaginado que o que lhe parecia dissolução da língua e licença de pensamentos, nos teatros de San Benedetto ou de Sant'Angelo tivesse, ao contrário, o efeito de fustigar costumes ainda mais corrompidos e descarados. Às vezes vinham à baila as reformas já começadas por Joseph II, principalmente em assuntos eclesiásticos, e a velha devota não sabia bem se devia se incomodar pela afronta feita à religião, ou se consolar ao vê-lo feito pelo inimigo e antagonista da República, que mais tarde seguramente seria punido pela mão de Deus[33]. Os venezianos há muito tempo sentiam, principalmente no Friuli, a pressão do Império; e se haviam resistido com a força no tempo de sua grandeza militar, e com os acordos políticos no tempo da duradoura sabedoria civil, depois que esta e aquela perderam-se na indolência universal, os melhores pensadores se contentavam em confiar na Providência. Isso era perdoável em uma velha, não em um senado de governantes. Todos sabem que a Providência com nossos pensamentos, com nossos sentimentos, com nossas obras, matura os próprios desígnios, e esperar dela é como um sonho de desesperados ou um capricho de menininhas. Por isso, quando a Badoer caía nessa criancice de esperança, Lucilio não podia deixar de sacudir a cabeça, mas a sacudia mordendo os lábios e refreando um sorrisinho que lhe escapava pelos cantos da boca, consternando-se debaixo de dois bigodinhos finos e muito pretos. Aposto que as reformas do Imperador e a ruína de São Marcos não o desgostavam tanto como desejava mostrar.

A conversa não girava sempre sobre esses altíssimos assuntos, aliás, tocava-os muito raramente e em carência de assuntos mais próximos. Naquele tempo, os vapores, os telégrafos e as estradas de ferro ainda não tinham concretizado o grande dogma moral da unidade humana, e cada pequena sociedade relegada a si mesma pelas comunicações dificilíssimas e por uma independência jurisdicional quase completa, se ocupava antes de tudo e principalmente de si, não se preocupando com o resto do mundo a não ser como alimento para a curiosidade. As moléculas estavam soltas no caos e a força centrípeta ainda

33 Joseph II foi imperador da Áustria de 1780 a 1790, período no qual conduziu uma intensa política eclesiástica, que muito preocupou o papa Pio VI. Suprimiu muitas ordens religiosas, além de aproximadamente um terço dos conventos e das fraternidades austríacas; tentou constituir uma igreja nacional não submetida ao poder pontifício; concedeu liberdade de culto e de acesso aos cargos públicos por não católicos. Em maio de 1781, tratando uma aliança com a Rússia, pediu em compensação, para Catarina II, a intervenção russa no território turco, na Ístria e na Dalmácia veneziana, prévia reintegração de Veneza aos seus antigos territórios no Oriente.

não as condensara em outros tantos sistemas engrenados uns nos outros por mútuas influências ativas ou passivas. Assim, os habitantes de Fratta viviam, à semelhança dos deuses de Epicuro[34], em um enorme conceito da própria importância; quando a trégua de seus negócios ou de seus prazeres permitia, olhavam com indiferença ou curiosidade à direita ou à esquerda, aonde a inspiração os levasse. Isso explica porque no século passado houvesse tanta penúria de notícias estatísticas e a geografia se perdesse em registrar muito mais as estranhezas dos costumes e as histórias dos viajantes do que as verdadeiras condições das províncias. Mais do que da imperfeição dos recursos ou da ignorância de escritores, isso dependia do talento dos leitores. O mundo para eles não era mercado, mas teatro. Mais comumente os nossos interlocutores falavam dos mexericos da vizinhança: de tal comuna que havia usurpado os direitos de tal feudatário; da disputa que se agitava diante do Excelentíssimo Lugar-tenente, ou da sentença emanada, e dos soldados a pé e a cavalo mandados por castigo, ou como se dizia então, *in tansa*[35] àquela comuna para morder sua receita. – Prognosticavam-se os matrimônios futuros e também se cochichava um pouquinho daqueles já marcados ou realizados; em geral as disputas, os abusos, as discórdias dos senhores castelãos tinham um bom lugar na conversa. A velhinha falava de tudo com suavidade e com ponderação, como se visse as coisas do alto de sua idade e de sua condição, mas nela, esse modo de pensar não era estudado metodicamente, e entremeava para abrandá-lo uma boa dose de simplicidade e modéstia cristã. Lucilio conservava a atitude de um jovem que se deleita em aprender com quem sabe mais do que ele, e essa discrição em um sabichão empoado de letras granjeava-lhe cada vez mais a estima e o afeto da avó. Vendo-o se atarefar para lhe fazer cada pequeno serviço que ela necessitasse, poderia se dizer que era verdadeiramente seu filho ou pelo menos um homem ligado a ela por algum grande benefício recebido. Mas não era nada disso: tudo era efeito de bom coração, boa educação... e esperteza. Vocês não acham?... Vou explicar em poucas palavras.

Quando Lucilio se despedia da velha para descer à copa ou voltar para Fossalta, ela ficava sozinha com Clara, e nunca deixava de elogiar bondosamente as maneiras corteses, o ânimo gentil e educado, e as sábias ideias daquele

34 Na visão atomista-materialista do filósofo grego Epicuro (341-271 a.C.), os deuses gregos estão excluídos do mundo e relegados aos ociosos paraísos dos intermundia. Já que são perfeitos, não precisam de nada e não fazem nada.

35 Cobrar os impostos.

jovem. Até seu aspecto lhe dava ocasião para elogiá-lo, como espelho que lhe parecia de sua excelência interior. As velhas simples e de bem, quando começam a gostar de alguém, costumam juntar sobre aquela única cabeça as ternuras, os cuidados e até as ilusões de todos os amores que deixaram viva uma fibra de seu coração. Por isso, não sei lhes dizer se uma amante, uma irmã, uma noiva, uma mãe, uma avó teria se apegado a um homem com mais afeto do que a velha condessa a Lucilio. Dia por dia ele soubera despertar uma chama naquela alma senil, adormecida, mas não morta em sua bondade; no fim tinha-se feito querer tão bem, que não passava dia sem que ele fosse desejado ou chamado para lhe fazer companhia. Clara, para quem eram leis os desejos da avó, começara a desejá-lo como ela, e a chegada do jovem era para as duas mulheres um momento de festa. De resto, a Condessa nem suspeitava que o jovem pudesse pensar em outra coisa que não fosse fazer uma boa ação ou mesmo se distrair em suas conversas da inútil barulheira da copa; Lucilio era o filho do doutor Sperandio e Clara a primogênita de seu primogênito. Se alguma suspeita lhe tivesse atravessado a mente em tal propósito, teria se envergonhado como de um juízo temerário e de um pensamento desonesto e culpado atribuído sem razão àquela pérola de jovem. É preciso dizer que ela era demasiado boa e aristocrática para se inquietar com tais medos. Seu afeto por Lucilio tinha todas as formas de uma verdadeira fraqueza, e com relação a ele voltava a ser aquela que havia sido para o pequeno Orlando quando se tratou de defender a liberdade de sua vocação. Não era de se surpreender que ela não percebesse o sentimento que se formara aos poucos no coração dos dois jovens pelo hábito de se verem e falarem sempre. A própria Clara não percebia, e Lucilio usava todos os artifícios para escondê-lo. Entenderam? Ele buscara a cega aliança da velha para conquistar a jovem.

Eu agora estaria muito embaraçado para guiá-los com segurança no labirinto que sempre me pareceu ser a alma desse jovem, e descrever separadamente a índole, as virtudes e os defeitos. Ele era uma dessas naturezas exuberantes e apaixonadas que têm em si os germes de todas as qualidades, boas e más; com o estímulo perpétuo de uma imaginação desenfreada para fecundá-la e o freio invencível de uma vontade férrea e calculista para guiá-la e corrigi-la. Ao mesmo tempo, servo e patrão das próprias paixões mais do que nenhum outro homem; temerário e paciente, como quem tem em alta conta a própria força, mas não quer desperdiçar em vão nenhum alento: egoísta, generoso ou cruel segundo a necessidade, porque desprezava nos outros homens a obediência àquelas paixões das quais se sentia senhor, e acreditava que os inferiores deviam por necessidade natural ceder aos superiores, os fracos sujeitarem-se aos fortes, os velhacos aos magnânimos, os simples aos astutos. A superioridade, a força, a magnanimidade, a astúcia, ele as colocava no saber querer com pertinácia, se valer de tudo e ousar tudo para contentar a própria vontade. São dessa têmpera os homens que fazem as grandes coisas, boas ou más. Mas como fora se formando em seu estado humilde e circunscrito uma índole tão tenaz e vigorosa, senão completamente alta e perfeita? – Eu certamente não lhes direi. Talvez a leitura dos velhos historiadores e dos novos filósofos, a observação da sociedade nas várias comunidades em que vivera a tivesse transformado em persuasão profunda e altiva. Acreditava que pequenos ou grandes deviam pensar dessa maneira para ter direito a se chamarem homens. Nos grandes, tal temperamento levava ao comando, nos pequenos ao desprezo, duas soberbas diversas das quais não sei qual seria a que melhor conviria à ambição de Lúcifer. No entanto, todos concordarão que, se sua alma era carente daquela parte sensível e quase feminina em que se alinham a verdadeira gentileza e a piedade, era preciso um potente intelecto para sustentá-lo assim como era, realmente superior por largueza de visão e por força de intenção, a humilde sorte que lhe parecia preparada pelo acaso do nascimento e das condições menos que modestas. Sua testa, vasto esconderijo de grandes pensamentos, subia além dos cabelos finíssimos que sombreavam sua cabeça; os olhos encovados e brilhantes buscavam mais que o rosto, a alma e o coração das pessoas; o nariz reto e fino, a boca estreita e inconstante denotavam o forte propósito e o secreto e perpétuo trabalho interior. Sua estatura era mais para pequena, como a do maior número dos verdadeiros grandes; a musculatura enxuta, mas elástica, oferecia instrumentos ao corpo como convinha a um espírito turbulento e operoso. No geral, poderia se dizer que era um belo jovem, mas o povo encontraria mil mais belos do que ele, ou não o teria pelo menos colocado entre os primeiros. É verdade que essa elegância, quase um pressentimento da simplicidade inglesa que iria tomar o lugar dos enfeites e do pó de arroz, guiava a maneira do seu vestir, e isso teria compensado suas feições comuns para torná-lo notável a todos. Nunca usava peruca, nem pó de arroz, nem rendas ou sapatos, mesmo que fosse dia de gala; usava o chapéu redondo dos *quakers*, calças enfiadas nas botas prussianas, casaco sem ornamentos nem botões de esmalte, e colete de uma só cor, verde ou cinza, não mais longo do que quatro dedos além da cintura. Trouxera essa moda de Pádua, dizia que o agradava por ser comodíssima no campo, e tinha razão. Nós, que nos acostumáramos aos luxos à Pantalone[36] da época, riamos muito daquela sucinta vestimenta, sem realces de ouro, de franjas, de belas cores. A Pisana chamava Lucilio de senhor Melro, e quando ele aparecia, a garotada de Fratta gritava ao seu redor esse apelido para provocá-lo. Ele não sorria como quem se diverte com as malícias infantis, nem se irritava como o tolo que se importa com elas: ia em frente indiferente. Essa era a nossa raiva. Creio que aquele ar de indiferença o fizesse tão antipático quanto nos parecia ridículo com aquela roupa. E quando, encontrando pela casa a Pisana ou a mim, sorria para nós, nos acariciava, nós ficávamos contentes em lhe mostrar que seus mimos nos aborreciam, e fugíamos dele cuidando para nos lançarmos aos braços de qualquer outro que estivesse por perto, ou brincando com o cão de caça do Capitão. Represálias de crianças! – Mas enquanto nos vingávamos daquela maneira, ele continuava a nos olhar, e eu ainda lembro do jeito e até do tom daqueles olhares. Parece-me que queriam dizer: Crianças, se eu achasse que valeria a pena fazer vocês gostarem de mim, faria de vocês meus filhos em menos de uma hora! – De fato, quando depois ele se dispôs, conseguiu todas as vezes que quis. – Quando relembro o longo caminho seguido por ele constantemente para ser recebido no coração de Clara entre o amor e os elogios da avó, não posso deixar de me espantar. Mas ele sempre foi assim, e não lembro de nada pequeno ou grande no qual embarcasse sem navegar com igual constância, apesar das bonanças ou ventos contrários. A robusta têmpera daquele homem que não me convidava, a princípio, a nenhuma simpatia, acabou por me impor a admiração que merecem as coisas fortes nesses tempos de ruína universal. Além disso, seu amor por Clara, nascido e alimentado por longos anos de silêncio, protegido com os mil estratagemas da prudência, e com todo o fogo interior de uma paixão invencível, teve um tão grande cunho de sinceridade que compensou qualquer outro menos belo sentimento de sua alma. Sempre foi astuto ao usar os recursos, mas forte na perseverança, e se foi egoísmo, era o egoísmo de um titã.

A avó, no entanto, que só via nele o que ele considerava útil mostrar, enamorava-se cada vez mais. As poucas outras visitas que ela recebia durante o dia não eram suficientes para diminuir a alegria daquela uma. O senhor Conde, que vinha lhe perguntar como passara a noite às onze da manhã antes de ir para a chancelaria para assinar tudo o que o Chanceler lhe desse para assinar; monsenhor Orlando, que das onze ao meio-dia fazia o turno, com a

36 Personagem da *Commedia dell'Arte*, com vestimenta rebuscada.

cunhada e a sobrinha, bocejando muito esperando o almoço; a nora que ficava à sua frente por muitas horas, muda e imóvel tricotando, só abrindo a boca para suspirar pelos bons anos passados; Martino, o antigo mordomo de seu falecido marido, que lhe fazia companhia a seu modo, falando pouco e nunca respondendo adequadamente, enquanto Clara saía para o breve passeio da tarde; a Pisana que às vezes com grandes gritos e arranhões era levada até ela nos braços de Faustina, eram as pessoas que passavam diante dela os dias, monótonas e aborrecidas como as figurinhas de uma lanterna mágica. Portanto, não era estranho que ela esperasse com impaciência a parte da tarde, quando Lucilio vinha fazê-la rir com suas piadas e iluminar um pouquinho com um clarão de alegria o sereno, mas grave semblante da neta. A juventude é o paraíso da vida e os velhos amam a alegria que é a juventude eterna da alma. Quando Lucilio percebeu que o bom humor que infiltrara na velha passava para a menina, e que a um sorriso seu ela se acostumara a responder com outro, sua paciência começou a esperar a recompensa já próxima. Duas pessoas que ao se aproximar sentem-se contentes, estão muito inclinadas a se amar, mesmo a simpatia de dois seres melancólicos passa pela manifestação do sorriso antes de se inflamar em amor, e essa alegria da tristeza tem sua razão na semelhança que se descobre sempre aprazivelmente em nossos sentimentos e no dos outros. Em grande parte, a paixão é formada de compaixão. Lucilio sabia de tudo isso e muito mais. Mês a mês, dia a dia, hora a hora, sorriso a sorriso ele seguia com olhos solícitos e enamorados, mas tranquilo, paciente e seguro, acrescidos por aquele afeto que ele vinha instilando na alma de Clara. Ele amava, mas via como um milagre novo de amor. Via a satisfação que a avó sentia em sua companhia transformando-se em gratidão, depois em simpatia, pelos elogios que, imaginava, deviam voltear sempre em seus ouvidos sobre seus bons e brilhantes dotes. – A simpatia gerou a intimidade, e esta o desejo, o prazer de vê-lo e de falar com ele.

De modo que Clara começou a sorrir por conta própria quando o jovem entrava perguntando à velha como estavam seus nervos e tirando a luva para apalpar seu pulso. – Isso, como dissemos, foi para ele o verdadeiro início das esperanças; então viu que as sementes tinham frutificado e que o broto germinava. Em suas primeiras visitas, Clara também lhe sorria, mas era diferente. Lucilio tinha olhos clínicos para as almas mais do que para o corpo. Para ele o vocabulário dos olhares, dos gestos, do tom dos sorrisos, tinha tantas palavras como as de qualquer outra língua, e raras vezes errava ao interpretá-las. A menina não percebia que sentia maior prazer com sua presença do que das primeiras vezes, e ele podia, sem medo de errar, mandar-lhe um olhar dizendo: "Você me ama!". Contudo, não se aventurou àquele olhar tão ingenuamente. A vontade era sua patroa e tinha ao lado a razão, a paixão, forte e tirana, no primeiro momento, tinha o bom senso de se confessar cega para o resto, e confiar nos recursos daqueles olhares. Clara era devota, não devia ser assustada. Era filha de condes e condessas, não convinha estimular sua alma antes de libertá-la de toda a soberba nobiliária. Por isso Lucilio deteve-se naquele primeiro triunfo, como Fabio protelador[37], talvez também, conhecedor a fundo das coisas humanas, preferiu se deter nessa primeira e encantadora trégua do amor que se descobre correspondido. Apesar disso, quando, vindo às vezes de Fossalta com a comitiva de Fratta que voltava do passeio habitual, encontrava Clara no meio do caminho, ele empalidecia levemente nas faces. Não raramente, também, acontecia de Partistagno estar com ela, orgulhoso por essa honra, e ao encontrar a comitiva não deixava de dirigir ao doutorzinho de Fossalta um olhar de altivo desprezo. Lucilio sustentava esse olhar, como aguentava as brincadeiras das crianças, com uma indiferença mais soberba e altiva. Mas se a indiferença sobressaía no rosto, o hino da vitória cantava no coração. O rosto de Clara, melancólico pelos sinceros, mas rústicos galanteios do jovem castelão, irradiava um esplendor de contentamento quando via de longe a grave e ideal figura do filho adotivo da avó. Partistagno dirigia-lhe de través um longo olhar de admiração: Lucilio olhava-o apenas rapidamente, e ambos se inebriavam, um com uma vã esperança, o outro com uma refletida certeza de amor.

Quanto ao senhor Conde, à senhora Condessa e ao bom Monsenhor, eles não pensavam tão alto, ou seja, estavam demasiado ocupados com a própria grandeza para dar atenção a essas minúcias. O resto da comitiva não ousava elevar os olhos tão alto, de modo que essas coisas de afeto aconteciam entre os três jovens sem que interferisse um olhar profano ou importuno. Martino de vez em quando perguntava: – Você viu o doutor Lucilio hoje? – (Chamavam-no doutor apesar de não ter diploma, porque olhara muitas línguas e apalpara muitos pulsos na região). – Eu lhe respondia gritando bem alto: – Não, não o vi! – Este diálogo sempre acontecia quando Clara, sozinha ou acompanhada por Partistagno, saía depois do almoço, menos serena e alegre do que o costume. Talvez Martino visse mais do que qualquer outro, mas

37 Quinto Fábio Máximo (275-203 a.C.) foi político e general romano, eleito cônsul por 5 vezes e nomeado ditador em duas ocasiões, combateu o exército de Aníbal protelando.

nunca deu outro indício além deste. Quanto à Pisana, ela me dizia frequentemente: "Se eu fosse minha irmã gostaria de me casar com aquele belo jovem que tem muitas fitas bonitas no casaco e um cavalo tão belo, com uma gualdrapa dourada; mandaria colocar o Melro em uma gaiolinha para dá-lo de presente no dia do seu onomástico"[38].

38 Na Itália, costuma-se parabenizar as pessoas que têm o mesmo nome de um santo no dia dedicado a ele.

CAPÍTULO TERCEIRO

Comparação entre a cozinha do castelo de Fratta e o resto do mundo. A segunda parte do "Confiteor" e a grelha. Primeiras incursões com a Pisana e minha ousada navegação até o Bastião de Átila. Primeiras poesias, primeiras dores, primeiras loucuras amorosas, nas quais também antecipo a rara precocidade de Dante Alighieri.

A primeira vez que saí da cozinha de Fratta para vagar pelo mundo, este me pareceu imensuravelmente belo. As comparações são sempre odiosas, mas eu não pude, então, deixar de fazê-las, se não com o cérebro, pelo menos com os olhos; também devo confessar que entre a cozinha de Fratta e o mundo, não hesitei um momento em aplaudir este último. Primeiro ponto, a natureza deseja que a luz se anteponha às trevas, e o sol do céu a qualquer chama de lareira; em segundo lugar, naquele mundo de verde, de flores, de saltos e cambalhotas onde eu colocava o pé, não havia nem as formidáveis guarnições escarlates do senhor Conde, nem os sermões do Monsenhor a propósito do *Confiteor*, nem as perseguições de Fulgenzio, nem as carícias pouco agradáveis da Condessa, nem os cascudos das camareiras. Por último, se na cozinha eu vivia como súdito, a dois passos lá fora me sentia senhor de respirar a meu bel prazer, e também de espirrar e me dizer: Saúde, Excelência!, e de responder: Obrigado, sem que ninguém achasse inadequado tanta cerimônia. Os cumprimentos recebidos pelo Conde na auspiciosa ocasião de seus espirros sempre tinham sido para mim causa de inveja desde pequeno, porque me parecia que uma pessoa a quem se auguravam tantas coisas boas devesse ser de grande destaque e de um mérito infinito. Depois, avançando na vida, corrigi esta minha estranha opinião, mas no que diz respeito ao sentimento, ainda agora não posso espirrar em paz sem que não me fervilhe dentro um certo desejo de ouvir uma multidão de vozes me desejar longa vida e felicidade. A razão se faz adulta e velha; o coração sempre continua menino e conviria educá-lo à custa de sermões com o método patriarcal do cônego de Teglio. Quanto ao mútuo ensino[1] que agora está em moda, os co-

1 Refere-se ao método de ensino Bell-Lancaster, que fora introduzido em Milão desde 1819.

rações teriam pouquíssimo a ganhar e muito a perder nessa troca de cédulas sentimentais correntes por moedas genuínas de antigamente. Seria um mútuo ensino de trapaças e de falsificações com nenhuma vantagem da boa causa, porque a maioria sempre puxa a minoria, como diz o provérbio. Mas voltando ao mundo que me pareceu tão bonito à primeira vista, como lhes contava, ainda direi que não era um paraíso terrestre.

Um pontilhão de madeira sobre o fosso posterior do castelo que do pátio da escuderia dava para o pomar; dois pergolados de vinhedos antigos e carregados no outono de belos cachos dourados cortejados por todas as vespas da vizinhança; mais adiante os campos verdejantes de nabos e milho, e finalmente depois de uma mureta em ruínas e intervalada, as vastas e ondejantes pradarias plenas de regatos prateados, de flores e de grilos! Eis o mundo atrás do castelo de Fratta. Quanto ao que se estendia diante e aos lados dele tive que me contentar em conhecer mais tarde; mantinham-me tão preso com Fulgenzio, com o Cônego, com o espeto, que até no mundo do ar livre e das plantas, até no grande templo da natureza, precisei entrar escondido e pela porta dos fundos. Agora uma digressão com relação ao espeto, porque já há algum tempo debitei à consciência. No castelo de Fratta, todos faziam, todos os dias, o seu dever, menos a grelha giratória que só aparecia nas circunstâncias solenes. Para os dois frangos usuais não se considerava conveniente incomodá-la. Ora, enquanto Sua Excelência a grelha gozava seus ócios mudos e poeirentos, a grelha era eu. – A cozinheira enfiava os frangos no espeto, depois encaixava a ponta deste em um dos furos do porta-lenha e me entregava o cabo para que eu o girasse com metódica e isocrônica constância até a perfeita douradura das vítimas. Os filhos de Adão, talvez o próprio Adão, fizeram assim; eu, como filho de Adão, não tinha qualquer direito de me lamentar por essa incumbência que me era confiada. Mas quantas coisas não se faz, não se diz e não se pensa sem uma justa ponderação dos próprios direitos! – Para mim, às vezes, até parecia, já que havia uma grande grelha giratória na cozinha, que erravam feio em me transformar em grelha giratória. Não era martírio bastante para meus dentes que daquele bendito assado eu devesse depois roer e lamber os ossos, sem ter que tostar o rosto virando-o para lá e para cá, para lá e para cá com um tédio sem fim? – Algumas vezes me tocou girar alguns espetos de passarinhos os quais ao virarem as pernas para cima ameaçavam cair nas brasas a cada giro, com suas cabecinhas esfoladas e sangrentas. – Minha cabeça também ameaçava cair em cadência com a deles; acho que eu gostaria de ter sido um daqueles tentilhões para vingar meu tormento me atravessando na garganta de quem ia me comer. Quando esses pensamentinhos maldosos me arranhavam o coração, eu ria malignamente, e começava a girar o espeto mais depressa do que nunca. A cozinheira vinha arrastando as chinelas e batia nas minhas mãos dizendo: – Devagar, Carlino! Os passarinhos devem ser tratados com delicadeza! – Se a raiva e o medo me permitissem falar, eu perguntaria para aquela velhota gordurosa por que ela pelo menos não tratava Carlino como um tentilhão. A Pisana, quando sabia que eu estava na função de grelha giratória, vencia a sua repugnância pela cozinha e vinha se divertir com a minha raivosa humilhação. Ah! Quantas eu não teria feito para aquela insolentezinha por cada uma de suas risadas! Mas me tocava engolir porções amargas, e girar meu espeto, enquanto um furor quase malvado me enchia o coração e me fazia ranger os dentes. Martino, às vezes, creio que teria me ajudado, mas a cozinheira não queria e também o pobre coitado tinha trabalho suficiente com as crostas de queijo e o ralador. Porém, no frigir dos ovos me vinha o último conforto do Monsenhor, que, irritado em me ver com os olhos lacrimejando ou adormecidos, me sugeria com voz melosa não me fazer de tonto ou de mau, mas repetir de memória a última parte do *Confiteor* até que a soubesse bem. Mas chega, só de pensar nisso sinto escorrer todos os suores daqueles assados, e quanto ao Monsenhor eu o mandaria de bom grado para onde ele já foi há algum tempo, se não tivesse respeito pela memória de suas *quondam*[2] meias vermelhas.

O mundo, portanto, tinha para mim mais essa relevantíssima vantagem sobre a cozinha de Fratta, ali eu não estava preso ao martírio do espeto. Se eu estava só, saltava, cantava, falava comigo mesmo, ria pelo alívio de me sentir livre e estudava algum gesto elegante como os da Pisana para fazer bonito diante dela. Depois, quando conseguia levar comigo pelos vaus e bosques essa minha sedutora, parecia-me ser tudo o que eu queria ou que ela desejasse. Não havia nada que eu não acreditasse ser meu e que não me sentisse capaz de obter para contentá-la; como ela era patroa e senhora no castelo, lá nos campos eu me sentia patrão, e lhe fazia as honras como a um meu feudatário. De tanto em tanto, para me colocar no meu lugar, ela me dizia com um rostinho muito sério: – Estes campos são meus, este prado é meu! – Mas eu não me impressionava com esses repentes de feudatária, sabia e sentia que tinha sobre a natureza um domínio que não lhe era concedido: o domínio do amor. A indiferença de Lucilio pelos olhares de Partistagno e pelas brincadeiras das

2 Finadas.

crianças, eu a sentia pelas tiradas principescas da Pisana. E longe das rendas senhoris e do cheiro da chancelaria, fervilhava em meu coração o sentimento de igualdade que faz uma alma sincera e valorosa olhar bem do alto até as cabeças dos reis. Era o peixe recolocado na água, o pássaro fugido da gaiola, o exilado retornado à pátria. Eu tinha tanta riqueza de felicidade que buscava ao redor a quem distribui-la; na falta de amigos a presentaria aos desconhecidos ou até a quem me quisesse mal. Fulgenzio, a cozinheira, e até a Condessa receberiam a sua parte de ar, de sol, se viessem pedi-la educadamente e sem me bater ou puxar meu cabelo. A Pisana me seguia de bom grado em minhas incursões campestres, quando não encontrava no castelo ninguém pequeno para obedecê-la. Neste caso, devia se contentar comigo, e como no Ariosto de Clara ela fizera lhe mostrarem mil vezes as figuras, não a desagradava ser como Angelica perseguida por Rinaldo, ou Marfisa, a invicta donzela, ou ainda Alcina que enamora e transforma em penduricalhos todos os paladinos que chegam à ilha[3]. Para mim, eu escolhera o personagem de Rinaldo com muita resignação, e fazia as grandes batalhas contra filas de choupos que representavam dragões, ou as fugas desesperadas de algum mago traidor, arrastando atrás de mim a minha bela como se a tivesse na garupa do cavalo. Às vezes imaginávamos fazer alguma longa viagem pelo reino de Catai ou pela república de Samarcanda[4], mas havia terríveis obstáculos para superar: algumas sebes que deviam ser uma floresta; um aterro que representava uma montanha; alguns regatos que faziam as vezes de rios e torrentes. Então nos confortávamos mutuamente com gestos de coragem, ou nos dávamos conselhos em voz baixa com olho prudente e respiração abafada e arfante. Decidíamos fazer a prova e saíamos em desabalada carreira por matos e lamaçais saltando e gritando como dois endemoniados. Os obstáculos não eram insuperáveis, mas não raramente as roupas de menina tinham algum estrago, ou ela molhava os pés chapinhando na água com os sapatinhos de pano. Quanto a mim, a minha jaqueta era antiga confidente dos espinhos e eu poderia ficar na água cem anos como o carvalho, antes que a umidade penetrasse a casca calosa dos meus pés. De modo que eu me punha a consolá-la, recompô-la e enxugá-la, e ela emburrava um pouco por causa dessas desgraças; para que ela não começasse a chorar ou a me arranhar, eu a fazia

3 Referência ao poema cavalheiresco e aos personagens de *Orlando furioso*, de Ludovico Ariosto (1474-1533).

4 Catai é o antigo nome da China, reino fabuloso de Angelica; Samarcanda, cidade lendária, hoje fica no Uzbequistão.

rir carregando-a às costas e saltando valetas e regatos com aquele peso. Eu era robusto como um bezerro, e a satisfação que me dava senti-la agarrada ao meu pescoço com o rosto e as mãos para rir mais expansivamente, teria me dado fôlego para ir com aquela carga senão a Catai ou a Samarcanda certamente até depois de Fossalta. Gastando dessa maneira as primeiras horas depois do almoço, começamos a nos aventurar fora das vizinhanças do castelo, e a ganhar prática das estradas, das trilhas e dos lugares mais distantes. As pradarias dos vales, por onde fizemos as primeiras viagens, desciam a oeste até uma bela corrente de água que serpenteava aqui e ali na planície, sob a sombra de grandes choupos, amieiros e salgueiros, como uma camponesa que tenha tempo a perder ou pouca vontade de trabalhar. Lá debaixo cantarolava sempre um perpétuo pipilar de passarinhos; a grama germinava densa e altíssima, como um tapete no mais secreto toalete de uma senhora. Ali se enredava um frondoso ir e vir de matas espinhosas e arbustos perfumados, e pareciam preparar os mais sombrios refúgios e os mais macios assentos para as tertúlias da inocência ou para os encontros de amor. O murmúrio da água tornava o silêncio mais harmônico ou redobrava o encanto de nossas vozes frescas e argênteas. Quando nos sentávamos no solo mais verde e alto, o lagarto verde fugia para a beira da sebe vizinha e de lá ficava a nos olhar, como se tivesse vontade de nos perguntar alguma coisa ou de espiar o que fazíamos. Para essas pausas tão agradáveis escolhíamos quase sempre a margem de um rio, em que esta, depois de um labirinto de reviravoltas sussurrantes e caprichosas estende-se reta por um bom trecho calma e silenciosa, como uma doidivanas que de repente tenha se tornado freira. Um declive menos rápido a acalmava de sua corrente, mas a Pisana dizia que a água, como ela, estava cansada de mexer as pernas e precisava imitá-la e sentar. No entanto, não creiam que a serelepe ficasse tranquila por muito tempo. Depois de ter me feito algumas carícias ou ter se rendido ao meu capricho de brincar conforme lhe convinha, levantava-se descuidada e esquecida de mim como se nunca tivesse me conhecido, ia até a água para se espelhar ou enxaguar os braços, ou se enfiava na mata para procurar caracóis para fazer braceletes e colares, sem se preocupar se o avental estragava ou as mangas e os sapatos se molhavam. Então eu a chamava e repreendia, mais pela vontade de ainda tê-la para minhas brincadeiras do que por respeito às suas roupas, mas ela nem se preocupava em me responder. Capaz de se desesperar se lhe desfiava a gola ao se entregar os caprichos dos outros, ela quebraria e rasgaria tudo, inclusive seus longos e belo cabelos negros, suas faces rosadas e arredondadas, suas mãos pequenas carnudas, se os caprichos a contentar eram seus. Algumas vezes, por todo o resto do passeio, eu não conseguia tirá-la desses jogos sérios, solitários e sem fim. Ela se obstinava por meia hora tentar furar com os dentes e com as unhas um caracol para enfiar em um fio e pendurá-lo nas orelhas, e se eu demonstrasse querer ajudá-la, ela rosnava, batia os pés, quase chorando e me dando boas cotoveladas na barriga. Parecia que eu lhe tivesse feito algum mal, mas tudo era coisa de seu humor. Volúvel como uma borboleta que não pode ficar dois minutos na corola de uma flor sem bater as asas para procurar outra, ela passava repentinamente da familiaridade à sisudez, da mais barulhenta garrulice a um silêncio obstinado, da alegria à irritação e quase à crueldade. O caso era que em todas as fases de humor, sua índole nunca mudava, era sempre a tiranazinha de Fratta, capaz de fazer alguém feliz para experimentar seu poder e depois fazê-lo chorar e se enfurecer. Nos temperamentos sensuais e momentâneos o capricho se torna lei e o egoísmo sistema, se não são refreados por uma educação preventiva e prudente que arme a razão contra o contínuo esforço de seus excessos e municie a sensibilidade com uma barragem de bons hábitos, quase uma proteção às surpresas do instinto. Diferentemente, por mais que excelentes qualidades se mesclem em naturezas assim, ninguém poderá confiar, permanecendo todas escravas da prepotência sensual. Naquele tempo a Pisana era uma garotinha, mas o que são as meninas senão pequenos esboços de mulheres? Pintado a óleo ou em miniatura, as feições de um retrato são sempre as mesmas.

Todavia, os novos horizontes que se abriam para minha alma já lhe ofereciam uma proteção contra a teimosia daqueles primeiros tormentos infantis. Eu repousava no grande seio da natureza, e suas belezas me distraiam da tétrica companhia da irritação. Aquela vastidão de campos onde eu então corria era bem diversa da chateação do pomar e do pesqueiro que dos seis aos oito anos tinham me dado tanto prazer. Se a Pisana me deixava ali para adular e atormentar outros garotos ou se me fugia durante o passeio com a esperança de que nesse meio tempo tivesse chegado alguma visita no castelo, eu não corria mais atrás dela para dar espetáculo fazendo cara feia e reclamando, mas ia desabafar a aflição no frescor dos prados e da margem do rio. A cada passo eram novos panoramas e novas maravilhas. Descobri um lugar onde a água se alarga quase como um laguinho, límpido e prateado como a face de um espelho. Belas tranças de algas ondulavam lá dentro como que acariciadas por uma brisa mágica, e as pedrinhas do fundo reluziam cândidas e polidas em forma de pérolas saídas ao acaso de suas conchas. Os patos e os gansos batiam as asas na margem; às vezes se lançavam tumultuosamente nas águas, e voltando à tona depois do mergulho momentâneo retornavam nadando à calma e graciosa ordem de uma frota em manobra. Era um deleite vê-los avançar, retroceder, voltear sem que a transparência das águas fosse perturbada senão por uma leve ondulação que morria na margem em uma carícia ainda mais leve. Os arredores eram densos de plantas seculares em cujos ramos a vinha selvagem tecia os cortinados mais verdes e caprichosos, coroava a copa de um olmo e depois se abandonava aos seguros braços do carvalho, e abraçando-o por todos os lados caía ao seu redor em elegantes festões. De ramo em ramo, de árvore em árvore, passava como que dançando, e seus cachinhos pequenos e negros convidavam os tordos a merendar e as pombas a brigarem com eles para pegar a sua parte. Acima daquele espaço em que o laguinho se tornava riacho haviam construído dois ou três moinhos, cujas rodas pareciam correr uma atrás da outra borrifando-se água alternadamente como doidinhas. Eu ficava ali longas horas contemplando-as e jogando pedrinhas nas quedas d'água para vê-las saltar e depois caírem, para desaparecer debaixo do vertiginoso giro da roda. Ouvia-se de dentro o barulho das moendas, o cantar dos moleiros, a gritaria dos meninos, e até o ranger da corrente na lareira quando mexiam a polenta. Eu percebia pela fumaça que começava a se espalhar da cumeeira da casa, que sempre precedia a presença desse novo rangido no concerto universal. No terreiro em frente aos moinhos havia um contínuo vai e vem de sacos e de figuras enfarinhadas. Vinham até ali as comadres de muitas aldeias das vizinhanças e conversavam com as mulheres dos moinhos enquanto se moía o seu trigo. Nesse meio tempo, os asnos libertados da carga degustavam gulosamente a sêmola que lhes serviam como presente nas voltas do moinho; assim que terminavam, começavam a zurrar de alegria, estendendo as orelhas e as pernas; o cão do moleiro latia e corria ao redor deles fazendo mil simulações de ataque e defesa. Digo-lhes que era uma cena animadíssima, não havia nada de melhor para mim, que não conhecia outra coisa da vida a não ser o que me contavam Martino, mestre Germano e Marchetto. Então comecei a olhar com meus olhos, a pensar e aprender com minha própria mente; a conhecer o que era trabalho e mercadoria; a distinguir as diversas profissões das donas de casa, das comadres, dos moleiros e dos asnos. Essas coisas me ocupavam e me divertiam; depois voltava para Fratta com a cabeça nas nuvens, contemplando as belas cores que variavam pela diversa maestria da luz.

Meus passeios se faziam cada vez mais longos, e sempre mais longas e temerárias as deserções da custódia de Fulgenzio e da escola do Pároco. Quando eu perambulava a cavalo com Marchetto era muito pequeno para poder guardar na memória o que via; depois de grande ele não queria que eu me arriscasse na garupa de um pangaré que era muito antigo de raciocínio para ser forte de pernas. Assim todas as coisas se tornaram novas e inusitadas para mim, e não somente os moinhos e os moleiros, mas os pescadores com suas redes, os camponeses com o arado, os pastores com as cabras e ovelhas, tudo me dava motivo de espanto e de prazer. Finalmente veio um dia em que acreditei ter perdido a cabeça ou caído na lua, de tanto que me pareceram maravilhosas e incríveis as coisas que tive debaixo dos olhos. Quero contá-las porque esse passeio talvez tenha me consagrado para sempre à religião simples e poética da natureza, que depois me consolou de toda a tristeza humana com a doce e infalível placidez de suas alegrias.

Uma tarde, a Pisana recebeu a visita de três priminhos, filhos de uma irmã do Conde casada com um castelão da Alta. (Ele tinha outra irmã instalada esplendidamente em Veneza, mas são pessoas que encontraremos mais tarde). Naquela tarde ela me fez tantos desaforos, me ofereceu com tanta barbárie ao escárnio dos primos, que eu escapei dela muito irritado, desejoso de colocar entre mim e ela a maior distância que me fosse possível. Então saí pelo pontilhão da escuderia, corri entre os campos com a vergonha e a irritação que me tiravam do sério. Caminha que caminha com os olhos na ponta dos pés sem me importar com nada, quando o acaso quis que eu levantasse os olhos e me visse em um lugar que realmente não conhecia. Fiquei por um momento sem poder pensar, ou melhor, sem poder afastar os pensamentos que me haviam martelado até então.

"Não é possível!" – pensei quando consegui me afastar. "Não é possível que eu tenha caminhado tanto!" – De fato, eu estava bem certo de que o lugar onde estava não pertencia ao habitual círculo de minhas incursões: eu conhecia sem erro palmo a palmo todo o território que se estendia por duas milhas atrás do castelo. Aquele lugar, no entanto, era um lugar deserto e arenoso que ia dar em um canal de água limosa e estagnada; de um lado uma pradaria invadida por juncos se abria até onde a vista podia alcançar e do outro se divisava um campo mal cultivado no qual a desordem e a aparente esterilidade contrastavam com a exuberância das poucas e grandes árvores que restavam em aléias desordenadas. Olhei ao meu redor e não vi nada que remetesse à minha mente alguma memória.

– Caramba! É um lugar novo! – disse para mim, com a satisfação de um avarento que descobre um tesouro. – Vamos um pouco mais adiante para ver!

Mas para ir além havia um pequeno problema, não havia nada mais do que aquele grande canal pantanoso e todo coberto de um belo manto de junquilhos. A grande pradaria desconhecida e infinita se estendia do lado de lá; deste lado só havia aqueles campos áridos e abandonados que eu não tinha vontade de visitar. O que fazer nessa situação difícil? – Eu estava muito curioso para voltar atrás, e muito despreocupado para temer que o canal fosse mais profundo do que eu desejaria. Enrolei minhas calças até a dobra das coxas e desci no pélago me agarrando com pés e mãos nos aguapés e junquilhos que o cercavam. Empurra de um lado e puxa do outro, abria caminho entre aquele matagal flutuante, mas o caminho descia sempre, e as plantas me escapavam sobre uma lama escorregadia como gelo. Quando Deus quis, o fundo começou a subir e tive que lidar com o medo, mas creio que eu estava tão entusiasmado em ir adiante que não teria voltado nem se tivesse que me afogar. Ao colocar os pés na grama, me senti voar como um pássaro; a pradaria subia docemente e eu não via a hora de alcançar o ponto mais alto de onde olhar aquela minha grande conquista. Finalmente cheguei, mas estava tão ofegante que parecia um cão que volta da perseguição de uma lebre. Olhei ao redor e sempre me lembrarei do ofuscante prazer e do espanto de maravilha que senti. Tinha à minha frente um vastíssimo espaço de planícies verdes e floridas, cortadas por enormes canais semelhantes ao que eu havia passado, mas muito mais largos e profundos, os quais iam desaguar em uma extensão de água maior ainda; depois dela surgiam espalhadas aqui e ali algumas elevações, cada uma delas coroada por um campanário. Mais adiante ainda meus olhos não conseguiam adivinhar o que era aquele espaço infinito de azul, que parecia um pedaço de céu caído e esmagado no chão: um azul transparente, cortado por tiras de prata que se encontravam bem longe com o azul menos colorido do ar. Era a última hora do dia, por isso percebi que devia ter caminhado muito. Naquele momento, o sol, como dizem os camponeses, se voltava para trás, isto é, depois de ter baixado atrás de um denso cortinado de nuvens, encontrava próximo ao ocaso uma passagem para mandar à terra um último olhar, o olhar de um moribundo sob uma pálpebra abaixada. Repentinamente os canais e o grande lago onde desaguavam tornaram-se de fogo e aquele longínquo azul misterioso transformou-se em um imenso e vibrante arco-íris das cores muito vivas e diversas. O céu flamejante se espelhava lá dentro e de momento em momento o espetáculo aumentava e se embelezava aos meus olhos, tomando todas as aparências ideais e quase impossíveis de um sonho. Vocês acreditam? Caí de joelhos, como Voltaire no

Rütli quando pronunciou diante de Deus o único artigo de seu credo[5]. Deus também me veio à mente: aquele bom e grande Deus que está na natureza, pai de todos e para todos. Adorei, chorei, rezei; também devo confessar que minha alma depois de batida pelas maiores tempestades se refugiou muitas vezes na memória infantil daquele momento para reaver um vestígio de esperança. Não, aquela não foi a repetição do ato de fé que o Pároco me ensinou a puxões de orelha; foi um impulso novo, espontâneo, vigoroso de uma nova fé que dormia quieta em meu coração e acordou de supetão ao convite materno da natureza! Da beleza universal antegozei o sentimento da universal bondade; a partir de então passei a acreditar que como as tempestades de inverno não podiam estragar a estupenda harmonia da criação, as paixões humanas também nunca ofuscariam a serenidade da eterna justiça. A justiça está entre nós, acima de nós, dentro de nós. Ela nos pune e recompensa. Ela, só ela é o grande ponto de união das coisas que asseguram a felicidade das almas na grande alma da humanidade. Sentimentos mal definidos que serão ideias a seu tempo, mas que dos corações em que nasceram já brilham na mente de alguns homens, e na minha; sentimentos poéticos, mas daquela poesia que vive e se encarna verso a verso nos anais da história; sentimentos de uma alma experimentada pela longa prova da vida, mas em que já existiam aquele sentido de felicidade e de religião que a mim, criança, fez dobrar os joelhos diante da majestade do universo!

Pobre de mim se naquele tempo tivesse pensado essas coisas altas e quase inexprimíveis! Teria perdido a cabeça na filosofia e certamente não voltaria mais a Fratta por aquela noite. Mas quando começou a escurecer, escureceu diante de mim aquele espetáculo de maravilhas, voltei imediatamente a ser menino e me vi quase chorando temendo não encontrar o caminho de Fratta. Correra ao vir, na volta corri ainda mais e cheguei ao canal quando ainda brilhava o crepúsculo. Mas ao entrar nos campos a coisa mudou de aspecto: a noite descia nebulosa e muito escura, e eu que viera caminhando distraído não sabia mais onde estava. Começou a me cercar um tremor de febre e uma vontade de correr para chegar nem sabia onde. Parecia-me que por ter ido muito longe, correr me levaria de volta mais depressa do que andar devagar, mas as contas estavam erradas, porque a correria me fazia negligenciar recursos que poderiam ao menos me ajudar a me nortear. Havia ainda o cansaço que me extenuava e também o medo

5 Henry Lord Brougham conta em *Voltaire et Rousseau* que Rousseau, assistindo ao nascer do sol no monte Rütli, na Suíça, fez uma confissão de fé na existência de Deus.

que eu sentia ao pensar em não poder chegar em casa, para persuadir minhas pernas a irem em frente. Quis a sorte que eu andasse bem reto para não voltar ao charco onde certamente me afogaria, no final desemboquei em uma estrada. Mas que estrada, meu Deus! Hoje não se usaria esse substantivo para descrevê-la, se diria um matadouro ou coisa pior. Mesmo assim, agradeci à Providência e comecei a caminhar mais tranquilo, propondo-me criteriosamente a pedir indicação do caminho nas primeiras casas. Mas quem teria sido tão tolo de colocar uma casa naquele fim de mundo? Eu confiava e seguia em frente. As primeiras casas uma hora ou outra apareceriam. Ainda não tinha feito por aquela estrada uma meia milha quando ouvi vir por trás de mim o galope de um cavalo. Fiz o sinal da santa cruz e me acerquei do fosso o mais que podia, mas o passo era estreitíssimo e o cavalo assustado comigo pulou para trás fazendo o cavaleiro que o montava improvisar uma bela fila de impropérios.

– Quem está aí? Saia da frente, vagabundo! – gritou ele com uma voz ríspida que me gelou o sangue nas veias.

– Tenha misericórdia de mim! Sou uma criança perdida e não sei aonde vai dar esta estrada – consegui responder.

A minha voz infantil e suplicante certamente comoveu o cavaleiro, porque deteve o cavalo com as rédeas, apesar de já ter batido no ventre dele com as pernas para passar por cima de mim.

– Ah! É um menino? – acrescentou ele curvando-se um pouco para o meu lado e mostrando-me uma carranca escura oculta sob as abas de um chapelão de contrabandista ou de mago. – Sim, é um menino, aonde você vai?

– Gostaria de ir para Fratta se o senhor me ajudasse – disse eu me encolhendo com um pouco de medo daquela carranca.

– Mas como você está aqui onde nunca passa alma viva de noite? – perguntou o desconhecido com alguma suspeita na voz.

– Veja – respondi –, fugi de casa por causa de um desgosto, caminhei e caminhei, até que cheguei a um lindo lugar onde vi muita água, muito sol e muitas outras belas coisas que não sei o que são, mas na volta infelizmente me atrapalhei, porque estava escurecendo e eu não me lembrava do caminho, correndo ao acaso agora estou aqui, e não sei onde estou.

– Você está atrás de San Mauro na direção do pinheiral, meu menino – retomou o homem –, e ainda tem quatro boas milhas para chegar em casa.

– Senhor, o senhor é tão bom – acrescentei, esforçando-me para diminuir o medo –, que deveria me ensinar o que devo fazer para chegar em casa mais depressa.

– Ah, você acha que sou bom? – disse o cavaleiro com um tom zombeteiro. – Sim, por Diana, você tem razão e vou lhe provar. Suba na garupa, e já que devo passar por lá, vou deixá-lo ao lado do castelo.

– Moro justamente no castelo – retomei sem saber se devia confiar na oferta do desconhecido.

– No castelo? – exclamou ele com uma surpresa pouco agradável – E a quem você pertence no castelo?

– Ora essa! Não pertenço a ninguém! Sou Carlino, aquele que gira o espeto e vai à escola do Pároco.

– Menos mal. Se é assim monte, o cavalo é forte e nem vai perceber.

Um pouco tremendo e um pouco mais calmo, subi no dorso do animal e ele me ajudou com a mão, dizendo que eu não tivesse medo de cair. Lá naquela região se nasce quase a cavalo e se diz para todo o garoto: – monte naquele potro! – como se lhe dissesse: monte naquela trave. De modo que quando me acomodei começou um galope desenfreado apesar de ter naquela estrada todos os perigos de um precipício contínuo. Eu me segurava com ambas as mãos no peito do cavaleiro e sentia os pelos de uma barba longuíssima esfregando meus dedos.

"Será que é o diabo? – pensei. – Poderia ser!". E fiz um rápido exame de consciência com o qual me pareceu ter mais pecados do que o necessário para lhe dar todo o direito de me levar para sua casa. Mas me lembrei na hora certa de que o cavalo havia se assustado com a minha sombra, e como os cavalos do diabo, a meu ver, não deviam ter as fraquezas dos nossos, sosseguei um pouco. Se não era o diabo podia, entretanto, ser um seu lugar-tenente, como um ladrão, um assassino, talvez? – Nenhum medo por isso: eu não tinha dinheiro e me sentia o homem melhor armado contra qualquer ladroagem. Assim, depois de ter pensado no que não era, comecei a investigar o que poderia ser o meu noturno protetor. Pior ainda! Desafio a imaginação de um napolitano a chegar a conclusões mais acertadas do que às que cheguei, por mim acabei decidindo que não conseguia saber nada dele. De repente o sujeito escuro de tais fantasias voltou-se para mim com sua barba enorme e me perguntou com aquela voz pouco agradável:

– Mestre Germano ainda está em Fratta?

– Sim senhor! – respondi depois de um tremor de surpresa por aquele comentário repentino. – Ele acerta todos os dias o relógio da torre; abre e fecha o portão; e também varre o pátio na frente da chancelaria. Ele é muito bom comigo e muitas vezes me leva para ver as rodas do relógio, junto com a Pisana que é a filha da senhora Condessa.

– Monsenhor de Sant'Andrea vem visitá-los sempre? – perguntou-me com uma risada.

– Ele é o confessor da senhora Condessa – disse eu –, mas já faz algum tempo que não o vejo, porque agora, depois que comecei a ver o mundo, fico na cozinha o menos que posso.

– Muito bem! Muito bem! A cozinha é para os cônegos! – continuou ele. – Agora você pode descer, esquilo, estamos em Fratta. Você é o melhor cavaleiro do território, parabéns!

– Imagine! – acrescentei pulando no chão – Eu andava sempre a cavalo atrás de Marchetto.

– Ah! Você é o papagaio que estava atrás dele há alguns anos – retomou ele rindo. – Tome, tome – acrescentou me dando uma boa palmada na nuca –, dê por minha conta ao cavalcante esta *focaccia*, e já que você é amigo dele não lhe diga que me viu por estas bandas: não diga a ele nem a ninguém, entendeu!

Ao dizer isso, o homem da barba grande tocou seu cavalo na carreira por uma estradinha que vai a Ramuscello, eu fiquei ali, ouvindo de boca aberta o patear do galope. E quando o barulho foi se dispersando andei ao longo do fosso, na ponte do castelo vi Germano que olhava ao redor como se esperasse alguém.

– Ah, malandro! Ah, bandido! Andar a esmo a esta hora! Voltar para casa tão tarde? Quem lhe ensinou isso?... Agora você vai ver!!...

Essa foi a repreensão com que Germano me recebeu, mas a parte mais calorosa do sermão não posso traduzir em palavras. O bom Germano me levou a palmadas da porta do castelo até a porta da cozinha. Lá, Martino pulou em cima de mim.

– Cafajeste! Sem-vergonha! Você não vai fazer de novo, eu juro! Arriscar-se de noite por este escuro fora de casa!

Aqui também o falatório foi de menos, o pior eram as vassouradas que o acompanhavam. Se isso me tocava dos amigos, imaginem o que eu devia esperar dos outros!... O Capitão que estava jogando com Marchetto contentou-se em me dar um bom soco nas costas dizendo que era tudo vadiagem minha, e que deviam me entregar a ele para eu ter um bom resultado na vida. Marchetto me puxou amigavelmente as orelhas, a senhora Veronica que se esquentava ao fogo repetiu as palmadas de Germano, a velhota cozinheira me mandou um pé no traseiro com tanta graça que fui acabar com o nariz na grelha que girava o espeto.

– Bem na hora! Você chegou a tempo! – lembrou-se de dizer aquela bruxa – Precisei usar a grelha, mas já que você veio pode fazer o serviço.

Dizendo essas palavras ela já havia tirado a corda da catraca e dado na minha mão o espeto depois de tê-lo sacado da grelha. Comecei a virar e revirar não sem ser atacado e alvejado pelas criadas e camareiras à medida que chegavam na cozinha, e virando e revirando pensava no Pároco, pensava em Fulgenzio, pensava em Gregorio, no Monsenhor, no *Confiteor*, no senhor Conde, na senhora Condessa e no meu cangote! Naquela noite, se me tivessem furado de um lado ao outro com o espeto não teriam feito mais do que diminuir o martírio do medo. Certamente eu teria preferido o meu cangote assado do que deixá-lo por apenas três minutos nas mãos da Condessa; quanto ao castigo, para mim era muito mais afortunado são Lourenço do que são Bartolomeu[6]. Enquanto todos se preocupavam em me maltratar, ninguém me perguntara o que eu tinha feito naquela tão longa ausência, mas quando fui imobilizado no espeto começaram a me assaltar de todos os lados com perguntas e interrogações, de modo que depois de ter sido firme debaixo de pancadas, naquela difícil situação resolvi chorar.

– O que você tem agora, que se desmancha em lágrimas? – me disse Martino. – Oh, não é melhor responder o que perguntam?

– Estive lá no campo dos moinhos, fui perto da água para pegar grilos, fui!... Ih, ih, ih!... Ficou escuro!... e depois me atrasei.

– E onde estão esses grilos? – me perguntou o Capitão que se imiscuía um pouco nas investigações criminais da chancelaria, e lhe havia roubado o trabalho.

– Pois é! – acrescentei com voz ainda mais chorosa. – Eu não sei!... Os grilos devem ter fugido do meu bolso!... Não sei de nada!... Fui até a água pegar grilos!... Ih, ih, ih!...

– Não pare com o espeto, impostor – gritou a cozinheira –, ou dou um jeito em você.

– Não o assuste demais, Orsola – recomendou Martino, que pelo rosto da bruxa adivinhara uma ameaça nas palavras.

– Por são Pancrácio! – exclamou o Capitão batendo a mão na mesa fazendo saltar alto todos os talheres colocados para o jantar dos criados. – Os malditos dados deram nove três vezes seguidas!... Nunca me aconteceu nada parecido!... Que partida ruim!... Basta, lembre-se, Marchetto!... Três moedas de domingo e duas e meia desta noite...

---

6 O primeiro foi assado na grelha e o segundo esfolado.

– Tem também sete da semana passada! – acrescentou prudentemente o cavalcante.

– Ah, sim, sim! Sete e cinco, doze e meio – respondeu o Capitão desmanchando o topete. – Só falta meia moeda para fazer seis soldos. Pago amanhã.

– Imagine! Sem pressa! – disse suspirando Marchetto.

– Quanto a você – continuou o Capitão vendo-me perto, para despistar a conversa –, quanto a você, brasa coberta de lareira, gostaria muito de tê-lo nas minhas garras e iria lhe meter juízo! Não é verdade, Veronica, que sou famoso para meter juízo nas pessoas?

– Está bem! Você só fala para assustar! – respondeu sua esposa, saindo da lareira em direção à copa.

– Vou dizer à senhora Condessa que não se preocupe, que Carlino voltou.

Eu não tinha um espelho na minha frente, entretanto poderia jurar que ao ouvir aquilo meus cabelos arrepiaram, como muitos para-raios. Então me veio outra exortação da cozinheira para não parar com o espeto, depois fiquei ali, mais espantado do que resignado, esperando os acontecimentos. De fato, estes não se fizeram esperar. Enquanto a Condessa violava, por um lado, a sua pragmática diária, e aparecia pela terceira vez na cozinha com a senhora Veronica *a latere*, por outro entrava Fulgenzio com seu grande rosto de santarrão mais do que nunca sepultado no colarinho da jaqueta. Nunca a semelhança de Cristo entre os dois ladrões foi tão apropriada como a mim naquele caso, mas no momento não havia tempo para brincadeiras, pois eu sabia muito bem que nenhum daqueles ladrões se arrependeria. A Condessa surgiu arrastando a cauda do vestido e parou na minha frente; a chama da lareira fazia seus olhos parecerem duas brasas, e brilhante como um furúnculo a pinta que muitas vezes dava graça ao seu nariz adunco.

– Então – disse estendendo para mim uma mão que me fez encolher todo pelos arrepios que correram pelas minhas costas –, então, menino feio, você merece a bondade de quem o acolheu, criou, alimentou, e até ensinou a ler, escrever e a ajudar na missa?.... Estou contente com você. Desde agora prevejo que a sua má conduta irá lhe trazer perdição, que você será um delinquente como seu pai, e que vai acabar enforcado, já que desde agora você demonstra disposição para isso!

Nesse momento me pareceu sentir no pescoço o laço da forca. Não! Eram os dedos da senhora Condessa que me apertavam no lugar de costume. Dei dois gritos tão agudos que vieram da copa o Pároco, o Chanceler, Clara, o senhor Lucilio, Partistagno, e até, um instante depois, o senhor Conde e o

Monsenhor. Toda esta gente, junto com aquela que estava na cozinha, mais as criadas e as camareiras que também vieram, compunha um belíssimo grupo para assistir meu sofrimento. O espeto estava parado, a cozinheira se intrometera para tirar minhas mãos da cabeça e fazê-las voltar ao trabalho, mas ainda estava muito distraído pela raivosa operação da Condessa para que pudesse pensar naquela outra chateação.

– Agora me diga o que você fez por aí até duas horas depois do anoitecer – retomou ela colocando as duas mãos na cintura para meu enorme alívio. – Quero saber toda a verdade, e não venha me enganar com seus grilos e com a choradeira!

A senhora Veronica riu, como sabem rir só as velhas más e o diabo; eu, de minha parte, lancei-lhe um olhar que valia por cem maldições.

– Fale, fale, sangue de delinquente! – gritou a Condessa vindo desta vez para cima de mim com as duas mãos recurvadas como as garras de uma gata.

– Fui passear em um lugar onde tinha muita água vermelha e muito sol. E depois... – disse.

– E depois? – perguntou a Condessa.

– E depois voltei!

– Ah, sim, e voltou em tão mau estado! – acrescentou ela. – Estou vendo e não é preciso que você me diga, mas se não quiser dizer o que você fez em todas essas horas, prometo como uma dama que você não vai mais experimentar o sabor do sal!...

Calei, depois gritei mais um pouco por mais um cascudo que ela me deu na cabeça com aqueles seus dedos de macaca, então me calei de novo e recomecei virar estupidamente o espeto, porque a cozinheira viera me enfiar de novo o cabo na mão.

– Vou dizer, senhora Condessa, o que fez este desmiolado – começou a dizer Fulgenzio. – Faz pouco eu estava na sacristia polindo os vasos e as galhetas para a Páscoa que se aproxima, e ao ir até o fosso para pegar água, vi chegar dos lados de San Mauro um homem a cavalo que colocou no chão o senhorzinho, e também lhe disse alguma coisa que não entendi; depois ele seguiu com seu cavalo para Ramuscello e o senhorzinho fez a volta pelo fosso para entrar pelo portão. Foi isso que aconteceu!

– E quem era esse homem a cavalo? Era você Marchetto? – perguntou a Condessa.

– Marchetto passou toda a tarde comigo – respondeu o Capitão.

– Então quem era esse homem? – repetiu a Condessa dirigindo-se a mim.

– Era... era... não era ninguém – murmurei, me lembrando do serviço que me prestou e da recomendação feita pelo desconhecido.

– Ninguém, ninguém! – resmungou a Condessa – Sabemos bem quem era esse ninguém! Faustina – acrescentou ela, falando para a mulher das crianças –, leve imediatamente a cama de Carlino para o quartinho escuro entre o quarto de Martino e o dos frades, e leve-o quando estiver pronto o assado. De lá, queridinho – continuou dirigindo-se a mim –, você não vai sair mais se antes não disser quem era esse homem a cavalo com o qual você veio desde o atalho para Ramuscello.

Faustina acendera o candeeiro, mas ainda não fora transportar meu catre.

– Você vai dizer quem era esse homem? – perguntou a Condessa.

Olhei para Faustina e senti meu coração se partir pensando que antes de me deitar não poderia mais olhar nos olhos e até arriscar um beijo nas pálpebras entrecerradas e na boquinha redonda e úmida da Pisana. Precisava resolver antes que Faustina partisse!

– Não! Não vi ninguém! Não vim com ninguém – respondi de repente com toda a franqueza que não havia demonstrado antes.

– Muito bem! – acrescentou a Condessa voltando para a copa depois de fazer um gesto para Faustina sair e executar as ordens recebidas. – Seja como você quiser!

Ela colocou as mãos nos bolsos e saiu puxando em fila toda a comitiva, mas cada um, antes de segui-la me dirigia uns olhares que sancionavam a justa sentença da castelã. O Conde também me exorcizou com um gesto que significava: – Este aí tem o diabo em cima. – O Monsenhor saiu sacudindo a cabeça desesperançado do *Confiteor*; o Pároco apertou os lábios como que para dizer: – Não entendo nada –, e Partistagno saiu alegremente porque estava cansado da cena. Ficou a condessinha Clara, que apesar dos olhares da senhora Veronica, de Fulgenzio e do Capitão, veio até mim amorosamente perguntar se eu dissera mesmo a verdade. Dei uma olhada ao redor e respondi que sim, encostando o queixo no peito. Então ela me acariciou amigavelmente a cabeça e saiu com os outros, mas antes que ela saísse o senhor Lucilio viera me dizer ao ouvido que eu ficasse na cama no dia seguinte e que mandasse chamá-lo, pois arranjaríamos tudo com pouco dano. Levantei a cabeça para olhá-lo e ver se falava sério com tanto carinho, mas ele já se afastara fingindo não perceber um olhar de reconhecimento que Clara mantinha firme nele, dirigindo-se para a porta.

– O que você disse ao pobrezinho? – perguntou a menina.

– Disse isso e isso – respondeu Lucilio.

A jovem sorriu, e voltaram juntos para a copa, para onde, aproximando-se a hora do jantar, foram seguidos pelo Capitão com a esposa. Restavam Fulgenzio e a cozinheira, mas Marchetto e Martino me liberaram garantindo que o assado estava cozido, aconselhando-me a ir dormir. De fato, Martino pegou um candeeiro e me levou ao meu novo domicílio por aquelas enormes voltas de escadas e corredores que naquela noite me pareceram não acabar nunca. Ele colocou a caminha em um canto do quartinho, que não era mais do que um vão debaixo da escada; ajudou-me a me despir e ajeitou as cobertas ao redor do meu pescoço para que eu não passasse frio. Eu o deixava fazer, como se estivesse morto, mas depois que ele se foi, e à luz do candeeiro deixado por ele em um canto vi as paredes descascadas e o teto torto daquele buraco de gatos, o desespero de não estar no quarto branco e alegre da Pisana tomou-me com tal violência que me dava socos e arranhões na cabeça e não fiquei contente enquanto não vi minhas mãos vermelhas de sangue. Em meio ao meu desespero, ouvi arranharem levemente a porta, e, coisa muito natural em um garoto, o desespero cedeu, no momento, lugar ao medo.

– Quem é? – disse com voz trêmula pelos soluços que ainda me agitavam o peito.

Então a porta se abriu e a Pisana, meio despida em sua camisola, de pés descalços e tremendo de frio, pulou de repente na minha cama.

– Você? O que você tem?... O que está fazendo?... – disse ainda não refeito da surpresa.

– Essa é boa! Vim ver você e dar um beijo, porque gosto de você – respondeu a menina. – Acordei quando a Faustina desmontava a sua cama, quando soube que não queriam mais deixar você dormir no nosso quarto e que tinham colocado você com Martino, vim aqui em cima para ver como você está e perguntar porque você saiu hoje e não foi mais visto.

– Oh, minha querida Pisana, minha querida Pisana! – comecei a gritar apertando-a com toda força junto ao coração.

– Não grite tanto que se ouve até na cozinha – respondeu ela acariciando-me a testa. – O que tem aqui? – acrescentou ela sentindo a mão molhada e olhando-a à luz do candeeiro.

– Sangue, sangue, você está todo ensanguentado!... Aqui na testa você tem um machucado que jorra sangue!... O que você fez? Caiu ou bateu em algum espinheiro?

– Não, não foi nada... bati no batente da porta – respondi.

– Certo, certo, seja como for, deixe-me cuidar de você – acrescentou a Pisana. E colocou a boca na ferida beijando-a e sugando, como faziam antigamente as boas freiras no peito de seus irmãos cruzados; e eu ia lhe dizendo:

– Chega, chega, Pisana: agora estou muito bem! Nem me lembro de ter me machucado!

– Não, ainda sai um pouco de sangue – respondia ela, e ainda colocava a boca na minha testa, apertando com tanta força que nem parecia uma menina de oito anos.

Finalmente o sangue parou, e a futilzinha se orgulhava em me ver tão feliz com aquelas suas carícias.

– Vim no escuro apalpando as paredes – ela me disse –, lá embaixo estão jantando e não tive medo que me descobrissem. Agora que o curei, preciso descer para que não me encontrem pelas escadas.

– E se encontrarem?

– Essa é boa! Faço de conta que estou sonhando!

– Sim, mas não gosto que você se arrisque a ser castigada por sua mãe.

– Se você não gosta, eu não me importo, aliás até gosto – respondeu ela com um gesto gracioso de soberba, jogando a cabeça para trás para tirar da testa os cabelos soltos que a incomodavam. – Veja! Gosto de você mais do que tudo, quando você não está com aquela jaqueta feia, como está agora o meu Carlino, eu o vejo exatamente como você é, e gosto três vezes mais!... Oh! Por que não o vestem com as coisas bonitas que usava hoje o meu primo Augusto!...

– Oh, vou conseguir coisas bonitas! – exclamei. – A qualquer custo!

– E onde você vai conseguir? – perguntou ela de volta.

– Onde, onde!... Vou trabalhar para ganhar dinheiro, é com dinheiro, diz Germano, que se pode ter tudo.

– Sim, sim, trabalhe! Trabalhe! – disse a Pisana. – Então vou querer você sempre mais! Mas por que não está rindo agora?... Você estava tão alegre há pouco!

– Quer ver se não estou rindo? – acrescentei encostando minha boca na dela.

– Não, assim não posso ver!... Afaste-se! Quero ver se você ri. Quero olhar para você.

Eu a satisfiz e também tentei rir com os lábios, mas por dentro, no coração, pensava quanto bem ela iria me querer se eu conseguisse aquelas roupas de senhor.

– Agora você está bonito e eu gosto muito – recomeçou a Pisana cantarolando com sua vozinha que ainda pareço ouvir e me deleita os ouvidos vinda da memória. – Adeus Carlino, me despeço e vou descer antes que a Faustina volte!

– Vou iluminar para você!

– Não, não – acrescentou ela pulando da cama e me impedindo de fazer o mesmo com uma das mãos –, vim no escuro e vou descer como vim.

– E eu repito que não quero que você se machuque e que vou iluminar a escada.

– Não se mexa ou vai se arrepender! – disse ela mudando o tom de voz e me soltando, certa de que um sinal seu bastaria para me deixar quieto – Assim eu fico braba, estou dizendo que quero descer sem luz! Sou corajosa, não tenho medo de nada! Quero ir como quero!

– E se acontece de você tropeçar ou se perder pelos corredores!

– Eu tropeçar ou me perder?... Está louco?... Não nasci ontem!... Adeus, adeus Carlino. Agradeça-me por ter sido boa e ter vindo ver você.

– Oh sim, agradeço, agradeço! – eu disse, com o coração cheio de contentamento.

– E deixe que eu agradeça a você – acrescentou ela ajoelhando-se ao meu lado e beijocando minha mão –, porque continua a gostar de mim mesmo quando sou má. Ah, sim! Você é mesmo o menino mais bonito e bom de todos os que estão ao meu redor, e não entendo porque você não me castiga pelas maldades que lhe faço algumas vezes.

– Castigar? Por que Pisana? – eu disse. – Agora levante-se e deixe que eu ilumine para você, com este frio você pode ficar doente!

– Ei! – exclamou a menina. – Você bem sabe que nunca fico doente! Antes de ir embora quero que você me castigue, que puxe bem forte meus cabelos pelas maldades que fiz com você. – E pegou minhas mãos colocando-as em sua cabecinha.

– Ora! – eu dizia enquanto retirava as mãos – Prefiro beijar você!

– Quero que você puxe meus cabelos! – acrescentou ela pegando minhas mãos de novo

– Mas eu não quero! – respondi.

– Como não quer? Você quer sim! – começou a gritar. – Puxe meus cabelos, puxe meus cabelos, senão grito tanto que virão aqui em cima e minha mãe vai me bater.

Para aquietá-la peguei com dois dedos um cacho de suas madeixas e enrolei em volta da mão, brincando.

– Vamos, puxe, puxe meus cabelos – ela acrescentou um pouco irritada, afastando com força a cabeça de modo que a minha mão precisou segui-la para não a machucar muito. – Já disse que quero ser castigada! – continuou batendo seus pezinhos e os joelhos no piso que era de pedras irregulares.

– Não faça isso, Pisana, você vai se machucar.

– Então puxe meus cabelos!

Puxei devagar o cacho que tinha entre os dedos.

– Mais forte, mais forte! – disse a maluquinha.

– Assim então – eu disse fazendo um pouco mais força.

– Assim não! Mais forte ainda – retomou ela com raiva. E enquanto eu não sabia o que fazer, ela balançou a cabeça com tanta força que de repente aquele cacho de cabelos ficou nos meus dedos. – Está vendo? – acrescentou toda contente. – É assim que quero ser castigada!... Até amanhã, Carlino, não saia daí senão não venho mais brincar com você.

Eu fiquei atônito e imóvel com aquele cacho entre os dedos enquanto ela escapava fechando a porta; tentei correr atrás dela com o candeeiro, mas ela já desparecera no corredor. Garanto que se sua mãe ao castigá-la tivesse arrancado um só daqueles fios de cabelo, ela teria gritado tanto a ponto de colocar a casa de cabeça para baixo, e agora também me espanta que ela suportasse aquela dor sem piscar, de tanto que podiam nela a vontade e a excentricidade de menina. Eu, porém, não sei se aqueles momentos me fossem mais de prazer do que de pesar. O heroísmo da Pisana em vir me ver através dos corredores daquela casona escura, apesar das punições que podiam acontecer, me fizera subir ao sétimo céu; depois sua teimosia se intrometera para cortar minhas asas porque sentia (digo sentia, porque aos nove ou dez anos certas coisas não se entendem ainda), sentia, repito, que a imaginação e a vaidade de mostrar um pequeno prodígio de bravura valiam mais do que o afeto em tal heroísmo. Eu, portanto, havia me acalmado do primeiro fervor de entusiasmo, aqueles cabelos que haviam ficado testemunhavam muito mais sobre da minha servidão do que do bom coração dela para comigo. Todavia, desde menino os sinais materiais das minhas alegrias, das minhas dores e das minhas várias aventuras sempre me foram muito caros, aqueles cabelos não os teria trocado por todos os belos botões de ouro, de louça e pelas outras riquezas que ostentava o senhor Conde nos dias solenes. Para mim, a memória sempre foi um livro, e os objetos que a enfeitam em alguns pontos de seus anais me parecem aquelas fitas que se colocam no livro nas páginas mais interessantes. Elas surgem de repente aos olhos e sem folhear, para encontrar aquele ponto da narrativa ou aquela frase que mais o impressionou você só tem que confiar nelas. Eu sempre carreguei comigo por muitos anos um museu de miudezas, de cabelos, de pedrinhas, de flores secas, de badulaques, de anéis quebrados, de pedacinhos de papel, de vidrinhos, e até de roupas e de lenços de pescoço que correspondiam a outros tantos acontecimentos frívolos ou sérios, doces ou dolorosos, mas para mim sempre memoráveis da minha vida. Esse museu crescia sempre, conservava-o com tanta devoção quanto teria um antiquário por seu medalheiro. Se vocês, leitores, tivessem vivido com a minha alma, eu só teria que mandar inscrever em pedra aquela longa série de miudezas e de velharias para fazê-los lembrar toda a história da minha vida, como os hieróglifos egípcios. Para mim eu as leio muito claramente, como Champollion[7] leu nas pirâmides a história dos Faraós. O mal é que minha alma nunca deu abrigo ao público, e assim, para colocá-los a par de seus segredos, como lhe surgiu o talento, ela deve se esfalfar em argumentos e em palavras. Vocês me perdoariam? Espero que sim, pelo menos devido à intenção em lhes trazer algum proveito com minha longa experiência; se esta obra é para mim de algum deleite ou alívio, vocês gostariam que eu me desfizesse deles por uma genuína mortificação de espírito? – Confesso que não sou tão ascético. – O fato é que esses símbolos do passado estão na memória de um homem, como os monumentos municipais ou nacionais na memória dos pósteros. Recordam, celebram, recompensam, inflamam: são os sepulcros de Foscolo[8] que nos levam com o pensamento a conversar com os mortos queridos, já que cada dia passado é um morto querido para nós, uma urna cheia de flores e de cinzas. Um povo que tem grandes monumentos onde se inspirar nunca morrerá completamente, moribundo nascerá para a vida mais plena e vigorosa do que nunca. Como os gregos, que se tiveram em mente as estátuas de Hércules[9] e de Teseu[10] ao resistir aos persas de Xerxes, depois foram gigantes na guerra contra Mamude II[11] à vista do Parthenon e das Termópilas.

Assim o homem, fiel ao memorial de sua sorte, não perde o tempo que passa, mas despeja a juventude na maturidade e depois as recolhe no cansado e

7 Trata-se de Jean-François Champollion (1790-1832), egiptólogo que descobriu a chave para interpretar os hieróglifos.

8 Trata-se de Ugo Foscolo (1778-1827), poeta e escritor veneziano, entre suas obras está o extenso poema *Os sepulcros*.

9 Herói mítico grego, realizador de várias façanhas.

10 Legendário herói ateniense que matou o Minotauro e outros monstros.

11 Combatendo contra os turcos de Mamude II a Grécia reconquistou a independência.

evocador repouso da velhice. É um tesouro que se acumula, não são moedas que se gastam dia a dia. De resto, esse piedoso hábito sempre me pareceu indício de boa alma; o mau nada tem a ganhar e tudo a perder nas lembranças; ele se apressa em destruir, não em conservar as marcas de suas ações, porque os remorsos pululam de cada uma delas, como os homens dos dentes semeados por Cadmo[12]. Às vezes temi que com tal hábito se chegasse a colocar na vida um excessivo afeto, que o culto do passado significasse avidez do futuro. Mas se é assim em alguns, certamente não o é em todos, e disso a prova sou eu. Quem recolheu em sua peregrinação e conservou as gemas e as flores, talvez se aproxime tremendo daquela passagem em que os cobradores inexoráveis o despojarão para sempre do alegre butim, mas se outorgaram ao sacrário das lembranças os sorrisos e as lágrimas, as rosas e os espinhos, toda a variada aventura da sua sorte se enfileira diante deles por meio de figuras e de emblemas, então o espírito se acalma resignado no pensamento da última necessidade, e os cobradores lhe parecerão inexoráveis e piedosos. Isso de acordo com a índole de quem recolheu e ordenou o museu, pois me parece que a nossa sorte está escrita profeticamente na índole. Ela é a regra interna segundo a qual as coisas externas têm este ou aquele valor, que a seu modo julga a vida ou um ócio, um prazer, um sacrifício, uma batalha, uma modalidade. Quem falha no julgamento deve remediar com a convicção do erro ou espiar sua cegueira desesperando-se. E muito facilmente quem considera a vida uma ocasião de prazeres não a considerará como tal no momento de ir embora.

Aquele cacho de cabelos negros desiguais e emaranhados, que ainda conservam sinais de terem sido arrancados, foram a primeira cruz pendurada para assinalar o espaço vazio de um dia no sacrário doméstico da memória. E muitas vezes fui rezar, meditar, sorrir, chorar diante dessa cruz, cujo significado misto de alegria e de aflição talvez pudesse prognosticar desde então o teor daqueles prazeres agudos, desregrados e convulsos que depois iriam me consumir a alma e afortunadamente renová-la. Aquele cacho de cabelos se tornou o A do meu alfabeto, o primeiro mistério da minha Via Crucis, a primeira relíquia da minha felicidade; a primeira palavra escrita da minha vida; variada como ela e quase inexplicável como a de todos. Desde o primeiro instante eu pressenti sua importância, pois não me parecia haver qualquer lugar seguro para escondê-lo. No momento embrulhei-o em uma folha branca arrancada

12 Herói da mitologia grega, Cadmo depois de matar um dragão que devorara seus companheiros, semeou seus dentes. Deles nasceram vários guerreiros que se mataram entre si, exceto cinco, com a ajuda dos quais Cadmo conquistou Tebas.

do meu missal e o coloquei debaixo do colchão. Coisa muito estranha! Já que veio à minha mente o valor inestimável daqueles poucos cabelos que me queimavam os dedos. Não sei se era medo de perdê-los e me privar deles, ou aversão instintiva pelas tremendas promessas que significaram depois. – Eu já os tinha escondido e estava quieto fingindo dormir quando apareceu Martino, que me vendo adormecido pegou o candeeiro e foi para seu quarto. Depois, aos poucos o sono fingido se transformou em sono verdadeiro, o sono em um emaranhado contínuo de sonhos, fantasmagorias, transfigurações, que me deixou daquela noite a ideia longa de uma vida inteira. E se o tempo não se medisse, como parece, pelos movimentos do pêndulo, mas pelo número das sensações? Poderia ser, mas também poderia ser que tal questão se reduzisse a um jogo de palavras. Certamente às vezes eu vivi no sonho de uma hora muitos anos, e me pareceu poder explicar esse fenômeno comparando o tempo a uma distância e o sonho a uma locomotiva. As paisagens são as mesmas, mas passam mais rápidas, a distância não é diminuída, mas devorada.

De manhã acordei com tanto peso em cima, que me induzia a acreditar ser realmente um homem pela muita idade que parecia ter se condensado nas últimas vinte e quatro horas que havia vivido; as memórias do dia anterior passaram à minha frente claras, ordenadas e vivas como os capítulos de um bom romance. Os desaforos da Pisana, as caretas dos belos primos, o meu abatimento, a fuga, o acordar na margem do canal, a passagem perigosa por ele, a grande pradaria, a chegada ao alto, as maravilhas daquela cena estupenda de grandeza, de esplendor e de mistério; o cair das trevas, os meus temores, a corrida através do campo, o trotar do cavalo e o homem da barba grande que me pusera na garupa; o galope desenfreado pela escuridão e a névoa, as palmadas de Germano assim que cheguei em Fratta, os outros martírios da cozinha, o espeto, a Condessa e a minha firmeza em não querer desobedecer as recomendações de quem me fizera um serviço, apesar do tremendo castigo com que me ameaçavam; a carícia de Clara e as palavras do senhor Lucilio, os meus delírios, o desespero depois que me deitaram e o aparecimento da Pisana em meio a eles, da Pisana humilde e orgulhosa, boa e cruel, estouvada, extravagante e belíssima como de costume, não lhes parece coisa demais para a cabeça de um menino? E ali em uma folha de papel debaixo do colchão eu tinha um talismã que por toda a vida reviveria, se eu quisesse, todo aquele dia tão variado e tão pleno. Então, lembrando-me especialmente do que disse o senhor Lucilio, procurei tirar proveito e comecei a chamar Martino com toda a voz que tinha na garganta. Mas o velho me teria feito arrebentar sem que seu tímpano se resolvesse a ouvir meus gritos; pulei da cama e fui até o quarto dele quando ele estava justamente terminando de se vestir e lhe disse que eu estava com uma grande dor de cabeça, que por toda a noite não fechara os olhos, que chamassem o doutor porque eu tinha muito medo de morrer. Martino me respondeu que eu era louco, que fosse me deitar quietinho e ele iria chamar o doutor, mas antes desci na cozinha para roubar um pouco de sopa, empresa na qual, protegido pela escuridão do local, me saí maravilhosamente; tomei a sopa com muita paciência apesar de estar com muita vontade de pãezinhos e depois me ajeitei debaixo das cobertas prometendo que tentaria suar. Creio que com os cascudos na cabeça, a exaustão do cansaço, do jejum e o suor que me deu aquela bebida quente, eu consegui fazer uma belíssima febre, tanto que quando o senhor Lucilio chegou dali a uma hora, minha fome tinha passado e se seguira uma sede ardentíssima. Apalpou meu pulso, olhou minha língua, e enquanto me perguntava sobre aqueles arranhões que me marcavam a testa, sorriu de modo mais benévolo do que antes, ouvindo no corredor o farfalhar de uma saia. Clara entrou no cubículo para ouvir do médico a razão do meu mal e me confortar dizendo que a Condessa em vista da minha doença não se obstinaria em me castigar tão severamente, e desde que eu lhe dissesse a verdade sobre a noite anterior, também me perdoaria. Eu respondi que já dissera a verdade e que voltaria a repeti-la; que se lhes parecia estranho que andando a esmo sem saber por onde eu tinha passado quase um dia inteiro, a mim também parecia, mas eu não sabia o que fazer. Clara então me perguntou sobre aquele lugar tão maravilhoso, tão cheio de luz, de sol e de cores onde eu dissera ter estado, e tendo eu repetido a ela com grande ênfase a descrição, acrescentou que talvez Marchetto tivesse razão e que eu podia ter estado no Bastião de Átila, que é uma colina junto à marina de Lugugnana, onde a tradição local conta que o rei dos Hunos, vindo de Aquileia, acampara ali, antes de se encontrar com o pontífice Leão I. No entanto, de Fratta até lá corriam sete boas milhas pelos barcos mais velozes, e não entendia como na volta eu não tivesse me perdido. Ela ainda me disse que aquela tal bela coisa imensa, azul e de todas as cores na qual se espelhava o céu era justamente o mar.

– O mar! – exclamei – Oh, que felicidade levar a vida no mar!

– Mesmo? – disse o senhor Lucilio. – No entanto eu tenho um primo que há muitos anos goza dessa felicidade e não está muito contente. Ele diz que a água é feita para peixes e que foi um grande contrassenso os velhos venezianos se enfiarem lá dentro.

– Pode ser um contrassenso agora, mas não era naquele tempo – acrescentou Clara –, quando além do mar havia Cândia, Turquia, Chipre e todo o Levante.

– Oh, por mim – retomei –, ficaria sempre no mar sem me ocupar com o que possa ter depois.

– Por enquanto, pense em ficar bem coberto e se curar, demoniozinho – acrescentou o senhor Lucilio. – Martino trará da botica um frasco de água, boa para curar, e você tomará uma colherzinha a cada meia hora, entendeu?

– Enquanto isso acertarei as coisas com mamãe para um dano menor – continuou Clara –, e já que você repetiu que a verdade era como você disse ontem à noite, espero que ela o perdoe.

Lucilio e Clara saíram, Martino saiu com eles para ir à botica, eu fiquei com meu suor, com a minha sede e com uma vontade louca de ver a Pisana, porque então não me importava se me perdoavam ou não. Mas a menina não apareceu, só no pátio ouvi voz dela e a dos outros meninos que se esgoelavam nos seus folguedos, e como eu tinha medo de ser visto ou acusado por Martino, ou denunciado por alguma das crianças, não me atrevi a me vestir e descer ao pátio como tinha vontade. Fiquei com os ouvidos aguçados, e o coração em tumulto quase me impedia de ouvir. – No entanto, dali a uma hora ouvi a Pisana gritar a plenos pulmões:

– Martino, Martino, como está Carletto?

Martino deve ter ouvido e também respondido, mas eu não ouvi nada: somente o vi entrar dali a pouco com o frasco do remédio e me dizer que a Condessa o encontrara na escada e perguntara se era verdade que eu tinha quebrado a cabeça contra a parede, por desespero.

– É verdade? – acrescentou o bom Martino.

– Não sei – respondi –, mas ontem à noite eu estava tão alterado que posso ter feito bobagens sem que agora me lembre bem.

– Você não lembra? – acrescentou Martino que não me entendera muito.

– Não, não, não me lembro – repeti. E ele não ficou nada contente com essa resposta, já que lhe parecia que depois de ter estragado a fuça daquele modo, eu devia me lembrar por um bom tempo.

O remédio fez seu efeito, talvez melhor e mais depressa do que se esperava, porque no mesmo dia me levantei; quanto ao castigo a mim infligido pela Condessa não se falou mais. Porém é verdade que também não se falou de me reestabelecer no quarto de Faustina, e meu canil ficou definitivamente nos aposentos de Martino. Como se pode imaginar, a vontade de rever a

Pisana depois daquela surpresa da noite passada teve um grande mérito na minha repentina cura, quando desci à cozinha, meu primeiro cuidado foi procurá-la. A família tinha recém terminado a refeição e o Monsenhor, me encontrando nas escadas, acariciou meu queixo contra todos os seus hábitos, e olhou meu machucado na testa, que não era muito grande. Ele me disse que eu não devia ser aquela peste que acreditavam que eu fosse se a dor de ser considerado mentiroso me fazia causar tais violências contra mim mesmo, mas me recomendou usar mais discernimento no futuro, oferecer a Deus as minhas tribulações, e aprender a segunda parte do *Confiteor*. Nas benignas palavras do Monsenhor, eu reconheci o bom ânimo de Clara, que dera aquela edificante razão das minhas esquisitices, e assim, se não o perdão completo, ao menos me foi concedido um clemente esquecimento. Soube a seguir por Marchetto que o senhor Lucilio me descrevera como um garoto muito tímido e suscetível, fácil de se abater nas forças e na saúde por um desgosto qualquer; ele e Clara avalizaram tanto a minha sinceridade que a Condessa não insistiu em me acusar de dissimulação. Por outro lado, ela teve o cuidado de interrogar Germano, mas ele, talvez instruído por Martino, respondeu que havia sim ouvido na noite anterior o trotar de um cavalo, mas bem depois do meu retorno a Fratta, de modo que não era possível que eu tivesse vindo com aquele cavalo. Então o testemunho de Fulgenzio foi deixado de lado, eu fiquei com a minha paz, e não caí mais na necessidade de precisar mentir por delicadeza de consciência. No entanto, devo acrescentar que o que pode parecer a alguns uma frívola e teimosa obstinação de menino, para mim pareceu e ainda parece uma bela prova de fidelidade e gratidão. Essa foi a primeira vez que meu espírito teve que lutar entre prazer e dever, e eu não titubeei nenhum instante em me agarrar a este último. Se o dever nesse caso não era tão premente, já que a recomendação do desconhecido não parecia feita seriamente e eu não havia prometido nada, nem podia entender para que pudesse servir o meu silêncio sobre um fato tão comum como é o da carona de um homem a cavalo, tudo isso prova a retidão dos meus sentimentos. Talvez também aquele primeiro sacrifício, ao qual me dispus de tão bom grado e por um frívolo motivo, deu à minha índole o encaminhamento que depois não parei de seguir quase sempre em circunstâncias mais graves e solenes. Há muito tempo se discute se o acaso faz o homem ou se o homem governa o acaso. Mas na discussão talvez não se tenha preocupado muito, até aqui, em distinguir o que é do que deveria ser. Certamente a filosofia eleva o homem acima de qualquer influxo de astros ou de cometas, mas os astros e os cometas gravitam acima de nós muito tempo antes que a filosofia nos ensinasse a nos defendermos deles. Muitas vezes é o próprio acaso que prepara os alimentos para a razão ainda antes que esta nasça. E assim as circunstâncias da infância, se não governam todo o teor da vida, frequentemente educam a seu modo as opiniões que uma vez formadas se tornam para sempre os incentivos de nossas obras. Por isso, cuidem das crianças, meus amigos; cuidem sempre das crianças, se querem fazê-las homens. Para que as ocasiões não as deixem mal-acostumadas com suas pequenas paixões; para que uma ingênua condescendência, uma dureza exagerada ou um descuido letal não as deixem entre acreditar justo o que agrada e abominável o que desagrada. Ajudem-nas, amparem-nas, guiem-nas. Preparem para elas com grande sagacidade ocasiões para achar bela, santa e agradável a virtude, feio e desagradável o vício. Um grão de boa experiência aos nove anos vale muito mais do que um curso de moral aos vinte. A coragem, a incorruptibilidade, o amor pela família e pela pátria, esses dois grandes amores que fazem legítimos todos os outros, assemelham-se ao estudo das línguas. A primeira idade se presta muito a isso, mas coitado de quem não os aprende. Pior ainda é para quem tiver que lidar com elas, a família e a pátria que delas espera ajuda, decoro e salvação. O germe está na semente, e a planta no germe, nunca me cansarei de repetir, porque a experiência da minha vida sempre confirmou em mim e em tantos outros a verdade dessa antiga observação. Esparta, a dominadora dos homens, e Roma, a rainha do mundo, educavam desde o berço o guerreiro e o cidadão, por isso tiveram povos de cidadãos e de guerreiros. Nós que vemos nas crianças os mimados e os pândegos, temos gentalha de pândegos e de mimados.

Ora, talvez eu esteja alucinado pelo amor próprio, mas mesmo assim não vejo em meu passado uma lembrança que me seja mais confortadora e boa do que daquele primeiro castigo tão valorosamente enfrentado para manter um segredo que me foi recomendado e para me mostrar grato por um benefício recebido. Creio que depois, por muitas vezes tenha me conduzido com a mesma regra, pela vergonha que de outra forma teria sentido ao me mostrar homem mais incapaz do que fora quando criança. É assim que as circunstâncias muitas vezes formam as opiniões. Eu subira e não quisera mais descer. Se caí em alguma falta, pronto foi o arrependimento, mas não escrevo para me desculpar, minha pena estará sempre pronta para reprovar como para bendizer as minhas ações segundo o mérito. Tanto mais culpado às vezes, enquanto não o devia ser por hábito ou por consciência. Mas quem é realmente puro entre nós mortais? – Conforta-me a parábola da adúltera e a sublime palavra de Cristo: "Quem nunca pecou atire a primeira pedra!".

Naquela tarde, como lhes dizia, meu primeiro cuidado foi encontrar a Pisana, mas para meu extremo pesar não consegui encontrá-la em nenhum lugar. Perguntei às camareiras, que, pegas em flagrante pelo seu descuido para com a menina, se enfureceram pela minha petulância. Germano, Gregorio e Martino, aos quais também perguntei, não souberam me dar nenhuma notícia, finalmente irritado fui além das escuderias e perguntei ao hortelão se não a tivesse visto passar por aquelas bandas. Ele me respondeu que realmente a tinha visto ir para os campos com o filho do boticário, mas que a coisa era velha de duas horas e provavelmente a patroinha já devia ter voltado, porque o sol estava muito quente e ela não gostava de se bronzear. Eu, porém, conhecendo o humor bizarro da menina, não confiei nessa conjectura e também me dirigi aos campos. O sol ardentíssimo me castigava a cabeça, a terra arranhava a sola de meus pés pela grande aridez, eu não percebia nada pela grande angústia que me tumultuava por dentro. Encontrei na margem de um fosso um cordão de sapatos. Era da Pisana: continuei certo de que o grande desejo me faria encontrá-la em algum lugar. Olhava os bosques, as margens e as sombras onde costumávamos parar em nossas incursões, meus olhos corriam por todos os lados açoitados pelo ciúme, se caísse em minhas mãos aquele filho do boticário, creio que o teria amassado muito bem sem nem dizer o porquê. Quanto à Pisana, eu a conhecia a fundo, tinha me habituado a ela estupidamente, começara quase a amá-la por causa dos defeitos, exatamente como um excelente cavalariço entre seus cavalos prefere o que mais empina e resiste às esporas e aos arreios. Não é uma qualidade que torne muito apreciável e querida alguma coisa, como aquela de vê-la sempre pronta a escapar, se esse hábito de temor e de esforço cansa os espíritos fracos, arma e confirma os espíritos fortes. Pode-se dizer que a Pisana tivesse me enfeitiçado, se a razão do feitiço eu não a lesse claramente no orgulho continuamente estimulado em mim de querer me sobrepor aos outros pretendentes. Via-me como preferido com mais frequência e acima de todos; queria sê-lo sempre. Quanto ao sentimento que me levava a querer isso, era amor do mais genuíno; amor que depois cresceu, mudou de têmpera e cor, mas que desde então me ocupava a alma com toda sua loucura. E o amor aos dez anos é tão excessivo como qualquer outro desejo naquela idade confiante que ainda não sabe onde mora o impossível. Sempre sabendo que aqui a carestia das palavras me faz dizer amor em vez daquele outro vocábulo qualquer que se deveria usar, pois uma paixão tão vária, que abraça os píncaros mais puros da alma e os mais baixos movimentos corporais, que sabe dobrar aqueles a estes, ou elevar estes a aqueles, às vezes confundir tudo em um êxtase quase divino e outras vezes em uma convulsão realmente animalesca, mereceria vinte nomes próprios ao invés de um só genérico, incerto no bem e no mal segundo os casos e, pode-se dizer, escolhido de propósito para assustar os recatados e desculpar os indignos. Disse, portanto, amor, e não podia dizer outra coisa, mas toda vez em que acontecer de usar tal vocábulo no decurso da minha história, serei obrigado a acrescentar uma linha de comentário para aumentar o dicionário. Naquele tempo, portanto, eu amava na Pisana a companheira de meus folguedos, já que naquela idade os folguedos são tudo, isso quer dizer que a queria toda para mim, o que se não constitui amor e daquele autêntico, como notei mais acima, entendam-se com os dicionaristas. Por outro lado, apesar do meu furor em procurá-la, ela naquela tarde não se deixava encontrar; procura daqui e olha de lá, corre e salta e caminha, sem perceber tomei o caminho que me havia levado tão longe no dia anterior. Quando percebi, estava justamente em um cruzamento de estradas campestres, onde sobre uma mureta em ruínas um pobre são Roque mostrava a chaga de sua perna aos devotos que passavam. O fiel cão estava a seu lado com a cauda baixa e o focinho elevado, como se observasse o que ele estava fazendo. – Tudo isto eu vi assim que levantei os olhos, mas depois ao baixá-los, me dei conta de uma velha curva e maltrapilha, que rezava com grande fervor diante daquele são Roque. Ela me pareceu a Martinella, uma pobre pedinte assim chamada naquele condado, que costumava parar para pegar uma esmola da caixa de Germano todas as vezes que passava diante da ponte de Fratta. Aproximei-me dela um pouco assustado, porque as histórias de Marchetto tinham me feito suspeitar que todas as velhas eram bruxas, mas conhecê-la e a necessidade não me deixaram voltar atrás. Ela voltou-se para mim com uma cara aborrecida, apesar de que por costume a pobrezinha fosse mais paciente e afável do que diziam, e me perguntou resmungando o que eu fazia naquele lugar e àquela hora. Respondi que estava procurando a Pisana, a filha da Condessa, que ia justamente perguntar a ela se porventura não a tivesse visto passar com o filho do boticário.

– Não, não, Carlino, não a vi – respondeu com muita pressa e alguma irritação a velha, apesar de querer se mostrar benévola. – Enquanto você a procura talvez ela já tenha voltado para casa pelo outro lado. Vá, vá ao castelo, estou certa de que a encontrará.

– Mas não – acrescentei –, ela acabou de almoçar agora mesmo...

– Estou dizendo para você ir lá que vai encontrá-la – interrompeu-me a velha –, aliás faz uns cinco minutos, estou me lembrando, devo tê-la visto voltando atrás dos campos dos Montagnesi.

– Mas eu se passei ali faz cinco minutos! – rebati por minha vez.

– Estou dizendo que a vi.

– Não, não pode ser.

Enquanto eu queria parar para pensar e a velha tentava me fazer voltar, ouviu-se por uma das quatro estradas o galope de um cavalo que se aproximava. Martinella me deixou ali com um dar de ombros, indo ao encontro dele, como para pedir esmola. O cavalo logo apareceu vindo do fosso daquela estradinha, era um potro fogoso e robusto com as narinas trêmulas e a boca coberta de espuma. Em cima dele estava um homem maltrapilho e grande, com uma barbona grisalha espalhada aos quatro ventos e um chapelão amarfanhado pelas chuvas, que lhe batia no nariz. Não tinha estribo nem sela nem arreios e só segurava as pontas do cabresto com as quais batia nas costas da cavalgadura para atiçá-la à corrida. Em um primeiro momento ele me despertou uma longínqua ideia daquele barbudo que me levara para casa na noite anterior, mas a suspeita tornou-se certeza quando com sua voz rouca e grave respondeu ao cumprimento da pedinte. Ela se voltou mostrando-me com o olhar, ele então, parando o potro ao lado da velha, cochichou ao seu ouvido algumas palavras. Martinella se acalmou levantando os braços ao céu, depois disse em voz alta:

– Deus e São Roque o abençoem por sua boa ação. Confio na caridade, e lembre-se do fim de semana!

– Sim, sim, Martinella! E não me desaponte! – acrescentou aquele homem apertando com as pernas o ventre do potro e saindo em disparada pela estrada da laguna. Quando estava longe, ele se voltou para fazer à velha um sinal em direção da estrada pela qual viera, depois cavalo e cavaleiro desapareceram na poeira levantada pelas patas do cavalo.

Eu estava tomado por aquela cena quando, afastando os olhos do lugar onde desparecera o cavalo, olhei para os campos em frente onde vi a Pisana e o menino do boticário que corriam muito assustados para mim. Eu também comecei a correr na direção deles, e Martinella gritava para mim: – Para onde você corre agora? – e eu respondia: – Lá está ela, lá está a Pisana! Não vê? – De fato, alcancei a menina, mas ela estava tão pálida e perdida, pobrezinha, de dar pena.

– Por caridade, Pisana, o que você tem, se sente mal? – perguntei segurando-a pelo braço.

– Pobre de mim, que medo... que corrida... estão lá com espingardas... querem atravessar a água – respondia ofegante a menina.

– Mas quem são aqueles lá com espingardas que querem atravessar?

– Então – começou a me responder Donato, o filho do boticário, que já tinha se recomposto um pouco do susto –, estão lá... Estávamos brincando no córrego do moinho, quando surgiram na outra margem quatro ou cinco homens com umas caras feias e umas pistolas na mão de dar medo, eles pareciam procurar alguma coisa e começaram a olhar. A Pisana saiu correndo e eu atrás dela com todas as pernas que tinha, mas dois ou três deles começaram a gritar: "Oh, vocês não viram um homem a cavalo passar por aqui!?". Mas a Pisana não queria responder e nem eu, continuamos a fugir e estamos aqui, mas aqueles homens certamente também virão, porque, por mais que a água seja alta, a ponte do moinho não fica longe.

– Oh, vamos fugir, vamos fugir! – exclamou assustada a menina.

– Acalme-se, senhorinha – começou a dizer a velha que escutara toda a conversa. – Aqueles cernides não procuram por vocês, mas um homem a cavalo; quando eu e Carlino respondermos que homem a cavalo só vimos o guardião de Lugugnana que estava indo verificar o feno em Portovecchio...

– Não, não! Quero ir embora! Estou com medo! – gritava a maluquinha.

Mas já não havia tempo para ir embora, pois quatro *buli* saíram naquele instante do campo, e, olhando para as quatro estradas, dirigiram-se à velha com a mesma pergunta que tinham feito um momento antes às duas crianças.

– Só vi o guardião de Lugugnana que estava indo para Portovecchio – respondeu-lhes Martinella.

– Guardião de Lugugnana qual nada! Deve ter sido ele! – disse um deles.

– Ouça Martinella – perguntou outro –, você conhece o Spaccafumo?

– O Spaccafumo! – exclamou a velha com um olhar muito feio. – Aquele saqueador, aquele bandido que vive sem lei e sem temor a Deus, como um verdadeiro Turco! Não, pela graça de Deus não o conheço, mas uma vez o vi em um domingo no pelourinho de Venchieredo, há uns dois anos.

– E hoje não o viu por estes lados? – perguntou aquele que havia falado primeiro.

– Se o vi hoje? Mas se disseram que ele tinha morrido afogado no ano passado! – retomou a velha. – E depois confesso a Suas Excelências que sofro um pouco dos olhos...

– Então ouça! Era ele! – voltou a dizer o beleguim. – Por que não disse antes que você é cega como uma toupeira, velha enrugada? Depressa, para Portovecchio, meus filhos! – acrescentou dirigindo-se aos outros.

E os quatro tomaram a estrada de Portovecchio, que era oposta àquela que o barbudo pegara um quarto de hora antes.

– Está errado por aí – tentei dizer.

– Quieto – cochichou Martinella –, deixe ir aquela gente má, vamos rezar um *pater noster* para são Roque que nos livrou deles.

A Pisana, durante a conversa com os beleguins, recuperara toda a sua coragem, e por fim mostrava uma atitude mais segura do que todos nós.

– Não, não – disse ela –, antes de rezar é preciso correr a Fratta para avisar o Chanceler e Marchetto desses caras feias que vimos. Oh, não cabe ao Chanceler manter distante do feudo de papai os malfeitores?

– Sim, claro – respondi –, e também prendê-los a seu juízo.

– Então vamos mandar prender esses quatro homens feios – continuou ela arrastando-me para Fratta –, não, não quero, não, não quero que me assustem mais.

Donato nos seguia silenciado pela caprichosa menina; Martinella voltara a se ajoelhar diante de são Roque, como se nada tivesse acontecido.

CAPÍTULO QUARTO

O Dom Quixote contrabandista e os senhores Provedoni de Cordovado. Idílio pastoral na fonte de Venchieredo com algumas reflexões sobre o amor e sobre a criação contínua no mundo moral. A tonsura do capelão de Fratta e uma conversa diplomática entre dois jurisdiscentes.

O Spaccafumo era um padeiro de Cordovado, pitoresca localidade entre Teglio e Venchieredo, o qual, entrando em guerra aberta com as autoridades das vizinhanças, pela prodigiosa correria que fazia quando o seguiam, conquistara a glória desse apelido[1]. Sua primeira empresa fora contra os ministros da Câmara que queriam confiscar um certo saco de sal encontrado com uma velha viúva que morava muro a muro com ele. Parece-me até que aquela velha fosse justamente Martinella, que naqueles tempos, por ser capaz de trabalhar, ainda não mendigava. Condenado ao desterro por dois anos, o senhor Antonio Provedoni, Agente Comunal, acomodara tudo com uma multa de vinte ducados. Mas depois da rixa com os agentes da alfândega pelo saco de sal, ele começou outra com o Vice-capitão dos cárceres, que queria prender um seu sobrinho por tê-lo encontrado na procissão de Venchieredo com armas no bolso. Então lhe tocaram três dias de pelourinho na pracinha da aldeia, mais dois meses de prisão e o desterro de vinte oito meses de toda a jurisdição da Pátria. O padeiro parou de fazer pão e a isso se reduziu sua obediência ao decreto da chancelaria criminal de Venchieredo. De resto, continuou a morar aqui e ali na região e a exercitar em favor do público o seu ministério de justiça privada. A soldadesca de Portogruaro havia caído em cima dele por duas vezes, mas ele levantava poeira com tanta velocidade e conhecia tão bem os esconderijos e os vaus do campo, que nunca conseguiram pegá-lo. Quanto a surpreendê-lo no covil era coisa ainda mais difícil: todos os camponeses estavam com ele e ninguém sabia dizer onde ele costumava dormir ou se abrigar nas mudanças de tempo. De resto, se a soldadesca de

1 Spaccafumo, em friulano um tanto veneziano daquela região, equivale a Sbattipolvere [Levanta poeira], mas traduzindo assim, iria me parecer desbatizá-lo. O seu nome não me lembro de nunca ter sabido. (Nota do autor).

Portogruaro movia-se com solenidade excessiva para chegar repentinamente às suas costas, os guardas e os cernides dos jurisdiscentes tinham muito boa relação com os camponeses para correr atrás dele seriamente. Às vezes, depois de semanas e semanas sem se ouvir falar dele, ele comparecia tranquilo, tranquilíssimo à missa paroquial de Cordovado. Todo o povo lhe fazia festa, mas ele escutava a missa com um ouvido só, o outro estava bem atento à porta grande, pronto para escapar pela porta pequena, se ouvisse vir de lá o passo pesado e comedido da patrulha. Não era previsível que esta usasse a esperteza de se postar nas duas portas, devido à perfeita boa-fé daquela milícia. Depois da missa ele conversava com os outros compadres no adro, e na hora do almoço ia direto com a cara dura à casa dos Provedoni que era a última da aldeia em direção a Teglio. O senhor Antonio, Agente Comunal, fechava um olho, e o resto da família se reunia com muito prazer na cozinha ao redor dele para que ele contasse suas proezas, a rir das pilhérias que adornavam sua conversa. Desde criança ele fora bastante próximo àquela casa, ainda continuava a ser, como se nada fosse, tanto que vê-lo aparecer de vez em quando para comer ao lado do fogo a sua tigela de *brovada*[2] tornara-se um hábito para todos.

A família Provedoni era importante na região por antiguidade e por reputação. Eu mesmo me lembro de ter lido o nome do senhor Giacomo de Provedona no registro de uma comunidade agrária em 1400, e desde então ela sempre fora importante na Comuna. Mas se a sorte das pobres Comunas não era muito risonha em meio às jurisdições castelãs que as sufocavam, menor ainda era a importância de seus chefes diante dos feudatários. São Marcos era popular, mas à distância, e muito mais pela pompa; no fundo importava muito mais, principalmente no Friuli, o respeito da nobreza para que ele quisesse se levantar contra esse espantalho das jurisdições comunais. Suportava pacientemente aquelas já estabelecidas para não dar pretexto de serem decapitadas por excessivas pretensões de estrito direito, mas as mantinha em santa humildade com mil vínculos, com mil restrições; quanto a estabelecer novas, tomava muito cuidado. Se uma jurisdição de família nobre, por razões de extinção de sentença ou de traição, voltava para a República, ao invés de ser constituída em Comuna usava-se submetê-la a alguma magistratura ou, como se dizia, a alguma autoridade da Província. Assim, se conseguia por debaixo

2 É uma sopa de nabos conservados em salmoura, ralados, e colocados para ferver com presunto picado. Martino ralava muitos desses nabos e eu gostava muito de comê-los assim, crus, como antepasto. (Nota do Autor)

dos panos um duplo objetivo, diminuir pelo menos em número os senhores castelões, nos quais era necessário se apoiar, mas não era desejado, e manter a população na costumeira e cega servidão, o mais possível alheia às confusões públicas. De resto, se as Comunas em suas disputas com os castelões muitas vezes estavam erradas pelo livro das leis, sempre as tinham diante dos tribunais, e isso, mais do que o resto, também pela conivência privada dos magistrados patrícios, mandados ano a ano pela Sereníssima Dominante julgar nos Supremos Tribunais de terrafirme. Mas havia um meio para igualar todas as castas diante da santa imparcialidade dos tribunais e este era o dinheiro, mas se lembrarmos da combatividade italiana que conspirava naquelas Comunas com a prudentíssima economia friulana, é fácil entender como muito raras vezes eles estivessem dispostos a buscar e obter justiça por essa via. O castelão já havia pago em ouro, enquanto as Comunidades ainda brigavam sobre moedas e tostões; aquele já tinha no bolso a sentença favorável e estes discutiam sobre uma cláusula da resposta ou da réplica.

Assim a avareza, que quase sempre se viu arraigar no governo dos muitos e pequenos, rebaixava em muito a fraquíssima força que era consentida às Comunas. Pois além disso, enquanto os castelões mantinham bem armados seus cernides e alistavam como beleguins os chefes mais temerários do território, as Comunidades, por seu lado, só recebiam os seus rejeitos, e não era raro que um pelotão inteiro de cernides estivesse com quatro arcabuzes carunchados e desconjuntados, cada tiro dado por eles era muito mais perigoso para quem atirava. De fato, eles tomavam muito cuidado para não cometer tais imprudências, nas maiores empolgações de coragem combatiam aos chutes. O que acontecia com as jurisdições com relação ao Estado, era que cada uma fazia e pensava por si, não vendo nem considerando útil qualquer vínculo social, o mesmo acontecia com as pessoas com relação à Comuna, que desconfiando e não sem razão de sua autoridade, cada uma procurava fazer justiça ou ganhar autoridade por si. Daí as represálias pessoais contínuas, o servilismo das Comunas aos feudatários vizinhos, mais nociva e covarde por não ser necessária, mas necessária na medida em que uma lei natural faz os fracos servos dos fortes. Nem sempre nós, italianos, fomos tachados de dissimulação, de adulação e de excessivo respeito às opiniões e às forças individuais. As organizações públicas às quais me refiro fomentaram essas chagas da índole nacional. Hipócritas, parasitas e bandidos pulularam como ervas daninhas em lugar fecundo e inculto. O engenho, a astúcia, a audácia dedicados a fraudar essas leis em que não se assegurava com igualdade nenhum direito, tornaram-se instrumentos de malícia e perversidade, o súdito, com a fraude ou com o crime, buscava conseguir o que lhe era negado pela justiça oblíqua, ou ignorante, ou venal do juiz. Havia, por exemplo, um estatuto que dava plena fé aos livros dos mercadores e dos fidalgos, mas como poderiam seus adversários reforçar suas provas se não tinham a sorte de possuir nobres ancestrais ou de estarem inscritos como negociantes? – Régios e proteções eram os dois artigos supletórios que compensavam a imperfeição dos códigos. Às vezes também o juiz recebia a sua parte da multa infligida ao réu, e contra os juízes que se mostrassem um pouco refratários a esse tipo de entrada, não havia outro remédio senão a ameaça direta do réu, se era poderoso, ou invocada por alguém mais poderoso se o réu era humilde. Muitas vezes o juiz se contentava em embolsar sua parte por debaixo da mesa, e assinava um decreto de inocência contente por evitar trabalho e perigo. Mas desse feliz hábito, que com a venalidade privada poupava ao menos a justiça pública, só padeciam os jurisdiscentes talhados à veneziana, que não eram tão ávidos a ponto de dividir com seus ministros a lã tosada aos culpados.

O senhor Antonio Provedoni era obediente à nobreza por sentimento, não por servil ingenuidade. Sua família sempre andara por aquela via, e ele não pretendia mudar de hábito. Mas essa sua obediência, prestada, mas não exagerada, fazia-o ser olhado pelas pessoas com olhos de respeito, e assim ele ia, pois não ostentar covardia era considerado grande valor de espírito. Mas com isso não quero dizer que ele se opusesse ao desbragamento dos castelões vizinhos, apenas não ia ao encontro deles se oferecendo, e já era muito. Lamentava consigo mesmo as arbitrariedades como um sinal, segundo ele, de que a verdadeira nobreza, misto de grandeza e cortesia, degringolava: surgiam as avarezas e as novas prepotências para confundi-la com a soldadesca. Mas nenhuma dessas lamentações saía daquela sua boca silenciosa e prudente; ele se contentava em calar e baixar a cabeça, como fazem os camponeses quando a Providência lhes manda o granizo. O sol, a lua e as estrelas, ele e seus antepassados sempre os viram girar de um modo, fosse o ano úmido, seco ou nevoso. Depois de um ano mau vinham muitos bons, e depois de um bom muitos maus: ele usava o mesmo pensamento para considerar as coisas do mundo, que giravam prósperas ou adversas sempre a seu modo; a ele tocara um mau giro, era tudo. Mas tinha grande fé que iria melhorar para os filhos e os netos, e lhe bastava tê-los gerado bem para que a família não fosse defraudada no futuro de sua parte de felicidade. Apenas o segundo de sua numerosa prole, ao qual quisera pôr o nome de Leopardo, causava-lhe alguma amargura. Mas como fazer para ser dócil e manso com um nome como este? – O bom decano de Cordovado entrara nessa aventura quase sem perceber. Os nomes de seus filhos eram todos mais ou menos heroicos e de feras, muito distantes de aceitar a prática daquelas virtudes tolerantes, mudas e complacentes que ele sabia convir melhor aos homens de sua estirpe. O primeiro se chamava Leone, o segundo, como dissemos Leopardo, os outros, por ordem, Bruto, Bradamante, Grifone, Mastino e Aquilina. Enfim, um verdadeiro picadeiro, e o senhor Antonio não entendia que com tais nomes a costumeira ingenuidade interiorana tornava-se burlesca e impossível. Se então, como nos tempos dos latinos, alguém ousasse usar o prenome de Bestia, certamente seu filho mais velho o teria recebido de presente, de tanto que ele era fanático por zoologia. Mas na impossibilidade de usar o nome genérico, o substituíra por aquele que talvez fosse o mais soberbo e ameaçador do rei dos animais, segundo Esopo. Leone, além disso, não se mostrava menos ovelha do que demandassem os tempos ou pelo menos do que os exemplos paternos. Ele crescera suportando muito, e suspirando às vezes; depois, como seu pai, passara a se casar e ter filhos, e já tinha uma dúzia quando Leopardo começou a frequentar as mulheres. A partir daí começaram os dissabores familiares entre o senhor Antonio e este último.

Leopardo era um jovem de poucas palavras e de muitos feitos, isto é, eu devia ter dito de poucos feitos, mas nesses poucos se obstinava tanto que não se podia dissuadi-lo. Quando era repreendido por alguma coisa ele quase nunca respondia, mas se voltava contra quem o repreendia com um certo rugido na garganta e dois olhos tão ameaçadores que em geral o sermão não passava do preâmbulo. De resto, era bom como o pão e serviçal como os cinco dedos da mão. Fazia o que queria duas horas por dia e estas duas horas garanto que nem o diabo o faria empregar de outra forma; as outras vinte e duas podiam colocá-lo para cortar lenha, plantar couve ou até girar o espeto como eu fazia, que ele não daria sinal de aborrecimento. Nessas ocasiões, era o mais dócil Leopardo que já viveu. Também era atentíssimo aos seus deveres, assíduo às funções do rosário, bom cristão como se costumava ser naqueles tempos e ainda por cima literato e erudito acima de qualquer um de seus coetâneos. Mas no que se refere à lógica, tenho todas as razões para crer que fosse um pouquinho teimoso. Talvez por mérito da raça, mas enquanto a teimosia dos outros muitas vezes se escondia na consciência e deixava livre o resto para agradar os outros até demais, ele era, como se diz, mula dentro e fora, e acho que até teria escoiceado a fuça do Sereníssimo Doge, se este tivesse sonhado contradizê-lo em suas ideias fixas. Operoso e decidido em seus afazeres, separado deles se tornava realmente inerte e prostrado, como a roda de uma máquina que se cortasse a correia. A sua correia era o convencimento, sem o qual não ia adiante nem um passo de formiga, e quanto a se deixar convencer, Leopardo tinha toda a docilidade de um Turco fanático. Mas talvez a razão de toda essa tenacidade fosse ele ter crescido na solidão e no silêncio: os pensamentos em seu cérebro não se solidificavam com o frágil encaixe de um enxerto, mas com os mil filamentos de uma raiz de carvalho, crescida lentamente antes de germinar ou de dar frutos. Ora, sobre um enxerto comum vinga um outro enxerto, mas as raízes ou não se desenvolvem ou se desenvolvem e secam, e Leopardo tinha a cabeça moldada de modo que só um magnânimo ou um louco podia sustentar sobre o pescoço. Ou isso ou nada. Esse era o significado formal e o lema nobiliar de sua índole. Leopardo viveu feliz até os vinte e três anos sem fazer ou suportar interrogatórios de quem quer que seja. Os preceitos dos pais e dos professores coincidiam tão perfeitamente com suas ideias que não havia necessidade de perguntar nada a eles, nem eles de perguntar nada a ele. Mas a origem de todos os problemas foi a fonte de Venchieredo. Depois que ele começou a beber a água daquela fonte, começou por parte de seu pai o martelo das interrogações, dos conselhos e das censuras. Como todos esses discursos não tinham nada a ver com os pensamentos de Leopardo, ele, de sua parte, passou a rugir e olhar de esguelha. Então, diria Sterne[3], o influxo feroz de seu nome se sobressaiu, e sendo assim, deve ter custado muito caro ao senhor Antonio a sua paixão pelas feras.

Agora vamos esclarecer um pouco essa charada. – Entre Cordovado e Venchieredo, a uma milha das duas cidades, há uma grande e límpida fonte que também tem a fama de conter em sua água muitas qualidades refrescantes e saudáveis. Mas a ninfa da fonte não se fia unicamente nas virtudes da água para seduzir os devotos e se cercou de tão belo panorama de prados, bosques e céu, e de uma sombra tão hospitaleira de amieiros e salgueiros que este é realmente um recanto digno da pena de Virgílio[4], onde ele gostaria de se instalar. Trilhas escondidas e serpenteantes, sussurro de regatos, declives doces e musgosos, nada falta ao seu redor. É exatamente o espelho de uma maga, aquela água clara e límpida que jorrando insensivelmente de um fundo de cascalho se levanta para duplicar em seu seio a imagem de uma cena tão pitoresca e pastoral. São lugares que fazem pensar nos habitantes do Éden antes do pecado, e também

3 Escritor inglês Laurence Sterne (1713-1768).

4 Públio Virgílio Maro (70 a.C. - 19 a.C.) foi um poeta romano clássico, autor de três grandes obras da literatura latina, as *Éclogas* (ou *Bucólicas*), as *Geórgicas*, e a *Eneida*.

pensar sem desgosto no pecado agora que não habitamos mais o Éden. Lá, portanto, ao redor daquela fonte, as encantadoras meninas de Cordovado, de Venchieredo e até de Teglio, de Fratta, de Morsano, de Cintello e de Bagnarola, e de outras vilas nas vizinhanças, costumam se reunir desde tempos imemoriais nas noites festivas. E se demoram ali em cantos, risos, conversas, merendas até que a mãe, o amante e a lua as levem para casa. Nem preciso lhes dizer que com as meninas ali também vão os rapazes, porque já era coisa de se imaginar. Mas o que quero dizer é que, fazendo as contas depois de um ano, creio e afirmo que se vai mais à fonte de Venchieredo para namorar do que para matar a sede, e também que ali se bebe mais vinho do que água. Nesses casos, é preciso obedecer mais aos salames e aos presuntos das merendas do que à superstição da água que passa. Eu mesmo fui várias vezes àquela encantadora fonte, mas só uma vez ousei profanar com a mão o virgem cristal de sua linfa. A caça me levara até ali, arrebentado pela fadiga e queimando de sede, além disso meu odre de vinho branco não queria mais chorar. Se eu voltasse agora ali talvez bebesse em largos goles para rejuvenescer, mas o sabor hidropático da velhice não me faria esquecer os alegres e turbulentos goles do bom vinho de então.

Assim, alguns anos antes de mim, Leopardo Provedoni tinha grande familiaridade com a fonte de Venchieredo. Aquele lugar ermo, calmo, solitário, moldava-se bem à sua fantasia, como uma roupa bem afeita ao corpo. Cada pensamento seu encontrava uma correspondência natural ali, ou ao menos nenhum daqueles salgueiros se intrometia para dizer não àquilo que ele pensava. Ele enfeitava, coloria e povoava a seu modo a paisagem deserta e já que, ainda sem estar em guerra com ninguém no mundo, se sentia instintivamente diferente de todos, lá lhe parecia viver mais feliz do que em outro lugar por aquela grande razão de que ali ficava livre e só. A amizade de Leopardo pela fonte de Venchieredo foi o primeiro *feito* que ele não admitiria contradição; o segundo foi o amor que sentiu, maior do que pela fonte, por uma bela menina que ia até lá amiúde e com a qual ele se encontrou sozinho em uma bela manhã de primavera. Ouvindo-o contar como foi a cena, parecia-me assistir a uma leitura da *Aminta*[5], mas Tasso burilava seus versos e os lia depois; Leopardo se recordava, recordando-se improvisava, e vendo-o e escutando-o vinham à cabeça os suores frios da poesia.

Ele saíra de casa com um belo sol de maio e o fuzil a tiracolo, mais para satisfazer a curiosidade dos viandantes do que por hostil ameaça às galinholas

5 Drama pastoral composto por Torquato Tasso em 1573.

ou às perdizes. Passo depois de passo, com a cabeça nas nuvens, ele chegou à borda do bosque que circunda a fonte pelos dois lados, e ali apurou os ouvidos para colher a costumeira saudação do rouxinol. O rouxinol, de fato, esperava sua chegada e gorjeou o canto habitual, mas não da árvore habitual, naquele dia o som vinha tímido e abafado de um ramo mais retirado; parecia que o singelo passarinho o saudasse, mas um pouco desconfiado daquele instrumento que o amigo trazia às costas. Leopardo olhou entre os ramos para espiar o novo refúgio do visitante harmonioso, mas procurando aqui e ali eis que seus olhos encontraram mais do que procuravam. – Oh, pena não ter sido eu a me enamorar por Doretta! Velho como sou, escreveria uma página capaz de deslumbrar os leitores, e tomar de assalto um dos mais altos postos da poesia! Gostaria que a juventude traçasse os desenhos, o coração espargisse suas cores; que juventude e coração resplendecessem por toda a pintura com tanta magia que os bons por ternura e os maus por inveja deporiam o livro. Pobre Leopardo! Só você seria capaz disso; você que por toda a vida levou pintado nos olhos e esculpido no peito aquele espetáculo de amor. E mesmo agora a vaga memória de suas palavras se reflete em meu pensamento tão amorosa e inocente que eu não posso sem pranto deitar estas linhas.

Ele procurava o rouxinol, mas viu sentada à margem do regato que jorra da fonte uma jovem que banhava um pé, com o outro nu e branco como marfim desenhava, brincando, círculos e meias curvas ao redor dos peixinhos que ondulavam à beira d'água. Ela sorria e batia as mãos quando acontecia de tocar com a ponta do pé e tirar da água algum daqueles peixinhos. Então o lenço que esvoaçava descontrolado em seu peito se abria para revelar a brancura de seus ombros seminus, suas faces ruborizavam de prazer sem perder o esplendor da inocência. Os peixinhos não cessavam de se aproximar dela depois de um breve susto, mas ela trazia no bolso o segredo daquela familiaridade. De fato, pouco depois também mergulhou devagar no regato aquele pezinho brincalhão, e tirando do avental um miolo de pão, começou a esmigalhá-lo para seus companheiros de folguedo. Era um ir e vir, um correr, um ondular, um disputar e um roubar-se mutuamente de toda aquela família de prata viva; a jovem se curvava sobre eles como que para receber agradecimentos. E depois, quando o banquete era mais copioso, batia os pés sob a água para se deliciar com aquela avidez por um momento assustada, mas prestes a se refazer temerária para não perder os melhores pedaços. Seus pezinhos, mexendo-se para cima e para baixo, deixavam entrever os delicados contornos de uma perna torneada e nervosa; as pontas do lenço se desalinhavam nos ombros fazendo seu peito parecer contido à força pelo casaquinho de lã, de tanto que a alegria o estufava e agitava. Leopardo, que antes era todo ouvidos para escutar o rouxinol, fizera-se todo olhos, e nem percebera a metamorfose. Aquela juventude inocente, simples e feliz, aquela graça inconsciente e descuidada, aquela imodéstia ainda infantil que lembrava a nudez dos anjinhos que brincam nos quadros de Pordenone[6], aquelas mil graças dos corpos esbeltos e delicados, dos cabelos castanho dourados e encaracolados nas têmporas como os de um menino, o sorriso fresco e sincero feito de propósito para adornar duas filas de dentes brilhantes, pequeninos e unidos como as contas de um rosário de cristal; tudo isto se refletia com cores de maravilha nas pupilas do jovem. Ele teria dado qualquer coisa que lhe pedissem para ser um daqueles peixes tão familiarizados com ela; ele teria se contentado em ficar ali todo o tempo de sua vida a contemplá-la. Mas infelizmente ele tinha uma consciência mais sutil, e aqueles prazeres gozados por furto, mesmo no arrebatamento do êxtase, provocaram-lhe por dentro uma espécie de remorso. Assim começou a assobiar não sei qual ária, vocês podem imaginar com qual exatidão, já que conhecem, por ter sentido, o efeito produzido na voz e nos lábios pelas primeiríssimas seduções do amor. Assobiando fora de tom e de tema, movendo aqui e ali os ramos à medida que passava, ele chegou cambaleando mais do que um bêbado à margem da fonte. A jovem ajeitara o lenço ao redor dos ombros, mas não tivera tempo de tirar os pés da água, ficou um pouco envergonhada, um pouco assustada com aquela visita inoportuna. Leopardo era um belo jovem, de uma beleza que é formada de graça e ao mesmo tempo de força e de paz; a maior beleza que se possa ver e que melhor reflete a ideia da perfeição divina. Tinha o olhar da criança, a fronte do filósofo e o corpo do atleta, mas a modéstia de se vestir como camponês moderava muito a imponência de sua aparência. Por isso, ao primeiro olhar a menina não ficou muito perturbada como se o recém-chegado tivesse sido um senhor e ficou mais tranquila ao retirar os olhos de seu rosto, que certamente reconheceu e murmurou com voz quase de contentamento – Ah, é o senhor Leopardo!

O jovem ouviu aquela exclamação contida e pela primeira vez o seu nome lhe pareceu não suficientemente gracioso e suave para se hospedar dignamente em lábios tão gentis. Entretanto, seu coração se alegrou por ser reconhecido pela menina, podendo assim começar a fazer amizade com ela.

---

6 Trata-se de Giovanni Antonio de Sacchis, dito Pordenone, (1483-1539), pintor da escola veneziana.

– E vós quem sois, bela menina? – perguntou balbuciando e olhando na água da fonte o retrato, pois ainda não tinha ânimo para olhar o original.

– Sou Doretta, filha do chanceler de Venchieredo – respondeu a menina.

– Ah, é a senhora Doretta! – exclamou Leopardo, que com uma dupla vontade de olhá-la viu-se duplamente impedido pela confusão de tê-la tratado de início com pouco respeito.

A jovem levantou os olhos para confirmar: – Sim, sou ela mesma, e não entendo porque deva causar espanto. – Leopardo retirou do coração toda sua reserva de coragem para voltar à carga, mas ele era tão novato no uso das interrogações, que não foi de espantar se pela primeira vez fez uma figura muito medíocre.

– Não é verdade que faz muito calor hoje? – retomou ele.

– Um calor de matar – respondeu Doretta.

– Será que vai continuar? – perguntou o outro.

– Eh, de acordo com os almanaques![7] – acrescentou maliciosamente a menina. – O *Schieson* diz que sim e o *Strolic* garante que não.

– E a senhora o que prognostica? – continuou Leopardo indo de mal a pior.

– Eu por mim sou indiferente! – respondeu a menina que começava a se divertir com aquele diálogo. – O pároco de Venchieredo reza tanto pelo calor quanto pela geada e para mim rezar por esta ou por aquela não aumenta minimamente o incômodo.

"Como é vivaz e agradável!", pensou Leopardo, e esse pensamento afastou seu cérebro daquele trabalhoso inquérito com tão bom resultado até então.

– Caçou muito? – decidiu perguntar Doretta, vendo-o calar e não querendo perder tão extraordinária ocasião para se divertir.

– Oh! – exclamou o jovem, só então percebendo levar o fuzil a tiracolo.

– O senhor esqueceu a pedra de fogo em casa! – continuou a espertinha. – Ou seria um novo tipo de arma?

O arcabuz de Leopardo era da primeira geração das armas de fogo, e seria preciso vê-lo para entender toda a malícia daquela ingenuidade fingida.

– É uma antiga espingarda de família – respondeu gravemente o jovem que o estudara muito e conhecia por tradição nascimento, vida e milagres. – Este aqui combateu na Morea[8] com meu tataravô; meu avô matou com ele

7 O Schieson era um almanaque impresso em Treviso, o Strolic era um almanaque em friulano, muito conhecido.

8 Provável referência às batalhas dos venezianos contra os turcos em 1684 e 1692 pela reconquista da península do Peloponeso.

vinte e duas galinholas em um dia, o que poderia parecer inacreditável, pois são precisos dez bons minutos para carregá-lo, e depois que a pólvora chega na caçoleta o disparo tarda meio minuto para sair. Meu pai, de fato, nunca chegou a acertar mais de dez e eu não ultrapassei até agora o número de seis. Mas as galinholas têm aprendido a malícia, e naquele meio minuto que demora o disparo, fogem a meia milha de distância. Virá o tempo em que será preciso correr atrás delas com a espingarda. Eu vou em frente com a minha espingarda, o problema é que a garra não prende mais e às vezes faço mira e puxo o gatilho, mas depois de meio minuto, quando o tiro deveria sair, percebo que falta a pedra de fogo. Preciso levá-la a Fratta para mestre Germano consertar. É verdade que eu poderia pedir que papai providenciasse uma nova, mas tenho certeza de que ele responderia para eu não começar a fazer novidade na família. Na verdade, eu também penso assim. Se a espingarda está um pouco ruim depois de ter feito as campanhas na Morea e matado vinte e duas galinholas em um dia, é preciso ter pena dela. Entretanto, vou levá-la a mestre Germano para consertar. Não é verdade que tenho razão, senhora Doretta?

– Sim, claro – respondeu a menina tirando os pés do regato e enxugando-os na grama. – As galinholas, então, lhe darão mil vezes razão.

Enquanto isso, Leopardo olhava amorosamente a espingarda e polia o cano com a manga da jaqueta.

– Por enquanto remediaremos assim – retomou ele tirando do bolso um punhado de pedras de fogo e escolhendo a mais adequada para colocar na garra. – Vê, senhora Doretta, como preciso me preparar para os casos fortuitos? Devo sempre ter uma sacola cheia de pedras, mas não é culpa da espingarda se a velhice lhe limou os dentes. Carrega-se o frasco de pólvora, a mecha e as balas, pode-se muito bem carregar também as pedras.

– Certamente. O senhor é forte e não se incomoda com isso – acrescentou Doretta.

– A senhora acha? Por quatro pedrinhas? Nem as sinto. – retomou o jovem recolocando-as no bolso. – Eu também poderia levar a senhora correndo até Venchieredo, e não ofegaria mais do que o cano da minha espingarda. Tenho boas pernas, ótimos pulmões, vou e volto em uma manhã até o charco de Lugugnana.

– Caramba, que correria! – exclamou a menina. – O senhor Conde quando vai caçar lá vai a cavalo e fica fora três dias.

– Eu sou mais rápido, vou e volto como um relâmpago.

– Mas sem pegar nada!

– Como sem pegar nada? Os marrecos por sorte ainda não aprenderam a malícia das galinholas, e esperariam o meu fuzil não um meio minuto, mas uma meia hora. Nunca venho de lá sem a bolsa cheia. É verdade que vou buscar a caça onde tem, e não me incomodo de me afundar no charco até a cintura.

– Misericórdia! – exclamou Doretta – E não tem medo de ficar sepultado lá?

– Só tenho medo dos males que me cabem de verdade – respondeu Leopardo –, e mesmo assim não me causam tanto medo. Nos outros nem penso e como até agora não morri, não tenho o mínimo medo de morrer, mesmo se visse na minha frente uma fila de mosquetes! É boa essa de ter medo de um mal que não se conhece! Era só o que faltava!

Doretta, que até então zombara da simplicidade do jovem, passou a olhá-lo com algum respeito. Além disso, Leopardo, vencido o primeiro obstáculo, sentia vontade de abrir seu espírito, talvez pela primeira vez; as confissões que lhe vinham espontâneas e sinceras aos lábios não atiçavam menos sua curiosidade do que a da menina. Ele nunca se preocupara em examinar a si mesmo e por isso escutava suas palavras como novidades muito interessantes.

– Diga a verdade. – continuou ele sentando diante da jovem que olhava ao redor procurando os tamancos – Diga a verdade, quem lhe ensinou a querer tão bem a fonte de Venchieredo?

Essa pergunta angustiou um pouco Doretta e foi a vez dela se atrapalhar. Ela sabia muito bem tagarelar e brincar, mas só conseguia explicar quem ela era com um grande esforço de atenção e de gravidade. Entretanto, coisa estranha!, diante daquele bom rapaz que era Leopardo não conseguiu falar livremente e precisou responder balbuciando que a vizinhança da fonte à casa de seu pai a atraíra para brincar ali desde criança e que continuava porque tomara gosto.

– Muito bem! – retomou Leopardo que era ingênuo demais para perceber o embaraço de Doretta, assim como era demasiado simples para ter percebido antes suas zombarias – Mas não deve ter medo, imagino, de brincar com a água do regato!

– Medo!? – disse a jovem enrubescendo – Não sei por quê!

– Porque escorregando lá para dentro pode se afogar – respondeu Leopardo.

– Ah não! Nem penso nesses perigos! – acrescentou Doretta.

– E eu não penso nesses e nem em nenhum outro – retomou o jovem fixando seus grandes e tranquilos olhos azuis nos pequenos e vivazes olhos da menina. – O mundo vai em frente comigo, e poderia ir sem mim. Este é o meu conforto, e de resto o Senhor pensa em tudo. Mas a senhora vem à fonte com frequência?

– Oh, bastante – respondeu Doretta –, principalmente quando estou com calor.

Leopardo pensou que como tinham se encontrado aquela vez podiam se encontrar outras vezes, mas esse pensamento pareceu-lhe muito ousado e se limitou a um longo olhar de desejo e de esperança. Mas com os lábios voltou a falar do calor e das estações, dizia que para ele verão, inverno e primavera eram tudo a mesma coisa. Só os percebia pelas folhas que nasciam ou caíam.

– Eu amo principalmente a primavera! – acrescentou Doretta.

– Eu a mesma coisa! – exclamou Leopardo.

– Como? Para o senhor não era tudo a mesma coisa? – disse a menina.

– É verdade, eu achava... mas... Hoje está um dia tão bonito que me faz dar a vitória a essa primeira estação do ano. Quando disse que para mim era tudo a mesma coisa quis me referir ao calor ou ao frio. Enquanto para o prazer dos olhos, certamente a primavera é a primeira!

– Em Venchieredo tem aquele malandro do Gaetano que defende sempre o inverno – acrescentou a menina.

– Na verdade aquele Gaetano é mesmo um malandro – repetiu o outro.

– Como? O senhor também o conhece? – perguntou Doretta.

– Sim... isto é... não é o guarda? – balbuciou Leopardo. – Acho, lembro vagamente de ter ouvido falar dele!

– Não, não é o guarda, é o cavalcante – acrescentou a jovem –, sempre é preciso brigar com ele por essa ninharia. Eu nunca quero ouvir falar do inverno e ele sempre o faz por desaforo!

– Vou fazê-lo se calar! – exclamou Leopardo.

– Sim?... Então vá lá de vez em quando – retomou Doretta levantando-se e enfiando os tamancos. – Mas trate de levar consigo uma boa dose de paciência porque esse Gaetano é teimoso como uma mula.

– Irei sim – acrescentou Leopardo. – Mas a senhora ainda virá à fonte, não é?

– Sim claro, quando tiver vontade – respondeu a menina –, e nunca falto às festas com as outras moças das vizinhanças.

– As festas, as festas... – murmurou o jovem.

– Oh, venha, venha – atalhou a jovem –, e verá que paraíso.

Leopardo andava atrás de Doretta que se dirigia para Venchieredo como um cachorrinho que vai atrás do dono mesmo depois de ter sido expulso.

Doretta voltava-se de tanto em tanto para olhá-lo, sorrindo, ele também sorria, mas o coração ia-lhe bem adiante para não sentir as pernas tremerem, finalmente quando chegaram ao portão da casa:

– Até logo, senhor Leopardo! – disse a jovem de longe.

– Até logo, senhora Doretta! – respondeu o jovem com um olhar tão longo e imóvel que parecia querer mandar a alma; e se abaixou, ruborizando, para recolher algumas flores que ela havia perdido, creio, com um pouco de malícia. Então, quando o pergolado das frondosas videiras encobriu o corpinho ágil e gracioso de Doretta que se apressava em direção ao castelo, aquele olhar caiu no chão tão grave e tão profundo que parecia querer se sepultar ali para sempre. Depois de um bom tempo levantou-o penosamente com um suspiro e dirigiu-se para casa, com a cabeça cheia senão de novos pensamentos certamente de novíssimas e estranhas fantasias. Colocou aquelas poucas florezinhas no coração e não as abandonou mais.

Leopardo apaixonara-se por aquela jovem. Mas como e por que se apaixonara? O como, foi certamente olhando-a e escutando-a; o por que nunca ninguém saberá; como nunca se saberá porque alguns preferem o azul, outros o vermelho ou o laranja. Belas como Doretta e belas três vezes mais, ele havia visto em Cordovado, em Fossalta e em Portogruaro, já que a filha do chanceler de Venchieredo era muito mais esperta do que perfeita, mas não se encantara com nenhuma delas, apesar de se sentir bem com elas e conversar, dela se apaixonara ao primeiro olhar, à primeira palavra. Será que o convívio e a conversação mais diminuem do que aumentam a força do encanto das virtudes femininas? – Eu não digo isso, seria uma injustiça muito grande com as mulheres. Entre elas há as que não impressionam de primeira, mas depois o longo convívio aos poucos esquenta e coloca tal incêndio nos corações que não se extingue mais. Outras queimam só de vê-las e depois muitas vezes da chama acesa restam apenas cinzas. Mas como há homens de palha que mesmo aquecidos lentamente acabam em nada, também há corações de ferro que depois de aquecidos não esfriam mais. O amor é uma lei universal que tem tantos corolários diferentes quantas são as almas que se submetem a ele. Para escrever praticamente um tratado completo sobre ele seria preciso formar uma biblioteca na qual cada homem e cada mulher depositasse um volume com as próprias observações. Ler-se-iam as coisas mais magnânimas e as mais vis, as mais celestes e as mais bestiais que possa imaginar a fantasia do romancista. Mas o difícil seria que esses escritos obedecessem ao primeiro impulso da sinceridade, já que muitos entram no amor com um bom sistema preconcebido na cabeça, e querem segundo este, não segundo a força dos sentimentos, explicar suas ações. Daí deriva o abuso daquela terrível palavra *sempre*, que se faz com tanta leviandade nos colóquios e nas promessas amorosas.

Muitos acreditam, e com justeza, que o amor eterno e fiel seja o melhor, e por isso só se prendem a ele. Mas para enraizar estavelmente no peito um grande sentimento não basta sabê-lo e acreditá-lo ótimo, é preciso sentir-se capaz dele. Os outros, se tivessem isso em mente, não dariam em suas ações tantas boas razões para caluniar a solidez e veracidade dos propósitos humanos. É como se eu, escritorzinho de araque, pensasse: "O mais alto vértice da sabedoria humana é a filosofia metafísica; eu, portanto, sou filósofo como Platão e metafísico como Kant". Na verdade, um belo raciocínio, digno de bofetões! Mas a arrogância que não se permitiria nos assuntos intelectuais, permitimos muito facilmente a nós mesmos ao considerar nossos sentimentos; apesar de parecer ainda menos razoável porque o sentimento mais do que o intelecto escapa ao domínio da vontade. Ninguém ousaria se igualar a Dante na grandeza da mente; todos na grandeza do amor. Mas o amor de Dante foi também mais raro do que seu gênio; e loucos são os homens que o consideram fácil para todos. A verdadeira grandeza da alma não é mais comum do que a verdadeira grandeza do engenho; para sentir e nutrir o amor em sua forma mais sublime é preciso se afastar mais da fragilidade humana do que a mente de um poeta se afasta em suas altas imaginações. Parem, parem de uma vez, ó pigmeus, de se igualarem aos gigantes, e apliquem à alma a fábula da rã e do boi[9]! De que serve adular a nós mesmos, e a natureza humana, para aumentar as mesmas desgraças com o desdouro da falsidade e com os remorsos da traição? Melhor seria bater no peito e enrubescer em vez de levantar a mão a juramentos imprudentes. Deixemos os juramentos para quem esquadrinhou a si mesmo e se reconheceu apto a manter o juramento, mas a eles jurar é supérfluo. Quanto àqueles que prometem e juram com a firme intenção de enganar, são demasiado frívolos ou malvados para que se deva gastar uma palavra com eles. Se é ridículo um louco se fingir de santo, um malvado seria sacrilégio. Eu já conheci outros que confundiam como virtude e sentimentos a força e o ardor momentâneo insuflado neles pelo contato com alguma alma inflamada. Eles acreditam, como aquele rapaz, que a lua tenha caído no poço porque veem sua imagem dentro da água. Mas a lua se põe e a

9 Horácio (Sátiras, II, 3)

imagem desaparece. Então eles se esforçam para ficar inflamados como eram antes, e bufam e suspiram com completa boa-fé. A alma inflamada olha com compaixão o trabalho inútil, e o amor misto de piedade, de desconfiança, de memória e de desprezo se torna martírio. É inútil tentar: não se escala o céu com superlativos, a vontade não basta para manter acesa uma lamparina sem óleo. As almas pequenas devem duvidar de si, e ainda mais de suas paixões quanto mais intensas forem; nelas o amor morno pode ser muito propício a elas e aos outros; o amor veemente é um meteoro, é um raio que produz mais infelicidade quanto maiores esperanças havia suscitado. Mas a infelicidade assim produzida é toda para os outros, já que os frívolos não são capazes de senti-la. Por isso eles não se preocupam em evitar as ocasiões em que esta deriva; e por último se opõe a isso a extrema dificuldade em obedecer ao antigo preceito: Conhece a ti mesmo! – Quem ousa confessar ou apenas se acreditar pequeno de coração? Na verdade, é preciso sair com um salto desses raciocínios que são um perpétuo labirinto de círculos viciosos, e nos quais nada fica claro, a não ser que para as índoles fortes e superiores são mais numerosas e fatais as ocasiões de desventura pelos desenganos e misérias predispostas a elas pela vã confiança dos inferiores. Curvemo-nos diante desses mistérios aos quais escapa o sentimento da justiça. Mas pensemos que dentro de nós a justiça tem um altar sem mistérios. A consciência nos garante que é melhor a generosidade com tristeza do que a inaptidão com alegria. Soframos, portanto, mas amemos.

Doretta de Venchieredo certamente não parecia feita para saciar o espírito grave, caloroso e concentrado de Leopardo. Entretanto foi ela a primeira que ordenou ao seu coração viver e viver tudo e sempre por ela. Outro mistério não menos obscuro ou doloroso do que os outros. Por que quem melhor do que ela podia saciá-lo não moveu em seu espírito aqueles desejos que compõem ou conduzem ao amor? Será que a ordem moral fosse tal que os semelhantes se afastassem e os contrários se aproximassem? Nem ao menos isso se pode afirmar pelos muitos exemplos que o contradizem. Só se pode suspeitar que se as coisas materiais que vagam confusamente no espaço estiveram sujeitas há muitos séculos a uma força ordenadora, o mundo espiritual e interno talvez ainda espere no estado de caos a virtude que venha ordená-lo. No entanto, é um conflito de sentimentos, de forças, de opiniões; um amontoado informe e tumultuoso de paixões, de dormências e de imposturas; uma efervescência de baixezas, de audácias, de obras magnânimas e de sordidez; um verdadeiro caos de espíritos ainda não bem evoluídos da matéria e de matéria dilapidando os espíritos. Tudo se agita, se move, se transforma, mas volto a repetir, a essência da ordem futura já se formou, e a cada dia aglomera ao seu redor novos elementos, como as nebulosas que girando crescem, aglomeram e reduzem em densidade e confusão a atmosfera atômica que as circundam. Quantos séculos serão necessários para a nebulosa crescer de átomo a estrela? Que digam os astrônomos. Quantos séculos necessita o sentimento humano para se compor em consciência? Que digam os antropólogos. – Mas como a estrela talvez mature nos últimos e desordenados confins do universo um outro sistema solar, assim a consciência promete à desordem interna dos sentimentos uma harmonia estável e realmente moral. Há espaços de tempo que se confundem com a eternidade no pensamento do homem, mas o que se subtrai ao pensamento não é vetado à esperança. A Humanidade é um espírito que pode esperar longamente, e esperar com paciência.

Mesmo o pobre Leopardo, apesar de não ter diante de si a vida dos séculos, precisou esperar com paciência antes que Doretta demonstrasse perceber suas atenções e senti-las agradáveis. A vaidade, creio, foi o que a persuadiu. Antes de tudo, Leopardo era bonito, depois era um dos mais abastados partidos do território e por fim lhe dava tantas provas de amor quase devoto que teria sido uma verdadeira tolice não aproveitar. De resto, se ele a divertia muitas vezes com sua simplicidade, também a enfeitiçava com aquele seu espírito valoroso e sereno. Ela percebera que se ele era dócil e tolerante com as mulheres mesmo quando zombavam dele, não o era nem um pouco para com os rapazes das redondezas. Um olhar seu bastava para fazê-los baixarem as asas, e para ela não era pouca glória ter pronto às suas ordens quem tão facilmente freava a obstinação dos outros. Doretta, portanto, deixou-se encontrar sempre com mais frequência na fonte; entreteve-se cada vez mais amigavelmente com ele nas reuniões festivas, e de receber suas cortesias a correspondê-las o passo foi bastante longo, mas vai que vai chegaram a um acordo. Então Leopardo não se contentou em vê-la de manhã, quando acontecia, ou em meio à balbúrdia das festas, mas todas as tardes ia a Venchieredo e lá, passeando pela cidadela ou nas escadas da chancelaria, entretinha-se com ela até a hora do jantar. Então despedia-se mais com o coração do que com os lábios e voltava para Cordovado assobiando com mais força a costumeira ária.

Assim os dois jovens haviam composto suas vidas. Quanto aos velhos era outra coisa. O ilustríssimo doutor Natalino chanceler de Venchieredo deixava a coisa correr, porque já vira tantos moscões ao redor de sua Doretta que um a mais ou a menos não o espantava. O senhor Antonio, assim que percebeu, começou a torcer o nariz e a dar cem outros sinais de péssimo humor. Ele era de estirpe provinciana e de estofo realmente provinciano, não podia lhe agradar ver seu filho andar com gente de outra esfera. Então começou torcendo o nariz, manobra que deixou Leopardo bastante tranquilo, mas vendo que não bastava, passou a ser arredio com ele, a fazer cara feia e a lhe falar com uma certa sisudez que queria dizer: não estou contente com você. Leopardo estava contentíssimo consigo mesmo e acreditava dar exemplo de paciência cristã por suportar a altivez de seu pai. Quando depois ele veio, como se diz, romper o gelo e dizer sem rodeios a causa de seu nariz torto, Leopardo se sentiu no direito de dizer sem rodeios a sua inabalável vontade de continuar a fazer como fizera até agora. – Como? Você, sem vergonha, vai continuar a andar atrás daquelas sainhas bonitas? E o que vão dizer aqui? Você não percebe os *buli* de Venchieredo que zombam de você? Como você acha que vai acabar essa brincadeira? Você não tem medo de que o castelão mande seu criado atrás de você? Você quer me deixar mal com aquele senhor que você sabe o quanto é antipático?... – Com estas e outras perguntas semelhantes o prudente Agente Comunal ia tentando e alvejando o ânimo de seu Absalão[10], mas este nem ligava para tais lorotas, como ele as chamava, respondia que era um homem como os outros, e que se queria bem a Doretta certamente não era por brincadeira ou para deixá-la ali ao gracejo do primeiro que aparecia. O senhor Antonio levantava a voz, Leopardo levantava os ombros, e cada um ficava com sua opinião. Aliás, creio que essas discussões mexiam bastante com o ânimo já muito acalorado do jovem.

Entretanto, dali a pouco se veio a saber que o velho escrupuloso podia não ter errado. Se Doretta recebia muito bem o seu pretendente, todos os outros habitantes de Venchieredo não pensavam do mesmo modo. Entre eles aquele Gaetano, que capitaneava os *buli* do castelão e talvez reivindicasse alguma antiga aspiração sobre a menina, não podia digerir o belo jovem de Cordovado e suas visitas diárias. Começaram com zombarias, depois chegaram a altercações e uma vez acabaram trocando alguns socos. Mas Leopardo era tão calmo, tão deliberado que tocou ao *bulo* sair com o rabo abaixado e esta derrota sofrida em praça pública certamente não cooperou para cessar sua inimizade. Acrescente-se que Doretta, mais orgulhosa de si do que enamorada de Leopardo, se deliciava com aquela guerra que se acendia ao seu

10 Absalão foi o terceiro filho do rei David; segundo o Antigo Testamento, era um rebelde que tentou usurpar o trono de seu pai.

redor, e não fazia nada para apaziguá-la. Gaetano soprou tanto aos ouvidos de seu patrão sobre a petulância do jovem Provedoni, de sua pouca reverência com as pessoas de alto grau e em particular ao senhor jurisdiscente, que este finalmente precisou contentá-lo olhando Leopardo com olhos muito mais ameaçadores do que olhava as pessoas comuns. Aquele olhar queria dizer: "Saia da minha frente!", e a dez milhas ao redor entendia-se que um olhar ameaçador do castelão de Venchieredo equivalia a uma sentença de banimento de ao menos dois meses. Leopardo foi olhado, olhou e continuou tranquilamente em seu afazer. Gaetano não queria outra coisa, sabia muito bem que aquele desafio tácito contaria como cem crimes na opinião do prepotente castelão. De fato, ele se irritou muitíssimo ao ver Leopardo levar em tão baixa conta seus olhares, e depois de tê-lo encontrado duas, três e quatro vezes no pátio do castelo, uma vez o deteve para lhe dizer desgostoso que ele estava muito ocioso e que aqueles muitos passeios de Cordovado a Venchieredo podiam lhe fazer mal aos rins. Leopardo fez uma mesura e não entendeu ou fingiu não entender, mas continuou a passear como antes sem medo de adoecer. O senhor então começou, como se diz, a pegar antipatia por ele, e vendo não conseguir nada com meias medidas, uma bela tarde mandou chamá-lo e lhe disse claramente que em seu castelo não lhe agradavam os rapazotes de Cordovado e que, se vinha ali por amor, procurasse se entender com outras donzelas que não aquelas de Venchieredo; se quisesse arriscar as costas a umas boas bordoadas, comparecesse à tarde ao costumeiro encontro e seria muito bem servido. Leopardo fez nova mesura e não respondeu, mas na mesma tarde não deixou de visitar Doretta, a qual, é preciso dizer, orgulhosa de vê-lo desafiar por ela uma grande tempestade, recompensou-o com redobrada ternura. Gaetano estremecia, o patrão olhava feio até para seus cães, e tudo indicava que tramassem alguma coisa. De fato, uma bela noite (aquela mesma em que recebi a visita noturna da Pisana, depois de ter voltado a Fratta na garupa do cavalo do desconhecido), enquanto Leopardo se despedia de sua bela e pulava a sebe da cidadela para voltar a Cordovado, três malfeitores caíram em cima dele com punhais nas mãos e começaram a atacá-lo a traição; ele, surpreendido pelo assalto repentino, rolou no chão e estava em muito maus lençóis. Mas naquele momento uma alma negra e desesperada saltou de dentro da sebe e começou a bater com a coronha do fuzil nos três sicários e a machucá-los tanto, que eles precisaram se defender, e Leopardo, restabelecendo-se da primeira surpresa, passou também a golpear.

– Ah cães! Vão se ver comigo! – gritava o recém-chegado perseguindo os três bandidos que corriam para a ponte do castelo.

Mas eles, escapando dos golpes dos dois endemoniados, corriam tão depressa que só foi possível alcançá-los na porta.

Por sorte a porta estava fechada, e, por mais que gritassem para abrir logo, tiveram tempo de comodamente apanhar um pouco. Assim que o guardião entreabriu o portão precipitaram-se lá dentro parecendo estar fugindo das mãos do diabo.

– Vá lá! Reconheci você! – disse voltando-se um deles, que era próprio Gaetano. – Você é o Spaccafumo, e vai pagar caro essa arrogância de se meter no que não é chamado.

– Sim, sim, sou o Spaccafumo! – gritou o outro. – E não tenho medo de você, nem do seu malfadado patrão, nem de mil iguais a você!

– Você ouviu, você ouviu! – retomou Gaetano enquanto fechava a porta com grandes cadeados. – Como Deus existe, o patrão vai mandar enforcar você!

– Sim, mas antes eu enforco você! – gritou rimando Spaccafumo, afastando-se com Leopardo que a contragosto deixava aquela porta que lhe fecharam na cara.

O contrabandista foi até a sebe, pegou seu cavalo, e quis escoltar o jovem até Cordovado.

– Oh, como você chegou assim na hora certa? – perguntou Leopardo que sentia mais vergonha do que prazer em dever a outros o socorro de sua saúde.

– Ora bolas! Eu já imaginava o que podia acontecer e estava ali de propósito! – respondeu o Spaccafumo.

– Biltres! Bandidos! Traidores! – praguejava bufando o jovem.

– Quieto! É o trabalho deles – retomou o Spaccafumo. – Vamos mudar de assunto se você quiser. O que você acha de me ver hoje como cavaleiro? Há pouco tempo decidi dar descanso às minhas pernas que já não são tão jovens, e tomo conta por turnos dos cavalos de raça que pastam na laguna. Hoje devia estar lá, mas vim de Lugugnana até aqui em menos de uma hora e também levei na garupa até Fratta um rapazinho que havia se perdido no pântano.

– Me diga como soube da trama – interrompeu-o Leopardo que ruminava sempre a armadilha que lhe tocara.

– Não vou dizer nada – respondeu o Spaccafumo –, e agora que você está na porta de casa me despeço de coração e nos veremos logo.

– Como? Não vai entrar, não vai dormir aqui em casa?

– Não, não, o ar aqui não é bom para os meus pulmões.

Ao dizer isso, o Spaccafumo com seu cavalo já estava longe e eu não saberia dizer onde passou aquela noite. Ao meio dia do dia seguinte ele foi visto entrar na casa do capelão de Fratta, que era seu pai espiritual, e se dizia que o acolhia com muito respeito pelo grande medo que tinha dele. Mais tarde chegaram a Fratta para perguntar dele quatro sicários de Venchieredo; sabendo que ele estava com o capelão foram direto ao presbitério. Bate, rebate, chama que chama, finalmente o capelão sonolento veio abrir fazendo-se de desentendido e perguntando o que queriam.

– Ah, o que queremos! – respondeu furiosamente Gaetano, atirando-se na direção dos campos que se abriam atrás do presbitério e nos quais se via um homem a cavalo que corria a grande galope. – Lá está quem procuramos! Venham, venham todos! O senhor capelão pagará depois!

O pobre padre desabou sobre uma cadeira exausto pelo susto e os quatro *buli* saíram correndo no seu rastro esperando que as plantações e os fossos diminuíssem a corrida do fugitivo. Mas todos sabiam que se o Spaccafumo não se deixava apanhar correndo a pé, menos ainda essa desgraça lhe aconteceria agora que fugia a cavalo. Os senhores *buli* perderam o fôlego por nada.

Tudo isso já se sabia no castelo de Fratta e se falava de graves e misteriosos acontecimentos quando nós três voltamos, a Pisana, o filho do boticário e eu. O Conde e o Chanceler corriam para cima e para baixo à procura do Capitão e de Marchetto; Fulgenzio voara ao campanário e tocava a rebate como se o celeiro estivesse pegando fogo; monsenhor Orlando esfregando os olhos perguntava o que havia acontecido; a Condessa se atarefava mandando trancar portas e janelas e colocar a fortaleza em estado de defesa. Quando Deus quis, o Capitão aprontou três homens que, com dois mosquetes e um trabuco, enfileiraram--se no pátio esperando as ordens de Sua Excelência. Sua Excelência ordenou que fossem à praça para ver se a paz não estava perturbada, e dar uma ajuda às outras autoridades contra todos os malfeitores, especialmente contra o chamado Spaccafumo. Germano baixou resmungando a ponte levadiça e a valente soldadesca saiu. Mas o Spaccafumo não queria de modo nenhum se deixar ver naquele dia na praça de Fratta e por mais que o Capitão mostrasse a cara feia e enrolasse os bigodes na porta da estalagem não apareceu ninguém que ousasse desafiar tão ameaçadora careta. Foi uma grande vitória para o Capitão, e quando os *buli* de Venchieredo voltaram no fim da tarde de sua inútil caça, exaustos e ofegantes como cães de corrida, ele não deixou de lhes dar uma bronca. Gaetano riu na cara dele com pouquíssima educação, tanto que os três cernides de Fratta assustados se enfiaram na estalagem deplorando seu chefe.

Mas este era um homem de capa e espada, por isso não conseguiu evitar polidamente as zombarias de Gaetano, e fingiu saber somente naquele momento que o Spaccafumo tinha fugido a cavalo pelos campos. Pelo que dizia, ele esperava que aquele desgraçado saísse de um momento a outro de seu esconderijo, então o faria pagar caro o insulto feito à autoridade do nobre jurisdiscente de Venchieredo. Gaetano, a essas fanfarronices, respondeu que seu patrão era mais do que capaz de se fazer pagar e que de resto dissessem ao Capelão que pela noitada do Spaccafumo eles pensariam como cobrar a conta. Naquela tarde ninguém pensou em sair do castelo; eu e a Pisana passamos um dia muito chato e ruim brigando no pátio com os filhos de Fulgenzio e do capataz. À noite, a cada visita que chegava, Germano gritava de seu quarto e somente quando respondiam de fora ele baixava a ponte levadiça para que entrassem. As correntes enferrujadas rangiam nas roldanas como se reclamassem por terem de trabalhar depois de tantos anos de tranquilíssimo ócio, e ninguém passava pelo tablado desconjuntado sem antes dar uma olhada de pouca fé nas rachaduras que o furavam. Lucilio e Partistagno ficaram no castelo naquela noite até mais tarde do que o normal, foram necessárias suas risadas para acalmar os nervos da Condessa, que por aquela inimizade entre o Spaccafumo e o Conde de Venchieredo já via em chamas toda a jurisdição de Fratta.

No dia seguinte, que era domingo, houve outras novidades. Às sete e meia, quando as pessoas voltavam da primeira missa de Teglio, ouviu-se um grande tropel de cavalos e pouco depois o senhor de Venchieredo com três de seus *buli* apareceu na praça. Era um homem vermelho, bastante vigoroso, de meia idade; em seus olhos não se sabia bem se prevalecesse a astúcia ou a ferocidade; soberbo e sobretudo arrogante, e isso se adivinhava pelo porte e pela voz. Freou o cavalo de chofre e perguntou com maus modos onde morava o reverendo capelão de Fratta: foi-lhe apontado o presbitério e ele entrou lá com cara de patrão, depois de ter deixado o cavalo com Gaetano que vinha atrás dele. O Capelão terminara um pouco antes de fazer a barba e estava nas mãos da criada que lhe raspava a tonsura. A cozinha era a barbearia deles, e o padreco, um pouco recuperado do susto do dia anterior, brincava com Giustina recomendando-lhe que arredondasse bem o cocuruto, não como na última festa, quando toda a igreja começara a rir quando ele tirara o barrete quadrado. Giustina, de sua parte, estava tão ocupada que não tinha tempo para responder àqueles gracejos, mas arredonda daqui e raspa de lá, a tonsura se espalhava como uma mancha de óleo na pobre cabeça do padre, e apesar dele ter dito para não a fazer maior do que um meio ducado, não havia mais moeda de ouro capaz de cobri-la.

– Ah, Giustina! Giustina! – suspirava o Capelão, apalpando os limites da nova tonsura – acho que estamos muito perto desta orelha.

– Pode ser! – respondia a Giustina que era uma simplória e desajeitada camponesa de uns trinta anos, apesar de demonstrar quarenta e cinco. – Se estamos perto desta orelha, vamos mais perto da outra!

– Diacho! Você quer me pelar como um frade! – exclamou o paciente.

– Eh não, eu nunca o pelei! – acrescentou a criada – E não vou pelar nem hoje.

– Não, estou dizendo que não... deixa, basta!

– Ainda não... me deixe terminar... fique quieto, não se mexa por um momento.

– Eh! Vocês mulheres são o diabo! – murmurou o Capelão – Quando se trata de fazer do seu jeito, nos convenceriam até de nos deixar tosar...

Quem sabe o que ele teria acrescentado àquele verbo tosar, mas se interrompeu ouvindo à porta um barulho de esporas. Levantou-se depressa, empurrou Giustina, tirou a toalha do pescoço e virando-se rapidamente deu de cara com o senhor de Venchieredo. Que cara, que olhos, que figura tinha naquele momento o pobre padre, vocês podem imaginar! Ficou naquela instável posição de curiosidade, de medo, de estupor na qual o havia surpreendido a ameaçadora aparição do castelão; deixou o manto cair no chão e entre as pontas do casaco e as coxas fazia com as mãos um movimento que queria dizer: – Estamos fritos!

– Oh, querido Capelão! Como vai a saúde? – começou o feudatário.

– Eh!... não sei... aliás... sente-se... o prazer é meu – balbuciou o padre.

– Não parece que seja um grande prazer – prosseguiu o castelão. – O senhor está com o rosto mais branco do que seu colarinho, reverendo. Ou talvez – continuou olhando zombeteiramente para Giustina –, eu tenha vindo distrai-lo de alguma ocupação canônica?

– Oh, imagine! – murmurou Capelão – Estou... Giustina, coloque água para o café, ou chocolate? Deseja chocolate, senhor Conde?... Excelência?

– Vá cuidar das galinhas, pois tenho que falar a sós com o reverendo – disse o castelão para Giustina.

Não foi preciso dizer duas vezes, ela correu para o quintal ainda com a navalha na mão. Então ele se aproximou do Capelão e pegando-o pelo braço levou-o até a lareira, onde sem nem pensar o abade se encontrou sentado em um banco.

– E agora a nós – prosseguiu o castelão, sentado à sua frente. – Dizem que uma só labareda não estraga a pele, nem mesmo no verão. Mas me diga em sã consciência, reverendo! O senhor é padre ou contrabandista?

O pobrezinho ficou todo arrepiado, seu rosto se retorceu tanto, que por mais que ajeitasse o colarinho e esfregasse os lábios não houve jeito de colocá-lo no lugar durante todo o diálogo que se seguiu.

– São duas profissões e não as comparo – continuou o outro. – Só pergunto para saber qual o senhor pretende exercitar. Para os padres há as esmolas, os capões e os dízimos, para os contrabandistas os tiros, as prisões e a corda. De resto, cada um é livre para escolher e nesse caso eu não digo que seria padre. Só me parece que os cânones devam proibir exercer cumulativamente essas duas profissões. E o senhor o que acha, reverendo?

– Sim, senhor... Excelência... penso exatamente a mesma coisa! – balbuciou o padre.

– Então me responda – retomou Venchieredo –, o senhor é padre ou contrabandista?

– Excelência... o senhor está brincando!

– Brincar, eu? Imagine, reverendo!... Levantei ao amanhecer, e quando isso me acontece não tenho vontade de brincar!... Vou lhe dizer alto e claro que se o senhor conde de Fratta não é capaz de cuidar dos interesses da Sereníssima, eu estou por perto, e me sinto capaz. O senhor acolhe em casa contrabandos e contrabandistas... Não, não, reverendo!... Não adianta negar com a cabeça... Temos testemunhas, e se for o caso poderá ser citado em juízo ou ir se ver com a Cúria.

– Misericórdia! – exclamou o Capelão.

– Então – prosseguiu o feudatário –, como não me agrada nada a vizinhança dessa cambada, peço para mudar de ares como desejar, antes que sejamos obrigados a fazê-lo por força.

– Mudar de ares? O que quer dizer?... Eu mudar de ares? Como? Explique-me Excelência!

– Quero dizer que se o senhor pudesse obter uma colocação nas montanhas, me faria uma verdadeira gentileza!

– Nas montanhas? – continuou cada vez mais estupefato o Capelão. – Eu nas montanhas? Mas não é possível, Excelência! Eu nem sei onde ficam as montanhas!

– Estão ali – acrescentou o senhor indicando fora da janela.

Mas o castelão fizera as contas sem avaliar a timidez excessiva do padre. Em alguns seres rústicos, simples, modestos, mas íntegros e primitivos, às vezes a timidez substitui a coragem, e o dever de começar uma vida nova, em um novo lugar, com gente desconhecida, pareceu ao Capelão um trabalho mais grave e formidável do que morrer. Ele nascera em Fratta, tinha ali suas raízes e sentia que arrancá-lo daquele lugar certamente o mataria.

– Não, Excelência – respondeu com uma entonação mais segura do que jamais teve. – É preciso que eu morra em Fratta como vivi, e quanto às montanhas, se me mandarem, duvido que chegue vivo.

– Pois bem – retomou o tirano levantando-se. – O senhor chegará morto, mas de um modo ou de outro garanto que seu cúmplice Spaccafumo não será capelão em Fratta. Isso lhe sirva de lição.

Dizendo isso, o nobre personagem bateu as esporas no degrau da lareira e saiu do presbitério seguido pelo padre de cabeça baixa. Este lhe fez uma última reverência quando o viu subir no cavalo, então voltou para dentro para desabafar com Giustina que ouvira toda a conversa atrás da porta do pátio.

– Oh, não, não o mandarão para as montanhas! – choramingava a mulher. – É certo que lhe faria mal ir tão longe!... E depois, suas almas não estão aqui?... E o que responderia ao Senhor quando tiver que prestar contas?...

– Vá para lá com esta navalha, minha filha! – respondeu o padre – E fique tranquila que seguramente não irei para as montanhas!... Vão me colocar no pelourinho, mas em outro presbitério certamente não!... Imagine se na tenra idade de quarenta anos quero estar entre caras novas, e recomeçar do início a dificuldade que tive em vir de menino até aqui!... Não, não, Giustina!... Disse e repito que vou morrer em Fratta, e tudo isso é uma grande cruz que me cai agora nos ombros, mas será preciso carregá-la em santa paz. Uff!... aquele senhor jurisdiscente!... Que cara feia me fazia!... Mas é assim, em vez de me mudar suportarei também isso, e se me aprontar algo ruim, menos mal!... É melhor estar às voltas com seus *buli* do que com outros!... Pelo menos os conheço, e vou sentir menos quando me baterem.

– Oh, não diga isso! – acrescentou a criada. – Os *buli* é que sentirão. O senhor acha que um padre é uma cabeça de prego?

– Pouco mais, pouco mais, minha filha, nos tempos que correm!... Mas é preciso paciência!...

Naquele momento entrou o sacristão para avisar que toda a gente esperava pela missa, o pobre homem percebendo ter se atrasado demais, correu para celebrar as funções com a tonsura meio feita. – Em vão Giustina foi atrás dele até a praça com a navalha na mão: a tonsura irregular do Capelão e a visita do senhor de Venchieredo, juntando-se aos acontecimentos do dia anterior deram matéria aos mais estranhos comentários.

No dia seguinte, chegou ao conde de Fratta uma enorme carta do senhor de Venchieredo, na qual sem muitos preâmbulos ele pedia a seu ilustre colega para expulsar o Capelão no mais breve espaço de tempo possível, acusando-o de mil trapaças, entre outras de ajudar a fraudar os impostos da Sereníssima ajudando os contrabandistas mais ousados da laguna. "*E quanto um tal delito seja malvisto pela Excelentíssima Signoria* (assim dizia a carta), *e quanto grande o mérito daqueles que se apressam em puni-lo, e quanto capital o perigo dos imprudentes que por motivos privados o deixam impune, o senhor, Ilustríssimo Senhor Jurisdiscente, deve saber melhor que ninguém. Os estatutos e os proclamas dos Inquisidores falam claro, e a cabeça pode sofrer as consequências, pois o dinheiro é como o sangue do Estado, e é réu de Estado aquele que com sua negligência conspira para dessangrá-lo deste verdadeiro fluido vital*". Como se vê, o castelão encontrara o caminho certo e de fato. O conde de Fratta, ao ouvir o Chanceler ler essa indireta, retorceu-se tanto na cadeira que sua costumeira majestade ficou um pouquinho avariada. Desejou-se manter secretas as providências a esse respeito, mas a chamada do Capelão, a visita recebida por ele na manhã anterior, a sua desorientação, as suas conversas com Giustina espalharam o acontecido no vilarejo e sucedeu-se um verdadeiro tumulto. O Capelão era amado por todos como um bom compadre e, além disso, a população de Fratta, afeita ao governo patriarcal e veneziano de seus jurisdiscentes, tinha o capricho de não deixar que lhe colocasse o pé no pescoço. Houve um grande sussurrar contra a prepotência do castelão de Venchieredo, e para grande contrariedade do senhor Conde os próprios habitantes do castelo com sua atitude teimosa e imodesta mostravam querer iniciar uma forte tempestade. Eu nunca vira, como naqueles dias, o senhor Conde e seu Chanceler tão grudados um ao outro, pareciam duas vigotas mal-ajambradas que se apoiavam uma na outra para resistir a uma ventania, se um se movia o outro se sentia cair e ia atrás dele para não perder o equilíbrio. Também foram levantados muitos argumentos para acalmar aquela perigosa exasperação de ânimos, mas o remédio era pior do que o mal. Mordia-se com mais prazer o fruto proibido, e as línguas, refreadas na cozinha, soltavam-se mais violentas na praça e na estalagem. Mais do que todos, mestre Germano bramia contra a arrogância de seu antigo patrão. Ele, pela virulência de suas admoestações e pela audácia com que defendia o Capelão, tornara-se quase o cabeça da confusão. Todas as noites, sentado na taberna, pregava em altos brados sobre a necessidade de não se deixar tirar aquele único representante da gente pobre, que é o padre. E os prepotentes que se cuidassem, dizia, pois havia justiça para todos e poderiam aparecer alguns antigos pecados que levariam os juízes à prisão e ao triunfo os acusados. Fulgenzio, o sacristão, com sua cara de pau, permanecia impávido em toda aquela confusão e apesar de conservar no castelo um ar oficial de prudência, fora não se cansava de alfinetar Germano com todos os estratagemas, para saber quanta verdade se escondia naqueles ameaçadores exageros. Uma noite em que o porteiro havia bebido além da conta, provocou-o tanto que ele realmente saiu dos eixos, cantou e gritou em todos os tons que o senhor castelão de Venchieredo deixasse disso senão ele, pobre lixeiro, contaria algumas antigas histórias que lhe dariam uma má páscoa. Para Fulgenzio era o suficiente. Então ele tratou de mudar de assunto, tanto que as palavras do embriagado não fizeram sentido ou pareceram loucuras de bêbado. Depois foi para casa rezar o rosário com a mulher e os filhos. Mas no dia seguinte, sendo dia de mercado em Portogruaro, foi até lá bem cedo e voltou mais tarde do que o normal. Lá, foi visto entrar na casa do Vice-capitão de justiça, mas sendo ele, como disse, um meio escriba da chancelaria, não aconteceu grande coisa. O fato é que oito dias depois, exatamente quando começaram com a Cúria os procedimentos para mandar o Capelão respirar o ar das montanhas, a chancelaria de Fratta recebeu de Veneza uma ordem precisa e formal de desistir de qualquer ação posterior e instituir um processo inquisitório e secreto contra o mestre Germano, sobre certas revelações importantíssimas para a Signoria que ele podia e devia fazer sobre a vida passada do ilustríssimo senhor jurisdiscente de Venchieredo. Um meteorito que caísse da lua para interromper os alegres divertimentos de um grupo de boas-vidas não teria causado mais espanto e perplexidade do que o decreto. O Conde e o Chanceler perderam o rumo e sentiram lhes faltar o chão sob os pés, e como no primeiro susto não pensaram em se fechar na habitual reserva, o medo da Condessa e do Monsenhor e a alegria do resto da família demonstrada de mil modos, pioraram três vezes mais o estado deplorável de seus ânimos.

Infelizmente, a posição era crítica. De um lado a vizinha e provada petulância de um feudatário, acostumado a zombar de qualquer lei divina e humana, do outro a imperiosa, inexorável, misteriosa justiça da Inquisição veneziana: aqui os perigos de uma vingança repentina e feroz, lá o espantalho de um castigo secreto, terrível, infalível; à direita uma visão assustadora de *buli* armados até os dentes, de trabucos espreitando atrás das sebes, à esquerda uma aparição sinistra de Messer Grande, de poços profundos, de chumbo fervendo, de cordas, de tenazes e de guilhotinas. Os dois ilustres magistrados tiveram vertigens por quarenta e oito horas, mas no final, como era previsível, decidiram dar o osso ao cão maior, já que contentar os dois ou acalmá-los não era nem coisa de se tentar. Nem posso esconder que os incentivos de Partistagno e os sábios conselhos de Lucilio Vianello cooperaram muito para fazer pender a balança para este lado, e depois de tudo o senhor Conde sentiu-se um pouquinho mais seguro ao se ver respaldado por gente tão valorosa e sensata. O que, no entanto, não evitou que o processo de Germano não acontecesse envolto nas mais imperscrutáveis sombras de mistério; como também essas sombras não foram tão imperscrutáveis a ponto de impedir aos olhos mais bisbilhoteiros tentar ver dentro delas forçosamente. De fato, propalou-se imediatamente que o velho *bulo* de Venchieredo, assustado pelo decreto dos Inquisidores, entregara contra o seu antigo patrão alguns papéis antigos que não provavam uma irrepreensível fidelidade ao governo da Sereníssima, e se sobre essas hipóteses (não eram mais do que hipóteses, entendamos bem, porque depois de aberto o processo, o Conde, o Chanceler e mestre Germano, que dele faziam parte, haviam se tornado surdos-mudos), se sobre estas hipóteses, digo, foram feitos castelos no ar, deixo para vocês imaginarem. Logicamente, um dos primeiros a suspeitar disso foi o castelão de Venchieredo, e convém dizer que não se sentia com a consciência realmente limpa, pois logo de início mostrou ter com tudo isso um grande desgosto e temor, que a seguir não quis demonstrar. Ele pensou, olhou, pesou, repensou e finalmente um belo dia quando em Fratta haviam se levantado da mesa, foi anunciada ao senhor Conde a sua visita. O Capelão, que estava na cozinha, ao anúncio daquele nome esteve perto de desmaiar; quanto ao senhor Conde, depois de ter buscado conselho nos olhos de seus comensais que não estavam menos pasmos nem mais seguros, respondeu balbuciando ao camareiro que introduzisse a visita na sala de cima, e que ele, com o Chanceler, subiria logo. Eram muitas as ameaças, os riscos e os desgostos daquela visita para que se pudesse delongar com uma consulta preventiva, além disso os dois não eram tão perspicazes a ponto de resolver em dois minutos tal deliberação. Por isso, colocaram resignadamente a cabeça no saco e subiram juntos para enfrentar a temida arrogância e a não menos temida astúcia do prepotente castelão. A família ficou na copa com a mesma apreensão da família de Régulo[11], quando se tratava no Senado se ele devia ser retido em Roma ou mandado de volta a Cartago.

– Servo de Sua Senhoria! – disse prontamente Venchieredo assim que o Conde e sua sombra puseram o pé na sala. E dirigiu à sombra um certo olhar que a deixou lívida e sombria na hora.

– Servo humilíssimo de Vossa Excelência! – respondeu o Conde sem alçar os olhos do chão, onde parecia buscar uma boa inspiração para se safar. Mas como a inspiração não vinha, voltou-se para pedir ajuda do Chanceler, e ficou muito inquieto ao vê-lo recuar até a parede. – Senhor Chanceler... – tentou acrescentar.

Mas Venchieredo sufocou-lhe a palavra na boca.

– É inútil – disse ele –, é inútil que o senhor Chanceler se afaste de suas incumbências costumeiras para se perder em nossas conversas. Sabe-se que ele tem em mãos processos muito importantes, que exigem pronto tratamento e diligentíssimo exame. O bem da Sereníssima Signoria antes de tudo, mesmo a custo da vida! Não é verdade, senhor Chanceler? O senhor pode nos deixar aqui a sós, pois nossa conversa não é nada judicial, e resolveremos entre nós.

O Chanceler teve apenas a força necessária para arrastar as pernas para fora da sala, e o seu olhinho vesgo estava naquele momento tão fora de rumo, que ao sair deixou-o bater o nariz contra porta. O Conde dirigiu-lhe um tácito e impotente gesto de súplica, de medo e de desespero; um daqueles gestos que os braços de um afogado fazem no ar antes dele se abandonar à corrente. Então, quando a porta foi fechada, ajeitou o casaco galonado e levantou timidamente os olhos como que para dizer: portemo-nos com dignidade!

– É um prazer que o senhor tenha me recebido com tanta confiança – retomou Venchieredo –, isso demonstra claramente que acabaremos por nos entender. E no fim das contas o senhor fez bem, porque devo encarregá-lo exatamente de um assunto de confiança. Não é verdade que nos entenderemos, senhor Conde? – acrescentou a raposa velha aproximando-se para lhe apertar astuciosamente a mão.

O senhor Conde ficou discretamente confortado com aquele sinal de afeto, deixou-se apertar a mão com uma leve impaciência, e assim que a sentiu livre

11 Episódio da Primeira Guerra Púnica em que o cônsul Marco Atílio Régulo (299 a.C.-246 a.C.), prisioneiro dos cartagineses, foi enviado a Roma depois da batalha de Palermo (250 a.C.) para tratativas de paz, mas ele persuadiu o Senado a não aceitar a paz ou a troca de prisioneiros. Fiel ao seu juramento, ele voltou a Cartago onde foi morto.

escondeu-a depressa no bolso do casaco. Creio que não via a hora de correr para lavá-la, para que o Vice-capitão não sentisse de Portogruaro o cheiro daquele aperto. – Sim senhor – respondeu colando nos lábios um sorrisinho que pela dificuldade tirou-lhe dos olhos duas lágrimas –, sim senhor, creio... aliás... que sempre nos entendemos!

– Disse bem, santo Deus! – acrescentou o outro sentando-se perto dele em uma poltroninha. – Sempre nos entendemos, e dessa vez também nos entenderemos diante de quem quer que seja. A nobreza, por mais diversa que seja de costumes, de índole e de parentescos, sempre tem interesses comuns, e uma injustiça feita a um de seus membros recai sobre todos. Então é necessário estarmos bem unidos, darmos a mão um ao outro e ajudarmo-nos no que for possível para manter inviolados os nossos privilégios. A justiça cai bem, aliás, muito bem... para aqueles que precisam dela. Para mim, acho que tenho necessidade de justiça em minha casa, e quem quiser fazê-la à minha revelia me aborrece terrivelmente. Não é verdade que ao senhor também, senhor Conde, não agrada nada essa pretensão que alguns têm de querer se meter nos nossos assuntos?

– Eh... aliás... a coisa é clara! – balbuciou o Conde, que também se sentara maquinalmente, e de todas aquelas palavras só ouvira um som confuso, um estrondear, como de uma moenda que lhe girasse nos ouvidos.

– E mais – continuou Venchieredo –, a justiça deles não é sempre a mais pronta nem a melhor servida; quem quisesse obedecer a ela como uma ovelha, poderia ter problemas com quem pensa diferente e tem sob seu comando outra justiça bem mais ágil e operativa!

Essas frases pronunciadas uma a uma, e eu diria sustentadas pelo tom firme e resoluto do falante, sacudiram profundamente o tímpano do Conde e fizeram com que ele levantasse um rosto não sei se mais escandalizado ou assustado ao entendê-las. Como, por outro lado, demonstrar-se ofendido podia expô-lo a algum desagradável esclarecimento, ele foi bastante diplomático para recorrer uma segunda vez ao costumeiro sorriso que lhe obedeceu menos relutante do que antes.

– Vejo que o senhor me entendeu – prosseguiu o outro –, que o senhor é capaz de pesar a força das minhas razões e que o favor que venho pedir não parecerá estranho nem excessivo.

O Conde arregalou bem os olhos e tirou uma das mãos do bolso para colocá-la sobre o coração.

– Alguma má língua, algum mexeriqueiro desgraçado e mentiroso que mandarei punir com chicotadas, não duvide – prosseguiu Venchieredo –, teve a fineza de me deixar malvisto com a Signoria por não sei quais bagatelas de velha data que não merecem nem ser lembradas. São malandragens, são bagatelas, todos concordam, mas em Veneza deve-se dar curso à questão para não ofender o sistema. O senhor me entende bem, se as denúncias de coisas frívolas fossem trascuradas, depois falhariam nas grandes e, adotado um princípio, é preciso aceitar todas as consequências. Enfim, sei com certeza que de malgrado instituiu-se lá em cima aquele tal processo... o senhor entende bem... aquele protocolo secreto... a cargo de mestre Germano...

– Se o Chanceler estivesse aqui... – murmurou com um raio de esperança no rosto o Conde de Fratta.

– Não, não, agora não quero nem pretendo que me explique o processo – retomou Venchieredo. – Só gostaria de lembrá-lo, e demonstrar que não por falta de confiança em mim, nem pela importância do fato, mas apenas por costume de bom governo chegou-se a esse decreto... É inútil que me alongue mais. De fato, Veneza também não estaria descontente em ver encerrada a questão: e isso acontece sempre que na aplicação convém abrandar e corrigir o que há de muito rude e geral nos princípios de Estado. Agora, senhor Conde, toca a nós como bons amigos interpretar as intenções ocultas dos Sereníssimos Inquisidores. O espírito, o senhor sabe melhor do que eu, vai acima da letra, e eu garanto que se a letra manda ir em frente, o espírito aconselha a esquecer tudo. Confidencialmente também recebi de Veneza comunicações desse teor, e o senhor pode adivinhar como... com um honesto compromisso... com um bom meio termo, se poderia...

O Conde arregalava cada vez mais os olhos, rasgava com os dedos as rendas da camisa; nesse ponto toda a respiração, que estava comprimida no peito pela grande agitação, saiu rumorosamente em uma baforada.

– Oh, não se impressione com isso – acrescentou o outro. – A coisa é mais fácil do que imagina. E mesmo que fosse dificilíssima, seria preciso tentá-la para obedecer ao espírito do Sereníssimo Conselho dos Dez. Ao espírito, lembre bem, não à letra!... Já que de resto a justiça da Sereníssima não pode desejar que um excelentíssimo nobre como o senhor se encontre de alguma forma em graves embaraços por ter sido demasiado fiel às aparências de um decreto. Imagine! Colocar um jurisdiscente em luta com todos os seus colegas!... Seria ingratidão, seria uma maldade imperdoável contra o senhor!...

Ao pobre jurisdiscente, que com a intensidade do medo entendia maravilhosamente toda essa conversa, os suores frios desciam pelas têmporas, como o gotejar de uma tocha em dia de procissão. Precisar responder, não querer dizer nem sim nem não, era para ele um tormento tão grande, que teria preferido ceder todos os seus direitos jurisdicionais para se libertar.

Mas no final pareceu-lhe ter achado o verdadeiro modo de se safar. Vejam que talento!... Havia encontrado uma grande novidade!

– Mas... com o tempo... veremos... combinaremos...

– Eh, tempo qual nada! – levantou-se muito irritado Venchieredo. – Quem tem tempo não espera o tempo, caríssimo Conde! Eu, por exemplo, se fosse o senhor diria logo e pelas minhas boas razões: "Amanhã não se falará mais desse processo!".

– Por exemplo! Como é possível? – exclamou o Conde de Fratta.

– Ah, vejo que voltamos a nos entender – acrescentou o outro –, quem procura o meio já está convencido do princípio. E o meio já se sabe. Tudo é que o senhor, senhor Conde, esteja disposto a contentar como é devido os desejos secretos do Conselho dos Dez e os meus!

Aquele *meus* foi pronunciado de modo que lembrou um tiro de trabuco.

– Imagine!... Estou dispostíssimo! – balbuciou o pobre homem. – Quando o senhor me garantir que aqueles de cima também querem assim!...

– Garanto por um mal menor – prosseguiu Venchieredo. – Sempre no sentido de que tudo deva acontecer por acaso, e essa é a ponta do novelo. Um bom conselho a Germano, entenda!... um estopim aceso sobre aqueles papéis e não se fala mais nisso.

– Mas o Chanceler?

– Não falará, fique calmo! Também vou falar com ele. Esse é o desejo daqueles que estão no alto, e o meu também. Não que a coisa possa ter consequências contra mim, mas me doeria precisar fazer alguma represália a um homem do seu valor. O castelão de Venchieredo sofrer um processo por um de seus pares!... Imagine! O decoro não me permite. Eu mesmo vou insistir para que o processo seja instituído em outro lugar: em Udine, em Veneza, não sei, então me livrarei, então me defenderei. Aqui, veja bem, é impossível, eu só posso aguentá-lo a custo de matar, não um, mas mil!

O Conde de Fratta tremeu da cabeça aos pés, mas já estava acostumado a esses tremores inoportunos e teve fôlego para acrescentar:

– Pois bem Excelência, não seria possível mandar a Veneza esses papéis inúteis?...

– Arre! – apressou-se a interrompê-lo Venchieredo. – Não lhe disse que quero que sejam queimados?... Isto é, queria dizer que sendo inúteis não há razão para incomodar o mensageiro postal.

– Se é assim – respondeu em voz baixa o Conde – se é assim vamos queimar... amanhã.

– Vamos queimar imediatamente – retrucou o castelão levantando-se.

– Agora?... Quer agora?... – O Conde levantou os olhos, pois naquele momento não tinha a menor vontade de se levantar. Convém supor, entretanto, que o rosto de seu interlocutor fosse muito expressivo, porque logo acrescentou: – Sim, sim, o senhor tem razão!... Vamos queimar logo, imediatamente!...

Então pôs-se em pé com grande dificuldade e se dirigiu para a saída sem saber mais em que mundo estava. Mas justamente quando tocava a maçaneta, uma voz modesta e chorosa disse: – Com licença – e o humilde Fulgenzio com um envelope nas mãos entrou na sala.

– O que é isso, o que foi, quem lhe disse para entrar? – perguntou tremendo o patrão.

– O cavalcante trouxe de Portogruaro esta carta urgentíssima da Sereníssima Signoria – respondeu Fulgenzio.

– Eh, fora! Coisa para amanhã! – disse Venchieredo um pouco pálido e dando um passo fora da soleira.

– Desculpem Suas Excelências – respondeu Fulgenzio –, a ordem é terminante. Deve ser lida imediatamente!

– Oh, sim... vou ler imediatamente – acrescentou o Conde colocando os óculos e abrindo o envelope. Mas assim que bateu os olhos na carta um arrepio tão grande percorreu todo seu corpo que precisou se apoiar na porta para não lhe falharem as pernas. Ao mesmo tempo Venchieredo havia olhado por cima aquela carta e adivinhara seu conteúdo.

– Vejo que por hoje não nos entenderemos, senhor Conde! – disse ele com a arrogância costumeira. – Peça a proteção do Conselho dos Dez e de santo Antônio! Eu fico com o prazer de tê-lo reverenciado.

Dizendo isso desceu pelas escadas deixando o jurisdiscente de Fratta realmente fora de si.

– Então?... Foi embora? – disse ele quando se recuperou de seu estupor.

– Sim, Excelência! Foi embora! – repetiu Fulgenzio.

– Veja, veja o que me escreveram! – retomou ele entregando o envelope ao sacristão.

Ele leu sem nenhuma surpresa um mandado formal para prender o senhor de Venchieredo onde fosse possível sem perigo de fazer alarde.

– Agora já se foi, já se foi mesmo, e não é minha culpa se não pude detê--lo – respondeu o Conde. – Você é testemunha de que ele se foi antes que eu tivesse entendido o significado do escrito!

– Excelência, eu serei testemunha de tudo o que o senhor mandar!

– Teria sido melhor se o cavalcante tivesse demorado uma meia hora!...

Fulgenzio sorriu e o Conde foi à procura do Chanceler para lhe participar a nova e mais terrível confusão em que estavam metidos.

Quem era Fulgenzio e qual o seu ofício vocês podem imaginar como eu também imagino; eram frequentes casos semelhantes, nos quais a Signoria de Veneza usava o mais desprezível bajulador para vigiar a fidelidade e o zelo dos patrões. Quanto a Venchieredo, a despeito de sua aparente arrogância, teve uma grande inquietação com a leitura daquela nota da qual compreendeu por cima que se queria lhe fazer a festa sem misericórdia, por isso sobre a soberba venceram os argumentos do medo. Pouco depois voltou a confiar em sua astúcia, nos poderosos parentescos, na fraqueza do governo, e começou de novo a tentar escapatórias. A primeira inspiração teria sido saltar no Ilírio, e a seguir veremos se teve ou não razão em não o fazer. Mas depois pensou que não teria sido tão fácil capturá-lo sem grande alarde, e no pior dos casos para fugir para lá do Isonzo qualquer hora lhe parecia boa. O desejo de se vingar ao mesmo tempo de Fulgenzio, do Capelão, do Spaccafumo e do Conde, e impor as razões da força sobre a Sereníssima Signoria sobrepujou tudo em seu espírito feroz e turbulento. De modo que ficou, e foi levado pelo medo a maiores temeridades.

CAPÍTULO QUINTO

O último assédio ao castelo de Fratta em 1786 e as minhas primeiras lutas. Felicidade de dois amantes, angustiosas inquietações de dois monsenhores e estranha atitude de dois capuchinhos. Germano, porteiro de Fratta é morto; o castelão de Venchieredo vai preso, Leopardo Provedoni casa-se e eu estudo latim. Entre todos me parece que eu seja o mais infeliz

É a minha história de vida, como todas as outras, creio. Ela parte solitária de um berço para se entremear, vagar e se confundir com a infinita multidão das aventuras humanas, e voltar solitária e apenas rica de dores e recordações para a paz do sepulcro. Assim como os canais irrigatórios da fértil Lombardia brotam de algum lago alpestre ou de um rio da planície para se dividir, subdividir, recortar em cem riachos, em mil regatos e córregos, mais abaixo as águas se juntam novamente em uma só corrente lenta, pálida, silenciosa que desemboca no Pó. É mérito ou defeito? – A modéstia gostaria que eu dissesse mérito, já que a minha sorte seria bem pouco importante para se contar, as opiniões, as mudanças e as conversões não dignas de serem estudadas, se não se entrelaçassem na história de outros homens que estavam comigo na mesma trilha, com os quais fui temporariamente companheiro de viagem por essa peregrinação no mundo. Mas serão essas as minhas confissões? Ou me pareço de algum modo com a esposa que em vez dos próprios pecados conta ao padre os pecados do marido e da sogra, ou os mexericos do condado? – Paciência! – O homem é tão ligado ao século em que vive que não pode declarar seu propósito sem também considerar as vidas da geração que o circunda. Como os pensamentos do tempo e do espaço se perdem no infinito, assim o homem, por todos os lados, se perde na humanidade. As barreiras do egoísmo, do interesse e da religião não bastam; a nossa filosofia pode ter razão na prática, mas a sabedoria inexorável da Índia primitiva se vinga dos nossos sistemas arrogantes e minuciosos na plena verdade da metafísica eterna.

No entanto, vocês devem ter notado que na narrativa da minha infância os personagens multiplicaram-se espantosamente ao meu redor. Eu mesmo estou assustado, como uma bruxa que se assusta com os diabos depois de tê--los imprudentemente evocado. É uma verdadeira tropa que pretende caminhar comigo, e com seu tumulto e seu tagarelar retarda muito a pressa que eu tenho de ir adiante. Mas não duvidem, se a vida não é uma batalha campal, é um desenrolar contínuo de escaramuças e embates diários. As tropas não caem em fileiras como sob o fulminar dos canhões, mas ficam desorganizadas, dizimadas, destruídas pelas deserções, pelas ciladas, pelas doenças. Os companheiros da juventude nos deixam um a um, e nos abandonam às novas amizades raras, cautelosas, interesseiras da maturidade, desta ao deserto da velhice é um breve passo repleto de pesar e de lágrimas. Deem tempo ao tempo, meus filhos! Depois de terem circulado comigo no labirinto alegre, variado e populoso dos anos mais verdes, acabarão por sentar em uma poltrona, onde o pobre velho tem dificuldade em mover as pernas e mesmo assim se entrega com coragem e meditação ao futuro que se estende deste e do outro lado da tumba. Mas por agora deixem que lhes mostre o mundo antigo; o mundo que ainda era criança no final do século passado, antes que o mágico sopro da revolução francesa renovasse seu espírito e carne. A gente de então não era aquela de agora: olhem-na e façam dela espelho de imitação no pouco bem, e de correção no muito mal. Eu, sobrevivente daquela ninhada, tenho o direito de falar claro: vocês têm o direito de julgar a nós e a vocês depois que eu tiver falado.

Não me lembro mais quantos, mas certamente pouquíssimos dias depois da discussão do castelão de Venchieredo com o Conde, o vilarejo de Fratta foi perturbado por uma imprevista invasão durante a noite. Eram camponeses e contrabandistas que fugiam, e atrás deles cernides, *buli* e cavaleiros que corriam em desordem, berrando pela praça, batendo de mau jeito nos camponeses que encontravam e fazendo o maior alvoroço que se pudesse ver. À primeira notícia daquela gentalha, a Condessa, que saíra com o monsenhor de Sant'Andrea e com Rosa para seu passeio vespertino, apressou-se em se trancar no castelo, e ali mandou acordar o marido para que visse o que era aquela novidade. O Conde, que há uma semana dormia com um olho só, desceu desabaladamente à cozinha, e logo o Chanceler, monsenhor Orlando, Marchetto, Fulgenzio, o feitor e o Capitão estavam ao seu redor com a cara mais assustada do mundo. Todos já tinham entendido que não voltariam com tanta facilidade à calma de antes, e a cada novo sinal de borrasca o medo redobrava, como no espírito do convalescente os sintomas de uma recidiva. Naquela mesma noite tocou ao capitão Sandracca e a três de seus assistentes tomarem coragem e sair a descoberto. Mas não se passaram cinco minutos e eles voltaram com o rabo entre as pernas e com nenhuma vontade de refazer a experiência. Aquela malta que tumultuava a praça eram os beleguins de Venchieredo e não parecia disposta a se retirar. Gaetano, do quartel general da estalagem, jurava e perjurava que arrebentaria os contrabandistas e que aqueles que se refugiassem no castelo pagariam mais caro do que os outros. Ele dizia que ali no vilarejo se estabelecera uma liga para fraudar os direitos do Fisco, e que o Capelão e o Conde eram os chefes. Mas chegara o momento, dizia ele, de exterminar essa corja, e já que quem devia tutelar as leis no vilarejo se mostrava seu mais impudente inimigo, tocava a eles fazer cumprir os decretos da Sereníssima Signoria e ter grande mérito com aquela empresa.

– Germano, Germano, levante a ponte levadiça e tranque bem o portão! – pôs-se a gritar o Conde, porque ouviu toda essa cantilena de insultos e fanfarronices.

– Já levantei a ponte, Excelência! – respondeu o Capitão – Aliás, para maior segurança mandei jogá-la no fosso por três dos meus homens porque as roldanas não queriam girar.

– Muito bem, muito bem! Fechem as janelas, e fechem todas as portas com cadeado – acrescentou o Conde. – Ninguém ouse pôr os pés fora do castelo!

– Duvido que venham agora que a ponte está arruinada! – observou o cavalcante.

– Acho que o pontilhão da escuderia nos garante um ataque em caso de necessidade – replicou sabiamente o Capitão.

– Não, não, não quero atacar! – voltou a gritar o Conde – Ponham imediatamente abaixo o pontilhão da escuderia. A partir de agora coloco meu castelo em estado de assédio e de defesa.

– Quero lembrar a Sua Excelência que sem aquela ponte não há mais por onde sair para as provisões do dia – objetou o feitor inclinando-se.

– Não importa! Meu marido fez bem! – respondeu a Condessa que era a mais assustada de todos. – Tratem de obedecer e demolir o pontilhão da escuderia, não há tempo a perder! Podemos ser assassinados de um momento a outro.

O feitor se inclinou mais profundamente do que o comum e saiu para executar o encargo recebido. Um quarto de hora depois as comunicações do castelo de Fratta com o resto do mundo estavam totalmente cortadas, e o Conde e a Condessa respiraram aliviados. Somente o monsenhor Orlando, que não era um herói, arriscou-se a mostrar alguma inquietação sobre a dificuldade de obter a costumeira quantidade de carne de boi e de vitela para o dia seguinte. O senhor Conde, ao ouvir as queixas do irmão, demonstrou a perspicácia e a prontidão de seu gênio administrativo.

– Fulgenzio – disse ele com voz solene –, quantos recém-nascidos tem a sua porca?

– Dez, Excelência – respondeu o sacristão.

– Estamos provisionados por toda a semana – retomou o Conde –, já que para os dois dias de jejum proverá o pesqueiro.

Monsenhor Orlando suspirou angustiosamente recordando as belas douradas de Marano e as enguias suculentas de Caorle. Pobre de mim, o que eram em comparação aqueles peixinhos pantanosos e as rãs do pesqueiro?

– Fulgenzio – prosseguiu o Conde –, mande matar dois dos seus porquinhos, um para cozinhar e outro para assar, entendeu Margherita?

Fulgenzio e a cozinheira se inclinaram, mas suspirar tocou ao monsenhor de Sant'Andrea, que por um incômodo intestinal não podia digerir a carne de porco, e aquela perspectiva de uma semana de assédio com tal regime não lhe agradava em nada. Senão que a Condessa, que leu seu descontentamento no rosto, apressou-se em assegurar que para ele mandaria cozinhar um frango. A fisionomia do cônego iluminou-se toda com uma santa tranquilidade, e com um bom frango mesmo uma semana de assédio lhe pareceu um moderadíssimo purgatório. Então, dada a ordem ao relevantíssimo negócio da cozinha, a guarnição se dispersou para colocar a fortaleza em estado de defesa. Postou-se alguns velhos mosquetes nas seteiras; levou-se duas desusadas espingardas para o primeiro pátio; bloqueou-se as portas e os balcões. Por último, tocou-se a sineta para o rosário, e há muitos anos ninguém o dissera com maior devoção do que naquela noite.

A Condessa, naqueles momentos, estava muito fora de si para se preocupar com os outros do que consigo mesma, mas sua sogra, quando começou a escurecer, perguntou por Clara, por que ela demorava tanto para lhe trazer o seu costumeiro mingau. Faustina, a Pisana e eu começamos a procurá-la; chama daqui, procura de lá, não teve jeito de achar. O hortelão só nos disse tê-la visto sair pelo lado da escuderia um par de horas antes, mas ele não sabia mais nada e acreditava que ela entrara, como costumava, pelo lado do adro com a senhora Condessa. Certamente ali não poderia ter passado, pois o feitor executara cuidadosamente as ordens recebidas, e do pontilhão não restava vestígio. Por outro lado, a noite já caía muito escura, e não era de se acreditar que ela estivesse por aí até aquela hora. Então recomeçamos a procurá-la, e só depois de outra hora de minuciosas e infrutíferas investigações Faustina decidiu voltar à cozinha para dar aos patrões a tristíssima notícia do desaparecimento da Condessinha.

– Por Baco! – exclamou o Conde – Certamente aqueles bandidos a levaram!

A Condessa desejaria se afligir mais, mas a própria inquietação a ocupava demasiado para que pudesse conseguir.

– Imagine – continuava o marido –, imagine o que são capazes de fazer aqueles desgraçados que me chamam de contrabandista para poder colocar o vilarejo de cabeça para baixo! Mas vão me pagar, oh, sim, vão me pagar! – acrescentava em voz baixa por medo de que o ouvissem de fora.

– Sim, conversas, conversas! – continuou a senhora – As conversas são boas para nos ajudar a fritar! Faz três horas que estamos presos na teia e o senhor não pensou em nenhum meio para nos livrar da aranha!... Levam embora sua filha e o senhor resmunga dizendo que pagarão!... Já pelo que lhe custa, bem pouco o senhor poderia pretender!

– Como, senhora esposa?... Pelo que me custa?... O que quer dizer?

– Eh, se não entende, aguce o cérebro. Quero dizer que de seus filhos, de mim mesma e de nossa salvação o senhor se preocupa tanto quanto de endireitar a ponta do campanário. – (Aqui a Condessa farejou raivosamente uma presa). – Vejamos. O que pensou para nos tirar da confusão?... De que modo quer ir atrás de Clara!?

– Fique boazinha, diacho!... A Clara, a Clara!... Não é o caso de se enfurecer tanto. A senhora sabe como ela é boazinha e bem-educada. Eu acho que mesmo se dormisse uma noite fora do castelo não lhe aconteceria nada. Quanto a nós, espero que a senhora não queira que nos reduzamos a tiros de espingarda. – (A Condessa fez um gesto de desprezo e de impaciência). – Portanto – (continuou o outro) – vamos tentar negociar!

– Negociar com os ladrões! Muito bem, por Diana!

– Ladrões!... Quem lhe disse que são ladrões?... São oficiais de justiça, um pouco apressados, um pouco bêbados se quiser, mas sempre investidos de uma autoridade legal, e quando lhes passar a empolgação serão razoáveis. Estavam muito entusiasmados em dar caça a dois ou três contrabandistas, o vinho os fez exagerar, e acreditaram que os fugitivos tivessem se abrigado em Fratta. O que tem de extraordinário nisso?... Se os convencermos de que aqui nunca teve nem traço de contrabandistas, voltarão para casa mansos como carneirinhos.

– Excelência, o senhor esquece uma circunstância – intrometeu-se o monsenhor de Sant'Andrea. – Parece que os fugitivos eram capangas travestidos de contrabandistas e enviados na frente como pretexto para fazer essa grande pancadaria. Germano diz ter reconhecido entre eles algum bigodudo de Venchieredo.

– E o que tenho a ver com isso! O que eu posso fazer! – exclamou desesperadamente o pobre Conde.

– Poderíamos, nesse meio tempo, mandar alguém lá fora às escondidas para espiar como estão as coisas e buscar notícias da Condessinha – aconselhou o cavalcante.

– Arre! – respondeu abatida a Condessa – Seria uma grave imprudência, tanto mais que no castelo escasseia gente e esse não é o momento de afastar os mais experientes!

A Pisana que estava agachada comigo entre os joelhos de Martino, avançou afoitamente para a lareira oferecendo-se para ir procurar a irmã, mas estavam tão consternados que ninguém, fora Marchetto, pareceu perceber aquela infantil e comovente temeridade. Entretanto, o exemplo não ficou sem fruto, depois da Pisana eu também me ofereci para sair em busca da Condessinha. Desta vez a oferta teve a sorte de ser ouvida.

– Realmente você se arriscaria a ir lá fora para dar uma olhada? – perguntou o feitor.

– Sim, claro – acrescentei, levantando a cabeça e olhando orgulhosamente para a Pisana.

– Iremos juntos – disse a menina que não queria parecer menos do que eu.

– Eh, não, não são coisas de senhoritas – retomou o feitor –, mas o Carlino aqui poderia se virar muito bem. Não é verdade, senhora Condessa, que a ideia é boa?

– Em falta de melhor não digo que não – respondeu a senhora. – Aqui dentro uma criança seria de pouca ajuda, mas fora não causaria suspeita e poderia meter o nariz em qualquer lugar. Ao menos uma vez ser malicioso e petulante como o demônio servirá para alguma coisa.

– Mas eu também quero ir lá fora! Também quero procurar a Clara! – começou a gritar a Pisana.

– A senhora, senhorita, vai para a cama agora – retomou a Condessa, e fez um gesto a Faustina para que a ordem fosse executada.

Então houve uma pequena batalha de gritos, arranhões e mordidas, mas a camareira venceu e a desesperadinha foi levada belamente para dormir.

– O que devo responder à velha Condessa quanto à condessinha Clara? – perguntou a mulher ao sair com a Pisana que berrava em seus braços...

– Diga que se perdeu, que não a encontramos, que voltará amanhã! – respondeu a Condessa.

– Seria melhor dar-lhe a entender que sua tia de Cisterna veio buscá-la, se é permitido o conselho – acrescentou o feitor.

– Sim, sim! Dê-lhe a entender alguma balela! – exclamou a senhora – Para que ela não se desespere, pois preocupações já temos demais.

Faustina saiu, e se ouviu o choro da Pisana se afastar pelo corredor.

– Agora nós, viborazinha – me disse o feitor pegando-me gentilmente por uma orelha. – Vamos ver o que você é capaz de fazer quando sair do castelo!

– Eu... eu vou dar uma volta pelo campo – acrescentei – e depois, como se nada fosse, vou até a estalagem, onde estão aqueles senhores, chorando e reclamando por não poder entrar no castelo... Vou dizer que saí depois do almoço, que estava junto com a condessinha Clara e que depois me perdi correndo atrás de borboletas e não pude mais alcançá-la. Então quem sabe me darão notícias e vou voltar por trás das escuderias assobiando, o hortelão colocará uma tábua para eu atravessar o fosso como atravessei ao sair.

– Maravilha, você é um paladino! – respondeu o feitor.

– De que se trata? – perguntou-me Martino que se alarmava com todas aquelas conversas que me via fazer, sem conseguir entender muito.

– Vou lá fora procurar a Condessinha que ainda não voltou – respondi em altos brados.

– Sim, sim, faz muito bem – acrescentou o velho –, mas tenha muito cuidado.

– Para não nos comprometer – continuou a Condessa.

– Entretanto, seria bom se você ficasse um pouco ouvindo as conversas dos bandidos que estão na estalagem para saber suas intenções – acrescentou o Conde. – Assim poderemos nos organizar sobre o que fazer depois.

– Sim, sim! E volte logo, garoto! – retomou a Condessa acariciando aquela minha juba desgraçada à qual tantas vezes tocara uma sorte bem diferente. – Vá, olhe, observe e nos conte tudo fielmente! O Senhor fez você tão esperto e resoluto para nosso bem maior!... Então vá, e que o Senhor o abençoe, lembre-se de que estamos aqui esperando com o coração na mão!

– Vou voltar assim que tiver farejado alguma coisa – respondi com expressão respeitável, pois já me sentia homem naquele aglomerado de coelhos.

Marchetto, o feitor e Martino vieram comigo, confortando-me e me recomendando para usar prudência, astúcia e cuidado. Jogou-se uma tábua no fosso; eu que era muito hábil naquela maneira de navegar, atravessei facilmente até a outra margem e rapidamente devolvi para eles o barco. Então, enquanto na cozinha do castelo rezavam um segundo rosário, por conselho do monsenhor Orlando, iniciei em meio às densas sombras da noite a minha corajosa expedição.

Clara, de fato, tendo saído por uma portinhola do castelo antes das vésperas, como dissera o hortelão, não tinha mais voltado. Ela pensava em encontrar sua mãe na estrada de Fossalta, e assim um passo atrás do outro chegara ao vilarejo sem encontrar ninguém. Achou que fosse mais tarde do que o costume e que o grupo do castelo tivesse voltado justamente durante a volta que ela dera ao ir do horto à estrada. Então voltou apressadamente para também ir para casa, mas não havia caminhado mais do que alguns metros quando um rumor de passos forçou-a a se voltar. Era Lucilio, Lucilio calmo e pensativo como sempre, mas naquele momento irradiando uma alegria mal disfarçada ou que talvez não quisesse disfarçar. Ele andava devagar, mas em um instante estava ao lado da donzela e talvez aquele instante não tenha parecido aos dois tão rápido quanto o desejo queria. Nada nunca irá alcançar a rapidez do pensamento: o trem a vapor hoje parece muito lento, o trem elétrico um dia parecerá mais preguiçoso e aborrecido do que um cavalo de charrete. Acreditem – vai acontecer, vai acontecer; e em última análise as proporções permanecerão as mesmas, como no quadro aumentado pela lente. Fato é que a mente imagina acima de si um mundo altíssimo, distante, inacessível; cada volta, cada passo, cada espiral que se mova ou se agite sem aproximá-la do sonhado paraíso não parecerá movimento, mas torpor e tédio. De que vale ir de Milão a Paris em trinta e seis horas em vez de duzentas? De que vale poder ver em quarenta anos dez vezes, em vez de uma, as quatro partes do mundo? Nem o mundo se alarga nem a vida se alonga por isso; quem pensa demais sempre correrá fora desses limites no infinito, no mistério sem luz. Para Clara e Lucilio pareceu longuíssimo aquele instante que os colocou um ao lado do outro; o tempo que caminharam juntos até as primeiras casas de Fratta passou em um raio. De modo que os pés iam adiante de malgrado, e sem perceber muitas e muitas vezes pararam ao longo do caminho discorrendo sobre a avó, sobre o castelão de Venchieredo, sobre suas opiniões sobre isso, e também sobre si mesmos, seus afetos, o belo céu que os apaixonava e o belíssimo ocaso que os fez ficar por longo tempo a contemplá-lo.

– É assim que eu gostaria de viver! – exclamou Clara ingenuamente.

– Como? Oh, me diga! – acrescentou Lucilio com sua melhor voz. – Para eu ver se sou capaz de compreender seus desejos e participar deles!

– Realmente disse que gostaria de viver assim – retomou Clara –, e agora não saberia explicar o meu desejo. Gostaria de viver com os olhos dessa esplêndida luz de céu; com os ouvidos dessa paz alegre e harmoniosa que circunda a natureza quando adormece; com a alma e o coração em doces pensamentos de fraternidade, em grandes afetos sem distinção e sem medida que parecem nascer do espetáculo das coisas simples e sublimes!

– A senhora gostaria de viver aquela vida que a natureza preparara para os homens sábios, iguais, inocentes! – respondeu tristemente Lucilio. – Vida que em nossos vocabulários se chama sonho e poesia. Oh sim! Eu a compreendo muito bem, porque eu também respiro o ar embalsamado dos sonhos e me entrego às poesias da esperança, para não responder com ódio à injustiça e com desespero à dor. Veja bem como somos dispostos ao absurdo. Quem tem braços não tem cérebro; quem tem cérebro não tem coração; quem tem cérebro e coração não tem autoridade. Deus está acima de nós, e dizem que é justo e vidente. Nós, filhos de Deus, cegos, injustos e oprimidos, com a voz, com os escritos, com as obras, O negamos a cada momento. Negamos a Sua providência, a Sua justiça, a Sua onipotência! É uma dor vasta como o mundo, tão duradoura quanto os séculos, que nos impele, nos persegue, nos aterra; um dia afinal nos faz perceber que somos todos iguais, mas só na morte!...

– Na morte, na morte!! Diga na vida, na verdadeira vida que irá durar para sempre! – exclamou Clara inspirada – É aí que Deus ressurge e volta a ter razão sobre as contradições aqui de baixo.

– Deus deve estar por todas as partes – acrescentou Lucilio com uma voz que um devoto desejaria maior ardor de fé. Mas Clara não teve nenhuma dúvida daquelas palavras, e ele bem sabia que seria assim, senão não teria falado.

– Sim, Deus está em todas as partes! – retomou ela com um sorriso angelical, dirigindo os olhos para todas as partes do céu – Não O vemos, não O sentimos, não O respiramos por tudo? Os bons pensamentos, os doces afetos, as paixões suaves de onde vêm senão Dele?... Oh, eu amo meu Deus como fonte de toda beleza e de toda bondade!

Se já existiu um argumento que valesse para persuadir um incrédulo de qualquer verdade religiosa, certamente foi o ar divino que se espalhou naquele momento no semblante de Clara. A imortalidade se estampou em letras de luz sobre sua fronte confiante e serena; ninguém certamente ousaria dizer que a natureza tivesse disposto tal prodígio de inteligência, de sentimento e de beleza apenas para servir de pasto aos vermes. Existem, sim, rostos mortos e obstinados, olhares ameaçadores e sensuais, pessoas pesadas, tortas, dissimuladas que podem acariciar com seu sujo exemplo as assustadoras fantasias dos materialistas, a elas se deveria negar a eternidade do espírito, como aos animais ou às plantas. Mas entre tantos semimortos ergue-se bem alto alguma fronte que parece se iluminar de uma luz sobre-humana, e diante desta o cínico balbucia palavras confusas, mas não pode impedir que tremule em seu coração a esperança ou o assombro de uma vida futura. – Qual? Perguntam os filósofos. – Não perguntem a mim, se a desventura não lhes satisfaz com aquela sabedoria secular que se condensou na fé. Perguntem a vocês mesmos. – Mas certamente, mesmo se a estrutura humana se dissolver e fermentar materialmente no ventre da terra, o espírito pensante irá se agitar e viver espiritualmente no oceano de pensamentos. O movimento, que nunca para no mecanismo fatigado de veias e nervos, poderá recuar ou se acalmar no elemento incansável e sutil das ideias? – Lucilio parou com os olhos quase extáticos para admirar o semblante de sua companheira. Então um raio de luz brilhou em seu rosto, e pela primeira vez um sentimento não completamente seu, mas comandado pelos sentimentos dos outros, abriu caminho nas dobras escuras de seu coração. Mas se recuperou daquela breve derrota para voltar tristemente a si.

– Divina poesia! – disse ele desviando os olhos do belo ocaso que já se descoloria em um vago crepúsculo – Quem primeiro se levantou com você em infinitas esperanças foi o verdadeiro consolador da humanidade. Para ensinar aos homens a felicidade, devemos educá-los poetas, não cientistas ou anatomistas.

Clara sorriu caridosamente e lhe perguntou:

– O senhor então, senhor Lucilio, não é realmente feliz?

– Oh sim, agora o sou como talvez nunca fui! – exclamou o jovem apertando-lhe uma das mãos. Com aquele aperto desapareceu do rosto da menina o esplendor imortal da fé, e a luz trêmula e suave do sentimento espalhou-se como um raio de lua depois do escurecer vespertino do sol.

– Sim, sou feliz como talvez nunca tenha sido! – prosseguiu Lucilio – Feliz nos desejos, porque os meus desejos são plenos de esperança, e a esperança me convida de longe como um belo jardim florido. Por favor, não colham essas flores! Não as destaquem de seu frágil caule! Por mais cuidado que tenham depois, em três dias entristecerão, em cinco não terão mais a bela cor e o suave perfume! No final cairão sem perdão no sepulcro da memória!

– Não, não chame a memória de sepulcro! – acrescentou Clara com força. – A memória é um templo, um altar! Os ossos dos santos que veneramos estão debaixo da terra, mas suas virtudes resplandecem no céu. A flor perde o frescor e o perfume, mas a memória da flor permanece incorruptível e perfumada para sempre na alma!

– Meu Deus, para sempre, para sempre! – exclamou Lucilio correndo com a veemência dos afetos onde o chamava a oportunidade daqueles instantes quase solenes. – Sim, para sempre! E seja um instante, seja um ano, seja uma eternidade, sempre é preciso enchê-lo, saturá-lo, beatificá-lo de amor para não viver abraçado com a morte! Oh sim, Clara, o amor busca o infinito por todas as vias, se há em nós uma parte sublime e imortal é certamente essa. Entregamo-nos a ele para não nos tornarmos terra antes do tempo; para não perder ao menos aquela poesia instintiva da alma que sozinha embeleza a vida!... Sim, eu juro. Eu juro e sempre me lembrarei desse arrebatamento que me faz maior do que eu mesmo. O desejo é tão poderoso que pode se transformar em fé, nosso amor durará sempre, porque as coisas realmente grandes nunca acabam!...

Essas palavras pronunciadas pelo jovem em voz baixa, mas vibrante e profunda, despertaram deliciosamente os confusos desejos de Clara. Ela não se espantou, porque tinha estampadas em seu coração há muito tempo as coisas ouvidas agora. Os olhares, as conversas, os artifícios pacientes e refinados de Lucilio haviam preparado em sua alma um lugar seguro para aquela ardente declaração. Ouvir repetir por sua boca o que o coração esperava sem saber, foi mais do que o súbito despertar de uma alegria tímida e latente. Aconteceu na alma dela o mesmo que nas chapas do fotógrafo ao se derramar o ácido, a imagem oculta desenhou-se em todas as suas formas, e se se espantou naquele momento, foi talvez por não ter se espantado. Entretanto, uma perturbação secreta e nunca sentida impediu-a de responder às ardentes palavras do jovem, e enquanto tentava retirar sua mão da dele, foi obrigada a buscar um apoio, porque se sentia desmaiar por um desfalecimento de prazer.

– Clara, Clara por caridade, responda! – dizia Lucilio amparando-a angustiosamente e olhando ao redor para ver se vinha alguém. – Responda uma só palavra!... Não me mate com seu silêncio, não me puna com o espetáculo de sua dor!.. Perdão, ao menos perdão!...

Ele parecia estar para cair de joelhos de tão perdido, mas talvez fosse uma atitude estudada para dar pressa ao tempo. A menina logo se refez e lhe dirigiu como única resposta um sorriso. Quem nunca teve nas pupilas um desses sorrisos e depois o guardou por toda vida? Aquele sorriso que pede compaixão, que promete felicidade, que diz tudo, que perdoa tudo; aquele sorriso que exprime uma alma que se doa à outra; que não reflete qualquer imagem mundana, mas que brilha só de amor e por amor; aquele sorriso que compreende, ou melhor, esquece o mundo inteiro para viver e fazer você viver de si mesmo, e que em um só lampejo abre, irmana e confunde as misteriosas profundezas de dois espíritos em um único desejo de amor e de eternidade, em um único sentimento de beatitude e de fé! – O céu que se abrisse pleno de visões divinas e de inefáveis esplendores aos olhos de um santo, certamente não seria mais encantador do que o meteoro de felicidade que ondula radiante e muitas vezes fugaz no semblante de uma mulher. É um meteoro, é um raio, mas nesse raio, mais do que em dez anos de meditação e de estudo a alma vislumbra os confusos horizontes de uma vida futura. Oh, quantas vezes ao escurecer desses semblantes anuviou-se dentro de nós a serenidade da esperança, o pensamento caiu praguejando no grande vazio do nada, como o desventurado Ícaro que fundiu suas asas de cera! Quantos sofrimentos, dolorosos sobressaltos do inútil éter em que nadam miríades de espíritos em oceanos de luz, ao morto e gélido abismo que nunca verá um raio de sol, que nunca dará vida por séculos a uma ilusão pensada! E a ciência, herdeira de cem gerações, o orgulho, fruto de quatro mil anos de história, fogem como escravos colhidos em falta, ao pulsar ameaçador de um sentimento. O que somos nós, aonde vamos nós, pobres peregrinos extraviados? Qual é o guia que nos assegura uma viagem não infeliz? Mil vozes soam ao redor; cem mãos misteriosas indicam trilhas mais misteriosas ainda; uma força secreta e fatal nos leva à direita e à esquerda; cupido, criança alada nos convida ao paraíso; cupido, demônio zombeteiro, nos tritura no nada. E só a fé de que o sacrifício será o menor dano das vítimas sustenta nossos pensamentos no ar vital.

Mas Lucilio?... Oh, Lucilio então não pensava nisso! Os pensamentos vêm depois das alegrias, como a noite ao ocaso, como o gélido inverno ao outono canoro e dourado. Ele amava há anos; há anos destinava todo seu pensar, toda sua arte, toda sua palavra para aquecer no futuro distante a bem-aventurança daquele momento; há anos caminhava precavido e paciente por vias tortuosas e solitárias, mas iluminadas aqui e ali por algum lampejo de esperança; caminhava lento e incansável para aquele cume florido, de onde então contemplava e considerava suas todas as alegrias, todas as delícias, todas as riquezas do mundo, como o monarca do universo. Chegara a criar uma pedra filosofal; de uma laboriosa mistura de olhares, de ações, de palavras retirara o ouro puríssimo da felicidade e do amor. Alquimista vitorioso saboreava com todos os sentidos da alma as delícias do triunfo; artista entusiasta e apaixonado não se cansava de admirar e se deleitar com sua obra naquele divino sorriso que surgia como a aurora de um dia mais belo no rosto de Clara.

Outros teriam o coração tremendo de gratidão, devoção e medo; nele a soberba revigorou as fibras de uma alegria desenfreada e tirânica. Talvez eu e mil outros iguais a mim teríamos agradecido com lágrimas nos olhos; ele recompensou a submissão de Clara com um beijo de fogo.

– Você é minha! É minha! – disse levantando a mão direita dela para o céu. E queria dizer: Eu mereço, porque a conquistei!

Clara não respondeu. Sem perceber e sem falar havia amado até então, e o momento em que o amor toma consciência de si não é o momento para se tornar loquaz. Só sentiu pela primeira vez estar com toda a alma em poder de um outro, e isso fez apenas mudar seu sorriso da cor da alegria para a cor da esperança. De início deleitara-se por ela mesma, agora deleitava-se por Lucilio, e esse contentamento foi mais fácil e caro a ela por ser mais caridoso e pudico.

– Clara – continuou Lucilio –, a hora se faz tarde e nos esperam no castelo!

A jovem despertou como de um sonho, esfregou os olhos com as mãos e os sentiu banhados de lágrimas.

– Devemos ir? – respondeu ela com uma voz suave e submissa que não parecia a sua. Lucilio, sem dizer nada, pegou a estrada, e a menina ia a seu lado dócil e mansa como o cordeirinho ao lado da mãe. O jovem, por aquele dia, não queria mais nada. Descoberto o tesouro, queria se deliciar longamente como o avaro, não o dissipar precipitadamente como os pródigos, para depois se encontrar mais miserável do que antes e carregado de memórias esfumadas.

– Você me amará sempre? – perguntou ele depois de alguns passos silenciosos.

– Sempre! – respondeu ela. A cítara de um anjo nunca alcançará uma harmonia mais suave do que essa palavra pronunciada por aqueles lábios. O amor tem a genialidade de Paganini[1], infunde na harmonia as virtudes do espírito.

– E quando sua família designar um marido para você? – acrescentou com voz dolorosa e estridente Lucilio.

– Um marido!? – exclamou a jovem baixando o queixo sobre o peito.

– Sim – retomou ele –, desejarão sacrificá-la à ambição, desejarão determinar, em nome da religião, um amor que a religião proibirá em nome da natureza!

– Oh, eu só vejo você! – respondeu Clara quase falando consigo mesma.

– Jure pelo que há de mais sagrado! Jure pelo seu Deus e pela vida de sua avó! – acrescentou Lucilio.

1 Trata-se de Niccolò Paganini (1782-1840), compositor e violinista italiano. É considerado o maior violinista da história, e um dos mais importantes expoentes da música do romantismo.

– Sim, juro! – disse tranquilamente Clara. Jurar aquilo que se sentia obrigada a fazer por uma força irresistível pareceu-lhe algo muito simples e natural. Já se começava a ver no claro-escuro do entardecer as primeiras casas de Fratta, e Lucilio largou a mão da menina para caminhar respeitosamente a seu lado. Mas a corrente estava lançada, suas almas estavam ligadas para sempre. A persistência e a frieza de um lado, do outro a mansidão e a caridade confundiram-se em um incêndio de amor. A vontade de Lucilio e a abnegação de Clara se correspondiam, como os astros gêmeos que se alternam eternamente um ao redor do outro nos espaços do céu.

Dois homens armados foram ao encontro deles antes de entrarem no vilarejo. Lucilio seguia adiante tomando-os por dois guardas campestres que esperassem alguém, mas um deles intimou-os a parar, dizendo que por aquela noite estava proibido entrar na aldeia. O jovem ficou ofendido e espantado com tão estranha prepotência, e começou a usar um recurso que com muita experiência sabia ser infalível nesses encontros. Passou a levantar a voz e a maltratá-los. Inútil! Os dois *buli* o seguraram polidamente pelos braços respondendo que era a serviço da Sereníssima Signoria, e que ninguém entraria em Fratta até que não terminasse a investigação sobre alguns contrabandistas procurados.

– Imagino que vocês não queiram proibir a entrada no castelo da condessinha Clara! – retomou Lucilio bufando e indicando a jovem, que ele protegia segurando apertada nos braços. Clara fez um movimento para que ele não se enfurecesse demais, mas ele não lhe deu atenção e continuou a ameaçar e a querer passar. Os dois *buli* tornaram a pegá-lo pelos braços, dizendo que a ordem era precisa e que contra os renitentes tinham a faculdade de usar a força.

– Essa faculdade de usar a força eu sempre tive e a uso largamente contra os prepotentes! – acrescentou com mais calor Lucilio soltando-se com um movimento de punho dos dois beleguins. Mas um outro movimento de Clara avisou-o do perigo e da inoportunidade desses atos de violência. Quando se acalmou, perguntou àqueles dois quem eram e com qual autoridade proibiam entrar no castelo a filha do jurisdiscente. Os beleguins responderam que eram cernides de Venchieredo, mas que a perseguição aos contrabandistas os autorizava a agir também fora da sua jurisdição, que os éditos dos senhores Prefeitos falavam claro, que de resto essa era a ordem do seu Chefe de Cento e que estavam lá apenas para que fosse respeitada. Lucilio ainda queria resistir, mas Clara pediu baixinho para parar e ele se contentou em voltar para trás com ela ameaçando os dois capangas e o seu patrão de todas as iras do Lugar-tenente e da Sereníssima Signoria, que ele bem sabia quão pouco valiam.

– Fique calado! Seria inútil – ia lhe cochichando Clara ao ouvido puxando-o para longe dos dois beleguins. – Sinto por já ser noite feita e em casa devem estar inquietos por mim, mas com uma pequena volta podemos muito bem entrar pelo lado da escuderia.

De fato, desviaram pelo campo buscando a trilha que levava à portinhola, mas não tinham caminhado cem passos quando encontraram o obstáculo de dois outros guardas.

– É uma verdadeira emboscada! – exclamou contrariado Lucilio. – Uma nobre donzela deve ficar ao sereno toda a noite por capricho de alguns canalhas!

– Cuidado com as palavras, ilustríssimo! – gritou um dos dois dando um furioso golpe com a coronha do mosquete no chão.

O jovem tremia de raiva apalpando com uma das mãos sua fiel pistola no fundo do bolso, mas na outra sentia o braço de Clara que tremia de medo e teve a coragem de se conter.

– Vamos nos entender com calma – retomou ele, ainda tremendo de contrariedade. – Quando irão deixar passar a Condessinha?... Creio que não suspeitem que ela leve algum contrabando!

– Ilustríssimo, nós não suspeitamos de nada – respondeu o beleguim –, mas mesmo se pudéssemos fechar um olho e deixá-los passar, no castelo pensam diferente. Eles derrubaram as duas pontes e a Condessinha só poderia entrar caminhando sobre a água como são Pedro.

– Ai de mim! Então o perigo é realmente grave! – exclamou Clara quase desmaiando.

– Que nada! É pânico! Posso imaginar! – respondeu Lucilio. E voltou-se novamente para o beleguim: – Onde está o seu Chefe de Cento? – perguntou.

– O ilustríssimo está na estalagem bebendo do melhor enquanto nós fazemos a guarda aos morcegos – respondeu o bandido.

– Está bem, espero que não nos neguem de irmos à estalagem para falar com ele – acrescentou Lucilio.

– Não! Não temos ordens a esse respeito – rebateu o outro. – No entanto, me parece que seria possível, caso Vossa Senhoria queira, pagar-me um copo.

– Ânimo então e venha conosco! – disse Lucilio.

O guarda voltou-se para seu companheiro recomendando-lhe ficar atento e não dormir: recomendações ouvidas com pouquíssimo conforto por aquele que devia ficar ali comendo névoa enquanto o outro tinha a perspectiva de uma caneca de Cividino[2]. Porém se resignou resmungando, e Lucilio e Clara precedidos pelo cernide foram novamente em direção ao vilarejo. Dessa vez os dois guardas os deixaram passar, e logo chegaram à estalagem onde havia tal algazarra que parecia mais um carnaval do que uma caça a contrabandos. Gaetano, de fato, depois de ter regado as gargantas dos seus, começara a servir copos aos curiosos. Estes, de início um pouco selvagens, entenderam-se muito bem com ele naquela muda e expressiva linguagem. E os bebedores chamavam companhia, esta crescia, se renovava e bebia sempre mais. Tanto que, mexe e remexe, depois de uma meia hora a soldadesca de Venchieredo tornara-se uma só família com os camponeses do vilarejo; o estalajadeiro não se cansava de elevar aos céus a esplêndida e rara pontualidade do digníssimo Chefe de Cento das Cernides de Venchieredo. Como se pode bem notar, tanta generosidade não era arbitrária nem sem motivo. O patrão a sugerira para manter a população calma e dissuadi-la de tomar partido contra eles a favor dos castelões. Gaetano era esperto, e bem servia aos objetivos do patrão. Se quisesse, poderia fazer trezentos bêbados gritarem: – Viva o castelão de Venchieredo! – E só Deus sabe que efeito produziria no castelo de Fratta o som ameaçador desse grito.

Quando Lucilio e Clara puseram os pés na estalagem a farra estava no auge. A jovem castelã teria tido um ataque ao ver em festa com os inimigos de sua família os mais fiéis colonos, mas ela não se importava, pois a surpresa e o espanto por toda aquela confusão a impediam de ver claramente. Temia algum grave perigo para os seus e lamentava não estar com eles para dividi-lo, não pensando que se havia perigo para eles, bem barricados atrás de seis metros de fosso, mais grave devia ser para ela defendida por um único homem contra aquela matilha desenfreada. Lucilio, entretanto, não tinha espírito para se deixar impor por quem quer que seja. Foi direto a Gaetano e lhe ordenou com voz discretamente arrogante para dar um jeito da Condessinha entrar no castelo. A prepotência do recém-chegado e o vinho que tinha no corpo fizeram com que o Chefe de Cento a considerasse, por assim dizer, ainda mais alta do que o normal. Respondeu-lhe que no castelo havia uma raça perversa de contrabandistas, que ele havia mandado mantê-los bem fechados para que entregassem os culpados e as mercadorias furtadas, e que quanto à Condessinha, ele que pensasse, já que a tinha nos braços. Lucilio levantou a mão

2 Vinho de Cividale del Friuli.

para dar um bofetão naquele impertinente, mas se arrependeu e torceu raivosamente os bigodes com o gesto favorito do capitão Sandracca. O melhor que lhe restava a fazer era sair daquela confusão e levar sua companheira a algum abrigo seguro onde passar a noite. Clara, de início, opôs-se a essa decisão, e quis a todo custo ir até a ponte para ver se realmente estava quebrada. Lucilio a acompanhou apesar de lhe parecer perigoso aventurar-se com uma donzela entre aqueles bandidos embriagados que se divertiam na praça. Mas não queria que o acusassem de falta de coragem nem de ter omitido algum cuidado para acompanhar Clara a sua casa. Porém, vendo as ruínas da ponte e chamando inutilmente Germano um par de vezes, resolveram apressar-se em partir, porque a algazarra crescia sempre, e a soldadesca começava a se juntar e provocá-los com zombarias e insultos. Lucilio suava pelo esforço que fazia para se moderar, mas a briga maior era levar a salvo a donzela, assim pensando desceu por uma estradinha lateral do vilarejo, e voltando depois para a estrada de Venchieredo, alcançou em largos passos, arrastando-a atrás de si, a pradaria dos moinhos. Lá parou para fazê-la recuperar o fôlego. Ela sentou cansada e chorosa à beira de uma sebe, e o jovem curvou-se sobre ela contemplando seu pálido semblante sobre o qual a lua recém surgida parecia se espelhar com amor. Os negros edifícios do castelo surgiam diante deles, e algumas luzes apareciam nas frestas dos balcões para se esconderem com dificuldade como uma estrela em céu tempestuoso. A escura folhagem dos choupos ciciava levemente, e a balbúrdia do vilarejo, abafada pela distância, não interrompia em nada os gorjeios amorosos e sonoros dos rouxinóis. Os lagartos luminosos cintilavam na grama; as estrelas tremulavam no céu; a lua ainda jovem rastejava sobre formas incertas e tenebrosas com raio oblíquo e velado. A modesta natureza circundava de trevas e silêncios seu tálamo estivo, mas seu imenso palpitar erguia de quando em quando alguma lufada de ar perfumado de fecundidade. – Era uma daquelas horas em que o homem não pensa, mas sente, isto é, recebe os belos pensamentos e fatos do universo que o absorve. Lucilio, alma pensativa e explicadora por excelência, sentiu-se pequeno a contragosto naquela calma tão profunda e solene. Até a alegria do amor se dispersou em seu coração em um longo devaneio melancólico e suave. Pareceu-lhe que seus sentimentos aumentassem como a nuvem de poeira espalhada pelo vento, mas as formas desapareciam, a cor se apagava; sentia-se maior e menos forte; mais dono de tudo e menos de si. Por um momento sentiu que Clara, sentada diante dele, se iluminava nos olhos com um brilho flamejante, e quase fulminado precisou baixar as pálpebras. – De onde vem esse prodígio? – Ele mesmo não podia entender. Talvez a solenidade da noite, que cerca as almas fracas de superstições e medos, arqueia sobre si mesmo o espírito dos fortes, mostrando-lhes, no escuro das sombras, o simulacro do destino, o domador de todos. Talvez também a dor da menina reinasse sobre ele como ele havia triunfado pouco antes pela força de vontade. Pobrezinha! Não, se os olhos dela não flamejavam então, pelo menos o olhar não brilhava pelo tremor das lágrimas. Seu coração uma meia hora antes transbordante de felicidade e de amor voava, naquele instante, ao leito de sua avó; àquele quartinho silencioso e bem arrumado onde Lucilio passara com elas longas horas; e quando ele não estava restava viva pelo ar uma querida memória, uma imagem invisível e fascinante. Oh, como a pobre velha lutaria para adormecer sem o costumeiro beijo da neta! Quem lhe daria razão, quem a consolaria de sua ausência? Quem pensaria nela com os perigos que ameaçavam o castelo naquela noite? A piedade, a divina piedade enchia de novos soluços o peito da jovem, e a mão que Lucilio lhe estendeu para ajudá-la a se levantar ficou inundada de pranto. Mas continuando a caminhar logo recuperaram a costumeira vivacidade. Os sonhos desapareceram, as preocupações fugiram da cabeça resolutas e destemidas, a vontade curvada por um momento ergueu-se com mais alento para retomar o comando. A história de seu amor e a história do amor de Clara, os casos extraordinários daquela noite, os sentimentos da jovem e os dele surgiram em um só quadro sem confusão e sem anacronismos. Ele entendeu rapidamente a situação, e decidiu que a qualquer custo, sozinho ou com a menina, deveria entrar no castelo antes que a noite terminasse. O amor impunha-lhe esse dever, e precisamos acrescentar que o próprio interesse do amor o aconselhava ardentemente. Clara rezava ao Senhor e à Virgem, Lucilio reunia todas as sugestões de seu engenho e de sua coragem, e assim de braços dados caminhavam silenciosamente para o moinho. Quanta moderação!, dirão alguns pensando no caso de Lucilio. Mas se dirão isso é porque me expliquei mal ou não entenderam bem quando discorri sobre sua índole. Lucilio não era um malandro, nem um irresponsável, só pretendia conhecer a fundo as coisas humanas, tirar delas o melhor e descobrir como conseguir esse melhor. Essas três pretensões, se temperadas por um critério sadio, ele poderia experimentar com os fatos, por isso nunca se deixava levar pelas paixões, mas segurava bem firme as rédeas e sabia puxá-las quando preciso à beira de um precipício ou à beira enganosa e traidora de uma ribanceira verdejante. Entraram, portanto, no moinho, mas não encontraram ninguém apesar do fogo aceso em meio às cinzas. A polenta deixada na tábua revelava que todos haviam comido e que alguns dos homens talvez tivessem ficado no vilarejo para ver o pandemônio. Mas talvez aquela fosse a família com a qual a Condessinha tivesse maior familiaridade e não lhe desgostava abrigar-se ali.

– Escute, meu bem – disse Lucilio baixinho avivando o fogo para secá-la da umidade dos campos. – Vou chamar e entregar você a alguma dessas mulheres, depois, por força ou por amor vou entrar no castelo para dar notícias suas e ver como estão lá dentro.

Clara enrubesceu sob o olhar do jovem. Era a primeira vez que em uma sala e à beira do fogo recebia no coração a muda linguagem do amor. Mas enrubesceu sem remorsos porque não lhe parecia ter violado nenhum dos mandamentos do Senhor, e entre querer-se bem em silêncio ou confessá-lo não entendia qual diferença poderia ter.

– Você procure deitar e descansar – prosseguiu Lucilio –, nesse meio tempo vou dar um jeito de avisar o que aconteceu ao Vice-capitão de Portogruaro, para que se apressem em acabar com as tramóias desses bandidos... Vá lá! Eles não vieram por nada e me parece entender muito bem o que há por trás de todo esse zelo contra os contrabandistas... É uma vingança ou uma represália, talvez até uma anarquia intrincada para terminar com essa confusão do processo... Mas eu trarei tudo à luz e o Vice-capitão verá de que parte estão os reais interesses da Signoria. Enquanto isso, Clara, fique em paz e durma segura, amanhã de manhã, se não vierem buscá-la do castelo, virei eu mesmo, e quem sabe se não virei durante a noite se as coisas estiverem ruins.

– Oh, você!... Não se arrisque! Por caridade! – murmurou a jovem.

– Você sabe como sou – respondeu Lucilio. – Não poderia deixar de agir e tentar alguma coisa, mesmo que se tratasse de gente desconhecida. Imagine então quando está em jogo a sua família, a nossa boa velha!

– Pobre vovó! – exclamou Clara. – Sim, vá, conforte-a e volte logo para me buscar, estarei aqui com o coração na mão.

– Você deve se deitar e eu chamarei alguma das mulheres – acrescentou Lucilio.

– Não, deixe-as dormir, pois eu não conseguirei – replicou a donzela. – Oh, espanto-me e quase me envergonho de poder ficar aqui e não ir lá fora também!

– Fazer o quê? – acrescentou Lucilio. – Não, por caridade, não saia daqui. Aliás, você deve se trancar bem, já que eles foram tão imprudentes deixando as portas escancaradas no meio da noite!... Marianna, Marianna! – começou a gritar o jovem assomando ao pé da escada.

Dali a pouco respondeu do alto uma voz, depois o som de dois tamancos, e não se passou um minuto quando Marianna desalinhada e de braços nus desceu à cozinha.

– Deus me perdoe! – exclamou ela fechando a camisola no peito – Achei que fosse o meu homem!... É o senhor, senhor doutor?... E a Condessinha também!... Ah diabos! O que aconteceu? Por onde vocês entraram?

– Caramba! Por aquela porta escancarada! – respondeu Lucilio. – Mas agora não é tempo de conversa, Marianna, a Condessinha não pode entrar no castelo porque lá em volta tem o maior rebuliço...

– Como, rebuliço?... Mas e os nossos homens?... Ah malandros! Nem jantaram!... Para ir bisbilhotar também deixaram todas as portas abertas...

– Agora me escute, Marianna – retomou Lucilio –, os seus homens voltarão, porque não correm nenhum perigo.

– Como não correm nenhum perigo? Se o senhor soubesse como o meu é especialmente briguento e destemido!... Aquele lá é capaz de comprar briga com um exército!...

– Pois bem! Fique certa! Por esta noite não vai comprar!... Vou atrás deles e os mandarei para casa... Enquanto isso cuide que não falte nada para a Condessinha.

– Oh, pobre senhora! Isso precisa acontecer também a ela!... Desculpe, sim, se me vê nestes trajes, mas realmente achava que fosse o meu homem. Malandro! Escapar sem jantar deixando a porta aberta!... Oh, ele vai me pagar!... Ordene, Condessinha!... Sinto muito que aqui não irá encontrar nada à sua altura!...

– Faça-me este favor, Marianna! – disse mais uma vez Lucilio.

– Imagine, nem é preciso pedir. Sinto estar assim desarrumada. Mas o senhor, senhor doutor, já está acostumado a essas cenas, e a Condessinha é tão boa!

Marianna, atarefada junto ao fogo, mostrava as belíssimas espáduas que se destacavam ainda mais por sua brancura da escura cor dos braços e do rosto. Talvez não estivesse descontente em mostrá-las e por isso se desculpava tanto.

– Adeus!... Me ame, me ame! – murmurou Lucilio ao ouvido de Clara; então, recebendo dela um olhar todo amor e esperança, saiu pela porta para a névoa dos campos. Clara não pôde deixar de segui-lo até a porta, depois de perdê-lo de vista voltou a sentar na cozinha, mas não junto ao fogo pois o calor era grande e suas roupas estavam mais do que secas. Sua cabeça e seus pulsos ardiam como tições, e tinha os lábios e garganta secos como pela febre.

Marianna queria que ela comesse algo de qualquer jeito, mas ela não aceitou, contentou-se com um copo d'água. Então estendeu um braço sobre o encosto da cadeira e apoiou a cabeça na posição de quem se prepara para dormir, Marianna tentou convencê-la a se deitar em sua cama, pois colocaria um lençol limpo. Depois, vendo que eram palavras jogadas fora, a vistosa moleira se calou, e passando as chaves na porta também se sentou em um banquinho.

– Gostaria que a senhora fosse se deitar – disse Clara, que, por mais preocupações e temores que tivesse, nunca deixava de pensar nos outros.

– Não, senhora! Preciso ficar aqui para estar pronta para abrir a porta aos nossos homens – respondeu Marianna –, de outra forma me tocaria receber uma bronca.

Clara, então, voltou a reclinar a fronte sobre o braço, e ficou assim, como se diz, sonhando de olhos abertos, enquanto Marianna, depois de ter bamboleado por um bom tempo a cabeça, apoiou-a sobre uma mesa começando a ressonar com a tranquila e regular respiração de uma robusta camponesa que dorme profundamente.

Enquanto o senhor Lucilio, com todo cuidado para não ser visto, ia se aproximando dos fossos de trás do castelo, eu que saíra para explorar me deslocava com a mesma prudência, tentando dar a volta para entrar no vilarejo pelo outro lado e desfazer qualquer suspeita do que realmente era. Quando caminhei um tiro de espingarda em direção à pradaria, pareceu-me distinguir no escuro uma forma de homem que vinha entre as folhagens dos vinhedos com muita cautela. Agachei-me atrás da plantação e fiquei olhando, protegido contra qualquer curiosidade pela minha pequenez e pelo trigo que me protegia com suas belas espigas já douradas e oscilantes. Olho entre espiga e espiga, entre videira e videira, e em uma clareira batida pela lua o que vejo?... – O senhor Lucilio! – Volto a olhar e o vejo de novo. Levanto-me, me aproximo com cuidado sempre atrás do trigo, pronto para me esconder como uma lebre à mínima necessidade. Olho de novo: era ele mesmo. Nenhuma sorte no mundo, segundo eu, podia ser mais afortunada do que tal coincidência. O senhor Lucilio era o confidente da velha Condessa e de Clara; ele já havia demonstrado me querer algum bem por ocasião da minha escapada à laguna; ninguém melhor do que ele para me ajudar nas minhas buscas. E como ele tinha fama de homem sábio, meu bom senso criou desse encontro as mais belas ilusões. Quando cheguei perto dele dez passos:

– Senhor Lucilio! Senhor Lucilio! – sussurrei com aquela voz baixinha que parece se fazer tão longa quanto é sutil.

Ele parou e ficou escutando.

– Sou Carlino de Fratta! Sou Carlino do espeto! – continuei da mesma maneira.

Ele tirou do bolso um instrumento que reconheci como sendo uma pistola e se aproximou olhando-me fixamente no rosto. Como eu estava coberto pela sombra do trigo, ele teve dificuldade em me reconhecer.

– Eh, sim, sim, diabos! Sou eu mesmo! – disse-lhe com alguma impaciência.

– Quieto, silêncio! – murmurou ele com um fiozinho de voz. – Aqui perto tem um guarda e não quero que ouça nossa conversa.

Queria dizer aquele guarda que ficara sozinho depois que seu companheiro guiara Lucilio e a Condessinha. Mas a solidão, às vezes, é uma má conselheira e o guarda, depois de uma valorosa defesa que durara mais de meia hora, terminou sendo vencido pelo sono. Por isso Lucilio e eu podíamos falar com plena segurança que ninguém nos incomodaria.

– Chegue ao meu ouvido e diga se saiu do castelo, e o que há de novo lá dentro – sussurrou-me ao ouvido.

– Tem de novo que eles têm um medo de óleo santo[3] – respondi –, que quebraram as pontes por medo de serem mortos pelos *buli* de Venchieredo, que a senhora Clara sumiu, e que desde a Ave Maria até agora já disseram dois rosários. Mas agora me mandaram para fora para que eu fareje o ar, procure a Condessinha, e depois volte para dar notícias.

– E o que você pensa fazer, pequeno?

– Caramba! O que penso fazer!... Ir à estalagem fingindo estar perdido como aconteceu da outra vez, se lembra?, aquela vez da febre; depois escutar o que dizem os guardas, depois perguntar pela Condessinha a algum camponês, depois voltar fielmente por onde vim atravessando o fosso sobre uma tábua.

– Você é mesmo esperto! Não achava que fosse tanto. Mas alegre-se que a sorte lhe poupa muito trabalho. Estive na estalagem, levei a salvo ao moinho a condessinha Clara, e se você me ensinar o modo de entrar no castelo, juntos podemos levar a eles a resposta.

– Se ensino o modo? Basta um assobio e Marchetto nos jogará a tábua. Depois deixe comigo, pois passará a água sem se molhar, desde que me imite e se equilibre bem na tábua.

– Então vamos!

---

3 Medo de óleo santo: medo de morrer, medo de receber o óleo da extrema-unção.

Lucilio pegou-me pela mão, e costeando algumas sebes espessas atrás das quais é impossível ser visto mesmo de dia, levei-o em um piscar de olhos à beira do fosso. Ali assobiei como combinado, e Marchetto logo veio lançar a tábua.

– Tão rápido? – disse ele do outro lado do fosso, porque o espanto venceu por um momento qualquer cuidado.

– Quieto! – respondi mostrando a Lucilio o modo de se equilibrar na tábua.

– Quem está aí? – acrescentou mais surpreso ainda o cavalcante que começava a distinguir no escuro duas figuras em vez de uma.

– Amigos, quieto! – respondeu Lucilio, e depois ele mesmo, como prático no ofício, deu um empurrão que nos levou a beijar prontamente a outra margem.

– Sou eu, sou eu! – disse ele saltando no chão – E trago boas notícias da condessinha Clara!...

– Mesmo? Deus seja louvado! – acrescentou Marchetto limpando o caminho para me ajudar a retirar a tábua da água.

Quando entramos na cozinha recém tinham acabado de dizer o rosário; o fogo estava apagado, pois não poderiam ficar naquele lugar com o calor do verão; ninguém pensava na ceia e somente monsenhor Orlando lançava de quando em quando um olhar inquieto para a cozinheira. Martino também estava taciturno e impassível ralando o seu queijo, mas todos os outros tinham um rosto de honrar funeral. O aparecimento de Lucilio foi um raio de sol em meio a um temporal. Um – Oh! – de espanto, de ansiedade e de prazer ressoou em coro, e depois todos ficaram olhando-o sem perguntar nada, como se estivessem na dúvida entre ser um corpo ou um fantasma. De modo que tocou a ele abrir a boca primeiro, e as palavres de Moisés quando voltou do monte não foram escutadas com maior atenção do que as dele.

Martino também havia parado de ralar, mas não conseguindo entender nada da conversa, acabou me pegando para que eu contasse em sinais uma parte da história.

– Antes de tudo tenho boas notícias da condessinha Clara – dizia o senhor Lucilio. – Ela havia saído pelos campos em direção a Fossalta para encontrar a senhora Condessa como costuma; impedida de voltar ao castelo pelos beleguins que o guardavam por todos os lados, eu mesmo tive a honra de levá-la ao moinho da pradaria.

Esses beleguins que rodeavam o castelo por todos os lados avariaram muito a boa impressão que deviam causar as notícias de Clara. Todos sorriram com os lábios ao ouvir a boa nova, mas nos olhos a inquietação continuava maior ainda e não sorriam de jeito nenhum.

– Mas então estamos mesmo assediados como se eles fossem turcos! – exclamou a Condessa juntando desesperadamente as mãos.

– Console-se que o assédio não é tão rigoroso se eu consegui penetrar até aqui – acrescentou Lucilio –, é verdade que o mérito é todo de Carlino, e que se eu não o tivesse encontrado, dificilmente teria podido me orientar tão rápido e fazer Marchetto jogar a tábua.

Então todos os olhos voltaram-se para mim com algum sinal de respeito. Afinal viram que eu era bom para algo mais do que girar o assado, e eu gozei dignamente aquele pequeno triunfo.

– Você também esteve na estalagem? – perguntou-me o feitor.

– O senhor Lucilio lhes contará tudo – respondi modestamente. – Ele sabe mais do que eu porque teve que lidar, creio, com aqueles senhores.

– Ah! E o que dizem? Pensam em ir embora? – perguntou ansiosamente o Conde.

– Pensam em ficar – respondeu Lucilio –, por enquanto pelo menos não há esperança de que deixem o campo, será preciso recorrer ao Vice-capitão de Portogruaro para que eles coloquem o rabo entre as pernas.

Monsenhor Orlando mandou outro e mais expressivo olhar para a cozinheira e o cônego de Sant'Andrea ajeitou o colarinho com um leve bocejo: em ambos reverendos as necessidades do corpo começavam a gritar mais forte do que as aflições do espírito. Se isso é sinal de coragem, eles foram, naquela circunstância, os corações mais impetuosos do castelo.

– Mas o que diz o senhor? Qual é seu parecer nessa urgência? – perguntou com não menor ansiedade de antes o senhor Conde.

– Parecer só tenho um – acrescentou Lucilio. – Os muros estão bem reforçados? Estão bem escoradas as portas e as janelas? Há mosquetes e espingardas nas seteiras? Por esta noite há gente suficiente para vigiar a defesa?

– O senhor, o senhor, Capitão! – gritou a Condessa irritada pela atitude pouco segura do mercenário. – Responda ao senhor Lucilio! O senhor dispôs as coisas de modo que possamos nos sentir seguros?

– Isto é – tartamudeou o Capitão –, só tenho quatro homens incluindo Marchetto e Germano, mas os mosquetes e as espingardas estão em ordem e também distribuí a pólvora... Em falta de balas, estou usando a minha munição de caça.

– Muito bem! Acha que aqueles bandidos são passarinhos? – gritou o Conde.

– Estaremos fritos nos defendendo com chumbinho!

– Calma, por cinco ou seis horas os chumbinhos bastarão – retomou Lucilio –, e se suas senhorias conseguirem refrear aqueles assassinos até de manhã, creio que as milícias do Vice-capitão terão tempo de intervir.

– Até de manhã! Como se faz para nos defendermos até de manhã, se aqueles temerários meterem na cabeça de nos atacarem!? – berrou o Conde puxando os cachos da peruca. – Mataremos um, o sangue subirá à cabeça dos outros, e estaremos todos fritos antes que o senhor Vice-capitão pense em enfiar as chinelas!

– Não veja as coisas tão sombrias – replicou Lucilio –, castigando um, creia em mim, os outros criarão juízo. Nunca se perde mostrando os dentes, e já que o senhor capitão Sandracca não parece estar em seu humor costumeiro, vou me encarregar disso, declaro e garanto que eu só bastarei para defender o castelo e desbaratar ao mínimo movimento de todos aqueles fanfarrões lá fora!

– Bravo senhor Lucilio! Nos salve o senhor! Estamos em suas mãos! – exclamou a Condessa.

De fato, o jovem falava com tanta segurança que devolveu a todos um pouco de alento; a vida voltou a se mover naquelas pessoas atordoados pelo medo, e a cozinheira dirigiu-se ao guarda-louças para grande satisfação do Monsenhor. Lucilio pediu para ser informado brevemente como estavam as coisas; melhor fundamentado julgou que fosse um ardil do castelão de Venchieredo para cortar ao meio o processo com uma manobra sobre a chancelaria, e como primeiro ato de sua autoridade mandou transportar a uma sala interna os papéis e os protocolas daquela questão. Depois, examinou diligentemente os fossos, as portas e as janelas; colocou Marchetto e Germano atrás do portão; pôs o feitor de vigia do lado da escuderia; outros dois cernides que eram a força da guarnição colocou nas seteiras que davam para a ponte; distribuiu as munições e ordenou que imperdoavelmente fosse morto aquele que primeiro ousasse tentar atravessar o fosso. O capitão Sandracca estava sempre nos calcanhares do jovem enquanto ele tomava essas providências, mas não tinha coragem de fazer cara feia, aliás, eram precisos os sinais, os gritos e os incentivos da mulher para ele não dizer que lhe doía a barriga e ir ao celeiro.

– O que lhe parece, Capitão? – disse Lucilio com uma expressão um tanto zombeteira. – O senhor teria feito o que eu fiz?...

– Sim senhor... já tinha feito, – balbuciou o Capitão – mas o meu estômago...

– Pobrezinho! – interrompeu-o a senhora Veronica. – Ele trabalhou até agora, é mérito dele se os bandidos ainda não entraram no castelo.

Mas já não é tão jovem, cansaço é cansaço, e as forças não correspondem à boa vontade!

– Preciso descansar – murmurou o Capitão.

– Sim, sim, descanse por favor – acrescentou Lucilio –, já provou bastante o seu zelo e já pode se enfiar nos lençóis com a consciência tranquila.

O veterano de Cândia não esperou que dissesse duas vezes, subiu as escadas voando como um anjo, e por mais que a mulher fosse atrás dele gritando para cuidar que não caísse, em quatro saltos estava em seu quarto bem chaveado e escorado. Ter de passar perto das seteiras dera-lhe tontura e lhe pareceu muito melhor estar entre as cobertas e o colchão. Aos perigos futuros Deus proveria, ele temia mais do que tudo os perigos presentes. A senhora Veronica depois desabafava, repreendendo baixinho a sua inutilidade e ele respondia que não era seu trabalho enfrentar os ladrões, mas se se tratasse de uma verdadeira guerra guerreada o teriam visto em seu posto.

– Os jovens, os jovens! – exclamou o valentão esfregando as pernas. – Posam de heróis porque têm a imprudência de desafiar uma bala espiando como os melros. Eh, meu Deus, não é só isso!... Veronica, não saia do quarto!... Quero defendê-la como o maior tesouro que exista!

– Obrigado – respondeu a mulher –, mas porque você não se despiu?

– Despir-me! Você quer que eu me dispa com essa tempestade de nada que temos atrás de nós!... Veronica, fique sempre perto de mim... Quem quiser a ofender precisará antes passar por cima do meu cadáver.

Ela também se jogou na cama vestida como estava, e como mulher corajosa também teria pegado no sono, se o marido a cada mosca que voava não pulasse tão alto, perguntando se tinha ouvido algo, exortando-a a confiar nele, e a não se afastar do seu legítimo defensor.

Enquanto isso, em baixo, uma discreta ceia improvisada com ovos e bracholas acalmara os espasmos dos dois monsenhores devolvendo-os com toda a alma ao medo, perguntavam-se um ao outro o número e a qualidade dos atacantes: eram cem, eram trezentos, eram mil; todos chave de cadeia, o melhor deles escapara da forca por indulgência do carrasco. Se gritavam contrabando, era para achar pretexto para um saque; pelos berros e cantos na praça deviam estar encharcados de bebida, de modo que não se podia esperar deles bom-senso nem perdão. O resto do grupo estava assustado com esse raciocínio, e pior ainda quando alguma das sentinelas vinha relatar algum barulho ouvido, algum movimento observado nas vizinhanças do castelo. Lucilio, depois de visitar a velha Condessa e também ter ocultado com uma mentira a ausência de Clara, voltara a confortar aqueles pobres diabos. Escreveu e fez o Conde assinar uma longa e urgentíssima carta ao Vice-capitão de Portogruaro, e pediu licença a todos para ir ele mesmo em pessoa levá-la. Misericórdia! Nunca deveria ter dito! A Condessa quase se lançou de joelhos diante dele; o Conde o agarrou pela roupa tão furiosamente que quase arrancou um pedaço; os cônegos, a cozinheira, os ajudantes e os servos o cercaram por todos os lados para impedi-lo de sair. E todos com olhares, com gestos, com monossílabos ou com palavras tentavam fazê-lo entender que sua partida era o mesmo que querer privá-los da última ilusão de salvação. Lucilio pensou em Clara, e então decidiu ficar. Entretanto, era preciso que alguém se encarregasse da carta, e de novo lançaram os olhos sobre mim. Valendo-me da confusão geral, eu estivera no quarto da Pisana suportando suas broncas pelo feito *extra muros* do qual a haviam destituído. Mas assim que me chamaram tive o bom-senso e a sorte de fazer com que me encontrassem nas escadas. Encheram-me a cabeça de instruções e de recomendações, costuraram na minha jaqueta a carta, embarcaram-me na costumeira tábua, e eis que eu estava pela segunda vez empenhado em uma missão diplomática. Soavam então exatamente as dez da noite, e a lua batia em meus olhos com pouca modéstia; duas coisas me davam algum incômodo, a primeira pelas bruxas e bruxarias contadas por Marchetto, a segunda vinha da facilidade de poder ser observado. Com tudo isso tive a sorte de chegar são e salvo à pradaria. De início, tremia um pouquinho, mas me acalmei no caminho, e ao entrar no moinho, conforme minhas instruções, assumi um ar de importância que me deu orgulho. Tranquilizei a condessinha Clara e respondi com elegância a todas suas perguntas; pedi a Marianna que fosse acordar o maior de seus filhos, aproveitei de sua ausência para rasgar o forro da jaqueta e tirando a carta coloquei-a no bolso como se nada fosse. Sandro era um rapagão dois anos mais velho do que eu e demonstrava uma inteligência e uma coragem não comuns, por isso o feitor me recomendara dirigir-me a ele para mandar aquele escrito a Portogruaro. Ele aceitou o encargo sem nem pensar; jogou jaqueta às costas, colocou a carta no peito e saiu assobiando como se fosse dar água aos bois. A estrada que ele devia pegar para Portogruaro afastava-se sempre mais de Fratta e não havia perigo de ser surpreendido e interceptado. Por isso eu não tinha nenhum temor, feliz, felicíssimo de ver andar a bom fim todas as missões que me deram, e com os ouvidos cheios dos elogios que receberia na cozinha do castelo. Apesar do senhor Lucilio ter me recomendado fazer companhia à senhora Clara até a volta do mensageiro, o chão queimava embaixo de mim para me colocar a caminho; aquele ir e vir, aquele mistério, aqueles perigos tinham dado impulso à minha imaginação infantil, e eu não podia ficar sem alguma grande missão nas mãos. Veio-me à cabeça voltar ao castelo para dar notícias daquela parte do encargo que já havia feito, sempre devendo renovar a incursão para saber a resposta do Vice-capitão de justiça. Clara, ao ouvir essa minha intenção, perguntou resolutamente se eu tinha ânimo para fazê-la também passar o fosso. Meu pequeno coração palpitou mais de soberba do que de incerteza, e respondi com o rosto em brasa e com o braço estendido que preferiria me afogar a deixar que ela molhasse a ponta do vestido. Marianna tentou impedir com muitas razões de prudência esse projeto da patroinha, mas ela havia cravado o prego, e eu estava tão contente de bater nele que demorava a hora de estar com ela ao aberto.

Dito e feito, deixando a moleira com sua prudência, saímos para os campos e de lá logo chegamos sem problemas aos fossos. O mesmo assobio, a mesma tábua; a travessia aconteceu como das outras vezes. A Condessinha exultava tanto em fazer aquele improviso, que passar a água daquele modo lhe foi quase agradável e ria como uma menina ao se ajoelhar naquela prancha. As festas, os espantos, a alegria de toda a família seriam longas e de se recordar, mas o primeiro pensamento de Clara foi perguntar pela avó, ou se não foi o primeiro pensamento foi certamente a primeira palavra. Lucilio respondeu que a boa velha, persuadida pela mentira que a fizeram engolir sobre ela, dormira em paz, e era melhor não a acordar. Então a jovem sentou-se com os outros na copa, mas enquanto todos ouviam pelas fendas das janelas os barulhos que vinham do vilarejo, ela falava muda com os olhos de Lucilio e lhe agradecia por tudo que ele havia feito em favor deles. De fato, era uma só voz que atribuía ao senhor Lucilio todo aquele pouco de segurança e de esperança que aliviava as almas dos habitantes do castelo da primeira humilhação. Tinha sido ele a consolá-los com alguns bons argumentos, ele a municiar provisoriamente o castelo contra o ataque, ele a conceber aquela sublime ideia do recurso ao Vice-capitão. Ali voltava eu a campo. Perguntaram-me da carta e de quem havia se encarregado dela, e todos ficaram contentes em saber que dali a algumas horas eu voltaria ao moinho para buscar a resposta de Portogruaro. Todos me fizeram mil afagos, eu era levado na palma da mão. O Monsenhor perdoava a minha ignorância do *Confiteor*, e o feitor se arrependia de ter me feito um assador. O Conde me dirigia olhares doces e a Condessa não parava de me acariciar a nuca. Justiça tardia e merecida.

Enquanto todos se desdobravam para me fazer a corte, repentinamente cresceu o barulho lá fora, e Marchetto, o cavalcante, com o fuzil na mão e os olhos arregalados desabou na copa. O que é, o que não é? – Foi um levantar-se repentino, um gritar, um perguntar, um revirar de cadeiras e de candelabros. – Quatro homens por um conduto de água seco haviam saído atrás da torre; tinham saltado em cima dele e de Germano; Germano com duas facadas no flanco devia estar mal, e ele só tivera tido tempo de escapar fechando as portas atrás de si. A essas notícias, os gritos e a correria cresceram três vezes; ninguém sabia o que fazer; pareciam codornas enfiadas no escuro de um cesto batendo a cabeça aqui e ali desordenadamente sem causa e sem objetivo. Lucilio se esbaforia recomendando calma e coragem, mas era falar a surdos. Apenas Clara o ouvia e tentava ajudá-lo convencendo a Condessa a se animar e confiar em Deus.

– Deus, Deus! É mesmo hora de recorrer a Deus!... – exclamava a senhora – Chamem o confessor!... Monsenhor, pense em recomendar nossas almas.

O cônego de Sant'Andrea, a quem eram dirigidas essas palavras, não tinha mais alma para si – imaginem se tinha intenção ou possibilidade de recomendar a alma dos outros! Naquele momento ouviu-se o estrondo de muitos tiros, juntamente com gritos, barulhos e ameaças de gente que parecia lutar na torre. A confusão não teve mais limites. As mulheres da cozinha juntaram-se de um lado, as camareiras, a Pisana e os criados do outro; o Capitão entrou mais morto do que vivo amparado pela esposa, gritando que tudo estava perdido. Ouviam-se de fora os gritos e as preces da família de Fulgenzio e do feitor que pediam abrigo na casa patronal como lugar mais seguro. A copa era um assomar confuso e desabalado de rostos surpresos e pálidos, um gesticular de preces e de sinais da cruz, um chorar de mulheres, um praguejar de homens, um exorcizar de monsenhores. O Conde havia perdido sua sombra e achara oportuno enfiar-se ainda mais na sombra debaixo da coberta da mesa. A Condessa quase desmaiada se retorcia como uma enguia, Clara procurava confortá-la o melhor que podia. Eu pegara a Pisana nos braços, bem decidido a me deixar esquartejar antes de cedê-la a quem quer que seja: só Lucilio tinha a cabeça no lugar naquela balbúrdia. Perguntou a Marchetto e aos criados se todas as portas estavam fechadas, então perguntou ao cavalcante se havia visto os dois cernides antes de fugir da torre. O cavalcante não os tinha visto, mas de qualquer forma só dois homens não bastavam para fazer todo o grande barulho que se ouvia de fora, e Lucilio logo julgou que algum novo acidente tivesse acontecido. Já teria tido efeito o recurso ao

Vice-capitão? – Parecia muito cedo, ainda mais que o excesso de pressa não era um defeito das milícias de então. Mas certamente algum socorro aparecera, se os atacantes não estivessem tão bêbados a ponto de atirarem uns nos outros. Naquele instante, aos lamentos das esposas de Fulgenzio e do feitor, houve contra as janelas um bater de homens e um gritar para que se abrisse e se ficasse calmo, pois tudo estava acabado. O Conde e a Condessa não se acalmavam por nada, acreditando que fosse um estratagema imaginado para entrar na casa a traição. Todos se comprimiam angustiosamente ao redor de Lucilio esperando dele conselho e salvação; a condessinha Clara colocara-se ao pé da escadaria decidida a correr até a avó assim que o perigo se fizesse iminente. Seus olhos respondiam valorosamente aos olhares do jovem; ele que cuidasse dos outros, pois ela se sentia forte e segura contra o que quer que acontecesse. Eu segurava a Pisana nos braços mais forte do que nunca, mas a menina movida pela emulação da minha coragem gritava que a deixasse, que se defenderia sozinha. O orgulho era tão poderoso em sua imaginação que ela parecia bastar contra um exército. Nesse meio tempo, o senhor Lucilio aproximando-se de uma janela perguntara quem eram aqueles que batiam.

– Amigos, amigos! De San Mauro e de Lugugnana! – responderam muitas vozes.

– Abram! Sou Partistagno! Os bandidos foram dispersados! – acrescentou outra voz bem conhecida que, pode-se dizer, tirou a respiração de toda aquela gente trepidante entre o medo e a esperança.

Um grito de alegria fez tremer os vidros e os muros da copa e se todos tivessem se tornado loucos ao mesmo tempo, não teriam dado mais estranhas e grotescas demonstrações de alegria. Lembro-me e sempre irei me lembrar do senhor Conde, que ao feliz som daquela voz amiga colocou as mãos na cabeça, levantou a peruca e ficou com ela levantada em direção ao céu, como oferecendo-a em voto pela graça recebida. Eu ri, ri muito, que bom para mim que a grandeza do contentamento tirasse da minha pessoa a atenção geral! – Finalmente as portas foram abertas, as janelas escancaradas; acenderam-se as lanternas, candeeiros, lampiões e candelabros; e ao festivo esplendor de uma plena iluminação, entre o som das canções triunfais, dos *Te Deum* e das mais devotas jaculatórias, Partistagno invadiu com a armada libertadora todo o térreo do castelo. Os abraços, as lágrimas, os agradecimentos, as maravilhas foram sem fim; a Condessa, esquecendo qualquer recato, saltara ao pescoço do jovem vencedor, o Conde, o monsenhor Orlando e o cônego de Sant'Andrea quiseram imitá-la; Clara agradeceu-lhe com verdadeira efusão ter poupado à sua família sabe-se lá quantas horas de medo e de incerteza, e até talvez alguma desgraça menos imaginária. Só Lucilio não se juntou ao júbilo e à admiração comum, talvez o desfecho não lhe agradasse e ele gostaria que tivesse vindo de outro lugar em vez da parte de onde viera. Entretanto, ele era demasiado justo e sagaz para não mascarar esses sentimentos de inveja, e foi o primeiro a perguntar a Partistagno sobre o modo e a fortuna que o haviam levado àquela boa obra. Partistagno então contou como ele viera aquela noite para a costumeira visita ao castelo, mas um pouco mais tarde do normal pelo reparo de algumas barragens que o detiveram em San Mauro. Os beleguins de Venchieredo haviam-no proibido de entrar e ele fizera uma grande gritaria contra aquela prepotência, mas não conseguira nada; no final, vendo que conversar não valia nada e percebendo que aquela gritaria contra o contrabando era uma cobertura para Deus sabe qual diabrura, propusera-se partir e voltar à carga com argumentos bem diferentes de palavras.

– Por que eu não sou um prepotente de ofício – acrescentou Partistagno –, mas precisando também posso me fazer valer. – E dizendo isso mostrava os músculos com o braço estendido e rangia os dentes agudos e finos que pareciam os de um leão.

De fato, ele voltara a galope a San Mauro, lá reunira alguns de sua confiança, além de muitos cernides de Lugugnana que ainda estavam ali trabalhando na barragem, e voltara para Fratta. Chegara justamente no momento em que a torre era ocupada de surpresa por quatro beleguins, e ele, derrotando muito facilmente os bêbados que tramavam na praça e na estalagem, pôs-se a olhar o fosso com muitos dos seus. Com alguma dificuldade ganharam a outra margem sem que os que haviam ocupado a torre tivessem o cuidado de rechaçá-los, ocupados como estavam em desmontar dobradiças e fechaduras para penetrar no arquivo. Depois de alguns tiros, trocados às escuras mais por bravata do que por necessidade, os quatro bandidos caíram nas mãos dele e ele os prendera na própria torre onde tinham entrado com descarada maldade. Entre eles estava o chefe do bando, Gaetano. Quanto ao porteiro do castelo, ele já estava morto quando os cernides de Lugugnana viram quem era.

– Pobre Germano! – exclamou o cavalcante.

– E não tem mesmo mais perigo? Todos foram embora? Não voltarão para uma revanche? – perguntou o senhor Conde, ao qual não parecia verdade que um temporal tão grande tivesse se desfeito no ar sem qualquer grande estrondo de raios.

– Os chefes estão bem amarrados e ficarão ajuizados como crianças até quando o carrasco os ajeitar melhor – respondeu Partistagno –, quanto aos outros, garanto que não virão mais sentir qual o cheiro do ar de Fratta e que não querem nunca mais senti-lo.

– Deus seja louvado! – exclamou a Condessa. – Senhor Barão de Partistagno, nós todos fazemos suas as nossas coisas em reconhecimento do imenso serviço que nos prestou.

– O senhor é o maior guerreiro dos séculos modernos! – gritou o Capitão enxugando o suor da testa deixado pelo medo.

– No entanto, parece-me que o senhor também pensou em uma boa defesa – respondeu Partistagno. – Janelas e portas estavam tão bem fechadas que não passaria uma formiga.

O Capitão emudeceu, aproximou-se de lado à mesa para não mostrar que estava sem espada e com a mão indicou Lucilio, para atribuir a ele todo o mérito de tais precauções.

– Ah, foi o senhor Lucilio!? – exclamou Partistagno com um leve tom de ironia. – Preciso confessar que não se podia usar maior prudência.

O panegírico da prudência na boca de quem havia vencido com audácia parecia demais com um gracejo para que Lucilio não percebesse. Sua alma precisou se elevar bem alto para responder com uma modesta reverência àquelas palavras ambíguas. Partistagno, que acreditava tê-lo destruído ou pouco menos, voltou-se para ver na fisionomia de Clara o efeito daquele novo triunfo sobre o pequeno e infeliz rival. Espantou-se de não a ver, pois a menina já correra para cima para escutar atrás da porta da avó. Mas a boa velha dormia calmamente, protegida contra o tiroteio por um princípio de surdez, e ela voltou dali a pouco à copa contentíssima com sua exploração. Partistagno olhou-a prazerosamente e recebeu um olhar de pura benevolência que confirmou ainda mais sua compaixão pelo pobre doutorzinho de Fratta. Em meio a isso tudo choviam de todos os lados perguntas sobre isso e aquilo; sobre o número dos bandidos, sobre o modo que ele usou para atravessar o fosso, e como sempre acontece depois do perigo, todos se deliciavam em imaginá-lo enorme e lembrar as emoções. O estado de ânimo de quem escapou, ou considera ter escapado de um risco mortal, assemelha-se ao de quem recebeu resposta favorável a uma declaração de amor. A mesma alegria, a mesma loquacidade, a mesma prodigalidade de tudo que lhe é perguntado, a mesma leveza de corpo e de mente; para melhor dizer, todas as grandes alegrias assemelham-se em seus efeitos, diferentemente das grandes dores que têm uma escala de manifestações muito variada. As almas têm uma centena de sentidos para sentir o mal e um só para o bem; a natureza lembra um pouco a índole de Guerrazzi[4], que tem mais imaginação para os sofrimentos do que para as alegrias da vida.

O primeiro que pensou que os recém-chegados pudessem precisar se refazer foi o monsenhor Orlando; eu sempre acho que o estômago mais do que o reconhecimento o fizera perceber tal necessidade. Dizem que a alegria é o mais ativo dos sucos gástricos, mas o Monsenhor digerira a ceia durante o medo e a alegria não fizera mais do que estimular ainda mais seu apetite. Dois ovos e meia brachola! Era preciso mais para calar o apetite de um monsenhor!... Logo colocaram mãos à obra, e pegaram os porquinhos de Fulgenzio. O temor de um longo assédio desaparecera; a cozinheira trabalhava por três; as ajudantes e os criados tinham quatro braços cada um; o fogo parecia disposto a cozinhar qualquer coisa em um minuto; Martino chorando pela morte de Germano, que lhe fora comunicada naquele instante pelo cavalcante, ralava com três golpes meia libra de queijo. Eu e a Pisana fazíamos algazarra contentes e felizes por nos vermos esquecidos no tripúdio universal; por nós teríamos desejado todos os meses um ataque ao castelo para depois gozar de tal carnaval. Mas a memória do pobre Germano intrometia-se com frequência para toldar meu contentamento. Era a primeira vez que a morte passava perto de mim depois de chegar à idade da razão. A Pisana me distraía com seu falatório e me repreendia pelo meu humor variável. Mas eu respondia: – E Germano? – A pequena ficava amuada, mas logo depois voltava a falar, a me pedir contas das minhas expedições noturnas, a me convencer que ela teria feito melhor e a se congratular comigo que a cozinheira se dignara a pôr em ação a grelha giratória sem me obrigar a fazer as vezes dela. Eu me distraía da minha dor com essas conversas e o orgulho de ser um pouco estimado mantinha-me muito ocupado comigo e com minha importância para me permitir pensar demais no morto. Já passava meia hora da meia-noite quando a ceia ficou pronta. Não se fez distinção entre as pessoas. Na cozinha, na copa, na sala, na despensa todos comeram e beberam como e onde queriam. As famílias do feitor e de Fulgenzio foram convidadas ao banquete triunfal e somente entre uma garfada e um brinde à morte de Germano e o desaparecimento do sacristão e do Capelão causaram alguns suspiros. Mas os mortos não se mexem e os vivos se acham. De fato, o padreco e Fulgenzio

4 Trata-se de Francesco Domenico Guerrazzi (1804-1873), romancista e político de Livorno.

chegaram não muito depois, tão pálidos e desfigurados que pareciam ter estado presos num caixão de farinha. Uma salva de palmas saudou a entrada deles, e depois foram convidados a contar sua história. Na verdade, era muito simples. Os dois, diziam, sem saber um do outro, que assim que chegaram os inimigos correram para Portogruaro para implorar socorro, e de lá realmente chegavam com o verdadeiro socorro de Pisa[5].

– Como? Os senhores soldados estão lá fora? – exclamou o senhor Conde que ainda não percebera ter perdido a peruca. – Façam-nos entrar!... Vamos, façam-nos entrar!

Os senhores soldados eram em número de seis incluindo um tenente, mas em se tratando de estômago valiam por um regimento. Eles chegaram na hora de limpar os pratos dos últimos restos dos porquinhos assados e reavivar a alegria que já começava a se tornar sono. Mas depois que eles se fartaram e o cônego de Sant'Andrea recitou um *Oremus* rendendo graças ao Senhor pelo perigo do qual havíamos escapado, pensou-se seriamente em deitar. Então, quem pega, pega, um aqui e um ali, cada um encontrou seu próprio buraco, a gente importante nos aposentos de hóspedes, os outros nos aposentos dos frades, nos estábulos, no palheiro. No dia seguinte, soldados, cernides e guardas receberam por ordem do senhor Conde uma boa gorjeta e voltaram para casa depois de ter escutado três missas, em nenhuma das quais me incomodaram para que eu recitasse o *Confiteor*. Assim, depois daquela fúria de tempestade voltou-se à vida de sempre; o senhor Conde, entretanto, recomendara que portássemos o triunfo com modéstia porque não queria de jeito nenhum ir ao encontro de outras represálias.

Com tais disposições de espírito imaginem que o processo instituído sobre as revelações de Germano não foi adiante com muito cuidado e nem mesmo parecia que houvesse vontade de castigar realmente os quatro beleguins que tinham ficado prisioneiros de guerra de Partistagno. Venchieredo, astuciosamente consultado sobre eles, respondeu que realmente os havia mandado atrás de alguns contrabandistas que se diziam refugiados nas vizinhanças de Fratta, se depois suas instruções tinham sido ultrapassadas por eles de modo punível criminalmente, isso não lhe dizia respeito e sim à chancelaria de Fratta. O Chanceler, de resto, não mostrava grande vontade de ver a fundo as coisas, e evitava conduzir os detentos a perigosas confissões. O exemplo de

5 Socorro tardio e, portanto, inútil. A provável referência é que em 1508, o imperador Maximiliano do império Germânico prometeu enviar a Pisa uma expedição para expulsar os fiorentinos de lá, mas nunca cumpriu a promessa.

Germano falava muito claro, e o astucioso bacharel era homem de pegar as coisas no ar. Assim, deixava dormir o processo principal, e naquela investigação do ataque à torre estava felicíssimo de ter provado a perfeita embriaguez dos quatro imputados. De modo que esperava lavar as mãos, o pó do esquecimento se acumularia providencialmente sobre aqueles desgraçados protocolos. As coisas iam desse modo a cerca de um mês, quando uma noite dois capuchinhos pediram hospitalidade no castelo de Fratta. Fulgenzio que conhecia todas as barbas capuchinhas da província não reconheceu aquelas duas, mas tendo eles declarado que vinham do Ilírio, circunstância provada verdadeira pelo sotaque, foram acolhidos cortesmente. Mesmo que tivessem vindo do mundo da lua, ninguém se arriscaria a rejeitar dois capuchinhos com a magra desculpa de não os conhecer. Eles se desculparam com santa humildade ao entrar na copa, onde naquela noite a conversa corria solta e apostolaram a servidão com umas suas carolices e uns contos da Dalmácia e da Turquia que eram as costumeiras parábolas dos frades daquela região. Então pediram licença para irem se deitar, Martino os guiou e os introduziu no aposento dos frades que era separado do meu catre por um simples tabique e no qual eu os vi entrar por uma fresta. Pouco depois o castelo se calava na quietude do sono, mas eu vigiava da minha fresta porque os dois capuchinhos tinham algumas coisas de atiçar a curiosidade. Assim que entraram no quarto trancaram-se com dois bons palmos de corrente; então os vi tirar debaixo da túnica ferramentas que me pareciam de pedreiro, e também dois sólidos facões, dois bons pares de pistolas, que os frades não costumam levar. Eu não respirava de susto, mas a curiosidade de saber o que queriam dizer aqueles aparelhos me fazia continuar vigiando. Então um deles começou com um cinzel a retirar as pedras da parede que dava para a torre; com um golpe depois do outro na surdina fez um belo buraco.

– A muralha é profunda – observou baixinho o outro.

– Três braças e um quarto – acrescentou o que trabalhava –, vamos levar duas horas e meia antes de poder passar.

– E se alguém nos descobre nesse meio tempo!

– Sim?... Pior para ele!... Seis mil ducados compram bem um par de facadas.

– E se depois não pudermos escapar porque o porteiro acordou?

– Você está sonhando?... Ele é um rapazola, filho do Fulgenzio!... Vamos assustá-lo e ele nos dará as chaves para sairmos comodamente, senão...

"Pobre Noni!", pensei ao ver o gesto ameaçador com que o sicário interrompeu o trabalho. Eu nunca gostara daquela brasa encoberta do Noni, principalmente pela espionagem que ele fazia malignamente contra mim e a Pisana, mas naquele momento esquecia sua maldade, como também teria esquecido a beatice invejosa e maligna de seu irmão Menichetto. A compaixão fez calar qualquer outro sentimento, além disso a ameaça também me dizia respeito, se tivessem suspeitado que os observava pelos furos do tabique; já acostumado às expedições aventurosas esperei naquela noite também me mostrar uma pessoa sensata. Abri bem devagar a porta do meu buraco, e penetrei às apalpadelas no quarto de Martino. Não querendo nem me arriscando a falar, abri as janelas de modo que entrasse um pouco de luz porque a noite estava claríssima: aproximei-me da cama e comecei a acordá-lo. Ele pulou sobressaltado gritando quem era, o que era, mas eu tapei sua boca com a mão e fiz sinal para que se calasse. Sorte que ele me reconheceu logo; com acenos convenci-o a me seguir e levando-o ao patamar da escada contei-lhe tudo. O pobre Martino arregalava os olhos como lanternas.

– É preciso acordar Marchetto, o senhor Conde e o Chanceler – disse ele muito assustado.

– Não, basta Marchetto – observei com muito juízo –, os outros fariam confusão.

De fato, acordou-se o cavalcante que entrou no meu projeto de que era preciso fazer as coisas em silêncio, sem balbúrdia e sem muita gente. O buraco em que trabalhavam os capuchinhos dava no arquivo da chancelaria, que era um salão escuro no terceiro andar da torre, cheio de papéis, ratos e pó. O melhor era colocar lá dois homens robustos e de confiança que agarrassem um por um os dois frades à medida que passassem, os amordaçassem e os amarrassem.

E assim se fez. Os dois homens foram o próprio Marchetto e seu cunhado que estava no castelo como hortelão. Eles entraram devagarinho no arquivo usando a chave do Conde que sempre ficava no bolso de suas calças na antecâmara; ficaram ali, um à direita e outro à esquerda do lugar em que se ouviam surdos golpes dos dois cinzéis. Depois de meia hora entrou no arquivo um raio de luz, e os dois homens firmes em seu posto. Se fosse preciso tinham se armado de cutelos e pistolas, mas esperavam não os usar porque os senhores frades trabalhavam seguros e sem qualquer temor.

– Eu passo com o braço – murmurou um deles.

– Mais dois golpes e o difícil está feito – respondeu o outro.

Com pouco trabalho o buraco se alargou consideravelmente, uma pessoa podia passar com algum esforço; então um dos frades, aquele que parecia o chefe, enfiou a cabeça, depois um braço depois o outro e escorregando adiante com as mãos no pavimento do arquivo tentava puxar as pernas. Mas quando menos esperava sentiu uma força amiga ajudá-lo, e ao mesmo tempo um punho vigoroso agarrou-lhe o queixo, e abrindo os maxilares enfiou na boca uma coisa que quase o impedia de respirar, quanto mais gritar. Uma boa corda nos pulsos e uma pistola na garganta terminaram a obra e o convenceram a não se mover da parede em que o haviam encostado. O frade companheiro pareceu um pouco inquieto pelo silêncio que se sucedeu à passagem de seu chefe, mas depois se acalmou acreditando que não falasse com medo de ser ouvido, e também se aventurou a colocar a cabeça para fora do buraco. Ele foi tratado com menor precaução do que o primeiro. Assim que passou a cabeça, Marchetto a puxou tanto que a teria arrancado se ele não tivesse movido algumas pedras da muralha com os ombros. Amordaçado e amarrado, revistou-o muito bem juntamente com o companheiro; tiraram suas armas e foram levados para um lugarzinho úmido, separado e bem resguardado onde cada um foi posto em uma cela como dois frades de verdade. Deixaram-nos ali com suas meditações para acordar a família e propalar a grande novidade.

Imaginem que espanto, que palpitação, que alegria! Era certo que aquele novo tiro também vinha da parte de Venchieredo. De modo que se decidiu guardar segredo o mais possível até que se desse notícia do acontecido ao Vice-capitão de Portogruaro. Fulgenzio foi encarregado disto. A missão teve tão bom efeito que o castelão ainda esperava a volta dos dois frades, quando uma companhia de *schiavoni*[6] cercou o castelo de Venchieredo, prendeu o senhor jurisdiscente, e o levou amarrado a Portogruaro. Certamente Fulgenzio encontrara argumentos muito decisivos para levar a prudência do Vice-capitão a uma tão forte e súbita resolução. O prisioneiro pálido de bile e de medo mordia os lábios por ter caído como bobo em uma armadilha, e com tardia prudência pensava em vão nos belos feudos que possuía do lado de lá do Isonzo. Os cárceres de Portogruaro eram muito sólidos e a pressa de sua captura muito significante para que se iludisse de poder escapulir. Os habitantes de Fratta, de sua parte, ficaram aliviados de um grande peso, e todos se insurgiram contra a temeridade daquele prepotente; pequenos e grandes se regozijavam com aquela jogada como se o mérito fosse justamente deles e não do acaso. Uma ordem vinda alguns dias depois para entregar os quatro

---

6 Soldados de uma companhia especial da República de Veneza, que era formada somente por eslavos. Mercenário eslavo.

imputados pela invasão à mão armada, além dos dois falsos capuchinhos e os papéis do processo de Germano a um mensageiro do Sereníssimo Conselho dos Dez levou ao auge a alegria do Conde e do Chanceler. Eles respiram aliviados por ter as mãos limpas daquela mancha e fizeram cantar um *Te Deum por motivos relativos à suas almas* quando depois de dois meses soube-se reservadamente que os seis bandidos estavam condenados à prisão perpétua, e o castelão de Venchieredo a dez anos de reclusão na fortaleza de Rocca d'Anfo, no Bresciano, como réu convicto de alta traição e de conspiração com potentados estrangeiros contra a República. As cartas deixadas por Germano eram justamente parte de uma correspondência clandestina entre Venchieredo e alguns feudatários de Gorizia, na qual se falava em induzir Maria Teresa da Áustria a se apropriar do Friuli vêneto garantindo favorecer a cooperação da nobreza local. Tendo ficado em poder de Germano parte dessa correspondência pelas dificuldades de porte e de paradeiro muitas vezes encontradas, ele se esquivara de restitui-la dizendo ter destruído os papéis por medo de quem o seguia ou outra urgente causa. Assim ele pensava em preparar uma boa defesa contra o patrão no caso em que ele, como costumava, quisesse se ver livre dele; o destino quis que aquilo que preparara para se defender valesse para ofender um homem prepotente e iníquo. Depois do processo criminal de Venchieredo correu em Foro Civil a causa de traição. Mas talvez pelo bom-senso do Governo em não mexer demais com a nobreza friulana, ou pela valentia dos advogados, ou bondade dos juízes, decidiu-se que a jurisdição do castelo de Venchieredo continuaria a ser exercitada pelo filho caçula do condenado, o qual era aluno no colégio dos padres Scolopi em Veneza. Em uma palavra, julgou-se que a sentença de traição pronunciada contra o pai não deveria trazer efeito em prejuízo do filho. Foi então que, afastado Gaetano e qualquer outro impedimento, Leopardo Provedoni obteve finalmente como esposa Doretta. O senhor Antonio teve que se contentar, como também ver o Spaccafumo assistir e honrar o almoço de núpcias, apesar dos éditos e das sentenças. Os noivos foram considerados os mais belos já vistos no território nos últimos cinquenta anos; os morteiros que soltaram em sua homenagem ninguém se preocupou em contar. Doretta entrou triunfalmente na casa Provedoni: os galanteadores de Cordovado tiveram uma beleza a mais para espiar durante a missa dos domingos. Se a força hercúlea e a severidade do marido espantavam as homenagens deles, os encorajava continuamente o coquetismo da esposa. E todos sabem que em tais assuntos são mais escutadas as lisonjas do que os medos. O Chanceler de Venchieredo, tendo ficado patrão quase absoluto no castelo durante a minoridade do jovem jurisdiscente, refletia parte de seu esplendor sobre a filha: certamente nos dias de festa ela preferia o braço do pai ao do marido, principalmente quando ia se exibir nas festivas reuniões junto à fonte. Minha sorte nesse meio tempo também mudara muito. Eu ainda não estava em tempo de me casar, mas tinha doze anos feitos, e a descoberta dos falsos capuchinhos me elevara muito na opinião das pessoas. A Condessa não me atormentava mais, e algumas vezes parecia próxima a se lembrar do nosso parentesco, apesar de logo se arrepender daqueles impulsos de ternura. Porém não se opôs ao marido quando ele colocou na cabeça de endereçar-me à profissão de advogado, colocando-me como escrivão do senhor Chanceler.

Finalmente tive meu lugar na mesa comum, justamente perto da Pisana, porque os apuros da família, que continuavam com uma péssima administração, haviam feito deixar de lado a ideia do convento, também com relação à pequena. Eu continuava a resmungar, a brincar e a me martirizar com ela, mas minha importância já me compensava dos vexames que ainda me tocava suportar. Quando podia passar diante dela recitando minha lição de latim, que devia repetir ao Pároco no dia seguinte, parecia-me ser um pouco superior a ela. Pobre latinista! Como não entendia nada!...

CAPÍTULO SEXTO

No qual se lê um paralelo entre a Revolução Francesa e a tranquilidade patriarcal da jurisdição de Fratta. Os Excelentíssimos Frumier se abrigam em Portogruaro. Crescem a minha importância, o meu ciúme, o meu conhecimento de latim, de modo que me colocam para rascunhar papéis na Chancelaria. Mas o surgimento em Portogruaro do douto padre Pendola e do brilhante Raimondo de Venchieredo me preocupa um pouco.

Os anos que chegavam ao castelo de Fratta e passavam um igual ao outro, modestos e sem importância como humildes camponeses, traziam, entretanto, a Veneza e ao resto do mundo, nomes famosos e terríveis. Chamavam-se 1786, 1787, 1788; três números iguais a outros, mas que na cronologia da humanidade ficarão como símbolos de uma de suas principais transformações. Hoje, ninguém crê que a Revolução Francesa tenha sido a loucura de um só povo. A Musa imparcial da história nos revelou as largas e ocultas raízes daquele delírio de liberdade, que depois de longamente incubado nos espíritos, irrompeu nas ordens sociais, cego, sublime, inexorável. Onde estrondeia um fato, estejam certos, lampejou uma ideia. Somente a nação francesa, despreocupada e impetuosa, lança-se antes das outras da doutrina ao experimento: foi chamada de cabeça da humanidade, e não é mais do que a mão; mão ousada, habilidosa, que com frequência destruiu sua obra, enquanto na mente universal dos povos amadurece mais solidamente sua concepção. Em Veneza, como em outros Estados da Europa, as opiniões começavam a sair dos núcleos familiares para se mover no círculo mais vasto dos negócios civis; os homens sentiam-se cidadãos, e como tais, interessados no bom governo da pátria; súditos e governantes, os primeiros sentiam-se capazes de reivindicar direitos, os segundos percebiam a relação dos deveres. Eram olhares hostis, um preparar-se para batalha de duas forças até então concordes; uma nova intrepidez de um lado, um medo desconfiado do outro. Mas em Veneza, menos que em outros lugares, os ânimos estavam dispostos a passar por cima das medidas das leis: a Signoria fia-se justamente no contente cochilar dos povos; e não sem razão um príncipe do Norte[1], que por ali passou na época, disse ter encontrado não um Estado, mas uma família. Entretanto, o que é oportuno e natural necessidade em uma família, pode ser tirania em uma república; as diferenças de idade e de experiência que induzem a obediência da prole e a tutela paterna não se refletem sempre nas muitas condições dos governados e das autoridades. O bom senso amadurece no povo, enquanto a justiça de outros tempos fica diante dele como um obstáculo. Para continuar a metáfora, chega o momento em que os filhos crescidos de força, de razão e de idade têm o direito de sair da tutela: uma família, na qual o direito de pensar, concedido a um octogenário, fosse negado a um homem adulto, não estaria certamente organizada conforme o desejo da natureza, aliás, sufocaria o mais santo dos direitos humanos, a liberdade.

Veneza era uma família. A aristocracia dominante decrépita; o povo enfraquecido no ócio, mas que também rejuvenescia em sua consciência ao sopro criativo da filosofia; um cadáver que não queria ressuscitar, uma estirpe de seres vivos obrigada por longa servidão a habitar com esse sepulcro. Mas quem não conhece essas ilhas afortunadas, amadas pelo céu, acariciadas pelo mar, onde até a morte despe suas negras mortalhas e os fantasmas dançariam na água cantando as amorosas oitavas de Tasso? Veneza era o sepulcro onde Julieta adormece sonhando com os abraços de Romeu; morrer com a felicidade da esperança e as róseas ilusões da alegria será sempre o ponto mais delicioso da vida. Assim, ninguém percebia que os longos e barulhentos carnavais não eram mais do que as pompas fúnebres da rainha do mar. Em 18 de fevereiro de 1788[2] morria o doge Paolo Renier, mas sua morte não chegou ao público até o segundo dia de março, para que o luto público não interrompesse os festejos da semana gorda. Vergonhosa frivolidade demonstrando que nenhum amor, nenhuma fé dedicavam os súditos ao príncipe, os filhos ao pai. Viva e morra como quiser, desde que não turve a alegria das mascaradas, e os divertimentos do Ridotto[3]; esses eram os sentimentos do povo e da nobreza que se fingia de povo só para gozar com menores despesas, e mais segurança. Com a mesma indiferença foi eleito doge, aos nove

---

1 Trata-se do grão-duque Paulo Petrovich Romanov (1754-1801), herdeiro do trono russo, chamado de "o conde do norte", que visitou Veneza em 1782 com sua segunda esposa Sofia Dorotea de Württemberg. Esta e outras informações que serão assinaladas quando oportuno, Nievo retira do livro *Storia della Repubblica di Venezia*, do padre veneziano Giuseppe Cappelletti, publicado em 1850, por G. Antonelli Editore, em Veneza

2 A data da morte do Doge é controversa. Nievo usa a data citada por Cappelletti.

3 Casa pública de jogos de Veneza

dias de março, Lodovico Manin[4]: talvez tenham se apressado para que as festas das eleições rompessem a melancolia da quaresma. O último doge subiu ao trono de Dandolo e de Foscari[5] nos dias de jejum, mas Veneza ignorava então qual penitência lhe estivesse preparada. Entre tanta despreocupação, em meio a uma tão podre incapacidade, não faltara quem, prevendo confusamente as necessidades dos tempos, propusesse à Signoria os oportunos remédios. Talvez até os remédios propostos não fossem oportunos nem de acordo com a necessidade, mas devia bastar tê-la feito apalpar a chaga para que pensasse em fármacos melhores. Mas a Signoria afastou os olhos do mal; negou a necessidade de uma cura onde a calma e o contentamento não indicavam enfermidade, mas saúde; não percebeu que essas enfermidades são exatamente as mais perigosas em que falta até a vida da dor. Não muitos anos antes, o Magistrado de Comuna[6], Angelo Querini[7], sofrera duas vezes a prisão por ordem do Conselho dos Dez, por ter ousado denunciar seus abusos e as corporações ilegais com que se monopolizavam e se falsificavam as maiorias no Conselho Maior. Da segunda vez, depois de ter prometido falar sobre esse assunto, foi preso antes que a promessa pudesse ter efeito. Tal era a independência de uma autoridade semitribunícia, e tanto o valor e o afeto que lhe era consentido; ninguém percebeu ou todos fingiram não perceber a prisão de Angelo Querini, porque ninguém tinha vontade de imitá-lo. Mas era o tempo em que as reformas avançavam por força. Em 1779, era tão decadente a administração da justiça e a sorte pública que mesmo o mais paciente e feliz dos povos se ressentia. Primeiro, Carlo Contarini[8] propôs no Conselho Maior a correção dos abusos com mudanças adequadas nas formas constitucionais; sua alegação foi tão premente e ao mesmo tempo tão moderada, que com espantosa unanimidade foi tomada a decisão de enviar à Signoria a

---

4 Último doge da Sereníssima, fraco e indeciso, foi um dos maiores responsáveis pelo inglório fim da República em 1797.

5 Enrico Dandolo e Francesco Foscari, respectivamente doges de 1192 a 1205 e de 1423 a 1457, foram os artífices da grandeza de Veneza.

6 Os três Magistrados de Comuna constituíam uma das mais altas magistraturas eletivas da Sereníssima, com função de acusação pública nas três Quarantias (Supremo Tribunal) civis e na criminal. Ficavam no cargo por dezesseis meses e tinham ingresso em todos os Conselhos da República, cujas deliberações eram nulas se aprovadas sem a presença de ao menos um deles.

7 Angelo Querini, magistrado em 1761, foi preso uma primeira vez por ter tentado eliminar as ingerências do Conselho dos Dez. Voltando a Veneza em 1762, denunciou em pleno Conselho Maior os meios ilícitos com que se criavam maiorias irregulares.

8 Advogado culto e eloquente que, entre 1778 e 1780, juntamente com Giorgio Pisani, promoveu as tentativas de reforma descritas a seguir.

pronta proposta das modificações necessárias. Nota-se nessas discussões que o que hoje se chamaria de partido liberal tendia a restaurar todo o patriciado no amplo exercício de sua autoridade, dissolvendo o poder oligárquico que se concentrara na Signoria e no Conselho dos Dez por um longo e ilegal costume. Aparentemente visavam reformas de pouca monta; substancialmente buscava-se ampliar o direito da soberania, remetendo-o pelo menos às suas proporções primitivas e insistindo sempre na máxima, a muito tempo esquecida, de que ao Conselho Maior cabia ordenar e à Signoria executar: em todas as ocasiões se recordava que esta só tinha uma autoridade demandada.

Os partidários da oligarquia reclamavam ter que suportar tais discursos, mas a confusão e a multiplicidade das leis lhes ofereciam mil subterfúgios para retardar as coisas. A Signoria fingia se dobrar à obediência exigida e propunha recursos insuficientes e ridículos. Depois de um ano de contínuas disputas, nas quais o Conselho Maior apoiou sempre em vão o voto dos reformadores, entrou no meio o Sereníssimo Doge. Sua proposta foi delegar o exame dos defeitos acusados nas disposições republicanas a um magistrado de cada uma das cinco corregedorias; a conveniência dessa decisão, que afinal era nada, foi apoiada por ele pelas mesmas razões com que um político astuto aprovaria a necessidade de reformar tudo e logo. Renier falou muito das monarquias da Europa, poderosas em detrimento das poucas repúblicas; daí deduziu a necessidade da concórdia e da estabilidade. "Eu mesmo", acrescentava ele em seu veneziano patriarcal, "eu mesmo estando em Viena durante as turbulências da Polônia ouvi muitas vezes repetir: *Estes senhores Polacos não querem ter juízo*; *nós daremos um jeito neles*. Se há Estado que necessite de concórdia, é o nosso. Nós não temos forças terrestres, marítimas ou alianças. Vivemos ao destino, *por acidente*, e vivemos com a única ideia da prudência do governo"[9]. O Doge, falando assim, mostrava a meu ver mais cinismo do que coragem; sobretudo porque para reparar tanta ruína só sabia propor a inércia e o silêncio. Ele dizia: "Se tiramos uma pedra, a casa cai! Vocês não respiram e não tossem por medo que lhes caia em cima". Mas quanto a confessar em pleno Conselho, para ele, o primeiro magistrado da República, seria tanta a vergonha que lhe faria jogar como uma ignomínia o corno[10] ducal. Pelo menos o procurador

9 Citado a partir de Cappelletti.

10 Corno ou coroa ducal veneziana era um ornamento muito antigo, provavelmente remontando ao primeiro doge Paoluccio Anafesto, em 697, constituída por um pedaço de pano dourado em forma de barrete enfeitado de pérolas.

Giorgio Pisani havia gritado que se aconselhassem as mudanças necessárias nas disposições republicanas, e que se fossem julgadas impossíveis de se fazer, se entregasse em ato público o memorial, para que os pósteros lamentassem a impotente sabedoria dos avós, mas não maldissessem seu despreparo, não lançassem ao vento suas cinzas. O Conselho Maior aceitou o parecer do Doge e os cinco corregedores foram eleitos, entre eles o próprio Giorgio Pisani.

Quando depois, passada aquela momentânea agitação, os Inquisidores de Estado retaliaram e, sem qualquer respeito pelos decretos soberanos, confinaram por dez anos Pisani no castelo de Verona[11], mandaram Contarini morrer exilado em Bocche di Cattaro, proscreveram e condenaram muitos outros, não se viu censura ou piedade. Viu-se, exemplo único na história, um magistrado de justiça condenar como crime o que o Supremo Conselho da República havia julgado útil, oportuno e decoroso. E esse suportar sem se ressentir do descarado insulto, e deixar debilitados no exílio e nos cárceres aqueles aos quais havia delegado a execução de seus decretos. Assim era o ordenamento político, a paciência do povo veneziano. Na verdade, mais do que viver desse modo, ou *por acidente*, como dizia o Sereníssimo Doge, teria sido obra mais civil, prudente e também generosa, arriscar-se a morrer de alguma outra maneira. A partir daí chegou finalmente o dia em que a ameaça de novidade soou com um barulho bem diferente do que com a débil voz de alguns oradores domésticos. No mesmo dia em que foi decretada em Paris a convocação dos Estados Gerais[12], 14 de julho de 1788[13], o embaixador Antonio Cappello deu a notícia ao Doge, acrescentando considerações muito graves sobre os apuros que a República poderia passar, e os modos mais oportunos para governá-la. Mas os Excelentíssimos Sábios[14] jogaram o despacho no monte das comunicações não lidas publicamente e nem o Senado teve conhecimento. Porém, os Inquisidores de Estado

11 Refere-se ao castelo de San Felice, nas redondezas de Verona.

12 Os Estados Gerais eram uma assembleia consultiva e legislativa das três classes sociais do país. Cada estado se reunia em sua própria assembleia, que era convocada e dissolvida pelo rei. A assembleia não tinha real poder, pois funcionava como um corpo de aconselhamento do rei através de petições.

13 Na verdade, 8 de agosto. Nievo usou aqui a informação de Cappelletti.

14 Os Sábios eram Francesco Foscari, Pietro Barbarigo, Gerolamo Ascanio Giustinian, Pietro Zen, Giovanni Quirini e Francesco Morosini II. Eles temiam que essas notícias comunicadas ao Senado provocassem longas discussões e consequências imprevisíveis. A preocupação principal do governo veneziano era não criar inimizades. O embaixador Cappello recebeu instruções de regular sua conduta pela dos outros embaixadores estrangeiros.

redobraram a vigilância e então começou um tormento contínuo de prisões, espionagens, ameaças, humilhações, éditos, que sem diminuir o perigo fazia perceber sua iminência e também mantinha nos ânimos uma desconfiança mista de medo e de ódio. Enquanto isso, o Conde Rocco Sanfermo[15] expunha, de Turim, as desordens da França e as tramas secretas das Cortes da Europa[16]; Antonio Cappello, refugiado em Paris, instava a viva voz uma pronta deliberação. O perigo crescia de tal forma que não era factível superá-lo sem dividi-lo com algum dos adversários. Mas a Signoria não estava acostumada a olhar além do Adda[17] e do Isonzo: não entendia como em sua paz pudessem importar os tumultos e as agitações dos outros; só acreditava útil e salutar a neutralidade não prevendo que esta seria impossível. Cresciam as balbúrdias de fora; os boatos, os temores, os abusos de dentro. A atitude do Governo parecia se apoiar em uma calma confiança em si mesmo e um por um todos os governantes tinha no coração a indiferença do desespero. Nessas condições houve muitos que, mais astutos do que outros, livraram-se de confusão, partindo da Veneza. E assim ficaram no timão da coisa pública os muito orgulhosos, os pouquíssimos preocupados com o bem público e a multidão dos incapazes, dos sossegados e dos indigentes.

O Excelentíssimo Almorò Frumier, cunhado do Conde de Fratta, possuía muitas terras e uma casa magnífica em Portogruaro. Ele estava entre os que sem ver claro naquela embrulhada sentiam de longe o seu mau cheiro, e tinham pouquíssima vontade de queimar as mãos. Por isso, de acordo com a esposa, que não via de má vontade os lugares em que sua família gozava privilégios quase soberanos, transferiu-se para Portogruaro no outono de 1788. A saúde da dama, que para se restabelecer precisava dos ares nativos serviu de pretexto para a mudança; ali chegando, propuseram-se a não colocar os pés em Veneza até que a última nuvenzinha do temporal não se esvaísse. Os dois filhos que o cavalheiro tinha cuidavam muito bem dos interesses da família em Veneza; quanto a ele, a reverência dos ilustríssimos provinciais e de toda uma cidade compensavam o desgaste da perigosa honra de advogar no Senado. Com um grande enxoval de caixas, baús, poltronas e de mobílias, os dois maduros noivos embarcaram em uma carruagem; depois de sofrer angustiosamente o longo martírio do tédio e dos mosquitos, em cinquenta

15 Embaixador da Sereníssima.

16 Essas mensagens também não chegaram ao Senado.

17 Rio que nasce no lago de Como e divide a Lombardia do Vêneto.

horas de viagem por pântanos e canais, desembarcaram no Lemene para a Temporada. Assim os venezianos costumavam chamar suas casas em terrafirme, fosse em Milão ou em Paris, não só em Portogruaro. O rio banhava exatamente a margem de seu jardim; e assim que lá chegaram tiveram a alegria de serem acolhidos pelo que de melhor tinha a cidade em todos os tipos de pessoas. O Bispo, o monsenhor de Sant'Andrea, e muitos outros cônegos, padres e professores do Seminário, o Vice-capitão com sua esposa e outros dignitários do Governo; o Prefeito e todos os magistrados da Comuna, o Superintendente da alfândega, o Guarda da Aduana com as respectivas consortes, irmãs e cunhadas; por último a nobreza em grupo; e os cinquenta mil habitantes de suas terras, que era muita, capazes de encher todas as cidades da Suíça, que ali faltam por desgraça. De Fratta, viera o Conde com a senhora Condessa e as filhas, o irmão monsenhor e o inseparável Chanceler. Eu, que nesse meio tempo dera grandes esperanças com rapidíssimos progressos no latim, obtivera a excepcional graça de poder me pendurar atrás da carruagem, de modo que de um canto, sem ser observado, me foi concedido gozar do espetáculo daquela solene recepção. O nobre patrício comportou-se com a proverbial afabilidade dos venezianos. Do bispo ao hortelão, ninguém foi privado do favor de um seu sorriso; ao primeiro beijou o anel, ao segundo deu uma palmadinha com a mesma modéstia. Depois voltou-se para recomendar aos barqueiros que ao descarregar a mobília tivessem um cuidado especial com a sua poltrona, e entrou em casa dando o braço à cunhada, enquanto sua esposa o seguia acompanhada pelo irmão. Servidos os refrescos na grande sala, da qual o velho patrício lamentou os terraços muito frios, veio-se aos costumeiros cumprimentos, aos costumeiros diálogos. Belas e bem crescidas as filhas, a cunhada rejuvenescida, o cunhado fresco como uma rosa, a viagem um longo calor fastidioso, a cidade mais florescente do que nunca, queridíssima e digníssima a sociedade, gentil a recepção; cerimônias essas que duraram uma boa hora. Depois, as visitas se despediram; e ficaram em família falando bem de si e um pouquinho mal dos que tinham partido. Aqui também se usou a inocência e a discrição veneziana que se contenta em cortar as bordas sem raspar a carne até o osso. Lá pela Ave Maria os de Fratta se despediram, deixando claro que as visitas seriam repetidas com muita frequência. O cavalheiro Frumier tinha extrema necessidade de companhia; e confessemos, o ilustríssimo Conde de Fratta também não estava pouco orgulhoso de ser parente e se mostrar familiar e íntimo de um senador. As duas cunhadas se beijaram com a ponta dos lábios; os cunhados apertaram-se as mãos; as donzelas fizeram duas belas reverências; o Monsenhor e o Chanceler tiraram seus chapéus até o degrau da carruagem. Eles se ajeitaram lá dentro o melhor possível, eu me enfiei no meu lugar de sempre, e depois quatro cavalos robustos tiveram grande trabalho para arrastar pelo calçamento o pesado comboio. O Excelentíssimo Senador voltou à sala bastante satisfeito com sua primeira entrada na Temporada.

Portogruaro não era a última das pequenas cidades de terrafirme em que o modelo da Sereníssima Dominante era copiado e recalcado com toda fidelidade possível. As casas, grandes, e espaçosas com o tríplice janelão no meio, alinhavam-se nos dois lados das ruas, de maneira que faltava somente a água para completar a semelhança com Veneza. Um café a cada duas portas, diante do qual a costumeira tenda, e debaixo, ao redor de muitas mesinhas um pequeno número de ociosos; leões alados em abundância em cima de todos os edifícios públicos; moçoilas e barqueiros em perpétuo tagarelar pelos becos e junto às quitandas; belas moças nas sacadas atrás de gaiolas de canarinhos ou vasos de cravo e de manjericão; para cima e para baixo pelo adro da prefeitura e pela praça togas negras de advogados, longas filas de notários, e respeitáveis capas de patrícios; quatro *schiavoni* diante da prisão; no canal do Lemene fedor de água salgada, praguejar de barqueiros, e uma contínua mistura de barcas, âncoras e cordas; bimbalhar perpétuo das igrejas, e grande pompa de missas e de cantos; virgens de gesso com flores, festões e enfeites em cada esquina; mães carolas ajoelhadas com o rosário; loiras filhas ocupadas com os namorados atrás das portas; abades com os olhos nas fivelas dos sapatos e o manto recolhido pudicamente sobre o ventre: nada, nada enfim faltava para tornar a miniatura semelhante ao quadro. Até os três estandartes de São Marcos tinham na praça a sua contraparte: um mastro pintado de vermelho, do qual pendia nos dias solenes a bandeira da República. Querem mais?... Os venezianos de Portogruaro haviam conseguido com muitos séculos de estudo desaprender o bárbaro e bastardo friulano que se usa ali ao redor, e já falavam um veneziano mais carregado do que os próprios venezianos. Aliás, nada ali era mais cruciante do que a dependência de Udine, que continuava a testemunhar seu antigo parentesco com o Friuli. Eram como o pobretão enobrecido que abomina o cordão e a sovela por que lhe recordam o pai sapateiro. Mas infelizmente a história já foi escrita e não se pode apagá-la. Os cidadãos de Portogruaro vingavam-se disso preparando algo bem diferente para o futuro, e em seu novo vocabulário o epíteto friulano equivalia a rústico, caipira, tacanho e piolhento. Fora das portas da cidade (tinham-nas construído muito estreitas como se estivessem esperando gôndolas e não carruagens e carroças de feno) eles pareciam peixes fora d'água, e venezianos fora de Veneza. Fingiam não distinguir cevada de trigo, apesar de todos os dias de mercado terem vários sacos de amostra; paravam para olhar as árvores como cachorrinhos novos, e se espantavam com a poeira das estradas, apesar de seus sapatos frequentemente acusarem uma diuturna familiaridade com esta. Falando com os camponeses, por pouco não diziam: – vocês aí de terrafirme! De fato, Portogruaro era em sua imaginação uma espécie de ilha hipotética, construída à imagem da Sereníssima Dominante não no colo do mar, mas no meio de quatro fossas de água esverdeada e lamacenta. Que não fosse mesmo terrafirme demonstravam-no à sua maneira as muitas muralhas, os campanários e as fachadas das casas que ameaçavam cair. Creio que exatamente por isso tivessem o cuidado de colocá-los sobre frágeis fundações. Mas quem era mesmo veneziano de três costados eram as senhoras. As modas da capital eram imitadas e exageradas com o máximo requinte. Se em São Marcos os topetes se elevavam em duas onças[18], em Portogruaro cresciam alguns andares; as crinolinas se estufavam tanto, que uma roda de damas tornava-se um verdadeiro lago de rendas, de seda e guarnições. Os colares, os braceletes, os broches, as correntinhas inundavam todo o corpo; não posso garantir que as gemas viessem de Golconda[19] ou do Peru, mas enchiam os olhos e bastava. De resto, essas senhoras levantavam-se ao meio-dia, empregavam quatro horas na toalete, e à tarde se visitavam. Como em Veneza os grandes assuntos eram sobre teatros, óperas bufas e tenores, elas eram obrigadas a discorrer sobre esses mesmos argumentos, de modo que o teatro de Portogruaro, que ficava aberto por um mês a cada dois anos, gozava o raro privilégio de fazer uma centena de bocas gentis falarem dele por todos os vinte e três meses intermediários. Exaurido esse assunto, caluniavam-se mutuamente com uma obstinação realmente heroica. Cada uma, é claro, tinha o seu cortejador, e tentava roubá-lo das outras. Algumas levavam essa moda tão além que tinham dois e até três cortejadores, com direitos variamente distribuídos. Um segurava o leque, outro o pincenê, o lenço ou a bolsa; um tinha a felicidade de acompanhar a dama à missa, outro de levá-la a passeio. Mas este último divertimento era muito parcimonioso, pois não podendo gozar a divina maciez das gôndolas, e tendo arrepios só de ver o

18 Medida de comprimento. Duas onças equivalem a onze centímetros.

19 Cidade da Índia central, hoje em ruínas, famosa por suas pedras preciosas.

bárbaro movimento da carruagem, viam-se obrigadas a sair a pé, esforço insuportável aos pezinhos venezianos. Alguns malcriados do condado, alguns rústicos castelões do Friuli, ousavam dizer que era a mais recente edição da fábula da raposa e da uva não madura, e que de carruagem, mesmo com todas as forças da alma, nunca conseguiriam pegá-la. Eu não saberia a quem dar razão, mas a grande razão do sexo me decide a favor daquelas senhoras. De fato, há agora em Portogruaro muitas carruagens, e os nossos bolsos não gozam de uma grande fama em relação aos de nossos bisavôs. A verdade é que naqueles tempos uma carruagem era coisa de rei, quando surgia a carruagem dos condes de Fratta, era um carnaval para toda a garotada da cidade. À noite, *quando não se ia ao teatro*, o jogo avançava até bem tarde; nisso também se corria atrás da moda de Veneza, e se essa paixão não destruía as famílias como na capital, o mérito era da prudente liberalidade dos maridos. Nos panos verdes, ao invés de moedas de ouro corriam tostões, mas isso era um segredo municipal, ninguém o trairia nem por todo ouro do mundo, e os forasteiros ao ouvir recordar os casos, as ansiedades e os triunfos da noite anterior podiam muito bem acreditar que se tivesse jogado a fortuna de uma família em cada partida e não uma moeda de vinte patacas. Somente junto à esposa do Corregedor[20] passava-se esse limite para chegar até meio ducado, mas a inveja se vingava dessa sorte acusando a dama de avidez e até de trapaça. Algumas venezianas casadas em Portogruaro ou morando ali com os maridos por razão de trabalho, uniam-se com as senhoras do lugar contra a supremacia da senhora Corregedora. Mas esta tinha a sorte de ser bela, de saber falar como uma verdadeira veneziana, e de enviar os olhares mais lisonjeiros que se pudesse desejar. Os jovens a rodeavam na igreja, no café, nas rodas de conversa, e eu não saberia dizer se as homenagens deles lhe agradassem mais do que a inveja das rivais. A esposa do Prefeito, que sempre gesticulava com suas mãozinhas brancas e afiladas, dizia que as mãos dela eram de cozinheira; a irmã do Superintendente afirmava que tinha um olho mais alto do que o outro, e dizendo isso abria uns olhões azuis que queriam ser os mais belos da cidade e só eram os maiores. Cada um notava na adversária em comum as partes feias e defeituosas que acreditava serem perfeitas em si, mas a bela caluniada, quando a criada lhe trazia esses mexericos ciumentos, sorria para si no espelho. Tinha lábios muito rosados, trinta e dois

20 Os Corregedores eram magistrados venezianos que exerciam várias funções de controle sobre a legalidade da eleição dos Doges, sobre a observação das leis e sobre as administrações comunais.

dentes muito pequenos, brancos e bem alinhados, faces muito redondas e enfeitadas por duas covinhas muito meigas, e só com um sorriso se desforrava daquelas acusações.

Vocês podem imaginar que a nobre senhora Frumier assim que chegou teve logo ao seu redor uma multidão dessas sirigaitas. Como mulher, era na verdade de idade mais do que madura, como veneziana, havia esquecido a data de seu nascimento, e em suas maneiras, nos olhares, no penteado ostentava a perpétua juventude que é o singular privilégio de suas conterrâneas. Como eu disse, vivia em Portogruaro um bom número de venezianas, mas todas pertencentes à classe média ou à pequena nobreza. Uma grande dama, uma nobre de grande importância, treinada em todos os usos, em todos os refinamentos da conversação, até então faltava. Por isso, ficaram felizes em possuir um exemplar, poder contemplá-lo, idolatrá-lo e copiá-lo a seu bel prazer, poder dizer finalmente: – Vejam! Eu falo, rio, me visto, caminho como a senadora Frumier. – Ela, astuciosa como o diabo, divertiu-se muito com essa situação. Uma noite falava mais do que uma gralha e no dia seguinte divertia-se ao ver aquelas senhoras apostarem quem diria mais palavras em um minuto. Cada grupo se transformava em um verdadeiro passaredo. Outra vez fingia-se lânguida, sofrida: só falava em voz baixa e aos soluços; logo as conversas emudeciam e todas se comportavam como se recém tivessem parido. Um dia, ela apostou com um cavalheiro que viera de Veneza que faria as damas mais importantes colocarem na cabeça penas de galo. De fato, ela apareceu em público com esse bizarro adorno no topete e no mesmo dia a Prefeita depenou todo um galinheiro para enfeitar a cabeça daquele jeito. Mas ela foi muito clemente com os galos da cidade a ponto de não insistir naquela moda, pois de outra forma, depois de três dias, não restaria um só com a roupa que a mãe lhe dera. A conversação da nobre Frumier logo ofuscou as outras e as atraiu para si. Estas tornaram-se premissas ou corolários daquela. Preparava-se belas tiradas, olhares e gestos para causar boa impressão, ou se repetia o que na noite anterior haviam dito e feito na casa Frumier. Devemos acrescentar que nessa casa saboreava-se um café muito melhor do que nas outras, e que de vez em quando uma garrafa de licor e alguns doces das monjas de San Vito variavam os divertimentos do grupo.

O fidalgo, por sua vez, também encontrara pão para seus dentes. Sem se mostrar praticamente diferente de seus ancestrais, ele estava academicamente mergulhado na filosofia moderna, e sabia citar ocasionalmente, com seu largo sotaque veneziano, algumas frases de Voltaire e de Diderot. Entre os bacharéis e no clero da cidade não faltavam espíritos curiosos e educados como o dele, que dividiam escrupulosamente a doutrina da realidade, e conversando não temiam colocar em questão ou até negar o que, se preciso por razão profissional, professariam como certo e indubitável. Sabe-se como eram amplos os costumes do século passado sobre isso; em Veneza eram mais amplos do que em outros lugares; em Portogruaro amplos fora de qualquer medida, porque os homens assim como a mulheres não se contentavam em seguir apenas o exemplo da capital, mas iam corajosamente além. Para citar um exemplo, o monsenhor de Sant'Andrea, o mais silogístico teólogo da Congregação, quando saía da Cúria e sentava-se para conversar informalmente com seus pares, não se envergonhava de retrucar com muitos de seus silogismos. E entre os abadezinhos mais jovens havia alguns que, em relação a opiniões arriscadas, talvez deixasse para trás todos os médicos da cidade. Os médicos, entre parêntesis, não eram então espiritualistas. Entretanto, entre os operários da vinha do Senhor, havia um partido rústico, incorruptível, tradicional que se opunha com a pesada força da inércia à invasão desse ceticismo elegante, tagarela e até um pouco desgovernado. De fato, se algum velho sacerdote indulgente mantinha em sua vida a simplicidade e a integridade dos costumes sacerdotais, era um caso raro; em geral velhos ou jovens que escorregavam na anarquia filosófica não davam grandes exemplos de piedade, nem de castidade, nem das outras virtudes prescritas especialmente ao clero. Esse relaxamento das disciplinas canônicas e a indiferença dogmática que o causava não podiam agradar aos verdadeiros padres; falo daqueles que haviam estudado com cega fidelidade a Suma Teológica de São Tomás e saíram do seminário com o firme convencimento da verdade imutável da fé e da santidade de seu ministério. Estes, menos apropriados por sua rigidez de consciência e pela austeridade dos modos ao convívio com os nobres e aos hábitos morais da cidade, se adaptavam admiravelmente ao patriarcal governo das cúrias campesinas. A montanha é o costumeiro viveiro do clero campesino e esse partido que eu chamarei de tradicional se reforçava e se renovava principalmente nas frequentes vocações da juventude de Clausedo, que é uma grande vila alpestre da diocese. Os secularistas, entretanto (assim eram chamados pelos adversários aqueles que por opiniões e costumes aproximavam-se da liberdade secular), saíam das abastadas famílias da cidade e da planície. Nos primeiros, a gravidade, a reserva, a crença senão o entusiasmo e a abnegação sacerdotal se perpetuavam de tio a sobrinho, de cônego a capelão; nos segundos, a cultura clássica, a liberdade filosófica, a elegância dos modos e a tolerância religiosa eram instiladas pelas livres conversas nos grupos familiares; faziam-se padres irrefletidamente por obediência ou por apetite de uma vida cômoda e tranquila. Tanto os primeiros como os segundos tinham seus representantes e seus defensores no Seminário, na Cúria e na Congregação; às vezes uns, às vezes outros, haviam preponderado; cada bispo que se sucedia na diocese era acusado de favorecer os seculares ou os clausetanos. Clausetanos e secularistas hostilizavam-se alternadamente; uns acusados de ignorância, de tirania, de nepotismo, de avareza; outros de desregramento, de descrença, de mau exemplo, de mundanidade. A cidade, em geral, tomava partido destes, o condado daqueles, mas os clausetanos, por índole própria e pelas premissas que defendiam, eram mais concordes entre si ou melhor organizados, enquanto em seus antagonistas a petulância e a leviandade individual excluíam qualquer ordem, qualquer método de conduta. O que não exclui que as dissenções do clero não alimentassem mais do que o necessário os boatos das conversas e os vivazes abadezinhos de boa vida, se não se compensavam, pelo menos se vingavam com a impertinência e a mordacidade da maior influência que os adversários haviam adquirido com séculos e séculos de austeridade e de perseverança. As jovens senhoras estavam dispostas a favorecê-los, somente alguma velha paralítica tendia para os rigoristas, mais efeito de inveja do que de persuasão. Resumindo, eu queria dizer que o nobre Senador encontrou também no clero um grupo selecionadíssimo de conversadores, os quais, talhados em seu molde, acostumados ao seu mesmo modo de ver e iguais a ele em estudo e cultura, podiam fazê-lo passar horas muito agradáveis. Ele gostava de conversar, raciocinar, discutir livremente; contar e ouvir contar novidades e brincadeiras inteligentes, e enfeitar a conversa com piadas e provérbios sem que alguma entojada torcesse o nariz. Ali, encontrou gente do seu feitio. Nem mesmo as bolinhas de mercúrio se atraem e se fundem com tanta pertinácia, como os iguais e os aquiescentes em uma sociedade. Por isso formou-se aos poucos um grupo de conversa do Senador, separou-se dos outros e tomou lugar ao redor do dono da casa. É verdade que todos gostariam de entrar nele, mas nem todos têm coragem de assistir a uma disputa sem entendê-la, de rir quando os outros riem, sem entender o porquê, de receber um pisão no pé continuando a mostrar o rosto alegre e ficar no meio de pessoas inteligentes sem ser interrogado nem arriscar uma palavra. Os ignorantes, os tolos, os hipócritas, os corteses logo se retiraram e permaneceu o ouro puríssimo da classe refinada, douta, galhofeira. Permaneceram o cônego de Sant'Andrea, o advogado Santelli, outros dois ou três magistrados, o doutorzinho Giulio Del Ponte, o professor Dessall e alguns outros professores de belas letras, um certo dom Marco Chierini, considerado o tipo mais perfeito de abade elegante, e três ou quatro condes e marqueses que souberam unir o amor aos livros ao amor às mulheres, o estudo da antiguidade com os costumes modernos. Aliás, por falar nisso, é bom notar que não se podia ser educado e civilizado sem saber de cór as constituições de Esparta e de Atenas. Os discursos de Licurgo, de Sócrates, de Sólon e de Leônidas eram temas comuns dos exercícios ginasiais: curiosíssima contradição em tanta subserviência e obediência cega, em tanto descaso de virtude e de liberdade. O fato é que, enquanto as damas e o resto da comitiva cortava maços de cartas nas mesas de *tressette* e de *quintilio*[21], a pequena academia do Senador se reunia em um canto do salão para falar de política, e gracejar sobre as novas mais escandalosas da cidade. Era uma música da mais variada, uma verdadeira ópera semissséria, cheia de motivos ridículos e sublimes, bufos e sérios, alegres e malignos; um entrelaçar de disputas, de chistes, de reticências e de contos que parecia um mosaico de palavras; verdadeira obra prima do engenho veneziano que com a arte de Benvenuto Cellini sabe se fazer admirar até nas minúcias. Falava-se das coisas da Alemanha e da França da forma mais liberal; comentava-se as viagens de Pio VI, os objetivos de Giuseppe II, as intenções da Rússia e os movimentos dos Turcos. Colocavam junto as autoridades mais disparatadas de Maquiavel, de Sallustio, de Cícero e de Aretino; confrontavam os acontecimentos da época com capítulos de Tito Lívio; e com tão graves argumentações não paravam de alternar a zombaria e a risada. Todo pretexto para caçoar era bom. Quem foi buscar na Inglaterra os criadores do humorismo certamente nunca viveu em Veneza, nem nunca passou por Portogruaro. Teria encontrado, fruto de longos ócios seculares, de ótimos estômagos e de raciocínios rápidos, alegres, aguçados, o humorismo meridional que tanto se distingue do setentrional quanto a névoa noturna do palude do horizonte luzidio e vaporoso de um belo ocaso de verão. A vida e as coisas que estão nela são igualmente desprezadas; essa é a relação, mas justamente por isso todas voltadas para a despreocupação, para a alegria; essa é a diferença. Na Inglaterra, ao contrário, acabam em melancolia, se atormentam, se apaixonam, se matam. São duas imoralidades ou duas loucuras diferentes, mas não quero me decidir por nenhuma das duas. Talvez o

21 Jogo de cartas semelhante ao *tressette*, para cinco jogadores.

cérebro vá para um lado e o coração para o outro segundo o que se estima mais, a dignidade ou a felicidade humana. No entanto, garanto-lhes que para aquelas cabeças bizarras saltar dos escândalos de Catarina II às aventuras de tal dama e de tal cavalheiro era um passinho de nada. O nome de uma pessoa puxava outras duas, e estas quatro e assim por diante. Não se respeitavam os distantes nem os presentes, e estes tinham o bom gosto de suportar a brincadeira e não se vingar logo, mas esperar o momento oportuno que vinha cedo ou tarde. Muita cultura, um tanto superficial se quiserem, mas vasta e nada pedante, muitíssimo brio, grande agilidade de diálogo e principalmente uma infinita dose de tolerância compunham a conversação daquele pequeno areópago de boas-vidas, como eu gosto de descrever. Vejam que uso a palavra *boas-vidas* por não saber como traduzir melhor a palavra francesa *viveurs*, que antes me viera à mente. Tendo vivido muito com franceses, esse incômodo me perturba com frequência, e nem sempre tenho tanto conhecimento da minha língua para me desembaraçar bem. Aqui, por exemplo, escrevi boas-vidas, para designar aqueles que levam a vida ao sabor do acaso, aproveitando dela, como da filosofia, a parte alegre e desfrutável. De resto, se por boas-vidas se entende um ocioso, um pândego material, nenhum daqueles senhores era assim. Todos tinham suas ocupações, todos davam à alma a sua parte de prazeres, mas apenas os tomavam como prazeres, não como obrigações e vantagens morais. Sempre lembrando que espirituoso e espiritual são epítetos mais contrários do que sinônimos.

Os senhores de Fratta, finalmente libertados daquele espantalho de Venchieredo, voltaram à vida costumeira. O Capelão mantivera sua paróquia, e não deixara de receber em casa, pelo menos uma vez por mês, o seu velho amigo e penitente, Spaccafumo. O Conde e o Chanceler fechavam os olhos; o cônego de Teglio lhe fazia alguns sermões. Mas o mirrado padreco, que não podia balbuciar uma resposta às repreensões de um superior, sabia absorvê-las otimamente e continuar a seu modo assim que o superior tivesse voltado as costas. Enquanto isso, por razões profissionais e de vizinhança, o doutor Natalino de Venchieredo aproximara-se do Conde e do Chanceler de Fratta. O senhor Lucilio, amicíssimo de Leopardo Provedoni, conhecera sua esposa, e assim, um passo depois do outro, a esperta Doretta também comparecia algumas vezes aos serões do castelo. Mas duas noites por semana não havia serões! Devia-se passar a noite em Portogruaro na reunião de Sua Excelência Frumier. Empresa perigosíssima com aquelas estradas de então, mas mesmo assim a Condessa queria tanto não se mostrar menos do que a cunhada, que achou coragem para tentar. Uma das filhas já era casadoura, a outra crescia como erva daninha; a primeira recém mocinha, a segunda realmente virgem de qualquer educação, era preciso conduzi-las no mundo para que ganhassem um pouco de desenvoltura. E também era preciso se precaver porque os rapazes pensam sobretudo com os olhos e aquelas duas avezinhas valiam a pena serem olhadas. Esses foram os argumentos da senhora para persuadir o marido a se aventurar com a carruagem duas vezes por semana na estrada de Portogruaro. Antes, porém, o prudentíssimo Conde mandou uma dúzia de trabalhadores para consertar a estrada nas passagens mais irregulares e nos buracos mais profundos, fez com que o cocheiro guiasse os cavalos a passo, e que dois lacaios com lampiões precedessem a viatura. Os dois lacaios eram Menichetto, filho de Fulgenzio, e Sandro, filho do moleiro, que por pompa foram vestidos com uma roupa escarlate recortada de duas velhas gualdrapas de gala. Eu montava no estrado de trás e por toda a estrada, que era de três boas milhas, me divertia olhando a Pisana pela janelinha da capota. Por que eu devia acompanhá-los também naquelas visitas durante as quais eu ficava cochilando na cozinha dos Frumier, explicarei agora. Como o Conde levava junto o Chanceler, o Chanceler me levava junto. Eu era, em poucas palavras, a sombra da sombra, mas nesse caso ser a sombra não me aborrecia tanto, pois me dava o pretexto de seguir a Pisana, já que entre nós os amores continuavam bastante interrompidos e variavam pelos costumeiros ciúmes, sempre reatados pela necessidade e pelo hábito.

Entre um jovenzinho de treze anos e uma menina de onze, essas intriguinhas não são de se levar a sério. Mas eu gostava, ela também por falta de coisa melhor; seus pais não se preocupavam com nada; as camareiras e as criadas, depois das minhas gestas memoráveis e minha conversão em aluno da chancelaria, passaram a me ver como um pequeno senhor e a me deixar fazer o que eu quisesse. As brincadeiras continuavam tornando-se cada vez mais sérias, e eu já estava arquitetando certos romances que se lhes contasse agora, essas minhas confissões iriam ao infinito. Seja como for, também aconteceram algumas mudanças nos meus sentimentos, porque se antes as carícias da Pisana me pareciam bondade dela, agora, sentindo-me de mais importância, também dava uma parte aos meus méritos. Caramba! Do pequeno Carletto do espeto, vestido com os restos da criadagem e com os trapos do Monsenhor, ao aluno de latim bem penteado com um belo rabicho preto às costas, bem calçado com duas pequenas fivelas de latão, bem vestido com uma jaqueta de veludo turquesa e as calças cor de granada, ia uma grande diferença! – Minha pele também, não ficando mais exposta ao sol e às intempéries havia se civilizado muito. Descobri que ela era até branca e que os meus grandes olhos castanhos valiam tanto quanto os de qualquer outro; minha compleição crescia cada vez mais alta e esguia; eu tinha uma boca não desagradável, e dentro uma bela fila de dentes, que se não estavam muito perto para não se incomodarem, brilhavam como marfim. Somente aquelas malditas orelhas, culpa dos puxões do Cônego, tomavam muito espaço na minha fisionomia, mas eu tentava corrigir o defeito dormindo uma noite sobre um lado e uma noite sobre o outro para lhes dar uma forma mais estética. Basta! Agora as apalpo e percebo que o resultado foi medíocre. Martino, porém, não se cansava de me admirar dizendo: – É mesmo verdade que a beleza para desabrochar deve ser maltratada. Você é o mais belo Carlino de todas as redondezas, e nasceu das cinzas da lareira e boa parte do leite que lhe dei. – O pobre homem se tornava corcunda à medida que eu crescia; as forças já lhe faltavam; ralava o queijo sentado e não ouvia nem se disparassem canhões nos seus ouvidos. Nada importava; eu e ele continuávamos a nos entender por sinais e creio que ficar só no mundo e viver sem mim teria sido para ele a mesma desgraça. Quanto à velha patroa, ele subia para lhe fazer companhia durante as ausências de Clara, mas a diversidade de hábitos, a distância em que viviam, negavam-lhes aqueles sinais de entendimento comum com que os surdos se entendem.

Entretanto, o comparecimento dos nobres senhores de Fratta e principalmente da condessinha Clara nas conversações da casa Frumier introduzira ali o novo elemento dos castelões e dos fidalgotes campesinos. O primeiro que acorreu foi Partistagno, que, depois do socorro ao castelo contra o ataque de Venchieredo, tornara-se para a família uma espécie de anjo da guarda. Ele, convém dizer, carregava bem soberbamente a auréola dessa glória, mas os fatos estavam ao seu lado e não se podia negar esse direito. Lucilio sofria muito com esse altivo comportamento do jovem cavalheiro, mas seus sofrimentos eram mais inveja do que ciúmes. Doía-lhe mais do que tudo que o serviço prestado por Partistagno aos Condes de Fratta não fosse devido a ele. De resto, confiava em Clara: cada olhar dela o confortava com novas esperanças; até a serenidade com que ela aceitava as cortesias de Partistagno era para ele a garantia de que jamais um perigo o ameaçaria daquela parte. Como não confiar inteiramente naquele coração tão puro, naquela consciência tão reta e fervorosa? Muitas vezes ele falara a sós com ela, na copa ou nos passeios, depois da primeira declaração de seu amor; quase todos os dias passara uma hora com ela no quarto da avó, e cada vez mais se encantara com aquela beleza inocente e angélica, com aquele coração virginal e fervoroso em sua muda tranquilidade. Aquela índole fogosa e tirânica tinha necessidade de uma alma onde repousar com a calma segurança de um afeto. Encontrara-a, amara-a, como o capuchinho moribundo ama a sua parte de céu; e com o coração, com o engenho e com as mil artes de um espírito imaginoso e de uma vontade onipotente, esforçava-se para ligar a si, com modos sempre novos, aquela outra parte necessária de si mesmo que vivia em Clara. Ela cedia deliciosamente a tanta força de amor; a jovem amava com todas as forças que tinha na alma; não pensava mais adiante, porque Deus protegia sua inocência, sua felicidade, e ela era muito feliz para não temer nada, para não se envergonhar de nada. Aquela máxima tétrica e mentirosa que nega o amor às solteironas, como uma perversidade e uma culpa, nunca entrara nos artigos de sua religião. Aliás, amar era sua lei, a obedecera e a obedecia santamente. De modo que ela não se dava nenhum cuidado para esconder o doce sentimento que Lucilio lhe havia inspirado, e se o Conde e a Condessa não perceberam, foi talvez só porque a coisa, segundo eles, era tão fora de qualquer verossimilhança a ponto de não consentir qualquer suspeita. Por outro lado, não era absolutamente proibido às solteiras de então apaixonar-se por quem quer que seja: bastava que a paixão não fosse adiante. As pessoas de casa cochichavam que quando a Condessinha se casasse com o doutor Lucilio ele seria seu serviçal. Mas um dia em que Rosa disse ao jovem alguma brincadeira sobre isso, lembro-me de tê-lo visto empalidecer e morder os bigodes com a pior raiva do mundo. A velha condessa também, a meu ver, descobrira o mistério de Clara, mas ela era demasiado apaixonada pelo jovem para se privar de sua companhia por causa da neta. Talvez também sua imaginação, escrava inconsciente do interesse, a fizesse encontrar mil argumentos para excluir esses medos. Afinal de contas, Lucilio, pensava ela, se mostrava tão cauteloso, que Clara se acalmaria. A boa velha conhecia, ou acreditava conhecer, as belas nuvens douradas que atravessam a fantasia das moças. – Mas são nuvens – dizia ela –, nuvens que passam ao primeiro sopro de vento! – O sopro de vento seria a oferta de um bom partido e a ordem dos pais. Mas quanto ela conhecesse a índole de Clara e a semelhança desta com a sua, veremos a seguir. Certamente, porém, o reservado comportamento de Lucilio ajudou a adormecê-la em sua cômoda segurança, e se lhe fosse deixado ver bem a fundo nas coisas, talvez ela não teria acreditado tão facilmente na dócil fugacidade daquelas nuvens, e chegaria a se privar das últimas delícias que lhe restavam para tirar dos dois jovens as primeiras fundações daqueles castelos no ar realmente impossíveis. Mas ficando as coisas como estavam, ela gozava de poder confiar na discrição e no calmo temperamento de Clara, e também dizer para si quando ela saía do quarto para iluminar o caminho para Lucilio: "Oh, jovem prudente e de bem! Quem diria que ele tem medo de alçar os olhos por acreditar que minha neta goste dele? Se os alça é só para me olhar, e na sua idade!! Basta! É realmente milagroso!". Mas Lucilio tinha outros momentos para deixar sua alma levantar voo à vontade, e nesses momentos, é preciso confessar, seus olhos tão discretos e de bem cometiam não poucos pecados de infidelidade contra a avó. Na copa, quando todos jogavam e ele parecia atentíssimo vigiando o *tressette* do Monsenhor, ou acariciando Marocco, o cão do Capitão, entre ele e Clara havia um diálogo contínuo de olhares, que tinha o efeito de uma voz angélica que cantasse no coração enquanto nos feria os ouvidos um tumulto de sinos quebrados. Oh, queridos e sempre queridos os divinos ardores que beatificam as almas sem incomodar o rústico tambor dos tímpanos! A religião das coisas insensíveis e das coisas eternas se esposam na mente como a cor e a luz no raio de sol. O sentimento no pensamento é o mais belo triunfo sobre a sensação no corpo; ele prova que a alma vive fora de si mesmo sem o ministério das coisas materiais. O amor que principia no espírito não pode acabar com a carne; ele vence a prova da fragilidade humana para voltar puro e eterno no imenso amor do Deus universal. E Lucilio sentia a divina magia desses pensamentos sem se apoiar em seu critério de médico. Pareciam-lhe fenômenos fora de natureza e voltava a revolvê-los e estudá-los sem ganhar mais do que um novo fervor e uma mais obstinada tenacidade de paixão.

Quando Clara foi levada pelos seus às reuniões da tia, o doutorzinho de Fossalta encontrou muito facilmente um modo de penetrar lá. A etiqueta veneziana nunca foi tão injusta por vetar a entrada nas salas patrícias à boa educação, ao ledo brio e ao verdadeiro mérito, se um brasão esquartelado[22] não destacasse essas boas qualidades. Lucilio era muito estimado em Portogruaro, gozava o favor e a intimidade de alguns jovens professores do Seminário. Foi apresentado por eles ao ilustre Senador, que em pouco tempo lhes agradeceu esse favor especial. Ele, há muitos e muitos anos conhecia o doutor Sperandio, que recorria a ele por qualquer coisa que precisasse

22 Brasão heráldico, em geral dividido em quatro partes por duas linhas perpendiculares ou em cruz.

em Veneza. Então se lamentou gentilmente com o filho por seu velho amigo acreditar ser necessário o aval de terceiros para poder se apresentar em sua casa. Na primeira noite, ao se despedir, congratulou-se com ele porque o que lhe falaram bem dele não era nada perto do que ele mesmo diria mais tarde. O jovem inclinou-se modestamente fingindo não ter palavras para responder a tanta gentileza. Na verdade, a conversa de Lucilio era tão vivaz, tão amável e variada, que poucos davam tanto prazer quanto ele só de ouvi-lo falar; só o professor Dessalli o vencia em erudição e entre ele e Giulio Del Ponte podia-se ficar em suspenso pelo brio e a astúcia. Se este último o sobrepujava às vezes em prontidão e em abundância, Lucilio logo o vencia com a profundidade e a ironia. Ele agradava aos homens com discernimento maduro; Giulio tinha a juventude do espírito e encantava pela simpatia. Mas fazer pensar deixa nos espíritos traços mais profundos do que fazer rir; e não há simpatia que não perca a cor com um só raio de admiração. Esta, ao invés de ser como a primeira um dom gracioso de igual para igual, é um verdadeiro tributo imposto dos grandes aos pequenos, e dos poderosos aos fracos. Lucilio sabia impô-lo valorosamente, e exigi-lo com discrição. De modo que eram obrigados a pagá-lo com boa moeda e ainda lhe serem reconhecidos. O grupo particular do Senador reavivou-se com uma súbita chama de entusiasmo com a presença de Lucilio. Ele animava, acendia, arrastava todos aqueles espíritos elegantes, fúteis, mas tíbios e sem energia. Ao seu contato, o que havia de jovem e de vivo neles fermentou com uma ebulição insólita. Esqueciam-se o que tinham sido e o que eram, para tomar emprestado dele um último sonho de juventude. Riam, falavam, gracejavam, disputavam, não mais como gente entretida em matar o tempo, mas como pessoas com pressa de adivinhá-lo, de amadurecê-lo. Parecia que a vida de cada um deles tivesse encontrado um objetivo. Só uma boca em que as palavras respiravam uma esperança excelsa e misteriosa, só uma cabeça sobre a qual brilhava a fé daquela inteligência que nunca morre, conseguiria isso. O Senador, ao ficar só e recaindo na habitual indiferença, se espantava imensamente com aqueles quentes intervalos de entusiasmo, com aquele furor combativo de contendas e altercações ao qual se sentia transportado como um escolar. Ponderava ser o exemplo e a proximidade dos mais jovens, mas era a chama da vida que atuava nele como um poderoso ilusionista, não podendo aquecer as fibras já enregeladas de seu coração, enchia-lhe a cabeça de fumo e lhe inflamava a língua. “Quase se poderia acreditar que eu levasse a sério os sofismas em que se envolvem para passar o tempo”, pensava ele enquanto esperava a ceia na clássica poltrona "e por quarenta anos não sinto o cheiro do venerável pó dos colégios! Talvez seja verdade que os homens não são mais do que eternos meninos!" – Eternos, eternos! – murmurava o velho acariciando as faces flácidas e enrugadas. – Queiram os Céus!

Depois que Lucilio viera para estimular o entusiasmo dos cortesãos do Senador, aqueles que se sentavam às mesas de jogo, as senhoras principalmente, sofriam frequentes distrações. Aquele barulho contínuo de perguntas, de respostas, de acusações e de defesas, de brincadeiras, de risadas, de exclamações e de aplausos atiçava um pouco a curiosidade e, digamos, também a inveja dos jogadores. Os divertimentos do *quintilio* e as comoções do *tressette* eram muito menos vibrantes; depois que uma batida gerava as mesmas irônicas congratulações, as mesmas ameaças de revanche, tudo acabava ali, e voltava-se, como pangarés de carroça, ao monótono ir e vir da partida. Mas naquele canto da sala a conversa se alternava sempre variada, alegre, geral e animada. Os ouvidos começaram a se dirigir para lá e os olhos a vidrar nas cartas.

– Senhora, é sua vez. Talvez não tenha entendido a disputa!

– Desculpe, estou com um pouco de dor de cabeça. – ou então:

– Não percebi, estava com a cabeça no ar!

Assim se provocavam de um lado ao outro das mesas, e os culpados voltavam, suspirando, a jogar. Lucilio tinha muito a ver com todos aqueles suspiros, e sabia disso. Sabia o efeito que produzia na conversação do Senador, e era retribuído por uma generosa gratidão por parte de Clara. O amor tem um orgulho todo seu. De um lado tentamos aumentá-lo para ter mais prazer, de outro, orgulhamo-nos ao ver dar prazer a muitos aquilo que gostamos e tentamos dar prazer somente a nós. Giulio Del Ponte, que talvez assim como Lucilio tinha entre as senhoras algum motivo para desejar se fazer agradável, aguçava seu engenho para fazer frente ao companheiro. E o resto do grupo puxado pelos dois jovens disputava em prontidão e brio nos mais graves assuntos que se pudessem criar sobre algumas frases da "Gazeta de Veneza", a mãe Eva de todos os jornais. De fato, os venezianos daquele tempo precisaram inventar e inventaram a Gazeta: foi um parto genuíno e legítimo de sua imaginação, e só eles poderiam criar a biblioteca do falatório. O Senador recebia semanalmente sua gazeta sobre a qual se comentava muito, mas até nesse trabalho de acabamento e marchetaria Lucilio deixava bastante para trás todos os outros. Ninguém sabia como ele achar as razões num canto do mundo do que acontecia no outro canto.

– Que visão o senhor tem, caro doutor! – diziam-lhe maravilhados. – Para o senhor a Inglaterra e a China estão a um tiro de canhão, e o senhor encontra nelas tantas relações quanto entre Veneza e Fusina! – Lucilio respondia que a terra toda é uma bola, que gira e corre toda junta, e que depois que Colombo e Vasco de Gama haviam-na refeita como fora criada, não era de se espantar que o sangue tivesse retomado sua vasta circulação por todo o grande corpo do polo ao equador. Quando se navegava por esses discursos, o Senador fechava um olho, entrecerrava o outro e observava Lucilio remoendo certos dias passados quando aquele jovem deixara algumas manchas negras no livro dos Inquisidores de Estado. Talvez passassem pela cabeça do escrupuloso veneziano temores distantes, mas por outro lado havia alguns anos que Lucilio não saía de Fossalta; sua vida era a de um tranquilo abastado do campo; os Inquisidores deviam ter se esquecido dele e ele deles, e das manias juvenis. O doutor Sperandio, em visita diplomática ao excelentíssimo patrono, garantira-lhe confidencialmente que nunca se sentira lisonjeado por encontrar no filho a docilidade e a calma que demonstrava com sua vida modesta e laboriosa. – Oh, se ele quisesse se formar! – exclamava o velho doutor. – Sem parar em Veneza, é claro! – acrescentava com apressado arrependimento. – Mas, se chegasse a se formar, que bela e pronta clientela eu teria lhe preparado!

– Sempre há tempo, sempre há tempo! – respondia o Senador. – Enquanto isso, faça com que seu filho se fortaleça, que dê um chute em todas as bizarrices, que conserve o bom humor e a vivacidade, mas não leve a sério as fantasias literárias dos escritores. O diploma virá um dia ou outro, e doentes nunca faltarão a um doutor que demonstre saber curar.

– *Morbus omnis, arte ippocratica sanatur aut laevatur*[23] – acrescentava o doutor. E se a conversa aconteceu depois do almoço, certamente acrescentou uma meia dúzia de textos, mas não tenho certeza e quero poupar a interpretação aos leitores.

Lucilio, portanto, tornara-se, como diz a gente baixa, o queridinho das mulheres. Essas doidivanas, contrariamente às caprichosas leis do amor, deixam-se facilmente enganar por quem faz, de alguma maneira, uma figura principal. Talvez nenhum prazer seja maior do que o de ser invejado por todos. Mas Lucilio não permitia tal prazer a nenhuma delas. Era alegre, fútil, brilhante em suas raras excursões às mesas de jogo, então voltava para capitanear a conversação do Senador sem ter mostrado nem a ponta do lenço a nenhuma das

23 Toda doença se cura ou alivia com a arte de Hipócrates.

odaliscas. Somente, passando ou repassando, encontrava um modo de inundar toda a pessoa de Clara com um daqueles olhares que parecem nos rodear, como as salamandras, de uma atmosfera de fogo. A jovem tremia em cada fibra ao incêndio repentino e suave, mas a alma serena e inocente continuava a falar nos olhos com seu sorriso de paz. Parecia que una corrente magnética subisse pelas veias da donzela com seus mil ferrões invisíveis, sem que pudesse perturbar o profundo recesso do espírito. Mais intransponível do que um abismo, mais firme do que uma rocha se interpunha a consciência. A modéstia, mais do que o lugar inobservado em que costumava sentar, protegia Clara das curiosas investigações das outras senhoras. Ela sabia se fazer esquecer com facilidade, e ninguém podia suspeitar que o coração de Lucilio batesse justamente por aquela que menos de todas se esforçava para ganhá-lo. A senhora Corregedora não usava tanta discrição. Desde as primeiras noites suas atenções, seus assanhamentos, seus dengos pelo desejado jovem de Fossalta deram nos olhos da Prefeita e da irmã do Superintendente. Mas estas duas, por sua vez, deixaram-se notar pelo excesso de irritação que demonstravam: enfim, Páris[24] em meio às deusas não deve ter sido mais incomodado do que Lucilio entre aquelas damas; ele se desembaraçava não percebendo nada.

Havia, entretanto, outra senhorita que talvez mais do que qualquer outra e do que a própria Corregedora acompanhava os gloriosos triunfos de Lucilio, que nunca tirava os olhos dele, que enrubescia quando ele chegava perto e que não tinha vergonha de se aproximar dele para seu braço roçar sua roupa e contemplá-lo melhor nos olhos. Esta desaforadinha era a Pisana. Imaginem! Uma sedutora de doze anos ainda incompletos, uma enamorada não mais alta do que quatro palmos! – Mas era assim mesmo, e eu precisei me convencer com a onividência do ciúme. A terceira e a quarta vez que fomos à casa Frumier pude observar um maior cuidado na pequena em se enfeitar, encaracolar, arrumar. Nenhuma roupa lhe parecia bonita o bastante; nenhum adereço adequado; nenhum cuidado suficiente para o penteado e as unhas. Como não havia tido essa inquietação na primeira nem na segunda vez, logo imaginei que não fosse pela habitual vaidade feminina nem para ser admirada pelas senhoras. Algum outro motivo devia estar oculto, e eu, tolo como sempre nessas coisas, resolvi esclarecer logo. O martírio da certeza já me parecia desde então menos formidável do que os tormentos da dúvida,

24 Páris, filho do rei de Troia, segundo a mitologia foi instado pela deusa da Discórdia a declarar qual das deusas Hera, Atena e Afrodite era a mais bela.

mas sempre que depois cheguei àquelas cruéis certezas, todas as vezes me coube lamentar a indigna felicidade de poder duvidar. O fato é que quando os criados subiram para levar o café, eu me esquivei com eles na sala, e meio escondido atrás da porta me pus a vigiar o que acontecia. Vi a Pisana com os olhos sempre fixos em Lucilio, como se desejasse comê-lo. Sua cabecinha girava com ele como a do girassol: quando ele falava com maior ardor, ou se voltava para seu lado, via seu pequeno peito encher-se arrogantemente como o de uma verdadeira mulher. Não falava, não respirava, não via mais nada; não se mexia e só sorria para ele. Todos os sinais do amor mais intenso e violento estavam expressos em sua atitude; somente a idade tão tenra a salvava dos comentários e das suspeitas das senhoras, como a modéstia salvara sua irmã. Eu tremia todo, suava como de febre, rangia os dentes e me agarrava com as mãos à porta sentindo-me próximo da morte. Então me dei conta do porquê a Pisana estivera emburrada comigo nos últimos dias, do porquê não falasse e não risse mais como de costume, do porquê se mostrasse pensativa, irritada e amiga dos lugares solitários e da lua.

"Ah, traidora!", gritou com um gemido o meu pobre coração. Sobre tanta angústia de amor desventurado senti crescer e inchar o ódio como um conforto. Gostaria de ter nas mãos um feixe de raios para atirá-los na cabeça alta e detestável de Lucilio, queria que minha alma fosse um veneno para penetrar em todos os seus poros, para dissolver cada fibra sua, e torturar seus nervos até a morte. Não me importava comigo muito nem pouco, já que então pela primeira vez sentia a amargura da vida e a odiava quase tanto quanto a Lucilio, como motivo, senão como causa de meu mal. Então me coube ver a doidivanas valendo-se dos privilégios da idade tirar da mão do criado a xícara de café e estendê-la ao jovem. A menina estava vermelha como uma brasa, tinha os olhos mais brilhantes do que rubis, como eu nunca tinha visto; naquele momento já não parecia uma criança, mas uma moça adorável, perfeita, e pior, apaixonada. Quando Lucilio pegou a xícara de sua mão, ela estremeceu e deixou cair na roupa algumas gotas de café; o jovem lhe sorriu amavelmente e se abaixou para limpá-la com o lenço. Oh, se vocês tivessem visto aquela menina ainda pequena! – Seu rosto tinha uma expressão mais voluptuosa do que nunca um escultor grego dera à estátua de Vênus ou de Leda; uma névoa úmida e beata envolveu suas pupilas e seu corpinho se abateu com tanta languidez que Lucilio precisou rodeá-la com um braço para ampará-la. Eu mordi as mãos e os lábios, arranhei o peito e as faces; sentia no peito um ímpeto que me impelia a me lançar raivosamente sobre aquele espetáculo odioso, e uma força misteriosa que me mantinha os pés cravados no chão. Quando Deus quis, Lucilio voltou aos seus discursos e a Pisana sentou-se ao lado da mãe. Mas a suave perturbação que permanecera em seu rosto continuou a me torturar até que os criados saíram com as bandejas.

– Olá, Carlino! O que faz aqui? – disse-me um deles. – Saia da frente e volte para a cozinha porque aqui não é o seu lugar.

Essas palavras, que parecia devessem levar minha dor ao máximo, foram como um veneno providencial e gelado que a acalmaram.

– Sim! – disse para mim com soturno desespero. – Este não é o meu lugar!

Voltei para a cozinha cambaleando como um bêbado, e lá fiquei com os olhos fixos nas brasas da lareira, até que me avisaram que os cavalos estavam atrelados e estávamos para partir. Então vi outra vez, pela escada, a Pisana que seguia obstinadamente Lucilio, como um cachorrinho atrás do dono. Indiferente a todo o resto, ela subiu na carruagem sempre olhando para ele, e a vi se debruçar na portinhola para olhar o lugar que ele havia ocupado, mesmo depois que foi embora. Eu, no entanto, estava pendurado em meu lugar habitual de pobre deserdado que era, e quais foram meus pensamentos por toda aquela boa hora que se empregou para voltar para casa, só Deus sabe!... Talvez não fossem pensamentos, mas delírios, pragas, choros, maldições. Eu sabia muito bem o que a fina parede de couro que dividia o meu lugar do dela me pressagiava no futuro. Mil vezes pensara que chegaria o dia quando a maldita força das coisas humanas tiraria ela de mim para sempre e a daria a um outro, mas um outro não desejado, não amado, talvez apenas suportado. E me confortava imaginá-la inundada de pranto e pálida de dor sob o branco véu de noiva, subir ao altar como uma vítima, e depois nas trevas do tálamo nupcial oferecer-se fria, tremendo, humilhada, sem amor e sem desejo, ao patrão que a venderam. Seu coração permaneceria meu, nossas almas continuariam a se amar; eu ficaria felicíssimo ao vê-la passar algumas vezes em meio a seus filhos; seria uma alegria para mim pegar algum deles quando ela não me observasse, apertá-lo junto ao coração, beijá-lo, adorá-lo, buscar em suas feições os traços dela; me iludir e pensar que a parte misteriosa de seu espírito que passara para aquela criança também pertencera a mim, quando ela amava só a mim com todas as forças da alma. Rapazote de menos de catorze anos, eu já conhecia muito das coisas deste mundo; o desenfreado tagarelar dos criados e das camareiras havia me ensinado mais do que o necessário; todavia chegava a debelar o confuso tumulto dos sentidos, a frear o impulso de uma imaginação enamorada, e a desejar uma existência rica apenas de suaves dores e de alegrias melancólicas. Como prêmio dos meus esforços, da minha devoção, eu recebia o esquecimento e a ingratidão. E nem mesmo se esquecia de mim por outro amor, pois pelo menos eu teria o conforto da luta, do ódio, da vingança. Não, jogava-me fora como um utensílio inútil, para correr atrás de um vão esplendor de soberba, para se encantar loucamente com um sonho monstruoso e impossível. A aversão inicial que eu sentira contra Lucilio aos poucos caíra em um raivoso desprezo pela Pisana. Lucilio para ela era um velho, ele nunca lhe parecera belo nem amável, foram precisos os obséquios das outras para que ela apreciasse suas qualidades muito altas e viris para seu critério ainda infantil. Eu me via sacrificado sem remorso à vaidade.

– Não, ela não tem uma migalha de coração, nem um vestígio de memória, nem um pouco de pudor! Sim, a desprezo como merece, sempre a desprezarei! – gritava dentro de mim.

Pobre criança! Eu começava desde então a desprezar e a amar: tormento terrível entre quantos a cruel natureza preparou para seus filhos; batalha e perversão de qualquer princípio moral; servidão sem compensação e sem esperança na qual a alma, que também vê o bem e o ama, é obrigada a se curvar, a pedir, a suplicar diante do ídolo do mal. Eu tinha demasiado coração e demasiada memória. As lembranças dos primeiros afetos infantis me perseguiam sem misericórdia. Eu fugia em vão; em vão as combatia com a razão; mais antigas do que a razão elas conheciam todas as dobras, todos os esconderijos da minha alma. Ao seu sopro fatal uma tempestade levantava-se dentro de mim; uma tempestade de desejos, de raiva, de furores, de lágrimas. Oh, avaliem bem essas duas palavras nas quais se encerra toda a história de minhas desgraças e de minhas culpas! Avaliem bem e depois digam se com toda a eloquência da paixão, com todo o sentimento das dores sofridas, com toda a sinceridade do arrependimento, eu poderia explicar seu horrível significado!... Eu desprezava e amava!

Talvez vocês também riam dessas duas crianças que na minha narrativa pretendem ser adultas, mas juro de uma vez por todas: eu não crio de minha cabeça um romance, vou simplesmente percorrendo a minha vida. Recordo em voz alta e escrevo o que recordo. Até aposto que se todos vocês quisessem voltar com a memória aos anos da sua infância, muitos de vocês encontrariam nela os germes e quase o compêndio das paixões de que depois se orgulharam. Acreditem em mim, o que se disse das meninas que nascem pequenas mulheres, também se pode dizer dos homens. O chicote do preceptor e o forçoso cerco das ocupações os mantém geralmente domados até uma certa idade. Mas deixem-nos fazer e pensar à vontade e logo verão surgir neles, como no espaço restrito de um espelho ótico, todo o variado movimento das paixões mais maduras. Eu e a Pisana fomos deixados crescer como Deus queria, e como se costumava naqueles tempos se não se recorria ao subterfúgio da escola. Desse tipo de educação circundada de exemplos tristíssimos, formava-se aquele dócil rebanho de homens, que sem fé, sem força, sem ilusões chegava semivivo às portas da vida e de lá até a morte se arrastava na lama dos prazeres e do esquecimento. Os vermes que os esperavam no sepulcro também podiam lhes servir de companheiros no mundo. Eu, de minha parte, por sorte de temperamento ou por mérito das adversidades que me reforçaram o espírito desde os primeiros anos, pude permanecer reto e não me sujar tanto naquele pântano para ficar preso lá para sempre. Mas a Pisana, muito melhor do que eu provida de bons dotes e ótimas inclinações, por desgraça era desprovida de todas as defesas que podiam salvá-la. Até seu engenho tão vivaz, maleável, desperto, ofuscou-se e se esgotou naquele anseio de prazer que a invadiu toda, naquele incêndio dos sentidos em que deixou arder e se consumir a parte mais nobre de sua alma. A coragem, a piedade, a generosidade, a imaginação, sadios frutos de sua índole, degeneraram em outros tantos instrumentas daqueles desejos desenfreados. Se brilhavam às vezes, nos momentos de trégua, eram lampejos passageiros, movimentos bizarros e súbitos de instinto, não atos conscientes e meritórios da verdadeira virtude. Um estrago tão lamentável começou na primeira infância, no tempo que narro agora, e já fora tão adiante que talvez tivesse sido possível pará-lo, mas não destruir seus efeitos; quando depois eu fui capaz de tocá-lo com a mão e reconhecer nele a causa pela qual a Pisana viera sempre piorando com os anos em seus defeitos infantis, não havia mais nenhuma força no mundo que pudesse renová-la. Oh, com quantas lágrimas de desespero e de amor eu não relembrei os séculos dos prodígios e das conversões milagrosas!... Com quanto ardor de esperança não devorei os livros em que se ensinava regenerar as almas com afeto, com paciência, com sacrifícios!... Com quanta humildade, com quanta coragem não me ofereci parte a parte em holocausto para que aquele anjo decaído, que eu havia contemplado os alegres esplendores na aurora da vida, reouvesse a pompa de sua luz!... – Ou os livros mentem ou a Pisana era feita de forma que a força do homem não podia mudá-la. O céu abriu-se diante dela uma vez e vi o que minha razão não quer crer, mas que o coração colocou no mais puro tesouro de suas alegrias. Como me parece próximo esse último dia de recompensa e de dor infinita!... Mas quando eu vivia no castelo de Fratta estava bem distante e minha mente teria se horrorizado ao crer que meu amor receberia o prêmio mais certo das mãos da morte.

Nos dias que se seguiram àquela noite que me fizera sofrer tanto, pareci a todos tão fraco e debilitado que se temia alguma doença. Queriam a qualquer custo que o senhor Lucilio tomasse meu pulso, mas eu me recusei obstinadamente, e como o mal não aumentava deixaram-me em paz convencidos de que fosse teimosia de rapaz. As camareiras bem viam que os afetos entre mim e a Pisana tinham-se esfriado muito, mas estavam bem distantes de acreditar que essa fosse a causa da minha fraqueza. Antes de tudo, tinham se acostumado com esses intervalos de resfriamento, e depois não davam à coisa maior importância do que merecesse uma criancice. Depois de uns dias, a Pisana também percebeu minha palidez e minhas abstinências, de modo que, quase adivinhando o segredo, esforçou-se para se reaproximar para me fazer bem. Eu já tinha passado do furor do desespero ao cansaço da dor e a recebi com aspecto melancólico e quase piedoso. Essa cor da minha fisionomia não a agradou nada, fingiu acreditar que eu lhe tivesse demonstrado que não precisava dela e me deixou ali como um cão. Oh, se ela tivesse me abraçado! Eu teria sido bastante crédulo ou covarde para abraçá-la em meu coração e esquecer os cruéis momentos que ela me fizera passar. Talvez tenha sido melhor assim, já que no dia seguinte a dor teria se apresentado como nova e teria me surpreendido mais fraco do que antes. Apesar da minha enferma saúde, todas as vezes que a família foi a Portogruaro eu não deixei de acompanhá-la, e lá, todas as noites eu saboreava com amarga volúpia a certeza da minha desventura. Me fortalecia a alma, mas o corpo sofria mortalmente, e certamente não poderia continuar mais naquela vida. Martino me perguntava sempre o que eu tinha para suspirar tanto; o Pároco se espantava em não encontrar meus exercícios de latim tão corretos como antes, mas não tinha coragem de me repreender, de tanto que a minha prostração lhe dava compaixão; a condessinha Clara estava sempre atrás de mim com carícias e cuidados. Eu emagrecia a olhos vistos e a Pisana fingia não perceber, ou se deixava cair sobre mim um olhar piedoso logo o retirava. Ela pretendia me punir assim pela minha soberba. Mas era mesmo soberba? Eu morria de desgosto e ela, causa da minha morte, nem se compadecia. Eu me compadecia dela e a amava, enquanto deveria odiá-la, desprezá-la, puni-la. Digam todos se era soberba a minha. Naquele período aconteceu por sorte que a senhora Condessa adoecesse; digo por sorte porque assim se interromperam os passeios a Portogruaro e essa foi a razão pela qual eu não morri. Lucilio continuava a frequentar o castelo, agora ainda mais, pois o chamava a seu encargo de médico, mas a Pisana não era tão encantada por ele em Fratta, como em Portogruaro. Uma vez ou duas lhe deu alguma atenção, depois se absteve sem esforço e aos poucos voltou a ter para com ele a habitual indiferença. À medida que Lucilio saía de seu coração eu voltava; e não devo esconder que minha alegria dessa mudança foi tão veemente, tão plena, como se eu tivesse voltado à primeira confiança de nossos afetos. Eu era menino e acreditava cegamente. Como apesar de seus passageiros coquetismos eu confiava nela antes, certo de que no fundo de seu coração só estava eu, agora voltava a me convencer que os frutos daquele arrependimento devessem ser eternos. Quase chegava a ver naquelas aparentes infidelidades e naquelas prontas pacificações uma prova a mais de que ela não podia deixar de me amar e nem de viver sem mim. Não lhe disse nenhuma palavra sobre meus tormentos, evitei responder suas perguntas, quase adivinhando que a confissão de um ciúme é o mais forte incentivo para novas infidelidades. Culpei uma estranheza de humor, um mal-estar inexplicável, e me fechei a outras perguntas deixando livre campo à minha alegria e ao alívio de um coração fechado em si mesmo há tanto tempo. A Pisana brincava comigo como verdadeira doidivanas: parecia que aquela sua paixonite momentânea não tivesse deixado traços na memória nem na consciência; eu me alegrei, mas se tivesse sido mais prudente deveria ter me assustado. Assim me abandonei com plena segurança àquela corrente de felicidade que me transportava; tão mais seguro e feliz, que a menina me pareceu naqueles dias dócil, amorosa e até humilde e paciente como nunca tinha sido. Era uma compensação tácita, ofertada sem saber, pelos males feitos a mim? Não saberia dizer. Talvez a tímida adoração de Lucilio também tivesse desacostumado um pouco seu espírito dos atos violentos e tirânicos; a mim cabia colher o que outro havia semeado. Mas essa dúvida que agora me humilharia, nem me passava pela cabeça. É preciso ter vivido e filosofado muito para aprender bem a ciência de se atormentar refinadamente.

A Condessa, apesar de levemente indisposta, melhorava muito lentamente. Era tão cheia de escrúpulos e de dengues que não bastavam a eloquência italiana e latina do doutor Sperandio, a paciência de Lucilio, os confortos do monsenhor de Sant'Andrea, os cuidados do marido e de Clara e quatro poções ao dia, para acalmá-la um pouco. Somente no dia em que lhe foi anunciada a visita da cunhada Frumier, se recuperou subitamente e esqueceu a infinita batelada de seus males para se pentear, lavar, colocar na cabeça a mais bonita e rósea touca do guarda-roupa, e mandar enfeitar a cama com travesseiros e cobertas debruadas de renda. A partir daquele momento sua convalescença ficou garantida, e se pôde cantar um *Te Deum* na capela pela saúde recuperada da excelentíssima patroa. Monsenhor Orlando cantou o *Te Deum* com toda efusão do coração, porque nunca se tinha comido tão mal em Fratta como durante a doença de sua cunhada. Todos estavam ocupados em destilar infusões, em preparar sopinhas, em levar caldos e tigelas; enquanto as panelas permaneciam vazias e na hora do almoço era preciso se contentar com pratos improvisados. Para restaurar a família nos habituais afazeres e deixar transformar em firme saúde a longa convalescença da Condessa, foram necessários não menos de quatro ou cinco visitas da cunhada, no final das quais havíamos chegado ao coração do inverno, mas o vigor daquelas faces preciosas estava assegurado por mais trinta anos. Monsenhor Orlando reviu com prazer o entorno da lareira se repovoar aos poucos com grandes panelas e fumegantes caldeirões. Se tivesse continuado aquele regime de meia abstinência teria pago com a própria vida a cura da cunhada. Eu e a Pisana, no entanto, havíamos ganhado alguns meses de bom acordo e de paz. Digo bom acordo, assim por dizer, porque essencialmente havíamos voltado à vida de antes: aos amores passageiros, isto é, às provocações, aos ciúmes, às reconciliações de antes. Donato, o filho do boticário e Sandro do moleiro às vezes me faziam morrer de ódio. Mas era uma coisa diferente. A essas coisas eu estava habituado há muito tempo, e por outro lado, se a Pisana era dura e obstinada em suas ternuras comigo, era três vezes mais com os outros meninos. Nem via vantagem para ela aquela mudança que a tornava tão humilde, tão trêmula, tão apreensiva em relação a Lucilio na sala de sua tia. Na verdade, as angústias sofridas não tinham deixado qualquer marca no meu coração, mas me lembrava da causa delas e muitas vezes me viera na ponta da língua comentar com a Pisana para ver o quanto ela se lembrava e de que modo. Mas sempre titubeava e talvez nunca teria satisfeito esse desejo se ela um dia não me desse a ocasião. Lucilio descia as escadas depois de ter visitado a Condessa, já quase restabelecida, e a velha Badoer, e se dirigia para o pontilhão da escuderia, reconstruído com todos os recursos de uma boa defesa, sob a direção do capitão Sandracca; Clara vinha junto com ele para passar na horta e colher quatro folhas de verbena-limão e alguns gerânios que ainda resistiam ao ataque da geada. Tinham-se passado muitos dias sem que pudessem se ver; suas almas estavam tumultuadas, cheias dos sentimentos que de tempos em tempos desejam ser expressos com ardor, com liberdade para não se se tornarem dentro de nós um alimento venenoso. Aspiravam ao ar livre, à solidão e já, depois de atravessar a ponte e certos de estarem sós, antegozavam a felicidade de poderem repetir as doces perguntas e as eternas respostas de amor que devem bastar aos encontros de dois que se querem bem. Palavras mil vezes repetidas e ouvidas, sempre com significado e prazer diferente; as quais bastariam para provar que só a alma possui a mágica virtude do pensamento, e que o movimento dos lábios não é mais do que um vão balbuciar de sons monótonos sem a sua interna harmonia. Lucilio já estava para dar passagem a todo aquele amor que a tantos dias o sufocava, quando ouviu atrás de si o passo saltitante e a vozinha aguda da Pisana que gritava: – Clara, Clara, espere-me que também vou colher umas flores! – Lucilio mordeu os lábios e não pôde ou não achou necessário ocultar seu ressentimento; Clara, que se voltara com a habitual bondade para olhar a irmã, precisou ver o rosto aflito do jovem para também se entristecer. Por ela, o contentamento da menina por um maço de flores talvez tivesse compensado a falta das delícias de uma conversa tão esperada com o namorado. Era boa, boa antes de tudo, e em almas assim até a violência das paixões se atenua em consideração aos prazeres dos outros. Mas o jovem talvez não gostasse dessa fácil resignação e seu ressentimento aumentou muito. Voltou-se com o rosto um pouco arrevesado para a Pisana e lhe perguntou se deixara a avó sozinha.

– Sim, mas ela mesma me deixou vir colher flores com Clara – respondeu a Pisana irritada, porque não dava a Lucilio a autoridade de vigiá-la daquele modo.

– Quando se tem coração e gentileza de espírito, é preciso saber não usar certas permissões – acrescentou Lucilio –, uma velha doente e necessitada de companhia não se abandona sem razão, por mais que esta nos permita fazê-lo.

A Pisana sentiu virem lágrimas de raiva aos olhos, voltou as costas desdenhosamente e não respondeu nem à Clara que lhe dizia para parar e não ser tão sensível. A menina correu direto para a antecâmara da chancelaria onde eu estudava, e vermelha de raiva e de vergonha pulou com os braços ao meu pescoço.

– O que aconteceu? – exclamei largando a pena e me levantando.

– Oh, o senhor Melro vai me pagar!... Claro que vai pagar! – balbuciava tremendo a Pisana.

Eu me desabituara a ouvi-la usar este apelido e não entendia de quem queria falar.

– Mas quem é esse senhor Melro, o que lhe fez? – perguntei.

– Eh!... o senhor Melro de Fossalta, que quer se meter nas minhas coisas, interrogar-me e me corrigir como se eu fosse sua criada!... Eu sou uma condessa e ele um mediquinho, bom só para os miseráveis e roceiros!

Eu sorri com as muitas ideias que me atravessaram a mente, e depois soube mais claramente a causa precisa daquela enorme ira. No entanto, aproveitei a oportunidade para tirar da menina outros esclarecimentos.

– No início – disse –, eu não tinha entendido a quem você se referia como esse seu senhor Melro!... Realmente, já fazia bastante tempo que você não chamava o senhor Lucilio assim.

– Você tem razão – respondeu a Pisana –, há mais de um século. E veja só que estúpida!... Houve um tempo em que ele me agradava, e principalmente em Portogruaro na casa da tia eu ficava encantada ouvindo-o falar. Caramba! Como ficavam calados, como ficavam quietos e atentos escutando-o todos aqueles outros senhores! Eu teria dado o que fosse para ser como ele e fazer uma boa figura.

– Você o queria muito bem – observei com um secreto temor.

– Ou seja... bem...? – murmurou a Pisana refletindo sinceramente – Não saberia...

Nesse momento vi a mentira subir-lhe ao rosto e entendi que se não antes, pelo menos agora, ela conhecia qual era a índole de sua admiração por Lucilio. Teve vergonha e raiva dessa confissão feita a si mesma e passou a recriminá-lo para se vingar. – É feio, é orgulhoso, é mau, se veste como o Fulgenzio! – Jogou-lhe em cima todas as pragas, todos os pecados; e há muito tempo eu não ouvia a Pisana falar tanto e com tanta ênfase como naquela sua filípica[25] contra Lucilio. Por esse lado fiquei seguro. Mas aquela mesma virulência, apesar de estar avisado, me dava mais causa para temor do que confiança num temperamento tão estranho e excessivo como o dela. De fato, retomado o hábito dos passeios semanais a Portogruaro, a Pisana voltou a esfriar comigo e a pasmar ao contemplar e escutar Lucilio. Aqueles discursos, aqueles protestos de ódio, foram como não feitos; ela voltou a adorar aquele que dias antes havia pisado, sem se envergonhar ou se espantar. Dessa vez minha dor foi menos impetuosa, mas mais profunda, pois compreendi a qual gangorra de esperanças e de desenganos eu confiara a sorte da minha alma. Tentei demonstrar meu aborrecimento à Pisana e fazê-la fechar-se em si mesma para pensar qual e quanto mal fazia, mas ela não se importou. Percebi apenas

25 Filípicas são um conjunto de discursos violentos proferidos por Demóstenes contra Felipe II da Macedônia, conclamando os atenienses a lutar contra ele, já que representava uma ameaça à Grécia.

que em sua devoção por Lucilio também se infiltrara uma dose de ciúme. Ela percebera ser preterida por Clara e sofria amargamente, mas por isso não se agastava contra a irmã nem contra Lucilio; parecia que se contentasse em amar ou estava certa de amar tanto, que um dia ou outro deveria ter a preferência. Todos esses sentimentos que eu lia em seus olhos estavam bem distantes de me consolar. Não sabendo com quem me irritar, não com Lucilio, porque não percebia isso, não com a Pisana, porque não me dava ouvidos, acabei como da outra vez irritado comigo mesmo. Mas a dor, como lhes dizia, se mais profunda, também foi mais razoável; fiz um acordo com ela, e a convenci que em vez de buscar alento no ócio e no tédio, era mais sábio procurar distrações no trabalho e no estudo. Debrucei-me sobre Cícero, Virgílio, Horácio: traduzia grandes trechos, comentava-os a meu modo, e escrevia temas análogos de minha lavra. Enfim, posso dizer que para meus estudos clássicos aquele segundo pecado da Pisana foi mais que proveitoso. O Pároco dizia-se contentíssimo comigo; congratulava-se com o Conde e com o Chanceler pelo meu amor aos estudos, e no final todos se regozijavam, todos menos eu, com aqueles rápidos progressos. E não pensem que foi coisa de horas e de dias; foi de meses e de anos. Somente se entremeavam os costumeiros respiros, as costumeiras tréguas. Ora o tempo ruim, ora as estradas arruinadas, ora o calor excessivo e as noites mais curtas, ora as idas dos Frumier a Udine, suspendiam a frequentação dos Condes de Fratta em Portogruaro. Então ressurgia o amor da Pisana por mim, com o habitual aparato das bajulações por Sandro e por Donato. No final, ela parecia perceber o meu mau-humor também durante a sua fase de furor por Lucilio, e tinha pena de mim, me dava como esmola alguns olhares e até alguns beijos. Eu pegava o que me dava como um verdadeiro mendigo; a dor havia me igualado ao chão, como diz aquele salmo[26]; e teria me deixado pisar, coagir e cuspir sem ressentimento. O que não evitou que eu me tornasse cada dia mais um latinista de valor; suava e empalidecia tanto sobre os livros, que Martino às vezes me dizia que quase lhe agradaria mais me ver girar o espeto como anos antes. Não importa. Eu descobrira sozinho a grande ajuda para viver que se tem no trabalho, e o que quer que pensasse Martino, creio que teria sido muito mais infeliz se tivesse afastado minhas dores com a dissipação ou as aumentado com o ócio. Pelo menos ganhei que, pouco depois dos quinze anos, pude fazer no Seminário de Portogruaro um exame de

---

26 Salmo 118, vers. 25: "adhaesit pavimento anima mea" [Minha alma aderiu à terra]. Também em *Divina Comédia* (Purgatório, XIX, 73).

gramática, de latim, de composição, de prosódia, de retórica e de história antiga, nos quais me saí com uma glória imortal. Imaginem que em três poucos anos eu aprendera o que os outros aprendiam em seis!... Depois de tão pleno triunfo decidiu-se em família que me mandariam para Pádua para tomar o grau de doutor, mas enquanto isso me deram um posto fixo como vice-oficial na chancelaria com salário anual de sessenta ducados, que equivaliam a catorze soldos por dia. Pouco, certamente pouquíssimo, certo, mas fiquei muito contente em embolsar algumas moedas dizendo: "Estas aqui são mesmo minhas, porque as ganhei!". A nova dignidade a que fui elevado também fez com que eu tivesse um lugar à mesa dos patrões, e pudesse entrar na sala da casa Frumier sentando próximo ao Chanceler vendo-o jogar *tressette*. Essa ocupação me satisfazia pouquíssimo, mas me agradava ter sempre sob os olhos a Pisana, e me corroer continuamente com os artifícios que ela fazia para demonstrar seu amor a Lucilio. Repensando agora, isso me faz rir, mas naquele tempo a coisa era diferente. Meu coração chorava lágrimas de sangue.

Nesse meio tempo, a Pisana se tornara uma verdadeira moça. Ainda não tinha catorze anos e já parecia completa e madura. Não muito grande, não, mas de formas perfeitíssimas, admirável sobretudo nos ombros e no pescoço: um verdadeiro torso de Giulia[27], a sobrinha de Augusto. A cabeça um pouco grande, mas de um belíssimo oval, os cabelos fartos, olhos sempre úmidos e langorosos, como um fogo oculto, sobrancelhas finíssimas, e um boquinha, uma boquinha de se pintar ou beijar. Voz arredondada e sonora, daquelas que não tilintam da cabeça, mas retiram seus sons do peito, onde bate o coração; um andar ora calmo e igual como quem julga pouco, ora saltitante e resoluto como de uma escolar em férias; agora muda, fechada, pensativa, daqui a pouco aberta, risonha, e se quiserem também falante; mas ela já havia deixado de falar e bem cedo: já se via aos catorze anos que outros pensamentos a preocupavam tanto que a faziam ficar com a língua entorpecida. Participava como uma verdadeira mulherzinha da conversação; depois saía, e livre dos respeitos humanos, os direitos da idade tomavam conta daquele corpinho bem torneado e o faziam dar as maiores cambalhotas, os mais estranhos contorcionismos do mundo. Então tinha muita necessidade da criancice, já que na sala se comportava como mulherzinha lânguida e dengosa. Lembro-me dela assim naqueles anos de transição, ora muito menina e ora mulher madura, mas quanto ao espírito, ao temperamento, os defeitos da menina desenhavam-se tão exatos na mulher

27 Trata-se de Giulia Augusta (19 a.C.-23 d.C.), famosa pela beleza e pela vida escandalosa.

que certamente não percebi o momento em que estes substituíram aqueles. Talvez uns fossem a continuação dos outros e seu desenvolvimento natural.

Agora cheguei a um ponto no qual começou um meu novo tormento, ou melhor, aumentou um já iniciado. Por aquele tempo, saiu do colégio o senhor Raimondo de Venchieredo e veio morar em seu castelo próximo a Cordovado, mas como ainda não era maior de idade, um seu tio materno de Veneza, que era seu tutor, confiou-o aos cuidados de um preceptor, um certo padre Pendola, que, vindo para Veneza não se sabia de onde, havia conquistado uma grandíssima fama de erudito. Esse abade misterioso certamente teve ótimas razões para aceitar o encargo, e aqui entre nós, creio que fosse às escondidas um queridinho dos Inquisidores de Estado. Dizia-se ter nascido na Romanha, mas viajava com passaporte russo; sabe-se que os Jesuítas depois da extinção de sua ordem[28] tinham se abrigado em Petersburgo e que a República de Veneza nunca se professara sua protetora. De qualquer modo, as principais políticas da Signoria não eram mais as do frade Paolo Sarpi[29] quando o padre Pendola estabeleceu-se com seu aluno em Venchieredo; tanto ele quanto o jovem castelão impressionaram enormemente a sociedade de Portogruaro que se apressara em convidá-los e festejá-los. A Pisana, depois do primeiro comparecimento desse jovem nas salas Frumier, esquecia-se com frequência de Lucilio para reparar nele; sentado ao lado do Chanceler eu roía minha alma e lançava meus olhares ao vento.

28 A ordem foi extinta em 1773, por Clemente XIV, depois restabelecida em 1814, por Pio VII.

29 Frade veneziano (1552-1623), consultor da Sereníssima de 1606 até sua morte. Defendeu as prerrogativas estatais contra as tentativas de ingerência do papa Paulo V.

CAPÍTULO SÉTIMO

Contém o panegírico do padre Pendola e de seu aluno. Dois casamentos desfeitos sem uma razão. A condessa Clara e sua mãe se transferem para Veneza, onde as segue o doutor Lucilio, e torna-se muito familiar da Legação Francesa. Porque me cansei da Pisana e comecei a cortejar todo o belo sexo dos arredores; porque acabei almejando a jurisprudência na Universidade de Pádua, onde fiquei até agosto de 1792 acompanhando de longe a revolução da França.

As ilusões da senhora Condessa pela colocação de Clara pareceram de início que não deviam ser frustradas. Pode-se dizer que todos os jovens de Portogruaro e dos arredores não tiravam os olhos de cima dela; ela só precisaria escolher, para ser logo desposada por aquele que mais a agradasse. Antes de todos, Partistagno a considerava como coisa sua, aliás, quando via que os outros a contemplavam com muita devoção, permitia que seu rosto demonstrasse descontentamento, o que declarava abertamente as intenções do espírito. Em sua entrada na casa Frumier, ele imprudentemente se aproximara do grupo do dono da casa, mas depois precisara se mudar, pois não era tão tolo para não ver a parca figura que fazia. Então tomara lugar entre duas velhas e um monsenhor numa mesa de *tressette*, e de lá continuava seu antigo hábito de homenagear continuamente Clara com seus olhares conquistadores. Esse hábito não agradava muito seus companheiros de jogo, e naquela mesa havia um eterno burburinho de advertências e censuras. Mas o belo cavalheiro ficava impassível; pagava as partidas perdidas, fazia com que seu companheiro as pagasse e não se abalava por nada. Sorte ser jovem e belo, por isso as velhinhas perdoavam suas distrações e o monsenhor, sendo pai espiritual de uma delas, devia necessariamente perdoá-lo também. O marquesinho Fessi, o conde Dall'Elsa e alguns outros aristocratas bonitinhos da cidade também cortejavam Clara. Mas o assédio galante desses senhores era menos discreto; os olhares eram o de menos; desdobravam-se em reverências, em felicitações, em elogios, em oferendas. Faziam-se de espirituosos com o braço na cintura e a perna estendida, e quando vestiam a roupa enfeitada dos domingos, sua animação não tinha freios. Andavam entre as cadeiras das senhoras, curvavam-se para esta ou aquela, aconselhavam ora um jogador e ora outro, mas tomavam muito cuidado para não se enredar em nenhuma partida. Os jovens abades, e o professor Dessalli em particular, sentavam-se de bom grado um quarto de hora perto de Clara: seu hábito os protegia de calúnias malignas, e a compostura da moça era tal que muito se aproximava da seriedade sacerdotal. Enfim, a loira castelã de Fratta alvoroçara todas as cabeças da reunião, e teve a estranha modéstia de perceber. Giulio Del Ponte, que não era o menos entusiasmado, espantava-se e se irritava com tanta reserva; ele ia mais além, e apesar de não demonstrar nada, tinha alguma suspeita sobre Lucilio. De fato, somente um coração já ocupado por um grande afeto podia resistir friamente a todo aquele torneio de amor. E quem mais poderia ter aberto um caminho lá, senão o doutorzinho de Fossalta? – Assim pensava o senhor Giulio, e de pensar a insinuar algo a distância foi mais curta do que um passo de formiga. Começavam a ganhar corpo esses mexericos, quando o padre Pendola apresentou o jovem Venchieredo na casa Frumier. O conde de Fratta ficou um pouco embaraçado, pois não se esquecia que se não por sua causa, certamente por tolerância sua, o pai daquele rapazinho comia pão preto na Rocca della Chiusa[1]. Mas a Condessa, que era mulher de talento, foi bem adiante com a imaginação, e arquitetou rapidamente um projeto que podia desfazer qualquer desavença entre as duas casas. Partistagno, no qual havia posto grandes esperanças de início, não dava sinais de querer desistir, mas qual seria o mal de atrair Venchieredo para um bom casamento com Clara?... Reunindo os interesses das duas famílias, poderia se ter o direito de trabalhar pela libertação do condenado; o reconhecimento e a felicidade apagariam as más lembranças do tempo passado; e a proteção validíssima do senador Frumier garantia que era possível chegar a tão feliz conclusão. O padre Pendola era um sacerdote de consciência e um homem muito elegante; uma vez convencido da conveniência desse casamento, ele certamente convenceria seu aluno; portanto era preciso começar por aí, e a corajosa dama logo pôs mãos à obra. O reverendo padre não era daqueles que veem um palmo diante do nariz e querem dar a entender que veem a uma milha de distância, ao contrário, via muito longe e usava os óculos com uma resignadíssima cara de tolo. Mas creio que lhe bastassem alçar os olhos duas vezes para ler no cérebro da Condessa, e contente de ser bajulado correspondeu aos cuidados dela com uma modéstia realmente edificante.

---

1 Castelo não distante de Verona usado pelos venezianos como prisão. No final do Capítulo Quinto, Nievo afirma que ele esteve preso na Rocca d'Anfo, próximo a Brescia.

"Pobrezinho! – pensava a senhora – Acredita que eu o bajule por seu raro mérito! É melhor deixar que acredite, pois irá nos servir com mais boa vontade".

O jovem Venchieredo, no entanto, ia animadamente ao encontro das honestas intenções da Condessa. Pode-se dizer que ele ficou imediatamente enamorado de Clara. Enamorado como um asno, ou como um jovem recém-saído do colégio. Buscava agradá-la de todas as maneiras, procurava sentar o mais perto dela para que pudesse para tocar com o joelho as pregas de seu vestido, olhava-a sempre e suas poucas e tímidas palavras eram dirigidas só a ela. A previdente mãe estava no máximo contentamento; preceptor e aluno caíam inocentemente nas armadilhas que com tanta astúcia ela soubera preparar. Mas o padre Pendola não se impressionava com aqueles fogachos amorosos do jovem; ele conhecia seu aluno melhor do que a Condessa, e deixava a água correr ladeira abaixo enquanto lhe fosse cômodo. Sinceramente, o senhor Raimondo (assim se chamava o filho do castelão de Venchieredo), mais do que Clara, amava por atacado o sexo gentil. Assim que colocou os pés no território de sua jurisdição, ele dera indício dessa parte principalíssima de seu temperamento com uma furiosa caça a todas as belezas dos arredores. Os pais, os irmãos, os maridos haviam tremido com esses prelúdios guerreiros, e as avós caducas relembraram palpitando em frente à lareira os tempos do senhor seu pai. O fogoso potro não respeitava fossos nem sebes, atravessava aqueles de um salto, esburacava estas sem misericórdia, e sem se importar com os puxões das rédeas nem com gritos dava coices à direita e à esquerda para entrar no pasto que mais lhe agradava. Sua autoridade, porém, ainda não era tão formidável para impedir que alguém deixasse de se incomodar por tais arrogâncias. Algum pai, algum irmão, algum marido começou a fazer barulho, a ameaçar represálias, vinganças, processos. Mas então aparecia com seu pescoço torto, com seu ar compungido o reverendo padre: – O que querem!... São castigos da Providência, são coisa desagradáveis, mas que é preciso suportar como qualquer outro mal para a maior glória de Deus!... Eu também, vejam, também me sangra o coração ver essas patifarias!... Mas me entrego ao Senhor, choro diante Dele, me consolo com Ele. Se Ele quiser, espero que sejam só molecagens, mas é preciso merecer com paciência o bem que Ele quiser nos conceder!... Juntem-se a mim, meus filhos! Choremos e soframos juntos, pois também teremos juntos a recompensa em um mundo melhor do que este.

E os homens de bem choravam com aquela pérola de homem e sofriam com ele; ele era o anjo da guarda de suas famílias, o salvador de suas almas. Quantos problemas se ele não existisse! Quem sabe quantos escândalos, quantos processos não teriam perturbado a região. Talvez até se tivesse derramado sangue, porque era justamente o desdém que dava a última palavra. Mas o bom padre os consolava, os acalmava, e os fazia carneirinhos para se deixar pelar e, pior, com resignação. Ele então, depois de tê-los acalmado, pegava a sós o jovem desregrado e lhe fartava de ótimos conselhos. – Não, não era aquele o modo de ganhar o afeto das pessoas e de conservar o decoro e as riquezas da família! Seus avós também tinham sido jovens, pecadores, mas pelo menos se comportavam com prudência, não davam seus golpes com pompa, não se expunham tolamente à ira dos outros, evitavam o mau exemplo, e não incitavam o próximo àquele pecado turco e sacrílego que é a vingança! Oh, bendita a prudência dos avós! – O jovem, como era bem natural, pegou desses conselhos a parte que mais lhe interessava; passou a pensar as coisas antes de fazer e a escondê-las bem depois de tê-las feito. As pessoas não reclamaram tanto; as esposas e as moças ganharam alfinetes e aventais de seda; o padre Pendola era abençoado por todos, e o novo castelão talvez devesse a ele, senão a saúde da alma, certamente a saúde do corpo. De fato, a fama que de início o havia pintado como um verdadeiro flagelo da castidade calou-se de repente; Raimondo foi considerado jovem discreto e gentil; gostava de brincar, mas não fora dos limites; e não deixava de usar cortesia com qualquer tipo de pessoa. Por exemplo, ele adorava todos os maridos que tinham esposas jovens e formosas; fossem abastados ou pastores nunca aconteceu dele usar com eles um mínimo de grosseria. Escutava pacientemente suas conversas, recomendava-os ao Chanceler, ao feitor; levava à casa deles a resposta de um pedido atendido ou de uma conta saldada. Se por ventura o cavalheiro estivesse ausente, ele os esperava pacientemente e a esposa elogiava muito ao marido a urbanidade e a modéstia do patrão. Na verdade, só o padre Pendola sabia fazer tais conversões; e em toda a população e no clero dos arredores houve um consenso geral proclamando-o uma espécie de taumaturgo.

Doretta Provedoni fora uma das primeiras a atrair as prontas homenagens de Raimondo, mas Leopardo não gostava das manhas do cavalheiro, e com muitas reclamações da esposa encontrara um modo de se livrar dele. Segundo a mulher, o senhorzinho usava de seus direitos; eram irmãos de leite, tinham brincado juntos quando crianças, e não era estranho que ele ainda tivesse por ela uma afetuosa recordação. O velho, os irmãos, as cunhadas, com medo de criar inimizade com o jurisdiscente, estavam ao lado dela e censuravam Leopardo como um urso ciumento e intratável. Mas enquanto Raimondo continuasse em sua vida desregrada, ele tinha razões suficientes para contrariá-los; e Doretta ficou de cara feia sem poder reclamar. Veio então o momento da conversão: começou-se a falar do milagre feito pelo padre Pendola e do espantoso arrependimento do jovem senhor. Então todos caíram em cima de Leopardo com grandes censuras; Doretta não dizia nada, não reclamava, mas se fingia ofendida pelas suspeitas injuriosas do marido. Este, sincero, crédulo e acostumado a se render a ela em qualquer coisa pelo cego afeto que lhe tinha, confessou ter sido injusto, e para não a ver sofrer, consentiu que fosse encontrar seu pai em Venchieredo, como era comum antes que Raimondo saísse do colégio. O jovem castelão recebeu muito humanamente sua irmã de leite; espantou-se de nunca a ter encontrado em casa nas muitas vezes que tinha ido a Cordovado para cumprimentá-la; e também ficou furioso porque ela ainda não tivesse lhe apresentado o marido. No final, Leopardo ficou convencido de que as aparências o haviam enganado sobre Raimondo; apaixonado pela esposa como era, deixou-a dizer-lhe tantas que acabou pedindo desculpas, depois se apressou em fazer uma visita com ela ao castelão, e voltou para casa impressionado com tanta afabilidade, tanto recato, bendizendo ele também o padre Pendola, e permitindo à esposa ir a Venchieredo o quanto quisesse. Assim viera se aperfeiçoando Raimondo em suas artes de feudatário e, ao mesmo tempo, sua idolatria por Clara aprendera modos mais discretos e astuciosos. A Condessa, temendo que ele esfriasse, considerou ter chegado o momento de sondar o padre Pendola. Convidou-o muitas vezes para o almoço; quis que ficasse para a partida da noite; esqueceu o monsenhor de Sant'Andrea para se confessar com ele; e por fim quando sentiu o terreno bem preparado, começou a semear.

– Padre – disse-lhe ela uma noite na casa Frumier, depois de ter abandonado o jogo por não sei qual pretexto, e ter se retirado com ele para um canto da sala. – Padre, o senhor tem bastante sorte por ter um aluno que o honra!

A Condessa lançou um olhar quase materno para Raimondo, que em pé diante de Clara esperava que ela terminasse o café para pegar a xícara. O reverendo padre pousou no jovem um olhar semelhante, radiante nas mesmas proporções de afeto e de humildade.

– Tem razão, senhora Condessa – respondeu ele –, tenho muita sorte, já que o preceptor tem bem pouca parte nos méritos do aluno. Terra boa dá bom trigo, é só querer colhê-lo, e terra magra não dá nada, por mais que seja regada com baldes de suor.

– Ora, padre, eu nuca diria isso! – retomou a Condessa – Eu o invejo justamente porque o senhor foi capaz de merecer e buscar essa sorte. Acho que a boa educação de um jovem tão bem orientado para fazer o bem é o maior mérito que se possa ostentar para com a sociedade!

– O de uma dama que educa e forma ótimas mães de família não é certamente menor – respondeu o reverendo.

– Oh, padre! Nós não precisamos muito. Se o Senhor as dá belas e boas a nós, a graça é Dele. De resto, uma sábia economia, uma boa ordem na casa, uma boa dose de temor a Deus, e o dote da modéstia são virtudes de nossas filhas.

– E a senhora diz que é nada?... Economia, boa ordem, temor a Deus, modéstia!... Isso é tudo, tudo!... Eu até diria que há de sobra, porque a boa ordem ensina a poupar e o temor a Deus leva à humildade. Creia-me, senhora Condessa, se existissem mulheres assim nos maiores tronos da terra, ainda fariam uma digna figura!

O coração da Condessa abriu-se como uma rosa à garoa. Correu com o olhar do bom padre Pendola a Clara, de Clara a Raimondo e deste de volta ao ótimo padre. Essa rodada de olhares foi como o tema da sinfonia que se preparava para tocar.

– Ouça-me, padre reverendo – continuou, chegando bem perto de seu ouvido apesar do monsenhor de Sant'Andrea fulminá-la com dois olhos de basilisco[2] de sua mesa de *picchetto*[3]. – Não é verdade que assim que o senhor Raimondo surgiu, murmuravam-se contra ele... certas coisas... certas coisas...

A Condessa balbuciava, como que esperando que o ótimo padre lhe desse a palavra que faltava, mas ele estava, como se diz, em guarda, e respondeu àquele balbucio com uma cara de espanto.

– O senhor me entende – continuou a Condessa –, eu não acuso ninguém, só repito o que as pessoas diziam. Parece que o senhor Raimondo não demonstrasse inclinações muito exemplares... O senhor sabe que neste mundo as opiniões são precipitadas e que muitas vezes as aparências...

– Infelizmente, infelizmente, cara Condessa – interrompeu-a o reverendo com um suspiro –, a senhora acredita que nem eu nem a senhora estamos livres desse ogro maldito da calunia?

A senhora mordeu os lábios e apalpou as fitas da touca para verificar se estavam no lugar. Gostaria de ter enrubescido, mas para obter esse efeito ela deveria tossir.

2 Animal mitológico que na Idade Média se acreditava matasse com o olhar.

3 Jogo de cartas para duas pessoas.

– O que está dizendo, padre reverendo? – continuou ela baixinho – Creia que de cem mil bocas uma só voz se harmoniza para celebrar a sua santidade... Quanto a mim, são coisas muito pequenas e feias para que...

– Eh, Condessa, Condessa!... A senhora quer brincar comigo. Uma grande dama nos tempos de hoje compra aos olhos do mundo todo um seminário de padres, e só eles têm o privilégio de fazer falar bem ou mal toda uma cidade. Quanto a nós, é muito se se dignam a nos cumprimentar.

A Condessa, demasiado vaidosa para deixar cair um elogio sem o recolher, e pouco sagaz para cortar logo todas essas bobagens inúteis da conversa, foi com a língua aonde a levava o reverendo padre, sempre se afastando da meta que prefixara ao iniciar. Mas o bom padre não era bobo, antes de se enredar em certas amolações queria entender qual proveito poderia tirar, e quem era aquela gente com quem devia tratar. Por aquele dia não julgou oportuno ir adiante e se saiu tão bem que quando se levantaram do jogo para ir embora, a Condessa contava, creio, suas delícias juvenis, os bons tempos de Veneza, e Deus sabe quais outras antiguidades. Percebendo que chegara o momento de partir, roeu um pouco as unhas, mas a hora passara tão depressa, o bom padre a entretivera com uma conversa tão interessante, que o discurso principal lhe ficara preso na garganta. Quanto à suspeita de que o ótimo padre a tivesse levado, como se diz, para colher violetas, a Condessa estava a cem milhas de distância. Irritou-se mais com a própria loquacidade, se propôs a ser mais sóbria na próxima vez e esquecer o passado para cuidar do presente. Mas a segunda vez foi como a primeira, e a terceira como a segunda; e não se pode dizer que o padre a evitasse ou demonstrasse conversar com ela de mau grado. Não, porque até a procurava, a visitava com frequência e nunca era o primeiro a se despedir, se a refeição servida ou a hora tardia não o obrigavam a se retirar. Só que a ocasião de puxar o assunto não se apresentava mais ou o acaso queria que a Condessa se esquecesse, quando poderia assestá-lo mais a propósito.

O padre Pendola, entretanto, não ficara ocioso nesse meio tempo: estudava o lugarejo, a gente, as magistraturas, o clero; caía nas graças daquele senhor ou daquela dama; curvava-se aos vários gostos das pessoas para ser bem recebido em tudo e por todos; principalmente buscava todas as maneiras de entrar nos favores de Sua Excelência Frumier. Mas nessa tarefa ia de marinheiro a forçado e o padre o sabia, mas preferia andar seguro devagar do que cair ao primeiro passo. Depois de um par de semanas, ele se tornou um ser necessário no grupo do Senador. Até então ali reinara uma verdadeira anarquia de opiniões, ele interveio para conciliar, para organizar, para concluir. É verdade que as conclusões eram mancas, e que muitas vezes um epigrama de Lucilio as fazia cair com grandes risadas dos outros. Mas o pacientíssimo padre voltava a levantá-las, a firmá-las com novas escoras; ao final cansava tanto os amigos e os adversários que acabavam por lhe dar razão. O Senador tinha gosto nesses exercícios dialéticos. Ele era de natureza metódica e, acostumado por longa prática aos torneios acadêmicos, gostava daquelas disputas que depois de divertirem por uma meia hora criavam ao menos um fantasma de verdade. O padre Pendola conseguia o que nunca pudera obter daqueles cérebros vivazes e bizarros que o rodeavam. Por isso concedeu-lhe uma grande admiração de lógico perfeito, o que em sua opinião era a maior honra que podia conceder a alguém. Não indagava se o padre Pendola era lógico consigo mesmo, ou se sua lógica trocasse de perna a cada três passos para ir adiante. Bastava que o visse chegar, não importava se com as muletas de Lucilio ou com as do professor Dessalli. Diga-se de uma vez por todas que o ótimo padre tinha um olho especial para discernir o espírito das pessoas e por isso em um par de noites havia não só entendido que o afeto do nobre Frumier devia ser conquistado ao som de conversas, mas também adivinhara a qualidades das conversas necessárias para isso. Lucilio, que na questão dos olhos não ficava atrás do reverendo, logo percebeu que ali tinha dente de coelho, mas ia ter muito trabalho para abrir uma janelinha no espírito dele. A batina preta era de um tecido tão grosso, tão grosso, que os olhares não a atravessavam, e o jovem via-se obrigado a trabalhar com a imaginação.

Finalmente chegou o dia em que o padre Pendola deixou que a Condessa lhe explicasse o seu projeto a tanto tempo desejado. Ele soubera o que precisava saber; preparara o que precisava preparar; não temia mais, aliás, ansiava que a Condessa recorresse a ele para poder lhe responder com elegância: “Minha senhora, prometo-lhe isso, se a senhora me prometer aquilo!” – Ora, perguntarão vocês, o que desejava o ótimo padre? – Uma ninharia, meus filhos, uma verdadeira ninharia! Casando o senhor Raimondo com a condessinha Clara, o preceptor se tornava uma boca inútil no castelo de Venchieredo, de modo que ele aspirava o posto de administrador do Senador. A dama Frumier tinha fama de devota; ele tocara com ela nessa tecla e a tecla havia correspondido bem, restava à cunhada terminar a obra, se queria ver a filha casada de maneira tão honrosa. O pobre padre estava cansado, era velho, era amante do estudo; aquele era um posto de repouso que lhe parecia a verdadeira antecâmara do paraíso; o padre que o ocupava desejava uma paróquia; podiam contentá-lo e também contentar a ele que não tinha mais fôlego nem sabedoria suficientes para trabalhar ativamente na vinha do Senhor. É claro que o ótimo padre insinuou essas coisas de modo a parecer que a Condessa as arrancassem de seus lábios e não que ele lhe pedisse.

– Oh, santos do paraíso! – exclamou a senhora – Que alegria para meu cunhado! Que ajuda espiritual para minha cunhada! O senhor, padre reverendo, iria mesmo se adaptar à vida mesquinha de um administrador?

– Sim, quando meu aluno se casasse – respondeu o padre Pendola.

– Oh, irá se casar, irá se casar! Não vê? Parecem mesmo feitos um para o outro.

– De fato, se eu dissesse uma palavra... Raimondo... Chega! Deixe-me estudar os temperamentos deles, observá-los um pouco...

– Eh, de que serve estudar esses corações de vinte anos? Não está vendo, não!? Basta esquadrinhar seus olhos... seus pensamentos, seus afetos estão lá. Confie em mim!... Faz três meses, sabe, que os estudo todas as noites. O senhor sabia, padre reverendo, que há seis semanas eu pensava em lhe falar sobre isso e me faltou coragem?

– Realmente, senhora Condessa?... Oh, o que está dizendo! Faltar coragem à senhora para me convocar para essa obra tão caridosa, tão útil e de tanta glória para as duas famílias!

– Não é verdade, padre, que a ideia é boa?... E não será um belo presente de núpcias se se obtiver do Inquisidor o perdão do resto da pena àquele outro coitadinho?... Assim terminará uma longa série de discórdias, de flagelos, de desgraças que afligiam todas as boas almas de nossos povoados!

– Oh sim, claro! E eu me retirarei contente, se puder confiar a felicidade de meu filho espiritual a uma tão gentil esposa, mas são coisas, Condessa, que devem ser muito ponderadas. Justamente porque eu posso muito sobre o espírito de Raimondo...

– Sim, justamente por isso lhe peço de para lhe mostrar todas as vantagens que viriam a ambas as casas com esse casamento...

– Eu queria dizer, senhora Condessa, que exatamente pela responsabilidade que me pesa será preciso que eu caminhe com sapatos de chumbo.

– Ora vamos! Basta o senhor, padre, dar uma olhada para ver tudo!... Oh, para mim tarda ver estabelecido esse ótimo pacto de aliança!... E meu cunhado ficará muito contente em poder ter em casa um homem de seu calibre!... Logo em seguida pensarão em prover o capelão atual com uma paróquia. Já que ele deseja, nada melhor!

– Mas, senhora Condessa...

– Não, padre, não faça objeções... prometa-me fazer esse favor a meu cunhado! Já que deu sua palavra não a retire...

– Não digo retirá-la, mas...

– Mas, mas, mas... não existem mas!... Veja, veja o senhor Raimondo e a minha Clara! Como se olham!... Perecem mesmo dois pombinhos...

– Se o Senhor quiser, nunca houve um casal mais perfeito.

– Mas é preciso ajudar os desígnios do Senhor, padre, e ao senhor, que é seu digníssimo ministro, antes dos outros...

– Indigno, indigníssimo, senhora Condessa!

– Enfim, eu o espero amanhã para o almoço... o senhor me dirá algo do seu Raimondo.

– Aceito seu convite, senhora Condessa, mas não sei... assim de repente... Enfim, não prometo nada... Basta, vai me custar muito me separar daquele bom filho.

– Garanto que meus cunhados o compensarão muito pelo que o senhor irá perder.

– Oh sim, acredito, espero, mas...

– Enfim, padre, até amanhã. Falaremos, nos entenderemos. Vou dar um indício esta noite ao Senador, já que vamos ficar para jantar com ele.

– Oh, por caridade, senhora Condessa, não me exponha, não me comprometa demais. Para mim é mesmo um sacrifício que...

– O que é isso! Então quer por egoísmo deixar sem esposa aquele caro rapaz! Que preceptor malvado! Até amanhã, até amanhã, padre, e venha cedo para conversarmos enquanto ferve o arroz.

– Servo humilíssimo da senhora Condessa, não faltarei certamente, e Deus leve a bom fim as nossas intenções.

O bom padre, de fato, ao sair da casa Frumier com Raimondo e se afundar nos cômodos bancos de uma charrete, logo começou a elogiá-lo pela vida que ele levava e pelo bom uso feito de seus conselhos. Mas os propósitos do homem são falaciosos, suas paixões prepotentes, e nunca louváveis o suficiente os cuidados para refreá-los, para regrá-los com vínculos sagrados e legítimos. Ele estava com vinte e um anos, o momento não podia ser melhor, e o ótimo padre se propunha a ajudá-lo na escolha com sua longa e sagaz experiência.

– Oh, padre, o senhor tem certeza? – exclamou Raimondo. – O senhor me exorta a me casar?... Mas há um ano o senhor não me dizia sempre a máxima de que era preciso ser maduro de anos e de juízo para se decidir a formar uma família? E que a ajuda de um preceptor de mente e de coração comprava muito bem a ajuda muitas vezes pouca e falha de uma mulherzinha?

– Sim, meu filho – respondeu candidamente o preceptor –, esses conselhos eu lhe dava no último ano que fui seu mestre no colégio, e acreditava que fossem ótimos, mas não o havia ainda observado na liberdade do mundo. Agora que o conheço melhor na prática da vida, não me envergonho de voltar atrás e confessar que havia me enganado. Veja bem, falo em meu prejuízo. Quando a esposa entrar neste castelo por uma porta, eu necessariamente deverei sair pela outra...

– Oh não, padre! Não diga isso! Não me tire o socorro de seu trabalho e de seu conselho!... Acredite que nunca esquecerei o quanto lhe devo! Há dois meses aqueles barqueiros de Morsano teriam me matado se o senhor não os tivesse acalmado fazendo-os aceitar uma pequena reparação em dinheiro! E dizer que eu não tocara um dedo naquela irmã deles... Eu juro, padre!

– Sim, filho, acredito plenamente, mas você não deve ofender a minha modéstia lembrando esses fragilíssimos méritos, peço-lhe para esquecê-los ou pelo menos não falar mais deles. O que aconteceu, aconteceu!... Como estou dizendo, mudei de ideia sobre o que pensava útil para você um ano atrás, agora gostaria de vê-lo casado estável e honrosamente. Deixando a seu lado uma esposinha boa, paciente, devota, eu me retiraria mais contente ao refúgio da minha velhice...

– Mas padre! O senhor sempre me dizia que mesmo eu me casando o senhor continuaria a ser o prazer, a alegria, o vínculo espiritual entre mim e minha mulher! Que por nenhum ouro do mundo consentiria em se separar de mim?...

O padre Pendola, de fato, havia falado muitas vezes sobre isso enquanto não esperava alcançar um posto melhor. Agora que entrevira algo melhor pescando nas eclesiásticas águas turvas de Portogruaro, deu às suas palavras uma mais ampla interpretação.

– Disse mesmo e não nego agora o que disse tantas vezes – acrescentou ele. – Meu espírito permanecerá com vocês, porque sua melhor parte transferiu-se para sua alma com o santo canal da educação, e quanto à esposa, como eu terei o cuidado de escolhê-la conforme os princípios da boa moral, ela corresponderá perfeitamente aos objetivos que tenho ao entregá-la a você. Isso, Raimondo, isso é o vínculo espiritual que depende da parte mais íntima do meu coração e que permanecerá sempre com você e sua esposa!...

Raimondo, com esses esclarecimentos do preceptor, talvez não tenha se mostrado tão descontente como teria ficado três meses antes. Mas naquele momento chegavam ao castelo, e a conversa ficou suspensa até depois da ceia. Então a retomaram de comum acordo, porque para o jovem tardava a hora de saber o nome da noiva que na mente do padre Pendola lhe seria destinada.

– Raimondo, o nome você já sabe! – disse com voz de doce repreensão o suavíssimo padre – Eu o leio em seus olhos e você pecou pela pouca confiança em seu único amigo não lhe participando a escolha de seu coração.

– Como! É verdade? O senhor, padre, adivinhou assim tão depressa?

– Sim, meu filho, tudo se adivinha quando se ama. E confesso que se a sua discrição me afligiu, alegrou-me muito mais a boa escolha que você fez e que não deixará de enfeitar a sua vida com alegrias imorredouras...

– Oh, padre! Não é verdade que é bela como um anjo?... O senhor viu, padre, que olhos e que ombros!... Oh, meu Deus, nunca vi ombros tão torneados!

– Essas são qualidades fugazes, meu filho, são ornamentos exteriores do vaso que pouco contam se este não contém um aroma perfumado e incorrupto. Posso lhe garantir que o espírito da Condessinha corresponde completamente ao que prometem suas feições. Ela é realmente um anjo, como você dizia a pouco...

– Mas eles irão dá-la a mim, padre diletíssimo?... Consentirão em dá-la a mim como esposa? Tenho toda a pressa imaginável!... Gostaria de tê-la comigo amanhã, hoje mesmo se fosse possível, ela ainda é tão tenra, quase uma menina...

– Você se engana, meu filho, a modéstia e a candura a fazem parecer mais jovem do que é, pela idade ela é perfeita, deve ser pouco mais moça que você.

– Como? O que diz? A condessinha Pisana teria mais ou menos a minha idade?

– Raimondo, você trocou os nomes, a condessinha se chama Clara e não Pisana; Pisana é sua irmãzinha, aquela menina que esta noite estava sentada entre você e o monsenhor de Sant'Andrea.

– Mas é justamente dela que quero falar, padre!... Não percebeu com que olhos me olhava?... Desde ontem à noite estou muito apaixonado... Oh, não conseguirei viver se não a fizer me amar!...

– Raimondo, meu filho, você está louco, não tem olhos, não pensa no que me diz?... Ela é uma menina de no máximo dez anos!... Não pode ser que você esteja apaixonado por ela; certamente o coração lhe engana e a faz tão amada por ser irmã da condessinha Clara.

– Mas não, padre, eu garanto...

– Mas sim, meu filho, deixe-se guiar por quem sabe mais do que você, deixe que eu esclareça um pouco um coração que conheço melhor do que você, tenho esse direito depois de tantos anos que o estudo, que o encaminho para o melhor. Você ama a condessinha Clara, percebi isso pelos corteses cuidados que você lhe dedica.

– Sim, padre, até a semana passada, mas agora...

– Agora, agora como a Condessinha é muito pudica e bem-educada para lhe corresponder abertamente e sem o consentimento de seus pais, você achou que ela não se comovia com suas demonstrações, e para chegar a ela tentou se familiarizar com a irmã. Essa criança recebeu-o com festas, com a ingenuidade própria de sua idade, e o reconhecimento dessas boas maneiras você confundiu com amor! Mas pense, meu filho, seria ridículo, uma vergonha!

– Não importa, padre! Vê-se que o senhor nunca a observou como eu fiz com muita prudência nas duas últimas noites.

– Eu a observei muito bem, e se você tiver alguma intenção sobre ela, caro Raimondo, seria preciso se resignar a sete ou oito anos de espera, sem contar que ela poderia mudar de opinião. E todos ririam ao ver você apaixonado por uma criança! Você sabe que é uma verdadeira criancice adorar um fruto verde enquanto você já poderia colher um já maduro e saboroso!

– Não sei o que fazer, padre, não sei o que fazer!

– Pense, meu filho, reflita bem. Vou usar os seus próprios argumentos. Você acha que a Pisana possa superar a condessinha Clara na beleza, na candura da pele, na perfeição das formas? Lembre-se bem dela, Raimondo!... Você seria capaz de resistir a ela?

– Não sei, padre, não sei, mas ela certamente não quis saber de mim.

– Invenções, acredite, aparências e nada mais. Puro efeito de pudor e de modéstia.

– Certo, pode ser, mas esses temperamentos frios não me agradam.

– Frios, meu filho? Vê-se que você não tem experiência! Mas é justamente sob essas maneiras recatadas e discretas que se escondem os ardores mais intensos, as volúpias mais refinadas!... Acredite em quem estudou o coração humano.

– Pode ser, padre, aliás me parece que seja assim, porém...

– Porém, porém!... O que você quer dizer?... Porém vou dizer eu!... Porém não é caridoso, nem prudente, afligir o coração de uma bela moça que sob as aparências de paz e de modéstia o ama desenfreadamente, só vive para você e está disposta a lhe presentear o mais santo dos prazeres que Deus clemente nos concedeu experimentar!

– Oh, padre! Será verdade?... A condessinha Clara está apaixonada por mim?

– Sim, claro, tenho certeza, juro. Quer saber?... Alguém de sua família me disse!... Está apaixonada, pobrezinha, e morre de desejo de lhe agradar!

– Se é assim, entendo, padre, me enganei. Sete anos é muito tempo. Eu também já estive apaixonado pela condessinha Clara! E mesmo agora, pensando bem...

– Ah! Você confessou, meu filho! Confessou! Obrigado, Senhor! Minha tarefa terminou, e poderei repousar em paz com a felicidade preparada por minhas mãos a essas Suas diletas criaturas. Raimondo, descobri o segredo do seu coração, deixe-me manobrar de forma que tudo saia segundo os seus desejos.

– Devagar, padre, não gostaria que por muita pressa...

– O remédio urge, meu filho. Pense na felicidade que você terá ao abraçar no coração, neste castelo, neste mesmo quarto, uma esposinha tão bela, tão dócil, tão ardente por você!... Oh Deus! Você nunca sentiu nada igual.

– Está bem, padre, o senhor tem razão, faça isso... Realmente minhas intenções... mas agora, depois de uma mais madura reflexão, e já que o senhor garante que ela está apaixonada por mim...

– Sim, Raimondo, eu colocaria a mão no fogo.

– Está bem, padre, as núpcias poderiam ser no domingo?

– Deus do céu! Domingo! E depois me recomenda para não ter pressa demais! Será preciso algumas semanas, talvez alguns meses, meu filho. As coisas deste mundo caminham com uma certa ordem que não deve ser perturbada. Todavia, nesse meio tempo, você poderá ver sua noiva, falar e estar com ela no castelo de Fratta, com os pais presentes.

– Oh, que alegria, padre! Assim também poderei ver a Pisana!

– Claro, e amá-la e tratá-la com a honesta intimidade de um futuro cunhado. Acalme-se, meu filho, confie em mim e durma seu sono tranquilo, pois as ilusões de seu venerável tio não estarão perdidas, e participando-lhe seu casamento você poderá lhe garantir que o fiz bom e feliz!

O nobre jovem chorou de ternura a essas palavras, beijou a mão do diligente preceptor e subiu para seu quarto com a Pisana e a Clara que bailavam confusamente em sua fantasia. Não sabia bem qual, mas sentia distintamente que uma das duas seria bem-vinda aquela noite. O padre Pendola contara com essas felizes tendências para dissuadi-lo daquele impensado capricho pela Pisana e entusiasmá-lo de novo por Clara, e o resultado não o decepcionou. Indo também se deitar continuou a se surpreender e a se congratular daquele novo embaraço tão venturosamente evitado.

"Ah! Malandrinha!", pensava ele, "eu havia percebido que naqueles seus catorze anos se escondiam trinta de malícia!... Mas assim repentinamente, nunca teria imaginado. Quem afirma que o mundo progride sempre, no final tem razão".

O reverendo padre deitou-se com esses pensamentos e pegou os opúsculos devotos de Bartoli[4] que eram sua costumeira leitura antes de dormir. Mas o que o havia surpreendido tanto, não me teria surpreendido por nada. Eu seguira muito bem Venchieredo nas fases de seu amor por Clara; e afinal, sem esperanças de impressioná-la, vira-o nas duas últimas noites reparar na Pisana, aproximar-se dela e seu coração instantaneamente pegar tanto fogo quanto não pegara nos dois meses de devoção à irmã maior.

Quanto desgosto tive por isso, qualquer um pode imaginar por pouco que tenha entendido a índole de meu afeto por aquela ingrata. Mas a seguir pude me espantar, quando vi a Pisana, depois da deferência de Venchieredo, retomar à sua maneira afetuosa e gentil para comigo, como há muito não usava mais senão esporadicamente e quase por esforço de vontade. De onde vinha essa nova estranheza? Eu não conseguia entender de modo nenhum. Agora me parece entender que sua altivez para comigo derivasse sobretudo da mágoa de se ver trascurada como uma criança, apesar de seu desenfreado desejo de prazer. E assim que agradou a alguém, voltou para mim como sempre tinha sido. Aliás, melhor, porque nada nos faz tão bons e condescendentes com os outros quanto a ambição satisfeita. Confesso que, sem escrúpulos e sem vergonha, peguei minha parte daquela ternura e que aos poucos o desgosto pelo triunfo de Venchieredo transformou-se em meu coração em uma amarga espécie de alegria. Parecia-me estar certo de que a Pisana não buscava nos outros o mérito nem o prazer de ser amada, mas a novidade e o contentamento da vaidade. Por isso deixara de lado Lucilio para se apegar a Venchieredo assim que a novidade deste atraíra seu olhar mais do que o vivaz gesticular daquele. Então me confortei com a certeza de que ninguém a amava nem amaria como eu; e que toda vez que seu espírito tivesse um verdadeiro desejo de amor, estava seguro de que ela voaria para meus braços.

4 Trata-se do escritor e historiador jesuíta Daniello Bartoli (1608-1685). Nievo provavelmente se refere às obras de caráter edificante e apologético, como *La povertà descritta e dedicata ai ricchi non mai contenti* [A pobreza descrita e dedicada aos ricos sempre descontentes] (1650), *La ricreazione del savio in discorso con la natura e con Dio* [A recreação do sábio conversando com a natureza e com Deus] (1659), *L'eternità consigliera* [A eternidade conselheira] (1660), *La geografia trasportata al morale* [A geografia transportada à moral] (1664), *Pensieri sacri* [Pensamentos sagrados] (1685).

Estúpido cinismo me contentar com essa ilusão, mas um degrau depois do outro eu descera tanto que acabei me acostumando àquela vida de humilhação, de servilismo e de ciúmes, pois eu já era um homem debilitado e desiludido quando todos ainda me acreditavam um rapagão impetuoso e sem preocupações. Mas quem se preocupava com as pequenas paixões e os romances da nossa adolescência? – Nos julgavam realmente iniciados na vida, que nos fornecera toda a sua urdidura, e que completar a trama é tarefa manual à qual no mais das vezes somos levados por uma força inevitável e fatal.

O padre Pendola, depois de ter confirmado com o jovem os propósitos da noite anterior, relatou à Condessa de Fratta o ótimo resultado de suas palavras, calando, nem é preciso dizer, sobre tudo o que se referia à Pisana. A senhora quase o abraçou e o recompensou garantindo que uma simples sugestão deixada cair sobre seu estabelecimento na casa Frumier fora recebida pelo Senador e sua esposa com uma urgência festiva, sendo de se esperar uma pronta conclusão de seus desejos.

– Agora – disse a senhora ao ouvido do reverendo que se sentara à mesa próximo dela apesar do costumeiro cerimonial da casa –, agora deixe comigo. Antes que Clara suspeite de algo, pois as moças devem ser levadas com vagar nessas coisas, quero que os meus excelentíssimos cunhados fiquem felizes com sua companhia.

– Pobre Raimondo! – suspirou o padre entre uma garfada e outra.

– Não se compadeça dele – acrescentou ainda baixinho a Condessa olhando para a filha –, uma esposinha como ela é mais adequada do que um padre para um jovem de vinte e um anos.

De fato, na semana seguinte toda Portogruaro sabia da grande novidade. O célebre, o ilustre, o douto, o santo padre Pendola retirava-se para a casa Frumier, cansado das tarefas de um longo apostolado. Lá, ele pretendia dar paz à sua idade ainda não muito provecta, mas já afligida pelos muitos incômodos da velhice. O antigo capelão fora transferido, como desejava, para uma paróquia próxima a Pordenone; o Senador e a nobre senhora não cabiam em si de alegria por terem em seu lugar um luminar de eclesiástica perfeição. Raimondo fingira se irritar porque ele quisesse sair de sua casa antes que entrasse a noiva, mas o bom padre não precisou se esfalfar para persuadi-lo de que para um jovem próximo a se casar não cabia a tutela do preceptor, e que por várias razões convinha que sua partida de Venchieredo precedesse um pouco a celebração dos esponsais. Raimondo o viu partir sem muitas lágrimas, e continuou a frequentar o castelo de Fratta, onde a confiante afabilidade da Pisana o compensava da gelada reserva de Clara. Mas a ela ainda não haviam comunicado a sorte que a esperava e ele atribuía a isso o esforço dela para lhe ocultar a veemência de seu amor. De resto, não se preocupava muito, e se Clara fracassasse ele poderia se desforrar com a irmã. Esses eram os filosóficos sentimentos do senhor de Venchieredo, mas a Condessa não pensava do mesmo modo. Depois de deixar os dois jovens entrar, segundo ela, em uma decente familiaridade, passou a preparar Clara para o pedido do jovem; e fala que fala, ao final se inquietou um pouco ao vê-la ficar tão fria e impassível como se não fosse com ela. Um belo dia revelou-lhe em alto e bom som as prováveis intenções de Raimondo, e mesmo esse último golpe não dissipou aquela nuvem que há muitos dias pairava sobre a cabeça da donzela. Baixava os olhos, suspirava, não dizia sim nem não. A mãe começou a crer que ela fosse uma tola, como sempre suspeitara vendo-a séria, modesta e diferente de tudo que ela havia sido nos anos da juventude. Mas mesmo as tolas se mexem quando se toca na tecla de um marido; e a tolice de Clara devia ser realmente fora do comum por não se mexer nem com isso. Abriu-se então com a velha sogra, que sempre tinha sido a confidente da menina, e lhe pediu para tentar fazê-la entender os projetos da família sobre ela. A velha enferma falou, escutou e relatou à nora que Clara não tinha intenção de se casar, e que queria ficar sempre com ela para cuidar de suas doenças, confortá-la em sua solidão.

– Eh! Isso são caprichos de menina! – exclamou a Condessa. – Quero ver se ela vai continuar a fazer cara feia para aquele pobrezinho, desde que ele consiga um pretexto para convencê-la. Quando os pais querem, o dever das moças sempre foi obedecer, pelo menos nesta casa; e não vai haver novidades, não vai. Quanto à senhora, espero que não fomente essa loucura e que me ajude e ao senhor Conde para mostrar à menina o que é melhor para ela.

A velha acenou com a cabeça que o faria e ficou muito contente que a nora, depois daquela bronca, saísse de seu quarto. Mas não por isso estava menos pronta para penetrar no coração de Clara para persuadi-la a aceitar o marido que, nobre e digno de todo respeito, lhe era oferecido. A jovem se fechava em seu silêncio, ou respondia como antes que Deus não a chamava ao matrimônio, e que ficaria feliz em terminar sua vida naquele castelo ao lado da avó. Foi um bafafá: à avó, à mãe, ao pai, ao tio monsenhor, Clara repetiu sempre a mesma cantilena. Por isso a Condessa, por mais que se enfurecesse dentro de si, decidiu insistir sem nada responder a Venchieredo e falar com o padre Pendola para que ele com sua maravilhosa prudência lhe apontasse um meio de fazer Clara obedecer, sem recorrer a modos violentos e escandalosos. No entanto, algo dessa obstinada resistência da moça ao desejo dos seus transparecia; Lucilio parecia não perceber, pois conservava os mesmos modos e Partistagno comparecia aos serões do castelo de Fratta e às reuniões da casa Frumier mais sorridente e glorioso do que nunca. O padre Pendola ao ouvir o grave caso ofereceu-se como pacificador entre a Condessa e a nobre donzela; todos ficaram esperançosos; ao ser deixado a sós com ela alguém ficou por curiosidade espiando atrás da porta.

– Condessinha – começou a dizer o reverendo –, o que me diz deste bom tempo?

Clara inclinou-se um pouco confusa sem saber como responder, mas o próprio padre a tirou do embaraço, continuando:

– Não gozamos de uma estação como essa há já algum tempo e se pode dizer que recém saímos do inverno. O Excelentíssimo Senador me concedeu, aliás devia dizer me pediu, de ir visitar o meu querido aluno, aquele ótimo jovem, aquele gentil cavalheiro que a senhorita deve conhecer. Mas passando por aqui resolvi vê-los e pedir notícias das coisas de família.

– Obrigada, padre – balbuciou a menina não o vendo disposto a prosseguir.

O padre tomou como bom augúrio aquela timidez, pensando que como lhe havia arrancado aquele obrigado, depois poderia fazê-la dizer e prometer o que quisesse.

– Condessinha – retomou ele com voz mais doce –, a senhora sua mãe depositou em mim alguma confiança e hoje esperava ouvir o que meu coração desejava a muito tempo. Da outra vez a senhorita só me deu meias palavras, parece não ter entendido os corretos e santos planos de seus pais, mas espero que depois de lhe explicar melhor, não haverá mais sombra de dúvida em aceitá-los como que ordenados pelo Senhor.

– Fale, por favor – acrescentou Clara com ar modesto, mas dessa vez calmo e seguro.

– Condessinha, a senhorita tem em mãos o meio de reaver a alegria e a concórdia não só de duas ilustres famílias, mas, pode-se dizer, de todo um território, e me parece que por outros escrúpulos piedosos não quer fazer uso dele. Permita-me crer que não se interpretou bem a sua resposta, e o que pareceu uma rejeição irracional e escandalosa rebelião não foi mais do que timidez de pudor ou ímpeto de caridade em demasia?

– Padre, talvez eu não saiba me explicar muito bem, mas repetindo as mesmas coisas muitas vezes espero que afinal me entendam. Não, eu não me sinto chamada ao matrimônio. Deus me leva por outra estrada: eu seria uma péssima esposa e posso continuar a viver como uma boa filha, minha consciência me ordena a me fixar nesta última opção.

– Muito bem, Condessinha. Certamente não serei eu a condená-la por esse respeito às leis da consciência. Aliás, isso duplica a estima que eu tinha pela senhorita e me faz esperar que a seguir nos aproximemos nas opiniões. A senhorita me permite que com o meu muito humilde, mas devoto critério, a ajude a iluminar essa consciência que talvez esteja um pouco perturbada, um pouco obscurecida nas indecisões, nas batalhas dos dias passados? Ninguém, Condessinha, é tão santo para crer cegamente na própria consciência rejeitando as luzes e as sugestões de outros.

– Fale, por favor, padre. Estou aqui para escutá-lo e confessar que errei, quando estiver convencida.

"Diziam-me que é tola! – pensava o ótimo padre – Qual nada! Percebo que terei uma gata irascível para pelar, e parabéns se conseguir!" – Pois bem – acrescentou ele em voz alta –, a senhorita sabe melhor do que eu que a obediência é a primeira lei das filhas conscienciosas e com temor a Deus. Honrai pai e mãe se quiseres viver longamente sobre a terra, disse o próprio Deus, e a senhorita até agora sempre colocou em prática esse divino preceito. Mas obediência, minha filha, não tem exceções, não busca nenhuma escapatória; a obediência obedece, e pronto. Essa é a consciência como a entendemos nós pobres ministros do Evangelho.

– E assim também a entendo eu – respondeu humildemente Clara.

"Convenci-a agora? – pensou de novo o reverendo. – Realmente acho que não". Entretanto fingiu acreditar, e levantando as mãos ao céu: – Obrigado, dileta filha em Cristo! – exclamou – Obrigado por essa boa palavra, é por esse caminho de abnegação e de sacrifício que se chega ao último grau da perfeição, assim poderá se convencer, para seu grande proveito, que poderá se tornar ainda mais excelente esposa e mãe de família do que foi até agora como boa e educada filha... Oh, não será um grande esforço, garanto!... Um marido como o que lhe foi destinado pelos céus não é tão fácil de encontrar nos dias de hoje! Eu o eduquei, Condessinha; eu o formei com a essência mais pura do meu espírito e com os princípios mais santos do cristianismo. Deus quer recompensá-la por sua insigne piedade, por seu filial respeito!... Que Ele continue a abençoá-la, e que Lhe seja dado graças por ter me permitido levar à sua alma a luz da persuasão!...

O bom padre sempre com as mãos e os olhos para o céu dispunha-se a sair da sala para levar à Condessa a boa nova, mas Clara era demasiado sincera para deixá-lo em um engano tão grande.

Naquela situação difícil, a sinceridade ajudou-a muito mais do que a astúcia, porque o bom padre confiava justamente na sua pouca coragem e na inocente simplicidade, e acreditava que se deixaria convencer pela relutância em precisar contradizê-lo. De modo que ficou muito espantado ao sentir-se detido pela manga pela menina, e entendeu o que significava aquele gesto. Porém, não quis se mostrar desesperado e se voltou para ela com uma doçura realmente paterna.

– O que foi, minha filha? – disse ele adoçando cada palavra com um sorriso angelical. – Ah, entendo! Quer ser a primeira a levar a seus pais uma alegria tão grande! Depois de tê-los martirizado tanto, talvez sem querer, seria justo lançar-se a seus pés, implorar perdão, assegurá-los da sua submissão filial! Vamos, venha comigo.

– Padre – respondeu Clara nada assustada com essa falsa segurança do pregador –, talvez eu entenda a obediência de um modo diferente do seu. Parece-me que obedecer seja uma rendição mais do que na palavra, também no espírito, às ordens dos superiores. Mas quando sentimos não poder observar plenamente uma dessas ordens, seria hipocrisia fingir se curvar às aparências!

– Ah, minha filha! O que está dizendo! São sutilezas escolásticas. São Tomás...

– São Tomás foi um grande santo, eu o respeito e venero. Quanto a mim, repito ao senhor o que disse à senhora mãe, à avó, ao pai e ao tio. Não posso prometer amar um marido que nunca poderei amar. Obedecer em me entregar a esse marido seria um obedecer com o corpo, com a boca, mas não com o coração. Com o coração nunca poderei. Por isso, padre, permita-me permanecer solteira!

– Oh, Condessinha! Pense e torne a pensar! Seu raciocínio peca na forma e na essência. A obediência não tem a língua tão longa.

– A obediência quando é interrogada responde, e eu não chamada nunca responderia, asseguro-lhe, reverendo padre!

– Alto lá, Condessinha! Mais uma palavra! Preciso lhe dizer tudo?... Preciso lhe explicar toda a virtude que se pode cristãmente pretender de uma filha exemplar?... A senhorita se declara pronta a obedecer a todas as ordens de seus pais que se sente capaz de realizar!! Ótimo, filha!... Mas o que ordenam seus pais? Ordenam casar-se com um jovem que lhe é oferecido, nobre, de bem, rico, educado, de cuja aliança virão grandes bens às duas famílias e a toda a região! Quanto ao seu coração, ele não lhe ordena nada. No coração a senhorita pensará a seguir, mas a religião deseja que se curve ao que é possível, e fique certa que como prêmio de tanta submissão Deus proverá a graça de cumprir perfeitamente todos os deveres de seu novo estado.

Clara ficou perplexa por algum tempo com esse subterfúgio do moralista; tanto que ele readquiriu a ilusão de tê-la curvado, mas sua vitória foi muito breve, porque brevíssima foi a perplexidade da jovem.

– Padre – retomou ela com a expressão resoluta de quem conclui uma disputa e não quer mais ouvir falar dela –, o que o senhor diria de alguém que crivado de dívidas e sem qualquer outra coisa se fizesse fiador de oitenta mil ducados?... Eu o chamaria de louco ou de desonesto. O senhor me entendeu, padre. Consciente da minha pobreza, não me farei fiadora de um soldo.

Dizendo isso Clara se inclinava, fazendo menção de sair. O reverendo, por sua vez, queria detê-la com outras palavras, com outras objeções, mas compreendendo ter feito um buraco n'água contentou-se em sair atrás dela, com a atitude desolada do cão de caça que volta ao dono sem trazer a presa inutilmente buscada. Os que espiavam atrás da porta apenas tiveram tempo de se reunir na copa, mas não foram tão ágeis para esconder que sabiam de tudo. O padre Pendola ainda não havia se aproximado ao ouvido da Condessa e ela já havia se lançado sobre Clara com todo o tipo de ameaças e impropérios, tanto que muitos correram da cozinha à gritaria. Mas o marido e o cunhado conseguiram refreá-la e o padre Pendola aproveitou o momento oportuno para se retirar lavando as mãos como Pilatos. Depois que partiu, a bronca coube a ele, e a senhora se desafogou chamando-o de hipócrita, inútil, descarado, que a havia usado para obter o que queria, e agora a abandonava com o problema com sua cara dura. O Monsenhor suplicava que por caridade a cunhada parasse de ofender um abade que em pouquíssimos dias de estada em Portogruaro já tomara a dianteira nas tarefas do clero e quase também as da Cúria. Mas as mulheres pensam diferente quando lhes coça a língua. Ela quis despejar todo o excesso de seu fel, antes de ouvir os conselhos do cunhado. Então, acalmado esse assunto, voltou a repreender Clara; tendo voltado a seus afazeres os curiosos da cozinha, o pai e o tio também se lançaram sobre a jovem atormentando-a malvadamente. Ela suportava tudo não com a fria resignação que move o desdém, mas com a verdadeira dor de que gostaria e não podia atender ao que outros lhe pediam. Esse martírio durou por muitos dias e a Condessa jurou que a casaria com Venchieredo ou a mandaria para um convento sem misericórdia. Já se começava a murmurar de Lucilio mais forte que nunca; e o jovem devia ser mais prudente em suas visitas do que antes. Mas espalhando-se a notícia da obstinada recusa de Clara a se casar com Venchieredo, muitos foram os que conceberam um secreto amor dela por Partistagno. Entre eles, o primeiro era o próprio Partistagno, que, sabendo do acontecido, apareceu no castelo mais sorridente e empertigado do que o comum; ele olhava toda a família de alto a baixo, e nos ternos olhares que dirigia a Clara não era possível definir se o amor sobrepujasse a compaixão, ou vice-versa. Fato é que surgiu essa hipótese no cérebro da Condessa e já que não se dignava a suspeitar de Lucilio, esta lhe pareceu ter bastante fundamento. Mas o bendito Partistagno nunca se decidia a dar um passo adiante. Fazia anos que trabalhava com seus olhares, com seus sorrisos sem que abrisse sua alma. Raimondo, entretanto, vinha, pode-se dizer, com o anel na mão e só bastava um sim para que ele ficasse feliz e reconhecido de poder entregá-lo a Clara. Essas considerações não diminuíam em nada as amarguras da senhora para com a filha; tanto mais que os últimos acontecimentos não pareciam ter dado qualquer pressa ao glorioso castelão de Lugugnana.

Um dia em que os Frumier haviam convidado para o almoço os parentes de Fratta, para distrai-los desses desgostos familiares, o ilustríssimo senhor Conde ficou muito inquieto ao se ver chamado pelo cunhado a uma saleta isolada. Toda vez que lhe acontecia ter de se separar do fiel Chanceler, sabe-se que ele ficava como uma vela sem pavio. Todavia, fez da necessidade virtude e com muitos suspiros seguiu o cunhado aonde ele queria. Este fechou a porta com um duplo giro de chave, baixou as cortininhas verdes da janela, abriu com grande precaução a gaveta mais secreta da escrivaninha, retirou um envelope e o entregou ao Conde dizendo:

– Leia, mas por favor, silêncio! Confio em você pois sei quem é.

O pobre Conde teve os olhos cobertos por uma nuvem, esfregou e voltou a esfregar com o forro do casaco as lentes dos óculos mais para ganhar tempo do que por outra coisa, mas afinal com algum esforço conseguiu decifrar o escrito. Era um anônimo, homem ao que parecia de grande autoridade nos conselhos da Signoria, que respondia confidencialmente ao nobre Senador sobre o perdão a se implorar pelo velho Venchieredo. Antes de tudo se espantava com a ideia, aquele não era o tempo em que a República pudesse soltar seus inimigos mais ferozes, quando justamente se ocupava em espioná-los e torná-los o mais impotentes possível. Os castelões da Alta eram todos inimigos da Signoria; o exemplo de Venchieredo servira para lhes corrigir, mas talvez não bastasse, e com excesso de indulgência preservara-se sua família dos efeitos da condenação. Nada é mais pernicioso do que a força concedida aos parentes de nossos inimigos; é sempre preciso cortar o mal pela raiz para que não germine novamente. A Signoria só se arrependia disso. De resto, não falava ao Senador, que estava acima de qualquer suspeita e havia entrado naquele caso por sugestões e pedidos de outros, mas que se cuidassem os amigos de Venchieredo para não deixar que julgassem mal, em uma benevolência excessiva para com ele, sua fidelidade oscilante e as opiniões talvez embebidas por aqueles princípios subversivos que, vindas de detrás dos montes, ameaçavam de ruína os antigos e veneráveis estatutos de São Marcos. Em tempos difíceis maior a prudência, era a norma, porque a Inquisição de Estado vigiava sem respeito por ninguém.

O Senador, em sua qualidade de patrício veneziano, acompanhava com orgulho os diversos sentimentos de espanto, de dor, de consternação que se pintavam no rosto do cunhado à medida que lia alguns períodos daquela carta. Ao terminar, a folha caiu de sua mão, e ele balbuciou não sei quais desculpas e protestos.

– Fique tranquilo – acrescentou o Senador recolhendo a folha e colocando uma das mãos em seu ombro –, é uma advertência e nada mais, mas veja que foi quase uma graça dos céus que sua filha se recusasse àquele matrimônio. Se tivesse consentido a esta hora já se teriam celebrado as núpcias...

– Não, por todos os santos do céu! – exclamou o Conde com um gesto de horror. – Se ela o quisesse agora, e se minha mulher com todas as suas fúrias pretendesse celebrá-las, só com duas palavras eu poderia...

– Psiu, psiu! – fez o Senador. – Lembre-se que a situação é delicada.

O castelão ficou com a boca aberta como uma criança pega em flagrante, mas depois desfez um nó que tinha na garganta e acrescentou:

– Enfim, Deus seja louvado por nos querer bem, salvou-nos de um grande perigo. Minha mulher vai saber que por razões fortes, ocultas, muito restritas, não é mais preciso falar desse casamento, como de um caso nunca sonhado. Ela é prudente e se acalmará!...Carambolas! Tenho medo de que ela tenha se deixado influenciar por aquele bendito padre Pendola!

Calou-se e ficou com a boca aberta outra vez porque a uma careta do Senador entendeu estar para dizer ou já ter dito alguma asneira.

– Confidencialmente – respondeu-lhe Frumier, com aquele rosto de superioridade que tem o mestre sobre o aluno –, de algumas frases que escaparam ao digníssimo padre creio que não sem motivo envolveu-se com o jovem Venchieredo!... Também poderia ser que vendo sua esposa decidida a lhe dar a sua filha ele tivesse fingido apoiá-la. Mas também, entenda, ele o queria bem, ele queria bem a mim... e sem violar as conveniências... Enfim, aquela conversa com Clara...

– Mas não! Eu estava atrás da porta e posso garantir... – retomou o Conde.

– Eh, o que você sabe? – retrucou o Senador. – Há mil maneiras de dizer uma coisa com os lábios e fazer entender outra com o rosto ou com certas reticências... O padre talvez suspeitasse que você e sua esposa estavam escutando, mas posso assegurar que se esse matrimônio não foi adiante, o mérito é dele.

– Oh, abençoado padre! Vou lhe agradecer...

– Por caridade! Bela coisa você faria! Depois de todos os cuidados que ele tomou para se esconder e fazer crer que aprovava os seus planos!! Realmente, às vezes você é bem esperto!

Dessa vez eu não saberia dizer quem era o mais esperto. O padre Pendola, ao ouvir à mesa no dia anterior a súbita desaprovação do Senador ao casamento de sua sobrinha com Venchieredo, apesar de tê-lo aprovado até então, havia desconfiado, senão da carta de Veneza, de algo semelhante. Por isso, com meias palavras, com acenos de cabeça e com outros recursos dera a entender ao Senador todo o contrário do que acontecera. E este, ao se levantar da mesa, apertara-lhe a mão de modo misterioso, dizendo:

– Entendi, padre. Agradeço-lhe em nome de meus cunhados!

Se o Senador era esperto, e havia dado grandes provas disso em sua longa vida pública e privada, certamente esse foi o caso de considerar verdadeiro o provérbio que todos temos durante o dia o nosso quarto de hora de tolice. Não há ladrão tão astuto que não possa ser roubado por outro mais astuto do que ele.

Terminada a conversa entre os dois cunhados e queimada diligentemente a carta fatal, voltaram à sala de jantar, falando de Clara e da verdadeira sorte que ela pudesse se casar com Partistagno. O Conde tinha alguns escrúpulos porque todos os parentes desse jovem não estavam no bom livro da Sereníssima, mas o Senador objetava que não caísse em temores excessivos, que eram parentes distantes, e que finalmente o jovem com seu comportamento se demonstrava tão obsequioso aos magistrados da República que também poderia honrá-lo por esse lado.

– Mas há outro problema – acrescentava o Conde –, por mais que se acredite Clara enamorada dele e ele dela, ele nunca se dispõe a se manifestar.

– Nisso pensarei eu – respondeu o Senador. – Esse jovem me agrada, pois precisamos de gente devota e respeitosa sim, mas forte e corajosa. Deixe comigo, ele logo se manifestará.

Por aquele dia deixaram de lado essas conversas e somente à noite, no silêncio do leito nupcial, o Conde arriscou mencionar à esposa um grave e misterioso perigo que a recusa de Clara a Venchieredo os havia salvado. A senhora queria saber mais, e grasnava não acreditar em nada, mas assim que o marido sussurrou o nome do Excelentíssimo Senador Frumier, ela se tornou crédula e boa, nem teimou muito em saber o que o ilustre cunhado guardava no mistério impenetrável. O marido também lhe falou que ele se mostrava convencido do casamento de Clara com Partistagno, e que se dispunha a se esforçar para que o jovem chegasse a um pedido formal. Os cônjuges tiveram um surto comum de contentamento matrimonial, o qual não quero imaginar como acabou. O maior contentamento, todavia, foi para Clara, que, sem saber por que, deixou de ser atormentada e teve alguns dias de trégua para poder corresponder com nenhuma soberba aos olhares de reconhecimento e apaixonados que Lucilio lhe endereçava escondidos.

Entretanto, o Senador havia mantido sua promessa de se esforçar de todos os modos para que Partistagno pedisse finalmente a mão de Clara. A Corregedora, que era conselheira do jovem, ficou feliz em ajudar o nobre Frumier, e soube muito bem manobrar a bondade e a vaidade que eram os dotes principais dele, conseguindo o intento mais rápido do que se esperava. Partistagno apiedou-se de deixar uma donzela morrer de amor por ele, ficou orgulhoso de ser considerado digno de se tornar sobrinho de um Senador de Veneza, e confessou que ele também estava apaixonado há algum tempo pela donzela, e que só uma preguiça natural o havia detido de tirar aquele amor de sua esfera platônica. Pronunciada essa última frase, o jovem suspirou pelo grande trabalho que tivera para arquitetá-la.

– Então ânimo, e façamos logo – acrescentou a dama. Ele se despediu dela com as mais sinceras garantias de que o estado da moça lhe causava compaixão e que se apressaria.

Mas os Partistagno nasciam todos com o cerimonial na cabeça, e antes que o jovem tivesse preparado todos os ingredientes necessários para um pedido solene de casamento passaram-se muitos dias. Nesse meio tempo, ia a Fratta, segundo o costume, e olhava Clara como a mulher do feitor olha a galinha da Índia que cria para o banquete de páscoa. Um dia, finalmente, montados em dois cavalos paramentados de branco bordado a ouro e púrpura, dois cavaleiros se apresentaram à ponte levadiça do castelo. Menichetto correu depressa à cozinha para anunciar a solene chegada, enquanto os dois cavaleiros sérios e empertigados avançavam para as escuderias. Um deles era Partistagno, com chapéu emplumado de três pontas, com as rendas da camisa que lhe saíam um palmo fora do peitilho, e com tantos anéis, alfinetes e broches que até parecia uma almofada de alfinetes. Acompanhava-o um tio materno, um dos mil barões de Cormons, vestido todo de preto, com bordados de prata como comportava a solenidade de sua incumbência. Partistagno ficou rígido no cavalo como a estátua de Gattamelata[5], enquanto o outro desmontou, entregou as rédeas ao cocheiro e entrou pela porta da escadaria que lhe fora aberta dos dois lados. Foi introduzido na grande sala, mas precisou esperar um pouco porque os Condes de Fratta também conheciam boas maneiras e não queriam se mostrar inferiores aos seus nobilíssimos hóspedes. Finalmente, o Conde com um casaco literalmente tecido de galões, a Condessa com vinte braças de fita rosa na touca, apresentaram-se com mil desculpas pelo involuntário atraso. Clara, vestida de branco e pálida como cera vinha de mãos dadas com a mãe; o Chanceler e o monsenhor Orlando, que trazia nas mãos o lenço e o escondeu em um bolso do hábito, os ladeavam. Houve um profundo silêncio com grandes reverências de ambas as partes, parecia que iam dançar um minueto. Eu, a Pisana e as camareiras, que olhávamos pelos buracos das fechaduras, estávamos atordoados pela imponência daquela cena. O senhor Barão colocou uma das mãos no peito e estendendo a outra recitou maravilhosamente a sua parte.

– Em nome de meu sobrinho, o Ilustríssimo e Excelentíssimo senhor Alberto de Partistagno, barão de Dorsa, jurisdiscente de Fratta, decano de São Mauro etc. etc., eu, barão Durigo de Caporetto tenho a honra de pedir a mão da Ilustríssima e Excelentíssima dama condessa Clara de Fratta, filha do Ilustríssimo e Excelentíssimo senhor conde Giovanni de Fratta e da nobre dama Cleonice Navagero.

Um murmúrio de aprovação acolheu essas palavras, e as camareiras quase bateram palmas. Ele até parecia uma marionete. A Condessa voltou-se para Clara que lhe apertara a mão e mais parecia perto da morte do que do casamento.

– Minha filha – respondeu ela –, recebe com gratidão a honrada oferta e...

– Não, minha mãe – interrompeu Clara com a voz sufocada pelos soluços, mas na qual a força de vontade superava o tremor da comoção e do respeito –, não, minha mãe, eu nunca me casarei... agradeço ao senhor Barão, mas...

Nesse ponto sua voz morreu, extinguiu-se em seu rosto qualquer cor de vida, e os joelhos lhe faltaram. As camareiras, esquecendo que assim demonstravam estar espiando, precipitaram-se na sala gritando: – A patroinha está morrendo! A patroinha está morrendo! – E a tomaram nos braços. Atrás delas entramos curiosamente eu, a Pisana e todos os que estavam conosco para desfrutar do espetáculo. A Condessa tremia e fechava os punhos, o Conde se balançava de lá para cá como uma bandeirola que perdeu o equilíbrio, o Chanceler estava atrás dele para ampará-lo se ameaçasse cair, o Monsenhor

5 Estátua equestre de Erasmo da Narni, o Gattamelata, obra de Donatello, hoje na Piazza del Santo, em Pádua.

tirou o lenço do bolso e enxugava a testa, e só o Barão continuava impassível com o braço estendido, como se ele, com aquele gesto mágico, tivesse produzido aquela confusão geral. A Condessa atarefou-se por um instante junto à filha para fazê-la se recuperar e ordenar-lhe respeito e obediência, mas vendo que ela, voltando a si, acenava com a cabeça que não e quase desmaiava de novo, voltou-se para o Barão com voz sufocada pela raiva.

– Senhor – disse –, veja bem, um imprevisto acidente estragou a festa de hoje, mas posso lhe garantir em nome de minha filha, que nunca uma donzela ficou tão honrada com um pedido como esse feito em nome do Excelentíssimo Partistagno. Ele pode contar em ter desde agora uma esposa obediente e fiel. Só lhe peço para adiar para um momento mais oportuno a sua primeira visita de noivo.

As camareiras arrastaram para fora da sala a patroinha, que apesar de quase exânime continuava a negar com as mãos e a cabeça. Mas o Barão não se importava com ela mais do que com qualquer outro móvel da casa, e passou a recitar a segunda e última parte de sua oração.

– Agradeço – disse – em nome de meu sobrinho à nobre esposa e a toda sua excelentíssima família a honra de aceitá-lo como esposo. Feitas as devidas publicações o matrimônio será celebrado na capela deste castelo, jurisdição de Fratta. Eu, Barão de Caporetto, ofereço-me desde agora para padrinho, e que as bênçãos do céu caiam benignas sobre a felicíssima união das ilustres e antiquíssimas casas de Fratta e de Partistagno.

Uma tríplice reverência, um giro nos calcanhares, e o nobre barão Duringo desceu pelas escadas com toda a majestade com que havia subido.

– Então? – disse o sobrinho apressando-se em descer do cavalo.

– Monte, sobrinho – respondeu o Barão, impedindo-o de desmontar e ele mesmo subindo em seu cavalo. – Hoje o dispensam da visita de noivo. A noiva se sentiu mal de alegria; eu ainda estou comovido.

– De verdade? – acrescentou Partistagno vermelho de prazer.

– Veja! – retomou o Barão mostrando-lhe dois olhinhos úmidos e vermelhos que diziam estar acostumados a ver o fundo de muitos copos. – Acho que chorei!

– Será que basta um colar de diamantes como presente de núpcias? – perguntou o sobrinho saindo com ele do castelo.

– Em vista desse novo incidente vamos acrescentar a fivela de esmeraldas – respondeu o Barão. – Os Partistagno devem se orgulhar e ser reconhecidos pelo amor que sabem inspirar.

Assim foram até Lugugnana imaginando o esplendor das festas que seriam celebradas por ocasião das núpcias. Mas qual não foi o espanto dos dois, quando no dia seguinte receberam uma carta do Conde de Fratta que lhes revelava seu desgosto por vontade expressa da filha de consagrar sua virgindade ao Senhor em um convento! O jovem duvidava que alguma donzela no mundo fosse capaz de preferir um convento a ele, mas precisou se convencer disso e se rendeu. Pior foi quando pelas conversas das pessoas soube que a donzela não queria se retirar a um monastério, mas que os seus queriam enviá-la como castigo por ter rejeitado um bom partido como o dele e que Lucilio Vianello era seu rival no coração de Clara. O Barão foi para Caporetto para esconder ali sua vergonha; Partistagno passou a gritar por todos os lados da província que se vingaria de Lucilio, de Clara e de seus parentes; e que teriam problemas se monja ou não monja não lhe mandassem para casa a noiva! Ele continuava a dizer que estava certíssimo do amor dela, como também era certo que a animosidade dos seus e as artimanhas do doutorzinho a impediam de manifestá-lo.

Em Portogruaro houve um grande conselho de família na casa Frumier sobre o que se deveria fazer, e o caso era muito novo, pois não havia tantas donzelas que se opusessem com tal pertinácia ao desejo dos pais. Queria-se recorrer ao Bispo, mas o padre Pendola logo descartou esse parecer. Todos estavam tacitamente de acordo que infelizmente a voz do povo dizia a verdade e que Lucilio Vianello era a pedra do escândalo. Não se podia afastá-lo, tratava-se então de afastar Clara. Frumier deixara vago seu palácio de Veneza, e a Condessa não pareceu descontente em habitá-lo. Depois de muitas conversas decidiram que se transfeririam para Veneza. Mas para evitar qualquer solenidade e qualquer ocasião de grandes despesas, somente ela e a filha morariam lá, a família continuaria a morar em Fratta. Ela acreditava que as fantasias sairiam da cabeça de Clara, e se não acontecesse, havia conventos em bom número em Veneza onde fazê-la ter juízo. O Conde lamentou-se um pouco de ficar relegado a Fratta, porque tinha um leve medo de Partistagno, mas o cunhado lhe garantiu que viveria seguro e que dava seu aval.

No fim das contas, um mês depois dessas conversas, a Condessa e Clara já estavam estabelecidas em Veneza no palácio Frumier com os sobrinhos, mas até então devia confessar ter avançado bem pouco no ânimo da filha. Em Fratta, ficamos todos mais contentes do que nunca, porque o gato partira e os ratos dançavam.

Entretanto, para acabar com a alegria da Condessa aconteceu o que nunca se acreditaria. Lucilio, que tanto havia adiado a sua láurea, colocou repentinamente na cabeça consegui-la; e apesar das oposições do doutor Sperandio partiu para Pádua, formou-se doutor, e depois, em vez de voltar a Fossalta, fixou-se em Veneza, onde começou a exercitar a medicina. Em Portogruaro, soube-se dessa novidade quando já havia conquistado uma clientela que o liberava de qualquer dependência familiar. Imaginem que confusão! Uns propunham mandar prendê-lo, outros queriam que a Condessa e Clara voltassem logo, outros ainda propunham uma ida de todos a Veneza para reagir às audácias dele. Mas não aconteceu nada. A Condessa escreveu que não tinha medo, e que se quisessem mudar de cidade, Lucilio com sua profissão de médico podia fazê-las ir ao fim do mundo. Assim, limitaram-se a pedir a Frumier que escrevesse a algum colega do Conselho dos Dez para que o doutorzinho fosse vigiado; ao que se respondeu que já o vigiavam noite e dia, mas que era melhor não fazer barulho, porque havia um boato de que ele era protegido por um secretário da Legação Francesa, um certo Jacob[6], que naqueles dias era o verdadeiro embaixador, confiando principalmente nele os cabeças da revolução de Paris. O Conde, ao ouvir essas coisas, arregalava os olhos, mas Frumier o incentivava a ter ânimo e, em vez disso, tentar contentar sua esposa que cada vez mais se lamentava de sua parcimônia ao mandar dinheiro. O pobre homem suspirava pensando que por economia o haviam relegado a Fratta e que apesar disso consumiam mais dinheiro do que o necessário para uma esplêndida manutenção de toda a família. Suspirava, digo, mas juntava no cofre semivazio os míseros ducados e fazia rolinhos que caíam com os outros no abismo de Veneza. O feitor o advertia que andando naquele trote as entradas de Fratta em breve estariam hipotecadas pelos próximos cinquenta anos. Mas o patrão respondia que não havia remédio, e com essa filosofia iam adiante. Pelo menos mais feliz era o Monsenhor que não percebia nada, e continuava a transformar em comida as galinhas e os patos dos tributos.

Quanto a mim, eu terminara meus estudos de humanidades e de filosofia, um pouco na flauta é verdade, mas os terminara. E no sumário exame que fiz me acharam pelo menos tão asno quanto os que tinham estudado regularmente. Aproximava-se o momento em que me mandariam a Pádua, mas as finanças do Conde não lhe consentiam essa generosidade, e a justiça me obriga louvar o que é devido a um bom trabalho. O padre Pendola não era homem de se encostar em um lugar de administrador aos cinquenta anos, justamente quando a ambição se adensa para se tornar mais alta e obstinada. Capelão e conselheiro favorito da casa Frumier, ele conseguira conquistar a estima dos muitos

6 Trata-se de Jean Jacob, único representante do governo francês em Veneza.

padres e monsenhores que a frequentavam, não lhe faltavam os santos princípios nem os prontos recursos de consciência para encantar ambos os partidos; e se saiu tão bem, e soube tão destramente mostrar esse seu triunfo, que, chegando aos ouvidos do Bispo, dizia-se que ele a cada confusão que perturbava a diocese costumava exclamar: – Oh, se eu fosse o padre Pendola! Oh, tivesse eu na Cúria o padre Pendola! – A humildade dele deu maior relevo às exclamações episcopais; e morrendo o secretário de então, houve padres dos dois partidos, clausetanos e da baixa friulana, que suplicaram a Frumier para que ele convencesse o padre a aceitar o posto. Com isso, cada um esperava estabelecer mais firmemente no episcopado o próprio partido. Frumier falou com o padre, ele se fez de rogado, rejeitou a coroa como César, mas se deixou coroar como Augusto; e eis que se tornou secretário do Bispo, e para dizer pouco, com sua destreza e com suas manobras, chefe de uma diocese. Esperavam-se grandes coisas, mas todos pelo momento foram logrados; no entanto, todos estavam contentíssimos porque confiavam no futuro e nas grandes promessas do padre. Ele estava instalado há pouco em seu novo cargo quando o pároco de Teglio apresentou-me a ele em seu presbitério, onde o Bispo o visitava. É preciso dizer que o agradei e ele me prometeu interceder a meu favor junto ao Senador Frumier. Este, de fato, gozava do direito de nomear para um posto em um colégio[7] gratuito para estudantes pobres na Universidade de Pádua: estando esse posto vago, destinou-o a mim a partir de novembro. Aliás, reclamou com o cunhado por não lhe ter falado antes do me caso, pois o resolveria de todo o coração. Mas o benefício vinha a tempo e eu agradeci fervorosamente tanto a meu mecenas quanto ao útil intercessor. No momento não via mais adiante, e não havia aprendido a fazer a moeda saltar sobre a mesa para ver se era boa.

De resto, eu não estava descontente em trocar de cidade. A Pisana, depois que Lucilio partira e Venchieredo abandonara a casa deles, piscava para Giulio Del Ponte, e dessa vez seriamente, pois já tinha seus quinze anos, mas mostrava, e talvez até sentisse, ter dezoito. Foi justamente nesse período, que para me distrair de tanto desgosto, eu me meti a farrear e a andar com os *buli* do vilarejo, e logo me tornei o queridinho de todas as moças, camponesas ou artesãs. Quando voltava de alguma feira ou festa em meu cavalinho tordilho emprestado por Marchetto, tocando o meu pífano à montanhesa, tinha ao meu redor uma dúzia delas que dançavam a furlana por todo o caminho.

7 Aqui no sentido de residência estudantil. Em Pádua havia muitas dessas residências, divididas por nacionalidade.

E agora acho que parecia uma caricatura do sol que nasce, pintura de Guido Reni[8], com seu cortejo das horas dançantes. Mas devo dizer que aquela vida me pesava, e que foi interrompida pelo triste acidente da morte de Martino, que morreu nos meus braços depois de um brevíssimo ataque de apoplexia. Eu, creio, fui o único que chorei em seu túmulo, porque julgou-se oportuno não comunicar a perda à velha Condessa, já quase centenária e caduca pela falta de Clara. A Pisana, confiada à guarda pouco segura daquela raposa sem cauda da senhora Veronica, estava cada vez mais estranha e piorava no ócio o lado mau de sua índole. No dia anterior à minha partida para Pádua, eu a vi voltar do passeio vermelha, esbaforida.

– O que foi Pisana? – perguntei com o coração repleto de lágrimas de compaixão, e principalmente, confesso, daquele amor que era mais forte e maior do que eu.

– Aquele cachorro do Giulio não veio! – respondeu ela furiosa.

E explodindo em soluços lançou os braços ao meu pescoço gritando: – Você sim me ama, você sim me quer bem! – E me beijava e eu a beijava frenético.

Quatro dias depois, eu assistia a primeira aula de jurisprudência, mas não entendi uma palavra pois a lembrança daqueles beijos girava diabolicamente na minha cabeça. A estudantada estava em grande agitação, em grandes discursos pelas novidades da França que chegavam cada vez mais belicosas e contrárias aos antigos governos. Eu roía melancolicamente o escasso pão do colégio e os muito abundantes comentários do Digesto[9], sempre pensando na Pisana e nas alegrias, ora doces ora amargas, sempre diletas à memória, de nossos anos infantis. E assim terminou para mim o ano da graça de 1792. Só me lembro que chegando, no final de janeiro do ano seguinte, a notícia da decapitação do rei Luís XVI[10], recitei um *Requiem* em sufrágio de sua alma. Testemunho das minhas opiniões moderadas de então.

---

8 Trata-se do grande afresco "A aurora", exposto no Pallazzo Pallavicini, em Roma. O pintor viveu entre 1575 e 1642.

9 Célebre coletânea das sentenças dos maiores juízes romanos, compilada por ordem do imperador Justiniano.

10 Luís XVI foi decapitado em 21 de janeiro de 1793.

CAPÍTULO OITAVO

No qual se discorre sobre as primeiras revoluções italianas, sobre os costumes dos estudantes de Pádua, sobre meu retorno a Fratta, e sobre os grandes ciúmes por Giulio Del Ponte. Como os mortos podem consolar os vivos e os espertos converter os inocentes. O padre Pendola confia a minha inocência ao advogado Ormenta, de Pádua. Mas nem tudo o que reluz é ouro.

A França decapitara um rei e abolira a monarquia; o bramido interno do vulcão anunciava próxima uma erupção; todos os antigos governos olhavam-se assustados, e armavam rapidamente seus exércitos para apagar o incêndio no nascedouro; não combatiam mais para proteger o sangue real, mas a própria saúde. Atacadas pelo furor invencível das legiões republicanas, Nice e Savoia, as duas portas ocidentais da Itália, já hasteavam a bandeira tricolor[1]; já se conhecia a força dos invasores na grandeza das promessas; e a urgência maior do perigo nas efervescências internas. Em todos os lugares preparavam-se alianças e tratados. Nápoles e o Papa se recuperavam de medos vergonhosos[2]; a velha Europa, despertada de seu sono por um fantasma sanguinário, debatia-se de uma ponta à outra para esconjurá-lo. Enquanto isso, o que fazia a Sereníssima República de Veneza? A estúpida Congregação de seus Sábios decretara que a revolução francesa não era para eles mais do que uma matéria acadêmica de história; rejeitara todas as propostas de aliança da Áustria, de Turim, de Petersburgo, de Nápoles, e persuadira o Senado a se amparar unanimemente no nulo e ruinoso partido da neutralidade desarmada[3].

---

1 A bandeira francesa. Com o armistício de Cherasco (28 de abril de 1796) o rei da Sardenha, Vittorio Amedeo III, cedeu a Napoleão Nice e a Savoia, consentindo a Bonaparte transformar o Piemonte em base de operações contra a Lombardia austríaca.

2 Trata-se da Paz de Tolentino (19 de fevereiro de 1797), acordo diplomático entre a França e o Estado Pontifício. O tratado completava (e agravava) as cláusulas do tratado anterior (armistício de Bolonha) entre o Papa Paulo VI e a França revolucionária (cessão à França de todos os territórios do Estado Pontifício ao norte de Ancona).

3 Diante das propostas de aliança que vinham de todas as partes, o senador Pesaro induzira o Senado a declarar solenemente a intenção de permanecer neutro. Mas para defender essa neutralidade, em outubro de 1792, o Sábio da semana sustentou vigorosamente a necessidade de municiar as fortalezas e as cidades de terrafirme. Zaccaria Valaresso opusera-se, e quase todos os Sábios (Giovanni Querini, Francesco Lippomanno, Francesco Battaja, Giannantonio Ruzzini) foram convencidos pelos argumentos deste último. O Senado, então, votou sem problemas pela neutralidade desarmada.

Apesar da áulica eloquência de Francesco Pesaro, que vociferou em vão, em 26 de janeiro de 1793 Gerolamo Zuliani, Sábio da semana[4], deu como vencedor o partido que desejava que Jean Jacob fosse reconhecido embaixador da República Francesa. Livre e racional, essa deliberação não tinha nada de irrefletido ou de vil, já que nem laços familiares, nem comunhão de interesses, nem pactos declarados obrigavam a República a vingar a prisão de Luís XVI, mas a venalidade do prepotente e o precipitado consentimento do Senado imprimiram a este ato uma cor de verdadeira e covarde traição.[5]

Assim que divulgada a notícia do assassinato do rei, a insensata rendição veneziana transformou-se, na opinião dos governos, em cumplicidade paga; de um lado o desprezo, de outro o ódio acumulavam suas ameaças. A Legação francesa de Veneza concentrava todas as intrigas e as esperanças dos inovadores italianos; enviava emissários para instigar a Porta Otomana[6] contra o Império e a Sereníssima, para de lá afastar as forças russas e da Alemanha. O Colégio dos Sábios, sempre renovado e sempre imbecil, ocultava do Senado tais perigos: os que saíam passavam aos que entravam a tola segurança e a débil indolência. Tendo durado catorze séculos entre tantas quedas de organizações e de impérios, parecia-lhes impossível uma derrocada repentina, como um ancião, que por ter vivido noventa anos, julgasse que não morreria mais. Finalmente, ao final da primavera de 1794, depois de violada pela França a fraca neutralidade de Gênova para prejuízo futuro do Piemonte e da Lombardia, Pesaro sinalizou a proximidade do perigo e a não distante emergência de que, entre os imperiais vindos do Tirol ao Ducado de Mântua e os opositores franceses, um conflito pudesse surgir nos Estados de terrafirme. Apesar de sonolento, o Senado acordou, e contra o parecer de Zuliani, de Battaja e de outros coelhos mais coelhos do que os outros, decretou que a terrafirme se armasse com novas milícias da Ístria e da Dalmácia, com reparos e artilharias nas fortalezas. Salvava-se não o

4 Os Sábios eram divididos em ordens com diversas funções e a cada semana um deles era eleito para dirigir os trabalhos.

5 A República de Veneza foi o primeiro estado neutro que reconheceu oficialmente um representante da República Francesa: cinco dias depois da decapitação de Luís XVI, 26 de janeiro de 1793, aceitou como "encarregado de negócios" Étienne Félix d'Henin de Cuvillers (não Jacob como escreve Nievo), que se apresentou com credenciais de embaixador. O reconhecimento foi apoiado por Zuliani, que por isso, dizia-se, recebera dinheiro do governo francês. Em vão, em outubro do ano anterior, o senador Pesaro sustentara a necessidade de se preparar para defender a neutralidade municiando as fortalezas e as cidades e terrafirme: o Senado havia escolhido a neutralidade desarmada.

6 "Porta" ou "Sublime Porta" chamava-se, nas Chancelarias da Europa, até a queda do Sultanado (1922), o governo otomano. A designação derivava do costume dos soberanos e ministros de exercitarem suas funções públicas diante da porta da tenda ou do palácio.

estatuto, mas o decoro. Os Sábios de então, primeiramente Zuliani, também se incumbiram dessa perda. Para se vingar da derrota sofrida no Senado, deliberaram contrariar a execução desse decreto, e para isso decidiu-se usar com o Senado o método do célebre Boerhaave[7], que açucarava as pílulas de seus doentes para que as engolissem sem sentir o gosto amargo. Demonstrou-se que se podia fazer pouco e lentamente, pela pobreza do erário; fez-se quase nada; tudo se reduziu a sete mil homens recrutados com dificuldade e assentados aos poucos na Lombardia vêneta. Pesaro, Pietro, seu irmão, e um dos próprios Sábios cujo nome se livrou, pelo menos nisso, da ignomínia comum, Filippo Calbo, denunciaram ao Senado a má fé de tantas tergiversações, mas o Senado recaíra em seu cego torpor, engoliu a pílula açucarada dos Sábios, e não sentiu, no momento, o amargor, mas depois sentiu sua venenosa virtude[8].

Assim, minha vida começava a vagar entre as ruínas, o juízo se fortalecia cada dia mais em longos e furiosos estudos; junto com a força contra a dor, cresciam em mim a força e a vontade de agir; o amor me torturava, me faltava a família, me morria a pátria. Mas como eu poderia amá-la, ou melhor, como aquela pátria entorpecida, inerte, impotente, poderia despertar em mim um afeto digno, útil, ativo? Os cadáveres se pranteiam, não se amam. A liberdade dos direitos, a santidade das leis, a religião da glória, que dão à pátria uma majestade quase divina, há muito tempo não habitavam mais sob as asas do Leão. Da pátria tinham restado os membros velhos, extirpados, contaminados; o espírito fora embora, e quem sentia no coração a devoção das coisas sublimes e eternas, buscava outros simulacros a que dedicar a esperança e a fé da alma. Se Veneza era o mais nulo e caduco dos governos italianos, todos, dos maiores aos menores, agonizavam daquela carência de pensamento e de vitalidade moral. Por isso, o número de espíritos que se consagrou ao culto da liberdade e dos outros direitos humanos proclamados pela França, foi na Itália muito maior do que em outros lugares. Isso, mais do que a sofrida servidão ou a semelhança das raças serviu aos capitães franceses para derrubar as podres organizações de Veneza, de Gênova, de Nápoles e de Roma, ou seja, de todos os governos nacionais. Tanto é verdade que, tanto nos indivíduos, assim como nas associações e nas instituições humanas, sem o germe, sem a semente, sem o fogo espiritual, o organismo material não prolonga muito seus movimentos. E se uma força estranha não destrói violentamente os mecanismos, a vida aos poucos arrefece e para sozinha.

7 Trata-se de Herman Boerhaave (1668-1738), médico e cientista holandês.

8 Nievo segue aqui o já citado Cappelletti, usando inclusive as mesmas palavras, como por exemplo "pílulas açucaradas".

Minha vida em Pádua era a de um pobre estudante. Eu parecia o coroinha[9] de algum padre, e carregava modestamente os símbolos da nação italiana[10], como os estudantes então costumavam, como se ainda se estivesse nos tempos de Galileu, quando gregos, espanhóis, ingleses, alemães, poloneses e noruegueses afluíam àquela universidade. Diz-se que Gustavo Adolfo[11] foi lá discípulo do grande astrônomo, o que importaria bem pouco à história tanto de um quanto do outro. Meus companheiros de colégio eram em maior parte cabritos de montanha, rústicos, sujos, ignorantes; viveiro de futuros chanceleres para os orgulhosos jurisdiscentes ou de notários venais para os escritórios criminais. Tripudiavam e brigavam entre si, viviam em eternos litígios com os guardas, os bedéis, os taberneiros; com estes principalmente, porque tinham a estranha ideia de não os deixar sair da taverna sem antes pagar a conta. A querela terminava diante do Foro privilegiado dos estudantes, onde os juízes mostravam o fácil bom senso de sempre dar razão a estes últimos, para não incorrer em seu desdém também implacável, mesmo pouco justo e moderado. Os estudantes patrícios mantinham-se à parte o mais possível dessa gentalha; mais por medo do que por orgulho, acho. De resto, também não faltava a classe intermediária, aquela dos ricos, dos indecisos, dos moderados, que com a abundante mesada se juntavam aos caros prazeres dos nobres, e na pobreza do fim do mês recorriam às feias e petulantes farras dos outros. Falavam mal destes com aqueles e daqueles com estes; entre si zombavam destes e daqueles, verdadeiros precursores daquela classe média sem cérebro e sem coração que se acredita democrática porque é incapaz de obedecer validamente e também de comandar utilmente. Enquanto isso, as transformações francesas vinham para alterar de alguma maneira os vazios e frívolos talentos daquela estudantada. O sangue ferve e quer ferver a qualquer custo nas veias juvenis; os jovens são como as moscas que sem cabeça continuam a voar, a zumbir. Entre os patrícios havia os inovadores escolásticos que aplaudiam e os tímidos beatos que se assustavam; dos plebeus alguns rugiam como Marat[12]; mas os Inquisidores lhes ensinaram educação; a maior parte, reunida por adoração a São Marcos, esbravejava contra os franceses distantes, costumeira bravata de quem depois reverencia e serve

9 Provavelmente pelas longas vestes usadas pelos estudantes.

10 Trata-se das indicações de nacionalidade que até hoje carregam alguns estudantes. Não se sabe exatamente quais seriam em Pádua naquela época.

11 Trata-se de Gustavo Adolfo II (1594-1632), rei da Suécia. Não se sabe ao certo se ele estudou em Pádua.

12 Trata-se de Jean Paul Marat (1743-1793), um dos protagonistas da Revolução Francesa, famoso por seus ardorosos artigos contra monarquistas, aristocratas e padres refratários.

os presentes. Os intermediários esperavam, confiavam, grasnavam, parecia-lhes que o governo devesse cair em suas mãos por pendor natural das coisas e assim que o agarrassem preparavam-se para não o deixar cair mais. Mas não gritavam a plenos pulmões; cochichavam, murmuravam como quem reserva a voz e a pele para um momento melhor. Os Inquisidores, como se pode crer, olhavam com mil olhos esse variado fervilhar de opiniões, de ilusões, de paixões: de vez em quando um zangão, que reclamava demais, caia na armadilha feita por alguma aranha. O zangão era levado de barco para Veneza, e depois de passar pela Ponte dos Suspiros ninguém mais ouvia falar dele. Com esses subterfúgios e manobras, ótimos para assustar a infância de um povo, acreditavam salvar a República da ruína iminente.

Eu já tinha demasiadas memórias para acalentar, demasiadas dores para combater, para me meter a pescar com o cérebro em águas turvas. Sobre a França, ouvira falar uma vez ou duas que era uma região tão distante que não entendia nem o que podiam nos interessar as loucuras que aconteciam por lá. De fato, me pareciam loucuras e nada mais. No outono seguinte, no primeiro ano de jurisprudência, quase fui taxativo nessa minha negligente política. A viagem a pé para Fratta, rever a Pisana, os amores reatados e depois novamente rompidos por novas estranhezas, por novos ciúmes, as incumbências confiadas a mim como experiência pelo Chanceler, os elogios do Conde e dos nobres Frumier, as arrogâncias e as escapadas de Venchieredo, as desordens da família Provedoni, as brigas de Doretta e Leopardo, as contínuas incursões do Spaccafumo, as recomendações do velho Pároco e os estranhos conselhos do padre Pendola me deram muito o que pensar, o que fazer, o que meditar, o que gozar e sofrer para que me arrependesse de ter deixado aos meus companheiros os cuidados com as coisas da França e o passatempo dos gazetas. Entretanto, todas essas coisas tiveram em mim o efeito de uma bela comédia em comparação com o que me fez passar nesses dois meses a Pisana. Que a índole dela tivesse melhorado nesse meio tempo, só acreditaria mesmo se eu fosse tão mentiroso e descarado a ponto de afirmá-lo. Ela havia crescido na beleza das formas e do rosto. Tornara-se verdadeiramente mulher; não daquelas que parecem flores delicadas cuja primeira brisa de novembro tirará o perfume e a cor, mas uma figura altiva, robusta, decidida, abrandada por um róseo frescor e por uma estranha e muitas vezes instantânea mobilidade de fisionomia, mas sempre graciosa e envolvente. Quando sua fronte soberba e marmórea se inclinava um instante aos olhares provocantes de um jovem, e as pupilas veladas e quase confusas se voltavam para o chão, uma chama de desejos, de volúpia e de amor transluzia em todo seu corpo, e se respirava ao seu redor um ar abrasador. Eu sentia ciúmes de quem a olhava. E como poderia não sentir, eu que a amava tanto, que a conhecia até o fundo das entranhas? – Pobre Pisana! – Teria ela culpa se a natureza abandonada a si mesma havia estragado sozinha o que ela sozinha havia preparado para que os amorosos recursos da arte extraíssem daí um prodígio de inteligência, de beleza e de virtude? E eu, teria eu culpa de amá-la mesmo assim, teria culpa de amá-la sempre, apesar de ingrata, pérfida, indigna, se sabia ser o único no mundo que podia perdoá-la? A terrível desventura do pecado não tem que ser recompensada aqui embaixo por nenhum conforto?

Memória, memória, o que é você! Nosso tormento, conforto e tirania, você devora nossos dias hora por hora, minuto por minuto e depois os reúne em um ponto, como em um símbolo de eternidade! Tudo nos tira, tudo nos dá; tudo destrói, tudo conserva; fala de morte aos vivos e de vida aos sepultados! Oh, a memória da humanidade é o sol da sabedoria, é a fé da justiça, é o espectro da imortalidade, é a imagem terrena e acabada do Deus que não tem fim, e que está em todos os lugares. Mas a minha memória, entretanto, serviu-me muito mal, entregou-me jovem e homem aos caprichos de uma paixão infantil. Mas a perdoo, porque a meu ver vale mais recordar muito e sofrer do que esquecer tudo para se comprazer. Dizer-lhes o quanto sofri durante aquelas poucas semanas seria muito longo. Mas devo confessar, em meu favor, que a compaixão ainda mais que os meus ciúmes me atormentava; nenhum tormento é tão forte como precisar condenar e deplorar o objeto de nosso amor. As estranhezas da Pisana muitas vezes beiravam à injustiça; muitas vezes pareciam despudor, se eu não lembrasse o quanto ela era estouvada por natureza.

Suas simpatias não tinham mais razão, nem desculpa, nem duração, nem modo. Uma semana apegava-se a um afeto respeitoso e veemente pelo velho pároco de Teglio; saía com o véu negro na cabeça e os olhos baixos; entretinha-se com ele à porta do presbitério dando as costas aos passantes; ouvia pacientemente seus conselhos e até suas pregações. Enfiava na cabeça em se tornar uma santa Madalena, e penteava os cabelos como via esta santa num quadrinho pendurado na cabeceira de sua cama. No dia seguinte, surgia mudada como que por encanto; seu divertimento não era mais o Pároco, mas o cavalcante Marchetto; queria que ele lhe ensinasse a cavalgar a qualquer custo; corria pelos campos sem sela sobre um pangaré como uma amazona, e machucava a testa e os joelhos nos galhos do matagal. Só queria com ela os pobres e os camponeses; considerava-se, creio, uma castelã medieval; caminhava ao longo do rio de braços dados com Sandro, o moleiro, e até Donato, o boticário, parecia-lhe muito alinhado e artificial. Pouco depois, mudava de registro; queria ser levada da manhã à noite a Portogruaro; desconjuntava todos os velhos cavalos de seu pai nas vias lamacentas daquelas estradinhas, mas sempre era preciso correr a galope. Divertia-se em ofuscar a Prefeita, a Corregedora e todas as senhoras e donzelas da cidade. Giulio Del Ponte, o acompanhante mais vivaz e desejado, servia-lhe de refletor: falava e gesticulava com ele, não porque tivesse algo a lhe dizer, mas para ser considerada fogosa e maligna. Giulio era loucamente apaixonado por ela e juraria que ela tinha mais fogo do que todas as más línguas de Veneza. Ela, porém, sempre descontente, sempre atormentada por desejos mal definidos, e com uma vontade desenfreada de agradar a todos, de fazer bem a todos, só pensava nisso, só se dedicava a isso, e raras vezes se preocupava em escutar quando outros falavam.

Esta era uma qualidade singularíssima de sua índole: desde que estivesse certa de contentar alguém, não se pouparia qualquer trabalho, por mais difícil e repulsivo que fosse. Se um aleijado, um coxo, um monstro demonstrasse querer um olhar amável seu, logo ela o daria tão carinhoso, tão longo, tão ardente quanto ao galanteador mais imaculado e brilhante. Era generosidade, despreocupação ou soberba? Talvez esses três motivos se unissem para fazê-la assim, por isso nunca teve ao seu redor algum ser tão odioso e desprezível que com um gesto de súplica não obtivesse dela confiança e piedade, senão de afeto e estima. Até com Fulgenzio se irmanava às vezes a ponto de sentar ao lado do fogo enquanto mexiam a polenta. Depois, saindo de lá, só a lembrança daquele sujo e hipócrita sacristão lhe dava arrepios. Mas não sabia resistir a um olhar de adulação. A senhora Veronica percebera isso e de antipaticíssima que lhe era a princípio soubera se tornar suportável e quase querida, a força de agrados. Imaginem qual aperfeiçoamento de educação não foi para ela a interessada indulgência dessa aia vulgar! Acabara caindo em suas graças fazendo-se de alcoviteira, corria para avisá-la e ajudava Giulio Del Ponte fugir pelas escuderias, quando o Conde ou o Monsenhor acordavam antes do habitual. Faustina, que ficara em Fratta como camareira, não lhe era melhor companhia. Essas empregadinhas da cidade obrigadas a viver no campo, tornavam-se mestras de vícios e corrupção e Faustina talvez pior do que muitas outras, porque tinha um temperamento nada modesto. A cumplicidade com a patroa parecia-lhe a melhor garantia de impunidade e podem crer que a ajudava com zelo, e a instigava com sugestões e com o exemplo!

Eu ainda me espanto não ter surgido diante do Conde e do Pároco algum gravíssimo escândalo, mas talvez as aparências fossem pior do que a realidade, e os cansaços corporais da vida selvagem e errante atenuassem na Pisana os instintos fogosos e sensuais. Entretanto, eu estava mais disposto a ver nisso mais preto do que branco, pois tendo sido testemunha e companheiro de suas efervescências infantis, era difícil acreditar que a idade mais adulta tivesse apagado nela o que costuma acender nos outros. Ébrio de amor e de recordações, toda vez que um ímpeto de compaixão a trazia a meus braços e não a sentia tremer e suspirar como gostaria, o ciúme me torturava a alma: pensava que haviam restado para mim as cinzas de um fogo que queimara para os outros, e naqueles lábios em que imaginava saborear toda a felicidade do paraíso encontrava os tormentos do inferno. Ela se separava de mim desgostosa pela minha frieza, pela minha raiva contínua; eu fugia dela com as mãos nos cabelos, com o desespero no coração, acalentando no espírito pensamentos de morte e de vingança. Giulio Del Ponte me surgia, então, com seu rosto cheio de fogo, de ardor, de vida, com seus olhos sempre inundados de alegria e de amor, com seu sorriso zombeteiro e provocador como de um fauno grego, com sua linguagem pronta, vivaz, imaginativa e suave! Eu o odiava pelos enormes dotes que a natureza lhe concedera para atrair as mulheres; gostava de pensar que ele não era bonito, nem vigoroso, nem bem feito, e que a mais vesga donzela do condado preferiria meus ombros largos e meu corpo amplo e sadio àquele seu corpinho magro, mirrado, convulso. Todavia, diante da Pisana me sentia nada em relação a ele; compreendia que se eu tivesse sido mulher, também teria lhe concedido a vitória em relação a mim. Deus! O que não daria para estar no lugar dele a preço de qualquer sacrifício! – Se tivesse que perder as forças, a saúde, se morresse pelo fio da espada no dia seguinte, não teria hesitado em entrar no lugar dele para gozar um instante de triunfo, e acreditar que ela me amava mais do que a si mesma! Tolo de pensar e desejar isso! Nunca existirá no mundo alguém, por mais encantador e perfeito que seja, que pudesse concentrar em si mesmo e para sempre todos os afetos, todos os desejos da Pisana. Eu, que possuía uma boa parte deles, desejava a outra: se tivesse obtido esta, me faltaria a primeira. Já que nem Giulio, nem qualquer outro antes ou depois dele, pôde se gabar como eu da confiança e da estima da Pisana. Só eu, só eu tive essa parte mais íntima e talvez santa de sua alma; só eu, nos poucos intervalos em que tive seu amor, pude me acreditar dono de todo o seu ser, realmente amante, pois a amava conhecendo-a como ela era; realmente amado, porque ao sentimento que me destinava, a própria razão dava o alerta e o abandono suave da gratidão. Oh! Seja-me concedido esse único prêmio por um amor tão longo, paciente, infeliz. Seja-me concedido poder crer que como eu degustei as delícias daquela alma, só eu tive o pleno prazer. Nem o espetáculo de uma bela e diferente paisagem da natureza, nem um quadro muito bem pintado pode ser apreciado dignamente senão por quem tem o verdadeiro conhecimento da natureza e da arte. Certamente ninguém poderá apreciar os tesouros de uma alma, se não investigou longamente com devoto e profundo amor seus mais recônditos esconderijos. A Pisana foi uma criatura assim, e apenas quem nasceu, pode-se dizer, e cresceu com ela, pensou sempre nela, só amou a ela, pode tê-la conhecido inteiramente.

Apesar das lições do Pároco, posso lhes garantir que eu não era até então um cristão exemplar nem um jovem escrupuloso. A liberdade que me deram na infância e os exemplos dos outros, seja em Fratta ou em Portogruaro e em Pádua, deixaram muito soltas as rédeas de meus costumes. Também com a avara cautela do amor tentei todos os meios para tirar a Pisana daquela perigosa trilha que ela me parecia ter escolhido. Era caridade interesseira, se quiserem, mas a tentativa era para o bem, sem levar em conta outras intenções pessoais. A Pisana não percebeu esses meus esforços; Faustina e Veronica os desdenharam. Esta última, creio, teve medo que eu pretendesse zombar dela e de sua generosidade, mas se ela temia mesmo isso, deveria ter coragem e corrigir com alguma providência severa uma excessiva indulgência. Ao contrário, ela continuou em sua cega condescendência, vingando-se de mim desacreditando-me com a Pisana sempre que possível. Em última análise, achei que ela derramava sobre essa pobre desgraçada todo o ódio que acumulara no fígado contra a Condessa sua mãe em tantos e tantos anos de desprezo sofridos e de muda e trêmula servidão. Satisfazia-se irritando-a no ócio, na frivolidade e nas familiaridades de alguma afronta pior; não seria esse o primeiro exemplo de tal vingança por parte de uma aia. Nunca considerei a Baldracca, mais desbocada do que ela e do que a Faustina, um mar calmo, mas diante do Conde e do Monsenhor sabia se conter, e todas as noites no quarto da Condessa velha entoava devotamente o rosário, que a enferma de seu leito e uma camponesa destinada a cuidar dela depois da partida de Clara, respondiam em voz baixa.

A Pisana também tratava a avó como tratava os outros, uma semana sim e outra não, tanto seu pai, como o Chanceler ou seu tio Monsenhor recebiam seus ataques de ternura, mas essa era gente de mentira, que não tinha alma, que não tinha índole própria nem cor e a Pisana se esquecia deles. Duvido que também se esquecesse da mãe e da irmã, porque a distância sempre foi para seus afetos um calmante prodigioso. Mas uma carta da Condessa com um pós-escrito de Clara a fazia lembrar a cada dois meses daquela parte da família que vivia em Veneza; e como nessas cartas também se dava notícias do Condezinho, que estava nos últimos anos de sua educação, a cada dois meses ela também se lembrava que tinha um irmão. Os tios Frumier talvez fossem os únicos que, longe ou perto, sempre estavam na mente e nos lábios da menina. Poder citar um Senador, um parente do doge Manin, e dizer "é meu tio", era para ela uma pequena satisfação, e a usava com frequência sem uma extrema necessidade. Giulio Del Ponte e Veronica muitas vezes lhe mencionavam seu tio Senador quando a viam alterada ou perturbada. Ela se acalmava com essas mágicas palavras, logo se recompunha para desatar em grande falação sobre o poder e a autoridade do Senador, sobre seus palácios, suas casas, suas gôndolas, suas roupas de seda, suas joias e os brilhantes da tia. E quanto maiores esplendores narrava, mais sua língua trabalhava sem sossego como que para demonstrar que tinha bastante familiaridade com essas coisas para ficar maravilhada. No entanto, pobrezinha, nunca vira joias, casas, palácios além do palácio dos Frumier em Portogruaro, e da cruzinha de brilhantes de sua mãe; a imaginação supria tudo, e se comportava como as atrizes que falam no palco de seus coches, seus tesouros, sem nunca ter montado um asno ou sentido o cheiro de uma moeda de ouro.

Além disso, eu sempre me espantei que com o grande louvor que ela fazia à excelentíssima casa Frumier, ficasse murcha, atrapalhada e quase aborrecida quando ia às reuniões. Agora entendo que só por precisar ceder à tia o primeiro lugar lhe cortava as asas do orgulho; além disso, sendo selvagem pela solidão de Fratta e pelo convívio com rústicos camponeses ou mexeriqueiras descaradas, não se arriscava a conversar com os outros, e assim emburrava por perder pontos em alegria e conversa. Mas ao querer seduzir com o charme e o esplendor da beleza, caía no outro erro de sempre fazer mil gracinhas e ficar sempre preocupada consigo de modo que até parecia tola. O Monsenhor de Sant'Andrea, que apesar do bárbaro abandono da Condessa conservava pela filha uma ardorosa predileção, muitas vezes a protegia dos gracejos dos maldosos. Ele afirmava que ela era cheia de alegria, de engenho e de saber, mas que para ressaltar todas essas qualidades seria preciso uma abundante borrifada de verniz.

– Mas que Deus a conserve assim! – acrescentava o douto pároco – Porque de engenho e doutrina estão cheias as estantes da biblioteca, enquanto uma beleza como essa não se encontra no céu nem na terra, e é preciso ser de pedra para não alegrar o coração só de contemplá-la!...

Giulio Del Ponte apoiava de espada na mão a opinião do Monsenhor, mas o Excelentíssimo Frumier lançava sobre o jovem alguns olhares agridoces quando ele se entusiasmava com este assunto.

É verdade que a Pisana não se parecia em nada com Clara, mas Giulio se parecia demais com Lucilio e o Senador avisara várias vezes ao cunhado. Sim, mas era preciso mais para o senhor Conde tomar uma decisão! Ele colocara todos os deveres da paternidade nas costas da senhora Veronica, e como a infinita falação dela lhe dava tontura, contentava-se em perguntar ao Capitão:

– Ei, Capitão! O que sua esposa diz da Pisana? Está contente com seu comportamento, com suas maneiras, com seus afazeres? Está perita nas tarefas domésticas?

O Capitão, por sugestão de Veronica, respondia sim para tudo; depois torcia e retorcia seus pobres bigodes, que por força de serem tocados, revirados, maltratados, tinham se tornado de negros, cinzas, de cinzas, brancos, e de brancos, amarelos. Tinham a mais bela cor de algodão doce que se pudesse ver; e somente a cauda do Marocco, por causa da velhice e de ser continuamente tostada no fogo, adquirira uma cor semelhante. Marchetto oferecera ao Capitão, por aquela única cauda, a cessão de todos os seus créditos de jogo; Andreini e o Capelão afirmavam que só o valoroso Sandracca e seu nobre cão de caça podiam se comparar com a alvorada na cor do pelo. Estes hóspedes perpétuos do castelo de Fratta tinham se tornado cada vez mais íntimos e gaiatos depois da partida da Condessa, e nem mesmo o Capelão sentia mais tanto a sua falta. Até os gatos da cozinha haviam perdido a antiga selvageria e se deitavam nas cinzas e nos pés dos criados. Um velho gatão listrado, sério como um conselheiro, criara uma estreitíssima amizade com Marocco: dormiam juntos compartilhando a palha e as pulgas, passeavam juntos, comiam no mesmo prato e se exercitavam na mesma caça, a dos ratos. Mas com muita discrição e muito educadamente, via-se que eram caçadores diletantes que caçavam para passar o tempo, e cediam a presa aos outros gatos e gatinhos da cozinha.

Para dizer a verdade, passados os primeiros dias nos quais a Pisana voltara a ser a minha amigona de antes, eu não me sentia nada bem em meio àquela gente. Quando eu era pequeno, me contentava em não os entender e admirá-los, agora os entendia muito bem sem saber como podiam gostar de tanta insipidez. Por desespero, me enfiei na chancelaria e lá escrevinhava protocolos e copiava sentenças consertando aos poucos muitos disparates que brotavam da fecundíssima pena do meu tutor. Claro que sempre estava com a cabeça nas nuvens! A cada passo que ouvia no pátio corria à janela para ver se era a Pisana que saía ou que voltava de seus passeios solitários. Estava tão bestificado que até o som de tamancos me inquietava; sempre ouvia a Pisana, via-a em todos os lugares, e por mais que ela evitasse se encontrar comigo, e ao me encontrar fizesse cara feia, eu não parava de desejá-la como meu único bem. A senhora Veronica gostava de zombar de mim por essa minha mania, e sempre me contava do grande sucesso que a Pisana fazia em Portogruaro, de Giulio Del Ponte que morria por ela, de Raimondo Venchieredo que, proibido de vê-la em Fratta ou na casa Frumier, esperava-a na estrada ou nos lugares onde ela costumava passear.

Eu me roía por dentro e fugia daquela faladeira. Refazia passo a passo as incursões de antes; ia até o Bastião de Átila para contemplar o pôr-do-sol, lá me saciava com aquele sentimento de infinito com que a natureza nos acaricia nos lugares abertos e solitários; olhava o céu, a laguna, o mar; recordava a minha infância, pensando o quanto eu era diferente e quantas diferenças ainda me prometia ou ameaçava o futuro.

Algumas vezes eu me abrigava em Cordovado na casa Provedoni, onde pelo menos um pouco de paz, um pouco de conforto familiar me refrescava a alma quando não o estragava Doretta com suas escapadelas ou seus ares de grande senhora. Os três irmãos Provedoni menores, Bruto, Grifone e Mastino, eram rapazes bravos e trabalhadores, obedientes como ovelhas e fortes como touros. Eu gostava muito de Bradamante e de Aquilina por sua rústica ingenuidade, e pela contínua e alegre azáfama de suas mãozinhas em proveito da família. Aquilina era uma menina de uns dez anos, mas atenta, séria e previdente como uma dona de casa. Vendo-a no fosso atrás da horta ocupando-se em lavar a roupa com seu corpete sem mangas e a blusa arregaçada até os cotovelos, parecia mesmo uma verdadeira mulherzinha; e eu ficava ao lado dela muitas horas quase voltando a ser menino para gozar de um pouco de sossego pelo menos com a fantasia. Morena como uma ciganinha, com aquele moreno dourado que lembra o esplendor das árabes, baixa e robusta, com duas sobrancelhas finas e cheias que se juntavam quase desdenhosamente no meio da testa, com dois grandes olhos cinzentos e profundos, e uma selva de cabelos negros e crespos que escondiam a metade das orelhas e do pescoço, Aquilina tinha uma aparência calma e orgulhosa quase viril que contrastava com o modesto comportamento da irmã maior. Esta, apesar de seus vinte anos parecia mais menina do que a outra, mas era uma moça elegante, e o senhor Antonio dizia brincando que quem quisesse se casar com ela iria pagar caro. Mas ambas tinham uma paciência admirável em seu relacionamento com Leopardo e a cunhada. Esta era arrogante, ranzinza e descontente com tudo; seu marido sempre enganado e provocado por ela, era, por sua vez, injusto, grosseiro e cruel; sabe-se o quanto a índole dele mudara sob o império da mulher. Estava irreconhecível, e todos quebravam a cabeça para saber qual droga Doretta usara para enfeitiçá-lo daquele modo. Durante o namoro era só amor, mas o amor, que é um leque de anjo nas mãos da bondade, nas mãos da maldade e do orgulho se torna um tição do inferno. Doretta se arrependia de ter se curvado àquele casamento com Leopardo, e não evitava dizê-lo a todos e a ele também, fazendo-o pesar sua grande condescendência por ter casado com ele. A corte de Raimondo fazia-a acreditar que, se tivesse tido paciência de ficar solteira, poderia ter aspirado a algo mais elevado do que aquela difícil condição de mulher de um proprietariozinho de vilarejo, e ainda por cima de nora e cunhada de camponeses duros, frugais e carolas. Ficar em casa lhe parecia intolerável; passava com frequência dias inteiros em Venchieredo, e se lhe perguntavam onde tinha estado nem se dignava a responder, mas dava de ombros e ia em frente. Para poder comparecer com grande pompa em Portogruaro, encontrara a desculpa de escolher como confessor o padre Pendola. Mas essas frequentes confissões pouco contribuíam, ao que parecia, para melhorar seus costumes.

Até com seu pai deixara de usar boas maneiras, como sempre costumam os temperamentos exigentes que começam a se irritar com alguém e terminam se irritando com todos. Tinha por ele um rancor por ter consentido com seu casamento com Leopardo, e se o doutor Natalino acrescentava que tinha sido ela a querê-lo, retrucava como uma víbora, gritando que é dever dos pais socorrer com seu juízo o juízo pouco maduro das filhas, e que certamente se ela demonstrasse vontade de se jogar no poço teria a alegria de sentir seu pai lhe dar o primeiro empurrão. Cabia então ao patrãozinho acalmá-la nessas fúrias; como ele conseguia e com quanta consideração ao crédulo Leopardo, deixo aos leitores imaginarem. No fim das contas todo o vilarejo cochichava dela, e a família a suportava com resignação; não havia coisa que ela desejasse que o pobre marido não soltasse fogo pelas narinas para obtê-la. Para mim, eu retirava do espetáculo dessas cenas domésticas os meus ensinamentos, os meus consolos; via que a felicidade é relativa, passageira, mas ainda mais rara e ilusória. Voltando depois para Fratta, se bem pouco me restava desses consolos, tinha pelo menos algumas horas sem remexer com as unhas nas minhas feridas, e uma ou outra se fechava lentamente, mas restavam as cicatrizes até o osso, e eu ficava como aqueles barômetros ambulantes em que uma costela, uma junta dolorida e estalando dá indício da mudança do tempo.

Continuava assim errante e melancólico naquelas férias de outono quando um dia que imaginara ter visto na Pisana uma cara mais benigna do que o normal fui atrás dela, a segui pela horta até a estrada de Fossalta e depois, aproximando-me sorrateiramente, passei meu braço no dela perguntando se me queria como companheiro. Nunca deveria ter ousado tanto! A jovem me olhou com uns olhos que pareciam querer me devorar! Então tentou dar vazão à sua irritação com alguma grande injúria, mas a voz lhe ficou presa na garganta, e mordeu os lábios deixando escorrer sangue até o queixo.

– Pisana – disse eu –, por caridade, Pisana, não me olhe dessa maneira!

Ela arrancou violentamente o braço de baixo do meu e parou de morder os lábios porque a raiva já dava lugar às palavras.

– O que está fazendo? O que está perguntando? – respondeu ela desdenhosamente. – Parece que não somos mais crianças! Já é tempo de cada um ficar no seu lugar, e me espanto que você, em vez de me ajudar a esquecer esse princípio, não me lembre dele quando a demasiada bondade me faz esquecê-lo. Você já sabe que sou estranha e impetuosa, então cabe a você, frio e racional por natureza, lembrar que é e quem eu sou!...

Dito isso me deu as costas e se dirigiu para a sombra de alguns salgueiros onde Giulio Del Ponte a esperava com a espingarda às costas.

Depois soube que tinham marcado encontro lá, e que a ideia de que eu a seguisse para espiá-la inspirara na Pisana aquelas palavras más. Eu sofri até o fundo da alma. Voltei ao castelo sem saber se estava morto ou vivo; andava para cima e para baixo pelas escadas como a sombra de um condenado; entrei sem pensar no quarto da Condessa velha.

– Veja se é Clara! – disse ela à sua enfermeira, porque os olhos já lhe serviam apenas para chorar as lágrimas sem conforto da velhice.

Eu fugi penalizado e perturbado; corri até o meu covil onde tudo ainda estava disposto como quando saí um ano antes. De lá, depois de uma boa hora, fui ao quarto de Martino. Minha devoção e a negligência dos outros não haviam colocado um dedo nas coisas deixadas pelo velho. No chão ainda estavam caídos alguns pregos deixados pelo coveiro que o fechara no caixão; uma garrafa com não sei qual bebida ressecada e estragada estava sobre a mesa. Na parede ainda estavam alguns ramos de oliveira desfolhados e empoeirados pendurados por ele no último Domingo de Ramos de sua vida. Joguei-me na cama ainda impressa com as formas do cadáver; lá chorei amargamente, evoquei a memória daquele meu primeiro e se pode dizer único amigo; chamei-o pelo nome mil vezes, pedi que se lembrasse de mim e que descesse sua alma ou espectro para me consolar com sua companhia. Mas a fé também titubeava nessas invocações; eu não esperava, não acreditava mais. Somente mais tarde à força de tormentos e esforços consegui reforçar em meu coração uma crença vaga, confusa, mas segura e intrépida, nas coisas espirituais e eternas. Na época balbuciava as orações nas igrejas, mas minha alma era árida como um esqueleto; a mente caía murcha pelo ar pesado do mundo; o coração abatido agarrava-se à esperança do nada como o único refúgio de paz. Esse abatimento interno me fazia terrível e amarga até a memória daquele bom velho que apesar das minhas desesperadas invocações nunca mais poderia rever, e que dormia no sepulcro, enquanto eu ia angustiado pela vida.

O ar de morte que se respirava ali, invadiu pouco a pouco meu cérebro: as lágrimas secaram em meus cílios e os olhos adquiriram uma visão vítrea e atormentada que eu me empenhava em vão para mudar. Parecia que o fogo da vida se retirava de mim; sentia o gelo, os fantasmas, os terrores da agonia que me oprimiam; houve um instante em que já quase transformado em cadáver acreditei ser o próprio Martino, e me espantava ter saído da tumba, esperava e temia que a qualquer momento viessem os coveiros para me buscar. Esse pensamento estranho e assustador crescia diante de mim como a boca de um abismo; não era mais um pensamento, mas una visão, um medo, um arrepio. A luz da janela percorreu minhas pupilas quase adormecidas; talvez naquele momento o sol saísse de alguma nuvem e inundasse o quarto com os esplendores do dia: tomou-me um desejo de ar, de calma, de aniquilamento. Levantei cambaleando e me arrastei até a sacada, mas o barulho de uma cadeira que derrubei ao me mover acordou-me um pouco daquele sonho funesto. Senão creio que teria me jogado da janela, e minha vida passaria sem o longo epitáfio destas confissões. Estendi a mão para me apoiar na mesa, e toquei algo que me ficou entre os dedos. Era um livrinho de devoção; exatamente aquele que o velho Martino costumava ler todos os domingos durante a missa; os óculos ainda estavam dentro como marcador. Parecia que a alma de meu amigo tivesse atendido às minhas chamadas e estivesse para me responder das páginas surradas daquele livro; meus olhos se umedeceram de novo e me abandonei com a cabeça nas mãos sobre a mesa, soluçando sem reservas. Então voltou, senão a calma, pelo menos a luz em meu espírito, e aos poucos me lembrei como e porque fora até lá e quais dores me haviam feito buscar abrigo na memória de um morto.

Levantei-me tremendo e ainda lagrimoso, mas consciente e seguro de mim; abri religiosamente o livro e folheei as páginas com recolhimento. Eram as mesmas orações, simples e fervorosas; conforto inefável das almas devotas, hieróglifos ridículos e misteriosos para os descrentes. Aqui e ali se sobrepunha a imagem de algum santo, algum santinho de comunhão com seu texto em latim e a data do ano na frente; modestas pedras miliares de uma longuíssima vida, admirável de fé, de sacrifício e de contente deleite. Finalmente caiu sob meus olhos um papel cheio de cima a baixo com uma letra irregular e miúda, como é usado por aqueles que aprendiam a escrever metade em letra de mão e metade em letra de forma. Era a autêntica letra de Martino, e lembrei-me então que ele, já adulto, de tanto garatujar, conseguira exprimir muito bem o que tinha na cabeça para poder prestar conta das despesas aos patrões. Encontrar aquele papel me pareceu ter nas mãos um tesouro, e me preparei para interpretá-lo, pois não me parecia uma empresa tão fácil. Mas, busca e rebusca, junta daqui e tira de lá, por força de hipóteses, de remendos e de junções, consegui tirar um sentido daquele emaranhado de letras, errando sem ordem e sem freio como um bando de ovelhas desgarradas. Parecia serem lembranças ou ensinamentos de experiências retiradas de algum perigoso momento crítico da vida, vitoriosamente superado; ao lado delas o bom velho colocara, onde cabiam, alguns aforismos de devoção e os mandamentos de Deus. A escrita tinha alguma rústica elegância como a de um trecentista ou de qualquer homem que não sabe escrever, mas sabe pensar melhor do que os que escrevem[13]. Começava assim:

"Se és completamente infeliz é sinal que tens algum pecado na alma, porque a paz da consciência prepara para tuas dores um leito para repousar. Busca e verás que tens transcurado algum dever ou desagradado a alguém, mas se reparares a omissão e o mau feito, logo a paz voltará a florescer em teu coração, porque Jesus Cristo disse: beatos aqueles que são perseguidos.

"Esquece os prazeres que vieram a ti; busca-os no amor dos humildes. Jesus Cristo amava as crianças, os mendigos, os aleijados.

"Não olhes para tua condição como a uma galé a que foste condenado. Galeotas em veneziano se chamam os malandros. Mas os bons trabalham por amor ao próximo e quanto mais duro é o trabalho tanto maior é o mérito. É preciso amar o próximo como a nós mesmos.

"Não te rebeles contra quem te comanda; sofre a dureza dele não por temor, mas por compaixão, para que o pecado dele não aumente. Jesus Cristo obedeceu a Herodes e a Pilatos.

---

13 Parte dos conceitos expressos a seguir são diretamente inspirados no *Evangelho de São Mateus e na Imitação de Cristo*, obra da literatura devocional, de Tomás de Kempis, publicada no século XV. Seu texto é um auxiliar à oração e às práticas devocionais pessoais.

"O segredo que te é revelado por acaso é mais sagrado do que o que obténs pela confiança alheia. Este te é confiado pelo homem, e aquele por Deus. A satisfação de tê-lo guardado zelosamente te dará maior prazer do que obterias dos favores ou do dinheiro que te oferecem para trai-lo. A paz da alma vale mais do que mil moedas de ouro, eu posso garantir, e percebo agora que pensei justamente e para o meu bem.

"Vivendo bem, morre-se melhor; desejando nada, possui-se tudo. Não desejes as coisas dos outros. Porém não é preciso desprezar nem rejeitar para não ofender ninguém.

"Se cumprindo todos os teus deveres ainda não estás em paz contigo mesmo, é sinal que ignoras muitos outros deveres que te cabem. Procura-os, cumpra-os e ficarás contente com o que sustenta a condição humana.

"O desespero sempre foi a maior loucura, porque tudo acaba. Falo das coisas desta vida. Mas as alegrias do paraíso nunca acabam; e nem a fé no Senhor Deus. Que ele me ajude a consegui-las. Amém".

Em um cantinho deixado em branco estavam escritas com letras menores e posterior estes outros dois aforismos:

"Quando não serves para nada por velhice ou por doença, considera cada serviço que te prestam como um presente espontâneo.

"Não supõe o mal, o vês demasiado certo por imaginar-te o incerto. As opiniões sem fundamento são proibidas pela lei do Senhor. Que Ele me abençoe. Amém".

Confesso que depois de decifrar essa escrita fiquei muito deprimido e também um pouco aflito por tê-la lido. Eu que sempre considerara Martino um simplório, um homem de bem, um bom servidor, humilde, dedicado e reservado como se usava então e nada mais! Eu que ao lado dele, principalmente nos últimos anos, depois que gaguejava um pouco de latim, me considerava um homem importante e imaginava continuar querendo-o bem, como uma grande condescendência da minha parte! Eu que menosprezei deixá-lo participar do meu excepcional saber, não por medo de que sendo surdo não me ouvisse, mas porque não me compreendesse pelo seu intelecto inculto e trivial!... Vejam só! Com quatro linhas lançadas no papel ele me ensinava depois de morto mais do que eu poderia ensinar aos outros estudando toda a vida! E mais, entre seus preceitos havia algo tão sublime em sua simplicidade que eu não conseguia compreender, apesar das palavras falarem claro! – Por exemplo, onde estava escrito para procurar quais outros deveres desconhecidos nos coubessem cumprir e que o cumprimento dos que conhecemos não bastam para vivermos em paz com nós mesmos, o que queria dizer o bom Martino? Este era exatamente o meu caso, e eu quebrava a cabeça para entender o que havia por trás desse aforismo mais do que dos outros. Basta! No momento me resignei em ler e reler, sem não o entender abstratamente, pelo menos sem poder encontrar um modo de aplicação às minhas circunstâncias. E voltei a refletir sobre a primeira, que se atribuía a alguma falta nossa ou a alguma má ação a plena infelicidade!

"Pobre de mim!" pensei "é certo que tenho muitas culpas na consciência, porque hoje me sinto mais miseramente infeliz do que qualquer homem no mundo possa ser".

Sim, eu juro, fiz um exame de consciência tão sutil, tão escrupuloso que merecidamente posso dizer que foi o primeiro. Com a noção imperfeitíssima que eu tinha das leis morais, tenho medo de que tenha deixado de lado mais do que uma, mas também me repreendi de coisas por si só muito inocentes, como por exemplo de ter sempre rejeitado fazer amizade com os filhos de Fulgenzio e de me sentir pouco grato à senhora Condessa. O primeiro pecado o atribuía à soberba, e era antipatia pura e simples; a causa do segundo era o meu mau espírito, mas toda a culpa era da memória tenaz da minha pobre melena, tão injustamente martirizada. Entretanto, o que mais importa é que não me iludi com meu maior pecado, o desenfreado amor pela Pisana, que me veio repentinamente à consciência com toda sua bestial selvageria. Eu amara a Pisana desde pequeno! Muito! Desde pequeno sonhara com ela um amor de homem! Coisas compatíveis com um garoto que pensa com os pés! – Quando jovem, já racional e malicioso mais do que o normal, persistira naquela estranha criancice. – Mal, senhor Carlino! Este é o primeiro tropeço depois do qual vêm os outros, como as vinte e duas letras do alfabeto depois da primeira. A razão devia me advertir que eu era o primo ou o criado da Pisana. (Digo criado porque meu lugar no castelo de Fratta era com os criados). Em ambos os casos não me cabia apegar-me a ela com pretensões de um amor contra a ordem das coisas. Vejamos um pouco: onde se chega ou onde se pretende chegar com o amor? Ao casamento, isso é certo; e eu a conhecia e a via todos os dias. Mas eu nunca devia esperar me casar com a Pisana?... Quem sabe!... Calem-se, desejos falastrões que correm ao encontro do impossível. Aqui não se trata de saber se uma coisa pode acontecer na natureza, mas se é lícito que aconteça, e se contentará aqueles que a tem nas mãos. Convinha que eu confessasse que meu casamento com a Pisana não estaria de acordo com a ordem normal do mundo e que nem o Conde nem a Condessa nem qualquer outro nem talvez a própria Pisana teriam razão para ficarem contentes. Então? Então correndo atrás daquele enfeitiçamento eu não ia por um bom caminho; corria o perigo de me extraviar muito e certamente não era esse o caminho para cumprir meus deveres de probidade e de reconhecimento.

Mas e se a Pisana me amava?... Esse era outro sofisma, um subterfúgio, uma desculpa do vício inveterado, querido Carlino! Antes de tudo, se a Pisana também o amasse seria seu dever se afastar dela o mais possível, porque você se aproveitaria de uma fraqueza dela, de um entusiasmo dela para contrapô-la ao desejo dos pais. Além disso, você é pobre e ela é rica, não gosto de oferecer pretexto a certas calúnias. E ainda, ela não o ama, e a questão é clara e certa... Como, como não me ama? É o que quer dizer? Sim, fique calmo, Carlino! Não o ama mesmo; não o ama com aquele ímpeto cego, inteiro, perseverante que impede qualquer consideração, desfaz qualquer distância e confunde alma com alma. Não o ama; e você bem sabe, porque exatamente por isso você se atormenta e se aborrece tanto. Não o ama porque você veio a este quarto para buscar na morte um conforto contra as más palavras dela, contra o desprezo dela. Console-se, Carlino, você pode abandoná-la sem que ela sequer tenha febre. Você não é algo raro que ela possa se arrepender. Se você fosse o poético Giulio Del Ponte ou o suntuoso castelão de Venchieredo você poderia ter algum remorso, mas você!... Vamos lá! Você não percebeu que aqui em Fratta você é para ela como Marchetto, como Fulgenzio, como todos os outros um posto de passagem no turno de seus amores, um mendigo que espera na noite de sábado seu dinheirinho da esmola. Mal, mal, Carlino! Aqui não é mais questão de deveres para com os outros, mas de respeito a você mesmo. Você é um asno para olhar para o chão e para levar pauladas ou um homem para ter a cabeça ereta e para desafiar a opinião dos outros? Limpe os joelhos, Carlino, e vá embora daqui. Veja, está vermelho de vergonha, é mau e bom sinal ao mesmo tempo: mostra à consciência o mal cometido, mas também o asco e o arrependimento desse mal. Vá, Carlino, vá, procure um caminho mais honesto, mais seguro, em que haja outros passantes aos quais você possa dar a mão e ensinar o caminho, não se perca naqueles nebulosos confins entre o possível e o impossível batalhando com a sua sombra ou com os moinhos de dom Quixote. Se você não pode esquecer a Pisana, deve fingir esquecê-la; não pense no que virá depois. Agora, tanto para com você como para com ela o seu dever é esse. Ficar humilha você, impacienta ela, faça o certo pelos pais dela. Vá embora, Carlino, vá embora! Limpe os joelhos e vá embora!

Esse conselho foi o primeiro fruto monitório de Martino, e fiquei tão espantado com sua acidez que sem buscar outros corolários dobrei o papel, recoloquei-o no livro e depois de colocá-lo no bolso saí pálido e pensativo daquele quarto onde entrara lívido e demente. Entre todas as minhas dores me falava mais claramente a de ter desconhecido por tantos anos a prática retidão de Martino, de não ter feito dele a imagem que merecia, de tê-lo acreditado, em uma palavra, uma máquina cega e obediente, ao passo que era um homem consciente e resignado. Eu ficara tão pequeno em minha própria estima que não me avistava mais; a memória de um velho criado morto, sepultado e já roído pelos vermes me obrigava a baixar a cabeça confessando que com todo o meu latim na autêntica grande sabedoria da vida talvez estivesse mais atrás do que os camponeses. De fato, em sua simples crença, eles definem corajosamente a vida como uma tentação ou uma prova. Eu não podia defini-la a não ser com as mesmas palavras que se usariam para definir a vegetação de uma planta. Eu desperdiçava minhas ideias, virava e revirava esse novelo de destinos, de nascimentos, de mortes e de transformações! Sem uma atmosfera eterna que a circunde, a vida é uma burla, uma risada, um soluço, um espirro; a existência momentânea de um protozoário é perfeita em relação à nossa, com a mesma ordem de sensações que declina do nascimento à morte. Sem o espírito que sobrevoa, o corpo é lama e se converte em lama. Virtude e vício, sabedoria e ignorância são qualidades de uma argila diversa, como o duro ou o mole, o ralo ou o espesso. E eu me deitava comodamente na metafísica do nada e do pântano, enquanto do alto dos céus a voz de um velho criado me cantava as imortais esperanças! – Ó Martino, Martino! – exclamei. – Não compreendo a altura de sua fé, mas os ensinamentos que tiro dela são tão grandes e virtuosos que poderiam ser a fiança de sua bondade. Receba o respeito de seu indigno filho mesmo além da tumba, ó velho Martino! Ele o amou em vida, e se não lhe deu grande parte de sua estima então, agora a dá por inteiro, a dá de fato, aceitando cegamente os seus conselhos e mostrando-se digno de receber a preciosa herança.

O primeiro efeito dessa proposta foi me afastar do castelo de Fratta para andar aqui e ali em busca de divertimento e de prazeres, como outras vezes fizera. Enfileirei diante da razão todo o pequeno esquadrão dos meus deveres, e achando-o pouco numeroso, vi em minha mente a obscura falange de deveres desconhecidos que podia me atacar a qualquer momento e a qual, segundo Martino, eu deveria chamar em meu socorro contra os tédios da infelicidade. No momento foi só uma visão, e soei o alarme em todos os cantos da alma, mas nenhum novo sentimento surgiu para gritar: "Você deve fazer isso e deixar aquilo". Sobre romper com a Pisana, já estava de acordo comigo mesmo; sentia a dor e a impossibilidade desse sacrifício, mas não me esquivava da obrigação absoluta.

Além disso, reconhecimento, caridade, estudo, temperança, honestidade e em outros pontos estava tudo em ordem: não havia do que reclamar. Só temia ter demonstrado até então pouco zelo no meu noviciado na chancelaria, mas decidi demonstrá-lo logo, e começando pelo dia seguinte escrevi o dobro do que costumava escrever dias antes. Naquele bendito dia seguinte, devia também começar a não olhar mais para a Pisana, a não procurá-la, a não me importar com ela, mas pensei tanto nisso que adiei o início para o outro dia. De modo que ganhei um dia, e acabei me convencendo que o meu dever era apenas abrandar o meu amor, distraí-lo, cansá-lo com o cumprimento de outros deveres, não assassiná-lo diretamente. Minha alma estava tão cheia dele que teria sido um suicídio; assim, para não matar meu espírito de um só golpe, continuei a maltratá-lo, a atormentá-lo pedaço por pedaço. O remorso de uma culpa conhecida e reforçada pelo intelecto amargurava até as distantes ilusões que ainda me restavam.

Um dia, depois de ter escrito por muitas horas na chancelaria sem que essa ocupação me fosse de grande proveito, pensei em ir a Portogruaro para me despedir do Excelentíssimo Frumier. Já estávamos no final de outubro e dali a pouco eu embarcaria para Pádua. Vejam que coincidência! Justamente naquele dia a Pisana estava almoçando com o tio, e se agora eu jurasse que não sabia de nada, certamente vocês não acreditariam. Festejava-se o onomástico da senhora, e estavam à mesa Giulio Del Ponte, o padre Pendola, monsenhor de Sant'Andrea e todos os outros das reuniões. O Senador me recebeu como se eu tivesse sido convidado, eu me fiz de desentendido e sentei não sem desconfiar que a Pisana para se livrar de mim não tivesse me comunicado o convite. De fato, a proximidade de Giulio, as olhadinhas que trocavam e a confusão deles quando eram interrogados, me mostravam bem claro o que eu devia ser para ela, senão um incômodo, certamente uma inútil testemunha. Incômodo não, porque ela não desistiria de nada por minha causa. Em tudo, até no melhor de seu espírito, faltava-lhe aquela delicadeza que com frequência é mero hábito e às vezes também hipocrisia, mas que conserva em um refinado sentimento de pudor, o respeito pela virtude. Onde ela teria aprendido esses refinamentos dos modos femininos? Sua irmã Clara, a única que poderia ensiná-la, vivia sempre distante no quarto da avó; ela, deixada livre para manifestar e impor todos os seus caprichos, aprendera aos poucos não só a não os refrear, mas também a não se preocupar em examiná-los e escondê-los se fossem feios e vergonhosos. O controle do instinto mata o pudor da alma, que nasce da razão e da consciência.

Eu estava sentado ao lado do padre Pendola, comendo pouco, falando menos, observando muito, e mais do que tudo afligindo-me de raiva e de ciúme.

Giulio Del Ponte animava-se de vez em quando, participava como um assaltante da conversação geral, lançava farpas, piadas, epigramas e depois voltava ao mudo colóquio com a vizinha como se dissesse: "Fala-se mais docemente assim!". Via-se que aquela sua alegria não era espontânea, isto é, não era o excesso de inspiração que o fazia se soltar. Imaginava que, ficando mudo, pensariam mal dele ou perderia a aura de jovem alegre e brilhante que conquistara o coração da Pisana. Ela, de fato, que apenas sorria aos seus olhares, enrubescia até as orelhas, suspirava, confundia-se quando ele falava ágil, gracioso, animado e fazia explodir ao seu redor o aplauso irresistível das risadas. Giulio Del Ponte conhecia a qualidade de sua magia: ela gostara dele por sua capacidade de atrair, alegrar, arrebatar. De fato, parecia que ele tivesse três almas ao invés de uma; seus olhos, gestos, palavras e pensamentos tinham nele tanto excesso e variedade que parecia não bastar para tanto movimento aquele único fogo espiritual que dá calor de vida a cada um de nós. Desculpem a comparação: se a força da alma se medisse como a do vapor, seria possível calcular a dele em noventa cavalos, limitando a trinta a das pessoas comuns. Convenham comigo que era uma grande sorte, mas azar, azar desses Sansões de espírito se Dalila lhes corta os cabelos! Azar: o próprio prêmio de sua força os derruba; o amor que nos outros é um alimento, um aumento de fogo que reúne a força de outros milhões de cavaloa àquela pequenina força que existia antes, neles é um obstáculo, uma subtração. Desviando sua atividade de seu campo natural, retira-se o predomínio que tinham para misturá-lo à plebe dos outros apaixonados, cada um dos quais pode superá-los com outros dotes, com outras qualidades diferentes das deles. Em uma palavra, o amor que sublima os tolos, estupidifica essas almas esplêndidas e encantadoras. Mas Giulio sabia disso, e se defendia valorosamente. Sentia o amor crescer como uma nuvem encantada, envolver sua mente e acariciá-la, convidando-a aos sonhos, à felicidade. Por um instante cedia àquelas doces seduções, mas depois a prudência o acordava indicando-lhe no repouso a sua derrota. Levantava-se não mais por transbordamento espontâneo de deleite e de alegria, mas pela força de vontade e por interesse de amor. Havia encantado a Pisana, não queria perder sua conquista. Infelizes os temperamentos como o dele que sempre alternam fáceis e venturosas ocasiões de prazer e de gozo, mas que são perigosas e fatais ao amor. Cada obra tem seus recursos: o amor quer ser conquistado com amor; o brilho da glória e o fulgor do espírito devem se satisfazer com o galanteio.

O padre Pendola olhava Giulio Del Ponte e a Pisana, depois me olhava, olhos como os dele não se moviam por nada, e cada vez que os encontrava eu sentia até o fundo da alma a fria marca de seus olhares. Os outros comensais não percebiam nada; falavam entre si, bebiam à saúde da senhora, riam barulhentamente das farpas improvisadas por Giulio e principalmente comiam. Mas quando se levantaram da mesa e o grupo estava para descer ao jardim para tomar café no terraço, o padre Pendola pegou-me carinhosamente pelo braço convidando-me a ficar. A piedade que se via em seu rosto assustou-me um pouco, mas me deu também uma ideia melhor de sua índole, que talvez eu ainda não tivesse. O que querem? O imã de um lado puxa, do outro afasta o ferro e não se sabe a razão. Também entre dois homens se observam as estranhezas do imã. Fiquei por curiosidade, por respeito e um pouco também porque meus olhos precisavam não ver.

– Carlino – disse-me o padre andando comigo de um lado para o outro da sala enquanto os criados terminavam de tirar a mesa –, você está a ponto de voltar para Pádua.

– Sim, padre – respondi com dois suspiros sem razão, mas certamente sinceros.

– É melhor para você, Carlino. Confesse-me que aqui você não está contente com seu estado, que a incerteza e o ócio o arruínam e estragam os melhores anos da juventude!

– É verdade, padre, comecei cedo a sentir o tédio da vida.

– Bem, bem! Depois você vai voltar a senti-la dez e vinte vezes mais agradável. Tudo depende de se sacrificar nobremente cumprindo seus deveres.

Essa exortação na boca do reverendo surpreendeu-me muito: nunca esperei que seus princípios concordassem com os de Martino, e isso me abriu de repente o espírito à confissão.

– Devo dizer – acrescentei –, que há pouco tempo tenho buscado exatamente no cumprimento de meus deveres um refúgio contra... contra o tédio.

– E encontrou?

– Não sei, escrever na chancelaria é trabalho muito material, e o senhor Chanceler não é a pessoa mais adequada para tornar esse trabalho agradável. Ocupo as mãos, é verdade, mas a cabeça voa onde lhe agrada, e infelizmente os desgostos e as horas se contam mais com o cérebro do que com os dedos.

– Você diz bem, Carlino, mas deve saber melhor do que eu que para a cura o que importa é a firme vontade de se curar. Aqui, aqui, Carlino, você tem a alma doente, se quiser curá-la, vá embora, mas você diria que a doença viaja com o enfermo. Não, não, Carlino, não é razão suficiente! Causa longe não aflige tanto como causa perto. Vamos, não enrubesça agora, não digo nada, aconselho-o como bom amigo, como padre, e nada mais. Você não tem família, não tem quem o ame, quem o oriente; quero adotá-lo como filho, e socorrê-lo com o lume de experiência que o Senhor me concedeu. Confie em mim e experimente, não peço mais que isso. Você precisa ir embora daqui; ir embora não só com as pernas, também com o espírito. Deve levar o espírito com você, e você já sabe como. Curvá-lo ao íntegro conhecimento e à operosa observância de seus deveres. Você falou muito bem: as dores se contam com o cérebro, e eu acrescentaria com o coração, não com os dedos da mão. Pois é preciso ocupar além da mão o cérebro e o coração.

– Padre – balbuciei realmente enternecido –, fale, eu o escuto com verdadeira fé, e vou tentar entender e obedecer.

– Ouça – retomou ele –, você não tem obrigações de família, e o débito do reconhecimento para quem fez o bem é logo saldado por quem só pode pagá-lo com a gratidão do afeto. Por esse lado os seus deveres não ocupariam um minuto, se não fosse lançar-se aos estudos segundo o entendimento de seus benfeitores. Mas não basta. Assim se ocupa o cérebro, o coração permanece ocioso. Tanto mais que a família em que você foi criado não soube educá-lo para seu proveito. Não, não se envergonhe, Carlino. É certo que você não pode estar ligado com amor de filho ao senhor Conde e à senhora Condessa que somente souberam se fazer amar como pais pela sua verdadeira prole. Os benefícios não obrigam tanto quanto o modo de prestá-los, principalmente às crianças. Portanto, não se envergonhe. É assim porque deve ser. Quanto a você se esforçar agora, seria sinal de ótima índole, de espírito dócil e grato, mas você não conseguiria. O amor é uma erva espontânea não uma planta de jardim. Carlino, o seu coração está vazio de afetos familiares como o de um enjeitado. É uma grande desgraça que desculpa muitas faltas, entenda, filho! Desculpa-as sim, mas não nos livra do dever de as suprimir, nem nos habilita em nada a nos endurecermos! Para essa desgraça procura-se instintivamente remédios durante a primeira idade. E um bom anjo pode fazer com que se acerte o alvo!... Mas muitas vezes a sorte adversa e a cegueira infantil nos fazem encontrar venenos em vez de remédios. Então, Carlino, assim que a razão adulta percebe, é preciso mudar de frasco e abandonar aquela cura ilusória e nociva pela verdadeira. Você tem dezoito anos, filho, é jovem, é homem. Não tem, não pode ter um afeto certo, santo, legítimo que ocupe dignamente seu coração, porque ninguém até agora lhe ensinou as fontes nem mostrou a necessidade! Talvez eu seja o primeiro a lhe falar do dever, e não sei se o agrado...

– Continue por favor, continue, padre. Suas palavras são as que meu pensamento procurou em vão nos dias passados. Parece que se faz dia em minha mente, e esteja certo de que terei a coragem de não me afastar delas.

– Bem, Carlino! Você já pensou que não é apenas homem, mas também cidadão e cristão?

Essa pergunta feita pelo padre com rosto sério e solene me perturbou, o que ele queria dizer e o que importava ser cidadão eu não sabia de fato; quanto a ser cristão, eu não poria em dúvida que o fosse, porque na doutrina haviam-me acostumado a responder que sim. De modo que fiquei um pouco perplexo e confuso, depois respondi com voz insegura:

– Sim, padre, sei que sou cristão pela graça de Deus!

– O Pároco o ensinou a responder assim – retomou ele –, e tenho todas as razões para crer que você não diz por costume uma mentira. Até agora, Carlino, todos eram cristãos e por isso tal pergunta era quase inútil. A religião estava acima das disputas, e bons ou maus, se não a regra dos costumes, como nos primeiros séculos de fervor, pelo menos o vínculo da fé unia a todos na grande família da Igreja. Agora, meu filho, os tempos mudaram, para ser cristão não precisa imitar os outros, mas pensar em fazer o contrário do que muitos fazem. Por trás da indiferença de todos se esconde a inimizade de muitos, e contra estes muitos os poucos realmente crentes devem combater, lutar com todo tipo de armas para não serem vencidos. Entenda, não é por orgulho pessoal, mas para que não seja desprezada aquela religião fora da qual não há saúde... Carlino, repito, você é jovem, é cristão; como tal vive em tempos difíceis, e vai de encontro a tempos muito mais difíceis, mas a própria dificuldade destes tempos, se é uma desventura comum, se é algo miserável também para você, para seu interesse momentâneo e para decoro de sua vida é uma verdadeira sorte. Pense, filho: você quer cochilar na indiferença sem preocupações e sem dignidade? Ou prefere lutar na batalha da eternidade com o tempo, e do espírito com a carne? Os presentes indícios levarão, ao final, a esses dilemas, não duvide. Você tem uma índole aberta e generosa e deve pender à boa causa. Com a religião vêm os ideais, a fé na justiça imortal e no triunfo da virtude, a vida racional e a vitória do espírito; com a descrença vem o materialismo, o ceticismo epicurista, a negação da consciência, a anarquia das paixões, a vida bestial em todas as suas vis consequências. Escolha, Carlino! Escolha!

– Oh! Sou cristão! – exclamei com todo o ardor da alma. – Creio no bem e quero que ele triunfe.

– Não basta querer – acrescentou o padre com sua vozinha melancólica. – É preciso buscar o bem, é preciso fazê-lo para que ele realmente triunfe. Por isso é preciso se entregar de corpo e alma a quem sua, trabalha, combate para isso; é preciso usar as próprias artes dos inimigos em seu prejuízo; é preciso unir no coração toda a constância de que somos capazes, armar a mão de força, o juízo de prudência, não ter medo de nada e estar sempre vigilantes no mesmo posto; se expulsos, voltar, se desprezados, suportar, dissimular para vencer depois; curvar-se sim, se preciso, mas para ressurgir; fazer pactos, mas para ganhar tempo. Enfim, é preciso acreditar na eternidade do espírito para sacrificar esta vida terrena e momentânea à imortalidade futura e melhor.

– Sim, padre. Esse horizonte que se abre aos meus olhos é tão vasto que não tenho mais a audácia de lamentar as minhas pequenas desgraças. Alargarei meus olhares nele e desaparecerão as minúcias que me incomodam. Quero caminhar!

– De verdade, Carlino? Assim eu gosto, mas lembre-se de que o entusiasmo não basta sem a bagagem de uma boa dose de critério e constância. Agora lhe mostrei quais altíssimos e nobres deveres reclamam o seu trabalho, e você se entusiasmou em sua esplêndida plenitude. Mas depois, durante o caminho, lhe parecerá recair na leviandade e pequenez humana. Não se assuste, Carlino. É como um viandante que para chegar a Roma deve pernoitar muitas vezes em tavernas sujas, e viajar com carregadores e tropeiros. Suporte tudo; não tenha aversão às passagens momentâneas, eleve o pensamento à meta; mantenha-o sempre lá!

Eu entendia e não entendia; estava ofuscado por aquelas esplêndidas e sonoras palavras que antes me passavam pela mente com os grandes fantasmas de humanidade, religião, sacrifício e fé que povoam tão de bom grado os mundos sonhados pelos jovens. Entendia que bem ou mal entrava em uma esfera nova para mim, onde eu não era mais do que um átomo inteligente envolvido por uma obra sublime e misteriosa. Com quais meios e para que fim? – Não sabia ao certo, mas fins e meios superavam muito as minhas preocupações românticas, os meus desgostos infantis. Convidado a me mostrar cristão, sentia-me homem na humanidade e me agigantava.

– Isso quanto a religião – continuava com veemência o reverendo padre. – Quanto à sua qualidade de cidadão as condições são semelhantes, mas não é preciso se preocupar, pois cada obra individual entra em seu lugar no grande mecanismo social, quando todos concordam no respeito tradicional à pátria e às suas instituições. A pátria, meu filho, é a religião do cidadão, as leis são o seu *credo*. Coitado de quem as desrespeita! É preciso defender com a palavra, com a pena, com o exemplo, com o sangue, a inviolabilidade de seus decretos, sábia herança de vinte, de trinta gerações! Agora, infelizmente, uma falange latente e incansável de devastadores tende a colocar em dúvida o que o tribunal dos séculos decretou verdadeiro, justo, imutável. É preciso se opor, meu filho, a tanta barbárie que surge; é preciso fazer aos inimigos o mesmo dano que tentam nos fazer, semeando entre eles a corrupção e a discórdia. O mal contra o mal, usado corajosamente como os cirurgiões. Senão certamente cairemos; cairemos amigos e inimigos em poder dos malfeitores que pregam uma insensata liberdade para nos impor a verdadeira servidão; a servidão a códigos imorais, temerários, tiranos! A servidão às nossas paixões e às dos outros, a servidão da alma em benefício de algum maior deleite terreno e passageiro. Sejamos fortes contra a soberba, meu filho. Por isso, é preciso sermos humildes; obedecer, obedecer, obedecer. Siga a lei de Deus, a lei que foi, a lei que é; não o arbítrio de poucos possessos, que dizem inovar, mas só querem devorar! Entende, filho, o que quero dizer?... Assim religião e pátria dão-se as mãos; e preparam um bom campo de batalha onde se sacrificar mais dignamente do que na condenável idolatria de um afeto ou de um interesse privado.

Com uma das mãos o reverendo padre me jogava na lama, com a outra me elevava às estrelas. Sacudi com força o meu jugo de dor e levantei livre, mas consternada, a cabeça.

– Estou aqui – respondi. – Espero apagar a primeira parte da minha vida, sobrepondo a segunda mais alta e generosa. Esquecerei de mim onde não possa mudar, buscarei deveres mais santos, amores maiores...

– Devagar com esses amores! – interrompeu-me o padre – Não use o mesmo vocabulário em matérias tão díspares. O amor é um relâmpago que brilha, um meteoro que passa. E na vida nova, à qual o incentivo, é preciso a fé e o zelo; duas forças pensadas e contínuas! A cruz do sacrifício e a espada da persuasão são os nossos símbolos, muito superiores às coroas de mirto e às pombas acasaladas. A persuasão, meu filho, emana de nosso sacrifício e é recebida nos espíritos alheios assim como o calor produzido pelo sol é apropriado à semente que cresce e germina. Não convém se embaraçar com as contradições, com os rancores alheios; a persuasão virá; abra caminho para ela com a perseverança e a força. Quando se acalenta o triunfo do bem convém perseguir o mal, mas persegui-lo útil e sabiamente, porque, meu filho, o exército dos mártires infelizmente não é muito numeroso, e é preciso tirar dos próprios sacrifícios a paga que merecem para não serem desperdiçados.

– Padre – acrescentei com alguma reserva pelo mistério que sentia crescer naquela longa fala –, espero entender melhor quando meu espírito se purificar dos fumos que o ofuscam. Pensarei e vencerei.

– Você já teria vencido se tivesse tentado combater – respondeu o reverendo –, mas você, Carlino, se fechou na sua casca e não buscou a ajuda de quem podia muito por você. As ideias não surgem, mas avançam, meu filho, e você fez muito mal em se enovelar em suas paixõezinhas sem confiar nas pessoas honestas e sensatas que o levariam bem avante nesse caminho que agora lhe aponto. No ano passado, por exemplo, eu lhe recomendara frequentar em Pádua o advogado Ormenta, um homem integérrimo, justo, generoso, que dirigiria o seu intelecto para seu verdadeiro encargo e indicaria o verdadeiro escopo e a ampla utilidade da vida. Homens como ele devem ser venerados pelos jovens e tomados como exemplo.

– Padre, vi o advogado Ormenta várias vezes, conforme sua recomendação, mas eu estava perdido em outros pensamentos. Acho que também estava assustado com a frieza dele e com um certo ar de desprezo que me tranquilizava bem pouco. Não sei se me parecia muito maior ou muito diferente de mim, mas certamente eu não me sentia à vontade na presença dele, e a sala em que me recebia era tão escura, tão gelada, que metia medo.

– Todos sinais de uma vida austera e sublime, meu filho. O que já o assustou, vai agradá-lo, vai conquistar amanhã. Parecem frias as coisas excelsas e as neves cobrem os altos cumes das montanhas, mas são a primeiras a serem beijadas pelo sol e as últimas que ele abandona. Volte este ano ao advogado, acostume-se com ele, e, ou o juízo me engana, ou eu lhe terei feito um grande serviço fazendo-o encontrar um bom e seguro guia para a vida a que você está destinado. Agora lancei em seu coração uma pequena semente. Esperemos que germine. O bom advogado encontrando-o melhor o acolherá com mais confiança. Eu também, veja, faz uns dez meses, esperava pouco de você, confesso ingenuamente, e ainda mais à vontade uma vez que hoje espero muito...

– Oh, padre, o senhor me confunde! Como esperar muito de mim?

– Como, Carlino, como? Você não se conhece e eu não quero envaidecê-lo, mas quero ensiná-lo a ler em sua alma. Você tem um ardor intenso e constante de paixões, que elevado a uma esfera mais pura onde as paixões se tornam adoração, pode emitir uma luz benéfica e divina!... Você está mesmo decidido a se livrar da lama, buscar a felicidade onde ela realmente mora, no cumprimento dos deveres mais santos que a consciência impõe a um homem do nosso tempo?

– Sim, padre, farei tudo por amor à justiça.

– Então confie em nós, Carlino. Nós o ajudaremos, nós o iluminaremos. As névoas da aurora aos poucos se transformarão em raios de sol. Você nos agradecerá e nós agradeceremos a você...

– Oh, padre, não diga isso!

– Sim, agradeceremos a você os grandes serviços que irá prestar à causa da religião e da pátria, à causa que defendemos por compaixão da humanidade e pela glória de Deus. Você foi provido pela natureza de dotes soberbos, use-os dignamente, e terá reconhecimento, honras, alegrias. Eu garanto. Se você fosse padre, eu diria: "Fique comigo! Combateremos, rezaremos, venceremos juntos", mas o chamam para outro caminho, ótimo e nobre também. O advogado Ormenta fará minhas vezes; escreverei para ele sobre você; ele o terá como filho, talvez você tenha ocasião para fazer mais bem no mundo do que eu possa esperar fazer em meio ao clero de uma modesta diocese. Estamos acertados, Carlino, não lhe peço mais do que acreditar em mim e tentar. Principalmente não quero mais vê-lo se perder em sonhos de menino. Despreze o que deve ser desprezado: rompa a cadeia do hábito; pense que o homem é feito para os homens. Seja generoso já que é forte.

O que vocês querem? É preciso que eu diga. A adulação fez o que a eloquência não fizera ou pelo menos terminou a obra por ela começada. Vieram-me lágrimas aos olhos, peguei as mãos do padre Pendola, cobri-as de beijos, inundei-as de pranto, prometi ser homem, me sacrificar pelo bem dos outros homens, obedecer a ele, obedecer ao advogado Ormenta, obedecer a tudo menos àquelas paixões que me tinham até então tão tolamente tiranizado. Eu estava fora de mim, parecia ter me tornado um apóstolo; de quem e para que, não sabia, mas minha cabeça realmente estava nas nuvens e eu não desprezava nada no mundo tanto como os meus sentimentos e a minha vida dos anos passados. O padre me fortalecia nessas proposições de conversão, confortando-me, a retomar o fio das minhas devoções infantis, a crer, a rezar. Depois viria a luz e o advogado Ormenta deveria ser o candelabro. Descemos juntos ao jardim e ao terraço, onde os belos ramos já amarelados das videiras sombreavam o repouso vespertino do grupo. A conversação esmorecia na calma solene do ocaso; as águas do Lemene ecoavam ao fundo, esverdeadas e vertiginosas; um som de sinos distante e melancólico vinha pelo ar como a última palavra do dia agonizante, e o céu se inflamava ao ocidente com as esplêndidas cores do outono. A princípio me parecia estar em um grande templo, onde o espírito invisível de Deus enchesse minha alma de graves e serenas meditações. Depois os pensamentos fervilhavam em minha cabeça como o sangue nas veias depois de uma corrida desabalada; a mente voara demais, não reconhecia mais o ar em que batia as asas, o horror ao infinito a perturbava. Aproximei-me da grade para olhar o rio, e aquela água que passava, que passava sem descanso, indiferente, era a imagem das coisas mundanas que vertem flutuando em um abismo misterioso. As palavras do padre Pendola tinham na minha memória o efeito de um sonho que lembramos claramente de ter tido e do qual não nos vem mais do que uma vaga e descolorida confusão. Voltei-me para procurá-lo e vi Giulio e a Pisana que cochichavam. Senti como Ícaro derreterem minhas asas de cera e caía nas paixões de antes, mas o orgulho me amparou. Sentira-me um pouco antes muito maior do que elas, porque não podia continuar a ser como tal? Olhei corajosamente para a Pisana e quase sorri de piedade, mas meu coração tremia; além disso não creio que aquele sorriso me durasse muito nos lábios.

Então o padre Pendola, que havia confabulado com o Senador, aproximou-se de mim e quase adivinhando a hesitação de minha alma passou a se compadecer de mim com uma caridade tão deliciosa, que me envergonhei de ter titubeado. Suas palavras eram doces como o mel, invasivas como a música, piedosas como as lágrimas: me comoveram, me persuadiram, me enamoraram. Decidi tentar a prova; imolar-me àqueles sublimes deveres de que me falara, ser afinal dono de mim de uma vez para sempre e saber dizer: "Quero assim" – "Vou sofrer", pensava, "mas vencerei e as vitórias aumentam as forças, pois no mínimo depois poderia sofrer com menor humilhação. Martino não ressuscitou por nada, o padre Pendola não leu em meu coração por nada; ambos prescrevem o mesmo remédio; serei corajoso e o usarei como um forte!".

O reverendo padre ainda me falava com o som acariciante de uma cascatinha nas musgosas pedras de um jardim; não saberia dizer o que ele estava me dizendo, mas ao sair de lá tive a coragem de oferecer o braço ao Conde e à Pisana para que subissem na carruagem e depois me acomodar na boleia com o pretexto do calor, que nem era tanto em uma noite de outubro. Desde que eu farejava na chancelaria, tinha livre ingresso na carruagem dos patrões, e naquela noite achei melhor ter uma pequena discussão com o Conde para não me aproveitar desse precioso direito. Lembro-me de alguns anos antes, quando descobri a paixão da Pisana por Lucilio, ter feito aquele mesmo caminho pendurado nas correias posteriores da carruagem, e estar perdido em um turbilhão de pensamentos e angústias que me desatinavam. Naquela noite daria a vida para estar sentado ao lado dela, me martirizar em sua indiferença e saborear avidamente o mal ela me fazia. Quanto me orgulhei ao me ver mudado! Agora, era eu que voluntariamente rejeitava me aproximar dela; depois de tantas dores, tantos ciúmes, tantos tormentos, finalmente conquistara a coragem de fugir! Porém, não creio que tivesse chegado a Fratta mais feliz ou menos pálido; e se o pobre Martino estivesse vivo, certamente teria notado o meu mau-humor. Entretanto, encontrei o Chanceler que tinha um papel de grande urgência para que eu copiasse, e não tendo me encontrado durante o dia, me atacou grosseiramente de noite. Acreditam que o fiz com um gosto louco? Parecia-me estar começando conscientemente a obra da minha redenção; me obstinava em deixar a Pisana se deitar sem parar para olhar a lua, pensar e me martirizar com ela. É verdade que copiando aquele papel aconteceu de duplicar algumas palavras e pular tantas outras e a cada mergulho da pena no tinteiro me dizia: "Finalmente consegui não pensar nela por metade de um dia!". E pensava isso sem escrúpulos, mas a consciência não percebia e por discrição me fazia de desentendido, como a mãe de Adelaide[14].

O padre Pendola me falou, me instruiu, me aconselhou muitas vezes nos poucos dias que ainda fiquei em Fratta. O pároco de Teglio ajudava-o com suas exortações, e assim eu parti como se fosse para uma cruzada, ou pouco menos. Agora percebo que me faltava fé, mas tinha curiosidade, orgulho e coragem que podem moldar uma para o momento. Quando a lembrança da Pisana caía como um foguete *congreve*[15] em meio ao conciliábulo dos meus novos propósitos, e um escapava daqui, outro se salvava de lá, eu me batia com força no peito debaixo do capote, recitava alguma jaculatória, com um pouco de paciência o incêndio se apagava e voltavam o cidadão e o cristão, como queria o padre Pendola. Talvez por isso não consegui agradar ao Pároco, o qual, clausetano até as unhas, depois da vã expectativa de um ano, taxava o ótimo padre de indolência e de incúria nos afazeres da diocese. Ele gostaria de um zelo de são Paulo. O padre, porém, nadava debaixo d'água, e assim enganava melhor os peixes e os patos; depois que ele tomara as rédeas da Cúria, via-se no clero da cidade uma disciplina externa mais uniforme e canônica. Não teria gostado de ver o que estava por debaixo, mas se evitavam os sussurros, as censuras, os escândalos. Com quatro palavrinhas de prudentes preces e alguns piscar de olhos, o bom padre recuperara aos eclesiásticos

14 Provável alusão ao romance *A bolsa*, de Balzac, publicado em 1832.

15 Foguete inventado pelo engenheiro e general inglês William Congreve (1772-1828), usado pela primeira vez em Bolonha, em 1806.

aquelas dignas aparências que são muito oportunas para manter a autoridade. Certamente um Gregório VII[16] não pararia ali, mas o reverendo padre sabia contar os séculos e queria sanar o sanável, não arriscar a vida do enfermo com ações tardias. Bastava que não se vissem nem se falassem de certas coisas, e que não dando azo à aversão dos escrupulosos, mesmo os velhos, os rígidos, os incorruptíveis fossem obrigados a calar, a se acalmar, a se omitir da costumeira insubordinação, mantida até então com o pretexto da anarquia e do sossego dos superiores. Era isso que o pároco de Teglio não gostava, mas quanto a mim ele aprovava o santo fervor que me inspirara o secretário, e me incentivava ainda mais com sua rústica e sincera eloquência.

Cheguei a Pádua com o entusiasmo de alguém que se prepara para ser frade por desespero amoroso. Assim que cheguei, corri ao advogado Ormenta, ao qual o padre Pendola já havia escrito, e que me recebeu da mesma forma que o sacristão ou o provincial receberia um noviço. O digno advogado que no ano anterior me parecera um pouco receoso, um pouco zombeteiro, um pouco gelado, pareceu-me então o homem mais aberto, suave e doce da terra. Seus olhares levavam ao êxtase; cada gesto seu era uma carícia; cada palavra sua entrava no coração como se estivesse em casa. Estava contente com tudo, aliás, feliz; de si, do padre Pendola e principalmente do precioso presente que este lhe fizera confiando-lhe a minha tutela. Falou-me de confiança, de recolhimento, de paciência; convidou-me para almoçar todos os dias que eu quisesse, menos na quarta-feira em que costumava jejuar, e esse método talvez não pudesse convir ao meu estômago juvenil. Congratulou-se comigo pela minha pouquíssima idade, o que me dava a dupla oportunidade de fazer o bem: era preciso que eu consultasse os princípios e as intenções dos meus companheiros, e que depois me consultasse com ele para tentar corrigi-los, endereçá-los a um objetivo melhor se parecessem imperfeitos ou confusos; eu serviria como canal para que o juízo maduro pudesse engrandecer com a sua experiência a fogosa atividade dos jovens, e assim haveria muitos desses mediadores! Mas já havia muitos deles e o fruto disso começava a se multiplicar, e a se manifestar na parte mais dócil e reflexiva da juventude. Eu seria um dos mais beneméritos com o meu engenho, com a minha fisionomia bela e simpática, com a minha conversa pronta e calorosa. Seria premiado, na satisfação da consciência (e isso é sem dúvida o melhor), tanto nas honras temporais quanto nas recompensas eternas. O Estado tinha necessidade de magistrados zelantes, astutos, operosos, e

16 Trata-se do papa Hildebrando de Sovana, papa de 1073 a 1085, enérgico reformador.

os encontraria em meio a nós. Era preciso não se recusar, porque a caridade do próximo, o bem da pátria e da religião devem impor silêncio à modéstia. Todos os homens eram irmãos, mas o irmão mais hábil não deve consentir que o menos hábil se precipite às cegas. O amor deve sempre ser prudente e, às vezes, severo. A mão pode bater, aliás, deve fazê-lo em certos casos; entende-se que o coração deve se conservar caridoso, indulgente, piedoso e chorar pela triste necessidade de precisar castigar para melhorar, e cortar para corrigir. Oh, o coração, o coração! Ao ouvir o advogado Ormenta, ele o tinha tão grande, tão terno, tão ardente, que podia errar por excesso, nunca por falta de amor.

Entretanto, certas coisas que eu notava sobre o senhor advogado não deixavam de me assustar um pouco. Antes de tudo aquele seu casarão úmido, escuro e quase nu continuava a me provocar nos nervos um sentimento de asco como a toca de uma cobra. Um homem tão aberto e leal devia se livrar daquela escuridão, daquelas aparências tão negras e mórbidas! Durante a minha visita, sua esposa entrou para lhe perguntar não sei o quê; uma mulherzinha magra pequena, melancólica, esverdeada. O advogado dirigiu-se a ela com uma voz azeda e malsonante, com uma cara mais de patrão do que de marido, e a mulherzinha saiu da sala mordendo os lábios sem ousar responder. Portanto, o senhor advogado tinha na garganta um duplo registro: aquele que havia usado comigo no ano anterior, e que usara com a esposa, e outro que usara comigo a poucos momentos, e que continuou a usar enquanto me acompanhou até a porta. Um rapazote amarelado, sujo, despenteado, vestido de santo Antônio, que se entretinha com alguns brinquedos de sacristia em um canto do vestíbulo, deu-me vontade de rir. O advogado o apresentou como seu único filho, um pequeno prodígio de sabedoria e de santidade, que havia se devotado espontaneamente a santo Antônio, e usava seu hábito, como se costumava então e algumas vezes ainda se costuma em Pádua. Seus cabelos, raspados em coroa e desalinhados como a sebe de uma horta abandonada, os olhos vesgos e remelentos, as mãos cobertas de toda a feiúra e as vestes rasgadas e engorduradas em sua santidade, faziam um estranho contraste com o elogio feito em voz baixa pelo advogado. Pensei que o amor de pai o iludia: aquele rapaz perecia ter catorze anos (tinha dezesseis, como descobri depois) e nada nele confirmava os elogios que se faziam dele, se não se confundisse sujeira com santidade, exatamente a estranha opinião de algum carola. Depois da porta fechada, ouvi-o entoar bem alto um cântico de devoção: creio que teria preferido os latidos de um cão, pois as salmodias sacras com aquele tom triste e solene sempre comoveram minha alma fibra por fibra. Mas as devoções deixam de ser sacras quando são usadas como entretenimento estouvado e em vão sussurro; creio que permiti-las e inculcá-las às crianças só sirva para aborrecê-las, mesmo de acordo com as ideias de alguém que queira apenas fazê-las bons cristãos. As coisas espirituais, penso, devem ser levadas a sério ou então serem deixadas de lado. Pode ser desdita não pensar nelas, mas zombar é sacrilégio.

De resto, conforme as orientações do padre Pendola e do advogado Ormenta, esforcei-me para sair da costumeira reserva; dediquei uma pequena parte do meu tempo ao estudo, e com os divertimentos e o propósito a coisas maiores e mais altas adormentei na alma a amarga dor que cultivava para o esquecimento da Pisana. Não foi difícil descobrir em meus companheiros aquilo que o padre advertira: uma profunda e geral indiferença com relação à religião, aliás, eram mais comuns as troças, as paródias, os gracejos. Ela teria servido para reavivar em meu coração a fé, se meus primeiros professores tivessem tido o cuidado de acendê-la, mas ninguém pensara nisso; sob esse ângulo pode-se dizer que eu tivesse nascido morto, para me ressuscitar era preciso um milagre que não aconteceu até agora. Entretanto, o desdém que eu tinha pela zombaria me fez crer por algum tempo que eu tivesse essas crenças, que eu sofria tanto ao ver troçadas com tanta frivolidade. A generosidade juvenil me enganou sobre o estado de minhas opiniões, e me fez defender mais os oprimidos do que os atacantes. Contei o que via ao advogado; ele me incentivou a observar melhor, a notar quais ligações tinham aquela anarquia religiosa com a licenciosidade política e moral, a identificar os cabeças da seita, aproximar-me deles, conversar com eles de modo que me abrissem a alma, para saber por onde começar a corrigir, a reparar. Incentivou-me sobretudo a não dar na vista com meu comportamento, a me confundir com a multidão, a responder pouco no momento, limitando-me a perguntar e escutar.

– As ovelhas desgarradas se chamam com carícias – dizia o advogado –, é preciso adulá-las de início, para que confiem em nós, é preciso segui-las antes para que depois venham até nós.

Ele nunca deixava de me convidar para visitá-lo com frequência, e para contemplá-lo com minha companhia para o almoço, mas se eu o contentava com a primeira parte do convite, não estava tão disposto a aproveitar a segunda. Um domingo em que a todo custo ele quisera me reter para almoçar, encontrei uma tal companhia que me fez perde o apetite. Uma velha careca e asmática que chamavam de senhora Marquesa, um velho mendicante meio policial meio padre que bebia muito e me olhava por trás do copo, dois rapazes rústicos, sujos, fortes, que comiam com as mãos e com os dentes, que juntamente com o pequeno santo Antônio e a esquálida e chorosa da dona de casa davam--me a maior melancolia que já senti. O advogado, porém, parecia estar nos sete céus por ter ao seu redor uma tão distinta companhia; notei, entretanto, que ele nunca incentivava o mendicante a beber e os rapazes a comer. Todos seus incentivos eram dirigidos para a Marquesa que não conseguia beber ou comer pela tosse que a torturava. O senhor advogado trinchava com uma perfeição realmente matemática, e conseguiu extrair oito porções de um frango assado; operação que para mim é maior do que a dificuldade da quadratura do círculo. Eu não tinha nem vontade de tocar na comida, e dei minha parte a um dos dois rapazes que não deixou no prato nem sinal dos ossos. O advogado me apresentara aos poucos todos os comensais e depois levou-me para um canto para contar suas histórias. A Marquesa era uma benemérita dona de todos os mais pios institutos da cidade; dizia-se ter uma fortuna de oitenta mil moedas de ouro, e o advogado era seu conselheiro predileto. O mendicante era um veneziano muito amigo do atual prefeito que fazia qualquer coisa que ele desejasse, de modo que era bom adulá-lo por via das dúvidas. Os rapazes eram dois estudantes de Verona que se entregaram como eu à santa causa e se propunham ajudá-lo com todo o zelo. Pena que não tivessem o meu engenho nem as minhas boas maneiras, mas Deus sabia transformar pedras em pão, e com boa vontade se consegue tudo. Eu pensei que se em todas as suas ocupações punham o mesmo zelo que punham em comer, teriam mais necessidade de freio do que de estímulo. Lembrei-me de tê-los encontrado algumas vezes no pórtico da universidade, e me pareceu que não eram os mais exemplares nem os mais modestos que lá frequentavam as aulas.

"Basta! Talvez eles irão atrás das ovelhas desgarradas para fazê-las voltar atrás!", pensei então. Mas apesar disso não tive a mínima vontade de fazer amizade com eles como o advogado me aconselhava, também aceitei com uma reverência o convite feito pela Marquesa para ir algumas vezes às usas reuniões, onde passaria algumas horas distante dos perigos, em meio a gente de bem e com temor a Deus. A reverência queria dizer: "Obrigado, não preciso das suas reuniões!". Mas o advogado apressou-se em responder em meu nome que eu estava muito grato com a cortesia da senhora Marquesa e que corresponderia aparecendo na casa dela o mais frequentemente que minhas ocupações permitissem. Eu estava para acrescentar algum disparate, de tanta raiva por usarem minha vontade. Mas o advogado me acalmou com um olhar, e acrescentou baixinho: – A marquesa gosta muito da juventude, é bom se fazer grato de suas boas intenções e se compadecer de seus defeitos pelo grande bem que pode fazer!

Enfim, apesar dessa boa conversa eu saí da casa do advogado bem deliberado a não comparecer mais aos seus almoços nem às reuniões da Marquesa. Nos dois dias seguintes tive a compensação de achar mais saborosa a sopa do colégio, que com uma libra de pão picado dentro me pareceu um banquete real. Meu quarto pelo menos gozava de um bom sol e eu podia levantar os olhos sem encontrar os olhares felinos do mendicante. Topei com os dois estudantes de Verona alguns dias depois nos corredores da universidade, mas pareciam tão pouco desejosos de falar comigo quanto eu de me aproximar deles. Perguntei sobre eles e soube que eram os mais beberrões e dissolutos da escola. Estudavam medicina há sete anos e ainda não tinham se formado, e desprovidos de dinheiro, viviam de enganar e roubar os outros. Compadeci-me do advogado Ormenta por ser vítima desses glutões, mas quando tentei abrir-lhe os olhos ele me recebeu muito mal. Respondeu que eram calúnias, que se espantava muito que eu acreditasse, e que me dedicasse em descobrir e destruir os vícios dos maus, não em exagerar os defeitinhos dos bons. Comecei a acreditar que a fé do bom advogado fosse muito mais pura do que sua moral, já que se aqueles eram defeitinhos eu não sabia quais seriam os vícios a que estava destinado combater.

CAPÍTULO NONO

O amigo Amilcare desfaz a conversão do padre Pendola e me recoloca no estudo da filosofia. Passo por Veneza onde Lucilio continua a assediar a República e a paz da condessa de Fratta. Minha heróica renúncia em favor de Giulio Del Ponte. Um emaranhado de estranhos acontecimentos em 1794 entrega em minhas mãos a chancelaria da jurisdição de Fratta, onde começo a prestar importantes serviços.

Entre aqueles que o advogado Ormenta e o padre Pendola queriam muitíssimo converter, eu conhecera um que eu detestava mais do que os dois veronenses, meus aliados. Comecei a fazer algumas incursões no campo inimigo por sugestão do advogado, depois passei a fazê-las por minha conta, e por último descobri tanta diferença entre o mal que se dizia daqueles jovens e o que era de fato, que comecei a duvidar da boa-fé do advogado, e da conveniência da tarefa que ele me encarregara. Que eu buscasse paz para as dores que me atormentavam cumprindo deveres mais altos, tudo bem; que eu buscasse esquecer um amor indigno e infeliz apesar de calorosíssimo, elevando a alma na adoração daquelas grandes ideias que são a poesia da humanidade, também não via nada de mal. Mas que a minha obediência a essas grandes ideias devesse se limitar a um fingimento contínuo, a uma espionagem indecorosa, que os meus deveres tão altos, tão sublimes precisassem decair tanto na prática, eu começava a colocar em dúvida. Além disso, havia tentado como o padre Pendola queria, mas não ficara realmente contente. Minha mente se distraíra, mas a alma estava bem longe daquele ideal contentamento que a compensa de qualquer outra mágoa. Em poucas palavras, o cérebro estava ocupado, mas não o coração, e este, preso ao seu amor de antes, e vazio de qualquer outro afeto, aborrecia-me enormemente com suas batidas inúteis. Aos deveres eu me lançara confusamente incentivado pelo ardor alheio, mas depois, seja porque esse ardor fosse fictício, seja porque não encontrara em mim meio de se alimentar, esfriara-se tanto que eu não me conhecia mais como aquele de antes. A contínua manobra de passos compassados, de previsões, de providências, de cálculos, adaptava-se mal a um espírito jovem e impulsivo. Eu aspirava a algo mais vivo, maior, sabia que não era feito para os êxtases ascéticos, e já contei antes o quanto era frágil em questão de fé.

Imaginem quanto esforço fiz para me fortalecer!... Mas o advogado Ormenta, em vez de me ajudar, me contrariava sempre com suas manobras um pouco mundanas demais. Estava certo que a meta fosse alta, espiritual e não sei mais o quê, mas eu a perdia de vista, e ele também só se lembrava dela quando eu lhe perguntava. Um estudante de Treviso, um certo Amilcare Dossi, aproximara-se de mim com muita intimidade; ele possuía um engenho forte e muito ousado, e um coração que não havia ouro que pagasse. Frequentemente conversávamos sobre metafísica e filosofia, porque eu dera com a cabeça naquelas nuvens e não sabia mais me livrar delas; ele já as estudava há bastante tempo e podia me ensinar. Depois de alguns dias percebi que ele era justamente um tipo daqueles que o padre Pendola definia como adversários impiedosos de qualquer idealismo e de qualquer nobre entusiasmo. Colocava tudo em dúvida, pensava sobre tudo, discutia tudo. No entanto, me espantava ver nele um amor pela ciência e um foco na caridade que me pareciam incompatíveis com a árida frieza de suas doutrinas. Acabei falando-lhe desse meu espanto e ele riu muitíssimo.

– Pobre Carlino! – disse ele – Como você é atrasado! Você se espanta que eu tenha um afeto tão violento por essas ciências que vou dissecando à maneira dos anatomistas? É que o amor pela verdade, meu caro, vence todos os outros em pureza e altura. A verdade, por mais pobre e nua, é mais adorável, mais santa do que a mentira camuflada e suntuosa. Por isso, toda vez que me livro de algum penduricalho, algum artifício, o coração me salta no peito e minha mente recebe uma coroa triunfal! Oh, bendita a filosofia em que aqueles mortais, mesmo frágeis e infelizes, nos ensinam que podemos ser grandes na igualdade, na liberdade, no amor!... Esse é meu foco, Carlino, essa é minha fé, o meu pensamento de todos os momentos! Verdade a qualquer custo, justiça igual para todos, amor entre os homens, liberdade nas opiniões e nas consciências!... Qual ser lhe parece maior e mais feliz do que aquele que tende com toda sua força a fazer da humanidade uma só pessoa concorde, sábia e contente o quanto permitem as leis da natureza?... Hoje então, hoje essas ideias se agigantam, e pesam, fremindo na esfera relutante dos fatos, hoje que vejo desvanecer cada vez mais a névoa que a escondia aos olhos dos homens, quem mais feliz do que eu... Oh, essa, essa, amigo, é a verdadeira calma do espírito!... Erga de uma vez aquela fé livre e racional, nem fortunas adversas, nem traições, nem dores poderão turbar a serenidade do espírito. É forte, inabalável em mim, porque creio e confio em mim e nos outros!

Imaginem! Durante essa profissão de fé que respondia tão bem às minhas necessidades, eu ficava de todas as cores. Lembro-me que não tive coragem de acrescentar uma só palavra, e Amilcare pensou que eu não tivesse entendido nada. Mas se não havia entendido, havia tremido. Envergonhei-me por ter hesitado por tanto tempo; tive compaixão do padre Pendola e do advogado Ormenta (os quais, diga-se de passagem, não precisavam), decidi estudar como Amilcare, e finalmente interrogar meu coração sobre o que ele queria exatamente amar. Entrevi pela segunda vez um mundo cheio de ideias altíssimas, de nobres afetos, e esperei que mesmo sem a Pisana minha alma encontraria o fio da vida. Essa mudança das minhas opiniões já estava feita quando revi o advogado Ormenta, e naquele dia, pouco disposto a me comportar bem como de costume, comecei com ele uma meia briga. Ele estava descontente comigo porque eu nunca fora às reuniões da Marquesa que se mostrava, ao que parece, chateadíssima. Por isso, nos separamos um pouco amuados, quando ele disse que a boa causa não sabia o que fazer com servidores condicionados e racionais. Não lhe respondi o que me fervia por dentro, mas corri a Amilcare, e pela primeira vez lhe contei as minhas relações com o advogado, e todo o andamento das coisas desde a prédica do padre Pendola até a discussão daquele dia. Quando contei, ele esticou os lábios como quem não ouve coisas muito agradáveis, e me olhou de um modo que nunca esquecerei. Queria dizer: "Você é ovelha ou lobo!?". Na verdade, eu fiquei tão abalado que por pouco não me arrependi de ter escorregado naquela longa confissão. Mas a dúvida durou pouco; o espírito de Amilcare não era daqueles que conhecedores do mal veem em todas as partes; ele era bom, e logo se refez daquela breve incerteza; a bondade não o fez nocivo, como muitas vezes acontece. Ele me falou da fama que tinha o advogado na cidade; e como ele era considerado um vigilantíssimo ministro da Inquisição do Estado.

– Ah, cão! – exclamei.

– O que aconteceu? – perguntou Amilcare.

Eu não tive coragem de confessar que o espertalhão talvez tivesse me usado como instrumento de suas velhacarias; e a coragem me faltou mesmo quando me contou que a prisão de alguns estudantes um dia antes, a intimação de despejo de alguns outros e as revistas a muitíssimos outros, comumente se atribuíam ao senhor advogado.

– Esse seu padre Pendola deve ser algum inquisidor disfarçado, que se desdobra para ficar no escuro – continuou Amilcare. – Em Veneza ainda estão no século XV e têm medo do século XIX que se aproxima, mas nós, nós, oh não, por Deus, não faremos da fé em que nascemos um instrumento a serviço deles. O bom-senso já não é a prerrogativa de cem famílias de nobres. Todos querem pensar, e quem pensa tem direito de trabalhar para o bem próprio e comum. Muitos nos puseram rédeas, o padre Pendola pode ser aposentado: nós queremos caminhar sozinhos.

Pronunciando essas palavras, Amilcare se transformava completamente, sua fronte alta e elevada, os olhos profundos, as narinas finas e dilatadas, lançavam fogo. Tornava-se ainda maior do que era naturalmente, e parecia que por todas as suas veias corresse uma chama de orgulho e de virtude.

– O que eram os gregos, o que eram os romanos? – continuava ele. – Gente que viveu antes de nós, cuja experiência podemos aproveitar, e foram fortes porque eram virtuosos, virtuosos porque eram livres. Mesmo que a virtude venha da liberdade ou ao contrário, é preciso se arriscar. A tentativa de liberdade será um poderoso e eficaz ensinamento de virtude. O que fez Licurgo para recuperar para Esparta o seu poder? Recuperou-o com as leis, os costumes sólidos. Vamos imitá-lo, vamos imitá-lo! Leis novas, leis válidas, leis universais, claras, severas sem escapatórias, sem privilégios! Lembremo-nos de nossos avós que se chamaram Brutos, Cornélios e Cipiões! A história se repete ampliando-se; a nova ordem nasce da antiga desordem. O bom tempo chegou para a igualdade, para a verdade e para a virtude! A humanidade unificada quer reinar sozinha; nós seremos seus arautos!

Apertei a mão de meu amigo sem dizer nada, mas minha alma estava toda com ele, eu não tinha mais pensamento que não voasse de encontro àquelas imensas esperanças. Justiça, verdade, virtude! As três estrelas que governam o mundo espiritual, e longe delas tudo escurece, todo coração treme ou se corrompe! Eu as via surgir como uma constelação divina em meu horizonte; todo o amor de que eu era capaz tendia para elas com ímpeto irresistível. Mais uma névoa a se desfazer, mais um bater de asas naquele céu profundo e encontraria minha religião, meu coração calmo para sempre. Mas aquela névoa era como as frações infinitesimais que diminuem sempre sem nunca desaparecer; aquela luz estava tão distante que justamente quando eu acreditava roçar sua atmosfera ardente um novo espaço de ar se interpunha entre mim e ela. Muitas vezes depois discuti com Amilcare essas minhas incertezas, e ele me garantia que provinham de erros de meditação; aliás, creio que tê-las olhado de repente sem cansar demais os olhos para querer ver aquilo que não é, tenha me ajudado a descobrir realmente aquilo que era. Justiça, verdade, virtude! Três ótimas coisas, três palavras, três ideias para apaixonar uma alma até a loucura e à morte, mas quem as trazia do céu à terra, para usar a expressão de Sócrates? – Esse era o espinho em meu coração, e então não entendia isso tão claramente, mas doía-me no sangue. Novas instituições, novas leis, dizia Amilcare, formam homens novos. Mas também querer acreditar. Quem nos daria essas ótimas instituições, essas leis excelentes? Não certamente os incapazes e estouvados governantes de então. Quem?... Uma gente nova, justa, virtuosa, sábia; onde e como encontrá-la? Como levá-la à liderança da coisa pública?... Na verdade, eu havia entendido pouco aquela confusão toda, e até acho que com um pouco de razão. Mas naqueles tempos de letargia recém despertada, de enevoamento intelectual e de infância política, qual grande homem de governo teria entendido mais do que eu?...

De modo que eu continuava com meu amor aéreo e absolutamente sentimental, como quem se apaixona por uma mulher vista em sonho. Admirava Amilcare que dava a esses sonhos confiantemente a solidez da realidade, mas não podia imitá-lo. Enquanto isso, os acontecimentos na França precipitavam-se e as grandes novidades de lá, aprimoradas pela distância e pela imaginação juvenil de meus colegas, socorriam a minha desconfiança. Passei a ter esperanças, a esperar com os outros, nesse meio tempo lia os filósofos da Enciclopédia, mais do que todos Rousseau; principalmente o *Contrato social* e a Profissão de fé do Vigário Saboiano[1]. Aos poucos dei na minha mente um corpo àqueles fantasmas, e quando os vi diante de mim vivos e respirando, lancei meus braços ao pescoço de Amilcare, gritando: – Sim, irmão, hoje finalmente acredito! Um dia seremos homens!...

O advogado Ormenta, a quem eu via raramente e cada vez mais taciturno e cauteloso, mandou um dos seus me espiar; soube de meus novos hábitos, minha amizade com o trevisano e adivinhou o resto. O mundo naquela época não corria conforme seus desejos; o pobre homem tinha muito o que fazer; via que eram formigas que se obstinavam cruelmente a segurar uma rocha, e como não conseguia entender, fato é que estava mais desvairado do que nunca. Mas não quis desistir de nenhuma ilusão; continuou me bajulando para talvez conseguir da minha ingenuidade o que antes tinha da minha obediência. Avisado por Amilcare, eu estava alerta, e por minha vez espiava a fisionomia do advogado como um barômetro do tempo. Quando o via murcho, humilde, anuviado, corria para fazer algazarra com os colegas; e fazíamos alegres brindes à liberdade, à igualdade, ao triunfo da França, à república e à paz universal. O vinho custava pouquíssimo, e com os três ducados da mesada

1 Famosa passagem do livro IV de *Emilio ou a Educação*, de Jean Jacques Rousseau, quase um livro dentro do livro.

que me dava o Conde eu conseguia participar das ágapes daqueles líderes depravados. Esse entusiasmo político e filantrópico podia ocupar o espírito de um jovem como eu era, não a religião intrigante, mundana e maliciosa do senhor advogado. Talvez o puro evangelho de caridade e santidade teria conseguido me satisfazer, mas de todo o modo o passo estava dado. Tornei-me um discípulo de Voltaire, batalhador e fanático. Fiquei mais à vontade do que nunca para falar, para discutir com meus colegas de estudo, e ser mais parecido com eles me fez julgá-los menos frouxos e desprezíveis. Fato é que as ideias se inflamam, e que a vida comum do pensamento sufoca ou atrai o egoísmo privado. Disso vem que o egoísmo inglês é profícuo para a nação, apesar de comum e poderoso; em outros países, entretanto, a caridade é inútil por ser casual e desprendida. De modo que aquela juventude em um ano fizera um grande salto: ainda fervilhavam as paixões, as antipatias, as preguiças de antes, mas o vento que soprava do ocidente elevava as mentes para fora daquele círculo deplorável. No fundo, talvez o medo, o vício, a inércia, ainda campeassem, mas acima havia a fé, capaz de grandes coisas, apesar de momentâneas, em índoles assim. Basta, eu me contentava, e por outro lado, depois de conhecer muito bem Amilcare, eu me convencera de que todos eram iguais a ele, o que não era mau. Como todos os juízes que não têm barba no queixo, eu pecava num extremo como no ano anterior pecara no outro: absolvia como inocentes aqueles que outras vezes havia condenado à morte. Amilcare me cativava com seu ardor de fé, de entusiasmo, de liberdade, com seus hábitos calmos, alegres e audaciosos; como ele, o sentimento que não fosse consagrado ao bem da humanidade me parecia um sentimento inútil.

Eu não me lembrava de ter vivido antes disso; a Pisana me parecia uma criatura muito pequena, como se vista em um vale dos cumes azulados e puros de uma montanha; com frequência ela saía realmente da minha mente, já que meu coração encontrara o que amar no lugar dela. Porém, como eu estava sozinho, havia em meu espírito uma separação de dois elementos diferentes, que misturados violentamente compunham quase que um só, mas depois de acalmados voltavam cada um para seu lugar. A fé na virtude, na ciência, na liberdade surgia pura e ardente cantando hinos de esperança e alegria; a lembrança da Pisana se retirava para um canto resmungando e se irritando em segredo. Então eu saía para esquecer esses sentimentos; me entusiasmava artificialmente e falava tanto, que muitas vezes conseguia. Mas para que isso acontecesse espontaneamente era necessária a companhia e o exemplo de Amilcare.

Todavia, o rumor dos exércitos franceses crescia às portas da Itália, com eles ressoavam grandes promessas de igualdade, de liberdade; evocavam-se os espectros da república romana; os jovens cortavam os cabelos para imitar o penteado de Bruto; em todos os lugares havia um frêmito de esperança que correspondia às ilusões cada vez mais próximas e vitoriosas. Amilcare parecia louco; gesticulava, gritava, pregava nos grupos mais turbulentos, nos cafés e nas praças. O advogado Ormenta ficava cada vez mais pálido e carrancudo, creio que também estivesse zangado com a Marquesa, que nunca se decidia a morrer. Eu, nas raras visitas, caçoava dele. Um dia, ele me falou com um certo sabor amargo da minha amizade com um jovem trevisano e me advertiu quase zombeteiramente que se o queria bem deveria avisá-lo para ser menos leviano em suas falas. Nessa mesma noite, Amilcare com muitos outros estudantes foi preso e levado para Veneza por ordem dos Excelentíssimos Inquisidores; creio ter me safado porque esperavam me assustar e talvez me recuperar. Mas a covardia, graças ao céu, nunca foi do meu temperamento. Do que aconteceu ao meu amigo senti tanta dor que me fez odiar três vezes mais os seus inimigos, e inflamou mais do que nunca nossas esperanças comuns. E já que a realização delas dependia de sua saúde, minha impaciência não teve mais freios.

Só o tempo se encarregou de me acalmar. Aos primeiros ímpetos sucedeu-se uma trégua longa e suspeitosa. As alianças continentais tinham se reforçado; a França se retraía, como o tigre, para um salto mais feroz, mas fora acreditava-se em um desalento fatal. A Sereníssima fazia pactos com todos, sofria e se arranjava; os Inquisidores sorriam ao verem se desfazer um temporal que fizera tanto barulho; sorriam, agarrando com as unhas os infelizes que haviam apostado no granizo e nos raios enquanto tudo indicava um novo serenar de bonança. De Amilcare e de muitos outros que o precederam ou seguiram nos cárceres, não se falava mais; somente se murmurava que a Legação Francesa cuidava deles e não deixaria que os sacrificassem. E se a próxima campanha fosse um infortúnio para a França? Eu tremia só de pensar nas consequências.

Uma manhã, chegou-me uma carta tarjada de preto. O senhor Conde me participava a morte de seu chanceler, acrescentando que em quase dois anos de estudo eu pudera aprender bastante, que podia fazer o exame quando quisesse, e que corresse a ele para dirigir a chancelaria. Não sei dizer o que senti ao ler aquela carta, mas creio que no fundo estivesse muito contente que a necessidade me chamasse para perto da Pisana. Sem Amilcare e sem a esperança de revê-lo logo, Pádua me parecia uma tumba. Minhas esperanças se dissipavam cada dia mais; a impaciência juvenil uma vez desiludida transforma-se facilmente em desencorajamento; e o rosto alegre e triunfal do advogado Ormenta voltava a me irritar. Mediante uma recomendação do senador Frumier fiz os exames do segundo ano com bom resultado e depois parti de Pádua tão perturbado e confuso que meu cérebro não atinava em mais nada. Mas sabia que seria difícil sair de lá sem esclarecer melhor o que houvera com Amilcare, e confiando no patrocínio da Condessa e de seus nobres parentes esperei descobrir algo em Veneza. Então pedi o conselho de meus poucos ducados que me permitiram aquele breve desvio se eu usasse maior parcimônia. Fiz minha trouxa e embarquei para Veneza, por educação antes fui me despedir de Ormenta.

– Ah, boa viagem, querido! – disse-me ele. – Pena que não tenha ficado conosco o ano todo; você é astuto, e voltaria para me visitar mais vezes, talvez até senhora Marquesa o teria incluído em seu círculo. Recomende-me ao padre Pendola, querido, e confie nos velhos de antigamente. Os jovens acreditam demais e o farão fazer maus negócios!

Agora entendo o que queria dizer o advogado, mas ele me considerava uma raposa gulosa e avara como ele, na época não entendi nada. Mas precisei, a seu pedido, beijar o rosto daquela criança suja, que como de costume estava no vestíbulo com sua roupa preta e fedorenta. Esta cerimônia tornou duas vezes mais agradável minha partida de Pádua, e de resto, deixava à sorte o encargo de ser digno chanceler um rapazote de nem vinte anos.

Chegando a Veneza, não perdi tempo admirando São Marcos, nem passeando pelo cais, e depois de deixar minha trouxa em um albergue corri ao palácio Frumier. Meu Deus, como encontrei mudada em poucos anos a Condessa! Tornara-se mais sombria, mais má de fisionomia; seu nariz havia se recurvado como o de um falcão, os olhos brilhavam com um fogo esverdeado que não augurava nada de bom e no vestir mostrava um descuido quase asqueroso. Não tinha mais fitas rosas nem rendas na touca; os cabelos grisalhos atulhavam despenteados sua testa e suas têmporas. Por isso, confesso, nem mesmo a piedade de Amilcare pôde me fazer tentar alguma coisa por aquele lado. Disse que viera a Veneza para cumprimentá-la e acho que usei uma ótima desculpa para parecer agradecido, mas ela me respondeu um obrigado tão grosseiro que todas minhas forças caíram abaixo dos joelhos, e saí daquela sala sem ver a hora de estar na rua. Porém, chegando ao vestíbulo, me recompus e voltou-me o desejo de ver a condessinha Clara e me abrir com ela. Justamente enquanto eu me voltava para procurar um criado que me levasse a ela, eis que ela mesma veio ao meu encontro, pois soubera da minha chegada e não queria me deixar partir sem me cumprimentar. Tanta cortesia me comoveu e me deu ânimo. A pobre Condessinha estava tal qual eu a vira da última vez, mas mais pálida, mais séria, e com dois círculos vermelhos ao redor dos olhos que denotavam o hábito do pranto ou de longuíssimas vigílias. Mas esses sinais de dor, em vez de diminuir a familiaridade, acrescentavam o incentivo da compaixão. Portanto, me abri com ela, contando-lhe de meu amigo e expondo o desejo de saber pelo menos porque o mantinham na prisão, e quando esperavam soltá-lo. A Condessinha perturbou-se muito ouvindo o caso de Amilcare, e a causa provável de sua prisão; duas ou três vezes esteve para me sugerir algum expediente, mas depois se retraía suspirando. Finalmente, o espetáculo da minha dor a venceu e me disse que em Veneza havia uma pessoa que devia saber isso melhor do que todos, que eu a conhecia, que eu devia procurar o doutor Lucilio Vianello, que certamente me diria o que eu desejava saber sobre o jovem trevisano. Mas me disse isso enrubescendo, pobrezinha, e recomendando para não contar aos outros esse seu conselho; quando lhe perguntei onde poderia encontrar o doutor Lucilio, respondeu-me não saber de nada, mas que ele não deixaria de aparecer de vez em quando na Praça, onde então era, como agora, o grande ponto de encontro de todos os venezianos.

De fato, depois de me despedir, agradecendo muito sua bondade, e plantando-me na Praça, esperei andando de lá para cá até que dei de cara com o senhor Lucilio. Os ciúmes não me giravam mais na cabeça, e cheio de zelo pelo maior bem de Amilcare aproximei-me dele resolutamente. Ele demorou a me reconhecer, ou fingiu que não me viu, mas depois me tratou com mil gentilezas, perguntou dos meus estudos, da minha vida, e por último perguntou se eu tinha visto a Condessa e sua filha. Contei-lhe tudo, e como as encontrei. Ele então me contou que a Condessa se entregara desenfreadamente à paixão pelo jogo, como usavam as damas venezianas de então; que todos os dias perdia grandes somas de dinheiro, que os usurários estavam atrás dela, que ela só pensava em reaver o que perdera, com riscos mais graves e perigosos. Seu temperamento piorara; tiranizava a filha mais do que nunca e fazia sete meses que a pobrezinha só saía de casa para ir à missa em São Zacarias, onde ele a via uma vez por semana. Depois desaparecia como uma sombra, e não a deixavam nem chegar à janela porque lhe haviam destinado um quarto interno do palácio. Ele nunca conseguira chegar até elas, apesar da grande fama que conquistara em sua profissão e que lhe abrira as salas mais respeitáveis da nobreza. A Condessa era inexorável e ele sabia de fonte segura que estava em tratativas com as monjas de Santa Teresa para que Clara fosse aceita por elas como noviça; o único obstáculo era o dote, pois a Condessa era capaz de pagar no momento não mais da metade, e segundo a regra só podiam aceitá-la depois de todo o pagamento. A jovem se curvaria aos desejos da mãe, e se esse sacrifício ainda não estava consumado, era por essas diferenças de interesse. Ele só esperava que ela não obedecesse quando quisessem fazê-la professar, e que não se apartasse do mundo com a barreira insuperável dos votos. Lucilio me contava isso com a raiva forçadamente reprimida de quem não pode vencer uma oposição julgada frívola e ridícula, mas no final sua cabeça se erguera, percebia-se que ele não perdera nada da antiga coragem, que ainda esperava, e suas esperanças não eram sonhos. Seu espírito vigoroso e prudente não podia se aquietar em vãs ilusões, por isso a segurança que vi em suas últimas palavras deu-me alguma confiança. Então, vendo-o mais tranquilo, contei-lhe a razão de tê-lo esperado tanto, não deixando de dizer, talvez com um pouco de astúcia, que a própria Clara me endereçara a ele. Pareceu então que muitas memórias confusas lhe passassem pela cabeça, e voltou a me olhar como se aquele fosse o primeiro momento em que me via.

– Há quanto tempo você não tem mais notícias do padre Pendola? – perguntou sem nada responder à minha pergunta.

– Oh, há muito tempo! – respondi com algum espanto por ser interrogado daquele modo. – Creio que eu e o reverendo padre não nos entenderemos mais, e que ele no mínimo não está contente comigo.

– Ele não havia lhe dado alguma recomendação em Pádua? – perguntou Lucilio com ar distraído.

– Sim, certo – acrescentei –, para um certo advogado Ormenta que realmente me deixou louco, e faz poucos meses soube que dizem que ele é espião dos Sereníssimos Inquisidores.

– Bem, bem, deve ser, mas não diga essas coisas em voz alta aqui em Veneza, o seu amigo deve ter caído em más águas justamente por isso.

– Oh sim, é bem fácil! Ele falava tão alto que se ouvia de um lado a outro da cidade e não fazia mistério das suas opiniões.

– De fato, foi recompensado, como você vê, pela sua sinceridade, mas acalme-se que ele e seus colegas estão, creio, sob a proteção da Legação Francesa, e não sofrerão qualquer mal.

– O senhor está bem certo disso? Mas se a França for invadida pelos aliados, se...

Lucilio me cortou a palavra na boca com uma risada, e eu o olhei um tanto espantado.

– Sim, sim, olhe para mim! – acrescentou ele. – Eu ri da sua inocência. Você também acha, como os jornalistas da Alemanha, que a França esteja exausta, discorde e que deixará o primeiro que aparecer colocar os pés no seu pescoço!... Continue olhando meu rosto!... Eu sou só um médico, mas garanto que vejo muito mais longe do que todos esses politiqueiros de toga e peruca. A França já não está mais somente na França: está na Suíça, na Holanda, na Alemanha, no Piemonte, em Nápoles, em Roma, aqui! Aqui onde você e eu falamos. Ela sabe disso e se retrai, para atrair as forças ativas dos inimigos e se desembaraçar deles bem rápido com um par de golpes, deixando livre o arranque aos amigos, aos irmãos daqui!... Veja, por hábito eu lhe recomendava a pouco para falar baixo, e agora grito e não me preocupo. É porque, veja, já não tenho medo e não se corre nenhum perigo. Você pode contar o que eu lhe disse ao advogado Ormenta e também ao padre Pendola, que não me importaria nada mesmo.

Dizendo isso, Lucilio me olhava com olhos faiscantes e severos, tanto que fui obrigado, contra meu costume, baixar os meus. Mas talvez ele tenha tido pena do meu atordoamento e me ajudou a me levantar.

– Quantos anos você tem? – perguntou.

– Logo terei vinte.

– Só vinte? Ânimo então. Você era uma criança e pensavam em lhe colocar uma venda, mas espero que você não se deixe enganar ou que se arrependa enquanto houver tempo. Portanto coragem; você me confessou que sua amizade por Amilcare e o seu interesse em me procurar por ele é resultado de conselhos alheios, não um seu espontâneo sentimento...

– Oh, quem você acha que poderia ter me mandado aqui!?

– Quem? O padre Pendola, por exemplo, ou o advogado Ormenta!

– Eles? Nada disso. Creio que eles não gostam nem um pouco da minha familiaridade com esse jovem; foi por causa dele que me desapontei com eles e com suas tramóias frívolas e desonestas.

– Tramóias frívolas? Nem tanto, meu rapaz. Desonestas podem ser, mas não precipitemos os julgamentos, pois quem defende o pão de cada dia tem muitos e muitos direitos. Você acha que o reverendo padre e o digno advogado seriam pessoas respeitáveis e de relevo se viesse um bom vento de justiça que jogasse por terra, sim, que jogasse por terra, todos os privilégios da nobreza e das irmandades?... Eles trabalham para o bem delas, como outros para si mesmos: não sei o que dizer!

Espantei-me muito com essa maneira de ver de Lucilio; um ódio aberto me parecia melhor do que essa fria, calculada, inimizade; e acho que meu amigo trevisano pensava mais diretamente do que o doutor de Fossalta. Só me esquecia que nele a juventude se arrefecera e o sentimento se endurecera em profunda convicção.

– Mas falemos de você – continuava ele –, penso que a condessinha Clara o tenha mandado a mim e não ao advogado Ormenta. Se assim é, fique tranquilo, seu amigo Amilcare está mais seguro em sua prisão do que eu e você na Praça. Diria até que no Colégio dos Sábios, que se fosse sábio tiraria proveito desse juízo. Repito, tem gente que vela por ele, e não há perigo que se percam jovens tão preciosos. Entretanto, você não deve se deixar enredar pelo padre Pendola. Por caridade, Carlino! Você era um rapaz de mente e muito mais de coração. Não estrague tudo. Agora o deixo para fazer algumas visitas nesta casinha de pobres diabos. O que você quer? O amor das pessoas é a melhor paga do médico. Mas se você ficar em Veneza, procure-me no hospital onde estou sempre até às dez da manhã.

– Obrigado – disse-lhe –, se me garante mesmo que Amilcare...

– Sim, garanto que não lhe acontecerá nenhum mal. Mais alguma coisa?

– Então obrigado e meus respeitos. Parto hoje mesmo.

– Cumprimente por mim o Conde, a Condessinha, os nobres Frumier e meu pai se o vir – acrescentou Lucilio. – Cumprimente também Fratta e Fossalta! Quem sabe se verei de novo estes dois vilarejos!

Abraçou-me e me deixou, creio que com mais estima do que quando me encontrou. Pensando mais tarde, pareceu-me que lhe tivessem falado de mim coisas não muito honrosas, e a seguir soube que ele acreditava que eu vendera alma e corpo ao padre Pendola. Mas a ingenuidade da minha confissão o dissuadira desse juízo irrefletido, sem contar que minha juventude o fazia esperar que eu não estivesse tão envolvido na impostura, como pretendiam. De qualquer modo, embarquei com minha trouxa para Portogruaro, minha mente teve com que trabalhar sobre a conversa que tivera com Lucilio, principalmente a autoridade que havia em suas palavras, em sua postura, me pareciam mais estranhas do que admiráveis. Um simples médico, um jovem do interior recém transplantado para Veneza falava e sentenciava daquele modo! Arvorar-se quase como árbitro dos destinos de uma república, senão como árbitro, como juiz e profeta!... Parecia-me um pouco comédia! Eu fora escarnecido? Minha inexperiência lhe dera ocasião para zombar saborosamente de mim? Quase me recriminava por ter abandonado Amilcare a tão insuficiente fiança; é verdade que nada mais eu poderia tentar por ele, mas duvidava que aquela confiança fácil demais fosse por causa de pouco ânimo e de preguiça. Reconfortava-me pensar que Lucilio nunca fora um fanfarrão, e que por engenho e por estudo estava tão acima dos outros homens que me dava o direito de considerá-lo superior a estes em previsão e poder. Que ele estivesse secretamente ligado à Legação Francesa eu ouvira falar até em Portogruaro no outono anterior; e algumas palavras suas agora tinham me confirmado a verdade desses boatos. Essas relações talvez permitissem que ele soubesse e visse nas coisas mais dentro do que os outros, e no final das contas não via motivo para ele se divertir zombando de mim. Estas considerações, junto ao respeito instintivo que eu nutria por Lucilio e a nenhuma ilusão de poder ajudar Amilcare por alguma outra via, fizeram com que eu me acalmasse com o que conseguira; aliás, aos poucos deixei de me preocupar com a sorte de meu amigo para pensar na minha. À medida que me afastava das lagunas para entrar naquele labirinto de rios, escoadouros e canais que unem Veneza ao baixo Friuli, obscureciam em minha mente os acontecimentos do último ano, e aqueles vividos antes voltavam com o coleante brilho dos sonhos. Parecia que a barca em que eu estava me levasse para o passado, e que cada golpe de remo destruísse um dia da minha vida, ou melhor, me reconquistasse um dos dias passados. Nada predispõe mais à meditação, à tristeza, à poesia do que uma longa viagem através dos paludes em pleno verão. Os imensos horizontes de lagos, lagoas, mares, rios, inundados diversamente pela íris da luz; as verdes selvas de caniços e ninfeias em que o esplendor das cores disputa com a força dos perfumes para seduzir os sentidos, já exausto pelo ar pesado e ventoso; o céu tórrido e brilhante que se curva imenso acima, o frêmito contínuo e monótono de todas as coisas animadas e inanimadas naquele esplêndido deserto transformado por magia da natureza num efêmero paraíso, tudo isso coloca na alma uma sede inesgotável de paixão e um sentimento de infinito.

Oh, a vida do universo na solidão é o espetáculo mais sublime, mais indescritível que fere o olho do homem! Por isso, admiramos o mar em sua eterna batalha, o céu em seus tempestuosos enevoamentos, a noite em seus fecundos silêncios, em suas estivas fosforescências. É uma vida que se sente e parece nos comunicar o sentimento de uma existência mais vasta, mais completa do que a humana. Então não somos mais os críticos e os legisladores, mas os olhos, os ouvidos, os pensamentos do mundo; a inteligência não é mais um todo, mas uma parte; o homem não pretende mais compreender e dominar o universo, mas sente, palpita, respira com ele. Assim eu me entregava a essa corrente de sonhos e pensamentos que me levava carinhosamente às felizes memórias da infância. O exilado de cabelos brancos que volta ao lar depois de ter desfrutado seus dias em terra ingrata e estrangeira certamente não ficaria mais feliz e comovido do que eu estava então. Entretanto, era uma postura cheia de melancolia, porque a aparição nos crepúsculos da memória de uma alegria passada assemelha-se à visita noturna de um querido defunto, e nos convida à volúpia das lágrimas. Eu recordava, esquecia e sonhava; recordava as alegrias do menino, esquecia as dores da adolescência, o arrependimento do jovem, e sonhava um retorno alegre e feliz às margens encantadas de Alcina[2], de onde uma vez expulsos, em vão se tenta alcançar de novo. Quem depois de alguma ausência não ousou fingir sua amante transformada por milagre na amante ideal dos sonhos, na criatura de nosso coração e de nossa poesia?... Fantasias infantis sem verdade e sem fé das quais a mente se enamora e a esperança, o amor e cada um dos tesouros da alma se dissipa enfeitando vagamente uma boneca imaginada. Na época, eu embalava a minha Pisana; só via seus longos cabelos, seus doces olhos, seus sorrisos de anjo; dela menina recordava a graça, o engenho, a piedade e a voz suave e acariciante; depois a via crescer em orgulho e beleza; recordava seus gestos magnânimos, seus gestos altivos, seus beijos de fogo; sentia seu braço tremer debaixo do meu, via seu peito se encher a um olhar meu e os seus olhares... Oh! Quem poderia descrever como ela soubera me olhar, e como eu recordava então, e ainda recordo, a linguagem celeste daquelas pupilas encantadoras! Como recordar um só daqueles lampejos de amor e também das nuvens que os ofuscavam? Não, sua alma, a parte mais bela e espiritual dela que vivia naqueles olhos, não se sujou na lama da culpa. Não, o homem não é um dispositivo mecânico que produz humores e pensamentos, mas é realmente uma mistura de eterno e de temporal, de sublime e de obsceno, em que a vida, às vezes distribuída uniformemente, se condensa nessa ou naquela parte para transformá-lo em herói ou animal! Uma parte divina resplandecia nos olhos da Pisana, e sempre permaneceu pura por ser sem pecado. Por isso aquela paixão violenta, imortal, completa que ela soube me inspirar; e

2 Alcina é uma feiticeira, personagem de *Orlando furioso*, de Ludovico Ariosto, que com outras duas irmãs habita uma ilha encantada.

que nenhuma ilusão de beleza, nenhuma lisonja de sentido teria podido prolongar além de sua tumba no coração de um velho octogenário. Eu adorava, desculpava o espírito escravo e ingrato, mas sempre dolente e ressuscitado de seus longos torpores.

Em Portogruaro, essas minhas fantasias precisaram fazer uma grande cambalhota. Todos falavam das estranhezas da Pisana; até sua tia me pediu para que eu desse um jeito com meu bom senso, já que o Conde, pelo que lhe haviam dito, não se intrometia em nada. Ela até o havia aconselhado colocá-la em sua casa, mas ele respondera que a menina não queria de jeito nenhum, e assim se deixava levar pelo nariz pela filha com gravíssimo prejuízo da sua reputação.

– Ouça, Carlino – disse-me ela –, se pode ser pior. Raimondo Venchieredo está sempre obstinadamente ao redor dela; ela o tem como cúmplice, com cem mil dengos que é uma verdadeira indecência de ver, mas depois quando ele veio pedi-la seriamente em casamento, pois já tem dezoito anos e poderia pensar nisso, ela declarou solenemente que nunca o tomaria por marido e que a deixassem em paz. Dizem que ela alimenta um amor mais antigo por Giulio Del Ponte, mas não se entende porque ela maltrate sempre esse jovem e iluda o outro que rejeitou. Além disso, Giulio é quase pobre, e tão mal de saúde que dizem que não chegará até a próxima primavera!...

– Como? Giulio está nesse extremo? – exclamei.

– Sim, pobrezinho – acrescentou a dama –, e para dizer a verdade quase seria melhor que se fosse, para não atrapalhar alguma boa colocação da Pisana, como o doutor Lucilio fez com Clara. Ela ao menos era calma, razoável, cristã, e foi possível impedi-la de fazer despropósitos. Mas esta?... Hum! Não espero nada dela, e temo que queira ser a desonra da família.

No momento, me esqueci da Pisana para me lembrar de Giulio; e digo em meu louvor que as tristes notícias de sua saúde me desolaram. De fato, na última vez que o vira, havia notado sua palidez mais sombria do que o habitual, e uma dificuldade para respirar que lhe cortava ao meio as palavras. Mas atribuía a isso unicamente as mágoas e as inevitáveis batalhas de um amor pela Pisana, aliás, quase vendo em suas penas a minha vingança me deleitava barbaramente. Depois do mau prognóstico da Frumier, comecei a entender melhor e a temer que ele não fosse a primeira vítima da índole fervorosa e desenfreada da menina; me compadeci de sua desventura e mais talvez do crime que mancharia a consciência de quem o matava daquele modo, sem misericórdia e sem pensar. As culpas daqueles que amei sempre tiveram a virtude de me afligir mais do que as minhas próprias dores; creio que naquele tempo teria perdoado a Pisana seu amor por Giulio, desde que ela lhe devolvesse com isso a saúde e a vida. Infelizmente, pude verificar que os medos da Frumier não eram ilusão. Na mesma noite vi a Pisana em Portogruaro; amorosa, tímida, taciturna comigo, como quem tivesse necessidade de amor e de piedade; amável e provocadora com Venchieredo, indiferente e zombeteira com Giulio. Raimondo esquecera a recusa de Clara, e as amabilidades da Pisana traziam-no de volta à casa Frumier, onde talvez esperasse se refazer conquistando um bocado mais saboroso e desejado. E o fato disso lhe escapar, só havia lhe atiçado cada vez mais o desejo, pois a Pisana, mesmo rejeitando-o como marido, aceitava-o, acariciava-o como galanteador. O jovem desarvorado, se podia obter de contrabando o que tentara ter legalmente, considerava-se o mais astuto e feliz dos homens, e o comportamento da Pisana dava mais pretexto do que ilusão. Se vocês tivessem visto qual era nessa situação o estado comovente do pobre Giulio, poderiam entender como a piedade calou em mim até o interesse do amor. Algo quase inacreditável! Eu detestava o Venchieredo não por mim, mas por Giulio; eu sentia ciúmes da Pisana mais por ele do que por mim, e o espetáculo daquele jovem, cheio de ânimo, de coração, de engenho que se desfazia dolorosamente pelo câncer secreto e inexorável de uma paixão infeliz, quase colocava em meu coração um remorso pelo ódio que outras vezes lhe tivera. Pareço-lhes bom demais?... Não é o caso: eu era assim. A longa escola de abnegação e de paciência, ao lado da Pisana, me granjeara uma piedade quase heroica para com os infelizes. Dei prova disso logo depois com a minha conduta, que pode ser taxada de tola, mas certamente receberá alguns elogios por coragem e por generosidade.

Venchieredo carregava consigo toda a pompa da felicidade. No rosto, nos gestos, no vestir, no falar via-se o jovem contente de si, que nada tem a desejar, e que só pode pensar na própria alegria, de tão grande e forte que é. O contentamento embelezava suas faces com uma chama rósea e viva, tornava seu corpo esguio e leve, fácil e colorida a sua palavra. Via tudo belo, tudo bom, tudo encantador; todos lhe faziam festa, porque o espetáculo de uma grande felicidade consola os homens com a confiança de um dia ou outro também poderem alcançá-la. Pisana era toda dele; tremia e baixava os olhos aos seus olhares, sorria ao som de sua voz, seguia-o em cada movimento. Como eu a vira menina para Lucilio, agora a via donzela para Raimondo; a mesma perturbação, a mesma veemência não contida pelo pudor nem pelo medo, e um encanto de volúpia mil vezes aumentado no pleno esplendor de sua beleza de dezoito anos. Eu a amava desesperadamente para mim, a odiava pelo impiedoso martírio a que ela condenava o pobre Giulio, a desprezava pela sua pérfida idolatria a um rapazote frívolo e dissoluto como era Venchieredo. Não sei qual anseio eu sentia no coração de machucá-la, de ultrajá-la: envaidecia-me de ainda a amar e poder dizer, todavia, que a cederia a outro para salvar sua vida! Ela, no entanto, seguia adiante cega como um carrasco. Cega! Creio que sua desculpa era de que ela não visse nada, não percebesse nada. Suas paixões sempre foram tão excessivas que a impediam de discernir qualquer coisa fora delas. Ver a alma dilacerada de Giulio se debater em um corpo magro e consumido para ainda lutar, para se defender até a morte contra o fácil e sereno predomínio de Raimondo, causava lágrimas nos olhos. O fogo das pupilas, o esplendor do espírito que antes se filtrava em seu rosto desaparecera; com isso sua beleza se apagara, porque ele não possuía outra; até a majestade da palidez parecia suja pelas manchas escuras e esverdeadas acusadas pelo sangue corrompido pela bile. Parecia um doente de pelagra, e a vergonha do próprio aspecto tirava toda a coragem de seu olhar, toda a segurança de suas palavras. O brio, já mitigado pelo amor vencido, forçava em vão o tampo sepulcral do desespero. Brilhava descontínuo como um fogo fátuo de cemitério e o esforço de vontade que o acendia momentaneamente recaía pouco depois num abatimento maior. Havia agradado por isso; por isso fora amado; sem isso devia perecer; ele sabia e se enfurecia por não poder avivar pelo menos um fúnebre lampejo com as cinzas de sua alma. Morrer brilhando era sua única esperança de amor e de vingança, mas quanto mais se obstinava, menos o engenho amortecido pela doença e pela paixão lhe obedecia. Fiquei consternado pelos últimos esforços de uma alma moribunda que entre as ruínas de um corpo feito para ela como um sepulcro, ansiava invejosamente aquela parte de bem que fora sua e que lhe era roubada por uma força jovem, arrogante e despreocupada. Parecia-me ver Lázaro agonizante de fome, que pede aos ricos as migalhas de suas mesas e só obtém escárnio e repulsa[3]. Mas se ao menos fosse assim! Giulio encontraria uma última alegria no desabafo de uma ira justa e magnânima; morreria com a certeza de que suas palavras, para vingar sua desgraça, ressoariam eternamente na alma da perjura. Mas nada disso: a Pisana não tinha olhos nem ouvidos para ele: ele morria gota a gota, sem se iludir que o gemido de sua maldição perturbaria por um instante a felicidade do sorriso dela!

3 Cf. Lucas, 16, 19-31.

Durante aquela longa noite acumulei no coração tanta compaixão por aquele coitado, que aleguei ao Conde algum pretexto para ficar em Portogruaro, e o deixei partir sozinho com a Pisana, que não se espantou pouco dessa minha extravagância. Talvez a tenha atribuído aos ciúmes e me lançou uma olhadela que podia ser de conforto ou de gratidão, mas eu tive asco, voltei-me rapidamente, e deixando Venchieredo a olhar a carruagem que se distanciava, tomei Del Ponte pelo braço e o levei para longe daquela casa. Ele me seguia de má vontade, ofegava como um náufrago que está para perder a última tábua, e mantinha obstinadamente a cabeça voltada para observar o contentamento do afortunado rival.

– Giulio, o que está fazendo?... – disse, sacudindo-o. – Volte a si! Abrace-me! Você ainda não me cumprimentou!...

Olhou-me quase alheado, depois, quando chegamos no escuro de uma rua remota, colocou os braços ao redor do meu pescoço sem falar nem chorar. E assim ficamos. Ele triunfante e feliz não me percebia infeliz e humilhado; deu-me a mão em um gesto de despedida, quase de proteção e de piedade; eu não quisera nem pudera apertar a mão de quem roubava a riqueza da minha alma. Oh, o quanto mudados nos reunia o destino! Eu sob o peso de um duplo desengano tivera a coragem de me compadecer dele mais do que de mim mesmo, ele que decaíra da rica indiferença do triunfo à mendicância da desventura, ele tão cruel e nocivo contra mim um ano antes, quanto agora o era contra Raimondo.

– Giulio, o que está fazendo? – tornei a dizer, levantando-lhe o rosto. – Você quer adoecer e consegue isso por força de ser rigoroso e impiedoso com você mesmo.

– Quero adoecer?... Não, não, Carlo – respondeu ele com voz débil e lancinante –, quero me curar, quero viver! Quero que a juventude volte a florir no meu rosto, que as alegres imagens voltem a se colorir na minha mente, que a alma volte a desabrochar como os botões de rosa ao sopro primaveril, e que transborde em alegres conversas, em ditos espirituosos, em cânticos radiantes de amor e de poesia! Quero que a luz expulse do meu rosto as trevas da melancolia, e o belo sol da vida reanime estas feições pálidas e murchas! Será um milagre, será um triunfo. Quem tem no rosto a altiva e vulgar beleza da carne, quando a perde deve esperar seu retorno depois de uma longa e incerta convalescença, mas quem tem o rosto resplandecente pela chama interna do espírito pode reaver em um momento a luz encantadora de antes. A alma não está sujeita à lentidão da medicina, nem a paixão tem o andar pesado e compassado da doença; ela definha e robustece, ela morre e ressuscita! É veneno e bálsamo ao mesmo tempo. Vi acontecer cem vezes, senti por experiência própria, ainda vou provar!...

Ele falava com ênfase febril, as palavras se acumulavam em seus lábios, entrecortadas e confusas; via na mente um vestígio do antigo esplendor e não queria perdê-lo, mas lhe faltava o fôlego e a respiração convulsa, aflita, se agitava em meio ao tumulto de pensamentos, de esperanças, de ilusões, como um guerreiro ferido de morte entre fantasias de glória e delírios de comando.

– Acalme-se, Giulio! – acrescentei, não sei se mais apiedado ou espantado com aquela agitação. – Note que você tem na alma mais do que o necessário para viver, mas a excessiva vitalidade o oprime, você precisa reprimi-la. Eu conheço o seu mal, e também conheço o remédio. Sei que você ama desesperadamente, como se ama a mulher que despertou nosso amor e enfeitiçou nossa fantasia com as alegrias mais doces que o próprio amor e a volúpia podem preparar juntos! Mas quando esse amor se tornou um tormento, o que se faz para sarar? Estudar suas origens, olhar mais a fonte em nós mesmos do que nos outros. Foi um engano, foi um erro, só isso. Levante-se e terá o ensejo de colher esse amor de novo, se você for digno!...

– Entendo – disse ele amargamente –, entendo, meu amigo, o que você me pede. Você acha que eu também não o conheço?... Perdi-o de vista, mas logo percebi que você também amava a Pisana. Imagine se eu ia me preocupar com um menino!... Agora que você está grande, forte, robusto, pretende exigir os seus direitos, e é mais fácil exigi-los contra um adversário do que contra dois! Vem me dizer caridosamente: "É melhor você se retirar, você vai me agradecer por isso: está vendo meus ombros? Eles têm esperança e força para levá-lo ao túmulo". Não é verdade que esse é o resumo do que você pensa?

– Não, não é verdade! – exclamei, compadecendo-me da atormentada desconfiança do doente nessas injustas suspeitas. – Não é verdade, Giulio, você sabe que não sou capaz de enganar, que eu nunca me rebaixarei para implorar a um rival!... Ah, então você sabia?... Sim, eu amei a Pisana quando era menino, não quero lhe esconder nada, eu ainda a amo, e justamente por isso me machuca vê-la implacável contra você!

– Implacável? Você também acha! – gritou, apertando convulsivamente a minha mão.

– Implacável como quem não lembra, como quem não vê – acrescentei.

– Mas então você queria me convencer do impossível! – retomou ele. – Queria me dar a entender que se horroriza ao ver sua amada com outro!...

Impostor ou covarde, é o que você me parece!... Ainda fui indulgente considerando-o impostor. Se assim não fosse eu o desprezaria muito mais, e teria aversão pela sua vil compaixão! Como de uma sedução encomendada.

– Cale-se, Giulio, cale-se! – exclamei, detendo um ímpeto de indignação e colocando a mão sobre sua boca. – Sim, é verdade, eu me horrorizo não por ver minha amada, mas aquela que amo mais do que a vida, torturar e matar tranquilamente uma alma como a sua; gostaria de expurgar essa reputação, poupar-lhe esse remorso!... Já que como você sabe e pode ver que sou sincero, Giulio, eu sei e sinto que devo amá-la sempre e para mim seria uma dor infinita amar uma leviana, uma desmiolada, uma sereia, um monstro e uma assassina!...

– Amá-la, amá-la! – respondeu ele com a voz sufocada pelos soluços. – Não vê que sou uma sombra? Seus escrúpulos vêm tarde; ela já me matou; e seus lábios são vermelhos pelo sangue que me sugou. Às vezes ainda me iludo; é soberba, é esperança de vingança! Mas depois me volta a coragem da verdade, e quase me delicio esconjurando testa a testa a fúria que me devora. Vá, eu me vingo desde agora da felicidade que o espera, e que merecem todos os que esperarem pacientemente! Vá, se quer amar algo abjeto, imundo, desprezível, sem alma, sem coração e sem engenho; busque a boneca atordoada pela embriaguez dos sentidos e cega pelo orgulho! Nascida mulher na crueldade, na tolice, na lascívia, e boneca eterna em todo o resto, até na piedade que é a desculpa das mulheres e que lhe foi negada por um monstruoso prodígio da natureza!... Seus direitos são inegáveis; vocês nasceram juntos na corrupção, podem se amar à sua maneira sem se envergonhar, como se amam os sapos no pântano e os vermes no cadáver!...

Sua voz se reanimara; ele falava e caminhava como um demente; eu ouvia seus dentes rangerem como se quisessem afiar a ponta daquelas palavras de imprecação e desprezo. Mas meu coração estava armado contra essas feridas e deixei-o desabafar seu ímpeto de furor e desdém, até que readquiriu a calma pelo cansaço. Então tentei um último golpe, confiando na retidão de minhas intenções, que Deus sabe não poderem ser mais generosas.

– Giulio – sussurrei seriamente ao seu ouvido –, você julgou a Pisana!... Agora veja também se assim como a conhece o seu orgulho lhe permite amá-la.

– E você também a ama? – retrucou ele com ar áspero e resoluto.

– Sim, eu a amo – acrescentei –, porque me acostumei desde que nasci, porque esse amor não é um sentimento, mas parte da minha alma, porque surgiu antes da razão, antes do orgulho!

– E em mim? – retomou ele quase chorando – Você acha que dois anos não o enraizaram em mim tão profundamente como doze ou quinze em você?... Acha que é brincadeira para mim?... Não vê que morro só porque me foi tirado? O orgulho, você fala de orgulho?... Sim, sou orgulhoso; me dói entregar aos outros o que eu possuía e não poder readquiri-lo por nada!... Oh, se você soubesse com quantas dores, com quantas lágrimas, com quantas humilhações eu compraria agora um raio fugaz de beleza, um resto momentâneo de espírito, um dia, um dia só da minha vida vigorosa de antes!... Se você soubesse quantas longas horas fico diante do espelho contemplando com furiosa impotência a perda das minhas feições, os olhos pisados e nublados, as carnes amareladas e enrugadas!... Sou horrível, Carlo, realmente horrível! Horrorizo a mim mesmo; se eu fosse uma mulher vulgar não daria um beijo a um desgraçado que se parecesse comigo. Um esqueleto ainda em pé, mas não vivo, não animado! Se pelo menos eu tivesse a energia assustadora do fantasma! Me vingaria com o susto, com as maldições! Mas a alma se afasta de mim como a água do rio da margem seca: tudo murcha, tudo falta, tudo morre! Restam-me só memórias e desejos; um povo desconsolado de pensamentos mudos e furiosos que nem ao menos sabe gritar para despertar compaixão.

Somente então ele se calou, somente então entrevi com horror o profundo desespero daquela alma, e a própria piedade ficou pasma e paralisada. Era um mártir do orgulho, ainda mais do que do amor, entretanto, não sei qual pressão interna me levava a tentar algum sacrifício para salvá-lo. Creio que eu amasse tanto a Pisana a ponto de me considerar parte de suas culpas e de seus deveres de reparação; talvez também visse nos outros o que eu mesmo teria podido me tornar, e o medo me incitava à caridade. Lembrei-me de ter ouvido Del Ponte se opor uma vez à satírica descrença de Lucilio e de algum outro na reunião do Senador, e me pareceu útil tentar também esse recurso.

– Giulio, ao menos você é cristão! – retomei após um breve silêncio. – Pode pedir conforto a Deus e se resignar.

– Sim, de fato sou cristão! – respondeu ele. – E me resigno, e dou prova suficiente disso não me matando.

– Não, dizem que não basta, é preciso continuar com a prática das outras virtudes cristãs, além da resignação, é preciso ser caridoso com os outros e consigo mesmo.

– Sou até demais, ainda não esbofeteei ninguém, não destrocei aquele nobre esquivo e patife que me oprime com sua arrogância! Parece pouco?...

– Veja, Giulio, a paixão o faz ser parcial consigo mesmo e injusto com os outros. A Pisana é culpada, mas Venchieredo, no que...

– Não me fale dele!... Por caridade não me fale dele, porque às vezes até esqueço os mandamentos de Deus!...

– Então falarei de mim: você notou que as paixões cegam os seus deveres? Pouco faz você devia me agradecer e me insultou!...

– Insultei porque todo o seu comportamento esta noite ainda me parece muito estranho, mas agora acredito em você; agradeço suas boas intenções. Está contente?

– Estaria mais contente se você aproveitasse meus conselhos para ser menos infeliz!

– Vou aproveitar os meus próprios para morrer. Sou cristão, creio no paraíso, e tudo acabará. Mas duvido que possa morrer perdoando!... Oh sim, duvido muito, mas a doença será longa, me enfraquecerá, e talvez me converta pela fraqueza. Deus irá me ajudar!...

– Não, por caridade, Giulio, não continue a se envenenar com esses pensamentos sombrios!...

– Veja que agora estou calmo, que estou melhor, que me parece estar curado. Você fez muito bem em me lembrar de Deus. Esta noite aposto que dormirei, faz dois meses que não tenho tanta sorte. Devo a você esse prazer: veja se sou injusto agora!... Você me perdoa, não é, Carlo?

Abracei-o; essas suas últimas palavras, apesar de ainda embebidas em alguma amargura, tocaram meu coração mais do que as aflições de antes. Senti seu coração bater aceleradamente no meu, como o de um viajante que tem pressa de chegar; beijei seu rosto magro e encharcado por um suor gelado; então o vi entrar em casa, ouvi-o tossir várias vezes ao subir as escadas e saí de lá com o descontentamento de quem fez uma boa ação, mas demasiado inútil.

No dia seguinte, fui para Fratta antes do amanhecer, já que toda a noite passei revirando na cabeça os projetos mais estranhos e as esperanças mais inverossímeis. Fiquei muitas horas na chancelaria organizando as tarefas do trabalho, com a ajuda daquele velho dissimulado do Fulgenzio; depois cumprimentei o Conde e o Monsenhor, este cada vez mais gordo e roliço, aquele enrugado como um velho pergaminho tostado no braseiro. Mas não via a hora de me desocupar para falar com a Pisana. Quando finalmente me liberei encontrei-a descendo do quarto da avó para ir pegar ar fresco na horta. A Faustina e a senhora Veronica que vinham atrás dela foram para a cozinha conversando para deixá-la sozinha comigo. Senti meu estômago revirar e segui a menina com um olhar longo e piedoso.

– Finalmente você apareceu! – disse ela.

– Como finalmente? – respondi – Me parece que nos vimos ontem à noite.

– Ontem à noite, sim! Mas não estávamos sós, e as pessoas, para dizer a verdade, estão começando a me incomodar.

– Você tem razão, ontem à noite não estávamos sós, tinha muita gente, entre outros Raimondo Venchieredo e Giulio Del Ponte.

Disse esses nomes para chegar à conversa que queria ter com ela, mas ela sentiu um cheiro de ciúmes, e me parece que tenha gostado.

– O senhor Giulio Del Ponte – acrescentou ela – e o senhor Raimondo de Venchieredo agora não me interessam, entretanto são gente como os outros, e não tenho vontade de fazer um espetáculo público dos meus sentimentos.

– Isso seria muito bom, Pisana, mas o fato é que você não mantém a promessa. Ontem, por exemplo, me parece que os seus sentimentos pelo senhor Raimondo fossem bem claramente expressos e que Giulio os entendeu muito bem.

– Oh, não me aborreça mais com o senhor Giulio! Fiz e sofri demais por ele!

– Verdade? Você sofreu por ele?

– Claro!... Eu o queria um pouco bem e ele se envaideceu tanto que havia, creio, colocado na cabeça se casar comigo. Mas você já sabe o que pensam meus pais sobre o casamento. Teria sido uma réplica daquela feia comédia de Clara e Lucilio; precisei fazer com que ele tivesse juízo, falei abertamente com ele, e para melhor trazê-lo à razão comecei a ser menos esquiva com Raimondo. Você acredita que o senhor Giulio não gostou dessa minha sensatez, ele que se me queria bem devia justamente me encorajar?... Começou a fazer o sofrido, o ciumento, e confesso que, apesar de tudo, me compadecia dele, mas o que eu podia fazer? Continuei a enganá-lo e a mudar de assunto!... Era melhor, como pensei, cortar o mal pela raiz: rompi com ele e até logo. Foi então que se intrometeu seriamente Raimondo, e ele, digo a verdade, me convinha como marido, mas quando todos falavam de um próximo pedido formal da parte dele, me surge Del Ponte com os olhos fora de órbita gritando que se eu me casasse com Raimondo ele se mataria, e não sei o que mais! Talvez eu tenha sido muito crédula, muito boa, mas o que você quer? Não penso demais nas coisas e esse é o meu defeito, tanto que para consolá-lo, para acalmá-lo e ainda por cima me livrar, prometi que não me casaria com Raimondo. Por isso o rejeitei, juro, apesar dele me agradar, e eu tivesse que fazer um grande sacrifício!... Isso é amizade, acho! O que mais podia fazer?

– Oh, diabos! – acrescentei – Giulio não me disse nada disso!

– Como, você falou com Giulio? – exclamou a Pisana.

– Sim, falei com ele ontem à noite, porque me compadecia a sua cara desolada pela maneira como você o maltratava.

– Eu o maltratava?

– Cáspite! Eu nem olhei para ele!

– Oh, sim! Você deveria até me agradecer! Se tivesse continuado a iludi-lo, ele iria se desesperar mais tarde. Melhor se separarem como bons amigos agora, enquanto o mal tem remédio.

– Parece que esse mal não tem muito remédio como você acredita. Talvez você não perceba, mas ele sofre na alma ao vê-la enrabichada por Venchieredo e indiferente a ele. Sua saúde piora dia a dia, e acho que a paixão o consome.

– O que você me aconselha fazer?

– Eh!... O conselho é difícil, mas me parece que, já que você prometeu não se casar com Venchieredo, você também deveria romper com ele.

– Para reatar com Giulio? – interrompeu-me maldosamente a Pisana.

– Também, se você o quer bem mesmo – respondi com um esforço violento. – Mas de qualquer modo, separada de Raimondo, ele se afligiria menos, e quem sabe se mesmo sem o remédio do seu amor ele consiga se curar.

A Pisana se endireitou ajeitando os cabelos nas têmporas e sorrindo astutamente. Achou que toda aquela minha manobra era para tirar de campo os dois pretendentes para meu total benefício.

– Posso tentar, desde que você me ajude – acrescentou ela.

– Não sei no que posso ajudar – respondi –, ontem à noite, mesmo sem mim, você fazia muito bem seus costumeiros dengos para Venchieredo, e não demonstrou ter percebido que eu voltara de Pádua, a não ser por um breve cumprimento quando entrei na sala.

– Oh, sim! E se eu quisesse me vingar da sua frieza?

– Ah, mentirosa! E na outra noite do que você se vingava? Acha que não sei há quanto tempo dura essa sua paixão por Raimondo!

– Eu repito que era tudo para afastar Giulio! Você queria que eu tivesse coragem de recusá-lo se gostasse mesmo dele?

– Está vendo como você despreza a sua própria virtude?... Pouco faz você se gabava de sua rejeição como de um grande sacrifício!

A menina ficou atônita, confusa e irritada. Era a primeira vez que suas lisonjas não me encontravam pronto para me deixar enganar, e isso a estimulou a insistir, pois não era mulher de se retirar de algo sem antes encerrá-lo.

Fosse mérito da minha presença, do sermão ou de sua bondade, o fato é que seu ardor por Raimondo esfriou-se de repente, e o pobre Giulio viu-se contemplado com alguns olhares que parecem muito mais valiosos quando são um tanto inusitados. No fundo, no fundo, entretanto, ela só dedicava a ele parte da atenção que lhe cabia como participante da conversa, e os cuidados da donzela voltavam aos poucos a se concentrar em mim. Essa minha sorte foi tão além que fiquei perturbado e abalado. Em Fratta, próximo à Pisana, enredado por seus olhares, pela sua beleza, incendiado por suas palavras, raras, estranhas, mas algumas vezes sublimes e outras até loucas de delírio de amor, eu esquecia tudo, retomava a servidão de antes, era todo para ela. Mas em Portogruaro erguia-se diante de mim como uma sombra o rosto cadavérico e zombeteiro de Giulio: eu tinha medo, raiva, remorso; parecia que ele tivesse o direito de me chamar de amigo desleal e traidor, e que a Pisana tivesse farejado melhor do que eu a inata baixeza do meu coração quando suspeitara que eu tentasse realmente separá-la de Venchieredo não pelo bem de Giulio, mas pelo meu bem. Até mesmo aquela sede insaciável, aquele direito que nos parece ter ao menos uma sombra de felicidade, combatia amiúde esses escrúpulos. Quando eu tinha sido amigo de Giulio? Ele não tinha sido o primeiro a declarar guerra contra mim, roubando-me o afeto da Pisana, ou ao menos atraindo para si a parte mais ardente e desejada? Qual amante desafortunado não abriu a porta da revanche e não se beneficiou com isso? E depois, eu não havia usado isso com ótimas intenções? Se essas intenções nas mãos do destino tinham servido para me favorecer, eu devia me confessar culpado, ou aproveitar minha sorte, já que havia o ensejo? – A consciência não se acalmava com esses argumentos. "É verdade", respondia, "é verdade que não há qualquer razão para você ser amigo de Giulio, mas quantas coisas não acontecem sem razão aparente? A estima, a semelhança das índoles, a compaixão e a simpatia geram a amizade. O fato é que por mais que você devesse odiar Giulio, assim que chegou de Veneza, a sua tristeza, os seus tormentos fizeram você amá-lo; você lhe demonstrou um afeto de amigo; é o que basta para que você afaste a dúvida de que as suas intenções de então não fossem sinceras. Você sentiu pena do desatino dele por causa da Pisana, e não quer ter pena de você?... Vergonha! Aprenda as artimanhas do advogado Ormenta e a não ser cavalheiro com a pretensão de parecer. Você queria que a Pisana sacrificasse Venchieredo pela saúde de Giulio, ou agora você se sacrifica, ou ela vai declará-lo covarde!".

Essa última repreensão da minha dona me convenceu. Aos poucos, com mil estratagemas, com mil esforços, todos premeditados e dolorosos, me afastei da Pisana. Ela, no entanto, apegava-se a mim com a humildade de um cachorrinho enxotado, mas aquela sentença de covardia me ameaçava sempre o coração; eu sufocava os meus suspiros, escondia os meus desejos, devorava as lágrimas e procurava longe dela a solidão e a inocência da dor. Tanto fiz que, por consciente concordância com meus planos, tomada pelo orgulho, ou outra coisa, ela parou de me perseguir; então foi minha vez de voltar a sofrer com aquela frieza provocada com tanta arte, com tanta constância. O jovem Venchieredo, um pouco ciumento de mim, alegrou-se por não me ver mais na casa Frumier e por me ver desprezado. Mas estava errado ao se acreditar destinado a colher de novo os frutos do meu abandono. A Pisana não se importava com ele nem com os outros, ou se mostrava alguma preferência, era muito mais a favor de Giulio Del Ponte. Ele recebia esses raros sinais de benevolência como o cálice da flor recebe avidamente algumas gotas de chuva depois de um dia de calor. Animava-se todo, e contribuía, para animá-lo ainda mais, acreditar que devia esse aumento de amor às suas virtudes, e não ao meu sacrifício, nem à generosidade da Pisana. Era o que eu temera e esperara. O tumulto que se instala no espírito quando se debatem a piedade, o ciúme, o amor e o orgulho, não pode ser explicado tão facilmente; imaginem-se no meu lugar, se puderem, e ficarão claras as contínuas contradições do meu espírito.

Raimondo, no entanto, enganado pela sua ilusão, não se preocupava nada em sobrepujar um inimigo tão melancólico e pouco avantajado como era Del Ponte. Mas a segurança que ele mostrava sobre o resultado desse duelo, o afastava ainda mais do coração da Pisana. As mulheres são como aqueles generais para quem vale mais a honra da bandeira do que a vitória, aceitam capitular, mas querem estar abrigados nas trincheiras e ameaçados pelas bombas. Uma boa intimação, sem aparatos militares e sem escaramuças, só se faz a fortalezas de pouca monta, e não há filha de Eva tão despudorada que se confesse ser assim. Raimondo, rechaçado com belas palavras, voltou ao ataque com presentes. A Pisana era mais orgulhosa do que delicada e aceitou corajosamente os presentes quase sem perguntar de quem vinham. Contentamento passageiro para Raimondo, e nova raiva para mim. Mas depois de tudo, a secreta satisfação de um bom trabalho deixava meu coração em uma calma triste e monótona, mas não sem algum deleite. Talvez eu também colocasse em prática uma das máximas herdadas de Martino, ou seja, esquecer os prazeres vindo de cima e buscá-los embaixo, entre os simples e os humildes. As tarefas da chancelaria eram um contínuo motivo para isso. Orgulho-me em acreditar que desde o tempo dos romanos a justiça não fosse administrada na jurisdição de Fratta com a retidão e o desvelo usados por mim. Uma migalha de coração, um pouco de estudo e de ponderação, auxiliados por um discreto bom senso, ditavam-me sentenças que a assinatura do Conde se sentia honrada de poder aparecer embaixo. Todos elevavam aos céus a paciência, a bondade e a justiça do senhor Vice-chanceler: a paciência principalmente, que é tão rara quanto necessária em um juiz do interior. Algumas vezes vi alguns se aborrecerem, enfurecerem, reclamarem pela pouca inteligência das partes; socar a cara do autor, ameaçar bater no réu citado, e pretender dele a moderação, a clarividência, a reserva, que são frutos somente de uma longa educação. Ao lado dos argumentos é preciso lembrar que os ignorantes são como crianças; é preciso, por isso, usar a lógica lenta e minuciosa de um professor de escola elementar, não a retórica sumária de um professor universitário. A justiça quer ser distribuída, mas não imposta; e convém manter a sua fama, o seu decoro de justiça com a persuasão, não lhe dar tons de arbítrio com reprimendas e com arrogância. Até que não se mude a etiqueta dos tribunais forenses, os códigos parecerão às pessoas do campo nada diferentes dos antigos oráculos. Sentenciavam e pronto, quem tinha razão não entedia melhor do que quem não tinha. Acostumado desde o berço a viver entre gente rústica e ignorante, não me foi difícil chegar a essa tolerância; aliás, ela veio ao meu encontro, porque não se podia passar sem ela. Meu exemplo foi eficaz até para os homens da Comuna encarregados da justiça mais ínfima; de modo que não se ouviu mais tantas reclamações pela negligência a favor deste ou pela represália contra aquele. Andreini, o velho, morrera pouco antes do Chanceler, e seu filho que o sucedera não relutou em apoiar meu zelo pelo bom andamento das coisas jurisdicionais. O Capelão estava muito contente, não o incomodavam mais por sua amizade com o Spaccafumo; e ele, que começava a se entregar à bebedeira, recebeu permissão para visitar quem quisesse, para que não se perturbasse a paz festiva com algum bafafá. O édito havia expirado, a vida dele, é verdade, não se parecia com a dos outros, mas não se podia reclamar, e isso bastava para que eu não o atormentasse sem fundamento.

Alguns invernos antes, por um mal de peito rebelde, lhe faltara Martinella, que costumava supri-lo de sal, de polenta e dos mantimentos mais necessários. Agora ele saía com frequência das lagunas para seus suprimentos, mas de resto não se sabia nada dele e vivia como uma ostra no meio das ostras. O Capelão me disse que se lembrava daquela noite quando ele me levara na garupa até perto do castelo, e que sempre me elogiava pelo bom êxito que conseguira e pelos grandes direitos que tinha graças ao Prefeito. Os elogios do Spaccafumo me lisonjeavam bastante, e os do velho Pároco de Teglio me levavam ao êxtase. E ele me dizia isso com um ar respeitável e moderado, como quem tem a faculdade de dar e de negar, e também convém dizer que as glórias do discípulo se refletiam no rosto do mestre. Para ele, eu sempre fui o estudante das orelhas penduradas, e o latinista de quatro erros de gramática por período. Até Marchetto se aproveitava da minha administração, porque sua barriga começava a reclamar das cavalgadas longas demais, e eu o poupava com as frequentes conciliações. Os vigaristas e Fulgenzio, meu ajudante, reclamavam, porque os litígios dos outros eram seu ganha-pão, mas eu não me importava com o mau-humor dos maus, e principalmente destes últimos revia as pendências com mais frequência, para que se corrigissem do seu antigo costume de cobrar em dobro do jurisdiscente e das partes as suas tarefas. Giulio Del Ponte advertiu-me para não entrar muito em conflito com ele, porque com sua humildade e com sua corcunda, dizia-se que era bem visto por quem podia muito. Eu, relembrando o processo do velho Venchieredo, acreditei nessas suspeitas, mas o meu dever antes de tudo; eu teria lavado a fuça dos Sereníssimos Inquisidores ou de um dos seus sujos espiões se os pegasse em flagrante desonrando meu ofício. Havia também outro personagem que sem dar na vista me mandava de coração a todos os diabos, era o feitor. Minha presença e minha nova autoridade tinham desbaratado alguns dos seus antigos subterfúgios de mamatas e roubos. Eu descobrira sua tramóia, havia perdoado, mas não o perdoaria a seguir; ele bem sabia e aguentava a minha vigilância com discreto mau-humor. O Conde estava felicíssimo por economizar o salário do Chanceler, e não falava em me mandar fazer os exames nem de me colocar no lugar regularmente. Essa saída provisória era muito cômoda para ele. E eu ia adiante bastante contente com os cumprimentos que recebia de todos pela minha imparcialidade, pela minha atenção e principalmente pela moderação em recolher as taxas. Donato, o filho do boticário, e o moleiro Sandro, que de antigos rivais tinham se tornado meus companheiros e amigos, aumentavam com seus elogios a simpatia das pessoas. Enfim, eu sentia a verdade daquela máxima, que no zelante cumprimento dos próprios deveres esconde-se o segredo de esquecer as dores e de viver o melhor que se pode.

A saúde de Giulio Del Ponte, que parecia se restabelecer cada dia mais, era a mais cara recompensa que eu tinha de meus sacrifícios. Eu via aquele milagre como obra minha, e me perdoem se ousava me orgulhar. Raimondo, cansado, cansadíssimo, de ver a Pisana usar as roupas que ele lhe dera e prender seus broches sem nunca voltar à ternura de antes, desvencilhou-se dela polidamente. Ele, aproveitando-se das divergências que se exacerbavam cada vez mais na casa Provedoni, e da velhice já quase impotente do doutor Natalino, convenceu Leopardo a se mudar para Venchieredo para ajudar o sogro. O bom homem, cada vez mais enganado por Doretta, concordou; e assim todos diziam que o senhor Raimondo tinha muita sorte de morar com a amante sob o mesmo teto. Apenas o marido não acreditava nisso; ele era apaixonado e mais que apaixonado, um servo de sua esposa. Assim as coisas bem ou mal se acomodaram para todos, mas o mundo não era só Fratta, e fora de lá os rumores, problemas, ameaças de guerras e de revoluções cresciam sempre. As notícias de Veneza eram ansiosamente buscadas, comentadas, deturpadas, aumentadas e depois formavam o tema de tempestuosas disputas ao redor da lareira do castelo.

O Capitão provava, como dois e dois são quatro, que os medos eram exagerados e que a Signoria alertava sabiamente para abster-se de medidas extraordinárias, porque os franceses, mesmo com um bom vento em popa, deveriam empregar três anos para passar pelos Alpes, e outros quatro para avançar da Bormida[4] ao Mincio[5]. Enumerava as linhas de defesa, as forças dos inimigos, os capitães, as fortalezas; enfim, segundo ele aquela guerra acabaria do lado de lá dos montes ou do lado de cá ficaria como herança para a geração seguinte. Giulio Del Ponte e alguns outros que vinham de Portogruaro não pensavam assim; segundo eles as vantagens dos aliados estavam bem longe de garantir completamente a República contra as exorbitâncias dos franceses, e estes, dali a dois ou três meses podiam muito bem já ter invadido os Estados de terrafirme e o próprio Friuli. O Conde e o Monsenhor arrepiavam-se com essas previsões, e cabia a mim acabar com os maus efeitos de tantos medos arbitrários e precoces.

Assim manobrando, chegou-se à primavera de 1795. A República de Veneza já reconhecera solenemente o novo governo democrático da França[6]; Alvise Querini[7], seu representante, fizera ao Diretório[8] o seu falatório, e para selar a

---

4 Região da Ligúria próxima à fronteira da França.

5 Rio que vai do lago de Garda até a fronteira do vêneto, para desaguar no rio Pó.

6 Ver nota 5, cap. VIII.

7 Alvise Querini foi nomeado embaixador de Veneza em Paris, sucedendo Antonio Cappello, em 7 de março de 1795; chegou à capital francesa em 25 de julho e foi recebido cordialmente; apresentou seu "falatório" ao Diretório em 5 de agosto. O "falatório" está minuciosamente relatado por Carlo Botta em *Storia d'Italia continuata da quella del Guicciardini* [História da Itália a partir da História da Itália de Guicciardini].

8 O Diretório, órgão supremo do governo da república francesa, instituído conforme a Constituição do ano III, deteve o poder executivo por quatro anos, até o golpe de estado napoleônico em 18 Brumário (9 de novembro de 1799).

recente amizade expulsou-se de Verona o Conde de Provença[9]. O Capitão dizia: – Fazem muito bem. É preciso paciência e não usar logo a bolsa e a espada. Estão vendo? As coisas já estão esfriando por lá! Aqueles que matavam os padres, os frades e os nobres, também acabaram no patíbulo; pode se dizer que a crise está diminuindo e a República se safou sem expor ao perigo a vida de nenhum homem. – Giulio respondia: – Fazem muito mal; vão nos colocar os pés no pescoço; calamos agora para gritar mais alto daqui a pouco. Agora que nos parece já estarmos habituados ao perigo, e não há perigo, o verdadeiro perigo virá e nos encontrará entorpecidos e despreparados. Deus nos proteja, mas no mínimo não faremos boa figura! – Eu concordava com a opinião de Giulio, ainda mais que Lucilio me escrevera de Veneza para que eu tivesse esperanças, pois a sorte de meu amigo estava perto de uma propícia mudança. Mas a dele, ao contrário, a sorte do pobre doutorzinho, sofreu naqueles dias uma grave queda. Clara foi finalmente relegada ao convento de Santa Teresa; em Fratta soube-se da notícia quando a Condessa escreveu para que lhe mandassem o dinheiro do dote: ela dizia ter-se empenhado com um usurário, mas que não se podia falar de prazos muito longos com os tempos sombrios de então. O Conde suspirou muito e muito, mas juntou de uma vez o dinheiro solicitado e o mandou para a esposa. Eu percebia que infelizmente a família ia à ruína, e devia me limitar a estancar algumas gotas do barril, deixando o restante jorrar, porque desse lado não se podia remediar. Com o Conde não me arriscava, com o Pároco era inútil, com o feitor era perigoso dizer qualquer palavra; a Pisana, para quem mencionei isso algumas vezes, me respondia dando de ombros, dizendo que não se podia mandar na mãe, que as coisas sempre foram assim, e que ela já não se importava, porque sobreviveria de um jeito ou de outro. A malvadinha parecia ter se corrigido bastante de suas estranhezas. Sem se mostrar irritada nem contente com a minha discrição, me tratava com bastante intimidade e tratava Giulio sempre bem, apesar de se ver que não estava na habitual avidez de suas paixonites. Passava a maior parte do dia no quarto da avó, e parecia ter tomado o encargo de fazê-la esquecer a distância da irmã maior, mas a pobre velha, já de fato aparvalhada, não era mais capaz de reconhecer seus sacrifícios. O que fazia desse gesto mais do que louvável.

9 Irmão menor de Luís XVI, passara a morar em Verona em 1794. Em 17 de março de 1796, um despacho de Alvise Querini, de Paris, deixava clara a vontade do governo francês que o pretendente ao trono francês fosse afastado dos territórios da República vêneta. O Senado, apesar da oposição de Francesco Pesaro, decidiu concordar com 56 votos contra 47. O conde, que já se fazia chamar Luís XVIII depois da morte do irmão e do sobrinho, partiu para o Tirol em 20 de abril. Indignado, mandou cancelar o nome de sua família do Livro de Ouro da Sereníssima.

Quando a notícia do noviciado de Clara se espalhou, Partistagno, que não se fizera ver desde o resultado tragicômico do pedido solene, apareceu no castelo. Ele gritou, berrou e vociferou muito; assustou o Conde e o Monsenhor, e saiu dizendo que ia a Veneza para pedir justiça e libertar uma nobre donzela da inconcebível tirania de sua família. O tempo que passara o havia convencido cada vez mais do valor irresistível de seus méritos, e contra todas as razões que tinha para considerar o contrário, obstinava-se em acreditar que Clara estivesse enamorada dele, e que seus parentes não quisessem entender por alguma causa misteriosa que ele se propunha a revelar em seguida. De fato, pouco depois ouviu-se dizer que ele saíra de Lugugnana para ir à Veneza; em Fratta apressou-se para avisar Veneza, mas não tendo vindo de lá mais notícias, tudo se acalmou na certeza de que a grande gritaria de Partistagno terminaria em palavrório.

Nesse meio tempo, o que eu já previra infelizmente aconteceu. A saúde do senhor Conde decaía dia a dia, até que ele adoeceu gravemente antes que se pudesse avisar a Condessa, e expirou sem perceber nos braços do Capelão, do monsenhor Orlando e da Pisana. O doutor Sperandio havia lhe retirado oitenta libras de sangue, e depois recitou um número extraordinário de textos latinos para provar que aquela morte acontecera pelas leis da natureza. Mas o defunto, se tivesse podido olhar fora do caixão, ficaria quase contente de estar morto pela grande pompa do funeral. Monsenhor Orlando chorou com moderação e cantou ele mesmo o ofício de exéquias com voz um pouco mais anasalada do que o costume. A Pisana se desesperou nos primeiros dias mais do que eu acreditava possível, mas depois repentinamente pareceu ter esquecido. E quando vieram os Frumier para buscá-la e avisar que a vontade da mãe a chamava a Veneza, pareceu esquecer tudo pela enorme alegria de trocar o tédio de Fratta pelos divertimentos da capital. Ela partiu quinze dias depois; somente ao se despedir pareceu que a dor de precisar se separar de mim superasse o contentamento de ter uma vida nova plena de esplêndidas ilusões. Eu lhe fui grato por aquela dor, e por ela ter deixado entrevê-la sem qualquer soberba. Vi mais uma vez que seu coração não era mau, me resignei e fiquei.

A minha presença em Fratta não era mais necessária. Contar a confusão que houve depois da morte do Conde seria um discurso muito longo. Usurários, credores, reivindicadores caíam de todos os lados. Os bens colocados em leilão, as mercadorias sequestradas, os valores hipotecados: foi um verdadeiro saque. O feitor escapuliu depois de queimar os registros; fiquei sozinho; pobre pintinho, enrolado naquele novelo. Além disso, realmente me faltava instrução e de Veneza vinham apenas contínuos e famintos pedidos de dinheiro. Os Frumier eram de pouquíssima ajuda; também acho que o padre Pendola trabalhasse contra mim, e me olhavam com hostilidade. Eu, entretanto, resolvi responder com fatos: suei, trabalhei e me empenhei tanto, sempre pensando em ajudar a Pisana e ser útil a quem bem ou mal me criara, que quando o condezinho Rinaldo chegou para tomar as rédeas, os oito mil ducados do dote das condessinhas estavam assegurados, os credores pagos ou acalmados, as entradas corriam livres, e as terras, diminuídas de alguns pedaços aqui a ali, continuavam a formar um belo patrimônio. Infelizmente ainda havia estragos, mas de tal natureza que havia tempo para serem sanados. Por outro lado, eu não fui o único a acreditar que para tal operação um senhorzinho de vinte e quatro anos recém-saído da escola (a Condessa o teria deixado lá até os trinta, se não fosse a morte do marido) não era o homem mais adequado. Basta! Ele não sabia o que fazer, e me propôs apenas observá-lo para poder ajudar com algum conselho. De resto, me retirei à chancelaria onde, depois de fazer meus exames, me tornei pouco depois *oficialmente* chanceler.

Giulio Del Ponte, não podendo mais aguentar o tormento da distância, seguira a Pisana em Veneza. Eu fiquei sozinho alegrando-me com o bem que havia feito, e ainda fazendo-o quando podia, vivendo de memórias, esperando um futuro melhor, e lendo de vez em quando as anotações de Martino.

Essa vida, senão feliz, era tranquila, útil, ocupada. Eu tinha a virtude de me contentar com ela.

CAPÍTULO DÉCIMO

Carlino chanceler, ou a Idade do Ouro. Como no início de 1796 se julgasse no castelo de Fratta o general Bonaparte. A República democrática em Portogruaro e no castelo de Fratta. Meu maravilhoso diálogo com o Grande Libertador. Finalmente tenho a certeza de que meu pai não está morto nem é turco. A Condessa me convida a pedido dele para encontrá-lo em Veneza.

O conde Rinaldo era um jovem estudioso e concentrado que se importava muito pouco com suas coisas e menos ainda em se divertir como era próprio da idade. Ele ficava muito tempo fechado em seu quarto, e comigo em particular quase nunca falava. É verdade que com o Capitão e com a senhora Veronica eu participava honrosamente de sua mesa, mas ele comia pouco e falava menos. Cumprimentava, ao entrar e sair, o tio monsenhor e era só. No entanto, afável e educado apenas quando necessário, não tive o que reclamar dele por nada, e atribuía seu comportamento selvagem a uma doença ou ao medo de algum vício orgânico; de fato, ele tinha uma cor bastante infeliz, como daqueles que sofrem do fígado. Eu, entretanto, levava meus dias um depois do outro sempre tranquilos, sempre iguais como as contas de um rosário. Ia raramente a Portogruaro para visitar os Frumier com medo do padre Pendola, principalmente depois que a diocese começara a murmurar de sua mascarada prepotência, e a Cúria, o Capítulo e o próprio Bispo ressentiam-se de serem levados docemente pelo nariz. O ótimo padre sofria de grandes convulsões, e eu não queria assistir a tão doloroso espetáculo. Frequentava muito mais a casa dos Provedoni, em Cordovado, onde fizera grande amizade com os jovens; Bradamante e Aquilina aqueciam as conversas com aquela magia feminina que faz nós homens sermos duplamente vivos, duplamente ágeis e alegres quando estamos com mulheres. Para mim, ao menos, sempre foi assim; fora as conversas obrigatórias com assunto fixo, o que se chama de verdadeiro, espontâneo, alegre falatório, nunca consegui fazer vir à minha boca tratando com homens; mesmo entre amigos, calava-me mais naturalmente se não tivesse nada de novo ou importante para dizer, de modo que também fiz mil vezes a figura do estúpido. Mas se tivesse uma mulher no meio! Logo se abriam as róseas portas da fantasia, e os vãos secretos dos sentimentos, imagens e pensamentos, confidências engraçadas corriam ao encontro dela rindo, como a uma boa amiga.

Mas vejam que eu nunca tive uma excessiva facilidade para me apaixonar; e não posso dizer que todas as mulheres me causassem esse efeito lisonjeiro, mas o senti por muitas não jovens nem belas. Bastava que um raio de bondade ou uma faísca ideal brilhasse em seu rosto; o resto era feito por aquela necessidade que os inferiores sentem de fazer boa figura diante dos superiores para serem julgados favoravelmente. As mulheres superiores a nós! Sim, meus irmãozinhos, consintam essa estranha sentença na boca de um velho que já viu muitas delas. São superiores a nós na constância dos sacrifícios, na fé, na resignação; morrem melhor do que nós: são superiores na coisa mais importante, na ciência prática da vida, que, como sabem, *é um correr para a morte*. Do lado de cá dos Alpes, as mulheres nos são superiores até porque os homens não fazem nada sem se inspirar nelas: basta olhar nossa história, nossa literatura, para se convencer de que digo a verdade. E que isso valha como louvor e conforto às mulheres; e também ao seu malogro em todos os séculos em que não acontece nada de bom. A culpa original é somente do século. Reconheçamos nossos erros, e os Apeninos gemendo não parirão mais ratos, e sim heróis.

Algumas vezes eu ia até Venchieredo para encontrar Leopardo, cada vez mais espantado com a tirania e a frivolidade da esposa. Lembro-me de tê-lo visto alguns domingos nos encontros vespertinos em volta da fonte. E pensar que lá ele vira pela primeira vez o sorriso da felicidade e do amor! Agora ele ia de cabeça baixa, de braços dados com Doretta, e todos zombavam atrás deles; costumeiro conforto dos maridos traídos. Mas pelo menos tinha a sorte de não perceber nada, de tanto que aquela víbora de mulher o mantinha em servidão até na percepção. Oh! Certamente ela não era o exemplar de uma daquelas mulheres superiores a nós, a que me referi há pouco! Ai se a mulher degenera! É antigo o provérbio, transforma-se em diabo. Raimondo também vinha algumas vezes à fonte. Se conversava ou brincava com Doretta, o fazia sem qualquer reserva, e de um modo que quase revirava o estômago; se depois se descuidava dela para procurar outras camponesinhas ou faceiras das redondezas, a descarada não deixava de persegui-lo, sempre com o marido a reboque. E fazia tantas grosserias, de indignação e ciúme, que os chefes dos grupos faziam um grande estardalhaço pelas costas do bom Leopardo. Os outros Provedoni, que por acaso estivessem ali, escapuliam de vergonha; eu mesmo precisava me afastar porque a visão de uma intimidade tão plena e tão indignamente traída me dava náuseas. Infelizmente também é verdade que o espetáculo das desventuras alheias é conforto para as nossas, por isso, avançando na vida parecemos nos endurecer contra os golpes da dor, mas não é por hábito, e sim porque o olho, alargando-se ao redor, nos mostra a cada momento outros infelizes oprimidos e atormentados mais do que nós. A compaixão dos males que via me armava de paciência para aqueles que sentia. A Pisana me prometera escrever de vez em quando, eu a deixara prometer e sabia desde o início o quanto podia confiar em sua palavra. De fato, passaram-se muitos meses sem que eu tivesse notícias dela, e só no fim do verão chegou uma carta estranha, absurda, rabiscada, na qual a veemência do afeto e a humildade das expressões me compensavam um pouco do descuido passado. Mas teria sido uma compensação para todos os outros, não para mim. Eu conhecia aquela cabecinha vulcânica, e sabia que, aliviado o seu ímpeto de arrependimento e de ternura, ela voltaria, sabe Deus por quanto tempo, à indiferença de antes. Alguns versos de Dante enchiam minha cabeça como muitos punhais envenenados:

> *... então se entende*
> *quanto na mulher o fogo de amor dura*
> *se o olho ou o tato muitas vezes não reacende.*[1]

Esse livrinho de Dante, eu pescara na *confusão* de livros de miscelânea e de anotações de onde Clara, anos antes, recolhera a sua pequena biblioteca. Aquele livrinho carcomido e carunchado, cheio de versos misteriosos, de abreviaturas mais misteriosas ainda, e com imagens de danados e de diabos, não a impressionara. Eu, ao contrário, que o ouvira ser elogiado e citado em Portogruaro e em Pádua mais ou menos ao acaso, senti ter encontrado um grande tesouro; comecei a degustá-lo, e pela primeira vez cheguei ao canto de Francesca[2], em que o prazer era menor do que a dificuldade. Mas nesse ponto comecei a me encantar. Fiquei firme e o li até o final; reli apreciando o que entendia e que antes me parecera não inteligível. Afinal passei a venerar em Dante uma espécie de deus doméstico, e jurava tanto em seu nome, que até aqueles dois versos citados há pouco me pareciam partes do credo. Notem que naquela época ainda não se era louco pelo século XIV, que Monti não escrevera *Bassvilliana*[3], e as *Visioni*[4]

1 ALIGHIERI, Dante. *Divina Comédia*. Purgatório VIII, 76-78.

2 Canto V do Inferno. Dante chega ao segundo círculo onde se pune o pecado da luxúria.

3 A *Bassvilliana* é um poema épico em tercetos dantescos iniciado em 1793 por Vincenzo Monti (1754-1828) e deixado incompleto.

4 Poema em tercetos de Alfonso Varano (1705-1783) publicado em 1789 e elogiado por Monti nas notas da *Bassvilliana*.

de Varano só agradavam aos eruditos. Vocês já estão zombando de mim, mas perceberam que essa religião dantesca, criada só por mim, jovem não filólogo, não erudito, eu considero não pouco gloriosa. E têm razão. E eu me vanglorio dela ainda mais, já que mais do que os versos, mais do que a poesia, eu amava a alma e o coração de Dante. Suas paixões eram grandes, fortes, intelectuais, e me agradavam por causa dessas qualidades, já tão raras.

Tudo isso tem pouco a ver com o provérbio: *longe dos olhos, longe do coração*, mas agradou a Dante aplicar o provérbio à fidelidade das mulheres, e eu o citei, com meus desmiolados estudos de sessenta anos atrás, como me vinham à memória. Infelizmente, muitas vezes é preciso aguentar essas digressões de quem conta a própria vida. Eu, para ir em frente, preciso da generosidade de vocês, amigos leitores, mas nesse particular das minhas glórias literárias vocês precisam ter dupla indulgência, porque bato e rebato, como se diz, justamente porque sei de sua pequenez. Mais adivinhei os nossos grandes autores do que os compreendi, são mais amados do que estudados; e para dizer a verdade, a maior parte me embotava os dentes. É certo que o defeito era meu, mas também me iludo que no futuro quem escreve irá se lembrar de ter falado, e que o objetivo de falar é justamente ser entendido. Ser entendido por muitos, talvez não seja melhor do que ser entendido por poucos? Na França, imprime-se, vende-se e lê-se muitos livros só pela universalidade da língua e a clareza do discurso. Aqui temos dois ou três dicionários, e os doutos costumam se apegar ao mais desusado. Quanto à lógica, usam-na como uma vara para dar saltos contínuos à distância. Aqueles que costumam subir degrau por degrau ficam para trás meia milha, e tendo perdido de vista o guia sentam-se comodamente esperando outro que talvez nunca venha. Portanto, ânimo. Não falo mal de ninguém, mas escrevendo, pensem que muitos os irão ler. E então veremos nossa literatura oferecer maior ajuda do que até agora fez a renovação nacional.

E onde deixei a carta da Pisana? – Confiem em mim: sou um vagamundo, mas vai que vai demoro mas volto. Ainda tenho a carta da Pisana juntamente com outras no fundo da gaveta da minha escrivaninha, e se quisesse poderia fazê-los saborear alguns florilégios de língua de um gosto muito bizarro, mas lhes bastará saber que ela me dava notícias de Clara, ainda noviça no convento, e também um pouco de Lucilio, de quem falavam muito em Veneza por seu fanatismo pelos franceses. Se eles se retirassem, prognosticava-se para ele um mau final.

Mas aqueles franceses endemoniados nem sonhavam em se retirar! A guerra contra eles havia diminuído: somente a Áustria e o Piemonte permaneciam em campo; e reduzida dessa forma, eles se defendiam com mais ânimo e com maiores esperanças do que antes. Por outro lado, não aconteceram grandes novidades até o inverno e as coisas se mantiveram iguais; aquele que iria tramar a guerra de cada mês ainda não surgira dos Alpes, e as neves forçaram o costumeiro armistício. Aquele inverno foi o mais longo e o mais tranquilo que passei na minha vida. As obrigações do meu ofício me mantinham assiduamente ocupado. Fora delas, a lembrança da Pisana me martelava sempre, mas se sua distância acrescentava melancolia, também retirava azedume à minha dor. Eu sempre encontrava algum consolo na ideia de ter feito o meu dever. Giulio Del Ponte escreveu-me algumas vezes; cartas estranhas e sibilinas, verdadeiras cartas de um apaixonado a um amigo. Delas eu compreendia muito bem que ele não era plenamente feliz; aliás, que aquela sua meia felicidade do último ano diminuíra muito em Veneza, seja pelo estranho humor da Pisana, seja pelo aumento dos desejos. Essas cartas, portanto, me angustiavam por ele, e quase me alegravam. De um lado, entendia que se eu também estivesse em Veneza não me sentiria mais feliz do que em Fratta, e de outro, vocês acreditam que o contentamento de um rival, por mais digno e amigo que seja, nos dá um sabor verdadeiramente sincero? – Não vendo os sofrimentos de Giulio tão de perto, eu estava mais disposto a perdoar quem os infligia; não quero me fazer de santo; a coisa era exatamente como lhes confesso. De resto, nada mudou em nossa solidão. O Condezinho sempre em seu quarto, a Condessa que pedia dinheiro em cada correspondência e a velha avó sempre presa ao leito e confiada aos cuidados da senhora Veronica e da Faustina. Ao redor da lareira restaram o Capitão e o monsenhor Orlando que brigavam todas as noites para arrumar o fogo. Os dois queriam manusear, os dois queriam usá-lo a seu modo, e terminavam por queimar o rabo do velho Marocco que se escondia descontente debaixo da pia. A cada jornal velho que aparecesse, o Capitão se rejubilava ao ver os malditos franceses encalhados entre os Apeninos e os Alpes. Não mais quatro, mas seis, e até oito anos demorariam para passá-los. – Nesse meio tempo – dizia ele –, pode-se mandar vir pelo Mincio toda a armada da *Schiavonia*[5], e eles iriam ver como são as coisas! Marchetto, Fulgenzio e a cozinheira, que formavam o auditório, certamente não tinham a pretensão de desmantelar os belos castelos no ar do Capitão; o Capelão, quando estava, ajudava-o a fabricá-los com a sua crédula ignorância. Eu balançava a cabeça, e não me lembro bem o que pensava. Certamente as opiniões do Capitão não

5 Assim se denominava, na época, a região da costa e do interior do Adriático oriental, ou seja, essencialmente de língua servo-croata.

deviam me convencer muito, justamente porque eram dele. Um belo dia chegou a notícia de que um general jovem e completamente novo devia capitanear o exército francês dos Alpes, um certo Napoleão Bonaparte.

– Napoleão! Que raça de nome é? – perguntou o Capelão. – Ele deve ser algum separatista.

– Deve ser um daqueles nomes que entraram em moda recentemente em Paris – respondeu o Capitão. – Daqueles nomes que parecem com aqueles do senhor Antonio Provedoni, como por exemplo Bruto, Alcibiade, Milziade, Cimone; todos nomes de danados que espero levem à perdição os que os usam.

– Bonaparte! Bonaparte! – murmurava o monsenhor Orlando. – Quase parece um sobrenome dos nossos!

– Eh! Vejam bem! Farsa, farsa, tudo farsa! – acrescentou o Capitão. – Devem ter usado esse sobrenome para nos enganar, ou esses grandes generais se envergonham de fazer uma tão má figura e usaram um nome falso, um nome que ninguém conhece para que a desgraça seja dele. É isso! Com certeza é isso. É uma saída para a vergonha!... Napoleão Bonaparte!... Vê-se que é um artifício só ao pronunciar, porque nada é mais difícil de imaginar do que um nome e um sobrenome que soem naturais. Se tivessem dito, por exemplo Giorgio Sandracca, ou mesmo Giacomo Andreini, ou Carlo Altoviti, todos nomes fáceis e comuns, mas não, senhores, fixaram-se naquele Napoleão Bonaparte que demonstra ser uma fraude!

Decidiu-se então no castelo de Fratta que o general Bonaparte era um ser imaginário, uma cobertura de algum antigo capitão que não queria se desonrar em guerras desesperadas por vitória, um nome vazio imaginado pelo Diretório para adular os ouvidos italianos. Mas dois meses depois aquele ser imaginário, depois de vencer quatro batalhas, e obrigar o rei da Sardenha a pedir paz, entrava em Milão[6] aplaudido, festejado por aquele que Botta chama de utopistas italianos[7]. Em junho, assediando Mântua, já tinha nas mãos o destino de toda a Itália; em todos os lugares era um suplicar de alianças, um pedir de tréguas; Veneza ainda deliberando quando já era tempo de ter resolvido algo, agarrou-se pela última vez à neutralidade desarmada. O general francês usou isso como quis. Invadiu e retalhou províncias, cidades, castelos. Despedaçou os exércitos de Wurmser e de Alvinzi em Garda, em Brenta e no Adige; um terceiro

6 As quatro batalhas são: Montenotte, Milesimo, Dego e Mondovì, à qual se seguiu o armistício de Cherasco (ver cap. VIII, nota 1). Napoleão entrou em Milão em 15 de maio de 1796.

7 Conforme Carlo Botta, *Storia d'Italia continuata da quella del Guicciardini*, vol. 5, cap. 1, parte III.

de Provera em Mântua; em 2 de fevereiro de 1797 a fortaleza se rendeu[8]. Em Fratta, ainda se duvidava, mas em Veneza realmente tremiam; quase se ouvia em São Marcos o soar dos canhões; não era mais tempo para conversa fiada. Mas continuavam a esperar e a acreditar que assim como viveram, se safariam *por destino, por acidente*, conforme a célebre expressão do doge Renier. A Condessa, entretanto, em meio àquela confusão, não se sentia tranquila; nem lhe parecia uma boa ideia refugiar-se em terrafirme quando todos iam se abrigar em Veneza. Os Frumier já haviam retornado para grande desgosto da distinta sociedade de Portogruaro; a Condessa então escreveu ao filho que seria muito bom ele também ir até ela, já que um homem em família era uma grande garantia; e lhe recomendava trazer todo o dinheiro que pudesse para alguma emergência. O conde Rinaldo chegou a Veneza justamente quando a guerra napoleônica ecoava às portas do Friuli e convencia o Capitão Sandracca que o jovem general corso não era um ser hipotético, nem um nome fantasioso inventado pelo Diretório. O Capitão temeu tanto mais o general da França real e presente quanto mais havia zombado dele distante e imaginário. Repentinamente espalhou-se a notícia de que o arquiduque Carlo descia ao Tagliamento com um novo exército, que os franceses vinham atrás dele, que haveria um massacre, um saqueio, uma ruína universal. As casas eram abandonadas, os castelos se entrincheiravam contra os abusos dos desgarrados e dos desertores; enterravam-se os tesouros das igrejas; os padres se vestiam de camponeses ou fugiam para as lagunas. Escrevia-se, se lamentava, se exageravam as crueldades. Os estupros, as violências em Brescia, em Verona, em Bergamo; o ódio e o medo se alternavam em igual medida, mas o segundo intimidava o primeiro. Todos fugiam sem discrição, sem pudor, sem proteção para si ou para a família. Parece que o Capitão e a senhora Veronica fugiram para Lugugnana onde se esconderam com um pescador em uma ilhazinha da laguna. O Monsenhor não foi além de Portogruaro porque o jejum o espantava mais ainda do que Bonaparte. Fulgenzio e seus filhos despareceram; Marchetto, por estar doente, foi levado ao hospital. Tive um grande trabalho para que Faustina não me deixasse sozinho com a velha Condessa; sobraram o hortelão e o feitor, que talvez não tendo nada a perder não se apressaram tanto para se meter a salvo. Mas eu não podia continuar assim, principalmente porque os malandros dos arredores, resguardados

8 Dagobert Siegmund vov Wurmser, Joseph Alvinczy Barberek, Giovanni Provera, marechais de campo do exército austríaco.

pelo medo comum, se atreviam e saqueavam ora este, ora aquele, os lugares mais afastados e mal defendidos. Por outro lado, eu não estava seguro nem com o hortelão, nem com o feitor, e muito menos com a Faustina; de modo que resolvi, antes que o perigo aumentasse, ir até Portogruaro para pedir socorro. Esperava que o Vice-capitão me cedesse uma dúzia daqueles *schiavoni* que apareciam todos os dias, indo à Veneza, e que o monsenhor Orlando me conseguisse uma mulher, uma enfermeira para colocar ao lado do leito de sua mãe. Então selei o cavalo de Marchetto, que preguiçava na escuderia há uma semana, e fui a galope para Portogruaro.

As notícias naquele tempo, meus senhores, não tinham vapores nem telégrafos para dar a volta ao mundo em um piscar de olhos. Em Fratta elas chegavam no asno do moleiro ou na sacola do oficial de justiça; de maneira que não me espantei quando a apenas três milhas do castelo encontrei a grande novidade. Dizer que em Portogruaro havia uma confusão dos diabos era pouco[9]; desocupados que gritavam; camponeses em bandos que ameaçavam; padres que se conformavam; guardas que fugiam e, em meio a isso tudo, no lugar do costumeiro estandarte, uma famosa árvore da liberdade[10], a primeira que eu já vira, e que não me causou uma grande impressão naqueles momentos e naquele lugar. Mas eu era jovem, estivera em Pádua, fugira às artimanhas do padre Pendola, não gostava nada da Inquisição de Estado e aquela gritaria em altos brados repentinamente me pareceu um belo progresso. – Quase me convenci que os habituais mandriões tivessem se tornado homens de Atenas e de Esparta, e procurava na multidão um tal que nas reuniões do Senador costumava levar aos céus as leis de Licurgo e de Drácon. Não o vi. Todos aqueles agitadores eram gente nova, saídos não se sabe de onde; gente que um dia antes não se daria o direito de pensar e agora impunha lei sacudindo o chapéu pulando ao redor de um poste de madeira. Saltava do chão, senão armada, certamente arrogante e presunçosa, uma nova potência; o medo e a incapacidade dos caídos fazia sua força; era o triunfo do Deus desconhecido, o bacanal dos libertos que sem saber se sentiam homens. Se tinham a virtude para serem assim, não sei, mas a consciência de poder, de dever sê-lo já era alguma coisa. Eu também, do alto do meu cavalinho, comecei a gritar com todas as forças, e certamente fui considerado um dos chefes do tumulto, porque logo juntou-se ao meu redor uma turba extremista

9 "A revolta popular de Portogruaro é fruto da fantasia de Nievo" (Romagnoli).

10 Poste com símbolos republicanos. Na simbologia da Revolução Francesa representava o início da nova era.

e frenética que repetia os meus gritos e me acompanhava em procissão. É o que pode um cavalo em certos momentos. Confesso que aquela aura de popularidade me perturbou a cabeça, e senti um gosto louco ao me ver seguido e festejado por tantas pessoas que não me conheciam, como eu não as conhecia. Repito, meu cavalo teve um grande mérito, e também talvez a bela roupa azul que eu vestia; as pessoas, o que quer que se diga, adoram as esplêndidas librés, e todos aqueles homens malvestidos e maltrapilhos sentiram ter ganho um prêmio na loteria encontrando um chefe tão bem trajado, e ainda a cavalo. Em meio àqueles camponeses indóceis que olhavam de esguelha a árvore da liberdade, e pareciam dispostos a receber mal seus cultivadores, havia alguns da jurisdição de Fratta que me conheciam pela minha imparcialidade e pelo meu amor à justiça. Certamente acreditaram que eu me intrometia para acomodar tudo, e começaram a gritar:

– É o nosso Chanceler! – É o senhor Carlino! – Viva o nosso Chanceler! – Viva o senhor Carlino!

A multidão dos verdadeiros turbulentos, aos quais não parecia certo juntar-se em um mesmo entusiasmo aquela gentalha suspeita e quase inimiga, gostou, senão do chanceler, pelo menos do senhor Carlino, e começou a gritar com os outros: – Viva o senhor Carlino! – Deixem passar o senhor Carlino! – Fale o senhor Carlino!

Quanto a agradecer aqueles elogios e ir em frente, eu me saía muito bem, mas quanto a falar, juro que não saberia o que dizer, por sorte a grande barulheira me dispensava disso.

Mas houve um desgraçado que começou a pedir silêncio e pedir que parassem para me escutar, pois do alto do meu pangaré, e inspirado pelo meu belo traje, eu prometia estar para lhes narrar coisas belíssimas. De fato, param os primeiros; os segundos não podem ir adiante; os últimos perguntam o que aconteceu. – É o senhor Carlino que quer falar! Silêncio! Parem! Atenção!... – Fale senhor Carlino! – O cavalo já estava cercado por uma multidão silenciosa, irrequieta, e ávida por minhas palavras. Eu sentia o espírito de Demóstenes que me puxava a língua; abri os lábios... – Pst, pst!... Quietos! Ele vai falar! – Na primeira tentativa não fui muito feliz; fechei os lábios sem ter dito nada.

– Ouviram?... O que ele disse? – Disse para calarmos! – Então, silêncio!... Viva o senhor Carlino!

Tranquilizado por tanta condescendência abri de novo a boca e dessa vez realmente falei.

– Cidadãos – (era a palavra predileta de Amilcare) – cidadãos, o que vocês querem?

A interrogação era mais grandiosa do que o necessário: eu destruía com um sopro o Doge, o Senado, o Conselho Maior, a Prefeitura e a Inquisição; me colocava de repente no lugar da Providência, um degrau acima de qualquer autoridade humana. O castelo de Fratta e a chancelaria não se distinguiam mais daquele ápice sublime; fazia-me uma espécie de ditador, um Washington a cavalo em meio a um tumulto de pedestres sem cérebro.

– O que queremos? – O que ele disse? – Perguntou o que queremos! – Queremos a liberdade!... Viva a liberdade!... – Pão, pão!... Polenta, polenta! – gritavam os camponeses.

Essa gritaria de pão e de polenta acabou por colocar em pleno acordo os aldeões do campo e os artesãos da cidade. O Leão e São Marcos perderam ali as últimas esperanças.

– Pão! Pão! Liberdade!... Polenta!... A corda aos mercadores! Abram-se os celeiros!... Quieto! Quieto!... O senhor Carlino está falando!... Silêncio!...

Era verdade que um turbilhão de eloquência se elevava na minha cabeça e que a qualquer custo eu queria falar, já que estavam tão bem dispostos a me ouvir.

– Cidadãos – retomei com voz altissonante –, cidadãos, o pão da liberdade é o mais saudável de todos; todos têm o direito de tê-lo porque o que é o homem sem pão e sem liberdade?... Sem pão e sem liberdade o que é o homem?

Eu repetia essa pergunta a mim mesmo, porque estava realmente atrapalhado para respondê-la, mas a necessidade me conduzia; um silêncio mais profundo, uma atenção mais geral me obrigava a responder logo; na pressa, não fui muito sutil, e procurei uma metáfora que impressionasse.

– O homem – continuei – é como um cão raivoso, como um cão sem dono!

– Viva! Viva! – Muito bem! – Polenta, polenta! – Somos raivosos como cães! Viva o senhor Carlino!... – O senhor Carlino fala bem! – O senhor Carlino sabe tudo, vê tudo!

O senhor Carlino não saberia dizer bem como um homem sem liberdade, isto é, com pelo menos um patrão, se parecesse com um cão que não tem dono e que por isso tem a maior liberdade possível, mas aquele não era o momento de se perder em sofisticações.

– Cidadãos – retomei –, vocês querem a liberdade e a têm. Quanto ao pão e à polenta, eu não posso dar, se pudesse os convidaria para o almoço com muito prazer. Mas há a Providência que pensa em tudo: recomendemo-nos a ela!

Um murmúrio longo e diverso, que denotava alguma disparidade de pareceres, acolheu essa minha proposta. Depois houve um tumulto de vozes, de gritos, de ameaças e de propostas que discordavam bastante das minhas.

– Aos celeiros, aos celeiros! – Vamos eleger um prefeito! – Corram ao campanário! – Vamos chamar o monsenhor Bispo! – Não, não! O Vice-capitão! – Vamos prender o Vice-capitão!

Venceu o ímpeto dos que queriam recorrer ao Monsenhor, e eu, sempre com meu cavalo, fui levado e arrastado até a frente do bispado.

– Fale senhor Carlino! Saia Monsenhor! Saia monsenhor Bispo!

Vê-se que a minha fala, sem obter um efeito decisivo submetendo-os em tudo e por tudo aos poderes da Providência, havia ao menos os convencido a confiar em seu legítimo representante. Mas no bispado não estavam muito tranquilos. Padres, cônegos e leigos davam seu parecer, e ninguém encontrava nada que fosse realmente útil. O padre Pendola, que há algum tempo balançava no poder, achou oportuno o momento para se firmar melhor. Decidido a tentar o grande golpe, ele estendeu a mão em sinal de confiança. Abriu corajosamente a janela, e saindo na sacada, debruçou meio corpo no peitoril. Uma salva de gritos e assobios saudou seu aparecimento: eu o vi balbuciar algumas palavras, empalidecer e retirar-se depressa quando as mãos da multidão se abaixaram para pegar algumas pedras no chão. O Monsenhor de Sant'Andrea rejubilou-se sinceramente com o fiasco que tocou ao ótimo padre; e com ele todos, de alto a baixo, fizeram eco no fundo do coração aos gritos e assobios da multidão. O Bispo, que era um santo homem, olhou piedosamente para seu secretário, mas há já algum tempo tinha vontade de dispensá-lo justamente porque era um santo, e se não agradeceu por seu trabalho imediatamente, foi também por causa de sua santidade. Ele voltou-se com o rosto sereno para o monsenhor de Sant'Andrea, pedindo-lhe para ser intérprete dos desejos daquele povo em tumulto. Eu olhava sempre para a mesma sacada, e afinal vi surgir a figura sinodal do cônego; nenhum assobio, nenhum grito; um cochichar de quietos, quietos, um murmúrio de aprovação e nada mais.

– Irmãos – começou ele –, o monsenhor Bispo lhes pergunta, através de mim, quais desejos os levam a fazer barulho sob suas janelas!...

Sucedeu-se um silêncio de assombro, porque ninguém e nem eu sabia mais do que o outro porque tínhamos vindo. Mas afinal uma voz interveio: – Queremos ver o monsenhor Bispo! – e seguiu-se uma nova chuva de gritos: – Saia monsenhor Bispo!... Queremos o monsenhor Bispo!

O cônego se retirou, e já fervilhavam ao redor do Monsenhor dois diversos grupos sobre a conveniência ou não dele se expor aos atos turbulentos daquela aglomeração. O Bispo agarrou-se ao mais corajoso; abriu caminho com doce violência entre os renitentes, e seguido por aqueles que aprovavam apresentou-se na sacada. Seu rosto calmo e sereno, a dignidade da vestimenta, a santidade que emanava de todo seu semblante comoveu a multidão, e emudeceu quase de vergonha seus sentimentos de ódio e de desregramento. Quando se acalmou o tumulto causado por sua presença, ele dirigiu para baixo um olhar tranquilo, mas severo, depois, com voz quase de paterna reprovação perguntou:

– Meus filhos, o que querem de seu pai espiritual?

Seguiu-se a essa pergunta um silêncio como aquele que recebera as palavras do cônego, mas o arrependimento se sobrepunha ao assombro, e alguns já caíam de joelhos, outros levantavam os braços em sinal de prece, quando uma voz unânime explodiu de mil bocas que pareciam uma só.

– A bênção, a bênção!...

Todos se ajoelharam, eu baixei a cabeça sobre a crina desgrenhada do meu pangaré, e a bênção solicitada caiu sobre nós. Então, antes mesmo que o Bispo pudesse acrescentar, como queria, algumas palavras de paz, a multidão se afastou gritando que se devia ir ao Vice-capitão, e com a multidão, eu e meu cavalo fomos arrastados até a Prefeitura. Quatro *schiavoni* que estavam sentados à porta correram pelo átrio fechando e trancando as venezianas; então, depois de muitas chamadas e muitas consultas, o senhor Vice-capitão se decidiu a aparecer no pórtico. A turba não tinha espingardas nem revólveres, e o digno magistrado confiou corajosamente.

– O que é esta novidade, meus filhos?... – começou com voz trêmula. – Hoje é dia de trabalho, todos vocês têm família, como eu também; cada um deveria cuidar de seus deveres, mas...

Um viva à liberdade dos loucos endemoniados sufocou nesse ponto a voz do orador.

– A liberdade vocês já conseguiram, me parece – continuou com uma atitude de verdadeira humildade. – Aproveitem-na, meus filhos; nessas coisas não posso entrar...

– Fora os *schiavoni*!... Corda aos *schiavoni*! – muitos começaram a gritar.

– Os franceses! Viva os franceses! Queremos a liberdade! – responderam outros.

Lembrei-me desses senhores franceses pela primeira vez naquela confusão; e clarearam um pouco as minhas ideias. Ao mesmo tempo me lembrei de Fratta e da razão de ter vindo a Portogruaro, mas o senhor Vice-capitão não me parecia tão à vontade para poder pensar em socorrer outros além dele. Demonstrava uma enorme vontade de se retirar do pórtico, e eram necessários os contínuos gritos da multidão para que ele ficasse.

– Meus senhores – balbuciava ele –, não sei qual a utilidade para mim e para vocês há em ficar aqui debaixo do pórtico!... Eu sou só um oficial, um instrumento cego do Excelentíssimo senhor Lugar-tenente; dependo mesmo dele...

– Não, não!... Deve depender de nós! – Não temos mais patrões! – Viva a liberdade! – Abaixo o Lugar-tenente...

– Vejam bem, senhores! Vocês não são autoridades constituídas, vocês não têm magistrados legítimos...

– Muito bem!... Constituiremos! Nomearemos um magistrado. Elegeremos por voto o magistrado. O senhor obedecerá ao magistrado!...

– Mas por favor – opunha-se desesperadamente o Vice-capitão –, isso é realmente rebelião. Eleger o magistrado está bem, mas antes vamos escrever ao Excelentíssimo Lugar-tenente para que fale com o Sereníssimo Colegiado...

– Morte ao Colegiado! – Queremos o magistrado! Firmes! Firmes! Pena de vida ao Vice-capitão, se ousar se mover! – Votemos no magistrado! Votemos!

A confusão crescia sempre e com ela a algazarra; aqui e ali se sugeriam dez nomes para a votação, mas não há mérito dos ausentes que vença a autoridade dos presentes. Um aldeão começou a gritar: – Vamos nomear o senhor Carlino! – E todos os outros gritaram com ele: – Ele é o Magistrado do Povo! Viva o senhor Carlino! Abaixo o Vice-capitão!...

Na verdade, eu não me aventurara naquela confusão com objetivos tão ambiciosos, mas já que me vi tão no alto, não tive coragem de descer; ficou sempre a dúvida se teria conseguido. Começaram a me cercar, quase levantando sobre os ombros a barriga do cavalo, a sacudir no meu rosto lenços sujos, com chapéus e bonés, a me aplaudir como a um ator que tenha representado bem seu papel. O Vice-capitão me olhava do pórtico como um grande cão acorrentado olharia um cachorrinho solto, mas toda vez que ele tentava se retirar, logo mil mal-encarados voltavam-se ameaçando colocar fogo no Capitaneado se ele não obedecesse ao novo magistrado.

– Sim senhores, retirem-se, mandem entrar o senhor Magistrado... e nos entenderemos...

A multidão se revoltava sem saber por quê, muitos curiosos já a tinham deixado, alguns camponeses cansados daquela comédia retomaram o caminho de casa. Eu não sabia em que mundo estava para que me tivessem nomeado magistrado, e qual conteúdo deveria ter a conversa à qual me convidava o Vice-capitão. Mas me agradava ter me tornado um homem de relevo, e sacrifiquei tudo à esperança da glória.

– Abra, abra as portas!... Deixe entrar o Magistrado! – gritava a multidão.

– Meus senhores – respondeu o Capitão –, tenho mulher e filhos, e não quero fazê-los morrer de medo... Vou abrir as portas quando vocês se afastarem... Vejam que não estou totalmente errado... Acordos claros, amizade longa!...

As pessoas não queriam se afastar, e eu, porque estava cansado de estar montado a cavalo, porque tardava a hora de tratar de igual para igual com um Vice-capitão, tentei convencê-las.

– Cidadãos – comecei a dizer –, agradeço-lhes, lhes serei eternamente grato! Estou comovido e honrado com tantos sinais de afeto e de estima. O senhor Vice-capitão não está errado. É preciso demonstrar-lhe confiança para que ele confie em nós... Dispersem-se, fiquem tranquilos... Esperem-me na praça... Defenderei as suas razões...

– Viva o Magistrado!... Bem! Muito bem!... À praça, à praça!... Queremos que abram o celeiro da Prefeitura!... Queremos a caixa da Taxa de Moedura!... Isso é o sangue dos pobres!...

– Sim, fiquem tranquilos... confiem em mim!... Justiça será feita... mas nesse meio tempo fiquem tranquilos na praça me esperando...

– À praça, à praça!... Viva o senhor Carlino! Viva o Magistrado!... Abaixo São Marcos!... Viva a liberdade!

Com esses gritos a multidão precipitou-se revoltada para a praça saqueando algumas padariazinhas e quitandas, mas a algazarra era maior do que a fome e não houve problemas. Alguns dos mais desconfiados ficaram para ver se o Vice-capitão mantinha suas promessas; eu desmontei com todo o prazer, entreguei o pangaré a um deles, e esperei que me abrissem a porta. De fato, com toda prudência, um cabo dos *schiavoni* abriu uma fresta e eu entrei de lado; então colocaram trancas e cadeados como se quisessem me prender. O barulho de trancas e ferrolhos levantou-me algumas suspeitas, mas depois me lembrei que era um personagem importante, um magistrado, e subi as escadas de cabeça erguida e com as mãos na cintura, como se tivesse no bolso todo o meu povo pronto a me defender. O Capitão, vindo rapidamente do pórtico, me esperava em uma sala em meio a uma cambada de escrivães e guardas, o que não me agradou nada. Ele não tinha mais aquela cara humilde e complacente que mostrara à turba uns cinco minutos antes. A testa enrugada, a boca revirada e a postura decidida do Vice-capitão não lembravam em nada a palidez esverdeada, os olhares erráticos e o gesto trêmulo da vítima. Veio ao meu encontro confiantemente perguntando:

– Por favor, qual é o seu nome?

Eu lhe agradeci em silêncio por ter me livrado da pena de falar primeiro, já que não saberia em qual tecla tocar. Assim, cutucado em meu amor próprio, levantei a crista como um galinho.

– Me chamo Carlo Altoviti, cavalheiro de Torcello, chanceler de Fratta, e recentemente magistrado dos homens de Portogruaro.

– Magistrado, magistrado! – resmungou o Vice-capitão. – É o senhor que o diz, mas espero que não queira levar a sério a brincadeira de uma multidão de bêbados: seria muito arriscado para o senhor.

Aquela quadrilha de beleguins assentiu com a cabeça às palavras do chefe; eu senti um calor subir-me à cabeça, e faltou pouco para não soltar alguma besteira para que vissem o quão pouco me importavam suas ameaças. Um alto sentimento da minha dignidade me impediu de explodir, e respondi ao Vice-capitão que certamente eu não era digno da grande honra que me concederam, mas que não pretendia me rebaixar mostrando-me mais desimportante do que eu realmente era. Que ele, então, visse quais concessões estava disposto a fazer para que o povo meu cliente aproveitasse a liberdade recentemente conquistada.

– Que concessões, que liberdade? Eu não sei nada disso! – respondeu o Vice-capitão. – Não vieram ordens de Veneza, e a liberdade é tão antiga na Sereníssima República que não há nenhuma necessidade de que o povo de Portogruaro a invente agora.

– Devagar, devagar com essa liberdade da Sereníssima! – repliquei já treinado em tais disputas no meu noviciado em Pádua. – Se o senhor entende por liberdade o livre arbítrio dos três Inquisidores de Estado estou pronto a lhe dar razão; eles podem fazer o que lhes agradar. Mas quanto aos outros súditos da Excelentíssima Signoria pergunto-lhe humildemente em qual almanaque o senhor viu que podem ser chamados de livres?

– A Inquisição de Estado é uma magistratura comprovadamente ótima há séculos – acrescentou o Vice-capitão com uma vozinha insegura na qual a antiga veneração se misturava com a hesitação atual.

– Foi considerada ótima nos séculos passados – acrescentei eu. – Quanto ao presente, temos opiniões diferentes. O povo a considera péssima, e aproveitando de seu direito de soberania a libera para sempre do incômodo de servi-lo.

– Senhor... senhor Carlino, me parece – retomou o Vice-capitão –, veja que ninguém ainda deu essa soberania ao povo de Portogruaro, e que esse povo nada fez para conquistá-la. Eu ainda sou o representante da Sereníssima Signoria, e certamente não posso permitir...

– Ora vamos! – interrompi. – O que permitiram os representantes da Sereníssima em Verona, em Brescia, em Pádua e em todos os lugares que os franceses quiseram entrar!

– Fogo de palha, meu senhor! – exclamou imprudentemente o Vice-capitão. – Às vezes se finge conceder para retomar melhor depois. Sei de boa fonte que o nobre Ottolin[11] tem prontos trinta mil soldados nos vales de Bergamo, e me dirão se a volta dos franceses será igual à vinda.

– Pois bem, meu senhor – retomei –, aqui não se trata de saber o que acontecerá amanhã: trata-se de atender ou não as exigências de um povo livre. Trata-se de lhes devolver o que lhes foi tirado com aquela tirânica taxa de moedura, e de abrir para seu benefício os celeiros do erário que já se tornaram inúteis para que os *schiavoni* possam voltar para casa quando quiserem.

Um murmúrio de descontentamento correu pela boca de todos, mas o Capitão que tinha bons ouvidos, e ouvia engrossar do lado de fora um novo tumulto, foi mais moderado do que os outros.

– Eu sou o Vice-capitão das milícias e dos cárceres – respondeu ele. – Este (e apontava um homenzarrão grande e encaroçado), este é o Tesoureiro das taxas; este outro (um tipo alto e magro como a fome) é o Encarregado dos celeiros públicos. Investidos em nossos cargos pela Signoria, não podemos certamente reconhecer no senhor um legítimo magistrado, nem obedecer às suas vontades sem uma ordem da própria Signoria.

– Corpo e sangue! – gritei. – Então sou magistrado por nada?

Eles se olharam pálidos por tanta ousadia, pois eu, mais empenhado que nunca em fazer o meu papel, realmente saí dos eixos.

– Eu, senhores, prometi defender os interesses do povo e defenderei. Preciso voltar a Fratta antes da noite, e antes da noite quero resolver todos esses casos. Entenderam, senhores? De outra forma, recorro ao povo e deixo com eles.

---

11 Alessandro Ottolin, capitão e vice-prefeito de Bergamo, avisou o Senado, em mensagem de 8 de julho, que os habitantes dos vales tinham se alistado voluntariamente para combater os franceses; eram 10.000 homens, que chegaram a 30.000 em fins de agosto, armados às próprias custas.

– Entendi – respondeu o Vice-capitão, com mais resistência do que eu esperava. – Mas sem uma ordem da Signoria eu não reconheço outros superiores senão o Excelentíssimo Lugar-tenente. E quanto ao povo, eles não irão querer se fazer de loucos enquanto o tivermos como refém em nossa companhia.

– Como, eu como refém?... Um magistrado!...

– O senhor não é um magistrado! Eu sou o Vice-capitão.

– Obrigado! Vamos resolver isso também.

– Com certeza resolveremos, mas não o aconselho ter pressa. Já sabemos bastante sobre o senhor, e como o senhor trata com pouco respeito os que são fiéis à Inquisição.

– Ah são tantos!... Imagino! Mandarei enforcar, assim que chegar a Fratta, o fiel de lá!... Pode estar certo!

– Alto lá! Por ordem da Excelentíssima Signoria esta pessoa está presa como réu de lesa majestade!

Com essa saída realmente trágica do Vice-capitão, seu bando me cercou, como que para me impedir de fugir, mas até hoje me pergunto, qual a necessidade dessa precaução se todas as portas estavam trancadas? Se tivesse sido Pompeu[12], eu teria posto a ponta da toga na cabeça, mas só cruzei os braços no peito e dei àquela chusma velhaca o sublime espetáculo de um magistrado sem povo e sem medo. Essa encenação não durava nem um minuto, quando um patear de cavalos, uma correria e uma gritaria do povo do lado de fora atraiu a atenção dos meus carcereiros. Todos correram para as janelas quando perceberam mais distintamente os gritos daquele novo tumulto.

– Os franceses! Os franceses! Viva a liberdade!... Deixem passar os franceses!

Ficaram como estátuas no banquete de Medusa, aqui e ali pela sala. Fui de um salto à janela e vi se aproximar à porta do Capitaneado um pelotão de cavalaria com suas lanças, e ao redor dele um rebuliço, uma confusão de loucos, de curiosos, de fanáticos que pareciam dispostos a arrebentar a cabeça um contra o outro pelas diversas paixões que os agitavam.

– Viva os franceses!... Deixem passar os senhores franceses!

Não havia dúvida, os cavalarianos eram franceses, e começaram a bater com suas lanças na porta do Capitaneado, gritando e praguejando com todas as *peste* e os *sacrebleu* de seu vocabulário. Gritei lá de cima que a porta logo

12 Pompeu Magno (106-48 a.C.), derrotado por Cesar, refugiou-se no Egito. O faraó Ptolomeu XIV mandou matá-lo. No momento da morte, "Pompeu puxou a toga com as duas mãos sobre o rosto, sem dizer uma palavra ou fazer qualquer gesto indigno. Suportou firmemente os golpes, emitindo apenas um gemido" (Plutarco, Vida de Popmpeu. In: *Vidas paralelas.*)

seria aberta, e minhas palavras foram recebidas por um redobrar de gritos de entusiasmo na multidão.

– Bravo senhor Magistrado!... Avante senhor Magistrado!

Comovido com tanta bondade, me inclinei e corri para fazer com que abrissem. Mas ninguém me ouvia, todos fugiam precipitadamente aqui e ali pelas salas; alguns se trancavam nos armários vazios do arquivo; outros buscavam as chaves das celas para se misturar aos prisioneiros; os *schiavoni* de escolta saíram correndo pela portinhola do beco, e precisei descer eu mesmo para tirar as trancas da porta. Salve-se quem puder. Assim que entreabri a porta precipitou-se no átrio, com o cavalo e a lança, um danado de um sargento que por pouco não me atravessou de um lado a outro, e atrás dele todos aqueles outros endiabrados, apesar dos sete degraus que havia na entrada. No átrio, davam voltas galopando desordenadamente como se quisessem subir as escadas e sair Deus sabe onde. O Vice-capitão e seus satélites, ouvindo debaixo dos pés aquela confusão que fazia tremer as paredes, se recomendavam à beata Virgem do Terremoto. Eu tentava me fazer entender pelo sargento e convencê-lo a descer do cavalo se pretendia subir as escadas como parecia. O sargento, para meu grande espanto, me respondeu em bom italiano que procurava o Superintendente dos celeiros e o Vice-capitão, e que se eles não aparecessem logo diante dele, ele os mandaria enforcar na árvore da liberdade. Um viva frenético à liberdade sancionou por parte do povo essa sentença; o átrio já estava invadido pela turba e em meio aos cavalos dos franceses e a gritaria dos cidadãos houve um grande inferno. Finalmente o sargento, vendo que não podia subir as escadas a cavalo e que o Vice-capitão não tinha nenhuma pressa em descer, saltou do cavalo e me disse que o acompanhasse até os senhores magistrados. Ao me ver chegar com o oficial francês, outra gritaria sacudiu as fundações do Capitaneado.

– Viva o senhor Magistrado!

Lá em cima, eu e o sargento, depois de muita investigação, desentocamos o Tesoureiro das taxas, o Superintendente dos celeiros e o Vice-capitão, que tinham se amontoado como três serpentes em um canto do sótão. Mas tivemos um bom trabalho para salvá-los das unhas do povo que nos seguira; e somente com a minha autoridade respaldada com algumas imprecações do sargento consegui impor um pouco de silêncio. O sargento, então, pediu com os modos mais duros que uma subvenção de cinco mil ducados lhe fosse dada a título de indenização, e que os celeiros ficassem abertos a serviço da liberdade e do exército francês. O povo aproveitou também esse pretexto para gritar um viva à liberdade. Os três magistrados tremiam tanto que pareciam três arbustos açoitados pelo vento, mas o Tesoureiro conseguiu responder que não tinham ordens, e que se se usasse a força...

– Com força ou sem força! – gritou ameaçadoramente o sargento. – O general Bonaparte venceu ontem de manhã uma batalha no Tagliamento[13], espalhamos nosso sangue em defesa da liberdade e um povo livre nos negará agora um pouco de comida? Os cinco mil ducados devem ser desembolsados antes de uma hora, e o resto do caixa o General exige que seja colocado à disposição do povo. Quanto aos celeiros, depois de abastecido o campo em Dignano, devem ser deixados abertos às famílias mais necessitadas. Essas são as benéficas intenções dos republicanos franceses!

– Viva os franceses! Abaixo os São Marquinos! Viva a liberdade! – gritava a turba invadindo as salas, quebrando móveis e jogando papéis e estantes pelas janelas. Os que estavam fora vociferavam aos berros pela raiva de não poder fazer o mesmo. Espantei-me ao ver que um medo tão premente e próximo não tivesse liberado os três magistrados do antigo e obrigatório pavor da Inquisição de Estado. Todos os três tiveram a mesma ideia, mas o Vice-capitão foi o primeiro que se arriscou a expô-la.

– Senhor – balbuciou ele –, senhor distinto oficial, o povo, como o senhor diz, é livre; nós... nós não temos nada com isso... Os celeiros e o caixa todos sabem onde estão. Aqui (e apontava para mim), aqui está justamente o ilustríssimo senhor Magistrado criado esta manhã para o serviço da Comuna, faça o favor de se dirigir a ele. Quanto a nós... nós abdicaremos para... para...

Não sabia para quem abdicar, mas uma nova gritaria da turba livrou-o do peso daquela declaração.

– Viva a liberdade! Viva os franceses!... Viva o senhor Magistrado!...

O sargento deu as costas àqueles três desgraçados, pegou-me pelo braço e me levou para baixo. E enquanto parte da multidão se entretinha com seus antigos magistrados fazendo-os obedecer e gritar viva isto e viva aquilo, outro cortejo de povo seguiu o pelotão dos franceses que cercando minha importantíssima pessoa se dirigia aos escritórios da Caixa. No caminho avisei ao sargento que eu não tinha as chaves, mas ele me respondeu com um sorrisinho de compaixão e enfiou as esporas no ventre do cavalo para chegar logo. As portas foram arrombadas por dois sapadores; o sargento entrou na Caixa, colocou o

13 Em 16 de março de 1797, contra as tropas do arquiduque Carlos da Áustria.

dinheiro encontrado na sua bolsa, declarou que só havia encontrado quatro mil ducados, e pegou o caminho para os celeiros deixando que a raiva popular se desafogasse nos móveis e nos papéis. Nos celeiros encontramos já pronta uma longa fila de carroças, parte dos soldados, parte requisitadas nos sítios dos arredores, e muito bem escoltadas pela soldadesca. Eles ensacaram e carregaram a cevada, o trigo, as farinhas, em curto espaço de tempo; foi permitido ao povo o pó da farinha que saía pelas janelas, e mesmo assim eles gritavam sempre: – Viva os franceses! Abaixo São Marcos!... Viva a liberdade...

Pronto o comboio, o Capitão que o dirigia e recebera o relatório do sargento, me chamou solenemente elogiando-me a cada duas palavras com os títulos de cidadão e magistrado. Declarou-me benemérito da liberdade, salvador da pátria, e filho adotivo do povo francês. Depois as carroças tomaram o caminho para San Vito, a cavalaria desapareceu com a bolsa em uma nuvem de pó, e eu fiquei lívido, surpreso, desconcertado, em meio a um povo pouco contente e menos ainda saciado. Entretanto ainda gritavam: – Viva os franceses! Viva a liberdade! – só tinham se esquecido do seu magistrado, e isso me deu a vantagem de poder me desembaraçar assim que começou a escurecer. Eu não tinha tempo para procurar o pangaré e também não tinha vontade de provocar, sobre ele, algum novo triunfo; entendi que era melhor ir a pé. A pé, e com o remorso de ter perdido em soberbas ninharias todo aquele dia, peguei por trilhas e barcos o caminho de Fratta. Muitas considerações políticas e filosóficas sobre a instabilidade da glória humana, do favor popular, e sobre os estranhos costumes dos paladinos da liberdade distraíam minha mente do medo que alguma desgraça tivesse acontecido nesse meio tempo no castelo. Por outro lado, os sítios desertos pelos quais tive que passar e as marcas de desordem e saque que vi ali me preocupavam um pouco e fizeram com que eu apressasse o passo involuntariamente, e que, à medida que me aproximava de casa, me arrependesse cada vez mais por ter descuidado por tantas horas do motivo mais importante pelo qual eu saíra. Infelizmente, meus temores tinham fundamento. – Em Fratta, encontrei literalmente o que se diz ser a casa do diabo. As casas do vilarejo abandonadas; pedaços de jarros, de carroças, de mobílias amontoados aqui e ali; restos de fogueiras ainda fumegantes; na praça, as marcas da maior algazarra do mundo. Carnes meio cruas, meio cozidas; vinho derramado em poças; sacos de farinha revirados, restos de pratos e de copos. No meio disso tudo, os animais que escaparam dos estábulos pastavam e o claro-escuro da noite iminente dava à essa cena a aparência de uma visão fantástica. Corri para o castelo gritando em altos brados: – Giacomo! Lorenzo! Faustina! – mas a minha voz se perdia nos pátios desertos, e só junto ao átrio me respondeu o relinchar de um cavalo. Era o pangaré de Marchetto, que se libertando na confusão de Portogruaro voltara para casa, mais fiel e mais corajoso o pobre animal do que todos aqueles outros animais que se vangloriavam de ter cérebro e coração. Uma dúvida cruel partiu minha alma relativa à velha Condessa, e passei voando pelos pátios e corredores com o perigo de enfiar a cabeça em alguma coluna. Lá dentro, porque a lua não podia penetrar, não vi os sinais do pandemônio, mas farejava seu fedor enjoativo. Tropeçando nas janelas arrombadas, nas mobílias arrebentadas, subi as escadas meio de quatro, na sala estive quase para me perder tanta era a confusão das coisas que a entulhavam; o medo me iluminava, cheguei ao quarto da velha e caí em um escuro terrível gritando como um demente. Da profunda escuridão respondeu-me um som assustador como de uma respiração arquejante e ameaçadora: o bramido de uma fera e o gemido de uma criança se juntavam naquele ronco surdo e contínuo.

– Senhora, senhora! – exclamei com os cabelos eriçados. – Sou eu! Sou Carlino! Responda!

Então ouvi o barulho de um corpo que se erguia com dificuldade, e meus olhos saíam das órbitas para discernir alguma coisa naquele mistério de trevas. Adiantei-me para tocar, retroceder em busca de lume eram opções que nem me passavam pela cabeça, pois o terror daquela incerteza deixava-me atônito e inerte.

– Escute – começou então uma voz que com dificuldade reconheci como da Condessa velha –, escute, Carlino, já que não tenho padre, quero me confessar com você. Saiba... portanto... saiba que a minha vontade nunca quis mal a ninguém... que fiz todo, todo o bem que pude... que amei meus filhos, minhas netas, meus pais... que fiz bem ao próximo... que confiei em Deus... E agora tenho cem anos; cem anos, Carlino! De que me serve ter vivido um século?... Agora tenho cem anos, Carlino, e morro na solidão, na dor, no desespero!...

Eu tremi todo da cabeça aos pés; e esmiuçando com o olho da piedade todos os mistérios daquela alma reanimada apenas para sentir o terror da morte:

– Senhora – gritei –, senhora, a senhora não acredita em Deus?...

– Acreditei até agora – respondeu-me com uma voz que ia se apagando. E adivinhei por aquelas palavras um sorriso sem esperança. Então, não a ouvindo mais se mover nem respirar fui até a beira do leito e toquei arrepiando um braço já enrijecido pela morte. Houve um momento em que me pareceu vê-la, me pareceu vê-la, apesar das trevas se adensarem cada vez mais naquela sala funerária, e senti as pontas envenenadas dos seus últimos olhares perfurar meu coração sem misericórdia, quase me pareceu que sua alma abandonando a antiga companheira me soprasse no rosto uma maldição. Maldita essa vida ilusória e fugaz que nos leva a passeio por golfos amenos e encantadores, e depois nos lança em naufrágios desesperados contra um escolho!... Maldito o ar que nos acaricia jovens, adultos e decrépitos para nos sufocar moribundos!... Maldita a família que nos acalenta, que nos circunda alegres e felizes, se dispersa lá e cá, e nos abandona nos instantes supremos e na solidão do desespero! Maldita a paz que acaba com a angústia, a fé que se transforma em blasfêmia, a caridade que acolhe a ingratidão! Maldito...

Minha mente nesses tétricos delírios oscilava entre furor e estupidez; aquela vida santa e centenária cortada daquele modo nos espasmos do assombro me subvertia a razão, e fiquei muito tempo com aquele braço gelado nas mãos, sem saber se estava vivo ou morto. Finalmente me refiz ao surgir uma luz no quarto, e vi que era o Capelão, que se espantou muito ao me encontrar ali. O Spaccafumo vinha atrás dele trazendo uma vela. Em qualquer outro momento, o desalinho de suas figuras, a palidez do rosto, os olhos fundos, as carnes sangrando teriam me horripilado, mas nem me importei. O padre se aproximou do leito da velha sem dizer nada, levantou seu outro braço e deixou-o cair.

– Cães franceses! – murmurou ele. – Ela morre sem os confortos da religião!... E eu não tenho culpa, meu Deus?...

Dizendo isso, ele se olhava todo machucado e dilacerado pelos maus tratos dos soldados, dos quais havia desafiado a cólera por querer ficar junto ao leito da enferma. Tinham-no arrastado para fora batendo e zombando dele, mas ele ficara sempre ao redor do castelo e voltara assim que os saqueadores se afastaram. Quanto ao Spaccafumo, ele percebia a cem milhas de distância as desgraças do Capelão e nunca deixava de chegar no momento certo; era como uma segunda vista aguçada pela gratidão e pela amizade. Eu não pude nem desejei amargurar a dor do bom padre contando-lhe a morte da senhora. Calei-me e me ajoelhei com eles para recitar as litanias dos mortos em meu espírito, mais para conforto dos vivos do que por voto à defunta. Então rearranjamos o cadáver em uma atitude cristã, mas a ideia impressa pela morte naquele semblante desfeito contrastava assustadoramente com as mãos em cruz em ato de prece. Eu que trazia na alma o segredo daquele contraste, afastei-me pouco depois, deixando o padre e seu companheiro recitar com devoto fervor as orações dos defuntos. Vaguei muito tempo pelos campos como um espectro e, voltando ao vilarejo, soube por alguns fugitivos a terrível história daquela incursão dos soldados, que depois de ter emporcalhado todo o território lançaram-se com o furor da embriaguez sobre o castelo de Fratta. Os vitupérios que um bando de sicários deve ter cometido com aquela pobre velha que ficara sozinha para enfrentá-los, eu nem queria imaginar. Mas o pouco que havia visto o Capelão, o estado miserável do cadáver e a desordem do quarto atestavam os ultrajes sem piedade que ela sofrera. Confesso que meu entusiasmo pelos franceses diminuiu muito, mas repensando depois pareceu-me impossível que premeditadamente cometessem tais monstruosidades, e vendo que deviam ser atribuídas ao talento bestial de alguns soldados, decidi fazer justiça. A fama pintava o general Bonaparte como um verdadeiro republicano, o defensor da liberdade; enfiei na cabeça de recorrer a ele, e dois dias depois, quando o corpo da Condessa foi deposto com as costumeiras honras na tumba de família, me pus em viagem para Udine, onde tinha seu quartel o Estado Maior do exército francês. Pelos dados que recolhi, pudera argumentar que os culpados pertencessem ao mesmo batalhão que escoltava o comboio dos grãos que partira naquele mesmo dia de Portogruaro, por isso não duvidava que mandariam localizá-los e puni-los com um castigo exemplar. A antiga virtude do jovem libertador da Itália era garantia, a meu ver, de pronta justiça.

Em Udine encontrei a habitual confusão. Os hóspedes que mandavam, os anfitriões que obedeciam. As autoridades venezianas sem força, sem dignidade, sem orientação; o povo e os senhores da cidade divididos em diversas opiniões, umas mais estranhas e falazes do que as outras. Mas muitos dos que dias antes tinham gritado vivas aos hussardos da Hungria e aos dragões da Boêmia, aplaudiam agora os *sans culottes* de Paris. Isso era fruto da nulidade política de muitos séculos: acreditava-se estar no mundo só para olhar; espectadores e não atores. Os atores querem ser pagos, e é justo que quem está na poltrona compense os que se movem por ele...

O general em chefe, Napoleão Buonaparte (assim o chamavam então), morava na Casa Florio. Pedi para falar com ele afirmando precisar fazer gravíssimas comunicações sobre coisas acontecidas na província, e como ele negociava com os descontentes venezianos, foi-me concedida uma audiência. A razão eu só soube depois.

O General estava nas mãos de seu camareiro que lhe fazia a barba; na época não desdenhava deixar-se ver como homem, aliás, ostentava uma certa simplicidade austera, de modo que a primeira impressão me confortou muito. Era magro, pequeno, irrequieto; longos cabelos lisos lhe enchiam a testa, as têmporas e a nuca até o colarinho. Parecia-se muito com aquele belo retrato que nos deixou Appiani, e que pode ser visto no palácio Melzi, em Bellagio: presente do Primeiro Cônsul Presidente ao Vice-presidente, soberba lisonja do lobo ao cordeiro[14]. Só que naquele tempo ele era ainda mais magro, tanto que lhe deram poucos anos de vida, e um frágil semblante acrescentava a auréola de mártir à glória do libertador. Ele sacrificava sua vida ao bem dos povos, quem não se sacrificaria por ele?

– O que quer, cidadão? – disse-me ele resoluto, limpando os lábios com a renda da toalha.

– Cidadão general – respondi com uma leve reverência para não ofender a sua republicana modéstia –, as coisas de que lhe venho falar são da máxima importância e da maior delicadeza.

– Então fale – acrescentou ele apontando o camareiro que continuava seu trabalho. – Mercier sabe tanto de italiano quanto meu cavalo.

– Então – retomei –, irei me explicar com toda a ingenuidade de um homem que confia na justiça de quem combate justamente pela justiça e pela liberdade. Um crime horrendo foi cometido há três dias no castelo de Fratta por alguns soldados franceses. Enquanto o grosso de suas fileiras saqueava arbitrariamente os celeiros públicos e o erário de Portogruaro, alguns desgarrados invadiram uma honorada casa senhoril, ultrajaram e torturaram tanto uma velha senhora enferma, mais que centenária, que ficara sozinha em casa, que ela morreu de desespero e desgosto.

– É porque que a Sereníssima Signoria encoleriza os meus soldados! – gritou o General levantando-se, pois o camareiro terminara de lhe enxaguar o queixo. – Apregoa ao povo que são assassinos, que são heréticos. Quando eles surgem todos fogem, todos abandonam as casas. Como o senhor quer que esse tipo de recepção predisponha os ânimos à humanização e à moderação?... É o que digo, será preciso que eu volte atrás para limpar meu caminho desses insetos molestos.

– Cidadão general, também entendo que a fama mentirosa pode ter impedido a cordialidade das primeiras recepções, mas me parece que há um modo de desmentir essa fama, se com um claro exemplo de justiça...

– Sim, o senhor vem me falar justiça hoje que estamos às vésperas de uma batalha campal no Isonzo!... Nós é que merecíamos justiça há dois ou três anos!... Agora colhem o que plantaram. Mas me reconforto ao ver que o pior dano não vem dos meus soldados... Bergamo, Brescia e Crema já se separaram

14 O retrato feito por Andrea Appiani (1754-1817), finalizado em 1803 sobre um esboço feito depois da entrada de Napoleão em Milão (1797), foi dado por Napoleão a Francesco Melzi d'Eryl, antepassado de uma sobrinha de Nievo .

de São Marcos[15], e aquela estúpida e fraudulenta oligarquia irá finalmente perceber que seus verdadeiros inimigos não são os franceses. Soou a hora da liberdade; é preciso ficar em pé e combater por ela, ou se deixar esmagar. A República francesa estende a mão a todos os povos para que voltem a ser livres, no pleno exercício de seus direitos naturais e imprescritíveis. A liberdade bem vale algum sacrifício! É preciso se resignar.

– Mas, cidadão general, não falo de me refutar a nenhum sacrifício útil pela causa da liberdade. Só me parece que o martírio de uma velha condessa...

– Repito, cidadão, quem exacerbou o ânimo dos meus soldados? Quem voltou contra eles a índole dos padres do campo e dos camponeses?... Foi o Senado, foi a Inquisição de Veneza. Não duvide que a justiça será feita sobre os verdadeiros culpados...

– Mas me pareceria que um exemplo para prevenir tais desordens no futuro...

– O exemplo, cidadão, meus soldados darão no campo de batalha. Não duvide. Justiça será feita para eles, o senhor não quer que eu mate todos?... Pois bem, estarão na primeira fila; lavarão com seu sangue e em prol da liberdade a vergonha da culpa cometida. Assim o mal se fará bem, e a causa do povo será engrandecida com os mesmos crimes que a deturparam!

– Cidadão general, peço-lhe que veja...

– Basta, cidadão: já vi tudo. O bem da República antes de tudo. O senhor quer ser um herói?... Esqueça qualquer capricho privado e junte-se a nós, junte-se aos homens íntegros e leais que também fazem em seu país uma guerra longa, obstinada, subterrânea aos privilégios da imbecilidade e da preguiça. Daqui a quinze dias voltará a me ver. Então a paz, a glória e a liberdade universal terão apagado a memória desses excessos momentâneos.

Com essas palavras o grande Napoleão terminara de se vestir, e se dirigiu à sala vizinha, onde o esperavam alguns oficiais superiores. Vendo que ele não estava muito contente com a minha visita, nem parecia disposto a me ouvir mais, desci acabrunhado pelas escadas repassando o teor de toda aquela conversa. Na verdade, não entendi muito, mas suas grandes palavras de povo e de liberdade, e seu rosto resoluto austero tinham-me enevoado o intelecto, e no fim das contas concordei, pois o ódio contra os patrícios venezianos superava muito o ressentimento contra os soldados franceses. A tremenda desgraça da Condessa pareceu-me uma gota d'água em relação ao mar de felicidade que

15 As insurreições democráticas nessas três cidades aconteceram respectivamente em 12, 18 e 28 de março de 1797.

viria pela valida intervenção do exército republicano. O cidadão Bonaparte parecia-me um pouco áspero, um pouco surdo e também um pouco sem coração, mas o desculpei pensando que o seu ofício precisava que ele fosse assim no momento. E assim deixei, aos poucos, que a morta tivesse paz, e voltei meus pensamentos aos vivos, de modo que na carta que escrevi a Veneza para participar o triste caso à família, atribuí a culpa mais à improvidência das magistraturas vênetas e ao tolo medo do povo, do que ao bárbaro desregramento dos invasores. O Capelão ficou muito espantado ao me ver voltar a Fratta com as mãos cheias de moscas, mas mais calmo e contente do que quando partira. O Monsenhor e o Capitão que tinham se entocado no castelo ouviram com terror a história da minha conversa com o general Bonaparte.

– Você o viu mesmo? – perguntou o Capitão.

– Claro que o vi! Estava até fazendo a barba.

– Ah! Então ele faz a barba? Achei que a usasse longa.

– A propósito – disse o Monsenhor –, depois da morte de mamãe (um longo suspiro) não raspei mais o queixo nem a tonsura. Faustina (ela também havia voltado), traga a moringa d'água!...

Era assim que o monsenhor Orlando de Fratta sentia suas dores e as misérias públicas. Devo dizer que os animais se mostraram mais sensíveis do que todos os habitantes do castelo naquela conjuntura, sem excetuar a mim mesmo, pois um tardio e vão arrependimento certamente não me purgará do odioso esquecimento daquele tremendo dia. Sem contar o pangaré de Marchetto, que deixou a pancadaria para voltar para casa como eu devia ter feito, havia o cão do Capitão, o velho Marocco, que não se dignou a acompanhar o dono em sua fuga para Lugugnana. Ele ficou vagando pelo castelo deserto, farejando aqui e ali como que buscando um espírito melhor que o dele, mas não conseguiu encontrar, e um francesinho sem vergonha divertiu-se atravessando-o de um lado a outro com a baioneta bem no meio do pátio. Refugiados em casa, aquele bando de velhacos ficou tão atônito e confuso, que não sentiu nem o fedor daquela carniça que empesteava o ar há três dias. Coube-me perceber quando voltei de Udine; então ordenei a um camponês que fosse jogada em algum esgoto. Mas o camponês, ao sair para esse piedoso trabalho, me chamou pouco depois para que eu também visse uma coisa espantosa. Sobre o cadáver já com vermes de Marocco instalara-se o gatão listrado, seu companheiro de tantos anos, e não havia meio de tirá-lo de lá. Carícias, ameaças e puxões de nada serviram, tanto que me apiedei e também passei a admirar aquele pobre morto que soubera despertar em um gato uma tão profunda amizade. Fiz com que fosse arrancado a força, e mandei que Marocco fosse enterrado onde recebera o funesto prêmio por sua fidelidade. O camponês aprofundou o buraco em três braças e jogou terra por cima, acreditando ser o suficiente. Mas por meses e meses seguidos foi preciso recolocar aquela terra todas as manhãs, porque o gato fiel ocupava suas noites raspando-a para descansar sobre os restos do amigo. O que querem? Eu respeitei a dor daquele animal, não tive coragem de lhe subtrair os despojos tão queridos a ele e tão incômodos ao olfato dos moradores do castelo. Mandei cobrir com uma pedra. Então o gato ficou deitado sobre ela dia e noite lamentando-se continuamente, e girando ao redor do sepulcro com um miado melancólico. Ainda viveu alguns meses e depois morreu; tenho certeza porque nunca deixei de me informar como terminou aquela trágica amizade. Não digam que os gatos não têm sua porçãozinha de alma! Quanto aos cães, a sua fama já é suficientemente garantida. Seu afeto os colocou entre os afetos familiares, em último lugar, mas o mais constante. O primeiro que fez festa ao retorno do filho pródigo, aposto que foi o cão da casa! E quando me falam da inutilidade e do perigo dessa numerosa família canina que disputa com a humana o alimento, e às vezes lhe transmite uma doença assustadora e incurável, só posso exclamar: – Respeitem os cães! – Talvez agora estejamos igualados, mas também talvez, e Deus não queira, virá um tempo que eles se julgarão muito melhores do que nós! Tempos como esse existiram outras vezes na história da humanidade. Nós bípedes oscilamos entre o herói e o algoz, entre o anjo e Belzebu. O cão é sempre o mesmo, nunca muda como a estrela polar. Sempre amoroso, paciente e devoto até a morte. Querem mais, vocês que não teriam coragem de destruir nem mesmo uma tribo de canibais?...

Porém, devo confessar que, quanto a mim, morar em Fratta não me parecia tão tranquilo nem tão digno como um mês antes. Os franceses esvoaçavam pela minha cabeça, eu sonhava me tornar alguém importante, e este me parecia o melhor caminho para reconquistar o amor da Pisana. Pensava sempre em Veneza, na queda de São Marcos, na nova ordem que viria, na liberdade, na igualdade dos povos. O tal general Bonaparte era pouco mais velho do que eu. Por que eu também não podia me transformar de repente em um vencedor de batalhas, em um salvador de povos? A ambição me seduzia de braços dados com o amor, e eu não sentia mais o caridoso respeito pela dolorosa paixão de Giulio Del Ponte. Descuidava das tarefas da chancelaria, e a maior parte do meu tempo eu perdia doutrinando-me de política com Donato, ou lutando esgrima, ou no tiro ao alvo com Bruto Provedoni. Bruto era o mais fervoroso dos jovens irmãos pela causa da liberdade e muitas vezes Bradamante e Aquilina zombavam de nós. Elas tinham visto os franceses sem entender realmente a opinião favorável que tínhamos deles, e nós, por nosso lado, ficávamos furiosos quando elas, para nos tirar desse encantamento, nos lembravam de algumas das execrabilidades cometidas por aqueles propagadores da civilização. Sobretudo não queria ouvir falar do suplício da velha condessa de Fratta. Sentia que tinham razão, mas não queria aceitar; e por isso me irritava em demasia. Não sei como eu terminaria se as coisas fossem pelo mesmo caminho, mas o destino se intrometeu para acabar com meus caprichos de ambição e soberba. Um belo dia (estávamos no fim de março), me chega de Veneza uma carta da senhora Condessa. Leio e releio o sobrescrito. Não há dúvida: é ela mesmo. Fico muito espantado por ela me escrever e mais ainda que comece no alto da página com um *querido sobrinho*. Estive para perder a cabeça de assombro, mas tive o bom senso de mantê-la para entender o resto. Imaginem quem chegara a Veneza?... Meu pai! Nada menos do que meu pai!... Eu devia acreditar?... Um homem que se acreditava morto, que não se deixara ver por vinte e cinco anos! A razão quase se recusava, mas o coração ávido de amar dizia que sim, e já voava sobre as ruas de Veneza antes de chegar ao fim da carta. É verdade que para lê-la inteira creio ter levado meio dia, e depois durante a viagem voltava a ela de vez em quando por medo de ter entendido mal e ter me iludido em vão. Entreguei a chancelaria aos cuidados de Fulgenzio e parti no mesmo dia. Meu coração não queria parar quieto e no cérebro me fervilhavam tantas esperanças temperadas por memórias, paixões, desejos, impossibilidades, que não tive mais paz. A Condessa me advertia para que eu me preparasse para retomar na sociedade o lugar concedido a um representante da família patrícia dos Altoviti; acrescentava que meu pai não se inscrevia porque desaprendera o alfabeto italiano, que eu fosse até ela não mais na casa Frumier, mas na casa Perabini, em Canarregio, e terminava mandando ao dileto sobrinho beijos seus e da prima Pisana. Eu gostava mais de meu pai e da Pisana do que de minha tia.

CAPÍTULO DÉCIMO PRIMEIRO

Como perceberam em Veneza que os Estados da Sereníssima faziam parte da Itália e do mundo. Meu ingresso no Conselho Maior como patrício veneziano no primeiro dia de maio de 1797. Maquinações contra o governo fomentadas pelos amigos e pelos inimigos da pátria. Cai a República de São Marcos como o gigante de Nabucco, e eu me torno secretário da nova Municipalidade.

A primeira pessoa que vi e abracei em Veneza foi a Pisana; a primeira que me falou foi a senhora Condessa, que do fundo do apartamento, correndo até mim, se apressava em gritar: –Bravo, o meu Carlino, bravo!... Que prazer ver você!... Venha, um grande beijo de sobrinho!... – Passei de muito má vontade dos beijos da Pisana aos da Condessa, ainda mais amarela e curvada do que antes. Mas mesmo naquela confusão de afetos que me perturbava, sobrou um bom cantinho para o assombro de uma tão inusitada recepção. Em seguida me resignei a falar de mim e enquanto isso a Condessa mandou Rosa procurar meu pai. Também me surpreendeu um pouco essa missão da fiel camareira, tanto mais que ela, não mais jovem e mal-humorada como sempre, dispunha-se a isso reclamando muito. Esses encargos pertenciam aos lacaios, e comecei a duvidar que o séquito da Condessa fosse muito numeroso. De fato, esperando ali, observei nas salas quase vazias o que não parecia possível, uma enorme desordem: pó e teias de aranha compunham a decoração; alguns móveis, alguns quadros nas paredes; umas poucas cadeiras sem par e mirradinhas aqui e ali; enfim, a verdadeira miséria morando num palácio. Mas o que desviava minha mente dessas melancolias era o aspecto da Pisana. Eu nunca a vira mais bela, mais fresca, mais contente; e ela sabia ser assim, apesar de que com os mil novos atrativos aprendidos em Veneza ela tentasse ofuscar o esplendor daquelas qualidades. Mas fossem dons da natureza, ou cegueira minha, até os artifícios adquiriam em suas feições uma graça encantadora. Entretanto, encontrei-a mais taciturna e menos expansiva do que o normal; ela me olhava com a alma nos olhos, então baixava a cabeça corando, e minhas palavras pareciam agradar voluptuosamente seus ouvidos sem que com a mente chegasse a entendê-las. Eu percebia isso tudo enquanto a tia Condessa me afogava num grande falatório, e eu não entendia nada; só me atingiu várias vezes o nome de meu pai, e me pareceu perceber que ela também estivesse muito contente com seu inesperado e milagroso retorno.

– Essa tola da Rosa não volta nunca! – resmungava a senhora. – Não quis que você fosse, justamente porque quero entregá-lo a seu pai, e estar presente na alegria do reencontro. Oh, como é bom o seu pai, meu Carlino!...

Pareceu-me que àquelas palavras a Pisana enrubescesse mais do que o comum, e estivesse perturbada pelos olhares que eu lhe dirigia continuamente. Finalmente Rosa voltou para dizer que o senhor meu pai terminaria um compromisso na praça e logo estaria conosco, então mais uma vez eu quis ir ao encontro dele para me antecipar à alegria daquele suave momento, mas a Condessa me forçou tanto que tive que ficar. Uma hora depois tocou a campainha, e um homenzinho em boa forma, coxo de uma perna, meio turco e meio cristão ao se vestir, entrou saltitando na antecâmara. Eu corri até ele; a Condessa, vindo atrás de mim, pôs-se a gritar: – Carlino, é o seu pai!... Abrace o seu pai! – Eu, de fato, lancei-me nos braços do recém-chegado derramando entre as dobras de seu casacão armênio as primeiras lágrimas de alegria que jamais soltara. Meu pai não foi muito afetuoso nem muito loquaz; espantou-se muito de que com o nome que eu carregava tivesse me enfiado numa tão obscura biboca como era uma chancelaria no campo, e me prometeu que assim que eu estivesse inscrito como seu filho legítimo no Livro de Ouro, faria uma boa figura no Conselho Maior. Aquele astuto velhinho falava dessas coisas com um certo ar que eu não sabia se era de zombaria ou de sensatez; e a cada ponto e vírgula, como que para corroborar o que falava, batia com o dorso da mão no bolsinho do casacão de onde lhe respondia um lisonjeiro tilintar de moedas de ouro e de dobrões. A cada um desses acordes metálicos o rosto amarelado da Condessa se irradiava com um róseo reflexo, como o céu sombrio de um temporal ao olhar de través que lhe manda o sol. Eu escutava e olhava meio atordoado. Aquele senhor pai que me aparecera da Turquia, com a riqueza em uma das mãos, o poder na outra, e uma enorme dose de zombaria em todas as suas maneiras, me causava uma impressão maravilhosa. Eu não me cansava de observar aqueles seus olhinhos cinzentos, um pouco avermelhados e um pouco maldosos, que por tantos anos haviam visto o sol do Oriente; aquelas rugas caprichosas e profundas formadas sob o turbante pelo trabalho corrosivo de Deus sabe quais pensamentos; aqueles gestos um pouco respeitáveis e um pouco de marinheiro que sempre se misturavam para comentar a claudicante obscuridade de uma língua mais árabe do que veneziana. Via-se que era um homem habituado à vida, o que quer dizer que não se preocupa com nada, que acredita pouco, que espera menos ainda, e que tendo se sacrificado por muito tempo à esperança de uma futura comodidade, acha tudo bom, tudo cômodo, porque tudo leva ao mesmo fim. Assim, às vezes os meios são escola e exercício para desprezar o fim. Pelo menos foi assim que julguei meu pai, e confesso sinceramente que fiquei à sua volta desde o início com mais curiosidade do que amor. Parecia-me que os antigos mercadores de Tana[1] ou de Esmirna deviam ser assim, que a custo de astúcias, de conversas e de atividades faziam os Tártaros perdoar ou esquecer a diferença de fé. Turcos em Constantinopla, cristãos em São Marcos, e mercadores por todos os lados, tinha feito de Veneza a mediadora dos dois mundos de então. Até uma espécie de barbinha rala, grisalha e nervosa aproximava a fisionomia de meu pai à máscara de Pantalone[2], mas ele chegava tarde à cena do mundo. Parecia um daqueles personagens cômicos vestidos de persas ou turcos que depois de baixar as cortinas saem para anunciar a comédia do dia seguinte. Tudo isso sem qualquer prejuízo da autoridade paterna.

Conversamos um pouquinho, com muitas interjeições de cordialidade e de espanto da senhora Condessa, e alguns suspiros reprimidos da Pisana, o senhor pai me convidou para sair com ele e me levou a San Zaccaria, onde alugara uma bela casa mobiliada quase à moda turca com tapetes, divãs e cachimbos aos montes. Faltavam mesas, e alguns baús para guardar as coisas, mas em compensação havia um grande número de armários de onde se tirava, como por encanto, tudo o que se pudesse desejar. Uma mulata escura, de mais de quarenta anos, preparava café da manhã à noite, ela e o patrão se entendiam por sinais e monossílabos, e era divertido vê-los; não creio que falassem qualquer língua deste mundo, e podia ser que os diabos conversassem como eles em suas incursões terrestres. O senhor pai tirou o chapéu de três pontas, puxou sobre as orelhas um barrete mouro, acendeu o cachimbo, mandou servir o café, e pediu que eu me sentasse como ele cruzando as pernas sobre um tapete. Ali estava um futuro patrício do Conselho Maior ocupado em soletrar o livro de boas maneiras de Bagdá. Disse-me que era grato à sua esposa por ter lhe deixado uma tão bela herança como eu, talvez como compensação das poucas delícias granjeadas com o casamento; sugeriu que

1 Importante escala do comércio veneziano na foz do rio Don. Atual Azove.

2 Personagem da *Commedia dell'arte*.

ele fechava os olhos a algumas antigas suspeitas que haviam deteriorado a sua harmonia e trazido minha mãe de volta a Veneza; acabou confessando que eu me parecia com ele, principalmente nos olhos e na abertura das narinas; isso bastava para uni-lo com um afeto imortal ao seu filho único. Eu, por minha vez, agradeci seus tão bons sentimentos por mim; pedi que me desculpasse caso encontrasse defeitos na minha educação, pela condição de órfão em que vivera; não quis abrir-lhe os olhos sobre a maneira pouco honrosa da proteção concedida a mim pelos tios com a sua chegada; e com a minha modesta compostura conquistei, creio, sua estima desde aquela primeira conversa. Ele me observava com o rabo dos olhos, e apesar de parecer pouco atento às palavras, notava em mim todos os outros sinais com os quais por longa experiência aprendera a conhecer os homens.

Pelo seu julgamento, tive uma sentença bastante favorável. Pelo menos é o que pude inferir do grande afeto que me demonstrou a seguir. Pediu que eu falasse da condessinha Clara, como se fizera freira, e falou do doutor Lucilio com sinais de muito respeito, espantando-se como a família de Fratta não se sentisse honrada em tê-lo como parente. A igualdade muçulmana temperava nele a aristocracia natural, pelo menos foi o que pensei, e minha opinião se confirmou, quando ele prosseguiu zombando do ilustríssimo Partistagno, que queria deter o tempo com o espadão de seu avô. Espantei-me em ver meu pai saber tanto quanto eu sobre esses acontecimentos e que ele perguntasse aos outros já que sabia muito. Todavia, vale mais saber por duas bocas do que por uma só; e ele achava justa a sabedoria desse ditado. Depois, falou-me casualmente da Pisana, dos grandes cortejadores que tinha em Veneza, e de seu crasso erro de não se juntar ao mais rico deles para restaurar a dignidade da família e a fortuna da mãe.

"Ai, ai!", pensei comigo, "aí está a aristocracia que ressurge!".

Giulio Del Ponte, principalmente, parecia-lhe, para usar uma expressão dele, um boneco joão-bobo. A Pisana fazia mal em não se livrar dele, porque ele era um cantador cheio de tosse, de misérias e de melancolia. As moças bonitas devem se preocupar com os moços bonitos, e esses pobres coitados, no Levante, manda-se vender amendoim pelas ruas. Eu me entusiasmava com esses aforismos do senhor pai; e quase estive a ponto de lhe fazer uma confissão completa. A compaixão por Giulio não mais me detinha, mas sim uma certa vergonha de me mostrar menino e enamorado para um homem tão experiente e sensato. Ele continuava a me observar, enquanto eu falava do esbanjamento da Condessa, da ruinosa indiferença do conde Rinaldo que se perdia fazendo almanaques nas bibliotecas, enquanto a *bassetta*[3] e o *faraone*[4] arrancavam das mãos de sua mãe as últimas migalhas de seus cofres. Confessou-me com maligna compaixão que a Condessa tentara sentir o peso de seus dobrões, mas que não conseguira ver nem a cor deles, e batia a mão no bolsinho, no habitual tilintar de moedas. Essa prudente sovinice não me agradou, e estou quase certo de que ele percebeu. Mas não por isso usou a cortesia para mudar de assunto, aliás, reforçou-o como um homem obstinado em sua opinião de que o dinheiro seja a coisa mais apreciada e apreciável. Eu, ao contrário, teria dado metade dos poucos ducados que tinha no bolso ao primeiro mendigo que me pedisse; e talvez pensasse assim porque sempre tivera poucos. A pobreza foi minha professora de generosidade, e seus preceitos também me ajudaram quando não os tive mais. Entretanto, dali a pouco tive oportunidade de descobrir que meu pai não era um avarento. Naquele dia ele me levou às melhores lojas para que eu me vestisse como o mais completo almofadinha de São Marcos. Depois me levou ao meu quarto, que tinha uma porta dando para a escada de fora, e me deixou com a promessa de que me faria o segundo patriarca da família Altoviti.

– Os nossos antepassados estavam entre os fundadores de Veneza – disse-me antes de sair –, vinham de Aquileia e eram romanos da estirpe Metella. Agora que Veneza tende a se refazer, é preciso que um Altoviti arregace as mangas. Deixe comigo!

O senhor pai desfechava nessas palavras toda a proverbial soberba da pobre nobreza de Torcello, mas os dobrões levantinos trabalharam tanto que meu direito à inscrição no Livro de Ouro foi incontinentemente reconhecido, e eu compareci pela primeira vez como patrício votante no Conselho Maior na sessão de 2 de abril de 1797[5]. Quanto a ele, não queria se envolver, parecia não se sentir digno de se colocar no topo da renovação da estirpe e que estivesse contente em me fornecer os meios. Os poucos dias vividos senhorilmente em Veneza, por meio da condessa de Fratta e dos excelentíssimos Frumier nos melhores círculos, haviam me granjeado uma fama extraordinária. Eu tinha uma aparência agradável, minhas maneiras se distanciavam um pouco das costumeiras afetações, não me faltava cultura, mas eu também não sufocava com pedantismos o modesto brio que a natureza me concedera; mais do que tudo, porém, creio que o boato de abastado me corroborasse

3 Jogo de cartas em que se usam apenas as cartas baixas do baralho.

4 Jogo de cartas bastante popular na Europa no século XVIII.

5 Uma das últimas sessões do Conselho Maior, à qual compareceu o avô de Nievo, Carlo Marin. No resumo do capítulo ele cita a data de primeiro de maio.

como ótimo partido para todas as solteiras, ou para as mães com filhas solteiras. Carlino daqui, Carlino de lá, todos me chamavam, todos me queriam. Até algumas noivinhas não me desprezaram, e eu só teria que escolher entre os muitos modos de felicidade. No momento não escolhi nenhum, e a novidade me ocupou tanto, que pela primeira vez não pensava na Pisana. Ela talvez se irritasse com isso, mas por estar em uma fase de soberba não se dignava a demonstrar, e só se contentava desafogando a raiva contra o pobre Giulio. Lembro-me de tê-lo visto várias vezes naquela época, e teria voltado a ter compaixão, se minhas ocupações tivessem me dado tempo. O pobre rapaz estava sempre entre a vida e a morte, e dá-lhe uma, dá-lhe duas, chegara a tal estado que a cada mosca que esvoaçava ao redor da Pisana ele desfalecia de medo.

Enquanto isso, as coisas na Itália se conturbavam cada vez mais. Há mais de seis meses Módena, Bolonha e Ferrara tinham dado o exemplo de uma servil imitação da França, incentivadas pelos franceses: tinham improvisado, como uma bola de sabão, a República Cispadana[6]. Carlo Emanuele sucedia Vittorio Amedeo[7] no reino da Sardenha já ocupado e transformado em província militar francesa. Toda a Itália sujava os joelhos atrás das tropas triunfais de Bonaparte e ele os enganava, escarnecia deles com alianças, com adulações, com meios termos. Os Estados venezianos de terrafirme astutamente atiçados por ele se insurgiam contra o estandarte do Leão: árvores da liberdade surgiam por tudo; só ele sabia com o quanto de raiz. Houve um momento em que ele duvidou da própria sorte pela grande quantidade de inimigos que tinha para combater, pela grande distância de províncias não muito fiéis nem plenamente iludidas que o separava da França, mas refutadas as propostas negociadas, deixou de lado qualquer temor e foi a Leoben para impor à Áustria as preliminares de paz[8]. A Sereníssima Signoria vira passar à sua frente o turbilhão da guerra, como um agonizante que entrevê em sua enevoada fantasia o espectro da morte. Não fizera mais do que se humilhar, esperar, rezar e suplicar, diante do inimigo prepotente que a esmagava gota a gota,

6 No Congresso de Reggio (27-30 de dezembro de 1796), promovido por Napoleão, Módena, Bolonha, Ferrara e Reggio Emilia, já repúblicas, fundiram-se para formar a República Cispadana, que depois de poucos meses foi anexada à República Transpadana (Milão, Mântua e partes ocidentais do Vêneto) para formar a República Cisalpina, fundada por Napoleão em 26 de junho do mesmo ano.

7 Carlo Emanuele IV sucedeu o pai Vittorio Amedeo III em 1796.

8 Depois de derrotar repetidamente o arquiduque Carlo, Napoleão entra no território da Áustria que pede trégua e propõe discutir a paz. Com base nas preliminares de Loeben (18 de abril de 1797) a Áustria cederia a Lombardia e a Bélgica, em troca receberia os territórios venezianos da margem esquerda do rio Adige, a Istria e a Dalmácia. Para Veneza seriam destinados o território do ducado de Mântua e as legações Pontifícias da Emilia Romagna.

desonrando-a com enganos e ultrajes. Francesco Battaja, Provedor Extraordinário em terrafirme, foi o intérprete mais digno desses humilhantes sentimentos de servidão e desonrou ainda mais a sua covarde obediência com desobediência e traição ainda mais covardes[9]. Aos humilhantes protestos contra a invasão das cidades, a ocupação dos castelos e das fortalezas, as sublevações das populações, a espoliação dos caixas públicos e a devastação universal, Bonaparte respondia com ridículas propostas de aliança[10], com lamentos irônicos e com pedidos de tributos. O procurador Francesco Pesaro e Giambattista Cornes, Sábio de terrafirme, tinham-se encontrado com ele em Gorizia para protestar contra a posição tomada por oficiais franceses nas revoluções de Brescia e de Bergamo, e também contra a pirataria dos armadores franceses nos recessos ocultos do golfo. A resposta que obtiveram fez com que, no final de seu relatório, os dois enviados não hesitassem em afirmar que somente da divina providência se podia esperar das negociações o resultado que pelas duríssimas circunstâncias não lhes fora permitido alcançar de modo algum[11]. Francesco Pesaro agiu corretamente e com clarividência, mas lhe faltavam constância e entusiasmo, como depois mostrou. Por isso, não foi capaz de salvar a República nem de imprimir à sua queda uma marca de grandeza.

Enquanto isso, os turbulentos faziam barulho; os medrosos agarravam-se a pretextos, e viu-se no Conselho Maior o estranho caso de que a filosofia e o medo votassem contra a estabilidade e a coragem. Mas a verdadeira filosofia naqueles dias deveria ter aconselhado a buscar a saúde na própria dignidade, não a pedir de joelhos à sabedoria política de um líder. Eu estava entre os iludidos, me arrependo e lamento, mas trabalhava para o bem, e por outro lado,

9 O cargo de Provedor Extraordinário fora criado pelo Senado (12 de maio de 1796) por proposta dos Sábios do Conselho, finalmente alarmados pelos relatórios de Ottolin, que insistiam no perigo representado pelos franceses. O provedor tinha a tarefa de suprema vigilância. Sobre a acusação de traição, Nievo se baseia mais uma vez em Cappeletti (op. cit., 1, XIII) que afirma que Battaja estava "completamente vendido e à disposição de Bonaparte", depois acrescenta: "Sua corte estabelecida em Brescia era tão corrupta que se podia dizer ser um clube de jacobinos, determinada a dissipar ou enfraquecer as providências do capitão e vice-prefeito Alvise Mocenigo".

10 A França propôs várias vezes uma aliança a Veneza e o Conselho dos Sábios não só rejeitou todas elas, como de costume as ocultou do Senado.

11 Pesaro e Cornes encontraram-se com Napoleão em 25 de março de 1797, depois da sublevação de Brescia em 18 de março. Os embaixadores receberam garantias de que o Senado podia acalmar as revoltas desde que as medidas não alcançassem os soldados franceses. Suas propostas sobre os pesados impostos que as tropas napoleônicas impunham à população foram incrivelmente contrapostas com o pedido por parte do Senado de um tributo fixo mensal no valor de um milhão de francos. O relatório não faz menção aos atos de pirataria dos armadores franceses.

pela amizade de Amilcare ainda preso; Lucilio, realmente íntimo do embaixador francês, e meu pai mais do que todos confiante na próxima renovação de Veneza, me impeliam por esse caminho. Ó terrível lição! Repudiar, escarnecer das virtudes antigas sem antes ter enredado o coração com as novas, e implorar a liberdade com o fermento da servidão já inflado no espírito! Há direitos que são dignos de serem chamados assim; a liberdade não se pede, mas se deseja: é justo responder a quem a pede com cusparadas, Bonaparte tinha razão e Veneza não. Somente um herói que tem razão pode ser covarde no modo de fazê-la. O partido democrático, que então assim se chamava e de fato era francês, talvez não predominasse em Veneza por número, apesar da galhardia de espírito, da força de ação, e principalmente do poder de ajuda. Os contrários não formavam partido, mas um volume inerte de covardia e de impotência, que da grandeza não recebia qualquer acréscimo de força. Os nervos obedecem à alma, os braços à ideia, e onde não há ideias nem alma, ou entorpece o letargo ou a vida embrutece. Os conservadores venezianos estavam no primeiro caso. Era a Legação Francesa e não o Senado nem o Colégio dos Sábios que governava. Esta, sob os próprios olhos e corrupto desprezo da Inquisição, preparava os fios da trama que devia derrubar do trono a enfraquecida aristocracia; boa parte das pessoas letradas e refinadas ajudava-a nessas maquinações. Os Piombi e os Pozzi eram inúteis espantalhos; uma advertência do embaixador Lallement[12] escancarava aos réus de Estado as portas que normalmente só se abriam aos condenados à morte ou aos cadáveres. O doutor Lucilio se sobressaía por sua fervorosa devoção à causa dos franceses; e talvez esse zelo viril estivesse há muito tempo vinculado às misteriosas turbulências de sua juventude. Já se sabia que ele era, como se dizia então, filósofo; e principalmente entre os filósofos se escolhiam os chefes das sociedades secretas, que desde então se insinuavam sombrios e corrosivos sob o descascado verniz da antiga sociedade. De algum modo, em seu apostolado liberal, ele utilizava todo o calor, toda a astúcia de que era capaz; os patrícios que o encontravam na praça tremiam como pecadores à noturna aparição de um demônio. É verdade que se um deles adoecia, não relutava em recorrer a esse demônio para que o curasse. Então o célebre médico apalpava os pulsos, olhava os rostos com um certo escárnio que o vingava do ódio sofrido. Parecia dizer: "Eu os desprezo tanto que até quero curá-los, e sei que são meus inimigos, mas não me importo".

12 Jean Baptiste Lallement foi ministro plenipotenciário da França republicana em Veneza que o Senado, apesar dos protestos do representante inglês, acolheu para agradar o governo francês.

As senhoras demonstravam a Lucilio o respeito tímido e envergonhado que parece um feitiço, e costuma, a um só olhar ou a um só sinal, transformar-se mais do que em amor, em veneração e em servidão. Diziam que ele era mestre na arte de Mesmer[13] e contavam seus milagres, mas certamente ele usava esse seu poder muito parcamente. E não houve mulher que pudesse dizer que vira em seus olhos um lampejo de desejo. Conservava a independência, a castidade, o mistério do mago, e talvez só eu conhecesse o segredo de seu comedimento, uma vez que os costumes de então, mais sua fama de grande médico, de grande filósofo, não consentiam a suspeita de um amor que o inquietasse. No entanto, era assim, e posso garantir que aquele amor, crescendo em uma alma capaz como a dele, ganhava a força e a grandeza de uma paixão irresistível. Vocês dirão que ele deixara Clara tranquila com sua mãe, que não se propusera a escalar o balcão ou cantar a serenata da gôndola, porque a deixara entrar no convento e não sei mais o quê. Mas o seu amor não era coisa comum: ele não queria raptar, mas obter. Estando certo de que Clara o esperaria um século sem se dobrar e sem se desesperar, ele ambicionava e aguardava com fervor, trabalhando e se sacrificando, o momento em que lhe pediriam para tê-la, sentindo-se honrados com seu parentesco. O amor e o credo político confundiam-se em um só sentimento tão irrequieto, tão poderoso, tão obstinado quanto podem ser todas as forças de uma índole robusta, amarradas e enredadas em um só feixe. Quando ele se deparava com o rosto adunco e orgulhoso da Condessa, ou com o rosto turvo, insípido, aristocrático do conde Rinaldo, ou com aqueles rostinhos volúveis, graciosos, melosos da casa Frumier, sorria de soslaio. Sentia que estava perto de ter o controle, então poderia intimar aqueles levianos a qualquer acordo que achasse conveniente. Sua natureza maleável e a facilidade de se espantarem faziam com que ele não tivesse medo de uma importuna oposição. Mas a Condessa, por sua vez, não estava com as mãos na cintura, talvez ela conhecesse Lucilio mais do que ele pudesse imaginar, e os muros de um monastério lhe pareciam frágil defesa contra a ousadia dele. Por isso, recomendara especialmente a filha a uma certa madre Redenta Navagero, que era a mais santa e astuta freira do convento, para que ela, com outros argumentos, reforçasse sua alma contra as tentações do demônio. De fato, ela se dedicou muito a isso, e não posso dizer que tenha avançado muito, mas já fizera sair da cabeça de Clara, senão Lucilio, certamente todas as outras coisas do

13 Trata-se de Franz Mesmer (1734-1815), médico alemão, linguista, advogado, músico e fundador da teoria do magnetismo animal chamada Mesmerismo.

mundo. Não era pouco, muitos fios foram cortados, restava o fio grosso, o cabo mestre, mas sacode, serra e resserra, não desistia de cortá-lo também, e levar aquela querida alminha ao beato isolamento do êxtase claustral. Clara recebia por uma criada do monastério algumas notícias de Lucilio, mas isso acontecia raramente e nos intervalos pedia conforto às reminiscências e à devoção.

Mas a devoção afastou aos poucos as reminiscências, principalmente quando o confessor e a madre Redenta persuadiram-na a não pensar demais em imagens mundanas, e a aumentar as preces, agora que se tinha tanta necessidade pelos urgentes perigos da República e da religião. Para aquelas freiras, quase todas patrícias, República de São Marcos e religião cristã formavam uma coisa só, e ouvi-las falar da França e dos franceses era a coisa mais louca do mundo. Para elas, dizer Paris ou inferno era igual, e as mais velhas tremiam de medo pensando nas coisas horríveis que aqueles diabos encarnados poderiam cometer se entrassem em Veneza. As mais jovens diziam: – Não é preciso ter medo, Deus nos ajudará! – E talvez alguma que também tenha feito os votos por obediência ou por distração esperasse necessitar em algum momento esse socorro divino. Aqui não é o caso de se dizer que seria o socorro de Pisa, mas de qualquer modo quem não teve uma forte vocação, não é obrigado a buscar e a adorar a necessidade de fingir tê-la tido. Clara, mais sincera e menos carola, se escandalizava com essas meio heresias. Quanto aos franceses, ela estava com as velhas, principalmente depois da horrenda tragédia da avó, que apesar de ter sido contada a ela com todos os devidos cuidados, fizera-a chorar por longos dias e longuíssimas noites. Ela, com toda boa-fé, os considerava heréticos, bestiais, endemoniados, e nas litanias dos santos, depois de rezar ao Senhor para afastar todo o mal, suplicava mentalmente para libertar Veneza dos franceses que lhe pareciam o mal maior.

Para Veneza, de fato, senão o mal maior, certamente eram o mal mais novo e iminente. As outras desgraças já enraizadas não davam mais sinais. Essa era a chaga viva e sangrenta que se espalhava pelo Estado, fazendo refluir ao coração os humores podres e represados. Todos os dias surgia a notícia de uma nova defecção, de uma nova traição, de outra rebelião. O Doge perdia a compostura até nas grandes cerimônias; os Sábios perdiam a cabeça e comissionavam o Nobre de Paris para comprar de algum porteiro os segredos do Diretório[14]. Tentaram também atingir o coração de Bonaparte por uma longa fileira de

14 Nievo alude ao episódio citado em Botta (op. cit. Vol. 5, livro X) de Alvise Querini (nobre de Paris) tentar corromper os membros do Diretório para se decidirem a apoiar o Senado veneziano ao invés dos rebeldes.

amigos, cujo primeiro chefe era um banqueiro francês[15] estabelecido em Veneza e por isso pagaram, creio, alguns milhares de ducados. Imaginem que escoras para sustentar um governo em perigo! – A história da República de Veneza se parecia com os espetáculos teatrais de inverno; uma tragédia não basta para ocupar as horas longas demais, é preciso depois a farsa. E houve a farsa, mas não foi para rir. Muitos rapazes, não por liberdade de opinião, mas por bravata, dedicavam-se a fazer a sátira dos conservadores sem cérebro, como acontece a todos os grandes que se tornaram pequenos, a todos os poderosos tornados incapazes que sofreram maldições, deméritos e zombarias. Os panfletos, os versinhos, as musiquinhas que circularam naquele tempo, depois serviram por muito tempo para embrulhar sardinhas; parece incrível o valor que se deu na época aos autores daquelas infames e vis paródias. Giulio Del Ponte, literatozinho apressado, não achou digno degastar tanto seu engenho e se misturou aos boateiros. Ele se deliciava ao se ver apontado. Também é preciso dizer que suas composições diferiam das habituais, e que não faltava a nenhuma delas força, nem brio, nem oportunidade. A Pisana, ao vê-lo tão estimado e temido, concedia-lhe alguns de seus olhares de antigamente, e por causa deles ele desafiava as ações grosseiras, e até as repreensões da Condessa. Eu também caíra na antipatia da senhora tia pelas minhas fantasias democráticas, mas os dobrões do senhor pai deixavam-na calma, muitas vezes ela dava cotoveladas nas costas da filha para que fosse mais cortês comigo. Essas cotoveladas e a minha contínua distração irritavam a Pisana, e afastavam seu pensamento de mim, mas sempre restava algum olhar furtivo, algum súbito rubor, que observando como era observado, poderia me lisonjear. Giulio Del Ponte percebia e ficava amarelo de bile, mas buscava compensação na vaidade, e corria a seus amigos que o incensavam da manhã à noite como Pérsio, Juvenal ou Aristófanes[16] de seu tempo. Só o doutor Lucilio, apesar de ter a mesma opinião, falara-lhe claramente demonstrando o perigo de se entusiasmar com um alto ministério civil, não por persuasão firme e interesse público, mas por frivolidade e ódio.

– O que você entende disso? – respondia-lhe Giulio. – Assim como você, eu também posso ter a verdadeira virtude do cidadão!... Devo pedir emprestadas todas as ideias ao orgulho e à inquietude?...

Lucilio sacudia a cabeça vendo aquele cérebrozinho inchado de orgulho esvoaçar nessas fanfarronadas, mas talvez se apiedasse por dentro pelos belos

15 Trata-se de Lo Haller. Ver mais adiante.

16 Aula Pérsio Flaco (32-62) e Décimo Júnio Juvenal (55-135) foram poetas satíricos latinos. Aristófanes (450-385 a. C.) dramaturgo grego.

dotes já emurchecidos em uma pessoa frágil e abatida. O doutor via nosso corpo e alma. Ele adivinhou imediatamente em Giulio os sinais de uma paixão, e eram sinais fatais; percebeu também que a calmaria dessa paixão não bastava para apagá-los, e azar dele se ela voltasse com toda a sua miserável violência! – O jovem, no entanto, não se preocupava com esses medos: convencido de valer alguma coisa, se a Pisana o desdenhava ele ousava puni-la com uma sombra de indiferença. Pouco depois se arrependia, porque a bandeirola estava pronta a virar para outro lado, e se desdobrava em zelo e animação para se tornar desejável e bem recebido por ela. Principalmente em relação a mim ele se esforçava em se destacar, porque nas maneiras dela para comigo ele farejara um capricho nunca saciado, uma recordação de amor ainda não apagada. Eu não me resignava tão facilmente em desaparecer atrás dele, principalmente depois das boas acolhidas que recebera por toda Veneza. E aos poucos me veio uma antipatia, uma inimizade recíproca que explodiu muitas vezes até diante da própria Pisana em repreensões impropérios. Giulio começou a me taxar de aristocrático e de *sammarchino*[17]; eu, por minha vez, passei a me exceder nos sentimentos de liberdade e de igualdade; a Pisana também se inflamava nessas disputas, e logo se tornou, assim como nós, a mais desbragada e incorrigível partidária das ideias liberais. Creio que tais conflitos, nos quais todos estávamos de acordo e cada um não fazia mais do que seguir o companheiro nos projetos e esperanças, não possam se renovar tão facilmente. Os franceses eram o tema predileto de nossas conversas, e sem eles não víamos solução. Giulio os cantava em versos, eu os invocava em prosa, a Pisana os sonhava como paladinos da liberdade com a chama do heroísmo acesa na fronte. E dias antes, no convento de sua irmã, ela conseguira vencer as freiras em seu ódio contra eles.

Um dia chegou a notícia da entrada dos franceses em Verona, considerada até então a cidade mais resistente às novidades. Os habitantes armados se dispersaram, as tropas reunidas para reaver Bergamo e Brescia retiraram-se para Pádua e para Vicenza. Foi uma grande farra para os partidários da França. Alguns dias depois aconteceu o terror da tremenda Páscoa Veronesa, e com todas as atrocidades contra os franceses que a deturparam[18]. Chegam os furio-

17 Defensor da República de São Marcos e da manutenção do regime aristocrático quando da perda da independência por causa de Napoleão (maio de 1797).

18 A Páscoa Veronesa foi uma insurreição da cidade de Verona e arredores contra as tropas de ocupação francesas. A revolta iniciou-se em 17 de abril de 1797, segunda-feira depois do domingo de Páscoa, e durou até 25 de abril, massacrando cerca de 400 franceses que se refugiaram nos fortes. A resposta de Napoleão foi o cerco da cidade e os posteriores saques e confisco de bens.

sos protestos de Bonaparte, e a intimação formal de guerra. Senadores, Sábios, Conselheiros, e todos começam a crer que o que durara muito também podia acabar, e entrando em acordo procuram prover de víveres a Sereníssima Dominante; quanto à defesa, preocupam-se pouco, porque na verdade, ninguém acredita. Finalmente, o general Baraguay d'Hilliers cerca o estuário; as comunicações são interrompidas; Donà e Giustinian, tendo se encontrado com o general Bonaparte, relatam que as intenções deste são de que uma nova forma mais livre e mais ampla seja introduzida no Governo da República. Napoleão impõe ainda que o Almirante do Porto e os Inquisidores de Estado lhes sejam entregues, como culpados de atos hostis contra um navio francês que queria forçar a entrada no porto do Lido[19]. Os senhores Sábios entenderam a advertência e se dispuseram humildemente a servir o general de barba e peruca, como se diz em Veneza. Pareceu-lhes que as deliberações do Conselho Maior eram lentas demais para o momento crítico, e improvisaram uma espécie de magistratura funerária, uma corporação de coveiros para a moribunda República, que se compunha de todas as divisões da Signoria, dos Sábios do Conselho, dos três Chefes do Conselho dos Dez e dos três Magistrados da Comuna; no total quarenta e uma pessoas, e o Sereníssimo Doge à frente, com o comodíssimo título de Conferência. Enquanto isso, dizia-se por Veneza que dezesseis mil conjurados com seus punhais já estivessem emboscados na cidade para repetir sobre todos os nobres o massacre dos inocentes. Imaginem que conforto para a Conferência! – Lembro-me que astutamente perguntei a Lucilio o que ele acreditava ter de verdadeiro nesse boato, e que o doutor me respondeu dando de ombros:

– Oh, Carlino! Você acredita que os franceses sejam loucos para contratar dezesseis mil conjurados de verdade, enquanto se obtém o mesmo efeito só fazendo-os imaginar?... Creia que em tudo isso não há de verdade nem uma cabeça de prego, e é como se fosse verdade, porque não é preciso matar esses patrícios! Já estão mortos e enterrados!

A Conferência se reuniu pela primeira vez na noite de trinta de abril nos aposentos privados do Doge. Ele declamou um preâmbulo que começava assim: "*A gravidade e a angústia das presentes circunstâncias*", mas as tolices que vieram depois se concentraram apenas na angústia, não corresponderam à citada gravidade das circunstâncias. Voltou-se a propor apelar ao coração do general

19 Baraguay d'Hilliers iniciou o cerco em 28 de abril. No mesmo dia, Francesco Donà, censor, e Leonardo Giustinian, Sábio, que tinham se encontrado com Napoleão em 25 de abril, em Gratz, relataram esse encontro em despacho feito em Gradisca d'Isonzo. Em 29 de abril, o navio Libérateur d'Italie entrou no porto do Lido de Veneza para fugir de uma perseguição austríaca e foi recebido a tiros de canhão pelos venezianos.

Bonaparte por meio de um certo Haller, muito seu amigo. E foi o cavalier Dolfin quem propôs tão decisivo conselho. O Procurador Antonio Cappello, que eu conhecera na casa Frumier, zombou da puerilidade da proposta, e a ele se juntou Pesaro para fazer com que deliberassem sobre a constância na defesa e nada mais. De fato, não havia mais o que esclarecer nas intenções dos franceses e era inútil se iludir com vãs quimeras. Mas os Sábios empenharam-se para que se perdesse o fio desse discurso, quando no melhor da discussão chegou ao Sábio da semana uma mensagem do almirante Tommaso Condulmer[20], que relatava a entrada dos franceses na laguna com a ajuda de barris flutuantes. A consternação foi imediata e quase geral. Alguns tentavam escapar, outros propunham que se tratasse, ou melhor, que se oferecesse a rendição. Foi nessa circunstância que o Sereníssimo Doge Lodovico Manin, andando para cima e para baixo na sala e puxando as calças sobre a barriga, pronunciou essas memoráveis palavras: "*Esta noite não estamos seguros nem na nossa cama*". O Procurador Cappello garantia-me que a maior parte dos conselheiros se igualava à Sua Serenidade em grandeza de espírito e em coragem. Decidiu-se precipitadamente que se proporia ao Conselho Maior que fosse concedido a dois deputados[21] tratar com Bonaparte sobre as mudanças na forma de governo. Pesaro, indignado com tão covarde deliberação, desatou, com lágrimas nos olhos, em palavras de compaixão sobre a ruína da pátria, já segura, e declarou querer partir nessa mesma noite de Veneza para se refugiar entre os suíços. O que depois não fez, e creio ter ido para Viena. Na verdade, não tenho ânimo suficiente para dissimular, por um mísero orgulho nacional, a absurda covardia dessas cenas. Elas contêm um grande e severo ensinamento. Sejam homens se quiserem ser cidadãos; acreditem em suas virtudes, se as têm, não na virtude dos outros que pode faltar, não na indulgência ou justiça de um vencedor, que não é detido pelo medo ou pelas leis.

Em primeiro de maio, com minha toga e minha peruca, entrei no Conselho Maior de braços dados com o nobre Agostino Frumier, segundo filho do Senador. O primeiro pertencia ao partido de Pesaro e desprezava fazer conluio conosco. Nesse dia, a assembleia estava vazia, apenas alcançava o número de 600 votantes sem os quais, por lei, nenhuma deliberação era válida. Os velhos estavam pálidos, não de dor, mas de medo, os jovens ostentavam uma atitude altiva e contente, mas muitos sabiam por dentro que eram obrigados a dar com a enxada nos pés, e essa alegria não era sincera. Leu-se o decreto

20 Superintendente da defesa do estuário.

21 Francesco Donà e Leonardo Giustinian

que permitia aos negociadores alterar à vontade a República, e que prometia a Bonaparte a libertação de todos os presos políticos desde a primeira entrada das forças francesas na Itália. Nesta última cláusula reconheci a influência do doutor Lucilio, pensei em Amilcare, e talvez tenha sido o único que se alegrou não indecorosamente com ela. De resto, eu era um tolo para não entender a covardia daquela promessa, e achá-la justa por um sentimento particular. O decreto foi aprovado com apenas sete votos contrários; outros catorze eram de indecisos, isto é, daqueles que não concordavam nem discordavam da proposta, mas que negavam a presente oportunidade[22]. Assim que este foi lido na praça, os apoiadores dos franceses, que ali fervilhavam, correram com grande ímpeto aos cárceres. Com os bons saíram os maus, com os fanáticos os tristes, e a história dos dezesseis mil conjurados obteve mais fé do que antes. Os patrícios acreditaram ter dado prova de máxima coragem não permitindo a entrega solicitada por Napoleão do Almirante do Lido e dos três Inquisidores. Mas o general Bonaparte voltou atrás declarando a Donà e a Giustinian que não os receberá como convidados do Conselho Maior sem que antes aqueles quatro magistrados fossem presos e punidos. O humilíssimo Conselho Maior rebaixou-se mais uma vez, não mais com quinhentos, mas com setecentos votos[23]: o Capitão do Porto e os três Inquisidores foram presos naquele mesmo dia pelo estranho crime de ter obedecido menos infielmente do que os outros às leis da pátria. Francesco Battaja, o traidor, estava entre os Magistrados de Comuna encarregado da execução desse sacrílego decreto. Mas isso não bastava para a impaciência dos inovadores nem para a assustada condescendência dos nobres. A mesma Conferência preparou outro decreto no qual era ordenado a Condulmer não resistir com a força às operações militares dos franceses, mas apenas persuadi-los a não entrar na Sereníssima Dominante, até que se tivesse tempo para afastar os *schiavoni* para evitar consequências desagradáveis...[24] Queriam até aparar as unhas para não arranhar por descuido quem se preparava para sufocá-los. Se essa não foi uma espantosa mansidão única no mundo, desafio as ovelhas a inventarem uma melhor. Meu pai tinha recém voltado da Turquia, a tempo de me fazer pobre participante, sem saber, dessas covardes asneiras. Por outro lado, de que valia saber? O doutor Lucilio

22 Os votos favoráveis foram 598.

23 Foram 704 votos a favor, contra 15 nãos e 12 indecisos. O capitão do porto era Domenico Pizzamano, os três inquisidores eram Agostino Barbarigo, Angelo Maria Gabriel e Catterin Corner.

24 O embarque dos *schiavoni* foi decretado em 10 de maio e imediatamente executado.

estava mais atolado do que eu naquele mar de piche. Ai dos sábios que não estão de acordo com a virtude dos contemporâneos, apoiados pela confiança em suas doutrinas, eles se erguem facilmente para habitar as nuvens, e se eles não se desesperam por sensatez de critério, então se desesperam por necessidade de experiência. Amilcare, no entanto, saíra da prisão e havíamos reatado a antiga amizade; ele também era um endemoniado que via nos franceses os libertadores do mundo, e até ali talvez tivesse razão, mas depois claudicava, quando acreditava serem os libertadores de Veneza. O que não significa que Amilcare não cooperasse para entusiasmar e convencer especialmente a mim, já que seu ardor não era interno como o de Lucilio, mas tendia a se ampliar com toda a expansão da juventude. Adivinhem quem foi libertado das garras da Inquisição junto com Amilcare? – O senhor de Venchieredo. Talvez vocês não esperassem, porque o crime dele certamente não era apoiar os franceses. Mas creio que tivesse contato com eles na prisão, ou que a graça lhe tenha sido concedida por distração, ou que sua pena estivesse próxima de terminar. O fato é que Lucilio deu-me notícias dele, acrescentando misteriosamente que de Rocca d'Anfo ele correra para Milão, onde ficava o quartel do general Bonaparte, e onde se decidiam diplomaticamente os destinos da República vêneta.

Uma noite (já se corria rapidamente para o abismo de doze de maio[25]), meu pai me chamou em seu quarto, dizendo que tinha coisas importantes a me comunicar, e que eu estivesse bem atento e ponderasse tudo porque da minha destreza dependia minha sorte e o esplendor da família.

– Amanhã – disse-me ele –, acontecerá a revolução em Veneza.

Dei um salto de surpresa, porque com a dócil rendição do Conselho Maior e as negociações ainda pendentes em Milão não entendia essa necessidade de revolução.

– Sim – continuou ele –, não se espante, pois esta noite você saberá de tudo. Enquanto isso, quero colocá-lo no caminho certo para que depois você não se perca no momento decisivo. Você sabe, meu filho, o que quer dizer uma república democrática?

– Claro! – exclamei com o ingênuo entusiasmo de um jovem de vinte e quatro anos. – É a harmonia da justiça ideal com a vida prática, é o reinado não deste ou daquele homem, mas do pensamento livre e coletivo de toda a sociedade. Quem pensa honestamente, tem o direito de governar e governará bem. Esse é seu lema.

25 Data da última sessão do Conselho Maior.

– Está bem, está bem, Carlino – retomou meu pai resmungando. – É um belo conceito científico e deixe-o de lado para que o senhor Giulio o aproveite em alguma cançoneta. Mas um governo de todos, rodeado por poucos, imposto por pouquíssimos, e criado por um general corso; um governo livre de gente que não quer e não pode ser livre, você sabe onde está querendo se meter?

Olhei confuso ao meu redor, porque nesses assuntos costumava fazer as contas sem pensar nos homens; somava, multiplicava e dividia como se tudo fosse ouro, mas no final, em vez de me encontrar diante de um total certo e líquido de moedas, podia muito bem acontecer de ficar com um punhado de tostões e trocados. Eu, como disse, não pensava nisso e por isso fiquei realmente confuso com a pergunta de meu pai.

– Escute – continuou ele com o jeito paciente do professor que retoma a aula desde o início. – Essas coisas, que você enfeita de sonhos e de ilusões, assim como serão, eu já as previ há anos. Na verdade, não entendo, nem pretendo entender a fundo as coisas que você imagina, mas vejo nelas uma boa dose de juventude e de inexperiência. Se você tivesse estado por algum tempo às voltas com um paxá ou com o Grão-Vizir, creio que vomitaria menos filosofia, mas veria melhor e mais longe. A rude astúcia dos Turcos nos ensina a astúcia sutilíssima dos cristãos. Acredite em mim que a experimentei. E não a experimentei à toa, já que trabalhava a meu favor, e agora estaria na dança, se ao voltar a Veneza não me tivesse servido de você. Imagine que pensei: "Por Alá! A Providência sempre manda a bala no lugar certo! Você era velho e ela faz você rejuvenescer quarenta anos num piscar de olhos. Coragem, Bey[26]. Ceda o lugar ao cavalo mais jovem e vocês chegarão antes!". Em poucas palavras, Carlino, eu o tomei como meu filho certo e legítimo, e quero lhe legar ainda antes de morrer a heranças das minhas esperanças. Você é capaz de recebê-la?... É o que veremos em breve.

– Fale, meu pai – acrescentei, vendo se prolongar a pausa depois daquela falação meio maometana.

– Falar, falar!... Não é tão fácil como você acha. São coisas para se entender no ar. Mas também, vendo sua ignorância, vou tentar me explicar melhor. Saiba que tenho algum mérito com esses senhorzinhos afrancesados e com os próprios franceses que agora regem as coisas da Itália. Méritos secretos, distantes se você quiser, mas sempre méritos. Além disso, coroam-me alguns milhões de piastras que não deixam de combinar com seus raios brilhantes

26 Título atribuído no império turco aos soberanos dos estados vassalos.

o fogo central da minha glória. Carlino, cedo tudo a você, dou tudo a você, para que você me garanta um sofá, um cachimbo e dez xícaras de café por dia. Cedo tudo pelo maior brilho da casa Altoviti. O que você quer? É a minha ideia fixa! Ter um doge na família! – Garanto que conseguiremos se você confiar em mim!

– O quê? Eu... eu doge? – exclamei com voz ansiosa e quase não ousando respirar. – O senhor quer que eu me torne doge de uma hora para outra?

– Muito bem, Carlino, você pega as coisas no ar, como eu nunca esperaria. A profissão de doge será tão profícua quanto menos aborrecida e perigosa. Você ganhará ducados, eu os farei render. Depois de seis anos compraremos todo o Torcello e a família Altoviti irá se tornar uma dinastia.

– Meu pai, meu pai, o que está dizendo!... – (Garanto-lhes que achei que ele estava a ponto de ficar louco.)

– É claro – recomeçou ele –, e não há com o que se espantar. Com as novas disposições que colocaremos, aqueles que tiverem mérito deverão sobrepujar quem não tem. Isso abstratamente. Mas concretamente com seus hábitos, com suas astúcias, com seus costumes, você acha que o mais rico e o mais esperto não possa ser considerado o mais merecedor?... Cada tempo tem os seus afortunados, meu filho, e seremos tolos em não usar isso em nosso favor!...

– Por caridade, como o senhor vê tudo feio e corrupto! Que papel ruim o senhor me deu para desempenhar quando eu me preparava para combater pela liberdade e pela justiça!

– Ótimo, Carlino! Para se preparar para isso só há o meu caminho, porque se você ficar por baixo desafio-o a combater, você será esmagado. Portanto, para fazer triunfar a verdade e o bem é preciso fazer lugar entre os primeiros, mesmo a cotoveladas, não importa. Mas imagine o grande dano que viria se a esses lugares subissem os maus e os preguiçosos! Então em frente, filho, para depois fazer os outros irem em frente; e que a intenção desculpe o modo. Não digo que você queira ser doge amanhã ou depois, mas um pouquinho de paciência, e as ameixas amadurecerão mais depressa do que se crê!... No entanto, quero lembrá-lo para que você apoie os objetivos de seus amigos e não se retraia por falsa modéstia. Você acha que tem íntegras, boas e sólidas intenções?... Acha que é muito útil colocar como chefe da coisa pública alguém que não ame o próprio país e não faça acordos com seus inimigos?

– Oh, sim! Meu pai, acredito!

– Então ânimo, Carlino! Esta noite o senhor Lucilio lhe falará mais claramente. Então você irá entender, ver e decidir. Fique perto dele. Não titubeie, não recue. Quem tem coração e consciência deve tomar a dianteira corajosamente, generosamente, não por orgulho próprio, mas para a utilidade de todos.

– Não tema, meu pai. Tomarei a dianteira.

– Por ora basta que você se deixe levar. Estamos entendidos. Você será apoiado pelos nobres e tem o favor dos democratas: a sorte não pode lhe faltar. Vou ver o senhor Villetard para ajustar algumas últimas cláusulas. Esta noite nos veremos de novo.

Depois dessa conversa, eu fiquei tão pasmo e perplexo que não sabia em qual parede bater a cabeça. A maior desgraça era que entendera bem pouco. Eu, subir aos primeiros lugares, talvez ao mais alto assento da República? O que queriam dizer esses sonhos? – Certamente meu pai trouxera do oriente algum volume das *Mil e uma noites*. O que queriam dizer aquelas suas vagas palavras de revolução, de cláusula e não sei mais o quê? – O senhor Villetard era um jovem secretário da Legação Francesa, mas qual autoridade tinha o senhor meu pai para se imiscuir com ele nos negócios de Estado? – Quanto mais eu pensava, mais meus pensamentos voavam entre as nuvens. Nunca teria descido, se Lucilio não tivesse vindo me baixar. Ele me convidou para irmos a um lugar onde se deliberaria sobre coisas importantíssimas para o bem público. Na rua, nos unimos a outros desconhecidos que o esperavam, e todos juntos nos dirigimos a um dos becos mais desertos da cidade, atrás da ponte do Arsenal. Depois de uma caminhada longa, cuidadosa e silenciosa entramos num salão escuro e vazio; subimos as escadas ao dúbio clarão de uma lamparina a óleo; ninguém nos abriu a porta, ninguém nos fez entrar; parecíamos um grupo de fantasmas que fosse aterrorizar o sono de um moleque. Finalmente, depois de entrarmos em uma sala úmida e nua, nos foi concedida uma luz menos avara, e ao lume de quatro velas apoiadas sobre uma mesa vi uma a uma todas as pessoas da reunião e distingui bem ou mal suas feições. Estávamos em cerca de trinta, a maior parte jovens; reconheci entre eles Amilcare e Giulio Del Ponte: o primeiro com o rosto aceso e com a impaciência nos olhos, o segundo palidíssimo e com um jeito indolente que desanimava. Ali estavam Agostino Frumier e também Barzoni, jovem robusto, impetuoso, enamorado de Plutarco e de seus heróis: ele depois escreveu um panfleto contra os franceses intitulado *Os romanos na Grécia*[27]. Entre os mais velhos reconheci o magistrado Francesco Battaja, o merceeiro Zorzi, o velho general Salimbeni, um Giuliani de Desenzano, Vidiman, o mais honesto e

27 O "panfleto" de Vittorio Barzoni (1767-1843) foi publicado em Florença em dezembro de 1797. Nele, pode-se reconhecer sob as vestes dos romanos falsos libertadores e verdadeiros predadores da Grécia, os franceses.

liberal patrício de Veneza, e um certo Dandolo que conquistara grande fama de alterado nos grupos mais violentos[28]; os outros me eram quase desconhecidos, apesar de não me parecerem novas as feições de alguns. Eles se aglomeravam com grande empenho ao redor de um homenzinho coberto de eczemas e avermelhado que falava pouco e em voz baixa, mas agitava os braços como um primeiro bailarino. O doutor Lucilio andava pela sala mudo e pensativo; todos lhe abriam espaço respeitosamente e pareciam esperar ordens apenas dele. Houve um momento em que Battaja tentou dominar com a voz e atrair a atenção de todos, mas não o ouviram; um escapuliu de cá e outro de lá; havia quem limpava a garganta e quem tossia no lenço; todos desconfiavam e ele ficou como o corvo depois de cantar[29]. Assim se passou muito tempo sem que eu pudesse entender nada das minhas previsões, nem das palavras truncadas de Amilcare, nem dos suspiros de Giulio; finalmente outro conservador amarelo, exausto e lívido de medo surgiu na sala. Lucilio foi ao seu encontro na porta, e assim que ele apareceu todos se reuniram ao seu redor para ouvir alguma grande e inesperada nova.

– É o Sábio suplente da semana! – cochichou Amilcare no meu ouvido. – Agora veremos se estão dispostos a ceder.

Eu fingi entender, e examinei mais atentamente o conservador que não parecia nada à vontade para mostrar sua eloquência àquela numerosa cambada que o circundava. Battaja tentou interrogá-lo, mas Lucilio atalhou, e todos se calaram para escutar o que ele dizia.

– Senhor Procurador – começou ele –, o senhor conhece o deplorável estado desta Sereníssima Dominante depois que todas as províncias de terrafirme levantaram o estandarte da verdadeira liberdade. O senhor sabe da incapacidade do governo depois dos primeiros regimentos de *schiavoni*, e o trabalho para refrear a raiva do povo até agora.

– Sim... senhor, sei tudo – balbuciou o Sábio da semana.

– Eu considerei meu dever esclarecer ao Excelentíssimo Procurador essas tristes condições da República – acrescentou Battaja.

Lucilio, sem se dignar a ouvi-lo, retomou a palavra.

---

28 Tommaso Zorzi, partidário fanático da França e das disposições democráticas, convenceu o Doge a convocar a última sessão do Conselho Maior; Giovanni Salimbeni, comandante general das tropas vênetas, foi depois nomeado por Napoleão general de divisão do exército cisalpino; Giuseppe Andrea Giuliani, advogado, tornou-se membro do Comitê de Saúde Pública de Veneza; Giovanni Vidiman, aliás Widman, era irmão do Provedor Geral do Mar Carlo Aurelio; Vincenzo Dandolo, estudioso de química, tornou-se membro ativíssimo da Municipalidade Provisória.

29 Menção à fábula de Esopo em que o corvo ao ser elogiado pela raposa ficou tão feliz que abriu o bico e perdeu a presa que carregava.

– O senhor está a par, senhor Procurador, dos últimos acréscimos ao tratado que será assinado em breve em Milão entre o cessante Conselho Maior e o Diretório da França![30]

Essa cruel lembrança arrancou dos olhos do Procurador duas lagrimas que se não indicavam coragem ao menos não eram sem alguma dignidade de tristeza e resignação. Elas banharam tortuosas o pó de arroz que ele borrifara sobre a pele, tornando-o mais amarelo e menos bonito.

– Senhor Procurador – continuou Lucilio –, eu sou um simples cidadão, mas busco o bem, o verdadeiro bem de todos os cidadãos! Afirmo que seria um ato de patriotismo, caridade e prova de independência correndo em direção às excelentes intenções dos outros; dessa maneira, muitos distúrbios internos seriam poupados, o que não tornará as coisas turvas se a conclusão do tratado ainda for adiada. Eu, por mim, sou alheio a qualquer ambição, e verão isso pelo posto que me concederam no quadro da futura Municipalidade. O senhor Villetard (e indicava o homenzinho irrequieto e avermelhado) se dispôs a escrever as condições, sob as quais, alterando-se as formas de governo, uma guarnição francesa passará a proteger o primeiro estabelecimento da verdadeira liberdade em Veneza. São os costumeiros artigos (dizendo isso pegou um papel de sobre a mesa e passou os olhos): erguer a árvore da liberdade; proclamação da democracia com representantes escolhidos pelo povo; uma Municipalidade provisória de vinte e quatro venezianos à frente dos quais o ex-doge Manin e Giovanni Spada; ingresso em Veneza de quatro mil franceses como aliados; retorno da frota; convite às cidades de terrafirme, da Dalmácia e das ilhas a se unirem à mãe pátria; dispensa definitiva dos *schiavoni*; prisão do senhor d'Entragues, cúmplice dos Burbons e entrega de seus papéis ao Diretório através da Legação francesa. São todas coisas conhecidas e concedidas pela unânime aprovação do povo. De fato, ontem mesmo o Doge se declarou pronto, em plena assembleia, a depor as insígnias ducais e colocar as rédeas do governo nas mãos dos democratas. Pedimos menos do que ele estaria disposto a conceder. Queremos que ele fique à frente do novo governo, garantia de estabilidade e de independência para a futura República, não é verdade, senhor Villetard?

O homenzinho acenou que sim com muitos gestos e caretas. Lucilio voltou-se então novamente ao Sábio da semana e lhe entregou o papel que olhara pouco antes.

30 O tratado foi assinado em 16 de maio de 1797.

– Aqui está, senhor Procurador – acrescentou –, aqui estão os destinos da pátria: procure convencer o Sereníssimo Doge e os outros nobres colegas, caso contrário... Deus proteja Veneza! Fiz o que era humanamente possível para salvá-la.

O Procurador respondeu com lágrimas nos olhos:

– Estou realmente grato com tanta deferência dos ilustres senhores – os incorruptíveis cidadãos estremeceram a esses títulos suspeitos. – O Sereníssimo Doge e os colegas Procuradores, como autoridades perpétuas da República, estão prontos a se sacrificar pela sua saúde – sacrificar-se queria dizer se safar –, tanto mais que a fidelidade dos *schiavoni* que sobraram começa a cambalear, e não seria de se espantar vê-los se unirem aos nossos inimigos... – o Procurador percebeu ter dito um despropósito e tossiu tanto que ficou vermelho como a sua túnica –, digo, vê-los se unirem aos nossos amigos, que... que... que... querem nos salvar... a todo custo. Portanto prometo que estas condições – e mostrava a folha como se segurasse entre os dedos uma víbora – serão aceitas de todo o coração pela Sereníssima Signoria, que o Conselho Maior ratificará os nossos salutares entendimentos, e que logo formaremos uma só família de cidadãos iguais e felizes.

A voz morria na garganta do Procurador como um soluço, mas suas últimas palavras foram encobertas por uma salva de palmas. O pobre homem enrubesceu, certamente de vergonha, e depois apressou-se em pedir que alguém daquela egrégia reunião o acompanhasse para levar aquela folha para Sua Serenidade. O Zorzi foi escolhido por voto unânime: um merceeiro igualado a um procurador, para intimar a abdicação de um doge[31]!... Dois séculos antes todo o Conselho dos Dez apresentara-se a Foscari[32], para lhe pedir o corno e o anel. Veneza, toda silenciosa e trêmula, esperava às portas do Palácio a grande notícia da obediência ou da recusa. O velho e glorioso doge preferiu a obediência e morreu de desgosto: última cena terrível e solene de um drama misterioso. Que disparidade de tempos!... A abdicação do doge Manin poderia entrar como incidente em uma comédia de Goldoni, sem temor de se afastar de sua gravidade.

31 Realmente, as condições de Villetard foram levadas ao Doge por Zorzi, mas acompanhado por Giovanni Spada. Eram, com mais detalhes, as mesmas condições elencadas por Lucilio

32 Francesco Foscari foi obrigado a abdicar, em 24 de outubro de 1457, depois de 24 anos como Doge; Morreu de desgosto em 31 de outubro.

Assim partiram o Procurador e o Zorzi, partiu Villetard com Battaja e alguns outros patrícios, estupidamente traidores de si mesmos: ficamos em poucos, os melhores, a nata da democracia veneziana. Dandolo era quem falava mais e eu certamente quem entedia menos. Lucilio voltara a caminhar, a calar, a pensar. De repente, ele se voltou para nós com expressão descontente e disse quase pensando em voz alta:

– Temo que faremos um belo buraco n'água! –

– Como? – replicou Dandolo. – Um buraco n'água agora que tudo favorece nossos desejos?... Agora que os carcereiros da liberdade empunham eles mesmos o machado para despedaçar os cepos? Agora que o mundo redimido à justiça nos prepara um lugar digno e honrado, independente, no grande banquete dos povos, e que o próprio libertador da Itália, o domador da tirania nos estende a mão para nos erguer da abjeção em que tínhamos caído?

– Eu sou médico – acrescentou pacatamente Lucilio. – Adivinhar os males é o meu encargo. Temo que nossas boas intenções não tenham raízes suficientes no povo.

– Cidadão, não perca as esperanças assim como Bruto![33] – surgiu dizendo com um rugido um jovenzinho quase imberbe e de fisionomia enfurecida. – Bruto perdeu as esperanças morrendo, nós estamos para nascer!

O jovenzinho era um levantino de Zante, filho de um cirurgião da marinha da República, que depois da morte do pai instalara-se em Veneza. Suas opiniões não tinham sido as mais consistentes até então, porque se murmurava que apenas alguns meses antes passara-lhe pela cabeça se fazer padre, mas de alguma forma, em vez de padre tornara-se poeta trágico; e uma sua tragédia, *Tieste*, representada em janeiro passado no teatro de Sant'Angelo, fizera furor por sete noites seguidas[34]. O jovenzinho rugidor e transtornado chamava-se Ugo Foscolo[35]. Giulio Del Ponte, que ficara calado a noite toda, sobressaltou-se com aquele berro, e lhe mandou um olhar de soslaio que parecia uma facada. Entre ele e Foscolo havia inveja de engenho, o mais frio e acirrado de todos os ciúmes, mas o pobre Giulio percebia que era superado, e acreditava se desforrar acrescentando veneno

33 Citação do poema "Bruto Minore", de Giacomo Leopardi.

34 O *Tieste* foi representado pela primeira vez em 4 de janeiro de 1797, tendo sido aclamado por nove e não sete vezes.

35 Em 1797, Niccolò Ugo Foscolo (1778-1827), poeta e escritor, um dos principais literatos do Neoclassicismo e do Pré-Romantismo, tinha dezenove anos.

ao seu rancor. O leãozinho de Zante não dignava nem um olhar a essa pulga que lhe picava a orelha, ou se lhe mandava algum bocejo era mais por tédio do que qualquer outra coisa. No fundo, no fundo, ele tinha uma boa dose de presunção e não sei se a glória do cantor dos *Sepulcros* jamais tenha se igualado aos desejos e às esperanças do autor de *Tieste*. Na época, melhor do que um literato ele era o mais estranho e cômico exemplar de cidadão que se pudesse ver; um verdadeiro ursinho republicano rosnador e intratável; um modelo de virtude cívica que teria se exposto de bom grado à admiração universal, mas se admirava sinceramente assim como depois desprezou os outros, e levara a sério o grande princípio da igualdade, tanto que escreveria uma carta com conselhos ao Imperador da Rússia e se irritaria porque os imperiais ouvidos não o escutaram. De resto, esperava muito, como talvez tenha esperado sempre apesar de suas tiradas lúgubres e de seus períodos desesperados, já que temperamentos iguais ao dele, tão exuberantes de paixão e de vida, não se resignavam tão facilmente à apatia e nem à morte. Para eles a luta é uma necessidade, e sem esperança não pode haver luta. – Giulio Del Ponte não foi o único que se sobressaltou com a apóstrofe romana de Foscolo; Lucilio também a recebeu com um sorriso entre amigável e piedoso, mas não achou oportuno responder diretamente.

– Quem de vocês – acrescentou ele –, quem de vocês observou esta noite Villetard enquanto eu expunha suas condições ao ex-Procurador?

– Eu observei – disse um homem alto e corpulento que depois soube ser o Spada, aquele que queriam dar como companheiro ao Manin no novo governo. – Seu rosto me pareceu de traidor!

– Muito bem cidadão Spada! – retomou Lucilio – Só ele acha que é um bom servidor de seu país, um ministro astuto e afortunado. Já faz algum tempo que a glória tomou o lugar da liberdade nas bandeiras da França!

– E o que o senhor quer fazer? – exclamou rudemente o Spada.

– Nada – continuou Lucilio –, porque não podemos nada. Apenas, para quem ainda não sabe, quero explicar nossa ideia ao operar essa revolução antes de recebermos o comando formal de Milão. É certo que a desconfiança é uma ótima virtude, sobretudo para os fracos, mas temo que não baste. Gostaríamos que os franceses fossem auxílio e não executores, essa é a ideia. Queremos mudar por nós mesmos, não nos deixar mudar pelos outros como gente que perdeu a faculdade de se mexer. Os franceses deverão vir porque podem e porque querem, mas ao menos encontrem tudo feito, e não nos encaixem nos flancos como padrinhos!...

– Venham os franceses para nos poupar a guerra civil, e as proscrições de Sula[36]! – exclamou Foscolo.

Barzoni, que nunca tinha falado, levantou a cabeça para fulminar com olhar o imprudente orador.

– Bem dito – retomou Lucilio –, mas você devia dizer: venham nos poupar outro século de torpor como aqueles passados e com aspectos diferentes. Venham nos sacudir, nos assustar, fazer com que nos envergonhemos de nós mesmos, estimular com o medo de sua tirania o despertar operoso e sublime de nossa liberdade... É isso que você devia acrescentar!... Se nós iremos tomá-los como adversários e não como mestres, saberemos em alguns meses. Villetard duvida deles e os teme, e isso me faz supor que mais acima dele se deseje outra coisa!

– O que isso importa? – interrompeu-o Amilcare. – Nós respeitamos as suas palavras, cidadão Vianello, mas sentimos nossos pulsos intolerantes de escravidão, e rimos de Villetard e dos que estão acima dele, como rimos de São Marcos, dos *schiavoni* e do procurador Pesaro!

Lucilio desviou o pensamento de tais considerações, talvez triste demais ou tarde demais para ele, e virou-se para mim de uma maneira quase paterna.

– Cidadão Altoviti – disse ele –, seu pai trabalhou muito pela causa da liberdade; a ele se deve uma recompensa que ele quer ceder a nós. Não se teria dado importância se a sua índole e a sua conduta não esperassem ver continuados em você os exemplos familiares. Você é um dos membros mais jovens do Conselho Maior, é um entre poucos, aliás, entre os pouquíssimos que votariam pela liberdade, não por covardia, mas por elevação de espírito. Notifico-o, portanto, que foi escolhido para primeiro secretário do novo governo.

Um murmúrio de espanto dos jovens ali presentes acolheu essas palavras.

– Sim – prosseguiu Lucilio –, e quem gastou alguns milhões em Constantinopla para transformar a Turquia em detrimento da Sacra Aliança, quem sacrificou muitos anos de sua vida para reatar, no distante Oriente, as tramas dessa obra de redenção que talvez nos fará livres e certamente homens, quem fez isso pretende o mesmo para seu filho!... Afirmo, posso afirmar que no dia seguinte ao triunfo voltarei ao hospital para sangrar os meus doentes!

---

36 Trata-se de Lucio Cornélio Sula, ou Sila (138-78 a. C.), foi cônsul romano por duas vezes, em 88 e 80 a.C. e também eleito ditador em 82 a.C. Como ditador decretou muitas proscrições contra o partido popular de Mario.

Um aplauso unânime explodiu entre todos os reunidos ali, e dez pares de braços procuraram o doutor Vianello para abraçá-lo. Eu desapareci nesse frenesi de entusiasmo, e fiquei em um canto pensativo, com a pedra de moinho do meu secretariado sobre meu peito. Então as conversas se generalizaram; falava-se da frota, da Dalmácia, do modo mais seguro para obter a adesão do general Bonaparte à nova forma de governo. Jogou-se fora muita conversa até a meia-noite quando Zorzi entrou na sala, com atitude respeitável de um merceeiro que derrubou um governo de treze séculos.

– E então? – perguntaram todos.

– Então – respondeu Zorzi –, o Doge me pediu para ir até Villetard para obter suas condições por escrito; Sua Serenidade não sabia que nós já as tínhamos no bolso. Amanhã, portanto, será proposto no Conselho Maior para adotar momentaneamente para a República de Veneza o sistema democrático do novo governo provisório por nós ideado.

– Viva a liberdade! – gritaram todos.

E foi um tal frêmito de alegria e de entusiasmo que eu também senti correr por minhas veias como que uma fita de fogo. Se naquele momento tivessem me mandado acreditar na ressurreição de Roma com os Camillo e com os Manlio[37], não acharia nada estranho obedecer. Dali a pouco nos separamos, e apesar da hora tardíssima a etiqueta veneziana permitiu a mim e a Giulio passar na casa da Condessa. Eu estava fora de mim sem saber exatamente porque: assim deve se sentir um cavalo vigoroso ao soar da trompa. Giulio, ao contrário, parecia descontente com o papel demasiado modesto desempenhado por ele na reunião daquela noite; talvez porque estivesse acostumado com essa cambada, porque tanto ele quanto Foscolo tinham sido acusados de se envolver nesses acontecimentos, e dizia-se que a mãe deste último o aconselhara a morrer antes de delatar algum de seus companheiros. Na época estavam na moda as mães espartanas. Fato é que a Pisana, naquela noite, não teve olhos para mim, mas eu estava demasiadamente entretido pensando no novo governo, no Conselho Maior do dia seguinte e nos prognósticos de meu pai para me fixar nesses caminhos. Olhava-a sim, mas como uma atenta ouvinte dos meus discursos, e essa minha atitude não lhe agradava nada. Quanto a Giulio, ao vê-lo tão enfadonho, mal o suportava, e suas penosas galanterias não obtinham o prêmio da quarta parte que lhe

37 Marco Furio Camillo teria libertado Roma dos gauleses, em 390 a. C.; Marco Manlio Capitolino rechaçou em 392 a. C. o ataque doa gauleses a Roma.

custavam. É bem verdade que a Condessa o remunerava com um monte de perguntas sobre as novas do dia, mas o literatozinho não a entendia assim, e se arriscava mais de bom grado a ser taxado de ingrato do que ao martírio do tédio. A astuta velha, à medida que o mau tempo aumentava, ia recolhendo as velas, e já era, nas palavras, meio revolucionária. Só Deus sabe quanto ódio e quanta raiva guardasse por dentro!

– O que está dizendo, senhor Giulio! Esses franceses virão?... Serão abolidos os créditos hipotecados sobre as rendas feudais?... E os patrícios que têm certeza de uma pensão ou posição? E são Marcos será mantido nos estandartes?

Giulio suspirava, bocejava, rangia os dentes, se retorcia, mas a inexorável Condessa queria arrancar alguma resposta, e creio que ele com maior boa vontade teria deixado que lhe arrancassem um dente. Eu, no entanto, não podia resistir ao prazer de me pavonear diante da Pisana com meus futuros esplendores, e dava a entender que no novo governo haveria um bom posto para mim também.

– É mesmo, Carlino? – perguntou-me sorrateiramente a donzela. – Mas não combinamos que você deveria colocar no trono a igualdade?

Levantei os ombros insolentemente. Tentem filosofar com as mulheres! Não sei, porém, se calei por desprezo ou por não saber o que responder. Fato é que por aquela noite a ambição realmente sobrepujou o amor, e que fui embora sem nem saber dizer qual a cor dos olhos da Pisana. Despedi-me pensativo de Giulio na Frezzeria[38], e entrei sozinho e saltitando de impaciência na Riva degli *schiavoni*. Sempre me lembrarei daquela noite memorável de onze de maio!... Era uma noite tão bela, tão agradável e serena que parecia feita para colóquios de amor, para solitárias fantasias, para alegres serenatas e nada mais. Porém, entre tanta calma de céu e de terra, num encanto tão poético de vida e de primavera, uma grande república se aproximava, como um corpo podre de escorbuto; morria uma grande rainha de catorze séculos, sem lágrimas, sem dignidade, sem funerais. Seus filhos dormiam indiferentes ou tremiam de medo; ela, sombra vergonhosa, vagava pelo Canal Grande em um fantástico bucentauro[39], aos poucos uma onda se levantava e bucentauro e fantasma desapareciam naquele líquido sepulcro. Se ao menos tivesse sido assim!... Mas aquela sombra morta ficou exposta por alguns meses, mutilada e desfigurada, às injúrias do mundo; o mar, o antigo esposo, rejeitou suas cinzas; e um tenente da França

38 Rua atrás da Piazza San Marco.

39 Luxuosa embarcação, a bordo da qual no dia da Ascenção o Doge subia, em cerimônia muito antiga, para celebrar os esponsais de Veneza com o Adriático.

as espalhou aos quatro ventos, dádiva fatal a quem ousava recolhê-las! Houve um momento em que ergui involuntariamente os olhos para o Palácio Ducal e vi a lua que embelezava com um verniz de poesia suas longas sacadas e estranhos janelões. Parecia que milhares de cabeças cobertas com o antigo capuz dos marinheiros ou com o elmo de guerra lançassem pela última vez daquelas mil aberturas seus olhares vazios de fantasmas; além disso, vinha do mar um sibilo de ar que parecia um lamento. Garanto-lhes que tremi, eu que odiava a aristocracia e esperava seu extermínio pelo triunfo da liberdade e da justiça. Não é por acaso; ver as grandes coisas se escurecerem no passado e desaparecer para sempre é uma pesada e inexplicável tristeza. Mas quanto maiores são essas coisas humanas, tanto mais resistem suas estruturas debilitadas e inanimadas ao sopro destruidor do tempo; até que vem aquele pequeno choque que pulveriza o cadáver, lhe tira as feições e, por fim, a memória da vida. Quem percebeu a queda do Império do Ocidente com Rômulo Augusto? – Ele caíra com a abdicação de Diocleciano. – Quem notou em 1806 o fim do Sacro Romano Império da Alemanha? – Ele desapareceu da vista dos povos com a abdicação de Carlos V. – Quem chorou, com o ingresso dos franceses em Veneza, a ruína de uma grande república, herdeira da civilização e da sabedoria romana, mediadora da cristandade por toda a Idade Média? – Ela se retirara voluntariamente da atenção do mundo depois da abdicação de Foscari. As abdicações assinalam a queda dos Estados, porque o piloto não abandona nem é obrigado a abandonar o timão de um navio que esteja equipado para toda manobra e com turmas experientes e disciplinadas. Os desesperos, os abatimentos, a indiferença e a desconfiança precedem o esfacelar-se e o naufrágio. De modo que ergui os olhos para o Palácio Ducal e tremi. Por que não destruir aquela construção soberba e misteriosa, agora que o último espírito que a animava perdia-se no ar?... Naqueles rígidos mármores eternos, eu pressentia mais do que uma memória um remorso. No entanto, via mais embaixo, na margem, os fiéis *schiavoni*, que tristes e silenciosos embarcavam; talvez só suas lágrimas tenham consolado a moribunda divindade de Veneza. Surgiu-me então na alma um medo mais distinto. Aquela nova liberdade, aquela feliz igualdade, aquela imparcial justiça com os franceses em casa começou a me descer meio de atravessado. Bem que Lucilio tinha avisado para fazer a revolução antes que Bonaparte mandasse de Milão a ordem e as instruções, mas isso não evitava que os franceses viessem de Mestre: e uma vez aqui, quem sabe!... Imediatamente evoquei a magnânima soberba de Amilcare para me livrar desses medos. "Caramba!" pensei "somos homens como os outros; e esse novo fogo de liberdade que nos anima será também fecundo de prodígios. Além disso, a Europa não poderá nos ser ingrata, seu amor próprio não o consente. Com constância, com boa vontade, voltaremos a ser nós: e não devem faltar ajudas ou da chuva ou do vento!...".

Assim confortado voltei para casa onde meu pai me disse que estava muito contente com o posto a mim reservado na futura Municipalidade; que eu cuidasse de me comportar bem e seguir os seus conselhos, se quisesse ir mais alto. Não me lembro o que lhe respondi; sei que fui me deitar e que não fechei os olhos até de manhã. Deviam ser oito e três quartos quando tocou o sino do Conselho Maior, e eu me dirigi à Escadaria dos Gigantes[40]. Por mais que os senhores nobres tivessem pressa de cometer o grande matricídio, as delícias da cama não consentiram que fosse antecipado de um quarto de hora o horário normal. Os presentes eram quinhentos e trinta e sete; número ilegal, já que pelo inviolável estatuto qualquer deliberação que não fosse discutida em reunião de ao menos seiscentos membros era considerada ilegítima e nula. A maior parte tremia de medo e de impaciência; tinham pressa de se desincumbir, de voltar para casa, de despir aquela toga, já demasiado perigoso símbolo de um império decaído. Alguns ostentavam segurança e alegria, eram os traidores; outros brilhavam de verdadeiro contentamento, de um orgulho bom e generoso pelo sacrifício que os tirando do Livro de Ouro os tornava livres e cidadãos. Entre eles, sentávamos eu e Agostino Frumier, dando-nos as mãos. Em um canto da sala, uns vinte patrícios estavam envoltos em suas togas, rígidos e silenciosos. Alguns idosos venerandos que não compareciam há mais de um ano ao Conselho estavam ali naquela manhã para honrar a pátria com seu último e impotente sufrágio; havia alguns jovens entre eles, alguns homens honestos que se inspiravam em magnânimos sentimentos dos avós, dos sogros, dos pais. Surpreendeu-me bastante ver no meio deles o senador Frumier e seu filho primogênito Alfonso, já que os sabia devotos de São Marcos, mas não tão corajosamente, como percebia então. Estavam juntos e quase abraçados; olhavam os companheiros não com a altivez do desprezo nem com o rancor do ódio, mas com a firmeza e a mansidão do martírio. Bendita a religião da pátria e do juramento! Ela resplandecia ali com um último raio sem esperança e repleto de fé e de majestade. Não eram os aristocratas, não

40 Escadaria no pátio interno do Palácio Ducal adornada na metade do século XVI por Jacopo Sansovino com as estátuas de Netuno e de Marte, entre as quais era feita a coroação dos doges.

eram os tiranos, nem os inquisidores, eram os netos de Zeno e dos Dandolo[41] que recordavam pela última vez aos aposentos reais as glórias e as virtudes dos avós. Olhei-os espantado e hostil; hoje lembro deles espantado e comovido; pelo menos posso rir das histórias mentirosas, e não evocar do último Conselho Maior de Veneza uma maldição à natureza humana.

Na sala toda havia um sussurro, um frêmito indistinto; somente naquele canto escuro e resguardado reinavam a tristeza e o silêncio. Fora o povo se agitava, os navios voltavam do desarmamento do estuário, alguns últimos estandartes dos *schiavoni* que embarcavam, os guardas que contra qualquer costume vigiavam os corredores do Palácio Ducal, todos presságios funestos. Oh, é bem duro o sono da morte, se não acordaram então, se não saíram de seus sepulcros os heróis, os doges, os capitães da antiga República!...

O Doge levantou-se pálido e tremendo diante da soberania do Conselho Maior de que ele era o representante, e à qual ousava propor uma covardia sem exemplo. Ele lera as condições propostas por Villetard para barrar os desejos do Diretório francês, e aplacar melhor os furores do general Bonaparte. Aprovava-as por ignorância, apoiava-as por incapacidade, e não sabia que Villetard, traidor por força, prometera o que ninguém tinha ânimo para sustentar: Bonaparte menos do que todos os outros. Lodovico Manin balbuciou algumas palavras sobre a necessidade de aceitar as condições, sobre a resistência inútil, aliás, impossível, sobre a magnanimidade do general Bonaparte, sobre ilusões que se tinham de melhor sorte por meio das reformas aconselhadas. Por fim, propôs descaradamente a abolição das velhas formas de governo e o estabelecimento da democracia. Por metade de um crime como esse, Marin Faliero[42] morrera no patíbulo; Lodovico Manin continuava a desonrar com seus balbucios a si mesmo, o Conselho Maior, a pátria, não houve mão humana que ousasse arrancar-lhe dos ombros o manto ducal e esmagar sua cabeça covarde no mesmo pavimento em que haviam curvado a cabeça os ministros dos reis e os legados dos pontífices! – Eu mesmo me apiedei dele; eu que na humilhação e no medo de um doge não via, na época, mais do que o triunfo da liberdade e da igualdade.

De repente, reboam algumas cargas de mosquetes: o Doge para consternado e quer descer os degraus do trono; uma multidão de patrícios assustados

41 Renieri Zeno foi doge de 1253 a 1268; entre os Dandolo, foram doges Enrico (1192-1205), Giovanni (1280-1288), Francesco (1329-1339) e Andrea (1343-1354).

42 O doge Marin Faliero foi decapitado em 1355 por ter conjurado contra a Constituição veneziana.

aglomera-se ao seu redor gritando: – Deliberação, aos votos! – O povo urra lá fora; dentro crescem a confusão e o medo. São os *schiavoni* rebeldes! (os últimos partiam naquele momento e saudavam com aqueles disparos a ingrata Veneza). São dezesseis mil conjurados (os sonhos de Lucilio). É o povo que quer se saciar no sangue dos nobres! (o povo não só preferia a obediência a esses nobres à mais dura servidão que o ameaçava, mas também amava essa obediência e não queria esquecê-la). Assim, entre os gritos, os choques, a pressa, o medo, chegou-se ao sufrágio. Quinhentos e doze votos aprovaram a parte ainda não lida, que continha a abdicação da nobreza e o estabelecimento de um Governo Provisório Democrático, desde que fossem atendidos os desejos do general Bonaparte. Para não esperar de Milão as supremas vontades dele e o tratado que se estava estipulando, dava-se como motivo a urgência do perigo interno. Apenas vinte votos se opuseram a essa vil precipitação; cinco foram as abstenções. O espetáculo daquela deliberação ficará sempre vivo em minha memória: muitas fisionomias, que vi naquele rebanho de ovelhas acovardado, trêmulo, vergonhoso, ainda vejo depois de sessenta anos com profunda humilhação. Ainda lembro as feições cadavéricas deformadas em alguns, o aspecto perdido e como que embriagado de outros, e a angustiante pressa de muitos que, creio eu, se jogariam das janelas para abandonar mais depressa a cena de seu aviltamento. O Doge correu aos seus aposentos tirando no caminho as suas insígnias, e ordenando que se tirasse das paredes os aparatos ducais; muitos se juntaram ao seu redor, como que para esquecer o próprio ultraje no espetáculo de um ultraje maior. Os que saíam à praça tinham antes o cuidado de tirar a peruca e a toga patrícia. Só nós, poucos e iludidos adoradores da liberdade naquele rebanho de servos (éramos cinco ou seis), corremos às janelas e à escada gritando: – Viva a liberdade! – Mas esse grito santo e sincero foi profanado pouco adiante pelas bocas daqueles que nos viram como uma garantia de salvação. Medrosos e traidores se misturaram conosco; o barulho, a gritaria crescia sempre; acreditei que um puro e generoso entusiasmo transformasse aqueles meio homens em heróis, e corria para a praça, lançando ao ar a minha peruca e berrando a plenos pulmões: – Viva a liberdade! – O general Salimbeni, com alguns outros conspiradores, já começara a gritar no meio do povo excitando-o à confusão e ao tumulto. Mas a turba lançou-se conta ele furiosa, e o obrigou a gritar: – Viva São Marcos! – Esses novos gritos sufocaram os anteriores. Muitos, principalmente os distantes, acreditaram que a velha República tivesse escapado do terrível perigo da votação. – Viva a República! Viva São Marcos! – foi uma só voz em toda a praça atulhada de gente; as bandeiras foram hasteadas nos três mastros; a imagem do Evangelista foi levada em triunfo; e uma onda ameaçadora de povo correu às casas dos patrícios que se dizia terem conjurado pela chamada dos franceses. Em meio à multidão, incerto, confuso, separado dos companheiros, encontrei meu pai e Lucilio, talvez menos confusos, mas mais aviltados do que eu. Eles me pegaram e me arrastaram até a Frezzeria. Os poucos patrícios que haviam votado pela independência e pela estabilidade da pátria passaram por nós com suas perucas e suas togas rasgadas. O povo dava passagem sem impropérios, mas sem aplauso. Lucilio pegou meu braço. – Está vendo? – cochichou ao meu ouvido. – O povo grita: "Viva São Marcos!" e não tem coragem de levar em triunfo, e de fazer doge um desses últimos e dignos patrões que lhes restam!... Servos, servos, eternamente servos![43]

Meu pai não se perdia em sofisticações, apressava o passo o melhor que podia, e não via a hora de estar em seu quarto para pensar em segurança nos prós e nos contras.

Uma proclamação da nova Municipalidade que pintava a vil condescendência dos patrícios como um livre e espontâneo sacrifício à sabedoria dos tempos, à justiça e ao bem comum, resgatou a tranquilidade no bom povo veneziano. Como o dente de um rato basta para afundar um navio carunchado, assim a intriga de um secretariozinho parisiense, de quatro ou cinco traidores, e de alguns republicanos bastara para desmoronar aquele edifício político que resistira a Solimão II e à Liga de Cambrai[44]. Mudanças sem grandeza, porque sem propósito; as quais os líderes do partido deveriam pedir à luz da experiência, quando a sorte entrega em suas mãos o destino da pátria. Quatro dias depois barcas venezianas conduziram a Veneza tropas francesas: e uma cidade defendida poucos dias antes por onze mil *schiavoni*, por oitocentas peças de artilharia e por duzentos navios armados, entregou-se despojada, voluntária, acorrentada a quatro mil soldados capitaneados por Baraguay d'Hilliers. A Municipalidade os recebeu entre o silêncio e o desprezo da multidão. Eu também, como secretário, tive minha parte daqueles tácitos insultos, mas o entusiasmo da Pisana e as exortações de meu pai me animavam a suportar tudo por amor à liberdade. Sentia pena dos ignorantes, não acho que sentisse pena dos pobres. Minha coragem ficou um pouco

---

43 A descrição dessa sessão do Conselho Maior foi baseada, mais uma vez, em Cappelletti, op. cit., 1, XIII.

44 Solimão II, o Magnífico, foi sultão otomano de 1520 a 1566. A Liga de Cambrai foi criada contra Veneza em 1508 pelo papa Júlio II, com a participação do imperador Maximiliano I, os reis da França e da Espanha, os duques de Ferrara e de Mântua; foi dissolvida em 1510.

abalada pelas respostas que vieram das províncias de terrafirme ao nosso convite para ingressar no novo governo. Os prefeitos hesitavam, os generais franceses zombavam de nós. Veneza ficou sozinha com sua liberdade de cunho falso. – Enquanto isso, a Ístria e a Dalmácia eram ocupadas pela Áustria, justa possibilidade concedida pelos segredos preliminares de Leoben. Isso também não me agradava. A França, com frotas venezianas, apossava-se das nossas possessões na Albânia e no Jônio; ameaça de piores pretensões. Pobre secretário, eu não tinha cabeça suficiente para juntar todas essas contradições e tirar um sentido. Suspirava, trabalhava e esperava o melhor. No entanto, vale notar o pecado pelo qual caiu Veneza, desonrada e não pranteada, depois de catorze séculos de vida louvável e gloriosa. Ninguém, acredito eu, vislumbrou até agora ou formulou corretamente a causa de sua ruína. Veneza não era mais do que uma cidade e queria ser um povo. Os povos, na história moderna, vivem, combatem, e se caem, caem fortes e dignos, por estarem certos de ressurgir.

CAPÍTULO DÉCIMO SEGUNDO

No qual, depois de um patético adeus à despreocupada juventude, se começa a viver e a pensar seriamente: mas infelizmente não tive vento de popa. Desde então era perigoso confiar nas promessas dos hóspedes que queriam se fazer de anfitriões: mas os hóspedes, senão outro, foram beneméritos por nos ter despertado. Nesse meio tempo, Clara se faz monja, a Pisana se casa com Sua Excelência Navagero, e eu continuo a escrever protocolos. Veneza cai pela segunda vez como punição pela primeira, e os patriotas se refugiam bufando na Cisalpina. Eu fico, ao que parece, para fazer companhia a meu pai.

Adeus, fresca e despreocupada juventude, eterna beatitude dos antigos deuses do Olimpo, e dom celeste, mas transitório a nós mortais! Adeus orvalhadas auroras, fulgurante de sorrisos e de promessas, enevoadas apenas pelas belas cores das ilusões! Adeus ocasos serenos, contemplados ociosamente da margem sombreada do riacho, ou do balcão florido da amante! Adeus virgem lua, inspiradora da vaga melancolia e dos poéticos amores, tu que simples brincas com os cabelos encaracolados das crianças, e afagas enamorada as pensativas pupilas dos jovens! Passa a aurora da vida como a aurora de um dia, e as noturnas lágrimas do céu se convertem, na imensa natureza, em humores turbulentos e vitais. Não mais ócio, mas trabalho; não mais beleza, mas atividade; não mais imaginação e paz, mas verdade e batalha. O sol nos desperta para graves pensamentos, para obras difíceis, para as longas e vãs esperanças; ele se esconde de noite deixando-nos um breve e desejado prêmio de esquecimento. A lua se eleva então na curva estrelada do céu, e espalha sobre as noites insones um véu azulado e vaporoso, tecido de luz de tristezas, de lembranças e de desconfortos. Chegam os anos cada vez mais turvos e carrancudos, como patrões descontentes com os criados; parecem velhos de aspecto decadente, e quanto mais a cabeça embranquece, mais suas pegadas transcorrem rápidas e leves. É o passo da sombra que se torna gigante ao se aproximar do ocaso. – Adeus pórticos luzidios, jardins encantados, prelúdios harmoniosos da vida!... Adeus verdes campos, cheios de sendas errantes, de poses meditabundas, de belezas infinitas, e de luz, e de liberdade, e de canto de pássaros! Adeus primeiro ninho da infância, casas vastas e operosas, grandes para nós meninos, como o mundo para os homens, em que foi deleite o trabalho dos outros, em que o anjo da guarda velava os nossos sonos alegrando-os com mil visões encantadoras! Éramos contentes sem esforço, felizes sem saber; e a cara feia do professor, as broncas da aia eram apenas rugas que o destino carregava na fronte! O universo acabava na mureta do pátio; lá dentro, se não havia a plenitude de toda bem-aventurança, pelo menos os desejos se moderavam e a injustiça tomava uma postura tão infantil, que no dia seguinte ria-se dela como de uma burla. Os velhos criados, o padre sério e sereno, os parentes sisudos e misteriosos, as criadas volúveis e falantes, os briguentos companheiros, as mocinhas vivazes, petulantes e amáveis passavam diante de nós como as aparições de uma lanterna mágica. Tinha-se medo dos gatos que brincavam debaixo do guarda-louças, acariciava-se perto do fogo o velho cão de caça e se admirava o cocheiro quando atrelava os cavalos sem ter medo dos coices. Para mim, é verdade que teve o espeto para girar, mas perdoo o espeto, e o giraria novamente com prazer para reaver a inocente felicidade de uma daquelas tardes alegres, nos joelhos de Martino, ou ao lado do berço da Pisana. Sombras diletas e melancólicas das pessoas que amei, vocês ainda vivem para mim: fiéis à velhice, vocês não vão embora, nem a sua razão gelada, nem o seu rígido aspecto; vejo-os sempre vagar ao meu redor como numa nuvem de pensamentos e de afeto; e depois desaparecer muito longe no arco-íris colorido da minha juventude. O tempo não é mais do que o tempo para quem tem dinheiro a juros: ele para mim não foi mais do que memória, desejo, amor, esperança. A juventude permaneceu viva na mente do homem; e o velho acolheu sem maldição a experiência da maturidade. Oh, por que deverá terminar em nada um tesouro de afetos e de pensamentos que sempre se acumula e cresce?... A inteligência é um mar do qual nós somos regatos e rios. Oceano sem fundo e sem limite da divindade, eu confio sem medo às suas ondas memoráveis essa minha vida já cansada de correr. O tempo não é tempo, mas eternidade, para quem se sente imortal.

E assim escrevi um digno epitáfio para aqueles anos deliciosos vividos por mim no mundo velho; no mundo do pó de arroz, dos *buli* e das jurisdições feudais. Saí dele secretário de um governo democrático que não tinha nada para governar; com os cabelos cortados à Bruto, o chapéu redondo com as abas levantadas dos lados, as ombreiras do casaco estufadas como duas mortadelas de Bolonha, as calças compridas, e botas de saltos tão prepotentes que se me ouvia chegar de uma ponta à outra das Procuradorias. – Imaginem que diferença dos sapatos macios e deslizantes dos antigos nobres!

Foi a maior revolução que aconteceu então em Veneza. De resto, a água descia como de costume, exceto que os senhores franceses se escabelavam todos os dias para encontrar uma nova arte para nos depenar melhor. Eram bem engenhosos e se davam às maravilhas. Os quadros, as medalhas, os códex, as estátuas, os quatro cavalos de são Marcos viajavam para Paris, nos consolamos que a ciência ainda não tivesse inventado o modo de desmontar os edifícios e transportar as torres e as cúpulas: Veneza ficaria como foi no tempo do primeiro sucessor de Átila. Bergamo e Crema já tinham sido ocupadas definitivamente para fazer parte da Cisalpina; sobre as outras províncias, deputados quiseram se reunir em Bassano para avaliar qual partido tomar[1]. Berthier, habilidoso, presidia para atrapalhar qualquer deliberação útil; eu escrevia para Bassano os desejos dos prefeitos, e recebia suas respostas. O doutor Lucilio, que sem parecer continuava a ser a alma do novo governo, não queria que se abandonasse essa última âncora de salvação, e habilidosamente também se obstinava. Parecia que estavam próximos a um acordo que agradava a todos quando o astuto Berthier declarou de repente que o acordo era impossível, e boa noite! Veneza ficou com suas ostras, e as províncias com seus presidentes, com seus generais franceses. Victor, em Pádua, grasnava impudentemente que não se fizesse caso dos venezianos, raça pútrida e incorrigível de aristocratas. Bernadotte, mais sincero, proibia que de Udine se mandassem deputados à comediazinha de Bassano. Os tempos eram tão tristes que a crueldade era pouco menos que piedosa, e certamente mais meritória do que a hipocrisia. Apesar disso, eu seguia adiante com a venda nos olhos e a pena na mão, acreditando ir ao encontro dos tempos de Camilo ou de Cincinato[2]. Meu pai sacudia a cabeça; eu nem me preocupava com ele, e talvez acreditasse que a vontade ou a presunção de algumas cabeças quentes bastariam para desmamar aquela liberdade criança e já pior do que decrépita. Uma noite, fui procurar a condessa de Fratta na casa de sempre, me disseram que ela se mudara e que fora para Zattere, do outro lado da cidade. Trotei até lá, subi uma escada de madeira mal ajambrada e corroída, finalmente cheguei a um apartamento úmido, escuro e quase desprovido de

1 A reunião aconteceu em 24 de julho de 1797, com a participação de deputados de Verona, Pádua, Brescia e Veneza. Napoleão enviou o general Berthier para que obstruísse os projetos de união, ele aproveitou as discordâncias que havia entre os deputados para decretar a dissolução da reunião.

2 Marco Fúrio Camilo (446-365 a. C.) foi tribuno consular por seis vezes, cinco vezes nomeado ditador, e agraciado com o título de "Segundo Fundador de Roma"; Lúcio Quíncio Cincinato (519-439 a. C.) foi general, cônsul e por um certo período, ditador romano, por determinação do Senado, era conhecido pela simplicidade de seus costumes.

móveis. Não consegui me reaver do espanto. Na antecâmara, Pisana veio com o lume ao meu encontro, o estupor cresceu, e a segui quase alheio até a sala de recepção. Meu Deus, que lástima!...

Encontrei a Condessa deprimida numa antiga poltrona de marroquim preto todo despelado; uma lamparina a óleo agonizava sobre uma mesinha apoiada na parede para não cair. De resto, um verdadeiro quarto de aluguel, sem mobília, sem cortinas, com o piso de tabuinhas desconexas, e o teto de traves mal pintadas. As paredes nuas e deterioradas, as portas e as janelas tão bem feitas que a chama miserável da lamparina estava sempre para se apagar. Ao lado da Condessa um velhote descorado, branco, gordinho, sentava-se em um banco de palha; ele usava o elegante traje dos patrícios, mas uma tossezinha obstinada e viscosa contrastava bastante com a juventude daqueles adornos. A Condessa leu no meu semblante o espanto e o desgosto, então compôs a sua melhor cara de alegria para me desmentir.

– Está vendo, Carlino? – disse-me ela com uma alegria bastante forçada. – Está vendo, Carlino, como sou uma mãe de família bem prevenida? A revolução nos arruinou, e eu me resigno a economizar por esses meus queridos filhos!... – E dizendo isso olhava para a Pisana, que sentara ao lado do cavalheiro e mantinha os olhos no peito e as mãos nos bolsos do avental.

– Apresento meu sobrinho, o nobre Mauro Navagero – continuou ela –, um sobrinho generoso e disposto a estreitar cada vez mais conosco os laços de parentesco. Em poucas palavras, desde esta manhã ele está noivo da nossa Pisana!

Acho que naquele instante vi todas as estrelas do firmamento como se uma rocha caindo em cima de mim tivesse esmagado meu peito: àquele lampejar de estrelas seguiu-se uma cegueira de alguns segundos, depois voltei a ouvir e olhar sem que pudesse entender nada daqueles rostos que estavam ao meu redor, do zumbido que me sussurrava nos ouvidos. Imagino que a Condessa deva ter se estendido a exaltar a dignidade daquele parente; é certo que o nobre Navagero, pela tosse, e a Pisana, pela confusão, não tinham tempo a perder com conversas. Confesso que o amor à liberdade, a ambição e todas as fantasias, enfiadas em meu corpo pela própria generosidade da minha índole e pelas artimanhas de meu pai, foram embora como cães escaldados por um jorro de água fervendo. A Pisana ficou na minha mente sozinha e rainha; me arrependi, tive remorsos, me desesperei por ter me descuidado dela todo aquele tempo, e percebi que eu era demasiado fraco ou mimado para encontrar a felicidade nas grandes abstrações. Bendito o Estado civil em que os afetos privados são degraus para as virtudes civis; em que a educação moral e doméstica prepara no homem o cidadão e o herói! Mas eu nascera de outra forja; infelizmente meus afetos contrastavam entre si, como os costumes do século passado com as aspirações do presente. Doença que se perpetua na juventude de agora, e da qual se lamentam os estragos, sem pensar ou sem poder providenciar o remédio.

Quando ousei dirigir os olhos para a menina, senti como que um impedimento que não me deixava fazê-lo; eram os olhares frios e irritados do maduro noivo que erravam do rosto da Pisana ao meu com a inquietude do avarento. Há certos olhares que se sente antes de vê-los; os de Sua Excelência Navagero feriam diretamente a alma sem incomodar o nervo ótico. Porém me incomodavam muito, de modo que tive de recorrer como último e desesperado refúgio ao rosto amarfanhado da Condessa. Ela parecia tão radiante de contentamento que me irritei bastante e acabei perdendo realmente o norte. Alguém despreparado que provoca briga em um grupo em que todos lhe são contrários, estaria numa condição bem melhor do que a minha. A Pisana, com sua reserva quase zombeteira, me envenenava mais do que os outros. Eu estava para me levantar, para fugir desesperado, para desafogar em algum lugar o meu desgosto, quando entrou saltitando o senhor meu pai. Ele estava mais vivaz, mais estranho que de costume; e parecia a imagem daquilo que me havia surpreendido e desgostado tanto, já que se congratulou com Navagero pela boa sorte e dirigiu à noivinha um daqueles seus olharezinhos que falavam melhor do que uma língua qualquer. O que vocês querem? Ver meu pai também se enfileirar com meus inimigos, devorando com tanta avidez a minha desgraça, deu-me tal furor que não pensei mais em ir embora, e senti no espírito algo parecido ao heroísmo de Horácio sozinho contra toda Toscana[3]. Ajeitei-me em minha cadeira desafiando orgulhosamente o risinho da Condessa, a indiferença da Pisana, o ciúme de Navagero e a crueldade de meu pai. Depois, quando resolvi me levantar para partir, percebi tarde demais que os joelhos mal me aguentavam, e quem nos visse caminhar, eu, meu pai e o nobre Navagero, nos teria confundido com três felicíssimos bêbados em graus diferentes. Eu não podia me fiar nos discursos que me faziam, e pela primeira vez me enfiei na cama sem pensar no corno dourado do futuro doge democrático de Veneza. Mil projetos variados, bizarros, espantosos, improvisavam em meu cérebro tais arabescos que era impossível continuar.

3 Alusão ao verso de Ariosto no *Orlando furioso* (XVIII, 518). Públio Horácio Cocles, oficial militar romano do século VI a. C, segundo a lenda, defendeu sozinho a ponte que levava à cidade de Roma, impedindo que fosse tomada pelos etruscos liderados por Porsena.

Desafiar Navagero de adaga e espada, espetá-lo como um sapo, então anunciar à Pisana a minha solene maldição e me jogar no canal pela cômoda via da janela; ou depois de matá-lo pegá-la nos braços, escondê-la num enxabeque[4] de Esmirna e levá-la comigo para viver no deserto, entre as ruínas de Palmira[5] ou nas areias da Arábia Petreia[6], esses eram meus voos de Píndaro menos arriscados. De resto, eu poetava sem métrica, sem acentos, sem rimas: não pensava no difícil nem no impossível, e se eu tivesse no estábulo um hipogrifo e nos bolsos os tesouros de Creso[7], não teria construído castelos no ar com maior liberdade e magnificência. Assim sonhando adormeci, e sonhei dormindo, e ao acordar bem cedo retomei o fio dos sonhos do dia anterior.

Amilcare me perguntou o porquê daquele meu contínuo devaneio, e eu lhe contei talvez mais do que gostaria. – Vergonha! Um secretário da Municipalidade perder-se nessas bobagens! Eu não me envergonhava de ter ciúmes de um velho aristocrata babão e raquítico, e de me derreter tolamente por uma doidivanas que para se casar teria escolhido um sátiro?... Isso já se via abertamente; que belo papel esse meu!... Melhor tratar de me mostrar homem, entregar-me totalmente à pátria, ao culto da liberdade, justamente agora que era tão necessário!

Amilcare falava com o coração e me convenceu; realmente não valia a pena me bestificar atrás da Pisana; os cuidados com o governo exigiam todo o meu tempo, todo o meu desvelo. Esforcei-me; perdoei a vida de Navagero, e aquela cena que eu imaginara representar à Pisana antes de me afogar ou partir para a Arábia, transformei numa tácita apóstrofe: – "Fique bem, perjura! Você é indigna de mim!" – Tenho minhas dúvidas, não sei se tinha o direito de pronunciar tal sentença. Em primeiro lugar, a menina não me jurara nada, em segundo lugar, a minha piedosa cessão em favor de Giulio Del Ponte e meu sucessivo descuido podiam ter-lhe feito crer que tivesse saído do meu coração qualquer desejo de fazê-la minha. Só sei muito bem que nunca desejei tanto isso como naquela época, mas a estranheza e a incredibilidade do seu temperamento me obrigavam a manter ocultos os meus compromissos íntimos. Entretanto, o fato é que decidi acabar com isso com a firme convicção de ser eu a vítima: e isso me autorizava a me fazer ainda mais fanático do que consentiam

4 Espécie de embarcação árabe usada geralmente para carga.

5 Antiga cidade localizada no deserto sírio junto ao oásis do mesmo nome.

6 Província constituída pelos romanos na península arábica, no século II, com capital em Petra.

7 Último rei da Lídia (560-546 a. C.), conhecido por sua fabulosa riqueza.

as minhas intenções heróicas e a paciência de Navagero. O conde Rinaldo, que raras vezes aparecia nos aposentos de sua mãe, saía irritado ao me ver arrulhar diante da irmã. Ele também, coitado, batia no cão como todos os outros; e eu não me corrigia em uma coisa, convencido, convencidíssimo em ser tudo na minha secretaria, em não pensar na Pisana, nem em seu casamento.

Os negócios da casa de Fratta se complicavam mais do que nunca. A senhora Condessa jogava cada vez mais furiosamente, e quando não tinha dinheiro buscava-o no Monte di Pietà[8]. A filosofia do Condezinho e a despreocupação da Pisana não se incumbiam de nada; e creio que Sua Excelência Navagero estivesse destinado, segundo eles, a ajeitar todos aqueles escorregões. O que me espantava muitíssimo era a familiaridade que continuava a haver entre a Condessa e meu pai, apesar dele não ter afrouxado em nada as cordinhas de sua bolsa e ter atrapalhado de mil maneiras o plano secreto da Condessa de um bom casamento entre mim e a Pisana. Eu tinha entendido que no fundo esses planos não agradavam a meu pai, e que ele sem me dizer nada adivinhava a minha propensão e procurava desviá-la. Mas como faria depois para contrariar os objetivos da Condessa conservando-se nas graças dela? Foi o que me propus a esclarecer, e descobri que ele tinha sido o intermediário do casamento com o primo Navagero, e que minha desgraça era devida sobretudo a ele. Quanto a mim, ele, velho negociante, tinha outros planos; gostaria de ter por nora uma donzela riquíssima da família Contarini, e não deixava de me incentivar de vez em quando para que eu a privilegiasse entra as muitas moças, as quais (sem soberba) não teriam desdenhado, na época, unir meu nome ao delas. Todos os atores têm, nos palcos do mundo, seus dias de sorte; na época tocava a mim. O cidadão Carletto Altoviti, ex-cavalheiro de Torcello, secretário da Municipalidade, predileto do doutor Lucilio, e célebre na Piazza San Marco por suas belas roupas, pela sua desenvoltura e principalmente pelos milhões do senhor pai, não era um homem de se jogar fora. Eu, entretanto, aplacado na minha vaidade pela rebelião da Pisana, não me enfatuava mais por esses méritos; e envergonhado com as exortações de Amilcare não sabia mais sustentar meu voo no céu sublime da liberdade e da glória. Aquele céu começava a escurecer, a ameaçar tudo ao redor com fortes temporais. Só faltava se abrir a terra sob meus pés! Todavia, como eu era homem honrado e de coragem, não descuidava das minhas ocupações no

8 O Monte di Pietà é uma instituição financeira surgida na Itália na segunda metade do século XV por iniciativa de alguns frades franciscanos, que faziam pequenos empréstimos com base em penhora.

Palácio Municipal. Mas gostava mais de me roer de raiva ao lado da Pisana do que farejar naquele palácio a futura aura dogal prognosticada por meu pai.

Naquele tempo, quando as coisas de Veneza já tinham se acomodado à servidão francesa e à vaga expectativa de um porvir que parecia cada vez mais triste, o doutor Lucilio foi à casa da condessa de Fratta. Ela já receava há um mês aquela visita e não tinha mais coragem de rejeitá-la. O doutor então sentou-se diante da Condessa com aquele seu costumeiro ar nem humilde nem arrogante, e lhe pediu com os devidos modos a mão de Clara. A Condessa fingiu uma grande surpresa e estar escandalizada por tal pedido; respondeu que sua filha estava perto de pronunciar os votos e não pretendia se aventurar nos perigos do mundo, tão prudentemente evitados por ela; por último, mencionou os direitos anteriores do senhor Partistagno, que continuava a inundar bestialmente Veneza com suas lamentações sobre o sacrifício imposto à Clara, e certamente não consentiria que ela saísse do convento para se casar com outro. Lucilio retrucou explicitamente que Clara se compromissara com ele antes do que com qualquer outro, que os votos ainda não tinham sido pronunciados, que as leis democráticas já não impediam de modo nenhum a união deles, que Clara chegara à maioridade, e que quanto a Partistagno, ele ria dele e de seus sussurros que há um ano divertiam todo mundo. A Condessa acrescentou, com os lábios apertados e com um sorriso maligno, que já que ele mencionara a idade adulta de Clara, podia se dirigir diretamente a ela, que se congratulava ao vê-lo tão firme em seus propósitos, apesar de talvez ter se decidido um pouco tardiamente, e que, de resto, esperava que tudo andasse conforme os desejos dele.

– Senhora Condessa – concluiu Lucilio – estou firme, como a senhora disse, em meus propósitos, e sempre o fui há muitos anos, apesar de preferir muito mais virar o mundo de cabeça para baixo a meu favor do que violar uma convenção ou implorar um favor com as mãos postas. Agora que as circunstâncias nos deixaram iguais, não hesito em pedir o que alguém está pronto para me conceder. Tenho bastante sorte que a senhora não queira se opor com a materna autoridade às minhas mais suaves e obstinadas esperanças.

– Fique à vontade, fique à vontade, por favor! – acrescentou depressa a Condessa. Parecia falar assim por medo de Lucilio, mas pensava na madre Redenta e entregava confiantemente a ela o espinhoso encargo de defender a alma de Clara contra as garras do diabo. A reverenda madre estava há algum tempo em guarda; o doutor Lucilio, ao se despedir da Condessa, não achou que talvez ainda estivesse no início da empresa. Entretanto, eu não gostaria de afirmar que estivesse muito seguro. Ele havia procrastinado dia após dia para antes ver assegurado a Veneza o triunfo de seu partido e das opiniões democráticas. Agora, talvez antes do que qualquer outro, farejava o vento contrário, e soberbo no rosto, mas desesperado no espírito, apressava-se em se aproveitar daqueles últimos favores da sorte para satisfazer o voto supremo de seu coração. Via se desmancharem no ar os belos castelos de liberdade política, de glória e de prosperidade pública, e esperava se salvar agarrando-se à uma âncora da felicidade doméstica. Com esses pensamentos na cabeça dirigiu-se ao convento de Santa Teresa, anunciou à porteira o seu nome e pediu para falar com a condessinha Clara de Fratta. A porteira desapareceu no monastério e voltou dali a pouco para dizer que a nobre donzela desejava saber o motivo de sua visita, que ela tentaria satisfazê-lo sem se afastar do recolhimento claustral. Lucilio estremeceu de surpresa e de raiva, mas viu debaixo dessa resposta um estratagema monacal, e repetiu à porteira que era necessária, indispensável, uma conversa com a senhorita Clara, que a senhorita bem devia saber disso, e que ninguém no mundo podia lhe negar o direito de reclamá-lo. Então a monja retornou e voltou depois de alguns instantes para dizer com cara carrancuda que a donzela desceria dali a pouco em companhia da madre assistente. Essa madre assistente não agradava Lucilio, mas ele não era homem de se deixar impressionar por uma monja, e esperou um pouco irrequieto, medindo com grandes passos o piso de mármore vermelho e branco do parlatório. Já estava passeando assim há algum tempo quando entraram madre Redenta e Clara: aquela com o pescoço torto, os olhos baixos e as mãos cruzadas no peito, os bigodinhos do lábio superior mais espetados do que o normal; esta, porém, calma e serena como sempre, mas sua beleza enlanguescera pelo fechado do monastério, e a alma transluzia mais pura e ardente do que nunca, como a estrela por uma névoa que vai se dissipando. Há muitos anos que os dois amantes não se viam tão de perto, mesmo assim não demonstraram grande perturbação; a força deles, o seu amor, estavam tão fundos no coração, que só chegava a seus semblantes um reflexo fraco e distante. A madre Redenta buscava entre as densas sebes de seus cílios uma abertura por onde espiar sem ser observada; seus ouvidos vigiavam tão escancarados que teriam ouvido voar uma mosca do outro lado da sala.

– Clara – começou a dizer Lucilio, com voz talvez mais comovida do que queria –, venho depois de um longuíssimo tempo lembrá-la do que me prometeu, creio que para você assim como para mim esses longos anos não tenham sido mais do que um único dia de espera. Agora nenhum obstáculo se opõe aos desejos dos nossos corações; não mais com a impaciência e o estouvamento da juventude, mas com a razão fortalecida, e com o propósito imutável da idade madura, eu peço que me repita com uma palavra a promessa de felicidade que você me fez diante do céu. Nem a vontade de parentes, nem a tirania das leis, nem as conveniências sociais impedem mais a sua liberdade ou a minha delicadeza. Eu lhe ofereço um coração pleno de um só afeto, aceso por uma chama que não morrerá nunca, e provado e reprovado pelo trabalho da paciência, pela desventura. Clara, olhe-me no rosto. Quando você será minha?...

A donzela tremeu da cabeça aos pés, mas foi só por um instante; apoiou no peito a mão que contrastava palidíssima com a negra túnica das noviças e levou ao rosto de Lucilio um olhar longo e misterioso que parecia buscar através de tudo as esperanças do céu.

– Lucilio – respondeu ela, pressionando aquela mão no coração –, jurei amá-lo diante de Deus, jurei em meu coração fazê-lo feliz no que pudesse. É verdade. Sempre me lembro disso e sempre me esforço para que as minhas promessas tenham o maior efeito que Deus consente.

– O que você quer dizer? – exclamou ansiosamente Lucilio.

Madre Redenta arriscou levantar as pálpebras para mostrar dois olhos tão espantados como se tivessem visto os chifres de Belzebu. Mas o calmo semblante de Clara recolocou tranquilidade naquele olhar por trás das densas fendas.

– Vou lhe dizer tudo – acrescentava a donzela –, vou lhe dizer tudo, Lucilio, e você irá julgar. Entrei neste lugar de paz para confiar minha alma a Deus e à Sua Providência; encontrei aqui afetos, pensamentos e confortos que já me fazem olhar com aversão para o resto do mundo... Oh não, não Lucilio! Não se menospreze! Nossas almas não eram feitas para encontrar a felicidade neste século de vício e de perdição. Resignemo-nos e nos encontraremos lá em cima!

– O que está dizendo? Que palavras você pronuncia agora, que me dilaceram o coração e saem de seus lábios com a suavidade de uma melodia? Clara, por caridade, volte a si!... Pense em mim!... Olhe-me no rosto!... Repito com as mãos em cruz: pense em mim!

– Oh, eu penso! Penso até demais, Lucilio, porque estou demais enredada nas coisas mundanas para me elevar pura e simples a Deus!... O que você quer, Lucilio, o que quer de mim?... Nossa República caiu nas mãos de homens estrangeiros sem religião e sem fé. Não há mais bem, não há mais esperança, a não ser no céu para as almas tementes a Deus. Por que confiar, Lucilio, nas ilusões daqui embaixo?... Por que estabelecer uma família nessa sociedade que não tem mais respeito a Deus e à Igreja?... Por quê?...

– Basta, basta, Clara!... Não tente zombar da minha dor, da minha raiva! Pense no que diz, Clara; pense que você deve dar conta da minha alma ao Deus que você adora e pretende servir melhor consumando esse atroz delito. A República caiu?... A religião está em perigo?... Mas o que tem a ver tudo isso com as promessas que tive de você?... Clara, pense que o primeiro e mais sublime preceito do Evangelho nos manda amar o nosso próximo. Agora, como próximo, nada mais do que como próximo, peço que se lembre dos seus juramentos e que não seja perjura diante de Deus!... Deus abomina e condena os perjuros; Deus rejeita os sacrifícios oferecidos a preço das lágrimas e do sangue alheios!... Se você quer se sacrificar, então sacrifique-se a mim!... Senão como felicidade, me aceite como martírio!...

Madre Redenta tossiu barulhentamente para desfazer o efeito dessas palavras ditas por Lucilio com tal furor de desespero e de prece que dilaceravam a alma. Mas Clara voltou-se para ela acalmando-a com um gesto, depois, elevando o olhar ao céu não temeu se aproximar de Lucilio e colocar castamente as mãos sobre seus ombros. O pobre doutor adivinhou tudo por aquele olhar, por aquele gesto, e sentiu com o coração dilacerado não poder seguir no céu aquela alma que lhe escapava, beata em suas dores.

– Mas por quê, por quê, Clara? – prosseguiu ele sem nem esperar que ela lhe dissesse o sentido terrível daquele gesto. – Por que você quer me matar enquanto poderia me ressuscitar?... Por que esquece do amor santo, eterno, indissolúvel que me jurou?

– Oh, esse amor, mais santo, mais eterno, mais indissolúvel do que antes, também juro agora! – respondeu a donzela. – Somente que nossas núpcias sejam no céu, já que na terra Deus as proíbe a seus fiéis!... Eu juro, Lucilio! Ainda o amo, só amo a você!... Pude purificar e santificar esse amor, mas não poderia arrancá-lo das vísceras sem morrer! É justamente daí que você pode ver se minha vocação é verdadeira e tenaz. Eu sempre o amarei, viverei sempre com você em comunhão de preces e de espírito. Mais que isso, Lucilio, você não tem o direito de me pedir... Não posso lhe conceder mais porque Deus me proíbe!

– Então Deus manda que você me mate! – exclamou Lucilio com um berro.

Madre Redenta correu até ele para recomendar temperança, porque as freiras estavam em meditação e podiam ser molestadas por aquela gritaria. Clara baixou os olhos; a pobrezinha chorou, mas não se dobrou nem se afastou de seu firme propósito. A tortura que ela sentia era imensa, mas a freira assistente havia usado bem suas astúcias para enfeitiçá-la daquele modo. A alma de Clara já habitava o céu, e só via as coisas aqui embaixo daquelas alturas infinitas. Pagaria com a própria vida um pecado venial de Lucilio, mas também o mataria para lhe assegurar a salvação eterna.

De fato, ela empalideceu e tremeu toda, mas chegou mais perto dele, e se recuperando subitamente acrescentou:

– Lucilio, você me ama? Então me deixe!... Nos encontraremos, esteja certo, num lugar melhor que este... Rezarei por você, rezarei por você nos sacrifícios e no jejum...

– Blasfêmia! – gritou o outro. – Você, rezar por mim?... O carrasco que intercede pela vítima!... Deus terá horror dessas preces!

– Lucilio! – acrescentou modestamente Clara. – Todos somos pecadores, mas quando...

Madre Redenta interrompeu essas palavras com uma cotovelada oportuna.

– Humildade, humildade, filha! – resmungou ela. – Não é preciso falar nem ensinar os outros quando não é estritamente o nosso ofício.

Lucilio desferiu à velha um olhar como o de um leão entre as barras da jaula.

– Não, não – acrescentou ele amargamente. – Ensine-me, pois sou muito novo nessa arte, e certamente morrerei de desgosto antes de tê-la aprendido!...

– E eu, você acha que eu deseje e queira viver mais que isso? – acrescentou tristemente Clara. – Saiba que não peço nenhuma graça à Virgem com tanta insistência, com tanto fervor, quanto essa de morrer em breve e subir ao céu para interceder por você!...

– Mas eu, eu desprezo suas preces! – explodiu rugindo Lucilio. – Eu quero você! Você, a minha felicidade, o meu bem!...

– Acalme-se! Tenha compaixão de mim!... Não há mais bem no mundo, infelizmente!... Você sabe que já corre o boato da abolição de todas as ordens religiosas e da demolição dos conventos!...

– Sim, sim. E esse boato se concretizará!... Juro que se concretizará. Eu mesmo farei com que não reste pedra sobre pedra desses sepulcros vivos!...

– Cale-se, Lucilio, por caridade, cale-se! – retomou Clara olhando com aflição a madre assistente que parecia se debater com secreta satisfação em sua cadeira. – Converta-se ao temor a Deus e à verdadeira fé fora da qual não há salvação!... Não cometa esse pecado de heresia que o faz mortalmente culpado diante de Deus! Não ultraje a santidade daquelas almas que desposam nesta terra o seu Criador para torná-lo mais clemente para com seus irmãos de exílio!...

– Almas hipócritas, almas falsas e corrompidas – exclamou rosnando Lucilio –, que trabalham para laçar, para domar outras almas simples e fracas!...

– Não, caríssimo senhor doutor, não queira nos caluniar assim às cegas – começou a dizer com voz seca e nasal a madre assistente. – Essas almas hipócritas que sacrificam a vida inteira para fortalecer e para salvar os fracos são as únicas que defendem a fé e os bons costumes contra as perversidades mundanas. É mérito delas se muitas almas fracas se tornam tão fortes e sublimes para apoiar toda esperança em Deus, e para seguir as palavras de um simples voto como uma barreira insuperável que as divide para sempre do consórcio dos maus e dos incrédulos. É verdade – acrescentou ela inclinando a cabeça –, que ficamos ligadas a eles pelo vínculo espiritual da oração, a qual, esperamos, ajudará a salvar alguém das garras infernais.

– Oh, logo logo os maus e os incrédulos desfarão os seus votos! – exclamou Lucilio com voz vibrante. – A sociedade é obra de Deus e quem se afasta dela tem o remorso do delito, a covardia do espanto ou a incapacidade da inércia no espírito!... – Quanto a vocês (e se dirigia especialmente a Clara), quanto a vocês que perverteram a sua consciência desumanizando-a, quanto a vocês que sobem ao céu pisando no cadáver de alguém que as ama, que não veem, que não vivem, que só pensam em vocês, oh, vocês têm sobre a cabeça a ira e a maldição...

– Basta Lucilio! – exclamou a donzela com expressão solene. – Você quer saber tudo? Pois bem, vou lhe dizer!... Os votos que pronunciarei domingo solenemente diante do altar de Deus, já os exprimi com o coração diante do mesmo Deus naquela noite fatal em que os inimigos da religião e de Veneza entraram nesta cidade. Fomos oito a oferecer a nossa liberdade, a nossa vida pelo afastamento daquele flagelo, e se aqueles infames, aqueles celerados foram obrigados a abandonar a presa tão vilmente ganha, Deus talvez tenha benignamente aceito nosso sacrifício!...

Madre Redenta sorriu debaixo da touca, Lucilio conteve um pouco o seu furor e deu alguns passos para trás, depois voltou até Clara como se fosse impossível abandoná-la assim.

– Clara – retomou ele –, não vou implorar mais, estou vendo, seria inútil. Mas vou demonstrar tanta infelicidade que os remorsos a perseguirão até no silêncio e na paz do claustro. Oh, você não sabe, nunca soube quanto a amo!... Não mediu os abismos profundos e inflamados da minha alma repletos de você, não esqueceu a si mesma, como eu esqueci completamente de mim para viver sempre em você. Você impõe os sacrifícios com mil sutilezas mentais, não os aceita da santa espontaneidade do afeto e do sentimento!...

Clara, eu a deixo para Deus, mas Deus irá querê-la?... O adultério é permitido pelos santos mandamentos que são o sublime compêndio de nossos deveres?

Não sei se falando assim Lucilio pretendesse capitular ou tentar um último golpe. De resto, ele e Clara combatiam como dois esgrimistas sem medida, disputavam como dois adversários que usavam uma língua desconhecida ao outro. A madre Redenta triunfava sob sua touca sobre o poderoso e incansável conspirador que, pode-se dizer, dera o último empurrão a um governo de catorze séculos, e mudado o rosto de uma boa parte do mundo. Por que ela se comprazia em fazer isso?... Antes de tudo, porque não há orgulho que supere o orgulho dos humildes, depois, porque se vingava nos outros da própria infelicidade, e por último porque queria manter sua promessa à Condessa. Depois de muitos anos de lento trabalho, agora admirava na constância de Clara a sua obra, e não teria dado esses momentos pela abadia mais conspícua da Ordem. Quanto a Lucilio, depois de tantos anos de trabalho, de perseverança e de segurança, depois de ter superado todos os impedimentos e derrubado todos os obstáculos, ver-se rejeitado sem remissão pelo escrúpulo devoto de uma donzela e não poder conquistar uma alma em que ele sabia reinar ainda, era para ele um delírio que vencia a própria imaginação!... Com todos os esforços de mente e de coração chegara onde era impossível avançar e retroceder: chegara a desconfiar de si, depois de tão longa sequência de contínuos triunfos. A confiança anterior acrescentava à derrota um verdadeiro desespero. Todavia, não creio que ele se desse por vencido, já que era daquela têmpera que cede somente à fratura da morte. Mas o amor se tornou nele raiva, ódio, furor, e naquelas últimas palavras ditas amargamente para Clara só a soberba ainda lutava. O amor foi ao fundo de sua alma para ali atiçar um incêndio de todas as paixões que antes lhe serviam obedientes e quase sensatas. A donzela nada respondeu aos insultos que ele lhe lançava, mas esse silêncio exprimia mais do que um longo discurso, e Lucilio voltou a saltar sobre ela com um ímpeto de repreensões e imprecações, como o touro furioso, que impedido de sair da arena, arrebenta o crânio contra o cercado. Atacou com grande escândalo da madre Redenta e muita compaixão de Clara, depois, a vontade refreou aquela fúria desmedida, e foi tão forte e orgulhosa a ponto de persuadi-lo a ir embora, deixando como último cumprimento à donzela um olhar de piedade e de desafio. De novo, repito que a ferida do orgulho talvez tenha sido mais profunda do que a do amor; de fato, mesmo naqueles terríveis momentos ele teve espaço para pensar em se retirar com honra de armas. Eu teria morrido ingenuamente de desgosto; ele se esforçou para viver, para se convencer que de suas paixões, de sua vida, ele era o único patrão. Não posso garantir que seja verdade. Aliás, me lembro de tê-lo visto naqueles dias, e apesar de estar muito ocupado com meus afazeres, não me escapou completamente uma espécie de consternação que ele tentava em vão esconder sob a costumeira austera imperturbabilidade. Aos poucos, entretanto, venceu o antigo homem; ele se ergueu de novo, orgulhoso gigante, de sua breve derrota; as desventuras da pátria encontraram-no forte e invencível para apoiá-las; talvez mais forte e invencível quanto mais desesperado. Clara pronunciou solenemente seus votos, e Lucilio conservou toda para si a angústia e a raiva por essa perda irremediável.

Logo depois, a Pisana se casou com o nobre Navagero, e Giulio Del Ponte os seguiu no altar com o sorriso da esperança no rosto. Ele não a amava como eu. Só eu passei a dar espetáculo do meu furor, da minha amargura, por todos os lugares. Não conseguia me dar paz, não podia pensar no futuro sem estremecer; no entanto, nem ousava em meus delírios de dor maldizer a Pisana; e todas as minhas maldições guardava para a Condessa que aviltara a própria filha num casamento monstruoso para gozar da abundância e das comodidades da casa Navagero. Depois soube que até a astúcia usada para santificar Clara dependia de uma questão de vinténs. A velha só pagara ao convento a metade do dote e prometido o resto, assegurando-o com suas joias, mas o cofre estava vazio, as joias brilhavam no Monte di Pietà, e ela temia seriamente que Clara, casando-se, lhe pedisse conta de seus pertences. Todos esses problemas devidos à avidez demasiado furiosa de uma dama pela *bassetta* e pelo *faraone*. O conde Rinaldo se salvara daquela ruína e do desonroso patrocínio do cunhado aceitando um posto obscuríssimo na Contadoria do governo. Um ducado de prata por dia e a Biblioteca Marciana lhe garantia todas as necessidades da vida. Mas eu também o via caminhar pela rua com a cabeça e os olhos baixos; aposto que não era o último a sentir dolorosamente a indignidade daqueles costumes, daqueles tempos.

Confesso com vergonha no rosto: era mesmo indignidade. Todos sabiam para onde se encaminhava e cada um fingia não saber, para se liberar do incômodo de se desesperar. Apenas Barzoni, entre os literatos, ousou levantar a voz contra os franceses com aquele seu livro já citado dos *Romanos na Grécia*. Mas essa erudição falsificada em panfleto, essa sátira forçada com as analogias, já é indício de temperamento fraco e de literatura pusilânime. Houve um grande burburinho em torno daquele livro e do anônimo autor, mas o liam a portas fechadas, só com o testemunho da vela, prontos a jogá-lo no fogo ao mínimo sussurro e a proclamar no dia seguinte nos cafés que as depredações de Lúculo[9] e a astuta generosidade de Flamínio[10] não se pareciam em nada com o governo generoso e liberal de Bonaparte. De fato, ele nos despia a camisa para presenteá-la à liberdade da França; os futuros servos deviam ficar nus como os ilotas de Esparta. Ele já havia reorganizado ao redor de Milão a República Cisalpina, mais ameaça do que promessa à sempre provisória Municipalidade de Veneza. A libertação do senhor d'Entragues, ministro burbônico, que vilmente lhe fora entregue com a queda da Signoria, colocara-o nas vestes de cavalheiro junto aos emigrados; esperavam um Monk[11], vejam só que tolos! Mas os republicanos incorrigíveis, os demolidores da Bastilha, os adoradores das árvores, os Brutos, os Curzios, os Timoleons, olhavam-no de soslaio, taxando-o em voz baixa de altivez, de falsidade, de tirania. A Municipalidade, que depois do fracasso de Bassano sentia faltar terra sob os pés, teve o ingênuo capricho de pedir a incorporação dos Estados venezianos à nova República lombarda. Mas seus governantes responderam com palavras duras e altivas; seria um fratricídio, se a vontade subentendida de Bonaparte não o explicasse como servilismo. De qualquer modo, ficaram difamados para sempre os nomes daqueles que subscreveram um documento em que se negava ajuda à uma cidade irmã, desventurada e em perigo. Melhor se afogar junto do que se salvar sem estender a mão ao amigo que implora piedosamente socorro.

Eu, como os outros, tinha esperança na vinda do General; esperava que os símbolos, os monumentos da nossa grandeza passada o dissuadissem da cruel e premeditada indiferença que ele já começava ostentar a nosso respeito. Mas em vez do General, detido pelos remorsos ou pela vergonha, apareceu sua esposa, a bela Josefina[12]. Ela desembarcou em Piazzetta[13] com toda a pompa de uma dogesa; tinha, senão a majestade desta, certamente o esplendor naquele semblante de verdadeira nativa. Toda Veneza caiu a seus pés; os que tinham adulado Haller, o banqueiro, amigo de Bonaparte,

9 Lúcio Licínio Lúculo (106-57 a. C.), foi cônsul e comandante romano na Ásia Menor na guerra contra Mitríades. Segundo Plutarco, levou para Roma "imensas riquezas", tendo saqueado o palácio de Tigranes II.

10 Tito Quíncio Flaminino (229–174 a. C) foi cônsul e comandante romano na guerra da Macedônia em que venceu Filipe V concedendo autonomia às cidades, o que acabou por criar estados fracos e contrastantes entre si. Aqui representa Bonaparte.

11 George Monk (1608-1670), foi o maior artífice do retorno de Carlos II Stuart ao trono inglês.

12 Josefina Bonaparte chegou a Veneza no início de 1797.

13 Praça adjacente à Piazza San Marco, entre o Palácio Ducal, a Biblioteca e a Basílica.

para obter um prolongamento de agonia à velha República, adularam, veneraram, agora, a esposa do intermediário dos povos, para que não matasse antes do nascimento o feto novo de liberdade. Eu também me pavoneei com minha esplêndida faixa de secretário no cortejo da Aspásia[14] parisiense. Vi sua bela boca sorrir às gentilezas venezianas, ouvi sua voz acariciante sussurrar o francês quase como um dialeto italiano; eu, que o tinha estudado um pouquinho naqueles tempos de afrancesamento universal, balbuciava o *oui* e o *n'est pas* com alguns dos ajudantes de campo que a acompanhavam. Enfim, fosse prestígio de beleza, aparência de boa vontade ou tenacidade de ilusões, as esperanças dos iludidos tiveram alguma compensação pela visita daquela mulher. Até meu pai não balançava mais a cabeça, e me empurrava para avançar e me deixar ver na primeira fila dos aduladores.

– As mulheres, meu filho, as mulheres são tudo – dizia ele. – Quem sabe? Talvez o céu a tenha mandado. Das pequenas sementes nascem as grandes plantas, não me espantaria por nada.

Mas o doutor Lucilio, que familiarizado com o ministro da França foi admitido mais que qualquer outro na intimidade da bela visitante, não participou, ao que me parece, desse enlevo geral. Ele viu em Josefina não a mulher, mas a esposa; a partir dela adivinhou o marido, e seu prognóstico de nossa sorte que estava nas mãos dela não foi muito favorável. Mais do que nunca confirmou seu profundo desespero, e o vi naqueles dias mais sombrio e misterioso do que o comum. Os outros saltitavam tanto que pareciam às vésperas do milênio. Prefeitos, líderes do povo, ex-senadores, ex-nobres, damas, donzelas, abades e gondoleiros se acotovelavam atrás da esposa do grande capitão. A beleza pode muito em Veneza, e poderia tudo quando fosse avivada internamente por algum alto sentimento, e os tempos mais próximos nos deram prova disso. As mulheres fazem os homens, mas o entusiasmo improvisa as mulheres mesmo onde a educação só preparou bonecas. Várias vezes fazendo séquito à Beauharnais, ou nas suas antecâmaras, a Pisana e seu frouxo maridinho passavam rentes ao meu cotovelo. Eu me eriçava todo, como se me despejassem uma bacia de água nas costas, mas me munia da minha dignidade, das recomendações de meu pai e me fazia forte e desenvolto para atrair a atenção da ilustre hóspede.

---

14 Pensadora grega nascida na cidade de Mileto, na Ásia Menor. Foi amante e parceira do estadista Péricles.

De fato, ela me viu, e a vi pedir notícias de mim a Sua Excelência Cappello, que lhe dava o braço: falaram-se baixinho, ela me sorriu e estendeu a mão que beijei com muito respeito. Era assim que se tratavam as esposas dos libertadores, com boca devota e joelhos dobrados. É verdade que aquela mão era tão roliça, tão macia e perfeita a ponto de fazer esquecer que pertencia a uma cidadã; muitas imperatrizes teriam desejado um par de mãos iguais, e Catarina II nunca as teve, por mais sabonetes e águas-de-flores que lhe fizessem seus destiladores. Então me tornei, depois daquele beijo, o grande personagem do momento, e a Pisana me honrou com um olhar que certamente não era indiferente. Sua Excelência Navagero também me olhou com menor indiferença do que a esposa, não era preciso mais nada para me deixar completamente perdido. No momento certo apareceu Giulio Del Ponte, que ao que parece seguia o afortunado casal, e me voltei confuso para falar com ele. Não sei do que falei, mas me lembro que desancamos a Pisana e seu casamento. Giulio não estava um por cento mais feliz do quanto esperara poder ser no dia das núpcias deles; realmente, vi-o cadavérico, como um amante a ponto de falhar. A doença do espírito havia voltado, e roía lentamente um corpo frágil por natureza e já atacado por desgraças anteriores. Porém, não tive pena dele como antes: eu entendera de qual têmpera era seu amor, e não o reputava digno de estima ou de piedade. Ainda me espantava que com a minha educação tivesse podido conservar tal retidão de juízo nas coisas morais. Mas também duvido que a tivesse em prejuízo dos outros, e que comigo teria sido bem mais indulgente. Como quer que seja, dessa vez não participei do sofrimento de Giulio, e o deixei se debater de desespero à vontade sem chorar, tanto mais que já não podia lhe ceder a Pisana, nem apagar para seu consolo aquela incômoda nulidade de marido. De fato, seu vigilante e bisbilhoteiro ciúme era o maior tormento do pobre Giulio, mas ainda havia algo muito pior.

– Está vendo – sussurrava ele ao meu ouvido com um raivoso ranger de dentes –, está vendo aquele ágil oficialzinho que sempre está atrás da Pisana, saltita ao lado dela e do marido, e agora se aproxima da bela Beauharnais, faz uma reverência e lhe aperta o dedinho com tanta elegância?... Pois bem, é o cidadão Ascanio Minato, de Ajácio, um meio italiano e meio francês, conterrâneo de Bonaparte, ajudante de campo do general Baraguay d'Hilliers e hospedado, por ordem da Municipalidade, no Palácio Navagero... Como você vê, é um belo jovem, um moreno esbelto e alto, cheio de brio, de soberba e de saúde; corajoso, dizem, como um desesperado, e um espadachim melhor do que Dom Quixote... E ainda usa uma farda de soldado que agrada mais às mulheres do que a virtude. O velho Navagero, que não quer em casa os janotas e cortejadores de Veneza, precisou suportar pacificamente esse intruso de além mar. O pobrezinho tem medo, e para não incorrer na suspeita de aristocrata ou de antifrancês, até seria capaz de se deixar... Basta!... É o heroísmo do medo e lhe cai bem naquela carinha decrépita e infantil, manchada de amarelo e vermelho como erva papagaio[15]. A senhorita cada dia mais se torna francesa; ela já papagueia meio dicionário como uma parisiense, e temo que já tenha feito entrar no diálogo as palavras mais interessantes. Vê-se que o oficial corso despreza o italiano... Eu só falo italiano!... Imagine!... Mas eles vão perceber, vão perceber quem são esses libertadores! Apagaram o *Pax tibi Marce* do livro do Leão[16] para escrever os Direitos do Homem. Pior para nós que quisemos assim!... Mil vezes pior para os que se resignam!... Ah, eles vão ver!...

Até aqui deixei correr sem barreiras aquele rio de eloquência, mas quando ele começou a alardear uma tão triste esperança, e a quase desejar de uma pública e tão grande desventura a vingança de um erro seu, totalmente privado, senti se formar dentro de mim um temporal de indignação e explodi numa invectiva que o fez ficar como uma estátua.

– E você se resignaria ao ver isso? – disse-lhe com uma estupefação cheia de desprezo nos olhos. Repito que ele ficou ali como uma estátua: salvo que respirava com tanta dificuldade que pelo menos as estátuas esta dificuldade não têm. Eu também sentia algum ressentimento por essa nova transgressão da Pisana que ele me contava, e, no entanto, juro que não havia lugar em meu coração para tanto desgosto, de tão horrorizado que fiquei com as palavras cínicas de Giulio. Continuei a repreendê-lo, a golpear a sua sacrílega esperança, e lhe demonstrei que não são os mais covardes aqueles que se resignam, em comparação com aqueles que colocam a sua satisfação na covardia alheia e na ruína da pátria. Eu me exaltava tanto que ficamos sozinhos sem que eu percebesse: a comitiva seguira a Beauharnais ao Tesouro

---

15 Trata-se de *Amaranthus tricolor*, planta herbácea oriunda da Ásia, utilizada como alimento e como planta ornamental.

16 O Leão alado, no brasão da Sereníssima, traz aberto sob a pata direita o evangelho de são Marcos onde se lê "Pax tibi Marce, evangelista meus". O leão foi associado a Marcos na tradição bíblica e aparece em uma lenda veneziana, narrando que o santo havia naufragado ao largo da costa e teria encontrado abrigo nas praias da laguna. Um anjo em forma de leão alado teria aparecido para confortá-lo, dizendo as palavras "Pax tibi Marce, evangelista meus. Hic requiescet corpus tuum" [A paz esteja contigo, Marcos, meu evangelista. Aqui teu corpo repousa].

de São Marcos, onde se devia retirar um magnífico colar de camafeus para presenteá-la. Quando saímos para alcançá-los já estavam na praça e voltavam ao palácio do governo. Vocês não imaginam a minha enorme surpresa ao distinguir Raimondo Venchieredo; e no meio da multidão, Leopardo Provedoni e sua esposa, que também se deixavam levar, entre as pessoas que cortejavam a francesa, naquela procissão pela curiosidade. Por aquele dia a cerimônia terminara, e eu, abandonando Del Ponte à sua raiva me aproximei desses últimos, com uma recepção festiva e com aqueles muitos oh de espanto e de prazer que se usam com os conterrâneos e com os velhos amigos em lugares estrangeiros...

Doretta tinha os olhos perdidos atrás de Raimondo, que desaparecera na entrada do palácio com os cortejadores mais fanáticos; Leopardo apertou minha mão e não teve coragem de sorrir. Depois de levar a esposa para casa, dois cômodos próximos a Ponte Storto, e ficando sozinho comigo, deixou um pouco aquele ar sisudo e me explicou o porquê e como daquela vinda a Veneza. Parecia que o velho senhor de Venchieredo era muito íntimo, em Milão, do general Bonaparte, fora com ele a Montebello para um encontro secreto com os ministros da Áustria, e depois fizera uma grande correria de Milão a Gorizia, de Gorizia a Viena, e novamente de Viena a Milão para pouco depois voltar a Viena. Sobrevivente dessa última viagem e voltando para a Lombardia fizera uma parada em Venchieredo para ver o filho, e o mandara vir rapidamente para Veneza, onde uma próxima reviravolta lhe preparava muita sorte. O senhor Raimondo não quis se separar de seu secretário, então Leopardo e Doretta precisaram acompanhá-lo, e assim estavam em Veneza. Mas ele não estava nada contente e se não fossem os pedidos da esposa teria ficado prazerosamente no Friuli. O pobre jovem, ao dizer isso, ficava de todas as cores, e fazia um grande esforço para não explodir. Percebi isso e desviei o assunto pedindo notícias da nossa terra e dos meus amigos e conhecidos. Assim conversando e passeando pelas ruas e canais ele se distraiu da costumeira tristeza, e quase esqueceu suas desgraças, mas eu sofria por ele pensando no momento em que infelizmente as recordaria. Enquanto isso, ele me confirmou a notícia do tristíssimo rumo que tomavam os negócios da família de Fratta. O Capitão e o Monsenhor só pensavam em banquetes e em atiçar o fogo; os antigos criados, mortos ou despedidos, foram substituídos por um bando de ladrões que roubaram o pouco que restava. Não havia mais caçarolas ou panelas que bastassem para a refeição do Monsenhor. Faustina se casara com Gaetano, o capanga de Venchieredo, recém libertado da prisão, e indo embora furtara e vendera grande parte da rouparia.

O Capitão e o Monsenhor brigavam pelo atiçador e também pela pazinha: a senhora Veronica os acalmava tirando-lhes os dois; e o mais engraçado era que às vezes o ciúme atacava o velho Sandracca e ele formava um terceiro assunto de grandes disputas entre ele e o Pároco. De resto, Fulgenzio tinha altos e baixos. Logo depois da minha partida ele comprara uma chácara da casa Frumier, próxima a Portovecchio; depois ia complementando convertendo em hipotecas os subsídios que antecipava à família dos patrões. Por exemplo, havia trigo no celeiro e de Veneza lhe pediam dinheiro; se o trigo estava barato, ele fingia comprá-lo com o valor que mandava para Veneza, e depois quando as mercadorias aumentavam de preço ele ganhava um bom salário com a venda. Se os grãos continuavam a cair, esquecia-se daquele falso contrato, e trocava o valor da compra por um empréstimo, do qual ele retinha sete, oito ou doze por cento. Assim conservava a paz de sua consciência, aumentando imoderadamente os lucros de seu negócio.

Seus filhos não eram mais sacristãos ou porteiros, mas Domenico era tabelião em Portogruaro, e Girolamo estudava teologia no seminário. No vilarejo, previa-se que uma hora ou outra Fulgenzio se tornaria o castelão de Fratta ou pouco menos. Andreini, a quem o conde Rinaldo confiara, antes de partir, uma vigilância indiscriminada sobre os negócios do castelo, se aproveitava tão comodamente, que quase parecia fazer parte da ladroagem. O Capelão, pobrezinho, tinha medo até do ex-sacristão e não se metia nisso; o pároco de Teglio, malvisto na paróquia pelo seu comportamento arrogante e intratável, tinha em casa seus muitos aborrecimentos para poder meter o nariz nas coisas dos outros. A Diocese, depois da vinda dos franceses e a partida do padre Pendola (segundo Leopardo ele também devia estar em Veneza), tornava a se dividir e subdividir em partidos e grupinhos. Eles acreditavam que tinham esse direito, pois a concórdia manchada pelas manobras astutas do reverendo não era das melhores.

– O padre Pendola em Veneza! – exclamei comigo mesmo. – O que veio fazer?... Não me parece o lugar nem o momento para ele!...

Leopardo suspirou a essas minhas palavras, e acrescentou com voz abafada que infelizmente os indícios não mentem, e que só as carniças atraem os corvos. Falando disso chegamos à Piazzetta onde ele, levantando os olhos, viu o maravilhoso edifício do Palácio Ducal, e duas lágrimas correram em suas faces.

– Não, não vamos pensar nisso! – continuou ele sacudindo meu braço com força hercúlea. – Pensaremos a seu tempo! – E voltou a me dar contas das coisas de lá: como sua irmã Bradamante se casara com Donato de Fossalta, e Bruto, seu irmão, e Sandro, o moleiro, tomados por furor heróico, tinha-se alistado num regimento francês. Essa notícia me surpreendeu muito, mas enquanto para Sandro eu previa ser certo e pensava que faria boa figura, como depois, os fatos comprovaram, Bruto, a meu ver, se esfalfaria demais para ser um soldado perfeito; para lutar ele teria coragem, mas quanto a volver à direita e à esquerda eu esperava muito pouco. Leopardo me falou do grande desgosto que seu pai sentira por aquela decisão; o pobre velho perdera a memória e as pernas, e os negócios da Comuna iam como Deus queria. De resto, a confusão era a mesma em tudo; e aquela transição entre governos, aquele entrelaçar, aquele enfrentamento de três ou quatro jurisdições, umas impotentes pela velhice e pela fraqueza, outras tirânicas por sua índole arbitrária e militar, oprimia o povo que implorava unanimemente para que viesse um chefe só para expulsar aqueles três ou quatro que o tiranizava sem serem capazes ou estarem interessados em defendê-lo. Municipalidade, cidadãos, congregações comunais e forenses, tirania feudal, governo militar francês, não se sabia onde bater a cabeça para conseguir uma migalha de justiça.

Por isso que mesmo naquela troca contínua de dirigentes a justiça privada reputava necessário intervir; as violências, as brigas, os assassinatos eram diários; a forca trabalhava o dobro, e as facas também tinham muito o que fazer. Somente onde havia um quartel general as festas e o bom humor era perpétuo; lá, os oficiais distribuíam as coisas roubadas no condado e nas redondezas; o populacho divertia-se na abundância de todos os bens de Deus, e as senhoras flertavam com a moda das elegantes francesas. Que maior comodidade do que se tornar patriotas e liberais fazendo amor?... Acontecia por tudo como em Veneza: de início olhavam-se de cara feia, depois acabavam se abraçando como ótimas amigas. Vícios comuns são intermediários para toda covardia, e houve muitas, que sem ter o temperamento afoito e o marido decrépito da Pisana, acertaram-se como ela com algum tenentinho qualquer para fugir dos caprichos daquele tempo provisório. Sei que eram defeitos e patifarias herdados dos pais e dos avós, mas não é preciso passá-los adiante por serem herdados; também se herda a escrófula que não é uma bobagem para se gostar dela. Quanto à democracia e ao culto da razão eram apenas mais um pretexto diante do medo e da vaidade; de fato, quem dançou ao redor da árvore da liberdade também dançou no carnaval que se seguiu nas salas do Ridotto para desafiar o tratado de Campoformio[17], e mais tarde sujou os joelhos diante do ídolo de Austerlitz. Creio que não haja no mundo festa popular mais fúnebre e grotesca do que aquela em que se plantou na Piazza San Marco a árvore da liberdade[18]. Atrás de quatro bêbados, com vinte malucos pulando, ouvia-se o arrastar dos sabres franceses no calçamento; os deputados (eu no meio deles) estavam em pé e silenciosos em suas arcadas, como velhos cadáveres recém desenterrados que só esperam um sopro de ar para virar pó. Leopardo me acompanhou àquela festa, e mordia os lábios irritado. Numa arcada fronteira a nós sua esposa estava sentada ao lado de Raimondo, fazendo todas as caretas venezianas que conseguira acrescentar às suas em uma semana de aprendizagem.

Os dias passavam tristes, monótonos, sufocantes. Meu pai havia voltado a ser tão tolo quanto um turco; só falava com sua criada com grunhidos monossilábicos; batia no bolsinho das moedas, e não me aborrecia mais com os panegíricos da Contarini. Os Frumier estavam enfiados em seu palácio como que por medo de algum ar pestilento; somente Agostino aparecia algumas vezes no café Rive para recitar aos brados seu credo jacobino. Ele era um dos que acreditavam na duração do domínio francês e esperavam conquistar por amor ou por força pelo menos um pouco da importância perdida. Lucilio passava como uma sombra de casa em casa: era como o médico que não se preocupa mais com a própria vida ou a dos outros, e atende mais por hábito do que por convicção de fazer algum bem para a humanidade. Leopardo tornava-se cada vez mais sombrio e taciturno; o ócio consumia-lhe o espírito; ele não demonstrava suas dores, mas se contentava em morrer aos poucos. Raimondo e Doretta não se importavam com ele, tinham se tornado atrevidos a ponto de fazer em sua presença ceninhas de ciúmes. Ele, então, enfiava a mão no peito e a tirava com as unhas sujas de sangue; no entanto, as rugas marmóreas de sua bela fronte coberta de nuvens não se ressentiam de nada. Seu único consolo era derramar em cima de mim, não as suas dores, mas as fatais lembranças da felicidade perdida. Então rompia por um breve tempo o seu silêncio de eremita; suas palavras pareciam um canto naqueles lábios puros e fervorosos; recordava-as com dor infinita, com amarga volúpia, sem sombra de ódio e de rancor.

---

17 O tratado de Campoformio foi assinado em 17 de outubro de 1797 entre representantes austríacos e Napoleão. O tratado pôs fim à República de Veneza, entregando-a à Áustria, juntamente com a Ístria, a Dalmácia e as ilhas venezianas do Adriático.

18 4 de junho de 1797, dia de Pentecostes.

Entretanto, quem realmente delirava, e sempre, era Giulio Del Ponte. Voltara nele com maior violência aquela doença que o levara à morte por um fio no tempo do assanhamento da Pisana com Venchieredo. Dessa vez, porém, ele parecia mais fraco, mais debilitado, e seu rival três vezes mais bonito, mais despreocupado, mais certo da vitória. Eu nunca ia à casa Navagero, porque me seria angustiante demais, mas tinha notícias por Agostino Frumier. O coitado do Giulio se obstinava inutilmente em possuir um coração que lhe escapava cada vez mais. Recomeçava a luta do cadáver com o vivo; luta assustadora que prolonga as dores e o espanto da agonia sem dar o desejo nem a paciência da morte. Seu rosto, descarnado pela tuberculose, alterado pela dor e pela raiva, dava arrepios: seu espírito se retorcia impotente e furioso num perpétuo rodopiar de pensamentos cruéis e horríveis, quando se esforçava para mostrar algum brio, seus olhos, seu sorriso, sua voz se opunham às palavras. O fôlego lhe faltava, a conversação se embaralhava pela ideia dolorosa e inexorável que o preocupava. A irritação de não poder ser agradável o corroía mais do que nunca, e lhe arrancava da fronte o verdadeiro suor da morte. O galhardo oficial corso zombava daquele espectro que se atrapalhava com seus ossos saltados, com seus cabelos espetados e as mãos trêmulas à alegria deles. A Pisana não reparava nele, ou se reparava achava-o tão feio e amuado, que sempre evitava olhá-lo duas vezes. Gostara dele por sua vivacidade e a magia dos modos, a abundância e o encanto da palavra, tendo tudo isso desaparecido, não reconhecia mais o Giulio de outros tempos. Mesmo que ele tivesse ficado igual, é muito duvidoso que o belo oficial não a teria feito esquecê-lo; de qualquer modo, não se preocupava mais com ele, e realmente não o amava, talvez até nunca o amara, e no mais não quero fazer tantas conjecturas, porque, entre a matéria tão misteriosa confusa como é o amor e o temperamento impetuoso, variável, indefinido, da Pisana, não tiraria um prognóstico de honrar o almanaque.

Giulio às vezes saía com as mãos na cabeça e o furor do ciúme e do orgulho ofendido no coração. Procurava nas sombras da noite, nos canais mais distantes e despovoados, a paz que lhe escapava como a névoa para quem sobe uma montanha. Lá, sob o pálido olhar da lua, na fresca brisa marinha, distante do murmúrio do Adriático, um último esforço de poesia o fazia ressurgir daquele profundo abatimento. Parecia que os fantasmas renascidos de repente em sua mente o empurrassem a uma corrida desenfreada, a uma última folia de vida e de juventude. Parecia-lhe então ser um gênio que criou um poema como a *Ilíada*, ou um general que venceu uma batalha, ou um santo que percorreu o mundo e se sente digno do céu. Amor, glória, riqueza, felicidade, tudo era pouco para ele. Considerava desprezível e baixas essas sortes terrenas e passageiras, sentia-se maior do que elas, e capaz de olhá-las como pasto de seres podres e rastejantes. Erguia altivamente a cabeça, olhava o céu quase de igual para igual, e dizia para si mesmo: "Farei tudo o que quiser fazer! Essa minha alma tem força para levantar o mundo, mostrei o ponto de apoio a Arquimedes: é a fortaleza de espírito!" – Míseras ilusões! Tentem tocar em uma só e ela se desfará entre os dedos como a asa de uma borboleta. Todos, ao menos uma vez na vida, acreditaram fácil o impossível, e onipotente a própria fraqueza. Mas quando, desenganados dessa opinião juvenil, algo de forte, algo de sadio nos resta, a vida ainda tem para nós um momento de repouso senão de alegria. Voltando à consciência da nossa inépcia, o verdadeiro desespero então nos abate, e não encontramos nenhum ponto onde apoiar a esperança, nenhuma nuvem para pendurar o orgulho. A desorientação do espírito nos faz cambalear como bêbados e cair de boca para não mais nos levantarmos no meio do caminho da vida. Não mais lábios que nos sorriem, não mais olhos que nos convidam, e perfume de rosas e variedade de paisagens e reflexo de luz que nos persuada a ir adiante. O escuro à nossa frente, dos lados, sobre a cabeça; atrás a memória inexorável que, com as imagens dos males sempre crescentes e dos bens para sempre perdidos, nos tira a força de vontade e a potência do movimento.

Assim Giulio ficava depois daqueles delírios noturnos de impotente poesia: tanto mais mísero e abjeto, quanto melhor sentia a vacuidade daquela sonhada grandeza. Como Nero, creio que ele cortaria a cabeça do gênero humano para obter da Pisana não um sorriso de amor, mas um olhar de desejo, e ver frementes os lábios e derrotada a arrogante segurança daquele rival abominado. Colocar tão alto preço num simples olhar, ele que poucos momentos antes dava a entender ter sob os pés tudo no mundo! – Que humilhação! E não poder nem ao menos recorrer como último recurso à ideia da morte!... Não, não podia!... Uma morte gloriosa lamentada, pranteada, teria lhe sorrido como uma amiga, mas o triunfo do corso e a indiferença da Pisana o perseguiriam até no sepulcro. Bem se rende à morte quem sabe poder viver, mas ele, sem ousar confessar a si mesmo, farejava com horror nas suas carnes quentes e enfermas o odor dos vermes. Ele lutava desesperado no mar da vida, mas as forças lhe faltavam, a água já subia ao peito, à garganta; já tinha a goela cheia, a mente já escurecia no abismo do nada e do esquecimento, sem mais soberba, sem mais esperança;

o nada, o nada, eternamente o nada. Despertava do sonho aflito com um asco que parecia covardia; sentia ter medo, e o medo vinha da própria inaptidão. "Oh, a vida, a vida! Dê-me ainda um ano, um mês, um dia só da minha vida plena, confiante, exuberante de antes! Para que eu possa reacender um lampejo de amor, deleitar-me de prazer e de orgulho e morrer invejado num leito de rosas! Dê-me um dia só do meu fervor juvenil, para que eu possa escrever em letras de fogo uma maldição que queime os olhos daqueles que ousarem lê-la, e que fique terrivelmente famosa entre os pósteros, como o *Mane Tecel Fares* do banquete de Baltazar![19] Que eu morra, sim, mas que possa com um último grito da alma lacerada derrotar para sempre os desaforados tripúdios daqueles que não derramaram uma lágrima pelas minhas dores!... Se me é vedada a felicidade do amor, a taça feliz dos deuses, pelo menos me reste a imortalidade de Heróstrato[20], e a soberba dos demônios!...".

Assim delirava o desgraçado apertando a pena com mão convulsa, e buscando desesperadamente na sombria fantasia as palavras tremendas, infernais, que deviam prolongar na posteridade sua vida de martírio e vingá-lo das angústias sofridas. De um turbilhão de ideias truncadas e conflitantes, de imagens camaleônicas, de paixões mudas e furiosas só saíam dois pensamentos vulgares e quase covardes: a raiva pela felicidade alheia e o horror da morte! – Se pelo menos ele tivesse podido imprimir a esses pensamentos a marca lancinante da verdade na qual o homem se espelha horripilado, e não pode nem admirar o lúgubre profeta que o satura de horror e de desespero!... Mas nem isso lhe era concedido pela contínua instabilidade do medo. As forças da alma são todas reunidas para dar à verdade uma imagem real e sublime; ele, no entanto, se perdia em fantasias sem cor e sem fim. Não era a meditação do sábio, mas o delírio do doente. A mistura química sobrepujava o trabalho espiritual, supremo castigo do orgulho pigmeu! "Ah, precisar morrer assim, vendo se apagarem uma a uma as estrelas da própria mente! Sentindo se dissolver átomo por átomo a matéria que nos compõe, e levar consigo embrutecida a alma fulgurante e serena que pouco antes vagava no ar e se erguia até o céu! Precisar morrer como o rato do celeiro e a rã do

---

19 De acordo com a Bíblia (Daniel 5 – 5-30), Baltazar, filho de Nabucodonosor, durante um banquete viu uma misteriosa mão escrever na parede do palácio três palavras, que Daniel interpretou: "Deus contou os anos de teu reinado e nele põe um fim, foste pesado na balança e considerado leve demais, teu reino vai ser dividido e entregue aos medos e persas". Na mesma noite Baltazar foi morto.

20 Heróstrato incendiou o templo de Ártemis em Éfeso, no ano 356 a.C. com objetivo de ser lembrado pela posteridade.

pântano, sem deixar uma marca profunda, inapagável, de sua passagem!... Morrer aos vinte oito anos, sedento de vida, ávido de esperança, delirante de soberba e só saciado de aflição e degradação! Sem um sonho, sem uma fé, sem um beijo, abandonar a vida; sempre com o mesmo espanto, com a mesma raiva diante dos olhos, precisar abandoná-la!... Por que fomos gerados? Por que nos educaram e nos habituaram a viver, como se fossemos eternos?... Por que a primeira palavra que nos ensinou a ama não foi *morte*? Por que não nos habituaram a olhar longamente o rosto, a interrogar com espírito ousado essa inimiga ignorada e oculta, que nos assalta de improviso, e nos ensina que nossa virtude foi só covardia? Onde estão os confortos da sabedoria, as ilusões da glória, as alegrias dos afetos? – Tudo é jogado do navio para escapar do naufrágio; e quando a onda voraz se abre para engoli-lo, apenas o timoneiro permanece nu e desesperado na antena mais alta. São vãos os esforços e as lágrimas; vãs as preces ou as blasfêmias. A necessidade é inelutável e o confuso fragor das ondas abranda a três passos de distância os gritos do furioso e os gemidos do medroso. Embaixo não há nada, ao redor o esquecimento, acima o mistério. – O que me diz o filósofo?... Esquece, esquece! Mas como esquecer? Minha mente só tem essa ideia, meus nervos levam ao cérebro uma única imagem; as outras ideias, as outras imagens são morte para mim. Mais da metade de mim entrou no grande reino das sombras; o resto entrará logo. O amor dos homens, a religião da liberdade e da justiça desapareceram da minha alma, como fantasmas criados para enganar os fantasmas. Desmoronada a fundação, como a parede se sustentará?... O que há de sólido no homem, se o homem se desmancha como o vapor da manhã? Esfriado o calor do sentimento, as palavras soam nos lábios como o vento numa fresta: vaidade, tudo vaidade!... ".

Entretanto, apesar desses solilóquios desencorajados, ele retomava a pena para escrever algum hino patriótico, alguma filipeta republicana que consolasse com uma auréola de glória o seu próximo ocaso. Depois se envergonhava do que havia escrito e o jogava ao fogo. Quando mal se pode exprimir o que mais nos ocupa o espírito, é mais difícil interpretar sentimentos enevoados e distantes. Giulio pensava demais em si mesmo e se encerrava demais na consideração do próprio destino para poder compreender dignamente as esperanças e os afetos de toda a humanidade. Não diria que ele tenha aprendido isso tudo, mas as encontrou nos livros; ficaram grudadas em seu cérebro como fantasias de moda e nada mais. Imaginem se em tanta aflição de paixões próprias e urgentes podia reaver o entusiasmo pleno e sincero que só inflama as obras de arte!... As eruditas declamações de Barzoni e o grego pedantismo do jovem Foscolo por ele cruamente satirizados guardavam mais fogo do que todos os seus pensamentos políticos, lambuzados de Rousseau e de Voltaire, mas sem qualquer selo de persuasão. Ele percebia isso, triturava a pena com os dentes, e se lançava exausto na cama. Uma tosse profunda e obstinada afligia suas longas noites, enquanto ele, inundado de suor, todo dolorido, e com o rosto assustado pelo medo, apalpava o peito e aliviava com dificuldade os pulmões enfraquecidos, para se convencer de que a morte ainda estava longe. Naqueles momentos, Ascanio e a Pisana, numa sacada que dava para o Grande Canal, pipilavam de amor com todas as ternuras do vocabulário francês, enquanto Sua Excelência Navagero alarmado com os olhares ameaçadores do oficial cochilava ou fingia cochilar numa poltrona. Eu, que não ousava entrar naquela casa, passava pelo Grande Canal com minha gôndola tarde da noite; e via perfilar-se no quadro iluminado da janela as figuras dos dois amantes. Pobre Giulio! Pobre Carlino! A Providência, olhando as coisas em conjunto, governa tudo com justiça. Não existem dois seres felizes, que não se lhes oponha, como sombras de uma pintura, dois desventurados. Porém, se a minha desgraça talvez fosse menor, todos me dirão que eu a merecia muito menos do que Giulio. A desventura vinga tudo, mas não santifica nada, muito menos a soberba, a inveja e a volúpia. Se ele quis se entregar a essas três brutas paixões, foi culpa dele, e nós, bem longe de glorificá-lo, teremos pena dele. A cruz era um patíbulo, e somente Cristo conseguiu transformá-la num altar.

O verão chegava ao fim. Os intrépidos de Perasto[21] queimaram chorando o último estandarte de São Marcos. A República de Veneza estava morta, e um seu último espírito ainda vagava nos remotos horizontes da vida nas marinas de Levante. Vidiman[22], o governador de Corfu, irmão do mais sábio, do mais generoso dos deputados, expelia a alma na dor do assédio constante dos franceses, que haviam desembarcado lá como senhores. A população, enojada com a fraqueza veneziana se negava a servir os servos; muito melhor os franceses ou qualquer outro do que a frouxa inaptidão de cem patrícios. O que há muitos séculos se respeitava pela força, depois se venerava pela prudência, se tolerava por hábito, agora caía no desprezo que sempre se segue à obediência por muito tempo usufruída de modo errado. Na Municipalidade,

21 Pequena cidade da Baía de Kotor, hoje Montenegro. Os dálmatas haviam se oposto em vão à ocupação austríaca, prevista pelas preliminares de Loeben.

22 Trata-se de Carlo Aurelio Vidiman, irmão do já citado Giovanni Vidiman (cap. XI).

o mesmo desespero a cada reunião gerava discórdia: Dandolo e Giuliani pregavam a república universal, este último sem nenhuma consideração por aliados suspeitos. Vidiman aconselhava a moderação, porque a história lhe ensinava que se há saúde para governos novos, ela depende da prudência e da lentidão das mudanças. Discutiam ente si naquela sala do Grande Conselho, onde a palavra franca de um patrício havia decidido outras vezes sobre o destino da Itália. O maior incômodo para mim era dar forma protocolar às intermináveis discussões, a altercações recíprocas sem escopo e sem dignidade. Finalmente, a grande notícia, que serpenteava nos ânimos em forma de medo, explodiu dos lábios em som de autêntico desespero. A França consentia, pelo tratado de Campoformio, que os austríacos ocupassem Veneza, os Estados de Levante e de terrafirme até o rio Adige. Ficava para si com os Países Baixos austríacos, e deixava para a República Cisalpina as províncias da Lombardia vêneta. O pacto e as palavras eram dignos de quem as escrevia.

Veneza acordou horrorizada de sua letargia, como os moribundos que recuperam a clareza da mente no momento extremo da agonia. Os deputados mandaram embaixadas ao Diretório, a Bonaparte, para que lhes fosse permitido defender-se. Essa frase correspondia exatamente à outra do citado tratado, no qual se *consentia* a ocupação de Veneza. Pedir ao carrasco uma arma para se defender contra ele é realmente uma ingenuidade sem qualquer sentido! Mas os deputados conheciam sua impotência e só tentavam se iludir até o fim. Bonaparte jogou os enviados na prisão; os de Paris, creio, nem tiveram tempo para representar a sua comédia. Uma bela manhã, Villetard, lacrimoso crocodilo, chegou a anunciar em plena reunião que Veneza devia se sacrificar para o bem de toda a Europa, que seu coração chorava por tal necessidade, mas que deviam suportá-la com grande ânimo; que a República Cisalpina oferecia pátria, cidadania e até o lugar para uma nova Veneza, para todos que quisessem se refugiar da nova servidão, e que o dinheiro do erário e a venda dos ativos públicos serviria para aliviar seu exílio com algum conforto. A orgulhosa índole italiana logo recusou essa proposta. Fracos, divergentes, crédulos, tagarelas, ineptos sim; venais nunca! Toda a reunião gritou de indignação; recusou-se as indignas ofertas; recusou-se aprovar o que a República francesa havia tão fácil e barbaramente consentido; resolveu-se deixar ao povo a decisão, pedindo-lhes para escolher entre servidão e liberdade. O povo votou em massa, contido, silencioso; e o voto foi pela liberdade; então a Assembleia se dissolveu, e muitos partiram para o exílio, de onde alguns, Vidiman entre eles, nunca mais voltaram. Villetard escreveu para Milão, e Bonaparte respondeu altivo, zombeteiro, mas furioso. Deixar-se esmagar, mas não obedecer ainda é um crime para os tiranos. Sérurier[23] chegou por aqueles dias, verdadeiro coveiro da República. Desarmou os navios, mandou para Toulon canhões, amarras, fragatas e caravelas, deu uma última mão no saque da caixa pública, das igrejas e das galerias, raspou as douraduras do bucentauro, fez farra com o resto, e se garantiu para sempre do remorso de ter deixado para os novos patrões qualquer tostão. Este foi o respeito pela aliança jurada, pela proteção prometida aos sacrifícios impostos e vilmente talvez, mais que generosamente, consentidos. Foi o que fizeram com Veneza que por tantos séculos defendera toda a cristandade da barbárie muçulmana. Mas aqueles porcos não liam histórias; preparavam horrendos capítulos para histórias futuras.

Na mesma noite em que os deputados renunciaram à sua autoridade, todos os que permanecemos amigos da liberdade e corajosos inimigos da traição nos reunimos na casa de sempre atrás da ponte do Arsenale. O número era menor do que o normal: alguns se esquivavam por medo, muitos já tinham partido com diversas desculpas. A reunião foi mais para confortar um ao outro e para apertarmos as mãos do que para deliberar. Agostino Frumier não compareceu, apesar de ter me garantido que viria uma hora antes; faltava o Barzoni, que depois de uma discussão pública com Villetard embarcara para Malta propondo-se a publicar lá um jornal antifrancês; não vi Giulio Del Ponte e imaginei a razão. Lucilio passeava como sempre de cima para baixo pela sala com o rosto impassível e a tempestade no coração; Amilcare gritava e gesticulava contra o Diretório, contra Bonaparte, contra todos, dizia que precisava viver para se vingar; Ugo Foscolo estava sentado num canto com as primeiras palavras de seu *Jacopo Ortis* esculpidas na fronte[24]. Eu não sei o que tinha na alma, ou mostrava no rosto. Sentia-me completamente vazio, como quem sofre sem compreender. Ouvi a maior parte ser propensa a buscar abrigo no território da Cisalpina, onde sempre haveria alguma esperança para Veneza; eu também achava justa essa opinião, como algo que tornava honroso e ativo o exílio, levando-o em um país fraterno e já quase italiano. A altivez melindrosa de quem desdenhava

23 Trata-se de Jean Mathieu Sérurier (1742-1819), general francês e governador de Veneza em 1797.

24 Trata-se do romance de Foscolo intitulado *As últimas cartas de Jacopo Ortis*: "O sacrifício da nossa pátria está consumado: tudo está perdido; e a vida, se nos for concedida, será somente para chorar nossas desgraças, e nossa infâmia".

contar com uma hospitalidade oferecida em nome da França, e pela própria França garantida, era demasiado inconveniente àqueles momentos de necessidade e supremos. Marcamos um encontro para Milão, onde tanto no governo quanto no exército, com a palavra, com a pena ou com a mão, se esperava poder trabalhar pela salvação comum. Os solavancos e reviravoltas da fortuna ocorreram com tanta frequência naquela época que a esperança foi reavivada pelo próprio desespero, mais confiante e mais desmedido do que nunca. De alguma forma se queria dar um exemplo da constância e da dignidade veneziana contra aquelas terríveis acusações que os fatos nos lançavam. Ora um, ora outro, saía para dar alguma ordem às suas coisas e juntar algo antes de ir para o exílio. Uns corriam para beijar a mãe, a irmã ou a amante; uns abraçavam as crianças inocentes; uns consumiam dolorosamente aquela última noite contemplando da Riva di Piazzetta o Palácio Ducal, as cúpulas de São Marcos, as Procuradorias, esses semblantes veneráveis e contaminados pela antiga rainha dos mares. As lágrimas escorriam daqueles cílios devotos e foram as últimas livremente derramadas, gloriosamente comemoradas.

Eu ficara sozinho com o doutor Lucilio porque não tinha forças para me mexer, quando subiu pela escada um ruído apressado de passos e Giulio Del Ponte, com as cores da morte no rosto, irrompeu na sala. O doutor, que falara pouquíssimo até então, voltou-se para ele com muita veemência para lhe perguntar o que tinha e por que demorara tanto. Giulio nada respondeu, tinha os olhos perdidos, a língua grudada no palato e parecia incapaz de entender o que lhe diziam. Lucilio despenteou com a mão seus negros cabelos onde já apareciam alguns fios prateados, pegou o braço do jovem e o levou à força para junto da lamparina.

– Giulio, vou dizer o que você tem – disse ele com voz velada, mas resoluta –, você está morrendo por uma dor que não é sua, quando só é lícito morrer pela dor de todos!... Você se rende covardemente à tuberculose que o consome, quando deveria subir com espírito forte ao patíbulo!... Eu sou médico, Giulio, não quero enganá-lo. Uma paixão mista de raiva, de orgulho, de ambição o devora lentamente, sua mordida envenenada é incurável. Você sucumbirá sem dúvida. Mas acredita que a alma não possa se elevar sobre as doenças do corpo e prescrever a si mesma um fim grande, glorioso?...

Giulio esfregava perdido os olhos, as faces, a testa. Tremia da cabeça aos pés, tossia de quando em quando e não conseguia articular uma palavra.

– Você acredita – retomou Lucilio –, acredita que debaixo desta minha casca dura e gelada não se ocultem tormentos que me fariam preferir o inferno, a sepultura, em vez da labuta de viver? Pois bem, não quero morrer me pranteando, tendo pena de mim, pensando só em mim, como um carneiro degolado!... Quando os membros se consumirem, a alma sairá deles mais livre, forte e contente do que nunca!... Giulio, deixe seu corpo morrer, mas defenda contra a covardia, contra a abjeção, uma inteligência imortal!...

Eu olhava aquelas duas figuras, uma das quais parecia infundir à outra a coragem e a vida. Às palavras, ao contato do doutor, Giulio endireitava o corpo e seus olhos se reanimavam; a vergonha lhe obscurecia o rosto, mas a alma despertada por um grande sentimento coloria os sinais da morte próxima com um sublime esplendor. Não tossia, não tremia mais; o suor do entusiasmo substituía o da doença; sua boca ainda balbuciava palavras truncadas e confusas, mas só por impaciência de arrependimento e de generosidade. Foi um verdadeiro milagre.

– O senhor tem razão – respondeu ele afinal com voz calma e profunda. – Fui um covarde até agora, não serei mais. Certamente devo morrer, mas morrerei como forte e pelo esfacelamento do corpo minha alma será salva!... Agradeço-lhe Lucilio!... Vim aqui por acaso, por hábito, por desespero; vim desolado, humilhado, enfermo; partirei com vocês, seguro, digno e curado! Diga-me aonde ir, estou pronto!...

– Partiremos de manhã para Milão – retomou Lucilio –, lá haverá um fuzil para cada um de nós; não se pergunta a um soldado se está doente ou são, mas se tem força de espírito e de vontade!... Giulio, eu prometo, você não morrerá tremendo de medo e desejando a vida. Abandonaremos juntos este século de ilusões e de covardia para nos abrigar felizes no seio da eternidade!...

– Oh, eu também – exclamei –, eu também irei com vocês!... – Apertei a mão do doutor, e abracei Giulio como a um irmão. Estava tão surpreso e comovido que não via melhor sorte do que morrer com aqueles companheiros.

– Não, você não deve partir por enquanto – acrescentou docemente Lucilio –, seu pai tem outros planos; você falará com ele, porque esse é o seu dever. Quanto a meu pai, recebi hoje mesmo o aviso da morte dele. Veja bem que agora estou sozinho; completamente despido daqueles afetos que reúnem uma grande parte da nossa vida entre as paredes domésticas. Para mim, os horizontes se alargam cada vez mais; dos Alpes à Sicília, é tudo uma só casa. Habito-a com um só sentimento que não morrerá nem com a minha morte.

Uma memória do monastério de Santa Teresa atravessou como um raio os olhos de Lucilio enquanto proferia estas palavras, mas não alterou em nada o som tranquilo da sua voz, nem deixou qualquer marca de melancolia ou de desconforto em seu semblante. Toda aflição desaparecia naquela soberba segurança de um espírito que sente em si algo de eterno. Então nos separamos; despedidas austeras sem lastimar, sem lágrimas. Em nossas últimas conversas não tiveram lugar os nomes de Clara e da Pisana. Pois para todos os três, até para Lucilio, tenho certeza, um amor muito infeliz rasgava as entranhas. Eles se dirigiram ao hospital, pensando em viajar ao amanhecer; eu fui, curvado e com pressa, procurar meu pai. Não sabia quais eram os seus planos, porque Lucilio não quisera me dizer nada, e queria conhecê-los logo para depois descarregar minhas dores privadas em algum grande e não inútil sacrifício, como o pobre Giulio me dava como exemplo.

CAPÍTULO DÉCIMO TERCEIRO

Um Jacopo Ortis e um Maquiavel veneziano. Finalmente consigo conhecer minha mãe vinte anos depois da sua morte. Veneza entre duas histórias. Uma família grega em San Zaccaria. Meu pai em Constantinopla. Spiro e Aglaura Apostulos.

Em casa não encontrei meu pai, e a velha criada maometana se expressou com tantos sinais e gestos negativos que me convenci de que ela quisesse me dizer que não sabia quando ele voltaria. Estava pensando em esperá-lo quando ela me entregou um bilhete fazendo sinais de que era de grande urgência. Achei que fosse de meu pai, mas vi que era escrito por Leopardo. "Você não está em casa" dizia ele "por isso, deixo estas duas linhas. Preciso de você logo, para um serviço que daqui a três horas não me serviria mais". E não havia mais esclarecimentos. Dei a entender o melhor que podia à velha moura que voltaria em breve, peguei meu chapéu e corri até a Ponte Storto. O que querem? Aquele bilhete não dizia nada, eu deixara Leopardo grave e taciturno, como sempre, nessa mesma manhã, mas sadio e razoável. Porém, o coração me anunciava desgraças, e gostaria de ter asas nos pés para chegar logo. A porta da casa estava aberta, uma lamparina estava caída no chão ao pé das escadas, entrei no quarto de Leopardo e o encontrei sentado numa poltrona com a costumeira gravidade no rosto, mas muito mais pálido. Olhava fixamente para a janela, mas quando entrei voltou os olhos para mim, e sem falar fez um gesto de cumprimento. "Obrigado" parecia dizer "você chegou a tempo!". Assustei-me com aquela atitude, com aquele silêncio, e lhe perguntei com preocupada inquietação o que ele tinha para estar daquele modo, e no que eu poderia ajudar.

– Nada – respondeu-me ele entrecerrando com dificuldade os lábios, como alguém que fala e está para adormecer –, quero que você me faça companhia; desculpe-me se eu não falar muito, mas estou com uma dorzinha de estômago.

– Meu Deus, então vamos chamar um médico! – exclamei. Eu sabia que Leopardo não costumava se lamentar por pouco, e aquela chamada noturna me dizia de seus temores.

– O médico! – continuou ele com um sorriso muito triste. – Saiba, Carlino, que há uma hora engoli dois cristais de cloreto de mercúrio!...

Gritei de horror, mas ele tapou os ouvidos, acrescentando:

– Quieto, quieto, Carlino! Minha esposa está dormindo no quarto ao lado!... Seria um pecado incomodá-la, tanto mais que está grávida, e este seu novo estado a deixa de mau-humor.

– Mas não, por caridade, Leopardo! Deixe-me ir! – (ele me segurava pelo pulso com toda sua força). – Talvez ainda haja tempo: um bom emético, um remédio eficaz, sei lá... deixe-me, deixe-me...

– Carlino, tudo é inútil... O último bem que aceito de você, como disse, é uma última hora de companhia. Resigne-se, já que você me vê ainda mais do que resignado disposto a partir; o emético e o doutor chegariam meia hora atrasados; estudei por uma semana num capítulo de toxicologia o que iria acontecer. Vê? Já estou nos segundos sintomas!... Sinto saltarem meus olhos das órbitas... Espero que o padre, que a porteira foi buscar, chegue logo... Sou cristão e quero morrer como se deve.

– Mas não, Leopardo, imploro!... Deixe-me tentar algo! É impossível que você se deixe morrer desse modo!...

– Eu quero, Carlino, eu quero; se você é meu amigo deve me fazer esse favor. Sente-se perto de mim, e vamos terminar conversando como Sócrates.

Percebi que não havia o que esperar com essa tremenda tranquilidade; sentei ao lado dele deplorando aquela triste aberração que perdia tão miseravelmente um dos espíritos mais fortes que eu já conhecera. O intuito de mandar chamar um padre acusava a absoluta desordem mental num suicida, pois ele não devia ignorar que a ação que cometera era considerada pela religião como um grave e mortal pecado. Pareceu que ele adivinhasse meus pensamentos, porque preparou-se para rebatê-los sem que eu ao menos os expressasse.

– Não é verdade, Carlino, que você se surpreende com essa minha insistência para ter um confessor? O que você quer?... Por uma afortunada coincidência, esqueci por muitos meses que Deus proíbe o suicídio; então me dei conta, e é verdade, que a proximidade da morte ajuda admiravelmente a memória. Mas por sorte é muito tarde!... É muito tarde: o Senhor me punirá por essa distração, mas espero que não seja muito severo, e que eu escape com uma passada pelo purgatório. Sofri tanto, Carlino, sofri tanto nesta vida!...

– Oh, maldição, maldição para aqueles que o levaram a um fim tão desgraçado!... Leopardo, vou vingar você, juro que vou vingar!

– Quieto, quieto meu amigo, não acorde minha esposa, que dorme. Imploro que você perdoe como eu perdoo. Aliás, nomeio você legatário perpétuo dos meus perdões, para que ninguém sofra com a minha morte, e peço que você não diga que eu a causei. Seria um grande escândalo, e alguém poderia sentir desgosto ou remorso. Você dirá que foi um aneurisma, um ataque fulminante, sei lá!... Vou me entender com o padre, e assim espero morrer em paz, deixando a paz depois de mim.

– Oh Leopardo, Leopardo! Uma alma como a sua morrer deste modo! Com toda a bondade, com toda a força e constância que você tem!...

– Você tem razão. Há dois anos eu nem imaginaria esta asneira. Mas agora já fiz e não há o que dizer. As dores, as humilhações, os desenganos se acumulam aqui dentro – (e se tocava o peito) –, até que um belo dia o vaso transborda e adeus juízo! Preciso dizer isso para me desculpar com Deus.

Então eu vi, ou melhor, adivinhei, a longa tortura daquele pobre coração tão honesto e sincero; a angústia daquela índole aberta e leal tão indignamente traída; a delicadeza daquela alma heroica decidida a não ver nada, e morrer sem deixar aos seus assassinos nem a punição do remorso. Não disse nada, respeitando a espantosa discrição do moribundo. Leopardo recomeçou a falar com voz mais profunda e cansada: seus membros enrijeciam e as carnes tomavam aos poucos o tom cinzento.

– Está vendo, amigo? Até ontem eu me preocupava, mas me defendia valorosamente. Havia uma pátria para amar, eu esperava defendê-la e esquecer o resto. Agora a ilusão também se foi... foi justamente o golpe que me fez decidir!

– Oh, não, Leopardo, nem tudo se foi!... Se é assim, se cure, volte a viver conosco: levaremos a pátria no coração aonde formos, ensinaremos e propagaremos a sua santa religião. Somos jovens; tempos melhores virão, deixe-me...

Eu me levantara, ele me segurava firme pelo braço com força convulsiva e precisei sentar de novo. Um sorriso vago e melancólico errava naquele rosto já quase desfeito pela morte: nunca a beleza da alma teve tão pleno triunfo sobre a beleza do corpo. Esta realmente desaparecera, aquela ainda transpirava com todo esplendor daquele rosto cadavérico.

– Fique, lhe peço – acrescentou ele com um esforço comovente –, de qualquer modo, seria tarde demais. Conserve sua cândida fé, meu amigo, pois ela é mais do que um forte incentivo para empresas belas e honradas... Eu, no entanto, vou embora sem pesar... Tenho certeza de que esperaria em vão. Estava cansado, cansado, cansado!...

Dizendo isso, seus membros se afrouxaram, e a cabeça, caindo, apoiou-se em meu ombro. Fiz menção de me mover e pedir por socorro, mas ele se refez apenas o suficiente para perceber minhas intenções e me proibir.

– Você não entendeu?... – murmurou fracamente. – Só quero você... e o padre!...

Infelizmente, entendi, e olhei cheio de ódio e de aversão para a porta atrás da qual Doretta dormia placidamente seu sono. Então abracei Leopardo, e vendo que nessa posição pareciam diminuir os espasmos, me esforcei para mantê-lo elevado daquele modo. O peso aumentava em meu braço, eu tremia todo não sei bem se de cansaço ou de dor, quando a porteira voltou com o padre. Tendo batido em vão à porta do pároco, ela trouxera um outro que encontrara na rua por sorte. Ele, a princípio renitente, decidira segui-la ao saber que se tratava de um ataque fulminante, exatamente como Leopardo lhe definira seu mal. Mas qual não foi o meu espanto quando levantando os olhos reconheci naquele sacerdote o padre Pendola!... O bom padre também certamente se sobressaltou não menos do que eu, e assim ficamos por um instante, pois a surpresa nos impedia qualquer outro movimento. Leopardo, pelo silêncio, alçou os olhos com dificuldade e, assim que viu o rosto do padre, pulou em pé como que mordido no coração por uma serpente. O padre recuou dois passos, e a porteira, de medo, deixou cair a lamparina.

– Não o quero! Que vá embora, que vá logo! – gritava Leopardo debatendo-se nos meus braços como um possesso.

O reverendo tinha uma enorme vontade de aceitar o conselho, mas o deteve a vergonha da porteira, e quis salvar pelo menos a honra do hábito. Foi mais fácil do que esperava, pois Leopardo logo se acalmou daquela súbita fúria, e ficou quieto como um cordeirinho.

O bom padre aproximou-se dele com um sorriso angélico, e começou a confortar seu espírito com uma vozinha que vinha do coração.

– Padre reverendo, peço-lhe para ir embora! – balbuciou-lhe ao ouvido Leopardo com voz sombria e ameaçadora.

– Mas dileto filho, pense na alma, pense que ainda tem alguns momentos, e que eu, apesar de indigno ministro do Senhor, posso...

– Melhor ninguém do que o senhor, padre – interrompeu-o rispidamente Leopardo.

A porteira, muito pouco contente com aquele espetáculo, voltara a seus afazeres, então o prudentíssimo padre não julgou oportuno insistir. Deu-nos a sua santa bênção e voltou por onde viera. Leopardo parou-o à porta.

– Da beira da tumba uma última lembrança, padre, uma última lembrança espiritual para o senhor que geralmente encomenda a alma dos outros. O senhor está vendo como eu morro: tranquilo, alegre, sereno!... Pois bem, para morrer assim é preciso viver como vivi. O senhor invocará em vão tal sorte; se lembrará de mim no grande momento, e passará ao outro mundo tremendo assustado, como quem sente nas carnes as unhas do diabo! Boa noite, padre, ao amanhecer dormirei mais tranquilo do que o senhor.

O padre Pendola já fora embora fazendo um gesto de horror e de compaixão; aposto que pelas escadas acrescentou muitos outros gestos de sumo prazer por ter escapado tão fácil. Leopardo não pensou mais nele e me pediu que eu fosse procurar outro confessor. De fato, deixei-o um pouco com a porteira e bati tanto à porta do pároco que o tirei da cama e levei-o ao moribundo. Ele, durante a minha ausência, piorara tanto, que se o visse em outro lugar teria dificuldade em reconhecê-lo. Mas a chegada pároco confortou-o bastante e os deixei a sós por um instante; ao voltar, encontrei-o nos últimos estertores da agonia, mas ainda mais calmo e sereno do que o comum.

– Então, meu filho, você se arrependeu mesmo do gravíssimo pecado que cometeu? – repetiu-lhe o confessor. – Concorda comigo que não confiou na Providência, que quis destruir à força a obra de Deus, que uma criatura não tem permissão para ser um juiz das disposições divinas?

– Sim, sim, padre – respondeu Leopardo com um leve sabor de ironia que não conseguiu reprimir, e que só eu talvez tenha notado, já que ele mesmo, moribundo, não percebia.

– E você fez o que pôde para impedir os efeitos do seu delito? – perguntou de novo o pároco.

– É preciso se resignar... – acrescentou com um fio de voz o agonizante – não havia mais tempo... Padre, dois cristais de cloreto de mercúrio têm um efeito muito forte!...

– Bem, que Deus confirme a absolvição que lhe dei. – E passou a recitar as preces dos agonizantes. Então as veias do moribundo começaram a intumescer, seus membros a se retorcer, os lábios a secarem; seus olhos se reviraram horrivelmente, entretanto o espírito reinava forte, impassível naquela tempestade de morte que se agitava. Pareciam dois seres diversos, um dos quais contemplava os sofrimentos do outro com a impassibilidade de um inquisidor. O pároco administrou-lhe, então, os últimos sacramentos, e Leopardo se recompôs na expectativa da morte com a grave piedade de um verdadeiro cristão. A calma voltara a seu corpo; a calma solene que precede a morte. Pude ver o quanto opera a religião num espírito alto e viril, e pela primeira vez tive inveja daquelas sublimes convicções para sempre vetadas para mim. A morte da velha condessa de Fratta havia me causado esse descrédito; a de Leopardo tornou-as novamente veneráveis e sublimes. É verdade que a têmpera dele era capaz de dar prova disso com ou sem fé.

Dali a pouco ele sofreu um novo assalto de dores muito agudas, mas foi o último; a respiração se tornou mais fraca e frequente, os olhos se entrecerraram como que contemplando uma visão encantadora, sua mão às vezes se erguia para acariciar algum dos anjos que vinham ao encontro da sua alma. Eram os fantasmas dourados da juventude que pairavam à sua frente no confuso crepúsculo do delírio; eram suas esperanças mais belas; os mais esplêndidos sonhos que tomavam formas visíveis e aparência de realidade aos olhos do moribundo; era a recompensa de uma vida virtuosa e ilibada ou o pressentimento do paraíso. Às vezes ele me olhava sorrindo e dava indícios de me reconhecer; pegava minha mão entre as dele para aproximá-la do coração; aquele coração que quase não batia mais, mas ainda transbordava de valor e de afeto! Houve um momento em que ele tentou se levantar e me pareceu quase vê-lo suspenso no ar numa pose admirável de inspiração e de profecia. Ele pronunciou orgulhosamente o nome Veneza, então caiu novamente, cansado, para voltar às suas fantasias.

Quando chegou o grande momento, vi seus lábios se abrirem num sorriso, que há algum tempo não brilhava mais naquele rosto robusto e majestoso; colocou a mão no peito, retirou um escapulário e levou-o várias vezes aos lábios. Cada beijo era mais lento e menos vigoroso; afastou-o sorridente para entregar a alma a Deus, e seu último suspiro saiu tão pleno, tão sonoro do peito, que pareceu significar: – "Aqui estou finalmente, livre e feliz!" – Aquela relíquia, à qual consagrara o extremo hálito de vida, caiu na minha mão ao relaxar a dele: eu a recebi como um penhor, como uma sacra herança, e me ajoelhei diante daquele morto como diante de Deus. Jamais vi uma morte como aquela; o pároco aspergiu água benta no cadáver e partiu enxugando os olhos, assegurando-me que lhe seria dada sepultura sagrada por mais que o cânone vetasse. A santidade daquela passagem mandava que não se obedecesse tão estritamente as regras. Ficando sozinho, dei vazão à minha dor: beijei e beijei aquele santo rosto de mártir, cobri-o de pranto, contemplei-o por muito tempo, quase enamorado da paz sobre-humana que inspirava. Aprendi mais virtudes com uma hora de conversa com um homem morto do que com toda a minha convivência com os vivos. A lamparina estava se apagando; o primeiro luzir do dia entrava pelas persianas quando me lembrei que devia avisar Doretta da morte do marido. Esse pensamento me fez arrepiar. Eu estava prestes a bater na porta quando ouvi um barulho de passos se aproximando atrás dela; a porta se abriu devagar e apareceu à minha frente a figura um tanto pálida e desconfiada de Raimondo Venchieredo. Dei um grito que ecoou pela casa e corri para abraçar Leopardo como que para protegê-lo ou consolá-lo daquele insulto póstumo. Raimondo, de início, não entendeu nada, balbuciou algumas palavras sobre gôndola e Fusina, e tinha pressa de ir embora. Depois, soube que ele mandara Leopardo a Fusina dizendo-lhe para ficar lá até o dia seguinte esperando seu pai que devia chegar e lhe entregar um envelope importantíssimo. Leopardo, realmente, partira no fim da tarde, mas percebendo no meio da viagem ter esquecido a carta, voltara para pegá-la três horas depois. Então vira Raimondo entrar furtivamente em sua casa e no quarto de Doretta; o resto, todos podem imaginar. É verdade, porém, que o cloreto de mercúrio ele comprara desde a manhã, depois de ter assistido a reunião dos deputados na qual Villetard pronunciara a sentença de morte contra Veneza. Parece que a última afronta à sua honra tenha feito precipitar uma decisão já amadurecida e tomada por muitos motivos. A carta para Venchieredo, escrita pelo padre Pendola, foi encontrada na gaveta da mesa diante dele.

Tudo isso eu não sabia, mas adivinhei algo semelhante. Por isso, não suportei que Raimondo se safasse daquele modo sem ao menos saber da horrenda tragédia de que ele fora a causa. Corri atrás dele até a porta, peguei-o pelos ombros e o coloquei de joelhos, tremendo, diante do cadáver de Leopardo.

– Veja, traidor! Veja!...

Ele olhou assustado e somente então percebeu a lividez mortal que cobria aqueles despojos inanimados. Perceber, emitir um grito mais agudo, mais lancinante do que o meu, e cair como que fulminado por um raio, foi só um instante. Aquele segundo grito chamou ao quarto a porteira, Doretta e todos os que moravam na casa. Raimondo se recuperara, mas ficava em pé com dificuldade, Doretta arrancava os cabelos, e não sei dizer bem se gritava ou chorava; os outros olhavam espantados o lúgubre espetáculo, e se perguntavam baixinho o que havia acontecido. Coube a mim mentir, e não foi difícil, pois pensava assim cumprir escrupulosamente os desejos do amigo. Mas não pude ocultar, ao atribuir aquela morte a um ataque fulminante, que minha voz dissesse o contrário. Raimondo e Doretta me entenderam, e sustentaram diante do meu olhar inexorável a vergonha dos réus. Saí daquela casa, onde esperava voltar no dia seguinte para acompanhar o amigo à sua última morada; qual era o meu ânimo, quais eram os meus pensamentos, não quero confessar agora. Às vezes olhava com inexprimível avidez a água turva e profunda dos canais, mas meu pai me esperava e outros mártires me convidavam a Milão para as duras penas do exílio.

De fato, meu pai me esperava há uma hora e se impacientava não me vendo voltar. Desculpei-me contando-lhe o terrível caso, e ele me cortou as palavras na boca exclamando: – Louco, louco! A vida é um tesouro, é preciso empregá-lo bem até o último soldo! – Fiquei nauseado com tanta calma, e não tive qualquer vontade de atender aos seus desejos, como me convencera na noite anterior as confidências de Lucilio. Ele, no entanto, sem me perguntar, logo entrou no assunto.

– Carlino – me pediu –, diga a verdade, quanto dinheiro você precisa por ano para viver?

– Nasci com um bom par de braços – respondi friamente –, dou um jeito!...

– Louco, você também é louco! – respondeu ele – Eu também nasci com braços e os fiz trabalhar muito bem, mas por isso nunca rejeitei uma boa ajuda dos amigos. Entenda como quiser, sou seu pai, tenho direito de aconselhá-lo e até de mandar em você. Não me olhe com essa altivez!... Não é preciso!... Tenho pena de você, você é jovem e perdeu a cabeça. Ontem, eu também não sabia se estava vivo ou morto, eu também sofri, veja, sou mais um homem no mundo que vê todas as suas esperanças destruídas por aqueles a quem ele confiara para cumpri-las! Eu também chorei, sim, chorei de raiva encontrando-me ridicularizado e pago por sete anos de serviços e sacrifícios com ingratidão e traição... Mas hoje, hoje rio disso!... Tenho um grande propósito que talvez me ocupe por meses, por muitos anos; espero me sair melhor do que na primeira vez, e nos encontraremos de novo. Um homem, veja, é um animal muito frágil, um futuro parente do nada, mas não é o nada!... E enquanto não é o nada pode ser o primeiro elo de uma cadeia da qual tudo dependa... Escute-me, Carlino!... Sou seu pai, e o amo muito; você deve aceitar os conselhos da minha experiência; deve se guardar para o futuro que vou preparar para você e para a pátria. Pense que você não está só, que tem amigos e parentes exilados, impotentes, necessitados; às vezes você ficará satisfeito em ter pão para compartilhar com eles. Aqui nesta caderneta estão vários milhões que destino a uma grande tentativa de justiça e vingança; eram destinados a você, agora não são mais. Veja que falo aberta e sinceramente!... Então, use comigo a mesma confiança, diga-me o quanto você precisa para viver um ano confortavelmente.

Curvei-me diante da estrita lógica paterna e acrescentei que trezentos ducados seriam mais do que suficientes para mim.

– Bravo, meu filho! – retomou meu pai. – Você é um cavalheiro. Aqui está uma letra de câmbio de sete mil ducados contra a casa Apostulos em San Zaccaria, que você entregará hoje mesmo ao representante da casa. Você encontrará ótima gente, generosa e leal: um velho que é a pérola dos mercadores honestos e que será outro eu para você; um jovem que acabou de voltar da Grécia e que vale por vinte dos nossos venezianos; uma menina que você amará como irmã; uma mãe que o amará como mãe. Confie neles, por meio deles você terá notícias minhas, pois devo embarcar antes do meio-dia, e não quero ver as abominações deste dia. A casa que comprei por dois mil ducados fica para você, já fiz a doação. Na escrivaninha você encontrará alguns papéis que pertenciam à sua mãe. São a sua herança e são de seu direito. Quanto à sua sorte futura não dou conselhos, porque você não precisa. Confie nas esperanças francesas e emigre para a Cisalpina. Cuide-se e pense sempre em Veneza; não se deixe ofuscar pela sorte, pela riqueza ou pela glória. Só há glória quando se tem uma pátria; valorize a sorte e a riqueza desde que sejam garantidas pela liberdade e pela justiça.

– Não se preocupe, meu pai – acrescentei bastante comovido por essas recomendações que, apesar de terem sido ditas aos soluços e com uma linguagem mais moura do que veneziana, não eram menos generosas. – Pensarei sempre em Veneza!... Mas porque não posso ir com o senhor, fazer parte dos seus planos e companheiro dos seus esforços?

– Vou lhe dizer, meu filho: você não é suficientemente turco para aprovar todos os meus meios; sou como um cirurgião que enquanto opera não quer ao seu redor mulherzinhas que choramingam. Não digo isso para insultá-lo, mas repito, você não é suficientemente turco: isso pode ser honroso para você, para mim seria perda da liberdade de ação que sozinha apressa as coisas deste mundo. E um homem de sessenta anos, Carlino, tem pressa, muita pressa! Por outro lado, nesses países não há abundância de jovens robustos e inteligentes como você: o certo é você ficar aqui, se precisa aprender sozinho. De um jeito ou de outro se deve enrolar o novelo. Em Ancona, em Nápoles, fervilham que é uma maravilha: quando o incêndio se espalhar, quem o ateou pode se queimar, então caberá a você, isto é, a nós. Por isso, peço que você fique, e me deixe sozinho onde a velhice pode conseguir mais do que a juventude, e dinheiro pode valer mais do que as forças do corpo e a galhardia do espírito.

– Meu pai! O que quer que eu diga?... Ficarei!... Mas ao menos posso saber aonde o senhor vai?

– Ao Oriente, ao Oriente para me entender com os turcos, já que aqui não consegui me fazer entender. Dentro em pouco, mesmo que você não ouça falar de mim, ouvirá falar dos turcos. Digo que estou metido nisso. Mais do que isso não posso dizer, porque ainda são esboços de planos.

Meu pai precisava sair para encontrar o capitão da tartana que zarpava para o Levante. Acompanhei-o, e não soube mais nada, a não ser que ia direto para Constantinopla, onde iria ficar muito ou pouco segundo as circunstâncias. Certamente seus objetivos não eram pequenos nem vis, pois agigantavam sua personalidade e lhe davam uma aparência de autoridade que era incomum até então. Usava o costumeiro barrete, as costumeiras calças armênias, mas um fogo totalmente novo relampejava entre seus cílios encanecidos. Às nove horas, embarcou no navio com a fiel criada e um pequeno baú; não deu nenhum suspiro, não deixou lembranças para ninguém, retomou voluntariamente o caminho do exílio com a arrogância do jovem que tem diante dos olhos a certeza de um triunfo próximo. Beijou-me como se devêssemos nos ver no dia seguinte, recomendou-me a visita aos Apostulos, então desceu sob a coberta e eu voltei na gondola que nos trouxera.

Oh, como me senti sozinho, miserável, abandonado, ao pisar nas pedras da Piazzetta!... Minha alma correu com um suspiro para a Pisana, mas a parei no meio do caminho, pensando em Giulio e no oficial corso. Recomecei, então, a chorar a morte de Leopardo, e a honrar sua memória com aqueles póstumos pesares que fazem o elogio fúnebre de um amigo. Chorei e delirei por um tempo, até que para me distrair pensei na letra de câmbio, e me dirigi a San Zaccaria para falar com o negociante grego. Encontrei um bigodão grisalho de pouquíssimas palavras, que honrou a assinatura de meu pai, e me perguntou sem demora de que modo eu desejava ser pago. Respondi que desejava só os juros de ano em ano e que deixaria de bom grado o capital em mãos tão seguras. O velho, então, deu uma espécie de grunhido, e apareceu um jovem, ao qual ele entregou o papel, acrescentando algumas palavras em grego, que não consegui entender. Depois me disse que aquele era seu filho e que eu fosse com ele ao caixa, onde me entregariam a soma como eu pedira. O quanto era rude e rabugento o velho negociante, seu filho Spiridione, ao contrário, agradava por suas maneiras amáveis e gentis. Alto e esbelto, com um perfil grego moderno muito ousado, uma cor mais que morena, e dois olhos fulminantes, ele caiu nas minhas graças logo de início. Vi nele uma grande alma sob aqueles traços, e segundo meu costume gostei bastante dele. Ele me entregou trezentos e cinquenta ducados novinhos em folha, pediu-me desculpas sorrindo pela dura recepção de seu pai, acrescentou que não me espantasse, pois ele lhe falara de mim naquela mesma manhã muito favoravelmente, e que eu seria bem-vindo na casa deles, onde encontraria a segurança e a paz da família. Agradeci-o por tão bons sentimentos acrescentando que teria muito prazer, se algo extraordinário me retivesse em Veneza. Assim nos separamos, ao que me pareceu, amigos desde o primeiro instante, com toda a alma.

Naquele dia, comi, imaginem com quanta vontade, numa espelunca, onde carregadores e gondoleiros discutiam sobre o despejo dos franceses e a entrada dos alemães. Tive oportunidade de lamentar profundamente a sorte de um povo que em catorze séculos de liberdade não havia encontrado uma luz de critério nem a consciência de sua existência. Talvez isso acontecesse porque aquela liberdade não era verdadeira; e acostumados com a oligarquia não viam motivo para abominar o arbítrio militar e o império alheio. Para eles era a mesma coisa, era só servir, discutiam sobre o humor do patrão e sobre o salário, e nada mais. Algumas vozes menos interessadas destoavam demais naquele concerto, e tinham até medo de ouvi-las, de tanto que a Inquisição de Estado os assustara. Quando penso na Veneza de então, espanto-me que uma única geração tenha podido transformá-la tanto, e dou graças aos inesperados confortos da Providência ou aos misteriosos e súbitos expedientes da natureza humana.

Passando em casa, logo me atacou a tristeza e o medo da solidão; lembro-me que chorei muito ao encontrar sobre o tapete o cachimbo de meu pai ainda cheio de cinzas. Pensei que tudo terminava assim, e entrou em meu coração uma involuntária suspeita de que era um presságio. Com esta disposição de espírito o pobre Leopardo me atraía com força irresistível; de fato, passei o resto do dia ao lado do leito em que os vizinhos o tinham colocado. A porteira me disse que a viúva daquele senhor fora embora com suas coisas deixando oito ducados para as despesas do funeral, e lhe dissera antes de partir que seu coração não aguentava ficar mais um instante sob o mesmo teto dos despojos inanimados daquele que amara tanto.

– Além disso – acrescentou a porteira –, a senhora pareceu muito irritada porque não veio buscá-la aquele belo cavalheiro que estava aqui esta manhã, e também se zangou bastante com minha filhinha, porque deixou cair no chão uma touca sua. Diga-me, senhor, se isso são sinais de uma grande dor!

Não respondi nada, pedi à mulher que não se incomodasse por minha causa, e como ela persistia nas suas conversas, nas suas insinuações, voltei-me sem cerimônias para o lado do morto. Ela, então, me deixou sozinho, e pude me afundar à vontade no obscuro abismo das minhas meditações. O *memento*[1] do primeiro dia da quaresma bem diz que tudo se torna cinzas. Pequenos

1 Na missa em latim, nome de duas preces que o sacerdote recita para lembrar os vivos e os mortos.

e grandes, bons e maus, ignorantes e sábios, todos somos semelhantes, tanto no fim como no início. Essa é a opinião dos olhos, mas, e a mente? – A mente é demasiado ousada, demasiado soberba e insaciável para se contentar com as razões palpáveis. As estupendas e sublimes ações inspiradas pelo Evangelho não são filhas legítimas dos pensamentos da doutrina da alma de Cristo? Essa é uma divindade, uma eternidade em nós que não acaba nas cinzas. Aquele mudo e frio Leopardo não vivia em mim, não aquecia ainda meu coração com a efervescente memória de sua nobre e poderosa índole? – É uma vida espiritual que passa de ser em ser, e não vê limites em seu futuro. Os filósofos encontram confortos mais sólidos, mais plenos; eu me contento com esses, e me basta crer que o bem não é o mal, nem que a minha vida é um momentâneo buraco na água. Assim, com esses melancólicos confortos em mente, tirei do bolso o escapulário que caíra um dia antes da mão do moribundo na minha, e de uma fenda fechada com um botãozinho tirei uma imagem da Virgem e algumas poucas flores secas. Foi como se um largo horizonte se abrisse ao longe, pleno de poesia, de amor e de juventude; entre aquele horizonte e mim se abria o abismo da morte, mas a mente o transpunha sem horror.

Os fantasmas não são assustadores para quem ama para sempre. Lembrei-me das belas e simples palavras de Leopardo; revi a fonte de Venchieredo e a graciosa ninfa que ali banhava um pé encrespando com o outro a superfície das águas; ouvi o rouxinol entoar um prelúdio, e uma harmonia de amor nascer de duas almas, como de dois instrumentos em que um repete os sons do outro. Vi um esplendor de felicidade e de esperanças se difundir sob aquela densa folhagem de amieiros e salgueiros... Então, meu olhar voltou daquelas remotas visões fantásticas às coisas reais que me rodeavam: olhei com um estremecimento o cadáver que dormia a meu lado. Era outra felicidade, ah, quão diferente!... Depois da luz, as trevas, depois da esperança, o esquecimento, depois do tudo, o nada, mas entre nada e tudo, entre esquecimento e esperança, entre trevas e luz, quantos acontecimentos, quanto fragor de tempestade e serpentear de raios! O piloto, para encontrar um porto nesse mar vertiginoso e conturbado, deve se armar de constância e de resignação, sempre levantar os olhos ao céu, e mesmo entre as nuvens e o véu lutuoso da procela entrever sempre com a mente o esplendor das estrelas. Os navios passam, ora calmos e leves como cisnes nas ondas de um lago, ora rechaçados e agitados como um bando de pelicanos contra o vento; as ondas ameaçadoras sobem ao céu, descem como se fossem rasgar as entranhas da terra, e então se espalham graciosas e tremulando aos olhos do sol, como um manto de seda nos ombros de uma rainha. O ar fica turvo e acinzentado, enche-se de nuvens, de tempestades, de trovões, negro como a imagem do nada na noite profunda, cinzento como o cabelo desgrenhado das bruxas no branco transparente da manhã. Então a brisa perfumada varre aquelas terríveis aparições como larvas de sonho, o céu se arqueia azul, sereno e calmo, e não lembra nem teme mais o assalto dos monstros do ar. Mas cem milhões de milhas acima dessas efêmeras batalhas, as estrelas sentam-se eternas em seus tronos de luz, o olho às vezes as perde de vista e o coração sempre percebe seus raios benignos, os sente, e recebe seu oculto calor. Ó vida, ó mistério, ó mar sem bordas, ó deserto povoado por oásis fugitivos e por caravanas que viajam sempre, que nunca chegam! Para me consolar, é necessário que eu leve o pensamento para fora; vejo as estrelas aumentarem aos olhos das gerações futuras; vejo a pequena e modesta semente das minhas esperanças, acalentada com tanta constância, fertilizada por tanto sangue, por tantas lágrimas, crescer numa planta gigantesca, encher o ar com seus ramos, e proteger com sua sombra a família menos infeliz dos meus filhos! Oh, não viverei sempre em você, alma imensa, inteligência completa da humanidade! – Assim pensa o jovem sobre o sepulcro do amigo; assim se conforta a velhice no atrevido aspecto dos jovens. A justiça, a honra, a pátria, vivem em meu coração, e nunca morrerão.

O cansaço me venceu, dormi algumas horas no mesmo leito em que Leopardo dormia para sempre; e meu sono foi profundo e tranquilo como no regaço da mãe. A morte vista tão de perto nada tinha de horrível ou de asqueroso; parecia uma amiga feia e severa, mas eternamente fiel. Acordei para prestar os últimos serviços ao meu amigo, depô-lo em seu último leito, e acompanhá-lo pelas águas silenciosas à ilha de San Michele. Invejo essas viagens póstumas dos mortos venezianos; se um distante resquício de vida permanece neles, como pensa o americano Poe, deve chegar bem suavemente aos seus sentidos adormecidos o doce balançar da gôndola. Naquela praia estreita e deserta, apenas povoada de cruzes e pássaros marinhos, poucas pás de terra me separaram para sempre daqueles queridos despojos. Não chorei, de tão petrificado por dentro como o Ugolino de Dante[2]; voltei com a mesma gôndola que levara o caixão, e o vivo que voltava não estava mais vivo do que o morto que ficara.

Voltando a Veneza, vi um ir e vir de curiosidade entre a gente do povo, e um movimento maior do que o normal na guarnição francesa. Alguém me disse que haviam chegado os comissários imperiais para preparar as cerimônias da transmissão; tinham-nos visto entrar no Palácio do Governo e o

2 Referência à *Divina Comédia*. Inferno, canto XXXIII.

povo se amontoava para vê-los sair. Não sei por qual razão me detive, mas creio que buscasse uma nova dor que me distraísse do meu sofrimento. Dali a pouco os comissários de fato saíram com grande barulho de sabres e pompa de plumas. Riam e falavam alto com os oficiais franceses que os acompanhavam; brincando e rindo embarcaram numa peota[3] que fora mandada enfeitar suntuosamente para levá-los ao campo. Apenas um se separou dos companheiros para ficar em Veneza, e era ninguém menos do que o senhor de Venchieredo. Meia hora depois o vi passar pela praça de braços dados com o padre Pendola, mas não tinha mais o sabre nem as plumas, vestia uma roupa preta à francesa. Raimondo e Partistagno, que eu via juntos em Veneza pela primeira vez, seguiam-no com um ar de triunfo; a aproximação deste último a tal tipo de gente me desagradou muito; menos por ele do que por ser indício do grande proveito que os espertos sabem tirar da dócil natureza dos ignorantes. A lâmina não pensa, mas é, no entanto, um instrumento mortal em mãos bem treinadas. Acabei voltando para casa, porque sentia não poder aguentar mais; e confesso que naquele momento estava totalmente incapaz para qualquer grande resolução. Por mais que eu tivesse ouvido falar em prisões, condenações e proscrições, não conseguia me decidir em ir até lá. Caíra naquele despreocupado abatimento no qual nos faltam os nervos e a vontade para pular da janela, mas um raio que nos atinja ou uma trave que caia na nossa cabeça nos parece um presente dos céus. Somente então me lembrei dos papéis que pertenciam à minha mãe, que eu devia encontrar na escrivaninha; mísera herança de uma desventurada para um órfão mais desventurado ainda. Abri tremendo a gaveta, e abrindo uma antiga pasta de cartolina, pus-me a remexer algumas folhas amareladas e cheias de pó que estavam lá dentro.

Primeiro, vi algumas cartas de amor cobertas de erros ortográficos. Eram de um nobre talvez morto há muito tempo e sepultado com os fantasmas de seus amores; não aparecia o nome, mas a nobreza de sua família era certa pelos muitos trechos espalhados aqui e ali naquela longa correspondência. Poderia apresentar alguns trechos para mostrar a forma como se namorava com as solteironas em meados do século passado. Parece que as questões importantes não eram tratadas por escrito, mas o amante se preocupava em mostrar suas boas qualidades e descrever as impressões que tivera das boas graças da moça em várias circunstâncias. A linguagem não era muito requintada, mas o

3 Embarcação ligeira usada no mar Adriático.

que faltava em delicadeza era compensado com ardor; acima de tudo, sentia-se um encantamento de boa-fé, de calma, de bondade, que hoje é relegado às cartinhas que os colegiais escrevem aos parentes nas festas de Natal. Todavia, acreditem, essa leitura não convinha muito àquele dia, com aquele humor. Fui adiante. Outras cartas de professoras e de amigas do convento, mais maçantes do que as primeiras. Fui mais adiante. Encontrei o completo epistolário erótico de meu pai. Era muito extravagante, mas ele parecia apaixonado tanto quanto um homem no mundo pode estar; por fim, um seu bilhete que estabelecia o dia e a hora da fuga que levara meus genitores a me conceber no Levante.

Como complemento para aquelas cartas, encontrei um livreto de memórias com escritos de minha mãe, datados de muitas cidades do Levante e da Ásia Menor. Ali começava a história. A felicidade de minha mãe durara até a metade do trajeto. As borrascas e o mal de mar pelo resto da viagem, a miséria e as discussões no início da peregrinação deles, a seguir as doenças, as atribulações e até mesmo a fome tinham-lhe extinguido muito daquele primeiro fogo de amor. Entretanto, não se cansava de seguir seu marido, de suportar pacientemente as suas estranhezas, a sua indiferença, e principalmente seus ciúmes que pareciam muito estranhos. Ele ficava ausente semanas inteiras dos lugares em que colocava a esposa, e ela era entregue a alguma pobre família de turcos, obrigada a servir de criada e ajudante para ganhar sustento. Meu pai, porém, andava pelos haréns e pelos quiosques dos ricos muçulmanos comerciando alfinetes, espelhinhos e outras miudezas que conseguia vender a preços incríveis, ao menos era o que afirmava minha mãe reduzida ao mínimo de tudo. Um belo dia, parecia que os ciúmes recomeçavam mais violentos do que nunca a propósito de sua gravidez. O acusado era um alegre felá das vizinhanças; minha mãe escrevia coisas inflamadas sobre essa injustiça do marido; parece que ela suspeitava nele um esquema premeditado para aborrecê-la daquela vida, para acabar com ela ou para forçá-la a fugir. Então, seu orgulho começou a aparecer: dos lamentos, do desespero, voltava a aparecer a aristocrata ofendida na honra; seu espírito se exasperava naquelas anotações lançadas no papel dia a dia com mão raivosa; finalmente chegava-se a uma página vazia onde só estava escrita esta palavra: "Decidi!"

Assim terminavam aquelas memórias, mas as completava uma carta escrita por ela a meu pai, depois da decisão. Não posso deixar de reportar aquelas poucas linhas que servirão para delinear melhor a índole de minha mãe. Ai de mim! Por que não posso falar mais disso?... Por que o amor de filho só teve em minha vida um vestígio distante de confusas memórias em que repousar? Essa é a sorte dos órfãos. Aos oitenta anos ainda dura o desgosto de não poder evocar a imagem da mãe. Os lábios que não recordam o sabor de seus beijos ressecam mais rapidamente com o sopro maligno do ar mundano. "Meu marido! (assim começava a carta em que ela se despedia de meu pai para sempre). Eu quis amá-lo, quis confiar em você, quis segui-lo até o fim do mundo contra a opinião de meus parentes que o pintavam como um malandro sem coração e sem cérebro. Tive razão ou errei? Talvez sua consciência saiba. Só sei que não devo aguentar por mais tempo as suspeitas que me desonram, e que a criança que carreguei em meu ventre não deve se impor à força para um pai que a rejeita. Fui uma mulher fútil e vaidosa, seu amor me fez pagar caro estes meus defeitos. Resigno de bom grado a me penitenciar por isso. Só tenho comigo vinte ducados, farei o possível para voltar a Veneza, onde ainda por cima encontrarei a vergonha e o desprezo. Entregarei a criança aos meus parentes, que não terão coragem de rejeitá-la, e seja o que Deus quiser! Você ainda estará ausente por oito dias, ao voltar não me encontrará mais. Disso estou certa. O resto está nas mãos de Deus!".

A carta trazia a data de Bagdá. De Bagdá a Veneza por quatro mil milhas de deserto e de mar, numa estação sufocante, com pouco conhecimento da língua, imaginei minha mãe devastada pela inanição e pelo sofrimento. Partia com vinte ducados no bolso da casa de um marido desconfiado e brutal; encaminhava-se, numa viagem cheia de perigos e dificuldades, para a repulsa e a vergonha que a esperavam em sua pátria. Esposa afetuosa e sacrificada, seria confundida com uma meretriz, e seria bom se algum de seus parentes fosse generoso o suficiente para acolher o seu filhinho!... Ai de mim! Foi por minha causa que ela sofreu tanta reprovação, desafiou tantos sofrimentos! Eu quase sentia remorso por ter nascido; sentia que uma longa vida inteiramente dedicada a consolar, a fazer feliz aquela santa alma, mal bastaria para satisfazer meu coração; e eu nunca havia contemplado o seu rosto, o seu sorriso, os seus olhares, nem sugado uma só gota de seu leite!... Levara-a à perdição com o meu nascimento; abandonara-a lá sem ajuda, sem conforto. Eu quase detestava meu pai; agradecia à Deus por ele ter partido e que muito tempo passaria entre a leitura daquelas páginas e o instante em que o veria de novo! Caso contrário, não previa qual seria seu fim na batalha de meus afetos. Alguma blasfêmia, alguma maldição escaparia dos meus lábios.

Ah, como chorei naquele dia!... Ah, como usei aquele desabafo, não apenas permitido, mas sagrado e generoso do afeto filial para aliviar com as lágrimas o peso infinito das minhas dores!... Como se uniam misteriosamente na angústia que me transbordava do coração em gritos e soluços, a pátria vendida, o amigo voluntariamente morto, a amante infiel e perjura, a sombra do rosto da mãe ainda marcada pelos sofrimentos da sua vida!... Ah, como me lançava furioso e terrível contra aqueles que tentaram difamar a memória dessa mulher abençoada e me afastar do respeito por sua boa alma com calúnias sacrílegas!... Sim, eu queria a todo o custo que fossem calúnias: sempre são calúnias as acusações aos pobres mortos, as acusações sem exame e sem pudor lançadas contra uma tumba. Quem desejava acreditar, e também agravava os pecados de minha mãe, conhecia seus sacrifícios, torturas, lágrimas, o longo martírio que talvez tivesse esgotado suas forças e arrebatado a razão?... Eu arranhava meu peito com as unhas, e arrancava meus cabelos por não poder me vingar daqueles covardes impropérios; o silêncio que mantive na minha infância diante daqueles detratores furtivos me atormentava como um crime. Por que não me insurgi para envergonhá-los com toda a coragem da inocência e a veemência de um filho que se sente insultado na memória da mãe? Por que os meus pequenos olhos não haviam brilhado de desprezo, e o coração não se recusara a aceitar a compaixão daqueles que me faziam pagar com a infâmia um naco pão e um cantinho de hospitalidade? – Subiam-me ao rosto as chamas da vergonha, eu teria dado todo o meu sangue, toda a minha vida, para reaver um daqueles dias, e me vingar de uma tão desonrosa servidão. Mas não era mais tempo. Tinham-me instilado, pode-se dizer, com o leite, a paciência, o temor, e quase acrescentaria a impostura, os três pecados capitais dos mendigos. Eu crescera tranquilo, meu temperamento abrandado pela sujeição buscava apenas pretextos para se curvar e patrões para obedecer. Então conheci todos os perigos de se deixar levar de acordo com as opiniões e afeições dos outros, propus-me pela primeira vez ser eu mesmo, nada além de mim. Tive sucesso nesse propósito? Às vezes sim, mas com mais frequência não. A razão nem sempre está preparada para puxar o instinto em sentido contrário, às vezes cúmplice inconsciente, outras até maliciosamente costuma se colocar ao lado dos mais fortes: então nos acreditamos fortes e cometemos covardias, tanto mais desprezíveis quanto mais ignorados e protegidos do desrespeito do mundo. Não há saída, ou esperança. Na índole da criança está encerrado o sumário, o tema da vida toda, por isso nunca me cansarei de repetir: "Ó almas orientadoras dos povos, ó mentes confiantes no futuro, ó corações iluminados pelo amor, pela fé e pela esperança, voltem-se para a inocência, cuidem das crianças!" – Aí estão a fé, a humanidade, a pátria.

O inventário da herança de minha mãe estava concluído. Mas entre a última carta de minha mãe e a pasta de cartolina encontrei uma folha com algumas linhas escritas, pelo jeito, recentemente. Na verdade, traziam a data de dois dias antes e eram do punho de meu pai. Não posso lhes esconder que olhei para elas quase com nojo e parecia que meus dedos estavam queimando. No entanto, quando me acalmei, li o seguinte:

"Meu filho. Tudo o que você leu de sua mãe eu podia ter ocultado para sempre; agradeça-me por tê-la elevado em sua estima em detrimento do que eu poderia ter inspirado em você. Notei que você tem necessidade de conforto e quis dá-lo apesar de pagar caro por isso. Casei-me com sua mãe por amor, isto não posso negar, mas creio não ter sido feito para esse tipo de paixão, e assim o amor logo evaporou-se da minha mente. Minha partida para o Levante, minhas tarefas, minhas viagens para lá tinham um objetivo muito alto; em poucas palavras, eu queria fazer milhões, e o objetivo eu alcançaria a seguir. Confesso que uma esposa me atrapalhava muito. Meu humor acabou; a crueldade com que me tiranizei ao reduzir minhas necessidades ao estritamente necessário foi considerada por ela uma forma proposital para torturá-la. Minhas contínuas ausências e as preocupações com o objetivo que me redemoinhavam sempre na mente davam motivo para discussões, para brigas constantes. Ela acabou por se dar muito bem com alguma companhia turca ou renegada que não fosse a minha. Com frequência, ao voltar para casa, eu ouvia suas agudas risadas venezianas que ecoavam atrás das persianas; minha presença lhe causava irritação, mau-humor, lágrimas. Acima de tudo, ao lado daquele felá, minha esposa muito facilmente esquecia seu marido rude e distante.

"Então aconteceu comigo o que muitas vezes acontece com os temperamentos não muito generosos nem suficientemente sinceros. Tornei-me ciumento, mas talvez bem no fundo eu percebesse que os ciúmes eram uma desculpa para aborrecer minha esposa, para que ela fosse forçada a me abandonar. Juro que esperava com impaciência alguma cena de desespero por parte dela, e uma intimação para voltar a Veneza. Mas estava bem longe de esperar uma fuga. Ela era muito medrosa e mais propensa a falar do que a fazer. Sua partida imprevista me surpreendeu e me entristeceu muito, mas na época eu estava na Pérsia, só voltei um mês depois, quando já não era possível nem tentar alcançá-la. Mais do que nunca envolvido na minha empresa de enriquecer, todos os meus pensamentos eram para os meus muitos inimigos; você já deve saber, ou lhe será fácil compreender, aquele estado de espírito que nos leva a acreditar ser verdadeiro e ótimo o que nos agrada, e por força do hábito acredita-se nisso realmente. Para amenizar os remorsos que me inquietavam, convenci-me de que meus ciúmes não eram sem motivo, e que eu não tinha culpa da gravidez de minha esposa. Acostumei-me tão bem com essa opinião confortável que não pensei mais nela, nem como ela surgira.

"Soube que bem ou mal ela chegara a Veneza, contente com isso e por estar finalmente livre de um laço que me incomodava, entreguei-me totalmente e com maior pertinácia aos negócios. Somente ao voltar para a pátria com os sonhados milhões, já cunhados em belas moedas de ouro e em grandes dobrões, tive tempo de mexer, por ócio, nos papéis deixados por sua mãe. Uma navegação de quarenta e dois dias deu-me a comodidade de meditar bastante sobre eles. Por isso, quando cheguei a Veneza revi você com muito prazer, e as suspeitas que tinha em relação ao seu nascimento foram se dissipando. Mas o que você quer? Era difícil para mim. Sentia como se desse com a enxada nos pés, e estar fazendo como aqueles tolos que depois de calar um crime por vinte anos correm a confessá-lo ao juiz para serem enforcados. Espanto-me e sempre me espantarei que minha moral levantina tenha me concedido esse ruinoso arrependimento. É verdade que com os turcos e com os armênios eu estava acostumado a tratar como com os animais, comerciar com eles e assassiná-los sem escrúpulos, mas nunca tinha posto as mãos em carne cristã, e sua mãe, por Deus!, seja lá o que diga sua irmã condessa, era mais cristã do que qualquer um de nós.

"Talvez até o interesse tenha me levado a me arrepender dessas suspeitas injustas. A ressurreição da casa Altoviti aos poucos se unira na minha mente à ressurreição de Veneza, e esperei, como se diz, pegar duas pombas com uma fava só. Eu me empenhara muito em Constantinopla para fazer com que os turcos rompessem com a Sacra Aliança e separassem suas forças da Alemanha e da Itália. Consegui ao menos mantê-los em equilíbrio, eu tinha algum mérito junto aos franceses, que na época pensava-se serem os renovadores do mundo. Com o favor dos franceses, com a ajuda dos conspiradores internos que dependiam de mim nas coisas do Oriente, com a minha perspicácia, com meus milhões, esperava trabalhar de modo que um dia ou outro a sorte da República estaria nas minhas mãos. Você se espanta? No entanto, faltou pouco; faltou somente a República. Só que eu descobri ser um pouco velho: e isso eu poderia usar a meu favor!... Posso dizer que ter me confessado velho assim, que ter me encontrado em você, foi uma jogada para tentar consertar os erros cometidos. Seja como for, deixo de bom grado nas sombras os motivos profundos das minhas ações que apenas coruscam no vestígio de consciência que me restou; e não me encho de virtudes, pois tenho mais dúvidas do que certezas. Eu vi você, abracei-o, tomei-o por meu verdadeiro e legítimo filho, amei-o de todo o coração, e coloquei em você toda a minha ambição. A convivência com você acrescentou força e doçura a esses sentimentos, e com o que agora lhe escrevo parece-me que estou lhe dando uma prova de que sou seu pai verdadeiro.

"Prestes a retornar à minha vida aventureira e cheia de perigos para perseguir novamente aquele fantasma que me escapou quando pensei que estava em meus braços, no momento de embarcar numa expedição que pode terminar em morte, não quero me calar no que diz respeito aos nossos laços de sangue. Tenho uma grande vingança para fazer, e a tentarei com todos os meios que a fortuna me consente, mas você ainda faz parte das minhas esperanças, e assim que cumprir esse grande ato de justiça, caberá a você receber a honra e os frutos. Por isso, quis que você ficasse, além das outras razões que expressei pessoalmente. É preciso que você esteja sob os olhos dos seus concidadãos para angariar seu afeto e sua estima. Fique, fique, meu filho! O fogo da juventude serpenteia nas gentes de Veneza a Nápoles; quem pensa se valer dele para fazer carvão em proveito próprio poderá encontrar algum obstáculo no final. Pelo menos acho que seja assim. Se tivesse que escolher algum lugar para você, escolheria Ancona ou Milão, mas você poderá julgar melhor de acordo com as circunstâncias. Nesse ínterim, você experimentou os falastrões franceses; volte suas artes contra eles; use-as a seu favor, pois eles abusaram de nós para seu próprio benefício. Pense sempre em Veneza, pense em Veneza, onde mandavam os venezianos.

"Agora, nada está escondido de você; você pode me julgar como melhor lhe agradar, pois se não fiz pessoalmente essa confissão foi somente por causa de eu ser o pai e você o filho. Não queria me defender, queria contar: veja que até filosofei mais do que o necessário para esclarecer tanto os bons como os maus sentimentos. Portanto, julgue-me, mas leve em conta a minha sinceridade, e não esqueça que se sua mãe estivesse no mundo ela gostaria de vê-lo como um filho amoroso e indulgente".

Depois de ler essa longa carta tão diferente da costumeira melancolia de meu pai, e na qual se via inteiramente a índole dele com seus bons dotes, com seus muitos defeitos, e com a singular perspicácia de seu engenho, fiquei algum tempo pensativo. Finalmente tive a boa inspiração de também me elevar à altura das coisas santas e eternas, lá encontrei esculpido em letras indeléveis o mandamento que é próprio digno de Deus: *Honrai pai e mãe*. Não é possível separar esse duplo afeto, e honrar minha mãe implicava em perdoar aquele que certamente ela teria perdoado vendo-o pesaroso e arrependido de suas más e oblíquas ações. Além disso, devo confessar?... Aquele temperamento duro e selvagem, mas tenaz e íntegro de meu pai, exercitava certa violência sobre mim: os pequenos estão sempre dispostos a admirar os grandes, mas quando o dever os impele, sua admiração ultrapassa todas as medidas. Pensei, pensei, e espontaneamente entreguei meu coração a quem só me pedia o sagrado direito de sangue. Quais eram aqueles novos planos que o requeriam no Levante, nem tentei imaginar. No geral, eu confiava nele, esperando ver algo grande a qualquer momento, e apesar dele estar enganado, como nós, pelas mesmas ilusões, eu o considerava tão superior pela amplitude de visão, tenacidade e força de vontade, que não conseguia imaginá-lo iludido e vencido pela segunda vez. Eu era jovem, nem mesmo a dor sufocava minha esperança, e esta abria espaço, em meio ao desespero, ao medo e às angústias da alma.

Voltando a mim daquele útil exercício interior, comi um pedaço de pão que encontrei no armário e saí tarde da noite para ver se Agostino Frumier ainda estava em Veneza, e combinar com ele a nossa partida. A verdade é que um profundo e envergonhado embaraço de falar em meu nome fora pretexto para adiar tal propósito, tanto é verdade que me dirigindo para a casa Frumier me desviei sem perceber até o Campo de Santa Maria Zobenigo onde ficava a casa de Navagero. Ao chegar lá me arrependi, mas não pude deixar de parar e espiar em todas as janelas, e dar a volta para olhar a casa do lado do Canal Grande. Todas as venezianas estavam fechadas e nem pude saber se havia luz ou estava escuro nos aposentos. Abatido, com as orelhas baixas, fui de má vontade para a casa Frumier, onde me disseram que Sua Excelência Agostino estava no campo. Uma semana antes, um criado não teria se arriscado a pronunciar em voz alta aquele título, mas a nobreza voltava a se mostrar; não me preocupei muito, só me desgostou aquela súbita inconstância, mas depois tive tempo para me acostumar até com isso.

– No campo! – exclamei com uma boa dose de incredulidade.

– Sim, no campo para os lados de Treviso – respondeu o criado –, e deixou dito que voltará na próxima semana.

– E o cavalheiro Alfonso? – perguntei.

– Está na cama há duas horas.

– E o senhor Senador?...

– Dorme, todos dormem!...

– Boa noite! – concluí.

E com as mesmas palavras apaziguei todas as preocupações, todos os medos, que me espicaçavam a mente. A melhor parte, a mais civil e sensata do patriciado veneziano fingia dormir: os outros!... Deus me livre!... Não quis pensar nisso. – O certo é que na semana seguinte, estabelecendo-se o governo imperial em Veneza, Francesco Pesaro, o inabalável cidadão, o apaixonado pelos suíços, o Atilius Regulus[4] da derrotada República, receberia os juramentos. Registro isso aqui, para que ao menos os nomes não ocultem os fatos. De modo que continuei a passear ao luar. Patrulhas do Arsenal, de guardas municipais e de soldados franceses estavam lado a lado nas ruas, evitavam-se como empesteados e tratavam de seus afazeres. Os franceses deviam embarcar o máximo possível das riquezas venezianas no navio que iria para Toulon. Os chefes para nos consolarem, diziam: – Fiquem calmos! É um movimento estratégico! Voltaremos logo! – Porém, por tudo que não devia acontecer, nos agrediam para que poucos tivessem vontade de vê-los retornar. O povo traído, injuriado, saqueado, se escondia chorando nas casas, rezava nos templos, e quando antes rezavam a Deus para manter o diabo longe, agora suplicavam para mandar os franceses ao diabo. Os espíritos vulgares se rendem à tolerância do mal menor; não se pode esperar muito de quem sente antes de pensar. Dos bens perdidos, se esperava ao menos reaver alguns; a liberdade é preciosa, mas para o povo que trabalha também o é a segurança do trabalho; a paz e a abundância não são coisas de se jogar fora. É um grave defeito nos homens pretender as mesmas opiniões em diferentes graus de cultura, como é um erro grosseiro e ruinoso nos políticos apoiar nessa falsa pretensão as suas tramas, as suas leis!

Dos Frumier fui procurar os Apostulos, pois a solidão me levava ao caminho das decisões, e eu não tinha muita vontade de decidir. Lá fui capaz de perder algumas horas, e garanto que jamais havia imaginado em perdê-las com tanto prazer. O velho banqueiro grego ainda estava no escritório; ao lado de um braseiro espanhol estava sentada sua velha esposa, uma verdadeira figura de matrona com um belo par de óculos no nariz e o *Lendário dos Santos* aberto sobre os joelhos; uma graciosa menina vestida com cores escuras, toda elegante, toda grega desde a raiz dos cabelos até as botinhas bizantinas, bordava um paramento de altar; finalmente, o simpático Spiro que olhava as unhas. Os dois últimos levantaram-se à minha chegada, e a velha me olhou com dignidade por cima dos óculos. O jovem, então, me apresentou para a senhora sua mãe e para sua irmã Aglaura, de acordo

4 General romano, foi executado pelos cartagineses por ter exortado os romanos a atacar Cartago, em vez de defender a paz.

com a convenção apropriada, e começamos a conversar. Uma conversa de gregos não acontece sem quatro palmos de cachimbo; ofereceram-me um cachimbo que saía fora da sala, e como depois que me instalei em Veneza havia estudado sobre essa importantíssima arte da vida moderna, me saí bem. Mas eu não tinha vontade de fumo, e a distração mandou aos meus pulmões várias tragadas.

– O que você acha de Veneza? O que você fez de bom hoje? – perguntou-me Spiro para entabular a conversa de alguma maneira.

– Veneza me parece um sepulcro onde remexem os coveiros para espoliar um cadáver – respondi.

E para lhe dizer o que eu havia feito, contei de um amigo que morrera, e dos últimos dolorosos serviços que eu precisara lhe prestar.

– Ouvi falar sobre isso na praça – acrescentou Spiro –, e diziam que se envenenara por desespero patriótico.

– Certamente estava muitíssimo desesperado – retomei sem concordar diretamente.

– Você acha que são atos de verdadeira coragem? – perguntou ele.

– Não sei – acrescentei. – Aqueles que não se matam dizem que não tem coragem, mas cabe a eles dizê-lo; por outro lado, eles nunca tentaram. Para mim, acredito que tanto para viver intensamente, como para morrer por vontade própria, é necessária uma bela armadura de coragem.

– Deve ser coragem – retomou Spiro –, mas é uma coragem cega e pouco sagaz. Para mim, o verdadeiro corajoso é aquele que pensa na utilidade de seus sacrifícios. Por exemplo, não chamo coragem uma pedra que cai do alto da montanha que se despedaça no fundo do vale. É obediência às leis da física, é necessidade.

– Então você acredita que quem tira a própria vida se submeta servilmente à necessidade física que o abate?

– Não sei se acredito nisso, mas considero que não é verdadeiramente forte e corajoso o homem que se mata em vão hoje, quando poderia se sacrificar utilmente amanhã. Quando todo o gênero humano for livre e feliz, então será um heroísmo incontestável tirar a própria vida. Você poderia citar o caso único de Sardanápalo, e eu responderia que Camilo foi mais forte e mais corajoso do que Sardanápalo[5].

5 Sardanápalo (669-626 a.C.), foi o último rei assírio, que se matou lançando-se ao fogo com todos os seus tesouros; Marco Fúrio Camilo (446-365 a.C.) foi general, cônsul e pretor romano, morreu de peste aos 81 anos.

A velha fechara o *Lendário*, e a morena Aglaura escutava as palavras do irmão olhando-o de soslaio, com a mão pousada no bordado. Fiquei de olho na jovem, porque essa atitude resoluta e desdenhosa despertou minha curiosidade, mas a mãe se intrometeu para desviar a conversa daquele assunto de tragédia, e Aglaura voltou tranquilamente a passar e repassar sua agulha num belo pano vermelho de seda. Então falamos das novas que andavam nas bocas de todos, do próximo despejo dos franceses, da entrada em Veneza dos imperiais, da paz gloriosamente esperada e despoticamente imposta; enfim, falamos de tudo, e as duas mulheres entravam na conversa sem vaidade e sem tolices, com aquela discrição bem informada que as venezianas raramente sabem manter, naquele tempo menos do que agora. Aglaura parecia furiosa com os franceses e não perdia a oportunidade de chamá-los de assassinos, perjuros e mercadores de carne humana. Mas depois soube que a fuga de seu namorado, por causa do novo decreto que o Estado devia emitir pelo tratado de Campoformio, esquentava o sangue grego em suas veias juvenis e a fazia se exceder. No dia anterior, ela tinha estado a ponto de se matar, e seu irmão impedira esse ato violento lançando num canal um vidrinho de arsênico que ela havia preparado. Por isso ela o olhava com hostilidade, mas por dentro, talvez até em respeito à mãe, não estava descontente por ter sido detida. E assim, se ainda tinha sérias intenções em mente, pelo menos não pensava mais em se matar.

À meia-noite, despedi-me dos Apostulos e voltei para casa pensando em Spiro, Aglaura, e no *Lendário dos Santos*; em tudo menos na decisão que eu devia tomar quanto à minha sorte futura. Nesse ínterim, escrevi aos exilados na Toscana e na Cisalpina o terrível caso de Leopardo para me desculpar pelo atraso. Quando anos depois li as *Últimas cartas de Jacopo Ortis*, ninguém tirou da minha cabeça a opinião de que Ugo Foscolo tivesse tirado da triste história de meu amigo alguns aspectos, talvez até alguma característica de sua imagem sombria. De resto, aconteceu-me naquela noite sonhar mais com a Pisana do que com Leopardo; e que isso sirva para desmascarar a astúcia.

CAPÍTULO DÉCIMO QUARTO

No qual se descobre que Armida[1] *não é uma fábula e que Rinaldo ainda pode viver muitos séculos depois das cruzadas. A soldadesca me faz voltar ao caminho principal da consciência, mas na viagem topo com outra maga. O que será?*

No dia seguinte, não me envergonho de contar, rondei toda a manhã nas vizinhanças de Santa Maria Zobenigo, mas me preocupava muito ver completamente fechadas as janelas do palácio Navagero. Topei, é verdade, algumas vezes com o tenente de Ajácio que parecia muito atarefado, mas este não era o conforto que eu buscava, por mais que a inquietação e o mau humor que demonstrasse o senhor Minato fossem para mim bons prognósticos. Assim, voltei para minha toca com a cara mais feia do mundo, pensando que mesmo que os franceses partissem, não partiria nem acabaria a estirpe dos encantadores oficiais, e que, além do obstáculo do marido, teria contra mim também essa outra monstruosidade da Pisana. Naquele momento, nem a leitura dos enciclopedistas, nem o frenesi da liberdade, a desculpavam daquela súbita paixão por um rapazote de farda. Fechei-me em casa e me enfiei no quarto roendo um toco de pão mofado como na véspera; em três dias me tornara magro como um prego, mas nem mesmo a fome me levava a capitular. A superfície do meu cérebro era um mar revolto de desdém patriótico, de elegias fúnebres e de planos no ar; olhando-se embaixo iria se encontrar o meu pensamentinho de dezesseis anos atrás, ainda vigilante e tenaz como uma sentinela. Afastar-me da Pisana, Deus sabe por quanto tempo, sem vê-la, sem falar com ela, sem socorrê-la com meus conselhos dos perigos que a circundavam, me dava uma inquietação tão grande, que eu teria preferido arriscar o pescoço para ficar. Esses riscos, que eu realmente corria se ficasse depois da expulsão dos franceses, serviam para sustentar a consciência que de quando em quando me lembrava daqueles que me esperavam em Milão. Além disso, havia em meu espírito o pressentimento de um conflito iminente. As palavras de meu pai ressoavam em meus ouvidos,

1 Personagem de *Jerusalém Libertada*, de Torquato Tasso. Armida é uma lindíssima maga que retém Rinaldo em sua ilha fazendo com que ele negligencie seus deveres de cruzado.

eu via muito longe aquele olhar severo e fulminante de Lucilio... Ai de mim! Acho que só o medo desse olhar me fazia correr para fazer as malas, mas justamente quando eu acendera uma lamparina para buscá-las num quarto escuro ouvi bem alto o som da campainha.

"Quem pode ser?", pensei.

E os *buli* dos Inquisidores, os guardas de segurança franceses, os batedores alemães se atropelavam em minha fantasia. Desci as escadas e por uma fresta da porta gritei: – Quem está aí?

Respondeu-me uma trêmula voz feminina:

– Sou eu. Abra, Carlino!

Mas porque estava trêmula, não a reconheci, e corri para abrir com uma angústia tão profunda no peito que quase me detinha. A Pisana, vestida de preto, com seus belos olhos vermelhos de indignação e de lágrimas, com os cabelos soltos e só com um véu na cabeça, lançou-se em meus braços gritando que a salvasse. Pensando que a tinham atacado no caminho, estive para sair pela porta e vingá-la de quem quer que fosse, mas ela me segurou pelo braço, apoiando-se em mim levou-me pelas escadas até a sala de estar, como se já conhecesse toda a casa, apesar de nunca ter estado lá. Quando sentamos um ao lado do outro no divã turco de meu pai, e a respiração dela se acalmou, não pude deixar de lhe perguntar o que significava aquela perturbação, aquele tremor e aquela súbita aparição.

– O que significa? – respondeu a Pisana com uma vozinha raivosa que rangia entre os dentes antes de sair dos lábios. – Já explico o que significa! Deixei meu marido, estou cansada de minha mãe, fui rechaçada pelos meus parentes. Vim ficar com você!...

– Misericórdia!

Foi exatamente esta a minha exclamação, lembro-me como se fosse agora; também me lembro que a Pisana não se ofendeu, e não se demoveu um átomo da sua resolução. Quanto a mim, não me espantou nada de que a precipitação dessa mudança de cena fosse para mim causa de uma penosa confusão, no momento maior do que qualquer alegria e de qualquer medo. Seja como for, me senti tão sem ar para respirar, que minha garganta fechou, e só depois de alguns instantes consegui me recuperar e perguntar à Pisana em que eu poderia lhe ser útil.

– Bem – acrescentou ela –, você já sabe que às vezes sou demasiado sincera, como sou mentirosa outras vezes, fechada e reservada por costume.

Hoje não posso calar nada: tenho a alma toda na ponta da língua, e bom para você que aprenderá a me conhecer a fundo. Eu me casei para desafiar você e agradar minha mãe, mas são vinganças e sacrifícios que logo cansam, e com meu temperamento não se pode querer bem por vinte e quatro horas um marido decrépito, doente e ciumento. Eu havia suportado alguns avanços do senhor Giulio por sua intercessão, mas estava zangada com você; imagine então com o seu recomendado!... Ainda por cima, minha alma transbordava por amor à pátria e por delírios de liberdade, enquanto meu marido vinha com sua tosse me pregar a calma, a moderação, porque nunca se sabia o que poderia acontecer. Imagine se não discordávamos cada dia mais!... No início, eu me contentava em ver minha mãe desfrutar gostosamente das iguarias da casa Navagero, e perder na *bassetta* o dinheiro do genro, mas em seguida me envergonhei do que antes me satisfazia, então entre meu marido, minha mãe e todos os outros velhos, charlatões e sabichões que me rodeavam, passei e me sentir como uma ovelha entre lobos. Eu me aborrecia, Carlino, me aborrecia tanto, que estive cem vezes para lhe escrever uma carta, deixando de lado qualquer orgulho, mas me segurava... me segurava com medo de ser rejeitada.

– E o que você pensa agora? – exclamei. – Eu, rejeitar?... Nem é possível imaginar!

Como se vê, durante o discurso da Pisana eu procurara e encontrara o fio para sair do labirinto: era amá-la, amá-la acima de tudo, sem procurar pelo em ovo, e sem passar no alambique da razão o voto eterno do meu coração.

– Sim, temia uma rejeição, porque nunca lhe dei garantia de conduta muito exemplar – acrescentou ela –, e agora quero lhe dar uma garantia colocando a nu todas as minhas feridas, e aborrecê-lo, se posso.

Fiz um gesto, sorrindo desse seu novo medo; ela, ajeitando os cabelos nas têmporas, e alguns alfinetes mal presos no corpete, continuou a falar.

– Naqueles dias, alojou-se na casa de meu marido um oficial francês, um certo Ascanio Minato...

– Conheço-o – disse.

– Ah! Você o conhece?... Bom! Não pode dizer que ele não é um belo jovem, másculo e generoso, se bem que depois, na hora do perigo, tenha se demonstrado pérfido, falso e desleal, um verdadeiro cabeça de ganso com coração de lebre...

Escutei de muita má vontade essa enfiada de impropérios que, a meu ver, esclarecia muito bem o que Giulio Del Ponte me dissera no dia das festas pela

Beauharnais. E a Pisana não se envergonhava de confessar descaradamente a própria devassidão, sem perceber a dor que me traria a sua inoportuna sinceridade. Eu mordia os lábios, roía as unhas, e censurava a Providência que não me fizera surdo como Martino.

– Sim – seguia ela –, arrependo-me e me envergonho da pouca fé que pusera nele. Achava que os corsos fossem corajosos e valentes, mas vejo que Rousseau estava errado em esperar de sua estirpe algum grande exemplo de fortaleza e sabedoria civil![2]...

"Rousseau, Rousseau!", pensava eu.

Esses ataques e essas citações me aborreciam; queria chegar ao final e saber tudo sem muitas vírgulas; eu me remexia nas almofadas e batia um pouco os pés, mais ou menos como um garoto que está cansado do sermão.

– O que eu lhe pedia? O que pretendia dele? – retomou com maior ímpeto a Pisana. – Talvez coisas sobrenaturais, impossíveis, vis?... Só lhe pedia que fosse o benfeitor da humanidade, o Timoleão[3] da minha pátria!... Queria torná-lo o ídolo, o pai salvador de todo um povo; em troca prometia-lhe meu coração, tudo o que ele desejasse de mim!... Covarde, infame!... Ajoelhava-se diante de mim e jurava me amar mais do que à sua própria vida, mais do que a seu Deus!... Oh, o que estava pensando? Que eu quisesse me oferecer ao primeiro capitão por seus belos olhos, por suas brilhantes dragonas?... Então se contente em levar impressos no rosto os sinais de um bofetão de mulher. Onde não há homens, cabe às mulheres.

– Acalme-se, Pisana, acalme-se! – dizia-lhe eu, desconfiando que não entendera bem – Conte as coisas em ordem, diga-me de onde surgiu essa sua ira contra o senhor Minato... o que ele lhe pedia, o que você pretendia dele?

– O que ele me pedia?... Que fizéssemos amor debaixo dos olhos do ciumento que fingiria dormir por respeitar demais a fúria dos franceses!... O que eu pretendia dele?... Pretendia que persuadisse, que incentivasse seus companheiros de armas a um ato de solene justiça, oporem-se juntos às concessões de perjúrio do Diretório e de Bonaparte, unir-se a nós e defender Veneza contra aqueles que amanhã se tornarão impunemente seus donos! Tudo isso, qualquer um, mesmo o mais imbecil, mesmo o mais pusilânime, estaria disposto a fazer só por retidão de consciência, e por aversão a ordens injustas e desleais!... Mas alguém que amasse uma mulher, e ouvisse proferida por ela

2 Cf. *O contrato social*, II, 10 e *Confissões*, XII.

3 Político e militar grego (344-335 a.C.) libertou a Sicília da tirania de Corinto.

essa nobre empresa, não deveria fazer até mais?... Não deveria adotar a pátria dessa mulher e repudiar a própria pátria, vergonhosamente culpada de um crime tão grande?... Cada francês que ouvisse tal exortação da boca daquela que ele jura amar, não deveria levantar a viseira como Coriolano[4], declarar um ódio eterno e lançar-se furioso contra essa Medeia[5] que devora os próprios filhos? O que resta da pátria sem humanidade e sem honra?... Mânlio[6] condenou os filhos à morte, Bruto[7] matou o próprio pai! São exemplos para quem tem coração e força para imitá-los!...

Confesso que não teria coragem nem força para desencadear um discurso tão violento como esse da Pisana, mas tinha coragem e entendimento suficiente para entendê-la, e admirando mais que tudo os intrépidos gestos de uma índole ardente e generosa, me arrependi de tê-la julgado tão mal quando começou a falar. Os epítetos com que ela difamava o republicano frouxo e indolente, eu pensara serem dirigidos ao amante instável ou infiel. É assim que às vezes erramos, negligenciando a observação geral de um temperamento para levar em conta apenas uma parte.

– Mas me diga – acrescentei –, como você chegou a essa explosão vulcânica contra ele e contra todos?

– Cheguei a isso porque o tempo urgia, porque há algum tempo ele me iludia com certos sorrisos, com certas ações que não me garantiam nada, talvez pensando que eu me vestisse à romana para conquistá-lo melhor, e que por fim eu me entregaria a ele por suas atenções!... Oh, agora ele viu! E estou muito contente que esse italiano bastardo tenha aprendido a conhecer uma verdadeira italiana!... Você já sabe que ontem chegaram os comissários imperiais para tratar dos procedimentos da transmissão; eu me vi pressionada e me apressei, pois ele estava mais entusiasmado do que nunca, e imagine o que ele teve a audácia de me propor!... Convidou-me a abandonar Sua Excelência Navagero e partir com ele quando a guarnição francesa se retirasse de Veneza! "Sim" respondi "irei com você quando você proclamar na praça a liberdade da minha pátria, quando você conduzir seus camaradas para

4 Caio Márcio Coriolano (século V a.C.) foi injustamente exilado de Roma e liderou os volscos em um cerco a Roma. A expressão "de viseira levantada" significa de "rosto aberto".

5 Mítica maga grega retratada da tragédia de Eurípedes que, ao ser traída por Jasão, mata seus próprios filhos como vingança.

6 Tito Mânlio Imperioso Torquato, três vezes cônsul da República Romana, condenou o próprio filho à morte por ter deixado as fileiras do exército para se bater em duelo.

7 Marco Júnio Bruto (85-42 a.C.), famoso assassino de Júlio César, que o havia adotado como filho.

surpreender, vencer, derrotar aqueles que acreditaram apossar-se dela sem dar um tiro!... Então serei sua esposa, amante, serva, o que você quiser!..." E faria o que disse, me sinto capaz disso. O meu amor não sei, mas me entregaria completamente a quem tentasse essa ilustre vingança!... Me entregaria com o cego entusiasmo de uma mártir, se não com a voluptuosidade de uma amante!... Quer saber o que ele me respondeu?... Enrugou zombeteiramente o lábio superior, depois estendendo-me a mão para uma carícia que eu recusei, balbuciou a meia voz: "Você é uma encantadora louquinha!". Ah, se você tivesse me visto!... Todas as minhas forças se juntaram nestes cinco dedos, e lhe estampei no rosto um bofetão tão barulhento que minha mãe, meu marido, os criados e as camareiras vieram das salas vizinhas... O belo oficial rugiu como um leão. Mentiroso!... Com aquele coração de coelho!... Ele estendeu a mão para a espada, mas logo se deteve, vendo corajosamente diante de si meu peito de mulher, então saiu da sala lançando olhares de furor e de desafio ao redor. – "O que você fez?... Por caridade! Veja! Você é a ruína da casa! É preciso tolerar o mal para evitar o pior...". Essas foram as palavras com que minha mãe e meu marido me recompensaram, mas principalmente meu marido me dava nojo... E dizer que ele era ciumento!... "Ah, eu sou o mau agouro da casa?" – gritei. "Pois bem, mudo de casa e os deixo em paz!" E saí correndo sem que ninguém me detivesse, e pegando rapidamente um véu no meu quarto, fui à procura de meu irmão. Eu não sabia onde ele estava, achei que tinha partido! Então perguntei dos tios Frumier em sua casa. Todos estavam dormindo, deram ordem para que ninguém entrasse, nem homem, nem mulher, nem parente, nem amigo. Quem me sobrava?... Só você, Carlino!... – (Obrigado pelo cumprimento.) – Me arrependi por não ter recorrido a você antes. – (Menos mal!) – Soube na porta dos Frumier que você ainda estava em Veneza e onde você morava; e agora estou aqui à sua mercê, sem medo e sem reservas, porque para ser direta, sempre só quis bem a você e se você não me quer mais pelas minhas estranhezas e pelas tolices que cometi, a culpa, o dano, o desprazer, será todo meu. Entretanto, uma boa parte caberá a você, porque de alguma forma, por causa da nossa antiga amizade, cômoda ou incômoda, agradável ou desagradável, estou aqui com você e não saio mais. Se seu pai ainda quiser lhe dar a Contarini, que lhe dê em santa paz, mas a noivinha deverá suportar com paciência a pílula amarga de ter no mínimo uma cunhada atrapalhando...

Dizendo isso, a Pisana começou a saltitar no divã como que para confirmar a sua parte na propriedade; ouvi-la dois minutos antes e observá-la então, certamente não parecia a mesma pessoa. A republicana endiabrada, a filósofa grega e romana convertera-se numa mocinha despreocupada e arrogante, tanto que o bofetão do pobre Ascanio podia parecer não merecido. Entretanto, aquelas duas pessoas tão diferentes e compenetradas pensavam como uma só, falavam, agiam com a mesma sinceridade, cada uma a seu tempo. A primeira, tenho certeza, teria desprezado a segunda, assim como a segunda mal se lembraria da primeira; e assim viviam em perfeita harmonia como o sol e a lua. Mas o caso mais estranho era o meu, que estava apaixonado pelas duas, sem saber qual delas preferir. Uma por abundância de vida, pela nobreza dos sentimentos, pela eloquência da palavra, a outra pela ternura, pela segurança, pela graça, me arrebatavam o coração. Enfim, de um modo ou de outro, eu estava completamente apaixonado, mas cada um dos meus leitores, no meu lugar, também estaria. Somente aquelas duas pupilas castanhas que me olhavam entre suplicantes, piedosas e assustadas sob as sobrancelhas, deixando transparecer o branco azulado do olho, teriam me conquistado. Sem contar o resto, que daria para embelezar uma dúzia de mulheres dos Balcãs. Por outro lado, se aquele papel trágico sustentado com tanta veemência pela Pisana me embaraçava, também tinha argumentos para me confortar. Era o efeito de demasiadas leituras avidamente amontoadas num cérebro volúvel e impetuoso; aquele fogo de palha se evaporaria; restaria aquela fagulha de generosidade que o acendera, e com ela eu viveria de bom grado, como algo que eu já conhecesse. Além disso, a manifesta eloquência e a pompa clássica daquelas palavras me garantiam que ela passaria algum tempo sem discutir. Era o que se dizia durante a infância dela; frequentemente Faustina, para se consolar de um domingo irrequieto e raivoso, dizia para si mesma: “Hoje a patroinha está com a língua fora dos dentes e pimenta no sangue! Bom para nós, pois nos deixará em paz por todo o resto da semana!”. E era assim mesmo. Nunca errei, mesmo mais tarde, ao usar o raciocínio de Faustina.

Portanto, respondi de todo o coração à Pisana que ela era bem-vinda em minha casa; primeiramente fazendo-a observar o grave passo a que se arriscava e o grande dano que poderia ter em sua reputação, e vendo-a, apesar disso, firme em seu propósito, limitei-me a lhe dizer que ela era dona de si, de mim e das minhas coisas. Eu a conhecia demais para crer que ela se afastaria de suas ideias pelas minhas objeções; talvez também a amasse demais para tentar, mas esta é apenas uma suspeita, não uma confissão. Depois de aceitar, assim por alto e sem muitos escrúpulos, o seu plano, era preciso colocá-lo em prática, e logo se opuseram muitas dificuldades. Antes de tudo, poderia eu assumir uma espécie de tutela sobre ela, incerto como estava de ficar em Veneza, aliás, certo como estava, pelas promessas que dera e pelas leis de honra, de precisar me afastar? E o que diria a sua família, mais do que todos Sua Excelência Navagero, o marido velho e ciumento? Não seria possível encontrar por meio deles algum pretexto para me legitimar? E cabia a mim tornar-me cúmplice da injúria que a Pisana lançou sobre eles? Mas não bastava, havia um último escrúpulo, o maior obstáculo, a dificuldade capital. Como poderia justificar aos olhos do mundo e, a longo prazo, também à minha consciência, aquela vida intrínseca e comum com uma bela jovem que amava e por quem tinha todos os motivos para me acreditar amado? – Devia dizer que assim esperaríamos mais tranquilamente a morte do marido? – Pior o remendo do que o buraco, diz-se por aqui. – E todos esses obstáculos saltavam diante dos meus olhos, cansavam inutilmente minha mente, enquanto isso a Pisana cantava e dançava feliz com a liberdade reconquistada, e não se preocupava com o que as pessoas pudessem dizer. Fez com que eu lhe mostrasse a casa toda, do porão ao sótão, gostou dos tapetes, dos divãs e até dos cachimbos; garantiu-me que lá dentro estaríamos como dois príncipes, sem nos preocuparmos com as aparências nem com a modéstia. Vocês sabem muito bem que quando uma mulher não se escandaliza com algumas coisas, escandalizar-se não cabe a nós; além de ridículo, seria uma ofensa à sua delicadeza, e não devem ser louvados os confessores que sugerem os pecados aos penitentes. De repente, enquanto eu admirava a alegre e atrevida despreocupação da Pisana, sem saber se deveria atribui-la a um amor sincero por mim, à dissolução de costumes, ou a pura leviandade, ela parou com os braços em cruz no meio da sala, olhou nos meus olhos, um pouco perturbada e disse:

– E o seu pai?

Só então me lembrei que ela não sabia nada da partida dele, me espantei muito com a sua sinceridade de vir morar comigo, e ao mesmo tempo notava o pudor feminino menos negligenciado. Quando há um pai no meio, dois jovens ficam menos propensos às tentações e ao falatório dos vizinhos. Juntamente com esse pensamento veio-me outro, de que ela se assustasse em me encontrar sozinho e perdesse sua excessiva intimidade. Pouco antes me condoía por ter de acreditar que ela não se preocupava com sua honra e com as convenções sociais, agora gostaria que ela fosse mais desavergonhada do que uma meretriz para que ficasse contente com a minha companhia. Vejam como são as coisas! Por outro lado, o enorme desejo que eu tinha de tê-la comigo não foi capaz de me fazer mentir. Falei-lhe da partida de meu pai, e que eu morava sozinho naquela casa sem nem uma criada para limpar as teias de aranha.

– Melhor, melhor! – gritou ela com um pulo batendo as mãos. – Seu pai me dava arrepios, e quem sabe se me teria visto com bons olhos.

Mas depois dessa explosão de alegria ficou apreensiva de repente e não conseguiu ir adiante. Enrugou os lábios como se fosse chorar, e seu belo rosto se descoloriu.

– O que você tem, Pisana? – perguntei – Porque está tão amuada? Tem medo de mim ou de ficar sozinha comigo?

– Não tenho nada – respondeu ela um pouco irritada, mais contra si mesma do que contra alguém.

Depois andou um pouco pela sala olhando para a ponta dos pés. Eu esperava a minha sentença com o frêmito de um inocente que tem medo de ser condenado, mas a incerteza da Pisana me aliviava suavemente o coração, como que me mostrava que eu era amado como queria. Até então aquela sua segurança a toda prova e aquela arrogante familiaridade tinham para mim um sabor completamente fraterno que não me agradavam.

– Onde vou dormir? – perguntou ela de repente com um tremor na voz e um tão gracioso enrubescimento, que a deixou cem vezes mais bela. Lembro-me que ela me olhou no rosto antes daquelas palavras, mas as outras pronunciou mais baixo, e com os olhos errando aqui e ali.

"No meu coração!" – tive vontade de responder – "no meu coração onde você dormiu tantas vezes quando criança e nunca se queixou!". Mas a Pisana estava tão graciosa naquele movimento misto de amor e de vergonha, de atrevimento e de discrição, que fui obrigado a respeitar uma tão bela obra de virtude e segurei até o sopro de desejo para não toldar sua pureza. Cheguei a esquecer a familiaridade de outros tempos e acreditar que se tivesse ousado tocá-la, teria sido pela primeira vez. Eu parecia um valente violinista que se propõe as mais árduas dificuldades para ter o prazer de superá-las; ele tem certeza do que está fazendo, mas sempre espera algumas surpresas.

– Pisana – respondi com voz muito calma e uma modéstia exemplar –, aqui você é a dona, já lhe disse desde o início. Você me honra com a sua confiança, e cabe a mim mostrar-me digno. Todos os quartos têm trancas e esta é a chave da casa, você pode me trancar na rua, se quiser, que não vou reclamar.

Como resposta, ela apenas me abraçou, e reconheci naquele súbito arrebatamento a minha Pisana de antigamente. Porém, tive a delicadeza e a percepção de não me prevalecer disso, e dei-lhe tempo para se recuperar e corrigir com a palavra o excesso de ingenuidade do coração.

– Somos como irmãos, não é? – acrescentou ela engasgando com estas palavras e consertando o engasgo com tosse. – Sempre estaremos bem juntos, como nos nossos dias felizes em Fratta?

Um calafrio, então, percorreu todas as minhas veias; a Pisana baixou os olhos e não sabia o que dizer; no final, percebi a tempo que para a primeira noite tínhamos ido longe demais e que convinha nos separamos.

– Pois bem – continuei, levando-a ao quarto de meu pai e me contendo –, aqui você estará segura e à vontade, posso arrumar a cama em dois tempos...

– Imagine que vou deixar você fazer a cama para mim!... É uma tarefa que cabe às mulheres por direito. Aliás, eu quero arrumar a sua cama, e amanhã de manhã, já que tem uma cafeteira aqui – (havia uma em cada canto no quarto de meu pai) –, quero lhe levar o café. Então houve uma pequena disputa de cortesias que nos distraiu das primeiras tentações; contente por ter me detido ali, apressei-me em me retirar satisfeito para dormir, ou não dormir, mais uma noite em companhia dos desejos: companhia muito incômoda quando não se tem esperança de se livrar dela, mas que é cheia de delicados prazeres e de poéticas alegrias para quem se acredita perto de perdê-la. Certo ou errado, eu em incluía nesse último caso, mas que idiota! Tinha todas as razões, e a noite seguinte me provou isso. Agora seria o caso de responder a uma delicada pergunta que poucas leitoras, mas muitos leitores, teriam a audácia de me fazer. Como estava naquele tempo a virtude da Pisana? – Na verdade, até agora falei dela com pouquíssimo respeito, ressaltando seus defeitos e afirmando cem vezes que ela era mais propensa ao mal do que ao bem. Mas as propensões não são tudo. Quantos degraus ela realmente descera nessa escala do mal? Será que ela descera completamente à medida que diminuía a imaginação, e talvez também o desejo? – Talvez não pareça, mas entre cheirar uma rosa, colhê-la, e colocá-la no peito há uma grande diferença. Todo jardineiro, por mais ciumento que seja, nunca irá proibir cheirar uma flor, mas se você fizer menção de que querer tocá-la, então ele se zanga, e se apressa em levá-lo para fora da estufa!... A pergunta é delicada, mas delicadíssima é a obrigação de responder. Como sabem, não posso garantir nada por ninguém, mas quanto à Pisana, acredito firmemente que seu marido a teve, senão casta, certamente virgem, e assim a deixou pelo necessário comedimento da idade madura. Seja por mérito dela ou da precoce malícia que a iluminava, por golpe de sorte ou da Providência, fato é que tenho ótimas razões para acreditar nisso. E com aquele temperamento, com aqueles exemplos, com aquela liberdade, com aquela educação, com a companhia da senhora Veronica e da

Faustina, não foi pouco milagre. É inútil negar. A religião é para as mulheres o freio mais poderoso, que domina o sentimento com um sentimento mais forte e elevado. Mesmo a honra não é freio suficiente, porque está sob nosso arbítrio, e nos é imposto somente por nós mesmos. A religião, entretanto, tem sua força num lugar inacessível ao juízo humano. Nos ordena não fazer porque assim deseja quem tudo pode, quem tudo vê, quem pune e premia as ações dos homens segundo seu valor pessoal. Não há escapatória da sua justiça, nem subterfúgios contra seus decretos: não existe respeito humano, nem deveres ou circunstâncias que tornem lícito o que ela proibiu absolutamente e para sempre. A Pisana, desprovida dessa ajuda, com uma opinião muito imperfeita de honra, teve muita sorte em se refrear na premeditação do pecado, sem consumá-lo. Não quero dar grande mérito a ela, já que, repito, ainda me parece mais um milagre, mas devo estabelecer um fato, e também satisfazer a curiosidade dos leitores. Perdoem-me por tratar com algum distanciamento esse assunto, pois falo de tempos muito diferentes dos nossos. É verdade que a diferença poderia estar mais na aparência do que na coisa.

Na manhã seguinte, ainda não eram oito horas quando a Pisana apareceu no meu quarto com o café. Ela queria, me disse, desde o primeiro dia assumir as tarefas de uma boa e diligente dona de casa. Os sonhos apaixonados da noite nos quais eu perdera a memória de todas as minhas aflições, a meia obscuridade do cômodo protegido contra o sol já alto por cortinas azuis de seda à oriental, as nossas lembranças que jorravam a cada olhar, a cada palavra, a cada gesto, a beleza encantadora de seu rostinho sorridente, em que as rosas das faces só agora recomeçavam a se colorir sob o orvalho do sono, tudo me incentivava a religar um elo daquela corrente que ficara suspensa por tanto tempo. Recebi só um beijo de seus lábios, juro, um só beijo de seus lábios, cuja doçura se confundiu com o amargo do café. Depois se diz que no século passado não havia virtude!... Havia sim, mas custava-lhe muito esforço pelo pouco cuidado que tiveram ao educá-la. Garanto que santo Antônio não teve tanto mérito em resistir no deserto às tentações do demônio, quanto eu de retirar os lábios da taça antes de matar a sede. Mesmo assim, eu estava certo e decidido a retirá-los um dia ou outro; isso poderia transformar minha virtude em um refinamento de gula. Então, assim que me levantei, foi preciso pensar em viver, ou seja, ir em busca de uma mulher que cuidasse da cozinha e dos aspectos mais simples da casa. Não se podia viver só de café, principalmente com o amor que nos devorava. Eu mesmo me ocupei pela primeira vez em minha vida com todo o prazer desses pequenos afazeres.

Eu conhecia algumas comadres ali perto, conversei com uma e outra, e me arranjaram uma criada que vê-la era suficiente para proteger uma casa dos turcos e dos uskoks[8]. Feia como um acidente, alta e descarnada, parecia um granadeiro depois de quatro meses de campanha; com olhos e cabelos grisalhos e um lenço vermelho enrolado na cabeça como as serpentes da Medusa. Era um pouquinho vesga, discretamente barbuda, com uma vozinha que saía pelo nariz, e não falava veneziano nem eslavo, mas um dialeto bastardo a meio caminho. Ela recebera da mãe natureza todas as piores marcas da fidelidade, porque eu sempre disse que fidelidade e beleza frequentemente brigam entre si e raramente se adaptam a uma vida tranquila e normal. Além disso, era certo que quem quisesse entrar em casa e se deparasse com aquele espetáculo, preferiria entrar na casa do diabo do que dar um passo além da porta, de tanto que era graciosa e agradável. É claro que lhe dei instruções precisas para sempre dizer a todos que os patrões estavam fora de Veneza, pois havia muito bons motivos para ficarmos escondidos. Bataria o motivo da felicidade, que assim que os outros homens percebem não podem deixar de cair em cima para estragá-la. Pois bem, acomodado esse meu Cérbero na cozinha, e garantida a segurança e a alimentação, voltei para a Pisana e me esqueci de todo o resto.

Talvez isso não fosse o melhor, talvez, Deus me perdoe, outros deveres me esperassem, e não era tempo de me divertir como Rinaldo no jardim de Armida, mas notem que não disse ter me esforçado para esquecer o resto, aliás, esqueci tão espontaneamente, que quando circunstâncias posteriores me chamaram à vida pública, pareceu-me um mundo todo novo. Se era preciso desculpas para os delírios de amor e a embriaguez dos prazeres, certamente eu tinha todas. Entretanto, não quero esconder as minhas culpas, e sempre me confessarei pecador. Aquele mês, perdido de felicidade e de volúpia, vivido durante o aviltamento da minha pátria, e roubado à decorosa miséria do exílio, deixou-me na alma um eterno remorso. Oh, quanta distância existe entre a mesquinha mendicância das desculpas e a orgulhosa independência da inocência! Com quantas mentiras não fui obrigado a esconder aos olhos dos outros aquela minha felicidade clandestina e covarde! Não, nunca serei indulgente para comigo, nem de um só momento de perdição, quando a honra nos ordena lembrar robustamente e sempre. A Pisana, pobrezinha, chorou muito quando finalmente viu que todos os seus esforços para me fazer feliz

8 População de origem eslava refugiada na Albânia e na Croácia, ligada à pirataria.

não conseguiam mais do que interromper com algum lampejo de despreocupação um descontentamento que aumentava sempre e me fazia me envergonhar de mim mesmo. Oh, por que ela não veio a mim com aquele amor inspirado e robusto que assustara a alminha galante de Ascanio Minato? Por que em vez de me pedir beijos, carícias, prazeres, não me impôs algum grande sacrifício, alguma empresa desesperada e sublime? – Eu morreria como herói, enquanto vivi como porco. – Infelizmente, nossos sentimentos obedecem a uma lei que os guia sempre pela via em que somos encaminhados de início. Aquela bizarra paixão pelo oficial de Ajácio, nascida mais do que do amor da raiva, e alimentada pelas másculas ideias que viam a ruína da pátria e o perigo da liberdade, esteve a ponto de se tornar grande pelo santo ardor que a inflamava. O meu amor, de tantos anos, rico de sentimentos e de memórias, mas completamente desprovido de ideais estava condenado a preguiçar no leito de volúpia que o vira nascer. Eu sentia a vergonha de não poder inspirar à Pisana o que lhe havia inspirado um galanteador barato: descoberto o pecado original do nosso amor, me era impossível desfrutá-lo tão plenamente como ela gostaria.

Entretanto, passavam os dias, breves, inconscientes, delirantes: eu não via forma de sair deles, e não tinha vontade nem coragem. Eu poderia tentar com a Pisana o milagre que ela tentara com o jovem corso, e elevar seu ânimo à altura em que o amor se torna causa de grandes obras e de nobres empresas. Não tinha coragem para pensar em uma simples separação, e quanto a fazê-la companheira da minha vida, do meu exílio, da minha pobreza, sentia não ter o direito. Portanto, me abstinha de qualquer decisão esperando o desenrolar dos acontecimentos, suficientemente compensado das minhas torturas internas pela felicidade que resplandecia bela e radiante no rosto dela. Vendo como seu humor mudara e serenara naqueles poucos dias felizes, eu não cabia em mim de tão maravilhado; nunca uma reclamação, nunca um olhar enviesado, nunca um gesto de irritação ou de futilidade. Parecia ter se proposto a me fazer arrepender do mau juízo que fizera dela outras vezes. Uma moça apenas saída do convento e entregue aos cuidados de uma mãe amorosa não seria mais serena, mais alegre e ingênua. Não se ocupava com nada que fosse fora do nosso amor ou de algum modo não se aplicasse a ele. O que me contava da sua vida passada com outros era apenas para me convencer de seu contínuo e fervoroso amor, apesar de inconstante e estranho, por mim. Falava-me dos estímulos de sua mãe para que recebesse bem este ou aquele pretendente, para agarrar um bom partido.

– O que você quer? – acrescentava. – Quanto mais brilhantes, bonitos e graciosos, mais me enojavam; quando eu demonstrava alguma gentileza ou dava algum sinal de prazer, era sempre para os mais feios e desengonçados, para meu espanto e dos que me rodeavam; achavam que aquela estranheza era uma arte requintada de coquetismo. Na verdade, eu era gentil com aqueles que me pareciam mais desajeitados para se vangloriar, e se minhas gentilezas eram insultos, Deus me perdoe, mas não podia fazer de outra forma!...

Depois, me contou alguns segredos que eu preferiria ignorar de tanto que me enojaram. A Condessa, sua mãe, jogava desesperadamente e não queria saber de miséria, tanto que sempre pedia dinheiro a uns e outros; quando estava em dificuldades, ela e Rosa, a sua antiga camareira, maquinavam alguma tramóia para tirá-lo do bolso de conhecidos e amigos. Como depois eles se cansaram dessa extorsão, Rosa propusera envolver a Pisana, e compadecer aqueles que pareciam mais devotos adoradores de sua beleza contando suas dificuldades. Assim, sem saber, ela vivia de torpes e desprezíveis esmolas. Mas finalmente ela percebera, e ofendida pela silenciosa indiferença da Condessa, havia expulsado Rosa de casa. Este também tinha sido um dos motivos que a levaram a aceitar a mão de Navagero, pois se envergonhava de se ver exposta pela própria mãe a tais infâmias. Perguntei-lhe, então, por que não recorrera à generosidade dos Frumier, mas ela me respondeu que eles também não estavam bem, e mesmo que pudessem fazer algum sacrifício para salvá-la da inanição, não pretendiam se arruinar para alimentar o vício insaciável da Condessa. Eu me espantava que essa paixão pelo jogo tivesse ido tão distante.

– Oh, eu não me espanto! – respondeu a Pisana. – Ela sempre está tão certa de ganhar, que lhe pareceria um erro não jogar; o que é melhor é que ela pensa ter ganhado e que fomos nós, eu e meu irmão, que aos poucos consumimos esses imensos ganhos! Imagine! Para mim nunca tive mais do que um vestidinho simples, e sempre deixei nas mãos dela os rendimentos dos oito mil ducados. Meu irmão come e se veste como um frade e eu poderia mantê-lo com quatro tostões por dia. Mas ela está tão convencida de suas razões que não adianta falar, tenho pena dela, pobrezinha, porque estava acostumada à boa vida, e sem saber o que se gasta e o que se ganha, é impossível viver com simplicidade. De resto, sua paixão não é um caso estranho, e todas as damas de Veneza estão possuídas por ela, tanto que as melhores famílias se arruínam nas mesas de jogo. Eu não entendo!... Todas se arruínam e nenhuma se recupera!

– Já diz o antigo provérbio – acrescentei –, que farinha do diabo não dá bom pão. Quem arrisca no *faraone* a fortuna de seus filhos, certamente amanhã não será tão previdente para investir os ganhos a cinco por cento. Consome-se tudo em despesas fúteis e resta só o ganho das perdas. Mas sua mãe foi mais indesculpável do que as outras, quando para satisfazer seus caprichos não se envergonhou de pôr em risco a reputação da própria filha!...

– Oh, não diga isso! – exclamou a Pisana – Tenho pena dela também por isso! Era a gananciosa da Rosa que a instruía, e creio que ficava com a metade dos presentes... Além disso, já que antes pedia em nome dela, também podia pedir em meu nome. Não era coisa de minha mãe!

– Sabe, Pisana, a sua bondade transcende o excesso!... Não quero que você se acostume a pensar desse modo, senão tudo se desculpa, tudo se perdoa, e entre o mal e o bem desaparecem os limites. A indulgência é uma ótima coisa, mas seja para consigo ou para com os outros é preciso que ela vá adiante de olhos abertos. Perdoemos as culpas, sim, quando são perdoáveis, mas as chamemos de culpas. Se as colocamos junto com os méritos, perdemos todas as medidas!

A Pisana sorriu, dizendo que eu era severo demais, e brincando acrescentou que se desculpava tudo, era justamente para que os outros desculpassem seus defeitinhos.

No momento ela não tinha nenhum, a não ser o de ser amada demais, o que era mais defeito meu do que dela; coloquei a mão em sua boca exclamando:

– Cale-se, não se vingue agora da minha injusta severidade de antes!...

Depois de algumas semanas de vida toda casa e amor, pensei que era tempo de ir aos Apostulos saber notícias de meu pai. Me atormentava por tê-lo esquecido demais, e queria compensar esse esquecimento com um cuidado que, em razão da rigidez dos tempos, certamente seria inútil. Mas quando queremos nos convencer de não ter falhado, não nos preocupamos com a razoabilidade. Já que eu ia sair, a Pisana me pediu para levá-la ao monastério de Santa Teresa para visitar sua irmã. Eu consenti, e saímos de braços dados: eu com o chapéu nos olhos, ela com o véu até o queixo, olhando desconfiadamente em volta para evitar, se possível, que os conhecidos nos parassem. De fato, vi de longe o Raimondo Venchieredo e Partistagno, mas consegui escapulir a tempo, e deixei minha companheira à porta do convento; então me dirigi à casa dos banqueiros gregos. Como vocês bem podem imaginar, em tão breve tempo meu pai não poderia ter chegado a Constantinopla e mandar notícias de lá. Todos se espantaram, principalmente Spiro, ao me verem ainda em Veneza; então respondi corando que não partira por alguns negócios urgentes que me detinham, e que de resto me convinha enfrentar os riscos de ficar, pelas suspeitas que tinham de mim. Nem me arrisquei a dizer quem suspeitava, porque ignorava quem fossem com certeza os chefes de Veneza, e imaginava que os franceses tinham partido, mas não tinha provas seguras disso.

Aglaura, então, me perguntou para onde eu pretendia ir quando terminassem esses meus negócios, e eu respondi balbuciando que provavelmente a Milão. A jovem baixou os olhos estremecendo, e seu irmão lhe mandou de enviesado um olhar fulminante. Eu tinha mais o que pensar do que me preocupar com o significado dessa pantomima, e me despedi assegurando-lhes que nos veríamos antes da minha partida. Então voltei para a rua, mas tinha mais medo do que antes de ser visto, aliás, tinha vergonha junto com o medo. Importava-me muitíssimo não ser visto, porque a perfeita liberdade de qualquer incômodo que eu e a Pisana tínhamos tido até então, me persuadia que seus parentes ignorassem a minha presença em Veneza. Se fosse ao contrário, não era fácil imaginar que ela havia se refugiado comigo? Não me parecia, então, que a cena da Pisana com o tenente Minato tivesse feito grande alarde e que só por temor de se comprometerem Navagero e a Condessa tivessem pedido explicações. Ao dobrar uma esquina encontrei-me frente a frente com Agostino Frumier, mais fresco e corado do que o normal. Ambos, por consenso mútuo, fingimos não nos reconhecer, mas ele se espantou muito mais comigo do que eu com ele, e a vergonha foi maior da minha parte.

Finalmente cheguei ao convento com as pedras fervendo debaixo dos pés e me arrependia a cada passo por não ter esperado a noite para aquele passeio. Eu me propunha a abrir minha alma à Pisana na primeira ocasião e lhe demonstrar como a felicidade com que ela me inebriava pesava na minha honra, e como o respeito à pátria, a fidelidade aos amigos, a obediência aos juramentos me obrigavam a partir. Com essas ideias entrei no parlatório sem pensar que a freira poderia se espantar ao ver sua irmã em minha companhia, mas a Pisana não pensara nisso e eu também não me preocupei. Era a primeira vez que via Clara depois dos seus votos. Encontrei-a pálida e acabada de dar pena, com a transparência daqueles vasos de alabastro em que se coloca para arder uma velinha, e também um pouco encurvada pelo longo hábito de obediência e da oração. Nos lábios, o indulgente sorriso de antes dera vez à fria rigidez monástica; já se notava que ela alcançara o isolamento das coisas terrenas, tão incutido pela madre Redenta; não só desprezava e esquecia, mas não compreendia mais o mundo. De fato, ela não se espantou com a minha intimidade com a Pisana, como eu temera, deu-nos bons e sábios conselhos; não falou do passado a não ser para se horrorizar; e só uma vez vi se atenuar a dobra reta e estreita de seus lábios quando lhe falei de sua boa avó. Quantos pensamentos naquele meio sorriso!... Mas logo se arrependeu, e retomou à frieza habitual que era a veste forçada de sua alma, como era negro o hábito que invariavelmente a cobria. Achei que naquele momento Lucilio também lhe passasse pela cabeça, mas que ela fugia assustada daquela memória. Onde Lucilio estava agora? O que ele fazia? – Essa terrível incerteza devia às vezes entrar-lhe na alma como a verruma invisível, mas profunda, do remorso. Ela, de fato, teve um pouco de dificuldade para voltar a ser marmórea e severa como antes; suas pupilas não estavam mais tão imóveis, nem sua voz tão tranquila e monótona.

– Pobre de mim! – disse ela de repente – Prometi à falecida minha avó dedicar-lhe cem missas, e ainda não fui capaz de cumprir a promessa. Este é o único espinho que ainda tenho no coração!...

A Pisana se apressou em responder com a costumeira bondade despreocupada que ela poderia tirar aquele espinho do coração, que a ajudaria, e que ela mesma iria mandar celebrar as missas.

– Obrigada! Obrigada, minha irmã em Cristo! – exclamou a freira. – Traga-me as datas em que o sacerdote irá celebrá-las e você ganhará um enorme lugar em minhas orações e um mérito ainda maior junto a Deus.

Eu não me sentia bem com aquela conversa, e me surpreendia com a facilidade com que a Pisana alinhava seus sentimentos com os dos outros. Mas boa como era, e mestra em mentiras, eu devia me espantar que fizesse o contrário. Depois que nos despedimos de Clara e chegamos à rua, voltou-me o medo de sermos vistos juntos e propus à Pisana voltarmos para casa separados, cada um por um caminho diferente. Assim fizemos, e fiquei contente com isso, pois não dei cem passos e encontrei de novo Venchieredo e Partistagno, que dessa vez vieram nos meus calcanhares e não me abandonaram mais. Não saberia repetir as voltas que fiz eles darem por aqueles inextrincáveis labirintos de Veneza, mas me cansei antes deles, porque me desgostava deixar a Pisana sozinha por tanto tempo. Então decidi voltar para casa, mas qual não foi meu espanto quando encontrei a Pisana à porta, ela devia ter chegado há bastante tempo, e ainda estava ali conversando amigavelmente com a tal Rosa, aquela camareira que pedia esmola aos seus adoradores? Ela não pareceu nada perturbada com a minha presença; despediu-se de Rosa de ótimo humor, convidando-a a visitá-la; depois entrou comigo repreendendo-me por ter demorado. Com o rabo dos olhos vi Raimondo e Partistagno que ainda nos observavam de uma esquina próxima, então bati a porta e subi as escadas um pouco amuado. Em cima, não sabia por onde começar para mostrar à Pisana a inconveniência do seu procedimento; afinal decidi enfrentá-la diretamente, até porque me incitava um certo humor turbulento de irritação. Então lhe disse que me espantara muito ao vê-la conversando com uma desavergonhada daquele tipo, da qual recebera ofensas imperdoáveis, e que não via razão para que ela parasse para conversar na porta de casa com todo o interesse que tínhamos em não deixar nos verem. Ela me respondeu que parara sem pensar e que tivera compaixão de Rosa ao vê-la coberta de trapos e com o rosto definhado pela miséria. Aliás, havia pedido que ela viesse vê-la justamente por isso, que esperava ajudá-la de algum modo, e de resto, se ela se arrependera de seus erros, era obrigada a perdoá-la, e de fato a perdoava, até porque ela havia afirmado que nunca pretendera ofendê-la, e que sempre fizera para o bem e por instigação da senhora Condessa. A Pisana parecia tão convencida desse último argumento, que quase se arrependia de ter expulsado Rosa, e pesavam em sua consciência todos os inconvenientes que ela dizia ter sofrido pela sua abominável severidade. Opus-me em vão demonstrando-lhe que certos erros nunca se podem desculpar, e que a honra talvez seja a única coisa que se tem o direito e o dever de defender mesmo a custo da própria vida e da vida alheia. A Pisana acrescentou que não pensava assim, que nesses assuntos é preciso levar em conta o sentimento, e que seu sentimento lhe aconselhava reparar os males involuntariamente causados àquela coitada. Por isso, me pediu para lhe ajudar nessa boa obra, concedendo de início um quarto na casa para Rosa morar. Com esse pedido eu comecei a gritar, e ela a gritar e chorar. Terminamos acertando que eu pagaria o aluguel de Rosa onde ela morava, e somente depois dessa promessa a Pisana se contentou em não a ter em casa. Essa foi a primeira vez que esquecemos o amor, e nossos temperamentos voltaram a ser um pouco rudes. Fui deitar com maus pressentimentos, e aqueles olhares zombeteiros e curiosos de Raimondo ficaram toda a noite atravessados na minha garganta. De manhã, outra escaramuça. A Pisana me pediu para sair para encomendar a celebração das cem missas pela irmã. Imaginem o quanto me irritava essa ideia com a carestia de dinheiro que começava a me acuar!... Por um evidente escrúpulo de delicadeza eu lhe omitira como meu pai havia partido com toda sua riqueza, deixando-me apenas um modestíssimo pecúlio. Entre as despesas correntes da casa, o salário da criada, e algumas compras da Pisana que se abrigara comigo com pouco mais do que de camisola, já havia escorregado entre meus dedos boa parte do que devia me bastar para o ano todo. Todavia, eu tinha dificuldade em lhe falar dessa minha miséria, e tentava impedir com outras cem razões aquela generosidade das missas. A Pisana não queria me escutar de forma alguma. Ela prometera, tratava-se da tranquilidade de sua irmã, e se lhe queria algum bem, devia satisfazê-la. Então lhe contei sem rodeios como estava a coisa.

– Não há outra dificuldade? – respondeu ela com a melhor cara do mundo. – É fácil resolver. Antes de tudo, vamos cumprir as obrigações assumidas, e depois jejuaremos se não sobrar para nós.

– Isso é fácil de dizer! – acrescentei. – Quero ver depois quando você não se aguentar em pé!

– Cairei se não conseguir ficar em pé, mas nunca se poderá dizer que eu engorde com o que pode servir ao bem dos outros.

– Lembre-se que depois de cem missas restarão poucas liras!

– Ah sim! É verdade, Carlino! Não é justo que eu sacrifique você por um capricho meu. É melhor eu ir embora... vou ficar com Rosa... trabalharei costurando e bordando...

– O que é isso agora? – gritei indignado. – Prefiro arrancar minha pele do que deixar você em mau estado!...

– Então, Carlino, estamos combinados. Faça-me contente com tudo que lhe peço, e depois cabe à Providência divina.

– Pisana, você realmente me assusta! Nunca a vi tão resignada e confiante na Providência como agora que a Providência não parece pensar minimamente em você.

– Será verdade? Gostaria muito que essa virtude aparecesse quando eu preciso. Entretanto, posso dizer que se começo a ter fé na Providência é porque sinto sua coragem e sua força. Nós mulheres sempre temos um pouco de devoção no coração! Pois bem, eu me entrego nas mãos de Deus! Garanto que se ficássemos completamente nus, você não encontraria dois braços que trabalhassem mais valorosamente do que os meus para ganhar a vida para nós dois.

Balancei a cabeça, porque não acreditei muito naquela coragem ainda não provada, mas apesar de acreditar pouco, precisei pagar as cem missas e o aluguel de Rosa, e finalmente a vi contente quando só nos restavam cerca de vinte ducados para exorcizar o futuro.

Mas ali perto havia pessoas que se preocupavam muito comigo e trabalhavam por debaixo dos panos para me tirar do embaraço: queriam me jogar da frigideira ao fogo, e conseguiram. Eu devia ter-me deixado tostar um mês antes, e até poderia lhes agradecer pelo grande respeito que conquistaram na minha consciência. A cena da Pisana com o oficial corso fizera estardalhaço, como disse, por toda Veneza; o desaparecimento dela da casa do marido acrescentava mistério à aventura, e falavam tantas coisas estranhas e pesadas, que as repetir pode parecer loucura. Alguns diziam tê-la visto vagar vestida de branco pelas arcadas de São Marcos na noite profunda; outros que a encontraram em alguma rua deserta com um punhal em uma das mãos e uma tocha pingando na outra, como a estátua da discórdia; os barqueiros diziam que ela andava a noite toda pelas lagunas, sozinha numa gôndola que avançava sem remos e deixava para trás, pelas águas silenciosas, um sulco fosforescente. De quando em quando ouvia-se alguns barulhos ao redor da misteriosa aparição; eram os inimigos de Veneza que ela arrancara da tranquilidade do sono e jogado nos sorvedouros do canal. Esses boatos fantasiosos, aos quais a credulidade popular acrescentava a cada dia algumas imagens poéticas, agradavam pouco ou nada ao novo governo provisório instituído pelos imperiais depois da partida de Sérurier. Eram sintomas de pouca simpatia, e convinha curar as pessoas desse capricho poético. Por isso, tentavam descobrir onde a Pisana morava, mas as investigações não davam em nada, e ninguém certamente teria imaginado que ela morasse comigo, pois pensavam que naqueles dias eu já estivesse bem longe da laguna. A nossa cigana foi incorruptível, para todos os guardas disfarçados que vieram perguntar pelos donos da casa, respondera que não estavam em Veneza há muito tempo, e assim não nos aborreceram mais. Sabendo que meu pai embarcara para o Levante, julgavam que eu partira com ele, ou com os outros desgraçados que buscaram uma pátria nas tranquilas cidades da Toscana ou nas amotinadas províncias da Cisalpina.

A descoberta que Raimondo Venchieredo fizera, colocou toda a guarda nos meus rastros. Ele comentara com seu pai como se fosse uma curiosidade; a raposa velha anteviu um grande ganho; e assim, depois de consultar o reverendo padre Pendola, decidiu obter crédito junto ao governo pintando-me como um perigoso conspirador escondido em Veneza e disposto a algum golpe desesperado. A minha convivência com aquela furiosa heroína, que dera tanto o que falar ao povo e aos descarados, acrescentava força à acusação. De fato, uma bela manhã quando eu saboreava o café tranquilamente, pensando numa maneira de prolongar o mais possível o utilíssimo serviço dos sete ou oito ducados que me sobravam, ouvi a campainha tocar furiosamente, e depois uma confusão de vozes que gritavam, respondiam, se cruzavam, da janela para a rua e da rua para a janela. Enquanto tentava entender aquela barulheira, ouvi um grande estrondo como de uma porta arrombada, e depois um golpe mais forte do que o primeiro, uma gritaria e um tumulto que não acabavam mais. Eu e a Pisana estávamos para descer e ver o que estava acontecendo, quando a nossa cigana entrou na sala com o nariz ensanguentado, a roupa rasgada e uma enorme pala de lareira na mão. A mesma que meu pai usava para fazer os perfumes conforme o uso de Constantinopla.

– Senhor patrão – gritava ela, sem fôlego pela correria –, fiz um prisioneiro que está trancado na cozinha com a cara amassada como uma torta... mas lá fora há outros doze... Salve-se quem puder... Vieram para prendê-lo... Dizem que o senhor é réu do Estado...

A Pisana não a deixou continuar; correu para fechar a porta, e olhando pela janela que dava para o canal, começou a me dizer para fugir, para me salvar, pois isso era o mais urgente. Eu não sabia o que fazer, e pular pela janela me pareceu maneira mais cômoda de escapar. Pensar e fazer foi uma coisa só, joguei-me sem olhar antes onde, nem como iria cair, convencido de que encontraria água ou terra. Entretanto, encontrei uma gôndola dentro da qual, durante o voo, entrevi a cara de Raimondo Venchieredo, que espiava nossas janelas. A batida que dei no fundo do barco quase me estropiou um ombro, mas as cambalhotas da minha infância e a ginástica de Marchetto tinham preparado meus ossos para tais confusões. Levantei-me como um gato, mais ágil do que antes, corri para a proa para pular na outra margem, mas involuntariamente Raimondo, que estava para sair da cabina, me bloqueou, e parou espantado com aquele corpo que ao cair fizera balançar a gôndola.

– Ah, é você, desgraçado? – disse-lhe com raiva. – Pegue a recompensa de sua espionagem!

E dei-lhe tamanho bofetão que o mandou rolando sobre forqueta do remo, que por pouco não lhe arrancou um olho. Enquanto isso, eu chegara à margem e me despedira com um gesto da Pisana que me olhava do balcão e me pedia para fugir logo. A cigana, minha salvadora, ainda estava com sua pala diante da porta arrombada espantando com sua atitude guerreira os doze guardas, nenhum dos quais se sentia à vontade para seguir o chefe na casa para talvez encontrar aquela má sorte que ele tinha encontrado. Se prestassem atenção, teriam ouvido os gritos dele, trancado na cozinha e com a cara amassada pela tremenda pala, ele se lamentava em altos brados, como um verdadeiro porquinho sendo levado ao mercado. Eu vira isso tudo num lampejo e antes que Raimondo se recuperasse ou os guardas descobrissem que eu desaparecera por uma ruazinha ali perto. Naquela confusão de fatos e de ideias foi verdadeiramente providencial ter me lembrado de me refugiar com os Apostulos. Foi o que fiz, e cheguei salvo sem maiores problemas do que o arriscadíssimo salto da janela. Meus amigos ficaram contentíssimos ao me ver salvo de tão grave perigo, mas infelizmente ainda não se podia cantar vitória, e até que eu estivesse foras das lagunas, aliás, das províncias do lado de cá do Adige, minha liberdade corria enorme risco.

– Então, aonde você quer ir? – perguntou-me o velho banqueiro.

– Ma... para Milão! – respondi, sem saber nem o que dizia.

– Então você insiste na ideia de ir para Milão? – perguntou-me por sua vez Aglaura.

– Parece a melhor opção – acrescentei –, lá estão meus melhores amigos, e me esperam há muito tempo.

Spiro descera para tirar as pessoas do escritório enquanto falávamos sobre isso, e Aglaura parecia disposta a me fazer outra pergunta quando ele voltou. Então ela alterou o rosto e ficou escutando como se não se preocupasse com nada, mas me olhava cautelosamente toda vez que seu irmão desviava o olhar, e a ouvi suspirar quando seu pai me disse que com um disfarce grego e o passaporte de um de seus funcionários eu poderia partir no dia seguinte pela manhã.

– Não antes – acrescentou –, porque todos os policiais ficam muito alertas e cautelosos nos primeiros momentos e você facilmente cairia nas mãos deles. Amanhã, porém, eles não vão parecer cautelosos porque vão acreditar que você já saiu da cidade, e como é feriado os funcionários da alfândega estarão muito ocupados revistando os bolsos dos camponeses que chegam.

A velha, que também viera me cumprimentar pela minha salvação, aprovou com a cabeça. Spiro acrescentou que quando eu desembarcasse em Pádua faria muito bem em despir meu disfarce e pegar um caminho secundário para chegar à fronteira; vestido de grego eu daria demais na vista. Respondi a todos que sim, e cheguei a outro assunto, o do dinheiro. Com os sete ducados que tinha no bolso nem podia sonhar chegar a Milão, precisava de mais um pouco, e como mesmo os frutos antecipados de um ano não me bastavam, e também queria deixar algo para a subsistência da Pisana, propus ao grego que me pagasse mil ducados, e que do restante do capital entregasse ano a ano os lucros nas mãos da nobre condessinha Pisana de Fratta, senhora Navagero. O grego ficou contentíssimo, fez o recibo e a devida procuração, e avisei à Pisana, com uma carta, estas minhas providências, incluindo também um documento no qual lhe instituía o usufruto da minha casa. Nunca se sabia quanto tempo eu precisaria ficar ausente, o melhor era prover para algum tempo; eu não temia que a Pisana se ofendesse com isso, pois o nosso amor não era daqueles que se sentem aviltados por essas minúcias. Quem tem, que dê, é a regra geral em relação ao próximo, imaginem entre dois amantes que mais do que próximos devem ser uma coisa só! Então, depois de ordenar os negócios, pensou-se em ordenar meu estômago para aguentar o desgaste do primeiro dia de exílio. Já era noite, e em vinte e quatro horas eu só tomara um café, mas não tinha fome, apesar de me terem preparado um banquete de núpcias. O que vocês querem? Na mesa havia à direita e à esquerda dois enormes garrafões de vinho de Chipre, eu me entreguei a eles, e enquanto os outros comiam e me encorajavam a comer, passei a beber de desespero.

Bebi tanto, que não ouvi nada dos grandes discursos que fizeram depois da ceia; só me lembro que quando fiquei por um momento sozinho com as mulheres me pareceu que Aglaura me sussurrara algo ao ouvido, e que depois passou a apertar meu joelho e pisar meu pé debaixo da mesa quando Spiro e seu pai voltaram. Por cortesia de hospitalidade, eles a tinham colocado a meu lado. Eu não entendia nada daquela manobra; bem ou mal me arrastei até a cama que me fora destinada e dormi como um porco, de tanto que me ouvia roncar. Mas de manhã, quando me acordaram foi outra coisa! Depois da tempestade viera a calma, depois do susto, a dor. Até então eu havia prolongado obstinadamente as minhas esperanças, como o tísico, mas no final topava com a feia necessidade, não servia mais esperar nem ir embora. Nem posso dizer que tive forças para sair da cama, vestir meus novos trajes de grego, e me despedir dos meus anfitriões. Meu corpo fazia esses movimentos com a tola obediência de um autômato, e quanto à alma creio tê-la deixado no vinho de Chipre. Spiro me acompanhou até a Riva del Carbone, de onde então partia o barco para Pádua; prometeu-me que as notícias de meu pai me seriam dadas pontualmente e me deixou com um aperto de mão. Eu fiquei ali no tombadilho olhando Veneza, contemplando tristemente as águas escuras do Canal Grande, onde os palácios dos almirantes e dos doges pareciam se espelhar quase desejando o abismo. Sentia por dentro um dilaceramento como se as vísceras me fossem arrancadas, e fiquei imóvel, perdido, completamente sem vida como quem está diante de uma desventura que só terminará com a morte. Não percebi a partida do barco; já estávamos ao largo na laguna e eu ainda via o Palazzo Foscari e a ponte do Rialto. Mas chegando à alfândega nos foi dada a ordem de parar com um sotaque que não era certamente veneziano, então saí de repente daquelas angústias fantasiosas para cair nas garras de uma autêntica dor! Todas as desventuras da minha pátria enfileiraram-se diante de mim, e uma por uma enfiaram em meu coração o seu punhal!

Apenas tínhamos saído do cais da alfândega, quando fomos interceptados por um veloz caiaque que gritava para esperarmos. O piloto parou o barco e fiquei espantadíssimo um minuto depois ao ver o jovem Apostulos na coberta. Aproximou-se de mim um tanto perturbado, olhando à direita e à esquerda e disse, um pouco confuso, que tivera pressa em me encontrar para me dar o nome de outros amigos seus que podiam me ajudar em Milão. Fiquei pasmo com tal cuidado, já que se usa, em tais circunstâncias, munir o viajante de cartas de recomendação, apesar disso lhe agradeci, e ele me deixou, indo procurar o capitão do barco ao qual dizia querer me recomendar. Com esse pretexto desceu até as cabines e o vi realmente cochichar algumas palavras aos ouvidos do capitão, este dizia-lhe que não e lhe fazia sinal para ficar à vontade e olhar onde quisesse. Spiro foi até o fundo das cabines, viu alguns barqueiros que dormiam enrolados em seus capotes, e voltou com uma expressão no rosto que parecia indiferente.

– Caramba! Que barco de luxo! – exclamou ele, olhando-o da proa à popa com seus olhos de falcão, e enfiou o nariz em todos os cubículos para aborrecimento do piloto que queria voltar ao timão.

– Posso partir? – perguntou o piloto ao capitão para apressar aquele importuno visitante.

– Espere antes que eu saia! – acrescentou Spiro saltando do barco ao caiaque, despedindo-se abstratamente de mim com um gesto. Entendi que não era só pelo motivo que me dissera que ele parara o barco e o revistara com tanta diligência, mas eu estava muito abalado e aflito para me distrair com castelos no ar, e assim logo me esqueci dele, e voltei a olhar para Veneza que se distanciava cada vez mais em meio à névoa azulada de suas lagunas. Parecia muito mais um cenário de teatro descolorido pela poeira e pela fumaça da ribalta.

Ó Veneza, ó antiga mãe de sabedoria e de liberdade! Teu espírito estava então mais fragilizado e enevoado do que a aparência! Ele se esfumava naquela cega escuridão do passado que destrói até os vestígios da vida; restam as memórias, mas não são mais do que fantasmas; resta a esperança, o longo sonho dos adormecidos. Eu a amara moribunda e decrépita?... Não sei, não quero dizer. – Mas quando a vi envolta no sudário do sepulcro, quando a admirei bela e majestosa nos braços da morte, quando senti frio o seu coração e apagado nos lábios o último alento, uma tempestade de dor, de desespero, de remorso, ergueu profundas paixões em minha alma... Então senti a raiva do proscrito, a desolação do órfão, o tormento do parricida!... Parricídio, parricídio! Gritam ainda os ecos lutuosos do Palácio Ducal. Podiam ter deixado adormecer em paz a sua mãe que morria, sobre as bandeiras de Lepanto e da Morea[9], mas a arrancaram com nefanda audácia daquele leito venerável, deitaram-na no chão, dançaram embriagados e covardes ao seu redor, entregaram a seus inimigos a corda para sufocá-la!... Há certos momentos supremos na vida dos povos que os incapazes são traidores, quando usurpam os direitos do valor e da sabedoria. Eram impotentes para salvá-la? Por que não o confessaram ao mundo? Por que se misturaram com seus algozes? Por que alguns de vocês depois de terem se horrorizado com o nefando mercado, estenderam a mão para as esmolas dos compradores? Pesaro estava sozinho, mas como primeiro e mais vil de todos a se humilhar, teve imitadores demais. Eu não acuso, mas vingo; não insulto, mas confesso. Confesso o que deveria ter feito e não fiz; o que podia e não quis ver; o que cometi por leviandade, e deplorarei sempre como um vil delito. O Diretório e Bonaparte nos traíram, é verdade, mas do modo com que só os covardes se deixam trair. Bonaparte usou Veneza como a amiga que confunde amor com servidão e beija a mão de quem lhe bate. Negligenciou-a a princípio, depois a ultrajou, a seguir divertiu-se em enganá-la, zombar dela, por último colocou-a sob os pés, pisoteou-a como uma prostituta, e escarnecendo, disse: – Vá procurar outro patrão!...

Talvez ninguém possa compreender sem ter sentido o profundo abatimento que tais pensamentos me causavam na alma. Quando então o comparava com a alegre e despreocupada felicidade que o havia retardado alguns dias, cresciam, se era possível, o desconforto e a angústia. Era mesmo verdade. Eu tocara o ápice dos meus desejos; havia estreitado nos braços, bela, contente, amorosa, a primeira e única mulher que já amara; aquela que eu imaginara, desde os primeiros anos, ser o conforto da minha vida, e o remédio de toda dor, me havia inebriado de toda a volúpia que pode desejar um peito mortal!... E o que tinha nas mãos de tudo isso? Um remorso! Ébrio, mas não saciado, envergonhado, mas não arrependido, eu trocava os caminhos do amor

9 Referência à batalha travada com os turcos em 7 de outubro de 1571.

pelos do exílio, e se os guardas não tivessem tratado de me advertir, eu teria ficado profanando o fúnebre luto de Veneza com o descaramento de meus prazeres. Assim, até o alimento da minha alma se transformava em veneno, e eu era obrigado a desprezar o que ainda desejava possuir mais ardentemente do que nunca.

Pálido, transtornado, agitado, sem tocar na comida ou na bebida, sem olhar no rosto nem responder às perguntas dos meus companheiros de viagem, deixando-me sobressaltar aqui e ali pelos solavancos pouco cuidadosos dos barqueiros, cheguei finalmente a Pádua. Desci do barco quase sem saber quem eu era, e não reconhecendo aquela margem do canal em que tantas vezes eu havia passeado com Amilcare, perguntei por uma estalagem e me indicaram uma à direita da Porta Codalunga, onde há poucos anos foi construído o gasômetro. Fui até lá com minha trouxa debaixo do braço, seguido por alguns moleques que admiravam minha vestimenta oriental; chegando, pedi um quarto e algo para comer. Ali, mudei de roupa, comi um pouco, não quis saber de vinho, e pagando saí da mesa dizendo em voz alta que vestido assim esperava não dar na vista dos moleques da cidade. De fato, fingi ir à cidade, mas chegando à porta desci por uma viela que na minha memória devia dar na estrada para Vicenza. Ao sair da estalagem, vi um tipo que parecia me seguir e quis me certificar. Realmente, olhando de través, via sempre essa sombra que seguia a minha, que diminuía, aumentava e parava o passo comigo. Descendo pela viela, eu ouvia passadas leves e cuidadosas que me acompanhavam, de modo que não havia dúvida, ele estava ali por minha causa. Logo pensei em Venchieredo, no padre Pendola, no advogado Ormenta e seus espiões, não sabia então que o digno advogado estava no governo pela astuta proteção do reverendo. No momento, pareceu-me que o atrevimento era a melhor solução, e quando levei meu perdigueiro a campo aberto voltei-me rapidamente e me lancei sobre ele para agarrá-lo se fosse possível e lhe pagar com a mesma moeda aquela desagradável companhia. Para minha grande surpresa, ele não se mexeu nem demonstrou espanto; usava um capote de marinheiro e tirou o capuz para se mostrar melhor. Eu pus de lado a parte mais perigosa da minha raiva e me contentei em lembrá-lo que não era lícito andar daquele modo nos calcanhares de um cavalheiro. Enquanto eu falava, ele me olhava com um rosto entre indeciso e perturbado, pareceu-me reconhecer em seu semblante uma pessoa que eu conhecia muito bem. Passei rapidamente em revista todos os meus amigos de Pádua, mas ele não se parecia com nenhum deles, entretanto um vago pressentimento se obstinava a me dizer que vira aquela pessoa pouco tempo antes, e ainda viva, vivíssima na minha lembrança.

– Não vai mesmo me reconhecer? – disse-me ele colocando a palma da mão no rosto, e sua voz logo me esclareceu.

– Aglaura, Aglaura! – exclamei. – É você ou não?

– Sim, sou Aglaura, sou eu que o sigo desde Veneza, que esteve com você no mesmo barco, que comeu na mesma estalagem, e que não teria coragem de me identificar a você se suas suspeitas não o levassem a falar comigo.

– Então – acrescentei fora de mim de surpresa –, então era você que Spiro procurava esta manhã?...

– Sim, ele estava me procurando. Chegando em casa e não me encontrando porque eu viera até o barco depois de ter trocado de roupa na casa de nossa lavadeira, ele deve ter suspeitado o que já temia há muito tempo. É verdade que eu saí com a camareira, mas ela voltou dizendo que eu lhe pedira para me deixar sozinha na igreja e as suspeitas devem ter aumentado. Sorte que pela pressa ele não teve tempo de descobrir se era verdade ou uma desculpa, então, quando ele perguntou ao capitão se havia mulheres no barco e ele respondeu que não, deve ter acreditado que eu tivesse ficado rezando, e buscasse na prece a força para resistir às tentações que há tanto tempo me assediavam. Pobre Spiro!... Ele me quer bem, mas não me entende, não se compadece de mim!... Em vez de interceder por mim, ele é o executor das maldições de meu pai!...

Por essas palavras, pelo som da voz, e pelos olhares, me convenci que a pobre Aglaura estava apaixonada por mim, e que a dor de me perder a levara àquele recurso desesperado de me seguir. Eu me sentia cheio de compaixão por ela. Se a Pisana tivesse ficado com Sua Excelência Navagero, ou tivesse escapado com o tenente Minato, creio que teria amado imediatamente Aglaura, no mínimo por reconhecimento. Mas estou cansado de escrever, e quero terminar o capítulo deixando-os na incerteza do que aconteceu depois.

CAPÍTULO DÉCIMO QUINTO

A viagem foi boa apesar da má partida. Chegamos a Milão no dia da Festa pela Federação da República Cisalpina. Começo a ver claro, mas talvez também a confiar demais nas coisas deste mundo. Os soldados cisalpinos e a Legião Partenopeia de Ettore Carafa. De repente me torno oficial dela.

Perdoem minha falta de educação por tê-los deixado tão deselegantemente, mas não tenho culpa. A vida de um homem contada com simplicidade não oferece qualquer motivo para seguir um planejamento, e por isso me habituei a escrever um capítulo por dia, terminando-o só quando o sono me faz largar a pena. Ontem à noite me interrompi quando precisava de todos os meus sentimentos claros e despertos para continuar a narrativa, então achei por bem suspendê-la até hoje. O que não lhes causará maior incômodo do que virar a página e ler quatro linhas a mais.

A jovem grega em suas vestes de marinheiro era bela como uma pintura de Giorgione[1]. Tinha uma certa mistura de robusto e suave, de ousadia e modéstia, pela qual um eremita tebaida[2] teria se apaixonado. Mas eu não me deixei vencer por essas qualidades encantadoras, e com um esforço supremo estava para fazê-la perceber seu estranho procedimento, lembrando-a de seus pais, de seu irmão, de seus deveres de moral e de religião, talvez até para persuadi-la de que aquilo não era amor, mas uma ilusão momentânea, que em dois dias esfriaria, para ser mais franco, se necessário, dizendo que meu coração já estava ocupado e que qualquer esforço para conquistá-lo seria inútil. A tal chegava meu heroísmo. Felizmente não foi necessário, pois a sinceridade da donzela me poupou o ridículo quixotesco de uma batalha contra um moinho.

– Não me condene! – retomou ela depois de ter falado como expus acima, e me impondo silêncio com um gesto – Antes me escute!... Emilio é meu noivo, ele certamente não pensava em se imiscuir em brigas de Estado, em maquinações e em conjuras quando o conheci, eu o levei a esse caminho, e causei sua

1 Trata-se do pintor veneziano Giorgio da Castelfranco (1478-1510).

2 Zona desértica próxima a Tebas, no Egito.

proscrição, que completamente indefeso, sem parentes, sem amigos e doente, o manda para sofrer, talvez morrer num país distante e estrangeiro!... Julgue-me agora. Não era meu dever abandonar tudo, sacrificar tudo para minorar os maus efeitos das minhas exortações?... Veja bem: Spiro estava errado ao querer me deter. Não é só o amor que me faz fugir de casa, é a piedade, a religião, o dever!... Que tudo se acabe, mas que não fique em meu coração tão atroz remorso!

Eu fiquei, como se diz, de boca aberta, mas disfarcei, e apesar da vergonha me subir ao rosto pelo erro grosseiro que estivera para fazer, encontrei algumas palavras que não dissessem nada, e escondessem momentaneamente o meu embaraço. Embaraçava-me sobretudo aquele senhor Emilio, completamente indefeso, doente, que Aglaura dizia ser seu noivo e do qual nunca ouvira falar pelos seus. Provavelmente ela supunha que Spiro tivesse me falado dele, e de fato, ela continuou a falar como se eu soubesse tanto quanto ela.

– Na semana passada – disse ela –, continuamente eu era assaltada pela ideia de me matar, mas quando vi o senhor, e ouvi que tinha intenção de ir a Milão, outro pensamento menos funesto e mais consolador surgiu na minha cabeça. Por que o segui? Emilio também estava em Milão. Um longo silêncio me deixava no escuro de tudo que acontecia com ele. Matando-me, não saberia mais do que antes, e nem lhe teria dado algum conforto, mas indo até ele, ficando a seu lado, ficando sempre com ele, quem sabe se não poderia atenuar as desgraças que lhe causara com meus delírios de liberdade. Assim, decidi que partiria com o senhor, pois só de pensar em viajar sozinha me assustava. Imagine! Acostumada a raramente colocar os pés fora de casa! Não era falta de coragem, mas me faltaria a prática, e quem sabe quais obstáculos eu poderia encontrar! Mas com a companhia de um amigo honesto e de confiança eu iria com segurança ao topo do mundo. Tomada a decisão, pensei em outra coisa: eu devia lhe participar o meu plano ou segui-lo sem que o senhor soubesse até que nossa situação o obrigasse a me ter como companheira? Minha sinceridade tendia à primeira hipótese, mas o temor de uma rejeição e a necessidade de segredo me forçaram à segunda. Todavia, ainda precisava superar o maior obstáculo, meu irmão. Ele e eu somos uma alma só, os pensamentos se desenham nele e se colorem em mim: somos dois alaúdes em que um repete espontânea e um pouco confusamente os sons tocados pelas cordas do outro. Ele, de fato, percebeu o meu plano desde a primeira vez que o senhor foi à nossa casa; não digo que ele tenha adivinhado meu pensamento de acompanhá-lo, mas leu claramente em meus olhos a vontade de fugir para Milão. Isso bastava para tornar impossível ou pelo menos muito difícil esta fuga, porque conheço o enorme afeto que ele tem por mim e que ele preferiria morrer a se separar de mim. O que o senhor quer? Às vezes me parece que este amor seja excessivo para um irmão, mas ele é assim, e convenhamos que é um belo defeito. O senhor não pode imaginar o que tive de fazer para lhe tirar essa suspeita da cabeça, as mentiras que inventei com a cara mais ingênua do mundo, as carícias além do normal que lhe fiz, o afeto e o cuidado que demonstrava com todas as coisas de família! Somente quem se acredita chamada por Deus e pela própria consciência para reparação de suas culpas pode fazer o mesmo e confessá-lo sem morrer de desgosto e de vergonha. Enganei meus velhos pais e Spiro. Veja, ainda me lamento! Mas se Deus quer assim, seja feita sua vontade! Enganei a todos, como lhe disse, e certamente esta manhã, quando disse as orações com mamãe e dei bom dia a papai, ninguém suspeitou que eu planejava abandoná-los depois de meia hora, me vestir de marinheiro e correr o mundo com o senhor em penitência dos meus pecados!... Já estava decidida, e o grande passo foi dado. Se Deus me deu a força para dissimular por tanto tempo, e a astúcia para enganar guardiões tão precavidos e amorosos, é sinal de que ele aprova e defende a minha conduta. Ele que trate de reparar os males que minha fuga pode causar!... Quanto a meus pais, não tenho muito medo!... Seja por meu sexo, por seu pouco valor, ou pela idade avançada deles, voltada para o egoísmo, eu nunca percebi que seu afeto por mim ultrapassasse os limites da discrição. Às vezes, minha mãe parece arrependida por ter descuidado de mim por tanto tempo e me cobre de carícias que deveriam ser maternas, mas são um pouco estudadas demais; meu pai não se dá a esse trabalho, esquece-se de mim por dias inteiros, e parece me tratar como se eu tivesse chegado em casa hoje e devesse sair amanhã. De fato, nós mulheres somos um bem passageiro para os pais, um divertimento por alguns anos; consideram-nos, creio, como coisa dos outros, e meu pai nunca demonstrou que me considerasse sua. É o que digo, não me preocupo muito com eles, ficarão bem tranquilos se souberem que estou viva, mas é com Spiro que não posso deixar de me inquietar!... Conheço sua índole orgulhosa e precipitada, seu coração que não tem paciência nem medida! Quem sabe qual confusão poderá haver! Espero que o amor e o respeito a nossos pais farão com que ele tenha alguma reserva. Vou escrever para ele, acalmá-lo, e rezarei aos céus para que me conceda a graça de nos reunir.

Assim falando, ela recomeçara a caminhar para onde eu ia antes que me voltasse para enfrentá-la, eu sem pensar ia ao lado dela. Mas quando ela terminou, eu parei, dizendo:

– Aglaura, aonde vamos agora?

– Para Milão, para onde o senhor ia – respondeu ela.

Confesso que tanta segurança me confundiu e ficaram sem uso em meu bolso todos os argumentos que eu preparava para dissuadi-la daquele plano impulsivo. Vi que não havia remédio, e pensei involuntariamente nas palavras de meu pai quando me dizia que eu encontraria uma irmã na filha dos Apostulos e que como tal eu a amaria. Será que ele fora profeta? Parecia que sim. De qualquer modo, resolvi não abandonar a menina, ampará-la com meus conselhos, segui-la sempre, prestar, enfim, as fraternas tarefas que lhe eram de direito, pela antiga amizade entre o meu pai e o dela. Senão irmãos, éramos um pouco primos; e assim me acalmei, decidido a me comportar conforme as circunstâncias e não deixar passar nenhum recurso válido para devolver Aglaura ao seio de sua família. Mas não mudei em nada meu plano que era ir a pé até um vilarejo ali perto e de lá, numa carroça, chegar ao planalto, e de carroça em carroça, de vila em vila, serpenteando entre as cidades e a montanha alcançar o lago de Garda e fazer com que uma balsa me levasse até a margem bresciana. Mas antes de pôr em prática a primeira parte desse plano, perguntei solenemente à donzela se realmente aquele senhor Emilio era seu noivo, e se ela tinha notícias de que ele estava enfermo em Milão.

– O senhor me pergunta se Emilio é meu noivo? Não conhece Emilio Tornoni? – exclamou Aglaura com grande surpresa. – Então Spiro nunca lhe falou dele?

– Não que eu me lembre – respondi.

– É muito estranho – murmurou ela entre dentes.

Então, sem mais pensar, contou brevemente como já antes que Spiro voltasse da Grécia, onde ficara por quinze anos com um tio, ela havia sido pedida em casamento por Emilio, um belo jovem segundo ela, e das melhores famílias da Ístria, oficial de arsenal em Veneza. A volta do irmão e mais algumas crises financeiras que a tornaram necessária, retardaram as núpcias; depois veio a revolução que deixara tudo em suspenso, até que Emilio precisara fugir com os outros por causa do hediondo tratado de Campoformio; e ela continuava a se declarar como única origem desse problema, por ter apoquentado a cabeça de Emilio e tê-lo afastado de suas ocupações no arsenal para o imiscuir nas orgias daquela efêmera liberdade. Eu rebati dizendo que um homem é sempre responsável por suas ações, e problema dele se se deixa levar pelas mulheres. Mas Aglaura não aceitou minha opinião, e persistia em se considerar obrigada a encontrar seu noivo para compensá-lo de alguma forma pelo que ela fizera. Sobre a doença dele, e o fato dele estar em Milão, não tinha dúvidas, pois na última carta lhe dissera que não sairia de lá, e que se ela não recebesse mais cartas, devia considerar que ele estava morto ou gravemente enfermo. Talvez o pobre exilado, ao escrever essas palavras já sentisse os primeiros sintomas da doença que agora o mantinha preso ao leito pestilento de um hospital. A imaginação de Aglaura era tão vivaz que quase parecia vê-lo abandonado à incúria de um enfermeiro mercenário, e desesperado por ter que morrer sem ao menos um beijo nos lábios.

Assim conversando, chegamos a um pequeno vilarejo, e lá pegamos uma carroça que nos levou até a Cittadella[3]. Contar-lhes como Aglaura levava filosoficamente os incômodos e as dificuldades daquela viagem soldadesca, seria de rir. À noite dormíamos em alguma estalagem de campanha, onde no mais das vezes havia só um quarto com só uma cama. É verdade que em geral era um quarto tão vasto que poderia acomodar um regimento, mas o pudor, entendam, não permitia certos riscos. Assim que entrávamos no quarto diminuíamos a luz; ela se despia e deitava na cama; eu me arranjava como podia numa mesa ou em alguma cadeira de palha. Ainda bem que não tinha me acostumado com a maciez dos colchões e dos travesseiros venezianos! Algumas noites mais e eu teria moído os ossos. Mas eles por sorte ainda se lembravam do catre de Fratta e dos calombos implacáveis daqueles enxergões, por isso resistiam bravamente ao teste e podiam aguentar no dia seguinte os pulos de outra carroça. De modo que penando, pulando, e convém dizer, também rindo, atravessamos o Vicentino, o Veronês e chegamos, no quarto dia, a Bardolino[4], às margens das águas azuis do Benaco. Apesar dos meus infortúnios, dos meus temores e das distrações impostas pela minha companheira, lembrei-me de Virgílio e saudei o grande lago que com uma agitação marinha às vezes eleva suas ondas até o céu. Longe, estendia-se nas águas a graciosa Sirmione, a pupila do lago, a rainha das ilhas e das penínsulas, como a chama Catulo[5], o doce amante de Lesbia. Via a cor melancólica de seus olivais, imaginava sob suas sombras fugidias o poeta das graças latinas com suaves versos nos lábios. Remoía beatamente à luz da lua as minhas memórias clássicas, agradecendo em meu coração ao velho pároco de Teglio que me mostrara a nascente de prazeres tão puros, de consolos tão poderosos em sua simplicidade. Órfão, podia-se dizer, de pais e de pátria, arremessado não sabia onde por um destino misterioso, tutor forçado

3 Pequena cidade da província de Pádua.

4 Cidade portuária na província de Verona.

5 Cf. Carme 31: "Paene insularum, Sirmio, insularumque / Ocelle, quascumque in liquentibus stagnis". "Sirmione pérola de todas as ilhas e penínsulas / estendida num lago transparente ou no mar sem fim".

de uma menina com quem não tinha nenhuma ligação, parentesco ou amor, entretanto, via um brilho de felicidade na poética imaginação de homens vividos dezoito séculos antes. Oh, bendita a poesia! Eco harmonioso e não fugaz do que a humanidade sente de maior e imagina de mais belo!... Aurora virgem e resplandecente da razão humana!... Ocaso vaporoso e ardente da divindade na mente inspirada do gênio! Ela precede nos caminhos eternos e convida uma a uma as gerações da terra: e a cada passo que avançamos nessa estrada sublime abre-se um horizonte mais amplo de virtude, de felicidade, de beleza!... Os anatomistas podem se curvar para examinar e retalhar o cadáver; o sentimento e o pensamento fogem ao seu bisturi e envolvidos no místico e eterno fogo da inteligência lançam aos céus suas línguas de fogo.

Andávamos pela encosta da colina, enquanto o estalajadeiro nos preparava a ceia com uma pequena truta e umas poucas sardinhas. Eu pensava em Virgílio, em Catulo, na poesia, e Veneza, a Pisana, Leopardo, Lucilio, Giulio Del Ponte, Amilcare e todos os mortos, vivos, moribundos, meus afetos, tremulavam suavemente em meus vagos pensamentos. Aglaura vinha a meu lado envolta em seu capote, ela também com a fronte pesada de melancólicas fantasias. A lua batendo-lhe de um lado do rosto desenhava seu delicado perfil acariciando sua grega beleza. Parecia a musa da tragédia, quando se revelou pensativa e severa ao gênio de Ésquilo[6]. De repente, depois de uma subida extenuante chegamos ao topo de um penhasco que descia abruptamente para o lago. A encosta descia negra e cavernosa, tristemente esbranquiçada pela lua em algumas saliências; lá em baixo, a água negrejava profunda e silenciosa; o céu espelhava-se nela sem iluminá-la, como sempre acontece quando a luz não vem em diagonal, mas em perpendicular. Eu parei para contemplar aquele tétrico e solene espetáculo que mereceria uma melhor descrição por uma pena com mais maestria ou mais temerária do que a minha. Aglaura inclinou-se sobre a queda repentina da rocha e pareceu absorvida por um momento em meditações mais sombrias. Ai de mim! Eu pensava nos tranquilos horizontes, nas verdes pradarias, nas tremulantes marinhas de Fratta; sorria com o pensamento no Bastião de Átila e seu vasto e maravilhoso panorama que me havia feito curvar a cabeça pela primeira vez diante da divindade ordenadora do universo. Quantas flores de mil formas, de mil cores reúne a natureza em seu regaço, para depois espalhá-las no rosto multiforme dos mundos!...

6 O primeiro dos grandes trágicos gregos (525-496 a. C.).

Tirou-me dessas memórias um longo e profundo suspiro de minha companheira, então a vi correr e se lançar no abismo que se abria a seus pés. Saiu-me da garganta um grito tão lancinante que eu mesmo me assustei; o pavor arrepiava meus cabelos e me sentia atraído pelo vertiginoso delírio do vazio. Horripilava-me o pensamento de voltar os olhos àquelas profundezas e talvez fixá-los nos restos inanimados e sangrentos da pobre Aglaura. Foi quando me pareceu ouvir abaixo de mim e não muito longe um fraco lamento. Inclinei-me sobre a beirada do rochedo, apurei os ouvidos e ouvi um gemido mais distinto; era ela, não havia dúvida: ainda vivia. Agucei os olhos o mais que pude e finalmente vi no meio de uma moita uma coisa negra que se parecia com um corpo dependurado. Ansioso por ajudá-la e salvá-la do perigo iminente de um galho se partindo ou de uma raiz que se rompia, desci resolutamente pela parede quase vertical da rocha. Rastejei rapidamente ao longo dela com o rosto, os joelhos, os cotovelos, mas os tufos de grama em que me agarrava se rompiam e precipitavam minha descida. Não sei por qual milagre cheguei são e salvo, isto é, pelo menos com as pernas inteiras e as vértebras bem unidas, ao arbusto de corniso que a detivera. Não havia tempo para me espantar; tirei-a do espinheiro em que estava presa pelas alças do capote e a encostei ainda semiviva no penhasco. Sem água, sem nenhuma ajuda naquele matagal que parecia um grande ninho de águias, eu só podia esperar que ela voltasse a si ou vê-la morrer. Ouvira dizer que um sopro ajudava a recuperar os sentidos por alguma comoção violenta, e comecei a soprar nos olhos e nas têmporas dela, observando ansiosamente todo seu mínimo movimento. Ela, enfim, abriu os olhos; respirei como se tivessem tirado de meu peito um grande peso.

– Pobre de mim! Ainda estou viva! – murmurou ela. – Então é mesmo um sinal de que Deus quer!...

– Aglaura, Aglaura! – disse ao seu ouvido com voz suplicante e afetuosa – Então você não acredita em mim?... Então a minha proteção, a minha companhia, acabaram tornando sua vida enfadonha!....

– O senhor? – acrescentou languidamente – O senhor é o meu mais fiel e dileto amigo, pelo senhor eu me condenaria a viver, se fosse preciso, o dobro do tempo a mim destinado. Mas que valor tem a minha vida para os outros?...

– Tem um valor enorme, Aglaura! Primeiramente para seus pais, para seu irmão que a ama, a adora, e você sabe o quanto! Também porque há um coração no mundo que tem direitos de amor e de propriedade sobre o seu. Você ama, Aglaura, perdeu o direito de se matar, se é que alguém tem esse direito.

– Sim, é verdade, eu amo! – respondeu a donzela com um som de voz que não identifiquei se vinha de aflição ou de amarga ironia. – Eu amo! – repetiu ela, e dessa vez com toda a sinceridade da alma. – Devo viver por amar: tem razão, amigo!... Dê-me o braço e voltemos para casa.

Observei que de lá não se podia subir nem descer sem perigo, e que não seria prudente aventurar-se depois de seu longo desmaio.

– Sou mais grega do que veneziana – exclamou ela erguendo-se altivamente. – Desmaiei por falta de ar, não por dor ou medo, estou dizendo, acredite. Quanto a sair daqui, se não se pode subir, sempre se pode descer. Veja com que perícia nós descemos!

Meus joelhos percebiam a perícia, ela descera voando, mas não são coisas para se tentar duas vezes. Todavia, não coloquei objeções temendo que ela me julgasse mais veneziano do que grego.

– Lá embaixo no lago – continuou ela –, há um rio seco que parece levar ao porto de Bardolino. Se colocarmos o pé lá certamente estaremos no caminho.

– O mais difícil será colocar o pé lá – acrescentei.

– Preste atenção – disse ela –, e me siga.

Dizendo isso, agarrou um ramo que se estendia nodoso e flexível e se pendurou no rochedo; soltou o ramo e a vi descer rastejando como pouco antes eu fizera. Um minuto depois ela colocava os pés na areia fofa e úmida onde vinha murmurar a onda do lago. Podem crer que não quis ficar atrás de uma mulher; também arrisquei o grande salto, e com um segundo desconforto de batidas e de arranhões alcancei-a, e não me pareceu tão difícil. Então dirigi aos céus um suspiro tão cheio de agradecimentos que o ar deve ter ficado mais pesado; minha companheira, entretanto, caminhava ágil e saltitante, como se saísse de um baile ou do teatro. E pensar que um quarto de hora antes jogara-se voluntariamente de uma altura de dois campanários! Mulheres, mulheres, mulheres!... Quais são os nomes dos cem mil elementos, sempre novos, sempre vários, sempre discordes que as compõem? – Eu nunca vira Aglaura tão feliz, tão vivaz, como depois daquela ação desesperada. Apenas, quando eu queria que ela me desse razão, ela mudava de assunto um pouco amuada, mas se recompunha num instante com maior vivacidade e dupla petulância.

– Quer mesmo saber?... Sou louca e pronto!

Com isso calou minha boca e não se falou mais disso. Estava tão alegre, despreocupada e falante no resto do passeio, que até me passou um pouco do seu bom humor, e mesmo que meus joelhos sentissem muito, a mente, por aquela meia hora, se esqueceu de tudo.

– O que eu não gosto é que comeremos a truta fria e as sardinhas requentadas! – disse Aglaura brincando, quando estávamos para pisar as pedras do porto.

Na verdade, apesar de já estar recuperado, eu ainda não tinha as ideias claras para pensar em sardinhas e trutas. Mas ri dessa reclamação de Aglaura e lhe prometi uma omelete caso o peixe não estivesse bom.

– A omelete será bem-vinda, quero virá-la eu! – exclamou ela.

Safo[7], que depois de se jogar do penhasco de Lêucade[8] vira a omelete é um personagem realmente novo no grande drama da vida humana. Pois bem, posso lhes garantir que esse personagem não é uma grotesca ficção poética, mas viveu em carne e osso, assim como vivemos eu e vocês. De fato, Aglaura, não achando a truta de seu agrado, pegou a frigideira e foi bater os ovos; creio que a pobre truta foi ignominiosamente caluniada por esse capricho da donzela. Eu admirava de boca aberta. De joelhos diante da lareira, com o cabo da frigideira na mão e a tampa na outra, que defendia seu rosto do fogo, ela parecia o tripulante de um navio levantino preparando o café da manhã. A omelete saiu excelente, e depois dela até a truta se vingou do desprezo sofrido fazendo-se comer. As sardinhas fizeram seu melhor para entrar onde havia entrado a truta. Enfim, nos pratos só ficaram restos, e daí em diante me convenci de que nada serve melhor para aguçar o apetite do que ter tentado se matar uma hora antes. Aglaura não pensava mais nisso, eu também procurava ver aquele feio acidente como um sonho e uma burla, e o estômago trabalhava com tão boa vontade que me parecia impossível, depois das aflições de poucos momentos antes. Confesso que até agora vejo um pouco de magia naquele apetite furioso, talvez Aglaura tenha me enfeitiçado. Cada sardinha que engolia era um mau pensamento que voava e outro alegre e risonho que aparecia. Roendo a cauda da última, cheguei a imaginar a felicidade que sentiria num tempo de calma, de amor, de harmonia junto à Pisana naquelas praias encantadoras.

"Quem sabe!", pensei, engolindo. E dizer que tudo era confiança na boa estrela depois do temporal daquela tarde! É bem verdade que os extremos se tocam, como diz o provérbio, e que Bertoldo[9] tinha razão em esperar mais serenidade durante a chuva.

---

7 Segundo a lenda, a poetisa teria se jogado no mar de um penhasco na ilha de Leucádia por causa de seu amor infeliz por Phaon.

8 Os antigos gregos da Ilha de Lêucade, todo ano, religiosamente, costumavam atirar de um alto rochedo um criminoso condenado à morte, como sacrifício aos deuses.

9 Popular personagem de Giulio Cesare Croce (1550-1609)

Afinal, aquela foi a noite mais alegre e agradável que passei com Aglaura durante a viagem, mas muito talvez pelo contentamento de nos vermos salvos de tão grande perigo. Acompanhando-a ao seu quarto (a estalagem de Bardolino desde o século passado tinha pretensão de hotel), não pude deixar de lhe dizer:

– Você não vai mais me dar esses sustos Aglaura, certo?

– Não, claro, juro – respondeu ela apertando minha mão.

De fato, na manhã seguinte, atravessando o lago, e nos outros dias viajando pelos recém-nascidos departamentos da República Cisalpina, ela estava tão serena e comportada que eu me espantava. Várias vezes tentei tocar na tecla daquele estranho voo, mas ela sempre me interrompia dizendo que já me havia confessado cem vezes que era louca, e que eu ficasse tranquilo, pois ao menos naquela loucura ela não cairia mais. Assim, entramos bem felizes em Milão, onde o herói Bonaparte, com uma dúzia de embrulhões lombardos, se esfalfava para improvisar um esboço rápido da República Francesa una e indivisível.

Era vinte e um de novembro, uma multidão imensa e festiva transbordava dos bairros na avenida de Porta Oriental e de lá até o campo do Lazzaretto, batizado recentemente como campo da Federação. Retumbava a artilharia, milhares de bandeiras tricolores agitavam-se; era um repique de festa, uma gritaria, um lançar de chapéus, um agitar de lenços, de cabeças, de braços naquele alegre tumulto. Aglaura e eu não tivemos coragem de nos fecharmos em um quarto enquanto à luz do sol, ao ar livre, ali perto, seria inaugurado o governo estável e italiano da República Cisalpina. Deixei a minha trouxa e, sem que ela quisesse tirar seu traje masculino, nos misturamos ao povo, contentíssimos por termos chegado a tempo para aquele solene e memorável espetáculo. Chegando ao lugar onde o arcebispo abençoava as bandeiras, entre o altar de Deus e o altar da Pátria, em meio a uma multidão incontável e palpitante, diante da autoridade popular do novo governo e da gloriosa tutela de Bonaparte[10], que assistia numa cadeira especial, confesso que todos os escrúpulos saíram de minha cabeça. Essa era precisamente a vida de um povo, e se fossem os franceses ou os turcos a despertá-la, não havia do que reclamar. Os rostos, os peitos, os gritos estavam cheios de entusiasmo, de augúrios e grandes presságios: aquela súbita união de muitas províncias arrancadas de várias

10 Bonaparte, na verdade, saíra de Milão em 17 de novembro. A descrição da cerimônia por Nievo refere-se à inauguração da República Cisalpina, acontecida em 9 de julho de 1797, quatro meses antes. 21 de novembro de 1797 é a data da primeira reunião do corpo legislativo da Cisalpina, composto pelo Grande Conselho e pelo Conselho dos Seniores.

sujeições estrangeiras para compor uma só independência, uma só liberdade, incentivava a imaginação com maiores esperanças. Quando Serbelloni, presidente do novo Diretório, jurou pela memória de Curzio, de Catão e de Cévola[11] que manteria, se fosse necessário com a vida, o Diretório, a constituição, as leis, os grandes nomes romanos combinavam perfeitamente com a solenidade do momento. Hoje, que sabemos o futuro desse passado, rimos dele, mas na época a confiança era imensa; as virtudes republicanas e a operosa liberdade da Idade Média pareciam sem importância; agarravam-se corajosamente ao grande fantasma esconjurado por Cesar. Em meio àquele carnaval da liberdade minha mente às vezes voava, e sentia meus olhos se umedecerem, mas a imponência presente afastava a memória distante. As manifestações e os discursos daquele dia foram coisas tão fecundas, que as ilusões prometidas por Villetard aos venezianos não pareciam mentirosas nem falaciosas. Os venezianos que assistiam à festa choravam mais de emoção do que de dor, pois se se julgava impossível que a França, depois de dar liberdade às províncias que eram servas e a princípio indiferentes, quisesse negá-la a quem sempre a possuiu, demonstrou-se no final que ela lhe era muito cara. Bonaparte voltava ao afeto e à admiração de todos; no máximo se murmurava que o Diretório francês mantinha suas mãos atadas, desculpa usual dos ladrões e trapaceiros da gratidão pública. Eu também passei a acreditar que o tratado de Campoformio fora uma necessidade de momento, uma concessão temporária para depois retomar o que se havia dado; e vendo de perto as obras dos franceses e a civilidade dos Cisalpinos, não me surpreendia que Amilcare me escrevesse, completamente curado de seus delírios de Bruto, e que Giulio Del Ponte e Lucilio tivessem se alistado na nova Legião Lombarda, núcleo de futuros exércitos.

Eu buscava com o olhar esses meus amigos nas milícias enfileiradas no campo do Lazzaretto; de fato, pareceu-me vê-los, apesar de não poder ter certeza pela distância. Quem identifiquei perfeitamente foi Sandro, meu amigo moleiro, segurando uma bandeira francesa, com plumas na cabeça, ouro e borlas nas costas e na cintura. Parecia-me impossível terem-no enfeitado tão esplendidamente em tão pouco tempo, mas era ele mesmo, e se fosse outro a semelhança enganava muito. Perguntei a Aglaura se ela vira o senhor Emilio, mas ela me garantiu que não. Ela parecia estar mais preocupada com a festa, seus gritos e suas palmas impressionavam muito as pessoas mais próximas que a cercavam.

---

11 Famosos exemplos romanos de sacrifícios patrióticos.

– Aglaura, Aglaura! – sussurrava eu. – Lembre-se de que você é mulher!

– Mulher ou homem, o que importa? – respondeu ela bem alto. – Os adoradores da liberdade não têm diferença de sexo. São todos heróis.

– Bravo! Muito bem! É um homem! É uma mulher! Viva a República! Viva Bonaparte!... Viva a mulher forte!...

Precisei levá-la embora para que não a erguessem em triunfo; creio que ela teria gostado muito dessa cerimônia, e via arder em seus olhos um fogo que recordava o furor de uma Pizia[12]. Com grande esforço consegui conduzi-la para outro canto onde se reunia uma grande turba feminina, a mais molesta e faladeira que já encheu um mercado. Era uma verdadeira república, aliás, uma anarquia de cérebros fúteis e superficiais, não conheço ninguém que diga tantas besteiras quanto uma mulher política. Julguem por aquilo que ouvi!

– Ei – dizia uma –, não acha que deviam ter vestido de vermelho o nosso Diretório?... Assim de verde com enfeites prateados parece o mestre de cerimônias do ex-governador.

– Quieta, boba! – respondia a outra – A severidade republicana usa cores escuras.

– Ah, chama isso de severidade? – intrometeu-se uma terceira. – Se soubesse o que dois tenentezinhos fizeram com a filha da minha irmã...

– Calúnias! Devem ter sido nobres disfarçados!... Morte aos nobres!... Viva a igualdade!

– Viva, viva, mas dizem que aqueles senhores do Diretório são quase todos aristocratas.

– Sim, eram, minha filha, mas foram purificados.

– Diabos! Como se faz isso?...

– Não sabe, não?... Nunca viu em São Calimério o quadro da Purificação?... Levam à igreja duas rolinhas e duas pombinhas.

– E é o suficiente?

– O resto é com os padres. Por mim basta que sejam purificados e não me importa tanto o cerimonial! Ei! Lucrezia, Lucrezia! Olha lá o seu irmão, que bela figura com sua espingarda no ombro e a roseta no chapéu!

– Estou vendo! Se não fosse meu irmão eu me apaixonaria por ele!... Sabe que ele jurou matar todos os reis, todos os príncipes e até o papa?...

12 Sacerdotisa do templo de Apolo em Delfos.

– Sim?... Como ele tem coragem, caramba! É bem capaz de manter a promessa. Eu o vi quebrar a cara de um guarda que lhe pisara o pé na estalagem. Viva a República!...

Então, todas aquelas gargantas infatigáveis se uniram àquele grito frenético. Viva a República!... Viva Bonaparte!... Viva a República Cisalpina!...

– Ei! – perguntou timidamente às companheiras aquela que queria vestir de escarlate o Diretório. – Sabem me dizer onde está e o que é essa República?... Eu não a vejo... Talvez seja como Maria Teresa que estava sempre em Viena e nos mandava um subcozinheiro!

– Morte ao governador! – gritou a outra para purificar os ouvidos das lembranças servis evocadas pela companheira. – Depois passou a lhe explicar claramente o que era a República, dizendo que era como uma senhora que não se preocupa com nada, que vive e deixa viver, e não faz com que os pobres trabalhem para favorecer os ricos.

– Veja – acrescentou ela. – A República existe, mas ninguém nunca a viu, assim não se sentem controlados, e todos podem gritar, agitar bandeiras, berrar como quiserem, como se não houvesse ninguém.

– Está dizendo que não existe ninguém? – intrometeu-se Lucrezia com a voz rouca pela gritaria. – Não vê que existem os franceses e os cisalpinos?

– É isso – voltou a perguntar a primeira –, o que quer dizer esta Cisalpina?

– Cáspite! É um nome como Teresina, Giuseppina e tantos outros.

– Não, não, vou explicar o que quer dizer! – acrescentou Lucrezia – Ela não sabe de nada.

– Como não sei de nada?... Você, hein? É mesmo uma sabichona!

– Bobona! Acha que não entendo? Dancei ao redor da árvore interpretando o Gênio da Liberdade, e meu irmão está na Legião Republicana!...

Eu esperava bem atento essa definição de República que demorava a vir, e não prestava atenção nos delegados de Mântua e das Legações ainda não unidas à Cisalpina, que nesse meio tempo falavam na frente do Diretório, com grande e novo testemunho da concórdia italiana.

– Então, vamos, o que é esta República Cisalpina? – perguntou para meu grande alívio aquela que me parecia a mais tola e fofoqueira.

– O que é? O que quer dizer? – gritou com veemência Lucrezia. – Quer dizer que a Cisalpina existe e que a República saberá mantê-la. Serbelloni disse e jurou isso, e o general Bonaparte está de acordo com ele.

– Não gosto nem um pouco desse general Bonaparte, ele é magro como uma moeda e seu cabelo é liso como um prego.

– Oh, não é nada, minha filha! As coisas vão melhorar! É o contínuo furor das batalhas que deixou assim seu rosto e os cabelos. Você vai ver meu irmão quando voltar da guerra. Aposto que nem vai poder colocar o chapéu!

– Assim você ofende sua cunhada, Lucrezia! Não diga essas coisas!...

Aconteceu outra altercação pela impropriedade dessa brincadeira em momento tão solene. As mulheres acabaram se engalfinhando e as vizinhas precisaram acalmá-las. Interveio um guarda francês que com a coronha do fuzil colocou ordem em tudo. Tinha razão aquela que afirmara pouco antes que ao invés de não existir ninguém havia os cisalpinos e também os franceses. Os franceses, principalmente, não se podia duvidar que existissem. Vendo bem, eles tinham organizado o Governo, escolhido o Diretório, nomeado os membros das congregações, os secretários, os ministros; e se reservaram o direito de eleger, a seu tempo, os membros do Grande Conselho e do Conselho dos Sêniores. Mas o povo, que era novo naquela ebulição de vida, também tinha muito o que fazer. Desde obedecer passivamente e mal, a obedecer ativamente e bem, dera-se um grande salto; o resto viria depois, Bonaparte era o fiador.

Confesso que também participei generosamente das ilusões comuns, e as chamo de ilusões por terem se arruinado depois. De resto, tinha-se enormes e ótimos argumentos para acreditar. Aquele dia, de fato, foi um grande dia, e digno de ser homenageado pela posteridade italiana. Assinalou o primeiro ressurgimento da vida e do pensamento nacional, e Napoleão, em quem confiava então e depois me desiludi, sempre terá uma parte da minha gratidão por tê-lo apressado em nossos anais. Veneza devia cair; ele acelerou e desonrou a queda. Vergonha! O grande sonho de Maquiavel devia romper com o mundo da fantasia para encarar os fatos. Ele fez essa metamorfose. Foi verdadeiro mérito, verdadeira glória. E se foi por acaso ou se foi com ambições futuras, não é menos verdade que o favor do acaso e o interesse de sua ambição conspiraram com a saúde da nação italiana, e lhe impuseram o primeiro passo para o ressurgimento. Napoleão, com sua soberba, com seus erros, com sua tirania, foi fatal à velha República de Veneza, mas útil à Itália. Arranco agora do coração as pequenas iras, os pequenos ódios, os pequenos afetos. Mentiroso, injusto, tirano, ele foi bem-vindo.

Se eu estava tão inflamado, imaginem Aglaura; que, sem que eu lhes diga, vocês já viram que tinha a cabeça realmente voltada para aqueles entusiasmos de república e de liberdade! A essas suas preocupações atribuí, por aquele dia, a pouca preocupação com seu Emilio, mas à noite lhe falei sobre isso quando nos alojamos em dois quartos de uma humilde estalagem em Porta Romana.

– É o senhor – respondeu-me ela –, que imagina que não me preocupo! Mas esta manhã tudo o que fiz foi procurá-lo com os olhos, e se não consegui não é culpa minha... O senhor não tem aqui em Milão muitos amigos venezianos que pretende procurar esta noite?... Pois bem, saia e os ache, por eles saberei alguma coisa. Enquanto isso, vou vestir estas roupas de mulher que o senhor me comprou. Obrigada, meu amigo! Juro que lhe serei eternamente grata. Mas se encontrar Spiro diga que não sabe de mim. Não me espantaria nada se ele tiver chegado antes de nós a Milão. Prometi fazer o que ela pedia, mas de minha parte implorei para que mantivesse a promessa e desse notícias a seus pais. Ela me prometeu, e eu fui primeiramente ao correio para ver se havia cartas para mim e para ela. Havia quatro, três delas para mim, e duas destas da Pisana. Em uma ela me dava notícias do que acontecera depois da minha fuga, a outra eram só lamentações, suspiros, lágrimas pela minha ausência, e anseios para me abraçar logo. Fiquei estupefato com o que ela me contava. Sua Excelência Navagero expulsara de casa a prima condessa, e ela fora morar com o filho que recuperara seu posto na Contadoria. Venchieredo pai fizera muito barulho com a minha fuga, gritando e ameaçando sequestrar todos os meus bens, mas como não encontrara nem um grama de queijo, acalmara-se daquela febre de zelo, esquecera-se da casa e a Pisana continuava a morar lá. Entretanto, parece que a intercessão de Raimondo conseguira impor algum freio a essas represálias, pois o jovem não se esquecera dos coquetismos da Pisana, aliás, parecia estar pensando seriamente neles. Ao menos foi o que suspeitei, pois ela me escrevera que um dia inesperadamente recebera uma visita de Doretta. Certamente era obra de Raimondo, que por meio da amante tentava se introduzir; Doretta o servia cegamente, e depois de atingir seus objetivos livrava-se dela. A familiaridade dessa corja com a Pisana não me agradava nem um pouco, e decidi lhe escrever uma solene repreensão para ficar longe dela. É verdade que ela ria e zombava disso, mas não se pode prever tudo, e com aquela sua cabecinha!... "Basta!", eu pensava, "Os franceses precisam acender logo esse estopim, senão a coisa vai ser feia. Aquela doidivanas quer ser amada bem de perto para continuar a amar, e não quero prolongar demais essa experiência da distância".

Outras duas notícias espantosas eram o escândalo que Partistagno ainda fazia pela Clara e a posse do padre Pendola numa paróquia de São Marcos. O primeiro, recém elevado a capitão de cavalaria no exército imperial, creio que mediante a proteção do famoso tio barão, passeava com suas esporas noite e dia diante do convento de Santa Teresa, tanto que a madre Redenta pedira uma sentinela para reforçar a defesa da portaria. E a sentinela se atarefava noite e dia apresentando armas ao terrível Partistagno que passava e repassava continuamente. Fizeram-no acreditar que a Condessa havia forçado Clara a se tornar freira pela inveja e pelo ódio que nutria contra a família dele. Por isso se irritara e queria se vingar. Entre outras coisas, pusera em prática o perigosíssimo recurso de comprar muitos créditos hipotecários sobre as terras de Fratta, e atacar com petições e mandados de execução as últimas relíquias dessa infeliz herança. Certamente, Partistagno sozinho não era capaz de astúcias tão diabólicas, mas via-se por trás disso a pata infernal do velho Venchieredo, que depois de sua condenação jurara um ódio infinito à família do Conde de Fratta, até a última geração. Enquanto isso, entre a tirania de Partistagno, os roubos de Fulgenzio que a favoreciam e a incúria do conde Rinaldo que coroava a obra, o patrimônio de ativo se fizera passivo, e uma falência podia ser quase uma boa especulação. O castelo abandonado por todos caía em ruínas, e apenas os aposentos do Monsenhor ainda tinham a porta e as venezianas. Nos outros, feitores, capatazes e meliantes haviam passado a mão: uns vendiam os vidros, outros as fechaduras, outros ainda os tijolos do piso ou as traves do teto. Ao pobre Capitão, tinham arrancado a porta, e a senhora Veronica sofria ainda mais com a tosse e os resfriados, aumentando-lhe cinquenta vezes o peso da cruz matrimonial. Marchetto deixara o castelo, e de cavalcante se transformara em sacristão da paróquia. Bizarra palhaçada!... Mas os *buli* estavam fora de moda e era preciso se tornar santo. O mais terrível em tudo isso era que a Condessa, ao invés de angariar dinheiro das posses, só recebia notas promissórias e ameaças de execução. Ela não sabia mais para onde se virar, e se não tivessem sido os poucos lucros do dote da Pisana teria lhe faltado até o pão. Todavia ela jogava sempre, e as escassas mesadas de Rinaldo passavam no mais das vezes aos bolsos sem fundo de algum trapaceiro esperto.

A Pisana dizia que recebera as notícias de Fratta de seus tios de Cisterna, que se instalaram em Veneza com seus filhos esperando encaixá-los utilmente em alguma carreira pelo favorecimento que sua família gozava junto aos alemães. Seja de um lado ou de outro, eram muitas mãos em cima do dinheiro público. Quem vocês acham que ficando entre um e outro não teria vontade de conseguir nada no mundo? Confesso que verdadeiramente vi pouquíssimos desses milagres na minha vida, e quase nenhum em homens de idade avançada. O desprezo à honra e à riqueza pertence à juventude. Que ela saiba apreciar esse seu santíssimo dom, o único que torna possíveis as grandes intenções e fáceis os empreendimentos magnânimos...

A outra carta que me chegara era do velho Apostulos. Avisava-me da fuga da filha e das medidas tomadas para localizá-la em todos os lugares fora de Milão. Nesta cidade, o encargo era confiado a mim. Eu devia perguntar e procurar por ela, e, encontrando-a, ou a mandasse para Veneza ou a detivesse comigo, o que fosse melhor para ela. Certamente ele não queria usar os direitos da paternidade sobre uma filha rebelde e fugitiva. Ela podia fazer o que quisesse, ele não a maldizia, pois os loucos não o merecem, mas a esquecia. Porém, em um pós-escrito, acrescentava que ordenara uma busca mais minuciosa nas outras cidades de terrafirme, e que seus correspondentes deviam devolver-lhe imediatamente a culpada. Só transigia a meu favor, e se eu visse que a aberração da moçoila pudesse ser curada melhor em Milão do que em Veneza, eu agisse conforme as circunstâncias. – Estas últimas palavras estavam grifadas, mas realmente não entendi o seu oculto significado. Pensei em pedir esclarecimentos para Aglaura, pois talvez aludissem a um casamento com o senhor Emilio, mas ainda não entendia a razão de falar disso com tanto mistério. Certamente era um curioso destino o meu de ser considerado por cada uma das partes o confidente da outra; e todos me falavam com sinais, com meias palavras, os quais eu entendia tanto quanto o árabe. De resto, de meu pai ainda nenhuma notícia, mas não eram esperadas até o natal, e as notícias gerais do Levante eram boas.

Com toda essa confusão de pensamentos, de novidade, de embrulhadas, de mistérios na cabeça, parei em um café para perguntar onde era a caserna da Legião Cisalpina. Disseram-me que era em Santa Vicenzina, a dois passos da Piazza d'Armi. Com isso eu sabia menos do que antes, mas de tanto perguntar, voltar, perguntar de novo e caminhar, cheguei onde desejava. A disciplina não era muito exemplar naquela caserna, entrava-se e saia-se como num porto franco. A confusão, o barulho e a desordem não podiam ser maiores. Os chefes se pavoneavam em seus novos uniformes e esperavam usá-los como argumento de conquista de belas jovens antes de levá-los ao campo de batalha, terror dos inimigos. Os subalternos e os frades brigavam entre si, pois aqueles pensavam que deviam ser os primeiros por razões de grau, estes da mesma forma pela pragmática republicana que tendia a elevar os últimos. Vai dar muito o que fazer, pois essa confusão da igualdade e da dependência vai ser difícil acomodar, principalmente entre nós em que não há cabeça oca que não se aproprie do famoso *Tu regere imperio populos*[13] de

13 *Eneida*, V, 851: Tu regere imperio populos, Romane, memento – "Tu, ó romano, lembra-te de reger os povos sob o teu governo."

Virgílio: "e um Marcelo se torna todo o estúpido que aparece!" disse também Dante[14]. Talvez seja uma qualidade da índole italiana degenerada em defeito pelas condições alteradas dos tempos. Como é certo que a soberba cabe bem ao leão no deserto, mas não lhe convém na jaula. Mas vocês dirão que o que foi ainda pode ser, e que batendo e rebatendo, com educação, com atitudes, muito se obtém. Mas devo dizer que tenho confiança, sobretudo se não nos lisonjearmos. De resto, me apego mais facilmente à arrogância sutil do italiano do que à genuflexa obediência do eslavo embriagado. Aqui seria preciso uma longa dissertação sobre a opinião dos que atribuem aos eslavos o último verniz de civilidade, como atribuem aos alemães a força de trabalho, e a nós, pobres bastardozinhos de Roma, não deixam mais do que a glória de um primeiro esboço, um pouco ideal, um pouco falso se quiserem, mas também, ao que parece, um pouco nosso. Contra esses detratores das raças latinas seria tempo perdido escrever livros, basta indicar e abrir aqueles já impressos. A Itália é o passado, a França tem nas mãos, digam o que disserem, o presente do mundo. E o futuro? Deixemo-lo aos eslavos, aos camalmuques[15] também, se eles quiserem. Eu acredito que o futuro será sempre futuro.

Tudo isso, entretanto, em nada desculpava o desmazelo, a insubordinação da Legião Cisalpina. Deixemos de lado a questão do valor, mas garanto que quanto à disciplina e à preparação as famosas Cernides de Ravignano teriam feito boa figura. O que teria dito o teórico, teoricíssimo, capitão Sandracca que afirmava que num regimento bem ordenado um soldado devia se parecer com o outro mais do que um irmão, de tanta que devia ser a influência assimiladora da disciplina?... Mas garanto que se alguém encontrar dois legionários lombardos com o mesmo feitio de barba, mereceria receber o custo da Catedral de Milão. A história da moda tinha nesse particular os exemplos desde Adão até os babilônios, os ostrogodos e os granadeiros de Frederico II. Perguntei sobre o doutor Lucilio Vianello, Amilcare Dossi e Giulio Del Ponte a um soldadinho sujo e amuado que por meia caneca lustrava raivosamente os sapatos de um colega.

– Estão no primeiro pelotão, vire à esquerda – respondeu-me aquele escravo da igualdade.

Virei à esquerda e repeti minha pergunta a outro milico ainda mais sujo do que o primeiro, que esfregava com óleo e trapos o cano de um fuzil.

14 *Purgatório*, VI, 125-126. "son di tiranni, ed um Marcel diventa / ogni villan che parteggiando viene."

15 Povo nômade mongol estabelecido entre a Mongólia e o Volga.

– Com mil diabos, conheço os três! – respondeu. – Vianello é justamente o médico da companhia, aquele que degola a todos nós por ordem dos franceses que estão cansados de nós... Sabe, cidadão, que fecharam a Sala de Instrução pública?...

– Não sei de nada – disse –, mas onde posso...

– Espere. Como eu dizia, Vianello é o médico, Dossi é o alferes da minha companhia e Del Ponte é o cabo, um tipo à beira da morte que não se aguenta em pé, e joga nas minhas costas todos os incômodos do serviço. Veja, esta é a espingarda dele que me toca esfregar!... Que bela festa desta manhã!... Fazer-nos ficar dez horas em pé como paus cheirando esse vento de inverno!... Diabos, nos alistamos para guerrear, para destruir a estirpe dos reis e dos aristocratas, não para fazer a corte ao Diretório e levar-lhe a vela em procissão!... Para isso mandem chamar os lacaios do Arquiduque Governador. É uma verdadeira ignomínia... Hoje, só bebi um pouquinho de vinho o dia todo... E ainda por cima temos que ser republicanos!... Cidadão, o senhor me honraria com um pequeno empréstimo para comprar um caneco?... Giacomo Dalla Porta, líder do primeiro pelotão da Legião Cisalpina, às suas ordens.

Dei-lhe, a título de empréstimo, uma lira de Milão, desde que me levasse sem mais falatório a algum dos três de que falara. Largou a espingarda, o óleo, os trapos, deu quatro pulos à milanesa com aquela lira entre o polegar e o indicador, e me olhando, com a outra mão bem aberta no nariz, correu escadas abaixo em busca da estalagem.

"Confie na probidade republicana!", pensei resmungando como um velho. – Eu esquecera que com um papel impresso e uma festa no campo da Federação, é bem possível iniciar, mas não terminar, a renovação dos costumes e que, por outro lado, sempre haverá em todas as repúblicas da terra gente que prefira mais o vinho do que agradar ao próximo.

Finalmente encontrei num corredor um soldadinho atilado, bem arrumado, quase elegante, que respondeu ao meu cumprimento com uma reverência quase cortesã, e me chamou de cidadão, como quatro meses antes teria me chamado de conde e de excelência, tal era a elegância e a harmonia da voz. Devia ser algum marquês, empolgado pelo amor à liberdade, que pensara se fazer frade dessa nova religião alistando-se nos legionários cisalpinos. Mártires elegantes e despreocupados que abundam em todas as revoluções, e que quem fala mal deles merece a excomunhão, pois com um pouco de paciência acabam se tornando heróis. Temos muitos deles recentemente em nosso calendário, por exemplo, Manara[16], milanês como o anônimo marquesinho com que falei. Ele, enfim, levou-me muito cortesmente até a sala do doutor Lucilio, e lá voltamos a nos reverenciar, parecendo dois primeiros ministros depois de uma conferência.

Entrei. Não posso lhes dizer da surpresa, das congratulações, dos abraços do doutor, e de Giulio que estava com ele. Acredito que não teriam feito maiores festas para um irmão e por isso soube que me queriam um pouquinho bem. Senti algum remorso ao abraçar e beijar Giulio. Pode-se dizer que eu ainda tinha os lábios quentes dos beijos da Pisana, daquela que ele também amara e que talvez com a sua despreocupação, com o seu coquetismo, tenha lhe instilado nas veias o fogo febril que o consumia. Mas por outro lado, ele havia renunciado por um amor mais digno e afortunado; encontrava-o pálido e macilento, mas certamente não pior do que estava em Veneza, apesar da vida desconfortável e militar da caserna. Lucilio tranquilizou-me garantindo que a doença não fizera progressos e que o bom humor, a ocupação moderada e contínua, a comida parca e regular, talvez induzissem, com o tempo, alguma melhora. Giulio sorria como quem acredita, e que não custa esperar; fizera-se soldado para morrer, não para se curar, e já estava tão acostumado a essa ideia que a levava adiante alegremente, e como Anacreonte[17], coroava-se de rosas com um pé no sepulcro. Perguntei-lhe de suas esperanças, das ocupações, da vida. Tudo ia melhor. Esperanças impacientes e enormes pela revolução que efervescia em Roma, Genova, no Piemonte, em Nápoles, pelo movimento unitário que começaria com a próxima anexação de Bolonha, de Módena e também de Pesaro e de Rímini à Cisalpina.

– Vamos tocar o Mediterrâneo em Massa – disse Lucilio –, como nos impedirão de tocar o Adriático em Veneza? ...

– E os franceses? – perguntei.

– Os franceses nos ajudam bastante, porque não somos capazes de nos ajudarmos. Claro que é preciso ficar de olhos abertos e não tolerar as mentiras daquele idiota do Villetard, e principalmente segurar com unhas e dentes as nossas franquias e não as desperdiçar.

Eram mais ou menos as minhas ideias, mas pelo calor da voz, pela vivacidade do gesto, logo entendi que a grandiosa solenidade da manhã esquentara também a cautelosa imaginação de Lucilio, e que ele, naquela noite, não

16 Trata-se de Luciano Manara, combatente nas Cinco Jornadas de Milão e na guerra da independência de 1849, morto heroicamente em Villa Spada defendendo a República Romana.

17 Poeta lírico grego (570 a. C. - 485 a. C.)

era o médico apaixonado de dois meses antes. Eu gostava mais assim, mas era menos infalível, e apesar de seus prognósticos concordarem com os meus, não quis ainda confiar cegamente. Falei-lhe então das minhas dúvidas sobre a ignorância e a inexperiência do povo, que não me parecia apto à sábia civilidade dos ordenamentos republicanos, e sobre a insubordinação que eu mesmo observara nas milícias recentemente formadas.

– São duas objeções que se responde com um só argumento – acrescentou Lucilio. – O que é preciso para educar soldados disciplinados?... A disciplina. O que é preciso para formar verdadeiros, virtuosos e íntegros republicanos?... A república. Os soldados e os republicanos não nascem espontaneamente: todos nascemos homens, isto é, seres a serem educados bem ou mal, futuros servos, futuros Catões conforme caímos em mãos criminosas ou honestas. De resto, se a república não vier a formar perfeitos republicanos, de pouco servirá a tirania para prepará-los!

– Quem sabe! – exclamei. – A Roma de Bruto surgiu da Roma de Tarquínio[18]!

– Eh! Não se preocupe com isso, Carlino, pois não nos faltaram Tarquínios em quatro ou cinco séculos de loucura e de servidão!... Devemos estar bem-educados. Mas me fale de você. Por que se demorou tanto em Veneza? Como pensava poder viver lá?

Ainda dei como desculpas a morte de Leopardo, os negócios deixados em suspenso por meu pai, e finalmente criei coragem, olhei de soslaio para Giulio, e falei da Pisana. Os dois, então, me perguntaram como havia sido aquela confusão com um oficial francês que chegara até Milão. Expliquei-lhes tudinho, e como os incômodos e os perigos que daí derivaram à Pisana me obrigaram a ficar lá para defendê-la e consolá-la de alguma forma. Estendi-me principalmente na descrição da minha fuga para lhes demonstrar os riscos que eu corria ficando em Veneza, aos quais certamente não teria me exposto se uma grave necessidade não me forçasse. Em poucas palavras confessava-me culpado daquele indolente atraso, pois não queria que alguém tivesse argumentos para me acusar. Para não me fixar demais nesse ponto que me queimava as mãos, falei da condição provisória de Veneza, dos últimos espólios de Sérurier, do novo governo que se estabelecera, no qual Venchieredo parecia ter alguma influência.

– Cáspite! Você não sabe? – acrescentou Lucilio. – Ele era a ligação entre os imperiais de Gorizia e o Diretório de Paris!...

18 Em 510 a. C., Tarquínio o soberbo, último e despótico rei de Roma, foi expulso pela plebe guiada por Lucio Giunio Bruto, que se tornou, com Collatino, o primeiro cônsul da República Romana.

– Ou melhor, o Bonaparte de Milão – corrigiu Giulio.

– Que seja, dá no mesmo. Bonaparte não podia desfazer o que o Diretório já havia tramado. Fato é que Venchieredo foi bem pago, mas temo ou espero que irá se dar mal, pois sempre serve mal, e quem serve demais erra e se engana.

– A propósito – perguntei –, o que me dizem de Sandro de Fratta?... Eu o vi esta manhã na festa com tantas constelações ao redor que parecia o Zodíaco!

– Agora se chama capitão Alessandro Giorgi dos Caçadores a Pé – respondeu Lucilio.

– Adquiriu muito prestígio ao reprimir as revoltas dos camponeses genoveses. Agora vai adiante. Fizeram-no tenente e depois capitão em um mês, mas entre tiros, assassinatos e muitas dificuldades, creio que só sobraram vivos quatro da companhia dele. Um forçosamente devia se tornar capitão, os outros eram dois sapateiros e um pastor. Foi escolhido, por necessidade, o moleiro!... Você irá encontrá-lo, e vai ver como está vaidoso! É um bom rapaz que oferece sua proteção a quem encontra e não vai recusá-la a você.

– Obrigado – respondi –, aceitarei se precisar.

– Não por enquanto – replicou Lucilio –, pois seu lugar é conosco e com Amilcare.

Então me disse que este último estava mais altivo e debochado do que nunca, e que mantinha a alma da sua brigada com saídas que conseguia encontrar nas piores situações. Reduzidos a viver com salários, pode-se imaginar que muitas vezes estavam falidos, cabia então a Amilcare encontrar expedientes para fazer dinheiro, e conseguindo-o, esforçar-se para poupar até o próximo pagamento. Amilcare me fez lembrar de Bruto Provedoni, que partira com Giorgi e não se soubera mais notícia. Ele, entretanto, estava nas escaramuças lígures e piemontesas, em que, apesar do rei ser bom amigo e melhor servidor do Diretório, sempre se preocupava em manter viva a resistência para ter controle caso houvesse um golpe. Todavia, tinha provocado a renovada República Lígure para lhe declarar guerra, e sendo-lhe proibido se defender, o pobre rei não sabia para onde se virar, eram precipícios de todos os lados. Sorte que o guerreiro e fiel Piemonte não se parecia em nada com a sonolenta Veneza, senão ver-se-ia uma ignominia semelhante. Ignominia houve, mas toda do lado dos franceses. – Então me senti à vontade para perguntar de Emilio Tornoni, fingindo conhecê-lo e desejando saber alguma notícia. Lucilio estendeu o lábio e nada respondeu. Giulio me disse debochando que partira para Roma com uma bela condessa milanesa, provavelmente para fazer lá a revolução. Suas atitudes depreciativas causaram-me alguma suspeita, mas não consegui saber mais. Dali a pouco entrou aquela cabeça oca do Amilcare; novos beijos, novo espanto. Estava negro como um árabe, com uma voz que parecia sintonizada com o barulho dos mosquetes, mas me explicaram que a arruinara daquele modo ensinando os recrutas a marchar. De fato, dar um passo, algo por si só facilíssimo, os táticos de guerra transformaram na arte mais difícil do mundo e é preciso dizer que antes de Frederico II as batalhas eram combatidas sem marchar ou marchando muito mal, e não é impossível que daqui a cem anos se ensine aos soldados marchar em passo de polca. Aquela noite não queria mais terminar, tínhamos tantas coisas para contar, mas subimos aos bastiões e ao soar dos tambores Lucilio fez sinal aos outros dois que era tempo de se retirarem.

– Ah, sim! – disse Amilcare dando de ombros. – Um oficial deve obedecer ao tambor!

– Eu estou doente, devo ir ao hospital – acrescentou Giulio.

Eu esperava que Lucilio os chamasse ao dever, pois estava ansioso para falar com Aglaura, levar-lhe a carta e as notícias de Emilio, mas os dois recrutas nem ligavam para as palavras do doutor e precisei ficar na companhia deles até depois das nove. Então me acompanharam ao meu hotel, mas como não os convidei para subir, e viram luz na janela e uma sombra de mulher se desenhar nas cortinas, começaram a zombar de mim, fazer mil conjeturas, e a se alegrar com a minha sorte. Por fim, aquele desgraçado do Amilcare berrava tanto que eu temia ver Aglaura na sacada a qualquer momento. Quando Deus permitiu, e Lucilio convenceu-os a irem embora, pude subir até a jovem e confortá-la de sua penosa solidão. Entreguei-lhe a carta, a vi suspirar e quase chorar ao lê-la, mas ela se esforçava para não demonstrar.

– Se posso, quem lhe escreveu? – perguntei.

Respondeu-me que era Spiro, seu irmão. Mas se esquivou rapidamente de todas as outras perguntas que lhe fiz, e só me disse que ele estava perfeitamente bem e acreditava que ela estava comigo em Milão. Por que, então, ele não vinha encontrá-la se tinha tanto afeto por ela? – Isso ela não soube explicar, mas em seguida ficou claro, quando soube que Spiro tinha sido preso como cúmplice da minha fuga. Aquela carta viera da prisão e por isso Aglaura tinha se emocionado. Depois me perguntou se eu também tinha recebido cartas de Veneza, e quando respondi que sim, pediu-me notícias. Imediatamente entreguei-lhe a carta de seu pai e a da Pisana em que contava as agitações de Veneza. Leu tudo sem piscar; só quando chegou ao ponto em que eram citados Raimondo Venchieredo e Doretta deu um gritinho de surpresa, e repetiu o nome de Doretta como que para se certificar.

– O que foi? – disse eu.

– Ah, nada! É que eu também conheço essa senhora de passagem, e me espanta encontrar o nome dela numa carta endereçada ao senhor. Se tivesse lembrado que Venchieredo é dos seus lados, não teria me espantado tanto.

– E como conhece os Venchieredo?

– Conheço, ora, porque conheço!... Aliás, não, quero dizer. Correspondiam-se com Emilio, suponho que por algum interesse comum.

– A propósito, preciso lhe dar uma triste notícia.

– Qual?

– O senhor Emilio Tornoni partiu para Roma. (Por prudência não falei da condessa).

– Eu sabia, mas vai voltar – respondeu Aglaura com um rosto desafiador. – Peço-lhe, no entanto, que se informe amanhã se estão aqui o senhor Ascanio Minato, ajudante do general Baraguay d'Hilliers, e o senhor d'Hauteville, secretário do general Berthier. São pessoas que me podem ser úteis para ter notícias de Emilio.

– Pode deixar comigo.

– E diga-me, não soube mais nada dele?

– Mais nada!

– Nada, nada?... Nada mesmo?

– Nada, já disse. – A jovem quase impressionava falando com tanta indiferença de ajudantes e generais, mas não quis lhe falar do tácito desprezo que notei em Lucilio e Del Ponte quando falei de Tornoni.

Eu sabia o quanto desagrada aos apaixonados quando se fala mal de seus amados.

– Aglaura – retomei depois de um instante de silêncio, para reavivar a conversa –, você é muito misteriosa, e concorda que a minha bondade e a minha discrição...

– São sem par – acrescentou ela.

– Não, não queria dizer isso, ia sugerir que merecem um grãozinho de confiança da sua parte.

– É verdade, meu amigo. Pergunte e responderei.

– Se você ficar assim séria e empertigada como uma rainha as palavras morrerão na minha boca. Vamos, seja alegre e modesta como na primeira noite em que a vi... Assim, assim mesmo!... Então me diga como você tem tanta familiaridade com todos esses nomes e sobrenomes do Estado Maior francês... Agora a pouco você parecia um general dispondo as fileiras para uma batalha!

– Só quer saber isso?

– Só isso, por enquanto essa é toda a minha curiosidade.

– Pois bem, esses senhores eram amicíssimos de Emilio, por isso os conheço.

– O senhor Minato também?

– Este mais do que os outros, mas ele também é um cavalheiro, ou seja, o menos velhaco de todos esses ladrões.

– Fale baixo, Aglaura!... Você não é mais a mesma desta manhã!... Por que injuriar os mesmos que você elevou aos céus agora há pouco?...

– Eu?... Eu elevei aos céus a República, não quem a fez. Até um asno pode andar carregado de pedras preciosas... De resto, ladrões em casa podem ser heróis em público, mas heróis carniceiros, não...

– Diga-me uma coisa, Spiro escreveu que vem lhe buscar ou para você ir para Veneza?

– Por que essa pergunta?... Está cansado de mim?

– Boa noite, Aglaura, nos falamos amanhã. Hoje você está não está bem.

Retirei-me para meu quartinho atrás do dela, e me deitei pensando na Pisana, nos apuros que deviam angustiá-la, nos perigos da sua solidão. Sobretudo aquela reconciliação com Rosa e as visitas de Doretta me preocupavam, Raimondo vinha depois, já que sabia que ele era o grande cabrito que passaria pelos buracos feitos pelas cabras. Esquematizei em minha cabeça uma grande carta que escreveria no dia seguinte, e da preocupação com a Pisana passei para a preocupação com Aglaura, que se era menos urgente, também era mais obscura. Quem podia ver algum vestígio de luz no turbilhão daquela cabecinha? – Eu, certamente, não. – Viemos de Pádua a Milão sempre de surpresa em surpresa; ela não parecia uma jovem ocupada em viver, mas um romancista francês compondo uma epopeia. Suas ações, suas palavras, se alternavam, se retiravam, se sobrepunham a fatos, a contraposições, a surpresas como as estrofes de uma ode de Píndaro mal improvisada por estudantes. Sonhei com isso a noite toda, observei-a boa parte da manhã, e saí com a carta para a Pisana no bolso sem ter avançado em nada. Levava também uma carta para Apostulos, em que lhes contava toda a conduta de Aglaura, colocando-me às suas ordens no que se referia a ela; pedi-lhe também que auxiliasse a Pisana no que ela precisasse, como se fosse para mim mesmo. Claro que coloquei tudo no correio sem dizer nada para a jovem, pois se tratava da minha consciência e não era preciso cerimônias. Servir-lhe de pai, sim, mas não iria me fazer de tolo por amor a ela.

Ao meio-dia, encontrei-me com Lucilio no café do Duomo, que naquele tempo estava na moda, e onde tínhamos combinado. Ele se mostrou muito descontente por não ter podido me alistar na Legião Cisalpina, onde não havia mais nenhum lugar vago, mas para não me deixar ocioso, dizia ele, buscara inspiração com o diabo, e estava contente por ter tido uma ótima ideia.

– Agora vou levá-lo ao seu general – disse ele –, general, comandante, capitão, companheiro de armas, o que você quiser! É um daqueles homens que são muito superiores aos demais para se preocupar em demonstrá-lo, é impossível acreditar que ele tenha uma alma só, e sua imensa atividade cansaria doze homens num dia. Com tudo isso, admira os tranquilos e tem pena até dos indolentes. No campo, aposto que sozinho venceria uma batalha, desde que não lhe ferissem os olhos, nos quais reside sua mais extraordinária força. É napolitano, e em Nápoles diriam que tem mau-olhado, ou melhor, como dizem por aqui, o olho gordo, que não deve ser confundido com olho mau, aliás, pior do que o antigo chanceler de Fratta.

– E quem é essa fênix? – perguntei.

– Você vai ver, e se não gostar, mando me desbatizar.

Com essas palavras me tirou do café, e fomos a passo forçado pelo Naviglio de Porta Nova em direção aos bastiões. Entramos numa vasta casa onde o pátio estava lotado de cavalos, de cavalariços, de amestradores, de selas, de arreios, como numa caserna de cavalaria. Pela escada um vai e vem de soldados, de sargentos de ordenanças como no prédio do Quartel General. Na antecâmara mais soldados, mais armas dispostas como troféus ou aos feixes nos cantos, havia também, enfiado num canto, um pequeno depósito de túnicas, bandoleiras e botas de soldados.

"Quem é?", pensava eu, "Talvez o Arsenal? ..."

Lucilio ia adiante sem se perturbar, como se fosse de casa. De fato, sem nem se fazer anunciar na última antecâmara por uma espécie de ajudante que estava lá olhando para o teto, abriu a porta e entrou puxando-me pela mão diante de um estranho chefe daquele estabelecimento militar.

Era um jovem alto, de uns trinta anos, um verdadeiro tipo mercenário, o retrato animado de um dos Orsini, dos Colonna, dos Medici, cuja vida foi uma série contínua de batalhas, de saques, de duelos, de prisões. Chamava-se Ettore Carafa, nome muito nobre, que era ainda mais ilustre pela independência de quem o carregava, pelo seu amor pela liberdade e pela pátria. Por suas tramas republicanas sofrera longa prisão no famoso Castelo Sant'Elmo; fugindo se refugiara em Roma, e de lá em Milão para formar, às próprias expensas, uma legião para libertar Nápoles. Tinha um daqueles espíritos que unidos ou sós querem fazer a qualquer custo, e essa magnanimidade transpirava dignamente na expressão de seu rosto. Somente em meio a uma sobrancelha descia uma pequena cicatriz rodeada por um halo de palidez; parecia o sinal de uma triste fatalidade entre as nobres esperanças de alguém valoroso. Levantou-se do catre em que estava deitado, estendeu a mão para Lucilio e elogiou o belo oficial que o acompanhava.

– Oficial sem importância – respondi eu. – Só conheço a verdadeira arte militar de nome.

– Você tem coragem de se deixar matar para defender a pátria e sua honra? – continuou Carafa.

– Não uma – acrescentei –, mas cem vidas eu daria por tão nobres razões.

– Então, meu amigo, permito-lhe que desde agora se considere um perfeito soldado.

– Soldado sim – intrometeu-se Lucilio –, mas oficial?...

– Nisso penso eu!... Você sabe montar a cavalo, carregar uma espingarda e manejar a espada?

– Sei um pouco de tudo isso (era mérito de Marchetto e lhe agradeci, como pouco antes agradecera ao Pároco pela sua instrução clássica).

– Então, aqui está também um oficial. Numa legião como a minha que fará guerra em pequenos grupos, o olho e a boa vontade farão mais do que o saber. Volte aqui esta noite na hora de recolher. Vou designar a sua tropa, e tenha certeza de que daqui a três meses teremos conquistado o Reino de Nápoles.

Parecia que eu estava ouvindo falar Roberto Guiscardo, ou algum paladino de Ariosto, mas ele falava sério e percebi isso mais tarde. Custou-me perguntar se eu poderia dormir fora da caserna, mas finalmente perguntei e ele disse com um sorriso que era direito dos oficiais.

– Entendo – acrescentou –, à noite você tem compromisso com outro coronel.

Eu me atrapalhei e não disse que não; Lucilio também sorriu; o fato era que eu não podia deixar Aglaura sozinha, mas qual prazer eu tinha de lhe fazer a guarda só os céus sabiam. No momento, fiquei muito satisfeito com o senhor Ettore Carafa, e duas vezes mais depois. Sempre lembrarei com prazer aquela vida frugal, operosa e soldadesca. De manhã, os exercícios com meus soldados, depois o almoço e conversas com Amilcare, com Giulio, com Lucilio; depois do almoço e à noite conversas com Aglaura que sempre esperava Emilio e não queria saber de voltar para Veneza. Nesse meio tempo, algumas cartas agridoces da Pisana. E assim chegamos ao tempo da revolução de Roma, que devia apoiar as operações militares de Carafa no Reino.

CAPÍTULO DÉCIMO SEXTO

No qual se desenvolve o mais incrível drama familiar que se possa imaginar. Digressão sobre os acontecimentos de Roma, sobre Foscolo, Parini e outros personagens da República Cisalpina. Ganho uma irmã e dou a Spiro Apostulos uma esposa. Mântua, Florença e Roma. Escaramuças na fronteira napolitana. A ninfa Egeria[1], de Ettore Carafa. Uma aposta me faz ganhar novamente a Pisana, mas no princípio não fico muito lisonjeado.

No dia quinze de fevereiro de 1798, cinco tabeliães, em Campo Vaccino[2], lavraram o ato de liberdade do povo romano. O libertador foi aquele Berthier que fora o traidor no congresso de Bassano para a preservação da República de Veneza. O Papa estava fechado no Vaticano entre suíços e padres; e negando-se a renunciar à autoridade temporal foi tirado de Roma militarmente e levado à Toscana[3]. Único exemplo de inflexibilidade italiana naquele tempo de contínuas mudanças, de medos súbitos; e foi de Pio VI. Por menos cristão que eu fosse, lembro que me admirei com a constância do grande velho, e comparando-a à trêmula debilidade do doge Manin, confrontava dolorosamente os dois mais antigos governos da Itália. Roma, já arruinada pelo tratado de Tolentino[4], foi completamente espoliada pela presença dos republicanos; o assassinato do general Duphot[5], pretexto para a guerra, foi corroborado com exéquias, com incêndios e com a espoliação de todas as igrejas. Caixas cheias de pedras preciosas eram mandadas para

1 Divindade menor que teria inspirado o rei romano Numa Pompilio (753-673 a, C.).

2 Campo Vaccino, Fórum Boário, era um dos fóruns destinados ao comércio de gado em Roma.

3 Pela primeira vez, depois de mil anos, caiu o domínio temporal dos papas; Pio VI protestou em vão, recusando-se a reconhecer a República Romana, afirmando não poder renunciar a um poder emanado de Deus; o Vaticano foi ocupado e o pontífice precisou deixar a cidade em 20 de fevereiro de 1798.

4 Em 19 de fevereiro de 1797, Pio VI, derrotado pelos franceses, fora obrigado a assinar a Paz de Tolentino, renunciando às Legações papais da Romanha, Ferrara e Bolonha, como também de Avignon.

5 A morte de Duphot, assassinado pela guarda pontifícia em 28 de dezembro de 1797, num tumulto diante da embaixada francesa em Roma, foi o pretexto que permitiu aos franceses retomar as hostilidades: José Bonaparte (que era o embaixador) abandonou Roma protestando, poucos dias depois o Diretório ordenou ao general Berthier para ocupar Roma e instituir a república.

a França, enquanto o exército ficava ao largo de tudo e tumultuava contra André Massena, que sucedera Berthier. O interior se revoltava e estava cheio de assassinos; começava um daqueles dramas sociais que ainda só eram possíveis no sul da Itália e na Espanha. Enquanto isso, a formação da legião de Carafa fora concluída, aguardava-se apenas o consentimento do general em chefe francês para partir. Eu estava numa bela embrulhada. Aglaura queria partir comigo, já que a viagem à Roma estava de acordo com suas ideias; eu não queria me recusar, nem expô-la aos perigos de uma longa marcha numa situação desastrosa como aquela. Por isso, escrevia a Veneza e não respondiam. A própria Pisana não me dava notícias há algum tempo. Aquela expedição a Roma apresentava-se para mim sob tristes auspícios. Todavia, eu esperava sempre pelo amanhã, e enquanto Carafa clamava pelo bendito consentimento sempre retardado, eu me confortava por ainda poder ter alguma vaga esperança. Meus três amigos da Legião Lombarda já haviam descido para Roma. Eu estava só, e só tinha como companhia o esplêndido capitão Alessandro.

O pior era que, vindo de Veneza ou de Milão, espalhara-se o boato da minha convivência com uma bela grega, e eram contínuas as piadas dos meus camaradas sobre isso. Imaginem as belas conclusões que tiravam! Garanto que teria dado uma das mãos, como Múcio Cévola[6], para que Emilio se cansasse da condessa milanesa e viesse buscar Aglaura. Não que ela me pesasse muito, pois me acostumara, e ela me servia de governante com uma paciência admirável, mas me aborrecia aparentar uma felicidade que de fato pertencia a outro. Distraia-me disso tudo a amizade reatada com Foscolo, estabelecido em Milão há algum tempo. A sua fogosa e convulsa eloquência me envolvia; ouvi-o por mais de duas horas blasfemar e falar mal de tudo, dos venezianos, dos franceses, dos alemães, dos reis, dos democratas, dos cisalpinos, e sempre clamava por tirania, por licenciosidade; via fora de si os excessos da própria alma. Até a Milão de então era, para ele, digno teatro. Lá haviam se reunido os mais valentes e generosos homens da Itália, e a antiga senhora se vangloriava, e com direito, daquele imprevisto e ilustre areópago. Aldini, Paradisi, Rasori, Gioia, Fontana,

6 Caio Múcio Cévola foi um jovem romano e herói da guerra de Roma contra Lars Porsena, o rei de Clúsio, em 508 a.C. Numa tentativa frustrada de matar Lars Porsena, foi preso por ele e interrogado. Para demonstrar seu propósito e castigar seu próprio erro, Múcio colocou sua mão direita no fogo de um braseiro aceso para um sacrifício e disse: "Veja, veja que coisa irrelevante é o corpo para os que não aspiram mais do que a glória!". Vem daí a expressão "colocar a mão no fogo".

Gianni, os dois Pindemonte[7], eram personagens que inflamavam a poderosa loquacidade de Foscolo. Por meio dele, conheci também os poetas Monti e Parini[8], o harmonioso adulador e o severo e refinado censor. A figura grave, serena e afável de Parini sempre ficará impressa em minha memória; seus pés quase aleijados o conduziam lentamente, mas o fogo da alma ainda lampejava sob as sobrancelhas grisalhas. A carta em que Jacopo Ortis conta o seu diálogo com Parini é certamente uma viva e histórica reminiscência daquele tempo[9]; sou testemunha disso. Eu mesmo vi uma vez o decrépito abade e o jovem impetuoso sentarem sob uma árvore perto da Porta Oriental. Ali se encontravam e lamentavam as coisas!... Parini, solicitado a gritar Viva a República e morram os tiranos, respondeu: – Viva a República e morte a ninguém! – Bem fez Foscolo, que deu a última pincelada em seu retrato dizendo: – Só a morte me dará paz e repouso. – Eu era apenas um humilde alferes da Legião Partenopeia, mas com o coração, digo de cabeça erguida, podia me comparar a esses dois grandes, pois os entendia, e me agradava a companhia deles.

Foscolo também havia se tornado oficial no exército cisalpino. Naquele tempo, os oficiais eram criados como os homens dos dentes de Cadmo. Médicos, advogados, literatos pegavam a espada, e a toga dava lugar às armas. Os jovens das melhores famílias continuavam a dar o bom exemplo; a constância, o fervor e a emulação compensavam a penúria dos tempos. Apesar de desordens passageiras e insubordinações republicanas, o núcleo do futuro exército itálico já se formara. Carafa temia que os generais franceses quisessem cansá-lo com delongas, para reforçar com sua legião as forças cisalpinas. Napolitano antes de tudo, de espírito ardente e vingativo, imaginem se não se irritava com essa suspeita!... Creio que declararia guerra aos franceses se o molestassem. Finalmente chegou o consentimento tão esperado. No início de março a legião deveria se dirigir a Roma para se juntar ao exército franco-cisalpino, para empresas futuras. Não havia mais tempo para se contar com a sorte. Aglaura estava em meus braços, e eu devia partir sem nada saber da Pisana e de meu pai. Se o sentimento de honra, o amor à pátria e à liberdade não tivessem sido muito fortes em mim,

7 Antonio Aldini (1775-1826), jurista bolonhês; Giovanni Paradisi (1760-1826), poeta e político; Giovanni Rasori (1766-1837), médico e professor universitário; Melchiorre Gioia (1767-1829), escritor, filósofo e economista; Greorio Fontana (1735-1803) professor de lógica e metafísica na Universidade de Pavia; Francesco Gianni ((1750-1822), alfaiate romano e poeta; Giovanni Piedemonte (1751-1812), poeta e político; Ippolito Piedemonte (1753-1828), poeta.

8 Giuseppe Parini (1729-1799).

9 Cf. *Últimas cartas de Jacopo Ortis*, carta de 4 de dezembro (na parte II).

certamente teria feito algum grande despropósito. No entanto, já se preparava nas nuvens o granizo que me cairia sobre a cabeça, e eu não percebia nada.

Desesperado pelo longo silêncio da Pisana e dos Apostulos, eu escrevera a Agostino Frumier, pedindo-lhe pela nossa antiga amizade que me desse notícias das pessoas com que eu me importava tanto. Eu não falara a ninguém sobre essa carta, porque tanto Lucilio quanto os outros venezianos não gostavam de Frumier e o consideravam um desertor. Apesar disso, a mandei, pois não sabia a quem me dirigir; e espera que espera, eu já havia perdido toda esperança quando veio a resposta. Mas adivinhem quem me escrevia?... Sim, era Raimondo Venchieredo. Certamente Frumier, receoso de manter correspondência com um exilado, com um proscrito, passara o encargo ao outro, e Raimondo me escrevia que todos em Veneza se espantavam por eu não saber da Pisana há tanto tempo, ele primeiramente, que tinham ótimas razões para acreditá-la em Milão com meu assentimento, consenso e participação; que tardara a me escrever justamente por julgar supérfluas minhas inquietações, por serem minhas preocupações apenas astúcias para confundir a velha Condessa, o conde Rinaldo e Navagero. De resto, eles estavam em paz, e que eu dissesse para a Pisana que também ficasse em paz, mas que a vingança viria no tempo certo. Assim terminava a carta, e meu cérebro passou mais uma vez a criar romances com as alusões dos outros. Por que aquela ira de Raimondo contra a Pisana? E o que significava o desaparecimento dela de Veneza?... Era mesmo verdade?... Ela moraria em Milão sem que eu soubesse? – Não me parecia possível. – E depois, teria ela recursos para viajar e levar uma vida dispendiosa em hotéis?... É verdade que possuía alguns diamantes, e também podia ter recorrido aos Apostulos. Mas Raimondo não dissera nada sobre eles. O que acontecera?... Spiro ainda definhava na prisão?... Mas por que o pai dele não escrevia? – Enfim, as notícias recebidas de Veneza só acrescentaram um espinho a mais aos que eu já tinha no coração, e me dispunha a partir de muito má vontade. Carafa também não parecia mais tão impaciente, isto é, explico, não via mais com tanta irritação a minha vontade mal dissimulada de retardar a partida. Um dia, me lembro, ele me puxou de lado e me fez um estranhíssimo interrogatório. Quem era aquela bela grega que morava comigo; por que vivíamos juntos (nem eu sabia); se eu tinha outras amantes, onde e quem eram. Parecia o confessor de um condezinho recém-chegado do primeiro ano da universidade. Respondi com sinceridade, mas um pouco confusamente, sobretudo em relação à Aglaura. Além disso, a coisa era tão confusa que era quase inextrincável.

– Então, você ama uma senhorita de Veneza e apesar disso vive em Milão com essa belíssima grega?

– Infelizmente é assim.

– Acho difícil acreditar de tão peculiar. Aliás, não acredito, não acredito! Adeus Carlino!

E saiu muito alegre como se não acreditar em mim fosse para ele um prazer extraordinário. Mas eu já me acostumara às extravagâncias do senhor Ettore, e concluí que ele era feliz por poder rir sempre. Eu, depois da partida de Amilcare, não sentia nem cócegas, e se alguém me divertia um pouco era Aglaura com sua briosa teimosia. Ela me devia essa pequena compensação por todas as raivas e inquietações que me fizera sofrer sem motivo aparente depois do nosso encontro em Pádua.

Uma noite, estávamos às vésperas da partida, eu estava sentado com ela em nosso quartinho de Porta Romana, em que dois baús e a nudez dos armários e das gavetas nos lembravam da viagem que devíamos fazer, e também dos medos que tínhamos e não queríamos confessar. Há alguns dias eu estava um pouco chateado com Aglaura, sua obstinação de querer me seguir a Roma, sem qualquer notícia dos seus, me fazia suspeitar de seu bom coração. Eu já estava para lançar a bomba e para falar da perfídia e da infidelidade daquele a quem ela parecia pronta a sacrificar tudo, até os sacrossantos deveres de filha, quando, não sei como, por um seu olhar cheio de humildade e dor me senti amolecer. E de juiz, que pretendia ser, me senti transformar aos poucos em penitente. As angústias, as incertezas que a tanto tempo me dilaceravam haviam crescido tanto que era preciso algum desabafo. Aquele olhar de Aglaura me convidava tão piedosamente que não pude resistir, e lhe falei da suspeita que tinha da Pisana, do seu longo e cruel silêncio, de sua partida de Veneza sem que eu soubesse.

– Pobre de mim – exclamei –, seria loucura querer me iludir!... Ela voltou a ser como sempre foi. A distância fez seu amor morrer de inanição. Deve ter arranjado outro, talvez alguém rico, algum devasso que satisfará seus desejos por um ano ou dois, e depois... Oh, Aglaura! Desprezar a única pessoa que se ama mais do que a própria vida é um tormento acima de quaisquer forças humanas!

Aglaura segurou furiosamente a mão que eu levantara aos céus ao pronunciar essas palavras. Tinha os olhos flamejantes, as narinas dilatadas e duas lágrimas retidas refletiam à luz da lamparina o fogo sinistro de seu olhar.

– Sim! – gritou quase fora de si. – Maldiga, maldiga também por mim os vis e os traidores! Com a mão que levantou a Deus para lhe confiar a sua vingança, pegue um feixe de Seus raios e lance-os sobre a cabeça deles!...

Compreendi haver tocado uma chaga secreta e sangrenta de seu coração, e a simpatia da minha dor com a dela abriu mais do que nunca meu espírito para a confidência e a compaixão. Pareceu-me ter encontrado nela uma amiga, aliás, uma verdadeira irmã, e deixei escorrer em seu peito as lágrimas que há tanto tempo eu acumulava. Até sua indignação mitigara-se pela comoção da piedade, e abraçados como dois irmãos chorávamos juntos, desesperadamente; mísero conforto dos miseráveis. Nesse momento, a porta se abriu violentamente, e um homem coberto por uma capa salpicada de neve entrou no quarto. Deu um grito, jogou a capa para trás, e vimos o pálido semblante de Spiro.

– Talvez chego tarde? – perguntou com um timbre de voz que nunca esquecerei.

Fui o primeiro a me lançar em seus braços.

– Oh, bendito seja! – balbuciei cobrindo seu rosto de beijos. – Há quanto tempo esperava sua vinda!... Spiro, Spiro, meu irmão!

Ele me afastava com as mãos, puxava com força o colarinho como se estivesse sufocando, respondia a meus beijos com um profundo rugido.

– Spiro, por caridade, o que você tem? – disse timidamente Aglaura, abraçando-o.

Ao contato daquela mão, ao som daquela voz, ele estremeceu; vi esfriar de repente o suor que lhe inundava as faces; lançou-me um olhar tão formidável, que uma tigresa não lançaria a quem trucida seus filhos; então, com um poderoso empurrão nos atirou contra a cama, e ficou ameaçadoramente em pé no meio do quarto. Parecia o anjo do terror que viera do inferno para punir uma culpa. Sem fôlego, atordoados pela angústia e pelo susto, ficamos curvados e silenciosos diante dele, como culpados. Essa nossa atitude talvez tenha servido para confundi-lo e convencê-lo do que temia, mas que não era.

– Escute-me, Aglaura – começou ele com voz que queria ser calma e mesmo assim refletia o som confuso e estridente da tempestade. – Escute-me se me quer bem!... Eu estava para vir atrás de você, mas a prisão me deteve. No cárcere, cada dia, cada minuto, foi de planos contínuos para fugir para encontrá-la, para salvá-la do precipício em que você caiu. Finalmente consegui!... Uma tartana me levou até Ravenna; de lá, pretendia vir a Milão, pois meu coração dizia que você estava aqui. Quando cheguei em Bolonha, alguns venezianos refugiados me disseram que Emilio Tornoni havia passado por aquela cidade fugindo de Milão com uma senhora, e ido para Roma... Você pode ver que eu não podia perder tempo confrontando escrupulosamente as pessoas e as datas. Para mim, grosso modo, estavam lá; fui depressa para Roma e lá descobri que a República tinha sido proclamada!... Você bem sabe, Aglaura!... O seu Emilio era um vil, um traidor, eu sempre lhe disse isso e você não queria escutar... Ele a traía com uma nobre prostituta de Milão!... Ele traía os venezianos com os franceses, traía uns e outros pelas moedas imperiais que o senhor Venchieredo lhe trazia de Gorizia!... Ele só fora para Roma para trair!... Com as recomendações de um reverendo padre de Veneza caíra nas graças de algum cardeal para espoliar a boa-fé do Papa, dizendo-se amigo influentíssimo de Berthier. No entanto, enganava Berthier, desviando para si grande parte do espólio de Roma. O povo indignado prendeu-o enquanto comandava o saque de uma igreja: franceses e romanos gostaram. Foi solenemente enforcado no Campidoglio!... Sua amante havia levantado âncora um dia antes para Ancona, com seu amicíssimo Ascanio Minato!...

Aglaura ficara de todas as cores durante esse furioso ataque de Spiro. Quando ele se calou ela já voltara à sua costumeira seriedade.

– Pois bem – disse ela olhando firmemente no rosto de Spiro –, a justiça foi feita. Deus a guardou para si, não quis que eu manchasse minhas mãos. Bendita seja a clemência de Deus!...

– Então é verdade? – acrescentou Spiro amargamente, lançando-me olhares sempre mais ferozes e sinistros. – E tem a coragem de confessar?... Não o amava mais?... Tenha medo de mim, Aglaura! Pois uma só palavra minha pode me vingar do seu descaramento!...

– Medo de você? – retomou sempre com calma Aglaura – Só temo duas coisas, a minha consciência e Deus!... Dentro em pouco não temerei mais nada.

– O que você está pensando em fazer? – perguntou Spiro quase ameaçadoramente.

– Vou me matar – respondeu fria e indignada Aglaura.

– Não, por todos os santos! – me intrometi. – Você jurou, deve cumprir.

– Tem razão, Carlino – respondeu ela – não vou me matar!... Mas você infeliz, eu infeliz, vamos fazer causa comum. Vamos nos casar, e seja o que Deus quiser.

Parecia que o teto ia desabar sobre minha cabeça, tal a força do grito que saiu das vísceras de Spiro. Atirou-se para frente com os olhos fechados e os braços estendidos. Se nos tivesse agarrado teríamos sido triturados. Joguei-me na frente de Aglaura e fiz meu corpo de escudo para aquele furor. Ele então se recuperou do repentino delírio, sua fronte coloriu-se de uma raiva quase infernal, abriu a boca para falar, mas a voz lhe morreu na garganta. Vi que um grande castigo pendia daqueles lábios, e para suportá-lo reuni todas as forças do meu coração, mas ele acabou mordendo as mãos, dirigindo-nos um olhar ao mesmo tempo de compaixão e de desdém...

– E se... – começou ele a dizer como que respondendo a uma suspeita interna que não foi adiante, e logo suas feições de recompuseram, a palidez estendeu-se sobre o rosto, os braços cessaram de tremer; em resumo, voltou a ser homem, pois até então parecia uma fera. Todos esses particulares ficaram gravados em minha memória, e na noite seguinte virei-os, revirei-os e os analisei para tentar entender as tremendas e misteriosas paixões que agitavam o espírito de Spiro. Parecia-me impossível que a indignação de um irmão explodisse tão bestial e violentamente.

Depois de se acalmar, pelo menos aparentemente, o jovem grego sentou-se entre nós; percebemos o esforço que ele fazia, mas não ousamos repreendê-lo. Ele nos espiava furtivamente, e de vez em quando a compaixão, o abatimento e um último resto de raiva alternavam as cores de seu semblante irrequieto.

Contou-nos que a falta de cartas por parte de seu pai era porque ele precisara partir precipitadamente para a Albânia e para a Grécia, de onde ainda não voltara.

– Então, Aglaura – acrescentou –, você não quer vir comigo para Veneza, onde estou sozinho, sem felicidade e sem esperança?

– Não, Spiro, não posso ir com você – respondeu a jovem baixando os olhos diante dos olhares inflamados do irmão.

Spiro, então, me olhou, e se seu olhar não me devorou foi porque não podia; então voltou-se para a menina.

– Que esperança a leva pelo mundo, Aglaura!... Por caridade, diga-me!... Afinal tenho direito de saber!... Sou seu irmão!

Essas últimas palavras foram ditas num ranger de dentes, e mal consegui entendê-las.

– Diga-me se tem laços de afeto ou de dever – continuou ele. – Juro que a ajudarei a santificá-los.

(Aqui um novo ranger de dentes, mas mais atormentado e diabólico).

– Não, não tenho nada! – respondeu ela com voz apagada.

– Então por que não vem? – perguntou Spiro, levantando-se diante dela como um patrão diante de uma escrava.

– Receio que você saiba!... – disse Aglaura, deixando cair uma a uma essas palavras sobre a ira de Spiro, já pronta a se reinflamar. E, de fato, tiveram o efeito de acalmá-lo mais uma vez.

Ele lançou um olhar longo e indagador pelo aposento e saiu dizendo que voltaria no dia seguinte, e que de um modo ou de outro tudo estaria terminado. Então, por mais que eu suplicasse a Aglaura para me esclarecer algumas partes do diálogo que não conseguia entender, foi impossível arrancar dela qualquer palavra. Chorava, puxava os cabelos, mas não queria confessar uma sílaba. Um pouco indignado, um pouco apiedado, fui para o meu quarto, mas não tive vontade de me deitar, e um atormentado delírio me manteve em pé até depois da meia-noite. Então ouvi baterem à porta, e acreditando serem ordens de meu capitão disse irritado que entrassem. O quarto dava para a escada e eu esquecera de passar a chave a porta. Para meu grande espanto, em vez de um soldado vi Spiro, mas tão mudado em poucas horas que não me parecia mais ele. Pediu-me humildemente para perdoar seus furiosos excessos de antes e me suplicou pelo que eu tinha de mais sagrado que eu falasse com Aglaura para que ela também o perdoasse. Eu estava para perder a cabeça, e ele me fez perdê-la de vez, gritando com os olhos arregalados que a amava e que não podia mais se segurar.

– Você a ama? – respondi. – Isso me parece perfeitamente correto! Não são do mesmo sangue, filhos dos mesmos pais?... Então amem-se, que Deus os abençoe!

– Você não entendeu, Carlo – acrescentou Spiro. – Mas vai entender agora! Aglaura não é minha irmã, é filha de sua mãe, você é irmão dela!...

Então um súbito relâmpago clareou o escuro dos meus pensamentos, e estava para pedir explicações desse extraordinário acontecimento quando Aglaura, tendo ouvido as palavras ditas em voz altas por Spiro, entrou no quarto e caiu nos meus braços chorando de alegria.

– Eu sentia – dizia ela –, sentia e não ousava pensar!

Perdido, confuso, sem saber no que acreditar, mas comovido até o fundo do coração, eu abraçava o rosto lagrimoso de Aglaura. Depois pediria esclarecimentos e provas; por enquanto gozava o supremo conforto de encontrar uma alma irmã naquele mundo em que eu andava desolado como um órfão. Spiro nos contemplava com um mudo recolhimento que demonstrava compartilhar nossa alegria e arrependimento de sua fúria. Depois que nos recuperamos daquele doce e terno desabafo, ele nos contou que minha mãe mandara Aglaura para seu pai diretamente do hospital onde a tivera e morrera poucos dias depois. Meu pai, ao saber disso, escrevera de Constantinopla para que Apostulos se encarregasse da menina, já que era filha de sua esposa, mas que a criassem como sua, para que ela não se envergonhasse de seu nascimento. – Quem teria suspeitado de tanto amor e tanta delicadeza em meu pai? – Eu o abençoei com toda a alma e pensei que muitas vezes entre as pedras mais rudes e simples se esconde um diamante. Spiro então contou que adivinhara o mistério do nascimento de Aglaura por algumas palavras entrecortadas de sua mãe, já antes de partir para a Grécia. Ao voltar, com aqueles sonhos de quinze anos na cabeça, vê-la e se apaixonar foi uma coisa só, mas se opusera a ele o amor invencível daquele Emilio, ao qual, sem conhecer, devotara um ódio imortal. O ódio se converteu em furor, e o amor se juntou à ternura pela piedade quando soube da infame conduta, da impostura e da traição daquele jovem, do qual Aglaura já devia ter desconfiado alguma coisa.

– Mas claro! – apressou-se a dizer Aglaura – Por que você acha que vim de Veneza senão para puni-lo por sua perfídia contra a pátria?

– Por que você sempre me proibia de recriminá-lo? – acrescentou Spiro.

– Por quê? – retomou Aglaura com um fiozinho de voz. – Tinha medo de você... de você, meu irmão!

– Ah! É verdade! – gritou o pobre jovem. – Eu era um infame!... Mas como comandar sempre os próprios olhos?... Como acreditar e tratar você como irmã, quando sabia que não era, quando alimentava por você um amor antigo, de quinze anos, e reforçado por todos os estímulos da distância?... Perdoe meus olhos, Aglaura!... Se pecaram, a vontade não teve culpa!...

– Eu o perdoo, Spiro! – exclamou Aglaura soluçando. – Mas se tivesse me sentido realmente sua irmã, não teria desconfiado daqueles olhares; deixe-me acreditar que a malícia não foi minha nem sua, ou pelo menos dividi-la pela metade!

Então perguntei ingenuamente a Spiro por que três horas antes não nos contara aquele doce segredo, e se divertira em representar aquela feroz cena de Orestes[10]. Ele não sabia como responder, mas finalmente forçou-se a fazê-lo, dizendo que, depois de saber dos novos amores de Emilio e que a senhora que fugira com ele de Milão para Roma não era Aglaura, monstruosas suspeitas haviam lhe martirizado o coração.

– Aqui – acrescentou ele –, aqui esta noite, ao ver vocês abraçados essas suspeitas acabaram por me transtornar a razão!... Meu Deus! Que desventura! Digo desventura, porque vocês não tiveram culpa e, no entanto, são fatalidades que como os crimes mais tremendos deixam na alma eternos remorsos... Entende agora, Carlo!... Eu estava louco!

10 Herói mítico, personagem trágico em inúmeras obras de Ésquilo, Sófocles, Eurípides, Voltaire, Goethe e Gluck; aqui a referência é ao *Orestes*, de Vittorio Alfieri (1749-1803).

De fato, fiquei arrepiado em pensar o quanto ele deve ter sofrido.

– Mas você não nos disse nada! – repliquei.

– Oh, por um momento, por um momento estive para dizer! Pensando que me vingaria!

– E se deteve?

– Por compaixão, Carlo, me detive por justiça! Se o mal já estava feito, por que punir os inocentes? Seria melhor que eu partisse, levando para longe o meu desespero, o meu ciúme, deixando-lhes a felicidade em vez de transformá-la num remorso irreparável!...

– Oh, Spiro! Como você é generoso! – exclamei. – Uma alma como a sua mais que amor e gratidão merece admiração!...

Aglaura chorava copiosamente, apertando meu braço com uma das mãos e olhando Spiro através dos dedos da outra.

– Diga-me aonde você foi por todas essas horas – perguntei dirigindo-me a Spiro.

– Antes de tudo ao aberto, ao ar livre para respirar, para pedir a inspiração de Deus; depois, como o coração me aconselhava, voltei a esta casa, interroguei os donos, os porteiros... Oh, faltava pouco, Carlo, faltava pouco para que eu acreditasse!... Aquele vapor de desespero se dissipara; já me parecia impossível que Deus permitisse algo tão hediondo com feições de inocência. Quando ouvi da vida que vocês levavam aqui, como irmão e irmã, simples, modesta reservada! Quando ouvi dos delicados cuidados que você sempre tivera com Aglaura, então a certeza da sua inocência encheu meu coração, então me arrependi, maldisse a minha insensata precipitação e jurei que não deixaria passar uma noite sem tirar de seus corações o punhal que eu havia cravado!... Por caridade, Carlo!... Aglaura, se nunca com meu grande afeto mereci nada de você, tenha pena de mim, perdoe-me, guarde para mim ao menos um cantinho na sua memória... e se a minha presença lhe traz alguma ressentida lembrança... então...

Voltei-me tacitamente para Aglaura, pois não me sentia merecedor da bela magnanimidade de Spiro. Ela me compreendeu ou talvez o próprio coração tenha compreendido, então pegou a mão do jovem e a colocou na minha, assim nos unimos em um único aperto de mãos, e disse:

– Basta, Spiro! Esta é nossa resposta! Formaremos uma só família!...

O resto da noite passamos em amigáveis e alegres conversas e examinando os papéis trazidos por Spiro deixados por seu pai em Veneza, nos quais se comprovava evidentemente o nascimento de Aglaura no hospital de Veneza, da minha pobre mãe. O nome do pai não aparecia, e como vocês podem imaginar, ninguém sonhou em notar essa desagradável falta. Fomos em frente como se o pai fosse algo supérfluo no mistério da geração; eu conhecia o suficiente dos não poucos desatinos da minha falecida mãe no último estágio de sua vida, me compadecia, mas nem a piedade filial, nem o respeito por mim mesmo e pelo nome paterno me aconselhavam a revelá-los. Aceitei Aglaura como irmã de todo o coração, agradeci aos céus esse inesperado e precioso presente, e fiz o meu melhor para que o presente fosse ainda mais bem-vindo, transformando em parentesco a amizade que me unia a Spiro. Foi um pouco difícil para Aglaura essa passagem da ideia de morte, de ódio, de vingança à ideia de paz, de amor e de casamento, mas com minha ajuda e a de Spiro ela superou. Por outro lado, ela via que assim tudo se acomodava, e as mulheres, para deixarem todos contentes, são até capazes de se casar, desde que contentem sobretudo a si mesmas. Naqueles tempos havia pouca formalidade para um casamento. Interpretando a tácita vontade de Spiro me empenhei tanto e com tal êxito, que antes da partida da legião tive o prazer de vê-lo marido de Aglaura. Partimos juntos de Milão, porque o senhor Ettore permitiu de boa vontade acompanhá-los até Mântua; de lá eu iria a Florença passando por Ferrara. Aquele breve meteoro de felicidade familiar foi necessário para romper a escuridão do meu horizonte que começava a me ameaçar demais. Apesar de Spiro ter trazido notícias de meu pai, não diretas, mas credibilíssimas. Diziam que chegara bem em Constantinopla e se inteirado dos gravíssimos problemas que o preocupavam, mas que obstáculos imprevistos o haviam retardado. Estava bem, e mandaria notícias ou voltaria assim que terminasse os negócios. A partida para a Grécia do velho Apostulos podia estar ligada às maquinações de meu pai na Turquia, mas entendi que Spiro não sabia ou não podia dizer mais, mudei de assunto pedindo-lhe apenas para me mandar o mais depressa possível, e onde eu estivesse, qualquer notícia de meu pai que chegasse.

Aglaura, que era partidária de ter em comum comigo o pai, já que tinha a mãe, respondeu-me em nome dele que tudo seria feito, e que ela tentaria me mandar notícias com frequência, pois ela também gostava de um pai tão bom. Nos separamos em Mântua justamente no dia em que a cidade obtivera a permissão definitiva de se juntar à Cisalpina; a tristeza de nossas despedidas perdeu-se na alegria e na esperança universal. Eu reencontrara uma irmã, parecia-me estar no bom caminho para encontrar uma pátria; estava de bem com a vida, mesmo tendo perdido para sempre o amor. Marcamos encontro em Veneza, todos republicanos, livres, contentes! Eles desapareceram num coche pela estrada de Verona, eu retomei a pé o caminho da cidade, fora da qual eu os acompanhara uma boa milha. Aquela confusão de casas, torres, cúpulas em meio às águas do Mincio me fez pensar em Veneza. Em vez de sorrir, suspirei; o passado me pesava mais que o futuro, e o próprio futuro me surgia como devia ser, muito diferente da criação privilegiada pela imaginação. Apesar disso, aquela festa de uma cidade italiana, já senhora de si, com corte, com leis, com privilégios próprios, que se igualava com as outras para ser livre ou serva, feliz ou infeliz, junto com as outras, colocou em meu coração um belo germe de esperança. São essas as esperanças que certamente crescem, e que quando morremos crescem no peito dos filhos e dos netos para que todas suas partes se realizem. Até mesmo os Gonzaga[11] já eram uma antiga memória histórica. *Parce sepultis*, desde que não façam a burla de Lázaro, mas eles nunca a farão, onde encontrar Marta que peça por eles?[12]... No fim das contas, eles patrocinaram Mantegna, fizeram Giulio Romano pintar a abóboda dos Gigantes, tiraram Tasso do hospital, ganharam ou perderam a batalha de Fornovo, lhes parece pouco?[13] Já era tempo de descansarem junto aos Visconti, aos Sforza, aos Torriani, aos Bentivoglio, aos Doria, aos Colonna, aos Varano e todos os outros. Afortunadíssimos por terem sido os últimos, mas temo que tenham dormido no ponto por muito tempo, como crianças obstinadas, e quem deveria sucedê-los batia os pés em vão.

Seja como for, parti de Mântua de melhor humor do que poderia imaginar. Minha bolsa realmente vazia (imaginem se os mil ducados sofreram pouco pela minha longa demora, e de Aglaura, em Milão), minha bolsa, e também uma certa modéstia de soldado, só me permitiram uma caleça até Bolonha; um desses veículos que dão ao passageiro a ilusão de estar numa carruagem, com todos os incômodos de quem trota num cavalo de moleiro. Assim cheguei a Bolonha com os músculos machucados e encavalados, para estirá-los atravessei os Apeninos a pé. Oh, que viagem encantadora! Oh, que cenas paradisíacas!... Creio que se estivesse realmente feliz teria dito ao Senhor, como são Pedro: "Senhor, façamos aqui nossas tendas"[14]. Depois, ouvi dizer que há muito vento naquelas montanhas, mas então, apesar de ser o

11 A família Gonzaga governou Mântua de 1328 a 1707, sua maior fama foi ter promovido, por diversas gerações, a vida artística e cultural da cidade.

12 Referência à passagem bíblica da ressurreição de Lázaro.

13 Andrea Mantegna (1431-1506), foi pintor na corte de Mântua, a partir de 1459; Giulio Romano (1499-1546), foi o arquiteto que construiu o Palazzo Tè, em Mântua; Torquato Tasso (1544-1595), foi hóspede dos Gonzaga depois de uma longa prisão no hospital de Sant'Anna; na batalha de Fornovo, os dois comandantes, Francesco IV Gonzaga e Carlos VIII, consideraram-se vencedores.

14 Cf. Mateus, 17:4; Marcos, 9,5; Lucas, 9,33.

início da primavera, havia uma paz, um calor, uma riqueza de cores e de formas naquele cantinho de mundo, que se percebia claramente estar no caminho de Florença e de Roma. Chegando a Pratolino, de onde os olhos veem lá embaixo a Toscana, meu entusiasmo não teve medida; e creio que se soubesse os pés e as inflexões, teria improvisado um cântico como o de Moisés[15]. Como és bela, como és grande, ó pátria minha, em todas tuas partes!... A buscar-te com os olhos, matéria inanimada, nas praias portuosas dos mares, no verde interminável das planícies, no ondejar fresco e sombreado das colinas, entre os picos azulados dos Apeninos e os branquíssimos dos Alpes, és por tudo um sorriso, uma fatalidade, um encanto!... A buscar-te, espírito e glória, nas eternas páginas da história, na eloquente grandeza dos monumentos, na viva gratidão dos povos, sempre surges sublime, sábia, rainha! A buscar-te dentro de nós, ao nosso redor, às vezes escondes a fronte por vergonha, mas a levanta a esperança, e gritas que das nações do mundo só tu não morres nunca!

A Itália, de fato, estava nos primórdios da sua terceira vida[16]; primórdios desconhecidos e desordenados como os primeiros passos de uma criança. Tanto na Toscana como no Piemonte havia a estranha discordância de um príncipe que reinava e um general francês que imperava. Parecia-me ver o rei da Bitínia, da Capadócia ou de Pérgamo às voltas com Sila, Lúculo, e os outros homens de bem[17]. Eles morriam deixando como herdeiro o povo romano, mas nem Lúculo, nem Sila, nem os generais franceses de sessenta anos atrás tinham o escrúpulo requisitar algum legado... Encontrei Carafa em Florença, mas não toda a legião, que se dirigira para Ancona pelos protestos de neutralidade feitos pelo Grão-duque. O senhor Ettore parecia muito preocupado; imaginei que pensasse em seus soldados, mas ele se irritou por tê-lo lembrado. Maldizia ferozmente as mulheres, dizendo que é um verdadeiro absurdo dignarmo-nos a vir à luz por esses demônios.

– Diabos, capitão, de onde o senhor queria nascer? – perguntei.

– Do Vesúvio, do Etna, dos abismos tempestuosos dos mares! – respondeu. – Não desses monstros armados de força viperina que se vingam por nos ter feito nascerem tirando-nos a vida onça a onça!...

– Capitão, o senhor é infeliz e pessimista no amor?...

15 Cf. Deuteronômio, 32:1-43.

16 Referência a Giuseppe Mazzini (1805-1872) fundador da "Giovine Italia" [Jovem Itália], associação política insurrecional, fundada por ele em 1831, deveria surgir a Terceira Roma, a Roma dos povos, herdeira revolucionária da Roma dos Césares e da Roma dos Papas.

17 Referência, um tanto imprecisa, à conquista romana da Ásia Menor.

– Creio que sim!... Com uma amante que me ama e não me ama, isto é, me amou ou se deixou amar como eu queria por uma semana, e agora quer me amar à sua maneira, que é a mais estranha e insuportável da terra!

– Qual maneira, capitão?

– À maneira dos mexilhões, que um faz amor na Sicília e o outro na Tunísia.

Eu ri um pouco dessa comparação, mas no fundo, no fundo, quando se falava de problemas amorosos eu tinha pouquíssima vontade de rir. Como não considerava o senhor Ettore mestre consumado nessas coisas, e também o queria muito bem, tomei a liberdade de lhe dar um conselho.

– Fira-a em seu orgulho – disse-lhe. – Improvise uma rival.

– Vou pensar – acrescentou ele –, enquanto isso, junte-se aos nossos em Ancona. Em Roma lhe direi da eficácia ou não do seu conselho, que me parece muito velho e gasto por muito uso.

– Sabedoria velha dá novo fruto – repliquei. E saí para ver Florença por alto, antes de partir. Gostei de tudo em Florença menos do Arno, que para ter tão belo nome, é um rio muito pequeno. Mas a justiça quer que se observe que todos os rios sofrem mais ou menos tal declínio sobre os méritos decretados a eles pela fama. Achei que só o Tâmisa cumprisse a promessa, mas também me decepcionei ao vê-lo andar para trás ao mínimo sopro de ar. Para um rio tão grande a rendição é realmente repulsiva! Mas quantos homens grandes se parecem com o Tâmisa! Quantas mulheres se parecem com Londres! Isto é, desculpem, apoiam-se com gosto a um rio que tem muita água, muita vastidão e corrente duvidosa!... Houve um *pacioloso*[18] de Pádua que numa conhecida canção cantava à sua amada: *Vem, és como Londres, / Um alagado de amor!*

Ele não teria acreditado que eu suaria tanto um dia para justificar o ensinamento um pouco arriscado de sua estrofe.

Do Arno ao Adriático foram três dias, e de Ancona a Roma dez, porque se avançava com toda a legião e não estando acostumados a caminhar muito era preciso começar com precaução. Então precisei me convencer de que os primeiros inimigos que um exército novo encontra em suas empresas são os frangos e os padres. Não valiam ameaças, repreensões ou castigos. Frango queria dizer tiro e padre troça e algazarra. Matavam os frangos para comê-los na casa do padre e beber o vinho dele, e tudo terminava ali, e se os abades eram gente que lê, com um tiquinho de desenvoltura e uma pátina política,

18 Termo com que em Pádua se indica o habitante de alguns bairros, com dialeto arrastado e vulgar.

terminavam separando-se como ótimos amigos. Só bastava um desses padres por dia para fazer com que os ânimos de todas a legião fossem a favor de Pio VI; é verdade que naquele tempo o cardeal Chiaramonti pusera em concordância religião e república com sua famosa homilia[19], e se podia ser a favor de todos. Para mim, quanto mais avanço mais percebo que qualquer religião ganha muito mantendo-se longe da política; lhe é inútil; o óleo nunca irá se misturar com o vinagre, nem o sentimento com a razão, sem que surjam substâncias espúrias e insípidas.

Estamos finalmente em Roma. Não me aguentava mais de vontade. Sentia que somente Roma poderia me fazer esquecer da Pisana, e enquanto me fiava nesse esquecimento, ia imaginando o que podia ser dela, arquitetava conjecturas, criava e agigantava medos, dava corpo e movimento às sombras mais monstruosas possíveis. Seus primos de Cisterna, recém-chegados a Veneza, Agostino Frumier, o eslavo, Raimondo Venchieredo, o zombeteiro, me pareciam, no momento, também rivais, mas todas essas suposições se esvaíram quando cartas de Aglaura e de Spiro me confirmaram a ausência da Pisana e que a família dela nada sabia e pouco se importava com ela. A Condessa papava o fruto dos oito mil ducados e lhe bastava; o conde Rinaldo passava do trabalho à biblioteca, da biblioteca à mesa e ao leito sem se preocupar que outros homens vivessem no mundo: ambos miseráveis, miserabilíssimos, mas não se afligiam com os outros. Convenhamos que, se não heroísmo, foi certamente uma bela constância a minha estar cavando trincheiras e comandar movimentos no monte Pincio, enquanto teria corrido e remexido todo o mundo para encontrar minha bela! Eu a amava, como sabem, mais do que a mim mesmo, e por mim, que não venho com frases feitas, mas prometo dizer a verdade, isso é tudo. Apesar disso, tinha a coragem de privilegiar a pátria, e mesmo fazendo um esforço para incluir Nápoles nessa ideia, Roma me ajudava a vencer a provação. Roma é o nó górdio dos nossos destinos, Roma é o símbolo grandioso e multiforme da nossa estirpe, Roma é a nossa arca de salvação, que com sua luz desanuvia de repente todas as equivocadas e confusas imaginações dos italianos. Querem saber se um determinado ordenamento político, se aquela conspiração de civilidade e de progresso pode sustentar e levar a bom resultado nossa nação?... Chamem Roma, ela é a pedra de toque que distingue o latão do ouro. Roma é a loba que nos alimenta em seu

19 Gregorio Chiaromonti, bispo de Ímola, depois papa Paulo VII (1800-1823), publicou no natal de 1796 uma homilia dizendo serem conciliáveis, em muitos aspectos, evangelho e democracia.

peito e quem não bebe desse leite, não consegue compreendê-la. Não posso negar que mirar demais Roma tenha feito, às vezes, deixar de lado escopos mais próximos e acessíveis, dos quais teríamos podido nos aproveitar como degraus para posteriores subidas, mas certamente mirar demais não foi tão prejudicial nem tão desonroso como mirar nada; e nenhum período da história italiana foi tão confuso e ilógico como o que incorporou monstruosamente ao império da França o Departamento do Tibre.

Chegando a Roma, aconteceu com minha dor o que acontece com coisas pequenas superadas por coisas grandes. Ficou estupefata, sufocada, quase esquecida. O que é a infelicidade de um homem diante do luto de toda uma nação?... Encontrei uma paz cansada, uma tristeza sem amargura contemplando os restos fulminados da grande queda, sobre eles me pareciam brincadeira e frivolidade as pompas, as miuçalhas, dos séculos cristãos. Somente nas catacumbas pairava um espírito de fé e de martírio que sublimava o cristianismo sobre os grandiosos sepulcros pagãos. Eu me curvava trêmulo sob aquelas santas memórias de sacrifício e de sangue; as torturas, as flagelações, os vitupérios, os martírios e a morte alegremente suportada por uma ideia que eu admirava sem compreender, diminuíam a meus olhos as aflições que eu achava não poder carregar. Na emulação dos grandes está a redenção dos pequenos.

Por outro lado, se viver na Roma antiga dos cônsules e dos mártires me dava algum conforto, a Roma de então me enchia de desgosto e quase de espanto. O papa fora embora sem zombarias nem aplausos, porque tendo perdido muito da pompa e da magnificência com que costumava viver, as pessoas já não o notavam. Pelo esplendor da corte e das cerimônias, mais do que pela virtude e pela santidade da vida, media-se a excelência do príncipe do cristianismo. Uma confusão de coisas veneráveis pela religião e pela idade mercenariamente insultadas, de indecências elevadas ao céu e esplendidamente decoradas, de estúpidos supersticiosos e de vis renegados, de saques e de carestias, de glutões e de famintos, de frades expulsos dos conventos, de freiras arrancadas de seus retiros, de cardeais seguidos por cavalarianos e de cavalarianos degolados por bandidos; tudo de cabeça para baixo levando à perdição; juiz do bem ou do mal o talento nublado ou iludido de cada um: uma mistura de resistência de padres, de arbítrios franceses, de licenças populares e de assassinatos privados; um apoiar-se em grandes e honestos nomes para encobrir a infâmia dos pequenos; contínuas mudanças sem fé, sem certeza, causadas pela rapacidade de quem amava pescar em águas turvas.

Franceses que praguejavam contra traidores italianos e no Trastevere se rebelavam gritando: – Viva Maria!... – O sangue corria nos bosques, nos charcos, nas cavernas; cidade e campo se armavam com igual furor, mas até nos túneis do Coliseu, até nos refúgios dos montes, nos braços das esposas, aos pés dos velhos pais, os rebeldes eram perseguidos. Murat matava, fuzilava, enforcava; os sobreviventes iam para as galés, e alguns os chamavam de mártires, outros de condenados.

Não há maior semente de discórdia e de rebelião futuras do que essa opinião dos povos que transforma patíbulo em altar. Quatro comissários do Diretório francês tinham vindo ressuscitar as antigas palavras do consulado, senado, tribuna e questorado; retirando sua autoridade usando-as para cobrir coisas realmente novas e mais servis do que republicanas, pela precipitação com que foram impostas. Os cinco cônsules se revezavam a cada mudança de humor do general francês, entretanto, a confederação da República Romana (nome pesado para se carregar) foi celebrada com a mesma solenidade da Cisalpina. E foi cunhada uma medalha que trazia na dupla face os dois escritos: *Berthier restitutor urbis* e *Gallia salus generis humani*[20]. Na primeira soubemos o quanto acreditar, na segunda, Deus queira!

Nessa desordem, aliás, desmembramento e decadência da coisa pública, quais poderiam ser os argumentos para fazer dos romanos exemplo de nação civilmente ordenada segundo as próprias necessidades, certamente não sei. Por isso, não quero culpar ainda mais os homens que então se dedicaram, e com resultados certamente diferentes do planejado. Existem alguns desequilíbrios morais e econômicos na vida de um povo, originados por longos séculos de corrupção, de ócio e de servidão, que para repará-los não basta a percepção e a tolerância do próprio paciente, como para se curar não basta ao enfermo saber-se doente e desejar saúde. É preciso médicos ousados e sábios que ajam corajosamente e imponham ao doente calma, confiança e paciência. Para sanar os estragos de um despotismo gangrenoso e imoral, nada melhor do que uma ditadura vigorosa e leal. Mesmo que alguns torçam o nariz a essa opinião, a história responde triunfalmente com seus argumentos realmente filosóficos e invictos, que se chamam necessidades. Pode-se odiar as ditaduras, mas é preciso suportá-las; é preciso, como castigo e expiação. Os legisladores do século passado, que depois do rapto de Pio VI eximiram-se de dar uma constituição à Romanha, tiveram sobre os ombros, a meu ver, o

20 Berthier restaurador da urbe; Gália salvação do gênero humano.

peso mais imponente que a classe política já tenha tentado carregar, e desabaram. Mas quem ficaria em pé?... César talvez, com trinta legiões, sem outros subterfúgios legais.

Depois do reconhecimento da região, o exército quase todo reunido em Roma foi distribuído em patrulhas, em guarnições, em reforços nas várias cidadezinhas e outros lugares murados da Romanha. Lucilio, Amilcare, Giulio e eu ficamos juntos poucos dias, e com eles visitei as belas coisas de Roma e dos arredores, mas quando veio a dissolução da ocupação militar, Giulio e Amilcare foram mandados para Spoleto, eu e Lucilio ficamos no Castelo Sant'Angelo. Minha legião esperava sempre o seu capitão que tardava a chegar de Florença, mas talvez não se apressasse porque a escassez das forças francesas e as grandes fortificações do rei Ferdinando por enquanto não justificavam uma guerra napolitana. Para preguiçar numa cadeira, como é o destino do soldado em tempo de paz, tanto valia um café de Florença ou todos os de Roma. Pelo menos assim eu explicava a demora de Carafa. Enquanto isso, continuava com Lucilio gozando das belas antiguidades de Roma e a estudar história com a ajuda dos monumentos. Era o único divertimento que me restava contra o desconforto que me pesava sempre mais pela falta de notícias de Veneza. Minha irmã e meu cunhado escreviam, até meu pai me escreveu de Constantinopla através deles para que continuasse a esperar e me preparar; eram ajudas escassas, ninguém sabia me dar notícias da Pisana, nem mesmo por suspeita ou conjectura. Dizia-se que em Veneza se tratava da distribuição de sua herança, sinal que a acreditavam ou a esperavam morta; e essa situação, na qual percebi a cruel avidez da Condessa, me deixou muito furioso. A isso tudo se acrescentavam os desenganos políticos que começavam a se desencadear. As mudanças impostas aos estatutos cisalpinos por Trouvé, embaixador da França, com a ajuda das baionetas francesas, demonstravam de que tipo era a liberdade concedida às repúblicas italianas[21]. Seguros contra a Áustria pela paz já estabelecida, quiseram pisar no freio para dirigir melhor as coisas. Modificava-se para depois mudar de novo, militarmente, tiranicamente sempre. Tanto que as mentes mais fortes e iluminadas se separaram daquele governo servil, de outro governo louco e caprichoso; e passaram a esperar dos diversos combatentes, dos vários partidos estrangeiros. No exército

21 Claude-Joseph Trouvé (1768-1860), embaixador em Milão desde 1798, promoveu um golpe de estado na Cisalpina: em 30 de agosto reuniu uma parte dos membros do Corpo Legislativo e fez com que aprovassem uma reforma da Constituição aumentando os poderes do Diretório, reduzindo o eleitorado ativo e o número de membros das duas Câmaras, limitando a liberdade de imprensa e de reunião.

cisalpino havia muitos desses homens independentes, como Lahoz, Pino e Teulliet[22]. Nós, subalternos e gregários, apoiávamos, como de costume, as opiniões dos chefes; e um ódio surdo, uma profunda desconfiança contra os franceses preparava, infelizmente, o terreno para a nova invasão austro-russa.

Quando Deus permitiu, Carafa chegou de Florença, mas mais eriçado, irritado e severo do que nunca. Ele esfregava sempre com a mão a cicatriz que tinha na sobrancelha e era um péssimo sinal. Mas o pior foi depois quando, não podendo atacar Nápoles, decidiu pelo menos se aproximar da fronteira napolitana, e retirou sua legião, e eu com ela, do Castelo Sant'Angelo e nos mandou acampar em Velletri, uma cidadezinha de interior, como há muitas na campanha de Roma, pitoresca por fora, horrível, suja e fedorenta por dentro, o dia todo cheia de arados, carroças, e manadas de bois e de cavalos indo e vindo; à noite alegrada pelo mugir das vacas, pelo canto dos galos e pelos sinos dos conventos. O lugar certo para enfiar um pobre coitado para curá-lo da doença das belas cidades e dos largos horizontes. Carafa se alojava fora da cidade, num convento saqueado pelos republicanos franceses, para onde ele enviara de Roma o necessário para torná-lo, senão esplêndido, pelo menos cômodo e habitável. Poucos guardas o defendiam; e um par de canhõezinhos puxados por mulas. Nos aposentos íntimos, só podia entrar o seu camareiro, que na legião diziam ser bruxo. De resto, as pastorinhas que andavam nos arredores e as que levavam leite ao convento, diziam ter visto à janela uma bela dama, que devia ser a amante do senhor Ettore. Os outros soldados a seu serviço, mais antigos do que eu, que sempre o viram comedido como alguém que não tem tempo para pensar em tais futilidades, não acreditavam nesses boatos, e diziam que ela era uma bruxa ou alguma princesa napolitana, que ele queria colocar no lugar da rainha Carolina.

Os lugares podem muito sobre a imaginação das pessoas, e os arredores de Velletri inspirariam a qualquer intelecto sadio bruxarias e fábulas, como os pastos e as queijarias de Lodi inspiram elogios aos queijos e cremes. Talvez só eu estivesse alheio a tais crenças góticas, bem sabendo que se pode ficar por um tempo na moderação, para depois desembestar como um glutão que jejuou. Dou-lhes como exemplo Amilcare, que contava não ter experimentado vinho até os vinte anos; dos vinte anos em diante ninguém bebia mais do

22 Os generais Giuseppe Lahoz (1766-1799), Domenico Pino (1767-1828) e Pietro Teullet (1763-1807) foram chefes, em Milão, da Sociedade dos Raios (Società dei Raggi), associação independentista e unitária que alcançou notável difusão em toda a Itália entre o final de 1798 e o início de 1799.

que ele. O mesmo podia ter acontecido a Carafa. De modo que eu acreditava mais num genuíno e honesto enamoramento do que em qualquer bruxaria, e sobre isso corria entre mim e meus companheiros frequentes discussões e até apostas. Depois da minha separação de Lucilio, eu me tornara tão arrogante e intratável que bastava pouco para me irritar: chamei de cabeça oca e de ingênuo a quem via maravilhas e magias. Fui acusado de ser melhor com as palavras do que com os fatos, e precisei mostrar a eles que não era verdade. Por outro lado, o martelar contínuo que tinha por dentro e o tédio daquela vidinha indolente e bestial tornavam a calma desagradável, e me congratulei por encontrar algo para me mexer, nem que fosse tolice. O capitão proibira, sob pena de morte, que oficiais ou soldados, fora aqueles de serviço, se aproximassem do convento, onde fixara seu quartel general. Aquele lugar era muito próximo da fronteira; o novo exército napolitano, para cuja formação se taxara até os padres a as freiras, se adensava cada dia mais na região fronteiriça do Abruzzo; algumas escaramuças podiam surgir, aliás, já tinham surgido, mais por impaciência dos soldados do que por vontade dos chefes; Carafa não queria que com a dispersão da legião naqueles lados houvesse algo desagradável fora de tempo. Mas esses ditames de prudência colidiam muito com a costumeira temeridade, a verdade é que ele não queria olhos inoportunos ao redor do convento. Jurei a meus companheiros que iria até lá, acontecesse o que fosse; e uma noite de domingo foi escolhida para a grande prova.

Meu plano era o seguinte: dar um sinal de alarme à guarnição do convento, dar a volta nos muros e entrar pelo horto, pela cinta em ruínas, enquanto todos correriam ao lugar onde se esperava o inimigo. Naquela noite, por ser feriado, o grosso da tropa estava espalhado pelas tabernas de Velletri, e grandes confusões podiam surgir. O engano seria descoberto, e eu forneceria o fato antes que os oficiais tivessem reunido suas fileiras. Carafa, certamente tendo saído para dar as ordens, não poderia me ver; as outras pessoas do convento, quaisquer que fossem, não me conheciam; o único perigo, bastante grande na verdade, era que eu fosse descoberto ao fugir do convento, mas havia a desculpa de ter entrado para me salvar de uma incursão de cavalarianos napolitanos. Acreditassem ou não, não me importava; e mesmo que tivesse que pagar esse capricho a preço de sangue, eu tinha prometido e queria manter a promessa.

De fato, ao cair da tarde, usando como argumento um poeirão que se via surgir diante do convento vindo da montanha (talvez fossem as manadas que desciam), eu e alguns dos meus companheiros envolvidos na aposta, fingindo-nos surpresos numa taberna próxima, corremos até a primeira sentinela gritando que os napolitanos estavam vindo, e que dessem o alerta enquanto subíamos depressa a Velletri para ordenar o resto. Em poucos instantes a pequena guarnição ficou pronta, porque Carafa, prevendo casos como esses, havia pensado numa emboscada no lado esquerdo da estrada, e só deixou uma sentinela ou duas em torno do convento, pois sempre havia tempo para se retirarem, então o grosso da legião descendo de Velletri prenderia o inimigo entre dois fogos. Enquanto ele dispunha sua pequena tropa em cadeia sobre certas colinas coroadas de ciprestes e de loureiros que flanqueavam a estrada, e no meio deles tratava de colocar os dois canhõezinhos com a costumeira antevidência e operosidade que só ele tinha, eu e meus companheiros, rindo alegremente daquela confusão com uma rápida volta pelos campos chegamos à parte posterior do convento onde o horto quase encontrava o charco. Eles ficaram observando. Eu escalei facilmente o muro e atravessei o horto onde as couves semeadas e as verduras queimadas de sol atestavam a quaresma inacabada dos capuchinhos proscritos. Quando cheguei ao prédio do convento, olhei as janelas e as portas para encontrar um buraco para entrar, mas era mais difícil do que imaginara. As janelas eram dotadas de sólidas grades e as portas eram de madeira de bordo que resistiria a uma catapulta. Eu estava em Roma e não podia ver o papa, como se diz. Foi quando vi junto a algumas árvores uma escada que deve ter servido ao jardineiro dos frades para colher pêssegos, e pensei que as passagens do andar superior talvez não fossem tão bem guarnecidas como as do térreo. Encostei a escada e tentei. De fato, as folhas da primeira janela que experimentei estavam apenas encostadas sem qualquer tranca ou barra. Abri-as devagar, vi que era uma espécie de depósito transformado em arsenal pelo senhor Ettore, e botei uma perna para dentro. Mas enquanto estava para passar a outra, um barulho, um tropel, uma gritaria pouco distante me fez parar assim como estava, a cavalo no parapeito. Sobre o mesmo muro que eu havia escalado vi surgir um chapéu de três pontas, e outro e mais outro. Era gente que estava com pressa de entrar, e parecia mais disposta a quebrar a cabeça caindo da muralha no horto do que ficar do outro lado. Um deles já chegara em cima e se preparava para descer quando soou um tiro de arcabuz; ele estendeu os braços e caiu morto. Entretanto, os que já haviam passado corriam entre as couves; reconheci-os como meus companheiros, e assim que os vi, no mesmo muro começaram a surgir outros chapéus, e atrás dos chapéus outras cabeças, braços e pernas que não acabavam mais. Descia um e surgiam dez; uma verdadeira invasão, uma verdadeira praga de gafanhotos que escurecia o ar.

– Os napolitanos! Os napolitanos! – gritavam meus companheiros que chegavam e se penduravam apressadamente na escada em que eu estava sentado.

– Devagar, calma! – eu respondia. – Se não vocês se matam sem esperar que eles o façam.

De fato, a escada com um homem por degrau rangia como uma árvore carregada de frutas. Eu, prudentemente, colocara as duas pernas dentro do aposento, e fazia o que podia dando-lhes bons conselhos.

– Um por vez!... Não entrelacem as pernas uns com os outros!... Não sacudam tanto a escada!...

De repente, um assobio aqui e outro lá, uma explosão no ar como de quatro ou cinco relâmpagos, e próximo a mim um estouro que arrebentou os vidros. Sete dos meus colegas pularam no aposento, um ficou fora morto, sorte que morreu e não se feriu; junto a isso, outro morto quando pulava o muro fazia a conta certa, pois éramos exatamente dez. Caramba! Não havia dúvida, tinham atirado neles!... Pela primeira vez senti o cheiro da pólvora. Tive um acesso de riso, como quem escapa de boa. Mas não posso jurar que não tive nada de medo: pelo menos posso me gabar de ser sincero. Porém, se tive medo, não o tive tanto que me impedisse de voltar à janela e fazer um gesto muito expressivo para aqueles varapaus napolitanos, que olhavam para cima sem poder nos seguir por termos com muita bravura retirado a escada. Aquele gesto foi o toque mágico que colocou entusiasmo no peito de meus companheiros, mas os inimigos também não estavam brincando, e começaram uma música com suas espingardas que não dava muita vontade de sair à sacada para olhar o tempo. Nós tínhamos nos servido de fuzis, facas, e pistolas naquele arsenal tão oportunamente disposto; retribuíamos com toda cortesia; e enquanto eles furavam nossos chapéus, nós arrebentávamos o crânio e a barriga deles. Não sei se estavam contentes com a troca. Entretanto, a continuidade daquela comédia nos dava o que pensar. De onde saíram aqueles napolitanos?... O capitão não suspeitava de nada? Eles já estavam a caminho pela charneca enquanto nós dávamos o falso alarme da montanha? Foi o que acontecera, e uma simples excentricidade podia sair caro para mim e toda a legião, além de dar aparência de traição a uma brincadeira, uma bravata. Enquanto isso, continuamos a atirar de cima para baixo com maior sorte do que de baixo para cima, quando percebemos que os inimigos diminuíam bastante sua vivacidade. Alguns de nós se preparavam para cantar vitória e talvez até correr atrás daqueles poucos obstinados que não queriam recuar e se refugiavam atrás das plantas, quando se ouviu sob nossos pés como que uma explosão subterrânea, e pouco depois uma correria, um tropel nos aposentos térreos seguido de gritos, berros, imprecações e jaculatórias, segundo o pio costume dos napolitanos quando vão à guerra. Todos ficamos aterrorizados; enquanto os atiradores nos detinham, o grosso dos assaltantes arrebentara uma porta com uma pequena bomba; o convento fora invadido; seria impossível resistir com um contra dez. Eu, então, que sentia na consciência todo o remorso daquela malfadada operação, lancei-me corajosamente à frente dos companheiros. Poucas palavras, um pronto e bom exemplo, e senti que me apoiariam como devia.

– Amigos, percamos nossas vidas, mas não vamos ceder o andar superior!... Pensem em sua honra, na honra da legião!... – Dizendo isso, saí do depósito e chegando à escadaria comecei a barricar a passagem com armários, mesas e outros móveis que podia juntar. Os napolitanos subiam seguros, mas encontraram entre as frestas algumas bocas de mosquete bem dispostas que os fizeram recuar uns sobre os outros.

– Coragem, amigos! – acrescentei – Algum socorro não deve tardar!... – De fato, parecia-me impossível que ao barulho do tiroteio o senhor Ettore não mandasse alguém para ver o que acontecia. Nunca poderia imaginar que justamente aquele dia fosse destinado ao primeiro movimento do exército napolitano, e que ele estivesse muito ocupado para manter distantes os batedores, para que a legião pudesse sair de Velletri. De qualquer modo, nos demos tão bem atrás da proteção de uma porta dupla de carvalho que os inimigos desistiram de subir pela escada. Mas percebemos que haviam desistido para fazer algo ainda mais perigoso; parecia que tinham posto fogo sob nossos pés; a fumaça pelas frestas do pavimento penetrava no corredor onde estávamos e nos cortava a respiração; pouco depois começaram a crepitar as traves, e as chamas a abrir caminho entre os tijolos em brasa. Fugimos precipitadamente para os aposentos vizinhos, e um minuto depois o pavimento desabava com um estrondo espantoso. Mas nos outros aposentos a segurança também não era maior; o incêndio se espalhara num átimo, porque havia lá embaixo os depósitos de palha; era preciso sair ou se resignar a morrer assado. Meus companheiros, com pistolas na mão e a espada nos dentes jogaram-se das janelas, e derrotando pela surpresa os poucos inimigos distraídos pelo incêndio, salvaram-se retirando-se para a colina. Um só, na queda, quebrou uma perna, apesar do salto não ser muito alto; e logo os bandidos caíram em cima dele como lobos num cordeiro, e se eu contasse das torturas e martírios que o fizeram sofrer, certamente seria tachado de mentiroso, porque pareceria impossível que se atacasse tanto uma criatura humana em tão pouco tempo. Eu recuei horrorizado; uma força sobre-humana me dizia para não fugir; me relegava àquelas muralhas já invadidas pelas chamas. Outras pessoas estavam presas lá, não sabia quem, mas foi o suficiente para que eu, causa inocente daquela matança, me sacrificasse na esperança de poder salvá-las. Corria como um louco pelos longos corredores, passava de porta em porta pelas inúmeras celas e pelos profundos aposentos do claustro; o ar se aquecia sempre mais, como um forno em que se atice aos poucos a chama. Por tudo era solidão e silêncio; só os gritos de fora e um distante espocar de tiros acrescentava terror àqueles momentos angustiantes. Resolvido a não tentar a fuga sem antes ter certeza de que não havia alma humana naquele inferno, me aventurei a uma desesperada passagem sobre o corredor em que o pavimento quase desabara. Restavam algumas traves fumegantes e de um lado da parede uma espécie de teto que cobria uma escada lateral. Passei correndo sobre ele e comecei a vagar desatinado pela outra parte do edifício. Cheguei a uma porta fechada que não resistiria ao golpe de dois braços animados pelo desespero como os meus. Porém, antes gritei angustiado: – Abram, abram! – Respondeu-me um grito que me pareceu de mulher, e ao mesmo tempo uma bala de pistola fazendo um furo na porta passou rente à minha cabeça e foi se enfiar na parede em frente.

– Amigos! Amigos! – gritei. Mas novos gritos sufocaram a minha voz, e um novo tiro de pistola saiu pela porta raspando meu braço e tirando sangue.

Bati desesperadamente com um ombro naquela porta, decidido a salvá-los mesmo se não fossem amigos ou me deixar matar se inimigos. A porta caiu aos pedaços, e enfumaçado, sangrando com as roupas queimadas e rasgadas me lancei naquele aposento certamente parecendo um endemoniado. Em meu ímpeto, derrubei uma mulher que corria de lá para cá com as mãos para o céu ou agarradas nos cabelos, transtornada pelo medo. Outra mulher passou na minha frente e pareceu disposta a tentar se salvar pulando da janela, mas a alcancei rapidamente e a peguei em meus braços justamente quando seu corpo já se pendurava no peitoril. As chamas que saíam do andar debaixo queimaram seus cabelos, dois ou três tiros saudaram nossa aparição na janela; puxei-a para tirá-la daquela posição tão perigosa dizendo que era amigo, que viera para salvá-la, que não temesse ou estaríamos perdidos... Seu rosto, belo nesse sublime desespero, voltou-se precipitadamente... Estive para cair como que baleado no peito... Era a Pisana! A Pisana!... Meu Deus! Quem poderia exprimir a tempestade que se formou em meu coração?... Quem poderia dar um nome a cada um dos sentimentos que o transtornavam? O amor, o amor foi o primeiro, o mais forte, aquele que dobrou a força em meu peito e deu ao meu espírito uma audácia invencível!

Levantei-a pelos ombros e a tirei das chamas, em meio aos pisos que rangiam, as paredes que desabavam e os tetos que caíam!... Desci por onde as chamas ainda deixavam uma passagem, mas à direita e à esquerda sentia um ar quente sufocar minha garganta. Um último esforço! Como não aguentaria aquele peso nos braços?... Como eu poderia abandonar às chamas aquele belo corpo que admirei tantas vezes como a obra mais perfeita da natureza, e aquele rosto encantador em que a alma se revela radiosa, como um brilho entre nuvens?... Eu teria atravessado um vulcão sem medo de afrouxar em nada o abraço com o qual apertava aquele corpo precioso e quase exânime. Se estivesse morta, eu também morreria para poder pensar no instante supremo: "Caí por ela e com ela!...". Temores, suspeitas, ciúmes, vinganças que me haviam invadido o coração desfizeram-se num instante; restara só o amor, com sua fé que renasce das cinzas como a fênix, com sua força que vence a própria morte porque a despreza e esquece.

Com a Pisana no colo, com o desespero no coração, a ameaça mais assustadora nos olhos, girando freneticamente uma espada, venci uma fila de inimigos que se aqueciam despreocupados no incêndio do convento. Lembro-me de ter visto entre eles um frade que rezava aos céus e falava devotamente aos soldados. Era o prior do convento que guiara os soldados da Santa Fé para aquela tremenda vingança; ele dizia que os inimigos da religião tinham sido cozidos na própria gordura. Mas o último deles, entretanto, não inimigo da religião, mas dos fanáticos que lhe colocam armas nas mãos, fugia milagrosamente ao seu furor. Se Deus estava olhando, naquele momento, para Velletri, tenho certeza de que seus favores foram para a Pisana e para mim. Sempre correndo, alcancei as colinas onde estava posicionada a emboscada de Carafa, mas lá os resultados do combate tinham sido bem diferentes. Encontramos os mais endiabrados legionários que depois de terem expulsado os napolitanos até as gargantas da montanha retornavam para ir contra os incendiários do convento. O próprio Ettore, que só naquele momento recebera o aviso do que acontecera às suas costas, precipitava-se até lá à frente dos seus, incerto se chegaria a tempo, mas certo de que a defesa ou a vingança seriam terríveis e irresistíveis. Eu me escondi entre os loureiros até que tudo passou, mas depois tive pena, e parando um cabo que trazia um novo pelotão reunido em Velletri, encarreguei-o de lhe dizer que quem ele bem sabia já estava a salvo na cidade. Dei mais alguns passos e topando com dois dos meus soldados entreguei-lhes a Pisana para que a levassem; quanto a mim, estava exausto, e foi difícil acompanhá-los até Velletri. Chegando lá, coloquei-a na minha cama, mandei vir um barbeiro para fazer uma sangria, e até que ela acordasse, para acabar com a comoção da surpresa, fui até uma sacada que dava para a campanha. Via-se o convento ardendo como uma fogueira, as chamas avermelhadas e fumarentas se desenhavam sobre o céu que escurecia, seu tétrico brilho fazia luzirem as baionetas dos legionários que perseguiam os fugitivos napolitanos. A batalha estava vencida e tristes presságios cercavam o primeiro ingresso dos libertadores nos limites da República Romana.

Quando entrei, a Pisana já estava sentada na cama e me recebeu menos confusa do que eu esperava. Aliás, foi a primeira a falar, o que muito me surpreendeu pela economia de palavras que ela costumava ter mesmo em momentos muito menos escabrosos.

– Carlo – disse ela –, por que não me deixou onde estava?... Eu morreria como heroína e em Roma me colocariam no novo Panteão.

Olhei-a estupefato, já que aquelas palavras me pareciam loucura, mas ela demonstrava pensar sensatamente, e precisei responder adequadamente.

– Se eu a deixasse, também deveria ficar! – disse com voz comovida. – Juro, Pisana, que assim que a vi tive muita vontade de matá-la e de morrer!

– Oh, por que não o fez? – gritou ela com um tom de voz em que fui forçado a reconhecer a sinceridade e o desespero.

– Não o fiz... não o fiz, porque a amo! – respondi com a cabeça baixa como quem confessa a própria vergonha.

Ela não se vexou por isso, aliás, levantou altivamente os olhos, como uma virgem ofendida e exclamou:

– Ah, você me ama, me ama? Falso, traidor, perjuro! Que o céu escute as suas mentiras e derrame em sua garganta chumbo derretido!... Você me pisou como uma escrava, me enganou como uma tola, e a meu lado, em meus braços, premeditava a traição que consumou!... Estou contente! Contente que um homem tenha se interposto entre mim e você!... Ele tirou da minha mão a vingança e me ofereceu outra que faz a minha vergonha, o meu tormento de cada dia, de cada minuto! De outra forma, eu teria enfiado um punhal no seu coração e no de sua amante; e meu braço o faria com tanta força que de um só golpe mataria os dois!... Vá, vá embora!... Deleite-se com minha humilhação e o seu triunfo!... Você salvou minha vida!... O generoso é você!... Logo você terá uma coroa cívica na cabeça, mas eu ficarei tão impassível que rejeitarei a amargura desse cálice desonroso que querem me impor! Terei coragem de desafiar esse amor furioso a que me vendi raivosamente!... Faz seis meses que o zombo dele!... Vingança por vingança!... Uma sua punhalada dada por ele trará a minha morte, e ao seu coração pusilânime um remorso sem fim!...

Ouvir me maldizer de tal modo aquela que me traíra tão horrendamente, à qual eu havia dedicado uma fé pura, um amor constante, e que o havia provado expondo minha vida para salvar a dela, por mais que o modo e o lugar onde ela estava devessem enfurecer a minha raiva, e converter o afeto em furor; vê-la furiosa e soberba contra mim, enquanto a esperava humilde e trêmula, foi um golpe que me dilacerou as entranhas. Minha ira elevou-se até contra Deus, que permitia que a inocência fosse maltratada tão indignamente, e que o vício armado de raios se comprazesse em aterrorizá-la do alto de seu trono de vergonhas.

– Pisana – gritei com voz sufocada e cortada por soluços. – Pisana, chega! Não quero, não posso mais escutá-la!... As palavras que você me disse agora são mais vis, mais obscenas do que sua traição!... Oh, não cabe a você, não cabe a você me acusar!... Enquanto você confessa o crime mais monstruoso que a amante pode cometer contra o amante, você ainda tem a crueldade e a ousadia para se alimentar de minhas lágrimas, para desfrutar de meus tormentos e se fingir ofendida e ultrajada para me ameaçar com uma vingança mais sangrenta, mas sempre menos indigna daquela que já consumou contra mim!... Cale-se, Pisana, nem mais uma palavra, ou eu renego o que ainda há de mais justo e santo no mundo, arranco do peito a honra e a lanço aos cães como uma abominação!... Sim, também renego aquela honra mentirosa que sofre aqui embaixo a vergonha dos perjúrios sem responder com uma explosão vulcânica a tamanha calúnia!

A Pisana colocou as mãos no rosto e começou a chorar, então levantou-se repentinamente da cama onde eu a deitara vestida como estava, e fez menção de sair do quarto. Eu a detive.

– Aonde quer ir agora?

– Ao senhor Ettore Carafa, leve-me imediatamente ao senhor Ettore.

– O senhor capitão deve estar ocupadíssimo perseguindo os napolitanos, e não seria fácil encontrá-lo, mas foi avisado de seu salvamento e virá encontrá-la assim que puder.

Temperei essas últimas palavras com um leve sabor de ironia que a irritaram:

– Ai dele ou ai de você! – exclamou em tom profético.

– Ai de ninguém – respondi com segurança –, ai de ninguém, infelizmente!... Eu teria muita sorte se pudesse matar alguém!...

– Por que não me mata? – disse ela com muita ingenuidade.

– Porque... porque... porque você é muito bela... porque me lembro que também já foi boa!

– Cale-se, Carlo, cale-se!... Acredita que ele virá logo?

– Já não disse?... Assim que puder!...

Ela então se calou por muito tempo, e ao dúbio clarão da lua que entrava da sacada vizinha, vi que muitos e vários pensamentos lhe passavam pela cabeça. Ora sombria, ora radiante, ora tempestuosa como um céu carregado de nuvens, ora calma e serena como o mar de verão; às vezes tomava uma postura de prece, pouco depois fechava o punho como se tivesse na mão um estilete e com ele ferisse várias vezes um peito abominável. Com as roupas rasgadas, sujas de sangue e de pó, com os cabelos meio queimados e desgrenhados, com o semblante descomposto pelos acontecimentos terríveis daquele dia, ela apoiava o cotovelo na mesa também enfumaçada e sangrenta. Parecia alguma negra pitonisa saída do Érebo[23] meditando sobre os assustadores mistérios da visão infernal. Eu não ousava romper aquele silêncio sombrio, também precisava me recolher e pensar, antes de provocar as revelações da tétrica sibila. A história de seu coração e de sua vida depois da minha partida se esclareciam em lampejos na minha aterrorizada fantasia, mas eu tinha medo de olhar, sentia que no momento era um esforço superior às minhas forças. Se alguém tivesse me dito: "ao preço de torná-lo estúpido, prometo convencê-lo da inocência da Pisana", certamente eu teria aceitado o contrato.

Cerca de uma hora depois, o senhor Ettore Carafa sozinho, carrancudo, entrou no quarto. Estava sem chapéu, pois o perdera na refrega; na cintura, a bainha sem a espada, porque a quebrara no crânio de um dragão depois de lhe ter cortado o elmo ao meio; sua cicatriz era de uma palidez quase incandescente. Cumprimentou, colocou-se entre mim e a Pisana, e esperou que um de nós falasse. Mas a Pisana não o deixou esperar muito, pois orgulhosa e irritada pediu-lhe que repetisse a história dos meus amores com a bela grega, e que contasse a coisa ingenuamente como contara a ela. Carafa, pedindo-me licença, contou calmamente o que soubera de tais amores nos círculos de Milão, da bela jovem e do ciúme com que eu a mantinha escondida aos olhos de todos.

23 Na mitologia grega, região situada abaixo da Terra e acima do inferno.

– Aí está, Pisana, o que lhe contei – concluiu ele –, quando recém-chegada a Milão você veio me perguntar se eu sabia de Carlo Altoviti, meu oficial, e de seus amores que faziam tanto alarde justamente por seu mistério. Ao contar isso, eu só repetia o que diziam, e certamente deixei ilesa a honra do herói desses amores. Errei?... Não acho!... Não devo prestar contas a ninguém!

A Pisana pareceu bem satisfeita com essa moderada fala de Carafa, e se voltou para mim como o juiz ao réu depois do depoimento de um testemunho irrefutável.

– Pisana, por que você me olha desse modo? – disse.

– Por quê? – disse ela – Porque o odeio, porque o desprezo, porque gostaria de fazer você passar mais vergonha do que quando você me jogou nos braços de outro...

Eu me horrorizei com tanto cinismo; ela percebeu e se contorceu como um escorpião tocado por uma brasa. Arrependia-se por ter se mostrado como era, realmente diabólica e insensata naquele momento de raiva.

– Sim – retomou ela –, olhe para mim!... Eu posso amar um homem de cada vez, quando você jurava me amar já tramava para raptar Aglaura!...

– Insensata! – gritei. Corri ao meu baú, tirei algumas cartas de minha irmã e as joguei na mesa diante dela. – Uma lamparina! – ordenei à porta; recebendo-a coloquei-a ao lado da Pisana e lhe disse: – Leia!

A sorte me ajudava deixando-a ignorar que eu não conhecia meu parentesco com Aglaura quando fugimos de Veneza; achei útil que eu deixasse assim, para não complicar ainda mais os mil particulares daquela cena dolorosa e difícil. Ela leu duas ou três daquelas cartas, passou-as para Ettore dizendo: – Leia também! – e enquanto ele olhava depressa dando sinais de espanto e desprazer, ela dizia entre dentes: – Me traíram!... Foi uma armação!... Malditos, malditos!... Vou devorar todos eles!...

– Não, Pisana, ninguém a traiu – disse a ela –, foi você quem me traiu!... Sim, você!... Não se defenda!... Não se irrite comigo!... Se tivesse me amado de verdade, eu podia ser perjuro, infame, perverso que você ainda me amaria!... Sabe, Pisana, sabe por que digo isso?... Porque é o que sinto. É porque como você é agora, tenho vergonha de dizer, eu a amo, eu ainda a adoro!... Não, não se assuste! Vou fugir de você, não me verá mais!... Mas deixe que eu me vingue só mais uma vez, para que você saiba que fez a eterna desventura do homem do qual você poderia ter a alegria, o conforto, a felicidade por toda vida!...

Enquanto isso, Carafa lera algumas das cartas e as entregara para mim dizendo:

– Perdoe-me, a voz do povo me enganou, mas não tive intenção de enganar.

Uma desculpa como essa na boca de um homem como ele comoveu-me a ponto de segurar as lágrimas com dificuldade; eu via o grande esforço do senhor Ettore para conseguir tanto de seu espírito. A altivez se dobrava arquejando sob a força inexorável da vontade. A Pisana chorava e uma dupla vergonha a impedia de se dirigir a mim e ao senhor Ettore. Ele teve compaixão, não sei bem se de mim ou dela, e me chamou fora do quarto por alguns instantes. Contou-me como tinha sido sua primeira conversa com a Pisana, como ela, sabendo que eu era um oficial a seu serviço, se dirigira a ele para ter notícias mais certas, ela já delirando de ciúme, ele enamorado dela ao primeiro olhar. Por fim me confessou que, acreditando-me apaixonadíssimo pela minha grega, não considerara ilícito aproveitar aquela sorte que lhe caía nas mãos; tão mais suave e desejada, quanto pouquíssimas vezes o amor penetrara em seu duro peito de soldado. Por isso se dedicara a virar em seu favor o furor da Pisana, e realmente havia conseguido nos primeiros dias.

– Mas depois – acrescentou ele –, de jeito nenhum ela queria se lembrar daqueles primeiros dias de embriaguez. Em Milão, em Florença, em Roma me seguiu sempre muda, altiva, insensível; debochando da minha aflição, respondendo aos meus pedidos e às minhas ameaças com estas duras palavras: "Já me vinguei demais!". Oh, quanto sofri, Carlo! Quanto sofri! Juro que você também foi vingado! Eu pedia, suplicava, chorava, fazia promessas a Deus e aos santos, não me reconhecia mais!... Até à corrupção recorri, e tentei com ouro a camareira dela, uma veneziana da qual ela nunca quis se separar...

– Quem? – exclamei – Como se chamava?

– Era uma certa Rosa, uma pobre coitada que venderia uma irmã por dez tostões. Mas hoje foi assustadoramente punida por tudo o que fez, eu a vi carbonizada nas ruínas do convento!... Pois bem, nem mesmo pela infame intercessão dela obtive algo; eu estava muito humilhado. Tirei-a de Roma para essa solidão aqui, onde resolvera recorrer à força para satisfazer meus desejos!... Vã ilusão, Carlo!... A força cai de joelhos diante do seu olhar!... Percebi que alguma suprema decisão, alguma paixão invencível a tirara de mim para sempre, depois das concessões quase involuntárias de um momento de surpresa!... Contei toda a verdade, apesar de não ser muito honrosa; tire suas conclusões e faça o que achar melhor. Meu quartel general amanhã à noite será em Frascati, porque o general em chefe

Championnet[24] ordenou uma retirada completa. Fale com a Pisana. Minha casa sempre estará aberta para ela, porque nunca esqueço os favores alheios, nem minhas promessas.

Carafa, então, apertou minha mão sem muita efusão e se retirou retomando sua feroz carranca guerreira; pareceu-me que ao encher o peito e sacudir levemente os cabelos, ele se livrasse do gineceu para vestir de novo a pele leonina de Hércules.

Voltei à Pisana sem dizer nada, e esperava que ela me interrogasse.

– Aonde foi o senhor Carafa? – perguntou ela muito preocupada.

– Ordenar a retirada para Frascati – respondi.

– E me deixa aqui?... E nem me diz aonde vai?

– Ele me pediu que lhe dissesse. Veja que ele não falta com nenhum dos seus deveres de cavalheiro, e que não se nega a observar as obrigações para com você!

– Obrigações para comigo?... Ele?... Fico espantada!... Ele só tem a obrigação de me devolver o que me roubou, mas são coisas que não se devolvem. Afinal não serei a primeira mulher que se fez respeitar sem ter ao lado a espada de um paladino!... Por favor, chame minha camareira!

– Esqueceu-se de onde a deixamos?... Ela foi vítima do incêndio!

– Quem?... A Rosa?... A Rosa está morta?... Oh, pobre de mim, oh, como sou desgraçada! Eu, eu a deixei morrer daquele modo!... Esqueci-me dela quando deveria protegê-la! Maldita seja eu, que sempre terei na consciência o sangue de uma inocente!

Esforcei-me para lhe dar a entender que estando ela desmaiada naquela confusão e precisando do meu socorro para fugir, não podia se preocupar com a Rosa nem com ninguém. Ela continuou a se lamentar, a suspirar, a falar com uma futilidade incrível, sem, no entanto, falar mais em seguir Carafa ou querer partir sozinha. Eu sentia tanta compaixão dela que meu amor não teria desprezado voltar a ser humilde e carinhoso como antes, desde que ela o desejasse.

– Carlino – disse-me ela de repente –, quando você partiu de Veneza, você não sabia que Aglaura era sua irmã, senão teria me dito.

– Não, não sabia – respondi não vendo razão para mentir mais.

– Entretanto, vocês viveram juntos como irmão e irmã.

---

24 Jean Étienne Vachier (1762-1800), chamado de Championnet, em 1798, era comandante da armada de Roma.

– Era impossível de outra forma.

– E quanto tempo durou essa sua vida inocente e comum?

– Muitos meses.

A Pisana pensou um pouco e então acrescentou:

– Você se incomodaria se eu dormisse aqui nesta cadeira, Carlo?

Respondi que ela podia se acomodar na cama, pois embaixo eu tinha outra onde tentaria pegar no sono. Ela ficou muito contente com essa permissão, mas esperou que eu descesse a escada para se deitar. Então, como por curiosidade eu parara para espiar, ouvi-a passar a chave na porta com muito cuidado para não fazer barulho. Um ano antes, em Veneza, ela não teria feito assim, mas pelas precauções usadas para não se fazer ouvir entendi que era por causa da vergonha.

No dia seguinte não falamos do dia anterior; coisa facilíssima para a Pisana que se esquecia de tudo e dificilíssima para mim que não deixo de nutrir meu presente com as memórias passadas. Perguntou-me como partiríamos, como se há alguns anos estivéssemos acostumados a viajar juntos; ajeitei um transporte o melhor que pude, sua alegria natural me fez parecer brevíssima a viagem até Frascati. O amor não surgiu mais, mas uma amizade como de irmãos, cheia de compaixão e olvido, o sucedera. Notem que falo das conversas e dos gestos, quanto ao que fervia por baixo, não posso garantir, e às vezes me surpreendi com algum gesto de irritação pela ingenuidade com que aceitara aquele tácito e frio compromisso. A Pisana parecia contente de ser, não digo amada, mas suportada por mim; era tão ingênua, tão obediente, tão carinhosa, que uma filha não poderia fazer melhor. Era, creio, uma muda maneira de pedir perdão, mas já não o tivera? Infelizmente, tive com frequência aquela facilidade, tantas vezes censurada nela, de perdoar e esquecer erros realmente imperdoáveis! No entanto, não mudei em nada o meu digno comportamento: em Spoleto, em Nepi, em Acquapendente, em Perúgia, em todos os lugares em que Championnet conduziu o exército para reunir os membros espalhados e prepará-los melhor para a desforra, levamos a vida de dois irmãos de armas, que gozaram sua juventude e dão baixa, como se diz, de cada dia pior na coluna do positivo.

Enquanto isso, o rei Ferdinando de Nápoles e Mack[25], seu general, entravam triunfalmente em Roma. Os franceses haviam se retirado por prudência, e o

25 O rei de Nápoles confiara o comando supremo do exército napolitano ao general austríaco Karl Freiherr Mack von Leiberich (1752-1828).

exímio general atribuía isso aos seus complicadíssimos planos estratégicos. A República Romana caíra como um castelo de cartas. Estabelecia-se sob o patrocínio do rei um governo provisório. Entretanto, o barão Mack não estava com as mãos na cintura e complicava sempre mais seus planos para expulsar Championnet do Estado romano e talvez de toda a Itália. Diego Naselli desembarcara em Livorno, Ruggiero di Damas em Orbetello[26]; ele, dividindo o exército em cinco corpos, avançava pelas duas margens do Tibre. Championnet, sem tantas complicações, bateu, rompeu, desbaratou por trás, pela frente, à direita e à esquerda. Mack enredado nos próprios fios foi obrigado a fugir. Seu rei o precedeu a caminho de Caserta e de Nápoles; e depois de dezessete dias de catalepsia voltava a República Romana[27] para sua mísera vida. Championnet pressionava vitorioso as fronteiras do Reino: Rusca[28] com os Cisalpinos, Carafa com a Legião Partenopeia lutavam na linha de frente. A revolução já ladrava ameaçadoramente às portas de Nápoles.

---

26 Diego Naselli (1754-1832) e o conde Ruggero di Damas (1755-1823), generais do exército napolitano, desembarcaram nas costas da Toscana, mas logo precisaram se retirar.

27 A República Romana foi restaurada em 14 de dezembro de 1798. A partir daqui as referências são de *Saggio storico sulla rivoluzione di Napoli del 1799*, de Vincenzo Cuoco (2ª ed. 1806).

28 Francesco Domenico Rusca (1761-1814), lugar-tenente de Championnet.

CAPÍTULO DÉCIMO SÉTIMO

A epopeia napolitana de 1799. A República Partenopeia[1] e a expedição da Apúlia. Os franceses abandonam o Reino, Ruffo o invade com salteadores, turcos, russos e ingleses. Reencontro meu pai para vê-lo morrer e cair prisioneiro de Mammone. Mas sou libertado pela Pisana, e enquanto o sangue mais nobre e generoso da Itália corre no patíbulo, nós dois junto com Lucilio zarpamos para Gênova, último e arruinado baluarte da liberdade.

O povo de Nápoles, que em campo havia se dispersado diante de um punhado de franceses pela complicadíssima ignorância do barão Mack, o mesmo povo abandonado pelo rei, pela rainha e por Acton[2], ruína do Reino, vendido pelo vice-rei Pignatelli[3] em um armistício vil e precipitado, sem armas e sem ordem, numa cidade vasta e aberta por todos os lados, defendeu-se por dois dias contra a crescente ousadia dos vencedores. Recuou para suas tocas derrotado, mas não desanimado, e Championnet, entrando triunfalmente em vinte e dois de janeiro de 1799, sentiu sob os pés o solo vulcânico que reboava. Surgiu uma nova República Partenopeia[4]; insigne por uma singular honestidade, firmeza e sabedoria dos chefes; digna de compaixão pela anarquia, pelas paixões impiedosas e perversas que a dilaceraram; desventurada e admirável pelo trágico fim.

1 Partenopeia ou Partenopeu são sinônimos de Napolitana ou Napolitano, relativos ao antigo nome grego da cidade de Nápoles: Partènope.

2 John Francis Edward Acton (1736-1811) era Secretário de Estado para assuntos da Marinha. Favorito do rei e da rainha Maria Carolina, usou sua influência para os objetivos da política inglesa e da mais feroz reação. O rei Ferdinando embarcou secretamente no navio de Nelson e zarpou para Palermo em 23 de dezembro.

3 Francesco Pignatelli (1775-1853), príncipe de Strongoli, deixado como guardião geral do Reino, negociou uma trégua com Championnet em 11 de janeiro de 1799, segundo a qual os franceses ocupariam cerca de metade do Reino e receberiam uma contribuição de guerra de dois milhões de francos.

4 Os patriotas, que em 22 de janeiro de 1799 haviam proclamado, no Castel Sant'Elmo, a República Partenopeia, pediram a Championnet que a reconhecesse e nomeasse um governo provisório, o que ele fez em 24 de janeiro.

O novo governo ainda não havia se estabelecido completamente quando o cardeal Ruffo[5] com seu bando, desembarcava da Sicília na Calábria, e punha em grave perigo a autoridade republicana nessa ponta da Itália. Algumas terras o recebiam como libertador, outras o rechaçavam como assassino, e conseguiam se defender ou eram tomadas, queimadas, desmanteladas. Bandos de salteadores capitaneadas por Mammone, por Sciarpa, por Fra Diavolo[6] apoiavam os movimentos do Cardeal. Sete emigrantes corsos, um deles se fazendo passar por príncipe herdeiro[7], foram suficientes para levantar boa parte do Abruzzo, mas os franceses se opunham galhardamente, e enforcavam alguns como exemplo solene de justiça. Não era uma guerra entre homens, mas uma destruição entre feras. Ruffo, em Nápoles, esperava fortalecer o governo, instilar sentimentos republicanos no povo, ensinar-lhe um evangelho democrático traduzido em dialeto por um capuchinho, que dava a entender que são Januário[8] tornara-se democrático. Mas de longe estrondeavam as armas russas de Suvorov[9] e as austríacas de Kray[10] em direção à Itália; a frota de Nelson, vencedora de Aboukir[11], e as frotas russas e otomanas, donas das ilhas Jônicas, percorriam o Adriático e o Mediterrâneo. Bonaparte, o queridinho da vitória, se divertia em fatiá-la como profeta com os beduínos e os mamelucos; com ele a sorte abandonara as bandeiras francesas, e seu único valor ainda era defendido em terras estrangeiras onde ele, fulminante vencedor, as plantara[12]. Depois de alguns meses, aconteceu o que se temia. MacDonald[13], que sucedera Championnet, foi chamado de volta à alta-Itália contra os austro-russos que a

---

5 O cardeal Fabrizio Ruffo (1744-1827) foi nomeado lugar-tenente pelo soberano com a missão de desbaratar a República Partenopeia.

6 Cruéis lugares-tenentes de Ruffo.

7 Foi possível identificar o nome de quatro deles: De Cesare, que se fez passar por duque da Saxônia; Boccheciampe, Giuliano Colonna e Raimondo Corbara, que se passou por príncipe herdeiro do reino de Nápoles, filho do rei refugiado na Sicília.

8 Januário de Benevento (272-305), *san Gennaro* em italiano, patrono da cidade de Nápoles.

9 Alexander Suvorov (1730-1800), general russo, participou da campanha austro-russa na Lombardia em 1799.

10 Paul Kray (1735-1804), general austríaco, participou da batalha de Novi, com Suvorov.

11 Batalha naval de grande proporção entre as frotas britânicas e francesas na baía de Aboukir, entre 1 e 3 de agosto de 1798. Os franceses, comandados por Napoleão Bonaparte, foram derrotados pelas forças britânicas comandadas pelo contra-almirante Horatio Nelson (1758-1805).

12 Enquanto Napoleão guiava a expedição no Egito, no início de março de 1799, a Áustria retomara a guerra contra a França; um exército austro-russo invadiu a Itália sob o comando do marechal russo Suvorov e dos generais austríacos Melas e Kray.

13 Étienne Jacques Joseph Alexandre MacDonald, (1765-1840) marechal francês e líder durante as guerras napoleônicas.

haviam invadido; deixando pequenas guarnições no Castelo de Sant'Elmo, em Cápua, em Gaeta, ele precisou abrir passagem com armas na mão, de tanto que a rebelião pressionava as fronteiras do Estado Romano.

Eu me deparara muitas vezes com Lucilio, Amilcare e Giulio Del Ponte durante aquela guerra desordenada, mas sempre por uns poucos instantes, já que para nossas colunas aquelas pelejas eram, no mais das vezes, lutas de emboscada e de montanha, sem descanso, à direita e à esquerda, no Adriático e no Mediterrâneo. Eu havia colocado a Pisana junto à Princesa de Santacroce, irmã de um príncipe romano que morrera poucos meses antes em Aversa defendendo a República contra invasão de Mack. Era tranquilo para ela; Carafa me tratava com muito carinho e me restituía uma especial confiança. Eu só tinha um desejo, só tinha uma paixão, ver triunfar a causa em que me entregara de corpo e alma. A partida dos franceses foi para os republicanos de Nápoles um golpe terrível. Eles se esforçaram muito, mas não o suficiente para suprir a falta de uma ajuda tão válida. Lucilio, Amilcare e Del Ponte não quiseram partir e pediram para serem admitidos na legião de voluntários que se formava sob o comando de Giuseppe Schipani[14]: o pobre Giulio, depois de tantas marchas, tantas guerras, tantos esforços, realmente dava pena. Em cem lutas, em dez batalhas, ele andara pedindo a esmola de uma bala que nunca lhe foi concedida. Perdia forças dia a dia, e horrorizava-o a ideia de morrer num catre infestado dos hospitais militares. Os dois amigos o confortavam, mas com que dificuldade! O entusiasmo de Amilcare se convertera num raivoso furor e a fé de Lucilio numa estóica resignação. Se esses sentimentos podem inspirar palavras de conforto, até um desesperado qualquer poderia dar lições de paciência e de moderação antes de se enforcar.

Naqueles dias, a coluna de Ettore Carafa foi mandada para a Apúlia para controlar a rebelião que ganhava terreno naquela província. Parti depois de ter beijado os amigos e a Pisana, talvez pela última vez. Somente Lucilio sabia da presença dela em Nápoles; Giulio desconfiava, mas não ousava falar; Amilcare tinha mais no que pensar! Só via Ruffo, Sciarpa e Mammone, e não os via com a imaginação sem ao menos estrangulá-los com o desejo. Quanto à Pisana, foi o primeiro beijo que teve e suportou de mim depois do encontro de Velletri; queria se conservar fria e reservada, quando nossos lábios se tocaram, não conseguimos refrear o ímpeto do coração, eu tremia inteiro, ela com o rosto irrigado de lágrimas.

14 Giuseppe Schipani (1739-1799), general da República Partenopeia. Enviado à Calabria para combater Ruffo, tentou conquistar Catellucio, mas foi derrotado por Sciarpa e obrigado a se retirar. Defendeu a República até o fim; foi preso e justiçado em 19 de julho de 1799.

– Vamos nos ver novamente! – gritou ela de longe com um olhar confiante.

Respondi com um gesto de resignação e me afastei. A Princesa de Santacroce, ao me mandar poucos dias depois algumas cartas que haviam chegado para mim em Nápoles, me escreveu de um acesso de desespero que levara a Pisana à beira da morte depois da minha partida. Ela arranhava furiosamente o peito e as faces, gritando que sem meu perdão não era possível viver. A boa Princesa não dizia saber a qual perdão se referia a pobrezinha, e a cercava delicadamente de cuidados, mas eu não quis ser menos generoso do que ela e escrevi diretamente à Pisana pedindo-lhe desculpas pela atitude fria e orgulhosa que tivera para com ela nos últimos meses; que bem sabia que aquele fingimento de fraterna amizade equivalia a um insulto, e que justamente por isso, considerando-me culpado, lhe oferecia como reparação todo o meu amor, mais afetuoso, mais veemente, mais devotado do que nunca. Assim esperava restituir-lhe a paz de espírito mesmo a preço do meu decoro, além disso, fingindo ignorar o que a Princesa me escrevera, dava às minhas afirmações as cores da espontaneidade. Depois soube que aquela minha ação generosa dera à Pisana enorme conforto, e que ela sempre me elogiava para sua protetora como o homem mais magnânimo e amável do mundo. Mesmo se a Princesa tivesse me contado muitas coisas boas para cooperar com a nossa plena reconciliação, ainda assim eu lhe seria grato por um enorme benefício. A arrogância excessiva prejudica as mulheres, e ao lidar com elas é necessário que as próprias virtudes adquiram a suavidade de sua natureza. É possível ser bons demais sem a suspeita de covardia ou medo.

Enquanto isso, eu chegara à Apúlia bastante contente comigo e com as minhas coisas. De Veneza me davam ótimas notícias; Aglaura estava grávida; o velho Apostulos voltara bem; meu pai estava voltando; quanto a este último, que no momento me preocupava mais do que todos, me deixavam entrever grandes coisas, grandes esperanças! Eu imaginava isso há algum tempo, mas só de algumas meias palavras de Lucilio conseguira tirar alguma luz. Parecia que, constituídas as repúblicas de Milão a Nápoles, quisessem, ou fosse a intenção de alguns, dar adeus aos franceses e fazerem por si. Para isso era preciso convencer a Porta Otomana a se coligar com a Rússia e atacar a França no Mediterrâneo; não se temia uma direta preponderância entre potências tão distantes; pelo contrário, pretendia-se opô-las à influência de governos mais próximos e mais adequados a dominações estáveis. Por causa disso, suspeitei que meu pai estivesse ocupado até então nessa aliança turco-russa que fizera o mundo se espantar pela sua presteza e monstruosidade[15]. Mas o que queriam conseguir, justamente quando os franceses pareciam mais dispostos a se retirar do que a dominar, eu realmente não conseguia ver. Em minha frágil opinião, parecia que nossa independência apoiada nos turcos e nos russos faria uma péssima prova de sua solidez. Mas havia gente que ia além com suas ilusões, o que se pode compreender pela morte miserável do general Lahoz[16] nas vizinhanças de Ancona. Enquanto isso, paramos na Apúlia observando os navios turco-russos que dos portos conquistados de Zacinto e Corfu[17] voltaram para as praias tumultuadas de Apúlia.

Ettore Carafa não era homem de meias medidas. Chegando a seu feudo de Andria[18], onde os habitantes eram partidários de Ruffo, falou-lhes com moderação e paz. Não sendo escutado, desembainhou a espada e ordenou o ataque; e um ataque de Carafa queria dizer uma vitória. Invulnerável como Aquiles, ele sempre ia à frente da legião; valente com a espada, com o mosquete, com o canhão, misturava-se com os soldados e retomava seu grau de capitão sem chamar a atenção por uma arrogância exagerada. Ultimamente, à sua rusticidade guerreira misturara-se uma sombra de tristeza: os subalternos o amavam mais ainda, eu o admirava e me compadecia. Mas ele era daqueles homens que encontravam um conforto, uma defesa em sua religião política contra qualquer desventura; têmperas de fogo e de aço que confundem Deus com a pátria, a pátria com Deus, e não sabem pensar em si mesmos quando o bem público e a defesa da liberdade cingem suas espadas de heróis. Havia em sua grandeza algo de bárbaro; não acreditava, por exemplo, em honrar a valentia dos inimigos perdoando-os e salvando-os; julgava os outros por ele, e passava no fio da espada os vencidos nos mesmos casos em que ele teria desejado ser morto mais do que poupado como ornamento do triunfo. Esse esplendor antigo de feroz virtude e seu poderoso e famoso nome logo o fizeram sujeitar toda a província. Ele possuía poder ditatorial; e se o governo de Nápoles tivesse tido outros cinco comandantes como ele, nem Ruffo, nem Mammone teriam quebrado em Marigliano, às portas de Nápoles, as últimas relíquias dos republicanos partenopeus. Mas o governo tolamente

15 Provável alusão à chamada Segunda Coalizão, de 1798, da qual participavam Áustria, Inglaterra e o Reino de Nápoles.

16 Giuseppe Lahoz Ortiz (1766-1799), general francês, que desiludido com a política francesa para a Itália, uniu-se aos rebeldes napolitanos. Morreu em combate.

17 Antes venezianas, cedidas à França pelo tratado de Campoformio, as ilhas foram conquistadas pelas forças turco-russas em 6 de março de 1799.

18 Ettore Carafa era senhor de Andria e de Ruvo.

se enciumou de Carafa. Aquele era o tempo para ciumeiras! – Como se Roma tivesse temido a ditadura de Fábio, quando só restava ele para defendê-la do campeão cartaginês! – Dizia-se que a Apúlia estava pacificada, que se queria usar eficazmente a sua atividade, que no Abruzzo, aonde o mandavam, poderia fazer serviços importantíssimos. Ettore tinha a ingenuidade e a docilidade de um verdadeiro republicano; não viu o que se escondia sob essas melosas palavras e foi para o Abruzzo. Porém, como lhe parecia que a província sem ele não permaneceria tão fiel e segura como imaginavam, decidiu que eu e Francesco Martelli[19], outro oficial da legião, ficássemos na Apúlia à frente de uma pequena guerrilha de bosque que podia ajudar muito contra as insurreições parciais que poderiam aparecer. Ele confiava muito em mim, e não sem lágrimas de reconhecimento e de orgulho reconheço essa confiança de um homem tão grande. Que sua alma generosa e bendita tenha em outro lugar o prêmio que não obteve aqui embaixo, apesar de tê-lo valorosamente merecido!

Martelli era um jovem napolitano que abandonara mulher, filhos e afazeres para brandir a espada em defesa da liberdade. Ambos saídos da cidade, ambos de índole dócil, mas resoluta, havíamos estreitado uma forte amizade desde Velletri. Ele tinha sido um dos companheiros que havia apostado contra mim na visita ao convento, tanto que, como aquela aposta tinha sido uma ceia e um baile para todos os oficiais da legião, e ninguém pensara em pagá-la, ele teve o capricho de pagar a dívida de todos quando se pensava em tudo menos em ceia e baile. Uma noite, ao voltar com os nossos cinquenta homens da perseguição a alguns salteadores que tinham vindo saquear uma chácara pouco distante, encontrei o castelo de Andria iluminado e a grande sala preparada para baile, lá dentro, algumas camponesas e donzelas das redondezas que para se divertir resolveram esquecer que nós éramos republicanos excomungados. Martelli me indicou a festa com gesto principesco, dizendo: – Aí está o pagamento da dívida de Velletri, e vai ter até ceia!... Não se sabe o que pode acontecer, amanhã podemos estar mortos, e quis acertar tudo. – Mortos ou não mortos no dia seguinte, naquela noite dançamos muito, tanto que muitas vezes o bom Friuli voltou à minha mente, com suas famosas festas de são Paulo, de Cordovado, de Rivignano onde se dança, dança-se até perder os sentidos e os sapatos. Os napolitanos e apulenses também são

19 Francesco Martelli, personagem histórico que morreu defendendo a torre de Vigliena contra os russos e pai de Arrigo e Claudio, citados mais adiante, não fez historicamente parte da legião de Carafa.

assim, e de cima a baixo desta pobre Itália não somos tão diferentes uns dos outros como gostariam que fôssemos. Aliás, há semelhanças tão estranhas que não são encontradas em nenhuma outra nação. Por exemplo, um camponês do Friuli tem toda a avareza, toda a teimosia de um mercador genovês, um gondoleiro veneziano toda a elegância de um janota florentino, e um corretor de Verona e um barão de Nápoles se parecem em sua fanfarronice, como um policial de Módena e um padre romano na astúcia. Oficiais piemonteses e literatos de Milão têm a mesma seriedade, o mesmo ar de segurança; aguadeiros de Caserta e doutores bolonheses competem na eloquência; salteadores calabreses e militares de Aosta no valor; delinquentes napolitanos e pescadores de Chioggia na paciência e na superstição. As mulheres, então, oh, as mulheres, se parecem todas dos Alpes ao Lilibeo[20]! São talhadas no verdadeiro molde da mulher mulher, não da mulher autômato, da mulher aritmética, e da mulher homem como na França, na Inglaterra, na Alemanha. Digam o que disserem os senhores estrangeiros, aonde seus poetas vão para tentar tomar um gole de amor?... Aqui conosco, justamente conosco, porque só na Itália vivem mulheres que sabem inspirá-los e mantê-los. E se falam dos nossos bordéis, nós respondemos... Não, não respondemos nada, porque as grandes prostituições não desculpam as pequenas.

O encargo confiado a mim e a Martelli não era dos mais fáceis. Precisámos lidar com populações ignorantes e selvagens; com barões duros e rosnando pior do que robespierrinos se republicanos, e armados da mais maldita hipocrisia se partidários de Ruffo; com curas incultos e crédulos que me recordavam, com alguns acréscimos pejorativos, o capelão de Fratta; com inimigos astutos e nem um pouco seletivos nos meios de fazer mal. Todavia, a autoridade de Carafa, em nome de quem comandávamos, o exemplo de Trani saqueada e incendiada por sua pertinácia na rebelião, impunham algum respeito às pessoas, e o governo da República era tacitamente tolerado em toda a costa do Adriático. Nas cidades menos bárbaras, em que havia alguma cultura disseminada na classe média tinha-se medo das quadrilhas do Cardeal, e mais do que as intemperanças dos franceses, as matanças de Gravina e de Altamura, comandados por Ruffo, mantinham os ânimos em suspenso. Naqueles dias, pude perceber o estranho fenômeno moral que no Reino de Nápoles concentra uma máxima civilidade e uma requintada educação em pouquíssimos homens, na maioria nobres ou de famílias ilustres, e deixa a

20 Antiga cidade situada no extremo oeste da Sicília, sob a atual Marsala.

plebe ociosa na abjeção da ignorância e das superstições. Defeito de um governo absoluto, ciumento, e quase despótico à oriental, que mantendo afastadas as mentes melhor iluminadas, leva-as desenfreadamente às mais extravagantes teorias e depois, para reparar, deve se apoiar no zelo fanático e incensado de um povo corrompido. Padres como o monsenhor de Sant'Andrea e patrícios filósofos como Frumier contavam-se às centenas nas cidades da Apúlia, e deles se fortalecia muito o partido republicano. Mas era tempo de ação, e os salteadores se sobressaíam sobre os doutos.

Um dia, chegou a notícia de que as frotas aliadas turco-russas haviam sido vistas na Apúlia. Não tínhamos instruções precisas para esse caso, mas Carafa dissera para não nos assustarmos, porque só poucas forças poderiam desembarcar. De fato, ao invés de nos atemorizar, corremos para Bisceglie onde parecia que iam se concentrar os poucos navios, e lá, aproveitando a grande disposição dos habitantes e alguns canhões que encontramos no castelo, tratamos de armar a praia o melhor possível. Tínhamos espalhado o boato de que aquelas frotas estavam carregadas de bandos de albaneses e sarracenos prontos a atacar o Reino para submetê-lo a ferro e fogo. Como o ódio contra a nação turca é tradicional naquela região, nos apoiavam completamente. Estávamos prontos para revidar validamente um primeiro ataque a Bisceglie, quando surgiu a galope um mensageiro de Molfetta, a sete milhas de distância, que falava de um desembarque que se tentava lá e do grande trabalho que o povo fazia para impedi-lo. Vendo as coisas de Bisceglie bem acomodadas, julgamos oportuno, eu e Martelli, ir até lá onde nenhuma providência havia sido tomada contra o inimigo. Nos desesperávamos por ter que nos defender por muito tempo, mas era preferível perder a vida do que a certeza de termos feito tudo o que podíamos pela saúde da República. Deixamos boa parte da nossa gente em Bisceglie; nós, selando tantos cavalos quanto pudemos encontrar, corremos a rédeas soltas pela estrada. Não sei o que eu tinha naquele dia, mas sentia minha constância e minhas forças falharem, talvez fosse a certeza de que nossa causa estava perdida e que só se combatia pela honra. Acredita-se muito vagamente nos pressentimentos. Martelli, mais desesperado, mas mais forte do que eu, dizia-me para não desanimar, para não perder nada daquela segurança milagrosa que até então nos servira mais do que um exército, para manter a lealdade do interior da Apúlia. Eu respondia que se acalmasse, que combateria até o fim, mas que um cansaço invencível infelizmente me enfraquecia por dentro. Por volta de uma milha antes de Molfetta começamos a ver a fumaça e a ouvir o barulho dos tiros. Via-se também no mar alguns barcos que tentavam se aproximar do porto, mas as ondas um pouco grossas os impediam. Entrando na cidade, encontramos a confusão no máximo. Turcos e albaneses desembarcados em chalupas começaram a saquear, a massacrar, com tanta crueldade que parecia termos voltado os tempos de Bajazeto[21].

Amaldiçoei furiosamente a barbárie daqueles que entregavam tão bela parte da Itália àqueles monstros, e me lancei com Martelli e os companheiros a uma tremenda vingança. Todos os que encontramos foram cortados em pedacinhos pelas nossas espadas, pisoteados pelos cavalos, e despedaçados pela multidão desesperada que engrossava às nossas costas. Na praça, onde se reunira o maior número deles para pegar os barcos e lançar-se ao mar, a carnificina foi mais longa e mais terrível. Aquela foi a única vez em que me regozijei barbaramente ao ver o sangue de meus semelhantes esguichar das veias, e seus corpos sangrentos amontoarem-se arfando e ferindo uns aos outros em convulsões de agonia. A multidão urrava frenética e se saciava de sangue; alguns mais ousados tomaram os barcos; toda fuga estava interceptada; o último daqueles desgraçados veio se enfiar sozinho na minha baioneta; e logo cem mãos iradas tiraram-me o repulsivo troféu. Molfetta estava salva. Os netos de Solimão[22] haviam aprendido às suas custas que não se pode andar para atrás na história sem prejuízo, e que Maomé II[23] (peço desculpas pela cronologia) está tão distante deles quanto Trajano[24] de nós. As ruas e a praça transbordavam de gente que corria à igreja para agradecer à Virgem pela vitória. Juntamente à Beata Virgem Auxiliadora, os nomes dos capitães Altoviti e Martelli eram levados aos céus por milhares de bocas.

Havíamos deixado ordem em Bisceglie para que nos avisassem imediatamente de qualquer novidade, mas como não veio ninguém, e queríamos dar algum descanso à nossa gente, que muito necessitava, nos retiramos para uma estalagem para ali repousar até o amanhecer. Também receávamos que se acalmando o mar novos desembarques de turcos ou russos viessem se vingar dos barcos perdidos; é verdade que soprava um siroco[25] endiabrado e que deste lado as precauções eram mais que excessivas. Entretanto, os nossos receberam com muito júbilo a proposta dessa brevíssima trégua, e os festejos com os marinheiros e com as mulheres da cidade logo apagaram de

21 Bajazeto I, sultão turco de 1389 a 1402.

22 Solimão II, o Magnífico, já citado no cap. XI.

23 Maomé II, o Conquistador, sultão de 1451 a 1481, tentou a conquista da Itália meridional.

24 Trajano, imperador romano de 97 a 117.

25 Vento quente que sopra do Saara.

suas memórias os cansaços e os perigos da jornada. Martelli fora até o molhe com algumas pessoas importantes do lugar para verificar o tempo e dispor as sentinelas; sozinho e melancólico, eu estava no salão da estalagem, com os cotovelos sobre a mesa e os olhos fixos na lanterninha de uma Virgem de Loreto na parede à minha frente, ou me distraindo vendo no pátio as tarantelas improvisadas debaixo de uma parreira pelos nossos soldados. A alegre vida meridional retornava como se nada fossem seus alegres costumes a vinte passos daquela praça onde o sangue ainda corria e vinte ou trinta cadáveres esperavam sepultura. Meus pensamentos certamente não eram amistosos nem alegres por causa daquele efêmero triunfo; eu maldizia o perverso instinto que nos faz viver mais nas alegrias de hoje do que nos medos de amanhã, e invejava a ingenuidade dos que dançavam e bebiam sem pensar no mundo como era e o que teria sido.

Assim, eu passava de melancolia a melancolia quando um velho padre curvo e quase maltrapilho se aproximou timidamente perguntando se eu era o capitão Altoviti. Respondi um pouco asperamente que sim, porque uma pequena experiência não me fazia muito brando com o clero napolitano, e também aqueles eram tempos em que a batina não era uma boa recomendação junto aos republicanos. O velho não se perturbou com minhas ásperas palavras, e chegando mais perto me disse ter coisas importantíssimas a me comunicar, e que alguém ligado a mim com vínculos sagrados de parentesco desejava me ver antes de morrer. Levantei de um pulo porque logo me ocorreram as estranhezas da Pisana, e já estava tão disposto a ver desgraças em tudo, que logo me ocorriam as mais funestas e irreparáveis. Temia que ao saber que eu estava sozinho na Apúlia ela tivesse tido a ideia de vir me encontrar e que envolvida naquele massacre de Molfetta tivesse sido vítima. Segurei o braço do padre e o arrastei para fora da estalagem, avisando-o com isso que se ele quisesse brincar comigo, eu não era o homem disposto a suportar. Quando chegamos numa ruela escura e solitária:

– Senhor capitão – disse-me baixinho o padre ao meu ouvido. – É seu pai...

Não o deixei prosseguir.

– Meu pai! – exclamei. – O que está dizendo de meu pai?...

– Salvei-o hoje no meio daqueles furiosos que nos atacaram – acrescentou o padre. – É um velho pequeno e mirrado que ao ouvir o nome do senhor capitão começou a se debater na cama onde eu o colocara, perguntou-me pelo senhor, diz e sacramenta que é seu pai e que não morrerá contente sem antes vê-lo.

– Meu pai! – eu continuava a balbuciar quase fora de mim; correndo mais do que permitiam as pernas do velho abade. Podem imaginar se naquele momento eu podia colocar em ordem os pensamentos que transtornavam minha mente!

Depois de alguns minutos daquela corrida precipitada chegamos a uma porta entre duas colunas que parecia ser de um monastério; o velho padre abriu-a, e pegando um lampião que ardia no vestíbulo guiou-me até um aposento de onde saía um lamento de moribundo. Entrei agitado pelo susto e pela dor, e caí com um grito sobre o leito em que meu pai, mortalmente ferido na garganta, combatia obstinadamente a morte.

– Meu pai! Meu pai! – eu murmurava. Não tinha fôlego nem cabeça para pronunciar outra palavra. Aquele golpe era tão imprevisto, tão terrível, que realmente me tirava o último fôlego de coragem que me restava.

Ele tentou se levantar sobre um cotovelo para procurar algo na cintura, e de fato conseguiu. Com a ajuda do padre, tirou debaixo das largas calças albanesas uma longa bolsa de couro, dizendo-me com muita dificuldade que era tudo o que podia me dar de seu patrimônio e que de resto eu perguntasse ao Grão-vizir... Estava para dizer um nome quando lhe saiu da garganta uma golfada de sangue e caiu nos travesseiros ofegando.

– Oh, por piedade, meu pai! – eu dizia. – Pense em viver! Não queira morrer!... Não me abandone agora que todos me abandonaram!...

– Carlo – acrescentou meu pai, e dessa vez com voz fraca, mas clara, pois aquela última golfada de sangue parecia tê-lo aliviado muito – Carlo, ninguém é abandonado no mundo enquanto vivem pessoas que não se deve abandonar. Você perde seu pai, mas tem uma irmã, que não conhecia...

– Oh não, pai! Eu a conheço, eu a amo há algum tempo. É Aglaura!...

– Ah, você a conhece e a ama? Melhor assim! Morro mais contente do que esperava... Ouça, meu filho, quero lhe deixar uma última recordação como herança preciosa... Nunca, nunca, nunca, para mudar os homens ou os tempos, atrele a esperança de uma causa nobre, generosa, imorredoura, ao interesse, à avareza alheia. Eu, veja, nessa ideia falsa, inepta, trivial, consumi minhas riquezas, a inteligência, a vida e tive... tive a certeza de ter falhado e não poder remediar... Oh, os turcos, os turcos!... Mas não me censure, meu filho, por ter colocado minhas esperanças nos turcos. Para nós dá tudo no mesmo... Acredite... Achei que podia usar os turcos para expulsar os franceses, e que depois ficaríamos só nós... Como fui tolo!... Tolo!... Hoje, hoje vi o que os turcos queriam!...

Ao dizer isso, ele parecia estar tomado por um violento delírio; em vão eu tentava acalmá-lo e segurá-lo de modo que doesse menos sua ferida; ele continuava a delirar, a gritar que todos eram turcos. O padre me dizia que ao se opor à violência que os otomanos cometiam contra os míseros habitantes assim que desembarcaram, meu pai recebera aquela tremenda ferida de cimitarra na garganta, e que se ficasse caído no chão os cidadãos certamente o teriam feito em pedaços se ele não o salvasse piedosamente, depois de ter sido testemunha de toda a cena de uma janelinha do campanário. Agradeci ao velho padre por tanta piedade cristã com um olhar, e lhe perguntei baixinho se não havia na cidade médicos ou cirurgiões para tentar alguma coisa. O moribundo sacudiu-se a essas palavras e acenou com a cabeça que não...

– Não, não – acrescentou dali a pouco com um fio de voz. – Lembre-se dos turcos!... Para que servem os médicos?... Lembre-se de Veneza... e se você pode revê-la grande, senhora de si e do mar... rodeada por uma selva de navios e por uma auréola de glória... Meu filho, que o céu o abençoe!...

E expirou... Uma morte como essa não era daquelas que nos deixa atônitos e quase covardes ao retomar a vida, era um exemplo, um conforto, um convite. Fechei os olhos ainda animados de meu pai com reverência; seu espírito forte e operoso deixava quase uma marca de atividade naqueles despojos já mortos. Beijei-o na testa, e não sei se estava rezando, mas meus lábios murmuraram algumas palavras que nunca mais repeti. Devo ter ficado longo tempo em companhia do extinto e de seus últimos pensamentos que formigavam em mim, como se sua própria imagem não me tivesse evocado aqueles sublimes deveres dos quais ele fora o mártir desconhecido, inconsciente, errante algumas vezes, firme e inabalável sempre.

"Meu pai" pensei "você não se importará se eu me privar do triste consolo de acompanhá-lo à sua última morada para cuidar da já desesperada saúde de nossa República!...".

Pareceu até que em seus lábios houvesse um sorriso de assentimento. Saí do aposento com o coração em pedaços. Com dificuldade fiz com que o velho padre aceitasse alguns tostões pelo funeral e para encomendar a alma do defunto, então voltei à estalagem, pois Martelli já havia disposto a pequena esquadra para a partida; estavam muito inquietos por eu não aparecer. A alba brincava sobre o mar espargindo de seus brancos dedos todas as cores da íris, mas o siroco da noite anterior deixara as ondas revoltas e no horizonte não se via um só mastro de navio. O sino da igreja chamava os pescadores para a primeira missa, as mocinhas tagarelavam nas portas sobre o susto que tiveram, e alguns rapazes madrugadores içando as velas cantavam o estribilho de seu barco. Nada, nada naquela terra, naquele céu, naquela vida, se conciliava piedosamente com o luto de um filho que fechara os olhos do cadáver de seu pai!...

– Onde você esteve?... O que tem? – perguntou-me Martelli de seu cavalo.

Subi no meu com um salto, e enfiando-lhe as esporas no ventre saí a galope sem responder. Por um trecho seguiram-nos os vivas dos habitantes que saíram para saudar a nossa partida. Galopamos assim por um bom par de milhas, quando um estrondo próximo de canhão nos fez estacar para ouvir. Cada um dizia uma coisa, quando um dos nossos, que vinha ao nosso encontro correndo sem armas e sem chapéu num cavalo esfalfado de tanto correr, nos tirou do suspense. Um barco diplomático entrara no porto de Bisceglie. Os habitantes, vendo que não eram turcos, mas russos capitaneados pelo cavaliere Micheroux[26], general de Sua Majestade Ferdinando, que pediam para desembarcar apenas para expulsar do Reino os franceses restantes em Cápua e em Gaeta, puseram-se a gritar viva, a baixar as armas e a agitar os lenços. Mil e quatrocentos russos tinham desembarcado e dirigiam-se para as cercanias de Foggia para pegar as pessoas na época da feira e assustar num lugar só toda a província. Eu e Martelli nos consultamos com o olhar. Prevenir os russos em Foggia e colocar a cidade em estado de defesa era o plano mais óbvio. Viramos à direita para Ruvo e Andria, mas na entrada deste último castelo fomos cercados por uma multidão armada e revoltosa. Era uma quadrilha de Ruffo mandada para se juntar aos russos de Micheroux. Percebemos tarde demais termos caído naquele vespeiro, precisamos lutar bastante para sair. Martelli com outros dezessete conseguiram fugir; dez morreram; oito, entre eles eu, mais ou menos feridos, fomos salvos para enfeitar a forca em algum dia festivo. Era o que dizia, no parágrafo dos prisioneiros, o Código militar de Ruffo.

A quadrilha que me aprisionara era capitaneada pelo célebre Mammone, o homem mais feio e bestial que eu já conhecera, levava muitas medalhas no chapéu como o falecido Luís XI[27]. Arrastado atrás dela de pés descalços e exposto a contínuos xingamentos, vaguei muito por essa mesma Apúlia em que reinara cinco ou seis dias antes, pouco menos do que como senhor. Confesso que aquela vida me agradava pouquíssimo, e como os ferros nas mãos e nos pés me impediam de fugir, não cultivava outra esperança a não ser a de ser

26 Antonio Micheroux (1755-1805), diplomata napolitano.

27 Luís XI, rei da França entre 1461 e 1462, costumava enfeitar o chapéu com medalhinhas, por superstição.

enforcado logo. Uma noite, entretanto, enquanto chegávamos ao feudo de Andria, sede de minha passada grandeza, um pastor aproximou-se de mim para me insultar como de costume, e depois de me dizer bem alto as mais descaradas indignidades que a fantasia napolitana possa imaginar, acrescentou tão baixinho que eu mal pude ouvir: – Coragem, patrãozinho! No castelo pensam no senhor! – Pareceu-me reconhecer nele um dos mais fiéis colonos de Carafa; elevando os olhos ao castelo me espantei ao ver suas janelas iluminadas, sendo que poucos dias antes eu o deixara fechado e deserto, e seu dono estava no Abruzzo, aliás, diziam-no assediado pelos insurgentes em Pescara. Todavia, não tendo nada melhor para fazer, naquela noite comecei a esperar. Quando chegou perto da meia-noite, um daqueles bandidos veio me tirar do palheiro onde tinham me enfiado, e mostrando ao guarda uma ordem do capitão, soltou os ferros de minhas mãos e de meus pés e me disse para segui-lo. Chegando a uma cabana pouco distante de Andria entregou-me a um homem pequeno e misteriosamente encapotado que lhe respondeu um seco – Está bem! – e o bandido voltou por onde viera deixando-me com aquele novo patrão. Eu estava em dúvida se devia ficar ou correr quando outra pessoa que me pareceu uma mulher saiu de trás daquele do capote e se atirou em mim com os mais ardentes abraços do mundo. Não reconheci, mas senti a Pisana. O do capote não ficou contente com essa cena e nos disse que não havia tempo a perder. Também reconheci a voz dele, e murmurei muito mais comovido do que espantado:

– Lucilio!

– Quieto! – acrescentou ele, levando-nos para um canto escuro atrás da casa, onde três vigorosos cavalos de carreira mordiam o freio. Nos fez montar na sela, e apesar de há doze horas não ter tocado em comida nem bebida não percebi ter transposto oito léguas em duas horas. As estradas estavam horríveis, a noite escura como nunca, a Pisana, com seu cavalo no meio dos nossos, pendia ora para a direita ora para a esquerda, impedida de cair pelos nossos ombros que a empurravam alternadamente. Era a primeira vez que montava a cavalo, e de vez em quando tinha coragem de rir!...

– Pode me dizer com qual feitiçaria você conseguiu obter tanto do senhor Mammone? – perguntou-lhe Lucilio, que ao que parecia daquele mistério sabia tanto quanto eu.

– Caramba! – respondeu a Pisana falando como permitia o sacolejar contínuo do cavalo. – Ele me disse que sou muito bela; eu lhe prometi tudo o que me pediu; aliás, jurei por todas as medalhas que tem no chapéu. Duas horas depois da meia-noite ele devia ir a Andria para receber o pagamento de sua generosidade! Ah! Ah! – (A desabusada ria de seu generoso perjúrio).

– Ah, por isso queria partir antes das duas! Agora entendo!

Então coube a mim pedir esclarecimentos de todo o resto. Soube como a Pisana e Lucilio, mandados por Carafa para me procurar, tinham encontrado um fugitivo da turma de Martelli que lhes falou da minha prisão. Ouvindo dizer que Mammone devia chegar no dia seguinte a Andria, vieram antes dele, e lá a Pisana copiara, em parte da história de Judite, o estratagema que me salvara da forca. Não sei qual dos dois, Mammone ou Holofernes, foi mais ludibriado[28]. Ao amanhecer, chegamos às primeiras sentinelas do campo republicano de Schipani, onde Giulio e Amilcare ficaram surpresos e contentes em saber dos perigos que corri e afortunadamente escapei. As festas, os beijos, as alegrias, as congratulações foram infinitas, mas em meio a tudo isso eles traziam no rosto uma profunda tristeza pela próxima e inevitável ruína da República. Eu escondia um luto bem diferente no coração pela trágica morte de meu pai. O primeiro com quem me abri foi Lucilio. Ele me escutou mais triste do que surpreso, e acrescentou: – Infelizmente devia terminar assim! Eu também participei desses erros!... Eu também agora choro por tanto tempo, tantas inteligências, tantas vidas tão inutilmente desperdiçadas!... Ouça meu presságio!... Logo um caso semelhante desgraçará as vizinhanças de Ancona!...

Não entendi ao que ele queria aludir, mas guardei bem aquelas palavras e me lembrei delas alguns meses depois, quando Lahoz, general cisalpino, desertor dos franceses por ter perdido a confiança neles para a liberdade de sua pátria, dirigiu-se aos revoltosos da Romanha e aos austríacos para derrubar o último baluarte da República naquela parte da Itália, a fortaleza de Ancona. Morto por seus próprios companheiros que militavam fiéis sob o francês Monnier, pronunciou antes de morrer grandes palavras de devoção à Itália, mas morreu em campo não italiano, em braços não italianos. E assim caía miseravelmente o espírito daquela sociedade secreta[29] que, se espalhando de Bolonha por toda a Itália, propunha-se a tutelar a independência em meio ao antagonismo das várias potências que a disputavam. Quiseram se apoiar em uns para debelar os outros; era preciso se apoiar em nenhum e saber morrer.

---

28 Judite, heroína bíblica do livro que leva seu nome, embriaga Holofernes, comandante do exército assírio que assediava Betulia, e corta sua cabeça.

29 A Sociedade dos Raios, assim chamada porque se expandia do centro de Bolonha como raios por toda a Itália, propunha-se expulsar da Itália franceses e alemães, dando ao país independência e unidade (Cf. cap. XVI, nota 22).

Chegamos a Nápoles com a coluna de Schipani atacada na capital pelas turbas sempre crescentes de Ruffo. A confusão, o tumulto, o medo, estavam no auge. Entretanto, foram colocadas vigias nas torres, nos castelos, e se não houve guerra, houve mortes heróicas. Francesco Martelli foi posto para defender a Torre de Vigliena. Mais disposto a morrer do que a ceder, escreveu-me uma carta recomendando-me a esposa e os filhos. Giulio Del Ponte, ainda mais debilitado pelo seu mal e quase prostrado, pediu-me o favor de dividir com Martelli aquele posto perigoso e conseguiu. Quando partiu de Nápoles para aquele mau destino, a Pisana deu-lhe um beijo nos lábios, o beijo da última despedida. Giulio sorriu tristemente e lançou-me um longo e resignado olhar de inveja. Dois dias depois, os comandantes de Torre de Vigliena, encurralados por Ruffo, pelas tropas reais e por salteadores, já impotentes para resistir, botavam fogo em explosivos e saltavam pelos ares com uma centena de inimigos. Seus cadáveres caíam aos pedaços, estilhaçados, no solo fumegante enquanto o eco da montanha ainda repetia seu último grito: – Viva a liberdade! Viva a Itália!

Na anarquia daqueles últimos dias, perdemos de vista Amilcare, e só alguns meses depois soube que ele morrera como verdadeiro salteador nas montanhas de Sannio. Sorte não insólita das índoles fortes e impetuosas em tempos e governos contrários!

Poucos dias depois, entravam em Nápoles, pela repugnante covardia de Mégeant[30], comandante francês de Sant'Elmo, russos, ingleses e os bandidos de Ruffo. Nelson imediatamente anulou a capitulação, dizendo que um rei não capitula com súditos rebeldes, então começaram os assassinatos, os martírios. Foi um verdadeiro ciclo heróico; uma tragédia que não tem outro paralelo na história, a não ser o morticínio da escola pitagórica na mesma região da Magna Grécia. Mario Pagano, Vincenzo Russo, Cirillo! Três luminares das ciências italianas: simples, grandes como os antigos. Morreram como fortes no patíbulo. Eleonora Fonseca! Uma mulher. Bebeu café antes de subir a escada da forca e recitou o verso *Forsan haec olim meminisse juvabit*[31]. Federici, marechal, Caracciolo, almirante! A flor da nobreza napolitana, o decoro das letras, das artes, das ciências naquela nobre parte da Itália, foram condenados a perecer pela mão do carrasco... E os ingleses e Nelson puxavam-lhes os pés![32]

30 General de brigada, Mégeant capitulou em nome dos franceses assinando um armistício em 11 de julho de 1799.

31 Virgílio, *Eneida*, I, 203: "Talvez algum dia nos seja agradável recordar estas coisas".

32 Na época, o ajudante do carrasco tinha a tarefa de puxar os pés dos enforcados para abreviar a agonia.

Restava Ettore Carafa. – Ele defendera até o fim a fortaleza de Pescara. Entregue pelo governo republicano de Nápoles às tropas reais, foi levado à cidade sob o respaldo da capitulação. Condenaram-no à morte. No dia em que ele subiu no patíbulo, eu, Lucilio e a Pisana saímos furtivamente de um navio português em que nos refugiáramos, e tivemos a sorte de poder saudá-lo. Ele olhou para a Pisana, depois para mim e Lucilio, depois para a Pisana de novo: e sorriu!... Oh, bendita essa frágil humanidade que com um só desses sorrisos pode se redimir de um século de abjeção! Eu e a Pisana baixamos os olhos chorando; Lucilio o viu morrer. Ele quis ser decapitado deitado de costas para ver o fio da guilhotina, e talvez o céu, e talvez a única mulher que ele havia infelizmente amado como a pátria. Nada mais nos detinha em Nápoles. Depois de recomendar a viúva e os filhos de Martelli à Princesa Santacroce, e deixando-lhes uma pequena pensão do pecúlio deixado por meu pai, zarpamos para Gênova, único bastião da liberdade italiana.

Pela gloriosa queda de Nápoles, pela capitulação de Ancona, pelas vitórias de Suvorov e de Kray na Lombardia, todo o resto da Itália, no início do século XIX, estava em poder dos confederados.

CAPÍTULO DÉCIMO OITAVO

O século XIX. Desventura de um gato, e minha felicidade amorosa durante o assédio de Gênova. O amor me abandona e sou visitado pela ambição. Mas me curo logo da peste burocrática, e quando Napoleão se faz imperador e rei, deixo a Intendência de Bolonha e volto de bom grado a ser miserável.

O nosso século (perdoem, digo nosso em nome de todos vocês, quanto a mim, tenho algum direito ao passado, e o século de agora só o tenho com a ponta dos dedos), o nosso século ou o de vocês, que seja, surgiu no mundo de uma maneira muito bizarra: quis ser como os irmãos que o precederam e mostrar que para quem busca novidades a qualquer custo, a colheita nunca falta. De fato, ele subverteu todos os sistemas, todos os pensamentos que fatigavam os cérebros de cinquenta anos antes; e se pôs à frente dos próprios homens para alcançar objetivos completamente contrários. Abundaram então os empíricos que travestindo de silogismos o paradoxo transformaram-no num perfeito acordo dialético, mas eu, que não sou malabarista, sempre ficarei com a minha opinião. Faz-se e desfaz-se; e desfazendo, o que foi feito não acaba, ao contrário! Então, no ano que terminava com os martírios republicanos e com as vitórias dos confederados, aconteceu algo que destruiu o efeito destes e daqueles em Marengo, e colocou o destino da Europa nas mãos de Bonaparte, que regressara de Egito. O Primeiro Cônsul com trinta anos de idade[1], não era mais o general de vinte e seis, que dava audiência fazendo a barba: ele andava pensando nos termos do cerimonial da corte. Peço-lhes desculpas por introduzi-los nessa última parte da minha história com o suntuoso exórdio das ambições consulares, que como sempre terminarão na mesquinha narrativa de poucas e comuns molecagens. Mas a luz me atrai, e preciso olhá-la mesmo com o risco de perder os olhos.

Vocês devem concordar, havia grande pressa em sair daquela dolorosa enrascada das minhas aventuras napolitanas. Todas as vezes que paro para

1 Napoleão assumiu o título de Primeiro Cônsul em 25 de dezembro de 1799, depois de um golpe de Estado. Vitorioso em Marengo, obrigou os austríacos a assinar, em junho de 1800, a Convenção de Alexandria e, depois da batalha de Hohenlinden, a paz de Lunéville, que confirmava o estipulado em Campoformio com algumas modificações em prejuízo da Áustria.

contemplar aquelas tétricas, mas generosas memórias, minha alma alça voo atravessando-as de uma só vez. Parecem-me reunidas em um dia, um só instante, por serem tão diferentes das outras que as precederam e seguiram. Quase não posso acreditar que quem dormiu dez anos de sua vida numa cozinha, esperando de vez em quando gritos e petelecos, vendo ralar o queijo, tenha depois vivido um ano cheio de tantas e tão sublimes e diversas sensações. Estaria disposto a imaginar que foi o sonho de um ano resumido num minuto. De qualquer modo, Nápoles ficou para mim como um lugar mágico e misterioso onde as coisas do mundo não caminham, mas galopam, não se sucedem, mas se sobrepõem, e onde o sol cultiva em um dia o que em outras regiões leva um mês para florescer. Se alguém quiser contar a história da República Partenopeia sem datas, creio que se imaginaria ter acontecido em muitos anos, e foram poucos meses! Os homens preenchem o tempo e as grandes obras o alargam. O século em que Dante nasceu é mais longo do que todos os quatrocentos anos que se passaram até a guerra de sucessão da Espanha[2]. Certamente, entre todas as republiquetas que pulularam na Itália ao fecundo sopro dos franceses, Cispadana, Cisalpina, Lígure, Anconitana, Romana, Partenopeia, esta última foi a mais esplêndida por valor e feitos republicanos. A Cisalpina deu maiores resultados pela longa duração, a estabilidade das organizações, e talvez até a maior ou mais uniforme cultura dos povos, mas quem diria que a história da Cisalpina abraça maior espaço de tempo do que a Partenopeia? Talvez seja porque o valor e a história se compadecessem mais das grandes e fragorosas catástrofes.

Nesse meio tempo, tínhamos chegado a Gênova; eu e a Pisana muito maltratados pelo mal de mar, e curados pela bondade dela de qualquer outra preocupação; Lucilio sempre mais sombrio e meditabundo, como quem começa a se desesperar e não o deseja. Suas forças cresciam conforme a necessidade; tinha uma alma romana, feita para comandar mesmo nos postos ínfimos, dom bastante comum e fatal aos italianos e que causa muitas de nossas desventuras e algumas das glórias mais lutuosas. As sociedades secretas são um refúgio para atividades desprezíveis e para o talento imperativo daqueles que o desdenham ou não podem se mover no estreitíssimo espaço concedido pelos governos. Há algum tempo eu percebera que Lucilio pertencia, talvez desde os anos da universidade, a alguma seita filosófica de iluminatis ou de pedreiros livres, mas depois, aos poucos, vi que as tendências filosóficas

2 1701-1714.

eram políticas, e as cambadas da finada Cisalpina, e os últimos acontecimentos de Ancona, davam indício disso. Lucilio acompanhava cuidadosamente essas notícias e algumas vezes as predizia com espantoso acerto. Não sei se sabia com antecedência ou era um sincero profeta, mas propendo a esta última opinião, porque ele não costumava falar o que lhe era comunicado, e naqueles tempos, na nossa condição, não era muito fácil receber cartas recentemente escritas. Em Gênova, não chegavam recentes nem antigas, e as últimas notícias de Veneza tivemos de um prisioneiro alemão que estivera alojado um mês antes pelo marido da Pisana, talvez nos mesmos aposentos do tenente Minato.

Esse senhor tenente foi uma das coisas mais desagradáveis que encontrei em Gênova, a segunda foi a fome, porque no dia seguinte à nossa chegada a frota inglesa começou um cerrado bloqueio e em poucas semanas nos reduziu à caça de gatos[3]. Por outro lado, havia um grande conforto que era a proteção que o amigo Alessandro moleiro, que também estava em Gênova, e não era mais capitão, mas coronel, me oferecia a cada encontro. Quem vivia aqueles tempos ia adiante depressa. O coronel Giorgi não tinha vinte e sete anos, tinha a cabeça melhor do que todos os homens de seu regimento, e comandava à direita e à esquerda com verdadeiro vozeirão de moleiro. Não sabia o que queria dizer medo, e se inflamava no furor da refrega sem nunca esquecer das tropas que devia conduzir e comandar: esses eram seus méritos. Escrevia passavelmente e com alguns tropeços de ortografia, só conhecia a cerca de um mês, e apenas de nome, Vauban[4] e Federico II: esses eram os seus defeitos. Parece que foi dado maior peso aos seus méritos, se em dois anos e meio havia se tornado coronel, mas o mérito maior foi a carnificina de todo o seu batalhão que, como dissemos, fê-lo capitão por necessidade. Um dia encontrei-o quando os armazéns começavam a empobrecer, e quem tinha mantimentos os guardava para si. A Pisana estava doente, e até então eu não conseguira encontrar uma libra de carne para a sopa.

– Olá, Carlino – me disse –, como vai?

– Veja! – respondi – Ainda estou vivo, mas receio por amanhã e depois de amanhã. A Pisana não se sente bem, e vamos de mal a pior.

---

3 Em seguida ao golpe de estado de 18 Brumário (9 de novembro), o general Massena recebera o encargo de enfrentar na Itália o exército austro-russo. Depois de uma série de escaramuças malsucedidas trancou-se em Gênova, onde resistiu até 4 de junho, detendo as tropas do generalíssimo Melas o suficiente para que Napoleão cruzasse os Alpes.

4 Sébastien Le Prestre de Vauban (1633-1707), arquiteto militar francês, introdutor do chamado estilo Vauban de fortificação. Foi nomeado Marechal de França por Luís XIV.

– O quê? A Condessinha está doente?... Com os diabos!... Quer que eu arranje oito ou nove médicos de regimento?... Os regimentos não existem mais, mas os médicos sobrevivem, sinal do grande saber deles.

– Obrigado, obrigado! O doutor Vianello me basta.

– Certamente deve bastar, disse isso para saber, por curiosidade!

– Não, não, o mal já é conhecido, é por causa de falta de ar, de alimento.

– Só isso? Confie em mim! Amanhã estarei de guarda em Polcevera[5] e lá a farei respirar tanto ar em uma hora quanto em Fratta não se respira em um dia.

– Sim, em Polcevera, com aquelas balinhas que Melas[6] vai lhe mandando!

– Ah! É verdade, esqueci que é uma condessinha e que as bombas podem incomodá-la. Então não há remédio, leve-a para passear nas arcadas.

– Se ela tivesse vontade, a força necessária, as arcadas serviriam, mas uma doente que se alimenta de sopa de alface certamente não tem muito vigor.

– Pobrezinha! Mas eu posso tirá-lo do impasse!... Veja como estou bem gordo e robusto!

– Realmente, você parece um capelão da catedral de Portogruaro.

– Eh! Capelão que nada! Você acha que cantando no coro se ganham músculos como estes? – Ele estendia e inflava um braço, e por pouco não arrebentou as costuras. – Eu, veja, estou assim graças à minha previdência. Matei meus dois cavalos, mandei salgar, e como quatro libras por dia. Depois seja o que for. Mas se quiser uma parte...

– Imagine! Bem que eu gostaria, e me incomodaria privar você, mas cavalo salgado não convém à Pisana.

– Então outra opção: a minha senhoria é avarenta como uma genovesa e só come verduras cozidas, colhidas em seu quintalzinho, que ela chama de horta. Acho que mesmo antes do assédio não comesse melhor, e a vida é para ela só um enorme bloqueio. Você pode imaginar que ela tem sempre no colo um gato angorá tão gordo, tão macio, que pareceria um manjar para qualquer milanês?

– Que seja o gato angorá! – exclamei. – A Pisana não gosta muito de gatos vivos, que eu saiba, mas vai gostar deles mortos. É só dizer para ela que é sopa de frango, e não de gato. Vou conseguir um punhado de penas e espalhá-las pela casa...

– Posso conseguir as penas...

5 Rio que deságua no mar, em Gênova.

6 Michael Friedrich Benedikt von Melas (1729-1806), general do Exército Imperial Austríaco que comandou as forças austríacas na batalha de Marengo, cabendo-lhe negociar com as forças napoleônicas a capitulação da cidade de Alessandria.

– Obrigado, Alessandro, lembrei que no quarto tenho travesseiros de penas. Mas, como você vai fazer para pegar o gato no colo da senhoria?...

Aí, o bravo coronel enfiou o queixo no colarinho e o esfregava, parecendo um gatão querendo se fazer bonito.

– Sim, caramba, como você vai fazer, se ela é tão apaixonada por seu gato?

– Carlino, tive a desgraça dela gostar mais de mim do que do gato, e me persegue sempre que é um desespero.

– Então ela é feia, se o aborrece tanto?

– Feia, meu caro, assustadora! Como uma avarenta pode ser bonita? Parece que estou vendo a senhora Sandracca com alguns dentes a menos.

Tive um arrepio de horror.

– Mas fique calmo! Não vou apresentá-la a você: vou ficar com esse prazer para mim, e em respeito a você e à Condessinha vou me arriscar até ao pior. Mas espero me sair bem com o susto. Todas as manhãs ela costuma bater à minha porta e perguntar se dormi bem, virando a maçaneta como que para entrar, mas eu finjo nunca perceber essa vontade e de noite tranco tudo. Prefiro muito mais esquecer de tirar as botas do que esquecer de tomar essa medida de segurança. Mas amanhã vou me esquecer de propósito: a senhoria vai entrar, e nesse meio tempo meu ordenança vai fazer a festa com o gato.

– Bem pensado, caramba, logo você vai ser general com essas maravilhosas atitudes. Muito obrigado, e lembre-se de que espero do seu gato a saúde de minha prima.

No dia seguinte, Alessandro veio me encontrar no meu quarto ao meio-dia: estava com o aspecto sombrio e o rosto carrancudo.

– O que aconteceu? – disse eu, correndo ao seu encontro.

– Harpia maldita! – exclamou o coronel. – Você pode imaginar que veio bater à minha porta com seu estúpido gato no colo?...

– E então?

– Então precisei aguentar meia hora de conversa, e ainda tenho as entranhas reviradas, aposto que estou branco de bile como quando estava no moinho!... Oh, como separá-la daquele gato endiabrado, se você consegue imaginar me diga!

– Por exemplo, se você a abraçasse?

O pobre Alessandro fez um gesto como se lhe tivessem dado carniça para cheirar.

– Receio que seja a única forma – respondeu –, mas e se o gato não vai embora, e se demora para ir?...

– Oh, diabos! Um capitão como você não tem meios para levar adiante uma batalha?

Alessandro ouviu essas palavras com uma cara séria e digna; eu não entendia o porquê, quando um clarão me iluminou.

– Desculpe-me – acrescentei –, usei a palavra capitão no sentido etimológico de chefe; como se chama de capitães Júlio Cesar, Aníbal, Alexandre, Federico II! Nunca esqueci o seu grau!

Com esta declaração e mais o nome de Federico II o rosto do coronel desanuviou.

– Muito bem – continuou ele contentíssimo, acariciando as faces. – Vou fazer alguns carinhos na harpia... mas pensando agora, o que dirá a camareira?

– O que a camareira tem a ver com tudo isso?

– Tem a ver, tem a ver... claro! Tem a ver por que eu tenho a ver.

– A camareira é jovem e bonita?

– É moça, por Deus, e firme como uma maçãzinha ainda não madura, com alguns recheios que lembram as nossas meninas, e uma boquinha que não se vê igual em Gênova.

– Então entendo porque você tem a ver, e porque ela tem a ver. Tudo são consequências de consequências!... Você poderia mandar a camareira sair para comprar, sei lá, pó para polir as esporas.

– Não, não, amigo, iria despertar o ciúme da filha da porteira!

– Mas caro Alessandro, você é o queridinho das mulheres...? É preciso dizer que certos estímulos são mais urgentes para o sexo frágil do que a fome!

– Esse é o problema, Carlo!... Mas para essas coisas de assédio, a minha coloração, a minha corporatura, devem impressionar!... Além disso, os genoveses e friulanos devem forçosamente se entender por gestos; temos dois dialetos tão incompreensíveis que pedindo pão se ganharia pedras.

– Boa razão! Ai de você se não tivesse o seu cavalo salgado! Mas você poderia dar alguma coisa para a camareira passar a ferro!...

– Sim, sim, vou ver, entendo, deixe comigo!... Amanhã você vai ter o seu gato para fazer sopa por quinze dias.

– Por favor! Porque hoje só encontrei meio pombo e paguei os olhos da cara, mas para amanhã não temos nada mesmo.

O valoroso coronel me deixou com um gesto de promessa infalível, e talvez tenha pensado no caminho um modo de não se expor demais com as carícias que faria na senhoria para lhe tirar o gato do colo. No dia seguinte, ainda não eram dez horas quando o ordenança de Alessandro me trouxe em casa a famosa fera. De fato, o peso não era menor do que a fama, e eu não me lembrava de ter visto nem na cozinha de Fratta um gato tão grande.

– E o seu patrão? – perguntei displicentemente ao ordenança.

– Deixei-o em seu quarto, que explodia com todas as mulheres da casa – respondeu-me o soldado. – Mas ele está acostumado a enfrentar os russos, não deve ter medo de algumas saias.

Um quarto de hora depois eu já entregara o animal para a cozinheira para que conseguisse a maior quantidade possível de sopa, disfarçando o sabor de gato com aipo e cebolinha, quando apareceu na minha frente Alessandro todo transtornado e desgrenhado, parecendo Orestes perseguido pelas Fúrias, e representado por Salvini[7]. Assim que entrou no quarto jogou-se numa poltrona gritando e resmungando que, em vez de caçar outro gato ele preferiria pegar um boi dos alemães, dos russos e quantos outros quisessem vir. Eu tinha mais vontade de rir do que de chorar, mas me segurei para não o desagradar.

– Veja o que aconteceu! – disse ele depois de jogar o chapéu depreciativamente. – Eu tinha pensado em mandar a porteira sair de casa e a camareira ir procurá-la; nesse meio tempo, a senhoria iria até mim, eu lhe faria a burla do gato e o ordenança estaria livre para dar um jeito nele; depois a porteira ou a camareira voltariam e me tirariam do aperto. Mas o que aconteceu?... A porteira e a camareira se encontraram nas escadas e começaram a brigar; eu, depois de jogar o gato no chão, com uma espécie de abraço na senhoria, não consegui mais ir para frente ou para trás: aquele maldito gato se enroscou nos meus pés e a velha no meu pescoço!... Pisa daqui, pisa de lá, finalmente consegui fazer o animal fugir, mas naquele momento a camareira e a porteira entraram brigando e me viram agarrado com a senhoria. Berra uma e grita a outra, acho que acordaram toda a vizinhança. A senhoria estava vermelha mais pela raiva do que pela vergonha; eu mais pálido de susto do que de raiva, mas aquela confusão devolveu-me a cor. Comecei a gritar que não era nada, que estava experimentando na senhoria o tiracolo da espada. A camareira atacou a patroa ameaçando-a de lhe arrancar os olhos se não lhe pagasse o salário, e que esse não era o modo de manter sua promessa de que o serviço do oficial francês seria deixado para ela. Enquanto isso, no andar de baixo, se ouviam os últimos miados do pobre gato degolado pelo meu ordenança com

7 Tommaso Salvini (1829-1915), um dos maiores atores oitocentistas, representou o *Orestes* de Alfieri em Roma em 1847.

a tesoura da senhoria, que depois foi encontrada ensanguentada. Aliás, preciso puxar as orelhas daquele tonto por essa asneira! Imagine a confusão! A senhoria, que tinha me largado, queria me abraçar de novo, a camareira me segurava pelo pescoço e a porteira pela roupa; cada uma queria a sua parte, mas não tinham feito bem as contas. Cansado de seus fricotes dei um berro que quase deixou as três tontas e me deixaram livre para me mexer. Saí pela porta, peguei meu chapéu na entrada e vim aqui correndo, mas juro por Deus que se tivesse enfrentado uma carga de cossacos não suaria tanto!...

Eu consolei o jovem coronel das suas desgraças, e depois o levei à Pisana para que recebesse os devidos agradecimentos, mas tivemos o cuidado de trocar o gato por um peru, e por isso os perigos corridos pelo paladino para conquistá-lo não pareceram tantos. De qualquer modo, graças à esperteza da cozinheira piemontesa, a sopa agradou à patroa; disse que era um pouco insípida por ser de peru, mas como até as galinhas sofriam com a carestia, não se importou muito. São historinhas um pouco insossas depois da grande epopeia de minhas empresas de Nápoles, mas cada estação tem seus frutos e aquela reclusão de Gênova indicava que seria engraçada. Somente Lucilio não perdia nada da sua usual seriedade e mastigava seriamente suas raízes de chicória como se fossem almôndegas de carne ou salsichas de frango.

De outra feita, o moleiro coronel veio me encontrar menos corado e jovial do que o normal. Pus a culpa no cavalo salgado que começava a faltar, mas me respondeu que tinha outra coisa na cabeça e que me levaria a um lugar de onde eu talvez saísse sem vontade de zombar. Na verdade, essas coisas improvisadas não me atraíam, mas por mais que apertasse Alessandro, ele não queria me contar e respondia sempre que eu veria no dia seguinte. De fato, ele veio me buscar no dia seguinte para me levar ao Hospital Militar. Lá encontramos o pobre Bruto Provedoni que começava a se levantar de uma longa doença, mas levantara com uma perna de pau. Imaginem minha surpresa! Alessandro também ignorara por um tempo a desgraça do amigo e não tendo notícias dele há um século acreditava no pior; quando estava procurando nos hospitais um seu soldado que estava doente, deu de cara com o amigo. Mas de nós três, o próprio Bruto era o menos consternado. Ele ria, cantava e experimentava caminhar e dançar com sua perna de pau, com os gestos mais grotescos do mundo. Só dizia que se arrependia de não ter perdido a perna desde o início do assédio, pois então teria podido comê-la com muito prazer. Fiquei contente por tê-lo encontrado, pois de alguma maneira poderia lhe ser útil. De fato, toda a sua convalescença ele passou em nossa casa com a Pisana e com Lucilio, e escapou do tédio e dos incômodos dos hospitais militares.

Em Gênova, revi também Ugo Foscolo, oficial da Legião Lombarda, e foi a última vez que estive com ele com a antiga familiaridade. Ele já se portava como um homem de gênio, evitava as amizades, principalmente dos homens, para melhor obter admiração; e escrevia odes às suas amigas com todo o classicismo de Anacreonte[8] e de Horácio[9]. Que isso sirva para mostrar que não estávamos sempre ocupados em morrer de fome, e que mesmo se alimentar de chicória não extingue a inspiração poética nem atenua o bom humor da juventude.

A longo prazo, no entanto, a inspiração poética evaporava e o bom humor ia diminuindo. Uma fava custou até três soldos e quatro francos uma onça de pão: não querer comer só pão e favas era de se arruinar em uma semana. Eu não tinha comigo mais do que vinte mil liras entre dinheiro vivo e títulos austríacos, mas aquele não era o lugar para descontar esses títulos, e assim todas as minhas posses reduziam a uma centena de dobrões. Querendo cuidar da saúde vacilante da Pisana e alimentá-la com algo além de açúcar cândi e de ratos, ia comodamente um dobrão por dia. Por último, tive sorte de recorrer ao cavalo salgado de Alessandro. Mas vai que vai, só sobraram os ossos, então precisamos fazer como os outros, viver de peixe podre, de feno cozido, quando se encontrava, e de torrões de açúcar, que havia em grande abundância em Gênova, porque eram um importantíssimo ramo de comércio. Junte-se a isso as febres e as perebas como último conforto, mas em nossa casa começou a reflorir a saúde, quando fora se corrompia. Os torrões de açúcar faziam bem à Pisana, ela readquiriu o belo rosado das faces e seu humorzinho estranho e irregular que durante a doença fizera-se tão bom e igual, que cheguei a pensar num problema maior. Então me alegrei, julgando que não havia nada de errado e que por dentro ela era a mesma de antes, aliás, a alegria foi tanta que até comecei a me assustar. Às vezes ela mordia como uma víbora, emburrava e tinha coragem de ficar o dia inteiro de cara feia. Depois queria tudo a seu modo, e do silêncio obstinado passava num instante a uma tagarelice fabulosa. Assim ela conseguiu apagar da minha memória todos os anos que haviam passado e me levar de novo à tempestuosa meninice de Fratta. Realmente, fechando os olhos, eu acreditaria não estar em Gênova, quase veterano de uma guerra longa e encarniçada, mas nas margens dos fossos das nossas pradarias furando caracóis e lustrando pedrinhas. Sentia-me voltar a ser criança, como um bisavô, não sendo ainda pai e sem pressa de o ser. Este era, por exemplo, um ponto sempre

8 Poeta lírico grego (563-478 a. C.)

9 Alusão à ode A Luigia Pallavicini caduta da cavallo.

controverso entre nós: ela queria ter um filho a qualquer custo, e eu, por mais que me esforçasse para lhe mostrar que na nossa posição, naquele lugar, naqueles tempos, um filho teria sido a pior das confusões, sempre devia colocar a viola no saco. Caso contrário, o teto cairia na minha cabeça. Começaram os costumeiros dissabores, as discussões, os ciúmes: tudo por aquela bendita criança, mas juro que se a Providência não a mandava, eu não tinha culpa nem remorso.

Até então eu sempre me congratulara com a Pisana que nunca havia suspeitado de mim, e nessas congratulações, se quiserem, havia um pouquinho de ironia, porque a sua segurança me parecia originada da frieza do amor ou da plena confiança em seus méritos. Mas pelo menos não me lamentava mais. Não podia arriscar um olhar fora da janela sem que ela me fizesse cara feia. Não me dizia a causa, mas me deixava entrever. Em frente moravam duas modistas, uma passadeira, a mulher de um operário e una parteira. Ela dizia que eu estava encantado por toda essa gentalha e não era o melhor elogio ao meu bom gosto; principalmente quanto à parteira, que era mais feia do que um pecado não cometido. Em vão eu mantinha meus olhos em casa como são Luís; ela dizia, com um sorrisinho insuportável, pior do que qualquer impertinência, que eu estava fingindo. Dizendo que estava cansada de ser a boa esposa, começou a sair, a andar a esmo metade do dia, apesar da cidade não dar motivo para alegres passeios. Em tudo era um fedor de hospital ou de enterros, os caixões eram jogados pelas janelas, doentes eram carregados nos braços, e sujeiras misturadas com vermes que brigavam por algum resto de carniça. Finalmente, quis a qualquer custo que eu a levasse às fortificações para visitar meus amigos que estavam em serviço. Se eu não mostrasse boa vontade me acusava de medroso e de covarde, que não contente de não fazer nada também queria privar os que faziam do pouco conforto que teriam da companhia de alguém de bem. Era bom eu me adaptar e levá-la. Se tivesse querido que a levasse às trincheiras de Ott[10] ou entre as turbas de Monferrato reunidas por Azzeretto[11], para ameaçar mais do que Gênova os cofres genoveses, aposto que teria consentido, pelo tanto que me reduzira a tolo e marido.

Um dia, voltávamos de uma visita ao coronel Alessandro no forte de Quezza, que era um dos mais expostos. As bombas choviam sobre as casamatas enquanto fazíamos um brinde com Málaga à sorte de Bonaparte e à constância de Massena. A Pisana se comportava como uma feirante, e naquele momento

10 Peter Karl Ott von Bátorkéz (1738-1809), militar húngaro naturalizado austríaco.

11 Aventureiro genovês que se passara para a Áustria por dinheiro.

eu teria lhe dado um bofetão, mas era sempre tão bela, tão bela, por mais loucuras e tolices que fizesse, que eu tinha medo de irritá-la. Ao sairmos do forte, Alessandro gritou que olhássemos os fogos de artifício. De fato, as bombas de Ott descreviam no ar as mais caprichosas parábolas, e se não fossem o baque da queda, o estrondo e ruína da explosão, teria sido uma bela diversão. Eu apressava o passo, e garanto que não era tanto por mim, quanto para ver a Pisana fora daquele grande perigo, mas ela levava isso a mal e resmungava da minha imbecilidade, fazendo com que eu me irritasse elevando aos céus Alessandro com seus belos modos de soldado, seus chistes e tiradas que não eram de um gosto muito refinado. Mas a Pisana adorava esses tipos e certamente não gostaria de um mendigo sem trapos e sem vulgaridade, assim como de um coronel moleiro sem beliscões e sem besteiras. Eu me defendia com um digno silêncio, mas ela atribuía essa moderação à inveja. Então minha bile estourou e gritei dizendo que se eu fosse mulher gostaria muito mais de elogiar meu tio Monsenhor do que aquele coronel casca-grossa. Ali começamos uma briga, ela me acusava de ingratidão e eu de indulgência excessiva pelos modos vulgares de Alessandro. Terminamos em casa sentados no escuro, eu numa cadeira, ela em outra, com o rosto voltado para a parede. Lucilio, ao voltar dali a pouco, nos encontrou dormindo, sinal evidentíssimo de que a tempestade apenas tinha tocado nossa cólera e que não faltara uma ventania de palavras. A Pisana, para me provocar, continuou por muito tempo a elogiar e aumentar as boas maneiras e o enorme valor do coronel Alessandro, dizendo que para passar de moleiro a soldado experiente em tão pouco tempo era preciso ser muito inteligente e que ela sempre desejara o bem daquele jovem distinguindo-o dos outros desde pequeno.

Eu me enciumava furiosamente com essas lembranças de antes, quando muitas vezes precisara suportar a rivalidade do pequeno Sandro; e vendo que ela se comprazia com essas memórias, imaginem as suspeitas que me causavam. Assim, ambos ciumentos, fatigados pelo jejum, separados do resto do mundo, e diante de um futuro que não dava nada a esperar, procurávamos todas as formas para incomodar um ao outro o melhor possível. Mas assim que o belo Alessandro demonstrava querer se empavonar pelas lisonjas da Pisana, ela recuava assustada. E cabia a mim mostrar-lhe que certas baixarias não ficam bem, que é preciso ter pena de educações um pouco precipitadas e que a vulgaridade de um bravo e simples soldadinho não deve ser confundida com as obscenas alusões de um janota desbocado. Alessandro, antipatizado por mim quando a Pisana o elogiava, mas defendido quando ela o maltratava, não sabia mais por que lado segurar o punhal, e entrava na nossa conversa como um bailarino na corda bamba. Entretanto, quando a Pisana se mostrava realmente injusta com o pobre coronel, eu tinha um modo de fazê-la se acalmar, lembrando-lhe que aquela boa sopa de peru fora ele quem conseguira. Ela, que já a queria há algum tempo, porque os torrões de açúcar começavam a lhe amargar a boca, voltava atrás com os mais doces mimos do mundo e Alessandro inchava de contentamento. Mas quando eu lhe dizia reservadamente a razão daqueles elogios, ele fechava a cara resmungando que sua senhoria não tinha outros gatos e que bom para ele, já que numa segunda vez só Deus sabia o que poderia acontecer.

Enquanto isso, crescia a escassez de víveres, crescia a pressão do assédio e não se combatia mais por alguma esperança de liberdade ou de independência. O que Massena queria? Fazer de Gênova uma nova Pompeia povoada de cadáveres ao invés de esqueletos, ou mais do que com as armas, com o medo da peste, afastar os inimigos dos muros defendidos? – Era um lamento, um furor universal. Só ele, o general, tinha ideias para retardar a qualquer custo por um mês, por um dia a rendição: Bonaparte, nesse meio tempo, reuniria os últimos ardores republicanos da França para incendiar uma segunda vez a Europa. À custa de dificuldades, sofrimentos, perseverança e crueldade, chegou-se ao início de junho, quando Bonaparte já caíra como um raio[12] para perturbar as tranquilíssimas guerrilhas de Melas contra Suchet[13], e as esperanças dos italianos haviam se reerguido em Milão. A rendição de Gênova chamou-se convenção e não capitulação[14], os oito mil homens de Massena passaram a engrossar a armada de Varo, e os novos conquistadores da Ligúria não falavam em restaurar o antigo governo[15], assim como não falavam disso no Piemonte[16]. Mas aquele era o tempo de se pensar em restaurações! Melas, em marcha forçada, reunia os corpos esparsos do exército em volta de Bormida[17], bem em frente ao ponto em que Napoleão, antes de partir de Paris, colocara o dedo no mapa dizendo: – Vou romper aqui! – E se apressava em

---

12 Napoleão havia voltado do Egito com uma armada de 60.000 homens. Em 4 de junho de 1800 estava em Milão, dez dias depois vencia em Marengo.

13 Depois de 15 de junho, as tropas do jovem general francês Louis-Gabriel Suchet (1770-1826) foram separadas do grosso do exército pelas tropas austríacas e Suchet se retirou para Varo.

14 Foi o que Massena conseguiu.

15 Os austríacos e os ingleses entraram em Gênova em 4 de junho de 1800, e só ficaram lá até o dia 24, quando Suchet voltou. Nesse meio tempo não pensaram em restaurar o governo republicano, mas nomearam um governo provisório.

16 O Piemonte havia sido posto sob a autoridade do general austríaco Anton von Zach (1747-1826), apesar de Suvorov desejar reintegrar Carlo Emanuele IV, que estava na Sardenha.

17 Cidade da Ligúria na região de Savona.

deixar Milão, passar o Pó, para vencer, com o tenente Lannes em Montebello[18], para encurralar o inimigo ao redor de Alessandria[19]. Estranhíssima posição de dois exércitos, cada um dos quais tinha a própria pátria por trás do inimigo!

Enquanto isso, os exilados em Gênova, segundo os termos da convenção, eram transportados em navios ingleses para Antibes. Eu, a Pisana, Lucilio e Bruto Provedoni entre eles. Viagem terrível e que me privou dos meus últimos dobrões. Em Marselha, fiquei contentíssimo por encontrar um usurário que trocou em trinta por cento os títulos austríacos, e como já chegara a notícia da vitória de Marengo, todos juntos retomamos o caminho para a Itália. Esperava-se muito, esperava-se mais do que se reconquistou, e a reconquista de então foi quase um milagre. Mas ninguém teria imaginado que Melas desanimaria na primeira derrota, e a continuação da guerra aumentava as esperanças até fazer entrever ao longe o retorno de Veneza à liberdade ou sua adição à Cisalpina. Mas no caminho soubemos da capitulação de Alessandria, pela qual Melas se retirava para atrás do Pó e para o Mincio, e os franceses reocupavam o Piemonte, a Lombardia, a Ligúria, os Ducados, a Toscana e as Legações Pontifícias[20]. O novo papa, eleito em Veneza e recentemente retornado a Roma com suntuosa recepção dos aliados napolitanos[21], acreditava que reconquistara o poder pelas mãos muito tenazes dos amigos[22], mas precisou aceitá-lo pela clemência dos inimigos firmando com a França um pacto em 15 de julho de 1801[23]. Mas o Primeiro Cônsul se apresentava como protetor da ordem, da religião, da paz; e Pio VII, o bom Chiaramonti, acreditava nele sem restrições.

As novas consultas provisórias pululavam em todos os lugares, com esse novo sabor de paz, ordem e religião. Lucilio e todos os antigos democratas torciam a cara, mas Bonaparte bajulava, embriagava o povo, acariciava os poderosos, premiava largamente os soldados, e contra tais razões não há irritação republicana que chegue. Eu, fiel aos antigos princípios, tinha esperança nas

18 Lannes lutou com Ott em 9 de junho de 1800.

19 Local onde Melas foi derrotado em 16 de junho de 1800.

20 As Legações Pontifícias eram formadas por um aglomerado de territórios, basicamente no centro da península Itálica, que se mantiveram como um estado independente entre 756 e 1870, sob a direta autoridade civil dos papas, e cuja capital era Roma.

21 O cardeal Chiaramonti foi eleito papa, Pio VII, em 14 de março de 1800 e entrou em Roma em 3 de julho.

22 O novo papa considerava que os austríacos eram amigos, mas eles se consideravam os legítimos donos, por direito de conquista, das Legações Pontifícias, cedidas com o tratado de Tolentino (19 de fevereiro de 1797).

23 Firmado pelo cardeal Consalvi em nome do papa. O papa renunciava reivindicar os bens eclesiásticos e entregava ao Estado a nomeação dos bispos e dos párocos, mas se reservava a investidura canônica. Por outro lado, Napoleão abolia a igreja republicana.

coisas novas, porque não conseguia imaginar que os homens tivessem mudado tanto em tão pouco tempo. Por isso, não me agradou que Lucilio rejeitasse um bom cargo oferecido pelo novo governo; e por mim, aceitei de boa vontade um posto de ouvidor no Tribunal Militar. Depois, como era preciso administradores distintos, me nomearam Secretário de Finanças em Ferrara. Não me desagradava ganhar honradamente o pão, porque entre as doze mil liras deixadas para a viúva de Martelli numa casa bancária de Nápoles, os dobrões gastos em Gênova e os títulos negociados em Marselha, todo o pecúlio que meu pai me entregara antes de morrer virara fumaça. O coronel Giorgi sempre dizia, ainda em Milão, que o procurasse e ele me faria major da engenharia ou da artilharia, mas vivendo com a Pisana, a carreira militar não convinha, e empregos civis eram mais adequados para mim. De fato, em Ferrara, nos instalamos muito honradamente. Bruto Provedoni que nos acompanhara até lá indo para Veneza e para o Friuli prometeu-nos que nos escreveria detalhadas informações sobre tudo que era preciso saber, e nós, contentes por termos nos salvado com tanta sorte daquele turbilhão que engolira gente maior e mais sensata do que nós, ficamos esperando com paciência que acontecimentos imprevistos terminassem colocando nossa vida perfeitamente em regra.

A morte de Sua Excelência Navagero, que não devia estar longe, me preocupava muito. Pobrezinho! Não lhe desejava mal, mas depois de ter vivido bastante feliz por mais de setenta anos bem podia dar lugar a um pouquinho de felicidade para nós. Sem querer, creio que eu também me refreava um pouco, seguindo as opiniões moderadas daquele segundo período republicano: aquele amor despreocupado embriagado, delirante, que corria naturalmente entre as paixões ardentes e desenfreadas da revolução, discordava bastante das ideias legais, sóbrias, compassadas que voltavam à tona. Enfim, o pacto com a Santa Sé me inclinava a contragosto a pensamentos de matrimônio. A Pisana não dava qualquer indício do que esperava ou planejava fazer. Retornando à vida normal, ela voltara às normais desigualdades de humor, ao normal silêncio entremeado por imprevistos excessos de fala e de riso, ao normal amor temperado de raiva, ciúmes e despreocupação. Ascanio Minato, que se tornara capitão e deixara em Milão a volúvel condessa roubada de Emilio, conseguiu transferência para a guarnição de Ferrara. Já em Gênova ele rondava em torno da Pisana sem poder se aproximar pela nenhuma importância que ela lhe dava nas diversas ocupações daquele tempo. Mas em Ferrara não lhe pareceu impossível variar um pouco o tédio doméstico, e tantas fez que tive de permitir que o brilhante oficial entrasse em minha casa. Ele me desagradava por todas as razões: pelo que fizera antes, pelo meu amor próprio, pela memória do pobre Giulio, pela ousadia de comportamento e de fala, pela afetação francesa, ridícula e desprezível num corso. Mas evitava deixar que ele percebesse isso tudo na presença da Pisana; sabia que às vezes nada magoa mais do que uma repreensão inoportuna, principalmente com as índoles que amam o absurdo e a contradição. Por isso, me mantinha sério e bem-educado, como convém a um magistrado e chefe de família, mas com os olhos bem abertos, e o senhor Minato raramente tinha coragem de olhar neles. Aglaura e Spiro escreviam de Veneza notícias mais variadas do que boas. Tinham tido um segundo filho, mas a mãe deles morrera, e estavam inconsoláveis; o comércio deles prosperava, mas a coisa pública parecia mais nas mãos dos maus do que dos bons. Venchieredo pai mandava e desmandava sem pudor, ostentando maneiras, linguagem e arrogância estrangeiras. Spiro, que precisara ir até ele para implorar a libertação de um seu compatriota confinado em Cátaro com republicanos capturados em terrafirme, teve que concordar que os senhores estrangeiros valem mais do que os feitores e administradores nacionais. O advogado Ormenta era companheiro de Venchieredo naquele triste trabalho, mas era mais famoso por ladroagens ocultas do que por prepotências abertas. Usavam os conselhos do padre Pendola, que apesar da expulsão de Portogruaro e do descrédito da Cúria de Veneza, tinha conseguido formar certo partido no clero menos instruído, e por alguns era considerado mártir, por outros, velhaco. Os velhos Frumier morreram com um mês de distância entre um e outro; dos jovens, Alfonso renunciara ao casamento para obter uma comenda da Ordem de Malta, e nem ao menos se sabia se ele estava vivo, mas se dizia que ele cortejava uma certa dama Dolfin, mais velha do que ele quinze anos e que já fora esposa de um corregedor em Portogruaro. – Eu me lembrei, contei para a Pisana, e rimos juntos.

Agostino, entretanto, conseguira um posto no novo governo, pois de outra forma não saberia como viver, tendo perdido todo seu patrimônio com a morte dos pais. Tinham-no feito controlador de Alfândega, e o ardente republicano se sentia humilhado. Por outro lado, pensava em virar o jogo com um bom casamento, e havia alguns arranjos com aquela donzela Contarini, que meu pai quisera me impingir com o pretexto do dote e do futuro dogado. A condessa de Fratta, como tia, mediava, porém, mais do que o afeto pelo sobrinho tinha esperança de uma rica comissão, porque sua paixão pelo jogo continuava e o patrimônio da família decaía sempre, já tendo se reduzido a uma centena de terrenos em torno do castelo de Fratta, sobre os quais estavam hipotecados os créditos das filhas. A reverenda Clara, depois da morte de madre Redenta, tornara-se a grande chefe do convento e queriam fazê-la abadessa. Por isso, mais do que nunca, pouco se angustiava com o que de mau ou bom acontecia no mundo. O conde Rinaldo mourejava sempre na Contadoria e nas bibliotecas; Raimondo Venchieredo havia lhe oferecido uma promoção nos escritórios da administração, mas ele recusara obstinadamente; andava sujo e maltrapilho com seu ducado por dia, também este arrancado pela mãe, mas não queria, creio eu, se curvar mais do que o estritamente necessário. Aglaura, em particular, me dava notícias de Doretta, que como sabem, já tinha estado algumas vezes com ela e precisamente lhe levara, da parte de Venchieredo, algumas cartas de Emilio depois de sua partida para Milão. A infeliz, abandonada por Raimondo, perdera todo o recato, e de amante em amante caíra cada vez mais baixo nos círculos mais fétidos e infames de Veneza.

– Está vendo em quem você confiava? – disse à Pisana.

Ela me confessara que fora Doretta quem lhe contara de meu amor e de minha fuga com Aglaura; para isso, a estúpida prostituta servia aos objetivos de Raimondo contra seu próprio interesse.

– O que quer que eu responda? – acrescentou a Pisana. – Você sabe que quando se está zangado com alguém as más palavras valem mais do que as boas. E se eu confessasse agora que o próprio Raimondo pintava você como um salafrário, que ficara em Veneza mais do que os outros e depois fugiu para Milão, só para pescar em águas turvas, mas muito malcheirosas!?

– Ah, canalha! – exclamei. – Raimondo lhe dizia isso?... Vai se ver comigo!...

– Mas eu não acreditava muito – continuou a Pisana –, ou se acreditava não foi vantagem para ele, porque queria me separar de você e só fez precipitar a minha ida a Milão.

– Basta, basta! – disse eu, que não queria lembrar essa parte da nossa vida. – Agora vamos ver o que Bruto Provedoni escreve de Cordovado.

E lemos a carta tão esperada do pobre inválido. Eu também poderia, como fiz até agora, dar-lhes um resumo, mas a modéstia de escritor não permite; aqui é preciso dar lugar a alguém melhor do que eu, e verão como um espírito generoso sabe suportar a desgraça e olhar de cima as coisas do mundo sem lhes negar cooperação ou piedade. Ainda guardo a carta entre minhas coisas mais caras; no relicário da memória que começa com o cacho dos cabelos que arranquei da Pisana e acaba com a espada de meu filho que me chegou ontem da América, junto com a tardia confirmação de sua morte. Pobre Giulio! Nascera para ser grande, e só pôde sê-lo em sua desventura. Mas voltemos ao início do século, e leiam o que Bruto Provedoni me escrevia em Ferrara, recentemente retornado à sua cidade com uma perna a menos e muitas angústias a mais.

"Carlino amadíssimo!

"Tenho vontade de lhe escrever muito, porque muitas são as coisas que gostaria de lhe dizer e tantas as dolorosas impressões que tive ao voltar, que parece que nunca terminarei de contá-las. Mas estou pouco acostumado a pegar na pena, e muitas vezes preciso deixar de lado os pensamentos e me limitar às coisas materiais que posso exprimir melhor. Mas não tenho reservas com você, e deixarei que o espírito fale a seu modo. Quando ele não se exprimir bem, você entenderá da mesma forma, e poderá se compadecer da minha ignorância plena de boa vontade.

"Se você visse isso aqui, Carlino!... Não reconheceria mais!... Aonde foram parar as quermesses, as reuniões, as festas que alegravam de quando em quando a nossa juventude?... Como desapareceram tantas famílias que eram a honra do território, e mantinham incorruptas as antigas tradições da hospitalidade, da paciência cristã e da religião?... Por qual encanto adormeceu repentinamente aquela vida de alaridos, de disputas entre vilarejo e vilarejo, de desavenças e de brigas pelos olhares de uma garota, pela escolha de um pároco, ou pela primazia de um direito? – Em quatro anos parece que se passaram cinquenta. Não houve carestia, e por tudo se lamentam da miséria; não houve levas de soldados nem pestes como no Piemonte e na França, e os campos estão vazios, as casas dos melhores lavradores desertas. Alguns emigraram para a Alemanha, alguns para a Cisalpina, outros foram fazer fortuna em Veneza e outros, quietos de medo, em terras escondidas e distantes. A diferença de opiniões desfez as famílias; as dores, os sofrimentos, as arbitrariedades da guerra mataram os velhos e envelheceram os moços. Não se celebram mais matrimônios, e muito raramente o sino soa pelo batismo. Quando se ouve o sino, pode-se jurar que é por uma agonia ou por um morto. O vigor que restara em nossos conterrâneos e que se exercitava bem ou mal nos pequenos negócios de casa ou do município, agora terminou totalmente. Ficaram sem armas, sem dinheiro, sem confiança, só pensam em si mesmos e nas necessidades cotidianas; todos trabalham para si para garantir um abrigo contra as armadilhas do próximo e a prepotência dos superiores. A incerteza do destino público e das leis faz com que evitem negociar, e que se especule mais sobre a boa-fé alheia do que sobre a confiança.

"Como você sabe, foram dissolvidas as antigas jurisdições gentilícias; Venchieredo e Fratta não são mais do que vilarejos, sujeitos, como Teglio e Bagnara, ao Juizado de Portogruaro. É como se chama o novo magistrado destinado a administrar justiça, mas por mais que seja útil e corresponda aos tempos essa inovação, os camponeses não confiam nela. Eu sou ignorante demais para entender as causas, mas eles talvez não esperem nada de bom daqueles que, com a guerra, fizeram tanto mal até agora. O que é certo é que nesse meio tempo os maus engordaram; as pessoas de bem permaneceram subjugadas e empobrecidas por não terem coragem de tirar proveito das desgraças públicas. Os maus conhecem os bons, sabem que podem confiar neles e os roubam descaradamente. Nos contratos em que assinam sua própria ruína, eles não prevêem suportes para disputas futuras ou escapatórias; caem ingenuamente na rede, e são espetados sem misericórdia. Alguns feitores das grandes famílias, os usurários, os atravessadores de trigo, os fornecedores dos municípios das requisições para os soldados, foi o tipo de gente que surgiu com a prostração de todos. Estes, camponeses ou criados de ontem, têm mais arrogância do que seus patrões de antigamente, e não são mais obrigados, freados pela educação ou pelos costumes cavalheirescos, a dar à sua maldade a aparência de honestidade. Perderam todo senso do bem e do mal; querem ser respeitados, obedecidos, servidos, porque são ricos. Carlino! A revolução, por enquanto, nos faz mais mal do que bem. Tenho muito medo de que tenhamos daqui a alguns anos soberbamente instalada uma aristocracia do dinheiro, que fará desejar aquela do nascimento. Mas disse *por enquanto*, e não me retrato, pois se os homens reconheceram a fatuidade de direito apoiados unicamente nos méritos dos bisavós e tataravós, logo conhecerão a monstruosidade de um poder que não se apoia em qualquer mérito presente ou passado, mas apenas no direito do dinheiro que é o mesmo do poder. Quem tem dinheiro que o guarde, o gaste e o use, está bem, mas que com ele compre a autoridade que é devida somente ao saber e à virtude, nunca vou engolir. É um grande defeito bárbaro e imoral do qual se deve purgar a qualquer custo a natureza humana.

"Oh, se você visse agora o castelo de Fratta!... As muralhas ainda estão em pé; a torre ainda se levanta entre as copas dos choupos e dos salgueiros que circundam os fossos, mas no resto, que desolação! Não há mais gente que vai e vem, cães que latem, cavalos que relincham, ou o velho Germano que lustra as espingardas na ponte, ou o senhor Chanceler que sai com o Conde, ou os camponeses que se enfileiram tirando os chapéus para as Condessinhas! Tudo é solidão, silêncio, ruína. A ponte levadiça cai de podre e encheram o fosso com os escombros e entulhos tirados da casa do hortelão que desabou. O mato cresce nos pátios, as janelas não só estão sem postigos, mas os umbrais e as sacadas se desmancham com o gotejar continuo da chuva. Dizem que alguns credores, ou ladrões, ou não sei quem, tenham vendido até o vigamento do celeiro; não sei de nada; só vejo que falta um grande pedaço do telhado e que chove e neva lá dentro, com quanto dano aos apartamentos você pode imaginar!... Marchetto, que está em Teglio como sacristão e se tornou tão estúpido como um capão, ainda vai de vez em quando, por antigo costume, ao castelo. Ele me contou que a senhora Veronica morreu, que o monsenhor Orlando e o Capitão só têm a criada do Cônego, a Giustina, para cuidar das roupas deles e preparar o almoço e o jantar. O Monsenhor suspira porque não pode mais beber vinho; o Capitão se lamenta porque prometeu *in articulo mortis* para sua Veronica não se casar de novo, e agora há em Fossalta a viúva do boticário que é louca, e gostaria de se casar com ele, não sei com qual ideia. No inverno, anoitece às cinco, e o Monsenhor se defende dormindo muito. De todas as suas antigas relações, apenas o Cônego continua firme, e parece se apegar mais a ele a cada nova desgraça. O Monsenhor de Sant'Andrea e o pároco de Teglio também morreram. Resumindo, como já dizia desde o início, saí de uma cidade e volto para um cemitério, mas você ainda não sabe tudo.

"Quanto à maneira de sustento, esses senhores vivem de honrarias e quase que das esmolas dos quatro colonos que lhes sobraram, porque o dinheiro vivo vai todo para Veneza. Feitores, administradores e agentes foram embora, depois de terem melhorado de vida à custa dos tolos. Fulgenzio já havia comprado a casa Frumier em Portogruaro, e a repartia avaramente como dono quando eu parti; agora seu filho Domenico é tabelião e conseguiu um posto em Veneza, o outro rezou ontem sua primeira missa e deve estar na Cúria como chanceler. É um bom padreco este dom Girolamo, e no fim das contas gosto mais dele do que de seu irmão e de seu pai, apesar de também ser esperto como uma raposa.

"Agora, Carlino, vamos às desgraças mais graves; digo graves, porque me tocam mais de perto e vou falar das mais recentes, pois se contasse desde o início só falaria disso. Meu pai seguiu minha mãe, que já estava morta há um mês quando me alistei com Sandro Giorgi. Ele expirou, pobrezinho, nos braços de Aquilina, porque os outros filhos tinham rompido com ele, e não acreditavam que ele iria morrer. Bradamante estava de cama por parto e não pôde fazer companhia à irmã naqueles últimos e caridosos momentos. Não quero falar mal de meus irmãos, mas o primeiro por ignorância, os mais jovens por bravata, acabaram colocando a casa de cabeça para baixo. Leva daqui, arrasta de lá, esbanja, vende, empresta, encontrei aposentos vazios, isto é, não, me corrijo: Leone, que se transferira com a família para San Vito para ser feitor, achou melhor alugar a casa, menos três quartos deixados para Aquilina e Mastino, porque Grifone fora para a Ilíria com sua profissão de mestre de obras. Três meses depois foi oferecido para Mastino um posto de escriturário em Udine, ele aceitou e deixou sozinha naqueles três quartos uma menina de catorze anos. É verdade que bem desenvolvida, e fiquei muito contente com os elogios do padre sobre sua conduta, mas para agir daquele modo era preciso ter a caridade fraterna nos calcanhares.

"De todas essas desgraças, Carlino, algumas eu já soubera por carta, outras eu receava, mas lhe digo a verdade, como que tocá-las com as mãos me fizeram um efeito terrível e que nunca teria esperado. Talvez também me ver assim aleijado e impotente para ajudar, acabou por amargar a minha dor já por si muito amarga. Mas recebi outro golpe que me jogou no chão assim que cheguei. Aquilina, entre outras coisas, me contara também da morte do doutor Natalino alguns meses antes. Você seria capaz de adivinhar quem apareceu em minha casa uma noite?... Minha cunhada, aquela desgraçada da Doretta!... Trazia com ela um escriba, um magricela que se dizia filho de um advogado Ormenta de Veneza, e vinha reclamar o seu dote e a herança do marido. O que você me diz?... Que coragem!... O dote que ninguém nunca pagou!... A herança de um homem que ela havia, pode-se dizer, matado!... Mas como tinha uma confissão de débito escrita pelo punho de Leopardo oito meses depois do casamento deles, e também se comiserava da própria situação, e o magricela me dizia em voz baixa que sem o subsídio daquele dinheiro a honra de minha cunhada correria grave perigo, para tirá-la, se é possível, do mau caminho em que se metera e por respeito ao nosso nome e à memória de meu irmão, busquei todos os meios para pagá-la. Vendi o que restava das terras que meu pai me deixara, entreguei-lhe o dinheiro e ela foi embora com Deus, mas o rapazinho parecia com muita pressa de livrá-la do incômodo de levar a bolsa. Depois soube que aquele dinheiro lhe serviu como dote para entrar num instituto de convertidas recentemente aberto em Veneza por alguns sacerdotes de nome obscuro, mas de coração cristão e de honestíssimas intenções. Ela ficou um mês no retiro, mas depois fugiu, dizem, endemoniada; agora tenho muito medo de que esteja em piores condições do que antes, porque a doação do dote era irrevogável, e também não era uma soma capaz de lhe garantir uma vida independente.

"Agora você sabe como estamos e um pouco do nosso vilarejo. Estou como pai de Aquilina, administro aqueles dez terrenos que lhe sobraram e ganho meu sustento dando algumas aulas de caligrafia na vila a algumas boas famílias que talvez queiram disfarçar assim uma caridosa esmola. Aos domingos, Donato, nosso cunhado, vem nos buscar com a carrocinha e nos leva a Fossalta para encontrar Bradamante que já tem três filhos, o primeiro que corre como um grou e o último ainda pendurado no peito. Por causa da minha perna de pau faço grandes proezas com o primeiro e ensino a segunda a caminhar, porque é uma menina muito preguiçosa para sua idade. Não sei se isso é algo definitivo, uma pausa para uma sorte melhor ou uma trégua para piores desgraças. Sei que fiz meu dever, que sempre o farei, que se tomei alguma decisão precipitada foi porque uma voz me chamava, e, na verdade, aquilo que fiz nunca foi contra a essas decisões. Enfim, as coisas poderiam ir melhor, mas não troco a minha pobreza e nem a minha perna de pau por todas as riquezas, por todas as comodidades e pela impudente saúde de um malandro. Estou certo, Carlino? Sei que você também pensa assim e por isso lhe falo com o coração na mão. De resto, minhas esperanças não terminam sob o teto da minha casa, tenho algumas que lhe dizem respeito, outras que refazem o caminho que percorri e não se limitam à triste experiência das guerras passadas. Nosso Primeiro Cônsul venceu em Marengo, mas nós também pudemos lhe oferecer bons campos de batalha, ele os conhece há tempos e lhe foram favoráveis. Oh, se tivéssemos podido ver *naquele tempo*! Como eu faria dançar de prazer a minha perna de pau... Como beijaria de coração você, a Pisana, o doutor Lucilio... A propósito, é verdade que o doutor ficou em Milão?... Saiba que Sandro Giorgi foi mandado com seu regimento para a guerra da Alemanha. Se as guerras continuarem certamente ele fará fortuna, e lhe desejo isso, porque em meio a seus pequenos defeitos há um coração, um coração que se faria aos pedaços pelos outros. Oh, eu nunca terminaria de conversar com você!... Ame-me, escreva-me, lembre-me à Pisana, e não esqueça de fazer o possível para que possamos nos ver".

Grande amigo! E se desculpava por não saber escrever! Onde se sente o coração, quem se importa com as palavras? Quem busca estilo quando a alma tocou docemente a nossa alma? – Não me envergonho de dizer que chorei com aquela carta, não pelas frases em si, que talvez não comoveriam ninguém, mas justamente por aquele cuidado gentil e piedoso de não comover, por aquela preocupação delicada e difícil de não mostrar a quem está distante todas as nossas chagas, para que o prazer de ter notícias do amigo não seja amargado demais pela dor de sabê-lo infeliz! A morte do pai, a dissolução da família, o mau coração dos irmãos; eu imaginava que todos esses golpes um em cima do outro haviam ferido o espírito de Bruto mais do que ele queria mostrar. Imaginava-o perto de Aquilina, aquela querida e graciosa menina tão séria, tão amorosa e que na infância demonstrava o mais suave e piedoso coração de mulher que se pudesse desejar! Ela deve ter atenuado com sua ingenuidade, com seus sorrisos celestes, as dores de Bruto, deve tê-lo recompensado pelos cuidados que tinha com ela, e era certo que aquelas duas criaturas reunidas, depois de tantas procelas, encontrariam na amizade fraterna a felicidade e a paz.

A Pisana se unia a mim nessas simples esperanças. Cerebrozinho poético antes de tudo, ela buscava os robustos contrapostos e a altiva agitação da tragédia, mas compreendia a rósea inocência e a paz pastoral do idílio. Pousando entre Bruto e Aquilina, as nossas fantasias reviam os tranquilos horizontes das pradarias entre Cordovado e Fratta, as belas águas correntes pelos campos salpicados de flores, os arbustos perfumados de madressilva e de zimbro, os belos contornos da fonte de Venchieredo com as sombreadas trilhas e as frescas margens de musgo! Tínhamos esperanças por eles e nos deleitávamos por nós. Pena que aquela perna de pau atrapalhasse todos os belos romances que se podiam imaginar em benefício de Bruto! Nos vilarejos, um defeito como esse não se perdoa, e um herói manco vale muito menos do que um pilantra com os pés no chão. As mulheres da cidade às vezes são mais indulgentes, embora mesmo nesta indulgência a adoração ao heroísmo possa ter pouco a ver. Mas se Bruto não tivesse recebido aquela perna de pau, ele voltaria a Cordovado? – Onde estava Amilcare, onde estavam Giulio del Ponte, Lucilio, Alessandro Giorgi, e onde estava finalmente eu, apesar de ter sido levado por furor de índole a empresas mais arriscadas do que eles? Refugiados, exilados, mortos, errando aqui e ali, como servos mandados trabalhar em campos não nossos, sem teto certo, sem família, sem pátria na própria terra da pátria! – Pois quem poderia garantir que uma pátria concedida pelo capricho do conquistador, pelo mesmo capricho não seria retomada?... Na França já se começava a murmurar de uma nova composição de governo, e percebiam que o Consulado não era uma cadeira curul, mas apenas um degrau ao trono. Bruto já estava excluído da competição em que nos batíamos às cegas sem saber qual seria o prêmio de tantos torneios. Pelo menos reencontrara o lar paterno, o ninho de sua infância, uma irmã para amar e proteger! Seu destino estava escrito diante dos olhos, não glorioso, talvez nem grande, mas calmo, rico de afetos e seguro. Suas esperanças levantariam voo atrás das nossas ou cairiam com elas sem o remorso de ter vadiado por preguiça, sem o desconforto de ter lutado em vão seguindo um fantasma.

Assim eu ia invejando a sorte de um jovem soldado que voltava para casa aleijado de uma perna, e ao invés dos braços de seu pai em que se lançar só encontrava uma sepultura para irrigar de pranto. Mas eu não era dos mais desafortunados. Moderado de vontades, de esperanças, de paixões, quando meus recursos privados começavam a faltar, o socorro público viera ao meu encontro. Sem proteções, sem fraudes, num país estrangeiro, obter, aos vinte e seis anos, um posto de secretário num ramo tão importante e novo da administração pública, como eram então as finanças, não foi uma sorte pequena nem desprezível: e eu não me contentava. Todos virão por cima de mim com zombarias e repreensões. Mas confesso sem me envergonhar: sempre tive os instintos calmos do caracol, desde que um turbilhão não me arrebatasse. Fazer, trabalhar, mourejar, me agradavam para construir uma família, uma pátria, uma felicidade, mas quando essa meta da minha ambição não me sorria mais próxima nem segura, então eu me voltava naturalmente ao desejo do meu pomar, da minha sebe, onde ao menos o vento não soprava impetuoso demais, e onde eu viveria preparando meus filhos para tempos mais operosos e afortunados. Eu não tinha a fúria cega e irrefreável de Amilcare, que uma vez disparada não podia mais voltar atrás, nem a incansável pertinácia de Lucilio, que repelido por um caminho buscava outro, que ao ser cruzado abria um novo, sempre para levar a um escopo generoso sublime, mas às vezes, depois de quatro anos de suores, era mais incerto e distante do que no início. Para mim, havia a grande via mestra da melhoria moral, da concórdia e da educação, à qual é preciso se submeter quando os atalhos nos desviam. De muito boa vontade caminharia por ela, saindo apenas quando uma necessidade urgente me chamasse. Mas a sorte me fazia andar de um lado a outro. Um ano antes a ver navios em Gênova, depois secretário em Ferrara; os hieróglifos do meu porvir se desenhavam com caracteres tão variados que para compor uma palavra era preciso desafiar o bom senso.

Por sorte, a Pisana me distraía com frequência dessas minhas bobagens. Suas desforras femininas com o capitão Minato e as contínuas estranhezas que davam o que falar por um mês há já surda-muda sociedade de Ferrara, me mantinham ocupado por aquelas poucas horas que me restavam livres do trabalho. Passar das somas, das subtrações e das operações contábeis dos impostos para os dispositivos estratégicos de um amante ciumento, não era tão fácil como bebericar um ovo. Aliás, precisava de toda a ginástica do espírito, e toda a agilidade adquirida em tais evoluções em mais de quinze anos de exercício. De resto, havia dias em que a Pisana se ocupava sempre de mim, e de me vigiar como um rapazote que planejasse alguma escapada; eu, então, ou fingia não perceber essa desconfiança, ou ficava emburrado, mas realmente gostava muito disso, porque podia descansar dos esforços anteriores e preparar energias para o futuro. Se já houve amante ou marido que se preocupasse em controlar sua mulher sem fazê-la sentir o peso das rédeas, certamente o fui naquele tempo vivido em Ferrara. Os galantes almofadinhas, os lindos oficiaizinhos franceses diziam: – Que homem generoso! –, mas talvez preferissem que eu fosse um pouco menos controlador; e se os pisasse, fosse mau, eles não se importariam. Eu era, na verdade, um bom incômodo, e o pior era que não podiam reclamar, nem me chamar ridiculamente de Otelo financeiro.

Para acabar com essa confusão de ataques e defesas chegou a notícia de uma doença da condessa de Fratta. O conde Rinaldo avisava para a Pisana, sem acrescentar comentários: só dizia que não podendo a reverenda Clara sair do convento, sua mãe ficava sozinha aos cuidados, certamente pouco atenciosos, de uma copeira; sabendo que a Pisana estava em Ferrara, acreditava ser seu dever transcender todo o recato e torná-la ciente desse grave infortúnio que os ameaçava. A Pisana me olhou no rosto; eu imediatamente disse: – É preciso que você vá! – Mas garanto que muito me custou dizer isso, foi um sacrifício à opinião pública, que de outra forma teria me acusado de desnaturar uma filha em seus deveres para com a mãe. A Pisana, entretanto, levou pelo lado mau, e apesar de eu achar que se me tivesse calado ela teria falado como eu, começou a resmungar que eu já estava cansado dela e que só procurava um pretexto para afastá-la de mim. Vocês hão de convir que foi uma solene injustiça. Eu respondi, dando de ombros, que a meu ver era ela que procurava todo o dia os mais estranhos pretextos para me provocar e que devia me agradecer por ter sido o primeiro a lhe propor uma viagem que para mim era desagradável e incômoda. De fato, deixando de lado a solidão em que eu ficaria, naquele tempo tínhamos grande dificuldade em relação a dinheiro. Sempre gostei de viver bem, a Pisana nunca soube fazer uma conta em sua vida, e nunca se preocupou minimamente com seu bolso ou com o dos outros, ou seja, gastava-se muito e ainda se pendurava um pouco aqui e ali nas lojas. Mas ela queria brigar comigo e conseguiu. Nunca entendi essa vontade de me martirizar com o grande bem que me queria, justamente quando estávamos a ponto de nos separar, pois lhes garanto que ela teria se feito em pedaços por mim. Imagino que o desprazer de precisar ir estragasse seu humor, e que com sua usual irreflexão desabafasse em mim. Algumas vezes tinha lágrimas nos olhos e vinha atrás de mim pela casa como uma menininha atrás da mãe, e se eu lhe dirigia um olhar amoroso, uma palavra de conforto, fechava a cara e ia para outro canto fazendo força para não me olhar. Em suma, pode parecer criancice, mas preciso lhes contar para mostrar a contínua dúvida em que vivi quanto ao espírito da Pisana em relação a mim, e também porque sua índole foi tão extraordinária que merece uma história especial.

Assim, poucos dias depois, arrebanhado o dinheiro necessário para a viagem, levei-a de caleça a Pontelagoscuro, e de lá ela pegou um barco para Veneza. O Pó era a fronteira entre as províncias vênetas ocupadas pelos alemães e a República Cisalpina, eu não podia acompanhá-la mais. Depois de uma semana tive notícias dela dizendo que sua mãe já estava fora de perigo, mas que a convalescença seria um pouco longa, e que por isso devíamos nos resignar a uma separação de alguns meses. Fiquei um pouco chateado, mas em vista das outras boas notícias que me dava tentei me consolar. Aglaura e Spiro viviam em perfeita harmonia com duas meninas que eram uma delícia de se ver; os negócios deles prosperavam cada vez mais, e se ofereciam a qualquer coisa que pudesse nos ajudar. O Conde, seu irmão, apesar da frieza da carta, tratara-a com muito carinho. E havia outra novidade que podia convir bastante a nós dois: Sua Excelência Navagero atacado por uma paralisia geral, e por completa imbecilidade, jazia num leito há um mês. Ela me comunicava as tristes condições do marido com as palavras mais compadecidas do mundo, mas o cuidado em descrevê-las, tristíssimas e desesperadas, denotava uma fácil resignação ao último golpe, que se esperava mais dia menos dia. Portanto, me adaptei com menos mau humor ao meu isolamento, e me lancei completamente ao meu trabalho para me sentir menos aborrecido.

Por aquela época, reunira-se o Conselho de Lyon[24] para reorganizar a República Cisalpina, que acabou sendo batizada de República Italiana, mas reorganizada, isto é, segundo os novos planos de Bonaparte Primeiro Cônsul, que foi eleito seu Presidente por dez anos. O Vice-presidente, que depois governou pessoalmente, foi Francesco Melzi[25], homem realmente liberal e de sentimentos grandes e patrióticos, mas que por sua magnificência e pela nobreza de origem não correspondia ao gosto dos democratas mais ardentes. Lucilio me avisou, de Milão, dessas mudanças e era com alguma raiva invejosa que me dizia mais do que ousava escrever: certamente ele esperava que eu renunciasse ao meu posto e me recusasse servir um governo do qual se afastaram os verdadeiros republicanos. Eu, na verdade, senti alguma vontade, não tanto pela república em si, mas porque o fervor republicano era apenas o incentivo para as minhas obstinadas

24 O Conselho de Lyon reuniu-se de novembro de 1801 a janeiro do ano seguinte. Napoleão convocou a Lyon 454 dos homens mais importantes da República. O Conselho aprovou uma constituição semelhante à francesa. O estado passou a se chamar República Italiana, e reconhecia-se a soberania do povo. Para chefe da República, elegia-se um Presidente a cada dez anos, o primeiro foi, naturalmente, Napoleão.

25 Francesco Melzy d'Eryl (1753-1816) era conde e frequentava os círculos intelectuais milaneses. Como vice-presidente promoveu importantes reformas no campo da burocracia, das finanças e da instrução pública.

esperanças sobre Veneza, pelas quais eu continuava trabalhando na Cisalpina. Mas então aconteceu algo que me fez mudar de ideia. Recebi nada menos do que a nomeação de Intendente, quer dizer, Prefeito das Finanças, em Bolonha.

Fosse porque o novo governo me julgasse a favor de seus princípios de ordem e de moderação, ou me recompensasse pelo trabalho assíduo e útil daqueles últimos meses, o fato é que fui nomeado, para minha grande surpresa. Talvez fosse preciso para aquele posto um homem trabalhador, atento, incansável, e para este propósito um jovem era considerado mais apto do que um magistrado maduro. Fui arrebatado por um tal delírio de ambição, que por dois ou três meses não me lembrei mais de Lucilio nem quase da Pisana. Sentia que o Ministério das Finanças me caberia na primeira ocasião, e uma vez lá no alto, quem sabe?... Mudar de cadeira é muito fácil quando todos estão na mesma sala! Pensava nas antigas expectativas de meu pai e não as achava mais estranhas nem infundadas; só aquela presidência decenal de Bonaparte me angustiava um pouco, e por mais ousado que eu fosse, não cheguei, confesso, nem em sonho, a me irritar com ele. Parecia-me algo muito grande para desprezar. Quanto aos outros, usaria Prina[26] como sábio administrador, e me entenderia com Melzi. Sabia de seu crescente desagrado com o Cônsul por fazer e desfazer tudo a seu modo, que dependia da sua natureza completamente italiana, e tendia a regular o andamento do governo italiano em relação ao francês. Eu me aproveitaria disso com arte e astúcia: sempre firme na minha ambição, e nos meus objetivos, para alargar até Veneza a República Italiana. E essa foi a desculpa da minha loucura.

Instalado em Bolonha, com esses grandes propósitos pela cabeça, fui um intendente de finanças muito eloquente e generoso: queria preparar meu caminho para as futuras grandiosidades, mas depois soube que por esses enfatuamentos me chamavam, em seu jargão maligno bolonhês, de Intendente Vento. Depois de alguns meses de pretensiosa beatitude e de obstinado trabalho na íntegra atribuição dos impostos, coisa insólita na Legação, comecei a crer que ainda não estava no paraíso, e a esperar que o retorno da Pisana suprisse aquilo que me sentia faltar. De fato, não dois ou três, mas seis meses passaram-se da sua partida de Ferrara, e não só não voltava, mas também, depois da minha ida para Bolonha escasseavam as cartas. Por muita sorte eu tinha a cabeça nas nuvens, senão teria batido com ela nas paredes. A Pisana tinha de singular em seu estilo epistolar nunca responder logo às cartas que recebia, as

26 Giuseppe Prina (1766-1814), foi ministro das finanças por doze anos com grande competência técnica.

colocava de lado e as respondia três, quatro, oito dias depois, de modo que, não se lembrando mais do que havia lido, a resposta entrava em novos assuntos, e às apalpadelas como os cegos. Muitas e muitas vezes eu lhe escrevera que estava cansado de ficar sozinho, que só pensava nela, que resolvesse voltar, que ao menos me dissesse a verdadeira causa daquele inconcebível atraso. E nada! Era como bater num muro. Respondia que me amava mais do que nunca, que eu não me esquecesse dela, que se aborrecia em Veneza, que sua mãe já estava bem e que viria assim que as circunstâncias permitissem.

Eu respondia imediatamente, perguntando quais eram essas circunstâncias, e se precisava de dinheiro; ou se não podia vir por algum forte motivo, e que me contasse, pois nesse caso eu pediria uma licença e iria lhe fazer companhia por toda a duração da minha licença. Nunca deixava de lhe pedir informações da preciosíssima saúde de Sua Excelência Navagero, o qual, segundo eu, já devia ter ido ao diabo há muito tempo, mas a Pisana não me respondia, nem me dizia em que mundo ele estava. O descaso com o que ela sabia que me preocupava tanto acabou por alfinetar o amor próprio do magnífico Intendente de Bolonha. Para completar a minha grandiosidade, para que o carro do meu triunfo tivesse todas as quatro rodas, era preciso uma esposa; e só podia esperá-la com a morte de Navagero. Eu quase me espantava como esse inútil cavalheiro não tivesse se apressado em morrer para agradar a um intendente como eu. Mas se fosse a Pisana, que demorava a me dar a boa notícia, ela se veria comigo!... Ela queria que eu me afligisse pelo menos um ano nas mãos do futuro ministro das finanças... e depois?... Oh, meu coração não conseguia resistir por mais tempo, nem em pensamento. Eu a elevaria ao meu trono, como fez Xerxes com a humilde Ester[27]; e lhe diria: – Você me amou pouco e a recompenso muito! – Seria um belo golpe, congratulava-me comigo mesmo, passeando de cima para baixo pela sala, esfregando o queixo e mastigando entredentes as palavrinhas que juntaria aos ardentes agradecimentos da Pisana. Os subalternos que entravam com maços de papéis para assinar paravam na soleira e saíam para dizer que o Intendente Vento estava tão enfatuado que parecia louco.

Por outro lado, naqueles dias, menos que nos outros, tinham do que reclamar de mim. Em geral, como eu trabalhava muito, era paciente e permissivo com os outros, apesar do meu enfatuamento tinham passado a gostar de mim. Os bolonheses são os homens mais gentis, mordazes e honestos de toda

27 Referência à passagem do Antigo Testamento (Livro de Ester), em que a jovem órfã e pobre se tornou esposa do grande Xerxes I, rei da Pérsia.

a Itália; por isso mesmo tendo-os como amigos, e amigos a toda prova, é preciso lhes permitir falar mal e zombar de você pelo menos um par de vezes ao mês. Sem esse desabafo morreriam, você perderia amigos serviçais e devotos, e o mundo espíritos alegres e brilhantes. Quanto às mulheres, são as mais alegres e desembaraçadas que se possa desejar, de modo que não se pode culpar a influência dos padres para fazê-las rígidas e selvagens. Se isso já aconteceu em Verona, em Módena e algumas outras cidades de costumes carolas, quer dizer que tiveram culpa muito mais as freiras, as mães, os maridos do que os padres. A religião católica não é sisuda, selvagem ou inexorável; de fato, se vocês querem encontrar a obesidade, a rigidez e o *spleen* é preciso procurar os protestantes. Não sei se essas mazelas compensam outros bons dotes; eu olho, noto sem parcialidade, e sigo adiante. Um rabino até me garantiu, outro dia, que sua religião é a mais filosófica de todas; deixei-o falar, e mesmo sabendo que o rabino é filósofo, e poderia lhe ter respondido: "Meu caro, todos os filósofos maometanos, brâmanes, cristãos e judeus sempre consideraram a sua religião mais filosófica do que as outras. É assim que um cego define o vermelho como a mais viva das cores. A religião se sente e se acredita, a filosofia se forma e se examina: não vamos misturar de graça uma coisa com a outra!...".

Para terminar de lhes falar de Bolonha, direi que ali se vivia e se vive sempre alegremente, lautamente, com facilidade de boas amizades e de companhias festivas. A cidade estende as mãos para a vila e a vila para a cidade: belas casas, belos jardins, e grandes comodidades sem as distorções do luxo provincial que diz: "respeitem-me porque custo muito e devo durar muito!" Sempre em atividade, sempre em movimento todas as funções vitais. Faladores e vivazes para afrontar o brio e a falação alheia; prontos para agradar aquelas queridas mocinhas tão rápidas e sociáveis; ágeis e desenvoltos para correr aqui e ali e não faltar com o gentil desejo de ninguém. Come-se mais em Bolonha em um ano do que em Veneza em dois, em Roma em três, em Turim em cinco e em Gênova em vinte. Se bem que em Veneza se come menos por culpa do siroco, e em Milão graças aos cozinheiros... Quanto a Florença, a Nápoles, a Palermo, a primeira é dengosa demais para animar seus hóspedes a comilanças; e nas outras duas a vida contemplativa enche o estômago pelos poros sem cansar os maxilares. Vive-se com o ar impregnado de óleo volátil dos cedros e do fecundo pólen dos figos. Como fica a questão de comer com os outros? Se encaixa perfeitamente porque a digestão funciona por causa da laboriosidade e do bom humor. Uma pronta e variada conversação que discorra sobre todos os sentimentos do seu espírito, como a mão sobre um teclado, que exercite a mente e a língua para correr, pular de lá para cá onde são chamados, que excite, que superexcite a sua vida intelectual, prepara melhor para a refeição do que todos os licores e vermutes da terra. Fizeram bem em inventar o vermute em Turim onde se fala e se ri pouco, menos nas Câmaras: de resto, quando o inventaram ainda não tinham o Estatuto[28]. Agora há atividade, mas daquela que ajuda a fazer, não daquela que estimula a comer. Sorte para quem espera calmamente e para os fabricantes de vermute.

Apesar de todo esse falatório que vou desfiando, a Pisana não demonstrava querer voltar; e Bolonha perdia aos poucos o mérito de despertar o apetite. Um amor distante para um intendente de vinte e oito anos não é desgraça com que se brincar. Pode-se aguentar um mês ou dois, mas oito, nove, quase um ano! Eu não havia feito nenhum dos três votos monásticos e devia observar o mais escabroso. Caramba! Como vejo agora todos rirem da minha estupidez... Mas não quero me retratar de nada. Eu amava tanto a Pisana naquele tempo, que todas as outras mulheres me pareciam homens. Homenzinhos bonitinhos, agradáveis, elegantes, mas sempre homens, e não era rusticidade nem hipocrisia, era só amor. De modo que não me envergonho de confessar ter feito muitas vezes como José do Egito[29], mas ao contrário, depois da separação da Pisana estive sujeito a várias distrações. Não quer dizer que a amava menos, mas de modo diferente, e, digam o que disserem os platônicos, suportei o segundo distanciamento com muito mais ânimo do que o primeiro.

Por outro lado, tendo grande pressa e um furor endiabrado de reaver a Pisana, não tendo notícias claras dela, dirigi-me à Aglaura implorando-lhe, se tinha entranhas de caridade fraterna, para me explicar, sem mistérios, sem paliativos, o que acontecia com minha prima. Até então minha irmã havia sempre se esquivado de responder explicitamente às minhas perguntas sobre isso, e por acreditar, ou por não saber, se safava. Mas daquela vez, sabendo pelo teor da carta que realmente eu estava perturbadíssimo e a ponto de fazer alguma loucura, respondeu-me logo que sempre havia se calado a pedido da própria Pisana, mas que agora queria me contentar porque via a agitação da minha vida; que, portanto, eu soubesse que já há seis meses a Pisana estava na casa de seu marido, ocupadíssima tratando-o como enfermeira, e que não parecia disposta a abandoná-lo. Que eu ficasse em paz pois ela me amava sempre e que sua vida em Veneza era a de uma enfermeira.

---

28 Trata-se do Estatuto Albertino, a constituição que Carlos Albert da Sardenha concedeu ao Reino da Sardenha, com capital em Turim, em 4 de março de 1848. O vermute foi "lançado" em 1786.

29 Personagem do Antigo Testamento (Gênesis 37-50).

Ah, se então eu tivesse tido entre as unhas Sua Excelência Navagero!... Creio que ele não precisaria de enfermeira por muito tempo. O que pensava aquela pútrida carcaça para me roubar a minha parte de vida?... Era justo que uma jovem como sua esposa... Parei um pouco na palavra esposa, pois me passou pela cabeça que as promessas feitas ao pé do altar pudessem porventura valer alguma coisa. Mas me livrei desse escrúpulo muito depressa. "Sim, sim" retomei "é justo que sua esposa fique grudada nele, como um vivo a um cadáver?... Nem por sonho!... Oh, por Baco, vou dar um jeito de separá-los, para terminar esse monstruoso suplício. Depois de tudo, mesmo sem querer dizer que a caridade principia por nós mesmos, segundo as leis da natureza não é certo que ele morra antes de mim? Sem contar que eu morrerei de verdade, e ele será capaz de seguir adiante anos e anos desse modo, o imbecil!...".

Peguei a minha magnífica pena de intendente e escrevi uma carta que honraria um rei em cólera com a rainha. O resumo era que se ela não viesse depressa para me colocar um pouco de fôlego no corpo, eu, a minha glória, a minha sorte, iríamos para debaixo da terra. Essa minha carta ficou sem resposta algumas semanas, ao fim das quais, justamente quando eu pensava seriamente em ir, não para debaixo da terra, mas para Veneza, inesperadamente a Pisana chegou. Estava emburrada como a mulher que precisou fazer do modo alheio, e antes de receber um beijo ou um cumprimento, quis que eu prometesse deixá-la voltar quando quisesse. Depois, vendo que isso me tirava metade do prazer de sua vinda, lançou os braços ao meu pescoço e adeus senhor Intendente! – Eu estava impacientíssimo para lhe mostrar todos os acessórios da minha nova dignidade; um suntuoso apartamento, porteiros aos montes, azeite, lenha, tabaco às custas do Estado. Fumava como meu pobre pai para não deixar para trás nenhum privilégio, e comia com azeite três dias por semana como um padre, também juntara uma bela soma para fazer a Pisana figurar dignamente na sociedade bolonhesa; pelo meu temperamento era uma prova de amor tal que ela devia cair estupefata na minha frente. No entanto, ela quase nem deu importância, porque para entender o mérito desses esforços é preciso ser capaz disso, e ela, bendita, tinha mais buracos nos bolsos e nas mãos que o casaco de um mendigo romanholo. Só arregalou os olhos ao ouvir falar de quatrocentos escudos; parecia que há algum tempo ela tivesse perdido o hábito de ouvir falar de tão grande soma de dinheiro. Mas na verdade não era tão grande como se acreditava. Roupas, chapeuzinhos, braceletes, passeios, refrescos me colocaram perfeitamente em dia com meu pagamento e os escudos não envelheciam mais do que quinze dias no bolso.

Divertindo-se aqui e ali, logo a Pisana me mostrou outro lado novíssimo de seu temperamento. Tornou-se a mais alegre e falante moçoila de Bolonha; nunca emburrava nem se cansava; não se deixava absorver por uma observação, um pensamento, uma distração a ponto de esquecer dos outros; aliás, sabia muito bem distribuir palavrinhas e sorrisos, que eram um pouco para todos e muito para ninguém. Eu podia confiar nela, e tinham terminado as atormentadas dificuldades de Ferrara. Todos falavam da prima, da esposa, da amante do senhor Intendente; havia quem quisesse desposá-la, e quem pretendesse seduzi-la ou raptá-la. Ela percebia tudo, ria cortesmente, e se espalhava alegria por tudo, conservava o amor para mim. Mulheres assim logo agradam a outras mulheres, porque os homens se cansam de cair mortos por nada e acabam cortejando por hábito, mantendo firmes seus amores em alguma outra parte. Assim, depois de um mês, a minha Pisana, adorada pelos homens, festejada pelas mulheres, passava pelas ruas de Bolonha em triunfo, e até os moleques corriam atrás dela gritando: – É a bela veneziana! É a esposa do senhor Intendente! – Não digo que ela ficasse vaidosa com isso, mas certamente sabia tirar proveito comigo com a maior elegância da terra. E a mim cabia amar, como era justo, na proporção dos desejos que fervilhavam ao seu redor.

Assim, levando essa vida de contínuos prazeres, e de doméstica felicidade, não se falava mais em voltar. Quando chegavam cartas de Veneza, só as abria se as via, mas se tinham mais de uma página ela seguramente não continuava e as deixava pelo meio. Eu, porém, as lia de cabo a rabo, mas tinha o cuidado de ocultar toda a pressa que de quando em quando sua mãe ou o marido tinham para que ela voltasse. Ele não parecia muito ciumento nem próximo de morrer; falava de mim com verdadeira efusão de amizade, como de um parente querido e próximo, e dos anos futuros como de uma abundância que nunca iria terminar.

– Monstro de moribundo! – resmungava eu. – Infelizmente ressuscitou! – E quase me sentia capaz de sentir ciúmes por todo o tempo que a Pisana morara com ele. Mas ela morria de rir dessa cisma, eu ria também, mas roubava as cartas, e, se ela as tivesse jogado de lado, tomava todos os cuidados para que não caíssem mais em suas mãos. A sua falta de memória me servia como uma luva para isso. Quanto à sua longa demora em Veneza, a coisa estava assim, ou melhor, como ela me contou aos pedaços, aos trechos, conforme o capricho permitia. Sua mãe convalescente lhe pedira que fizesse, ao menos por conveniência, uma visita ao marido moribundo, o qual, dizia ela, lhe seria muito grato. De fato, a Pisana concordou, e depois, o estado do pobre homem, seus apertos financeiros (ele dizia ter perdido a opulência anterior), o abandono em que vivia, tinham tocado o coração dela e a persuadido a ficar junto a ele, como ele desejava. Tudo fora bondade, e eu, mesmo lamentando os maus resultados para mim, não pude deixar de elogiá-la do fundo do coração, e me apaixonar ainda mais.

Por outro lado, podem acreditar, eu era muito cauteloso ao lhe arrancar da boca essas confidências, e nunca insistia mais do que um instante, porque tinha muito medo de insistir demais e reavivar toda aquela piedade, fazendo com que tivesse vontade de partir. Eu era muito justo para elogiar, muito egoísta para impedir esses gestos de virtude heroica; por sorte, sendo a Pisana uma criatura muito boa e caridosa, mas ainda mais desatenta, consegui retê-la em festas, em cantos, em risos, por quase seis meses. Entretanto, eu via aumentar, com espanto, o número e o incitamento das cartas, mas vendo que não causavam qualquer problema, me habituei, e achei que aquela felicidade nunca acabaria. De ministro das finanças, e de vice-presidente e presidente da República, eu voltara modestamente, tranquilamente, ao meu lugar; e se os outros faziam as grandes coisas que me passavam pela cabeça, julguei muito cômodo ficar onde estava.

Pobres mortais, como nossa felicidade é transitória!... A instituição de uma diligência entre Pádua e Bolonha foi o que me arruinou. O conde Rinaldo, que não aguentaria, por sua fraqueza de estômago, uma viagem por água até Ferrara ou Ravenna, aproveitou com muito prazer a diligência, e apareceu em Bolonha sem ninguém o chamar; fez com que o levassem a Madonna di Monte, a Montagnola, a San Petronio, e ainda por cima levou embora a Pisana no terceiro dia. Ao ver o irmão, toda a sua compaixão se acendera, todos os seus escrúpulos a alfinetavam, e não foi porque ele a convidou, mas foi ela a primeira a se propor como companheira em seu retorno. Aquele assassino não disse nada; nem respondeu que viera expressamente para isso. Quis me deixar na crédula ilusão de que trotara de Veneza a Bolonha pela curiosidade de ver San Petronio. Mas eu lera em seus olhos assim que o vi; e me irritei ao vê-lo conseguir seu intento sem nem o incômodo de uma palavra. Pode ser mais astuto e poderoso em matérias femininas um rato de biblioteca sujo, seboso e remelento, do que um amante bonito, jovem e Intendente? – Em certos casos parece que sim: eu fiquei bufando e mordendo os dedos.

Portanto, voltei aos meus afazeres, contrariado, para me distrair do aborrecimento que me atormentava. Trabalhando muito, e esquecendo o mais que podia, aos poucos me tornei outro homem; decidam vocês se melhor ou pior. Evaporaram da minha cabeça as fumaças da poesia; comecei a sentir o peso dos trinta anos que já começavam a cair em cima de mim, e de bom grado sentar-me à mesa e compartilhar o amor que está na alma daquilo que estimula o corpo. Desculpem, parece ter-lhes dito que me tornava outro homem, mas na minha opinião me transformava em animal. Para mim, quem perde a juventude da mente só pode decair do estado humano para alguma outra condição animalesca mais baixa. A parte de razão que nos diferencia dos brutos não é a que calcula o próprio proveito, busca comodidades e foge da fadiga, mas a outra que apoia seus juízos em belas fantasias e em grandes esperanças da alma. Até o cão sabe escolher o melhor pedaço, escavar sua cama na palha antes de se deitar; se isso é razão, deem então aos cães a patente de homens de respeito. Por outro lado, lhes direi que aquela vida tão míope e cansativa tinha uma desculpa; havia uma grande inteligência que pensava por nós, e cuja vontade sobrepujava tanto a vontade de todos, que sem muitas ideias podia-se ver suas belas e grandes obras. Agora, ao contrário, brilham as ideias, mas não se vê mais obras; tudo por aquela grande enfermidade que quem tem cabeça não tem braços; e naquele tempo, ao contrário, os braços de Napoleão se alastravam por meia Europa e por toda a Itália, agitando e despertando as forças vitais adormecidas. Bastava obedecer para que uma atividade milagrosa se desenvolvesse ordenadamente pelas antigas estruturas da nação. Não quero fazer prognósticos, mas se tivesse continuado assim por uns vinte anos estaríamos habituados a reviver, e a vida intelectual seria separada da matéria, como nos enfermos que se curam. Ver o fervor de vida que então animava meio mundo, era de perder a cabeça. A justiça se personificara una e igual para todos; todos agora competiam de acordo com sua capacidade para o movimento social; não se entendia, mas se fazia. Era preciso um exército, e um exército sugira em poucos anos como que por encanto. Legiões de soldados sóbrios, obedientes e valorosos foram recrutados por pessoas enfraquecidas pela ociosidade e estragadas pela desordem. A força comandava a renovação dos costumes, e tudo se obtinha com ordem, com disciplina. A primeira vez que vi enfileirados na praça os recrutas do meu departamento achei que estava enganado; não achava que se pudesse chegar a tanto, e que esses rústicos vulgares pudessem ser domados por uma lei, esses plebeus urbanos que até então se armavam apenas para viver de assaltos roubando os passantes.

Destes primeiros, eu esperava milagres, e persuadido de estar em boas mãos tentei não me espantar mais com isso. Ver algum dia a minha Veneza armada de forças próprias, e ajuizada pela nova experiência, retomar seu lugar entre as gentes itálicas na grande reunião dos povos, era o meu voto de fé de todos os dias. O pacificador da Revolução também a incluía em suas empresas futuras;

acreditava ver nela o sinal daquele novo batismo concedido à República Cisalpina, que pressagiava novos e altíssimos destinos. Quando Lucilio me escrevia que se ia de mal a pior, que abdicando da inteligência esperava-se um libertador e se teria um patrão, eu zombava de seus medos, dizia a mim mesmo que ele era louco e ingrato, jogava sua carta no fogo e voltava aos afazeres da minha intendência. Creio que até me felicitasse com a ausência da Pisana, porque a solidão e a paz me deixavam mais à vontade para o trabalho e para a esperança de com isso ganhar crédito e benefícios. – Viva o senhor Ludro[30]!... – Vivi assim naqueles muitos meses, todo dedicado ao trabalho sem pensar em mim, sem olhar fora do quadro que tinha diante dos olhos. Agora entendo que essa não é a vida apropriada para despertar nossas faculdades e robustecer as forças da alma; deixamos de ser homens para nos tornarmos máquinas. E bem se sabe o que acontece com as máquinas se não as azeitamos uma vez por mês.

Foi azar ou sorte? – Não sei, mas a proclamação do Império Francês[31] me abriu um pouco os olhos. Olhei ao meu redor e vi que não era mais dono de mim; que meu trabalho estava ligado aos outros trabalhos que se desenvolviam abaixo e acima de mim, ao toque de um tambor. Sair de lá ou ficar dava no mesmo. Se todos estavam como eu, como eu tinha razão de suspeitar, os medos de Lucilio não estavam muito longe da verdade. Comecei um severo exame de consciência percorrendo minha vida passada e como esta se relacionava com a vida presente. Encontrei uma diferença, uma contradição que me assustava. Não eram mais os mesmos princípios, as mesmas ilusões que dirigiam as minhas ações; antes eu era um operário pobre, cansado, mas inteligente e livre, agora era um pedaço de pau bem envernizado, bem acabado, para que me curvasse metódica e estupidamente diante de uma máquina. No entanto, eu queria ser firme para não precipitar um julgamento, certamente hoje não teria descido mais um degrau nessa escada do servilismo.

Quando chegou a notícia da transformação da República em um Reino da Itália, peguei algumas roupas, os poucos escudos que tinha, fui direto para Milão e pedi minha demissão. Encontrei outros quatro ou cinco colegas vindos pela mesma necessidade, e cada um acreditava que encontraria outros cem para dar um belo golpe. Nos agradeceram muito, riram na nossa cara, e anotaram os nossos nomes num livrão que não era uma boa recomendação para

30 Provavelmente o protagonista de três comédias de Carlo Goldoni (*Ludro e a sua grande jornada*, *O casamento de Ludro*, *A velhice de Ludro*), um veneziano embrulhão, simpático e generoso.

31 Maio de 1804.

o futuro. Napoleão chegou em Milão e pôs na cabeça a Coroa de Ferro[32] dizendo: – Deus me deu, ai de quem a tocar – Eu me instalei, pobre desamparado, nos antigos quartinhos de Porta Romana dizendo: – Deus me deu uma consciência, ninguém a comprará! – Os inimigos de Napoleão tiveram ousadia e força bastante para tocar e tirar-lhe da cabeça a fatal coroa, mas nem a Califórnia, nem a Austrália, escavaram até agora ouro suficiente para pagar a minha consciência. – Naquela circunstância, eu fui o mais verdadeiro e o mais forte.

32 Depois de anunciar a transformação da República Italiana em Reino da Itália em 17 de março, Napoleão coroou-se na Catedral de Milão em 26 de maio de 1805.

CAPÍTULO DÉCIMO NONO

Como os moleiros e as condessas me protegeram em 1805. Eu perdoo alguns erros de Napoleão, quando ele une Veneza ao Reino da Itália. Tardia penitência de um antigo pecado venial, pelo qual estive para morrer, mas a Pisana me ressuscita e me leva com ela ao Friuli. Torno-me marido, organista e administrador. Enquanto isso, os antigos atores saem de cena. Napoleão cai duas vezes, e os anos passam mudos e aviltantes até 1820.

Lucilio refugiara-se em Londres; ele tinha amigos por todos os lados, e para um médico como ele, todo o mundo é uma cidade. A Pisana sempre me deixara na expectativa com suas promessas de vir se juntar a mim, mas depois que abandonei o escritório nem tinha coragem de chamá-la para dividir minha pobreza. Não queria recorrer a Spiro e Aglaura por dinheiro; eles me mandavam pontualmente os meus trezentos ducados a cada Natal, mas haviam desembolsado duas anuidades para pagar minhas dívidas em Ferrara, e eu não podia mais me valer deles. Assim, fiquei pela primeira vez na vida sem teto e sem pão, e com pouquíssima habilidade para consegui-los. Revirava na cabeça mil planos diferentes para os quais era preciso uma boa soma de escudos só para começar, e não tendo mais do que uma dúzia de escudos me contentava com os planos e seguia adiante. A cada dia tentava viver com menos. Creio que teria feito o último escudo durar um século, se no dia da partida de Napoleão para a Alemanha[1] não o tivesse roubado um daqueles famosos punguistas que se exercitam por puro hábito nas ruas de Milão. O Imperador engordara, e então se dirigia para a vitória de Austerlitz; eu ainda me lembrava dele magro e resplandecente pelas glórias de Arcole[2] e de

1 Depois de ter nomeado o enteado, Eugenio Beauharnais, vice-rei da República da Itália, Napoleão partiu para a França em 8 de julho de 1805 para ultimar os preparativos da expedição contra a Inglaterra que estava preparando há dois anos. A Inglaterra, então, formou uma coalizão com a Rússia, o Império Austríaco, a Suécia e Nápoles. Napoleão entrou no vale do Danúbio, venceu o exército austríaco em Ulma (20 de outubro de 1805), ocupou Viena, venceu os austríacos e russos em Austerlitz (2 de dezembro) e obrigou os austríacos à Paz de Presburgo (26 de dezembro), com a qual os territórios venezianos e a própria Veneza foram unidos ao Reino da Itália; a Ístria e a Dalmácia, cedidas à França; o Tirol e o Trentino à Baviera.

2 Batalha vencida pelos franceses contra o Império austríaco em 15 de novembro de 1796.

Rivoli[3]: por Diana, eu não teria chamado o tenentezinho de Sua Majestade! Vendo-o partir em meio ao povo amontoado que aplaudia, lembro-me que chorei de raiva. Mas eram lágrimas generosas, das quais me orgulho. Pensava comigo: "Oh, o que eu não faria se fosse aquele homem!" – Este pensamento e a ideia das grandes coisas que teria feito me comoviam muito. De fato, ele estava no ápice de sua força. Voltava de ter feito ressoar seus rugidos nas cavernas de Albion[4] através do estreito Canal da Mancha, e ameaçava com sua garra onipotente os pescoços de dois imperadores. A juventude do gênio de César e a maturidade da sensatez de Augusto conspiravam para elevar seu destino acima de qualquer imaginação humana. Era o novo Carlos Magno e sabia disso. Mas eu também, por minha vez, me orgulhava de passar diante dele sem dobrar os joelhos. "Você é um gigante, mas não um Deus!", dizia-lhe, "Eu nos comparei e vi que minha fé é muito maior e melhor do que a sua!" Para um homem que pensava ter no bolso um escudo e nem isso tinha, não era pouco.

O melhor era quando se tratava de comer, creio que nenhum homem no mundo se viu em pior confusão. Partindo de Bolonha e aproveitando a discrição de alguns amigos, eu fizera dinheiro com cada alfinete, cada anel e cada outra coisa que não me fosse estritamente necessária. Fazendo uma busca, encontrei muitas peças de vestuário que não usava; fiz uma trouxa, levei-as a um brechó e embolsei quatro escudos que me pareceram um milhão. Mas a ilusão não durou mais do que uma semana. Então comecei a comer também os objetos necessários: camisas, sapatos, colarinhos, roupas, tudo viajava para o brechó; eu e o dono já havíamos feito uma espécie de amizade. A loja era numa travessa de Tre Re, em direção à Posta; eu parava ali para conversar quando ia da minha casa para a Piazza del Duomo.

No final, acabei com toda minha roupa. Por mais que nesse meio tempo eu tivesse dado tratos à bola sobre como lidar num caso tão urgente, não tivera nenhuma ideia. Uma manhã, encontrei o coronel Giorgi, que vinha do campo de Boulogne-sur-Mer e corria para a Alemanha, com a esperança de ser feito em breve general.

– Entre na administração do exército – me disse ele –, prometo que lhe consigo um bom posto, e você ficará rico em pouco tempo.

– O que se faz no exército? – perguntei.

– No exército se conquista toda a Europa, se corteja as mais belas mulheres do mundo, se consegue bons pagamentos, se faz um manto de glória e se vai adiante.

3 Idem, 14-15 de janeiro de 1797.

4 Nome que antigamente designava a Britânia, isto é, a Inglaterra.

– Sim, sim, mas se conquista a Europa por conta de quem?

– Quem sabe? É preciso saber?

– Alessandro, não vou entrar para o exército, nem como faxineiro.

– Que pena! Eu esperava fazer alguma coisa por você!

– Talvez eu não corresponda, Alessandro! É melhor você se concentrar em você mesmo. Logo você será general.

– Mais duas batalhas que me livrem de dois anciãos e o serei por direito: as balas dos russos e dos alemães são minhas aliadas, é assim que se vive em boa harmonia com todos. Mas então você realmente quer fazer cara feia para nós, pobres soldados?

– Não, Alessandro, eu os admiro e não sou capaz de imitá-los.

– Entendo! É preciso ter músculos fortes!... E de Bruto Provedoni, você tem notícias?

– Ótimas, pode-se dizer. Vive com a irmã de dezoito ou dezenove anos, Aquilina, você lembra? Serve de pai para ela, está juntando dinheiro para o dote e ganha a vida dando aulas na região. Ultimamente, com a herança de seu irmão Grifone, que caiu do telhado em Lubiana e morreu, comprou a casa dos outros irmãos em nome dele e da irmã. Assim se livrou do tédio de viver com outros inquilinos maltrapilhos e fofoqueiros. Creio que se pudesse casar decentemente Aquilina não haveria homem mais feliz do que ele.

– Está vendo como somos, nós soldados?... Somos felizes mesmo sem pernas!

– Muito bem, Alessandro, mas não quero perder minhas pernas de jeito nenhum. São capitais que devem ser bem investidos ou mantidos.

– E você diz que é nada, em oito anos no máximo se tornar general! Não é um bom investimento?

– Sim, mas eu prefiro ficar com esta roupa e com a minha miséria.

– Então não posso ajudar em nada? Tome, posso conseguir uns trinta escudos, não mais, porque não sou o soldado mais poupador, e entre o jogo, as mulheres e o resto, o pagamento vai embora... Mas pensando agora, você gostaria de um serviço civil?

O bom coronel não via nada fora do exército, já havia esquecido que um quarto de hora antes eu lhe contara toda a minha carreira nas finanças, e minha demissão voluntária do posto de intendente. Talvez pensasse que as finanças não fossem mais do que serviços suplementares do exército para prover de comida, roupa e de dinheiro suficiente para o *faraone* e a *bassetta*. Quando respondi que ficaria contente com qualquer emprego que não fosse público, ele fez uma cara de quem é obrigado a tirar de alguém boa parte de sua estima, mas sua insigne bondade não diminuiu em nada.

– Em Milão, tenho uma senhoria – acrescentou.

– Sim, como você tinha em Gênova.

– Eh! Ao contrário! Aquela era mão fechada como um boticário, essa é mais mão aberta do que um ministro. Daquela precisei roubar o gato, e desta, se eu quisesse, poderia fazer com que me desse um diamante por dia. É podre de rica, correu o mundo quando jovem, mas agora, depois de uma polpuda herança, recuperou a compostura e é uma senhora comportada: não mais com a maciez de pêssego nas faces, mas ainda viçosa e bastante graciosa. Imagine que ela passou a me querer um bem despropositado e toda vez que passo por Milão me quer perto dela, até me disse em segredo que se tivesse vinte anos em vez de trinta gostaria de ir comigo para a guerra.

– E o que tem a ver essa senhora comigo?

– O que tem? Diabos! Tudo! Ela tem relações muito boas, e pode recomendar você muito bem para o posto que você quiser. Além do mais, se você prefere um trabalho civil, creio que a administração dela é grande o suficiente para oferecer um emprego para você.

– Lembre-se que eu não quero roubar o pão de ninguém, e que se o como pretendo ganhá-lo com o meu trabalho.

– Eh! Calma, você não terá escrúpulos por esse lado. Talvez você ache que é como no Friuli, onde é comum a história de que o feitor fica rico às costas do patrão, com as mãos na cintura! Eh, amigo, em Milão não é assim! Pagam bem, mas querem ser servidos melhor: o contador vai engordar, mas o patrão não precisa ficar magro por isso. Eu sei como são as coisas aqui!

Esses planos me eram bastante convenientes, e apesar de eu não ter uma fé cega nas onipotentes recomendações e na pródiga senhoria do bom coronel, percebi que não conseguiria nada sozinho e que devia me contentar com a ajuda dos outros. Voltei para casa para escovar a roupa para a apresentação do dia seguinte. Também recorri à prodigalidade da minha senhoria para um pouco de graxa para lustrar as botas, e estendi numa cadeira a única camisa que me restava depois daquela que estava usando. A brancura dela me deliciava os olhos, consolando-os da indigência do resto.

Na manhã seguinte, veio o ordenança do coronel para me avisar que a senhora recebera muito bem a proposta, mas desejava que eu lhe fosse apresentado à noite, pois naquele dia tinha muito trabalho. Dei uma olhada nas botas e na camisa, quase lamentando não ter ficado na cama para conservar o frescor original delas até o momento solene; então, pensando que à noite não há tantas preocupações com minúcias, e que um ex-intendente devia ter vivacidade e cultura para que esquecessem a extrema modéstia de sua vestimenta, respondi ao ordenança que iria à casa do coronel lá pela oito e saí de casa. Chegou o momento do desjejum e o deixei passar sem nem apalpar o bolso; foi uma heróica deferência para a hora do almoço. Chegando a hora, coloquei a mão no bolso e tirei quatro belos tostões que no total, creio, perfaziam quinze centavos de franco. Realmente não acreditava que estava tão pobre, e a quadratura do círculo me pareceu um problema muito mais fácil do que o almoço que eu devia conseguir com tão poucas moedas. Mas eu não tinha sido intendente por nada, e de equilibrar as receitas com as despesas eu devia entender mais do que qualquer outro! – Então, sem perder a coragem, tentei. – Um tostão de pão, dois de salame e um de aguardente para revigorar o estômago e prepará-lo para a visita da noite. – Por caridade! O que era um tostão de pão para quem não tocava em comida há vinte e quatro horas? – Refiz a conta; dois tostões de pão, um de queijo e a aguardente. – Depois pensei que aquele tostão de queijo era um preconceito, uma ideia aristocrática para dividir o almoço em pão e acompanhamento. Era melhor ficar com três tostões de pão.

E, de fato, entrei corajosamente numa padaria; comprei e em quatro mordidas liquidei com eles. Notei com algum espanto que não sentia nem uma distante sombra de sede, por isso, desprezando a aguardente, providenciei um último pãozinho e o coloquei junto com os outros. Depois desse pequeno entretenimento meus dentes ainda estavam muito inquietos, raspando as migalhas que haviam se extraviado e dizendo com um rangido de consternação: "Acabou a festa?", "Acabou, sim!" respondi, e sentia o estômago ainda mais assustado do que os dentes! – Então me permiti um lícito desvio de imaginação que me servira muitos dias antes para enganar o apetite: passei em revista meus amigos aos quais eu poderia pedir almoço, se estivessem em Milão. O abade Parini, morto há seis anos e frugal para comer; Lucilio, que partira para a Suíça[5]; Ugo Foscolo, professor de eloquência em Pavia[6]; não encontrava ninguém dos meus antigos conhecidos: minha senhoria, quando me dera a graxa na noite anterior, enrugara o nariz como se dissesse: "vamos parar com essas brincadeiras bobas!"

5 No início do capítulo é dito que Lucilio se refugiara em Londres, porém uma das rotas usadas para chegar a Londres era através da Suíça.

6 Na verdade, Ugo Foscolo só deu aulas em Pavia no primeiro semestre de 1809.

Restava o coronel Giorgi, mas confesso que me envergonhava, como garanto que teria me envergonhado de todos os outros se estivessem em Milão, e que preferiria morrer de fome do que pedir a Ugo Foscolo que me pagasse um café com leite. De qualquer modo, era sempre um consolo poder pensar enquanto agulhava o apetite. Assim, terminado o passatempo, eu estava mais infeliz do que antes e foi pior quando depois, passando pela Piazza Mercanti, notei que eram só cinco horas. "Mais três horas!". Tinha medo de não chegar vivo ao momento da visita, ou ao menos ter de me passar por alguém muito esfomeado. Tratei de me distrair com outro estratagema. Pensei em quantos lugares eu poderia conseguir empréstimos urgentes, se desejasse. Meu cunhado Spiro, os meus amigos de Bolonha, os trinta escudos do coronel Giorgi, o Grão-Vizir... Por Baco! Fosse pela fome ou por um favor particular da Providência, naquele dia me fixei mais do que o normal na ideia do Grão-Vizir. Lembrei-me de ter dentro de um bloquinho um vale em que estava escrita uma soma enorme assinada com um hieróglifo que eu não entendia, mas a casa Apostulos tinha muitos correspondentes em Constantinopla e alguma autoridade sobre os banqueiros armênios que escorchavam o sultão; corri para casa sem pensar mais no apetite; escrevi uma carta para Spiro, incluí o vale e a levei alegremente ao correio.

Passando novamente pela Piazza Mercanti, o relógio marcava sete e três quartos, então me dirigi à moradia do coronel, mas a esperança no Grão-Vizir tinha deixado no correio, e justamente no instante solene fatal, a fome se fazia sentir. Sabem o que tive a coragem de pensar naquele momento? Tive a coragem de pensar nas lautas refeições bolonhesas do ano anterior e de como eu estava mais contente agora com o estômago em jejum. Tive a coragem de me congratular por estar sozinho e que o acaso tivesse preservado a Pisana de ser minha companheira em tanta inanição. O acaso? Não podia engolir essa palavra. Vendo bem, o acaso, muitas vezes, não é mais do que uma invenção dos homens, e por isso eu temia com razão que a falta de memória, a frieza, talvez até algum outro romancezinho da Pisana a tivessem afastado de mim.

"Mas eu tenho razão de me lamentar?", seguia pensando. "Se ela me ama menos, não é justo?... O que eu fiz todo o ano passado?".

O que vocês querem? Eu achava tudo razoável, tudo justo, mas a suspeita de ser esquecido e abandonado pela Pisana para sempre me martelava tanto quanto a fome. Não era mais o furor, o frenesi ciumento de antes, mas um desconforto cheio de amargura, um abatimento que me fazia perder o desejo de viver. Vencido por tantas dores, fui até o senhor coronel, que lia os relatórios semanais dos capitães soltando fumaça como eu quando era intendente, e às vezes molhando a garganta com um bom anisete de Brescia.

– Bravo Carletto! – exclamou ele me oferecendo uma cadeira. – Sirva-se você também, que termino logo.

Agradeci, me sentei e dei uma olhada pelo quarto para ver tinha focaccia, panetone ou alguma outra coisa para acompanhar o anisete e melhorar meu estômago. Não tinha nada. Servi um copo cheio daquele licor balsâmico e virei goela abaixo: me pareceu que uma alma nova entrasse. Mas sabe-se qual o resultado da disputa entre a alma velha e a nova, principalmente num estômago faminto. Aconteceu que perdi o rumo, e quando me levantei para seguir o coronel, estava tão alegre, tão falador quanto ao me sentar tinha estado sério e calado. O soldadinho se congratulou como se fosse um bom prognóstico, e enquanto subia as escadas me exortava a me mostrar jovial, sagaz e ousado, pois as mulheres de meia-idade e que não têm tempo a perder, gostam desse comportamento. Imaginem só! Eu estava tão alegre que quase fui dar com o nariz no último degrau; além desses dotes, um outro se desenvolveu em mim, a sinceridade, e esta me fez dar a primeira mancada. Quando o porteiro abriu a porta para nós e o coronel me introduziu na antecâmara, eu balançava tanto que nem me sentia tocar o chão.

– Quem imaginaria – disse em voz altíssima –, quem imaginaria que estou desmaiando de fome?

O porteiro se voltou assustado para me olhar, por mais que os cânones de sua profissão proibissem. Alessandro me deu uma cotovelada.

– Eh, tonto! – disse ele – Sempre com as suas bobagens.

– Juro que não são bobagens, que... ai, ai, ai!...

O coronel me deu um beliscão tão forte que não pude mais continuar e precisei me interromper com essa tríplice interjeição. O porteiro se voltou para me olhar e dessa vez com todo o direito.

– Nada, nada – acrescentou o coronel –, pisei no calo dele!

Foi uma boa saída de improviso, e eu não julguei oportuno defender a virgindade dos meus pés porque já tínhamos entrado na sala da senhora. O coronel percebia o perigo, mas estávamos no baile e era preciso dançar; um veterano de Marengo devia ignorar a arte das retiradas.

Numa luz mortiça e rosada que caía de lâmpadas presas no teto e abafadas por cortinas de seda vermelha, vi, ou me pareceu ver, a deusa. Estava sentada num canto, numa daquelas cadeiras curuis que o gosto parisiense desenterrara dos costumes republicanos de Roma e que perduraram tanto sob o império de Augusto quanto sob o império de Napoleão. A vestimenta breve e sucinta contornava formas, não direi muito firmes, mas de certo muito ricas; uma metade abundante do peito estava nua: eu não me detive olhando com demasiado prazer, mas senti uma comichão nos dentes, uma vontade de devorar. Os vapores do anisete me mostravam que era carne, e me deixavam apenas aquela bárbara fagulha de bom senso que resta aos canibais. A senhora pareceu satisfeitíssima com a boa impressão que me causara, e perguntou ao coronel se eu era aquele jovem que desejava se empregar em alguma administração. O coronel se apressou em responder que sim, e se atarefava em tirar a atenção da senhora de mim. Mas parecia que ela se encantava cada vez mais com o meu bom comportamento, porque não cessava de me observar e se dirigir a mim, trascurando o coronel.

– Carlo Altoviti, me parece – disse a senhora, com um gentilíssimo esforço de memória.

Eu me inclinei ficando tão vermelho que me sentia explodir. Eram cãibras de estômago.

– Parece-me – continuou ela – ter visto este nome, se não me engano, no ano passado no anuário da nossa alta magistratura.

Eu enchi o peito postumamente em memória da minha intendência, e endireitei-me com o peito cheio enquanto o coronel respondia que, de fato, eu tinha sido o preposto das finanças de Bolonha.

– Estou entendendo – acrescentou a senhora a meia voz, inclinando-se para mim –, o novo governo... esses seus princípios... enfim, você se retirou!

– Sim – respondi calmamente, e sem entender nada.

Então começaram a entrar na sala condes, condessas, príncipes, abades, marqueses, que eram aos poucos anunciados pela voz estertorante do porteiro: era uma profusão de *dom* que me percutia nos ouvidos, e sejamos imparciais, aquele dialeto milanês abreviado e nasal não é feito para clarear as idéias de um bêbado. No momento oportuno, o coronel se aproximou da dona da casa para se despedir; eu não aguentava mais. Ela lhe disse ao ouvido que tudo já estava acertado e que no dia seguinte eu fosse direto à contadoria onde determinariam minha tarefa e me informariam das condições do serviço. Eu agradeci me inclinando e arrastando os pés, de modo que uma dúzia daqueles *dons* mudos e ressequidos se voltou maravilhada para me olhar; depois, batendo orgulhosamente os tacões ao lado do coronel saí da sala. O ar livre me fez bem, porque meu cérebro se refrescou imediatamente, e em meus sentimentos intrometeu-se um pouco de vergonha pelo estado em que percebia estar, e pela má figura que temia ter feito na conversa com a condessa. Além disso, ainda tinha uma boa dose de sinceridade, e comecei a reclamar da minha fome.

– É só isso? – me disse o coronel. – Vamos ao Rebecchino[7] e lá você resolve. – Não me lembro bem se ele disse Rebecchino, mas me parece que sim e que já existia em Milão essa mãe das *trattorias*.

Deixei-me levar; enchi a barriga sem respirar ou dizer uma palavra, e enquanto o estômago voltava à paz, minha cabeça também se reordenava. A vergonha foi crescendo sempre até o momento de pagar; eu estava justamente para representar a habitual comediazinha do pé-rapado, isto é, de apalpar o bolso com muita surpresa e me censurar pela minha maldita distração pela bolsa perdida ou esquecida, quando uma vergonha mais honesta me deteve dessa impostura. Enrubesci por ter sido mais sincero durante a bebedeira do que depois, e confessei sem meias palavras a Alessandro a minha extrema pobreza. Ele ficou furioso por eu tê-la escondido até agora, quis me dar por força aqueles trinta escudos que tinha e que depois de paga a conta só sobraram vinte e oito; me fez prometer que para qualquer outra necessidade eu recorreria a ele, que tinha pouco, mas me ajudaria de todo o coração.

– Porém, amanhã devo partir sem falta para a Alemanha – acrescentou –, mas parto com a certeza de que esses poucos escudos bastarão para fazer você esperar sem incômodos o primeiro pagamento que virá logo, talvez amanhã mesmo. Coragem Carlino, e lembre-se de mim. Esta noite devo falar com os capitães do meu regimento para algumas instruções verbais, mas amanhã de manhã, antes de partir, venho lhe dar um beijo.

Que boa pessoa o Alessandro! Havia nele um misto de rusticidade soldadesca e bondade feminina que me comoviam: faltavam-lhe as assim chamadas virtudes cívicas de então, as quais agora não saberia como chamar, mas lhe sobravam tantas outras que se podia perdoá-lo. De manhã cedo ele foi me beijar enquanto eu dormia. Eu me lamentava pela incerteza de talvez não o rever mais, ele lamentava a minha teimosia em querer ser um obscuro empregadinho em Milão, enquanto poderia ir com ele e me tornar general sem dificuldade. Corações iguais aos dele se encontram poucos, no entanto, ele ansiava a morte de todos os seus colegas para ter uma insígnia mais alta no chapéu e trezentos francos a mais por mês. Esta é a caridade fraterna ensinada, aliás, imposta aos espíritos piedosos e bons pelo governo napoleônico!

Quando chegou a hora conveniente, me vesti com todo o cuidado possível, e fui à contadoria da condessa Migliana. Um certo senhor muito gordo, sem

7 O Rebecchino era um bairro histórico localizado nas imediações da Catedral de Milão, na atual Piazza del Duomo. O bairro foi demolido na segunda metade do século XIX para permitir o redesenho completo da praça.

barba, com cara e modos realmente patriarcais me recebeu, pode-se dizer, de braços abertos: era o primeiro contador, o secretário da patroa. Ele me levou, primeiramente, ao caixa, onde me foram contados sessenta escudos novinhos, como honorário do primeiro trimestre. Depois me levou a um escritório em que havia muitos livretos engordurados e amassados, e no meio deles um livro maior, no qual pelo menos se podia colocar as mãos sem as sujar. Disse-me que no momento eu seria o mordomo da senhora Condessa, pelo menos até que houvesse um posto livre mais condizente com os meus méritos. Realmente, cair da Intendência de Bolonha para a administração de um guarda-louças não era uma queda pequena, mas por mais que eu seja cidadão vêneto de antiquíssima origem e romana nobreza de Torcello, a soberba raramente foi meu defeito, principalmente quando a necessidade fala mais alto. Sou da opinião de Plutarco, que supervisionava, diz-se, os varredores de Queroneia[8] com a mesma dignidade que teria presidido os Jogos Olímpicos.

O meu cargo exigia morar no palácio, e uma maior intimidade com a senhora condessa: duas coisas que não sabia se me agradavam ou não, mas me propunha a tirar da senhora a péssima ideia que ela devia ter tido de mim na visita do dia anterior. Porém, encontrei-a contentíssima comigo e com minhas nobres e gentis maneiras; na verdade, seus elogios me surpreenderam, e nunca teria imaginado que as senhoras milanesas gostassem tanto dos bêbados. Ela me tratou mais como um igual do que como mordomo, excentricidade que me consolou da minha nova condição, e me fez escrever para Aglaura, para Lucilio, para Bruto Provedoni, para o coronel, para a Pisana, cartas cheias de entusiasmo e de gratidão pela senhora Condessa. Para a Pisana, eu pretendia com isso me vingar da sua displicência, e tentar provocá-la um pouco com o ciúme. A estranha vingança que ela havia extraído em outras ocasiões de uma minha suposta infidelidade não tinha me esclarecido o suficiente. Mas depois de cinco ou seis dias, comecei a perceber que não podia culpar a Pisana por ter ciúme da minha patroa. Ela me tratava como se eu fosse muito ingênuo ou me convidava a confidências que não fazem parte das atribuições de um mordomo. O que querem? Não tento que me desculpar, nem esconder. Pequei.

A casa da condessa era das mais frequentadas de Milão, mas apesar do temperamento alegre da dona da casa as conversas não me pareciam desenvoltas nem animadas. Uma certa desconfiança, uma sisudez arrogante,

8 Queroneia é uma cidade histórica grega localizada na periferia da Grécia Central. Seu filho ilustre foi o poeta moralista Plutarco, integrante da Academia de Atenas.

mantinha os lábios fechados e as frontes anuviadas de todos aqueles senhores; além disso, na minha opinião, a juventude era escassa, e os poucos que apareciam eram tão tolos, tão insípidos, de dar dó. Se eram a esperança da pátria, era preciso fazer o sinal da cruz e entregar a Deus. Mesmo a senhora, que pessoalmente ou num grupo restrito de família era mais vivaz e falante do que o necessário, na conversação assumia uma reserva austera e empolada, um olhar vago e severo, uma maneira de mover os lábios que parecia mais adequada para morder do que para falar e sorrir. Eu não entendia nada, ainda mais com aquele fervor de vida colocado em nossos corpos pela atividade convulsiva do governo italiano.

Duas semanas depois entendi alguma coisa. Foi anunciado um visitante de Veneza, e revi, para meu grande espanto, e depois de tantos anos, o advogado Ormenta. Ele não me reconheceu, porque a idade e a moda me tornavam completamente diferente do estudantezinho de Pádua; eu fingi não o conhecer, porque não me agradava de forma alguma. Parece que ele viera a Milão para pedir para si e para os seus a eficaz proteção da condessa; de fato, naqueles dias houve um ir e vir maior do que de costume de generais franceses e altos dignitários italianos. Alguns ministros do novo Reino estiveram fechados por muitas horas com o egrégio advogado, e eu me atormentava em vão para saber porque o conselheiro principal do governo austríaco devia se meter nas coisas do governo francês na Itália. Isso também soube logo depois. O astuto advogado previra a batalha de Austerlitz e suas consequências; ele passava do campo de Dario ao de Alexandre para remediar, de seu lado, os danos da derrota[9]. A quem possa se espantar ao ver manejada por dedos femininos tão importante embrulhada, responda a história que as mulheres nunca tiveram tanta ingerência nas coisas de Estado quanto durante os predomínios militares. A mitologia grega sabia disso, tanto que sempre misturou em suas fábulas Vênus e Marte.

As primeiras notícias da vitória de Austerlitz[10] chegaram a Milão antes do Natal; foi um grande alvoroço. E cresceu quando se soube da paz firmada no dia de santo Estevão[11] em Presburgo, pela qual o Reino da Itália se expandia em seus confins naturais até o Isonzo. Eu esqueci por um instante a questão da liberdade para me concentrar na alegria de rever Veneza, a Pisana, minha

9 Derrotado repetidamente por Alexandre Magno, o soberano persa Dario III foi traído por um grupo de sátrapas.

10 8 de dezembro de 1805.

11 26 de dezembro de 1805.

irmã, Spiro, os sobrinhos, e os queridos lugares onde passara minha infância e vivera sempre grande parte da minha alma. Não quero falar das cartas que então me escreveu a Pisana para não atrair sobre mim inveja demasiada. Eu não entendia como todos esses tormentos pudessem combinar com o descuido dos meses passados, mas o contentamento presente vencia tudo, superava tudo. Sem pensar em nada, fui até a senhora condessa com lágrimas nos olhos, e lhe disse que depois da paz de Presburgo...

– O que?... O que tem de novo depois da paz de Presburgo? – gritou a senhora olhando-me como uma víbora.

– Tem de novo que não posso mais ser intendente, nem mordomo...

– Ah! Sem-vergonha! E me diz isso assim?... Fui muito boa em colocar... toda a minha confiança em você!... Saia daqui, não quero vê-lo nunca mais!...

Eu estava tão fora de mim de alegria que esses maus tratos me fizeram o efeito de carícias, e só depois, ao pensar nisso, percebi a sujeira que cometi me despedindo daquele modo. Nunca se deve esquecer de alguns favores quando foram aceitos como favores, e quem os esquece merece ser tratado com chutes no traseiro. Se a condessa usou comigo uma dureza menor, reconheço agora que foi por indulgência dela, por isso nunca tive coragem de me unir aos seus detratores quando ouvi falar de todo o mal que verão a seguir.

A Pisana me recebeu em Veneza com o júbilo mais rumoroso de que era capaz em seus momentos de entusiasmo. Como eu havia providenciado para que se deixasse livre ao menos um apartamentinho da minha casa, ela queria a todo custo morar comigo: extravagância que vocês vão achar muito estranha em comparação com a ternura e os cuidados que ela dedicara até então ao marido. Mas o mais estranho foi quando o velho Navagero, desesperado com essa resolução da esposa e da valente enfermeira que estava para perder, mandou me pedir em segredo que eu fosse morar com ele, que me receberia com todo o prazer. Era levar muito além a tolerância veneziana, e disso entendi que a apoplexia o libertara completamente de seus ciúmes. Mas não me dignei a me render aos gentis pedidos dele; falei dos meus escrúpulos à Pisana, e exigi que ficasse com o marido. O amor ganharia em frescor e em sabor o pouco que perdia de facilidade. Spiro e Aglaura também me queriam com eles, mas eu insisti na minha casinha de San Zaccaria, e não quis sair de lá.

Assim, vivi despreocupado de tudo e felicíssimo até a primavera, me mantendo o mais distante possível da condessa de Fratta e de seu filho, mas gozando as mais belas horas do dia em companhia da minha Pisana. A piedade dela pela velha e maltratada carcaça do Navagero ia tão além de qualquer medida, que às vezes até sentia ciúme. Não raramente acontecia, que depois das visitas mais aborrecidas e inoportunas, ao ficarmos a sós por um momento, ela corria para mudar o curativo ou para dar o remédio ao marido. Esse zelo em excesso me incomodava e só fazia com que eu elevasse aos céus uma fervorosa prece para que o pobre doente alcançasse as glórias do paraíso. Não tem escapatória. As mulheres são amantes, são esposas, mães, irmãs, mas antes de tudo são enfermeiras. Não existe homem tão imundo, tão desprezível e asqueroso, que doente e longe de qualquer ajuda não tenha encontrado em alguma mulher um anjo da guarda piedoso e digno. Uma mulher pode perder todo sentimento de honra, de religião, de pudor; pode esquecer os deveres mais sagrados, os afetos mais doces e naturais, mas nunca irá perder o instinto de piedade e de devoção pelos sofrimentos do próximo. Se a mulher não tivesse intervindo na criação como mãe dos homens, nossos males e enfermidades a teriam exigido como consoladora. Na Itália, então, nossos males são tantos que nossas mulheres estão, pode-se dizer, desde o nascimento até a morte, sempre ocupadas medicando nossa alma ou nosso corpo. Sejam abençoados seus dedos que destilam bálsamo e mel! Sejam abençoados seus lábios de onde exala o fogo que queima e cicatriza!...

Meus outros conhecidos de Veneza não pareciam muito preocupados comigo, com exceção dos Venchieredo que tentavam me atrair de todos os modos, e eu me mantinha afastado com toda a prudência da minha ótima memória. Dos Frumier, o cavaliere de Malta parecia um morto-vivo; o outro, depois de se casar com a donzela Contarini e deixar as Finanças, fizera-se nomear secretário. A ambição o endereçava a uma carreira que pela nova riqueza podia facilmente renunciar, e com aquela sua cabecinha de pato, por desenhar a própria assinatura num relatório, sentia que podia olhar de alto a baixo os cavalos de São Marcos e os Homens das Horas[12]. Por outro lado, surpreendeu-me muitíssimo que tanto ele quanto Venchieredo, Ormenta e alguns outros empregados do antigo governo continuassem no novo, ou nos antigos cargos ou em novos postos bastante importantes e delicados. Mas como, nem com quem saiu, nem com quem entrou, eu precisava dividir a maçã, não dava tratos à bola para saber o porquê. O que me incomodava um pouco era que muitos dos meus amigos, de Lucilio, de Amilcare, alguns dos conhecidos de Spiro Apostulos, e meu próprio cunhado, me tratassem, às vezes, com alguma

12 As duas grandes estátuas em bronze que batem as horas na Torre do Relógio, na Piazza San Marco.

frieza. Eu não acreditava ter desmerecido a amizade deles, por isso não me dignava nem mesmo a me lamentar, mas comentei com Aglaura e ela se esquivou dizendo que seu marido estava sempre com a cabeça nos negócios, e não podia se preocupar com festas e cerimônias.

Um dia, me aconteceu de ver na praça uma cara que eu nunca encontrara sem algum aborrecimento, quer dizer, o capitão Minato. Tentei escapar dele, mas fui impedido por um "oh!" distante, de surpresa e de prazer, e achei conveniente engolir em santa paz uma falação infinita de bobagens corsas.

– A propósito! – disse ele. – Passei por Milão e me congratulo com você. Você também passou por lá a tempo de herdar as minhas belezas.

– De que beleza você está falando?

– Caramba, não é uma beleza a condessinha Migliana?... Quando eu a trouxe de Roma a Ancona, achei-a um pouco decaída, mas mesmo assim ainda é uma bela mulher.

– O quê?... A condessa Migliana é...?

– É a amiga de Emilio Tornoni, é o meu tesouro de noventa e seis! Quantos anos se passaram!

– É impossível! Você está brincando comigo!... A sua aventureira não se chamava assim e não tinha a fortuna nem o trânsito no mundo da condessa Migliana!

– Oh, quanto aos nomes, garanto que a condessa não usou nenhum por mais de um mês! Foi um delicado respeito por cada um dos seus amantes. Quanto à riqueza, você deve saber que ela recebeu uma herança há poucos anos. De resto, o mundo é astuto demais para negar a entrada àqueles que sabem como pagar bem. Você viu o tipo gente que rodeia, pelo menos nas horas diplomáticas, a senhora condessa, pois bem, foram eles que ao preço de um pouco de verniz e de algumas esmolas para as causas pias consentiram em colocar um véu no passado e receber a ovelha perdida no grande seio da aristocracia... como a chamam em Milão?... aristocracia *dos biscoitinhos*!...[13]

– E então... – eu disse.

– E então você quer dizer que, sendo mordomo na casa dela... não sei se me explico... nunca houve uma ovelha tão fiel ao ovil que não se perdesse de vez em quando em algum pasto solitário, em algum divertimento lascivo e...

13 Referência às *damm del bescottin* [damas dos biscoitinhos], satirizadas pelo poeta dialetal Carlo Porta (1775-1821) como símbolo de uma aristocracia religiosa e reacionária, hipocritamente dedicada às obras de caridade. Segundo Cherubini: "Entre as obras de caridade, às quais se dedicam muitas nobres de nossa cidade, há aquela de visitar os enfermos no Hospital Maior. [...] Em tais ocasiões levam biscoitinhos feitos por elas... daí o apelido".

– Senhor, ninguém lhe dá o direito de mutilar a honra de uma dama, nem...

– Senhor, ninguém lhe dá o direito de impedir que eu repita o que todos dizem.

– O senhor vem de Milão, mas aqui em Veneza...

– Aqui em Veneza, senhor, talvez se fale mais do que em Milão!...

– Como?... Espero que seja uma invenção sua!

– A notícia veio, pelo que se diz, pelo conselheiro Ormenta, o qual considerou seus amores como uma oportuna conversão à causa da Santa Fé.

– O conselheiro Ormenta?

– Sim, sim, o conselheiro Ormenta! Não o conhece?

– Infelizmente o conheço! – E comecei a pensar por que, depois de ter me esquecido a ponto de não me reconhecer mais, tivesse se dado o trabalho de semear esses falatórios desagradáveis. E não me passou pela cabeça que ele, por sua vez, achasse que eu não podia reconhecê-lo, e que meu nome dito algumas vezes pela condessa tivesse feito com que ele me reconhecesse. Pessoas como ele só querem espalhar desconfiança e discórdia, essa é a causa do seu maldoso falatório. E quanto ao resto, eu não queria saber mais nada, todavia, persuadido de que Minato tivesse me prestado um bom serviço abrindo-me os olhos para aquela patifaria, me separei dele com menos prazer do que o habitual e voltei para a Pisana para remoer menos amargamente a minha raiva.

Naquele dia, encontrei junto a ela uma visita inesperada: Raimondo Venchieredo. Depois do que tínhamos falado dele, depois das intenções que eu supunha que ele tivesse com a Pisana, depois das tramas que lhe urdira por meio de Doretta e de Rosa, espantei-me muitíssimo em encontrá-la em tal companhia. Além disso, sabendo da inimizade entre mim e Raimondo, ela devia, até por respeito a mim, mantê-lo longe. O espertalhão, porém, não achou conveniente me incomodar por muito tempo, e escapou com uma profunda reverência, que equivalia a uma bela impertinência. Quando ele saiu, nós discutimos.

– Por que você recebe esse tipo de gente?

– Recebo quem eu quiser!

– Não senhora, você não deve!

– Vamos ver quem pode mandar em mim!

– Não se manda, se pede!

– Só pede quem tem o direito.

– Parece-me que conquistei esse direito com muitos anos de penitência!

– Penitência tola!

– O que você quer dizer?

– Não sei, e chega!

Continuamos um tempinho com aquelas altercações em monossílabos que parecem pancadas e respostas em mordidas e unhadas, mas não consegui tirar daquela boca uma palavra mais.

Saí furioso, mas com todo o meu furor, ao voltar encontrei-a mais fria e emburrada do que antes. Não apenas não quis se abrir melhor, mas evitava qualquer conversa que pudesse levar a uma declaração, e não queria nem ouvir falar de amor como se fosse um sacrilégio. Três ou quatro vezes foi ainda pior, cheguei a encontrar Raimondo em sua saleta de trabalho brincando familiarmente com a cachorrinha. E a cachorrinha começou a latir para mim! Uma vez, suportei, mas na segunda perdi realmente a cabeça; ao comportamento altivo e zombeteiro de Raimondo percebi a tempo a bestialidade, e desci correndo as escadas perseguido pelos latidos daquela cachorrinha magrela. Oh, esses animaizinhos são bárbaros e sinceros! Fazem e desfazem declarações de amor certeiras em nome dos donos. Mas eu estava tão endemoniado que faria um embrulho da cachorrinha e da dona para jogar na laguna. Vocês dizem que me gabo de uma natureza gentil e resignada! Não sei o que teria feito no meu caso um cérebro quente e impetuoso.

De tudo isso, o único ponto que não parecia obscuro era a perfídia da Pisana para comigo, e o seu entusiasmo por Raimondo Venchieredo. Eu não podia dizer com certeza que ele fosse a causa da minha desventura, mas gostava de acreditar, para poder descarregar em alguém o ódio que sentia ferver dentro de mim. Para levar ao máximo o meu delírio, recebi naqueles dias uma carta de Lucilio tão gelada, tão enigmática, que por pouco não a rasguei. Será que todos os meus amigos e inimigos tinham combinado me levar ao extremo da humilhação e do desespero?... Aquele golpe que vinha de Lucilio, do amigo cuja opinião eu colocava acima de tudo, daquele que até então regrara a minha consciência, me mantivera aquela constância e aquela solidez que às vezes me faltavam; esse golpe, digo, tirou de mim até o discernimento de minha desgraça. O que eu não fizera e o que não faria para conservar a estima de Lucilio?... E sem me dizer por que nem como, sem me perguntar, sem me dar chance de desculpas, ele parecia tê-la tirado de mim. Quais horrendos crimes teriam sido os meus?... Qual era o perjúrio, a baixeza, o assassinato que merecera tal sentença?... Eu não tinha a mente ordenada para descobrir. Atormentava-me, sofria, chorava de raiva, de dor, de humilhação; a vergonha me fazia manter curva a fronte sobre o peito; aquela vergonha que eu sabia não ter merecido. Mas são assim os temperamentos muito sensíveis como o meu, que sentem como culpa a mancha injusta dela. Eu nunca tive o descaramento da virtude.

Naqueles momentos, os consolos de Aglaura espalharam sobre minhas dores uma doçura inexprimível; pela primeira vez percebi quanto bem se encerra nos afetos calmos e devotos que não se afastam de nós por falta de mérito ou por mudança de opinião. A minha boa irmã e seus filhinhos me sorriam sempre, por mais que a sociedade se mostrasse bárbara e inimiga para mim. Eles, sem falar, me defendiam de Spiro, já que ele não podia olhar feio para quem recebia carícias e contínuos beijos da esposa, dos filhos, de seu sangue.

O quanto a confiança dos meus antigos companheiros se afastava de mim, o mesmo tanto vinha ao meu encontro mil finezas do advogado Ormenta, de seu filho, do velho Venchieredo, do padre Pendola e de seus consortes. O bom padre tornara-se diretor espiritual no retiro de convertidas do qual o doutorzinho Ormenta cuidava da economia, e toda vez que me encontravam eram cumprimentos, saudações e sorrisos que me enojavam porque pareciam dizer: "Você voltou aos nossos! Bravo! Agradecemos!". Eu me dava o que fazer, esperneando para me salvar daqueles salamaleques, mas todos viam e me consideravam suspeito; as calúnias surgiam, e não havia meio de eu me desembaraçar delas como em areia movediça, em que uma vez afundados, por mais que se faça, se afunda sempre mais. Confesso que estava para me dar por vencido, assim como nunca me desesperei contra inimigos certos e desgraças concretas, nunca pude suportar uma emboscada oculta e as turvas agonias de uma armadilha misteriosa. Estava para me fechar numa vida morta, naquele estado vegetativo que antecede de alguns anos o esfacelamento do corpo depois de ter sufocado as esperanças da alma; não via mais nada ao meu redor que valesse a pena de um dia medido em soluços e suspiros; eu não era necessário e bom para nada; por que então pensar nos outros para sentir pior que nunca a minha mágoa?... Se eu não pensava em me matar, me abatia voluntário, e me deixava esmagar pelo peso que me caía em cima. Não tinha o furor, mas o cansaço do suicida.

Caídos em tanto abatimento, as carícias dos outros homens por mais malignas e interessadas que sejam nos encontram muitas vezes frágeis e crédulos. Quase nos deleitamos em dizer aos bons: "Vejam que os maus são melhores do que vocês!". Vingança infantil que transforma em nosso sofrimento perpétuo a alegria pueril de um momento. Os Ormenta, pai e filho, redobraram os cuidados e cortesias para comigo, o que talvez quisesse dizer que eu tivesse algum valor para eles ou que a seita estivesse tão empobrecida que não se calculava esforço ou despesa para ganhar um neófito. Rodeavam-me com seus aliciadores, mediadores e intermediários; fiquei inabalável. Nulo sim, mas não para eles. Morria pela injustiça de meus amigos, mas nunca consentiria virar contra eles a ponta de um dedo; por trás daqueles amigos enganados e injustos estava a justiça eterna que nunca falta, que nunca engana nem é enganada.

Esse pensamento de resistência fervilhando dentro de mim me devolveu uma sombra de coragem e um fio de força. Olhei para trás para ver se realmente o abandono de todos, a perfídia do amor e a falta de amizade me deixavam tão nulo e impotente como pensava. Então voltaram à minha memória, como num clarão, todos os prazeres ideais, todas as robustas dificuldades e as dores voluntárias da minha juventude: vi se reacender aquela tocha de fé que me guiara a salvo por muitos anos para um fim distante, sim, mas justo e inevitável; vi uma trilha semeada de espinhos, mas confortada pelos esplendores do céu e pela brisa consoladora das esperanças, que atravessava aérea e direta como um raio de luz o abismo da morte e subia, subia, para se perder num sol que é o sol da inteligência e o espírito ordenador do universo. Então minha ideia se tornou entusiasmo, minha fraqueza força, minha solidão imensidão. Senti que a opinião alheia nada valia contra a couraça da minha consciência, e que somente nela se acumulava a maior soma dos castigos e das recompensas. O mundo tem milhares de olhos, de ouvidos, de línguas; só a consciência tem a virtude, a coragem, a fé.

Levantei-me realmente homem. E da rocha inexpugnável dessa minha consciência olhei altivamente todos os que, com tanta dor, me fizeram sofrer o mudo desprezo. Pensei em Lucilio, e pela primeira vez tive coragem de lhe dizer de coração: "Profeta, você errou! Sábio, você estava errado!". Quanta confiança, quanta felicidade me veio dessa coragem, só podem saber os que sentiram as alegrias sublimes da inocência em meio à perseguição. Mais do que qualquer outra coisa, era vantajoso moderar em meu espírito a confiança naquele instinto justo e generoso que mísero, aviltado, ofegante me havia feito desprezar as lisonjas dos maus e dos impostores. O fraco que chora e se desespera ao ser levado ao patíbulo, e mesmo assim não consente em receber o perdão traindo os companheiros, ele, a meu ver, é mais admirável do que o forte que com um sorriso nos lábios se abandona nas mãos do carrasco. Tremam, mas vençam: essa é a ordem que se pode dar até aos pusilânimes; tremer é do corpo, vencer é da alma, que curva o corpo sob a vara onipotente da vontade. Tremam, mas vençam. Depois de duas vitórias não tremerão mais, e olharão sem piscar os olhos o rugido do relâmpago.

Assim o fiz. Tremi por muito tempo; ainda chorei pelos amigos que me haviam abandonado; rasguei meu peito com minhas unhas, e senti o coração bater veloz, impaciente para chegar ao fim de seus sofrimentos, me desesperei pelo meu amor que depois de mil lisonjas, depois de ter me conduzido brincalhão e célere pelos jardins floridos e pelos precipícios caprichosos da juventude, me deixava só, viúvo, desconsolado, nos primeiros passos na selva selvagem da verdadeira vida militante e dolorosa. Ai de mim, Pisana! Quantas lágrimas derramadas por você! Quantas lágrimas das quais me envergonharia como uma fraqueza feminina, mas agora me orgulho delas como de uma constância que deu à minha vida algo de grandeza e de virtude!... Você foi como a onda que vai e vem ao pé arenoso do penhasco.

Sempre esperei você firme como uma rocha, não me ressenti com os insultos, aceitei modestamente carícias e beijos. O céu dera a você a mutabilidade da lua, a mim a constância do sol, mas gira e gira toda luz se encontra, se repete, se idolatra, se confunde. O sol e a lua na última calma dos elementos repousarão eternamente reluzentes e concordes. Fantasias! Fantasias! Não foi em vão que se deram asas às andorinhas, clarão ao relâmpago, e à mente humana a sublime instantaneidade do pensamento.

Sim, chorei muito e muito sofri, mas readquiri a paz da minha consciência e a pureza da minha fé. Chorava e sofria pelos outros; em mim não sentia pecado nem culpa.

Essa, a meu ver, é uma das maiores injustiças da natureza a nosso respeito, a consciência por mais pura e tranquila que seja não tem o poder de se opor vitoriosamente à imerecidas aflições; sofremos por uma perversidade alheia como um castigo. O desconforto, as dores, a humilhação, as contínuas batalhas de uma índole dócil e sensível com um destino adverso e raivoso abalaram profundamente a minha robusta saúde. Soube ser verdadeiro que as paixões encerram os primeiros germes de muitíssimas doenças que afligem a humanidade. Os médicos diziam que era inflamação de veias ou congestão do fígado, eu bem sabia o que era, mas não queria dizer porque o mal que eu conhecia infelizmente era incurável. Eu via de longe a minha hora se aproximar lentamente, minuto a minuto, batida por batida de pulso. Meu sorriso parecia resignado como daquele que não tem mais esperanças senão eternas, e a elas entrega com a segurança da inocência a sua alma. Perdoem, ó irascíveis moralistas, vai lhes parecer que eu me tornara indulgente. Mas infelizmente eu criara para mim uma regra muito diferente da de vocês: infelizmente, conforme vocês, eu fedia a heresia; desculpem, mas tudo o que não tinha sido mal para os outros não debitava como mal para mim mesmo; e se cometera algum mal, estava arrependido e me abandonava sem medo à justiça que nunca morre e que julgará não pelas palavras de vocês, mas pelos fatos. Vocês rodearam meu leito de correntes, espectros e demônios; asseguro-lhes que não vi mais do que fantasmas benignos e velados por uma névoa azul de celeste melancolia, anjos misteriosos que tristemente me sorriam, horizontes profundos que se abriam ao espírito e nos quais sem se perder o espírito se expandia, como a nuvem que lentamente se desfaz e enche leve e brilhante todos os espaços sem fim do éter.

Eu nunca vira até então a morte tão de perto; direi melhor, não tinha tido a comodidade de contemplá-la com tanta calma. Não a achei nojenta, angustiante ou assustadora. Revejo-a agora, depois de tantos anos, mais próxima, mais certa. É ainda o mesmo vulto ofuscado por uma nuvem de melancolia e esperança; um espectro misterioso, mas piedoso; uma mãe corajosa e inexorável que murmura ao nosso ouvido as fatais palavras do último consolo. É expectativa, expiação ou repouso, mas não mais as confusas e vãs batalhas da vida. Onipotente ou cego, você pousará no seio da eterna verdade; se réu, tema, se inocente espere e adormeça. Qual foi o sono que nunca foi consolado por visões?... A vida se repete e se copia sempre. O sono de uma noite é a paz e o refrigério de um homem; a morte de um homem é um instante de sono na humanidade.

Eu me aproximava aos poucos da morte com os tristonhos confortos de Aglaura de um lado; do outro, com o arrependimento tardio de Spiro, que não podia conservar sua hostil desconfiança diante da imperturbável serenidade de um moribundo. Diante das grandes sombras do sepulcro não há iludidos nem imbecis; cada um readquire toda a lucidez necessária para reverberar num terrível clarão as culpas e as virtudes de toda a vida. Quem pousa os olhos calmos e seguros naquela noite sem fim, sente e vê em si mesmo a imagem purificada de Deus; ele não teme as recompensas nem as penas eternas, não teme os vórtices flutuantes do caos nem os abismos inefáveis do nada. Convém dizer que eu devia ter escrita na mia fronte uma muito eloquente defesa, porque Spiro, só de me olhar, se comovia até as lágrimas, porém, não tinha os nervos moles dos chorões, e as feições gregas de seu rosto eram mais compostas pela rigidez do juiz do que pela vergonha e arrependimento do culpado. Esse foi o primeiro prêmio que tive pela minha constância. Ver vencida apenas pela calma do meu rosto, pela tranquilidade da voz, pela limpidez do olhar aquela alma de fogo e de aço foi um verdadeiro triunfo. Ele não me pediu perdão e eu não o dei, mas nos entendemos sem palavras, as nossas mãos se apertaram e voltamos a ser amigos com a caução da morte.

Os médicos não falavam na minha frente, mas eu percebia, justamente pelo silêncio e pela confusão dos pareceres, que esperavam o meu pior. Eu me esforçava para usar da melhor forma esses últimos dias derramando na alma de Spiro e de minha irmã a experiência da minha vida, mostrando-lhes de que modo foram se formando meus sentimentos, e como o amor, a amizade, o amor pela virtude e pela pátria tinham irrompido confusamente, para depois se purificarem aos poucos, elevando minha alma. Via, então, mais claras as coisas dos que precederam, pode-se dizer, uma geração, e o digo sem soberba, as ideias de Azeglio e de Balbo[14] escondiam-se em germe nas minhas palavras. Aglaura chorava, Spiro balançava a cabeça, as crianças me olhavam assustadas e perguntavam à mãe porque o tio tinha a voz tão baixa, queria sempre dormir e nunca saía da cama.

– Vigiar caberá à vocês, crianças! – respondia eu sorrindo; depois, voltando-me para Spiro – Não tenha medo – continuava –, o que agora vejo, muitos verão depois, e todos por último. A concórdia dos pensamentos leva à concórdia dos feitos; a verdade nunca se põe como o sol, mas sobe sempre para o eterno meio-dia. Cada espírito vidente que se eleva, brilha com uma centena de outros espíritos com sua luz profética!

Spiro não se acalmava com esses confortos; tomava meu pulso, me observava ansiosamente nos olhos como se buscasse ali a causa última do meu mal que escapara aos médicos.

Finalmente, um dia em que estávamos sós, ele criou coragem e me disse:

– Carlo, em sã consciência, confesse para mim! Você não pode ou não quer se curar?

– Não posso, não, não posso! – exclamei.

Naquele momento, Aglaura entrou precipitadamente no quarto dizendo que uma pessoa, muito querida para mim queria me ver a qualquer custo.

– Que entre, que entre! – murmurei espantado pela alegria que sentia de repente. Eu via através das paredes, eu lia na alma daquela que vinha me ver; creio que tive medo daquele lampejo quase sobre-humano de clarividência e que temi desmaiar pelo refluir repentino de tanto ímpeto de vida.

14 Provavelmente Nievo se refere à ideia de uma confederação de Estados italianos, sustentada por Cesare Balbo no livro *Delle speranze d'Iitalia* (1844) e por Massimo d'Azeglio em *Degli ultimi casi di Romagna* (1846).

A Pisana entrou vendo e procurando só a mim. Lançou os braços em meu pescoço sem choro e sem voz; sua respiração afanosa, seus olhos vidrados saindo das órbitas me diziam tudo. Oh, há momentos em que a memória ainda sente e sentirá sempre como se fossem eternos, mas não pode examiná-los nem os descrever. Se fosse possível entrar na chama leve e aérea de um fogo que se apaga, e imaginar o que ela sente quando uma onda de espírito se derrama sobre ela e a revive, talvez fosse possível entender o milagre que então aconteceu em meu ser!... Estava sufocado pela felicidade, depois a vida explodiu efervescente daquele momentâneo torpor e senti um misto de calor e frescor percorrer salutar e voluptuoso meus nervos e veias.

A Pisana não quis mais se separar da minha cabeceira; foi essa a sua maneira de pedir perdão e obtê-lo por completo. Eu disse obter? Para isso bastara um olhar. Então entendi a verdadeira causa do meu mal, que talvez a soberba tenha mantido oculta. Me senti reviver, enganei os médicos e rejeitei suas poções insípidas. A Pisana não dormiu uma noite, não saiu um instante do meu quarto, não deixou que outra mão que não a dela tocasse meu corpo, minhas roupas, minha cama. Em três dias se tornou tão pálida e magra que parecia mais doente do que eu. Creio que para não a ver sofrer por mais tempo condensei tanta força de vontade para me curar, que abreviei a doença em algumas semanas e transformei em perfeita saúde a convalescença. Spiro e Aglaura olhavam maravilhados: a Pisana parecia não esperar menos que isso, tanta era a fé e a sinceridade de seu amor. O que eu não perdoaria a ela!?... Daquela vez foi como das outras. Os lábios calaram, mas falaram os corações: ela me devolvera a vida e a possibilidade de amá-la de novo. Declarei-me seu devedor, e a humildade e a ternura de um amor infinito me compensaram do irresponsável abandono de antes.

– Carlo – disse-me um dia a Pisana depois que me restabeleci a ponto de poder sair –, o ar de Veneza não faz bem a você, você precisa do campo. Quer fazer uma visita ao tio monsenhor de Fratta?

Não sei como não poderia aceitar um convite que tão bem interpretava os mais ardentes desejos do meu coração. Rever com a Pisana os lugares da nossa primeira felicidade seria para mim um verdadeiro paraíso. Eu tinha uma pequena sobra de dinheiro acumulado dos aluguéis da minha casa nos últimos quatro anos; o retiro no campo ajudaria minha economia; tudo concorria para tornar esse plano mais que belo, útil e salutar. Por outro lado, eu sabia que Raimondo Venchieredo ainda estava em Veneza, sabia das artimanhas baixas e malignas que ele fizera para assegurar a Pisana de meus amores com a condessa Migliana e para se aproveitar a seu favor de um momento de rancor. Eu perdoara a Pisana, mas ele não; nem estava certo de não ter um ímpeto de furor se o encontrasse. Por dois dias ainda a Pisana não falou em partir, mas a via ocupada com outras coisas, e me parecia que se dispusesse a uma longa ausência. Finalmente veio à minha casa com seu baú e me disse:

– Primo, estou pronta. Meu marido não melhorou, mas a doença dele retomou um andamento regular; os médicos dizem que assim ainda pode durar muitos anos. Minha irmã, que amanhã sai do convento...

– Como? – exclamei. – Clara vai deixar de ser freira?

– Você não sabe? O convento foi fechado, deram-lhe uma pensão, e ela vai sair amanhã. É claro que ela não tem a mínima ideia de romper seus votos, e vai jejuar as suas três quaresmas ao ano. Mas ela consentiu em ser a enfermeira de meu marido, eu o convenci de que o tio monsenhor precisava de mim, e minha mãe, que lucrará com a minha partida, apoia com todas as forças esse projeto.

– Que lucro terá sua mãe com essa viagem?

– O lucro é que cedi a ela definitivamente não só o usufruto, mas a propriedade do meu dote!...

– Que loucura! E para você, o que fica?

– Para mim ficam duas liras ao dia que meu marido quer me dar a qualquer custo, apesar da exiguidade de sua fortuna, e com isso, no campo, posso viver como uma grande senhora.

– Desculpe, Pisana, mas o sacrifício que você fez por sua mãe me parece não só imprudente, mas inútil. Que vantagem ela terá em ter a propriedade além do usufruto do dote?

– Que vantagem? Não sei, mas provavelmente a vantagem de poder comer. Além disso, eu não queria fazer essas contas. Minha mãe me mostrou suas más condições, sua velhice que vem pedindo sempre novas comodidades, novas despesas, as dívidas que a molestam; enfim, eu vi também as necessidades de suas pequenas paixões e não queria que, para jogar duas partidas de *tressette*, ela fosse obrigada a vender o colchão. Então respondi a ela: "Se a senhora quer assim... Assim seja! Mas me deixe partir porque preciso de ar fresco e rever os nossos campos". "Vai, vai, e que o céu a abençoe, minha filha", acrescentou minha mãe. Creio que ela se alegrou ao ver que estou prestes a partir, porque minhas sugestões não iriam convencer Rinaldo a comprar de vez em quando um chapéu novo ou um vestido menos indecente, e assim sobrariam para ela algumas moedas a mais. Então fui ao cartório, redigiu-se e assinei o documento de cessão. Na hora de entregá-lo à minha mãe, você não pode imaginar o favor que pedi a ela em contrapartida.

– O quê? Você pediu o direito eventual à herança de Navagero, ou a cessão de seus créditos no patrimônio de Fratta?

– Nada disso, Carlo. Há algum tempo eu estava intrigada com uma indiscreta curiosidade que me colocou na cabeça, você se lembra, aquela fofoqueira da Faustina. Então pedi para minha mãe que sinceramente, com mão no coração, me confessasse se eu não era filha do monsenhor de Sant'Andrea!...

– Eh, vá lá! Maluquinha!... O que respondeu a Condessa?

– O mesmo que você. Me chamou de mal-educada, de maluquinha e não quis dizer mais nada. Ah, Carlo! Dos meus oito mil ducados não tirei uma migalha, nem para satisfazer a minha curiosidade!

Esse incidente pode lhes dar uma ideia não só da índole e da educação da Pisana, mas também até certo ponto dos costumes venezianos do século passado. No mesmo instante em que uma filha, com sublime sacrifício, tirava o pão da boca, se desfazia do seu último bem para contentar os pequenos vícios da mãe, pedia em compensação de tanto benefício uma cínica confissão e a satisfação de uma curiosidade tanto inútil quanto escandalosa. Não acrescento mais. Mas basta uma janelinha aberta para iluminar um quadro.

– Então, para você – acrescentei –, só restam agora duas magras liras por dia concedidas pela mísera generosidade do cavalheiro Navagero, de modo que uma virada de humor desse velho louco pode até colocar você no asilo dos pobres!!...

– Ora, vamos! – disse a Pisana. – Sou jovem e robusta, posso trabalhar, e depois, vou estar com você, e você pode muito bem me manter.

Uma acomodação desse tipo encaixava-se com o modo de pensar da Pisana e me era bem conveniente: eu só precisava de algum trabalho para aumentar um pouco as minhas pouquíssimas entradas, até que a almejada morte de Navagero oferecesse comodidade para pensar num estabelecimento definitivo. Pelo momento deixei de lado essa ideia; o importante era partir logo, para que minha saúde terminasse de se firmar. Eu tinha no bolso uma centena de ducados, a Pisana quis a todo custo me entregar mais duzentos que ela conseguira com algumas joias, e com essa grande soma nos preparamos alegremente para a partida.

Antes de deixar Veneza, tive a sorte de rever pela última vez o velho Apostulos que voltara da Grécia; ele estava envolvido nas maquinações pela libertação de sua pátria mediante o patrocínio dos assim chamados Fanariotas[15] ou Gregos de Constantinopla e fazia uma grande correria de lá para cá sob o pretexto do comércio. Spiro, que simpatizava com o partido mais jovem, que depois subjugou todos os outros e fomentou a última guerra da independência, obedecia relutantemente a seu pai nessas conspirações sem grandeza, em que buscava tirar proveito a ambição gananciosa de algum príncipe semiturco, e por isso tratavam-se com alguma frieza. O velho Apostulos deu-me boas notícias do meu Grão-Vizir: ele tinha sido estrangulado, segundo o comodíssimo sistema usado então pela Porta Otomana, ao invés do sistema europeu, mil vezes mais dispendioso, das aposentadorias. Mas o sucessor reconhecia a validade dos meus títulos; apenas, como o crédito era de sete milhões de piastras e o tesouro de Sua Alteza não estava muito provido no momento, queria adiar por alguns anos o pagamento. Assim, milionários de esperanças, e com trezentos ducados no bolso, eu e a Pisana pegamos o barco para Portogruaro, e chegamos no segundo dia, após percursos muito acidentados, perdendo muito tempo na troca de cavalos e encalhando nas benditas margens do Lemene.

A viagem foi longa, mas alegre. A Pisana tinha, se não me engano, vinte e oito anos, demonstrava vinte, no coração e no cérebro não mais do que quinze. Eu, veterano da guerra partenopeia e ex-intendente de Bolonha, à medida em que me aproximava do Friuli, voltava a ser menino. Creio que ao desembarcar em Portogruaro tive vontade de fazer cabriolas, como fizera muitas vezes no jardim dos Frumier, quando ainda tinha dentes de leite. No entanto, nossa alegria foi misturada com alguma tristeza. Nossos velhos conhecidos estavam quase todos mortos; dos jovens e contemporâneos, uns aqui outros lá, restavam pouquíssimos. Fulgenzio, decrépito e caduco, tinha medo de seus filhos, caíra nas mãos de uma criada astuta e avara que o tiranizava, e sabia como tirar proveito de sua sovinice para amealhar um capital. O doutor Domenico bufava, mas com toda sua autoridade não conseguia libertar seu pai das unhas daquela bruxa. Dom Girolamo, professor no Seminário, e brilhante exemplar do partido dos sossegados, levava as coisas com filosofia. Segundo ele, era preciso esperar pacientemente que o Senhor tocasse o coração de seu pai, mas o doutor, que tinha muita urgência de tocar a bolsa dele, não estava de acordo com o irmão padre. Fulgenzio saiu deste mundo poucos dias depois do

15 Os fanariotas eram um grupo de famílias gregas proeminentes que residiam no bairro de Fanar, em Constantinopla, onde se localiza o Patriarcado Ecumênico. Os fanariotas dominaram a administração do Patriarcado e intervieram frequentemente na eleição dos prelados, incluindo o Patriarca Ecumênico.

nosso retorno ao Friuli; sua morte foi acompanhada por um delírio assustador, sentia sua alma ser arrancada do corpo por demônios, e pelo medo apertava tanto a mão da criada que ela esteve para dar um chute na herança e entregá-lo ao coveiro. Todavia, a avareza a fez ficar firme, e tanto que depois que o patrão morreu foi preciso soltar à força seu braço das unhas raivosas dele. Aberto o testamento, ela recebeu uma bela soma de dinheiro além daquele que havia roubado. Seguiam-se muitos legados para missas e para doações a igrejas e conventos, por último, coroava a obra uma soma imponente deixada para a construção de um suntuoso campanário próximo à igreja de Fratta.

Com isso ele acreditou que havia dado a última demão de limpeza em sua consciência e acertado suas contas com a justiça de Deus. De restituições à família de Fratta nem se falava; os miseráveis herdeiros dos antigos castelões deviam ficar bem felizes em se deliciar com a contemplação do novo campanário. Dom Girolamo se contentava com sua quota da herança que não era tão pequena depois de tanta distribuição de legados, mas o doutor se rebelou com causas e sofismas. O testamento ficou inexpugnável. Cada um teve o seu, e se começou a juntar pedras e cal no terraço de Fratta para dar a devida forma de campanário à póstuma beneficência do defunto sacristão.

Outra notícia estranhíssima nos deram em Portogruaro: o casamento, pouco tempo antes, do capitão Sandracca com a viúva do boticário de Fossalta, que passara a morar com ele com seu pecúlio de oitocentas liras. O Capitão, molestado pela promessa de celibato feita à defunta senhora Veronica, mas ainda mais pela miséria que o oprimia, ajeitara tudo inventando uma historinha que pretendia contar à primeira esposa caso se encontrassem no outro mundo. Iria demonstrar que não era válida e não obrigava em nada um pobre homem aquela promessa extraída em momentos de verdadeiro desespero, e que, em qualquer caso, a piedade do marido devia valer mais do que um capricho de ciúmes póstumos. Iria garantir que o coração dele permanecia sempre pleno dela, e que da *boticária* só amava, no fundo, as oitocentas liras. Com isso, imaginava que, comovendo a senhora Veronica, e convencendo-a de sua razoabilidade, ela não lhe faria cara feia por uma infidelidade aparente. De resto, casando-se com uma solteirona o mal teria sido irremediável, mas com uma viúva as coisas se acomodavam muito facilmente. Ela voltava ao primeiro marido, ele à primeira esposa, e não teriam mais nenhum aborrecimento *per omnia saecula saeculorum.* – O senhor Capitão devorava saborosamente as oitocentas liras com a bem fundamentada esperança de um gracioso perdão.

No entanto, havíamos chegado à arruinada capital da antiga jurisdição de Fratta. Só de vê-la de longe nosso coração se apertou de compaixão. Parecia um castelo recém saqueado por algum bando endiabrado de turcos e habitado somente pelos ventos e por algumas malfadadas corujas. O capitão Sandracca nos reviu com muita relutância; não entendia bem se vínhamos trazer ou levar. Monsenhor Orlando, ao contrário, nos recebeu tão tranquilo e sereno como se estivéssemos voltando de um passeio de uma hora. Sua nobre papada tinha redobrado, caminhava arrastando as pernas, e elogiando muito a sua saúde, se não tivesse sido aquele maldito siroco[16] que lhe acabava com os joelhos. Era o siroco dos oitenta anos, que agora eu também sinto e que sopra do Natal à Páscoa e da Páscoa ao Natal com uma insistência que zomba dos almanaques.

Enquanto a Pisana, calma e despreocupada, fazia festa ao tio, e se divertia inquietando-o sobre a duração do seu siroco, eu consegui, aos poucos, rever os antigos aposentos do castelo. Ainda me lembro que a noite vinha chegando e que a cada porta, a cada curva dos corredores, eu imaginava ver diante de mim a negra aparição do senhor Conde e do Chanceler, ou o rosto aberto e rubicundo de Martino. Mas as andorinhas entravam e saíam pelas janelas trazendo as primeiras palhas e as primeiras porções de lodo para seus ninhos; os morcegos me acenavam com suas asas pesadas e inseguras; no quarto de casal dos antigos patrões pipilava um mocho zombeteiro. Eu ia vagando aqui e ali, deixando-me guiar pelas pernas e as pernas fiéis ao antigo hábito me levaram ao meu catre ao lado dos aposentos dos frades. Não sei como cheguei ali são e salvo por aqueles sótãos danificados e estragados, em meio àqueles longos corredores em que as vigas e escombros que caíram do celeiro impediam a cada passo a passagem e preparavam armadilhas muito confortáveis para se cair nos andares inferiores. Uma andorinha fizera seu ninho justamente naquela trave que Martino usava para dependurar o raminho de oliveira no domingo de ramos. À paz sucedera-se a inocência. Lembrei-me do livrinho encontrado anos antes naquele quarto, e que em meu coração desesperado recolocara a resignação da vida e a consciência do dever. Lembrei-me daquela noite ainda mais distante quando a Pisana subira para me encontrar e pela primeira vez desafiara por mim as broncas e os tapas da Condessa. Oh, aquele cacho de cabelos, eu o tinha sempre comigo! Eu havia previsto nele quase o compêndio simbólico do meu amor; as previsões não me enganaram. O prazer misto de pranto, a alternância de humilhação e beatitude, de servidão e dominação, as contradições e os extremos não

16 Ver cap. XVII, nota 24.

faltaram à promessa: enovelavam-se confusamente em meu destino. Quantas dores, quantas alegrias, quantas esperanças, quanta vida desde aquele dia!... E quem sabe quantas outras aflições, e quantas outras venturas me esperavam antes que eu voltasse a colocar os pés naquele pavimento arruinado e empoeirado!... Quem sabe se a mão dos homens ou o furor das intempéries não teriam terminado a obra de vandalismo de Fulgenzio e dos outros ávidos devastadores daquela antiga morada!... Quem sabe se um futuro dono não levantaria aqueles muros caídos, pintaria aquelas paredes e rasparia de cima delas aquele aspecto de velhice que falava com tanto afeto, com tanta força ao meu coração!! Esse é o destino dos homens, esse é o destino das coisas: sob uma aparência de jovialidade e saúde muitas vezes esconde-se a aridez da alma e a morte do coração.

Voltei para baixo com os olhos vermelhos e a mente alucinada por estranhos fantasmas, mas as risadas da Pisana e o rosto sereno e redondo do Monsenhor me desenevoaram, senão outro, a fronte. Eu esperava a qualquer momento que me perguntasse se eu tinha aprendido a segunda parte do *Confiteor*. Mas o bom canônico se lamentava que as homenagens já não eram mais tão abundantes como antes, e que os colonos em vez de lhe trazer um bom capão, como deveria ser, só davam pintinhos e galetos tão magros que escapavam pelos buracos da gaiola.

– E dizem que são capões – acrescentava suspirando –, mas se acordo de noite, ouço seu canto que degrada o acusador de são Pedro[17]!...

Dali a pouco entrou o senhor Sandracca com o Capelão, envelhecidos, meu Deus, parecendo sombras do que tinham sido; também entrou a senhora Veneranda, a mãe de Donato, recentemente casada com o Capitão. Ela podia competir com o Monsenhor em obesidade, e não parecia que as oitocentas liras do dote seriam o suficiente para alimentá-la. É verdade que os gordos às vezes comem mais parcamente do que os magros. Ela colocou sobre a tábua de carne uma fatia de toucinho e seis ovos, que deveriam se converter em fritada e compor uma ceia. Depois nos disse, com a boca um pouco apertada, para fazermos duas camas, mas nós já sabíamos das comodidades do castelo, e também que se ficássemos os dois noivinhos teriam que ir dormir com as galinhas. Tivemos compaixão deles e dos seis ovos, e subimos na caleça para ir pedir hospitalidade a Bruto Provedoni, como combináramos antes de partir de Portogruaro.

---

17 Alusão ao episódio do Novo Testamento da negação de Cristo por Pedro (Mateus, 26,75; Marcos, 14,68; Lucas, 22, 60; João, 18,27).

Nem é preciso lhes dizer da festiva acolhida de Bruto e de Aquilina, nem a admirável cordialidade com a qual aqueles dois fizeram nossa toda a casa. Tudo já estava combinado por carta; encontramos dois quartinhos à nossa disposição, pelos quais pagaríamos uma soma modestíssima. Não era um negócio; era juntar nossas pequenas forças para nos defendermos contra as necessidades que nos cercavam por todos os lados. Aquilina pulava de prazer como uma louquinha; por mais que a Pisana quisesse ajudá-la nos primeiros dias nas tarefas de casa, tudo estava sempre pronto e em ordem. Bruto saía de manhã para suas aulas, voltava na hora do almoço e nos entretínhamos tanto até à noite trabalhando, rindo, lendo, passeando, que as horas voavam como borboletas nas asas de uma brisa de primavera. Tinha esquecido de lhes dizer que em Pádua, durante a minha convivência com Amilcare, eu havia aprendido a martelar a espineta[18]. O meu apuradíssimo ouvido me fez adquirir alguma habilidade como afinador, e em Cordovado me serviu bastante essa arte aprendida e deixada de lado, como diz o provérbio. Bruto espalhou nas redondezas que eu era o diapasão mais afinado que se poderia encontrar; alguns párocos me chamaram para afinar o órgão, e ajudado pelo ferreiro e pelo meu descaramento me saí com alguma honra. Então minha fama alçou voo por todo o distrito, e não houve órgão, cravo ou viola que não devesse ser atormentada pelas minhas mãos para tocar como devia. O meu cargo de chanceler me tornara popular por um tempo, e meu nome não foi esquecido. No campo, quem é um bom chanceler não deixa de ser considerado um bom afinador e, no fim das contas, de tanto cortar, esticar e torturar cordas, creio que consegui alguma coisa.

Finalmente, cheguei ao ápice da minha glória apresentando-me como organista em algumas festas religiosas. No início, me irritava amiúde com os inexoráveis cantores do *Kyrie* ou do *Gloria*, mas depois aprendi a manobra, e fiquei contente ao vê-los cantar a plenos pulmões sem se virar piedosamente de vez em quando para interrogar e reprovar com os olhos o caprichoso organista. De mordomo me fiz organista, e guardem bem isso, pois a genealogia das minhas profissões não é das mais comuns. Mas posso lhes assegurar que me esforçava para ganhar meu pão, e à noite, Bruto, o professor de caligrafia, Pisana, a modista e costureira, Aquilina, a cozinheira e eu, Carlino organista, representávamos brilhantes e engraçadas comédias. Brincávamos uns com os outros, entretanto éramos felizes, e a felicidade e a paz deram-me três vezes mais saúde do que antes.

---

18 Instrumento musical de cordas, dotado de teclado, da família dos cravos.

Às vezes eu ia à Fratta e levava o senhor Capitão e seu cão para caçar. O Capitão não queria sair da pequena área pantanosa que parecia ter sido alugada por ele, e nas quais os patos e as galinhas tomavam o cuidado de não pisar. O cão tinha o vício de farejar demais o ar e olhar as plantas; parecia procurar pêssegos e não a caça, mas de tanto gritar ensinei-o a olhar no chão, e se numa manhã não peguei as vinte e quatro galinholas do avô de Leopardo, era frequente eu colocar no saco uma dúzia. Cinco eu dava ao Capitão e ao Monsenhor, as outras ficavam para nós, e o espeto girava, e eu era tentado muitas vezes a fazer as vezes do assador, mas depois me lembrava de ter sido intendente e me fazia de importante.

Os nossos anfitriões entravam em meu coração cada dia mais. Bruto tornara-se, pode-se dizer, meu irmão, e Aquilina, não sei se minha irmã ou filha. A pobrezinha me queria um bem enorme, me seguia por tudo, não fazia nada sem saber antes se me agradava. Via, pode-se dizer, com os meus olhos, ouvia com os meus ouvidos, pensava com a minha mente. Eu tentava retribuir tanto afeto sendo-lhe útil, ensinava-lhe um pouco de francês nas horas de folga, e a escrever corretamente em italiano. Entre professor e aluna às vezes aconteciam as mais engraçadas pelejas, nas quais se intrometiam em graciosas escaramuças a Pisana e Bruto. Passei a sentir tanto amor por aquela menina que sentia crescer na minha cabeça, por ela, o galo da paternidade, e não tinha outro pensamento fixo a não ser casá-la bem, encontrar para ela um bom e valoroso jovem que a fizesse feliz. Discutíamos muito sobre isso entre nós quando ela estava ocupada com as coisas da casa, mas ela não parecia muito disposta a apoiar nossas idéias; bonitinha como era, com aquele seu comportamento um pouco estranho e um pouco indócil, apesar de boa e ajuizada como um cordeirinho, não lhe faltavam adoradores. Mas ela se mostrava bastante esquiva; e na fonte ou no adro da igreja ficava mais à vontade conosco do que com o bando de moças e rapazes.

A Pisana a encorajava a se divertir e se distrair, mas depois, desgostosa ao ver o belo rostinho de Aquilina se fechar a esses seus incentivos, tomava-a nos braços e a cobria de carícias e de beijos. Eram mais do que duas irmãs. A Pisana a amava tanto que eu sentia ciúme; se Aquilina a chamava, ela se separava de mim e corria até ela, era até capaz de me fazer cara feia se eu ousasse detê-la. Eu não entendia o que era essa nova estranheza, mas talvez tenha visto logo depois, até onde se pode ver claro num temperamento tão misterioso e confuso como o da Pisana.

Depois de alguns meses dessa vida simples, laboriosa e tranquila, os negócios da família de Fratta me chamaram a Veneza. Tratava-se de obter do conde Rinaldo a possibilidade de vender algumas terras infrutíferas em Caorle, nas quais estava interessado um rico senhor daquela região, que tentava uma vasta benfeitoria. Mas o Conde, mais desleixado e despretensioso do que o normal, mostrava-se muito relutante com a venda e não queria concordar por mais evidentes que fossem as vantagens. Ele era um daqueles espíritos indolentes e fantasiosos que transformam em sonhos, em planos, qualquer atividade, e apoiam suas esperanças em castelos no ar para se eximir de construir em terra algo de firme. No cultivo futuro daquelas profundezas pantanosas, ele sonhava com a recuperação de sua família e não queria por nenhum ouro do mundo fraudar sua imaginação. Chegando a Veneza, encontrei as coisas muito mudadas.

As extraordinárias expulsões pelas incorporações ao Reino Itálico aos poucos haviam dado lugar a um critério mais sereno do bem que elas traziam ao país. A França pesava como qualquer outra dominação, talvez as formas fossem menos absolutas, mas a substância permanecia a mesma. Leis, vontades, movimentos, tudo vinha de Paris como hoje em dia os chapeuzinhos e as mantilhas das senhoras. Os recrutamentos enfraqueciam literalmente o povo; as taxas, os impostos, exauriam a riqueza; a atividade material não compensava o país da estagnação moral que entorpecia as mentes. Os antigos nobres governantes, ou prostrados na inércia, ou refugiados nos postos mais ínfimos da administração pública; os cidadãos, classe nova e ainda não coesa, ineptos por falta de educação para tratar dos negócios. O comércio debilitado, o nenhum cuidado com os armamentos navais, reduziam Veneza a uma cidadezinha de província. A miséria, a humilhação, transpiravam por todos os lados, por mais que o Vice-rei[19] se esforçasse para cobrir tudo com o luxo glorioso do manto imperial. Os Ormenta, os Venchieredo ainda estavam no governo, não se podia expulsá-los porque eram os únicos que sabiam o que fazer, além disso, colocando-se acima deles outros dignitários franceses e forasteiros, ferira-se o orgulho municipal sem endireitar o andamento oblíquo e obscuro da coisa pública. Em Milão, onde bem ou mal haviam escapado de uma república, o espírito público ainda efervescia. Em Veneza, a conquista sucedia à conquista, os servidores sucediam aos servidores com a venal indiferença de quem busca o interesse do patrão que paga.

---

19 Eugenio Beauharnais, enteado de Napoleão, vice-rei do Reino Itálico.

Eu fiquei um pouco desconfiado daqueles sinais de indolência e desleixo: vi que Lucilio não errara tanto em fugir para Londres, aliás, o bom senso público o apoiava. Mas por mais que eu tivesse tentado me corresponder com ele, ele não se dignava mais a responder às minhas cartas. Eu me cansei de bater onde não queriam me abrir, e me contentei em receber notícias dele indiretamente, ou por algum conhecido de Portogruaro, ou pelo que se dizia na praça. Dizia-se que era médico de grande fama em Londres, e acreditadíssimo junto às principais famílias daquela aristocracia. Esperava, na Inglaterra, a expulsão do tirano Bonaparte da França e a reconstituição da Itália: as ideias imparciais e moderadas não duraram muito tempo, o anseio de fazer e desfazer o tirara do caminho novamente. Entretanto, não me demorei em Veneza mais do que um mês, esperando sempre obter do conde Rinaldo a ansiada procuração, mas só consegui tirar dele a permissão para vender alguns pedaços separados daqueles brejos, o resto ele queria preservar para a futura redenção da família. Assim, conseguiu-se com aquelas vendas poucos milhares de liras, que serviram apenas para cobrir algumas apostas maiores do tabuleiro de jogo da velha Condessa. É verdade que a morte rouba os melhores e deixa os outros; ela, que era a ruína da casa, não demonstrava querer ir embora, e o incômodo marido Navagero também se obstinava em não querer deixar a esposa viúva.

Eu esperava levar Aglaura e algum dos seus meninos comigo ao Friuli, mas a morte da sogra a reteve em família: verdadeira desgraça, até porque o ar do campo lhe faria bem para certos incômodos que começava a sofrer. Spiro, robusto como um camponês, não queria acreditar na fragilidade da esposa, mas o fato é que não se cuidar com alguma distração, com alguma viagem, faz a saúde ficar cada vez mais fraca, e Spiro só percebeu isso quando não havia mais tempo para remediar. Ele lhe dizia que, se ela quisesse, poderia ir à Grécia com o pai dele na primeira oportunidade, mas a terna mãe não queria submeter as crianças, também frágeis, a viagens longas e perigosas. Respondia sorrindo que ficaria em Veneza, e que se o ar nativo não recuperava sua saúde, nenhum outro ar teria essa virtude. Eu repreendia Spiro por ser muito comerciante, por se importar apenas com as provisões das letras de câmbio e os preços sempre crescentes do café para os cruzeiros ingleses. Ele sacudia a cabeça sem responder nada, e eu não entendia o que queria dizer com esse gesto misterioso.

Fato é que me coube voltar sozinho ao Friuli, e os divertimentos, os passeios, os belos dias de paz no campo, imaginados junto com Aglaura e suas crianças, permaneceram uma das tantas esperanças que me apressarei a realizar no outro mundo.

Em Cordovado, encontrei mais aumentada do que nunca a amizade, a familiaridade, e diria mais se existisse uma palavra mais expressiva, entre a Pisana e Aquilina. Infelizmente, o amor daquela só me chegava através desta. A ela cabia dizer: – Veja o senhor Carlo!... O senhor Carlo está chamando!... O senhor Carlo precisa isto e aquilo! – Só então a Pisana se preocupava comigo, senão, era como se eu não existisse, um eclipse completo. Aquilina estava na minha frente, e a alma da Pisana só via a ela. Até em certos momentos, em que o pensamento geralmente não vai muito longe, eu surpreendia a mente da Pisana ocupada com Aquilina. Se estivéssemos nos tempos de Safo, eu acreditaria em algum monstruoso encantamento. Eu não entendia nada: às vezes Aquilina até me parecia odiosa, e o mínimo que meu coração dizia da Pisana era chamá-la de louca.

Agora cheguei a um ponto da minha vida que será muito difícil contar aos outros, por nunca ter podido esclarecê-lo muito bem nem para mim: quero dizer, o meu casamento. Um dia a Pisana me chamou em nossos aposentos e sem muitos preâmbulos me disse:

– Carlo, percebo que você está cansado de mim, você não me quer mais nem um por cento do bem que me queria. Você precisa de um afeto seguro que resgate sua paz e a felicidade da família. Eu devolvo sua liberdade e quero fazê-lo feliz.

– Que palavras, que estranhezas, são essas? – exclamei.

– São palavra que vêm do meu coração, e há algum tempo penso nelas. Digo e repito: você não pode me querer bem. Continua a me amar por hábito ou por generosidade, mas eu não posso sacrificá-lo por mais tempo, e devo como recompensa colocá-lo na verdadeira estrada da felicidade.

– A estrada da felicidade, Pisana? Mas nós já percorremos por um bom pedaço a estrada florida de rosas sem espinhos! Basta nos darmos as mãos para que as rosas germinem sob nossos pés, e a felicidade nos sorria de novo em alguma parte do mundo!

– Você não me entende, ou não entende a você mesmo. Esse é o meu delírio. Carlo, você não é mais um jovem sem juízo e sem experiência, e não pode se contentar com uma felicidade que pode faltar de hoje para amanhã. Você deve se casar!

– Deus o queira, alma minha! Não, o céu que me perdoe esse desejo leviano, mas quando o seu marido passar do mundo das enfermidades para o da saúde eterna, minha primeira promessa seria unir a sua sorte à minha com a santidade religiosa do juramento.

– Carlo, não se perca agora nesses sonhos. Meu marido não quer morrer por enquanto, e você não deve consumir inutilmente os melhores anos da maturidade. Eu seria uma esposa muito incompleta para você, veja que não sou feita para a sorte de ter prole!... Então o que sobra a uma esposa?... Não, não, Carlo, não se iluda, para ser feliz você deve se casar.

– Basta, Pisana!... Quer dizer que você não me ama mais?

– Quero dizer que o amo mais do que a mim mesma, e por isso você vai me escutar e fazer o que aconselho...

– Só farei o que meu coração ordena.

– Pois bem, o coração falou, e você vai se casar com ela.

– Vou me casar com ela?... Você está sonhando! Não sabe o que diz!

– Sim! Estou dizendo... você se casará... se casará com Aquilina!...

– Aquilina!... Basta!... Volte a si, eu imploro.

– Falo com meu melhor juízo. Aquilina é apaixonada por você, você gosta dela, ela convém a você de todas as formas. Você se casará com ela!

– Pisana, Pisana! Oh, você não vê o mal que me faz!

– Vejo o bem que lhe proporciono, e se eu tivesse vontade de me sacrificar por você, ninguém poderia me impedir.

– Eu a impeço!... Tenho sobre você direitos que você não deve, não pode esquecer!

– Carlo, sem você eu terei coragem de viver... Meça minha força pela ousadia dessa confissão. Aquilina, por outro lado, morreria. Agora escolha você mesmo. Eu já escolhi.

– Mas não, Pisana, reconheça!... Você está errada, imagina coisas que não existem. Aquilina nutre por mim um terno, mas calmo afeto de irmã: ela sempre se alegrará com a nossa felicidade.

– Cale-se, Carlo: acredite na onividência de uma mulher. O espetáculo da nossa felicidade envenena a juventude dela...

– Então fujamos, vamos voltar para Veneza.

– Vá você, se tem coragem, eu não. Eu amo Aquilina. Quero fazê-la feliz. Acredite que você também será feliz casando-se com ela, eu unirei suas mãos e abençoarei suas núpcias.

– Oh, mas eu morreria!... Eu iria odiá-la. Eu sentiria todas as minhas entranhas se levantarem contra ela, e meu pior inimigo não seria tão abominável para mim para precisar segurá-lo em meus braços.

– Abominável, Aquilina!... Desculpe, Carlo, mas se você repetir tais infâmias, eu deixo você, não quero vê-lo mais!... Os anjos comandam o amor: você não é tão perverso a ponto de execrar o que desce do céu como a mais bela encarnação de um pensamento divino. Veja, veja, abra os olhos, Carlo!... Veja a barbaridade que comete. Você estava cego até agora e não percebeu o martírio dela nem os meus remorsos. Fui sua cúmplice até agora, mas juro que não quero sê-lo mais; não assassinarei com minhas mãos uma criança inocente que me ama como uma filha, apesar... Oh, saiba, Carlo, que o heroísmo dela é daqueles que ultrapassam a própria imaginação!... Nunca um gesto de raiva, nunca um olhar de inveja, uma resignação cansada, mas um amor que arranca lágrimas!... Não, não, repito, não pagarei com assassinato a hospitalidade que tivemos nesta casa, e você vai me ajudar na minha obra de caridade!... Carlo, Carlo, você era generoso antes!... Antes você me amava, e se eu o tivesse incitado a uma empresa corajosa e sublime não precisaria de mais palavras!

O que vocês querem?... Eu emudeci a princípio, depois chorei, supliquei, arranquei os cabelos. Inútil! Ficou inabalável, podíamos morrer os dois; repetia que eu olhasse, olhasse, e que se não me convencesse do que ela afirmava, e não concordasse com o que ela propunha, eu seria desprezível, tanto indigno de amor quanto incapaz de qualquer outro sentimento. Daí em diante me negou qualquer olhar, qualquer sorriso de amor; me proibiu o acesso ao seu quarto; tudo para Aquilina e nada para mim.

De fato, por mais que eu quisesse me iludir, fui forçado a reconhecer que quanto ao amor da jovem por mim as suspeitas dela não estavam distantes da verdade. Por qual encantamento eu não percebera, não saberia dizer, e me irritei com a minha tolice e a minha ingenuidade. Também tentei endereçar contra Aquilina parte dessa irritação, mas não fui capaz. Depois que ela adivinhou o que acontecera entre mim e a Pisana, assumiu para comigo uma atitude tão súplice e envergonhada que me tirou toda a coragem. Parecia me pedir perdão pelo mal involuntariamente cometido, e a vi algumas vezes tentar acalmar a Pisana. Procurava até fugir de mim, fazer-se de intratável, para que não percebessem o que acontecia em seu coração, e a concórdia retornasse entre nós. Bruto, que até então estivera embevecido pela alegre vida que levávamos, descobriu com pesar os primeiros sinais de dissabor e de desordem, não entendeu nada, mas doía-lhe a alma. Até me disse algo, mas eu me fazia de arrogante, dando de ombros: outro motivo de desgosto e de suspeita. Aquilina, entretanto, adoeceu; o irmão se inquietou; foram chamados médicos que fantasiaram muito e não descobriram nada. A Pisana me forçava sempre; eu amolecia. No final, não sei como, deixei escapar da boca um sim.

Bruto ficou espantadíssimo com a proposta que lhe fez a Pisana, mas depois de reiteradas garantias dela de que tudo entre mim e ela terminara de espontâneo acordo e que Aquilina morria por mim, ele se convenceu. Falou com a menina, que de início não queria acreditar, e então perdeu os sentidos de alegria. Depois, falando comigo, ficou sem fôlego e sem palavras; a pobrezinha pressentia que eu me entregava a ela levado à força e não tinha coragem de me pedir tal sacrifício. Vocês acreditariam que a atitude dela acabou me comovendo realmente, e que senti no coração a mesma abnegação da Pisana?... Pareceu-me estar salvando a vida de uma criatura angelical ao preço da minha, e a consciência dessa valorosa ação deu-me o sereno contentamento da virtude. Para Aquilina não pareceu verdade: de início ela mal podia acreditar no que a Pisana havia lhe dado a entender, isto é, que nós dois nunca tínhamos nos amado a não ser como bons parentes, mas depois, vendo-me junto a ela calmo, afetuoso e às vezes até feliz, se convenceu. Então não refreou mais as explosões de alegria de sua alma, e tive que lhe ser grato, mesmo que apenas por compaixão.

Ver aquela ingênua criatura florescer como uma rosa regada pelo orvalho, e ressurgir sempre mais bela e risonha a um olhar meu, a uma palavra minha, foi o espetáculo que me enamorou, talvez não dela, mas daquela obra milagrosa de caridade. A Pisana não cabia em si de contentamento desse feliz efeito, e sua alegria, algumas vezes, me envolvia numa virtuosa emulação, outras, me enfiava no coração o espinho do ciúme. Oh, que tumultuoso turbilhão de afetos se enovela e se esconde entre as pequenas paredes de um coração! Mais uma vez dei provas daquela extrema docilidade que imprimiu muitas ações da minha vida com uma cor estranha e bizarra, por mais que a minha índole tranquila e reflexiva me afastasse da estranheza e da bizarria. Mas a extravagância era de quem me levava pelo nariz, apesar de não poder dizer se naquela ocasião fiz mal deixando-me levar, ou se faria melhor inspirando-me em mim e tomando uma resolução contrária. Certamente meus sentimentos, digo isso sem adulação, tocaram o último grau de generosidade, e me espanto disso sem me arrepender. Arrepender-se de uma ação boa e sublime, por mais dano que cause, é sempre um ato de grande covardia.

É melhor ir direto ao assunto. O casamento ficou marcado para a páscoa de mil oitocentos e sete. A Pisana foi muito prudente em se fazer convidar pelo tio monsenhor para ficar com ele como governanta. Eu fiquei com Bruto e Aquilina, e o casamento foi celebrado, contra minha vontade e a pedido da Pisana, com grande solenidade. Aquilina, pobrezinha, estava exultante e não tocava os pés no chão de tanto prazer, eu me esforçava para me regozijar com sua alegria, e acredito não a ter, ao menos, estragado. Às vezes olhava para trás, surpreendendo-me de ter chegado até lá, sem compreender nem como nem por quê, mas a correnteza me arrastava. Se houve tempo em que acreditei em fatalidade, certamente foi então.

Desposei Aquilina. O monsenhor de Fratta abençoou o casamento; a Pisana foi madrinha da noiva. Eu sentia uma grande vontade de chorar, mas essa melancolia não era sem alguma doçura. No almoço de núpcias não houve muita alegria, mas também não sobrou muito nos pratos. O monsenhor comia como se tivesse vinte anos; eu, ao lado dele e um pouco atordoado pelos inesperados acontecimentos, perguntei-lhe não sei quantas vezes de sua saúde durante o almoço. Ele me respondia entre uma garfada e outra:

– A saúde estaria uma maravilha se não fosse esse bendito siroco! Antes não era assim. Você se lembra, Carlo?...

Além disso, não chovia há um mês, e entre todos os povos da Itália, o monsenhor era o único que sentia o siroco. Às minhas núpcias vieram, claro, Donato com a esposa e os filhos, o Capitão com a senhora Veneranda, e o capelão de Fratta. Outro comensal, que talvez vocês não se lembrem, foi o Spaccafumo, que em tanta confusão de governos e de acontecimentos continuara sempre a administrar a justiça a seu modo, a cada ano passava alguns meses na prisão e agora estava velho e beberrão. Suas proezas já eram mais de palavras do que de ações, e os moleques se divertiam em provocá-lo e fazê-lo dizer as coisas mais estranhas nas praças. Pode-se dizer que ele vivia de esmolas, e por mais que Bruto o convidasse para sentar à mesa comum, não houve jeito de desentocá-lo da cozinha, onde comemorou as núpcias com os gatos, os cães e os criados. À noite, um grande baile: todos pensaram mais em se divertir do que nos noivos, e a alegria foi plena e espontânea. Marchetto, sacristão que mais parecia o diabo vestido de padre, arranhava o contrabaixo, e apesar da idade, com tal fúria de cavalcante que as pernas custavam a acompanhar. A Pisana procurou sumir discretamente, mas eu percebi o momento de sua partida: nossos olhos se encontraram e trocaram, creio, um último beijo. Aquilina estava falando com Bradamante, mas ficou por um momento desatenta.

– O que você tem? – perguntou-lhe a irmã.

– Nada, nada – respondeu a noiva, empalidecida. – Você não acha que aqui dentro se sufoca de calor?...

Ouvi aquelas palavras, apesar de muito baixas, e só pensei em cumprir os novos deveres que me eram impostos. Fui gentil e amoroso com Aquilina até o final da festa. E depois?... Depois percebi que em certos sacrifícios a Providência, talvez para retribuir seu mérito, sabe colocar uma discreta dose de prazer. A inocência e a graciosidade de minha esposa venceram a causa, e fiz o firme propósito de me mostrar sempre bom marido. "O que está feito, está feito" pensei "se é para fazer, vamos fazer bem...".

Não creio que Aquilina percebesse, nem nos primeiros dias, o esforço que eu fazia para lhe demonstrar o amor ardente que de fato eu não sentia. Mas aos poucos me habituei a lhe querer bem como devia; não precisei mais de tanto esforço; e se eu suspirava relembrando o passado, via que mesmo sem muita filosofia era possível me contentar com o presente. As boas obras são uma grande distração. Fazer feliz minha esposa me ocupou por completo, e me vi, depois de um só mês, mais bom marido do que jamais ousara esperar.

A Pisana foi testemunha dessa minha mudança interna. Convencido de que aquele seu grande, mas demasiado fácil, sacrifício a favor de Aquilina só podia ser explicado com um sensível resfriamento de seu amor por mim, não me preocupei em esconder dela a facilidade que encontrei, mais do que qualquer esperança, em me resignar a fazer minha parte de sacrifício. Esperava que me vendo menos descontente ela teria menos remorsos da tirania com que violentara a minha vontade. No início, ela entendeu dessa forma, mas os dias passavam e nas frequentes visitas que nos fazia notei que seu rosto ia se fechando sempre mais, e as congratulações que trazia nos olhos pela minha bravura se transformaram aos poucos em desconfiança e irritação. Eu presumia que ela não me achasse bastante carinhoso com Aquilina e redobrava o zelo e a boa vontade; ela, entretanto, continuava amuada, e até com minha esposa não se mostrava mais tão afetuosa como antes. Uma manhã, em que Bruto e Aquilina estavam fora não sei por qual motivo, chegou em nossa casa toda agitada. Sem nem esperar que eu a cumprimentasse tapou minha boca com um gesto.

– Cale-se – disse-me –, estou com pressa. Vocês agora se amam, não precisam mais de mim. Volto para Veneza.

Eu queria responder, mas ela não me deu tempo. Ao sair, gritou que me despedisse de minha esposa e meu cunhado, subiu na caleça em que viera acompanhada do capelão de Fratta, e por mais que eu corresse não consegui alcançá-la. Uma hora depois, quando cheguei ao castelo, já tinha partido, não se sabia se pela estrada de Portogruaro ou de Pordenone, com a carrocinha do hortelão. Fiquei atrapalhadíssimo ao explicar para Aquilina e Bruto uma partida tão precipitada, mas tive a feliz ideia de inventar a história de uma doença inesperada da senhora Condessa, e eles acreditaram sem problemas. Então, não feliz, nem ausente, mas tranquilo e resignado voltei à minha vida de organista e de marido. Aglaura e Spiro escreviam cada vez mais maravilhados com a minha repentina conversão; eu respondia brincando que Deus me tocara o coração: mas com frequência se escreve o que não se sente.

Os meses passavam simples, laboriosos, serenos como um céu de outono em que o sol embeleza a natureza sem esquentá-la. Aquilina, toda minha, se revestia a cada dia de novas graças, de novas qualidades, para me agradar; o reconhecimento por um amor tão nobremente demonstrado me inclinava sempre mais para ela, e tornava sempre mais rara a nostalgia do passado. O coração ainda voava algumas vezes, mas quando a mente fazia comparações convinha confessar que Aquilina era a mais amável e a mais perfeita de todas as mulheres que eu conhecera. A longo prazo, as opiniões da mente têm alguma influência sobre os afetos de um homem de trinta e quatro anos. Quando soube que ela estava grávida, quando apertei nos braços o menino mais robusto e mais rosado que já tinha visto, quando senti se comoverem minhas entranhas de pai, precisei me confessar devedor por essa alegria, então não soube mais quem eu era, quase agradeci à Pisana por ter me forçado àquele estranho e despropositado casamento. Além disso, minha memória não estava morta nem era ingrata. Eu desejava ter constantes notícias de Veneza, e sabendo que a Pisana juntamente com Clara só se ocupava de cuidar da doença do marido, saíram-me da cabeça certos julgamentos sem fundamento que havia feito sobre sua fuga do Friuli. Se ela estivesse zangada comigo, não teria se comportado daquela forma. Eu conhecia, por prática, as vinganças da Pisana. No entanto, mesmo longe, não deixava de lhe ser útil. Colocara em ordem a administração dos poucos colonos que ainda dependiam do castelo de Fratta e regularizara a arrecadação. As entradas cresceram trinta por cento. O monsenhor pôde comer alguns capões que não eram galos, e o conde Rinaldo, apesar da sua grosseria, teve que me agradecer por ter trabalhado a favor dele sem ser solicitado, e com tanta eficácia.

Vocês ficarão surpresos e entediados que minha vida por algum tempo tão caprichosa e desordenada retomasse um andamento tão calmo e monótono. Mas conto e não invento. Por outro lado, esse é um fenômeno comuníssimo e natural na vida dos italianos, que frequentemente se assemelha ao curso de um grande rio calmo, lento, estagnado, interrompido às vezes por fragorosas e impetuosas cachoeiras. Onde o povo não faz parte do governo continuamente, mas o toma à força de vez em quando, esses saltos, essas metamorfoses, devem acontecer necessariamente, porque a vida do povo nada mais é do que soma das vidas individuais. Por isso, eu girei o espeto por alguns anos, fui estudante e um pouco conspirador também, depois, tranquilo chanceler, depois patrício vêneto no Conselho Maior e secretário da Municipalidade. De amante despreocupado com tudo me tornei de repente soldado; de soldado, outra vez desocupado, depois intendente e mordomo: acabei me casando e tocando órgão.

Nesse perpétuo sobe e desce, vocês dirão que eu subi e desci: eu só sei que consumi trinta e quatro anos, anos que vivi todos para mim. Depois, a família, os vínculos, os deveres precisos e materiais se apossaram dos meus sentimentos. Não mais fui o potro que atravessa pântanos saltando valas e rompendo sebes, mas o cavalo atrelado que puxa gravemente a carruagem de um cardeal ou a carroça de cascalho. Mas não se espantem, não faltarão terremotos e reviravoltas para libertar o cavalo e fazê-lo retomar uma louca corrida pelo mundo. Só agora tenho a certeza de não correr mais, pois, repito, tenho, como o Monsenhor, o siroco dos oitenta anos nas pernas.

Enquanto dia a dia eu me tornava mais caseiro e camponês, e o meu pequeno Luciano já traquinava no pátio, acrescentei um segundo menino em que colocamos o nome de Donato em homenagem ao tio que foi padrinho dele, no mundo ressoavam as glórias guerreiras de Napoleão. Ele derrotava a Prússia em Jena, a Áustria em Wagram[20]; criava parentesco com as antigas dinastias[21], senhor da Europa fechava o continente à Inglaterra e ameaçava o império do Czar[22]. A Itália, apesar de toda repartida por ele, havia hasteado em Milão o estandarte da unidade. Acostumaram-se a olhar para Napoleão mais como um inimigo do que como um protetor, por sua ambição desmesurada e indiferente de história ou dos povos. Mas quando a espada que ele nos dera caísse no chão, quem ousaria empunhá-la? Não pensavam nisso. Acreditavam-se fortes, sem saber que a força repousava acima do gigante e com ele iria se despedaçar. De cem que lutavam, só um pensava, os outros noventa e nove abaixariam as armas e os braços a um perigo maior. Eu não era espectador, mas adivinhava. Spiro, entretanto, escrevia cartas sempre mais animadas e misteriosas; eu percebia que alguma ideia sublime crescia na alma do mercador grego. Rigas, o poeta, que fundara a primeira Eteria, obteve como recompensa a traição de seus aliados naturais e foi empalado

---

20 Respectivamente: 14 de outubro de 1806 e 5 de julho de 1809.

21 Casando-se com Maria Luísa da Áustria, em 1º de abril de 1810.

22 A desastrosa invasão da Rússia se dará em 1812.

pelos turcos[23]. Uma segunda conspiração foi organizada na Itália em benefício dos gregos, protegida por Napoleão. Sonhavam em contrapor ao novo Carlos Magno um novo império de Bizâncio. Eram sonhos, mas reacendiam as cinzas nunca apagadas dos vulcões gregos e se cantava nas montanhas de Mani[24]:

"Um fuzil, um sabre e se falta algo, uma funda, são as nossas armas.

"Eu vi os agha[25] prostrados a meus pés; me chamavam seu senhor e patrão.

"Eu havia capturado seu fuzil, o sabre, as pistolas.

"Ó Gregos, ao alto as frontes humilhadas! Peguem o fuzil, o sabre, a funda. E nossos opressores logo nos chamarão seus senhores e patrões".

Entre as hordas selvagens dos albaneses e as tribos de pastores de Montenegro, onde é um insulto dizer: – Os seus morreram na cama! – serpenteava o fogo do entusiasmo. Ali de Tepelene[26] triunfava com a crueldade e perfídia, mas os exilados da Hélade inspiravam em toda a Grécia o projeto de terríveis represálias. Elas ainda não se manifestavam, mas eram uma verdadeira força; força invencível de uma nação que há muito tempo meditou sobre sua própria desgraça, acumulou os insultos e espera pacientemente pelo momento da vingança. O velho Apostulos partiu uma última vez para o Peloponeso; a esperança de regenerar a Grécia com a política dos Fanariotas se dissipara; ele se voltava a esperanças de guerra e de sangue com a avidez do leão que vê arrancada sua presa no momento em que pensava pegá-la. A morte o pegou em Quios, e Spiro deu-me a triste notícia com as palavras fortes de que os últimos desejos de seu pai seriam o espírito de todos os seus empreendimentos. Ele me convidava para me transferir com a família para Veneza, onde dizia que não me faltaria decoroso sustento nem ocasião de ser útil a mim e aos outros. Mas contente com o que tinha, eu não arriscava me aventurar com minhas incertas hesitações. Bruto, lendo alguns trechos das cartas de meu cunhado, mordia os lábios, e batia raivosamente a sua perna

23 Costantino Rigas, poeta, historiador e tradutor grego, fundara em Viena uma associação patriótica chamada Eteria, com adesão de seus conterrâneos, sobretudo os residentes no exterior. No final de 1797, foi à Itália se encontrar com Napoleão, mas a polícia austríaca o prendeu em Trieste. Entregue à Turquia no ano seguinte, foi morto em Belgrado, em circunstâncias obscuras. Seus versos continuaram a ter larga circulação clandestina.

24 Região geográfica montanhosa localizada no sul da Grécia continental, cuja capital é a cidade de Areópolis, e pátria dos maniotas.

25 Patrão, comandante militar, em turco.

26 Ali de Tepelene (1750-1822) foi um militar albanês, famoso por alguns atos cruéis que lhe valeram o epíteto de "Leão de Janina". Como compensação da ajuda prestada aos turcos contra a Áustria e a Rússia, foi nomeado Paxá de Janina e comandante do Épiro, da Arcanânia e da Tessália, onde conseguiu estabelecer ordem e segurança. Mais tarde, rebelando-se contra Mamude II, que em 1820 quis submetê-lo, ofereceu ajuda aos Clefti, gregos da montanha, o que causou o estopim da revolução grega.

de pau. Eu olhava Aquilina e o pequeno Donato que lhe pendia do seio: não podia me separar daquela paz.

Aconteceu a grande guerra dos modernos gigantes. Napoleão entrou na Alemanha com quinhentos mil homens, recebeu em Dresden imperadores e reis, mais vassalos do que aliados[27], e quando alguns deles lhe eram anunciados, dizia: – Esperem. – Queria explicações do Czar sobre sua morna amizade. O místico Alexandre chamou às armas a santa Rússia, opôs à guerra da ambição a guerra do povo; e aquela miserável cavalaria dos Cossacos, como a chamava Napoleão, foi o flagelo e o terror do invencível exército. Chegou a Moscou[28] ainda vencedor, fugiu de lá vencido pelo fogo, pelo gelo, ou seja, pelos elementos, mas não pelos homens. Quarenta mil italianos[29] ensanguentaram com suas veias as neves da Rússia para garantir a retirada aos avanços dispersos da grande armada. Mas o boletim que anunciava o imenso desastre concluía: "A saúde de Sua Majestade nunca foi melhor". Conforto suficiente para as viúvas, para os órfãos, para as mães privadas da prole! Ele está em Paris para reunir novos exércitos, para reaquecer a devoção com a presença e a coragem com novas mentiras. Mas a França não acredita nele, a Alemanha se insurge, os aliados traem. Ele cai de novo em Leipzig[30]; abdica do Império da França, do Reino da Itália e se retira para a ilha de Elba[31].

Então se viu o que era o Reino da Itália sem Napoleão, e a que os povos são levados por instituições fortes sem liberdade. Foi um terror, uma confusão universal: um reerguer, um combater de esperanças diversas, monstruosas, todas vãs. Em Milão se trucida um ministro[32], derrubam-se as insígnias do antigo poder, se tripudia sem pensar no futuro. E o futuro foi como queriam os outros; apesar dos respeitosos e sensatos pedidos da Regência Provisória[33], apesar das amáveis palavras dos embaixadores estrangeiros. O povo não vivera; não vivia.

---

27 Napoleão deixou Paris em 9 de maio de 1812, chegando em Dresden recebeu em audiência os soberanos alemães, partiu para a Rússia no dia 29 do mesmo mês.

28 14 de setembro de 1812.

29 Além dos italianos incorporados em tropas não autônomas, participaram da expedição oito mil soldados napolitanos comandados por Murat e trinta mil que partiram de Milão por ordem do vice-rei Eugenio de Beauharnais.

30 16-18 de outubro de 1813.

31 Dos soldados que foram com Napoleão para a Rússia, somente dezoito mil voltaram; depois da derrota, formou-se a Sexta Coalizão, à qual aderiram a Rússia, a Inglaterra, a Prússia e a Suécia, e depois a Áustria. Napoleão abdicou em 6 de abril de 1814.

32 Giuseppe Prina. Cf. cap. XVIII, nota 26.

33 Formada por aristocratas favoráveis aos austríacos, foi nomeada pelo Senado em 20 de abril de 1814.

Que eu estivesse consternado com esses acontecimentos que me sacudiam o torpor de pai de família e confirmavam os medos que há muito eu concebera, não é preciso dizer. Vocês já devem me conhecer o suficiente pelo que lhes contei da minha vida. Sofri por mim, chorei de desespero pela pátria, depois, olhando os ternos semblantes de meus filhos, me consolei e revi um raio de esperança. Tínhamos nascido, pode-se dizer, dezoito anos antes[34]; era preciso a escola das desventuras para nos educar, e a vida dos povos não se mede pela dos indivíduos; se nós, filhos, tínhamos pago pela covardia dos pais, talvez nossos filhos fariam a colheita fecundada pelo nosso sangue e lágrimas. Pais e filhos são uma só alma, são a nação que não perece nunca. De modo que eu confiava na regeneração moral, não no vice-rei Beauharnais, não no czar Alexandre, nem no Lorde Bentink, nem no general Bellegarde.[35]

Assim passavam rápidos os anos e os meses da juventude, mas não pensem que eram tão velozes como parece ao contá-los. Quanto mais longo é o tempo da narrativa, mais rapidamente ele corre. Em Cordovado, os dias eram tranquilos, serenos, e até doces, se vocês quiserem, mas a extrema brevidade não era defeito deles. As muito raras cartas da Pisana, a princípio, tornaram-se aos poucos mais frequentes com o desencadear-se das tempestades políticas; parecia que, imaginando quanto eu devia sofrer, ela se apressasse em me oferecer o conforto de sua palavra. Falava do grande estardalhaço que haviam feito os Venchieredo, os Ormenta e o padre Pendola com seus seguidores; dos bons cargos dados aos seus primos Cisterna, principalmente para Augusto, que se tornara de repente, creio, secretário de governo; e de Agostino Frumier, que desejando se retirar dos negócios, e sendo riquíssimo, não desprezara pedir a parte da pensão que lhe competia.

Muitas, como veem, foram as obscenidades, e não podia ser diferente, porque a abstinência era a virtude dos melhores, e não se conseguia fazer o melhor. Por outro lado, o velho Venchieredo, atacado pelo zelo excessivo, perdera muito de sua influência e passara dos primeiros escalões para o de diretor de limpeza. Ele reclamava, mas não havia remédio. Servir demais é servir mal. Não tinha sido astuto o suficiente. Partistagno, porém, voltara a Veneza coronel dos

34 Isto é, em 1796, com o início da difusão das ideias revolucionárias na Itália.

35 Nievo se refere aos proclamas e às vãs promessas que se seguiram à batalha de Leipzig. Beauharnais promulgou, em 11 de outubro de 1813, um proclama que incitava os italianos a combater pela sua independência; Alexandre I da Rússia prometia à humanidade uma nova era, de paz e de justiça; Lorde William Bentinck, comandante das tropas inglesas na Itália, prometia, em um proclama de 14 de março de 1814, liberdade e independência; o marechal Bellegarde, comandante dos austríacos que ocuparam Milão, publicou um proclama para prometer paz e felicidade sob o domínio austríaco.

ulanos[36]; dizia que se casara com uma baronesa da Morávia, porque ela se parecia muito com uma sua égua predileta; ainda mantinha seu ódio pela família de Fratta, e sabendo que Clara saíra do convento e morava no Palácio Navagero, frequentemente se pavoneava, de uniforme, debaixo das janelas do palácio esperando que ela o visse e dissesse: "Grande pecado foi não querer tê-lo a qualquer custo!". – Mas Clara, míope de tanto aguçar os olhos no Breviário de Nossa Senhora, não olhava mais para a rua e não distinguia um daqueles mendigos que param as gôndolas do magnífico e espetaculoso coronel Partistagno.

Houve quem dissesse que até Alessandro Giorgi tivesse passado do exército italiano ao austríaco conservando o grau de general ganho em Moscou[37], mas eu não acreditava. De fato, alguns meses depois recebi notícias do Brasil, onde ele se refugiara e encontrara um bom trabalho. Não se esquecia de me oferecer sua proteção junto ao imperador dom Pedro[38] e me dizia ter encontrado no Rio de Janeiro muitas condessas Migliana que poderiam me fazer mais do que mordomo. Provavelmente se esquecia que eu era organista, casado e com filhos, pois me vira, e à minha família, ao passar com o príncipe Eugenio quando marchavam, em mil oitocentos e nove, para a Hungria. Apesar de seus quarenta anos, o bom general se conservava um tanto libertino e desmemoriado.

Os anos mortos que se seguiram não foram nada mais do que um cemitério melancólico. O primeiro a cair foi capelão de Fratta, então tocou ao Spaccafumo; depois a Marchetto, o cavalcante, sacristão e tocador de contrabaixo, que morreu atingido por um raio enquanto tocava o sino durante um temporal. Os habitantes da paróquia ainda hoje o veneram como um mártir. Durante o ano da carestia, e no seguinte[39], a morte fez um estrago entre os pobres; os sinos tocavam continuamente, e assim também se foi, mas não por culpa da carestia, a senhora Veneranda, deixando o Capitão viúvo pela segunda vez, mas com oitocentas liras de usufruto, o que o livrou da preocupação de ter uma terceira esposa. Nós também, naquele ano, tivemos que nos restringir bastante, porque não havia mais famílias que pagassem professor particular para suas crianças, nem párocos que afinassem órgãos. Na verdade, as despesas daquele ano foram o início do nosso desequilíbrio, que depois se agravou e me levou às novas reviravoltas que vocês ouvirão a seguir.

---

36 Lanceiros a cavalo do exército austríaco.

37 Na batalha de 7 de setembro de 1812.

38 Dom Pedro I só será imperador do Brasil a partir de 1822, mas já vivia no Rio de Janeiro desde 1808.

39 1816 e 1817.

Não me lembro precisamente quando, mas certamente naquela época, o conde Rinaldo veio ao Friuli: vinha atrás de dinheiro, e como não encontrou, vendeu a um construtor os materiais da parte mais arruinada do castelo. Eu assisti à demolição e me pareceu estar no funeral de um amigo; o Conde também não pôde aguentar o espetáculo daquela ruína, e pegando aqueles poucos tostões voltou para Veneza. Reclamava-o também a doença de sua mãe que começava a dar graves preocupações. Assim que o pátio foi esvaziado das pedras quebradas à picareta e dos escombros amontoados durante a demolição, o Monsenhor começou a ser mais ainda molestado pelo siroco. Uma manhã teve um desmaio durante a missa, e desde então não saiu mais de seu quarto. Fui vê-lo em seu penúltimo dia de vida, perguntei como ele estava e me respondeu com o mesmo discurso. Sempre aquele siroco insistente!!... No entanto, comia na cama com a mesma avidez, e no último momento tinha o breviário de um lado e do outro meio frango assado. Giustina lhe perguntou: – Não come, Monsenhor?... – Não tenho mais fome! – respondeu ele com a voz mais fraca do que o normal.

Assim morreu o monsenhor Orlando de Fratta, sorrindo e comendo como vivera, mas pelo menos não tinha fome. Sua cunhada seguiu-o alguns meses depois, delirou até o fim sobre cartas e trunfos; morreu sonhando com ganhos fabulosos, com o cofre vazio e toda as suas coisas no Monte di Pietá. Os Cisterna tiveram que emprestar alguns ducados para o conde Rinaldo sepultá-la, já que nem Clara, nem a Pisana, tinham um ducado no bolso, e Sua Excelência Navagero se compadecia sempre da própria pobreza. Todos estavam indo embora, mas ele continuava firme; sinal de que os meus ardentíssimos votos de alguns anos atrás não tinham sido ouvidos por Deus. A Pisana me participou com palavras muito doloridas a morte da mãe, e em segredo me contou também de uma visita muito imprevista que receberam. Uma noite, enquanto ela e Clara rezavam o rosário na capela de casa (essa eu não esperava da Pisana), anunciara-se um forasteiro que perguntava urgentemente por elas. Um senhor pequeno, magro, diziam, barbudo, com olhar muito lúcido apesar da idade, que parecia ter mais de cinquenta anos, com a fronte muito alta e sem chapéu. Quem pode ser? Quem pode não ser?... Vão até a sala e a Pisana reconhece, mais pela voz, o doutor Lucilio Vianello. Chegara num navio inglês, sabia que Clara deixara o convento, e vinha lhe pedir pela última vez o cumprimento de suas promessas. A Pisana dizia ter tido medo do doutor de tão sombrio e ameaçador, mas Clara lhe respondeu firmemente que não o reconhecia mais, que se casara com Deus e que continuaria a pedir pela alma dele.

"Eu garanto", escrevia a Pisana, "que naquele momento a raiva e o furor rejuvenesceram-no trinta anos; então ficou muito pálido, de uma cor terrosa de morte e o aspecto de um octogenário. Partiu curvado, vacilante, murmurando palavras estranhas. Clara fez o sinal da cruz e me convidou, com voz ponderadíssima, a retomarmos o nosso rosário. Eu disse que devia aquecer a sopa para meu marido, e saí, porque aquela cena me havia feito mal. Nunca poderia imaginar que tanta paixão se escondesse debaixo daquela aparência de gelo, perdurando invictas através dos acontecimentos, os saltos, as reviravoltas de uma vida pouco menos que fabulosa. Você se lembra dele em Nápoles e em Gênova? Não parecia ter realmente esquecido de Clara? Pedia-nos notícias dela? Nunca! Estou convencida de que para julgar acertadamente os homens é preciso que estejam mortos. E você também, Carlo, procure não me julgar até que eu tenha seguido minha pobre mãe!".

Seguiam-se os costumeiros cumprimentos, mais afetuosos do que o normal, para Aquilina, Bruto e meus filhos, já grandinhos, e cheios de amor e boa vontade. Pedia-me também para colocar uma pequena lápide comemorativa no cemitério de Fratta para o monsenhor Orlando, mas nisso eu já havia pensado meses antes, e dom Girolamo, apesar do irmão escrivão, havia me ajudado nessa obra piedosa. A lápide tinha uma inscrição cujas mentiras elegantes podiam ser perdoadas, porque ninguém entendia nada no vilarejo. Porém, um tal que conhecia letras conseguira interpretá-la até o ponto em que se dizia que o reverendo canônico havia morrido octogenário: o que significava no dia oito de janeiro, segundo ele. Mas muitos se rebelavam, dizendo que não morrera no dia oito de janeiro, mas no dia quinze.

– Eh? Que coisa! – respondia o bom homem. – Querem que os cinzeladores se preocupem com essas minúcias? Dia a mais, dia a menos, o importante é que morreu para poder se colocar a lápide.

Comuniquei à Pisana que seu piedoso desejo já havia sido cumprido, elogiando muito dom Girolamo, que, apesar de não ser um Vicente de Paola, nem um Francisco de Assis, sabia fazer com que os pobrezinhos de Portogruaro perdoassem a coisa mal feita pelo pai. – Não são todos como o padre Pendola! – dizia eu. Ela me respondeu que a propósito do padre Pendola, contavam-se poucas e boas. Depois que o papa reintegrara a Companhia de Jesus[40], ele trabalhava muito para conseguir que esta se estabelecesse em Veneza. Como o novo instituto das convertidas não prosperava, era preciso obter o consenso das poucas freiras que restaram e a devida licença dos superiores para

40 Em 1814. Ver cap. VI, nota 27.

desembolsar recursos para iniciar a instalação de uma casa e de um colégio de noviços. O governo, porém, não parecia disposto a favorecer essa ideia, aliás, diziam que o advogado Ormenta, que a exaltava, estava para ser exonerado.

Por essa notícia, entendi toda a manobra daquela situação e como aqueles bons sacerdotes, primeiros fundadores do instituto tinham sido obedientíssimas marionetes nas mãos do padre Pendola. Mas para ele a moleza também iria durar pouco, ele também morreu sem ver os reverendos padres instalados em Veneza. Bons e maus, todos temos que ir um dia. Ao padre Pendola não faltaram epitáfios, nem sátiras, nem panegíricos, nem panfletos. Uns queriam canonizá-lo e outros sepultar seu cadáver na água. Ele havia suplicado aos que o assistiam, ao morrer, para ser esquecido como um indigno servo do Senhor; não acreditava que iriam obedecê-lo à risca. Depois de uma semana não se falava mais nele, e de tanta ambição só restava uma velha e podre carcaça envolta numa túnica e fechada entre quatro tábuas de abeto. Nem lustraram seu caixão, como se usa aos mortos de respeito! Que ingratidão!... No fim das contas, creio que a Cúria patriarcal ficou contente de ser libertar da perigosa ajuda de tão astuto zelador da glória de Deus e dos próprios interesses.

Saíam os velhos atores e entravam os novos. Demetrio Apostulos, o primogênito de Spiro, tinha vinte anos; Teodoro, o segundo, quase dezoito. Os meus dois estavam entre dez e doze. Donato tinha três filhos entre dezesseis e vinte e dois anos, três jovens realmente robustos, ainda bem que não tinham idade no tempo das últimas levas napoleônicas!... Ainda continuavam ano a ano os alistamentos, apesar das amplas proclamações da Santa Aliança[41], mas facilmente se concediam trocas, e com a paz que se previa longa e profunda, muitos preguiçosos se apresentavam de boa vontade aos bons ócios da milícia. A geração jovem convidava a antiga a se retirar, podia até convidar soberbamente, pouco contente conosco, e não estavam errados. Mas, ao contrário, nos admirava como participantes e testemunhas de grandes empresas, de generosas tentativas, de incríveis portentos. Pareciam dizer: “Orientem-nos, para que não caiamos onde vocês caíram!...”. Era preciso mais do que orientação; era preciso vigor, e não o tínhamos mais; era preciso a concórdia, e souberam torná-la impossível.

Em mil oitocentos e dezenove ainda havia na Europa aquela inquietude nervosa que fica num corpo depois da corrida desenfreada e estafante de

41 A Santa Aliança era formada pela Áustria, Prússia e Rússia. Foi assinada em 26 de setembro de 1815.

algumas horas; ideias claras, sentimentos generosos e universais não havia mais, a não ser em alguma cabeça apartada da multidão por indolência, desdém ou desespero. Mesmo onde os povos por sentimento nacional tinham cooperado na reação contra a França, a ingratidão premeditada dos grandes e a desconfiança dos pequenos colocava tudo em alvoroço. Acreditavam levar adiante uma grande empresa de liberdade, mas não tinham assegurado que o interesse de alguns somasse, às custas de muitos, verdadeiras concessões. E isso acontecia especialmente na Alemanha. Entre nós, descontentes com o passado, porque passara sem nos deixar a gorda herança que esperávamos, descontentes com o presente, porque parecia uma cruel chacota, a maioria se deixou ir vivendo, como se diz, para se enfiar numa concha e suprir a cozinha. A experiência induzira a uma enorme disparidade de opiniões, por isso, mesmo os poucos mais razoáveis não esperavam nada ou esperavam muito longe. Somente os que tinham se habituado àquela extraordinária atividade, e não podiam prescindir dela a risco de trabalhar por nada, olhavam ansiosamente para a Espanha onde fervia o espírito liberal. Excluídos do meio de trabalho, o talento de comandar, invencível e legítimo nos operosos e sensatos, atraía-os, como disse, às sociedades secretas. Da Calábria, os carbonários abriam suas *vendite* por toda a Itália[42] e ajudavam os democratas da França e os progressistas da Espanha[43]. A antiga raça latina, rejuvenescida pela imaginação e pelo sentimento, lançava-se com seu ímpeto natural na batalha dos tempos. Do além-mar, a Grécia respondia, menos avançada em civilização, mas mais madura para a independência pelo consentimento do povo e pela harmonia de opiniões. O grito desesperado de liberdade que a vingança de Alí Tepelene dirigiu aos gregos, antes seus inimigos, ressoou em todos os corações, das fumegantes ruínas de Parga[44] às margens melodiosas de Sciro[45]. Os congressos dos aliados tinham colocado uma grande pedra de gelo sobre o coração da Europa, mas o fogo jorrava pelas extremidades, as entranhas da terra rugiam ameaçadoramente.

---

42 Surgida no final do século XVIII, a Carbonaria abrira muitas de suas seções, chamadas venditas, no Reino de Nápoles, com uma proposta antinapoleônica e antimuratiana; depois do Congresso de Viena assumiu uma posição hostil à restauração.

43 Referência às revoltas em Cádis em janeiro de 1820, que obrigaram o rei a restaurar a constituição democrática de 1812, revogada em 1814.

44 Cidadezinha grega na costa do mar jônico ocupada pelos britânicos (1815) e cedida a Ali Tebelen (1819), o que levou a população a queimar suas casas e se mudar em massa para Corfu. *I profughi di Parga* [Os refugiados de Parga] (1821) é um famoso poema romântico de Giovanni Berchet (1783-1851), inspirado neste acontecimento.

45 Ilha das Espórades setentrionais.

Foi às vésperas de mil oitocentos e vinte, tendo piorado muito as nossas condições, e sabendo por Spiro que havia esperança do pagamento do meu famoso crédito de Constantinopla, que resolvi ir à Veneza para falar com ele. Desde julho, os carbonários haviam improvisado a revolução de Nápoles, conseguindo uma ampla constituição, mas o rei Ferdinando já tinha ido ao Congresso dos Aliados em Troppau, onde não valia tanto a palavra dada em Nápoles[46]. No sul, se armavam contra a tempestade que se formava no norte. Segundo Spiro, eu precisava ir ao Reino para buscar o atestado de óbito de meu pai, sem o qual o governo turco não pretendia saldar suas dívidas. Eu precisava de testemunhas, e devia relembrá-los as circunstâncias da morte que talvez tivessem sido esquecidas, isso era algo que não podia ser tratado por carta. Esse foi o motivo para obter o salvo-conduto; de resto, eu estava encarregado de outras necessidades bastante delicadas para se pronunciar em voz alta. Recomendei minha família a Spiro que iria visitá-la durante a minha ausência, e parti sem temor, pois o meu parco conhecimento das coisas napolitanas me forçava a fazer o que podia; e se as circunstâncias me obrigavam, não quis tirar o mérito da confiança alheia por cautelas privadas, apesar de talvez ver mais obscuras do que qualquer outro as róseas ilusões daquele tempo.

De resto, em Veneza, vi a Pisana, como vocês podem imaginar. Na verdade, fiquei maravilhado. Às vezes eu me olhava no espelho e sabia como se liam facilmente meus quarenta e cinco anos na minha fisionomia; ela, no entanto, me pareceu estar mais jovem do que quando a havia deixado; um maior arredondamento das formas acrescentava doçura à sua bela aparência, mas ainda eram os mesmos seus olhos lânguidos, ardentes, voluptuosos, seu belo rosto fresco e oval, seu pescoço macio e branco, seu andar saltitante e leve. Tivera

46 O governo de Ferdinando IV, dos Burbons, colocado no trono por decisão do Congresso de Viena, em poucos anos revelou-se decididamente reacionário, suscitando o descontentamento dos intelectuais e de todos aqueles que de alguma forma tinham se prejudicado com essa política. Em 1º de julho estourou, em Nola, a insurreição realmente "improvisada", porque apesar dos descontentes pertencerem a sociedades secretas filiadas à Carbonaria, as venditas carbonárias não tinham combinado nenhum plano de ação. Logo o movimento se espalhou, e em 9 de julho os revoltosos, comandados pelo general Pepe, entravam em Nápoles e obrigavam o rei a conceder a Constituição. As potências da Santa Aliança se insurgiram: Metternich denunciou a revolta como obra de sectários, perigosa para a paz europeia. Reunidos em Troppau (Opava), em 23 de outubro, os soberanos da Áustria, da Prússia e da Rússia e os representantes da França e da Inglaterra resolveram convidar Ferdinando para um próximo congresso em Lubliana. Tendo sido autorizado pelo Parlamento a sair do reino desde que mantivesse a Constituição, Ferdinando não se opôs à vontade dos soberanos: no Congresso de Lubliana (11 de janeiro a 26 de fevereiro de 1821) ficou decidido que um corpo do exército austríaco ocuparia o Reino de Nápoles, restituindo ao rei todos os seus poderes. 40.000 austríacos atravessaram o Pó entre o início fevereiro e 7 de março e derrotaram o general Pepe, comandante supremo do exército napolitano. Poucos dias depois seguiu-se a derrota das outras tropas, comandadas por Carrascosa. Em 23 de março de março, os austríacos estavam em Nápoles, onde em 6 de abril um decreto do governo provisório anulava o governo constitucional.

bastante trabalho para se conciliar com a rigidez monacal de Clara, disse-me que viviam uma vida santa juntas, eu via sempre a minha Pisana de antes, e basta!... Mas se eu não tivesse casado!!... Maravilhei-me ainda mais com a sua ótima saúde, já que elas precisavam, por assim dizer, ganhar o sustento com as próprias mãos, não bastando para pagar os médicos, os remédios, os poucos tostões que arrancavam com dificuldade das mãos engrelhadas de Navagero. Ele, na breve visita que lhe fiz, elogiou muito a esposa, mas não me viu, creio, com muito prazer, pelo grande medo de que eu a levasse embora.

– Acredite, senhor Carlo – me disse –, que se minha enfermeira fosse embora, eu morreria no dia seguinte!

– Eh, velho, você sabe que nós mulheres queremos mais bem aos doentes do que aos nossos amantes! – respondeu-lhe a Pisana.

O doente apertou minha mão e a dela, e deixei-o prometendo que logo, quando passasse por Veneza novamente, nos veríamos de novo. Mas a Pisana se mostrou até mesmo nas despedidas muito fria e reservada como convém a uma santa.

Na noite antes de partir, vi na praça o coronel Partistagno com a esposa; na verdade, ele tinha razão: aquela sua baronesa parecia mesmo uma égua, de tão longos que eram seus braços, pernas e focinho. Todavia, Raimondo Venchieredo lhe fazia a corte. Assim que me viu, ele entrou na saleta mais escura do café Suttil, lendo atentamente a Gazzetta. Estava envelhecido, lívido, feio como um fruto podre; não acredito que ele se divertisse muito largamente depois que seu pai, junto com o Ormenta, fora exonerado com metade do salário. Esses dois decrépitos acabavam muito mal a sua vida tortuosa e desonesta, mas o advogado estava em melhor situação, porque seu filho estava em Roma, dizia-se, em missão diplomática, e ele esperava uma boa ajuda. Certamente não chorei por deixar em Veneza uma tal gentalha, mas me doeu, quando parti, que Aglaura estivesse ainda mais atormentada pelo seu mal de fraqueza e de melancolia. Pobre mulher! Quem reconheceria agora o belo marinheiro que me acompanhara de Pádua a Milão, no tempo da Cisalpina!

CAPÍTULO VIGÉSIMO

Os sicilianos no acampamento de Guglielmo Pepe[1]*, no Abruzzo. Sou apresentado à prisão e quase ao patíbulo, mas graças à Pisana só perco os olhos. Milagres de amor de uma enfermeira. Os refugiados de Londres e os soldados da Grécia. Readquiro a visão por obra de Lucilio, mas pouco depois perco a Pisana e volto à pátria vivo apenas de memórias.*

Pobre Adriático! Quando verás de novo as glórias das frotas romanas de Brindisi, dos barcos dálmatas e das galés venezianas? Agora, o teu mar impetuoso e agitado banha duas costas quase desertas, e às matas pantanosas da Apúlia correspondem as despovoadas montanhas da Albânia. Veneza, uma estalagem, Trieste, uma quitanda, não bastam para alegrar tuas margens de seu abandono, e o amanhecer que todos os dias penteia teus cabelos ondulantes só encontra em tuas praias ruínas e memórias.

Quando zarpamos de Malamocco[2], o tempo estava calmo e sereno. O inverno era quase nada, e menos ainda em alto mar, onde a nudez das árvores e o branco das neves não atestam a velhice do ano. O tépido vento brincava com as ondas, e levava à árida Dalmácia os suspiros da irmã África. Onde estão agora Salona, o refúgio de Diocleciano, e Hipona, a sede episcopal de Agostinho?... Memórias, memórias, sempre memórias dessas ondas nunca calmas ou diferentes há séculos, dessas brisas sempre doces e perfumadas, sobre essa terra eternamente devoradora e fecunda. O Oriente produziu lentamente uma civilização que ainda imbeciliza decrépita; o Norte perde tempo há trezentos anos na pueril soberba de quem se crê adulto, e talvez ainda nem tenha nascido. A Itália, por duas vezes[3] sobrepujou o Oriente e antecipou-se ao Norte; por duas vezes foi mestra e rainha no mundo; milagre de fecundidade, de potência e de desventura. Ela ainda se revolve nas vísceras profundas, sem respeito aos hinos

1 Guglielmo Pepe (1873–55) foi comandante do exército napolitano em 1820, quando os levantes carbonários que liderava forçaram o rei a subscrever uma constituição. Posteriormente foi forçado ao exílio, mas voltou a lutar pela República de Veneza entre 1848 e 1849.

2 Um dos três portos de Veneza.

3 Referência à conquista da Ásia Menor, já citada no Capítulo XVI.

fúnebres de Lamartine[4] e à desconfiança dos pessimistas, ela pode um dia alcançar quem está um passo à frente e se crê mil milhas distante. Um passo, um passo e nada mais, mas é muito longo para dar.

Nas paragens de Ancona, o siroco começou a incomodar e atravessar nosso caminho. A pequena embarcação resistia bem, mas o vento opunha melhores razões às suas velas, e foi conveniente baixá-las. Fundeia aqui, atraca lá, levamos quatro semanas para chegar a Manfredônia, onde eu devia desembarcar. De lá, cheguei a Molfetta no início de fevereiro, e as tropas provinciais dirigiam-se para a fronteira do Abruzzo para enfrentar, com o general Guglielmo Pepe[5], a invasão estrangeira daquelas bandas. Por outro lado, o grosso dos inimigos era esperado pela estrada romana, e o exército regular os enfrentaria sob o comando de Carrascosa, acampado na costa ocidental entre Gaeta e os Apeninos. Resolvi meus problemas em poucos dias. O velho cura estava morto, mas inscrevera o nome de meu pai entre os óbitos de mil setecentos e noventa e nove; peguei o atestado de óbito e fui ao acampamento do general Pepe, conforme minhas instruções.

Fui recebido muito cortesmente pelo jovem general que confiava muito em suas turmas de voluntários e se propunha, com eles, combater valentemente a ofensiva que os inimigos tentariam naquelas bandas. Nunca imaginou que Nugent[6] cairia em cima dele com todo o exército, por isso, confiando muito nos papalinos, pensava se defender melhor fazendo uma parada em Rieti, no Estado romano. Ele estava justamente se ocupando da execução desse plano ousado quando apareci na frente dele e entreguei minhas cartas de recomendação. Recebeu-me muito cortesmente, falou das esperanças que tinha, e que no pior dos casos o retorno do rei deveria acomodar tudo sem intervenção de estrangeiros. De minha parte, expus o que me havia sido confiado, ele ficou muito satisfeito, acrescentando que isso poderia ser pensado se os inimigos, não abrindo

---

4 Alusão à opinião sobre os italianos expressa por Alphonse de Lamartine em *Dernier chant du pèlerinage d'Harold* [Último canto da peregrinação de Harold] (1825), que causou o desafio a duelo do poeta francês, em 1826, por Guglielmo Pepe.

5 Militante da República Partenopeia, Giglielmo Pepe voltara a Nápoles em 1818 depois de ter combatido nos exércitos de Napoleão e recebera o comando de uma divisão napolitana. Colocando-se à frente das tropas amotinadas em 1820 contra Ferdinando de Burbon, assumiu o comando supremo do exército napolitano quando o rei aceitou jurar a Constituição. Depois do congresso de Lubiana, guiou contra os austríacos o corpo dos voluntários e dos novos recrutas, enquanto o corpo regular foi confiado ao comando do ministro da guerra Michele Carrascosa (1774–1853). A divisão do exército napolitano revelou-se nefasta: os austríacos bateram Pepe em 7 de março de 1821, em Rieti e em Androco, depois que Carrascosa se desviou para Volturno, mas seus soldados desertaram. Pepe foi, então, foi obrigado ao exílio, até 1848, quando recebeu de Ferdinando II o comando das tropas napolitanas enviadas ao vêneto contra os austríacos.

6 Laval Graf Nugent von Westmeath (1777-1862), marechal austríaco.

nenhuma negociação, entrassem em conflito e ele os repelisse, como esperava, para além do Pó. Disse-me, também, que havia no acampamento um senhor milanês com propostas semelhantes, e que me apresentaria a ele.

De fato, nos encontramos à mesa, mas muito me preocupou reconhecer nele um dos mais assíduos frequentadores dos salões da casa Migliana. Esse senhor falava pouco, olhava e resmungava muito, como era costume de todos na casa da Condessa. Ficou por mais um dia, então, durante o maior perigo, desapareceu, e não ouvimos mais falar dele, a não ser que foi visto no dia seguinte em Roma, com o doutorzinho Ormenta, ao qual dizia ter-lhe sido recomendado unicamente para obter o livre retorno à Lombardia. Muitos acreditaram, eu não. De fato, o nome dele não figurou muito dignamente nos processos dos anos seguintes; e apesar de pouco saber, usou esse pouco para se salvar e deixar os outros no pântano.

Havia também no acampamento alguns sicilianos, vindos para acertar coisas de sua terra que discordavam escandalosamente das napolitanas: jovens ardentes, corteses e refinadamente educados. A Sicília é a Toscana da Baixa Itália, justamente por isso não se dá bem com a Nápoles rústica, violenta, fanfarrona. Sempre haverá ciúmes onde não há igualdade; e digam o que disserem de nosso municipalismo, Marselha também resmungaria de se submeter a Lion, como por séculos resmungou Edimburgo por se sujeitar a Londres, e talvez ainda resmungue. Apesar de Londres se sobrepor a qualquer cidade do Reino Unido, em Roma, mais do que qualquer capital de nossa península, há as tradições, as memórias, as glórias, a majestade, que a fazem cabeça não só da Itália, mas do mundo, e nenhum lugar ousaria se envergonhar por obedecer a ela. O fato era que duas províncias da Sicília pretendiam se separar de Nápoles[7], e que um exército conduzido por Florestano Pepe[8] fora mandado até lá para acalmá-los: mais um erro para distrair as forças com escaramuças quando se tratava, em outra parte, de estar ou não estar. Se enquanto Carrascosa, com suas fileiras permanentes guardava a estrada de Cápua, o exército de Florestano tivesse se juntado aos pelotões desordenados do irmão Guglielmo para reforçá-los, talvez não tivéssemos sido derrotados em Rieti e Antrodoco: uma mancha ao exército napolitano por não participar, e uma consequência necessária de um confronto repentino entre soldados regulares, cavalaria ordenada e bandos de pastores e salteadores reunidos.

7 Palermo e Girgenti (Agrigento).

8 Florestano Pepe (1778–1851), irmão de Guglielmo.

Os sicilianos defendiam sua pátria das acusações de arrogância e despreparo; segundo eles, a inoportuna retomada do orgulho palermitano devia-se às intrigas dos calderários[9], a sociedade secreta que o ministro de polícia Canosa pretendera opor à influência dos carbonários. Mas as sociedades secretas protegidas pelos governos são uma mera fantasia; ou nunca existirão, ou se transformarão em ligas autoritárias de pessoas zelosas que são prejudiciais ao próprio governo. De fato, Canosa foi destituído por usar muito a descoberto os seus cãezinhos. O partido que comanda à luz do dia não sente necessidade e não tem a necessidade de comandar à sombra do mistério e da conspiração. De modo que se calderários atacavam Palermo, isso denotava a perda de terreno.

Mas aqueles jovens corajosos não queriam ouvir falar disso e para provar traziam algumas propostas que, se aceitas, acalmariam a Sicília. O general deu bons conselhos, mas como aquele era dia de ações, mais do que as coisas da Sicília, preocupavam-no as notícias das Marcas. Soube-se, logo depois do almoço, que um esquadrão de ulanos passara na noite anterior; camponeses fugitivos de suas terras contavam que todo o exército vinha atrás deles. Então ficou claro na mente do general o astuto plano dos imperiais de dar indícios de entrar em Nápoles pela via de Cápua, atraindo para lá o maior esforço da defesa, mas entrar pelos passos mal guarnecidos do Abruzzo. Mas ainda era possível que fosse exagero dos camponeses, como sempre, e que tivessem confundido por milhares as poucas fileiras de soldados a pé e a cavalo destinadas a reconhecimento. Esperava-se poder concentrar próximo a Rieti as guarnições estacionadas aqui e ali, e pelo menos dar tempo a Carrascosa para se interpor daquele lado entre Nápoles e o inimigo, na retaguarda das tropas de Pepe. Como ele desejava enviar logo alguém a Rieti, eu e os jovens sicilianos nos oferecemos; ele nos agradeceu, nos deu uma escolta de cavalarianos e pediu que o avisássemos de tudo no menor tempo possível. Nesse meio tempo, ele enviaria mensagens a todos os comandantes para que voltassem com suas tropas, pela estrada de Rieti, a Aquila.

O que mais se temia infelizmente era verdade. Nugent ameaçava com todo o exército a fronteira do Abruzzo; um grande corpo de cavalaria minava a importantíssima posição de Rieti. Pepe foi avisado em duas horas, mas já era tarde demais para que pudesse suprir tal urgência. Só teve tempo de correr e se juntar diante do maior perigo. Os cavalos imperiais já haviam começado o ataque. Os voluntários, armados de carabinas, mal resistiam ao ímpeto da cavalaria; o

9 Sociedade secreta de inspiração reacionária, fundada por Antonio Capece Minutolo, príncipe de Canosa (1763-1838).

campo estava devastado, nas estradas corria sangue, o terror se espalhava aumentado pela surpresa, pelo grande número de atacantes, pelos poucos meios de defesa. Faltavam as artilharias; os cavalarianos não somavam, creio, mais do que quatrocentos, os outros estavam espalhados em diversas posições. Depois de duas horas de combate, Rieti estava perdida e Pepe foi obrigado a se retirar. Assim que se retirou e se reuniu aos seus, reforçado por novas tropas que chegaram, percebeu que em Rieti estava o cerne da guerra, e que se lhe fugisse das mãos não haveria mais esperança. Reuniu um conselho de guerra, que julgou impossível retomar a praça contra os canhões já assentados em bom número pelos imperiais. Mesmo assim o general insistiu na ousada, mas necessária resolução. Gritou que quem quisesse segui-lo que o seguisse, pois ele não abandonaria a fronteira do Abruzzo antes de fazer um último esforço sobre Rieti. Sua honra e o dever lhe ordenavam isso. Ao grito desesperado de seu capitão acorreram corajosos muitos dos voluntários, eu e os jovens sicilianos entre os primeiros.

Não pensei em minha esposa e meus filhos nem por um instante, estava convencido de que o primeiro dever dos pais é deixar uma boa herança de exemplos fortes e corajosos. Vocês irão convir comigo que para um organista de Cordovado não era tão ruim assim. A morte naquele momento pareceu-me mais bela e gloriosa do que merecer uma vida muito mais longa do que a minha, e cheia de dores e infortúnios para consegui-la. No longo tempo que vivi, faltaram, é verdade, ocasiões para viver bem, mas ocasiões para morrer melhor não foram poucas; isso também era um consolo para poder deixar este mundo sem lamentações.

Nosso ataque foi súbito e vigoroso, mas insuficiente pelo escasso número de atacantes: os canhões troavam e faziam um horrível estrago em nossas fileiras. Daqueles bravos sicilianos, só um ficou vivo e foi amarrado à boca de um obus. Voltamos para um segundo ataque, mas a maioria estava desanimada; respondeu-nos uma chuva de balas; a formação se rompeu; os voluntários debandaram; ficou um bom número de feridos e mortos no terreno, com medo da cavalaria inimiga que campeava furibunda. O general teve tempo de voltar quase sozinho para Aquila, onde estava o resto do exército já desencorajado pelo primeiro desastre e pela frustrada empresa de Rieti. Eu, ferido profundamente no ombro, procurei me esconder num matagal, mas alguns inimigos me descobriram; fui feito prisioneiro, e quando descobriram que eu não era napolitano fui levado ao quartel general para ser julgado. Avançando com o exército imperial, aos poucos soube da queda de Aquila e de Antrodoco.

Em março, fui levado para Nápoles, alojado gentilmente no Castel Sant'Elmo, e entregue a um tribunal de guerra para que se decidisse o tipo do meu delito. De fato, ter combatido voluntariamente por um governo constitucional que não era o meu foi considerado crime de alta traição. E já que eu estava curado da ferida, leram-me, uma bela manhã, a minha sentença de morte. Eu não tinha escrito nada para casa, porque, a meu ver, é sempre bom retardar aos outros a notícia de infortúnios irreparáveis; de modo que me dispus a morrer com a maior resignação, apenas muito desgostoso por não ver o fim desse triste capítulo da história. Vieram até me oferecer gentilmente a graça, se eu quisesse dizer quem me mandara e porque eu viera, mas a essas indiscretíssimas perguntas respondia suficientemente o atestado de morte de meu pai datado de Molfetta e que estava comigo. Respondi que tinha vindo apenas por isso, e que tendo parado para cumprimentar o general Pepe, meu mau destino havia me jogado nessa feia confusão. Foi como se não tivesse falado, mas aproveitei a ocasião para pedir que aqueles senhores enviassem à minha família o atestado de óbito, juntamente com o meu, para que eles pudessem resgatar os benefícios um tanto escrupulosos da avarenta Porta Otomana.

Aqueles senhores riram desse discurso, talvez imaginando que eu o tivesse feito para ser considerado louco, mas eu acrescentei, com o melhor sorriso do mundo, que fizessem o favor de acreditar na minha sensatez, e que voltava a pedir aquela cortesia. Aliás, dei a um deles o endereço de Spiro Apostulos em Veneza e de Aquilina Provedoni Altoviti em Cordovado, no Friuli. Entenderam que eu não estava brincando e me prometeram que fariam conforme a minha vontade. Perguntei, também, quando eu sairia da prisão para a cerimônia, já que estava apodrecendo lá há três meses, e me parecia correto pagar com a vida um pouco de ar fresco. Sabendo que a execução seria em três dias e que ocorreria no fosso do castelo, fiquei bastante amuado. Morrer em Nápoles sem podem revê-la! Convenham que é bem ruim.

Todavia, assim que se foram me consolei um pouco. Disse a mim mesmo que não devia perder aqueles últimos dias em futilidades e desejos vãos, que o melhor era levar a morte a sério e dar um exemplo de grandeza de espírito ao carrasco. Os bons exemplos falam pela boca de todos, e são sempre benéficos; o carrasco muitas vezes causa maior mal ao dizer que não ganhara nada ao enforcar.

No dia seguinte, depois de ter dormido, confesso, com alguma inquietação, ouvi virem pelo corredor alguns passos que não eram de guardas nem de carcereiros. Quando abriram a porta, eu esperava o confessor ou algum criado do carrasco que viesse raspar minha cabeça ou medir meu pescoço. Nada disso. Entraram três tipos compridos e negros, um dos quais tirou um papel de debaixo do braço, abriu-o lentamente, e começou a ler com voz empolada e nasal. Me parecia ouvir Fulgenzio quando recitava a epístola e essa lembrança não me deu qualquer prazer. Entretanto, eu estava tão convencido de que devia morrer no dia seguinte, tão ocupado em observar aqueles três, que não prestei atenção ao que liam. Só me chamou a atenção a palavra *perdão*.

– O quê? – disse eu tremendo todo.

– "Assim se comuta a pena de morte em trabalhos forçados perpétuos a ser cumprida na prisão de Ponza" – continuava o narigão falador do senhor chanceler. Então entendi do que se tratava, e não sei se me alegrei, porque entre a morte e a prisão sempre vi pouquíssima diferença. Nos dias seguintes tive a oportunidade de me convencer de que se havia alguma vantagem talvez fosse pelo lado da forca. Na ilha de Ponza, e precisamente na prisão onde foi confinado o livre arbítrio da minha liberdade humana, não se pode dizer que abundassem as comodidades da vida. Uma grande ala longa e estreita guarnecida de pranchas de madeira para se deitar, água e sopa de feijão, numerosa companhia de ladrões napolitanos e malfeitores calabreses, ainda por cima, legiões de insetos de todo o tipo e qualidade, que maiores não teve Jó quando jazia no chiqueiro. Fosse pelo efeito de sermos comidos vivos ou dos escassos e pitagóricos alimentos[10], o fato é que se morria de fome; os guardas diziam que o ar de Ponza engorda, eu descobri que os feijões me emagreciam, e pobre de quem ficasse lá mais de um mês. Não sei como fizeram a filha ou a neta de Augusto para ficar lá dez anos[11]: provavelmente comia-se algo de mais suculento além de feijões. Sorte, como disse, que não fiquei mais do que um mês, mandaram-me para Gaeta, onde tive melhor companhia e fui melhor alimentado, mas comecei a sofrer da vista.

Tinha só para mim uma jaulinha toda caiada de branco que dava para o mar; de lá, o sol resplandecente no céu e refletido nas águas mandava tal reverberação que feria os olhos. Fiz pedidos e pedidos: tudo inútil. Talvez considerassem lícito privar dos olhos um homem a que se presenteara a vida, mas ainda não entendo porque não me comunicaram esse privilégio no ato da graça. Em três meses fiquei quase cego: via as coisas azuis, verdes, vermelhas, nunca da cor natural; perdia a cada dia mais o sentido das proporções; às vezes a cela me parecia uma sala sem fim e minha mão a pata de um elefante. Os carcereiros me pareciam rinocerontes.

10 Os seguidores de Pitágoras se alimentavam de frutas e vegetais.

11 Giulia Maggiore e Giulia Minore foram confinadas, pelo imperador Augusto, por conduta escandalosa, nas ilhas de Ponza.

No quarto mês, comecei a ver aquele meu pedacinho de mundo através de uma névoa; no quinto, principiou a descer uma grande escuridão, e das cores que via antes só sobrou um vermelho escuro, uma tintura mista de pó e sangue. Então chegou a ordem de me transferir para Nápoles, para o Castel Sant'Elmo, e voltaram os dois mesmos chanceleres para ler a mesma lenga-lenga. Tinha sido perdoada o resto da pena! Paciência! Se não veria mais o mundo da cor que realmente era, ao menos passearia nele e farejaria à vontade!... Poderia rever minha casa, meus filhos, minha esposa... Devagar com essas grandiosidades!... Eu estava perdoado, mas relegado a fora da Itália, e podem acreditar, que expulso de lá, nem a França, nem a Espanha, estariam dispostas a me abrir os braços. Que raio de perdão era aquele, que mandava um pobre cego pedir esmolas, só Deus sabe. Entretanto, tive o conforto de saber que o perdão viera por intercessão da Princesa Santacroce e que me era concedido falar com ela antes zarpar do porto de Nápoles.

A senhora Princesa devia ter envelhecido muito, mas tinha aquele ar de bondade que é a perpétua juventude da mulher. Recebeu-me muito bem, e como não podia vê-la, eu juraria que ainda tinha trinta anos como no tempo da Partenopeia. Ela me disse ter trabalhado muito, tanto para salvar minha vida quanto para obter a minha libertação, mas que não pudera fazê-lo antes. Além disso, confessava que havia outra pessoa a qual eu devia mais do que a ela e que eu conhecia muito bem, mas antes de consentir que eu soubesse quem era, queria se certificar do meu estado de saúde, e se realmente eu estava doente dos olhos como diziam. Não sei quem achei que era aquela incógnita e piedosa pessoa, mas estava impaciente para vê-la.

– Senhora Princesa – exclamei –, infelizmente deixei a luz mais límpida dos meus olhos em Gaeta, e já estou condenado a viver em perpétuo crepúsculo!... As feições das pessoas que amo estão ocultas para sempre para mim, e só com a imaginação posso me deleitar com seus serenos e amáveis rostos!

Percebi que a Princesa sorriu tristemente, como quem pensa não ser visto.

– Já que é assim – acrescentou ela abrindo a porta que dava para uma saleta –, venha, senhora Pisana, que o senhor Carlo precisa muito da senhora.

Por mais que o coração tivesse me dito, creio que estive para enlouquecer. A Pisana era o meu bom anjo, eu a encontrava em todos os lugares onde o destino parecia ter me abandonado aos maiores perigos, vencedora em meu favor do mesmo destino. Ela se atirou em meus braços, mas se deteve no momento em que eu ia abraçá-la. Pegou minhas mãos e se contentou em me dar a face para beijar. Então esqueci de tudo; minha alma viveu para aquele beijo.

– Carlo – começou ela a me dizer, com a voz embargada pela emoção –, vim para Nápoles faz sete meses a pedido de sua esposa. A senhora Princesa escrevera com urgência a Veneza se um tal Carlo Altoviti que estava no Castel Sant'Elmo, acusado de alta traição, era o mesmo que conhecera há vinte anos. Escreveu para mim por não conhecer seus outros parentes. Imagine como nos sentimos com essa notícia, principalmente eu que há três meses esperava em vão suas cartas e infelizmente o temia envolvido, por vontade própria ou por acaso, na revolução napolitana!... Quis partir imediatamente, mas as conveniências me detiveram. Falei com seu cunhado dizendo-lhe que por meio de uma poderosa protetora eu podia, em Nápoles, tentar muito por você. Ele gostaria de me acompanhar, mas a esposa dele, sua irmã, havia piorado de seu mal, e ele foi forçado a ficar. Então me deu dinheiro para a viagem, pois como você sabe, estamos sempre no vermelho. Antes de partir, pedi a ele outro favor: quis que ele fosse ver sua esposa, que lhe contasse tudo e que ela me permitisse ajudá-lo. Aquilina, pobrezinha, ficou desesperada com a desgraça, mas o que fazer, meu Deus!... Mesmo com toda a miséria, com dois filhos moços, com o irmão quase incapaz, ela queria abandonar tudo, e vir sofrer, morrer, com você. Seu cunhado a dissuadiu mostrando que a viagem dela não traria nenhuma vantagem, e que ela devia ficar por causa dos filhos. Ela se acalmou e ficou contentíssima ao saber que eu me oferecia para tentar todas as formas de salvá-lo, e confiava em mim pelos vários recursos que eu tinha. Então eu vim; todos os perdões você deve à graciosa intercessão da senhora Princesa, mas porque Deus quis afligi-lo com outra desventura que ela não pode aliviar, estou aqui, orgulhosa pela confiança que sua esposa depositou em mim, e serei sua amiga, guia se quiser, em último caso enfermeira!

– Pisana, você é modesta demais – disse a Princesa –, suas intercessões puderam tanto em Nápoles quanto as minhas. Se eu dobrei as vontades, você soube convencer os corações.

– Oh, vocês duas são as minhas maiores benfeitoras! – exclamei. – Minha vida não será suficiente para lhes provar o meu reconhecimento.

– Já chega de cerimônias – acrescentou a Princesa. – Agora passemos a algo de mais útil. Amanhã vocês partirão para uma longa viagem, é necessário pensar para que nada lhes falte.

De fato, aquela boa senhora, apesar de sua fortuna não ser muito grande, me preparara um baú com tudo que eu poderia precisar, não havia nada a desejar, a não ser um modo de lhe provar a minha gratidão. Ela, nesse meio tempo, cuidara muito bem dos filhos do pobre Martelli, já que a viúva morrera alguns anos depois do heróico sacrifício do marido. Ambos receberam ótima educação; um já era um conceituado engenheiro e o outro navegava como sub-capitão numa embarcação mercantil.

Antes de partir, tive o prazer de conhecer o primeiro e ver nele o retrato vivo do pai. Ele também estivera envolvido nos últimos acontecimentos e fora processado, mas conseguira se livrar, e sua estima aumentara muito pela admirável firmeza demonstrada. No dia seguinte, deixei com desgosto as encantadoras praias de Nápoles, apesar de me terem sido fatais por duas vezes. Não pude me despedir delas com os olhos, mas o coração entoou com seu palpitar o triste hino da partida. Sabia que não as veria de novo, e se eu não morria por elas, elas eram como morte para mim.

No mês seguinte estávamos em Londres. Era o único país onde me era permitido morar, mas nossas condições eram tais, que lá, mais do que em outros lugares, éramos obrigados a penosas privações. O alto custo da alimentação, o preço dos aluguéis, a minha doença dos olhos que piorava sempre, a pobreza à qual nos aproximávamos sempre mais sem esperança de sair de algum modo, tudo concorria para nos angustiar pelo presente e nos fazer temer um futuro ainda mais desastroso. A Pisana, pobrezinha, não era mais do que uma irmã de caridade. Trabalhava por mim noite e dia, e estudava inglês propondo-se, depois, a dar aulas de italiano e assim prover o meu sustento. Mas gastava-se muito mais do que se ganhava, e apesar dos médicos e dos remédios eu ficara realmente cego. Justamente quando esperávamos algum socorro de Veneza, Aglaura escreveu que poderia mandar muito pouco, porque Spiro, com os dois filhos e toda sua riqueza, fizera velas para a Grécia ao primeiro grito de rebelião dos maniotas[12]. Ela própria o encorajara a isso, só por causa de sua saúde ficara em Veneza contente com sua penúria e suas dores, pensando que eram sacrifícios úteis e devidos à santa causa de um grande povo oprimido.

Assim, me congratulei com ela e com meu cunhado por tanta magnanimidade, mas desapareceu a última chance de obter alguma esmola daqueles lados. Quanto ao crédito com a Porta, nem se falava, agora que Spiro lhe havia declarado guerra com seus compatriotas. Restava dirigir-me a Cordovado, mas lá era preciso a delicadeza de que fossemos mais mentirosos para esconder do que sinceros para descrever nossas necessidades. Aquilina e Bruto tirariam sangue das veias para nos ajudar, mas justamente para impedir a ruína deles e de meus filhos tínhamos nos acostumado a lhes contar só boas notícias. Eles não sabiam nada da nossa extrema penúria e da minha cegueira, e para justificar a ausência da Pisana, e o

12 Ver cap. XIX, nota 24.

meu caráter tão infame quanto pode ser o de um cego que se esforça para escrever, dava-lhes a entender que eu estava ocupadíssimo, e ela trabalhando junto a uma grande família como aia, sem pressa para voltar pois sabia ser mais um peso do que uma ajuda ao marido depois da assistência que lhe prestava Clara.

Ela, no entanto, procurava todos os meios para tirar algum lucro com seu trabalho, e apesar de no início não ter querido ficar na mesma casa comigo, com o avançar da doença e da necessidade consentiu. Vivíamos como irmãos, esquecidos daquele tempo em que laços mais suaves nos ligavam; e se eu distraidamente o recordava, logo a Pisana o transformava em piada ou mudava de assunto.

Infelizmente, toda nossa ilusão fora seguida, pode-se dizer, de um desengano. A Pisana, com prodigiosa rapidez, aprendera inglês, e o falava bastante corretamente, mas as esperadas aulas não vinham e por mais que ela fizesse só encontrara os filhos de alguns míseros comerciantes para ensinar italiano ou francês. Então tentou trabalhar fazendo rendas, nas quais as donzelas venezianas eram mestras, mas apesar de render modestamente o trabalho era tanto que não poderia durar muito tempo. Eu passava longas horas lhe agradecendo pelo que fazia por mim, e creio nunca ter sofrido maior tormento ao aceitar sacrifícios que custavam tanto para conservar uma vida tão inútil como a minha. A Pisana ria dos meus longos discursos de devoção e reconhecimento, e tentava me convencer que o que me parecia lhe custar muito, não a incomodava em nada. Mas do som da voz, da magreza da mão, que às vezes eu apertava, eu percebia que as dificuldades e o trabalho a consumiam. Eu, ao contrário, engordava como um cavalo mantido sempre no estábulo, e este não era o último dos meus desgostos: temia ser considerado pouco sensível a tantas provas de heroica amizade que me eram dadas.

"Amizade, amizade!", havia muito por trás desta palavra, como dizemos nós venezianos, e me parecia impossível que a Pisana fosse capaz de estar nos limites desse moderado sentimento. Algumas vezes, não sei se temia ou me iludia que a memória do passado, ou outra coisa, tivesse grande mérito nos sacrifícios daquela época. Mas ela zombava de mim com tanta graça quando eu caía em alguma distante alusão a isso, que me envergonhava das minhas suspeitas como se viessem do meu excesso de soberba ou da pouca confiança no heroísmo desinteressado daquela prodigiosa criatura. Por outro lado, para me dissuadir dessa opinião, teriam bastado as contínuas e fervorosas conversas que ela era sempre a primeira a encetar sobre Aquilina, meus filhos e a felicidade que iria ter nos braços deles. Parecia que a Pisana de antes devesse estar morta e sepultada para mim. Assim passavam os meses sem diferença para mim de dia e de noite: eu tinha realmente perdido a esperança de reaver a vista; nunca saía do quarto a não ser no domingo para passear um pouco de braços com a Pisana. Ela sempre se esforçava além do normal, por mais que quisesse dar a entender o contrário; frequentemente ficava ausente manhãs inteiras, segundo ela para passear ou correr de casa em casa para as numerosas aulas que dizia ter. De fato, eu pensava que estivesse trabalhando em alguma loja; nunca teria imaginado o que descobri a seguir.

– Pisana – eu perguntava às vezes –, já que hoje é domingo, por que você não põe o vestido de seda? (eu reconhecia pelo ciciar).

Ela respondia que mandara ajustar, mas eu sabia que o vendera, me dissera uma vizinha que a ajudara.

Outro dia era o xale que faltava; eu percebia porque, estando frio, a ouvia bater os dentes. Ela me dizia que o estava usando, e me fazia apalpar uma lã que dizia ser o xale. Mas eu conhecia de antes o tecido macio daquele cashmere, e não me enganava colocando a mão numa pelerine de lãzinha. O xale fizera a mesma viagem do vestido de seda. Às vezes me alegrava por ser cego para não padecer o espetáculo de tantas misérias, esquecendo que eu era a causa daquela desgraça. Pouco depois me desesperava sabendo-me tão impotente a ponto de ser dependente da comida e da piedade milagrosa de uma mulher.

Aquilina, apesar dos nossos protestos de abastança, mandava todo o dinheiro que podia, mas eram gotas d'água num grande vaso cheio de necessidades. Ela também escrevia que todos os dias economizava um pouco para vir me encontrar, e que havia trabalhado muito em Veneza para obter a graça de me repatriar. Eu sacudia a cabeça, porque já não tinha mais esperanças no coração, mas a Pisana me repreendia exclamando que eu era um tolo em me desencorajar daquele modo, e que éramos muito afortunados em sobreviver honestamente sem tantos trabalhos. Somente às vezes, ao me repreender de minha prostração de espírito, ela alfinetava um pouco com o seu humorismo bizarro e maligno de outros tempos. Mas não passava um minuto e ela voltava a ser boa e paciente, como se o seu temperamento tivesse mudado completamente ou tivesse passado a depender da vontade e da razão. Enfim, existem filhos que custam muito às mães, amantes que devem muito às amantes, maridos que tiveram das esposas as maiores provas de afeto, mas um homem que reconheça de uma mulher maiores benefícios que eu da Pisana não é, creio, tão fácil de encontrar. Nem mãe, nem amante, nem esposa podia fazer tanto pelo seu objeto de amor. Se a conduta dela fosse julgada, também em relação a mim, como muito extravagante e irregular, e ela fosse acusada de loucura por alguns de seus conhecidos de Veneza, justamente pela magnânima irresponsabilidade de tantos sacrifícios, eu abençoaria a loucura e derrubaria o altar da sabedoria para erguer a ela outro altar mil vezes mais santo e merecido.

Mas infelizmente, tendo sido estabelecido que poucos devem ser os loucos, e muitos os sãos, hoje em dia são trancados no hospital aqueles que pensam antes na generosidade e depois na regularidade e no sucesso de suas ações. Se o cérebro respondesse melhor às batidas do coração, e os braços obedecessem mais a este do que àquele, vocês acham que tudo deveria ser refeito?... Oh não, nossa história terminaria com um magnífico "Fim", e agora estaríamos empenhados, no máximo, em algum apêndice glorioso. Infelizmente será preciso mudar de rumo, e atrelar necessariamente a renovação nacional a uma disputa de interesses que demonstrem um ótimo capital com gordos e seguros dividendos. Mas isso não é possível, que diferença dos sublimes e generosos entusiasmos de antes!...

Imaginem como podiam viver naquele grande turbilhão sufocante e agitado que é Londres um pobre cego e uma mulher até então acostumada a todas as comodidades da ociosa nobreza veneziana. Os refugiados políticos não gozavam de nenhum favor, a moda só havia feito deles uma espécie curiosíssima de animais de circo. Nos faziam pagar até a água que bebíamos, e fora as escassas ajudas que vinham de casa, a Pisana devia prover tudo. Mas o que são em Londres os quatrocentos ducados que me chegavam por ano de Veneza ou de Cordovado!... Misérias! Sobretudo com a minha doença que a Pisana queria curar, e com as consultas dos médicos mais reputados; embora eu, desanimado com a medicina, a censurasse como um luxo completamente inútil.

Suas ausências de casa faziam-se sempre mais frequentes e longas; meu humor se tornava sombrio e desconfiado; ela, pobrezinha, para me repreender ficava furiosa e aí começavam as brigas e as desavenças. Cabia a mim, é verdade, me render e calar, como devedor de tudo, mas às vezes me parecia ter direito a um maior grau de confiança, que, como vocês sabem, quando é negada parece ser a única coisa importante. Então eu a provocava e ela se irritava, e nem sempre essas discussões terminavam amigavelmente. Muitas vezes ela saía do quarto batendo os pés e resmungando da minha falta de confiança, mas nunca me acusou de maldade ou ingratidão. E não deixei que faltassem ocasiões. Depois disso eu tinha tempo para fazer um exame de consciência, de me recuperar e me preparar calmo e arrependido para quando ela voltasse.

– Carlo – ela me dizia –, já se acalmou?... Então eu fico, senão saio e volto mais tarde. Não posso suportar que você duvide de mim, acredite que o que não digo é porque não devo dizer, porque não é verdade.

Eu fingia acreditar nela e não dar importância àquela parte de sua vida que me ocultava com tanto mistério, mas a imaginação trabalhava e frequentemente não estive longe da verdade. Justiça de Deus! Como fiquei arrepiado só de pensar!... Mas não me fixava em certas ideias, porque não tinha qualquer direito; fazia o possível para me convencer de que ela não me escondia nada e que as aulas lhe custassem todo o tempo que ficava fora de casa. Todavia, aos poucos ela não teve mais coragem de me dizer que estava tudo bem e que não invejava os anos mais felizes de sua juventude; eu a ouvia ofegar depois de subir as escadas, tossir com frequência, e algumas vezes até suspirar com tanta força, que a compaixão me partia as estranhas.

No início do segundo ano do nosso exílio, ela adoeceu gravemente; quais eram então os tormentos, o desespero do pobre cego, não poderia certamente descrever, já que ainda me espanto por ter saído vivo. Além disso, eu devia sufocar tudo para não aumentar o sofrimento dela com meus delírios, mas ela retribuía minhas dores ocultas com os mais delicados confortos que se possa imaginar. Sentia-se morrer e falava de convalescença; tinha o fogo de uma febre mortal em suas veias e se compadecia do meu mal, como se nem fosse digno falar do dela. Imaginava sempre sair na semana seguinte; pensava quais créditos tinha em tal e tal lugar para fazer frente às maiores despesas e ao que faltara naquele meio tempo, tentava me fazer esquecer de sua doença ou me convencer que acreditava numa próxima melhora. Eu passava noites e dias à sua cabeceira, tomando-lhe o pulso a cada instante e escutando atentamente sua respiração pesada e difícil.

Oh, quanto não pagaria por um vestígio de luz para entrever seu rosto, para entender no que devia acreditar de suas palavras piedosamente mentirosas! Com quanta inquietação eu não seguia o médico até a escada pedindo e implorando que me dissesse a verdade! Mais de uma vez suspeitei que ela viesse atrás de mim para impedir que o médico, desobedecendo sua recomendação, me dissesse o perigo de seu estado!... Quando eu não queria me acalmar com seus pedidos, ela ainda tinha a coragem de se irritar, de pretender que eu acreditasse nela e que não me martirizasse com medos imaginários. Oh, mas eu não me deixava enganar!... O coração me advertia da desgraça que nos ameaçava, e as poções que o médico receitava não eram adequadas a um leve incômodo passageiro. Estávamos no limite, precisei vender minhas roupas, e teria vendido a mim mesmo para lhe proporcionar um alívio momentâneo.

Deus finalmente teve compaixão dela e das minhas horríveis angústias. O mal-estar foi domado, se não vencido; o ardor febril parou em seu corpo extenuado; recuperou as forças aos poucos. Levantou-se da cama, logo quis despedir a criada para economizar, e fazer ela mesma os serviços de casa; eu me opus quanto pude, mas a vontade da Pisana era irremovível; nem doenças, nem desgraças, nem persuasões, nem ordens nunca conseguiram dobrá-la.

Nos primeiros dias em que saiu de casa, também não me deixei vencer e quis acompanhá-la, mas ela se zangava tanto que achei melhor contentá-la e deixar que saísse sozinha.

– Mas Pisana – eu dizia –, você não disse que precisa buscar aqui e ali alguns pequenos pagamentos por suas aulas? Então vamos, vou aonde você quiser.

– Belo guia – me respondia brincando –, belo guia, um cego! Você acha que tenho vontade de parecer ridícula mostrando-me assim pelas casas?... O que será que poderão pensar! Não, não, Carlo. Os ingleses são escrupulosos, digo e repito que vou sozinha.

Assim, resmungando e nada convencido da verdade do que ela dizia, precisei deixá-la fazer a seu modo. Recomeçaram suas longas ausências, durante as quais eu sempre ficava com o coração na mão, receando que ela não voltasse mais. De fato, às vezes ela voltava para casa tão exausta que por mais que se esforçasse não conseguia esconder o seu esgotamento. Eu a repreendia docemente, mas depois precisava me calar, pois cada mais leve repreensão lhe dava tanta raiva que por pouco não tinha convulsões. Não creio que fosse possível imaginar infelicidade maior do que a minha.

Londres, vocês sabem, é grande, mas as montanhas existem e os homens ultrapassando-as se encontram. Aconteceu que a Pisana, uma manhã, se encontrou com o doutor Lucilio, que eu supunha estar em Londres, mas não quisera procurá-lo pela frieza que demonstrara tão injustamente antes. Mas encontrou-se com a Pisana; ela lhe contou as nossas aventuras, e a causa pela qual estávamos em Londres desprovidos de tudo. Parece que a minha postura o convenceu da falsidade das acusações que ele, em outros tempos, considerara verdadeiras a meu respeito. De fato, veio me ver e demonstrou tanta amizade como nunca me havia demonstrado. Era um bom modo de pedir perdão pela longa injustiça, eu não podia pretender mais da índole orgulhosa de Lucilio. Esse encontro muito me reconfortou, e o tomei como uma promessa da Providência de que nossa sorte tivesse mudado para melhor. Fiquei cada vez mais convencido disso, pela bela virada que tudo pareceu ter repentinamente.

Antes de tudo, Lucilio examinou atentamente meus olhos, e dizendo que estavam cobertos de cataratas e que em poucos meses estariam maduras para a operação que ele confiava que seria bem sucedida, devolveu minha alma ao corpo. Oh, o grande dom da luz! Só a aprecia dignamente quem a perdeu. O doutor, então, me pediu notícias de mim, da minha família e como estavam as coisas, depois me garantiu que mandaria vir à Inglaterra Aquilina e meus filhos, onde pensaria em me estabelecer de forma que eles fossem mais úteis no futuro do que caros no presente. Ele tinha uma grande clientela de lordes e príncipes, cuja influência manobrava como queria; e os protestos ouvidos no Parlamento pelas deliberações do Congresso de Verona foram, creio, inspirados por ele.[13]

Eu queria desistir pelas grandes despesas que isso acarretaria, e para as quais certamente minha bolsa não estava preparada; também, devo confessar, tinha quase vergonha de manifestar essa grande urgência de ter minha família comigo, parecendo-me quase desonrar a devoção única e generosa da Pisana. Quando ficamos sozinhos por um momento, segredei esse meu escrúpulo ao doutor.

– Não, não – respondeu ele tristemente –, gente de casa será necessária, acredite que fará grande bem também à condessa Pisana.

Eu queria que ele me esclarecesse melhor esse enigma, mas ele se esquivou acrescentando que certamente a cura de um cego devia pesar demais a uma senhora acostumada às delicadezas venezianas e que a ajuda de outra mulher muito a aliviaria.

– Diga a verdade, Lucilio – acrescentei –, a saúde da Pisana não tem nada a ver com isso?

– Tem sim... porque ela poderia se desgastar.

– Então, agora pode-se dizer que ela está bem?

– Meu Deus, quando se pode dizer que a saúde é boa ou má? A natureza tem seus segredos e nem aos médicos é dado adivinhá-los. Veja, eu envelheci na profissão, no entanto ontem de manhã deixei um doente que me parecia estar melhorando e à noite encontrei-o morto. São tabefes que a natureza presenteia a quem quer conhecê-la demasiado e violar a sua misteriosa virgindade. Acredite, Carlo, a ciência ainda é virgem, até agora não acariciamos suas faces!

– Oh, você não acredita nem na ciência! Mas acredita em que, então?

– Creio no futuro da ciência, isso se algum cometa ou o resfriamento da crosta terrestre não estragar a obra dos séculos. Creio no entusiasmo dos espíritos, que às vezes surgem na vida da sociedade antecipando de alguns

13 Em 1822, as potências europeias se reuniram em Verona para discutir medidas anti-insurreições, especialmente na Espanha. Os britânicos se recusaram a apoiar qualquer ação contra as revoltas na América Espanhola

milênios o triunfo da ciência, assim como o matemático chega às suas descobertas pelas audazes hipóteses do poeta!

– E por isso, Lucilio, você segue o sonho da sua juventude, e acredita reacender esse imenso entusiasmo com intrigas secretas e obscuras maquinações!...

– Não, não censure, pelo menos zombeteiramente, o que você não entende. Eu não corro atrás de uma fantasia, satisfaço uma necessidade. Carlo, as intrigas não são sempre secretas, nem as maquinações obscuras!... Toque esta cicatriz!... – e abriu o peito próximo à garganta –, consegui há um ano em Novara[14]! Foi inútil, mas a ferida ficou.

– Veja esta que consegui em Rieti – respondi arregaçando a manga e mostrando o braço.

Lucilio me abraçou com uma efusão que eu nunca esperaria dele.

– Oh, benditas essas almas – disse ele –, que veem a verdade e a seguem, mesmo que uma força irresistível não os impulsione! Benditos os homens para os quais o sacrifício não atrai, mas se oferecem mesmo assim, vítimas voluntárias e generosas! São verdadeiramente grandes.

– Não me adule – acrescentei. – Eu fui a Nápoles, pode-se dizer, por amor próprio, e até teria um meio remorso por ter sacrificado ao meu orgulho o interesse da minha família.

– Não, eu garanto, você não sacrificou nada. A sua família virá encontrá-lo aqui. Você irá rever a bela luz do dia e os desejados rostos de seus queridos. É verdade que o sol de Londres não é o de Veneza, mas a melancolia de suas cores combina perfeitamente com as pupilas lacrimosas do exilado.

– Você me dá a esperança de que a Pisana esteja perfeitamente curada?

– Perfeitamente – respondeu o doutor com um frêmito na voz.

Eu tremi todo, pois me pareceu ouvir, sei lá, uma sentença de morte, mas ele foi adiante falando tão pacatamente da doença da Pisana, como deveria se desenvolver, dos cuidados mais adequados e da infalível cura, que a memória daquele funesto *perfeitamente* me saiu da cabeça.

O doutor fez tanto para nos ajudar, que graças aos seus espontâneos favores não nos faltou mais nada, e eu me envergonhava de viver assim de esmolas, mas ele dizia à Pisana que tinha deveres para com sua futura

14 A revolta de Novara (8 de abril de 1821) pôs fim a uma série de levantes no Piemonte promovidos pela Carbonaria, especialmente na classe militar, e iniciados em 10 de março

cunhada e não queria nem por todo o ouro do mundo ceder aos outros o direito de lhe ser útil.

– Como? – dizia-lhe a Pisana – Você ainda teima com a ideia de se casar com minha irmã? Não vê que ela é ainda mais velha de espírito do que de corpo, e ainda por cima freira das unhas aos cabelos?...

– Sou incorrigível – respondia o doutor –, o que tentei aos vinte anos e não consegui, tentei aos trinta, aos quarenta, aos cinquenta, e tentarei aos sessenta que já se aproximam. Quero que minha vida seja uma tentativa, mas uma forte e obstinada tentativa, sou assim com tudo, e seria bom que os outros me imitassem! Batendo se enfia o prego.

– Mas não se desprega a obstinação de uma freira.

– Bem, não falemos mais nisso, falemos da senhora Aquilina e dos dois rapazes que devem estar para chegar. Você tem notícias sobre a viagem deles?

– Ontem recebi uma carta de Bruxelas – disse. – Bruto os acompanha com sua velha perna de pau. Na verdade, não sei como lhe agradecer pela grande despesa que você assumiu.

– Agradecer a mim?... Você não sabe que cem libras esterlinas não me custam mais do que escrever uma receita? Prolongo por dois dias a gota aristocrática de um nobre lorde e ganho para fazer todos vocês viajarem pela Europa. Conhecem lorde Byron, o poeta?[15]... Ele queria me dar dez mil guinéus[16] se eu conseguisse alongar em uma polegada sua perna direita que manca. Apesar de eu achar que conseguiria com um certo método descoberto por mim, não precisava de dinheiro, nem queria perder meu tempo esticando as pernas da Câmara Alta[17]. De modo que ri na cara do grande poeta respondendo que precisavam de mim no hospital.

– E ele?

– Ele se satisfez com um epigrama, e se vingou me destinando o mais belo sonetinho que já foi escrito em inglês. Garanto que debaixo da alma tempestuosa de Don Juan e de Manfredo[18] se esconde uma pura chama que explodirá

---

15 George Gordon Byron (1788-1824), poeta romântico inglês, famoso por suas obras e pela excentricidade de sua vida, cuja influência na cultura e nos costumes europeus da primeira metade do século XIX foi muito ampla (byronismo); generoso e cavalheiresco, ele morreu de febres em Mesolóngi lutando pela causa grega.

16 Moeda de ouro inglesa.

17 Câmara dos Lordes do parlamento inglês.

18 Protagonistas de duas obras byronianas: respectivamente, um poema satírico (*Don Juan*, 1819) e um drama em três atos (*Manfredo*, 1817).

um dia ou outro. Byron é grande demais, mais do que nos livros e nas rimas o poeta também deve viver na vida.

– Deus o queira! – exclamei – Porque a poesia é a realidade da felicidade espiritual, a única verdadeira e completa.

– Bem dito. – respondeu Lucilio repetindo minhas palavras, e me enchendo de orgulho. – A poesia é a felicidade real do espírito. Fora dela há prazeres, mas não contentamento!...

– Então eu sou poetisa porque sou contente? – perguntou com voz alegre, mas débil a Pisana.

– Você é Corinna![19] Você é Safo! – exclamou Lucilio. – Mas não se contente em balbuciar odes ou poemas, crie-os como obras, e ofereça à sublimidade poética a mais digna efígie deles, a ação. Aquiles e Rinaldo antes de serem poetas foram heróis.

A Pisana começou a rir, mas com toda a ingenuidade que exclui qualquer suspeita de falsa modéstia.

– Sou uma Corinna muito pálida, uma Safo muito magra! – disse ela ainda rindo. – Acho que quase me tornei inglesa, pareço um gafanhoto, mas ganhei um ar aristocrático!

– Você ganhou em tudo – acrescentou Lucilio cada vez mais exaltado. – Sua alma transparente pela palidez do rosto a rejuvenesce e a impedirá de ficar velha!... Pode-se jurar que você tem vinte e cinco anos!...

– Sim, sim, agora que morreu o pobre pároco que me batizou! Sabe que é muito triste ver nossa vida sempre mais cercada de sepulcros! A primeira fila já foi quase toda. Agora, na primeira fila, estamos nós.

– Mas não tremeremos ao fogo, fique certa. Nem você, nem eu, nem Carlo: temos a ânsia de viver. Temos três temperamentos diferentes, mas que se conciliam maravilhosamente em ser obedientes e resignados à natureza. Embora minha natureza me obrigue a espalhar o bem e usar impiedosamente a vida, quero extrair todo o seu suco e, depois de retirado o vinho, espremer o bagaço para extrair o óleo.

– E ganhou com isso?

– Muito! Fiz frutificar todo meu talento e dei um bom exemplo aos que virão.

Aprovei com a cabeça, pois essa teoria do bom exemplo sempre me parecera um ótimo negócio e confiava nela mais do que nos livros. A Pisana acrescentou que ela, na verdade, em todas as suas coisas nunca pensara na

19 Poetisa grega da Beócia (sec. VI-V a. C.).

gloria de encontrar imitadores, mas que se entregara com toda a alma ao sentimento que a conduzia.

– Pelo menos você não entregou aos outros o seu espírito para enfraquecê-lo! – acrescentou tristemente Lucilio.

Meu coração se compadeceu daquele espírito forte e tenaz que há quarenta anos cultivava uma chaga, e não queria saber de cura nem de esquecimento. Era o orgulho desmesurado de quem quer sentir dor para se mostrar capaz de suportá-la, e poder encarar a dor dos outros como uma traição ou uma vilania. O médico reverenciado pelos duques e pelos Pares de Londres não repudiava o mediquinho de Fossalta, não confessava ter sido pequeno, mas pretendia ter sempre sido grande de algum modo, e a férrea velhice estendia a mão à ardente juventude para recompensá-la de toda a dor, na força inabalável da consciência segura em si mesma.

Nos poucos dias que precederam a chegada de nossos viajantes, a Pisana mostrou-se mais fria do que o normal, mas de vez em quando lhe saltava algum estranho capricho de ternura, e depois teimava em me provar, com mil insolências, que tinha sido mero capricho, quase uma brincadeira.

– Pobre Carlo! – dizia ela. – O que teria sido de você se a compaixão não me persuadisse a assisti-lo um pouco! Também foi sorte que a amolação daquele meu velho marido me estimulasse a sair de Veneza, assim pude lhe ser útil e você logo poderá abraçar sua família.

Ela nunca me falara tão cruelmente, e dava bem poucos indícios de generosidade enumerando a lista dos benefícios que eu devia unicamente à sua compaixão. Sofri amargamente, mas me convenci de que não restara mais nenhum pouco de amor em sua alma, e que o próprio heroísmo de sua piedade era um capricho, uma verdadeira bizarria.

Finalmente, pude abraçar meus filhos; beijar suas faces frescas e redondas, refrescar minha alma nos puros sentimentos daqueles corações juvenis. A boa Aquilina, que se demonstrara mãe amorosa e corajosa ao educá-los, teve sua parte das minhas carícias, e correspondi com efusão aos amigáveis abraços de Bruto. Oh, mas não podia ver seus rostos!... Então, pela primeira vez, senti uma estúpida raiva contra o destino, e me parecia que o fogo da vontade devia bastar para reacender minhas pupilas, de tão intenso e ardente. Lucilio colocou um pouco de bálsamo na chaga garantindo que em pouco tempo tentaria a operação; e deixando para depois os prazeres da visão, logo passei a gozar de todos os outros que me eram concedidos pela minha infeliz condição.

Por todo o resto daquele dia e nos seguintes, foram inquirições contínuas, perguntas, comemorações desta e daquela pessoa, das coisas mais diminutas, dos fatos mais fugazes e inconclusivos. De Alfonso Frumier não sabiam nada, de Agostino haviam dito em Veneza que era ávido por fitas e cruzes e que tinha um altarzinho para elas, mesmo assim os filhos abundavam, a um deles designava no futuro o cargo de ministro, ao outro de general, de patriarca, de papa. Sua Excelência Navagero estava como sempre nem morto nem vivo, sempre com Clara à cabeceira, exceto quando ela devia recitar as Horas e as Completas, então, se ele morresse, ela não queria nem saber. O velho Venchieredo morrera finalmente e deixara ao filho uma herança tão complicada que não havia esperança dele desenroscar com aquela sua cabeça estranha e despreocupada; murmuravam que talvez Raimondo se casasse com a primogênita de Alfonso Frumier, que, entretanto, demorava a aumentar o dote. De resto, o de sempre; o país indiferente, alguns distraindo-se com divertimentos, outros enganados pelas recompensas; nenhum comércio, nenhuma vida. Os processos políticos causaram grande mau-humor nas famílias sem que a maioria das pessoas percebesse; somente estas continuavam a se lamentar do recrutamento, mas são males que aos poucos deixam de ser hábitos, principalmente quando ser soldado quer dizer comer uma boa sopa com carne e fumar ótimos charutos às custas de quem se entope de polenta e só fuma com os olhos lacrimejantes diante da lareira.

– E em Cordovado? – perguntei.

Em Cordovado havia menos novidades do que em qualquer outro lugar, excetuando-se a loucura do Spaccafumo que dizia ser atacado por espíritos e sempre os espantava abanando a mão à direita e à esquerda. Essa preocupação depois o levou a cair de cabeça no Lemene, onde uma bela manhã o encontraram afogado. Mas acreditava-se que muitos copos de aguardente tivessem, pelo menos, tanta culpa quanto os espíritos. Assim terminou um homem que teria se tornado um herói se... Perdão! Depois deste "se", seria preciso que eu lhes contasse todos os porquês da nossa história desde o século XIV. Melhor parar por aqui.

O conde Rinaldo mandara aterrar outro pedaço do castelo de Fratta; Luciano e Bradamante enterraram sem grandes lágrimas o senhor Capitão com as oitocentas liras de usufruto que herdaram.

– E Donato, está bem? – perguntou a Pisana.

– Como um jovem – respondeu Bruto –, imagine que não tem nenhum cabelo branco, nenhuma ruga no rosto. Nem parece um boticário.

– Oh, ele era mesmo o mais bonito jovem que se pudesse ver! – acrescentou a outra. – Nos meus tempos, eu gostava mais dele do que de qualquer outro.

Cortei aquela conversa porque não me agradava, e também para pedir maiores informações sobre minha irmã, que tinham me dito partira para a Grécia para encontrar Spiro, mas não me disseram mais nada.

– A propósito de sua irmã – acrescentou Bruto –, você não recebeu uma carta dela que estava em Veneza e nós mandamos de lá?

– Não – respondi, pois de fato não sabia nada.

– Então deve ter se extraviado – retomou Bruto –, mas por quem a portava, que era um comerciante grego, imaginei que fosse de Aglaura.

Esse acidente me desgostou muito, mas alguns dias depois a carta chegou, um pouco gasta no selo e nos cantos. Não tenho coragem de citar trechos nem de resumi-la. Ei-la tal e qual.[20]

> "Carlo, meu irmão.
>
> "A Grécia me queria e finalmente me teve; houve um tempo em que acreditei pertencer a ela pelo sangue de meus pais, mas já que não era verdade, a natureza me ligou a ela por meio do marido e dos filhos. Então dividi meu coração entre as duas maiores e mais desafortunadas pátrias em que um homem

---

20 Neste capítulo e no seguinte, Nievo fala da luta de independência grega. O apelo de Ali Tepelene aos gregos, e suas ofertas de ajuda para libertar a Grécia do jugo turco (cf. c. XIX, n. 20), foram o estopim da reconquista. Alexander Ypsilanti, ajudante de campo do czar Alexandre I, em cuja ajuda confiava, e chefe da Eteria (companhia formada apenas por homens ligados por um juramento), pensou ter chegado o momento oportuno para tentar sublevar os principados da Moldávia, e partiu com um pequeno exército, atravessando o rio Prut em março de 1821. Mas a tentativa fracassa, e Ypsilanti é obrigado fugir para a Áustria, que o faz prisioneiro por seis anos. A insurreição, no entanto, é deflagrada na Moreia, convocada pelo bispo de Pátras, Germano, e guiada por grandes chefes como Petros Mavromichális, comandante dos Mainotas, e Theodoros Kolokotronis. Mais ou menos afortunados por terra, os gregos triunfam no mar, guiados por Konstantínos Kanáris, de Psara, e Andreas Miaoulis. Em 13 de janeiro de 1822, os insurgentes fazem uma assembleia nacional em Epidauro e proclamam a independência da Grécia, sob a presidência de Aléxandros Mavrokordátos. Nesse meio tempo, morre Ali de Tepelene e os gabinetes europeus hesitam, temendo perigosas complicações, enquanto o Sultão, prometendo-lhes a Moreia, obtém a ajuda de Maomé Ali paxá do Egito, que atacando com sua frota os gregos, em 1825, toma os portos de Navarino, Madone e Corone, e de lá reconquista a Moreia, salvo pequenos centros de resistência. Em abril de 1826, cai Mesolóngi (onde morrera de febre, em 19 de abril de 1824, Byron), em junho de 1827, a Acrópole de Atenas. Mas a opinião pública de todo o mundo está comovida, e finalmente Rússia, Inglaterra e França, pelo acordo do Tratado de Londres de 16 de julho de 1827, decidem intervir para impor o cessar das hostilidades e a concessão de uma larga autonomia à Grécia. Porém, em 20 de outubro de 1827, acontece um fato novo: sem premeditação, as frotas franco-inglesas e turco-egípcias travam batalha no porto de Navarino. Mamude chama os fiéis à guerra santa, Nicolau I da Rússia envia contra eles um exército de 20.000 homens, um exército francês invade a Moreia, e o Sultão é obrigado à paz de Adrianópolis (14 de setembro de 1829), com a qual a Grécia é reconhecida Estado autônomo, apesar de tributário da Turquia. Poucos meses depois, os gregos obtêm o reconhecimento da completa independência com os protocolos de Londres (3 de fevereiro de 1830), e o Sultão é obrigado a reconhecê-la pelo Tratado de Constantinopla, de 21 de julho de 1832). Os gregos, porém, não concordavam internamente; em 1831, Ioánnis Kapodístrias, eleito chefe da nação, foi morto pelo irmão de Mavromichális. As potências europeias impuseram, então, a instauração de um governo monárquico constitucional, e colocaram no trono, em 1833, Oto da Baviera.

pode nascer. Não direi nada da minha saúde que vacilou mais do que nunca depois da partida de Spiro e só se recuperou quando pensei que fortalecida seria útil juntar-me a ele. Somente então pude embarcar num barco hidriota[21] e velejamos em direção às sagradas ondas do Egeu. Sentia-me como uma irmã de caridade que depois de ter assistido às últimas horas de um doente passa a outra cabeceira onde a chamam dores mais vivas e talvez mortais. Você sabe que não sou uma mulher muito fraca, como você já teve a prova, mas confesso que chorei muito durante o trajeto. Em Corfu embarcaram muitos italianos fugidos de Nápoles e do Piemonte[22], que se propunham a derramar pela Grécia o sangue que não puderam derramar pela própria pátria. Eu chorava como uma boa veneziana; somente ao tocar o solo da Lacônia senti rugir no coração o espírito das antigas espartanas. Aqui as mulheres são companheiras dos homens, não as ministras de seus prazeres. A esposa e a irmã de Tzavellas[23] lançavam dos penhascos de Suli pedras nas cabeças dos muçulmanos cantando hinos de triunfo. À bandeira de Costanza Zacarias vão de encontro as mulheres de Esparta, armadas de lanças e espadas. Maurogenia de Míconos corre os mares com um barco, subleva Eubeia e promete sua mão a quem vingar o suplício de seu pai feito pelos otomanos. A esposa de Kanáris[24] respondeu a quem lhe disse que seu marido era corajoso: – Se não fosse, eu teria casado com ele? – Assim, Carlo, as nações ressurgem.[25]

"Assim que cheguei, encontrei meu filho Demetrio que voltava com os barcos de Kanáris depois de ter queimado, em Tênedos, a frota turca. Lá, as frotas cristãs da Europa estavam contra nós; a cruz aliada à meia-lua contra a cruz! Que Deus disperse os infiéis e os renegados antes deles. Demetrio estava queimado no rosto e parte do peito pelas chamas do piche, mas meu coração materno o reconheceu; ele teve em meus braços a recompensa dos heróis, a glória de ver a mãe se orgulhar. Spiro e Teodoro, presos em Argos com Ypsilanti[26], es-

21 Da ilha grega de Hidra.

22 Vários patriotas italianos participaram da luta pela independência da Grécia que, iniciada em 1821, terminou em 1832 com o pleno reconhecimento dos turcos.

23 Lambros Tzavellas (1745-1792) foi líder dos Suliotas.

24 Konstantinos Kanáris (1790-1877), ex-capitão da marinha mercante, distinguiu-se em muitas batalhas navais. Foi também ministro da marinha e presidente do Conselho.

25 Nievo, provavelmente, retirou esses nomes e fatos da *Storia del Risorgimento della Grecia dal 1740 al 1824*, de Mario Pieri, publicado em 1825. Segundo esta fonte, foi a esposa do capitão Tzavellas, Mosco, que juntamente com a grande guerreira Caido guiou as mulheres de Suli contra os atacantes turcos, não se fala de uma irmã, talvez Nievo tenha confundido Caido com a filha de Tzavellas, de mesmo nome e que junto com o irmão Foto foi heroína de muitas incursões noturnas contra os acampamentos inimigos. Costanza Zacarias, espartana, órfã de pai, morto pelos turcos, desde a primeira infância havia hasteado uma bandeira, como símbolo, diante de sua casa, e em torno a ela reuniram-se as mulheres da Lacônia e do Pentactilon, que guiadas por ela subiram o rio Eurotas até Londari, onde derrubaram a meia-lua das mesquitas, puseram fogo na casa do voivoda e o mataram. Modena Maurogenia, de estirpe real, para vingar a morte do pai pelos turcos refugiou-se em Míconos, armou um barco, deu-o aos confederados e mandou dois de seus pretendentes sublevarem Eubeia, prometendo sua mão a quem vencesse os turcos.

26 Demetrius Ypsilanti (1793-1832), foi por algum tempo comandante supremo do exército grego.

peraram para conter a torrente dos turcos enquanto Kolokotronis e Nicetas[27] cortavam sua retirada pela retaguarda, com a insurreição dos montanheses.

"Oh, Carlo! Foi um belo dia aquele em que nós quatro nos abraçamos novamente às portas do Peloponeso realmente livre de seus inimigos. Fortificava-se Mesolóngi, Náuplia era nossa. A marinha tinha um porto, o governo uma fortaleza, e a Grécia triunfava sobre a bárbara tirania de Constantinopla e a venal inimizade das frotas cristãs. Qualquer nave que leve aos turcos armas, víveres ou munições será atacada, talvez a barbárie consiga o que não conseguiram glória, heroísmo, desventura.

"Aqui todo interesse privado realmente desaparece e se confunde com o interesse comum. Tem-se o que não faz falta à pátria, e guarda-se para suas futuras necessidades; nos alegramos com seus triunfos, sofremos com suas dores. Por isso não falo particularmente de nós. Basta dizer que apesar do cansaço eu não pioro de saúde e que Spiro se recupera das feridas que ganhou nos muros de Argos. Teodoro combateu como um leão; todos o citam e apontam como exemplo, mas um escudo divino o protegeu e ele não teve o menor arranhão. Quando passeio pelas ruas de Atenas, onde moramos nesse momento de trégua, e tenho ao lado meus dois filhos bronzeados pelo sol do campo e pelo fogo das batalhas, me parece que o século de Leônidas ainda não passou. Spiro também fala muito de você, e me disse para pedir que você mande para a Grécia um ou ambos seus filhos, se quiser fazer deles homens. Aqui, um rapaz de dezesseis anos não é mais um garoto, mas um inimigo dos turcos que pode nadar até um de seus barcos e incendiá-lo. Mande-nos, mande-nos o seu Luciano, e se quiser, também o Donato. Convença Aquilina de que viver sem alma não é viver; e que morrer por uma causa santa e sublime deve parecer uma sorte invejável às mães cristãs. Ontem, foi a segunda reunião dos deputados da Grécia, entre os cedros de Astros. Ypsilanti, Ulisses[28], Mavrokordátos, Kolokotroni!... São nomes de heróis que fazem esquecer Milcíades, Aristides, Címon e os outros antigos, cuja memória revive nas obras de seus tataranetos. Eu repito, Carlo – escute sua irmã que não pode lhe dar um conselho desumano. Mande-nos seus filhos. Para serem bons italianos convém que sejam um pouquinho gregos, e então veremos o que não se viu até agora. – Se você ainda está em Londres com a Pisana, cumprimente-a e ao doutor Lucilio Vianello que estimo e amo por fama. Temos aqui um alferes naval napolitano, Arrigo Martelli, que diz ter conhecido você, e lhe dever muito desde a Revolução Napolitana. Ele também pede que você se lembre dele e que você saiba que seu irmão partiu para a América do Sul, onde se precisava muito de bons engenheiros.

"Adeus, meu Carlo!... Fique firme em sua doença e se for possível uma viagem venha também!... Oh, que belo sonho!... Venha, você será bem-vindo por todos os que o amam!..."

27 Comandantes dos insurrectos. Theodoros Kolokotronis (1770-1843) foi um marechal de campo e o líder da Guerra da Independência Grega em 1821.

28 Talvez seja Odysseus Androutsos.

Eu sou assim. Depois que Lucilio leu tudo para mim, mandei chamar Luciano, dei-lhe a carta para ler e fiquei atento às expressões que se pintavam em seu rosto másculo e sincero[29]. Ainda não chegara ao final quando se lançou em meus braços exclamando: – Oh sim, meu pai, deixe-me partir para a Grécia!

Com um aperto de mão agradeci a Aquilina que, tendo entrado naquele momento, sentara-se ao meu lado.

– Do que se trata? – perguntou ela.

Expliquei a ela as ofertas e convites que nos chegavam da Grécia.

– Se eles têm realmente vocação, que partam – ela respondeu forçando-se –, é preciso ir aonde se é chamado, ou não se faz nada de bom.

– Obrigado, minha Aquilina! – exclamei. – Você é mesmo a mulher que precisamos para nos regenerar! As que não se parecem com você nasceram para se arrastar na lama.

Ouvi um leve barulho de passos entrar na sala, era a Pisana que há alguns dias quase não falava. Eu sentia falta de sua voz, mas emburrado com ela me vingava das últimas vezes em que me falara asperamente. Lucilio, naquele dia, fez algumas perguntas sobre sua saúde, às quais respondeu por monossílabos e com voz mais fraca do que o normal. Então saiu magoada, Aquilina foi atrás dela, Luciano talvez tenha obedecido a um olhar de Lucilio e ficamos sozinhos.

– Me diga – começou num tom que anunciava conversa séria –, me diga que direito você tem de bancar o arrogante com a Pisana?

– Ah, você percebeu? – respondi – Então deve ter visto a extraordinária frieza com que ela me trata!... Sei que lhe devo muito, nunca vou esquecer, gostaria que todo o meu sangue bastasse para lhe provar o meu reconhecimento e o derramaria até a última gota. Mas às vezes não posso evitar algum capricho de arrogância. Você sabia que ultimamente ela me disse de todos os modos que só para fugir dos aborrecimentos conjugais foi a Nápoles, e que devo unicamente a um sentimento de compaixão a sua generosidade para comigo?...

– Então você acha que ela não tem mais por você o amor de antes?

– Tenho certeza, doutor, estou convencido disso como da minha própria existência. Não é porque sou cego que vejo com menos discernimento. Conheço muito bem a índole da Pisana, e sei que ela não é capaz de se sujeitar a certas atenções sem que uma inquietação interna a impulsione a violá-las. Falo tão livremente porque você é fisiólogo e tem compaixão das fraquezas

29 Provavelmente Nievo esqueceu que Carlino ainda estava cego.

humanas, sobretudo quando mescladas com grande dose de magnanimidade. Repito, a convivência realmente fraterna desses dois anos me convenceu que a Pisana esqueceu o passado, e não me é difícil acreditar que só a pena tenha sido incentivo para tantos milagres de afeto e devoção. De resto, o humor dela é estranho demais para obedecer a uma moderação premeditada.

– Oh, Carlo, evite juízos precipitados! Esses temperamentos extraordinários são justamente os que fogem às regras comuns. Desconfie do seu discernimento, repito: os olhos do corpo às vezes pensam muito melhor do que os da alma, e se você visse...

– Que necessidade tenho eu de ver, doutor?... Não sabe... que eu ainda a amo, que sempre a amei?... Não lhe contei outro dia a história do meu casamento?... Oh, infelizmente ela jurou me fazer sentir o quanto perdi ao sair daquela intima parte do coração onde me recebera!... Infelizmente ela pune com a compaixão um amor tão dócil e obstinado. É um castigo tremendo, uma crueldade refinada, a vingança com benefícios!

– Cale-se, Carlo, qualquer palavra sua é um sacrilégio.

– Uma verdade, você quer dizer.

– Um sacrilégio, repito. Você sabe o que a Pisana estava fazendo por você quando a encontrei pálida, cansada, esfarrapada pelas ruas de Londres?

– O quê?...

– Estendia a mão aos passantes!... Ela mendigava, Carlo, mendigava a sua vida!

– Céus! Não, não é verdade!... É impossível!

– Tão impossível que eu mesmo estava lhe dando algumas moedas, quando... Oh, como posso descrever o que senti ao vê-la?... Como lhe dizer do espanto dela e do meu?

– Basta, basta! Por caridade, Lucilio, minha mente se perde e desfaleço de dor ao ver o que passamos!

– E ainda duvida do amor dela?... É um amor sem medida e sem exemplo, um amor que a mantém viva e que a faz morrer!...

– Piedade, piedade de mim!... Não, não fale desse modo!

– Falo como médico e digo toda a verdade. Ela o ama, e impôs a si mesma não o revelar a você. Esse esforço contínuo, mais do que os sofrimentos, as dores, as vigílias, consome sua saúde... Carlo, abra os olhos para tanto heroísmo, e adore a virtude de uma mulher em quem você não ousou confiar!... Adore essa força virgem da natureza que eleva os impulsos desordenados de uma alma à sublimidade do milagre, e a deixa lá suspensa por essa mesma força, como a águia sobre as nuvens!...

Realmente, eu estava estupefato por aquela sublime virtude que jamais teria ousado esperar da alma humana. Quem acreditaria que a Pisana seria capaz daquela pudica discrição, daquela abnegação humilde, oculta, daquela santa impostura levada ao extremo para que parecesse verdadeira de forma a não perturbar a paz de uma família que, pode-se dizer, foi composta por ela mesma?... Quão falsos foram os meus julgamentos sobre aquela alma vacilante nos pequenos sentimentos, mas constante e indomável na grandeza como ninguém jamais foi!... O seu comportamento discreto ao anúncio da iminente chegada de Aquilina, seus ímpetos de ternura subitamente refreados e a melancolia sucessiva, o seu voluntário afastamento de mim, tudo contribuiu para acreditar na verdade do que me afirmava Lucilio. Eu errara por dois anos inteiros, mas meu próprio erro era uma prova de sua extrema delicadeza, e da assídua perseverança com a qual mantivera seus heróicos propósitos.

– Doutor – respondi com voz tão comovida que me era difícil articular as palavras –, me ajude. Diga, fale, ensine-me um meio para salvá-la. Minha vida e de todos os meus será pouco para recompensar tantos sacrifícios! O mínimo que posso oferecer é a vida que me resta!

– Pensemos, Carlo, estou aqui para isso. A saúde de todos os meus ilustres clientes, acredite, me dá menos preocupação do que um desgosto, um suspiro, um só lamento da Pisana. Ela tem o direito de viver todos os seus dias plenamente feliz, e morrer por um excesso de alegria.

– Não fale em morrer! Por caridade não fale!

– Quem sabe se para algumas almas raras e privilegiadas a morte não é uma recompensa?... Entretanto, vamos raciocinar como fazemos para o resto. A única maneira que vejo para salvá-la é colocá-la em alguma situação que exija paciência e sacrifício. Devolva-a ao marido: junto ao leito dele ela retomará a força de viver, e talvez o ar nativo a ajude a recuperar a saúde.

– Devolvê-la a Veneza?... Mas como, Lucilio, como?... Devo afastá-la, expulsá-la, agora que pareço não mais precisar dela?

– Ao contrário, você deve acompanhá-la. E que ela continue a ter na sua família a intimidade de afeto sem a qual não podem sobreviver temperamentos como o dela. Quando a enorme força de sua alma encontrar outras ações para se satisfazer, outros milagres para tentar, outros sacrifícios para fazer, o passado perderá para ela todo o tormento, os desejos impossíveis se transformarão numa doce e contente melancolia. Você terá novamente uma amiga, e uma sublime amiga!...

– Oh, queiram os céus, Lucilio! Amanhã partiremos para Veneza!

– Você esqueceu duas coisas. A primeira é que prometi lhe devolver a visão; a segunda é que você não pode voltar a Veneza sem perigo. Mas enquanto trabalho para resolver isso, as cataratas irão amadurecer e prometo que você verá o pálido sol do Natal.

– E não se pode apressar isso?... Não pelos meus olhos, Lucilio, mas por ela, somente por ela!... Creio que você poderia tentar a operação agora...

– Muito bem Carlo! Você quer ficar realmente cego para talvez pagar com os olhos uma grande dívida de reconhecimento?... Seja mais humilde, meu amigo, dois olhos não são o bastante, é melhor conservá-los, depois eles pagarão muito e muito mais com olhares. Você tem um crédito com a Turquia, que nunca será pago apenas com reclamações privadas. Quer que eu tente vendê-lo a algum inglês?... A Inglaterra agora tem algum direito à benevolência da Porta Otomana, já que são os barcos de Londres, de Liverpool e de Corfu que a ajudam na santíssima obra de martirizar a pobre Grécia. A Inglaterra é mãe amorosa, sobretudo em fazer pagar a seus filhos o que lhes é devido, ela vale um tesouro; pelo crédito de mil esterlinas não terá remorso de colocar fogo nos quatro cantos do mundo. Deixe comigo, deixe-me desembaraçar um pouco esse novelo!...

– Não era preciso tantas palavras para me convencer. Amanhã lhe dou os papéis que agora estão com meu cunhado. Certamente eu não poderia encontrar melhor procurador.

– Então, até amanhã, estamos combinados. Vou cuidar desse negócio. Daqui a umas duas semanas a operação, depois o costumeiro repouso de quarenta dias e a viagem para Veneza. Não demorará tanto para conseguir um passaporte.

– Sim, mas enquanto isso?...

– Enquanto isso, tenha com a Pisana um comportamento simples e afetuoso, e não exagere tanto ao elogiar sua esposa, como está fazendo. Ela merece esses elogios, mas não são oportunos. A outra, garanto, sofre amargamente com isso!...

– Obrigado, obrigado, doutor, nunca tive um amigo melhor.

– Você se lembra não?... É uma amizade de longa data. Comecei poupando-o de tapas e cascudos, receitando um purgante.

Essa lembrança me fez cair no choro. Até aos cegos é concedido o consolo das lágrimas. E foram tão copiosas, tão doces, que depois não senti a metade das minhas dores. – Lucilio saiu apertando-me afetuosamente a mão; Aquilina veio até mim depois de alguns instantes dizendo que precisava falar comigo de coisas muito importantes. Por mais que eu estivesse mal disposto, tentei atendê-la e pedi que falasse, que a escutaria com prazer. Tratava-se de nossos filhos, principalmente de Luciano, ao qual aquelas poucas palavras de uma ida à Grécia acendera em seu coração tanto entusiasmo que não parecia possível acalmá-lo. Ela não se opusera na presença dele, porque não queria demonstrar uma opinião contrária à minha, nem reprimir manifestamente a orgulhosa coragem do rapaz, mas secretamente me confessava que lhe parecia um conselho precipitado, e que Luciano ainda era muito jovem para se expor sem risco a uma vida aventureira. Melhor era esperar um pouco até que estivesse mais maduro, e que o tempo lhe desse inspirações mais sinceras.

Essas considerações me pareceram muito justas, aprovei-as plenamente elogiando-a por sua magnanimidade e prudência; de fato, eu nunca gostei de deliberações precipitadas por mera infantilidade, que muitas vezes levam a uma precoce desconfiança em nós e nos outros. De modo que entramos em acordo, mas na outra sala Luciano e Donato só falavam de Atenas, de Leônidas, do tio Spiro e dos primos, não viam a hora de se alistar e lutar contra aqueles turcos bandidos. Apenas Donato às vezes sentia pena de ter que deixar a mãe, enquanto seus primos tinham a mãe deles na Grécia para testemunhar suas façanhas.

– Nossa mãe estará sempre em nosso pensamento, para nos incentivar a empresas grandes e generosas – respondia Luciano. – Você sabe como eram as mães espartanas?... Elas se compraziam em ter filhos para poder oferecê-los à pátria, e entregando-lhes o escudo, diziam: "Ou volte com ele, ou sobre ele!" O que significava: vencedores ou mortos, por que sobre os escudos eles deitavam os corpos dos caídos pela pátria.

Assim os dois jovens se estimulavam, e sonhavam com a heróica glória de Bótzaris[30] ou a morte sublime de Tzavellas.

Aproximava-se o dia em que Lucilio usaria os recursos mais sofisticados da medicina para me devolver a luz. Ele não me falava da Pisana, e esta me evitava sempre, por mais que eu tentasse seduzi-la com as mais ternas gentilezas. Até Aquilina tinha ciúmes, mas pensando no quanto ela fizera por mim, não tinha coragem de se queixar. O silêncio de Lucilio não me prognosticava nada de bom, e as raras palavras de conforto que me dirigia, eu atribuía mais à necessidade de me manter calmo do que à sinceridade. Fiquei feliz ao

30 Markós Bótzaris (1788-1823) foi um dos chefes mais populares da luta contra os turcos, morreu durante uma incursão noturna.

poder dizer: será depois de amanhã. Meu coração batia ao pensar que seria amanhã. Quando disse – é hoje! – fui assaltado por tanta impaciência, que teria morrido se tivessem prorrogado por mais vinte e quatro horas. Lucilio entregou-se ao trabalho com todos os recursos, não se tratava de um doente, mas de um amigo; se era possível esperar um milagre, certamente viria dele, e a fé de seu paciente nunca lhe faltou. Quando me disse: – acabou! – já haviam fechado as portas e as janelas para que a repentina sensação de luz não me ofendesse. Entretanto, pareceu-me entrever e de fato entrevi um brilho impreciso, e gritei tão alto que Bruto e Aquilina que me seguravam estremeceram. Respondeu um fraco grito da Pisana, que talvez tenha pensado em alguma desgraça, mas Lucilio a acalmou acrescentando zombeteiramente:

– Aposto que esse malandro já viu alguma coisa! Mas peço que não tirem essa bandagem que estou colocando agora, e principalmente que as janelas fiquem hermeticamente fechadas. A operação foi tão bem que já prevejo que as seis semanas de convalescença poderão se reduzir a quatro.

– Oh, obrigado, obrigado amigo! Adiante o máximo possível! – exclamei cobrindo-lhe as mãos de beijos. Mais do que ter me restituído a vista, eu agradecia pela esperança de poder tentar algo em favor da Pisana antes do previsto.

Quando todos saíram da sala atrás do doutor para lhe agradecer por tanto favor ou talvez para se informar de quanto deviam acreditar nas palavras que dissera em minha presença, a Pisana aproximou-se suavemente, e senti seu tépido hálito que acariciava minhas faces.

– Pisana – murmurei –, seu amor e compaixão foram admiráveis!!...

Ela fugiu tropeçando nos móveis da sala, e dois soluços subiram-lhe ansiosamente ao peito.

Minha esposa, que voltava, encontrou-a à porta...

– Como você acha que vai nosso doente? – perguntou.

– Espero que vá bem – respondeu ela com um esforço supremo. Mas não conseguiu resistir mais. Saiu e correu a se trancar em seu quarto antes que Aquilina tivesse tempo de perceber sua perturbação. Então compreendi mais uma vez toda a força e a nobreza daquela alma. E de seu quarto, que era no outro lado da casa, me parecia ouvir seu pranto e seus soluços, cada um deles me dava um golpe cruel no peito. Por todo aquele dia não pensei na minha vista, e quem se preocupava com ela me irritava e aborrecia. Tratava-se bem mais do que dois estúpidos olhos!...

Lucilio vinha me visitar com frequência, mas raramente podíamos ficar sozinhos, até parecia que ele evitasse minhas confidências. Não obstante, eu lhe perguntava sempre da saúde da Pisana e se a perspectiva de voltar a Veneza causaria o bom efeito que se esperava. O doutor respondia com meias palavras sem dizer sim nem não; ela, se entrava no meu quarto, quase nunca abria a boca; eu percebia que meus filhos não faziam mais tanto barulho, certamente porque sua tristeza impunha respeito. Quando Lucilio me trouxe o passaporte obtidojunto à Embaixada austríaca, perguntei-lhe se ela gostava de nossos planos.

– Oh, a minha Veneza! – respondeu – Você pergunta se gostaria de revê-la!... Depois do paraíso é o meu único desejo.

– Pois bem – acrescentei –, quando é, doutor, que poderei abrir a janela, tirar essas vendas, e ir embora?

– Depois de amanhã – respondeu Lucilio –, mas quanto a viajar, será preciso esperar alguns dias, você não deve se arriscar tão logo ao sol do sul.

Aguardei aqueles dois dias, resolvido a não adiar um instante a minha partida depois de ter meus olhos curados. Mas a Pisana, naquele meio tempo, frequentava menos ainda meu quarto, e me diziam que estava quase sempre trancada no dela. Finalmente, Lucilio me livrou das bandagens e tirou a venda que me cobria os olhos; as janelas estavam entrecerradas; e uma luz calma, difusa como a do crepúsculo, acariciou docemente minhas pupilas. Se muito nos encanta o espetáculo do amanhecer, apesar de renovado a cada vinte e quatro horas, imaginem quanto me fez feliz aquele amanhecer que sucedia uma noite de quase dois anos!... Reencontrar os fáceis prazeres que não percebemos podendo tê-los a todo instante, e que tanto apreciamos seu valor quando nos são vetados, reavivar com o exercício presente a memória das sensações que já começavam a se esvair, como uma tradição que com o passar do tempo se torna fábula, saciar-se contemplando o que há de belo, de grande, de sublime no mundo e interpretar pelos afetos de nossos queridos uma linguagem desusada por nós, são prazeres que quase nos fazem desejar ser cegos para readquirir a visão. Certamente incluo aquele momento entre os mais felizes da minha vida. Mas em seguida tive um momento muito doloroso.

A Pisana também viera assistir à última parte do milagre: quando depois do primeiro suavíssimo ímpeto de luz nos meus olhos comecei a distinguir as pessoas e as coisas que me cercavam, o primeiro rosto no qual fixei o olhar foi o dela. Oh, ela bem merecera essa preferência! Nem amigos, nem parentes, nem filhos, nem esposa, nem o médico que me devolvera a vista, mereciam tanto da minha gratidão. Mas como a encontrei mudada!... Pálida, transparente como alabastro, desenhado em seu rosto uma Virgem das Dores de Fra'

Angelico, curvada como alguém que carregou às costas grandes pesos e não pode mais se endireitar; seus olhos haviam aumentado espantosamente, e a metade superior da pupila coberta pelas pálpebras transparecia através delas como uma luz atrás de um cristal colorido: o azulado da melancolia e o vermelho do pranto se fundiam no branco da retina, como no agradável esplendor das opalas. Era uma criatura sobre-humana; não demonstrava qualquer idade. Só se podia dizer: ela está mais perto do céu do que da terra!

O que querem? Sou fraco de temperamento e não escondo isso. Meu peito se encheu de uma angústia repentina e profunda, e caí no choro. Todos pensaram que fosse de alegria, mas talvez Lucilio tenha pensado o contrário; de fato, eu chorava porque os olhos me confirmavam o terrível significado que eu atribuíra ao silêncio dela nos dias anteriores. Vi que a Pisana não pertencia mais a este mundo; Veneza, como ela mesma dissera, era só o seu segundo desejo, o primeiro era o paraíso! Enquanto esse triste pensamento rompia meu peito em soluços desconsolados, ela tirou a mão do ombro de Aquilina, onde se apoiara, e a vi sair cambaleando do quarto. Então pedi a todos que estavam ali para que me deixassem só em companhia da dor, porque a excessiva comoção me impunha algum repouso. Depois que saíram, voltou mais tremenda do que nunca aquela convulsão de pranto, e a única coisa que Lucilio pôde fazer foi esperar uma trégua no cansaço. Quando as lágrimas e os soluços deram espaço para a voz, quantas palavras, quantas súplicas, quantas promessas não fiz para que ele salvasse uma vida mil vezes mais preciosa do que a minha! Supliquei como os devotos suplicam a Deus; eu precisava tanto ter esperança que teria renegado a razão e invertido a ordem do mundo para manter alguma ilusão. Uma caridosa ideia de esperança me convenceu que bem podia devolver a saúde e a vida à Pisana aquele que reacendera em mim a centelha da luz!...

– Oh, sim! Lucilio! – exclamei – Você pode tudo desde que queira. Desde o início eu o via como um ser sobrenatural e quase onipotente. A sua vontade ordena à natureza esforços incríveis. Procure, estude, tente: nunca causa mais justa, nunca empresa mais alta e generosa mereceu os prodígios da sua ciência. Salve-a, por caridade, salve-a!...

– Então você percebeu tudo – respondeu Lucilio após um momento de pausa –, a alma dela não está mais entre nós; o corpo vive, mas nem sei por quê. Salve-a, você me pede, salve-a!... E quem disse que a providente natureza não a salva recebendo-a em seu seio?... Muito se pode tentar contra as doenças da carne e do sangue, mas o espírito, Carlo, onde estão os remédios que curam o espírito, onde os instrumentos que extirpam a parte gangrenada para prolongar a vida saudável, onde o encanto que o atrai para a terra quando uma força irresistível o absorve aos poucos no que Dante chamava de mar do ser[31]?... Carlo, você não é criança, nem eu charlatão; você não quer ser enganado, por mais que a presente fraqueza torne mais queridas as falsas e fugitivas ilusões do que a inexorável realidade. Vêm-se a este mundo quase com a certeza de ver morrer o pai e a mãe: só quem teme a própria morte deve se desesperar com a morte alheia; a morte de um amigo faz mais mal a nós pela companhia que nos rouba do que a ele pela vida que perde. Eu e você devemos, me parece, conhecer a vida, e dar a ela o seu justo valor. Lastimamos, sim, a nossa condição de mortais, mas a suportamos fortes e resignados; não somos tão egoístas a ponto de desejar aos outros um prolongamento de tédio, de males, de dores, para servir ao nosso benefício, para evitar aquele medo tolo que as crianças têm de ficarem sozinhas na escuridão. As trevas, a solidão, são o sepulcro; entramos corajosamente no grande reino das sombras; vivos ou mortos, devemos ficar sozinhos; então só pensemos em suavizar aos amigos a dor da partida! Não sou um médico que acredita ter desvendado todos os segredos da natureza por ter visto pulsar alguns nervos sob o bisturi: há algo em nós que foge ao exame do anatomista e que pertence a uma razão superior, pois com a nossa não somos capazes de entendê-lo. Confiamos no supremo sentimento de justiça que parece ser a alma eterna da humanidade, o destino futuro e imperscrutável daqueles que amamos. A ciência, as virtudes, os deveres da vida se resumem em uma única palavra: Paciência!...

– Paciência! – acrescentei, mais desapontado do que confortado por esses frios, mas inexpugnáveis argumentos. – Paciência é boa para você, mas para os outros?... Você teve, Lucilio, a covardia de me aconselhar paciência pelos males que causei, pelas desventuras cujo remorso jamais deixará de me perseguir?... Você não vê, não compreende a dor sem fim e sem esperança que me rasga as entranhas só de pensar que eu, só eu, apressei de um dia a partida de uma alma tão generosa e querida?... Você diz que a morte é uma necessidade. Bem-vinda a morte!... Mas o assassinato, Lucilio, o assassinato da única criatura que o amou mais do que a si mesma, mais do que a vida, mais do que a honra, oh, isso é um crime que não tem como desculpa a necessidade nem como expiação a paciência. Tanto para lavá-lo como para esquecê-lo é preciso o sacrifício de outra vida; só a morte paga a dívida da morte.

31 Cf. Cap. I, nota 7.

– A morte não paga nada, acredite em mim. A morte como consolo não pode demorar muito, e apressá-la seria fugir da penitência; com o esquecimento você seria tão pusilânime para procurá-la?... Eu não sou daqueles prudentes idólatras da vida, que na esposa, nos filhos, na pátria preparam desculpas para não se arriscar nem ao perigo de um resfriado, mas quando a uma virtude dúbia e inútil se opõem virtudes certas, utilíssimas, generosas, quando as paixões dão tempo para pensar, então, Carlo, a família, a pátria, a humanidade ordenam não desertar, combater até o fim!...

– Não! É inútil! Não terei mais forças para combater! É melhor acabar com qualquer estorvo. Qualquer outro afeto seria um remorso para mim, estou muito infeliz, Lucilio! Verei morrer aquela que eu deveria embelezar a vida com as alegrias mais santas do amor e da devoção!

– E eu então, e eu? – exclamou Lucilio com um rugido, segurando meu braço convulsivamente. – E eu, você acha que sou pouco infeliz?... Eu que vi secar a alma de minha alma, eu que assisti ainda ardente de paixão ao funeral de toda a minha esperança, eu que não vi a morte daquela que me amava, mas o suicídio de seu amor, eu que vivi trinta e cinco anos vagando desesperado com o pensamento entre as ruínas de minha fé e pedindo em vão à vida o lampejo de um sorriso, eu que usei freneticamente toda a capacidade do meu engenho, toda força do meu espírito para derrubar em vão as portas de um coração que era meu, eu que sonhei revirar o mundo para tirar da confusão do caos o único bem que desejava e que me escapara, eu que vi toda a força de uma atividade sem igual cair derrotada diante de uma indiferença talvez mentirosa, eu que via o paraíso tão perto, como a alma de dois amantes, e não pude alcançá-lo, não pude matar a sede desses ávidos lábios com uma só gota de felicidade, porque a ele se opunham a memória de três palavras imprudentes, falsas, eu que havia encontrado a alma mais pura, o coração mais delicado e sublime que jamais existiu na terra, e vi essa promessa quase infalível de felicidade se transformar, em minha mãos, sem qualquer razão, num veneno mortal e sem remédio, você acha que não tive motivos suficientes, vontade e força de me matar?... Por que, me diga, por que me obstinar a ficar entre os homens, quando a criatura mais virtuosa e perfeita, a única que eu havia considerado digna do meu amor, com a traição, com a crueldade, recompensava a minha adoração?... Por que me dar ao trabalho de criar uma pátria para essa humanidade que em suas melhores virtudes me preparava armadilhas tão traiçoeiras e mortais?... Por que lutar, por que estudar, por que curar, por que viver?... Quer saber, Carlo, o por quê?... Porque me faltava uma certeza. Porque o homem coberto de razão não deve se render a nenhum ato que não seja razoável; porque não era, nem podia ser certo que minha morte teria sido justa e útil a mim ou aos outros, ao passo que a vida podia sê-lo de alguma maneira, e entregava à natureza uma sentença que eu não me sentia capaz de pronunciar. Por isso vivi, porque procurei com ardor sempre crescente a verdade e a justiça, porque combati por elas, pela liberdade, pela pátria; porque forcei minha mente a acreditar ser um bem o que pelo consenso universal era considerado um bem, e tratei de levar a paz aos aflitos, a esperança aos incrédulos, a saúde aos enfermos. A natureza nos dá a vida e depois a tira; você é tão sábio para compreender e julgar as leis da natureza? Reforme-as, mude-as, julgue-as como quiser!... Não se sente capaz, nem tem força para isso?... Então obedeça. Martirize-se infeliz, sofra inocente, arrependa-se culpado e repare-o: mas seja razoável e viva.

– Sim, Lucilio! Vivam então os inocentes na dor, os infelizes no martírio e os culpados na expiação; suportem a vida aqueles que na razão não encontram argumentos suficientes para poder destruí-la. Mas eu, Lucilio, estou fora da sua lei; eu morrerei!... Sou réu confesso de um crime que é mais infame, mais monstruoso, a meu ver, do que o próprio matricídio. Se a natureza ordena que eu viva, que ela venha e me inspire um modo de repará-lo!... Oh! Para os males sem remédio só há uma saída, e você sabe que a natureza o impede. Então o que é esse ódio insano da luz, esse horror de mim mesmo, esse desejo infinito de esquecimento e de repouso que me consome por inteiro? Não seriam um dos muitos chamados com que a natureza me convida ao seu seio misterioso cheio de mistérios, de paz, e talvez até de esperança?...

– Talvez!... Esta é a palavra que mostra que você está errado. Há apenas uma coisa na vida que é certa e imutavelmente certa. A justiça!... Agora responda honestamente, pois você já viu que exponho a questão em termos claros. Você acredita firmemente ser justo com todos, com seus filhos, com sua esposa, parentes, amigos, a pátria, com a própria Pisana, e com a sua consciência, rejeitando cego e desesperado a vida?... Então, sem objeções nem fraquezas, responda!

– Piedade, tenha piedade de mim, Lucilio!... Peço, imploro, deixe que eu morra!... Vi meus filhos, vi o que de mais caro e precioso tinha no mundo; vou abraçá-los, vou exortá-los a serem cidadãos fortes e operosos, bons e leais; vou vê-los, graças a você, uma última vez, e minha alma irá em paz!... Piedade, Lucilio!... Por caridade, deixe-me morrer!...

– E se sua consciência vivesse além do túmulo, e lhe mostrasse seus filhos infelizes, miseráveis, covardes talvez e desprezíveis por sua causa ...

– Oh não, Lucilio, eles têm a mãe, ela os ajudará com seus conselhos que certamente valem mais do que os meus.

– E se depois da sua morte acontecesse a morte de sua esposa?... Se fosse o primeiro elo de uma longa cadeia de desgraças e de desesperos que se perpetuasse em seu sangue até a última geração? E se pesasse sobre você morto, distante, impotente, mas ainda consciente, a terrível responsabilidade do exemplo?... Se o espírito da Pisana recusasse uma homenagem deturpada pelas lágrimas do sangue alheio?... Se forte como ela foi na dor, na piedade, na abnegação, ela olhasse você com desprezo, fugitivo por ignorância, por fraqueza, e suas fortes aspirações vagando no mundo aéreo dos fantasmas evitassem as suas, míseras e injustas?... Se vocês devessem ser separados por toda a eternidade, se a sua morte covarde e cruel fosse o princípio de um afastamento que devesse crescer sempre, crescendo junto aos tormentos da desunião e os vãos desejos de se encontrarem?... Se a natureza, que você insensatamente afirma ser cúmplice do seu delírio, oferecesse apenas um meio de reparação, o de imitá-la na virtude, na resignação, o de viver para fazê-lo semelhante a ela o mais possível, e mesclá-lo a ela quando a natureza o convidar ao que você chama de duvidosas e ocultas esperanças? Oh Carlo! Pense muito. Não agrave os insultos contra a Pisana, fazendo a virtude dela responsável por todos os males que poderiam derivar da sua insensatez.

– Amigo, você tem razão, vou pensar. Sinto que neste instante a fria razão não poderia encontrar lugar no tumulto de minhas paixões, e me conheço bastante bem para crer que não busco pretextos num adiamento, que daqui a um ano serei como agora, se as condições do meu espírito não mudarem.

– De resto – retomou Lucilio –, até agora procurei preparar você para o que pudesse acontecer, e espero que se você falar com a Pisana, as palavras dela, seu comportamento, seus olhares irão convencê-lo melhor do que meus argumentos. Mas não quero dizer que chegamos a uma situação desesperadora e de perigo. Se ela pudesse ir a Veneza, repousar retomando seus hábitos...

– Oh, está dizendo a verdade, doutor? Há esperança? Não é só para me confortar, para me iludir?

– Estou tão longe de querer enganá-lo que até agora o deixei convencido do pior. Agora não lhe dou muitas esperanças, a não ser as que a generosa natureza sempre nos consente, até que ela não pare, talvez por generosidade, o misterioso movimento da vida. Entretanto o aconselho, o que parecerá estranho, a passar bastante tempo com a Pisana, confiar na escola de seus exemplos. Garanto que ela acabará por desencorajá-lo a qualquer ato desesperado, e que essa confiança que tenho nela prove a sinceridade de tudo o que tenho lhe dito.

– Obrigado! – disse, apertando-lhe a mão – Certamente os exemplos dela e os seus conselhos não são ruins para mim.

Assim terminou aquela conversa muito memorável para mim, e que talvez tenha decidido toda a minha vida futura. Fiquei muito perplexo e consternado, mas a fortaleza de ânimo de Lucilio de algum modo me acalmou e me propus a ouvi-lo me aproximando da Pisana e tentando reparar os males involuntariamente cometidos conciliando minha conduta aos seus desejos, e dando-lhe assim o mais alto testemunho de amor e devoção que pudesse dar. Infelizmente, de início, as minhas tentativas só me desencorajaram: a pobre Pisana fazia o possível para me evitar, parecia que, estando a ponto de me abandonar, não quisesse ter prazer em minha companhia para depois sentir uma angústia maior no momento da separação. Ou não gostava que eu lhe demonstrasse preferência em relação à Aquilina.

De qualquer modo, não desanimando com aquelas suas provocações forçadas, e continuando a demonstrar a ela com todo o cuidado a minha gratidão e o profundo pesar de não a tê-la demonstrado antes e melhor, consegui vencer aquela obstinada relutância e trazê-la à antiga intimidade. Meu Deus, que tormento era para mim ver se reacenderem em seus olhos a chama da vida, e assistir ao contínuo definhar de suas forças que a duras penas sustentavam aquele corpo cansado e esgotado!... Que terrível espetáculo a satisfação com que acolhia o meu retorno à ternura de antes, e a despreocupada resignação que a fazia dar de ombros e sorrir quando falava de seu futuro! Um dia, Lucilio me disse que se as coisas continuassem assim poderíamos arriscar na semana seguinte a viagem para Veneza. À noite, me vi sozinho com a Pisana, porque Lucilio levara minha esposa, meu cunhado e meus filhos para ver não sei quais maravilhas de Londres; ela estava mais pálida, mas mais alegre do que o normal; eu sempre esperava que em seu estranho temperamento a saúde pudesse voltar de repente, fugindo às regras comuns das outras pessoas, e que o mal não fosse irreparável com aquele humor festivo que renascia.

– Pisana – disse –, no mês que vem podemos estar em Veneza. Não acha que só pensar nisso lhe faz bem?

Ela sorriu levando os olhos ao céu e não respondeu nada.

– Você não acha – continuei – que o ar nativo, a paz que gozaremos todos unidos e tranquilos acabarão curando você da melancolia?

– Melancolia, Carlo? – ela respondeu. – E por que você acha que eu esteja melancólica?... Você já viu que uma alegria natural e contínua eu nunca tive; eram flashes de luz, lampejos fugidios e nada mais. Sempre fui uma criatura muito variável, mais frequentemente taciturna e amuada. Só agora me sorri um bom tempo de serenidade e de paz, nunca me senti tão calma e contente. Creio que recitei meu papel e espero alguns aplausos.

– Pisana, Pisana, não fale assim!... Você merece muito mais aplausos do que podemos lhe dar e vai tê-los. Voltaremos a Veneza, lá...

– Oh Carlo! Não me fale de Veneza, a minha pátria é muito mais perto, ou distante se você quiser, mas se chega numa viagem muito mais rápida. Lá em cima, lá em cima, Carlo!... Veja, a pobre Clara me fez acreditar e esperar na misericórdia de Deus. Não conseguiu tirar da minha cabeça a sua teoria dos pecados, mas acredito no resto, e espero não ser punida muito severamente pelo pouco mal que cometi sem querer. Fiz todo o pouco bem que podia fazer, é justo que eu receba alguma recompensa; meu desejo é recebê-la logo, abandoná-lo por um breve tempo com um sorriso nos lábios e, conceda-me essa esperança, com a sua permissão.

– Pisana, você não vê que assim me estraçalha a alma, que com essas palavras você me acusa pela cegueira com a qual nesses últimos anos quis crer na sua aparente frieza?... Infame, ingrato, assassino, que não me importava com todos os seus sacrifícios, que me esforçava para acreditar verdadeira a sua indiferença, talvez para não pagar muito caro não quis ver na sua devoção, e no modo admirável com que você a demonstrava, a marca de sublime delicadeza que só você sabe imprimir aos sacrifícios e fazê-los parecer ações bastante comuns e sem mérito!... Oh, amaldiçoe-me, Pisana!... Amaldiçoe o momento em que me conheceu, e que a levou a desperdiçar por mim o heroísmo suficiente para premiar a virtude de um santo e as fecundas dores de um mártir!... Amaldiçoe o meu estúpido orgulho, a minha ingrata desconfiança, e o covarde egoísmo com o qual vivi por dois anos bebendo o seu sangue, sugando de suas carnes a vida!... Oh sim, caia sobre minha cabeça a pena de tanta infâmia! Eu mereci, imploro, a quero! Até que não tenha pago com lágrimas de sangue todo o meu crime contra você, todas as dores, as humilhações que lhe impus, não terei paz nem ousarei levantar a cabeça e me chamar homem!...

– Está delirando, Carlo?... O que você está pensando?... Não conhece mais a Pisana, ou acha que ela ainda está fingindo para que a acreditem contente ou para se safar da compaixão dos outros?... Não, Carlo, eu juro!... A questão de viver ou de morrer não tem nada a ver com a minha felicidade. Não vou esconder que acredito que minha última hora está muito perto, mas sou menos feliz por isso?... Ao contrário, Carlo, a sua ternura, o seu conforto, eram o último consolo que eu esperava, e você os trouxe de volta. Oh, que você seja abençoado!... Uma só palavra sua de reconhecimento, um só olhar afetuoso, pagariam duas vidas mais longas do que a minha e triplamente cheias de privações e sacrifícios!... Você não confiou em mim, você me causou dores e sofrimentos?... Mas quando, Carlo, quando? Eu pequei e você me perdoou; eu o abandonei e você não se queixou; quando voltei você me recebeu com os braços abertos e com mel nos lábios!... Você é o ser mais nobre, mais confiável e generoso que pode existir... Se eu tivesse diante de mim a eternidade, e precisasse passá-la em contínuos sofrimentos sem ser consolada pela sua presença, e tudo para poupar uma lágrima, um só suspiro seu, não hesitaria um momento. Iria me resignar exultante e contente só de pensar que todos os meus dias, todas as minhas angústias seriam consagradas para o seu bem. Só você, Carlo, não repudiou a minha alma. Só pelo seu amor, tão generoso e constante, tomei coragem de olhar dentro de mim e dizer: "Talvez eu não seja tão desprezível se esse coração ainda me ama". Oh Carlo, perdoe-me!... Perdoe-me por caridade, se não o amei como você merecia!...

– Levante-se, Pisana! Suas súplicas me envergonham, não terei mais coragem para olhar no seu rosto, nem para lhe pedir perdão!... Oh meu Deus!... Como lembrar sem angústia todos os momentos em que uma minha palavra de amor, um meu olhar humilde e suave a teria, senão recompensado, ao menos a convencido da minha gratidão? Mas eu me fechei em minhas maldosas suspeitas e puni com a sisudez e o silêncio o sacrifício mais nobre e talvez mais difícil que uma mulher já fez, o... sim, devo dizer, Pisana, o do seu amor!... E se eu acreditava que você não me amava mais, por que então me vali de você como de uma escrava, arrastando-a pelo mundo presa miseravelmente ao meu infeliz destino?... Oh sim, Pisana! Infelizmente fui um vil tirano e um carrasco cruel!...

– Mais uma vez repito que, ou você não se lembra bem, ou depois de tantos anos não conhece a Pisana. Não entende que tudo o que você chama dores, sofrimentos, sacrifícios, eram para mim prazeres inigualáveis, plenos de uma volúpia tão mais doce quanto mais nobre e sublime? Não entende que a minha índole estranha e mutável talvez me levasse a me cansar dos prazeres mais comuns e buscar em outra esfera, mesmo com o risco de perder outros contentamentos e prazeres que não tinham comparação em minha vida passada? Não percebeu o primeiro sintoma dessa quase loucura no meu inacreditável e tirânico capricho de casá-lo com Aquilina?... Oh Carlo, imploro de joelhos!... Perdoe-me por tê-lo amado à minha maneira; por tê-lo sacrificado a um meu capricho estranho e inconcebível, por ter buscado em sua vida apenas uma ocasião para satisfazer minhas estranhas fantasias!... Você não podia me entender, você devia me odiar, mas me suportou!... Quando nos últimos anos eu sentia tanta doçura em cuidar de você, e esconder meu amor dando a entender que só a necessidade e a compaixão me moviam, eu não devia saber que com esse comportamento eu o atormentava e tirava o valor dos poucos serviços que fazia a você?... Apesar disso, continuei a ostentar a minha bárbara delicadeza, persisti naquele sistema de virtuosa vaidade em que havia dado o primeiro passo com o seu casamento, desejei o meu prazer antes de tudo, a qualquer custo!... Está vendo, Carlo, como fui má e egoísta? Não teria feito melhor me entregando à sua generosidade, que é maior e mais certa do que a minha, e dizer: "Errei, Carlo! Errei por descaso, por estranheza! Agora nossos deveres são esses! Vamos cumpri-los juntos, sem hipocrisia e orgulho"!?? Mas não confiei em você, Carlo! Confesso com a humildade de uma verdadeira penitente!... O seu amor tão grande, tão magnânimo, não merecia uma recompensa tão cruel, mas uma confissão sincera talvez me reabilite a seus olhos. Ainda me amará; sim, me amará sempre, e minha memória santificada pela morte viverá perene em seus mais suaves e tristes pensamentos.

– A morte? Por Deus, não pronuncie esta palavra, ou não contente de segui-la, a precederei!...

– Carlo, Carlo, por caridade, não coloque em meu coração remorso tão atroz! Liberte esses meus últimos dias do único medo que pode amargurá-los!... Veja! Aprenda comigo... Cem vezes eu poderia, deveria me matar... e desta vez... desta vez... eu vou morrer!...

– Não, você não vai morrer... Pisana, Pisana! Juro que você não vai morrer!...

– É verdade, não vou morrer se você vive, se você honra minha memória tornando úteis os poucos sacrifícios que, apesar de desastrados, eu fiz por você!... Você deve pensar em Aquilina, que eu lhe confiei, nos filhos que você gerou e aos quais está ligado por sacros e invioláveis deveres, na sua pátria, na minha pátria, Carlo, pela qual sempre bateu este meu pequeno coração, pela qual aonde me leve a vontade de Deus eu não cessarei de rezar e esperar!... Carlo, Carlo, eu peço! Viva porque sua vida será digna de ser imitada por aqueles que virão. Para que eu possa ao menos dizer morrendo que minhas palavras, que meus conselhos tiveram a sorte de deixar uma herança de grandes e nobres ações!... Não peço mais nada, não desejo mais nada, para que o momento da partida seja o mais feliz da minha vida. De resto, tentei fazer todo o pouco bem que podia: morro contente, morro sorrindo, porque vou esperá-lo!...

– Estou aqui, estou aqui, Pisana. Você não vai esperar nem um instante! Estou com você!

– E se eu dissesse que estas seriam as primeiras duras palavras que ouvi de você, que assim você me humilha, e me tira o pequeno prêmio com o qual eu parto toda feliz?... Oh Carlo, se você ainda me ama não vai querer me ver morrer entre medos e remorsos. Você sabe que quando quero uma coisa, quero e pretendo a qualquer custo! Pois bem, quero e pretendo que a minha morte, tão fácil e suave, não seja o desespero de toda uma família, e que não prive todo um país e a humanidade do bem que você ainda pode e deve fazer!... Carlo, você é forte e corajoso? Tem fé na virtude e na justiça? Jure que não será covarde, que não abandonará o seu posto, que infeliz ou feliz, acompanhado ou só, pela virtude, pela justiça, você combaterá até o fim!

– Oh Pisana, o que você está me pedindo? Como acreditar na virtude e na justiça sem você a meu lado, quando uma vida como a sua é tão miseravelmente recompensada?

– Uma vida como a minha é tão invejável, que abençoados sejam os homens que possam ter uma vida semelhante! Uma vida que principia com o amor e termina com o perdão, com a paz, com a esperança para ascender a um outro amor que não terá mais fim, é tão superior a qualquer mérito meu, que agradeço e bendigo a Deus por esse presente precioso. Mas só me falta uma felicidade, que tenho a certeza de conseguir, pois está em suas mãos concedê-la. Jure, Carlo, jure o que lhe pedi. Não, não é verdade que você vai negar o único favor que lhe peço, suplicando pelo que você tem de mais sagrado e caro no mundo, pela memória, pela eternidade do nosso amor!

– Oh, Pisana, eu nunca violei qualquer juramento!

– E por isso mesmo eu imploro, vê? A felicidade dos meus últimos momentos depende agora da sua vontade, dos seus lábios!

– Então é mesmo necessário?... É um decreto irrevogável?

– Sim, Carlo, irrevogável! Como o presente que fiz a você de mim mesma; como o juramento que renovo agora de que você é o ser mais nobre e generoso que já vestiu os despojos mortais!...

– Oh, você me considera mais do que eu valho, você me pede o que não posso...

– Tudo, você pode tudo!... Se ainda me ama!... Jure que viverá pelo bem da família que eu impus a você, pela honra da pátria que amamos e sempre amaremos...

– Pisana, você o quer?... Pois bem, juro!... Juro pelo desejo que tenho de segui-la, juro pela esperança invencível de que a natureza logo pensará em me desobrigar desse juramento!...

– Obrigada, obrigada, Carlo!... Agora estou feliz, novamente digna de Deus!...

– Mas peço mais uma coisa, Pisana, não alimente por mais tempo os lúgubres pensamentos que fazem você morrer antes do tempo, use essa felicidade que renasce em você para recuperar a sua saúde, para reanimar a sua coragem, enfim, para ficar conosco, nós que a amamos tanto!

– Oh, veja, você me pede mais do que eu posso dar!... Carlo, olhe no meu rosto!... Está vendo este sorriso de beatitude, estas lágrimas de alegria que me inundam os olhos? Então, você acha que eu, pobre mulher louca, embriagada de amor, me resignaria a deixá-lo, a abandoná-lo para sempre, a não o ver nunca mais na terra nem no céu, se uma esperança certa, profunda, invencível, não me garantisse que nos veremos de novo, que seremos muito mais unidos e contentes do que jamais fomos por toda a eternidade?...

– Pisana, sim, acredito em você! Vejo sua alma que brilha por esses olhos divinos!... Fique, fique conosco, por caridade, fique!...

– E você acha, que se eu devesse ficar teria gozado os prazeres puros, inefáveis, dessa última hora?... Oh não, Carlo, qualquer outra alegria seria para mim muito desprezível e sem colorido. Deixe, deixe que eu me vá. Contemple comigo a clemência de Deus, que cerca com as cores mais esplêndidas o sol que se põe!... Agradeça-o por nos fazer antegozar neste mundo as volúpias inexprimíveis do outro, quase uma garantia certeira de que as promessas infundidas por ele no coração não são falhas nem mentirosas!... Adeus, Carlo, adeus!... Separemo-nos agora que nossas almas estão fortes e preparadas!... Talvez ainda nos vejamos muitas vezes, talvez uma só!... Mas certamente nos veremos uma última vez para não nos separarmos nunca mais. Vou esperá-lo, aprender a amá-lo realmente como você merece!... Adeus, adeus!...

E escapou dos meus braços, não tive forças para detê-la; chorei, chorei realmente como se ela estivesse morta, como se aquele adeus tivesse sido a sua última palavra. E por mais que vagasse meu pensamento, só via ao seu redor escuridão e deserto. Aquela alma tão grande e sublime resplandecia tanto, que todos os outros esplendores aqui debaixo me pareciam sombras, e todo afeto perdia força e calor diante dela. Dali a pouco, entraram Lucilio e Aquilina com todos os outros, só tive forças para indicar com um gesto a porta por onde a Pisana saíra e cair de novo no pranto.

Ver aquelas pessoas que me prendiam tão irremissivelmente à vida, naquele momento, foi insuportável e quase odioso. Até tratei mal minha esposa e meus filhos. Mas assim que saíram do quarto, assustados com meu pranto e aquele gesto terrível, os conselhos da Pisana me murmuraram caridosamente ao coração. O amor dela, que se pode dizer confundia-se com a minha alma, irradiou em meus sentimentos um sopro saudável e vigoroso. Pensei que para amá-la realmente eu deveria igualar, ou pelo menos imitar, a sua grandeza e me sacrificar aos outros como ela se sacrificara por mim. Pensei que não eram mentiras aquelas santas palavras de família e de pátria que saindo de sua boca ganhavam uma autoridade religiosa e quase profética. Pensei que expiação ou batalha, a nossa vida é um bem ao menos para os outros; e que quanto mais é um mal para nós tanto mais meritória é a coragem de levá-la até o fim. E os olhares dela, inspirados pela fé das coisas misteriosas e eternas, ainda brilhavam diante de mim; senti que sua luz nunca se apagaria em meu coração e que se converteria numa feliz esperança, num desejo paciente, mas seguro. Chorei novamente, mas as lágrimas desciam tranquilas pelas faces, e não me senti mais desesperado e violento, mas me ergui leve e resignado à espera da morte.

Depois de uma hora, durante a qual acharam por bem me deixar sozinho, Lucilio voltou para me dizer que a Pisana fora tomada por uma fraqueza repentina, mas que se recuperara ao tomar um uma xícara de chá, e agora se acalmara num dulcíssimo sono. Recomendava que a deixássemos em paz e que só a natureza agisse, porque não há recuperação mais poderosa do que a dela. Ele viria no início da noite para ver se podia ajudar em algo e se ela melhorara com o repouso. De fato, houve uma trégua de alguns dias, e a alegre serenidade da Pisana não faltou nem por um instante.

Quando ela podia estar perto de mim e me fazer repetir baixinho que manteria minhas promessas, um sorriso celestial irradiava seu rosto; nunca a vira tão contente, nem nos instantes de maior beatitude. Então eu vi aquela alma de fogo que sempre viveu em uma violenta tempestade de paixões lentamente se desvanecer em uma calma risonha e serena.; vi sua parte mais pura vir à tona, resplendecer com uma luz sempre mais límpida e tranquila, e desaparecerem realmente os sentimentos profanos que a tinham embaçado por alguns instantes; vi o quanto pudera um só afeto, mas pleno e constante contra uma índole estranha e tumultuada, contra uma educação falsa e corruptora; vi as paixões se calarem ao voo rápido e leve que alçava o espírito, e a morte se aproximar amistosa e sorridente ao beijo também sorridente de seus lábios.

O delírio da agonia foi para ela um sonho de visões encantadoras; até então eu acreditara que fossem artificiosas mentiras as grandes palavras que se colocam na boca dos moribundos, mas me convenci de que as almas santas lançando do ponto supremo um último olhar sobre a vida deles, como que extraem os mais altos e generosos sentimentos para incentivá-los à grande viagem para Deus. Muitas vezes falou da Itália, muitas vezes, apertando minha mão, murmurava palavras de coragem e de fé. – Os seus filhos, os seus filhos! – me dizia. – Carlo, está vendo, eles são mais felizes do que nós!... Mas no mundo, veja, no mundo! Fora do mundo nós também seremos felizes por haver preparado a felicidade deles! – Em outro momento, se perdeu em vagos balbucios, que acreditei falarem de Nápoles e dos dias gloriosos e terríveis vividos lá vinte e quatro anos antes. Depois de evocar aquelas distantes memórias, colocou as mãos em cruz e com uma expressão suplicante acrescentou: – Perdão, perdão!... – Oh, o perdão, alma minha, a quem e por que o pede? Talvez a mim que daria todo o meu sangue para merecer o seu? Talvez àquele Deus que há tanto tempo era espectador dos seus corajosos sacrifícios, e admirava naquele momento a sublimidade virtuosa e serena a que pode se elevar uma sua criação?

Oh, agora desfrute, desfrute, alma abençoada, desse último testemunho que eu, ainda vivo depois de mais de trinta anos de paciência e de dores, faço à beira do sepulcro às suas heróicas virtudes!... Desfrute saber que se algum brilho de coragem iluminou o resto da minha vida, se meus filhos fizerem algo honrado, e os filhos deles o fizerem também, o mérito é só seu! Você que me pediu para ficar, perpetuar e renovar em mim e nos outros o exemplo da sua vida magnânima!... Ó alma pura, continue sorrindo para minha mente anuviada e decrépita, daquele céu alto e profundo, onde pela força secreta do sublime se refugiou a sua voz, e mostre-me com um raio de esperança o caminho para eu chegar a você!... Se no pensamento sombrio da velhice e curvado sobre o sepulcro do meu filho predileto, ainda há um poético brilho das eternas esperanças, devo-o só a você. Só por você tive família, pátria, nobreza de coração e incorruptibilidade de consciência; só por você conservo o fogo eterno da fé, e o unirei, onde quer que seja, ao fogo eterno do seu amor.

Não, um velho de mais de oitenta anos não sonha, não age como criança, não resiste a tantas dores para cair na dor suprema que seria a mistura de bem e mal. Há uma esfera sobre-humana, uma ordem eterna em que as culpas caem na matéria e as virtudes se elevam ao espírito. Eu que vi você se livrar desses despojos frágeis e transitórios; eu que me lembro de você mais bela, mais jovem, mais feliz do que nunca, no instante supremo e assustador da morte; eu que a amo agora mais do que jamais amei, companheira na vida, nas fraquezas, nos erros, devo necessariamente acreditar numa sublime purificação, numa misteriosa transformação dos seres! Sim, por sua causa, por seu amor, ó espírito feliz, com o pé na tumba renego orgulhosamente a filosofia tímida e sem coração que nega o que não vê. Muito mais do que diminuir com os sentidos a razão humana, mil vezes melhor sublimá-la com a imaginação e o sentimento. Obrigado, ó Pisana, por esse último conforto que me cai dos céus. Só você podia tanto sobre mim. Não creio, não penso, mas espero.

Quando ela voltou a si, Aquilina perguntou se queria que se chamasse um padre, para que a religião assegurasse melhor a espantosa serenidade de seu espírito.

– Oh, sim! – respondeu ela sorrindo tristemente. – Magoaria muito minha irmã saber que eu morri sem um padre!

– Não, não fale em morrer – acrescentou Aquilina –, os confortos da religião também ajudam a viver conforme a vontade do Senhor.

– Viver ou morrer é o mesmo diante dele – retrucou com voz calma e solene a Pisana, depois dirigiu-me um longo olhar de esperança. Enxuguei os olhos furtivamente, e ao me voltar para o outro lado vi meu cunhado e meus filhos que contemplavam maravilhados e quase invejosos aquela forte moribunda. Em volta daquele leito tudo inspirava paz e grandeza; eu também terminei acreditando que era apenas uma separação de alguns anos; não assistia a uma morte desesperada, mas a uma triste e amigável despedida. Lucilio chegou, tomou-lhe o pulso e sorriu para a moribunda como para dizer: você partirá em breve, mas em paz. Ele também acreditava. Por último, chegou o padre com o qual a Pisana conversou por muito tempo, sem cínico desprezo e sem afetada devoção. Contente como estava consigo, não lhe foi difícil convencer-se estar em paz com Deus; os primeiros ritos que se celebram com pompa tão lúgubre e assustadora junto ao leito dos agonizantes não alteraram em nada o seu aspecto sereno.

Depois voltou a falar conosco, a agradecer a Lucilio pelos seus cuidados, a Aquilina e Bruto pela amizade deles, a abençoar meus filhos pedindo-lhes para obedecer e imitar seus pais. Então pegou minha mão e não quis que eu me afastasse mais de seu leito nem para pegar uma xícara de chá que estava em cima da cômoda e que Aquilina levou até ela. Ela agradeceu com um sorriso, então voltou-se para mim, dizendo-me ao ouvido: – Ame-a, ame-a, Carlo! Eu a entreguei a você! – Não tive voz para responder, mas acenei que sim com a cabeça. Nunca mais esqueci aquela promessa, e a própria Aquilina poderia atestar, por mais que algumas diferenças de opinião tenham piorado depois os nossos temperamentos.

Aos poucos a respiração da Pisana ficava mais fraca e ofegante. Ela apertava minha mão sempre mais forte, sorrindo de vez em quando para um de nós, mas quando era minha vez o olhar era mais longo e intenso. Então olhava novamente para Aquilina, como que para pedir perdão por aqueles últimos sinais de amor. De tanto em tanto dizia algumas palavras, mas a voz lhe faltava, eu sentia o mesmo, e logo com o olhar ela me incentivava a lembrar de minha promessa.

– Estou pronta! – disse ela de repente, com voz mais forte do que o normal. E quis se erguer do travesseiro, mas caiu mais cansada sorrindo daquele esforço impotente.

– Estou pronta! – murmurou uma segunda vez, depois me disse: – Lembre-se: espero por você!...

Senti um arrepio passar em meu coração, era a alma dela que ao partir se despedia da minha. Ela ainda apertava a minha mão, seus lábios sorriam, os olhos me olhavam, mas a Pisana já ascendera para confirmar suas eternas esperanças. Acreditam? Ninguém se moveu do seu lugar; todos ficaram lá, imóveis, silenciosos, contemplando a serenidade daquela morte; depois Lucilio me contou também ter chorado, mas de alegria; eu não o tinha visto, como não vi nada por todo aquele dia. Não me movi, não chorei, não falei até separarem minha mão da mão da Pisana para colocá-la no caixão. Eu mesmo arrumei suas roupas, eu mesmo a coloquei em seu último leito, e ao lhe dar o último beijo nos lábios foi como se minha alma tivesse partido junto com a dela.

Por muitos dias fiquei sem saber se estava morto ou vivo, mas era suspensão de vida e não desespero, aos poucos minha letargia foi passando, e finalmente recuperei minha consciência e a memória do que acontecera para reaver também a fortaleza que precisava para obedecer aos últimos desejos da Pisana. Daí em diante minha índole assumiu uma gravidade e uma firmeza que nunca tive antes, e a educação que dei a meus filhos foi toda inspirada naqueles magnânimos exemplos de virtude e de constância. Quando Aquilina me repreendia docemente por incentivá-los a um destino misericordioso e tempestuoso, bastava que eu lhe recordasse a morte da Pisana para que ela se retratasse dizendo que eu tinha razão! De fato, não se deve olhar os perigos e os sacrifícios para merecer tal morte.

Poucos dias antes de partirmos de Londres, chegou a notícia de que Sua Excelência Navagero passara desta para a melhor deixando a Pisana sua herdeira universal, e se ela morresse sem deixar testamento, todos os seus bens iriam para a construção de um hospital que deveria ter o nome dela. Ele possuía alguns milhões e vivera os últimos anos numa falsa pobreza para acumular essa grande soma para o objetivo ao qual a destinava. Eu sofri muito por ter de abandonar a Inglaterra, onde num cemitério campestre ficava uma grande parte de mim, mas a Pisana me ordenava pensar em meus filhos, e partimos. Spiro e Aglaura me pediam para cuidar de alguns negócios que tinham em Veneza, por isso fui até lá, decidido a ficar. Meu cunhado, depois de uma ida ao Friuli para ordenar suas coisas, viria juntar-se a nós e assim eu preparava tristemente o local para o inverno da minha velhice. Sofrera muito ao me separar de Lucilio, mas ao me deixar ele dissera: – Irei morrer com vocês! – Eu sabia que não faltaria com sua promessa. Chegamos a Veneza em quinze de setembro de 1823. Passei a primeira noite naquele memorável quartinho, onde vivera dias despreocupados e felizes, beijando entre lágrimas e soluços dois cachos de cabelo. Um, eu arrancara dos belos caracóis da Pisana menina, o outro, cortara religiosamente da pálida fronte da Pisana morta.

CAPÍTULO VIGÉSIMO PRIMEIRO

Como cooperei para despertar em Veneza alguma atividade comercial, princípio, senão outro, de vida, e como meu filho mais velho partiu com lord Byron para a Grécia. Um duelo aos cinquenta anos pela honra dos mortos. Viagem de núpcias a Náuplia e fúnebre retorno para Ancona em março de 1831. A morte leva meu segundo filho e me rouba amigos e inimigos. Ela encontra um poderoso aliado no cólera. Um colegial de sessenta e cinco anos.

Sabe-se as causas pelas quais Veneza caiu, e essas mesmas causas fizeram com que as atividades da vida material não pudessem se reerguer. O destino teve a maior culpa, porque a própria apatia do governo e o enfraquecimento do povo derivaram do fechamento das vias pelas quais se exercitava com muito proveito as atividades tanto de um quanto de outro. Que culpa tiveram os venezianos se Cristóvão Colombo e Fernão de Magalhães criaram novos comércios a proveito de outras nações, e se Vasco da Gama abriu novas rotas para as mercadorias do Oriente? Os venezianos foram audazes e maravilhosos mercadores enquanto lhes foi possível vender as mercadorias dos países distantes com maiores lucros do que os concorrentes; conservaram hábitos e forças guerreiras enquanto o vasto e ousado comércio precisou de uma poderosa tutela. Cessado o incentivo do lucro, cessou a natural referência às antigas e gloriosas tradições; cessaram as expedições já muito custosas e pouco profícuas ao Mar Negro e à Síria, onde se trocavam as manufaturas europeias pelas mercadorias da Moscóvia[1], da Índia e da China trazidas pelas caravanas; cessou o espírito militar que neles, como nos ingleses, era somente um defensor da prosperidade comercial.

Assim, Veneza perdeu toda a razão de ser e toda influência na civilização. Continuou a viver por hábito, *por acidente*, como dizia o doge Renier[2]; entretanto, três séculos de decadência lenta, honrada e quase feliz deram outra e solene prova da antiga potência de Veneza e das virtudes arraigadas em seu governo e em seu povo por tanto tempo de glorioso exercício. Se a República

1 A Moscóvia foi a entidade política antecessora do Império Russo. Este período da história da Rússia situa-se entre os princípios do século XIV até o princípio do século XVIII.

2 Ver cap. VI e cap. X.

de São Marcos tivesse participado vigorosa e constantemente da vida italiana durante a Idade Média, talvez ao decair de seu comércio teria encontrado na expansão em terrafirme um novo incremento de prosperidade. Mas nas províncias italianas ela ainda é vista mais como comerciante do que como governadora; não eram membros integrantes de seu corpo, mas colônias destinadas a nutrir o patriciado reinante, sem os meios habituais para alimentar a própria riqueza. Foram políticos sagazes e soldados não para consolidar e dilatar além do Pó e do Míncio a influência do governo, e preparar um futuro italiano, mas para defender suas propriedades, como tinham feito antes na Crimeia e na Ásia Menor para proteger os empórios mercantis. Os outros governos, por respeito, por necessidade de equilíbrio ou por mérito das sensatas transações, deixaram os venezianos usufruir em paz as possessões comerciais, aos poucos cessou qualquer necessidade de tutela armada, e contentes em cancelar um lançamento na página das dívidas, outorgaram unicamente à própria sensatez e ao critério dos outros a segurança de seus domínios.

Talvez, se ao se transformarem de mercadores em proprietários e de marítimos em continentais, um partido mais firme ou um afortunado chefe da aristocracia tivesse tentado mudar o caráter do governo de utilitário em político, o destino de Veneza tivesse corrido um risco maior, mas também readquirido um motivo e um direito de futura grandeza, que lhe fosse dado superar vitoriosamente essa nova experiência. O antigo defeito da falta de participação no movimento italiano seria sanado com um novo arranjo das forças nacionais. Para isso, faltou a oportunidade, ou a força, ou a mente. Veneza, como já disse, permaneceu uma cidade medieval com a aparência de um Estado moderno. Mas as aparências não duram muito, e já que não quisera ou não pudera se tornar nação, foi obrigada a decair à condição de simples cidade. Economia política é como a fisiologia médica: é preciso forçar e reduzir um corpo invadido por humores malignos à sua parcimônia natural, para que a plena saúde ressurja ordenadamente.

Veneza, nas primeiras revoltas que lhe tiraram todo o apoio em terrafirme, fechando-lhe as vias marítimas, ficou, para dizer pouco, à beira da morte. Depois, quando voltou a paz, e o mar lhe foi desobstruído, as forças eram tão poucas que não era possível competir com os outros portos que haviam se fortalecido durante a sua indolência. "Margens opostas, ânimos contrários", diz um provérbio inglês. Trieste entrava ousadamente na luta, respaldada pelo comércio vienense e com a ajuda do governo que não tinha esperanças ou não se preocupava em chamar a atividade vêneta ao campo primitivo de seus triunfos.

Veneza fechava-se melancólica e dolorosa entre mausoléus de mármore, como o príncipe decaído que se resigna a morrer de inanição para não estender a mão.

De fato, depois de ter se posicionado até os últimos tempos como protetora da Europa contra os turcos, precisar pedir aos outros armas e dinheiro para mandar quatro chalupas carregarem figos em Corfu, era um bocado muito amargo para engolir. Então, ficou-se sem saber se devíamos meditar sobre o passado ou amadurecer um futuro. "Antes que estatísticas fossem feitas" disse um ótimo publicista "cada país acreditava ser o que gostaria de ser." Os venezianos já em mil setecentos e oitenta consideravam-se os naturais repressores da prepotência muçulmana, porque o almirante Emo[3], com uma dúzia de galés tentara gloriosamente represálias contra a Tunísia. Era a única desculpa para sua existência e se obstinava em acreditá-la verdadeira. Quando depois a terrível confirmação estatística de uma guerra generalizada revelou as duzentas embarcações da Inglaterra, os catorze exércitos da França e o bloqueio final daquela luta titânica corroborou, senão outro, a nulidade política de Veneza, e que a Europa já não precisava de qualquer freio contra os turcos, e que se ainda fosse preciso detê-los certamente não cabia a ela, então ela começou a crer que não era o que queria ser, mas o que era realmente. Se esse primeiro exame de consciência gerou um momento de humilhação, foi indício de senso civil e de salutar vergonha. Não insultemos aqueles que mortos ontem já recomeçaram a viver, enquanto cultuamos os outros que com enorme celeuma nem chegaram a viver a não ser pela calculada tolerância de todos.

Eu estava voltando para Veneza quando esse torpor de inércia e vergonha estava no auge. Não havia comércio, não havia riqueza fundiária, não havia artes, não havia ciências, não havia glória, nem atividades de qualquer espécie: parecia morte, e certamente era suspensão de vida. Devendo participar dos negócios de Spiro, meu cunhado, vi de perto a indolência e a infelicidade das funções sociais, das quais a história da República extraía suas mais esplêndidas páginas. Chefiar uma retomada e despertar alguma operosidade naquelas forças enferrujadas e estagnantes foi meu primeiro pensamento. Pouco se podia tentar porque não tínhamos quase nada, mas começar bem já é metade da obra. Julguei que Spiro não se oporia ao meu projeto, nem evitei arriscar na magnânima tentativa o crédito e os últimos recursos da Casa Apostulos. A guerra da Grécia havia consumido muito, mas restava alguma coisa, e a confiança dos correspondentes

3 Trata-se do almirante Angelo Emo (1791-1792) que, entre 1784 e 1792, combateu os piratas tunisianos que infestavam o mar Mediterrâneo.

multiplicaria o valor daqueles escassos resíduos. Reviver, aliás, criar o espírito de associação seria o primeiro passo, e me incentivava o espetáculo da espantosa potência inglesa, ainda fresca em minha memória. Mas até os gigantes nascem crianças. Logo percebi que me aventurava num sonho, e voltei atrás para evitar com uma súbita derrocada a boa vontade que já se iniciava tacitamente.

Nosso erro, nossa desgraça, é medir a vida de um povo pela do indivíduo, já disse isso outras vezes. Um homem sozinho pode preceder o progresso nacional, não o induzir; para que seu exemplo seja útil convém que seja facilmente imitável, e por muitos, de modo que se espalhe e se torne um hábito, então a indução vem por si. O espírito de associação, indício de reaproximação e instrumento da mais vasta concórdia, deve ser encorajado em cada empreendimento, como uma educação para o exercício semelhante de outras operações, como um fator de confiança e prosperidade e outros meios gerais de melhoria. Mas ao seu perfeito desenvolvimento chega-se por partes: para uma sociedade de mil é preâmbulo a afortunada sociedade de cem; e para convencer os cem, é preciso que vinte, dez ou cinco se unam, e com a eloquência dos fatos e das cifras os convençam de que menor seria o lucro comum e pessoal se cada um tivesse trabalhado por si. Com esses princípios firmes na cabeça, voltei a tentar, colocando-os como regra dos meus negócios, planejando usá-los à vista de todos, não como argumentos de prosperidade pública, mas de fortuna pessoal.

De fato, uma primeira empresa criada por mim para o comércio de frutos secos, tanino de carvalho, óleo e outras matérias-primas com os portos de Levante e da Grécia, teve um excelente sucesso. Eu tomara todos os cuidados para não me arriscar e me expandir pouco, para que o ganho fosse certo, apesar de pequeno. Depois do primeiro passo, ao menos saímos daquela profunda sonolência. Outras empresas se formaram semelhantes à nossa, e conforme a competição se expandia, maiores riscos foram assumidos na esperança de maiores ganhos. De fato, a experiência muitas vezes recompensava os que mais corriam riscos, e quando a competição entre nós começou a retardar o desenvolvimento de empresas individuais, várias empresas menores foram fundidas em algumas poucas maiores. Estas concorriam corajosamente com as mais fortes e antigas de outros portos do Mediterrâneo. Os ganhos eram certamente menores, e por isso Veneza não podia competir com Marselha, com Gênova ou com Trieste, mas obtinha-se ganhos honestos e a esperança sucedia à humilhação e a operosidade à inércia. Depois da pedra lançada, não se sabe onde vai cair, e se os estrangeiros ainda não tinham sido fisgados pela prosperidade de Veneza para se estabelecer ali com seus capitais, ao menos tinha-se o suficiente para movimentar e fecundar as forças locais. Não era muito e eu esperava mais. Sem contar que esses negócios rendiam para a antiga Casa Apostulos ganhos inusitados, e Spiro me elogiava muito pela minha grande ajuda a ele e à independência da Grécia.

O comércio, ao menos localmente, retomara um andamento natural e encontrara aos poucos o seu escoamento razoável no grande vale do Pó. Mas não quero ter o mérito dessa sucessiva expansão como o servente que se vangloria da bela arquitetura de um palácio por ter lançado a primeira pedra. Criam-se as grandes empresas como os grandes filhos, mais por prazer próprio do momento do que por intenção direta. Eu, entretanto, alguma intenção tive, e por isso me orgulho de ter sido o primeiro a cooperar com o ressurgimento do comércio veneziano[4]. Mas todo esse esplendor veio depois, me cabe agora voltar aos primeiros meses quando não me passavam pela cabeça a não ser como distantes e talvez infundadas ilusões.

Donato, meu segundo filho, adaptava-se facilmente a me ajudar na nova profissão de comerciante, e apesar de ainda rapaz, por sua admirável sensatez de engenho, me auxiliava muitíssimo. Ele era um doidinho muito engraçado; quando meu espírito se escurecia de melancolia bastava me aproximar dele para me sentir melhor. Fazia ótima companhia para sua mãe, e frequentava muito com ela a casa do conde Rinaldo de Fratta, onde, depois da morte de Navagero se abrigara também a reverenda Clara. O conde ainda trabalhava na Contadoria do Governo por um ducado ao dia, e vivia entre o trabalho e as bibliotecas, mas Clara, tendo conservado seus vínculos de amizade com as irmãs expulsas de Santa Teresa, trouxera para casa um bom número de visitantes. Aos poucos, ao redor daquele primeiro núcleo juntaram-se outros elementos da sociedade: patrícios de antigo ou novo cunho, na maior parte pessoas nostálgicas da antiga ordem das coisas, que elogiavam e apoiavam as atuais para não serem obrigados a trabalhar nem condenados à inanição por novas revoluções.

Donato observava aqueles tipos originalíssimos, e sabia como zombar deles para algum descontentamento de sua mãe; eu, no entanto, me alegrava vendo que somente por causa dela se conformava em estar quase todos os dias com aquelas múmias, e que nunca aprenderia suas sujas opiniões e mesquinha hipocrisia. Aquilina, por seu lado, estreitava cada dia mais suas relações com a senhora Clara, porque, dizia ela, nunca se sabia aonde pusesse

4 Carlo Antonio Marin (1745-1815), parente de Nievo pelo lado materno, escrevera uma *História civil do comércio dos venezianos* (1789), de onde, provavelmente, Nievo retirou essas reflexões.

nos levar alguma minha tolice. Sobre esta ou outras palavras semelhantes surgiam em geral grandes discussões, mas eu não me importava muito, e, sabendo que suas intenções eram boas, deixava-a fazer a seu modo. Além disso, os antecedentes justificavam bastante essa nossa familiaridade com os condes de Fratta, e não cabia a mim dissuadi-la de algo que também me era imposto pela gratidão. Maior argumento de discórdia era a conduta de Luciano, que ao invés de imitar na docilidade e na operosidade o irmão menor, era um desmiolado, não queria ouvir advertências nem conselhos, e quando era repreendido, principalmente pela mãe, por não querer se ocupar com coisas mais úteis na vida, respondia que, já que não tinha vida, não entendia o que poderia ser útil ou não, e que por conta própria, bem ou mal, ele preferia esquecer tudo.

– Veja, Luciano – eu o advertia –, veja que esquecendo tudo virá um dia em que deveremos nos lembrar de alguma coisa, então será tarde demais por termos esquecido de nos tornar homens.

– Nisso penso eu – retrucava ele. E não deixava de lado suas extravagâncias, seus excessos. Por isso, várias vezes e com alguma amargura, zombei de sua mãe, que se preocupava muito com seu capricho juvenil de ir para a Grécia. Grécia qual nada! Parecia-me que as conversas com as loiras venezianas e as taças de vinho tivessem lhe apagado da memória os generosos poemas. Mas segundo Aquilina, a culpa também era minha, pois, deixando-o fantasiar, eu o havia acostumado a não respeitar pai nem amigos, e a fazer uma felicidade a seu modo.

– Ontem era a Grécia – dizia ela –, hoje a libertinagem, amanhã só Deus sabe o que será! E tudo por você tê-lo elogiado, por deixar que ele tomasse as rédeas!

– Desculpe – acrescentava eu –, mas não era preciso sufocar aquelas ideias generosas como se fossem vitupérios. E você mesma o preparou admiravelmente formando nele um temperamento corajoso e robusto.

– Sim, sim, eu me empenhei em criá-lo com bons princípios, mas não para que você abusasse deixando-o chegar a essas consequências.

– As consequências, meu bem, estão diretamente ligadas às causas.

– Principalmente quando encontram quem as encaminhe.

– Sabe o que tenho a dizer? Que se das causas tivessem vindo as consequências que eu esperava, bateria palmas com muito gosto!

– Sinal que você esperou mal, e que fez muito pouco para ajudar suas esperanças! Veja a que belas consequências chegamos! Você se mata no escritório, nosso filho mais novo junto com você noite e dia como um mártir, enquanto o maior, o herói, percorre os bordéis e as tavernas!

– Diabos! Que culpa tenho eu? Ainda me lembro de ter sido jovem.

– Se eu tivesse gasto tão brutalmente a minha juventude, teria vergonha de me lembrar.

– Estou dizendo que é de momento, e que irá se recuperar.

– Volto a repetir que é uma doença, que se fará crônica se não se remediar logo.

Era assim que discutíamos. Luciano, no entanto, ficava fora de casa noites inteiras, e se fosse repreendido fazia pior, dava coices como um potro que não quer ser domado. No meio de uma dessas discussões, uma bela manhã, quando eu menos esperava ele apareceu em meu quarto pálido, transtornado, para me dizer francamente que na próxima semana partiria para a Grécia.

– Para fazer o quê? – respondi zombeteiramente, pois não acreditava mais naquelas tentações passageiras.

– Para defender Mesolóngi contra Mustafá Paxá! – acrescentou ele.

– Ah, ah! – continuei com o mesmo tom de zombaria. – Fico feliz em ver que você sabe que há no Peloponeso um Mustafá Paxá.

– Eu não sabia – retrucou Luciano cerrando os dentes –, mas lord Byron, que também resolveu partir para a Grécia em alguns dias, me disse.

– E onde você encontrou lord Byron?[5]

– Basta saber que o conheci, que ele se dignou a falar comigo, e que me levará como companheiro em sua ida à Grécia.

– Você está brincando, Luciano, ou tudo isso é um sonho?...

– Não, papai, falo tão seriamente que na primeira carta que você escrever aos tios, vai avisá-los dos meus planos.

– Pois bem, se é sério, vou repetir o que sua mãe dizia há alguns meses. Sua vocação é verdadeira? Você deve ter entendido que nesse meio tempo me deu muitas razões para duvidar.

– Meu pai, estou tão certo de que essa minha decisão será confirmada pelos meus atos daqui por diante, que desde já lhe peço perdão pela má opinião que deixei que você tivesse de mim e peço também para ser generoso e confiante antecipando de alguns meses a boa imagem que me esforçarei para merecer. Para isso, me dirijo a você e à minha mãe.

– Pensaremos, Luciano. Enquanto isso, aprenda a amadurecer bem suas ideias e a desconfiar, principalmente porque você tem muitas razões para isso.

5 Depois de ter morado em Veneza de 1816 a 1819, Byron transferiu-se para Ravenna e a seguir para Pisa. Partiu para a Grécia em 14 de julho de 1823 (na verdade, antes que os Altoviti voltassem de Londres).

Ele não disse nada, mostrando-me com seu comportamento que desconfiaria de tudo, menos da solidez daquele seu plano. E, de fato, eu me espantei, mas por mais que o provocasse de uma maneira ou de outra, ele só respondia com estas palavras: – Eu entendi que neste mundo tem-se o dever de viver em benefício de alguém, portanto, imploro, deixe-me viver! – A mãe dele se opôs aos gritos a esse plano, ao qual poucos meses antes ele parecia indiferente, mas não conseguiu nada. Luciano ficou firme em querer partir, e só esperava um sinal de lord Byron para embarcar com ele. Eu conhecia o famoso poeta de nome e de fama; vira-o duas ou três vezes em alguma sua rara aparição sob as arcadas da Piazza San Marco, já que há muito tempo parecia que ele adotara a Itália com pátria e em especial Veneza. Os poetas são como as andorinhas que gostam de fazer seus ninhos entre as ruínas. A aproximação de Luciano ao generoso desespero do sublime misantropo não me agradava nada; eu temia que daí surgisse alguma semelhança de paixões, isto é, que a grandeza e a nobreza da empresa fosse o menor incentivo para tentá-la, e que nele fosse mais forte a ambição como era o fastio dos prazeres no sombrio Lord. Luciano ainda era jovem, portanto fácil de ser ofuscado pela aparência de sublimidade mefistofélica que no fim das contas só serve para esconder uma absoluta impotência de compreender a vida e de alcançar um objetivo. Porém, era impossível que tão menino desejasse sinceramente essa estéril filosofia do desprezo, e se imitava o corifeu, só podia ser pelo anseio de se sentir especial e brilhar com a luz alheia. De modo que eu temia, e não sem razão, que, colocada à prova, sua determinação não seria um por cento vigorosa do que parecia pelas palavras. Luciano ria de meus temores, acrescentando que se eu o acusava de romantismo, era muito mais digno e desculpável ser romântico nos atos do que nos suspiros, nos cabelos.

– Não vou choramingar romances, nem tingir as faces com o suicídio, como se fosse um cosmético de moda – respondia ele. – Vou me tornar herói de algumas baladas e as mulheres de Argos e Atenas lembrarão meu nome junto com os nomes de Rigas e de Botzaris. Será um romantismo útil para alguma coisa. Além disso, tenho dezoito anos e uma hora ou outra, você bem sabe, seria bom que eu fosse embora. Com a minha índole, eu nunca vou consentir em me tornar um soldado ou usar outro homem para pagar minha dívida com a infelicidade dos tempos.

O que vocês queriam que eu dissesse?... Deixei-o partir e o recomendei fervorosamente a Spiro que estava em Mesolóngi, informando-o também a minha opinião sobre o temperamento de Luciano, a instabilidade e outros perigos que eu temia. Minha esposa não chorou nem se desesperou, somente me recriminou por três ou quatro meses pela pouca autoridade que eu tinha sobre o espírito dos filhos. No entanto, vinham da Grécia ótimas notícias: tendo-se rejeitado por consenso a divisão da Grécia em três regiões, proposta pelo czar Alexandre, a guerra explodira mais feroz e encarniçada do que nunca. O quarto exército muçulmano se derretia como neve ao sol no solo ardente do Peloponeso. Luciano, com seus primos Demetrio e Teodoro, teve a honra de ser lembrado num boletim por sua extraordinária coragem. Spiro escreveu-me maravilhas sobre isso, e Nicetas[6], que tinha o apelido de Come-turcos, o propôs como modelo à sua legião e lhe deu a patente de capitão.

Toda a Europa aplaudia as heroicas vitórias da Grécia, como os espectadores do circo romano que seguros em suas cadeiras batiam palmas ao gladiador que saía vitorioso do ataque conjunto de um leão e de dois tigres. Poucas armas e homens, pouquíssimo dinheiro amparavam aquele esforço sobre-humano: os governos da Europa começavam a se entreolhar e a temer por não poder recolocar os grilhões turcos nos rebeldes cristãos. Enquanto isso, continuava o combate: os paxás não pareciam mais tão leais ao sultão Mahmud, nem obedientes ao seu comando; os próprios janízaros, a elite do exército otomano, se recusavam a se aventurar numa terra que engolia os inimigos. Crescia para a Grécia o favor e o entusiasmo dos generosos. Byron ofereceu sua fortuna, negociou um empréstimo, mas nesse meio tempo adoeceu, e à notícia da doença logo se seguiu a de sua morte[7]. A Grécia acorreu aos funerais dele, toda a Europa chorou sobre a tumba santificada pelo último ano de sua vida, e colocou-se seu nome num dos bastiões de Mesolóngi. Luciano me participou com comoventes palavras essa desgraça: ele se dizia desoladíssimo que seu ilustre amigo e protetor não tivesse podido, com as empresas do herói, toldar a fama do poeta. "O tempo é inimigo dos grandes" acrescentava ele. Mas errava, porque Byron nunca será tão grande por seu generoso sacrifício, como quando alguns séculos se acumularem sobre sua memória.

Nesse ínterim, em Veneza, me chegaram notícias bastante graves. Raimondo Venchieredo, que se casara com a filha mais velha de Agostino Frumier, pelas dificuldades econômicas em que estava e pelos caprichos da jovem esposa que a fazia muito magra, divertia-se em falar mal de mim e da Pisana,

6 Já mencionado no cap. XX, Nicetas, em 22 de agosto de 1823 infligiu uma pesada derrota a um exército turco que entrara no Peloponeso

7 19 de abril de 1824, por febre maligna.

contando principalmente as coisas nefandas e incríveis que ela fizera. Disseram-me que ele frequentava um grupo no Café Suttil, e que não havia noite em que não dissesse alguma ignominia sobre nós, talvez por inveja da contínua prosperidade dos meus negócios. Por mim, talvez eu tivesse paciência, não pela Pisana, que eu defenderia com minha vida, feliz em poder recompensá-la por tantos sacrifícios. Por isso, também comecei a frequentar aquele Café, e como muito poucos me reconheciam, ficava sozinho no salão do fundo, aparentemente lendo a Gazzetta, mas na verdade prestando atenção nas conversas do primeiro salão, onde Raimondo sempre estava se gabando.

Na segunda ou terceira noite em que eu estava de tocaia (e os fregueses e garçons já me olhavam atravessado suspeitando que eu fosse um espião), ouvi no Café um barulho inusitado de sabre e esporas, um grande rebuliço de saudações e congratulações e o reboar de um vozeirão áspero e gutural que me pareceu conhecer. Sim, por Baco, devia ser o Partistagno. De fato, ouvi alguém murmurar o nome dele ao lhe responder algo, e Raimondo, pouco depois, gritando vivas ao senhor general, congratulando-se pela sua robustez, e perguntando se viera para tentar a reverenda abadessa, não me deixou qualquer dúvida de que fosse ele.

– Não, meu caro, não vim mais para tentar a abadessa – respondeu Partistagno –, minha esposa me presenteou com sete meninos, um depois do outro, que me dão mais trabalho do que um regimento, e as freiras saíram de minha cabeça. Que pena! Porque acho que ela me veria de boa vontade, apesar de que a idade deve ter contribuído muito para fazê-la santa. Mas você, caro Raimondo, como se virou com a irmãzinha dela que, me parece, não tinha a mínima disposição de se fazer freira? Se você se lembra, na última vez que vim a Veneza, você ainda estava entusiasmado!... Caramba! Creio que faz mais de vinte anos!...

– Eh, eh! Passaram-se muitos anos! – acrescentou Raimondo – Tenho novidades para contar, já que você está tão atrasado. Antes de tudo, a conclusão: a bela Pisana está morta.

– Morta! – exclamou Partistagno. – Custo a crer, as mulheres não morrem tão facilmente.

– De fato, a Pisana passou por poucas e boas – continuou Raimondo. – Escute só: por dois anos ela bancou a criada daquele amante dela, você se lembra?... Carlino Altoviti!...

– Sim, sim, me lembro!... Aquele que girava o espeto em Fratta e que depois foi secretário da Municipalidade.

– Exatamente. Parece-me que a Pisana, à sua maneira, gostava muito desse Carlino. Em noventa e nove estavam juntos em Nápoles e em Gênova, sempre com o consenso de Navagero, que se casara com ela; a seguir viveram como marido e mulher várias vezes, até que, não se sabe como, ela fez com que o amante se casasse com uma moça do campo. Foi um acontecimento e tanto! Todo mundo comentou, mas nunca se esclareceu nada. Você, caro general, que tem uma imaginação tão rica, deve resolver o problema. Vamos ouvir: o que você diria?

– Eh!... Um segundo!... Acho!... Aposto que ela estava cansada dele, e que para se livrar para sempre jogou nas costas dele uma esposa!...

– Bravo general! Mas o que você responderia se eu dissesse que ela voltou para Veneza e se entregou de corpo e alma a cuidar do marido e a resmungar pais-nossos e *de-profundis* com a sua abadessa?...

– O que eu diria... Por Baco!... Diria que ela queria fazer as pazes com Deus, e que para isso se livrou do amante.

– Muito bem! Você tem uma fantasia fecunda, caro general, e um engenho que acomoda tudo. Quem o fez general não era bobo!... Mas o que diria se lhe contassem, que na última revolução de Nápoles o belo Carlino, apesar de já ter quarenta e cinco anos, alçou voo novamente, acabou na gaiola com o risco de perder a cabeça se a Pisana não largasse o marido e o genuflexório para correr a interceder pelo perdão e mudar a condenação em exílio?... O que diria se lhe contassem que tendo ficado cego e sem dinheiro, a amante ficou com ele por dois anos na Inglaterra sustentando-o com os piores trabalhos?

– Ah! Louca, louca! – resmungou Partistagno com seu sotaque do norte. – Ou eu sou louco em acreditar ou você em contar tais tolices!

– Juro que é verdade! – retrucou calorosamente Raimondo. – E você pode imaginar qual era o trabalho da Pisana... Uma donzela veneziana não sabe muitos, você há de convir. Então precisa fazer da necessidade virtude... Apesar de seus quarenta anos, ela ainda era tão bela e tão fresca que, posso jurar, mesmo os ingleses não ficariam indiferentes... O amigo Carlino sabia de tudo e engolia em paz... Eh, o que me diz? Eh! Que bom estômago!... Entretanto, repito, é preciso fazer da necessidade virtude!...

Mais do que as indecentes mentiras de Raimondo, me esquentavam a bile as zombarias e as risadas dos outros por trás de suas palavras. Perdi todo o controle e precipitando-me ao salão onde estava sentada a corja, lancei-me sobre Raimondo estampando-lhe no rosto o bofetão mais sonoro que já castigou o descaramento de um caluniador.

– Eu também faço da necessidade virtude! – gritei em meio à confusão de todos aqueles coelhos que fugiam do Café ou se abrigavam assustados atrás das mesas e cadeiras. – O que lhe fiz foi garantia de justiça e se você quer reparação sabe onde moro. Os caluniadores em geral são covardes.

Raimondo tremia e bufava, mas não sabia como se defender. Seu vigor natural, apesar de aquebrantado pelos frouxos hábitos de tantos anos, ainda lhe aquecia o sangue, mas a voz não lhe obedecia, nem conseguia, acostumado como estava a se safar de suas fanfarronices, se recuperar da surpresa daquele súbito ataque. Era como o cão que, depois de ter latido por um tempo e seguido encarniçado o ladrão que foge, logo se retira e se esconde no celeiro se o ladrão tem coragem de enfrentá-lo. Eu, entretanto, já havia saído do Café e ido para casa, e não ouvi falar dele por três dias. Na manhã do quarto dia veio um certo Marcolini, que se dizia ser o melhor espadachim de Veneza, para me participar que, sentindo-se o senhor Raimondo de Venchieredo profundamente ofendido pela maneira com que eu o havia tratado no Café Suttil, e pedindo uma reparação, deixava-me, como era meu direito, a escolha das armas. Por isso, eu devia escolher as armas e lhe mandar minhas testemunhas para combinar as condições do duelo. Eu respondi que tendo tido o direito de desafiar o senhor Raimondo desde o primeiro momento que o ouvi denegrir a fama de uma pessoa respeitável e muito querida por mim, e não o tendo feito somente por algumas minhas especiais opiniões sobre o duelo, considerava ter sido eu o provocador; que ele fizesse a escolha das armas, que as testemunhas eu enviaria naquele mesmo dia.

Marcolini me agradeceu pela atitude cavalheiresca e foi cuidar de seus afazeres. A seguir, soube que depois da minha partida do Café, Raimondo havia vociferado muito, e jurado que arrancaria meu coração com os dentes, e outras coisas semelhantes dignas de sua conhecida bravata, mas depois o sono lhe dera conselhos mais suaves, e no dia seguinte se limitava a repetir que manteria todos os seus juramentos e muito mais, se não tivesse mulher e filhos. Essa última cláusula causou muitas risadas e fez em Veneza um enorme alvoroço. Tanto que Raimondo, ao oferecer o braço ao general Partistagno para fazer com ele um passeio sob as arcadas da Piazza San Marco, este gentilmente se recusou, dizendo zombeteiramente que iria com ele quando não tivesse mais mulher nem filhos. Raimondo entendeu, e depois de pensar muito tomou a decisão de me desafiar por meio de Marcolini, como vocês viram. Partistagno, que era a outra testemunha, ou não quis se intrometer vindo à minha casa, ou Raimondo acreditou me assustar mandando alguém com grande fama de valente espadachim. Eu não me importava com essas coisas, e embora eu nunca fosse capaz de cometer a loucura de desafiar alguém, também nunca recusaria um duelo, mesmo contra o mais feroz assassino de toda a Europa.

O duelo aconteceu na semana seguinte num jardim perto de Mestre. Fui até lá como a um passeio; tinha os olhos límpidos, o pulso firme, e até na alma se evaporara toda raiva contra Venchieredo; o que eu sentia era compaixão, ao vê-lo pálido e tremendo como uma folha. Ele me cedeu cada vez mais terreno, apesar de meu ataque ser bastante fraco, até que se encontrou com o pé direito à beira de um fosso que caía alguns metros. Me detive com muita generosidade avisando-o de que se desse mais um passo cairia; suas testemunhas repetiam o mesmo aviso, quando ele, aproveitando-se da minha distração, deu-me um estocada no peito, que se eu não tivesse dado um salto para trás, teria me atravessado de um lado a outro! Porém, conseguiu me arranhar e fez sangue jorrar: o sorriso que vi em seu rosto colaborou para me encher de fúria. Lancei-me para frente com duas rápidas fintas, enquanto ele surpreso e aterrorizado batia à esquerda e à direita e pensava, creio, em largar a espada e fugir, enfiei-lhe meia lâmina num flanco e o joguei rolando no fosso.

Não tive qualquer problema por esse duelo, apesar das leis daquele tempo o punirem severamente. Quanto a Raimondo, curou-se da ferida, mas ao cair fraturou o fêmur e ficou terrivelmente coxo. Creio que depois disso ele sempre falou de mim e da Pisana como de seus melhores amigos; ou suas maledicências foram tão cautelosas e secretas que não me obrigaram a nenhum ato desprezível. Quando Aquilina soube daquela minha escapada juvenil, nem lhes direi das repreensões e da gritaria que tive que suportar. Apesar das contínuas discussões, o nascimento de um terceiro filho, dois anos depois uma menina, provou suficientemente que em alguns momentos nos dávamos bem demais. Digo demais, porque depois de tanto tempo de trégua eu certamente não desejava esse aumento na família, mas já que a natureza quisera operar por nós um meio milagre, tive o bom-senso de lhe ser grato e me resignar. O menino chamou-se Giulio e a menina Pisana, em memória de duas pessoas queridas que haviam nos precedido no reino da eternidade.

Naquela época, todos os capitais da Casa Apostulos haviam sido transferidos para a Grécia, onde Spiro havia desembolsado grande parte em favor da nação, e empregado um pouco adquirindo terras nas vizinhanças de Corinto. A guerra da independência agora havia se deteriorado em uma disputa diplomática. Depois da destruição da frota turca em Navarino,

Ibrahim Paxá com seus egípcios[8] mantinha debilmente algumas posições na Moreia. A Turquia não tinha armas nem canhões para ajudá-lo, e a guerra santa promulgada com tanta ênfase dava aos gregos pouquíssimo medo, e menor incômodo. O conde Kapodístrias[9] tinha nas mãos o destino do país, e apesar de dizerem ser ele um porta-voz da Rússia, a necessidade o fazia obediente ao espírito do povo. Spiro deixava entrever em suas cartas que esperava bem pouco dele, dizia também que seu filho mais velho e o meu Luciano estavam entre os prediletos do conde, o que não o agradava nada, mas que os jovens corriam atrás da glória e do poder, e era preciso desculpá-los. Teodoro, ao contrário, estava com os liberais, com os velhos líderes da insurreição agora mais vigiados do que os turcos, e não era bem visto pelo conde presidente; porém ele, seu pai, estava muito orgulhoso daquela independência realmente digna de um grego.

Mérito das circunstâncias, de Kapodístrias, dos franceses ou dos russos, o fato é que a Moreia logo estava livre de seus opressores, e que com algum respiro de paz ela pôde esperar dos conflitos europeus a decisão de seu destino. Tocava ao exército da Rússia dar o último golpe. A passagem vitoriosa pelos Balcãs, seguida pelo Tratado de Adrianópolis[10], forçaram o Divan[11] a consentir a redenção da Grécia, e o czar Nicolau teria obtido muito mais se a ciumenta diplomacia da França e da Inglaterra não o tivesse detido[12]. Spiro me informou desse feliz acontecimento com palavras realmente bíblicas e inspiradas; diminuíra muito a sua antipatia pela Rússia e por Kapodístrias, e ao me anunciar o provável casamento do meu filho Luciano com uma sobrinha do conde, acrescentava: "Assim a sua família se unirá com sangue a uma nobre progênie que inscreverá seu nome no ato de independência da Grécia moderna". Depois li algumas linhas de meu filho nas quais me pedia consentimento para o casamento, e no final havia uma afetuosa notinha de Aglaura, onde ela, interpretando os mais tímidos desejos do marido e de seu

8 A pedido da Turquia, Ibrahim Paxá (1789-1848), filho do Paxá do Egito, foi para a Grécia liderando uma força egípcia para ajudar a derrotar os rebeldes. Mas em 1827 uma unidade naval franco-inglesa atacou a frota turco-egípcia e a destruiu. A Porta Otomana convocou todos os muçulmanos para uma guerra santa, mas em vão. Em 1830, a Europa reconheceu a Grécia e em 1832 o sultão também.

9 Ioannis Antonios Kapodístrias (1776–1831) nasceu em Corfu. Foi embaixador russo e conspirou com patriotas gregos. Foi presidente da Assembleia Nacional em 1827, e acusado de traição aos valores russos foi morto em 1831.

10 1829.

11 Chancelaria da Porta Otomana presidida pelo grão-vizir.

12 Especialmente a Inglaterra invejava qualquer aumento de poder da Rússia no Oriente, e obstruía suas iniciativas, ou pelo menos não a deixava levá-las a cabo sem intervir.

sobrinho, pedia-me para vir assistir pessoalmente as núpcias. "Se o espetáculo de um povo livre pelo próprio heroísmo pode juntar força ao afeto de pai e de irmão" concluía ela "eu o exorto a vir, e você verá algo único no mundo, que lhe dará ânimo, senão mais, para viver e morrer esperando".

O comércio da minha firma, com a qual eu continuara as relações e os negócios da Casa Apostolus, permitia-me fazer essa viagem comodamente, tanto mais que meu cunhado Bruto e Donato eram mais do que capazes de suprir a minha falta. Gostaria muito que Aquilina fosse comigo, mas os dois pequenos a impediram. Assim, parti sozinho, na embarcação de uma empresa correspondente, no início de agosto de mil oitocentos e trinta, justamente quando a revolução da França[13], de um modo ou de outro, alvoroçava as cabeças coroadas da Europa. Cheguei a Náuplia três semanas depois, e como dizia Aglaura, foi realmente um espetáculo muito grato ver a intrepidez e a segurança de um povo que tirara do pescoço um jugo de quatro séculos, e ainda trazia impressos na fronte a alegria e o orgulho do triunfo. Havia somente algum descontentamento pela ingratidão que o governo demonstrava para com os antigos capitães da guerra. Eram, sim, um tanto esquentados, mais aptos a se inflamar nos campos de batalha do que polemizar sobre questões legais, mas não era preciso esquecer seus imensos serviços, e puni-los de tão escusáveis defeitos com prisão e exílio.

Eu fazia eco às lamentações de Spiro e Teodoro sobre essas injustiças, mas Luciano me repreendia como se fosse uma indesculpável fraqueza. Toda arte, segundo ele, devia atender a seus fins sem se curvar, sem negociar. Como durante a guerra os turcos haviam feito um massacre implacável, ignorava-se as delicadezas e os meios termos dos fanariotas[14]; assim, conquistada a paz com a independência, para assegurar ao povo aquela vida calma e ordenada que somente a liberdade pode fazê-la útil e garanti-la para sempre, era necessário suprimir todas as causas de inquietação e reduzir à obediência os poderes secundários que haviam validamente cooperado para o êxito da guerra, mas que na época dificultaram muito a ação do governo. Haviam arriscado a vida pela saúde da pátria? Pela mesma razão deviam se contentar em perdê-la, mesmo no patíbulo, se não se sentiam capazes de corrigir seus hábitos turbulentos. Lógica mais inexorável do que essa não se encontra tão facilmente, mas os argumentos sem piedade não podem se gabar de serem perfeitos segundo a lógica humana, e eu os escutava horrorizado.

13 A revolução de julho de 1830 colocou Louis Philippe (1773–1850) no trono.

14 Ver cap. XIX, nota 15.

De resto, Luciano era tão afetuoso, tão gentil comigo, que eu atribuía às suas conversas um vago desejo de contradição. Um jovem de vinte e quatro anos não podia entender bem a lógica de Cromwell e de Richelieu[15]. Quanto ao conde Kapodístrias, pareceu-me um homem relativamente contente consigo mesmo e mais astuto do que mau: não creio, como diz o seu manifesto, que somente pela glória de Deus e pelo bem dos gregos ele tivesse violentado a si mesmo para aceitar a presidência do governo, mas também não creio que ele aspirasse se fazer um tirano como Pisístrato[16]. Talvez ele servisse aos interesses da Rússia, porque a Rússia, mais do que outra potência, tinha objetivos grandiosos em relação à Grécia, e por compartilharem a religião e o ódio era levada a apoiá-la. Se ele foi contrário à subida ao trono de Leopoldo de Coburgo[17], candidato da Inglaterra, não vejo qualquer delito. Se entre a Inglaterra e a Rússia ele favoreceu esta última, devia haver cem razões mais boas do que más e, de qualquer maneira, estou sempre inclinado a desconfiar da Inglaterra e aprovar qualquer um que desconfie dela, embora não tenha nada além de coisas boas a dizer sobre os ingleses como indivíduos. A noiva de meu filho, que então morava com o conde com pompa quase principesca, certamente não podia se gabar de grande beleza. Eu que sempre tive, e ainda tenho, apesar do siroco da velhice, uma maldita propensão pelas belas mulheres, de início não fiquei contente. Mas depois olhando-a melhor, entrevi o calmo transparecer no sorriso e nos olhos da bondade de espírito que substitui até mesmo a beleza. Não era uma mulher grega, mas seria uma boa esposa. E assim me reconciliei com meu filho por ter escolhido como esposa a parente de um príncipe, ou quase. Mas convém dizer que Argenide estava mais incomodada do que orgulhosa com a opulência do ambiente, e isso parecia prometer muito para seu caráter e para a felicidade de Luciano.

As núpcias foram celebradas com grande pompa, e como Luciano tinha bom nome entre os soldados, o conde Kapodístrias também conquistou alguma popularidade. Aliás, acredito que ao conceder a mão da sobrinha tivesse em mente essa finalidade política, mas Luciano também tinha em mente seus

---

15 Oliver Cromwell 91599-1658), instaurador da república inglesa em 1649; Armand-Jean du Plessis, cardeal e duque de Richelieu (1585-1642), primeiro ministro de Luís XI da França.

16 Tirano que governou Atenas entre 546 a. C. e 528 a. C.

17 Em 1830, ansiosos por instalar uma monarquia constitucional na Grécia, as potências europeias estavam prontas para convidar Leopoldo de Saxe-Coburgo-Saalfeld (1790-1865) para ser rei, mas o conde Kapodístrias supostamente o dissuadiu. Em vez disso, ele se tornou Leopoldo I da Bélgica em 1831.

objetivos, e não se preocupou se sua sorte era por seus méritos ou por outras considerações do Presidente. Fiquei algum tempo na Grécia visitando o país e admirando tanto os restos da antiga grandeza quanto os sinais das últimas devastações, monumentos diferentes, mas que enobreciam aquele poético país. Luciano não queria mais que eu partisse, Argenide me demonstrava uma verdadeira ternura filial, o conde Kapodístrias insinuava ter grandes planos para mim, um ministro das finanças ou algo assim. Lembrei-me sorrindo dos sonhos dourados do Intendente Vento, mas não mordi a isca, e as cartas de Aquilina eram demasiado urgentes para eu pensar em não voltar logo.

Um cruel acontecimento me fez desistir desse meu desejo. A saúde de Aglaura, que mesmo na Grécia não melhorara, piorou em algumas semanas, de modo que se perdeu a esperança de cura. O desespero de Spiro e a aflição de seus filhos só podiam ser entendidos por mim, que perdia nela a única irmã, e a única criatura que me lembrava a minha pobre mãe. Nem cuidados, nem remédios, nem novenas valeram alguma coisa. Ela faleceu em meus braços, enquanto três soldados, três heróis que haviam arriscado cem vezes a vida contra as cimitarras dos otomanos, desmanchavam-se em lágrimas ao redor de seu leito. Ainda não havia assentado a terra que cobria o túmulo de minha irmã, quando me chegou de Veneza outro golpe terrível. Meu cunhado escrevia que Donato desaparecera repentinamente sem dizer nada, e sem que se suspeitasse qualquer motivo para aquela imprevista partida, de modo que, com razão, temia-se as piores desgraças. Aquilina parecia enlouquecida pela dor e a minha presença em Veneza era necessária nessa terrível situação. Sem ser capaz de entender, ele conjecturava que Donato poderia estar envolvido nas rebeliões que então agitavam a Romanha[18], me pedia que tivesse pressa, que talvez antes da minha chegada saberiam alguma coisa. Meus outros filhinhos gozavam de ótima saúde, e se impacientavam em não ver o seu papai e ter a mamãe doente. Imaginem que não me demorei. Expliquei confusamente a Luciano e aos outros que um negócio me chamava com urgência a Veneza e embarquei nesse mesmo dia num vapor francês que zarpava para Ancona.

Se a viagem foi angustiosa pelos tristes pressentimentos que me agitavam, foi bem pior a chegada. Cheguei a Ancona justamente em vinte e sete de março,

18 A Romanha (os Estados Papais) insurgiu-se em 1831. Em fevereiro reuniu-se em Bolonha a assembleia dos representantes das províncias papais rebeladas, que se confederaram num estado chamado de Províncias Unidas Italianas. A intervenção dos austríacos determinou a derrota da insurreição, cujo governo provisório capitulou em 26 de março.

quando o general Armandi[19] baixava, diante dos imperiais, vencido, mas não manchado, o estandarte da revolução. Pelas vagas suspeitas de Bruto, apressei-me em perguntar a alguns oficiais se conheciam um certo Donato Altoviti, e se ele tomara parte naquela revolta. Alguns diziam não o conhecer, outros sim, mas não tinham certeza do nome. Finalmente, no Quartel General fui informado de que um jovem veneziano com aquele nome havia se inscrito na Legião de Ímola, que combatera como um leão na batalha de Rímini[20], e que lá fora ferido há dois dias. Corri à posta, e não havia cavalos, porque tinham sido requisitados a serviço do exército austríaco, então saí da cidade a pé, quatro milhas depois encontrei a carreta de um hortelão e lhe ofereci todo o dinheiro que tinha para que me levasse a Rímini naquele mesmo dia.

Cheguei lá muito cansado por ter forçado a carreta por todo o caminho. Procurei o hospital, mas Donato não estava e nunca tinham ouvido falar dele. Com o estado de espírito que vocês podem imaginar, pus-me nos rastros dele por aquela feia cidade, que pelo horror da guerra e pelo cair da noite fizera-se mais escura e deserta do que nunca. Perguntar sobre um voluntário ferido era o mesmo que se fazer fecharem as portas na cara. Por fim, voltei ao hospital pensando em perguntar aos médicos, um dos quais devia ter sido chamado para atendê-lo onde quer que ele estivesse, se não queriam deixá-lo morrer como um cão. Embora desconfiasse de que nem todos os médicos de Rímini certamente frequentassem o hospital, mas sem encontrar nada melhor, apeguei-me a essa decisão, e tive sorte, porque um jovem cirurgião, comovido por minhas súplicas, cautelosamente puxou-me para o lado e, dizendo-me que o esperasse na rua, acrescentou que dentro de meia hora encontraria quem eu procurava.

– Oh, por caridade, como ele está? – exclamei. – Por caridade, diga a verdade senhor doutor, e não queira enganar um mísero pai!

– Acalme-se – acrescentou ele –, a ferida é profunda, mas espero curá-lo. Ele está em boas mãos e não teria melhor assistência se tivesse à sua cabeceira uma irmã ou uma mãe. E ele não merece menos, mas, enquanto isso, peço que espere e estarei com o senhor em alguns minutos. Acima de tudo, tenha cuidado: esses assuntos são delicados e vivemos tempos difíceis.

Não disse nada. Desci devagar as escadas, e quando cheguei à rua fiquei andando para cima e para baixo, até que vi sair o doutor. Então ele me levou a uma casa de aparência modesta, onde, depois de preparar o espírito de meu

19 Pier Damiano Armandi (1778–1855), ex-general de Napoleão, liderou o governo rebelde em Bolonha.

20 25 de março de 1831.

filho, me introduziu no quarto em que ele estava deitado. Diga quem puder da doçura dos primeiros abraços! De certo quem não foi pai nem poderá imaginar. Então confirmei o que sempre acreditara, isto é, que se as mulheres não existissem no mundo para nos gerar, Deus deveria presenteá-las aos homens como enfermeiras. Uma solteirona bastante jovem, uma professora de costura que mal conseguia ganhar a vida, recolhera meu Donato na rua e cuidara tão bem dele que o médico não mentira ao dizer que não teria melhor assistência se tivesse à cabeceira uma irmã ou uma mãe.

Agradeci à boa jovem mais com lágrimas do que com palavras, e Donato se unia a mim ao manifestar-lhe seu reconhecimento, mas ela se esquivava respondendo que não fizera nada mais do que pregava a caridade cristã, e aconselhava o ferido a pensar em si e não se agitar, porque isso poderia piorar sua condição. O doutor examinou a ferida e, vendo que estava melhorando, partiu recomendando que não ocupássemos demais o enfermo conversando, mas que o deixássemos repousar, pois esperava tudo de bom. Não tardei a dar essas boas novas a Aquilina e poucos dias depois responderam que ela estava bem melhor e que nos esperavam de braços abertos assim que Donato pudesse viajar. Nesse ínterim, ele me contou o motivo principal de sua repentina decisão. Tinham sido as exageradas calúnias que ele ouvira na casa Fratta contra os republicanos da Romanha.

– Tantas calúnias – acrescentou ele – me revoltaram o estômago, e como não tive coragem de refutar, decidi fazer melhor e mostrar com ações o que eu pensava!...

– Oh, meu filho! – exclamei – Deus o abençoe.

O antigo homem ressurgia completamente em mim. Poucos dias antes, diante do grave ferimento de meu filho, eu tinha amaldiçoado de coração todas as revoluções, e a única coisa que lamentei sobre minhas maldições foi que minha esposa teria dito o mesmo, e, como eu sempre a acusara de mesquinharia, não queria dar um tiro no pé. De qualquer modo, cabia ao doente reanimar o são, e de fato foi o que aconteceu. A cura foi mais demorada do que o médico imaginava, e somente em maio pudemos viajar em pequenas etapas até Bolonha. A boa costureira foi recompensada, não conforme seus méritos, mas de acordo com nossas condições, e como havia ali um jovem que a amava e teria se casado com ela se os dois não fossem tão pobres, eu esperava que isso lhe causasse mais bem do que aquele que o dinheiro normalmente causa.

Ficamos em Bolonha por muitos dias, e reatei a amizade com alguns antigos conhecidos; muitos estavam mortos, muitos dos que no tempo da minha intendência ainda mamavam eram pais de família, e muitas das que fizera saltar em meus joelhos já eram belas mãezinhas. Ai de mim! Custei a reconhecer as belas que eu havia cortejado, e por muitos dias não fui capaz de me olhar no espelho. Bolonha, naqueles dias, não era apinhada nem alegre, mas encontrei os mesmos corações, a mesma gentileza, e mil vezes mais a unanimidade e a concórdia. Não se vivia mais na confusão e na ansiedade de antes; tudo era cristalino, só faltava força, mas a esperança perdurava. Não sei se estou certo ou errado, mas estou orgulhoso de ter testemunhado tal determinação.

Chegando a Veneza, imaginem a alegria de Aquilina e de Donato! Mas a saúde dele, que esperávamos que se restabelecesse no ar natal, decaiu quase imediatamente. A ferida logo deu sinais de querer se abrir, depois de se estender por dentro: alguns médicos diziam que o osso fora atingido, outros que uma lasca de metralha ficara em alguma cavidade. Todos estávamos inquietos, aflitos, agitados. Só o doente, alegre e sereno, confortava a todos rindo muito da burla que ele aprontara aos frequentadores da casa Fratta, e se divertindo em ouvir Bruto contar da cara que eles fizeram. O doutor Ormenta, recém chegado de Roma com não sei quantas pensões e honrarias, resolvera a questão sentenciando: tal pai, tal filho. Eu estava mais disposto a me orgulhar do que me ofender com essa comparação, e certamente não pedi explicações ao sanfedista[21] por essas palavras, que talvez ele considerasse muito injuriosas. Além disso, eu estava ocupado com coisas mais graves. Donato foi piorando sempre e afinal morreu no outono. Entre as desgraças que tive de suportar durante minha vida, esta, depois da morte da Pisana, foi a mais atroz e inconsolável.

Entretanto, a minha dor não foi nada perto do desespero da mãe dele, que nunca me perdoou a morte de Donato como se eu tivesse sido o carrasco. Quando, na verdade, ela mesma fora a causa involuntária, fazendo-o tolerar uma contradição, à qual depois ele se opôs derramando nobremente seu sangue na batalha de Rímini. Mas ela continuou a frequentar a casa Fratta e a levar lá nossos outros dois filhos; e quando eu a censurava lembrando-lhe humildemente o caso de Donato, ela retrucava irritada que aquele triste caso não teria amargurado sua vida, se eu com minhas ideias liberais não tivesse estragado os benefícios que o jovem obtinha das conversas na casa Fratta. Como veem,

21 O Sanfedismo, termo napolitano para "Santa Fé", foi um movimento popular anti-republicano, organizado pelo cardeal Fabrizio Ruffo, que mobilizou vários cidadãos dos estados papais contra a República Napolitana, e cujo objetivo era a restauração do Reino Burbon de Nápoles sob o reinado de Fernando I das Duas Sicílias. Aqui, no sentido de um defensor do poder monárquico-clerical absoluto.

ou por influência da idade, ou das amizades, ou pelo amor materno, aquela boa mulher fazia-se cada dia mais reacionária. Mas eu confiava no provérbio de que sangue não é água, e que meus filhos não fariam parte daquela curiosa doença. Porém, não era da minha índole me opor à mão armada a seus desejos, e a deixava fazer a seu modo, repreendendo-a com muita suavidade somente quando a pequena Pisana era pega em flagrante numa mentira, ou Giulietto teimava estar certo, e mais do que confessar uma falta se deixaria moer de pancada. Eu lhe perguntava se a impostura, a soberba e a teimosia seriam, por acaso, frutos do seu novo método de educação. Ela me respondia que achava melhor ter filhos orgulhosos e mentirosos do que assassiná-los com as próprias mãos, e que eu pensasse bem no mal havia feito sem envenenar a sua vida com minhas repreensões. Eu a desculpava pelo tanto que sofrera e me calava, apesar de talvez pensar que era melhor a morte do que uma vida desonrada pela impostura e cheia de vaidade. Mas não achava aqueles defeitinhos muito graves, e esperava que meus filhos se corrigissem a tempo.

Entretanto, um dia, quando ela me citava, não sei com qual propósito, o doutor Ormenta como o verdadeiro exemplar de cristão e de cidadão honesto, não pude resistir a me opor a ela, porque aquele cristão perfeito e aquele cidadão honesto deixava seu pai morrer de fome.

– É uma mentira abominável! – começou a gritar Aquilina – O velho Ormenta tem uma gorda pensão do governo e poderia viver muito confortavelmente sem coisinhas que o desabonam.

– E se eu lhe dissesse – acrescentei –, que os juros dos débitos que ele fez para satisfazer a ambição do filho lhe devoram de ano a ano boa parte de seus recursos, e que o doutor bem sabe e nem se preocupa em socorrê-lo?

– Mesmo se fosse assim – exclamou Aquilina –, não diria que ele está errado! O pai dele foi um canalha que merece uma punição exemplar, assim como todos iguais a ele.

– Muito bem! – retomei. – Você é uma cristã escrupulosa e entrega aos homens o supremo ministério de justiça que Deus reservou a si mesmo!... E não sei por qual lei de caridade os filhos são capazes de julgar e punir as culpas dos pais!

– Não estou dizendo isso – murmurou Aquilina –, mas Deus bem pode permitir que o doutor Ormenta ignore as dificuldades do pai, para que ele seja castigado de suas velhacarias durante a peregrinação terrena!...

– Muito bem! – retruquei. – Mas eu certamente não gostaria de ter esse peso na consciência!

De fato, o velho Ormenta morreu poucos dias depois acompanhado pela abominação geral, mas se houve um sentimento que vencesse em veemência e em universalidade esse ódio póstumo contra ele, foi certamente o que surgiu no coração de todos contra a ingratidão e falta de piedade de seu filho, que o fez pagar as despesas do funeral, e depois de apurada a herança, recusou-se a pagar a conta do médico, pois as dívidas ultrapassavam os ativos.

Entretanto, as discussões entre mim e minha esposa sobre esse ou outros assuntos semelhantes se repetiam cada vez com mais frequência e acabaram arruinando nossa paz. Se eu não tivesse em mente as últimas recomendações da Pisana, talvez tivéssemos tido grandes problemas, mas ia adiante com paciência e talvez com mais indulgência do que conviesse à minha qualidade de pai, porque do excessivo controle sobre os filhos que eu deixara para Aquilina, deveria me arrepender em seguida e ter os mais agudos, vãos e tardios remorsos. A pequena Pisana adquiria aqueles modos carolas que fazem suspeitas e desagradáveis até as virtudes, e Giulio, mimado e elogiado por seus professores, foi ficando cada vez mais vaidoso e tão presunçoso que nunca havia como convencê-lo de que havia cometido um erro.

Eu sabia muito bem aonde poderiam levar esses defeitos, pois adulando-o e elogiando-o um pouquinho qualquer um poderia levá-lo a fazer algo errado, e ele sempre acreditaria ter razão. Mas eu ia adiando corrigir esse comportamento, até porque não queria angustiar a mãe dele, e esperava que de um dia para o outro ela abrisse os olhos sozinha. Por exemplo, não me agradava que a moralidade deles se apoiasse cegamente na autoridade, que dizia que deviam fazer daquela forma por que assim era ordenado. Preferiria acrescentar que assim era ordenado porque a razão, a ordem social e a consciência ditavam a necessidade daquelas ordens, desejava, enfim, que a vontade de Deus lhes fosse mostrada, não só na palavra da revelação, mas também nas leis e nas necessidades morais que regulam a consciência dos indivíduos e a justiça.

Assim, mesmo se uma educação contrária os privasse dos preceitos da fé, eles seriam sempre homens sujeitos a uma lei razoável e humana, enquanto uma vez alheios à religião, sujeitos aos seus preceitos unicamente por medo, a sua consciência permaneceria sem qualquer lume, e sem nenhum valor moral espiritual. Aquilina não queria ouvir falar sobre isso. Segundo ela, era um sacrilégio supor que seus filhos pudessem se afastar da religião com que os educava, e se fossem tão miseráveis e desafortunados para cair no abismo da descrença, não valia a pena tentar detê-los no meio do caminho. Uma vez que suas almas fossem perdidas, não lhe importava que a sociedade tivesse de suas ações benefícios ou danos. Era egoísta para si e para eles também.

A meu ver, mesmo na justa opinião dos crentes, esse era um mau sistema e realmente alheio aos preceitos divinos. Sobretudo a natureza, intérprete de Deus, nos fez preferir o menor mal ao maior, e o instinto da compaixão nos obriga a cuidar para que a felicidade de nossos semelhantes seja o mais possível protegida contra os abusos dos ímpios. Ora, fazer mal à própria alma com a descrença e à sorte alheia com ações, é certamente muito pior e prejudicial à ordem social do que não se manter fiel com obras às leis morais e só pecar na ausência de opiniões religiosas. Preparar, portanto, os espíritos das crianças de modo que, mesmo providos dessas crenças, devam obedecer por íntimo sentimento à regra universal de justiça que ilumina as consciências, não é a única tarefa do prudente educador social, mas também cuidado louvável e consensual à natureza misericordiosa de Deus! Quanto a supor essa mudança nas opiniões de quem educa, os homens são sempre homens, portanto são sempre mutáveis, não vejo nem verei sacrilégio de qualquer espécie. Mas é uma traição ao seu ministério a negligência daqueles mestres que, apesar de verem milhares desses casos renovados todos os dias, nos quais seres humanos dotados de qualidades muito valiosas, deixando de ser devotos, tornam-se animais, e mesmo assim teimam em apoiar no lugar do preceito religioso a moralidade dos discípulos, colocando assim a economia moral da sociedade em sério risco. Não dizem que vivemos em tempos de frouxidão religiosa e de descrença? Portanto, empenhem-se em defender, pelo menos, a felicidade de terceiros e a ordem social com melhor resguardo do que o cumprimento de deveres baseados unicamente naquela fé de cuja insuficiência reclamam. Não digo que deixem de pregá-la, se essas forem suas convicções, digo apenas que acrescentem mais uma garantia, para que a sociedade possa confiar na sua educação, que, como sabem, no século de rápidas conversões e escassos sacrifícios em que vivemos, carece absolutamente de segurança.

Eu, vejam, se tivesse baseado todas as minhas regras morais na Doutrina, seria um grande canalha; e se me cito, não é por reparação nem orgulho, mas para trazer um fato do qual vocês não podem duvidar. Depois de lerem esta minha vida, qualquer que seja a sua opinião, vocês devem confessar que se não fiz muito bem, poderia ter feito maior mal. Ora, do mal que não fiz, todo o mérito deriva daquele freio invencível da consciência que me detém mesmo depois de deixar de acreditar ser obrigado por essas regras. O fato era que eu não acreditava mais, mas sentia sempre dever fazer daquele modo; e se eu não era cristão em palavras, o era escrupulosamente em atos, em todas as infinitas circunstâncias em que moralidade cristã coincidia com a moralidade natural. Se vocês me provarem que me tornando usurário, perjuro, venal, assassino, eu teria sido mais útil à sociedade, concordarei com vocês que é perfeitamente inútil dar apoio filosófico e absoluto até mesmo aos preceitos morais da religião. Sem mencionar que contra o texto sagrado pode-se combater a batalha ordenada da casuística, mas com os sentimentos, meus senhores, não há combate ou casuística que se sustente! Quando se faz o contrário, logo somos punidos pelos remorsos que talvez sejam menos formidáveis, mas mais presentes do que o inferno.

Acredito nunca ter tido coragem de despejar um sermão tão longo em Aquilina, mas não duvido que a teria convencido, aliás, aproveito a ocasião para lhes dizer que por mais prolixo e predicante que eu possa lhes parecer ao contar minha vida, para as coisas práticas sempre fui parco de palavras, e mais do que três pessoas à minha frente bastavam para travar minha língua. Porém, algumas vezes toquei no assunto com minha esposa, e vencido de um lado, ataquei pelo outro, sempre com o mesmo resultado de ouvir uma solene reprimenda. Então deixei-a fazer as coisas a seu modo, até porque entre pai e mãe estava sem saber como decidir quem tinha mais direitos do que o outro. O que fez a balança pesar para o lado dela contribuiu bastante a circunstância do cólera, o qual, entrando pela primeira vez na Itália com o pavor que acompanha as doenças contagiosos e insólitas, colocou toda Veneza em enorme consternação.

Nosso Giulio foi atacado por essa doença terrível, e a constância e a coragem com que sua mãe o assistiu deram-lhe de volta os direitos de mãe. Eu tive que colocar a viola no saco, e se me mantive firme com alguém foi com a Pisana, que mais do que o irmão precisava de uma orientação certa e moral por ser três vezes mais esperta e perniciosa do que ele. Parecia que com o nome ela tinha herdado um pouco do temperamento da minha Pisana, e quando antes de improvisar uma lengalenga de mentiras, com um elegante movimento de cabeça livrava a testa dos muitos cachos dos belos cabelos castanhos que a inundavam, minha mente logo corria à pequena maga de Fratta, e assim eu me deixava engambelar com a máxima boa vontade. Só que a minha filhinha não teve o estouvamento e a petulância da Pisana, aliás, sabia calcular muito bem seus interesses, e baixar a cabeça hoje para levantá-la melhor amanhã. Eu observava e via crescer nela a cada dia aquela busca de prazer que é a fortuna e a ruína das mulheres.

Eu tentava gentilmente orientá-la, para que ela desse valor aos bons e desprezasse os maus, demonstrando-lhe que a bondade e a maldade não se vê pelas aparências mais ou menos esplêndidas, e sim pela qualidade das ações, mas percebia ter poucos resultados. Haviam-na convencido de que quem manda tem razão de mandar, e só pode desejar o melhor de quem obedece, para que ela acreditasse e pudesse amar a virtude pobre, desprezada e oprimida; para ela, mérito, virtude, honra, riqueza, poder, eram uma coisa só, e sua caprichosa cabecinha se enchia de fantasias e tolices. Corria atrás da luz como a mariposa. Mas e as asas, pobrezinha, as asas?... Leve mariposa, como você fará para levantar voo quando o fogo da vela queimar suas asas?...

Esse era meu medo: que algum triste desengano lhe tirasse toda a poesia da alma, e que ficasse como aqueles desgraçados que acreditam ser ousados, positivos, perfeitos, e não são mais do que monstruosos bastardos da progênie humana, corpos sem espírito destinados a corromper por alguns anos uma certa quantidade de ar puro e a popular de vermes a cavidade de um sepulcro. Eu lutava com pertinácia, como consentiam minhas ocupações, contra os duvidosos instintos daquela índole feminina, mas só conseguia parar o mal sem poder removê-lo, até porque as palavras de Aquilina contrastavam com as minhas, e as companhias que ela a fazia frequentar ofereciam-lhe exemplos totalmente opostos aos que eram necessários para confirmar as minhas belas teorias.

O cólera[22] teve a vantagem de varrer do mundo muitas pessoas que não se sabia por que estavam lá. Um dos primeiros foi Agostino Frumier que deixou vários filhos, e ficou com o coração partido por ir para debaixo da terra sem a chave de camarista[23] tão ambicionada por ele. O irmão dele perdeu durante a peste a velha Corregedora, que acredito ter morrido mais de medo do que pelo mal; ele então voltou ao mundo tão renovado que devia se espantar de não ter mais a peruca na cabeça e não ver o Doge e as capas magnas dos Excelentíssimos Procuradores. Diziam por Veneza: – Eis o cavaliere Alfonso Frumier que saiu agora da escola. – Tinha cerca de sessenta e cinco anos, e a senhora Corregedora passava dos setenta quando resolveu morrer. Para encontrar tal fidelidade seria preciso voltar aos primórdios do gênero humano quando só havia um homem e uma mulher. Durante o contágio, creio que morreu também a Doretta, que depois de uma vida plena de desonra e peregrinação voltara a Veneza para difamar a própria velhice. Soube pela senhora Clara que ela morrera no verão daquele ano, no hospital. Eu a encontrara

22 A pandemia de cólera, iniciada na Índia em 1826, chegou a Veneza em 1832.

23 O título de camarista, funcionário da corte que serve um rei, rainha ou pessoa nobre em seus aposentos e cuida da manutenção destes, dava direito a ter no uniforme uma chave de ouro.

várias vezes, mas fingi não a conhecer porque sua sórdida figura me causava aversão, e me parecia sacrilégio unir a memória de Leopardo àquela desavergonhada criatura. Entretanto, seu fim também contribuiu para me persuadir de que uma suprema justiça domina as coisas deste mundo, e que há muitas e dolorosas exceções, mas em geral fica confirmada a regra de que o mal colhe o mal. Durante a juventude, quando o espírito ardente e impetuoso não tem tempo de considerar a plenitude das coisas, mas se detém mais facilmente nos particulares, é possível errar. Aos poucos, depois que o julgamento esfria e que a memória faz melhor uso dos fatos e das observações, cresce a confiança na razão coletiva que regula a humanidade, e se percebe sua ascensão a patamares mais elevados. Assim como não vemos o declive de um rio a alguns metros de distância, mas podemos ver todo o rio lá de cima.

Tínhamos apenas nos recuperado do terror daquela pestilência, quando uma noite, no meio de novembro, foi-me anunciada a visita do doutor Vianello. Eu sempre tinha me correspondido com Lucilio, mas depois de 1831, quando ele viera à Itália por pouco tempo, nossas cartas tornaram-se mais raras, e eu já não tinha notícias dele há mais de um ano. Encontrei-o curvado, pálido e com os cabelos brancos, mas nos olhos era sempre ele, e seu espírito forte e íntegro ainda aquecia suas palavras. Quando fazia um gesto notava-se o vigor daquele espírito que habitava seu corpo seco e mirrado.

– Eu disse que viria morrer com vocês! – disse-me ele. – Pois bem, vim manter a minha palavra. Tenho setenta e dois anos, mas isso não seria nada se não fosse por esse incômodo mal de peito que o clima de Londres me legou. Nós, filhos do sol, temos que nos defender, a névoa acaba conosco.

– Espero que você esteja brincando – respondi –, e como você curou minha vista, também irá curar seu peito.

– Repito que vim manter a minha palavra. De resto, nós nos conhecemos, e não é preciso cerimônias nem mentiras. Sabemos o que se pode esperar da vida, e que bem ou que mal é a morte. Se eu recitasse agora a comédia com essa minha indiferença, você teria razão em lamentar, mas você sabe que falo como penso, e que se digo querer morrer em paz, vou morrer em paz. Apenas confesso a você que dói minha alma não ver meu próprio fim, mas é uma doença que atingiu dez gerações antes da minha e não adianta reclamar dela. Minhas ações, minhas ideias, meu espírito que com grande empenho e algum trabalho eduquei para amar e querer o bem, sufocando até mesmo as paixões que o dominavam, acredito que continuarão a servir à maravilhosa providência que vai aperfeiçoando a ordem moral. Você se lembra dos mundos concêntricos de Goethe[24]? Não são verdadeiros, mas uma profunda e filosófica alegoria. Nossos suspiros, nossas palavras repercutem lá longe, enfraquecidos, mas nunca anulados, como aqueles círculos que se alargam em torno daquele ponto do lago em que se jogou uma pedra. A vida nasce da contração, a morte da expansão, mas a vitalidade universal absorve esses vários movimentos que para ela são como funções de entranhas diversas.

Eu escutava devotamente as palavras de Lucilio, porque raríssimos são aqueles que sabem obter verdadeiro conforto das elevadas especulações da filosofia, e esse é um privilégio concedido aos poucos que por natureza, ou pela educação e a força de vontade, procuraram obter a íntima harmonia dos sentimentos com os pensamentos. Certamente eu não era capaz de bater as asas atrás daquela águia, mas admirava do chão seu voo luminoso, consolando-me em ver que outros ascenderam com a razão onde eu chegara com a consciência.

– Lucilio – respondi abraçando-o novamente –, falando com você me sinto revigorar, isso é sinal de que suas ideias são verdadeiras e salutares. Mas justamente por isso você não me proibirá de esperar que a sua companhia dure mais do que você quer dar a entender...

– Prometo que nos faremos boa e alegre companhia, nada mais. Poderia até lhe dizer o tempo, mas não quero malograr como médico. Enfim estou contente comigo mesmo e deve bastar.

– Você gostaria de rever a Clara? – perguntei. – Ou já não tem mais vontade?

– Não, não! – ele respondeu. – Aliás, pretendo vê-la para contemplar mais uma vez o final diferente de uma mesma paixão em dois temperamentos diversos e diversamente educados. Aprender o máximo possível, deve ser a lei suprema das almas. Essa sede inextinguível que temos de saber e que nos atormenta até o instante supremo não depende de qualquer motivo aparente à razão individual. Ela pode muito bem derivar da necessidade de uma ordem mais ampla que se expande após a morte. Portanto, aprendamos, aprendamos!... A natureza parece distribuir a chuva aleatoriamente, mas cada gota, por menor que seja, é bebida pela terra, e depois corre por meandros invisíveis até a extrema aridez. O ócio foi inventado pela imbecilidade humana; na natureza não há ócio, nem nada que seja inútil.

– Então você vai olhar a Clara como um anatomista que examina um cadáver?

---

24 A referência é às últimas cenas do ato V, do *Fausto*.

– Não, Carlo, mas a olharei como olho a mim, para me convencer sempre mais, mesmo nas objeções aparentes dos fatos, de que uma única razão move, impulsiona e acalma esta humanidade variada e imensa, para provar mais uma vez com a constância de meus afetos, que tende a uma existência mais ampla, a um contentamento mais livre e pleno do que se pode obter nessa fase humana do nosso existir. Porque se não fosse assim, Carlo, eu seria bem louco para amar quem me aflige e me despreza, mas no íntimo do meu ser tenho certeza de que não sou louco, e que meu juízo é tão íntegro e imparcial como o de qualquer outro homem no mundo.

– Escute, por que nunca vi você se espantar nem se irritar com a incrível mudança da Clara em relação a você? Há muito tempo gostaria de lhe perguntar isso, pois me parece mais espantoso do que a pertinácia do seu amor.

– Por que não me espantei, por que não me irritei? É fácil explicar. Clara tinha o espírito disposto às sublimes ilusões, e eu não poderia ficar surpreso ao vê-la escapar por esse caminho, especialmente porque eu, distraído por outros pensamentos, tinha me abandonado a uma estúpida segurança. As mulheres podem cair muito baixo, então é fácil reconquistá-las e esta é a desgraça mais comum, o risco mais temido. Eu que me sentia certo daquele lado, não pensei no outro. O problema é quando elas caem para cima!... Segui-las é inútil, chamá-las é vão; nenhum prazer é maior do que a volúpia dos sacrifícios, nenhum argumento vence a fé, nenhuma piedade as afasta de considerar absolutas as coisas eternas!... E as mulheres, veja, têm mais facilidade para viver além da vida do que nós. Como médico tive ocasião para me certificar de que nenhum homem, por mais forte e desventurado que seja, se iguala a uma mísera mulherzinha na indiferença da morte. Parece que elas tenham mais claro do que nós o pressentimento de uma vida futura. Quanto a não ter me irritado com Clara, principalmente, me desculpe, mas a ira é um sentimento de crianças; nunca me irritei com ela porque não era injustiça, mas alucinação: ela acreditava me amar melhor daquele modo, e me conceder não um prazer mundano e passageiro, mas uma alegria celeste e eterna. Imagine! Eu deveria ser grato a ela.

Admirei-me com a facilidade com que Lucilio subordinava à razão os mais fugazes e involuntários movimentos do espírito. Por força de constância e prática, ele se comportou como um relógio, e paixões, afetos, pensamentos giravam da maneira que ele prefixou. Apesar de não se poder dizer que ele não sentisse nada, aliás, conhecendo-o bem, era preciso confessar que somente com uma força quase sobrenatural de vontade ele podia manter reguladas e reprimidas as paixões que o agitavam.

Lucilio e Clara viram-se quase todas as noites durante aquele inverno, e as conversas da casa Fratta escandalizou-se várias vezes com as violentas opiniões do velho doutor. Augusto Cisterna dizia que ele devia ser perdoado pela velhice, mas Clara levava além a tolerância, afirmando que sempre tinha sido louco assim e que Deus o desculparia por suas boas razões. Ela tinha grande cuidado em não olhar para o doutor, talvez porque tivesse se proposto a isso ao sair do convento, mas de resto, tanta era a simplicidade de sua fé e a ingenuidade das maneiras que Lucilio ria disso mais por admiração do que por zombaria. Quem ficou contentíssimo em rever o doutor Vianello foi, vocês nunca imaginariam, o conde Rinaldo. Vou lhes explicar o motivo. De suas imersões diárias sobre os livros da biblioteca, algo estava para nascer: uma obra colossal sobre o comércio veneziano de Átila a Carlos V, no qual a ousadia das hipóteses, a quantidade de documentos e a perspicácia da crítica subsidiavam-se mutuamente de forma admirável, como Lucilio me disse na época. E o médico mostrou-se útil ao autor ao examinar algumas questões parciais sobre as quais sabia-se que era profundamente erudito, e juntos corrigiram alguns pontos e emendaram outros. Lucilio se espantava ao descobrir tanto saber e tanto fervor pela pátria naquele homenzinho sujo e resmungão do conde Rinaldo, mas também adivinhava seus motivos.

– É assim – dizia ele –, é assim que se tira proveito, em tempos de erros e ócios nacionais, das mentes que veem certo e longe, e das forças que não consentem sossegar!... Seus afetos, a sua atividade são desperdiçados reanimando múmias; sem poder melhorar as instituições e estudar e amar os homens, desenterram antigas lápides, pedras fragmentadas, e as estudam e amam. É o destino quase comum dos nossos literatos!

Mas Lucilio exagerava. Porque com Alfieri, com Foscolo, com Manzoni, com Pellico, já surgira uma família de literatos que honrava as ruínas, sim, mas chamava os vivos para testemunhar, e desafiava ou abençoava o sofrimento presente para o bem do futuro. Leopardi, que se orgulhou da razão que amaldiçoava, Giusti que atacou seus contemporâneos estimulando-os a uma renovação moral, são ramos daquela família infeliz, mas viva, e ansiosa por viver. O desesperado cantor de "Ginestra" e "Bruto" sabia melhor do que os outros que só a longevidade pode elevar a alma àquela sublimidade da ciência que inclui num relance todo o mundo metafísico e não se detém nos gemidos infantis de um homem que tem medo do escuro.[25]

25 Neste parágrafo Nievo paga seu tributo aos principais escritores italianos dos séculos XVIII e XIX: Vittorio Alfieri (1749–1803); Ugo Foscolo (1778–1827); Alessandro Manzoni (1785–1873); Silvio Pellico (1789–1854); Giacomo Leopardi (1798–1837); e Giuseppe Giusti (1809–1850).

Giulio, meu filho, teria se beneficiado muito da companha e das conversas com Lucilio se ele tivesse ficado mais tempo conosco. Mas infelizmente o mal de Lucilio se agravou no início da primavera, e conforme suas previsões, logo morreu. Expirou olhando-me orgulhosamente no rosto como se me proibisse lamentar; Clara estava no outro quarto e rezava por ele; e as últimas palavras do moribundo foram: – Agradeça a ela! – De fato, agradeci, mas não sabia bem por quê. Por mais que tivesse rezado, não consentira confortar o moribundo com sua presença, mas como eu sabia que ela fazia questão de frustrar seus próprios desejos, me é lícito crer que sentisse esse desejo e que oferecesse esse sacrifício para o bem maior da alma dele. Eu fiquei mais pensativo do que triste depois da perda de Lucilio, mas fiquei bastante irritado com o prazer que minha esposa demonstrou sem qualquer cuidado. Segundo ela, a presença do doutor em nossa casa colocava em perigo a moralidade de seus filhos, e Deus lhe fizera um favor mandando-o à sua última morada.

Naquele dia, travei com Aquilina uma furiosa batalha, que não passou sem lágrimas e gritos; eu era paciente demais, mas tal injustiça, misturada com ingratidão, merecia as estocadas. Confesso que nunca tive, nem terei, a serenidade de Lucilio. De resto, a morte dele, como a da Pisana, me convenceram de que sempre se ganha sendo forte e generoso. No mínimo se morre alegremente, e esse não é apenas um resultado desejável, mas a pedra de toque que distingue os bons e os maus. Durante a vida há a hipocrisia, mas até quando!!... Acreditem, meus amigos, não há tempo nem vontade para fazer tal comédia. E o maior e mais certo castigo dos canalhas é morrer tremendo.

Revendo a minha história, penso sempre na margaridinha, aquela modesta florzinha do botão de ouro e das pétalas brancas, com a qual as solteiras fazem predições de amor. Uma por uma arrancam todas as pétalas, até que resta só a última, e assim somos nós, pois dos companheiros com os quais percorremos os caminhos da vida, um cai hoje o outro amanhã e depois nos encontramos sozinhos, melancólicos no deserto da velhice. Depois da morte de Lucilio veio a de meu cunhado, Spiro, que nos foi comunicada por Luciano e multiplicou o luto do meu coração. Luciano não pensava mais em abandonar a Grécia e eu previra que a ambição era mais forte naquele jovem do que qualquer outro sentimento. Estava um pouco desanimado depois que Kapodístrias foi assassinado[26], mas quando o rei Otto[27] subiu ao trono, obtivera um bom posto no

26 9 de outubro de 1831.

27 Em 1833, as potências europeias designaram Otto da Baviera (1815–1867) como o primeiro rei moderno da Grécia numa monarquia constitucional.

Ministério da Guerra, e de lá almejou os lugares mais altos com a paciência gananciosa do cão que coloca o focinho no joelho de seu dono por um pedaço de seu pão. De nós, de Veneza, da Itália, ele só falava como de outras curiosidades, mais afetuosamente me escrevia sua esposa, apesar de eu saber pelos filhos de Spiro que ele não a tratava muito bem. E é claro que minha esposa continuava a me acusar da negligência com Luciano, assim como da morte de Donato.

Entretanto, nos dois ou três anos que se seguiram, os infortúnios que a atingiram mais diretamente tornaram-na um pouco mais tolerante, e sempre tive e terei remorsos pelos grandes males provenientes da minha pouca tolerância. Faltaram-lhe, um a um, todos os seus irmãos, o único que sobrou foi Bruto, que aceitava com leveza o passar dos anos e só lamentava que o destino o tivesse estabelecido em Veneza, onde as frequentes pontes eram um incômodo tremendo para um homem com uma perna de pau. Assim, nós íamos envelhecendo aos poucos, enquanto a cidade recuperava a sua juventude, e o que aconteceu depois prova que todos aqueles anos não foram perdidos, nem dormidos, como dizem os pessimistas. Nada nasce do nada, é um axioma que não pode ser contestado.

CAPÍTULO VIGÉSIMO SEGUNDO

No qual é mostrado, para conforto dos literatos, como o Conde Rinaldo, escrevendo sua famosa obra sobre o Comércio dos Venezianos, consolava-se plenamente por sua miséria. O tristíssimo rumo da vida de meu filho Giulio e o temperamento cômico de minha filha Pisana. Os jovens de agora valem muito mais do que os jovens de antes, e errando se aprende, quando se sabe o que se quer e se quer o que se deve. A fuga de Giulio e a visita dos velhos amigos. Festas e lutos públicos e privados durante 1848. Retorno ao Friuli, onde alguns anos depois recebo a notícia da morte de meu filho.

Vocês perceberam que de todas as profissões a que me dediquei, a nenhuma delas fui levado por meu livre arbítrio; e que a vontade dos outros, a necessidade do momento, ou uma convergência extraordinária de circunstâncias me entregaram nas mãos tudo pronto, sem que eu pudesse nem mesmo pensar. Nos negócios, eu havia entrado por puro respeito a meu cunhado, e se não me desvencilhei quando a Casa Apostulos liquidou suas contas, foi somente porque a atividade comercial do meu pouco capital me servia para levar adiante a família. Por volta de 1840, entretanto, já tendo me tornado velho e novamente fraco dos olhos, e somando meus recursos o suficiente para sobreviver, resolvi me retirar do comércio. Eu já estava pensando nisso há algum tempo, quando as autoridades em Constantinopla me informaram que o governo otomano finalmente reconhecera uma parte dos créditos de meu pai, e que se os herdeiros do Grão-Vizir não se consideravam devedores de uma grande soma, pelo menos me pagariam um valor relevante.

Lucilio, três ou quatro anos antes, me dissera que a embaixada inglesa não havia negligenciado esse caso e que apenas o mau estado das finanças da Porta o atrasara, mas eu nunca acreditei que chegaria a algum resultado, por isso, me pareceu um agradável presente as oitenta mil piastras que me foram destinadas, e quanto aos herdeiros do Vizir deixei-os em paz, porque meu filho Luciano, encarregado de se entender com eles, me respondera que eram uma gente sombria e miserável. Com as oitenta mil piastras e os trinta mil ducados que me redeu a liquidação de meus negócios, juntei uma bela soma, com a qual comprei um grande e belo terreno junto à casa Provedoni de Cordovado, além de muitas terras do patrimônio Frumier, pois o doutor Domenico Fulgenzio tentava se livrar delas para usar mais livremente seus bens para se apossar dos bens dos outros.

Todavia, a educação de Giulio fez com que continuássemos a morar na minha casa paterna de Veneza, e por dois meses no outono alugávamos uma chácara no rio Brenta e lá gozávamos de ar livre e da vida no campo. Aos poucos, eu me acostumara a Veneza, e era como aquele homem que não podia viver um dia sem ver o campanário de São Marcos. E não falo só do campanário, mas também da igreja, das arcadas, do Palácio Ducal, que eu revia sempre com um prazer misto de doce melancolia quando São Martinho[1] nos fazia dar as costas ao campo. Bruto, entretanto, que com sua perna de pau ficava melhor em terrafirme, nos servia de capataz, e passava grande parte da boa estação no Friuli, onde sua presença também era útil para um enxame de sobrinhos e sobrinhas de todas as idades que seus irmãos haviam deixado e que ele tentava cuidar o melhor possível. De minha parte, eu cuidara dos filhos de Donato e de Bradamante. Duas moças se casaram muito decentemente, uma em Portogruaro e a outra em San Vito; dos rapazes, um ganhava a vida como era veterinário, o outro recebia o suficiente para compensar os infortúnios da família alugando a botica e umas terras que eu lhe dera para administrar.

Os condes de Fratta, no entanto, iam de mal a pior. Pode ser uma bobagem, mas sempre me entristecia e ainda entristece ver a família da Pisana desaparecer. A derrocada de sua sorte só era comparável à estoica felicidade com a qual a aguentavam. Rinaldo comprando livros e negligenciando os impostos; Clara com sua pródiga caridade; ambos usando o que restava de seus bens. Ainda havia dois ou três colonos numa ala em ruínas do castelo e duas torres arruinadas, mas os aluguéis eram dispersados a torto e a direito nas mãos raivosas e litigantes dos credores, e não chegava um tostão a Veneza, mesmo que pedissem. Mas é preciso fazer justiça aos últimos representantes da ilustre linhagem dos condes de Fratta, eram tão relutantes em pagar quanto despreocupados em receber. O conde Rinaldo e a reverenda Clara estavam reduzidos à entrada de um ducado ao dia, mais as três liras venezianas que a senhora recebia do erário público como patrícia necessitada. Mas vejam bem que não dava para esbanjar e, de fato, o ano para eles era apenas uma longa quaresma.

---

1 11 de novembro, dia de São Martinho de Tours, era quando terminavam as férias e se voltava para a cidade.

Por sorte, a senhora, por seus êxtases seráficos, e o conde, por suas contínuas distrações com a ciência, não tinham tempo para pensar no estômago. Emagreciam cada dia mais, mas sem perceber, e creio que tivessem se acostumado a viver de ar como o asno de Arlequim. Lembro-me que um dia perguntei à condessa Clara por que ela tomava tantos cafés, se ela não corria o risco de uma paralisia, e ela me respondeu que em Veneza o café era barato e ela podia passar sem a sopa. Entre café e ar há pouca diferença em termos de nutrição, eu acho. Notem que qualquer mulher do povo que fosse à sua porta chorando e rezando certamente receberia um soldo ou um pedaço de pão. Tenho certeza de que Clara, se tivesse um pior inimigo, dividiria com ele um último café, e até o daria todo, se ele achasse pouco.

O conde Rinaldo, no entanto, procurava por mar e terra um editor para sua obra, mas infelizmente não encontrava. A riqueza aumentara notavelmente naquela longa paz, talvez não tanto quanto se queria, mas tinha aumentado; o sentimento cívico e a educação haviam melhorado muito, embora lentamente e quase ao revés das circunstâncias, mas não se olhava muito longe e a caridade da pátria buscava satisfazer necessidades imediatas, feridas para curar, desejos a atender, não glórias remotas a reavivar, ou antigas heranças passivas a resgatar. Um hino de Manzoni[2] em honra da estrada de ferro que se projetava então para unir Milão a Veneza encontraria editores, compradores e elogios, mas uma obra volumosa sobre o comércio dos antigos venezianos não despertava a curiosidade do público, e não dava esperança aos livreiros de ganhar grande coisa. Mas todos tiravam o chapéu ao senhor Conde, e depois de pesar com a mão o manuscrito devolviam-no educadamente sem nem mesmo lê-lo. Em vão ele se esfalfava para convencê-los a examinar a obra para ver seu valor e sua extensão; eles respondiam que a consideravam uma obra-prima, mas que os leitores não estavam preparados para coisas tão sublimes e profundas, e que se o escritor exprimia suas ideias, os editores precisam satisfazer os desejos do leitor. O conde Rinaldo tinha uma modéstia louvável, mas também a dignidade natural de quem é sinceramente modesto.

Por isso, como diz o povo, não se curvava para lamber os sapatos de ninguém, e voltava à sua solidão para se vingar nobremente e se consolar das rejeições sofridas limando, corrigindo e emendando o próprio trabalho. Trinta anos de estudo, de pesquisas, de meditações, não lhe pareciam suficientes, e

2 Alessandro Manzoni (1785-1873), poeta, romancista e filósofo, considerado um dos maiores romancistas italianos por seu famoso romance *Os noivos*.

todos os dias lhe saltava aos olhos algum trecho em que uma crítica mais ampla esclareceria as ideias, ou levaria melhor o leitor a compreender o espírito do autor. Por pouco não era grato aos editores que lhe deixavam mais tempo para elucidar melhor algumas partes do quadro e retocar o desenho. Depois, quando voltava a crer ter terminado, recomeçava o giro pelos editores com seu manuscrito debaixo do capote, recebendo sempre as mesmas rejeições temperadas por algum gracejo e pela carranca dos menos corteses. Aconselhado a se dirigir aos editores mais importantes das outras cidades, começou uma obstinada correspondência com Florença, Milão, Turim e Nápoles. A maioria nem respondia, alguns por educação convidavam-no a mandar amostras de sua obra. E ele recomeçava, obediente, a refazer, apurar, transcrever, mas de repente vinha uma carta que achava o estilo muito complicado ou o assunto muito distante dos estudos atuais; pedia-se que ele escrevesse sobre estatística e economia, pois seria decentemente retribuído, mas esses trabalhos monumentais de erudição histórica não cabiam no nosso século.

O pobre conde também colocava essas últimas promessas no armário das ilusões perdidas, mas ainda tinha tantas opções a tentar que se passaram muitos anos antes dele se persuadir da absoluta impossibilidade de encontrar um editor para a *História Crítica do Comércio Veneziano*. Pensou em pedir a recomendação de alguém já conhecido na literatura e nas ciências, mas como não conhecia ninguém consultou o cavaliere Frumier. Vejam só que sorte! O cavaliere, depois da morte da dama Dolfin, não havia mais readquirido o uso da razão, e falar com ele de literatos e cientistas era o mesmo que pedir que ele contasse a história literária do século passado. Ele não ia além do abade Cesarotti e do conde Gasparo Gozzi[3], o que não ajudava muito seu sobrinho. O conde Rinaldo, então, resolveu fazer por ele mesmo, e passou a vender tudo o que ainda tinha de vendável para começar a impressão; depois de publicar os primeiros fascículos, confiava no favor do público que não poderia deixar de lado uma obra de decoro pátrio e de alta importância histórica. A senhora Clara, daí em diante, bebeu muito menos café, ele até tirou o pão da boca para arrebanhar mais depressa as quinhentas liras necessárias para a impressão dos quatro primeiros capítulos. Assim que os teve no bolso foi ao tipógrafo, e sem negociar colocou-os na mesa dizendo triunfalmente:

3 Melchiorre Cesarotti (1730-1808), literato paduano; Gasparo Gozzi (1713-1786), veneziano.

– Imprima o mais que puder do meu manuscrito.

– Em qual formato? Quantas cópias deseja? Com subscrições ou sem? – perguntou o tipógrafo.

Coisas que Rinaldo não entendia nada. Mas pedindo que ele explicasse em detalhes, chegaram a um acordo de que seriam distribuídas por toda Itália quatro mil fichas de subscrição com algumas palavras contendo os pontos principais da obra, e que seriam impressas mil cópias do primeiro fascículo em octavo grande[4]. O conde voltou para casa que não tocava os pés no chão, e as três semanas que empregou correndo de casa à tipografia, revendo provas, emendando erros, mudando vocábulos e acrescentando notas, foram o tempo mais feliz de sua vida, como o primeiro amor de um jovenzinho qualquer. Mas o tipógrafo não compartilhava desse excesso de júbilo; as fichas não voltavam com as desejadas assinaturas; de Veneza e das cidades vizinhas eles não receberam mais do que uma dúzia. A maioria delas vinha de livreiros, e sabe-se com que dificuldade o dinheiro fluía por esses canais não confiáveis. O conde, porém, certo de que veria seu primeiro fascículo impresso dentro de um mês, dormia em um mar de rosas. Ele precisou discutir com a censura por algumas frases, alguns períodos, mas eram correções que não diminuíam em nada a importância da obra e ele estava disposto a admiti-las.

Assim, finalmente, vieram à luz os famosos primeiros quatro capítulos da obra, e o conde Rinaldo teve a extraordinária alegria de poder contemplá-los nas vitrines das livrarias. A essa alegria seguiu-se outra não menos vital de ouvir mencionar o título nos jornais, e ver a crítica elogiar muito algumas passagens. O primeiro a elogiar a intenção e a profunda erudição do livro foi um jornal de Milão, além do grande valor prático que podia ter para o comércio moderno, caso as circunstâncias levassem a voltar aos portos de antigamente. A resenha falava das Índias, da China, das Molucas, da Inglaterra, da Rússia, do ópio, da pimenta e da palha de arroz, de Mehmet Ali, do Império Birmanês e dos planos de cortar o istmo de Suez, tudo, em suma, muito além do trabalho de Rinaldo, do comércio e das casas comerciais venezianas durante a Idade Média.

No entanto, Rinaldo estava contente porque sua intenção patriótica e sua ampla e profunda análise haviam sido apontadas como as principais qualidades da obra, o que era verdade, e o autor sabia disso, assim como sabia

4 Um octavo é um livro ou um panfleto, de uma ou mais folhas de papel, na qual 16 páginas de texto foram impressas e dobrada três vezes para produzir oito folhas. Cada folha de um livro em octavo representa, assim, um oitavo do tamanho da folha original.

que o jornalista havia lido e interpretado corretamente sua obra. Um diário toscano copiou a opinião do jornal milanês acrescentando algo de seu, e dando a entender, com esses acréscimos, que pelo menos havia folheado o livro. Mas então cem resenhas, cem opiniões, uma mais excêntrica do que a outra, começaram a aparecer por toda parte, todas obsequiosamente copiadas e modificadas à vontade a partir daqueles primeiros artigos. Percebia-se que quem escrevia só sabia o título do livro, e talvez não tivesse nem pensado duas vezes nele, porque um culto escritor de Turim recomendou o tratado do Conde de Fratta como um excelente manual para os comerciantes que desejassem ampliar seus negócios especulando na economia moderna. Lendo esta última opinião, o pobre autor esfregou os olhos, e pensou ter visto mal ou que não se falasse dele e de sua obra. Mas depois leu de novo e infelizmente se convenceu.

– Raça de asnos! – murmurou entredentes. – Tudo bem não comprar, tudo bem não ler! Mas não entender nem o título!... Dar uma opinião precipitada antes de olhar a primeira página!... Isto já é demais, e juro que preferiria ser massacrado do que elogiado por esses de pedantes.

O conde Rinaldo vivera até então nas bibliotecas e não sabia que aqueles não eram tempos para se perder em leituras. E que se elogiava e se condenava sem ler, justamente porque se apreciava mais o espírito e a intenção do que o valor científico e a forma das obras. Todos diziam aos seus vizinhos: "leia aquele livro cujo início me pareceu bom!". Mas as palavras passavam e o livro ficava na livraria. Preferia-se devorar as últimas notícias de algum jornal. Não quero dizer que não restassem estudiosos de pulso que tinham tempo para tudo, mas a juventude, a grande consumidora de livros novos, estava ocupada demais. Para acompanhar os boatos, as diversões, os flertes em que crescera e as novas paixões que ferviam em seus círculos, não bastava uma vida para cada um. O papa Gregório XVI morrera recentemente e fora sucedido na cadeira pontifícia por Giovanni Mastai Ferretti, com o nome de Pio IX. Quem ao ler este nome não se lembra dele como uma melodia conhecida que soa aos ouvidos muito tempo depois de tê-la escutado?... Pio IX era sobretudo sacerdote e papa, e quiseram transformá-lo num Júlio II[5], pontífice e soldado; era como quando se vê numa nuvem um símbolo, uma figura, que se tem na cabeça, mas em vão se tenta fazer com que outros a vejam.

O novo Papa não entendeu ou não quis entender o significado dos aplausos

5 Giuliano della Rovere, famoso papa renascentista que pontificou de 1503 a 1513.

que o levavam aos céus, e calando-se deu razão a quem esperava dele mais do que ele estava disposto a conceder[6]. Não sei se o entusiasmo estivesse na moda ou a moda gerasse o entusiasmo; sei que entusiasmo e moda provêm da necessidade universal de proteger as esperanças atrás de uma bandeira santa e inviolável: não havia conspiração nem impostura, era sabedoria do instinto. Esses acontecimentos que rompiam a longa sonolência da Itália não ajudaram em nada a empresa tipográfica do conde Rinaldo. Em tempos melhores, ele poderia ter ganho o suficiente com o primeiro fascículo para pagar pela metade do segundo, mas daí em diante não conseguiu mais um único escudo. E o que é mais curioso é que ele se esqueceu do próprio livro para correr com os outros à praça para gritar: "Viva Pio IX!".

A irmã dele era das mais empolgadas com o novo Pontífice, falava dele como de um profeta, e todo seu círculo estava escandalizado porque nunca imaginara que a velha beata, a abadessa emérita de Santa Teresa, aplaudisse sinceramente um papa que era mais político do que sacerdote, pelo menos era o que acreditavam. Mas talvez ignorassem porque Clara se fizera beata e freira, e em quais condições obrigara-se à observância dos votos. Eu ainda não tinha certeza, mas por algumas palavras acreditava poder adivinhar.

Enquanto isso, em meio a essa confusão, o dinheiro se fazia cada vez mais raro, e o conde Rinaldo mandou uma ordem urgente ao seu capataz de Fratta para que lhe expedisse algum dinheiro a qualquer custo. O pobre camponês saiu do embaraço vendendo os materiais que restavam do castelo e antecipando ao patrão o valor. O Conde, com essa soma, queria ajudar a fundação de um jornal patriótico em não sei qual cidade de terrafirme, e mais uma vez o dinheiro lhe fugiu entre os dedos, Clara ficou sem café e ele com pouco pão, mas uma rezando, o outro lendo e sonhando, defendiam-se valentemente contra a fome. Algumas vezes eu tive a cristã previdência de convidá-lo para almoçar, mas era tão distraído que apesar de ter no estômago o apetite de um par de dias, esquecia-se da hora do almoço e só chegava para a sobremesa. Mas botando os dentes para funcionar, demonstrava ter boa memória do jejum e uma leve intenção de não querer sofrê-lo por algum tempo no futuro.

Esse era o pouco que eu podia fazer por meus primos, os irmãos da Pisana. De resto, eu não tinha coragem de me exibir, sabendo da sensibilidade

6 Eleito em 16 de junho de 1846, Pio IX pareceu, a princípio, apoiar as esperanças dos liberais e patriotas italianos, mas os desapontou fortemente, sobretudo depois das revoluções de 1848.

deles, e até mesmo algumas libras de café, com que Aquilina presenteava Clara, eram entregues a eles por uma criada. Confesso a verdade, nos anos anteriores aqueles dois tipos singulares me eram muito antipáticos, e me era difícil suportá-los pensando qual era seu sangue, mas à medida que os tempos se faziam sombrios e turbulentos eu fazia as pazes com eles, e deixava a minha raiva para as pessoas que os rodeavam. Lá havia a dupla intenção de uma conduta e de um modo de pensar que parecia o mesmo e era bastante diferente: Ormenta, os Cisterna e seus satélites pensavam em si mesmos, na segura comodidade da vida sob a desculpa da glória de Deus; Rinaldo e Clara trabalhavam pela glória de Deus em tudo e por tudo, e sacrificariam alegremente a essência, as comodidades da vida por esse santíssimo objetivo. É verdade que talvez irmão e irmã entendessem de modo diferente a glória de Deus, mas, de algum modo, em suas ações e opiniões havia um objetivo ideal, e aplaudiam e se uniam ao entusiasmo geral, enquanto o doutor Ormenta olhava com suspeita pela janela e amaldiçoava aqueles malditos gritadores. Todavia, de vez em quando gritava tanto quanto qualquer outro, sem que ninguém o obrigasse.

Meu filho, entretanto, andara se metendo cada vez mais em más companhias, e por mais que eu tentasse tirar de sua mente coisas baixas e materiais, e manter viva a juventude de seu espírito, ele não me dava muita atenção, e aos vinte e dois anos me parecia mais velho do que eu aos setenta. Eu também tentava que ele tivesse sentimentos fortes e generosos naqueles últimos anos, quando me dava conta dos acontecimentos que nos envolviam, e me sentindo quase decrépito, não gostaria de deixá-lo sem rumo nos momentos em que mais precisasse. Mas a doçura doentia dos vícios havia estragado seu paladar, e os corruptores da juventude tinham-no persuadido de que fora da tranquilidade, da boa mesa e da boa cama, não havia mais nada desejável no mundo; ele ostentava tais opiniões como um sinal de espírito forte e independência filosófica, desprezando a puerilidade de quem deposita grande parte de suas esperanças na satisfação de algum desejo menos humilde.

Era a reação ao romantismo, de que aquelas raposas velhas se valiam para desviar os jovens conforme seus interesses. E como outros jovens mais maduros ou melhor encaminhados opunham-se a eles com a palavra, com o exemplo, gritando que era uma abominação negar dessa forma qualquer ideal na vida, e como porcos na lama escravizar-se às comodidades e aos prazeres, esses mestres da corrupção diziam que eram gritos de inveja, que não era necessário prestar atenção a isso, pois era tudo efeito da hipocrisia, mas que era preciso coragem para zombar da pregação daqueles fariseus. Giulio, que era voluntarioso e decidido, não fazia nada pela metade: para ele, opor-se francamente às censuras dos puritanos, como os chamavam, foi uma prova de coragem, e quanto mais eles o desaprovavam, mais ele exagerava na cínica devassidão dos costumes. Jogo, bebidas, mulheres, eram suas três virtudes principais, mas tinha outras também, sobretudo aquela que seus adversários mais censuravam: uma profunda e espontânea hipocrisia. Assim que ele punha os pés dentro de casa, sem nem pensar assumia uma postura comportada, o descaramento e a dissolução saíam de seus olhos, e os lábios esqueciam a costumeira linguagem de bordel. Perto de sua mãe era um anjinho, e quando eu, para atingir o lado fraco da educação que ela lhe dera, repetia o que me haviam dito de seus costumes, ela gritava comigo dizendo que eram falsidades, e que bastava olhar para o seu Giulio para ver no fundo de seu coração, pois se ele não perdia a cabeça com as costumeiras fantasias dos jovens, se tinha relações sólidas com pessoas respeitáveis, era preciso agradecer aos céus, e que já tivera uma tremenda lição com a morte de Donato. E recomeçava com as mesmas acusações, sobre as quais me convinha dar de ombros e me afastar para não ouvir sermões o dia todo.

Entretanto, eu não podia deixar de dar uma grande bronca em Giulio e ameaçá-lo com um mau futuro quando se juntaram aos boatos que corriam sobre ele coisas piores e quase infames. Um amigo do cavaliere Frumier me disse ter ouvido falar de uma cena que acontecera numa banca de jogo a propósito de algumas distribuições de cartas que ele fizera, diziam, com muita destreza, no jogo de *macao*[7]. Ele respondera com os punhos ao importuno observador, e essa maneira de defender sua honestidade não lhe dava razão junto aos demais. Giulio, interpelado por mim sobre isso, respondeu, pela primeira vez com alguma arrogância, que ele queria jogar do seu jeito sem que os outros lhe dissessem como, que zombava das conversas deles, mas que não queria ser maltratado, e que quem estivesse descontente com seus socos que o deixasse em paz. Quanto às acusações contra ele não disse sim nem não, e deu uma desculpa confusa, deixando-me quase convencido de que tinham razão. No entanto, eu ainda tinha uma distante ilusão de que seu mau comportamento viesse de um amor-próprio equivocado, de uma mania excessiva de contradição, e que talvez ele se afastaria disso antes que, de tanto insistir, a petulância se tornasse hábito e os erros, vícios. Apegava-me a essa esperança,

7 Jogo de cartas semelhante ao sete e meio.

quando em meio ao entusiasmo que se propagara em toda a Itália pela anistia concedida por Pio IX[8], Giulio foi o único que teve coragem de se opor ao júbilo universal, de rir daquelas festas, daquelas gritarias nas praças, e de chamar de loucos e mulherzinhas quem acreditava nisso. Talvez não falasse e não agisse assim por antevisão política, mas por excentricidade e cinismo; de qualquer modo, mesmo que fosse por profunda convicção, era mais atrevimento do que coragem se manifestar daquele jeito naquele momento. Até as ilusões às vezes merecem algum respeito, e assim como não se deve retirar a virgindade de espírito de um rapaz, não é lícito atacar a confiança generosa de um povo, quando a fé é por si só uma força regeneradora. Giulio, porém, gracejava e zombava sem qualquer respeito, e mesmo aqueles que talvez tivessem uma opinião mais bem formadas do que ele, e aos quais ele se opunha, em público fingiam que não o ouviam ou, em particular, juntavam-se ao entusiasmo da maioria. Giulio, então, teimava cada vez mais, e batendo com as duas mãos em amigos e inimigos, desmascarava a hipocrisia destes, zombava da credulidade daqueles, e se regozijava por ter fugido como corvo das más nuvens e ser odiado como paladino das coisas antigas e do *status quo*.

Quanto mais o ódio era geral, mais ele se regozijava em resistir, e talvez até começasse a crer na verdade de algumas suas ideias, mas colheu o costumeiro fruto de sua imprudência. Os homens mais resolutos e sinceros geralmente carregam o peso de suas escolhas, e Giulio recebeu a execração de todos. Sem saber de tudo em detalhes, porque os pais são os últimos a ter notícia da conduta dos filhos, farejei o suficiente para advertir Giulio de todo o mal que lhe podia acontecer. Ele me respondeu que considerava a vida pelo que ela valia e que nada de mal podia lhe acontecer, pois estava convencido de que males imaginários não podiam prejudicá-lo.

– Cuidado, cuidado, Giulio! – implorei, quase com lágrimas nos olhos. – A vida não se compõe apenas do que você acredita! A sua alma poderia acordar, sentir necessidade de amor, de estima...

– Oh, meu pai – interrompeu-me rindo o jovem –, não falemos de poesia! Isso se os homens fossem sábios, justos e perfeitos, mas assim como são mais importa ter o amor e a estima do próprio cão do que deles. Eu, por mim, renuncio de bom grado, e para sempre!

– Não diga para sempre, Giulio, porque você não pode! Você é jovem demais! (Ele sorriu, como todos os jovens quando se aponta a sua falta de experiência).

8 Em 16 de julho de 1846, Pio IX concedeu anistia aos exilados e aos presos políticos.

Esses homens que você julga tão loucos, tão maus, podem, num impulso magnânimo, sair da costumeira abjeção e ter novamente momentos sublimes de justiça e de generosidade!... Se você, Giulio, nesses momentos devesse suportar o desprezo deles, acredite, sua alma se partiria, a menos que você tenha perdido todo o pudor, toda a dignidade humana. Nesses momentos, não é o ostracismo da loucura e da maldade que você irá sofrer, mas a sentença da generosidade e da justiça!... E você não poderá se iludir, não poderá se defender!... Contra um, contra dois, contra dez, você poderá lutar, gritar, se vingar, mas contra a opinião de um povo não há defesa: é como um incêndio que reprimido de um lado logo surge de outro, e maior ainda!... Em tanta desgraça, o único refúgio que a Providência permite ao homem honesto é a consciência. Mas você, Giulio, como vai encarar a consciência?... Quais confortos ela lhe dará? Você que se vangloria de pisotear o que de mais nobre e etéreo encerra a esperança humana?... Você que professando um desprezo profundo pelos homens sem nem os conhecer aproximou-se dos piores, e com isso deu a entender que você se despreza mais do qualquer outro?... Vamos, responda, você não acha que entre os seus professores, os seus amigos, entre o doutor Ormenta, entre Augusto Cisterna, os filhos deles e o resto das pessoas não há nenhuma diferença? Mas se as pessoas acusam, vituperam, perseguem as ações deles, não é sinal de que ao menos a consciência pública é melhor do que a deles, e que há uma vida possível, possibilíssima, e se não feliz e digna em tudo, certamente mais digna do que essa a que eles o convidaram?... Tema, tema Giulio, ser confundido com essa raça de serpentes; tema que a contradição não o arraste mais longe do que você quer, e que pela sua mania de se distinguir e de comandar, você não seja culpado pelos crimes e pelos vícios dos que agora estão por trás de você, e que na primeira oportunidade terão a esperteza de deixá-lo só.

– Você se engana muito sobre mim – respondeu Giulio com a maior calma e sem dedicar ao meu sermão nem um instante de exame. – Não adotei o credo de ninguém. O doutor Ormenta e o senhor Augusto Cisterna são velhos espertos e dissolutos, nem melhor nem pior do que os outros; continuei a frequentá-los por hábito e porque não via razão para trocar de companhia, caindo da frigideira nas brasas, isto é, do vício na impostura. Os jovens que frequento são aqueles que compactuam melhor com minhas ideias, e se têm seus defeitos não tenho culpa disso. Quanto a me deixar influenciar pelas conversas dos outros, não sou assim tão tolo. Minha consciência sempre me dirá que eu penso muito melhor do que eles, e meu bom senso sempre os considerará ignorantes.

Entendi que mesmo pregando sermões por toda uma quaresma eu não conseguiria nenhum resultado, e deixei que ele fosse embora, esperando e temendo que a experiência fizesse o que em vão eu havia tentado. Mas começava a desconfiar que a minha negligência e o excessivo respeito por Aquilina devessem ser pesadamente punidos, e que meus filhos causariam as mais atrozes dores da minha velhice. De fato, não era só Giulio que me dava o que pensar, a Pisana também começava a se desgarrar seriamente, e eu percebia tarde demais ter perdido qualquer autoridade paterna sobre eles.

Minha filha, como já disse, era a moça mais astuta e persuasiva que já conheci, mas eu confiava que o exemplo de sua mãe e a escrupulosa religião na qual ela a educava iriam preservá-la de maiores perigos. Eu a controlava à distância, e não me parecia que ela tirasse muito bom fruto de suas devoções. Era humilde e afetuosa com a mãe, comigo também conservava um comportamento modesto e discreto, e quando estava com outras pessoas em nossa companhia parecia realmente uma santinha. Mas com os criados e criadas se mostrava dura e arrogante, e a ouvia brincar e rir com eles com modos bem diferentes dos que tinha em nossa presença. Assim, se sua mãe se afastava quando estavam em um grupo, logo ela mandava olhares ferozes à direita e à esquerda, e eu percebia que não errava em distinguir os jovens bonitos dos feios. Às vezes enrubescia e se retorcia na poltrona de um modo que demonstrava mais malícia do que santidade. Enfim, eu não estava nada contente com ela, e quando Aquilina, mesmo concordando que Giulio era um pouco sem juízo, consolava-se com sua boa sorte e agradecia ao céu por tê-la compensado mil vezes com aquela excelente filha, eu não podia dizer nada sem que ela torcesse a cara.

– Como? O que você tem a censurar? – saltava minha esposa com uma voz áspera e convulsa que usava constantemente em suas conversas comigo.

– Eh, nada! – dizia eu esfregando o queixo.

– Nada, nada!... Você acha que não vejo seus olhares de censor descontente?... Mas vamos lá, vamos ouvir o que você tem a dizer sobre a Pisana!... Não é tão bela e perfeita que parece um anjo?... Não tem dois olhos da cor do lápis-lazúli que denotam uma alma pura e amorosa, a pele, os cabelos e a estatura que não poderiam ser melhores?... Não é inteligente, de modos reservados e gentis como se espera de uma mocinha? Não é devota como um santinho, humilde e obediente como um carneirinho?... Onde você iria encontrar uma moça mais exemplar?... Eu gostaria de ser um rapaz para me casar com ela, e três vezes afortunado a quem tocar tanta sorte, mas vou olhá-lo muito bem antes de consentir.

Eu não respondia nada e deixava que se estendesse em seu panegírico, apenas pedia para falar baixo quando suspeitava que a garota estivesse na sala ao lado espiando como algumas vezes a via fazer.

– Pois então! – continuava Aquilina. – Não fique aí emburrado parecendo uma estátua!... Você é pai ou não?... Desde que você não tem mais negócios na praça e meu irmão se esfalfa por você no campo, você se tornou o mais inútil que se possa imaginar!... Você só serve para se sentar num café lendo os jornais e também, Deus nos livre, para conversar sem prudência com algum outro velho louco e se comprometer.

– Aquilina, se fosse possível, juro, eu falaria mais vezes, mas...

– E o que estou fazendo agora?... Não digo para você falar? Há uma hora não peço para você me dizer suas observações? Não estou aqui pacientemente escutando-o?...

– Então vou lhe dizer que a Pisana não me parece a mesma com os outros do que conosco, que quando não estamos perto ela logo muda suas maneiras que é um espanto, por isso tenho muito medo de que todos os belos dotes dela sejam apenas fingimento, e...

– Só me faltava essa!... Oh, pobre de mim!... Pobre menina! Você se sente no direito de acusá-la!... Você que cuida muito dela! Você não fica conosco junto a outras pessoas mais do que duas vezes por ano e quer ensinar a mim, que estou com ela da manhã à noite, que nunca a abandono, seja com o pensamento ou com os olhos?...

– Vou lhe dizer, Aquilina!... Você está sempre com ela, mas você gosta muito de conversar, e talvez você não a abandone com o pensamento, mas com os olhos lhe asseguro que você a abandona com frequência. Eu certamente não vou com vocês todos os dias porque a conversa na casa Fratta e na casa Cisterna não se afina com meu gosto, mas quando vou, como não tenho vontade de me entreter com aquelas pessoas, tenho bastante tempo para observá-la. Confie em mim e acredite, você quis fazer dela uma santa, mas se ela continuar assim você vai ter feito uma rematada sirigaita!

– Oh, Virgem santíssima! Eu imploro, me deixe em paz e não blasfeme!... A minha Pisana, uma sirigaita!...

– Cale-se, cale-se, por caridade, Aquilina, para que ela não a escute.

– Eh, isso não importa nada!... E não há perigo de que ela ouça essas coisas horríveis!... Já entendi, você não gosta dela, prefere um homem duro e ingrato como Luciano, ou algum maluco como o pobre Donato, que você levou à ruína. Mas os jovens discretos e afetuosos, as moças honestas e de bem não lhe agradam nada... Você tem razão em dizer que é um jacobino incorrigível... De fato, você não fica bem na casa Fratta quando estamos lá, mas em se tratando de ficar horas e horas fabricando castelos no ar e alinhavando blasfêmias e heresias com o conde Rinaldo, então a casa Fratta lhe convém!...

– Não confunda uma coisa com outra, Aquilina. O conde Rinaldo não tem nada a ver com aquelas raposas velhas que a confiante carolice da irmã dele atraiu para a casa.

– É isso, você sempre insulta, sempre zomba de tudo o que há de santo, de venerável no mundo!...

– Vou repetir o que lhe disse mil vezes. Eu venero e respeito a santidade da senhora abadessa, mas ela me parece um pouco ingênua demais, e não confio que ela conheça bem os homens. De fato, agora que eles estão em tanta dificuldade, o que fizeram por eles aqueles seus ótimos parentes, aqueles seus amigos inveterados?...

– Fizeram, fizeram pouco menos do que fazemos nós. E fariam mais se a senhora abadessa não fosse tão melindrosa.

– É o fato dela ser melindrosa que os faz fugir como moscas depois que tiram a mesa!

– Se agora estão distantes, têm boas razões, e você seria mais sábio se os imitasse. Estes não são tempos para tagarelice e conversas, principalmente para os velhos.

– Em sua opinião, o coveiro deveria ser poupado do tédio de nos enterrar: se esconder justamente agora que um brilho de esperança volta a luzir e um pouco de vida a fermentar em nossas almas.

– Belas esperanças! Bela vida!... Ri melhor quem ri por último.

A discussão começava a chegar no político e escapuli, sem esquecer, no entanto, o ponto principal da altercação e me propondo a observar a Pisana mais do que antes. Sobretudo nos últimos dias ela me parecia tão preocupada, tão fácil de mudar de ideia e confusa, que não me espantaria se ali tivesse algo escondido. Minha esposa, ao contrário, afirmava que eram os costumeiros indícios da passagem da adolescência à juventude, que inconscientemente perturba a inocência das meninas. Eu, que entendia de inocência, e talvez mais ainda de malícia, não me contentava com essa opinião, observava e espiava com todas as precauções, persuadido de que, a longo prazo, a astúcia paciente do velho venceria a cautela da garota. Os cuidados que ela se dava para parecer tranquila e desenvolta toda vez que percebia estar sendo observada, me confirmavam a suspeita de que não fosse nem um pouco a inconsciente perturbação de que sua mãe falava, mas os dias passavam e eu não conseguia descobrir nada.

Finalmente, uma noite em que Aquilina saíra com seu irmão que viera do Friuli, e eu também devia me ausentar até mais tarde, voltando para casa não sei por qual razão e entrando na sala onde em geral as mulheres trabalhavam, não encontrei a Pisana. Perguntei à criada que me respondeu que ela estava no quarto. Então, aproximando-me bem de mansinho, pareceu-me ouvir o rangido de uma pena de aço e, de repente, tentando abrir a porta, não consegui porque estava fechada à chave.

– Quem é? – disse a menina com uma voz um pouco assustada.

– Eh, nada!... Sou eu que vim ver você.

– Logo, logo, papai. Vim me trocar porque quando terminei o bordado suava tanto que estava molhada como um pintinho. Já vou abrir.

De fato, abriu e me recebeu com um sorriso tão belo nos lábios que tive que beijá-la, e colocar de lado as minhas suspeitas. Vi algumas peças de vestuário jogadas aqui e ali como que recém despidas, mas me aproximando da escrivaninha observei que a pena ainda estava suja de tinta. Certamente havia escrito e não queria que eu soubesse, o que bastava para me fazer suspeitar mais do que nunca; deixei-a pouco depois desejando-lhe uma boa noite se não a visse mais. No dia seguinte, quando ela saiu para a missa com a mãe, entrei em seu quarto e fiz um diligente exame em todas as gavetas e todos os armários. Mas estava tudo aberto, não encontrei nada que pudesse dar razão às suspeitas da noite anterior. Olhei no armarinho ao lado da cama e vi, entre muitos livros de devoção, uma espécie de bolsinha bordada na qual ela costumava guardar medalhas, relíquias, imagens e outros badulaques. Tive a impressão de que meus dedos não alcançavam o fundo da bolsa e senti alguns papéis que não consegui extrair. Quando a virei do avesso vi uma costura feita às pressas com linha branca. Desfiz a costura e encontrei três graciosas cartinhas perfumadas, que era uma delícia vê-las.

– Ah, peguei você, malandra! – disse eu, e não tive mais remorsos por ter mexido em seus segredos; a autoridade paterna é talvez, aliás, certamente, a única com tais direitos, porque é obrigada a buscar o bem dos filhos mesmo contra a vontade deles. Aquelas três cartinhas eram assinadas por Enrico, que era o nome do último filho de Augusto Cisterna; falavam mais do que o normal em ternuras, beijos e abraços; e eu não precisava saber mais nada. Coloquei-as no bolso e esperei que as mulheres voltassem da igreja. Dali a meia hora, a Pisana foi a seu quarto para tirar o chapéu e colocar a mantilha, e ficou muito espantada em encontrar seu pai ali.

– Pisana – disse-lhe sem mais delongas, pois já estava mais do que cansado de fazer o inquisidor –, agora você deve ser sincera, e expiar com uma pronta confissão as faltas que por mera criancice você cometeu: me diga onde e como você se encontra sozinha com esse senhor Enrico que lhe escreve tão ternamente?

A menina tremeu nas pernas e seu rosto empalideceu tanto que tive pena dela, mas depois recomeçou a balbuciar que não sabia nada, que não era verdade, de modo que perdi a paciência e repeti com voz mais firme a ordem de ser obediente e sincera. Mesmo assim, ela não se intimidou em dizer que não entendia nada e a se fazer de desentendida com tanta graça, que senti vontade de esbofeteá-la.

– Ouça, minha filha – retomei um pouco furioso, um pouco me controlando. – Se eu lhe dissesse que você recebe e escreve cartas a Enrico Cisterna, e que fala com ele pela janela da Riva depois que estamos na cama, não estaria um dedo longe da verdade. Mas não queria dizer para deixar a você o mérito da sinceridade. Agora que você vê que sei tudo e mesmo assim me disponho a usar toda a minha bondade, espero que você irá se mostrar digna, dizendo-me como chegou a tanta intimidade com esse rapaz, o que você gosta tanto nele, e por que, se você considera a sua conduta honesta, achou melhor ocultá-la de seus pais. Sei que você é bem ponderada quando tem vontade, então agora deveria perceber que a forma mais sábia, mais honesta, mais astuta é se abrir comigo como a um amigo, para que se coloque tudo em ordem, conciliando a nossa conveniência com o seu desejo!...

A essas palavras, a Pisana desfez aquele seu comportamento de moça modesta e medrosa para logo se tornar segura e descarada como eu a havia visto muitas vezes com os criados ou em alguns grupos durante as longas distrações de sua mãe.

– Meu pai – respondeu ela com o rosto desenvolto de uma atriz que recitasse o seu papel –, peço-lhe perdão por uma falta que nunca vou deixar de me reprovar, mas eu estava com mais medo da sua autoridade do que confiança em seu afeto. Sim, é verdade, os olhares, os pedidos de Enrico Cisterna me comoveram, e para que ele não sofresse, resolvi conceder o que ele me pedia.

– E se eu lhe dissesse que Enrico Cisterna é mau, um jovem sem decoro e sem probidade, e entregá-la a ele seria o pior castigo que podíamos infligir a você?

– Oh, não se irrite!... Não, por caridade, não há motivo! É verdade, tive pena de Enrico, mas não sou tão teimosa, e se não é do seu agrado, melhor qualquer outro do que ele!...

– Mas você respondia às cartas dele, você falava todas as noites com ele à janela...

– Não todas as noites, meu pai. Somente naquelas em que mamãe apagava a luz antes da meia noite. E como ela tem muitas devoções distribuídas por vários dias da semana, isso só acontecia às segundas, quartas e domingos.

– Isso não importa. Quer dizer que você fazia tudo por mera compaixão.

– Eu juro, papai: tudo por compaixão.

– Então, se amanhã vier um gondoleiro, um mendigo, pedir por compaixão que você retribua seu amor por ele, você responderia que sim!?

– Claro que não, papai. O caso seria muito diferente.

– Ah, então você concorda que vê méritos particulares em Enrico, para sentir mais compaixão dele do que dos outros?... Agora você poderia me dizer quais são esses méritos?

– Na verdade, papai, eu ficaria muito atrapalhada para explicar, mas já que você é tão bom, vou me esforçar para contentá-lo. Antes de tudo, quando íamos ao teatro, eu via Enrico rodeado e festejado pelas mais belas senhoras. Você não pode negar que ele é pelo menos muito simpático!...

Eu não sabia mais em que mundo estava ouvindo a santinha falar daquele modo, mas queria ver até onde chegaria:

– Continue – acrescentei. – E depois?...

– Depois, ele tem uma maneira de se vestir muito elegante, um belo modo de se comportar, uma loquacidade desenvolta e brilhante. Enfim, para uma moça sem experiência havia, me parece, o suficiente para ficar encantada. Quanto aos seus costumes, ao seu temperamento, eu não sei nada, meu pai, acredito que todos sejam bons, e nunca seria tão imprudente a ponto de perguntar o que quer dizer um jovem dissoluto!

Porém, era bastante imprudente para me fazer entender que o sabia. Então lhe respondi que sem se aprofundar tanto nos dotes morais de Enrico, ela devia entender que aquelas virtudes externas e, na verdade, de aparência, não deviam bastar para que ele merecesse o afeto de uma donzela bem-nascida.

– E quem disse que ele tem o meu afeto? – retrucou ela. – Juro, meu pai, que lhe correspondia unicamente por compaixão, e que agora, já que vejo que ele não tem a sorte de agradá-lo, vou esquecê-lo facilmente, e aceitarei de bom grado o marido que você tiver a bondade de escolher para mim.

– Ah, danadinha! – exclamei – Quem está falando em marido?... Qual a pressa?... Quem a ensinou a falar assim?

– Nada! – balbuciou ela um tanto confusa – Falei assim para demonstrar melhor a minha docilidade.

– Eu sei – respondi – até onde chega a sua docilidade. Mas peço para você moderar a sua índole, educar os seus sentimentos, porque enquanto você não for capaz de apreciar os verdadeiros méritos de um homem honesto, oh não, por Baco, não deixarei você se casar!... Não quero fazer a sua ruína nem a de outro.

– Eu prometo, papai, de agora em diante me esforçarei para moderar a minha índole e educar os meus sentimentos. Mas pelo menos pode me prometer que a mamãe não saberá de nada?

– Por que você quer que sua mãe não saiba de nada?

– Porque me envergonharia muito diante dela!

– Ora vamos, um pouco de vergonha não lhe fará mal, aliás, gostaria que você sentisse muita, para não precisar senti-la outras vezes. Porém, aviso que não posso deixar que sua mãe ignore uma coisa que lhe dará a justa medida de sua santidade.

– Oh, por caridade, meu pai!

– Não, não se aflija e não chore!... Pense em se corrigir, em ser sincera de agora em diante, em não se encantar com bagatelas e em não distribuir o seu afeto com tanta futilidade.

– Oh, eu juro, meu pai...

– Sem tantos juramentos, na hora do almoço sua mãe lhe dirá o que resolvemos sobre você. Não há mal que não tenha seu remédio, você ainda é jovem e espero que será uma boa filha, capaz de fazer a nossa felicidade e do homem a quem o céu a destinou, se a sorte quiser que você case. Enquanto isso, pense bastante e medite sobre a inconveniência daquelas ações que obrigam uma filha a enrubescer diante de seus genitores.

Assim a deixei, mas estava mais aturdido do que nunca. Aquelas lisonjas de arrependimento ela havia dito por costume, de resto, eu não sabia por onde começar para transformar em mulher refinada aquela sirigaita. Confesso que imaginava descobrir um dia ou outro coisas piores sob aquele verniz de santidade, nunca aquela descarada e ingênua frieza que encontrara.

Aquilina quase ficou louca com o relato detalhado que fiz de toda a enrascada. No início, não queria acreditar, mas eu tinha as três cartinhas no bolso, e ela se convenceu. Então, começou a gritar e a arranhar o rosto com as unhas, a Pisana teria problemas se caísse nas mãos dela! – Mas a detive, e aos poucos consegui acalmá-la, e pensamos também em um modo de acabar sem barulho com aquele namorico e garantir melhor os costumes da menina com um método diferente de educação. Quanto a despachar Enrico, que na verdade era um delinquente, decidimos que era melhor deixar a cargo dela, como se a resolução viesse espontaneamente da sua vontade, e nós não soubéssemos de nada. Depois pensamos em trocar todas as criadas, à companhia das quais eu atribuía, não sem razão, a estranha futilidade com que ela me falara naquela manhã. Levando-a menos ao teatro e a reuniões sociais, incentivando-a a leituras agradáveis e salutares, eu me iludia em obter alguma coisa. No entanto, não escondia de Aquilina que o estrago era mais profundo do que eu imaginara, e que todo o remédio poderia ser inútil. Minha esposa me reprovava por esse meu desânimo acrescentando que afinal era um erro de inexperiência e não de maldade, e que ela conseguiria tornar a Pisana tão razoável e ponderada em um mês, que eu nem a reconheceria.

– Ela é tão religiosa – dizia ela –, que só lhe recordando seus deveres ela se arrependerá da falta cometida e fará firme propósito de nunca mais errar outra vez.

– Você confia na religiosidade dela! – respondi. – Eu digo que é tudo aparência, e agora você se engana gravemente em não preparar a consciência dela com outros fundamentos de bem-estar que não os puros e simples Mandamentos!...

Aquilina começou a se irritar, eu a me enfurecer, e perdemos de vista a Pisana para discutir entre nós, mas eu me acalmei para recomendar que ela tratasse a menina com muita cautela, e saí esperando que com o instinto materno ela se saísse melhor do que com suas convicções de beata. De início, foi o que me pareceu, pois com o passar dos dias vi a menina bastante melhor, e apesar de continuar sempre um pouco frívola e desajuizada, também não usava nenhum artifício para parecer diferente. A vergonha tinha lhe feito bem, mas eu também tratara habilmente de não reiterar a impostura mostrando-me muito escandalizado com a sua natural futilidade. De modo que eu esperava que ela fosse, senão uma mulher forte e exemplar, uma esposa discreta como todas as outras. Mas cada vez mais me convencia de que era preciso alertá-la sobre o que lhe agradava, e se surgisse um rapaz de bem, que à boa aparência unisse um bom patrimônio, eu entregaria sua educação a ele, pois estava quase certo de que ele teria sucesso e que dali a alguns anos teria uma esposa de acordo com seus desejos. Não há nenhum mestre melhor do que o amor, ele ensina até o que não sabe.

Enquanto a estranha conduta de Giulio e a dúbia conversão da Pisana me deixavam com o coração na mão, as manifestações nas praças tomavam, por toda a Itália, um teor mais feroz e guerreiro; da França, transformada repentinamente em República, soprava um vento cheio de esperança; a revolução explodiu em Viena, prorrompeu em Milão, e também aconteceu em Veneza como todos sabem[9]. Nesses momentos, por mais velho que eu fosse, meio cego e pai de família, certamente não tive tempo para pensar nos meus problemas de casa. Fui à praça com os outros, joguei fora meus setenta anos, e me senti mais forte, mais alegre, mais jovem do que meio século antes, quando fizera a minha primeira aparição política como secretário da Municipalidade.

Armava-se, então, a Guarda Nacional, e me quiseram como coronel da segunda legião. Sem consultar os olhos nem as pernas, aceitei com todo o coração; rememorei todo o meu antiquado saber de tática militar, coloquei em fila e fiz virar à direita e à esquerda algumas centenas de jovens bons e valorosos, depois fui para casa com a cabeça nas nuvens, e Aquilina, ao me ver enfiado num uniforme que me dava um ar mais de bandido do que de coronel, quase caiu no chão por um repentino ataque de raiva. O que quer que resmungasse minha esposa, comi depressa e voltei ao serviço, juro que me sentia com vinte anos. Somente à noite, quando fui para casa perto da meia-noite, depois de ter sofrido o maior sermão que pode suportar um bom marido de uma esposa neurastênica, perguntei por Giulio, que eu havia procurado em vão aqui e ali por todo o dia. Não o tinham visto, não sabiam de nada, e foi um novo pretexto para Aquilina recomeçar com as acusações. Entretanto, eu estava por demais preocupado com o rapaz para me importar com ela: a conduta dele até então, sua índole orgulhosa e violenta, expunham-no aos mais graves perigos, mas depois de muito pensar e outra meia hora de espera, não pude me conter e saí para procurá-lo. Nunca poderia imaginar o golpe terrível que me esperava!...

Perguntei na casa Fratta, na casa Cisterna, e não souberam me dizer nada; tentei a casa Partistagno, onde ele ia muito ultimamente, mas me responderam que o senhor general partira há dois dias xingando seus sete filhos que quiseram ficar em Veneza, e que não viam o senhor Giulio há uma semana. Lembrei-me de procurar notícias no Corpo de Guarda do nosso distrito, e lá consegui arrancar da boca de um jovem estudante a triste verdade. De manhã, Giulio fora com eles ao Arsenal, onde se distribuíam as armas, e já pegara o sabre, quando um imprudente (dizia o estudante) começara a insultá-lo; Giulio, então, voltara-se contra ele, quando cem outros tomaram o partido do insolente, e entre gritos, xingamentos, estardalhaço, meu filho precisara ceder

---

9 À revolução desencadeada em Paris, em 22 de fevereiro de 1848, seguiram-se a revolução de Viena (13 de março), as Cinco Jornadas de Milão (18 a 22 de março) e a insurreição de Veneza (16 a 22 de março). Os patriotas venezianos obrigaram o governo austríaco a sair da cidade e formaram um governo provisório, presidido por Daniele Marin.

para salvar a vida. Mas alguns homens de bem, que não queriam que aquele dia fosse manchado com sangue fraterno, defenderam-no com suas armas.

– Espero – continuou o estudante – que seu filho obtenha justiça e que esclarecendo as coisas ele consiga na Guarda Nacional o posto que lhe compete como cidadão.

Estas palavras foram pronunciadas de um modo que significavam mais compaixão pelo pai do que respeito e solidariedade pela causa do filho. Eu entendera muito bem, até mesmo o que a piedade do jovem acreditara oportuno calar: tive autocontrole para sair rente às paredes, recusando o socorro de quem queria me estender a mão. Mas chegando em casa tive um violento ataque convulsivo, antes mesmo de poder dar a notícia para Aquilina. Acalmaram-me com uma sangria e alguns remédios, de modo que ao amanhecer recuperei o uso da palavra, então, com a maior indiferença possível, culpei meu mal pela trabalheira exorbitante do dia anterior e acrescentei que recebera notícias de Giulio, que ele saíra de Veneza para negócios urgentes. Minha esposa acreditou, ou fingiu acreditar, mas ao meio-dia chegou uma carta de Pádua com a letra de Giulio, ela abriu sem eu saber, leu, e entrou no quarto com a folha na mão, gritando como uma condenada que tinham matado seu outro filho, pois certamente o tinham matado!... A Pisana, que naquela situação demonstrou mais coragem do que eu podia esperar, foi até a mãe, e vendo que ela estava desvairada chamou a criada e a puseram na cama. Da cabeceira de sua mãe à minha, a menina foi, por duas semanas, a mais assídua e afetuosa enfermeira que se pudesse imaginar. Eu errei em dizer que o amor é mestre de tudo, as desgraças também ensinam muito.

A carta de Giulio dizia o seguinte:

> "Meu pai! Você tinha razão: contra dez, contra vinte, pode-se rebater um insulto, não contra uma multidão; e há certos momentos na vida de um povo que tornam terríveis as decisões. Sofri a pena da minha presunção e do meu imoderado desprezo. Não posso mais viver nessa pátria que eu tanto amava, embora eu tenha desesperado de vê-la voltar à vida; ela se vinga do meu covarde abatimento expulsando-me de seu seio justamente no instante em que reúne ao seu redor todos os seus filhos para defendê-la. Meu pai, você aprovará, creio, a resolução de um infeliz que quer recompensar com o próprio sangue a estima de seus irmãos. Vou combater, morrer talvez, certo de expiar fortemente um erro do qual infelizmente me confesso culpado. Conforte minha mãe, diga-lhe que o respeito ao vosso nome e ao meu me impunha partir. Eu não podia permanecer onde publicamente fui chamado de traidor, de espião! E precisei engolir o insulto e fugir. Oh, meu pai! A culpa foi grave, mas mais tremendo o castigo!... Agradeço ao céu e à memória das suas palavras,

que me impediram de me rebelar ao suportar essa pena, aconselhando-me a buscar a paz de consciência num glorioso arrependimento, não a satisfação do orgulho numa vingança fratricida. Raramente vocês terão notícias minhas, porque quero que o meu nome morra, enquanto não soar abençoado e honrado nos lábios de todos. Adeus, adeus; e me alegro na certeza do amor de vocês, do perdão de vocês!".

O que querem que eu diga? A leitura dessa carta devolveu minha alma ao corpo, eu temia o pior, e me espantei que um espírito orgulhoso e impetuoso como o de Giulio tenha se curvado a confessar seus erros e a buscar uma tão digna expiação. Tive a alegria de me compadecer de meu filho ao invés de maldizê-lo, e me resignei pela inescrutável justiça que me impunha dores tão ferozes. Curado, embora o estado de minha esposa ainda não ser nada tranquilizador, e ela desse de quando em quando claros sinais de loucura, retomei meu serviço como coronel da Guarda, e como se espalhou a notícia da partida de meu filho e da carta que ele escrevera, tive a satisfação de ver piedosos e reverentes para com meus cabelos brancos talvez os mesmos que o tinham vituperado. Todavia, não tive mais notícias dele até o maio seguinte, quando chegaram de Brescia algumas linhas suas. Pela cidade, imaginei que ele tinha se alistado no Corpo de Voluntários que defendiam daqueles lados as fronteiras alpestres do Tirol e veremos a seguir como eu estava perto da verdade. Abençoei-o do fundo do coração e esperei que o céu apoiasse as generosas esperanças do filho e os suplicantes votos do pai.

Dois dias depois de entrarem em Veneza os reforços napolitanos sob o comando do general Pepe[10], meu velho conhecido, dois oficiais daquelas tropas vieram perguntar por mim. Um deles era Arrigo Martelli que, retornando da Grécia em 1832, se envolvera, no ano seguinte, em Nápoles, na conspiração de Rossaroll, e desde então tinha sido prisioneiro no Castel Sant'Elmo[11]. Apresentou-me o seu valoroso amigo, o próprio major Rossaroll, que pela longuíssima prisão tinha a visão enfraquecida, mas em nada quebrantada a invicta força de espírito. Ficamos amigos de imediato, e desabafei com eles minhas antigas e novas mágoas. Recordando as velhas histórias, saiu-me dos lábios o nome de Amilcare Dossi, que ficara em Nápoles e não dera mais notícias.

10 Depois do sangrento conflito em Nápoles entre as tropas reais e liberais, em 15 de maio de 1848, Ferdinando II havia convocado o exército napolitano da alta Itália; Guglielmo Pepe (ver nota 5 no cap. XX) recusou retirar-se e à frente de dois mil homens chegou em Veneza em 13 de junho, aceitando o convite do governo revolucionário veneziano, que o nomeou general em chefe.

11 Cesare Rossarol, palermitano, esteve preso de 1833 a 1848. Libertado após a anistia de janeiro de 1848, combateu como voluntário no comando de um batalhão entre Goito e Curtatone, onde foi ferido. Assim que se curou, foi para Veneza (31 de julho); foi atingido mortalmente enquanto comandava um ataque em Marghera.

Martelli então respondeu que infelizmente ele tivera um fim miserável: envolvera-se na guerra do Abruzzo de 1821, preso, conseguira fugir, indo para a Sicília, depois de uma vida plena de desventuras e crimes, terminara no patíbulo arengando ferozmente ao povo e pedindo para seus algozes a justiça de Deus. Isso tudo aconteceu em 1836, e foi incentivo para as turbulências que agitaram a ilha e deflagraram no ano seguinte violentas manifestações por causa do cólera.

– Pobre Amilcare! – exclamei.

Mas eu não esperava um destino melhor para ele, e lamentei minha perversa sorte, em que até amigos há muito enterrados me causavam novas dores.

Também querida e não amargada por tão tristes evocações, foi, dali há alguns meses, a visita de Alessandro Giorgi, que voltava da América do Sul, velho, definhado, curvado, marechal e duque de Rio Vedras. Com seu enorme corpo ensacado numa suntuosa casaca escarlate, cheia de ouros e fitas, ele parecia algum grotesco antepassado da rainha Pomare[12]. Mas o coração que batia debaixo daquele uniforme indescritível ainda era o mesmo: um coração de menino e soldado. Ao vê-lo, não pude deixar de intimamente fazer um confronto entre ele e Partistagno: ambos mais ou menos da mesma índole, dedicados à mesma carreira, mas com que resultados diferentes! Muito podem sobre esses temperamentos ingênuos e flexíveis os conselhos, os exemplos, as companhias, as circunstâncias: podem forjar ao acaso rufiões ou heróis.

– Queridíssimo Carlino – disse-me ele depois de um abraço tão apertado que algumas de suas medalhas ficaram presas na minha roupa –, como você vê larguei tudo, o ducado, o exército e a América para voltar à minha Veneza!

– Oh, nunca duvidei – respondi. – Quantas vezes ao ouvir subir pela escada um passo estranho não pensei: será Alessandro?

– Agora me conte, como foi a sua vida em todos estes anos, Carlino?

Contei rapidamente todas as minhas aventuras e a conclusão foi lhe apresentar minha filha que entrava na sala naquele momento.

– Não nego, você sofreu muito meu amigo, mas tem aqui grandes alegrias – (e apertava entre os nós do indicador e do médio as bochechas da Pisana). – Com todo o meu ducado não cheguei a fazer o mesmo, mas juro que todas as belas brasileiras me queriam por marido. Meu amigo, se você tem filhos em idade de se casar, entregue-os a mim: garanto-lhes belas moçoilas e alguns milhõezinhos de réis.

---

12 Pomare IV, na época rainha do Taiti.

– Obrigado, obrigado, mas como vê, não estão pensando em se casar.

– Eh! Você acredita nessas lorotas? Essas coisas acontecem rápido, acredite!... Na América fazemos duas revoluções ao ano, e ainda há tempo de gozar férias e curar a gota na época dos banhos.

A Pisana estava ali de olhos arregalados admirando aquele tipo singularíssimo de duque e marechal; ele, então, tomou-a militarmente por um braço acrescentando que se comprazia muito de ainda chamar a atenção das senhoritas venezianas.

– Ah! Nos nossos tempos, hein, Carlino?... Você se lembra da condessa Migliana?...

– Lembro sim, Alessandro, mas a condessa morreu há dez ou doze anos fingindo-se santa, e nós arrastamos muito desastradamente pelo mundo os nossos pecados.

– Oh, quanto a mim, se não tivesse esta harpia de gota que me assassina as pernas, gostaria de dançar a tarantela... Oh, Bruto, meu irmão!... Aqui está outro bailarino!... Caramba, como você escureceu... Juro e sacramento que se não fosse pela sua perna de pau não o reconheceria.

Estas exclamações foram provocadas pelo aparecimento de Bruto que com seus trajes de canhoneiro civil fazia uma figura muito estranha, digna de se contrapor ao rascunho americano do Duque Marechal. Ele, por sua vez, não poupou braços nem pulmões, e a Pisana, vendo aqueles dois tão abraçados e falantes, morria de tanto rir. Mas se foram engraçados na sala, comportaram-se tão seriamente fora dela, que deram um belo exemplo de obediência militar a muitos jovens que queriam ter nascido almirantes e generais. Alessandro, apesar de duque e marechal, contentou-se com o grau de coronel, e Bruto voltou ao seu canhão como se o tivesse abandonado um dia antes. Seu andar claudicante, e o humor sempre alegre e brincalhão, mesmo entre foguetes e bombas, mantinham o ânimo dos jovens companheiros. Naqueles tempos, todos eram soldados, até o conde Rinaldo, que muitas vezes, e eu mesmo vi, montou guarda diante do Palácio Ducal com tanta seriedade que parecia uma daquelas sentinelas mudas que adornam o cenário de algum baile.

Mas quem não chegou a tempo de montar guarda, pobrezinho, foi o cavaliere Alfonso Frumier. Completamente confuso depois da morte de sua esposa, não mais reatou o fio das ideias, e tentava, tentava sem conseguir, quando um dia entra o criado para lhe dizer que na Praça se grita: – Viva São Marcos! – que era república, e outras mil coisas, uma mais estranha do que a outra. O velho cavalheiro deu uma grande palmada na testa. "Estou pronto!", pareceu dizer, e com os olhos arregalados, e os membros convulsionados e tremendo:

– Vamos, depressa! – balbuciou. – Traga-me a toga... dê-me a peruca... Viva São Marcos!... A toga... a peruca! Depressa!...

Pareceu ao criado que o patrão tivesse dificuldade em proferir estas últimas palavras, e que vacilasse nas pernas; estendeu os braços para sustentá-lo, e ele caiu pesadamente no chão, morto por um excesso de alegria. Ainda me lembro o quanto chorei ao ouvir contar aquela cena comoventíssima, que explicava nobremente o torpor semissecular do bom cavaliere.

Enquanto isso, nós também, sem a felicidade de morrer, tivemos nossas alegrias. A concórdia de todas as classes de cidadãos, a serena paciência do ótimo povo veneziano diante das desgraças, a cega confiança no futuro, a educação militar, que por trás da proteção da laguna teve tempo de se firmar, tudo levava a esperar que aquele era o fim, ou como dizia Talleyrand[13], o princípio do fim. A atividade pública, ocupando as mentes de todas as pessoas, impedia o ócio, melhorando enormemente a moralidade da cidade, e não último conforto era a decadência dos maus, os quais, ao ressurgir vitorioso da consciência popular, tinham se escondido em suas tocas, como rãs na lama. O doutor Ormenta fugiu para terrafirme e morreu, como soube depois, de medo durante um ataque do Corpo de Voluntários. De nada lhe serviu ter usado na infância a roupinha de santo Antônio, e teve a sorte de ser aceito no campo santo. Augusto Cisterna, esquecido e desprezado por todos, ficou em Veneza, mas até seus filhos se envergonhavam de carregar o seu nome, e Enrico, aquele devasso, recuperou parte da minha estima ao trazer uma cicatriz no rosto na escaramuça de Mestre.[14]

Um dia, quando eu voltava de uma visita ao general Pepe, que aguentava com prazer minhas conversas, a Pisana apareceu na minha frente com o rosto mais sério do que o normal, dizendo tinha algo importante a me comunicar. Pedi que ela falasse, e ela acrescentou que, como eu lhe prometera como marido um rapaz de bem e que valesse mais pelo conteúdo do que pela aparência, acreditava ter encontrado a pessoa certa.

– Quem? – perguntei um pouco atordoado, porque a espertinha nunca se separava do leito da mãe, que agora começava a melhorar.

---

13 Charles-Maurice, príncipe de Talleyrand-Périgord (1754-1838), político e diplomata francês, famoso por sua capacidade de ocupar cargos de liderança durante todas as mudanças políticas por que passou.

14 Os venezianos tomaram o forte de Mestre em 27 de outubro de 1848.

– Enrico Cisterna! – exclamou ela, lançando os braços ao meu pescoço.

– Como?... Aquele...

– Não, não fale mal dele, meu pai!... Diga aquele rapaz bom e generoso, aquele rapaz que apesar de uma educação negligente e uma vida boba e vazia, teve o rosto cortado por um sabre e voltou uma semana depois ao seu posto como se nada fosse!... Oh, eu o amo mais do que a mim mesma, meu pai!... Agora sim sei o que quer dizer amar!... Eu dizia amá-lo por compaixão, quando ele certamente não precisava de compaixão, mas agora que talvez a mereça, eu o amo por estima, o amo por amor.

– Sim, está tudo bem, muito bem, mas sua mãe...

– Minha mãe sabe de tudo desde esta manhã, e junta seus pedidos aos meus...

Naquele momento a porta se escancarou, e o próprio Enrico que estava à espera na sala ao lado entrou precipitadamente, suplicando que eu não o mandasse embora sem antes pronunciar a sua sentença de vida ou de morte. Ele agarrava-se às minhas pernas, a outra maluquinha apertava meu pescoço com as mãos, um suspirava, a outra chorava... foi realmente uma cena cômica.

– Casem-se, casem-se em nome de Deus! – exclamei abraçando os dois, e nunca lágrimas mais doces brotaram de meus olhos sobre alguém tão feliz.

Então quis saber se, e como, o amor deles continuara sem que eu soubesse e depois que a Pisana terminara formalmente com ele a nosso pedido. Mas a menina confessou enrubescendo que naquele dia escrevera duas cartas ao invés de uma, na segunda atenuava muito o cru teor da primeira.

– Ah, traidorazinha! – disse a ela – Então você me enganou!... Aquelas cartas continuaram debaixo do meu nariz até agora.

– Oh não, meu pai – respondeu a Pisana –, não precisávamos mais nos escrever.

– E por que não precisavam se escrever?

– Porque... porque nos víamos quase todas as noites.

– Viam-se todas as noites?... Mas se mandei colocar postigos naquela maldita janela?...

– Papai, me desculpe, mas depois que a mamãe dormia eu descia devagarinho para abrir a porta da Riva...

– Ah, danados!... Ah, descarada!... Você o fazia entrar em casa!... Seu namorado entrava em casa!... Mas se aquela porta só tem uma chave que estava sempre comigo, ao lado da cama!...

– Exatamente... papai, não se irrite, mas todas as noites eu pegava a chave e a devolvia de manhã, quando levava o desjejum para a mamãe.

– Aposto que você usava esse truque ao me dar o beijo de boa noite e ao me acordar de manhã!

– Oh, papai, papai!... Você é tão bom!... Perdoe-nos!

– Como não?... Perdoarei, mas desde que ninguém saiba nada disso, não gostaria que tirassem daí um libreto para alguma ópera bufa.

Enrico estava todo envergonhado, enquanto a danadinha me confessava, meio suplicante, meio burlesca, as suas traições, mas bati carinhosamente no queixo dele.

– Vá lá, vá lá, não seja hipócrita! – disse-lhe – Pegue sua noiva, já que você a ganhou em Mestre.

De fato, ele não esperou para abraçá-la, e fomos concluir a alegria no quarto de Aquilina. Três semanas depois Enrico era meu genro, mas lhe impus o sacrifício de ficar em nossa casa, porque não queria ser enganado e ainda pagar as despesas deles. Meus velhos amigos vieram ao almoço de núpcias, e mais uma vez ficou provado que o estômago não conta os anos quando a consciência está tranquila. Isso, creio, foi o máximo de nossas alegrias. Depois vieram dias ruins, os desastres da Lombardia[15], as inquietações, as esperas ainda embriagadas de expectativas, mas sempre resultando no pior. Eh, não é tão fácil enganar um velho! O inverno de 1848-1849 foi pleno de lúgubres meditações. Eu não acreditava mais na França, não acreditava na Inglaterra, e a derrota de Novara[16] mais do que uma agitação imprevista foi a dolorosa confirmação de longos temores. Combatia-se mais pela honra do que pela vitória, apesar de ninguém falar disso para não diminuir a coragem dos outros.

Depois das desgraças públicas, começaram para nós os lutos privados. Um dia vieram me contar que o coronel Giorgi e o tenente Provedoni, feridos por uma bomba, tinham sido levados ao hospital militar, de onde pela gravidade das feridas não era possível transferi-los. Fui até lá mais morto do que vivo; encontrei-os deitados em duas macas um ao lado do outro, e falavam de seus anos juvenis, de suas guerras de antes, de suas esperanças como dois amigos a ponto de adormecer. Respiravam com dificuldade, pois tinham o peito dilacerado por duas horríveis chagas.

– É estranho! – cochichava Alessandro. – Parece que estou no Brasil!

– Eu em Cordovado, no Piazzale della Madonna! – respondia Bruto.

15 Carlo Alberto, rei da Sardenha, foi derrotado em Custoza pelos austríacos em 23 de julho de 1848. Historicamente, portanto, este evento ocorreu antes e não depois da "escaramuça de Mestre".

16 Em março de 1849, os austríacos venceram o exército piemontês-sardo em Novara.

Estavam tomados pelo delírio da agonia, o doce delírio que a natureza só concede às almas eleitas para tornar mais fácil e suave sua passagem desta vida.

– Alegrem-se! – disse eu segurando com dificuldade as lágrimas. – Estão nos braços de um amigo.

– Oh, Carlino! – murmurou Alessandro. – Adeus, Carlino! Se quer que eu faça alguma coisa por você, é só falar. O Imperador do Brasil é meu amigo.

Bruto apertou minha mão, porque ainda estava consciente, mas dali a pouco voltou a delirar também, e ambos desvelavam naquelas últimas fantasias da alma tanta bondade de coração e sentimentos tão elevados, que eu chorava ardentemente e me desesperava por não poder deter seus espíritos que se elevavam ao céu. Voltaram a si por um momento para se despedirem de mim, despedir-se um do outro, para sorrir e para morrer. A Pisana, Aquilina e Enrico, que chegaram dali a pouco, encontraram-me chorando ajoelhado entre dois cadáveres. No mesmo dia, morria no campo de assédio em Mestre o general Partistagno. Tinha, há poucas milhas de lá, numerosos filhos que não puderam alegrar seus últimos momentos.

Depois de ter fechado os olhos de dois amigos como eles, me pareceu que não era pecado desejar a morte, e elevei meu pensamento à minha Pisana que talvez me contemplasse do alto dos céus, perguntando-lhe se não era tempo de eu também me reunir a ela. Uma voz do coração me respondeu que não; de fato, eu ainda tinha outras tristíssimas tarefas a cumprir. Poucos dias depois o conde Rinaldo foi atingido pelo cólera, que já começava o seu massacre entre o povo faminto. As bombas tinham reunido as pessoas nos bairros mais distantes da terrafirme, e era um espetáculo doloroso e solene aquela sombria paciência sob tantos e tão mortíferos flagelos. O pobre Conde já estava no fim quando cheguei à sua cabeceira; sua irmã, curvada pelos anos e pelos sofrimentos, o velava com a impassível coragem que nunca abandona aqueles que realmente acreditam.

– Carlino – disse-me o moribundo –, mandei chamá-lo porque na situação em que me encontro lembrei-me da minha obra que corre perigo de ficar inconclusa. Então entrego-a a você, e quero que me prometa publicá-la em quarenta fascículos com o mesmo papel e formato do primeiro!...

– Eu prometo – respondi quase soluçando.

– Recomendo que você corrija – murmurou o moribundo –, e... se julgar oportuno... faça alguma mudança...

Não conseguiu continuar e morreu me olhando fixo, recomendando de novo, com o último olhar o único fruto de sua vida. Providenciei para que fossem feitas honras fúnebres como ele merecia e abriguei em minha casa a senhora Clara, que afligida pela sua paralisia já quase não conseguia se mover sozinha. Mas durou muito pouco o contentamento de prestar-lhe os cuidados mais assíduos e afetuosos que podíamos. Ela também expirou no dia da Assunção de Maria, em agosto, agradecendo à Mãe de Deus que a chamava para a festa no céu, e bendizendo Deus porque os votos que fizera cinquenta anos antes pela saúde da República de Veneza, e que lhe custaram tantos sacrifícios, tivessem recebido um belo prêmio no ocaso de sua vida. Então pensei em Lucilio, e talvez ela também pensasse nele com um sorriso de esperança, porque confiava muito em suas preces, e mil vezes mais na clemência de Deus.

Em vinte e dois de agosto foi assinada a capitulação. Veneza foi a última a se retirar dos campos de batalha italianos, e como disse Dante: "Como o leão quando repousa"[17]. Mas me restava uma última dor: ver o nome de Enrico Cisterna na lista dos proscritos. Luciano, que eu havia esperado longamente durante aqueles dois anos, realmente se esquecera de nós; em julho, eu recebera uma carta de Giulio, de Roma, mas as derrotas sucessivas deixaram-me muito pessimista quanto à sorte dele; a Pisana, grávida em estado avançado, acompanhava o marido aos martírios do exílio; partiu com eles, num navio que zarpava para Gênova, Arrigo Martelli, que sepultara em Veneza o pobre Rossaroll... Quantos sepulcros e quantas dores e lágrimas sobre os sepulcros!...

Ficamos sozinho, eu e Aquilina, oprimidos, consternados, taciturnos, como dois troncos fulminados em meio a um deserto. Morar em Veneza era a cada dia mais odioso e insuportável, de modo que de comum acordo nos mudamos para o Friuli, na cidadezinha de Cordovado, naquela velha casa Provedoni, para nós tão cheia de memória. Lá, vivemos alguns anos na religião das nossas dores, até que a pobre mulher também foi visitada piedosamente pela morte. Eu fiquei. Fiquei meditando, para compreender plenamente o terrível significado desta horrenda palavra: – Sozinho!...

Sozinho?... Ah não, eu não estava sozinho!... Acreditei nisso por um instante, mas logo me recuperei, e abençoei na minha angústia aquela sagrada Providência que ainda concede àqueles que buscaram o bem e fugiram do mal, supremo conforto, a paz de consciência e a melancólica, mas suave, companhia das lembranças.

Um ano depois da morte de minha esposa, recebi a tão esperada visita de Luciano e toda a sua família: tinha dois garotinhos que falavam muito melhor o grego do que o italiano, mas tanto eles, quanto sua mãe, passaram a me querer muito bem, e para todos foi muito doloroso o momento da separação,

17 "A guisa di leon quando si posa". *Purgatório*, VI, 66.

que Luciano fixara no sexto mês depois da chegada, e não foi possível retardar de nem um dia. Ele estava igualzinho, mas por mais defeitos que tivesse, era sempre meu filho, agradeço a ele por ter se lembrado de mim, e penso com profunda dor que não vou revê-lo nunca mais. Espero que a minha família prospere sempre em sua nova pátria, mas ao me lembrar daqueles dois encantadores netinhos não posso deixar de exclamar: porque não são italianos! A Grécia certamente não precisa de jovens e valorosos corações que a amem!...

Giulio, depois da queda de Roma[18], me dera notícias suas e das muitas paradas de seu exílio: de Civitavecchia, de Nova Iorque, do Rio Janeiro. Ele estava exilado pelo mundo, sem teto, sem esperança, mas orgulhoso por ter lavado com sangue a mancha de sua honra, e de carregar dignamente um nome glorioso e amado. Mas de repente cessaram as cartas e somente soube-se dele pelos jornais, que o citavam entre os dirigentes de uma nova Colônia Militar Italiana que se formava na República Argentina, na província de Buenos Aires. Assim, atribuí ao serviço postal a falta de suas cartas, e esperei pacientemente que o céu voltasse a me conceder essa alegria. Mas outra alegria não menos desejada me foi concedida, isto é, o retorno à pátria da Pisana e de Enrico, com uma graciosa menininha que diziam se parecer com um meu retrato feito em Veneza quando era secretário da Municipalidade. Somente então, com meus filhos ao lado e Carolina nos joelhos, me senti reviver. Foi como uma tépida primavera para uma planta secular que superou um rigidíssimo inverno. Somente então, quatro anos depois de ter voltado a Cordovado, tive a coragem de visitar Fratta, e lá passei, com os netos do velho Andreini, eles também já pais de numerosa prole, o octogésimo aniversário da minha entrada no castelo, quando chegara de Veneza, dentro de um cesto.

Depois do almoço, saí sozinho para rever pelo menos o lugar onde tinha estado o famoso castelo. Não restavam mais traços; somente aqui e ali algumas ruínas entre as quais pastavam duas cabras, e uma menina cantarolava me espiando curiosamente e parando de fiar. Avistei o espaço do pátio, e no meio dele a pedra sob a qual eu sepultara o cão de caça do Capitão. Talvez fosse o único monumento das minhas memórias que estivesse intacto, mas não, me engano, tudo ainda ali me lembrava os queridos anos da infância e da juventude. As plantas, o pesqueiro, os prados, o ar e o céu me faziam reviver aquele passado distante. No canto do fosso ainda surgia, à minha fantasia, o

18 4 de julho de 1849.

negro torreão, onde tantas vezes eu vira Germano dar corda no relógio; revia os longos corredores pelos quais Martino me levava pela mão na hora de deitar, e a seu pequeno quarto onde as andorinhas não fariam mais seus ninhos. Parecia-me ver o Monsenhor passar pelo pátio com o breviário debaixo do braço, ou a grandiosa carruagem da família com o Conde, a Condessa e o senhor Chanceler, ou o cavalinho de Marchetto em que eu costumava me dependurar. Via chegarem uma a uma as visitas de depois do almoço, monsenhor de Sant'Andrea, Giulio Del Ponte, o Capelão, o Pároco, o belo Partistagno, Lucilio; ouvia suas vozes na copa ao redor das mesas de jogo, e Clara ler baixinho alguma oitava de Ariosto debaixo dos salgueiros da horta. Depois vinham os convites barulhentos dos meus companheiros de jogos, mas eu não lhes respondia, e escapava sozinho e feliz para brincar com a Pisana na margem do pesqueiro.

Oh, com qual religiosa tristeza, com quanto delicado tremor eu me aproximava a essa memória que também palpitava em todas as outras, e acrescentava a elas suavidade e melancolia!... Oh Pisana, Pisana! Quanto chorei naquele dia, e lhe agradeço, agradeço a Deus porque as lágrimas do octogenário não foram todas de dor. Afastei-me, noite já feita, daquelas ruínas; os passarinhos, nos choupos vizinhos, ainda pipilavam antes de adormecer como nas noites da minha infância. Ainda pipilavam, mas quantas gerações haviam se sucedido desde então naquela simples família de pássaros!... Os homens veem a natureza sempre igual, porque não se dignam a olhá-la detalhadamente, mas tudo muda junto conosco, e enquanto nossos cabelos de preto se fazem brancos, milhões e milhões de existências cumpriram seu ciclo. Saí do mundo velho para voltar ao novo, e voltei suspirando, mas a boquinha sorridente e as mãos carinhosas de Carolina me pacificaram. O passado é doce para mim, mas o presente é maior para mim e para todos.

O ano seguinte foi muito triste pela notícia que recebi da morte de Giulio, mas aquela dor inefável era acompanhada de uma alegria, os dois filhinhos que ele me deixava. Sua esposa morrera antes de eu saber que a tinha como nora. O general Urquiza[19], ao cumprir a vontade do defunto mandando-me os dois órfãos e todos os papéis deles, escreveu-me uma bela carta na qual declarava a grande perda que tivera a República Argentina com a morte do coronel Altoviti.

---

19 Justo José de Urquiza (1800-1870), militar e político argentino, derrotou, em 1852, o tirano Rosas e em 1854 se tornou presidente de uma federação de províncias argentinas.

A Pisana tornou-se mãe amorosa de seus dois sobrinhos, aos quais com uma gentil lembrança Giulio colocara os nomes de Luciano e de Donato: meus dois filhos, um ausente e outro morto, reviviam naquelas duas queridas criaturinhas, e a própria Pisana se encarregou de ressuscitar o terceiro, gerando um irmão para Carolina que se chamou Giulio. Então compreendi perfeitamente quanta doçura e esperança há no vigor de uma vida nova e juvenil que envolve os anos decadentes da velhice. Não é só imaginação a semelhança de prazeres entre a juventude vivida e aquela amada e dedicada aos outros. A família forma com todas as almas que a compõem uma só alma, e o que são as nossas almas senão memória, afeto, pensamentos e esperança? – E quando esses sentimentos são comuns no todo ou em parte, não se pode realmente dizer que se vive um no outro?

Assim a humanidade se eterniza e dilata como um só espírito nos princípios imutáveis que a fazem piedosa, sociável e pensante. A Pisana confirmara o meu prognóstico, e se fizera uma mãe tão boa e amorosa, que me parecia um sonho aquela conversa que tive com ela dez anos antes a propósito das cartinhas perfumadas. O mérito dessa conversão era em grande parte dela, mas as duras circunstâncias pelas quais tínhamos passado, e a índole robusta e sensata do marido também ajudaram. Vejam só, estou prestando a justa homenagem àquele Enrico que antes me parecia um delinquente! Não devemos maldizer nada, meus filhos, nem as desgraças. Os franceses dizem que elas servem para alguma coisa, principalmente para proporcionar aquela felicidade certa e duradoura que se baseia na fortaleza do espírito.

Entre os papéis de Giulio que vieram da América, havia também um diário endereçado a mim, e que pode ser uma prova do que lhes disse até agora. Chorei muito sobre aquelas páginas, como não! Sou pai dele. Será o suficiente para que vocês aprendam a amá-lo e o reabilitem com um póstumo apoio da injustiça que vivo ele soube suportar com tanta nobreza. Transcrevo-o aqui, não tiro nem acrescento uma sílaba.

CAPÍTULO VIGÉSIMO TERCEIRO

Que contém o diário de meu filho Giulio, desde sua fuga de Veneza, em 1848, até sua morte na América, em 1855. Depois de tantos erros, tantas alegrias, tantas desgraças, a paz de consciência torna minha velhice tranquila, e com meus filhos e netos agradeço à eterna justiça que me fez testemunha e ator de um belo capítulo da história, e me conduz lentamente à morte como a um repouso, a uma esperança. Meu espírito, que se sente imortal, eleva-se para além do túmulo à eternidade do amor. Termino estas Confissões com o nome da Pisana, como as comecei, e desde já agradeço aos leitores pela paciência.

TONALE[1], JUNHO DE 1848

"A soberba foi julgada o maior dos pecados capitais. Quem deu esta sentença certamente conhece a natureza humana. Mas há punições que superam terrivelmente qualquer gravidade de culpa. Aquela que sofri não tem comparação com qualquer tipo de pena: os tiranos da Sicília não souberam inventar uma mais atroz. É verdade, fui orgulhoso. Desprezei quem talvez não fosse menos visionário e corajoso do que eu; andei entre eles com a cabeça erguida e com o chicote na mão como no meio de um bando de coelhos; dei razão à força dos poderosos, não ao que era certo; e ri quando foram pisoteados, porque pensei que eles eram incapazes de revidar. Pobre leviano, que pretendia reconhecer o vigor dos músculos pela maciez da pele, e julgava os cavalos no estábulo! Chegou o dia em que o zombador era a chacota dos zombados, e teve que baixar a cabeça sob a punição mais terrível que pode afligir o coração de um homem, sob um ultraje imerecido, mas justo.

"É absurdo, eu sei, mas sofri isso, e preciso me resignar. Sorte minha que não me enredei nos laços insolúveis do orgulho, mas respeitei a justiça na própria injustiça, preferindo me alimentar com o pão do arrependimento mais do que com o sangue dos irmãos!... Traidor e espião! Estas horrendas palavras ainda voltam aos meus ouvidos!... Oh, era então o momento de pedir aos deuses a

1 Trata-se do passo de Tonale, alta montanha entre a Lombardia e o Trentino. No início da primeira Guerra de Independência, os voluntários foram enquadrados em formações destinadas primeiro a fazer incursões no Tirol (território austríaco), depois apenas para guarnecer as fronteiras da Lombardia com o Trentino e com o Tirol (esta fronteira marcada precisamente pelo passo de Tonale, 1883 m.), enquanto o exército regular do Piemonte operava nas planícies.

oferenda infernal de Nero. Que todo gênero humano tivesse uma só cabeça para ser cortada: que um silêncio pleno de ruínas, de trevas, de massacre sucedesse àquela acusação nefanda; que eu pudesse criar a Nêmesis implacável para cantar o hino da vingança e do extermínio! Mas os deuses não escutam os pedidos do soberbo; eles servem a ambrosia nos cálices eternos para imortalizar os heróis, e seguram em sua mão direita o raio infalível, devorador dos Titãs. Uma voz divina, que me falava ao coração, mas não vinha do coração embriagado de ira e de orgulho, sacudiu minhas mais íntimas fibras da alma. "Sim! Fui o traidor, já que pisei no pescoço dos oprimidos e matei a fé para colocar em seu lugar o escárnio e o desprezo! Fui o traidor, já que ri da fraqueza dos homens, ao invés de chorar com eles e ajudá-los a se libertar! Fui o espião covarde que denuncia delitos imaginários e vilanias sonhadas, para não se envergonhar diante daqueles que acusa!... Coragem! Cabeça no pó, soberbo! Adore aqueles mesmos que ontem você insultou!... Aceite humildemente os insultos que se paga hoje pelos ultrajes sofridos ontem! Vingue-se se puder, imitando-os!...

"Estas foram as palavras que disse a mim mesmo tremendo, e enquanto fervilhavam sedentos de sangue os conselhos da ira, a humildade do arrependimento dirigiu meus passos à fuga. Oh, eu te bendigo e agradeço, santa divina humildade repentina! Eu não desacredito mais na humanidade que sabe se armar de um valor tão imediato contra as próprias paixões. Te bendigo, ó suave dor da expiação, ó sublime sacrifício que me abaixou a cabeça para elevar meu espírito!... Não tenho mais família nem nome. Sou um escravo da penitência que irá readquirir seus direitos de homem, de cidadão, de filho, pelo preço de sua vida. E quando os irmãos lerem em cartas de sangue as virtudes do irmão, os braços se abrirão e surgirão mil vozes para festejar o retorno do homem redimido. Ninguém aqui me conhece, me chamam Aurelio Gianni, um órfão da humanidade, um guerreiro da justiça, e nada mais. Busco os lugares mais arriscados, combato as escaramuças mais audazes, mas o céu me vê e me protege, o céu que me dará vida suficiente para regenerar meu nome.".

Tonale, julho de 1848

"Soam boatos terríveis; nosso exército está em retirada; nós, sentinelas perdidas nas gargantas dos montes, defendemos a fronteira que nos foi confiada, não pedimos mais. Batalhas contínuas, mas sem glória, sofrimentos longos e ignorados, vigílias de meses inteiros interrompidas por sonos suspensos e por breves escaramuças. Essa era a aprendizagem que me convinha. Onde a esperança de glória e a forte emoção do perigo compensam plenamente o sacrifício da vida, não é o lugar de quem busca penitência e perdão. Mas aqui, sobre essas montanhas íngremes que chegam perto do céu, em meio aos precipícios profundos e às fragorosas torrentes, aqui vêm os pecadores buscar Deus na solidão, aqui sobem os soldados da liberdade para a redenção do martírio.

"Depois de combater nas primeiras filas de uma batalha campal, depois de plantar um estandarte no bastião inimigo, depois de repelir a carga dos lanceiros, e ter dado o grito da vitória sobre os canhões emudecidos, quem será tão presunçoso a ponto de dizer: a pátria me é devedora, deem-me a coroa de carvalho?

"A recompensa está na grandeza, na fama da empresa. Agradeçam, ó vencedores, à pátria que lhes deu ocasião de se mostrarem valorosos e de saborear a alegria do triunfo. Não peçam coroas, mas entreguem reverentes os seus troféus. As coroas são para aqueles que sem o aplauso dos espectadores, sem a esperança da glória, sem a avidez do triunfo combatem pacientes e ignorados. Posteridade servil e ingrata que há tantos séculos suja os joelhos diante das estátuas de César e de Augusto, levante-se e se curve para adorar os espectros sangrentos dos Gauleses e dos companheiros de Armínio[2]. Não a fama, mas a virtude exige respeito; a magnanimidade que se esconde sob as sombras das selvas eclipsa com seu esplendor aquela que passeia triunfante e atrevida pelas ruas de Roma. Mais uma vez os homens são injustos, mas Deus, senhor da recompensa e da punição, reside na consciência".

LUGANO, AGOSTO DE 1848

"Infelizmente era verdade. Agora estamos aqui, fugitivos sem derrota, como antes fomos vencedores sem triunfo. Tinham nos anunciado uma guerra de desespero e de extermínio, mas um passo depois do outro, hoje atravessando um rio, amanhã uma montanha, a vontade dos chefes nos trouxe a esses abrigos alpinos. Soaram, como sempre, boatos de traição: traições involuntárias como a minha, de homens que não desprezaram, mas acreditaram demais. Mas esse é o habitual conforto da fraqueza humana, descarregar as próprias culpas nas costas dos outros. No entanto, eu que havia esperado um ataque desesperado e glorioso, uma morte ou um triunfo que fizessem a redenção do meu nome, estou aqui resignado à paciência

2 Príncipe germânico dos Queruscos derrotado pelos romanos e morto por seus compatriotas em 19 d. C.

dos sacrifícios tácitos e das longas esperas. Devo esperar de uma dor sem fim o que esperava de uma súbita vitória. Também essa expiação. Repito: o sacrifício, mesmo que seja de vida, não readquire nada sem a prova da constância. Morrer não é redimir; entre compaixão e gratidão há a mesma distância que existe entre culpa perdoada e perdão merecido. Ainda vou sofrer com a firme consciência de que a Providência me abre o melhor caminho para provar com argumentos invencíveis, senão justiça, certamente a pureza do meu passado. Nos sofrimentos, graças a Deus, não preciso me revigorar, mas precisarei ter a força de calar, até que venha ao meu encontro espontaneamente a estima dos meus irmãos".

Gênova, outubro de 1848

"Eu estava impaciente para combater, não por uma precipitação juvenil, mas porque temia que me fosse imposta a ociosidade, o repouso forçado. Mas aqui também as coisas são devagar, e talvez não estejam errados. Basta lembrar que quem é muito presunçoso é chamado de traidor, tanto quanto quem foge no momento de perigo. É uma grande estupidez a nossa medir a vida dos povos pela dos indivíduos; os povos devem fazê-lo, porque podem esperar, porque têm diante de si, não vinte, trinta ou cinquenta anos, mas a eternidade. Eu mesmo gostaria de sacrificar a sorte da nação à minha ansiedade de lutar, mas não vou recair nesse erro que parece generoso e é louco, desesperado, vil. Enquanto os nossos desejos não se conciliarem com a moderação e a oportunidade da verdadeira sabedoria, as empresas cairão no excesso ou na falta. Devemos aprender a esperar pacientemente para não esperar por muito tempo. Isso nos acontecimentos que consentem a deliberação, mas quando o dado está lançado, quando a honra está em jogo, deve-se jogar fora hesitações, escrúpulos e temores. Então é permitido, aliás, imposto, passar de soldados a vítimas; então são proibidos os arrependimentos póstumos, as reprovações mútuas; então o sacrifício é uma necessidade, não uma esperança. Onde o primeiro estopim se acender, voarei com meu rifle: nunca apressarei a explosão, mas tornarei meu o perigo.

"Aqui, alguns exilados das províncias vênetas, companheiros de escola ou de farra, pensaram me reconhecer. Zombaram entre eles sem me enfrentar, mas os revi no dia seguinte, e deram sinais mais de espanto, de admiração, do que de desprezo. Parecia que tinham adivinhado meu plano, e o respeitassem. Soube depois que haviam perguntado de mim a alguns camaradas, que lhes disseram o nome pelo qual me conheciam e testemunharam amplamente o valor que demonstrei nas lutas do Tirol e do Varese[3]. Então, entre aqueles refugiados surgiu uma discussão: alguns diziam que eu era Giulio Altoviti e outros não, alguém dos primeiros murmurava, questionava minha fé e a minha conduta, mas meus companheiros de armas me defenderam ferozmente, dizendo que Altoviti ou Gianni, eu era certamente um valoroso soldado, um homem íntegro e leal.

"Giuseppe Minotto, um desses venezianos, aprovou as palavras deles e convenceu seus companheiros de que se eu escolhera aquele caminho para recuperar a estima dos meus concidadãos era preciso me agradecer, e que ter respondido ao insulto com ações fortes e magnânimas já era validíssimo indício para ser considerado inocente. Agradeço a generosidade de quem eu conheço de vista por ter levantado a voz para me defender entre os muitos que há poucos meses se diziam meus amigos. De fato, as palavras dele conseguiram muito, e a ele devo o cauteloso, mas nobre respeito que agora me cerca. Tentarei me fazer digno e agradecer à Providência por essas primeiras alegrias que ela me dá para prosseguir confiante o meu intento.

"Dois jovens Partistagno, que combateram valorosamente em Vicenza[4] em abril passado, foram desde o primeiro dia os meus mais ferozes detratores, mas depois olhavam-me com mais boa vontade do que os outros e parecia desejarem reatar a velha amizade. Não cabia a mim ir até eles, então esperei, mas hoje ouvi dizer que foram para Turim, onde estão sendo organizados alguns regimentos lombardos. Também pensei em ir até lá e me alistar, mas a modéstia me obrigou novamente a não me gabar do meu valor; talvez também tenha sido aconselhado por um restinho de orgulho para não expor a minha penitência aos olhares dos conhecidos e dos amigos. Poderia parecer que eu estivesse pedindo perdão pelas culpas que não tenho, enquanto quero merecê-lo pelas que tenho, e pretendo a reparação de outras iniquamente imputadas a mim".

NO MAR, DEZEMBRO DE 1848

"Para você, meu pai, só para você comecei a escrever essas cenas da minha vida. Para que se eu morrer longe, você tenha nelas uma prova de que não

3 Os voluntários de Garibaldi combateram no Varese (província da Lombardia) em agosto de 1848, sendo depois obrigados a se refugiar na Suíça.

4 Vicenza se insurgira contra os austríacos em 25 de março de 1848; em maio rechaçara o ataque de Nugent, mas foi obrigada a capitular em 10 de junho.

fui indigno do seu nome, que eu o recuperarei no sepulcro ou quando voltar abençoado a seus braços. Oh, como nos primeiros dias de exílio me pesou a suspeita de sua maldição! Mas você acreditou na veracidade das palavras que escrevi de Pádua sem se importar com a minha vida dissoluta e orgulhosa, confiou na constância das minhas novas resoluções, e assim que soube onde eu estava me enviou palavras de elogio, conforto e bênçãos! Oh, como beijei reverente e comovido a folha que me trazia a certeza do seu amor, da sua estima! Agradeço, meu pai, por ser solidário e reivindicar minha honra junto aos nossos concidadãos. Certamente as suas palavras, melhor do que as minhas ações, irão me redimir do desprezo deles, mas deixe que eu lute e vença sozinho, para que eu possa, não recompensar, mas ser digno de sua ternura. Beijei várias vezes a sua carta, recebi com a devida gratidão a sua bênção, e ontem ao embarcar a relia, e as lágrimas caíam de meus olhos.

"– Eh, eh! Meu jovem – disse um velho marinheiro ao me estender o braço para subir no tombadilho. – Console-se, vai passar. Longe dos olhos, longe do coração; assim é o amor!

"Ele pensou que a carta de uma namorada me fazia chorar assim; pensava que eu tivesse deixado na minha pátria alguma triste donzela que talvez esperasse a minha volta com a aliança no dedo!... Felizes ilusões!... O que mais deixei em Veneza senão o desprezo pelo meu nome, e, queira Deus, esquecimento? Só você, meu pai, e minha mãe, e minha irmã, tem uma lembrança não desdenhosa do pobre Giulio, e minha alma, feliz só por amá-los, se consagra desde já a tornar não iníqua a bondade de vocês!".

Roma, 9 de fevereiro de 1849[5]

"Cidade eterna! Espectro imenso e terrível! Glória, castigo e esperança da Itália! Diante de ti calam-se as iras fraternas, como diante da justiça onipresente. Elevas a voz e calam-se atentos os povos das neves dos Alpes às marinhas do Jônio. És árbitra do passado e do futuro. O presente se interpõe como um ponto, o qual não podes interpretar com tanta grandeza de memórias e de esperanças. Hoje, hoje mesmo um grande nome ressurgiu do esquecimento dos séculos e a Europa descrente e contrária não terá coragem de reagir com o costumeiro sorriso sardônico: o espírito transborda das palavras, seja por

5 Data da proclamação da República Romana. A República Romana tinha uma constituição bastante futurista para sua época; o Papa recebeu autoridade religiosa, enquanto o poder temporal da Igreja foi abolido e algumas de suas propriedades confiscadas. Mas a França, sob Luís-Napoleão Bonaparte (1808-1873), que logo seria Napoleão III, influenciado pelos católicos franceses, atacou Roma, derrotou a República em 4 de julho e reintegrou o Papa

respeito ou medo ele obrigará todos vós a pronunciá-lo com lábios trêmulos. Mas cada respiro de Roma é expiado com alguma vítima sangrenta. Nasceu do fratricídio, libertou-a o sangue de Lucrezia, Virginia degolada e as cabeças cortadas dos Gracos enfeiaram as mais belas páginas de tua história[6]. O punhal de Bruto derrubou um gigante e abriu os caminhos aos sobrinhos que se arrastavam na lama[7]. Agora também vem de um assassinato[8] a audácia do grande gesto. Que Deus seja o juiz. Certamente a consciência também tem seus momentos de embriaguez que apesar disso não ofuscam a imutável santidade das leis morais. Mas nós rejeitaremos os efeitos pela torpeza da causa? E quem terá o direito de pedir explicações a toda uma nação pelo delito de um homem? A história está cheia de exemplos semelhantes, e talvez na imensa ordem da Providência as grandes culpas sejam compensadas por maiores e mais gerais virtudes. Se estivéssemos destinados a novas desgraças, a funestas quedas, não acusaria a faca de um assassino pela ruína de um povo. Deus pune, mas não vinga. Outras culpas ainda não pagas precisarão outras lágrimas, o assassino esconderá nas trevas o seu remorso, e nós mostraremos altivamente ao rosto do sol a cabeça coberta de cinzas e os olhos brilhando de esperança".

ROMA, JUNHO DE 1849

"Eu havia jurado não acrescentar nenhuma palavra, se não fosse para escrever sobre a minha redenção. Estou aqui, finalmente... Recuperei meu nome, a minha honra! Minha família, minha pátria, devem ficar contentes comigo, e eu me deleito ao escrever estas linhas por sentir a dor da ferida e ver a página se manchar de sangue.

"Há na minha legião alguns jovens que conhecia de Pádua. Eles me suportavam de muito má vontade, e creio que incentivassem a desconfiança dos companheiros, mas eu fingia não perceber, esperando que os fatos falassem por mim. Era tempo, pois eu temia perder a paciência se demorasse mais.

6 A fundação de Roma é marcada pelo assassinato de Remo por Rômulo. Ao suicídio de Lucrezia (esposa de Collatino, violentada pelo filho de Tarquínio o soberbo) e à morte de Virginia (jovem romana morta pelo pai para não a entregar ao decênviro Appio Claudio) estão ligadas respectivamente ao fim da monarquia em Roma (509 a. C.) e à expulsão dos decênviros (449 a. C.). Tibério e Caio Graco foram vítimas da reação patrícia em 133 e 121 a. C.

7 Depois do assassinato de Júlio Cesar (44 a.C.), por Bruto, seu sobrinho, Otaviano foi proclamado o primeiro imperador de Roma (27 a.C.).

8 Trata-se do assassinato de Pellegrino Rossi, primeiro-ministro do Governo leigo dos estados papais ocorrido em 15 de novembro de 1848; seguiu-se uma agitação popular com a fuga do papa para Gaeta em 24 de dezembro e a eleição da Assembleia Constituinte.

"Há dez dias os franceses abriram trincheiras na Porta de São Pancrácio[9]. Os atacantes aumentavam cada vez mais, mas ontem à noite houve uma espécie de trégua e os nossos aproveitaram para dar descanso aos soldados. Apenas um pequeno número, disposto em corrente, defendia aquele trecho ameaçado; eu estava de guarda atrás de um muro de pedras construído poucos dias antes e já reduzido a monturo pelas bombas. A noite era profunda, e se viam de longe os fogos do campo de Oudinot[10]. De repente, ouvi, embaixo, no fosso, um bater de pés, parecia que as sentinelas cochilassem, e já que não deram qualquer sinal, eu gritei "às armas!", e antes que surgisse uma dúzia de legionários, já uma coluna de soldados franceses ganhava, pela brecha, o topo da proteção. Lembrei-me de Manlio[11], e sozinho com a minha baioneta reprimi os primeiros; a altura da posição me favorecia e talvez também a ordem que tinham os atacantes de não disparar antes de se afirmar no muro.

"De fato, eles não podiam me atingir de cima para baixo, e recuando fizeram uma confusão na primeira fila que desordenou também a segunda. Talvez pensassem que um maior número de defensores guarnecesse o muro e houve um instante em que acreditei que sozinho poderia desbaratar o ataque. Mas naquele momento o oficial que comandava o ataque, irritado com o medo dos soldados, saltou à frente e subiu no muro gritando e encorajando-os com a espada desembainhada; os outros recuperaram o ânimo e logo o seguiram.

"Eu não sabia o que fazer; voltei a gritar: "às armas! às armas!", com todo o fôlego que tinha, e enquanto alguns legionários que acorreram ao grito enfrentavam a invasão da coluna, eu me atirei contra o oficial, e antes que ele tivesse tempo de usar a espada o desarmei; ele tinha uma pistola na cinta, deu-me um tiro a queima-roupa que felizmente só me arrancou a falange de um dedo.

"Enquanto isso, os defensores engrossavam; os muros ribombavam de tiros; os homens corriam aos canhões, e os soldados, separados de seu chefe que eu fizera prisioneiro, foram lançados no fosso. Ao mesmo tempo, outro ataque ameaçava a outra extremidade da corrente, mas parte dos nossos teve tempo de ir lá, até que chegasse a ajuda da caserna; soube-se depois, por alguns prisioneiros, que tudo naquela noite estava preparado para um ataque maior, mas que não teve sucesso pelos soldados de reconhecimento terem sido repelidos.

9 Napoleão III enviara contra a República Romana dez mil homens sob o comando do general Oudinot.

10 Tenente-general Charles Oudinot (1791-1863).

11 Marco Manlio Capitolino que, durante o cerco dos gauleses ao Capitólio, foi acordado pelo barulho dos gansos. Ver cap. XI, nota 37.

"Devo fazer justiça aos meus companheiros que atribuíram a mim o crédito dessa manobra, e unanimemente pediram aos chefes que eu fosse recompensado. No dia seguinte, durante a revista geral à qual compareci com a mão enfaixada, foi lida uma ordem do dia na qual agradecia-se publicamente ao soldado raso Aurelio Gianni pelo bem prestado à pátria, e o elevava ao grau de alferes. Todos os olhos voltaram-se para mim e pedi licença para falar. "À vontade", acrescentou o capitão, já que em nossas fileiras a disciplina não era tão muda nem tão severa como nos outros exércitos.
"Lancei um olhar para aqueles jovens paduanos que estavam na fila pouco longe de mim, e levantando tranquilamente a voz, disse: "Peço como única graça permanecer soldado raso, mas ser honrado com um elogio público com meu nome verdadeiro. Uma daquelas acusações usuais de espionagem e traição que desonram nossas revoluções me forçou momentaneamente a deixá-lo, agora que espero ter convencido do seu erro os meus caluniadores, retomo-o com orgulho. Me chamo Giulio Altoviti, sou de Veneza!".
"Um aplauso geral explodiu em todas as fileiras; creio que se os oficiais não os detivessem teriam rompido a formação para me abraçar, e vi dentro de muitos olhos acostumados a aguentar orgulhosamente o fogo dos arcabuzes, algumas lágrimas brilharem. Restaurada a ordem e o silêncio, o capitão, depois de ter consultado o general, retornou com voz comovida dizendo que a pátria se orgulhava de um filho que se vingava tão nobremente dos insultos, que me apontava como exemplo, para que nossas discórdias fizessem mais mal aos inimigos, e que como prêmio pela minha generosa constância me nomeava ajudante de campo do general Garibaldi, com o título de capitão.
"Um novo aplauso dos meus companheiros aprovou plenamente essa recompensa; depois de desfeita a formação, e marchando para a caserna, continuei a chorar como uma criança e muitos daqueles guerreiros choraram comigo. Pouco depois, me emocionaram mais ainda os protestos e os pedidos dos jovens paduanos que se desculpavam por não ter me conhecido antes e suplicavam ser perdoados por sua desconfiança. Esse foi o prêmio mais doce que recebi, e disse isso a eles abraçando-os um a um. A festa de toda a legião, a admiração dos companheiros, o afeto dos superiores, os elogios de toda uma cidade, me provaram que nunca está fechado o caminho para reconquistar a estima pública com a constância dos sacrifícios, e que as ações realmente nobres e generosas, não inspiradas pela fúria nem pela soberba, calam a inveja e encontram respeito no mundo. Oh, seria assim se essa caluniada humanidade fosse tão vil, tão perversa como alguns a descrevem e

como eu acreditava? Obrigado a aceitar a sua estima como recompensa, me envergonhei de tê-la desprezado sem conhecimento de causa, e compreendi que a minha penitência não tinha sido exagerada para um tão grave pecado".

ROMA, 4 DE JULHO DE 1849

"Oh, de que serviu a nossa perseverança? Aqui estamos vagando em um exílio que talvez nunca mais acabe! A legião partiu para a Romanha e para a Toscana, esperando de lá recuperar Veneza ou o Piemonte e a Suíça, mas minha ferida que reabriu nos esforços dos últimos dias me impede de caminhar. O general me entregou algumas cartas para a América, para onde devo embarcar, se me for permitido, assim que me curar. Sim! Vou atravessar o Atlântico! Colombo procurava um novo mundo, eu não pedirei mais do que paciência. Mas sinto que a honra de nossa nação é confiada a nós, pobres coitados, lançados pela desventura aos quatro cantos da terra. Então, ação e coragem! Um povo só é feito por almas e enquanto a virtude aquecer minha alma, a centelha não está morta. Sempre serei digno do nome que reconquistei e do país em que nasci. Você, meu pai, que em dias passados eu imaginava rever e que hoje temo nunca mais abraçar, receba o último suspiro de seu filho proscrito. Meu amor daqui por diante será sem suspiros e sem lágrimas, como quem repousa somente nas eternas esperanças. Pensarei em minha mãe e minha irmã como em dois anjos, que multiplicarão para mim, um dia, a felicidade do céu".

NO MAR, SETEMBRO DE 1849

"O destino me deu como companheira de exílio uma família romana; um pai ainda jovem, de no máximo quarenta anos, que tem um cargo importantíssimo nas províncias, o doutor Ciampoli, de Spoleto, e seus dois filhos, Gemma, creio de dezenove anos, e Fabietto, de doze ou catorze. Assim que os vi, veio-me à mente uma gravura que vi há alguns anos, representando uma família de camponeses reunida esperando e rezando sob um carvalho, enquanto desaba um grande temporal. São completamente alheios à usual raiva dos refugiados políticos. Contentam-se em amar uns aos outros, e, exceto por Roma, a vida deles é aquela de antes. Ah, se eu tivesse comigo meus pais ou meus irmãos! Me pareceria levar junto uma grande parte da pátria. Mas são desejos ilícitos de fazer comuns, justamente aos nossos queridos, as piores desgraças. Como aguentariam dois pobres velhos uma vida diferente, difícil, angustiada, sem nenhuma certeza de repouso ou sepulcro? Melhor assim, e que o destino me condene a sofrer sozinho. Por

outro lado, a distância da pátria aproxima os conterrâneos como se fossem uma família, já sinto gostar do doutor Ciampoli quase como pai, e Gemma e Fabietto como irmãos. Esta jovem é a mais suave criatura que conheci; não romana, mas mulher em tudo, na graça, na fragilidade, na compaixão. "Talvez eu tenha procurado até agora as mulheres mais desprezíveis, mas ela parece um exemplar mais sublime, alguém com quem eu teria sonhado se fosse pintor ou poeta, mas nunca imaginaria encontrá-la viva no mundo. Certamente não é daquelas para se apaixonar, eu pelo menos não ousaria, mas que têm tudo para garantir a felicidade de uma família, e esposas e mães passam pela vida como aparições celestes, todas para os outros, não para si. O mal de mar não é muito agradável de se ver nem fácil de suportar, mas com quanto carinho a boa menina cuida de Fabietto, mesmo durante os esforços mais dolorosos! Vê-se que não tem tempo de se preocupar consigo, e é a mesma que chorava esta manhã porque um gato que havia a bordo afogou-se no mar. Entretanto, já estamos acostumados à vida no mar e a não ver mais do que céu e água. Conversamos, jogamos, lemos e de vez em quando rimos. A natureza foi clemente em nos conceder o riso, que se não serena a alma, ao menos recupera as forças. Nas horas em que fico só, subo ao tombadilho e procuro na imensidão que me circunda o pensamento e a imagem de Deus. Lembro-me uma nossa cançoneta popular que fala de Deus vestido de azul: expressão que agora reconheço como verdadeira. Nada melhor indica a oculta presença de Deus do que essa imensidão azul de céu e de mar que parece uma só e eleva a mente à compreensão do eterno. Aposto que essa canção foi composta por um pescador de Chioggia, quando a calmaria de verão parou seu barco no meio do Adriático e ele só via o mar, sua vida, e o céu, sua esperança.
"Ensinei essa canção para Gemma; ela a canta tão perfeitamente com sua nobre pronúncia romana, que esses insensíveis marinheiros ingleses suspendem as manobras para escutá-la. Pensei que a viagem iria me aborrecer, mas agora começo a tomar gosto. Espero não ter menos sorte em terra, desde que consiga emprego em Nova Iorque, onde parece que o doutor Ciampoli quer se estabelecer. Tenho algum dinheiro, e não ficarei desprevenido, mas nem o ócio nem a monotonia do comércio são feitos para mim, e as recomendações que levo aos Estados Unidos são todas para negociantes. Na América do Sul é diferente: lá se começa a viver agora e o nome italiano é altamente benquisto e honrado. Seria mais feliz se fosse para lá! Sua natureza virgem, exuberante, tropical, me convida. Em Nova Iorque, espero encontrar um mercado de europeus bastardos,

caixas de açúcar, fardos de algodão e números e mais números! Parece estranho que quem atravessou o Atlântico possa se reduzir a fazer contas!..."

NOVA IORQUE, JANEIRO DE 1850

"Como eu estava cansado de circular com meu charuto na boca entre comerciantes e corretores! Podem ser ótima gente, mas me parece impossível que sejam descendentes de Washington e de Franklin; não sei, mas creio que esses grandes homens morreram sem posteridade. Andei também pelos arredores, mas essa poderosa natureza me parece um leão na jaula. É reprimida, dividida, entrecortada; é preciso vê-la muito de longe, ou na névoa quase britânica que abunda neste país, para ter uma ideia da América contada pelos viajantes. Acho difícil acreditar que houvesse névoa nos tempos de Colombo. Devem tê-la trazido as máquinas a vapor, como dizem agora alguns loucos jornalistas europeus sobre o criptógama[12]. De todo o modo, estou contente em partir, e partiremos porque o engenheiro Carlo Martelli, que devia vir a Nova Iorque e ao qual o doutor Ciampoli é recomendado, não pode vir do Rio de Janeiro. O Brasil é distante, e o doutor não está nada contente por fazer uma nova e longa viagem. Eu, ao contrário, não vejo a hora de içar velas, e Gemma parece mais propensa à minha opinião do que à de seu pai. Quanto ao rapaz, ele só fala do Brasil, e está embriagado de felicidade! Tenho boas notícias dos meus; gozo de ótima saúde, as pessoas com as quais vivo me amam e me estimam; se encontrar uma cidade para desafogar a ânsia de atividade que me devora, poderei ficar contente com minha sorte. O que é a vida senão um longo exílio?..."

RIO DE JANEIRO, MARÇO DE 1850

"Aqui, ao menos estamos na América. Ainda se sente o cheiro da Europa aqui e ali, mas a Europa meridional de Lisboa, não a nórdica de Londres. O engenheiro Carlo Martelli é um homem severo, bronzeado de sol, e pelo que dizem, honesto e empreendedor: ao ouvir meu nome deu um salto de surpresa, e perguntou se eu era parente daquele Carlo Altoviti que participara das revoltas de Nápoles de noventa e nove e de vinte e um. Quando soube que era seu filho, desfez-se da rigidez para me abraçar, então tive a esperança de que o coração dele não fosse todo matemático, pois para dizer a verdade tenho

12 Fungo das videiras.

tanto medo dos matemáticos quanto dos comerciantes. Seria um problema se me pedissem para fazer uma regra de três! Eu perderia a estima deles.

"Perguntou-me se meu pai já havia falado dele, e eu respondi que sim, porque me lembrei vagamente de algumas histórias que me contara nas quais figurava o nome de Martelli, mas por desgraça sempre prestei pouca atenção às palavras de meu pai e não tinha uma lembrança precisa. Contou-me, então, que há pouco recebera cartas de seu irmão, que viria para a América e na época morava em Gênova com minha irmã e meu cunhado, oferecendo-me o que eu precisasse, já que se dizia devedor de meu pai por muitos favores e agradecia ao céu por ter a oportunidade de se mostrar grato ao ajudar seu filho. Soube, então, por ele, o que já suspeitava, isto é, que o doutor Ciampoli, privado pela revolução de todos os seus bens e já sem dinheiro, buscava na América um meio de acumular aos poucos uma pequena fortuna e passar a viver dela em Gênova ou em Nice, ou alguma outra cidade do Piemonte. Se tivesse sabido da proscrição de meu cunhado antes de zarpar de Civitavecchia, e que ele e minha irmã moravam em Gênova, certamente teria ido até lá. Mas então, além das grandes e distantes empresas que me atraíam, também me doía a alma abandonar o bom doutor e sua pequena família. A companhia de um jovem como eu podia ser de grande ajuda para eles e ficaria feliz se pudesse acelerar de um dia só a realização de suas esperanças! De modo que decidi participar da sorte deles.

"O Brasil é um país novo e ordenado. O engenheiro esperava conseguir para o doutor Ciampoli um lugar muito lucrativo, mas era preciso tempo. Então esperamos, enquanto isso o doutor conseguiu um discreto emprego no escritório das Estatísticas Imperiais, enquanto eu, mostrando meu título de capitão, consegui um grau de major na infantaria de fronteira. No exército, encontrei viva a memória de outro amigo de meu pai, o marechal Alessandro Giorgi, que há dois anos foi para Veneza assim que soube da revolução, e dizem que morreu ferido lá. Se devo acreditar no que dizem, foi um homem realmente extraordinário: não com uma inteligência sublime, mas com a virtude tenaz, confiável, inabalável que muitas vezes substitui a inteligência. Ele sozinho, em pouco tempo, com oitocentos homens da tropa regular, submeteu, organizou e estabeleceu uniformidade de leis e impostos naquela imensa província central do Mato Grosso, que é maior do que a França. Ouvindo detalhadamente tudo o que ele fez em trinta anos naqueles confins ignorados pela civilização, é de se acreditar que ainda não passou a era das maravilhas. Se eu entendesse de prosódia, gostaria de mostrar que os poemas não são antiquados, e se pode muito bem escrevê-los desde que heróis como ele nos deem material. O imperador havia doado a ele o ducado de Rio Vedras, mas ele abandonou tudo para voltar a Veneza. Eu gostaria de viver, e assim também morrer. Não pretendo me tornar duque, seria suficiente ser citado entre os beneméritos da civilização. “Agora espera-se que o doutor Ciampoli possa ser mandado como superintendente das minas naquela mesma província que foi local de tanta glória ao marechal Giorgi. Eu o seguirei com uma escolta de soldados a pé e a cavalo. Mas isso só irá acontecer no outono”.

Rio Ferreires[13], novembro de 1850

“Não sei por que continuo esta história completamente inconclusiva a cada cinco ou seis meses. O que eu escrevo, minha família já soube por cartas, e eu não sou um literato que queira publicar sua vida, porém o hábito me domina, comecei a sujar papel falando de mim e tomei gosto, de quando em quando devo obedecer a esse capricho. Por sorte é moderado, desde o início do ano não enchi mais do que duas folhas, e só Deus sabe quanto tempo se passará antes de eu retomar a pena depois desta vez!... Concordo, entretanto, com o meu capricho, que esses lugares forçam a escrever. Depois de ir embora, é preciso recorrer aos símbolos escritos pela nossa admiração para que a memória não nos engane, e que o prisma da distância não transforme migalhas em montanhas e em diamantes as pedras. Tudo aqui é grandioso, intacto, sublime. Montanhas, rios, selvas, planícies, tudo guarda a marca do último choque que abalou a criação e extraiu a espantosa ordem da vida presente. Mas a vida da natureza se assemelha tanto à europeia quanto a decadente existência de um velho à robusta e plena saúde de um jovem. Sobreposições e cadeias de montanhas que se aglomeram, penetram, encostam-se umas nas outras rodeadas por florestas misteriosas, e eternos vórtices de chamas em meio às neves. Plantas seculares, cada uma delas seria uma selva nos flancos descarnados dos Apeninos; extensos vales em que a vegetação esconde toda uma pessoa, e os touros selvagens correm perseguindo a sombra de um homem; rios que caem em cascatas cujo olho mal supõe a altura e as águas se espalham em uma leve atmosfera nevoenta que ocupa todo o vale e o envolve num arco-íris encantador; as entranhas da terra guardam ouro e prata; as rochas se quebram e saem diamantes; o grande rio se desenrola imenso e tortuoso como uma grande serpente adormecida, entre margens sombreadas por bananeiras e

13 Local no Mato Grosso provavelmente inventado por Nievo, entre o Rio de Janeiro e a cidade de Vila Bela (ver nota 16).

jacarandás. A terra é exuberante, o sol ardente, o céu quase sempre sereno, mas a fresca brisa dos Andes traz todos os dias algumas horas de primavera. "Oh, se aqui existissem as grandes ferrovias dos vales de Ohio e do Mississippi! Se esta província não fosse há três meses de distância do Rio de Janeiro! É inútil: a distância aumenta a tristeza da separação, e por mais que não seja razoável, dois anos no Mato Grosso devem parecer mais longos do que dez ou vinte na França ou na Suíça. Veneza também está tão distante quanto a França e a Suíça do Mato Grosso, mas parece que o ar nos traz mais facilmente a lembrança dos nossos entes queridos.

"Estamos instalados como príncipes, mas é a natureza que se encarrega disso e a mão do homem tem pouco mérito. Uma casa construída em pedra viva, mas que parece uma tenda, pois é aberta por todos os lados por pórticos, átrios e galerias; atrás, um grande jardim que termina na beira do rio; na frente, um pátio onde trabalham os escravos e relincham os potros quando à noite são recolhidos ao estábulo. A cidade se estende na planície abaixo e também chega até o rio que atrás do nosso jardim faz uma curva; um pouco à esquerda estão as casernas aonde vou duas vezes ao dia comandar os exercícios e fazer a chamada da noite. Os soldados são muito obedientes no Rio de Janeiro, mas pelo caminho perdem aos poucos a disciplina e se transformam em preguiçosos, salteadores, e aqui pouco diferem dos indígenas que nos atacam continuamente.

"As escaramuças são curtas, mas sangrentas e cheias de riscos. Trata-se de vencer, com o suprimento de muitos dias às costas, penhascos quase inaccessíveis, de passar por precipícios horríveis sobre árvores cortadas na hora e lançadas de um lado a outro, de caçar os inimigos como feras em antros profundos e tenebrosos, em matagais pantanosos, escuros, cheios de emboscadas e cobras. Ouve-se um assobio rente ao ouvido, e são flechas atiradas por mãos invisíveis; não há feridos nem prisioneiros; as flechas são envenenadas e se tiram sangue matam; quem cai nas mãos do inimigo é degolado sem perdão; dizem que alguns gourmets também gostam de comê-los. De resto, fora esses entretenimentos passageiros, nossa vida é a mesma dos ricos em férias nas margens do Brenta; mais este céu e esta mágica natureza que transforma a terra em paraíso. O doutor Ciampoli, inspetor das minas, fica ausente dois ou três dias em suas rondas de inspeção: ele iniciou um comércio de diamantes com a Bahia, que dará muito lucro em pouco tempo. Geralmente lhe serve de escolta um sargento com dez homens, mas algumas vezes eu o acompanho. Então escolhemos os caminhos mais pitorescos e poéticos, e da última vez que fomos a uma mina recém-descoberta, levamos Gemma e Fabietto. A algazarra que fizemos nessa pequena viagem não dá para descrever, pareceu-me ter voltado aos tempos de Recoaro e de Abano[14]. Quando era preciso atravessar um riacho, Gemma tremia e ria de medo, mas confiava em mim, e colocava seus pezinhos nas pedras um depois do outro, com tanta graça que dava vontade de beijá-la. Realmente, não poderia gostar mais dela se fosse minha irmã. "Frequentemente, quando o pai dela está ausente, e eu fico para cuidar da soldadesca que precisa ser cuidada para que não se torne o flagelo do território, passamos juntos os mais agradáveis dias que se possam imaginar. Estudamos juntos um pouquinho de história, e eu a ensino o pouco que sei de Atenas e de Roma; ela me ensina, em troca, a dedilhar algumas árias no cravo, e assim em dois meses já tocamos a quatro mãos o que na Europa seria um martírio ouvir, mas aqui ficam encantados, e duas moças mulatas, que são as criadas dela, nunca deixam de dançar uma sarabanda selvagem com a nossa música. Realmente, essas escravas vivem bem, e se fossem esses todos os males da escravidão, seria o caso de aprová-la, mas já vi as plantações de açúcar e não tenho coragem de falar delas.

"A escravidão também tem a sua aristocracia despreocupada, feliz e rígida, mas talvez mais odiada pelos inferiores do que os próprios patrões. Eu e Gemma damos algumas aulas ao Fabietto; ele já arranha o francês com inimitável audácia, e todos nós fazemos aula de português com um velho padre que é capelão, bispo, e diria quase papa da região. Na província há um bispo, mas seria um milagre se uma vez na vida viesse até aqui. É uma viagem terrível e nossos prelados suariam só de imaginar: aqui não há paróquias hospitaleiras, nem grandes presbitérios enfeitados de festa, nem refeitórios bem equipados a cada duas milhas. É preciso passar ao sereno dez noites antes de encontrar uma cabana onde um pobre e corajoso missionário arrisca a vida para ensinar aos selvagens o ABC da civilização que é o cristianismo. O marechal Giorgi, o invencível duque de Rio Vedras, fez muito com as carabinas, mas farão mais, creio, esses pacientes padres ignorados. Aqui Voltaire errou[15]. Enfim, se não fosse a distância, a incerteza da correspondência e o desejo de novidades que sempre aumenta à

14 Centros termais no Vêneto.

15 Alusão ao posicionamento anti-jesuíta do escritor francês, sobretudo no Cândido.

medida que vemos coisas novas e estupendas, terminaria tranquilamente a minha vida aqui. Mas Veneza?... Oh, nem pensar!... Papai e mamãe, irei vê-los de novo?... No céu, é certo".

RIO FERREIRES, JUNHO DE 1851

"Quantos meses não acrescento nada a estas poucas notas do meu exílio, seria melhor escrever uma vez ao mês ou parar. Aqui é tudo novo, estranho, surpreendente, mas depois das distantes excursões entre tribos selvagens, sempre se volta à paz e ao deleite da família. O doutor está contentíssimo com seus negócios. – Mais um mês – me diz – e iremos rever Gênova!... Mas por que você não entra no nosso comércio?... Por que não enriquece? – Ele pensa que minha família é pobre, nem supõe que a companhia deles foi o enorme motivo para me transferir para o Mato Grosso, então respondo que não tenho grandes necessidades, que sou jovem, e minha única ambição é me preparar em ações militares arriscadas e voltar para a Itália com pouco dinheiro, mas rico em experiência. Gemma sorri com essas minhas palavras e Fabietto grita que também quer ser soldado e comandar a tropa. O diabinho está forte e corajoso, cavalga a meu lado o dia todo, e se vamos à caça seu tiro é mais certeiro do que o meu. Mas eu tenho pena de matar passarinhos de penas tão belas, que nos veem passar com toda confiança empoleirados nos galhos. A mão do menino é menos piedosa e não treme como a minha; ele é intrépido, forte, quase brasileiro; só tem de Veneza a cor dos olhos e os belos cabelos castanho dourados; fala o português como se o tivesse aprendido no berço, e envergonha a nós que ainda tropeçamos na pronúncia.

"Ontem recebi carta de casa, mas papai me diz ter escrito oito ou dez, e esta é a primeira que chega. Quem sabe que sorte tiveram as minhas! O engenheiro Martelli também me escreveu dizendo que seu irmão chegou e que vão juntos a Buenos Aires, chamados por aquele governo para assuntos coloniais e militares. Lá os italianos têm um bom nome; o general Garibaldi deixou boas lembranças, e se diz que esperam o retorno dele. Se isso acontecer antes de eu voltar a Europa, gostaria de passar lá para cumprimentá-lo, e aos irmãos Martelli, pois gosto deles como se fôssemos do mesmo sangue. Ó pátria, pátria, como amplias tuas ligações por todo o mundo! Dois nascidos sob o teu céu se reconhecem em terra estrangeira sem dizer o próprio nome, e uma força irresistível leva um aos braços do outro!..."

VILA BELA[16], ABRIL DE 1852

"Que dias horríveis! Faz dois meses que penso e ainda não consegui escrever uma sílaba. Oh, eu arrancaria a alma com os dentes se tivesse sabido no ano passado das coisas tremendas e funestas que esta página iria acolher! – Ela está dormindo lá, sua mente se desanuviou, a saúde melhora a cada dia, volta o rosado ao seu belo rosto, e os olhos brilham entre as lágrimas. Que doloroso espetáculo o frio letárgico e os súbitos delírios de dias atrás! Mas agora a tempestade se acalma; vence a boa natureza, e ouço daqui a sua respiração tranquila e igual como a de uma criança adormecida. Melhor escrever antes que as cenas assustadoras daquela tragédia se confundam na memória que ainda se horripila.

"No início de agosto do ano passado, notou-se alguma inquietação nas tribos que vêm passar o inverno na margem do rio. De fato, eu havia pedido reforços ao governador de Vila Bela, mas pela distância não tinha esperança de tê-los antes da primavera seguinte; enquanto isso, mandara equipar com fuzis e canhões as nossas casernas, de modo que aquele forte improvisado defendesse também os acessos à nossa residência. Mas a coisa manteve-se nos limites das sentinelas até janeiro passado, quando ao estourar um tumulto mais perigoso na mina de oeste, precisei correr até lá com grande parte da guarnição para restaurar a ordem. Esta ação me manteve longe mais do que pensei; os selvagens combatiam com especial astúcia, e somente depois de três semanas conseguimos expulsá-los para o outro lado do rio e queimar seus barcos.

"Certos de que não nos incomodariam por um tempo, voltávamos para Rio Ferreires, quando no meio do caminho nos interceptou um mensageiro pedindo pressa, pois a cidade estava ameaçada pelos indígenas. Apesar dos soldados estarem muito cansados, forçamos desesperadamente a marcha porque muitos haviam deixado nas casernas suas esposas e estávamos muito ansiosos. Eu temia muito pelo doutor Ciampoli, que por ser muito corajoso e resoluto poderia colocar a si e aos seus em perigo. A primeira coisa que vi quando chegamos próximo a Rio Ferreires foi a Superintendência em chamas. O furor e a raiva redobraram nossas forças e por todas as cinco milhas que faltavam foi uma corrida desenfreada. Os indígenas, de fato, tinham atacado as casernas durante a noite, calado os canhões, e degolado de surpresa grande parte dos homens, fazendo as mulheres prisioneiras.

16 Vila Bela da Santíssima Trindade, foi a primeira capital do Mato Grosso (1752-1835), quase fronteira com a Bolívia.

"Os poucos sobreviventes tinham se refugiado na residência, mas justamente no momento de nosso retorno tinha se virado para lá a ira dos selvagens. Gritavam que queriam matar os chefes brancos que tinham vindo expulsá-los da planície e da margem do Grande Rio, e lançavam contra os muros flechas e pedras. O doutor, com seus poucos soldados, se defendia galhardamente, e dava tempo aos colonos da região de se armar e correr em socorro; talvez nós também pudéssemos chegar a tempo e tudo estaria salvo. Mas aquelas feras raivosas resolveram incendiar; grandes montes de cana das fazendas vizinhas foram jogados ao redor da Superintendência, e por mais esforços que fizessem os entrincheirados, logo um imenso vórtice de fogo invadiu o prédio. Então viu-se exemplos de coragem e de desespero; mulheres que se lançavam nas chamas; homens que se jogavam pelas janelas e saindo semivivos do incêndio abriam caminho com o punhal entre os selvagens; escravos e escravas faziam escudo com o próprio peito para os patrões; soldados que enfiavam a espada no coração para não correr o perigo de serem assados vivos.
"O doutor Ciampoli saiu pela porta lateral, diante da qual as chamas eram menos densas; ao seu redor havia uma escolta de seis homens decididos e fiéis; atrás vinha Fabietto, que com a coragem da sua idade arrastava Gemma pela mão, quase a carregava, e ia em frente com a espada numa mão e o punhal na outra. Tentavam abrir uma brecha entre os inimigos, mas tendo saído para se salvar do incêndio, logo tiveram em cima deles um bando de peles-vermelhas. Pareciam demônios saltando das chamas do inferno, e nós, descendo o monte a uma milha de distância, os víamos como sinistras aparições. O doutor caiu de joelhos atingido por uma flecha, e teve a coragem de se virar e puxar o rapaz que segurava Gemma nos braços, continuando a se defender, e aos outros, girando a espada. Mas a ferida jorrava sangue como uma fonte, e ele caiu de bruços enquanto crescia a raiva dos atacantes. Então Fabietto, rapaz miraculoso, pegou a espada do pai, e abandonando a irmã desmaiada sobre o cadáver dele, lutou por alguns minutos uma batalha terrível e sem esperança. Oh, por que o mensageiro não nos encontrou uma hora antes!... O rapaz, atingido por muitas flechas, caiu murmurando o nome de Maria, e os selvagens se precipitaram sobre aqueles corpos abençoados para adornar o seu monstruoso triunfo, mas nesse momento o velho padre português, que soubera da matança da Superintendência, chegou de batina e estola com o crucifixo na mão. A aparição daquele homem desarmado que falava de paz em sua língua nativa, e que se expunha sem medo ao massacre para salvar seus irmãos, segurou os selvagens por um momento. Enquanto isso, tivemos tempo para chegar.

"O que vi, o que sofri e fiz no resto daquela noite, só Deus sabe, eu não me lembro mais. Pela manhã, trezentos cadáveres indígenas amontoavam-se aqui e ali no pátio do forte, mas o pobre doutor, seu filho e duzentos dos nossos, entre soldados e colonos, tinham perdido a vida. Gemma só voltara a si para cair na loucura e desde então seu delírio durou quase dois meses. As casernas em ruínas, os prédios incendiados, as tribos indígenas que aumentavam cada vez mais ao nosso redor; enquanto estávamos reduzidos em número e forças, nos persuadiram a nos retirarmos para Vila Bela. Aqui a cura de Gemma parece quase certa, e me proponho, até o verão, ir para Buenos Aires, onde se estabeleceram os Martelli, entregá-la a eles ou, se me aconselharem, levá-la eu mesmo para a Europa. Deus abençoe minhas boas intenções!..."

BUENOS AIRES, OUTUBRO DE 1852

"Três meses de viagem, mas sempre agradável, pitoresco, em lugares de belezas quase fabulosas. A distração de fato curou Gemma: ela me sorria como que para me agradecer. Ao chegarmos a Buenos Aires, os Martelli haviam partido para uma cidade do interior para estabelecer os rudimentos de uma colônia, mas um capitão amicíssimo do engenheiro, que embarcava para Marselha, teria tido o prazer de levar Gemma para Genova, a uma tia dela. Ele estava com a esposa a bordo, e sob todos os aspectos era muito conveniente. Quanto a mim, eu queria voltar ao Rio de Janeiro para, a partir de lá, me vingar daqueles indígenas malditos. Mas quando comuniquei minhas ideias para Gemma ela baixou a cabeça e dois rios de lágrimas jorraram de seus olhos.

"– O que você tem? – perguntei – Deixar a América a desagrada?

"– Oh, muito! – respondeu ela soluçando e me olhando com olhos suplicantes.

"O resultado foi que nos casamos quatro semanas depois e pensamos em ir juntos para a Europa; agora não a desagradava mais abandonar a América, e eu renunciei por amor a ela à vingança contra os indígenas.

"Oh, que criatura adorável é Gemma! Deus me proteja, mas nesses dois meses que somos marido e mulher não pensei em outra coisa a não ser amá-la. Ficamos aqui, esperando encontrar os Martelli e também um Partistagno, que dizem estar com eles, mas como irão demorar, penso em fazer uma viagem ao interior para vê-los. Nesse ínterim, ajudei o governo a traçar o projeto de uma nova colônia na outra margem do rio, que será toda composta de italianos, que pela localização certamente será melhor do que a outra, pela qual há mais de um ano esperam em vão os Martelli. Gostaria de conversar com eles antes de partir para lhes dar algumas informações sobre o projeto, mas infelizmente as províncias do sul se revoltaram e precisarei alongar muito a viagem para encontrá-los".

SALADILLO[17], FEVEREIRO DE 1855

"Estou prisioneiro há vinte e oito meses nas mãos desses revoltosos que me arrastam com eles de batalha em batalha como um mísero escravo. Tenho dois meninos, filhos da escravidão e da desventura; a pobre mãe deles me acompanha sempre, e paga amargamente a audácia de querer unir seu destino ao meu. Infelizmente, depois de ter deixado o pai e o irmão nesta terra voraz da América, também deixará o marido!... A febre me consome e talvez amanhã serei cadáver.

"Ó meu pai, ó minha mãe! Ó meus irmãos! Quanto ficaria feliz meu espírito de iniciar entre vocês seu voo para o céu!... Bendito seja Deus, que até nos últimos confins do mundo soube cercar minha morte de suaves afetos. Três anjos em volta do meu leito me dão esperança, noite e dia, da eterna beatitude!...

"Ó meu pai, sinto que a morte se aproxima, e que meus sofrimentos terrenos estão terminando! Você, para com quem errei muito, perdoe ao meu espírito fugitivo a sua ingratidão, conforte com alguma compaixão a penitência que lhe é imposta, faça pura e honrada a minha memória senão por respeito, por compaixão da pátria, e recolha em seus braços essa viúva infeliz, esses inocentes órfãos que a mão de Deus protegerá guiando-os por mares e por terras até a porta da sua casa!... Quando eles baterem humildemente à sua porta, palpitem de emoção os corações de vocês!... E nem seja preciso pronunciar os seus nomes!... Eu farei com que vocês se reconheçam, eu os lançarei uns nos braços do outro! Mas que a lembrança de Giulio acrescente e não tire a doçura de suas lágrimas!..."

Assim terminava de escrever o meu desventurado filho, e morreu no dia seguinte nos braços da esposa. Ela não se decidia a partir daquele malfadado continente em que repousavam seus entes queridos. Demorou-se em Saladillo por mais que os insurrectos permitissem que ela voltasse a Buenos Aires para embarcar. Finalmente voltou em junho, mas suas forças já estavam corroídas por um câncer incurável. Os Martelli escreviam que a viam piorar a cada dia com a resignação de uma mártir; só lamentava abandonar seus filhos, mas consolava-a o pensamento de que entregues a esses amigos eles chegariam salvos à família do pai deles. As palavras que ela acrescentou

17 Cidade na província de Buenos Aires.

de próprio punho ao diário de Giulio foram e serão sempre inundadas pelas minhas lágrimas todas as vezes que as ler.

> "Pai – dizia ela –, me dirijo a você porque outro pai, nem irmão, nem parente tenho mais sobre a terra; somente dois filhinhos sentam agora em meus joelhos, e amanhã brincarão sobre uma tumba. Meu pai, apesar de separados por tanto mundo, o afeto, mortos ou vivos, sempre nos unirá. Eu amei o seu Giulio como você o amou; agora ele me chama do alto dos céus e eu, por vontade de Deus, sou a primeira a segui-lo. Oh, por que não pude gozar ao menos uma vez de seu venerável semblante? Passamos por esta terra sem um conhecer o outro, e éramos tão unidos quanto podem ser pai e filha. Mas essa também é uma garantia de que nos veremos no céu. Deus não pode separar para sempre o amor do amor, e os espíritos através dos espaços do universo se encontram mais facilmente do que dois amigos numa pequena cidade. Oh, meu pai, você tardará a nos seguir, tardará pelo bem dos nossos filhos. Eu sei, você nos invejará e tardar será um tormento, mas, por caridade, não os abandone completamente órfãos sobre a terra! Eu sou mulher, sou fraca, mesmo assim peço e imploro a Deus que eles aprendam com o seu exemplo, e pela sua boca, a imitar meu pai. Até logo, até logo no céu!...".

Assim se dirigia a mim aquela alma celeste de seu leito de morte e pousava a pena para pousar também as dores de sua vida mortal. Oh, eu me lembrava do pai dela, me lembrava da menininha que lhe dava a mão e atraía os olhares na praça por sua angélica beleza! Assim eu devia encontrá-la!... Filha, fantasma e dor!... Devia perdê-la antes de saber que a tive!... Devia começar a amá-la para chorar sobre duas tumbas ao invés de uma! Devia elevar minhas esperanças ao céu para que lá me fosse concedido recompensá-la pelo amor que ela dera a meu filho!... Meu coração está ébrio de esperança, meus olhos estão cheios de lágrimas!...

Agora vivo com meus filhos e com os filhos de meus filhos, contente por ter vivido e contente de morrer. Também sou feliz por poder fazer algum bem para os outros. Raimondo Venchieredo, que morreu aqui no campo durante a revolução, teve a gentil ideia de me recomendar sua prole. Eu esqueci a inimizade de antes, e ampliei a minha paternidade nessa outra família... Luciano me presenteia com mais uma visita nesta primavera, e os pequenos estão felizes por ter como companheiro de viagem seu tio Teodoro, que nunca se casou e faz a delícia deles. Demetrio, pobrezinho, entregou-se de corpo e alma à Rússia, alistou-se como coronel na Legião Moldava, e morreu em Oltenitza[18], levando ao céu a esperança do império grego de Bizâncio. Mas a força das ideias não se apaga, e as almas em seus misteriosos recantos continuam a pressionar este mundo turbulento e combativo. Enfim peguei nas mãos a famosa obra do conde Rinaldo, em um mês será publicado o segundo fascículo, o valor necessário já foi entregue ao tipógrafo, e a impressão não sofrerá interrupções. Espero que seja útil à literatura pátria, e que os estudos críticos sobre o comércio vêneto e sobre as instituições comerciais dos venezianos durante a Idade Média sirvam de esplêndido comentário à história que está escrevendo, com tanto cuidado, o nosso Romanin[19]. Os italianos conhecerão outra enorme e modesta inteligência que se consumiu obscuramente no pó das bibliotecas e entre as cifras de uma contadoria; ficarei feliz em ter realizado os últimos desejos de um homem que merecia mais do que jamais tentou obter.

Aos domingos, quando com o coche (Ai de mim! Também sinto o siroco do Monsenhor!) levo a Pisana, meu genro e os quatro netinhos à fonte de Venchieredo ou a Fratta, passa pela minha cabeça uma nuvem de melancolia, mas logo a espanto com a mão e retorno ao costumeiro bom humor. Enrico se espanta em me ver sereno e alegre depois de tantas desgraças, na idade não tão alegre de oitenta e três anos. Eu lhe respondo: – Meu filho, os pecados afligem mais do que as desgraças, mas os poucos que eu tinha, creio já ter pago suficientemente e não sinto medo. Quanto às desgraças, não incomodam muito à beira do túmulo, e sem acreditar em nada, sem pretender nada, me basta estar certo de que do lado de lá não me espera pior sorte nem castigo nenhum! Procure ter essa segurança e você morrerá sorrindo!

Sim, morrer sorrindo! Este não é o objetivo, mas a prova de que a vida não foi gasta inutilmente, que não foi um mal para nós nem para os outros. E agora que vocês têm intimidade comigo, amigos leitores, agora que escutaram pacientemente as longas confissões de Carlo Altoviti, podem me absolver? Espero que sim. É certo que comecei a escrever com esse desejo, e não neguem alguma compaixão a um pobre velho, já que tiveram a cortesia dessa longa e indulgente companhia. Abençoem, senão outro, o tempo em que vivi. Vocês viram como encontrei os velhos e os jovens na minha infância, e como os deixo agora. É um mundo completamente novo, um amálgama de

18 Em 1853, durante a Guerra da Criméia (1853-1856), os russos foram derrotados pelos otomanos em Oltenitza, na moderna Romênia.

19 Trata-se de Samuele Romanin (1808-1861), autor de uma História documentada da República de Veneza, em 10 volumes, que começou a ser publicada em 1853.

sentimentos, de afetos inusitados que se agita sob a tinta uniforme da sociedade moderna; talvez perca a caricatura e o romance, mas ganha a história. Oh, se como já disse antes, nós não pretendêssemos medir com o nosso tempo o tempo das nações, se nos contentássemos em colher todo bem possível para nós, como o ceifador que descansa contente à noite entre os feixes que foram ceifados durante o dia; se fôssemos humildes e modestos para passar a continuação do trabalho aos filhos e aos netos, essas nossas almas rejuvenescidas, que dia a dia se enriquecem com o que se perde, se enfraquece, se descolore nos velhos; se nos educassem para confiar em nossa bondade e na eterna justiça, não, não haveria tantas divergências sobre a vida!

Eu não sou teólogo, nem sábio, nem filósofo, mas também quero dar minha opinião, como o viajante que, por mais ignorante que seja, pode, com direito, julgar se o lugar por onde passou é pobre ou rico, desagradável ou belo. Vivi oitenta e três anos, meus filhos, posso opinar.

A vida é feita pela nossa índole, quer dizer, natureza e educação; como fato físico é necessidade; como fato moral, sacerdócio de justiça. Quem por temperamento e convicção própria for completamente justo para consigo, para com os outros, e para com toda a humanidade, será o homem mais inocente, útil e generoso que já passou pelo mundo. Sua vida será um bem para ele e para todos, e deixará uma honrada e profunda marca na história da pátria. Esse é o arquétipo do homem verdadeiro e integro. O que importa se todos os outros vivem sofrendo e infelizes? São degenerados, perdidos ou culpados. Inspirem-se naquele exemplar da humanidade triunfante, e encontrarão a paz que a natureza promete para cada partícula sua no lugar certo. A felicidade está na consciência, lembrem disso. A prova certa da espiritualidade, qualquer que seja, reside na justiça.

Ó luz eterna e divina, confio a teus raios imorredouros a minha vida tremulante e que está para se apagar!... Tanto parece apagado o lume diante do sol, como o vagalume que se perde na névoa. A tranquilidade da minha alma está serena como a calma de um mar sem ventos; caminho para a morte como para um mistério obscuro inescrutável, mas despido de ameaças e medos. Oh, se essa minha segurança fosse falaz, a natureza se deleitaria em zombar e contradizer a si mesma! Não posso crer, porque em todo o universo ainda não encontrei um princípio que esfrie e esquente, nem uma verdade que negue e afirme. Um tremor me avisa da proximidade do perigo; as mentes seriam tão cegas que não teriam nem mesmo a involuntária percepção dos nervos?...

Oh, não! Sinto isso dentro de mim, já o disse, com fé inabalável, e agora repito com firme esperança. A paz da velhice é um plácido golfo que abre aos poucos o caminho para o oceano imenso, infinito, e infinitamente calmo da eternidade. Não vejo mais os meus inimigos na face da terra, não vejo os amigos que me abandonaram um a um velando-se atrás das sombras da morte. Dos meus filhos, um se foi com generosa impaciência, um se esqueceu de mim, e um permaneceu a meu lado para não me deixar desprezar os bens seguros desta vida enquanto aspiro os bens desconhecidos e misteriosos da outra. Em meus breves dias medi o passo de um grande povo, e aquela lei universal, que faz o fruto amadurecer e obriga o sol a completar seu giro, me assegura que minha esperança sobreviverá para se tornar certeza e triunfo. O que mais posso pedir?... Nada, ó irmãos!... Deito a cabeça mais contente do que resignado no travesseiro do sepulcro, e me deleito ao ver se ampliar sempre mais os horizontes ideais à medida em que desaparecem os horizontes terrestres das minhas pupilas enfraquecidas.

Ó almas, minhas irmãs de sangue, de fé e de amor, falecidas ou vivas, sinto que não terminou todo meu parentesco com vocês!... Sinto que seus espíritos pairam carinhosamente ao meu redor convidando a me juntar ao seu aéreo pelotão... Ó primeiro e único amor da minha vida, ó minha Pisana, você ainda pensa, palpita, respira em mim e ao meu redor! Eu a vejo quando o sol se põe, vestida com o seu purpúreo manto de heroína, desaparecer entre as chamas do ocidente, e um fulgor de luz da sua fronte purificada deixa um longo sulco no ar como que para me mostrar o caminho. Vejo você azulada e comovente ao raio da lua moribunda; no meio do dia, falo com você como a uma mulher que ainda vive e respira. Oh, você ainda está comigo, você sempre estará comigo, porque a sua morte teve a aparência de um sublime despertar para a vida mais alta e serena. Esperamos e amamos juntos, juntos vamos nos encontrar lá onde se reúnem os amores da humanidade passada e as esperanças da humanidade futura. Sem você o que eu seria?... Por você, só por você, ó divina, o coração esquece toda a aflição, e uma doce melancolia suscitada pela esperança o ocupa suavemente.

IPPOLITO NIEVO

BIO-BIBLIOGRAFIA

1831-30 de novembro Ippolito Nievo nasce em Pádua, filho do magistrado mantuano Antonio e de Adele, filha do patrício vêneto Carlo Marin e da condessa Ippolita, da família Colloredo de Mont'Albano, no Friuli. É o primogênito de quatro filhos, tem como irmãos Carlo, Alessandro e Elisa.

1832 A família se estabelece em Soave, na região de Verona, onde o doutor Antonio se tornou chanceler no Tribunal de Justiça. Ali Ippolito recebe os primeiros rudimentos de instrução.

1837 Nova transferência dos Nievo, desta vez para Udine, onde o pai é assessor do Tribunal.

1841-1846 Ippolito é mandado para iniciar os estudos num seminário de Verona a princípio como aluno interno, depois como aluno externo, sob os cuidados de um professor de grego, o pró-austríaco padre Picozzi. Desenvolve intensos laços de afeto com o avô materno, intendente de finanças em Verona até 1845, testemunha direta, em 1797, da última reunião do Conselho Maior da República de São Marcos. Desde 1844, seu pai é juiz em Sabbioneta.

1847 Faz os exames de final de curso. Reúne em cadernos, com o título de *Poetici componimenti fatti l'anno 1846-47* [Composições poéticas feitas nos anos de 1846-47], parte de seus primeiros versos italianos e latinos, que envia ao avô Marin. Voltando à família, inscreve-se no primeiro ano de liceu em Mântua.

1848 Depois da falida tentativa insurrecional de Mântua, deixa a cidade em companhia do amigo Attilio Magri e conclui o ano escolar em Cremona. Dedica à pátria, com um soneto, *Alcune poesie fatte in sul finire della state del 48* [Algumas poesias feitas no final do verão de 48]. Durante as férias de fim de ano é apresentado na casa dos Ferrari, por Magri, onde conhece Matilde.

1849 Frequenta o liceu de Pisa, para onde a família o enviou por razões de prudência política, enquanto o pai, privado do emprego pelo governo austríaco, por causa de seu patriotismo, vai para Udine. Depois da entrada dos austríacos na Toscana, Ippolito, que talvez tenha participado da defesa armada de Livorno, vai se encontrar com a mãe e os irmãos que ficaram em Mântua.

1850 Terminados privadamente os estudos do liceu, inscreve-se no curso de direito na Universidade de Pavia. Endereça a Matilde, entre fevereiro e outubro, cerca de setenta cartas inspiradas nos modelos de Foscolo e de Rousseau.

1851 Rompe a ligação com Matilde Ferrari e escreve o *Antiafrodisíaco para o amor platônico*[1] e a sátira incompleta *Il pipistrello* [O morcego].

1852 Depois de estrear como colaborador na revista "Sferza", de Brescia, inscreve-se no terceiro ano do curso de direito na Universidade de Pádua, que frequenta esporadicamente. Passa muito tempo no Friuli, onde a família finalmente se reuniu. Em abril, termina, no castelo de Colloredo, sua primeira peça de teatro, dedicada a contestar os preconceitos anti-hebraicos e intitulada *Emanuele*, em homenagem ao amigo israelita Ottolenghi. Em agosto publica a ode *Il crepuscolo* [O crepúsculo]. Em novembro, inicia a publicar na revista "Alchimista friulano", de Udine, os poemas que depois reúne em *Versi* [Versos].

1854 Sai o primeiro volume de *Versi*. Em 6 de abril, a Companhia Dondini representa sem sucesso, no Teatro de' Concordi, de Pádua, a peça *Gli ultimi anni di Galileo Galilei* [Os últimos anos de Galileu Galilei]. Publica *Studii sulla poesia popolare e civile massimameme in Italia* [Estudos sobre a poesia popular e civil na Itália]. Nasce a amizade com Arnaldo Fusinato.

1855 Publica o segundo volume dos *Versi*. Compõe a farsa *Pindaro Pulcinella* e, provavelmente, a comédia *I beffeggiatori* [Os zombeteiros]. Intensifica a colaboração com revistas e jornais de Mântua, Veneza, Pádua, Milão, Turim, Florença e Nápoles, enquanto se empenha em versões poéticas que o levarão a se confrontar, durante vários anos, com Safo, Hugo, Lermontov, Heine, e com os cantos populares gregos recolhidos por Marino Papadopoulos Vretos. Escreve o romance *Angelo di bontà* [Anjo de bondade]. O conto *La nostra famiglia di campagna – Dipinture morali e di costumi* [A nossa família camponesa – Quadros morais e de costumes], publicado na revista "Lucciola", de Mântua, inaugura a série de novelas camponesas. Diploma-se em 22 de novembro, e se encaminha, segundo a vontade dos parentes, ao exercício de tabelião.

1856 A publicação em abril-junho do conto *L'avvocatino* [O advogadinho] na revista "Panorama universale" causa-lhe um processo por "crime de ofensa à honra" que só se concluirá depois de várias sentenças e recursos em fevereiro de 1858: o autor, condenado a dois meses de prisão, se livrará com o pagamento de uma multa. Em julho, sai *Angelo di bontà – Storia del secolo passato* [Anjo de bondade – História do século passado]. Em "Lucciola", é publicado o conto *Le maghe di Grado* [As

1 Tradução brasileira de Patricia Peterle. Belo Horizonte: Editora UFMG, 2015.

magas de Grado]. Termina um novo romance, *Il conte pecoraio* [O conde pastor de cabras], e o *Novelliere campagnuolo* [Contos camponeses], compreendendo os contos *La nostra famiglia di campagna*, *La Santa di Arra* [A santa de Arras], *La pazza del Segrino* [A louca do Segrino], *Il Varmo*, *Il milione del bifolco* [O milhão do caipira], *L'avvocatino*, *La viola di San Bastiano* [A violeta de São Sebastião].

1857 Apesar dos problemas processuais e a contínua peregrinação entre o Friuli, Mântua, Fossato di Rodigo e Milão, continua a ser muito fecundo. Publica o romance satírico *Il barone di Nicastro* [O barão de Nicastro] e *Il conte pecoraio – Storia del nostro secolo* [O conde pastor de cabras – História do nosso século], enquanto colabora com as revistas "Pungolo" e "Uomo di pietra", de Milão. Compõe a comédia *Le invasioni moderne* [As invasões modernas] e duas tragédias, *I capuani* [Os capuanos] e *Spartaco* [Espártaco]. Em dezembro começa a escrever *As confissões d'um italiano*.

1858 No início de janeiro publica *Le lucciole – Canzoniere* (1855-56-57) [Os vagalumes – Cancioneiro (1855-56-57]. Em 6 de agosto termina as *Confissões*, escritas parte em Milão, parte em Colloredo e em Mântua. Nesse meio tempo, desenvolve uma afetuosa relação de amizade com a condessa Bice Gobio Melzi d'Eryl, prima de Ippolito e frequentada por ele em Milão e em Bellagio, no lago de Como.

1859 Colabora com o Comitê milanês de emigração. Em abril, elogia os irmãos Carlo e Alessandro que se juntam ao exército piemontês. Em 4 de maio, parte para Lugano e, dali, para Turim, onde se alista nos Caçadores a cavalo de Garibaldi, com os quais combate em Varese, em San Fermo, no passo do Stelvio (Tirol sul); elabora os poemas de *Amori garibaldini* [Amores garibaldinos]. Dispensado no final de setembro, volta à casa paterna de Fossato para depois se juntar, em novembro, com Garibaldi que, na Emília, planeja uma ação sem êxito. Estabelece-se, então, em Milão, onde retoma a atividade jornalística e publica anônimo o opúsculo *Venezia e la libertà d'Italia* [Veneza e a liberdade da Itália]. Em dezembro esboça um ensaio *Sulle condizioni politiche e sociali del volgo rurale della nuova Italia* [Sobre as condições políticas e sociais do povo rural da nova Itália] (mais conhecido como *Frammento sulla rivoluzione nazionale* [Fragmento sobre a revolução nacional]) e começa seu último romance, *Il pescatore d'anime* [O pescador de almas], do qual só restam algumas páginas.

1860 Participa da Expedição dos Mil. Nomeado vice-intendente general, é deixado, depois que Garibaldi volta ao continente, em Palermo à frente da administração